CHRONIQUES

Collection « *Lettres gothiques* »

Abélard et Héloïse : LETTRES
Adam de la Halle : ŒUVRES COMPLÈTES
Alexandre de Paris : LE ROMAN D'ALEXANDRE
Antoine de La Sale : JEHAN DE SAINTRÉ
Benoît de Sainte-Maure : LE ROMAN DE TROIE
Boèce : LA CONSOLATION DE PHILOSOPHIE
Charles d'Orléans : BALLADES ET RONDEAUX
Chrétien de Troyes : EREC ET ENIDE, CLIGÈS, LE CHEVALIER AU LION,
LE CHEVALIER DE LA CHARRETTE, LE CONTE DU GRAAL
Christine de Pizan : LE CHEMIN DE LONGUE ÉTUDE
Eustache Deschamps : ANTHOLOGIE
François Villon : POÉSIES COMPLÈTES
Guillaume de Lorris et Jean de Meun : LE ROMAN DE LA ROSE
Guillaume de Deguileville : LE LIVRE DU PÈLERIN DE VIE HUMAINE
Guillaume de Machaut : LE LIVRE DU VOIR DIT
Jean d'Arras : LE ROMANS DE MÉLUSINE
Joinville : VIE DE SAINT LOUIS
Marco Polo : LA DESCRIPTION DU MONDE
Marie de France : LAIS
Philippe de Commynes : MÉMOIRES
René d'Anjou : LE LIVRE DU CŒUR D'AMOUR ÉPRIS
Rutebeuf : ŒUVRES COMPLÈTES

BAUDOUIN DE FLANDRE
BEOWULF
LA CHANSON DE LA CROISADE ALBIGEOISE
LA CHANSON DE GIRART DE ROUSSILLON
LA CHANSON DE GUILLAUME
LA CHANSON DE ROLAND
CHANSONS DES TROUVÈRES
CHRONIQUE DITE DE JEAN DE VENETTE
LE CYCLE DE GUILLAUME D'ORANGE
FABLIAUX ÉROTIQUES
FLAMENCA
LE HAUT LIVRE DU GRAAL
JOURNAL D'UN BOURGEOIS DE PARIS
LANCELOT DU LAC (t. 1 et 2), LA FAUSSE GUENIÈVRE (t. 3), LE VAL DES AMANTS
INFIDÈLES (t. 4), L'ENLÈVEMENT DE GUENIÈVRE (t. 5)
LE LIVRE DE L'ÉCHELLE DE MAHOMET
LE MESNAGIER DE PARIS
LA MORT DU ROI ARTHUR
MYSTÈRE DU SIÈGE D'ORLÉANS
NOUVELLES COURTOISES
PARTONOPEU DE BLOIS
POÉSIE LYRIQUE LATINE DU MOYEN ÂGE
PREMIÈRE CONTINUATION DE PERCEVAL
LA QUÊTE DU SAINT-GRAAL
RAOUL DE CAMBRAI
LE ROMAN D'APOLLONIUS DE TYR
LE ROMAN D'ENEAS
LE ROMAN DE FAUVEL
LE ROMAN DE RENART
LE ROMAN DE THÈBES
TRISTAN ET ISEUT (Les poèmes français ; La saga norroise)

LETTRES GOTHIQUES
Collection dirigée par Michel Zink

JEAN FROISSART

CHRONIQUES

Livre I (première partie, 1325-1350)
et
Livre II

Rédaction du manuscrit de New York
Pierpont Morgan Library M.804

Éditions et textes présentés et commentés
par Peter F. Ainsworth et George T. Diller

Ouvrage publié avec le concours du Centre National du Livre

LE LIVRE DE POCHE

Professeur de français à l'Université de Sheffield, Peter Ainsworth a fait ses études universitaires à Manchester et à la Sorbonne Nouvelle, Paris-III. Il a dirigé la section de français et la School of Modern Languages à Liverpool entre 1998 et 2000. Spécialiste de la littérature et de l'historiographie française de la fin du Moyen Âge, il a publié de nombreuses études sur Jean Froissart.

Ancien élève de Princeton, Middlebury et Stanford, George T. Diller est professeur de français et spécialiste de lettres françaises du Moyen Âge à l'Université de Floride (Gainesville). Il a publié deux éditions des *Chroniques* de Froissart (1972 et 1991-1998), une étude sur les *Chroniques* (*Attitudes chevaleresques et réalités politiques chez Froissart*. Microlectures *du premier Livre des* Chroniques, 1984), ainsi que des essais sur Froissart, Enguerrand de Monstrelet, Eustache Deschamps, *Le Roman de Renart,* Jean Renart...

© Librairie Générale Française, 2001.
ISBN : 978-2-253-06669-9 – 1ʳᵉ publication LGF

AVANT-PROPOS

Cette édition n'aurait jamais vu le jour sans le soutien chaleureux et perspicace de Michel Zink. Nous tenons à remercier aussi tous les amis et collègues qui nous ont soutenus dans la préparation de cet ouvrage, et en particulier : William Voelkle et ses collègues de la Pierpont Morgan Library, New York ; Mary McDerby du *Computer Graphics Centre* de l'Université de Manchester ; Godfried Croenen et Jacqueline Eccles de l'Université de Liverpool. L'édition du deuxième Livre des *Chroniques*, rédaction du Ms. M. 804 de la Pierpont Morgan Library, New York, présentée ici pour la première fois, a été préparée avec le concours du *Arts and Humanities Research Board* de Grande-Bretagne.

Pour Vivien et pour Anne-Marie

INTRODUCTION GÉNÉRALE

Jean Froissart : chroniqueur et poète.
Esquisse biographique

Né vers 1337 à Valenciennes dans le comté de Hainaut, Jean Froissart y passe sa jeunesse avant d'embarquer en 1361 pour l'Angleterre, où il obtient une place à la cour de sa compatriote, la reine Philippa de Hainaut, épouse d'Édouard III. Il n'est pas impossible que le jeune écrivain ait été encouragé dans ses ambitions littéraires par Robert de Namur, ou même par Jean le Bel, chanoine de Liège, auteur d'une chronique racontant les premières campagnes dans la guerre de Cent Ans. Mais la *Chronique* de celui-ci fut composée en prose, et le chanoine y critiquait les auteurs de certaines chroniques en vers, trop enclins à sacrifier les faits aux exigences de la rime. L'influence de Robert de Namur à cette époque n'est pas prouvée, elle non plus. Pendant huit ans, Froissart bénéficia de la protection de la reine. Ce fut à elle qu'il présenta son premier ouvrage historique (aujourd'hui perdu) — probablement écrit en vers — qui chanta les grands succès militaires des Anglais jusqu'à la bataille de Poitiers.

Froissart se mêle désormais à la vie de la cour anglaise, que ce soit à Londres, à Westminster ou dans divers châteaux forts situés au nord de ces deux cités. Il fait plusieurs séjours au château de Berkhamsted, dans le Hertfordshire, auprès du Prince Noir et de sa mère. Pendant ces années, il compose chansons et ballades, virelais et rondeaux (« dittiers et traitiers amoureus »), mais passe une partie de son temps à recueillir de nouvelles informations destinées à étoffer ses recherches historiques, qu'il entend poursuivre. En particulier, il interroge des otages français logés dans la capitale en prison courtoise pour satisfaire aux exigences du traité de Brétigny (1360), quelques années après la bataille de Poitiers et la prise du roi Jean de France (1356). C'est ainsi que Froissart obtient peu à peu des renseignements supplémentaires sur les hostilités franco-anglaises, lesquels seront incorporés plus tard dans la première rédaction en prose de ses *Chroniques*. Ils seront complétés par d'autres témoignages, recueillis cette fois à l'occasion de voyages de recherche entrepris avec la permission de la reine. Ces voyages sont assez ambitieux pour le XIVe siècle ; nous suivons le chroniqueur en Écosse auprès du roi David Bruce (1365), dans le Gloucestershire (séjour chez Edward Despenser au château fort de Berkeley, 1366), à Bruxelles auprès de la duchesse Jeanne de Brabant[1] et du duc Wenceslas (1366), et en 1366-1367 à la cour du Prince Noir en Aquitaine, à Bordeaux. Au retour d'un voyage en Italie vers 1368 (mariage de Lionel de Clarence et Violante Visconti à Milan), Froissart apprend la mort de sa protectrice, survenue le 15 août 1369. Il se rend à nouveau dans son comté natal de

---

1. Pour l'essentiel de la biographie du jeune Froissart, et pour un examen fort pénétrant de la textualité des *Chroniques* et de l'œuvre en vers, nous renvoyons à l'ouvrage de Michel Zink, *Froissart et le temps*, PUF (Paris, 1998). M. Zink nous rappelle les liens de parenté associant Jeanne de Brabant aux autres protecteurs de Froissart : « la duchesse Jeanne, fille du duc de Brabant et héritière du duché, avait épousé en premières noces le comte de Hainaut, frère de Philippa, et oncle de Guy de Châtillon, comte de Blois, qui sera le principal protecteur de Froissart dans la seconde partie de son existence » (p. 8).

Hainaut, où il entamera bientôt, pour Robert de Namur, beau-frère de Jeanne et de Wenceslas de Brabant, et aussi du roi Édouard d'Angleterre, la première version en prose du premier Livre des *Chroniques* (terminée vers 1373 : la « première rédaction proprement dite », selon le classement de Siméon Luce).

Si Froissart abandonne le vers, du moins pour l'écriture de l'histoire, c'est surtout parce qu'il a compris la leçon proférée par Jean le Bel, dont la *Chronique* (terminée en 1361) avait, comme nous l'avons déjà appris, dénoncé certain ouvrage historique écrit en vers où il y aurait eu « grand plenté de parolles controuvées et de redictes pour embelir la rime ». Pour donner une assise plus solide à son propre récit des événements de 1325-1350, Froissart ira jusqu'à transcrire, parfois mot à mot, certains « chapitres » de l'ouvrage de Jean le Bel, « plagiat » qui n'a rien d'extraordinaire à une époque où la citation (pratiquée le plus souvent sans mention de sources) était un procédé courant, rehaussant le mérite d'un ouvrage et en garantissant l'authenticité. Comme le fait remarquer Michel Zink, les années passées à Valenciennes sont « une période d'intense créativité »[1].

À partir de 1373, Froissart dispose de la cure des Estinnes-au-Mont, que lui cède Guy de Châtillon, comte de Blois. Cette situation lui permet de pousser sa narration jusqu'en 1378. D'après Siméon Luce[2], le texte qui en résulte est la « première rédaction révisée », mais en 1376 déjà, le comte de Blois lui commandait une autre version du premier Livre, termi-

---

1. *Id.*, p. 10. C'est pendant ces années que Froissart compose, aussi, l'essentiel de son œuvre poétique, y compris les longs *dits* narratifs. 2. J. Froissart, *Chroniques*, éd. S. Luce, G. Raynaud, L. et A. Mirot, Société de l'Histoire de France, 15 vol. parus, Livres I-III (Paris, 1869-1975) ; désormais « SHF » suivi du tome et de la page en chiffres romains et arabes respectivement. Le quatrième Livre demeure encore inédit (dans l'édition de la SHF). Peter Ainsworth et Alberto Varvaro préparent un deuxième tome pour la collection Lettres gothiques qui contiendra une édition partielle des Livres III et IV.

née elle aussi vers 1377-1378 environ, et appelée par Luce la « seconde rédaction » : elle contient des développements dont on ne trouve aucune trace dans la version « antérieure ». Comme le précise George Diller dans son Introduction au premier Livre (*infra*[1]), il est presque certain que cette version (ou une bonne proportion de celle-ci) soit plus ancienne que la « première ». Quoi qu'il en soit, ces deux premières rédactions en prose du premier Livre nous offrent le récit des origines du grand conflit dynastique entre les rois de France et d'Angleterre. Froissart y raconte une guerre de chevauchées, de sièges et de pillages, ponctuée par quelques batailles rangées où triomphent en général les chevaliers d'Édouard III, menés par des capitaines brillants et secondés par des archers du pays de Galles ou du comté de Cheshire (batailles de Sluys ou de l'Écluse, en 1340 ; de Crécy, en 1346 ; et de Poitiers, en 1356).

Le format de la collection « Lettres gothiques », tout généreux qu'il soit, ne nous a pas permis de reproduire ici l'ensemble du premier Livre qui, dans l'édition de la SHF, remplit huit gros volumes. Pour donner à nos lecteurs une idée de ce grand texte de Froissart, nous en offrons un extrait fort généreux, et sans coupures, qui reproduit les rythmes de la phrase et du paragraphe chez le Chroniqueur. Les qualités de la prose de Froissart n'émergent qu'à travers une lecture d'une seule haleine, son texte étant fait de récits commencés, interrompus puis recommencés de plus belle[2]. Interrompre

---

[1]. *Les retours aux assises d'une œuvre et d'un siècle : Froissart et le premier Livre des* Chroniques, *infra*, pp. 64-67. Alléguer, comme on l'a fait, que ces rédactions reflètent uniformément des changements de perspective « politique » ou de parti pris dynastique, c'est négliger l'apport d'impartialité dont se targue le chroniqueur *de la Chevalerie* ; ceci ne l'empêche pas de refléter, de temps en temps, des préoccupations tantôt « françaises », tantôt « anglaises ». D'ailleurs, chaque nouvelle rédaction se nourrit de renseignements prodigués ou mis en valeur par de nouveaux informateurs. [2]. Voir *infra* le commentaire de George Diller sur l'*entrelacement*, procédé emprunté par Froissart au roman arthurien en prose.

le cours de sa narration en la dépeçant aurait privé le lecteur de cette expérience ; c'est pourquoi l'édition que voici lui propose la première moitié, à peu près, du premier Livre et par conséquent, le récit ininterrompu de la première phase de la guerre de Cent Ans.

Entre les premier et deuxième Livres des *Chroniques* il n'y a guère de solution de continuité ; nous y reviendrons. Le plus gros du deuxième Livre (composé entre 1378 et 1385) raconte le conflit qui opposa le comte Louis de Flandre à ses sujets de Gand, ainsi que les différends entre cette ville et sa voisine, Bruges ; mais on y trouve aussi le récit d'émeutes et d'insurrections populaires en France et en Angleterre : affaire des « Maillotins » en France, et Grande Révolte de 1381 (autrefois connue sous le nom de *Peasants'Revolt*) en Angleterre. De certains de ces événements, Froissart a lui-même été témoin. Nous savons qu'il a accompagné Guy de Blois lors de la campagne en 1382 du roi de France, Charles VI, contre les Flamands. Bien qu'il soit Hainuyer et non pas Flamand, les troubles du comté de Flandre ont dû le toucher de bien près. Certains épisodes du deuxième Livre trahissent, sinon de la sympathie à l'égard des révoltés (coupables au yeux du Chroniqueur d'avoir tenté un bouleversement de l'ordre social ordonné par Dieu), du moins une mesure de compréhension, dans un contexte narratif où les excès des maîtres sont, eux aussi, largement mis en scène. C'est le récit de ces troubles qui termine le présent volume.

Un nouveau voyage entrepris en 1388 aux frais de son protecteur, Guy de Blois, permit à Froissart de visiter la cour fastueuse de Gaston Phébus, comte de Foix-Béarn, à Orthez, où il se renseigna sur le conflit qui venait de se dérouler en Espagne et qui fournit la matière principale de son troisième Livre (1389). Vers 1390, dans une rédaction ultérieure de celui-ci[1], il cor-

---

1. C'est cette version du troisième Livre qui a été publiée par la SHF ; Peter Ainsworth prépare une édition complète de la première rédaction du Livre III.

rige cette version « castillane » des événements d'après les témoignages qu'il aura recueillis de la bouche d'un chevalier portugais, don Fernand Pachéco, à Middelbourg en Zélande, où il s'est rendu en 1390. Or, le troisième Livre marque une mutation profonde. Comme le dit si bien Michel Zink,

> On voit alors les *Chroniques* combiner au temps de l'histoire un temps proprement poétique, le temps du récit et le temps de la mémoire[1].

Bref, nous en sommes au temps des « mémoires » du Chroniqueur, mêlés, toujours, à la trame de son histoire des guerres d'Espagne et des troubles politiques qui se développaient en Angleterre entre Richard II et les Communes[2]. Il est à remarquer que Froissart n'écrira plus guère de poésie au-delà de 1389 ; la poésie, semble-t-il, passe désormais du côté de la prose, donc des troisième et quatrième Livres des *Chroniques*. Par un étrange paradoxe, cependant, plus la prose de Froissart affiche des qualités littéraires, et plus sa critique de la société aristocratique de son temps se montre pénétrante.

En février 1389, Froissart assiste au mariage du duc de Berry avec la très jeune Jeanne de Boulogne, célébré à Riom. En chemin vers cette ville, il s'arrête à Avignon, où quelqu'un lui vole l'argent qu'il vient de recevoir de Gaston Phébus. C'est cet épisode qui, en partie, motive la composition de son *Dit dou florin*, poème semi-autobiographique plein de charme et d'esprit[3]. Après quelques jours passés chez Enguerrand de Coucy au château fort de Crèvecœur, nous le retrouvons à Paris le 20 août 1389, où il est témoin de l'en-

---

1. Zink, *op. cit.*, p. 17. **2.** *Id.*, p. 78 : à partir du troisième Livre, « l'on passe des chroniques aux mémoires. C'est de cette façon que le présent de la vie de Froissart et les souvenirs personnels de ce qu'il a vécu l'emportent sur la mémoire objective des événements ou du moins en commandent la transmission ».
3. J. Froissart, *« Dits » et « Débats »*, éd. A. Fourrier (Genève, 1979), pp. 175-190.

trée royale de la nouvelle reine de France, Isabeau de Bavière, épouse de Charles VI.

Vers 1391-1392, le Chroniqueur change à nouveau de patron. Son maître et protecteur Guy de Blois (« ruiné, mal conseillé, fatigué par la débauche et l'obésité[1] ») ayant vendu son comté au frère cadet du roi de France, Louis de Touraine, désormais duc d'Orléans, « Froissart perd un soutien sur lequel, à vrai dire, il ne pouvait de toute façon plus beaucoup compter. Mais il souffre surtout pour Guy de Blois, qu'il aime sincèrement alors qu'il n'éprouve que de l'antipathie pour Louis d'Orléans. Et par-dessus tout, il est choqué par ce manquement au code de conduite des princes. Même endetté, même ruiné, un prince ne vendait pas le fief auquel s'attachait son nom et la continuité de sa race. Cette déconfiture humiliante de Guy de Blois marque profondément Froissart. À la fin de sa vie ses patrons seront surtout Aubert de Bavière, comte de Hainaut, et son fils Guillaume[2] ».

En 1392, Froissart est présent à la cour au moment de l'attentat contre le connétable Olivier de Clisson. Quelques mois plus tard, il assiste aux négociations de paix à Leulinghem. En 1395, le Chroniqueur reviendra pour une dernière fois en Angleterre. En dépit de la réception favorable (mais à vrai dire un peu distante) que lui accorde Richard II, ce séjour le déçoit, car tout a changé, et ses anciens amis anglais ont presque tous disparu. Il finit ses jours dans le Hainaut après 1404, probablement dans sa *forge* à Chimay où il possède depuis quelques années un canonicat, et c'est là qu'il écrit son quatrième Livre (règne et maladie mentale de Charles VI ; fin du règne de Richard II). Son tout dernier ouvrage est une refonte totale de la première partie (1325-1350) du premier Livre, dite « troisième rédaction[3] », dans laquelle il semble faire état de ses craintes touchant le sort de *Prouesse* dans un pays qui vient

---

1. M. Zink, *Froissart et le temps*, p. 12. **2.** *Id.*, p. 13. **3.** Conservée dans l'unique manuscrit de Rome (voir, *infra*, les commentaires de George Diller dans son Introduction au Livre Ier).

d'assister à la déposition et à l'assassinat de son souverain (1399).

Froissart : poète, romancier, historiographe ?

L'historien moderne aborde les *Chroniques* de Froissart avec circonspection ; celui, en revanche, qui cherche à comprendre les ressorts socio-culturels des cercles aristocratiques et guerriers du XIVe siècle les consultera avec profit. Sans être le reflet fidèle ou compréhensif d'une société, les *Chroniques* nous offrent une perspective somme toute assez remarquable sur un monde où dominent, certes, la prouesse, l'honneur et la courtoisie (idéologie des chevaliers), mais sans que le Chroniqueur demeure insensible pour autant à la misère du peuple, sujet aux déprédations de routiers ou d'armées royales en chevauchée, ou aux injustices et exactions de leur souverain ou suzerain féodal, même si la plupart du temps cette misère est « récupérée » par quelques plaintes conventionnelles alléguant des infractions aux règles de la guerre, ou les avanies de dame Fortune.

Sa conception de l'objectivité ne répond pas, bien sûr, aux exigences de la science historique de notre époque : il a cherché surtout à mettre en lumière les *hautes emprises* survenues au cours de la guerre de Cent Ans, sans parti pris quant à la nationalité de ceux qui s'y sont distingués. C'est un précepteur, qui veut édifier les jeunes et faire arrêter un peu le temps, en prolongeant l'écho des bruits de tous ces combats exemplaires ; mais c'est aussi un conteur (on dirait même un metteur en scène), qui excelle à rendre le mouvement, le remue-ménage d'un champ de bataille, les jeux de lumière sur les heaumes et les lances, les pennons flottant au vent. Il sait traduire les émotions de ses personnages par le truchement d'un geste ou d'un regard silencieux, au milieu de tableaux vivants dramatiques souvent rehaussés par le recours au discours direct.

À côté des grands morceaux de bravoure souvent mis en relief dans les manuels d'histoire littéraire, ou figurant dans les anthologies de morceaux choisis (batailles de Crécy et de Poitiers, bourgeois de Calais, bal des Ardents, folie de Charles VI dans la forêt du Mans, etc.), se rencontrent des passages plus incertains, moins bien « encadrés ». Par exemple, certains développements narratifs du troisième Livre où Froissart se permet de mêler son discours historiographique à d'autres formes de récit : documentaire touristique sous forme de dialogue, reportage, anecdote, commérages, *exemplum* ou conte mythologique. Rappelons ici les tentatives répétées du chroniqueur pour découvrir la vérité sur le meurtre du jeune héritier de Foix-Béarn par son père Gaston Phébus : se mettant lui-même en scène pendant son voyage à cheval à travers la campagne béarnaise, Froissart ne cesse d'interroger son compagnon Espan de Lion pour tirer l'affaire au clair ; mais le fin mot de cette histoire est constamment reporté, différé par le chevalier, et Froissart en est réduit à chercher ailleurs les détails du crime. C'est un vieil écuyer, enfin, qui consent, non sans de nombreuses hésitations, combien délicieuses pour le lecteur !, à lui conter *sa* version des faits. Ce récit est donc enchâssé dans une narration de seconde main, de sorte que les « faits » en question subissent un remaniement ayant pour effet de les occulter, de les mythifier. Ce même procédé est employé dans le récit de l'envoûtement de Pierre de Béarn, marqué à son tour par la « circulation » du mythe d'Actéon si cher à Froissart, qui reparaît dans son roman *Meliador* ainsi que dans un de ses *dits* narratifs : fait curieux d'intertextualité dont Michel Zink a fait une analyse fort perspicace [1].

Il convient aussi de souligner le grand intérêt des trois rédactions du premier Livre, du point de vue his-

---

1. M. Zink, « Froissart et la nuit du chasseur », *Poétique*, 41, 1980, pp. 60-77.

torique, mais aussi et surtout littéraire. Racontant vers 1400 les préparatifs de guerre amorcés en 1333, Froissart reprend une allusion fort brève au rôle qu'y a joué l'émigré français Robert d'Artois, « qui ne cessoit nuit ne jour de lui [à Édouard III] remonstrer quel droit il avoit à la couronne de France » (texte de la « première rédaction ») pour en faire une harangue fort subtile en discours direct adressée au roi en pleine séance de conseil. Or, le chroniqueur nous propose des scènes dramatiques de ce genre, rehaussées de discours fictifs, surtout lorsque l'autorité, les droits ou la réputation d'un seigneur légitime sont en jeu.

Ce trait de caractère moralisateur et didactique reparaît dans les poésies, et surtout dans les longs *dits* narratifs agrémentés de digressions mythologiques insérées à titre d'*exempla* et inventées, parfois, de toutes pièces. Dans ces poèmes, dont le style et le cadre doivent beaucoup au *Roman de la Rose* de Guillaume de Lorris et aux œuvres de Guillaume de Machaut, Froissart fait évoluer ses personnages dans des décors courtois de rêve et de convention. Le personnage qui dit « je » dans ces poèmes est un être tant soit peu timide, qui se plaint de ses insuccès auprès des dames, et qui se peint sous les traits d'un naïf, bafoué, rejeté, mais, au fond, infailliblement optimiste. Le charme de ces poèmes provient de la distance ironique et enjouée que prend parfois l'écrivain à l'égard de son « moi » d'autrefois. Quant aux poésies lyriques de Froissart, on y trouve souvent de la grâce, de l'élégance, et même une certaine mélancolie résignée. N'oublions pas, pourtant, le côté plus gai et « bon vivant » du poète, si bien illustré dans certaines de ses ballades, mais aussi et surtout dans deux courts poèmes narratifs fort amusants, le *Dit dou Florin* et le *Débat dou cheval et dou lévrier*.

Mentionnons enfin son roman pré-arthurien *Meliador*, long de quelque trente mille vers qui développent abondamment une intrigue au fond assez simple : la quête d'amour pour la main de la belle Hermondine d'Écosse. Froissart nous assure dans son *Dit dou Florin* que sa récitation nocturne de *Meliador* plut énormément à Gaston Phébus, mais les critiques sont presque unanimes pour traiter ce roman d'«interminable», de «fastidieux» et d'«ennuyeux». Les études de Peter F. Dembowski et de Michel Zink nous invitent cependant à le considérer d'un œil plus indulgent. Le *Meliador* se place à l'époque de la jeunesse des grands héros traditionnels du cycle arthurien et se présente comme une somme de situations et d'aventures chevaleresques. Les combats à cheval ou à pied, par exemple, semblent épuiser toutes les permutations agréées par les conventions de la joute. Tout se passe, donc, comme si Froissart cherchait à «fixer» le tableau évanescent de la grande épopée chevaleresque, par l'*escripture* (mot qui revient fréquemment sous sa plume), en la ramenant à sa préhistoire, à ses origines. Par là, cette œuvre *bien ordonnée* rejoindrait les *Chroniques* et certaines des poésies. Dans l'un et l'autre cas, il s'agirait de «comprendre» le mythe et le fait chevaleresque en les confondant, de les faire rentrer dans l'ordre ; bref, de les consacrer pour toujours, à un moment où, précisément, ils semblaient menacés par un ordre nouveau, obscurément pressenti. D'où le recours fréquent à la digression mythologique ou didactique, l'association d'un passé récent et fugitif à un passé plus «authentique» et mieux assis, assurance contre un avenir annoncé déjà par tant de signes déroutants : peste, tyrannie royale, assassinats politiques, usurpations, soulèvements populaires, etc. Recours, donc, aux débuts mythiques du cycle arthurien ou de la chevalerie. Le trait qui nous semble relier tant d'aspects de cette œuvre en apparence si hétérogène est bien l'écriture, fondation, création, conservation et transmission de vérité : «... car vous savez que toutte la cognoissance de ce monde retourne par l'escripture, ne sus aultre chose de verité nous ne sommes fondez fors que par les escriptures approuvées».

Contre l'oubli : écriture, souvenir et idéologie

Nous avons vu plus haut comment Froissart, après avoir débuté par une chronique en vers, fut gagné à la prose (du moins pour l'écriture de son *istoire*) par l'exemple de son prédécesseur Jean le Bel. Ce recours à une *auctoritas* écrite, plus apte — en principe — à sauvegarder la vérité des faits, confirme la volonté chez Froissart de préserver de l'oubli ce qu'il appelle le « recors des preux », et d'offrir ainsi à des générations encore inexistantes une source d'exemples édifiants. Seule l'écriture peut garantir la *translatio*, la transmission aux descendants des chevaliers d'un savoir, et d'un savoir-vivre (voir à ce propos le Prologue du premier Livre)[1].

Par cette démarche le Chroniqueur s'apparente aux secrétaires des ordres de chevalerie qui avaient pour tâche d'enrôler, à la fin de chaque année, les exploits et faits d'armes remportés par les membres de l'ordre ; ils avaient le devoir aussi, en revanche, de consigner par écrit tout méfait (*reproche d'armes*) commis par un chevalier de l'ordre[2]. Cet aspect de l'idéologie chevaleresque du Moyen Âge se retrouve lui aussi chez Froissart ; dans le Prologue du premier Livre, l'auteur des *Chroniques* nous prévient que « esploit d'armes

---

1. Voir Peter F. Ainsworth, « Configuring Transience. Patterns of Transmission and Transmissibility in the *Chroniques* (1395-1995) », dans D. Maddox et S. Sturm-Maddox éd., *Froissart Across the Genres*, University Press of Florida (Gainesville, 1998), pp. 15-39. 2. Voir à ce propos Maurice Keen, *Chivalry* (New Haven et Londres, 1984), pp. 12-14, 134, 138, 162, 174-6 et 195-6, et planche 43 (festin de l'ordre du Nœud de Naples : un chevalier coupable d'un *reproche* prend son repas isolé de ses pairs ; habillé de noir, il mange à une table peinte en noir et recouverte d'une nappe noire) ; cf., *id.*, « Chivalry, heralds, and history », *The Writing of History in the Middle Ages. Essays presented to Richard William Southern*, éd. R.H.C. Davis et J.M. Wallace-Hadrill (Oxford, 1981), pp. 393-414, et surtout les pp. 404-6. Voir aussi D'A.J.D. Boulton, *The Knights of the Crown. Monarchical Orders of Knighthood in Later Medieval Europe 1325-1520* (Woodbridge, Suffolk, 1987), p. xxiii.

sont si chièrement comparet et achetet, che scèvent chil qui y traveillent, que on n'en doit nullement mentir pour complaire à autrui, et tollir le glore et renommée des bienfaisans, et donner à chiaus qui n'en sont mies digne ». Plus tard, au moment de rédiger ce que nous appelons le troisième Livre, il se défend vertement contre ceux qui semblent l'avoir accusé de partialité :

> [Qu'on ne dise pas que je aye eu la noble histoire] corrompue par la faveur que je aye eu au conte Gui de Blois qui le me fis faire et qui bien m'en a payé tant que je m'en contempte, pour ce qu'il fut nepveu et si prouchains que filz au conte Loys de Blois, frère germain à saint Charles de Blois, qui, tant qu'il vesqui, fut duc de Bretagne. Nennil vrayement ! Car je n'en vueil parler fors que de la verité et aler parmy le trenchant, sans coulourer l'un ne l'autre. Et aussi le gentil sire et conte, qui l'istoire me fist mettre sus et ediffier, ne le voulsist point que je la feisse autrement que vraye[1].

Aussi étrange que cela nous paraisse, voilà qui éclaire l'importance pour le Chroniqueur de témoignages *oraux*, donnés de bonne foi et recueillis de personnes ayant réellement assisté aux combats, sièges ou chevauchées dont Froissart tenait à conserver le souvenir. Froissart vivait à une époque où le témoignage oral de bonne foi retenait encore toute sa valeur de fiabilité. Plutôt que de censurer le Chroniqueur pour sa crédulité, il faudrait lui rendre hommage d'avoir si scrupuleusement interviewé tant de personnes rencontrées dans les cours princières ou interpellées au coin du feu, dans telle ou telle auberge. Une bonne part du premier Livre doit son existence aux comptes rendus des otages français demeurés à Londres après 1360 pour satisfaire aux exigences du traité de Brétigny. Nous avons vu déjà qu'entre 1365 et 1366, Froissart a entrepris des voyages en Écosse et dans le Gloucestershire, pendant lesquels il a été reçu par un roi d'Écosse et ses barons,

---

1. SHF XIII, pp. 223-4.

et par le seigneur Despenser, parent proche du favori d'Édouard II d'Angleterre.

Les chevaliers, rois et barons ne constituaient pas la source unique des informations recueillies par le Chroniqueur. Dans le Prologue aux manuscrits « B » de la rédaction ordinaire du premier Livre, le chroniqueur nous parle de « le vraie information que j'ay eu des vaillans hommes, chevaliers et escuiers [...] *et ossi de aucuns rois d'armes et leurs mareschaus, qui par droit sont et doient estre juste inquisiteur et raporteur de tels besongnes* »[1]. On considérait les « rois d'armes » de l'époque comme les dépositaires les plus fiables de renseignements héraldiques et militaires touchant les chevaliers et leurs faits d'armes[2]. Or, un peu comme les hérauts, rois et maréchaux d'armes, le propos de Froissart dans les *Chroniques* sera de « parler loiaument d'armes », c'est-à-dire, de maintenir une stricte impartialité à l'égard des combattants, de quelque côté qu'ils soient[3]. Solidaire de l'idéologie chevaleresque,

---

1. SHF I, 1.   **2.** Sur les hérauts, tels que les décrit Froissart, voir le premier Livre selon le texte du ms. d'Amiens (éd. Diller) : dénombrement des effectifs (rois, ducs, comtes, bannerets, chevaliers et hommes d'armes) présents à la rencontre de Buironfosse en 1339 (t. I, 289 ; cf. IV, 373) ; hérauts-émissaires (I, 282 ; II, 26 et 28) ; hérauts porteurs de lettres de défi (III, 238 ; cf. IV, 271), négociateurs de sauf-conduits (IV, 325) ; hérauts négociant les conditions selon lesquelles une ville doit se rendre à un adversaire (IV, 199, 306) ; hérauts responsables de l'orientation d'une troupe armée : « Li hiraus les menoit tout serré et tout rengiet » (III, 301 : bataille de Cocherel, mai 1364) ; hérauts identifiant les morts à l'issue d'une bataille (III, 25 : Crécy, août 1346 ; *ibid.*, 350 : Auray, octobre 1364). Au moins un héraut, « Chandos », a composé un poème historique célébrant les exploits militaires du Prince Noir, et de son propre maître Sir John Chandos (lieutenant de celui-ci) : Chandos Herald, *La Vie du Prince Noir by Chandos Herald*, éd. D.B. Tyson (Tübingen, 1975). Pour plus de renseignements sur Froissart, sa connaissance du blason et sa fréquentation des hérauts, voir Peter Ainsworth, « Heralds, Heraldry and the Colour Blue in the *Chronicles* of Jean Froissart », dans *The Medieval Chronicle*, éd. E. Kooper, Rodopi, Costerus New Series 120 (Amsterdam-Atlanta, 1999), pp. 40-55.   **3.** Cf. ms. de Rome, éd. Diller, 35 : « Et devés savoir que je ai ce livre croniset et historiiet, ditté et ordonné apriés et sus la relation faite des desus dis, a mon loial pooir, sans faire fait ne porter partie ne coulourer non plus l'un que

et à l'instar des secrétaires des ordres de chevalerie, Froissart le clerc en vient de cette manière à se faire reconnaître comme le mémorialiste attitré d'une caste à laquelle, en d'autres circonstances, il n'avait aucun espoir d'accéder.

Dans le Prologue de la rédaction ordinaire (manuscrits « B »), Froissart ne craint pas de reconstituer le vieux *topos* des *Trois Ordres*, en remplaçant l'ensemble des *oratores* (« ceux qui ont à tâche de prier pour le bien-être de ceux qui combattent » : à l'origine, les évêques ; et plus tard, les clercs) par ceux qui ont le devoir de *cronisier* les exploits des chevaliers :

> Li vaillant homme traveillent leurs membres en armes, pour avancier leurs corps et acroistre leur honneur. Li peuples parolle, recorde et devise de leurs estas, et de leur fortunes. Li aucun clerch escrisent et registrent leurs avenues et baceleries (Prologue, premier Livre, mss. « B » ; éd. de la SHF, I, 5).

Le Prologue de la dernière rédaction du premier Livre (le célèbre manuscrit de Rome, composé vers 1399-1404) souligne encore davantage la fonction fort honorable de *mémorialiste* désormais remplie par le chroniqueur :

> Or se debrise et disfere li mondes en pluisseurs manieres. Premierement, li vaillant honme travellent lors corps en armes pour conquerir la glore et renonmee de che monde ; li peuples parole[,] recorde, et devise de lors estas ; auquns clers escripsent et registrent lors oevres et baceleries, par quoi elles soient mises et couchies en memores perpetueles. Car par les escriptures puet on avoir la congnissance de toutes coses, et sont registré li bien et li mal, les prosperités et les fortunes des anciiens (J. Froissart, *Chroniques. Dernière rédaction du premier Livre. Édition du*

---

l'autre. Et seront dedens ce livre li bien fait ramenteu de ceuls qui l'ont deservi, de quel païs et nation que il soient. »

manuscrit de Rome Reg. lat. 869. Ed. G.T. Diller, Genève et Paris, 1972, p. 37)[1].

« Li vaillant homme, li peuples... et auquns clers » : Froissart et la société franco-anglaise du XIVe siècle

Nous trouvant au début d'un troisième millénaire, nos souvenirs encore récents d'un vingtième siècle marqué par des manifestations de cruauté humaine jusque-là inimaginables nous rendent peut-être moins enclins à lire les *Chroniques* avec le même enthousiasme romantique affiché, naguère, par Sir Walter Scott[2], ou par J.A.C. Buchon[3]. On peut, toutefois, avancer l'hypothèse que le XIVe siècle ne fut pas nécessairement plus ou moins barbare que le nôtre. En tout état de cause, l'histoire et l'historiographie de cette époque méritent que nous nous y arrêtions ; elles nous réservent encore quelques leçons, que ce soit du côté des événements et de la manière dont ils s'enchaînent dans les textes, ou de celui des mentalités contempo-

---

1. Sur les prologues, voir Peter F. Ainsworth, *Jean Froissart and the Fabric of History. Truth, Myth, and Fiction in the « Chroniques »* (Oxford, 1990), pp. 9 et 87 ; cf. Chr. Marchello-Nizia, « L'historien et son prologue : forme littéraire et stratégies discursives », dans *La Chronique et l'histoire au Moyen Âge*, éd. D. Poirion. Cultures et civilisations médiévales, II (Paris, 1984), pp. 13-25.   2. Voir Peter Ainsworth, « Froissart the Writer and Walter Scott : Chivalry and its Inheritance in the *Chroniques* and *Old Mortality* », dans *France and Germany in Scotland : Studies in Language and Culture*, éd. R. Wakely et P.E. Bennett (Edinburgh, 1996), pp. 65-80.   3. *Les chroniques de sire Jean Froissart qui traitent des merveilleuses emprises, nobles aventures et faits d'armes advenus en son temps en France, Angleterre, Bretaigne, Bourgogne, Escosse, Espaigne, Portingal et ès autres parties*, nouvellement revues et augmentées d'après les manuscrits, éd. J.A.C. Buchon, Collection des Chroniques nationales françaises, 11-24 (Paris, 1824-1826) ; voir aussi l'édition ultérieure : *Les chroniques de sire Jean Froissart : nouvellement revues et augmentées d'après les manuscrits*, éd. J.A.C. Buchon, Panthéon littéraire, Littérature française, Histoire (Paris, 1842).

raines exprimées à travers ceux-ci — reflet d'une société et de ses façons de concevoir le monde, ainsi que les rapports interpersonnels et politiques.

Un examen quelque peu attentif du discours et du contenu des *Chroniques* de Jean Froissart nous rappellera aussi comment, lors de la lecture de n'importe quel texte historiographique, nous nous devons de porter un regard critique autant sur ce que choisit d'inclure l'historien, que sur ce qu'il choisit d'occulter. Faire de l'histoire (au sens de créer un texte discursif *re-présentant* « faits » et arguments, pièces à dossier et explications), c'est imposer de l'ordre sur ces matériaux, mais aussi sur le monde que ceux-ci sont censés éclairer. Le discours qui en résulte proposera tantôt une vision particulière des phénomènes évoqués, tantôt une *révision* de ceux-ci ; ou bien il trahira, peu ou prou, certains symptômes de changements sociaux pressentis ou entrevus. Le discours historiographique n'est jamais innocent, jamais immédiat (au sens de non-médiatisé).

Dans la version du premier Livre conservée dans le manuscrit d'Amiens, Froissart appelle son œuvre en prose « nostre histoire des rois »[1]. Il partage de cette façon les préoccupations de certains moralistes français du dernier quart du XIVe siècle, pour lesquels la guerre de Cent Ans se concevait avant tout comme un « conflit de deux monarchies en pleine croissance dont les relations de seigneur à vassal ne suffisent plus à maintenir l'équilibre[2] » :

> Le conflit franco-anglais est d'abord perçu comme la querelle de deux princes. Présenté sous cet angle, il ne

---

1. J. Froissart, *Chroniques. Livre I. Le Manuscrit d'Amiens. Bibliothèque municipale n° 486 : Tome IV. Depuis l'offensive anglaise dans le Toulousain jusqu'à une mobilisation préparée par le duc d'Anjou dans le Bordelais (1367-1377)*, éd. G.T. Diller (Droz, «Textes littéraires français» 429 ; Genève, 1993), pp. 165-6. Désormais : « Amiens », suivi du numéro du tome et de la page.   **2.** J. Krynen, *Idéal du prince et pouvoir royal en France à la fin du Moyen Âge (1380-1440). Étude de la littérature politique du temps* (Paris, 1981), pp. 259-260.

s'agit pas d'une guerre nationale, mais de l'affrontement de deux seigneurs dont l'un ne veut plus reconnaître sa vassalité. Dans la présentation féodale de la rivalité franco-anglaise, c'est la personne du roi de France qui est mise en exergue[1].

L'image que nous propose Jean Froissart de la société du XIVe siècle est, en fait, dominée par un climat idéologique tout à la fois royal, aristocratique et chevaleresque[2]. Le roi étant le chef du corps politique, le bien-être de ses sujets dépend de sa santé, et de sa perfection morale. De là l'importance de tant d'épisodes dans les *Chroniques* où l'auteur met en scène l'apprentissage d'un roi ou le développement chez celui-ci d'une force morale croissante[3] ; ou bien, en revanche, où il flétrit la réputation d'un roi-tyran ou d'un souverain coupable d'excessive dépendance à l'égard de tel ou tel favori, prince du sang ou parvenu outrecuidant[4]. De même, Froissart insiste sur le rôle indispensable tenu à la cour par les conseillers du roi, tout en nous dépeignant les conséquences néfastes de *mauvais conseil* proféré par des hommes peu dignes de foi[5].

De la société de son époque, Froissart paraît donc avoir une conception fort conservatrice. Sa pensée ne se distingue guère, au demeurant, des « réformateurs » les plus mécontents de la fin du XIVe siècle :

> Dans cette société essentiellement statique, le changement est indésirable. La réforme ne peut être que le fonctionnement convenable du régime politique existant, non son altération.... Cette société est dominée

---

1. *Id.*   **2.** Voir, p. ex., Ainsworth, *Fabric*, pp. 180-181 : commentaire à propos de l'importance, pour Froissart, du concept de *jeunesse* (fougue, entrain, énergie, potentiel d'initiative, etc.), chez les rois et chevaliers.   **3.** Ainsworth, *Fabric*, pp. 272-302 (à propos d'Édouard III, tel qu'il nous est présenté selon les versions successives du premier Livre).   **4.** *Id.*, pp. 98-100 ; 105, 131, 176, 179, 201, 241 et 256.   **5.** *Id.*, pp. 192-205 (les Marmousets, pendant la minorité de Charles VI et au-delà ; carrière politique du comte d'Oxford, Robert de Vere, favori de Richard II — et mauvais conseiller hors pair).

par le passé, elle s'accroche aux vestiges du présent...
« L'exemple de nos ancêtres » était le modèle de
conduite le plus sûr. Si par leurs actions ils changent
la nature de la monarchie, c'est vers le passé que se
tourne l'esprit des « réformateurs » du XIVe siècle[1].

Précisons, cependant, que la société dépeinte dans
les pages des *Chroniques* n'est pas, pour autant, entièrement statique : Froissart y ménage une place à part
pour certains chevaliers et écuyers « opportunistes »
(au meilleur sens de ce mot) dont la carrière représente,
à ses yeux, le *nec plus ultra* de la chevalerie : « pluiseur chevalier et escuier se sont fait et avanciet », nous
dit-il, « *plus par leur proèce que par leur linage* ».
Bref, dans ce monde encore féodal, hautement structuré, il est quand même possible d'avancer socialement. Cela dit, Froissart partage l'angoisse, sinon le
pessimisme, de bon nombre de ses contemporains,
témoins de la Grande Peste et de conflits endémiques
entre pays voisins. Sa volonté de fixer l'image idéale
de *Prouesse* et de ses figurants prééminents —
Édouard III ou son fils le Prince Noir, Sir John Chandos ou Gautier de Mauny — avant qu'elle ne disparaisse à jamais, s'explique en partie par sa conviction
que l'existence humaine est fort précaire. Seule, l'écriture permet d'en préserver tant soit peu le souvenir :

> Car bien sçay que ou temps advenir, quant je seray
> mort et pourry, cest haulte et noble hystoire sera en
> grant cours, et y prendront tous nobles et vaillans
> hommes plaisance et augmentation de bien[2].

Car vous savez que toutte la cognoissance de ce
monde retournent par l'escripture, ne sus aultre chose

---

1. P.S. Lewis, *La France à la fin du Moyen Âge* (Paris, 1977),
pp. 42-3. **2.** SHF XII, p. 2 (Prologue au troisième Livre). Ce
souci d'immortalité est partagé par certains des chevaliers interviewés par le Chroniqueur, témoins ces propos de la part du « bascot » de Mauléon : « Messire Jehan, que dictes-vous ? Estes-vous
bien infourmé de ma vie ? J'ay encores eu assez plus d'aventures
que ne vous ay dis, desquelles je ne puis ne ne vueil pas de toutes
parler. » (*ibid.*, p. 109).

de verité nous ne sommes fondez fors que par les escriptures approuvées[1].

Pour ce clerc tonsuré, les *escriptures approuvées* sont, bien sûr, et en tout premier lieu, la Bible, les *Vies* des saints, et celles des Pères de l'Église. Mais Froissart entend y mettre du sien, et contribuer partant au maintien d'un ordre social voulu par Dieu. Selon cette perspective, les *Chroniques* sont comme l'équivalent écrit des chantreries (en anglais, *chantry chapels*) des XIVe et XVe siècles[2], chapelles ou églises collégiales fondées par les donations de princes ou de chevaliers pour conserver le souvenir de leur passage sur terre, et pour assurer que des messes y soient célébrées à perpétuité, pour le bien-être de leur âme.

L'Église, pourtant, la vie spirituelle du croyant encore moins, ne trouvent que fort peu de place dans les *Chroniques*. La spiritualité n'en est pas totalement absente, mais elle se limite le plus souvent à des anecdotes un peu superstitieuses, dont l'exemple que voici est bien représentatif :

> Uns tels miracles avint ossi en ce temps d'un escuier englès, qui estoit de le route monsigneur Pière d'Audelée et Albrest. Il avoient chevauciet un jour et estoient entré en un village qui s'appelle Ronay. Et le desroboient li pillart, et y entrèrent si à point que li prestres chantoit la grant messe. Cils escuiers entra en l'eglise et vint à l'autel et prist le calisse où li prestres devoit consacrer Nostre Signeur et jetta le vin en voies. Et pour tant que li prestres en parla, cilz le feri de son gant, à traver se main, si fort que li sans en vola sus l'autel. Che fait, il issirent de le ville. Yaus venut as

---

1. SHF XIV, p. 9 (troisième Livre, encore une fois ; Froissart se montre plus conscient dans celui-ci de la destinée de son œuvre). 2. Voir par exemple la chapelle des Beauchamp et leur gisants dans l'église paroissiale de Warwick (St. Mary, Warwick), les tombeaux de la famille Despenser dans l'église abbatiale de Tewkesbury, Gloucestershire (où on trouve en haut du baldaquin qui domine sa tombe la statue d'Édouard Despenser, représenté à genoux dans une attitude de prière, et armé de pied en cap), ou les *chantry chapels* de la cathédrale de Hereford.

camps, cilz pillars, qui fait avoit cel outrage et qui portoit en son sain le calisse, le platine et le caporal, entrues que il chevauçoit, soudainnement il li avint ce que je vous diray. Et ce fu bien vengance et verghe de Dieu et exemples pour tous aultres pilleurs. Li chevaus de celui et il commencièrent à tourniier si diversement et à demener tel tempeste que nulz ne les osoit approcier. Et cheirent là en un mont et estranglèrent l'un l'autre, et se convertirent tout en pourre. Tout ce veirent li compagnon qui là estoient, dont il furent durement eshidé. Et voèrent et prommisent Dieu et à Nostre Dame que jamès eglise ne violeroient ne desreuberoient : je ne sçai se il l'ont depuis tenu [1].

La grande exception à cette règle est le commentaire désabusé du Grand Schisme (dès 1378) que nous propose Froissart dans son deuxième Livre. Cette affaire, et la rivalité des papes Clément VII et Urbain VI, est pour le Chroniqueur un scandale, marquant l'échec de la charité chrétienne dans les deux camps. Peut-être s'inquiétait-il aussi un peu quant à l'avenir de ses propres bénéfices...

Froissart croit bien à la présence et à l'intervention toujours possible de Dieu (de par sa Providence) dans un monde qu'Il a lui-même créé ; mais ceci n'empêche pas le Chroniqueur de croire en même temps à l'influence constante — mais tout aussi imprévisible — de ce qu'il appelle, avec ses contemporains, *Fortune*. Lecteur de la *Consolatio philosophiæ* de Boèce, Froissart est convaincu de la puissance d'intervention de Dame Fortune, qui peut, d'un moment à l'autre, faire basculer la destinée d'un prince, témoin un épisode qu'on lira dans nos Variantes du deuxième Livre dans lequel Louis de Flandre, isolé de ses troupes, se trouve

---

[1]. SHF V, pp. 175-76. Voir aussi L. Harf-Lancner, « Une légende mélusinienne dans les *Chroniques* de Froissart : l'histoire du seigneur de Coarraze et de son serviteur Horton », dans *Actes du colloque international tenu les 27 et 28 mars 1997 à l'Université Paris XII et au Collège des Irlandais*, Champion (Paris, 1999), pp. 205-221. Cf. notre texte du deuxième Livre, § 112 (siège de Bourbourg).

obligé de chercher abri dans la chaumière enfumée d'une *povre femme* de Bruges, son armée de chevaliers ayant perdu la journée contre les tisserands et foulons de Gand.

Si les écuyers ou chevaliers de modeste lignage peuvent se distinguer au combat et partant se faire élever à un rang social supérieur, il n'y a pas, pour le poète-chroniqueur, d'équivalent de cette modalité d'intégration sociale. Nous avons fait remarquer plus haut comment, dans certains de ses *dits narratifs*, Froissart le poète se montre dans les coulisses, témoin émerveillé (mais interdit) des activités courtoises des dames et chevaliers[1]. Même dans les *Chroniques*, et aux moments où il se met en scène, Froissart nous donne l'impression d'avoir vécu comme une vie de spectateur d'un monde qu'il n'a cessé de fréquenter, mais auquel il n'a jamais vraiment appartenu :

> Froissart semble avoir caressé toute sa vie le désir de franchir le seuil qui l'aurait introduit dans les rangs de la chevalerie. La figure adoptée comme narrateur à la première personne dans les plus longs de ses *dits narratifs* est souvent figée dans le rôle de celui qui surprend les propos ou assiste aux *ébats* des protagonistes aristocratiques. Il reste contre le mur à observer les évolutions de la danse et il est même à l'occasion surpris et légèrement raillé ou tarabusté par ceux dont il évoque le mode de vie avec tant d'enthousiasme[2].

La grande préoccupation de Froissart demeure, au bout du compte, la représentation et pour ainsi dire la *consécration* du spectacle des *apertises d'armes* des chevaliers qu'il admirait avec tant de passion. Il lui arrive même de se poser en émule *clérical* de ceux-ci, pour autant qu'il puisse se déclarer leur secrétaire et célébrant. Vues sous cet angle, les *Chroniques* sont

---

[1]. Voir p. ex. sa *Prison amoureuse*, éd. A. Fourrier (Paris, 1974), vv. 343-418, 490-496 et 1066-1141 ; cf. *l'Espinette amoureuse*, éd. A. Fourrier (Paris, éd. de 1972), vv. 1277-93, 2744-53 et 3214-22.   [2]. P. Ainsworth, *Fabric*, p. 77 ; propos traduits et commentés par M. Zink dans son *Froissart et le temps*, p. 25.

elles-mêmes une grande *emprise* héroïque. C'est ainsi que le Clerc en vient à associer sa destinée à celle du Chevalier (princes, barons, chevaliers et écuyers) dont il préserve l'image dans ses *Chroniques*. Certains de ses portraits sont de véritables *tombeaux*, nous rappelant, ainsi, les gisants qu'on trouve encore de nos jours dans beaucoup d'églises du XIVe siècle (en Angleterre, du moins)[1]. À titre d'exemple, voici comment, dans son troisième Livre, Froissart nous dépeint les vertus de ses patrons Wenceslas de Brabant et Guy de Blois :

> Ce duc Winchelant fut largues, doulx, courtois et amiables, et grant chose eust esté de luy, s'il euist longuement vescu, mais il morut en la fleur de sa joennesse, car il s'arma très voulentiers, dont je, qui ay escript et cronisiet ceste hystoire, le plains trop grandement que il n'eubt longue vie tant que à .IIII[xx]. ans, ou plus, car il eust fait moult de biens en son temps, et luy desplaisoit grandement le scisme de l'Église, et bien le me dist, car je fuy moult privé et accointié de luy, pourtant que j'ai veu en mon temps que j'ay travailliet le monde CC haulx princes ; mais je n'en vey oncques plus humble, plus debonnaire, ne plus traittable, et aussy avecques luy mon seigneur et mon bon maistre, monseigneur Guy, le conte de Blois, qui ces hystoires me recommanda à faire. Ce furent les deux princes, en mon temps, de humilité et de larguesce et de bonté, sans nul mauvaix malice, qui sont le plus à recommander, car ilz vivoient largement et honnestement du leur, sans grever ne travaillier leur peuple, ne de mettre nulles mauvaises ordonnances ne coustumes en leurs terres[2].

Rappelons ici, cependant, avec Michel Zink, que l'admiration du Chroniqueur n'est pas aveugle. Comme certains romans chevaleresques de son époque, les *Chroniques* sont développées par Froissart, « non sous la forme d'une admiration béate et figée, mais au contraire au sein d'une dialectique de la per-

---

1. Voir, par exemple, le gisant de Sir Hugh Calveley à Bunbury, Cheshire.   **2.** SHF XIV, pp. 159-160.

fection et de la précarité, déjà sensible deux siècles plus tôt dans les romans de Chrétien de Troyes[1] » :

> Privilégier l'univers de la chevalerie et de la courtoisie en s'inquiétant constamment, sourdement, à son sujet, en sachant secrètement qu'il est déjà mort et révolu, ou peut-être même qu'il n'a jamais existé que dans le temps fictif et mythique, celui du roi d'Arthur : c'est par ce biais et de ce point de vue que le roman a habitué les hommes de cette époque à réfléchir sur le jeu des événements humains. C'est ainsi qu'il dit les angoisses, les passions, les affrontements de l'être au monde. Et, de son côté, l'historien d'alors n'a pas de moyen plus saisissant ni plus adéquat pour rendre les crises de son temps intelligibles, perceptibles à la sensibilité de ses contemporains et à la sienne propre.
>
> Mais que les conventions littéraires puissent révéler la vérité tout en la déguisant, c'est ce que nous reconnaissons plus facilement dans le cadre de la fiction que dans celui de l'histoire. Racine comme historiographe du roi intéresse peu ; mais on admet sans peine que le poète tragique incarne l'universalité des passions dans des personnages royaux [...]. La convention admise par le Moyen Âge est un peu différente : elle ne privilégie pas les grands de ce monde en eux-mêmes, mais l'« ordre » chevaleresque — l'ordre que la chevalerie introduit dans le monde — face à ce qui l'exalte, le menace, l'abat. Lorsque Froissart annonce qu'il va rappeler les hauts faits chevaleresques de son temps, il n'entend pas faire l'éloge aveugle ou servile de la chevalerie, mais faire apparaître les troubles de l'époque et le sens de l'histoire — sa signification, non sa direction — à travers les péripéties de l'institution elle-même la plus chargée de sens grâce à la littérature[2].

À vrai dire, ce n'est que vers la fin de sa carrière que Froissart trahit des doutes profonds quant à la viabilité du rêve chevaleresque. Les premières rédactions du premier Livre affichent, presque sans interruption, l'engouement du chroniqueur pour le panache de la

---

1. M. Zink, *Froissart et le temps*, p. 53. **2.** *Id., loc. cit.*

chevalerie. Il faut attendre le troisième Livre et surtout le quatrième, ainsi que la dernière rédaction du premier Livre, pour que l'écriture des *Chroniques* trahisse une compréhension morale plus éclairée, plus désabusée aussi, à l'égard du grand rêve chevaleresque. Commentant le récit de la « tragédie » de Richard II (« non celle de Shakespeare, mais celle de Froissart ») dans le quatrième Livre, Zink fait ressortir toute la sagacité, toute l'intelligence pénétrante du Chroniqueur, vers 1399-1400 :

> Tout montre, ici et jusqu'à la fin du livre et de l'œuvre, le soin et l'efficacité avec lesquels Froissart rend, sur un ton presque neutre, la haine, la peur, la trahison, la dissimulation, la servilité, la violence, l'humiliation, les retournements de situation, les ricanements du destin, la glu du piège où se prend celui-là même qui l'a tendu. Vraiment, Froissart n'est plus le jeune homme euphorique, ébloui par la cour de la reine Philippa et par le panache chevaleresque. L'écrivain, l'historien, le moraliste ont beaucoup appris sur l'homme, sur l'homme de cour, sur la faiblesse des puissants [1].

Il est au moins une qualité qui ne varie pas d'un bout à l'autre de l'œuvre de Jean Froissart. Doté d'une très forte imagination visuelle, il excelle à rendre les scènes de rencontre dramatique, que ce soit sur le champ de bataille, pendant le siège d'une ville fortifiée, ou dans la salle de conseil d'un roi. L'écheveau de son texte dévide peu à peu des signaux (détails réalistes, effets sonores, campement d'un personnage, mise en place d'un foyer de perspective ou d'une focalisation particulière, etc.) qui encouragent le lecteur à établir un contexte imaginaire dans lequel évolueront les figurants du drame [2]. De cette façon, certains effets stylistiques viennent compléter l'information visuelle transmise par les miniatures qui rehaussent beaucoup de manuscrits, et qui présentent soit le résumé d'un

---

1. *Id.*, p. 96.   **2.** Analyse et commentaires dans Ainsworth, *Fabric*, pp. 116-123.

chapitre, soit un moment clé dans le déroulement de celui-ci[1].

Après les princes et chevaliers, que dire, enfin, de son portrait des autres couches de la société du XIVe siècle ? De la paysannerie, des tisserands, foulons et drapiers des villes de Flandre — ou des fantassins, sapeurs et mineurs des armées royales ? Nous avons fait remarquer plus haut que si, de temps à autre, Froissart nous brosse un portrait (sommaire) des pauvres, c'est essentiellement dans des contextes où la révolte de ceux-ci met en relief les défaillances des grands — mais menace en même temps un ordre social sanctionné et mis en place par Dieu. Ses récits de la Jacquerie française de 1358 et de la Grande Révolte anglaise de 1381 expriment toute l'angoisse du Chroniqueur face à la tyrannie qui se produit quant l'autorité divinement sanctionnée des princes se trouve menacée par en-dessous. La révolte est conçue en termes de *bestournement* ; autrement dit, le monde est tourné sens dessus dessous. Dans les chapitres des premier et deuxième Livres où Froissart nous raconte l'écrasement des révoltés, l'épée symbolique et métonymique des chevaliers a raison, toujours, des pauvres défenses des miséreux. Aux belles couleurs éclatantes des

---

1. Nous n'oublions pas que les éditions modernes ne comprennent pas d'enluminures ! Voir à propos de l'illustration des manuscrits de Froissart : L. Harf-Lancner et M.-L. Le Guay, « L'Illustration du Livre IV des *Chroniques* de Froissart : les rapports entre texte et image », *Le Moyen Âge* XCVI (1990), pp. 93-112 ; L. Harf-Lancner, « La merveille donnée à voir : la chasse fantastique et son illustration dans le livre III des *Chroniques* de Froissart », *Revue des Langues Romanes* C (1996), pp. 91-110 ; M.-L. Le Guay, *Les princes de Bourgogne. Lecteurs de Froissart. Les rapports entre le texte et l'image dans les manuscrits enluminés du Livre IV des* Chroniques. « CNRS éditions », Brépols, 1998 ; et A. Varvaro, « Il libro I delle *Chroniques* di Jean Froissart. Per una filologia integrata dei testi e delle immagini », *Medioevo Romanzo* XIX (1994), pp. 3-36. Pour une introduction à la « lecture » de l'image dans les manuscrits médiévaux, voir Chr. Raynaud, *Le Commentaire de document figuré en histoire médiévale*, A. Colin, coll. « Cursus » (Paris, 1997).

armoiries des maîtres, Froissart oppose l'image des pauvres, rabougris et noircis par la crasse. Ainsi se trouve rétabli l'ordre du monde d'une société dans laquelle chacun doit occuper la place que Dieu lui a assignée.

Pour le réhabiliter — autant que faire se peut — faisons remarquer que Froissart est loin d'être ignorant des causes de ce mécontentement populaire ou bourgeois. Mais ni les moyens choisis, ni les fins auxquelles veulent parvenir les rebelles, ne sauraient se faire accepter par lui. Cela dit, au moins un épisode du deuxième Livre paraît témoigner d'une attitude morale et politique plus ambivalente de la part du Chroniqueur. Nous songeons en particulier à son récit de la bataille du Beverhoutsveld, le 3 mai 1382, devant la ville de Bruges, épisode dont on trouvera un commentaire dans nos notes en bas de page[1]. Dans ce récit fort solennel Froissart confère aux milices flamandes rangées contre la chevalerie de Louis, comte de Flandre, une dignité tout à fait exceptionnelle.

Pour terminer cet examen à vrai dire trop sommaire du portrait que nous offre Froissart de la société de son temps, mentionnons en tout dernier lieu les *autres* soldats de ses *Chroniques*. Si la plupart de ses pages sont occupées par des chevaliers blasonnés montant des chevaux caparaçonnés et armoriés de même, on rencontre parfois aussi, au détour d'une route, au cours d'un siège, dans les douves ou au fond d'une mine de sape, d'autres effectifs de l'armée princière du XIVe siècle. Il arrive au Chroniqueur de nous parler d'obstacles rencontrés par les chefs d'une armée française ou anglaise en cours de chevauchée. Le besoin que ressent le Chroniqueur dans de telles circonstances, de nous expliquer l'importance stratégique ou tactique de

---

1. Voir P. Ainsworth, « Du berceau à la bière : Louis de Male dans le deuxième Livre des *Chroniques* de Froissart », dans J.H.M. Taylor (éd.), *DIES ILLA. Death in the Middle Ages*, Vinaver Studies in French, I, Francis Cairns (Liverpool, 1984), pp. 125-152 ; et notre texte du deuxième Livre, *infra*, § 61.

tel ou tel de ces obstacles, l'amène — *nolens, volens* — à nous donner un aperçu momentané mais inoubliable du soldat ordinaire. Sa présence dans les *Chroniques*, pour être en ce sens accidentelle, n'en est pas moins émouvante, surtout pour un lecteur moderne. Dans l'épisode qui clôt cette Introduction générale, par conséquent, nous préférons donner le dernier mot aux pauvres sapeurs d'Édouard III, sommés de lever d'un lit de rivière non moins de douze cents pilots laissés par leurs ennemis comme moyen de défense contre eux :

> Le tierch jour fu li nés toutte ordonnee et abillie et li enghiens dedens assis et aprestez pour traire hors les pillos. Lors conmencierent à aller chil qui s'en ensonnioient au dessus et emprisent à ouvrir si comme coummandet leur estoit. Si s'afichierent se à traire et à oster lez pillos dont il y avoit semés en l'Escaut plus de .XII^c. més tant de painne en eurent ainschois que il en peuuissent avoir .I. que merveilles et regarderent li seigneur et li mestre qui là estoient qui che avoient ordonnet à faire que, tout au mieux venir, on n'en aroit meut hors de l'aighe une .XII^{aine}. le jour. Si en fu li comtez[1] tous tanez et conmanda à laissier cest ouvraige[2].

P.F.A.

---

1. Le comte de Hainaut. **2.** Amiens, éd. Diller, t. II, p. 72.

AU SEUIL DES *CHRONIQUES* :
LIRE JEAN FROISSART

Depuis sa fondation, la collection des « Lettres gothiques » a eu à cœur d'atteindre un public curieux, intelligent et averti – mais pas nécessairement « savant ». Satisfaire aux exigences des professionnels de l'édition des textes du Moyen Âge français, tout en facilitant l'accès, pour un public comprenant romanistes *et* amateurs de la littérature sous toutes ses formes, à ce grand texte en prose du XIVe siècle que sont les *Chroniques* de Froissart, voilà ce qui constitue le défi principal de l'édition présente. Il va de soi que les attentes des uns ne correspondront pas toujours aux besoins des autres, que ce soit au niveau de la documentation ou à celui de l'établissement du texte. Or, c'est un défi que nous sommes heureux de relever ; au prix, peut-être, d'attirer sur notre tête l'opprobre d'au moins une proportion de nos confrères professionnels.

Au seuil de notre édition, mettons donc en exergue – sans aucune réticence d'ailleurs – notre détermination de réduire au minimum les aspects rebutants de l'expérience de lecture que pourrait proposer, à des non-spécialistes, l'œuvre du Chroniqueur de Valenciennes. Cela ne nous dispensera pas de veiller aux aspects professionnels de l'entreprise ; seulement, nous ne croyons pas que les deux visées soient mutuellement – et nécessairement – exclusives. Les textes que nous proposons à notre public sont, nous le croyons, fiables et bien annotés ; mais ils sont présentés selon des principes d'édition qui en faciliteront l'accès pour un public divers, intelligent, mais pas forcément spécialiste.

Froissart et le moyen français

Le français de Jean Froissart n'est pas le français de la *Chanson de Roland*, ni même celui de la *Cronique de Constantinoble* de Geoffroi de Villehardouin. C'est un français que nous pouvons reconnaître presque sans difficulté, compte tenu de quelques particularités lexicales, orthographiques et syntaxiques que nous commenterons au fur et à mesure, et qui sont expliquées dans les notes en bas de page autant que dans le Glossaire. Faisons remarquer d'abord que pour un lecteur moderne non initié, ce *moyen français* paraîtra relativement chiche en ce qui concerne l'emploi de pronoms personnels. Faisons remarquer aussi que les phrases du chroniqueur sont parfois très longues, bourrées qu'elles sont de propositions subordonnées, ou tout simplement de digressions qui risquent de faire perdre au lecteur, de temps à autre, le fil syntaxique ou même thématique adopté au départ. C'est que le discours des *Chroniques* s'alimente à au moins deux sources. La phrase de Froissart doit beaucoup, en premier lieu, à ses lectures de prédilection : amateur des longs romans arthuriens du treizième siècle, Froissart emprunte à ceux-ci rythmes, incises, tours syntaxiques et techniques d'*entrelacement* ou de digression.

La deuxième influence que nous tenons à souligner relève des conditions de travail mêmes dans lesquelles fonctionnait le chroniqueur. Sa prose épouse, souvent, les « contours » d'un certain discours *oral*, parlé. Nous savons que Froissart prenait des notes (se servant peut-être d'un rouleau de fragments de parchemin cousus ensemble) au cours de, ou plutôt juste après ses entretiens avec des chevaliers et hérauts d'armes rencontrés dans les auberges ou châteaux forts, et qu'il consultait comme témoins oculaires des événements dont il cherchait à préserver le souvenir ; que, monté dans sa chambre, il consignait par écrit un premier brouillon de ce qu'il avait entendu au coin du feu ; que, revenu à

Valenciennes ou à Chimay, enfin, il se mettait sérieusement au travail dans ce qu'il appelle sa *forge*, composant ou dictant à un scribe (ou devant une équipe de copistes) des récits de longue haleine formant chacun des « chapitres » de la version la plus récente de ses *Chroniques*. Ce qui explique la présence, dans sa prose, de bon nombre de « formules de transition » de style nettement oralisé, du genre « Or laisserons à parler du duc d'Anjou et parlerons du bon conte de Soussexes qui séjournait encore à Nantes ». À force de lire les *Chroniques*, on acquiert rapidement l'habitude de ces formules, ainsi que d'autres traits stylistiques ou rythmiques caractérisant la prose de Froissart.

Ponctuation : le défi des accents

Les copistes auxquels nous devons les manuscrits des *Chroniques* ne ponctuaient guère : un trait oblique ou même un point faisait office de virgule moderne, et les phrases ne se terminaient donc pas toujours par un point. L'éditeur moderne se contente, d'abord, de faire une transcription rigoureusement « diplomatique », c'est-à-dire qu'il essaie de ne copier que ce qu'a écrit le scribe, et en intervenant le moins possible. Ce n'est que plus tard qu'il ajoutera virgules (chichement, d'ailleurs) et autres signes de ponctuation. Les erreurs manifestes du scribe seront ou bien corrigées, ou commentées dans des notes en bas de page. Une intervention éditoriale, par exemple l'insertion d'un mot, est normalement signalée par des crochets [ainsi], un mot inutilement répété par le scribe sera mis entre parenthèses (ainsi). Les différentes *graphies* ou formes orthographiques, p. ex. le « z » final employé par beaucoup de scribes pour représenter un « s » seront ou bien résolues ou conservées. Les « j » et « v » seront différenciés en « i », « j », « v » et « u », selon des conventions auxquelles on se réfère depuis des années.

Notre édition du Livre Ier retient les conventions adoptées naguère par Siméon Luce. Pour notre édition du deuxième Livre (basée sur le manuscrit de New York, demeuré jusqu'à ce jour inédit, et donc entièrement nouvelle), nous avons distingué entre « u » et « v, » « i » et « j ». Nous avons maintenu et « s » et « z ». Pour le verbe *pouvoir* nous avons suivi les conclusions de O. Jodogne [1] et écrit *pouoir / pouons*, etc. Les « c » qu'on prononçait alors « s » ont été affublés d'une cédille ; les « e » non-muets en fin de mot ont reçu un accent aigu. Nous avons pris le parti, aussi, d'ajouter parfois un accent aigu à des mots qui, autrement, risquaient à notre avis de ralentir le lecteur non-spécialiste. Nous avons ajouté certains signes diacritiques dont se dispensent normalement les romanistes (p. ex., le point-virgule, commenté plus loin) [2]. L'exemple le plus frappant en est l'emploi que nous faisons de l'accent grave pour distinguer entre « ou » (conjonction contrastive) et « où » (préposition / adverbe de lieu), ou entre « à » (préposition ou expression adverbiale de manière) et « a » (3e personne, au singulier, du verbe *avoir*). Nous avons eu recours aussi, dans notre texte du deuxième Livre, au tréma, pour distinguer entre « oÿ » (participe passé du verbe *oïr*, « entendre ») et des formes comme *roy* (prononcé alors « rouais »). Nous l'employons également pour signaler la présence du subjonctif ou du conditionnel, donc du possible ou du virtuel, dans des formes « à hiatus » comme *eüst eü* [3]. C'est dans les textes en vers que l'on trouve le plus souvent les formes à hiatus ; pour les textes en prose, les romanistes ont tendance à écrire

---

[1]. O. Jodogne, « "Pouvoir" ou "pouoir" ? Le cas phonétique de l'ancien verbe *pouoir* », dans *Travaux de linguistique et de littérature*, IV, 1966, pp. 257-266.   [2]. Pour les conventions normalement en usage chez les médiévistes, voir les « Règles pratiques pour l'édition des textes français et provençaux », *Romania*, LII, 1926, pp. 243-249.   [3]. Voir Chr. Marchello-Nizia, *Histoire de la langue française aux xive et xve siècles*, Bordas, Paris, 1979, p. 58.

eussé eu (« aurait eu »), alors que dans des textes en vers, où importe davantage le décompte des syllabes, on écrira de préférence *eüsse eü*. Bien que les *Chroniques* ne soient pas un texte en vers, nous avons signalé ces formes par un tréma, pour indiquer à nos lecteurs qu'il s'agit (le plus souvent) de subjonctifs ou de participes passés. Nous reconnaissons que leur prononciation, aux XIVe et XVe siècles, pose encore quelques problèmes[1].

Ce trait de notre édition, avec l'adjonction de virgules, point-virgules et autres signes de ponctuation sont autant de balises pour le lecteur non initié. Nous avons cherché à tenir compte des attentes psychologiques et linguistiques du lecteur non romaniste ; nous espérons que son homologue spécialiste ne nous en fera pas trop grief. Nos choix ont été régis, parfois, par des critères d'ordre moins formel, mais pragmatique : ayant découvert, par exemple, que Robert Merle employait dans ses romans historiques l'accent aigu pour *département* (au sens de « départ »)[2], nous avons suivi cet exemple, si familier à des milliers de lecteurs, la forme *departement* étant réservée dans notre texte du deuxième Livre, à « répartition ». Ajoutons qu'une version nécessairement plus sobre de notre texte, destinée aux seuls spécialistes, paraîtra ailleurs en temps et lieu.

Ponctuation : virgules, points – et points-virgules ?

L'étendue des phrases de Froissart pose à ses éditeurs des choix parfois difficiles : emploi d'une simple virgule suivie d'un point, ou d'une chaîne de virgules ? Où s'arrête donc (pour Froissart, ou pour un lecteur moderne, spécialiste ou pas) la phrase en cours ? Les éditions des romanistes professionnels ne se servent

---

1. Marchello-Nizia, op. cit., p. 59.   2. Voir par exemple *La Gloire et les Périls* dans la série « Fortune de France », Éditions de Fallois/Le Livre de Poche, Paris, LGF, 1999.

plus du point-virgule, et cherchent à éviter la profusion des virgules. Notre propos ici a été de mettre l'accent sur l'intelligibilité de la phrase ; de ponctuer, par conséquent, de façon que ressorte pour l'ensemble de nos lecteurs le rythme de la phrase telle qu'elle a pu être énoncée devant le copiste (hypothèse, bien sûr). On rencontrera donc, surtout dans notre édition du deuxième Livre, virgules, points-virgules et même tirets – signalant une pause ou une parenthèse.

La position est peut-être hardie, mais elle a été adoptée avec l'approbation du directeur de la collection, persuadé qu'il est avec nous de la nécessité d'apporter au moins quelques éléments de soutien au lecteur non initié. Pour le deuxième Livre nous avons maintenu la division en chapitres telle qu'elle se présente dans le manuscrit. Le texte du premier Livre respecte les alinéas de l'édition de la SHF. On trouvera plus loin une courte discussion sur quelques difficultés un peu particulières que soulève la présentation, et la lecture, de celui-ci.

Les Chroniques, *mode d'emploi :*
le deuxième Livre d'abord...

Pour initier à la lecture de Froissart les personnes disposant de peu ou d'aucune connaissance du moyen français, nous proposons ici un renversement de l'ordre normal – chronologique – suivi pour la présentation des Livres I et II. La raison en est que le manuscrit auquel nous avons eu recours pour l'établissement du texte du Livre II est d'un abord beaucoup plus facile, linguistiquement parlant, que celui choisi comme témoin du Livre I. Au risque de paraître inconséquent, nous conseillons donc aux lecteurs inexpérimentés de commencer par le Livre II. On trouvera ci-après 1. la photo d'une partie du feuillet 265 du manuscrit de New York (début du texte du deuxième Livre) ; 2. une transcription diplomatique du texte sélectionné ; et 3. le

Lire Jean Froissart 43

même texte présenté selon les critères d'édition exposés plus haut. En suivant ces étapes successives dans la constitution d'un court extrait, le lecteur prendra rapidement conscience de la manière dont celui-ci a été édité, ainsi que de nos choix d'éditeur.

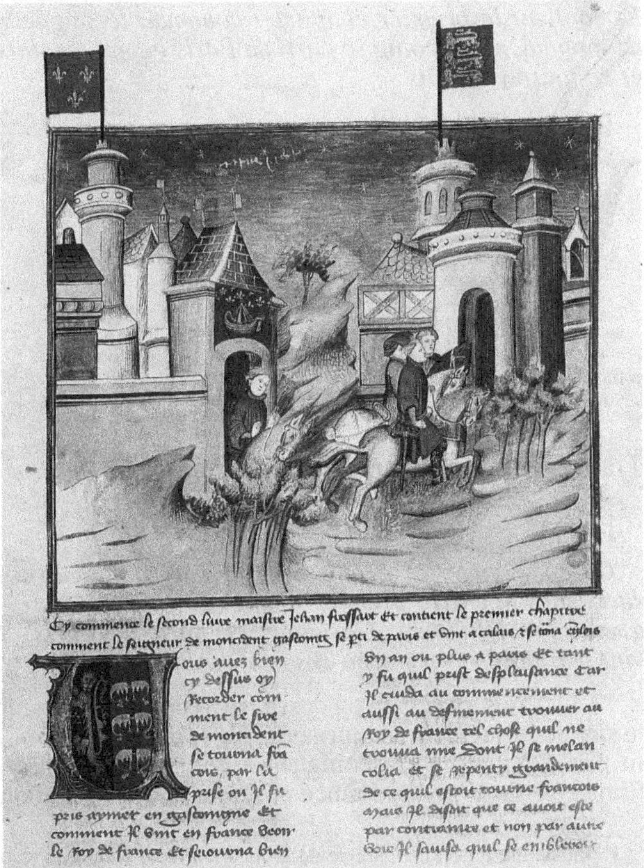

MS M.804, folio 265 (détail)
The Pierpont Morgan Library, New York.

Transcription diplomatique du feuillet 265 *recto* du MS M.804 de la Pierpont Morgan Library. Début du deuxième Livre

[rubrique :]

Cy commence le second livre maistre Jehan frossart Et contient le premier chapitre / comment le seigneur de moncident gascoing se parti de Paris et vint a calais et se tourna englois

[première colonne :]

Vous avez bien /
cy dessus oy /
recorder com /
ment le sire /
de moncident /
se tourna fran /
cois par la /
prise ou il fu /
pris aymet en gascoingne Et /
comment il vint en france veoir /
le roy de france et sejourna bien /
un an ou plus a paris Et tant /
y fu quil prist desplaisance Car /
il cuida au commencement et /
aussi au definement trouver au /
roy de france tel chose quil ne /
trouva mie Dont il se melan /
colia et se repenty grandement /
de ce quil estoit tourne francois /
mais il disoit que ce auoit este /
par contrainte et non par autre /
voie Il savisa quil se embleroit [...]

Transcription ponctuée du même passage

[265r] [1]

Cy commence le second livre maistre Jehan Frossart, et contient le premier chapitre comment le seigneur de Moncident, Gascoing, se parti de Paris et vint à Calais et se tourna englois

*§ [2] 1.Vous avez bien cy dessus oÿ recorder comment le sire de Moncident se tourna françois [3] par la prise où il fu pris à Ymet en Gascoingne, et comment il vint en France veoir le roy de France et séjourna bien un an ou

---

1. Indication du feuillet, suivie de la mention recto (= r) ou verso (= v). **2.** Un astérisque dans le corps du texte du *deuxième* Livre signale la présence d'une miniature (d'une enluminure). Le sigle § annonce le début d'un chapitre. **3.** « Changea de camp, de parti » (anglo-gascon > français, en l'occurrence).

plus à Paris. Et tant y fu qu'il prist desplaisance, car il cuida au commencement et aussi au definement trouver au roy de France tel chose qu'il ne trouva mie, dont il se mélancolia et se repenty grandement de ce qu'il estoit tourné françois ; mais il disoit que ce avoit esté par contrainte et non par autre voie. Il s'avisa qu'il se embleroit **[265v]**

Syntaxe et orthographe

La comparaison est peut-être surannée, mais comparons l'expérience du lecteur débutant ou faux débutant en moyen français à celle de l'apprenti du vélo. Au bout de quelques minutes, on décolle – au prix de quelques dérapages. Pour apprendre à aimer et à lire les *Chroniques*, il suffit de quelques minutes d'application ; il ne faut pas trop s'arrêter aux mots ou aux phrases qu'on ne comprend pas au premier abord. On peut toujours revenir en arrière, et recommencer. Bref, il faut lire sans trop se préoccuper au départ des difficultés d'orthographe ou de grammaire qu'on va rencontrer. En ce qui concerne le deuxième Livre, celles-ci sont loin d'être rebutantes. Nous en dressons ci-dessous un bilan provisoire :

Orthographe

L'orthographe d'un mot peut changer deux ou trois fois dans un seul paragraphe. On notera aussi les formes suivantes (empruntées au texte du deuxième Livre) :

∞ emploi fréquent de « y » pour « i »
∞ haute fréquence de mots contenant un « s » *étymologique*, p. ex. *mist, dist, resjoïs, desplaisance, estoit/esté*

∞ désinence de l'imparfait en *–oit*

∞ haute fréquence de mots renfermant le groupe « –ngn- », p. ex. *congnoissance*.

∞ fermeture de « o » en « ou », p. ex. *reprouchié, voulenté, demoura* (formes picardes).

∞ forme ou orthographe peu familières, pour certains mots : *getta* (= « jeta »), *hoirs* (= « héritiers »), *euvangiles* (= « évangiles »), *orent* (= « eurent ») ;

∞ diphtongaison de certains mots, p. ex. *enviers* pour « envers ».

∞ absence de l'apostrophe : *je en parleray, se embleroit, je iray, que elles*, etc.

∞ picardismes, p. ex. *ceval* au lieu de *cheval* (v. plus loin, à propos du premier Livre)

À noter aussi que le mot *monsigneur* s'écrit avec une majuscule quand il s'agit d'un titre employé à propos d'un personnage nommé, p. ex. *hault prince Monsigneur de Flandres*.

Abréviations

Les abréviations ont été résolues en conformité avec les formes qui se rencontrent le plus fréquemment. Aux numéros et chiffres paraissant dans notre texte du deuxième livre, en revanche, nous avons préféré conserver leur forme manuscrite, p. ex. *Le .xxxvj.ᵉ chapitre / Le .iiij.ˣˣ.xix.ᵉ chapitre*.

Syntaxe et ordre des mots

On relèvera en particulier les faits suivants :

∞ Emploi fort fréquent de la copule *et* en série (« Et... et... et... », etc.). Ordre des mots parfois un peu surprenant pour un lecteur moderne, p. ex. *ce ouÿ* (pour « entendit cela »).

∞ Absence parfois de pronom personnel sujet, ou de pronom impersonnel, p. ex. *Me parti de Pampelune / Si fist entendant* (à noter aussi l'emploi, ici, d'un participe présent au lieu d'un infinitif).

∞ Incises et prépositions : *Si* (= « Mais » ou « Et ») ; *Adont* (cf. « Alors... ») ; *Atant* (« Sur ces entrefaites »).

∞ Emploi fort fréquent d'expressions de manière, introduites par *à*, p. ex. *à leur loyal pouoir*.

∞ Emploi de *par* au sens de « pour », p. ex. *chascun par soy* (= « chacun pour son propre compte »).

∞ Emploi récurrent d'adverbes d'insistance comme *durement* ou *grandement* (+ adjectif), p. ex. *durement pensif* (= « fort préoccupé »).

∞ Emploi de *moult* + adverbe/adjectif, au sens de « fort » : *moult roidement / adroit*.

∞ Emploi d'expressions temporelles peu familières, p. ex. *tant comme* (= « aussi longtemps que »).

∞ Emploi fréquent de groupes binaires ou ternaires (verbes, verbes auxiliaires, noms, et parfois adjectifs), p. ex. *pour chose que les deux chevaliers voulsissent ne peüssent dire*.

Le premier Livre des Chroniques *:*
problèmes et défis...

Après avoir lu quelques chapitres du deuxième Livre, le lecteur sera prêt à affronter le premier. La version de celui-ci que nous éditons fut rédigée dans une variété écrite du moyen français que nous appelons aujourd'hui la « scripta franco-picarde »[1]. Elle se retrouve dans bon nombre des meilleurs manuscrits des *Chroniques*. Quant au texte lui-même, il fut exécuté sans doute quelque part dans le comté de Hainaut, où naquit Jean Froissart. Si nous le reproduisons ici tel quel, et sans adjonction de signes diacritiques supplémentaires, c'est en raison, surtout, de son statut canonique dans l'œuvre du chroniqueur de Valenciennes.

---
1. Voir : Ch.-Th. Gossen, *Petite grammaire de l'ancien picard*, 2ᵉ éd., Paris, 1970.

Dans sa lecture du premier Livre, le lecteur rencontrera parfois, il est vrai, des formes un peu plus déroutantes que celles rencontrées au sein du deuxième ; mais la fréquentation du texte les lui rendra bientôt familières, et même transparentes [1]. En guise de préavis bien intentionné, citons quelques verbes ayant l'air d'avoir perdu une consonne :

tenre, tenront pour le français moderne « tendre » et « tendront »
faurroit pour « faudroit »
vauront pour « voudront »
vorrés pour « voudrez »
venront pour « viendront »

On aura à se familiariser aussi avec des formes du prétérit un peu inattendues : *misent* pour « mirent », *disent* pour « dirent », etc.

Certains verbes ont, à la première personne, une consonance que reconnaîtront bien, encore aujourd'hui, les habitants du Nord : *comench* pour « commence », *tiench* pour « tiens ». À relever aussi quelques formes du subjonctif, à l'imparfait de celui-ci : *fesist* pour « fît », *eusse* pour « eût », *pusse* pour « pût ».

Certains participes ont une forme comportant un –*t* final : *amet* pour « aimé », *lut* pour « lu », *perdut* pour « perdu ». Quelques (rares) participes passés revêtent la forme suivante, au féminin : *loiee* pour « liée », *cerchie*, *obligies* pour « cherchée », « obligées ».

Ce sont les noms (substantifs) et adjectifs qui présentent les caractéristiques les plus conservatrices de ce français du XIVe siècle, par rapport à l'ancien français proprement dit. On a affaire, d'abord, à une différence de forme selon la fonction syntaxique remplie par le mot (celui-ci pouvant être sujet grammatical, ou

---

[1]. Pour une étude systématique du français du XVe siècle, voir Chr. Marchello-Nizia, *Histoire de la langue française aux XIVe et XVe siècles,* Paris, 1979.

complément d'objet direct). Il s'agit avant tout de noms et d'adjectifs masculins. Au singulier, le *cas sujet* se fait remarquer par la présence d'un *–s* final, donnant par exemple, *li biaus rois Phelippes* (« le beau roi Philippe »), *il fu trespassés* (« il mourut »), ou *li gentilz homs* (« le noble homme »). À noter aussi : *je sui seurs* (« je suis sûr, certain... »).

Au pluriel, en revanche, et tout au contraire du français moderne, c'est l'absence d'un *–s* final qui se fait remarquer, par exemple : *cil troi fil* (« ces trois fils ») ; *furent tout troi roi* (« ils furent tous trois rois ») ; *li douze per et li baron* (« les douze pairs et les barons ») ; *si ami d'Engleterre* (« ses amis d'Angleterre »).

La distinction entre cas sujet et cas régime disparaîtra au cours de la période du moyen français (XIVe- XVIe siècles). Même avant, on ne la maintenait pas infailliblement. À ce point de vue, pourtant, certains manuscrits des *Chroniques* sont assez conservateurs[1].

Terminons ce survol de la langue de notre manuscrit du premier Livre par un petit répertoire de quelques autres particularités orthographiques ou grammaticales qu'on y rencontrera :

∞ Diphtongaisons : *fier* (= « fer », et non pas « fier ») ; *tieste* pour « tête »

∞ Consonnes « picardes » : *keval* = « cheval », *cose* = « chose » ; *castiaus* = « château », alors que *chent* = « cent », *selonch* = « selon », *duch* = « duc », *sech* = « sec », *commenchement* = « commencement », *anchienne* = « ancienne », etc. *Baceler* = « bachelier »[2]. À noter aussi, les formes *gambe* et *goie* pour « jambe » et « joie » ; *waaing* pour « gain » et *wason* pour « gazon », ainsi que *mervelle* pour « merveille »

∞ Phonétique et prononciation picardes : *hystore*, *glore* pour « histoire, gloire »[3]

---

1. À noter, en revanche, que le scribe qui a copié le manuscrit à partir duquel nous avons édité le deuxième Livre des *Chroniques* abandonne presque tout à fait la distinction.   **2.** Gossen, pp. 98-9.
3. Gossen, p. 82.

∞ L'article défini masculin = *li* (au cas sujet), *le* (au cas régime) ; l'article défini féminin = *le* (au cas sujet), p. ex. : *le grande rue* ; *le cause en est*[1] ; on trouve bien aussi, pourtant, la forme *li autre fille* (cas sujet féminin, au singulier)

∞ Pronoms personnels : à noter que *yaus* est une forme courante pour « eux » ; *lui* est parfois équivalent au fr. mod. « se » (à valeur réflexive) ; *li*, enfin, = « lui »

∞ Pronoms démonstratifs : *ce, cilz, chil* (cas sujet masculin, singulier et pluriel, pour « ce » et « ces ») ; *chiaus* (= cas régime, pluriel, pour « ces »)

∞ Adjectif possessif picard *men* pour « mon »[2]

∞ Prépositions, conjonctions, adverbes : *entrues que* = « pendant que » ; *ne... mie* = « ne... pas » ; *si* a souvent la valeur du fr. mod. « et » ; *si que* = « de sorte que », ou bien (selon le contexte) « jusqu'à ce que », ou même « pourtant » ; *tant qu'à* = « jusqu'à »

Il serait fastidieux – et ennuyeux – d'étendre encore davantage nos commentaires. La plupart du temps, le contexte éclaircira en tout cas le sens d'un mot ou d'un membre de phrase. Au cas contraire, on trouvera une courte explication en bas de page, ou bien dans notre Glossaire. L'essentiel, c'est de ne pas se laisser rebuter par une variété du français susceptible d'être maîtrisée en fort peu de temps, avec un peu d'effort et de courage.

Les variantes

La production des *Chroniques* a eu lieu sur plus de soixante ans, et les manuscrits comportent toujours des variantes de détail, trop nombreuses pour que nous puissions en tenir compte dans l'édition que voici. Bien plus intéressantes, en revanche, sont les variantes au niveau du chapitre ou de l'épisode. Certains manuscrits proposant une version alternative du même événement, nous avons cru bon d'offrir à nos lecteurs quelques échantillons de cet aspect fort significatif de la *mou-*

---

1. Gossen, pp. 121-2. 2. Gossen, p. 125.

vance du texte des *Chroniques*. Ces divergences s'expliquent par l'adjonction progressive de renseignements glanés au fil des années auprès de nouveaux interlocuteurs ou informants. C'est ce qui rend fort difficile, parfois, la tâche de l'éditeur. Cela dit, la « concurrence » des épisodes-variantes est l'un des aspects les plus passionnants des *Chroniques*. Leur existence est d'une importance primordiale pour les historiens du Moyen Âge, aussi bien que pour les spécialistes de l'historiographie médiévale. Nous présentons donc en Annexe quelques variantes pour certains épisodes clés des premier et deuxième Livres. Pour tout amateur curieux d'en savoir plus long sur les états successifs du deuxième Livre, nous avons conçu un site web où seront rassemblés les éléments d'un dossier comprenant le texte entier du manuscrit de Leyde, et quelques longs extraits de la *Chronique de Flandre* : http://www.shef.ac.uk/french/research/froissart.html

P.F.A.-G.T.D.

PRINCIPES D'ÉDITION : GÉNÉRALITÉS [1]

La collection « Lettres gothiques » étant destinée à un public éclairé, curieux de prendre connaissance de textes composés il y a bien longtemps – mais pas forcément connaisseur de l'ancien ou du moyen français – les volumes déjà parus ont été pourvus chacun d'une traduction en français moderne en regard du texte original, destinée, sinon à remplacer celui-ci, du moins à en faciliter l'accès. Adopter cette solution pour l'œuvre immense que sont les *Chroniques* aurait été fort désirable, mais aurait en même temps restreint la portée ainsi que l'étendue du texte mis à la disposition de nos lecteurs [2]. Or, les *Chroniques* se laissent le mieux découvrir, croyons-nous, à travers une lecture sensible aux grands ensembles que constituent les récits du Chroniqueur, et à la succession des épisodes, relayés, fort souvent, par des échos ou anticipations ; le lecteur doit se faire une idée, par conséquent, de l'emploi constant que fait Froissart d'un dispositif mis en vigueur par les auteurs de nos premiers romans en prose : l'*entrelacement*. C'est pourquoi la solution d'une anthologie [3] (encore moins, de *morceaux*

---

1. On trouvera en tête de nos textes des premier et deuxième Livres une notice faisant état des particularités de ceux-ci et des principes d'édition adoptés à leur propos.   2. Encore ne pouvons-nous proposer ci-dessous que deux longs « extraits » – généreux et ininterrompus, il est vrai – des deux premiers Livres des *Chroniques*, réunis en un seul volume. Un deuxième volume contiendra une grande proportion des Livres III et IV.   3. D'autres que nous ont fourni d'excellentes anthologies (voir notre Bibliographie) ; il ne s'agit nullement de les décrier ; mais les buts d'une anthologie ne sont pas les mêmes que ceux d'une édition, même partielle.

choisis) si souvent adoptée à l'époque moderne n'en était pas une pour les présents éditeurs.

En revanche, offrir aux lecteurs la totalité des *Chroniques* dépassait, et le format, et le cadre de la collection. Il aurait fallu songer au défi (et à l'investissement inconcevable) d'une demi-douzaine de volumes de plusieurs centaines de pages chacun ! C'est ce qui nous a amenés à la présentation que voici – « solution » qui nous semble propre à conserver une expérience de lecture fidèle à l'esprit de l'œuvre, mais qui reconnaît en même temps les contraintes matérielles de l'édition en livre de poche annoté.

Pour le Livre Ier, donc, nous reprenons un très long extrait – ininterrompu – du texte de l'édition publiée pour la Société de l'Histoire de France à partir de 1869 par Siméon Luce : la « première rédaction révisée » du classement de celui-ci. Cette version, revue et au besoin corrigée ici par George Diller, fournit le texte le plus développé du premier Livre – celui qui fut, au Moyen Âge, le plus apprécié des lecteurs. Il est représenté par le plus grand nombre des manuscrits conservés pour le premier Livre.

Notre choix aurait pu tomber sur le texte de la « première rédaction proprement dite », celle-ci étant représentée par une vingtaine de manuscrits. Elle comporte des développements qu'on ne retrouve plus dans les versions ultérieures. Il n'est actuellement disponible que sous forme de « Variantes » fragmentées (édition de S. Luce) ou d'épisodes insérés dans la trame même du texte de base (édition de Kervyn de Lettenhove). Une nouvelle édition de cette rédaction, moins souvent recopiée au Moyen Âge, est actuellement en cours, et nous avons préféré attendre les fruits de ces travaux[1]. Quant à la rédaction fournie par le manuscrit

---

[1]. Notre étudiant Rob Sanderson de l'université de Liverpool prépare une édition électronique de cette version, à partir du texte qu'en propose le MS de New York décrit plus loin.

d'Amiens, elle est à nouveau disponible pour les chercheurs et le grand public grâce à l'édition qu'en a procurée George Diller pour les « Textes littéraires de France », chez Droz. Il en est de même du beau texte que nous connaissons sous le nom de « manuscrit de Rome ». Celui-ci peut être consulté dans l'édition que nous devons, encore une fois, aux soins de George Diller.

Le texte de Rome, rédigé vers la fin de la vie du chroniqueur, commence en 1326 et se termine en 1350, comme si Froissart avait eu besoin de revoir une dernière fois le début de son premier Livre et, partant, de son œuvre en prose tout entière. Ce facteur a présidé au choix des limites matérielles assignées à l'extrait de la « première rédaction révisée » que nous publions ici. Il s'agit du début même de l'œuvre, donc des toutes premières phases de la guerre de Cent Ans. Le lecteur curieux de chercher plus loin les raisons de cette réécriture, aura ainsi la possibilité d'en poursuivre la découverte à travers les éditions de la Société de l'Histoire de France ou de l'Académie Royale de Belgique, ou encore de confronter notre texte à ceux des manuscrits d'Amiens et de Rome, publiés par George Diller.

Les *desiderata* que nous venons d'évoquer à propos de notre choix d'un texte témoin du premier Livre des *Chroniques* ont déterminé aussi, on s'en doute, celui d'un texte du deuxième : relative importance de la rédaction mais aussi et surtout, lisibilité et accessibilité. Nous y reviendrons en temps et lieu.

À la présence constante d'une traduction nous avons donc préféré un « extrait » généreux mais cohérent de chacun des deux premiers Livres des *Chroniques*, complété par un appareil critique aussi détaillé que possible et par des notes explicatives en bas de page. C'est pour la même raison que nous faisons un emploi plus étendu que d'habitude de certains accents et marques de ponctuation auxquels on ne s'attendrait pas normalement dans une édition d'un texte du XIVe siècle destinée aux seuls médiévistes. Nous espérons que cette démarche trouvera ses adhérents chez tous ceux et celles pour qui les *Chroniques* de Froissart seraient demeurées *terra incognita* sans l'adjonction de ces quelques signes[1].

Quant à l'appareil critique, lui aussi a été conçu pour répondre aux besoins d'un public plus large. Une Introduction générale est complétée par des chapitres visant à éclaircir les problèmes spécifiques soulevés par chacun des deux Livres ; on y traite de questions éditoriales, historiques et littéraires.

Nous avons choisi de fournir une annotation assez généreuse en bas de page, surtout pour le premier Livre, offrant au lecteur des explications souvent détaillées à propos des événements et personnes mentionnés. On y trouvera aussi de courts commentaires destinés à éclaircir tout passage risquant de poser de graves problèmes de compréhension (éléments de culture, blason ou armement, etc.).

Notre édition contient aussi des tables généalogiques ainsi que quelques cartes. Un sommaire en trois parties fournit au lecteur un résumé des événements principaux pour chaque année figurant (a) dans la partie du Livre Ier que nous publions (1325-1350), (b) pour la période lacunaire (1351-1378), et (c) pour les années que recouvre notre édition du Livre II (1379-1385). Dans le texte de Froissart, des titres courants comportant la mention de l'année en cours ainsi qu'une brève description de l'événement principal traité par Froissart dans le chapitre en cours aideront le lecteur à s'orienter rapidement.

En fin de volume, un glossaire permettra au lecteur de trouver rapidement le sens des mots tombés de l'usage de la langue moderne, ou de ceux conservés par celle-ci, mais dont le sens était tout autre au XIVe siècle.

---

1. Il s'agit essentiellement de l'emploi que nous faisons de l'accent grave, et parfois aussi de l'accent aigu et du tréma – en des endroits où une édition savante en ferait l'économie. Nous employons aussi virgules et points-virgules. Voir pp.41-42.

Enfin, un index permet de repérer et d'identifier les noms des personnes et des lieux rencontrés tout au long de notre texte.

Glossaire et index fondent nécessairement ensemble les entrées relevant du premier et du deuxième Livre, mais tout en en maintenant la spécificité, grâce à l'emploi d'une typographie distincte pour les entrées de chaque Livre.

Notre dette envers nos prédécesseurs demeure, bien sûr, considérable, surtout en ce qui concerne l'annotation historique de nos deux textes. C'est pourquoi nous livrons à la presse ce volume, les fautes et les erreurs duquel demeurent notre entière responsabilité, en nous souvenant de nos éminents confrères du XIXe siècle, et en particulier de J.A.C. Buchon, Siméon Luce, le baron Kervyn de Lettenhove, Gaston Raynaud – et le collègue trop souvent oublié de celui-ci, A. Spont.

P.F.A.-G.T.D.

LIVRE Ier
(années 1325-1350)

Transcription du ms BN fr. 6477
d'après l'édition publiée par Siméon Luce
en 1869 pour la Société de l'Histoire de France.

Texte, annotation, glossaire et index
par
George T. Diller

INTRODUCTION AU PREMIER LIVRE

Manuscrit et principes d'édition

Le texte du premier Livre que nous publions ici correspond à la transcription du ms BN f. fr. 6477 de l'édition publiée à partir de 1869 par Siméon Luce, pour la Société de l'Histoire de France. Nous n'en reproduisons pas, en revanche, les Variantes. Les dimensions du tome présent ne nous ont pas permis non plus d'inclure l'ensemble du Livre Ier, et nous nous arrêtons par conséquent en 1350, au milieu de celui-ci.

*Les retours aux assises d'une œuvre et d'un siècle :
Froissart et le premier Livre des* Chroniques

Lieu privilégié d'origines, le premier Livre offre le récit fondateur des quatre Livres des *Chroniques* et deviendra le site de retours fréquents sinon « nécessaires » de son auteur. Avant de parler de la composition et de la manière du texte que nous publions, il convient de faire état des débuts du Livre Ier.

Tout aura commencé lorsque, en 1361, Philippa de Hainaut, reine d'Angleterre (1327-1369), retint un jeune Hainuyer, courtisan et écrivain, comme valet de chambre/secrétaire à sa cour. Froissart gardera toute sa vie le souvenir de ce séjour nimbé des récits héroïques que lui firent les anciens combattants anglais et les prisonniers français de la bataille de Poitiers (1356). Et même mieux : pendant l'été de 1365, il pourra, guidé par son roi, David Bruce, visiter l'Écosse et les paysages où Édouard III fit son apprentissage chevaleresque et sentimental, c'est-à-dire, rentrer en plein dans l'espace de la *Chronique* de son compatriote, Jean le Bel :

> Et je Froissars, acteres de ces croniques, fui en Escoce en l'an de Grasce .M.CCC.LXV., car la bonne roine, madame Phelippe de Hainnau, roine d'Engleterre, m'escripsi deviers le roi David d'Escoce... et au conte de Douglas... et à mesire Robert de Versi... et au conte de la Mare, liquel pour l'onnour et amour de la bonne roine desus ditte qui tesmongnoit par ses lettres seelees que je estoie uns de ses clers et familiers, me requellierent tout doucement et liement. Et fui en la compagnie dou roi, un quartier d'un an, et euch celle aventure que, ce que je fui en Escoce, il viseta tout son pais, par laquelle visitation je apris et comsiderai mout de la matere et ordenance des Escoçois... (Rome, 127-8)

À ce premier retour aux lieux et aux textes de Jean le Bel, s'ajouteront, au cours des années suivantes, d'innombrables retours de l'écrivain aux origines de sa *matère*, sous forme soit de rappels insérés dans la prose qu'il ne cessera d'écrire et de prolonger jusqu'aux abords du XVe siècle, soit dans les visites qu'il rend « plume en main » au premier de ses quatre Livres des *Chroniques,* c'est-à-dire à celui qui est la fondation de son grand monument en prose ; chaque relecture laissera des traces sous forme de récritures dictées de toutes sortes. C'est ce qui aide à expliquer qu'à part les grandes additions, suppressions et changements dans l'ordre des événements qui marquent les trois rédactions majeures et dont nous allons parler brièvement, le lecteur rencontre une variation constante dans le détail des manuscrits si nombreux de Froissart.

En fait le grand nombre de manuscrits des *Chroniques* – plus d'une centaine, dont bien des abrégés et des versions interpolées par d'autres mains – rend impossible la restitution détaillée de l'œuvre. Si l'on tombe d'accord pour distinguer trois rédactions distinctes du premier Livre, cela ne permet pas d'affirmer avec assurance l'ordre de leur rédaction ; on explique encore moins bien le fait que le point terminal des textes qui marque la fin du premier Livre et qui les sépare du début du deuxième Livre varie beaucoup. Le Livre II ajoute une incertitude particulière : une courte version, « La Chronique de Flandre », en est-elle une première rédaction ou est-ce un texte que Froissart ou un autre aurait extrait du Livre II ? Finalement, aux difficultés d'interprétation de la genèse de l'œuvre, s'ajoute celle de l'absence d'une édition critique et intégrale des quatre Livres. La seule édition scientifique des *Chroniques*, celle de la Société de l'Histoire de France, n'a pas vu, en plus de cent trente ans, sa publication avancée au-delà de la fin du troisième Livre, ce qui a pour conséquence qu'on ne peut toujours consulter le quatrième, avec ses narrations si précieuses sur les règnes de Charles VI et Richard II, que dans l'édition que le savant belge Kervyn de Lettenhove publia entre 1867 et 1877. Conformément aux usages de son temps, Lettenhove distingue mal les sources des textes qu'il suit pour l'établissement des textes de Froissart, ainsi que celles de la riche documentation qu'il publie avec son édition.

Aux abords du premier Livre, nos perplexités modernes commencent avec un propos du Chroniqueur dans une des premières versions du « Prologue » :

> Si emprins je assez hardiement, moy yssu de l'escolle, à dittier et à rimer les guerres dessus dites et porter en Angleterre le livre tout compilé, si comme je le fis. Et le presentay adonc à très haulte et très noble dame, dame Phelippe de Haynault, royne d'Angleterrre, qui doulcement et lieement le receut de moy et me fist grant proffit. (SHF, I, 210 : « Prologue », ms de Besançon, 864, fⅢvⅰ)

Quel que fût ce livre *tout compilé* – et des générations de lecteurs ont cherché à l'identifier, sans résultats probants –, le plus curieux, c'est de voir Froissart rappeler fièrement ici le souvenir d'un premier texte historique qu'il aurait rimé, là où c'est précisément cette forme de composition historique rimée que Jean le Bel dénonce dans son Prologue [1] :

> Et pourtant que en ces hystoires rimées treuve on grand plenté de bourdes, je veul mectre paine et entente, quant je pourray avoir loisir, d'escrire par prose ce que j'ay veu et ouy recorder. (JB, I, 3-4)

Il est intéressant certes, d'observer ici comment, si tôt et si longtemps avant la narration autobiographique du Livre III, Froissart a déjà pour ambition de situer son moi au centre de son discours historique [2]. Bien plus : ce passage illustre d'une façon inattendue un procédé littéraire, celui de l'insertion, qui est rien moins que le paraphe littéraire de l'écrivain. De quoi s'agit-il ? Froissart, dans ce texte (le « Prologue ») qui présente l'œuvre à son public, « insère » une composition à lui qu'il avait présentée à la grande héroïne du premier Livre. Ce qui ici se trouve à l'état d'une ébauche timide, deviendra le procédé moteur du troisième Livre, où le récit du voyage que le Chroniqueur fit en Béarn en 1389 devient une descente au centre de l'œuvre [3].

Siméon Luce, le savant éditeur du premier Livre des *Chroniques* pour la Société de l'Histoire de France, distingue trois rédactions majeures du premier Livre [4] :

---

1. Plus loin, dans le ms d'Amiens, Froissart rapporte lui-même les mots de Jean le Bel qui condamnent les « Gongleour et enchanteours... [qui] ont chanté et rimet lez guerres de Bretaigne et coromput, par leurs chançons et rimes controuvees, le just et vraie histoire... » Voir, p. 682-683, les Variantes du Livre Ier, n° 2.
2. Michel Zink, dans son étude lumineuse, *Froissart et le temps*, PUF 1999, décrit et analyse la composition bipartite des *Chroniques* : les Livres I et II, proprement « historiques » enregistrent les événements du temps passé de leur auteur, tandis qu'avec la composition, à partir de 1388, des Livres III et IV, Froissart compose des *mémoires* de son temps présent.
3. Voir George T. Diller, « Froissart's 1389 Travel to Béarn. A Voyage Narration to the Center of the *Chroniques* », dans *Froissart Across the Genres,* University of Florida Press, 1998, pp. 50-60.
4. SHF (1869), I, 1ss.

l'*ordinaire*, celle d'*Amiens* et celle de *Rome*. Pour cette *ordinaire,* c'est-à-dire pour celle dont le nombre de manuscrits est le plus grand (tous, sauf ceux d'Amiens, de Valenciennes [un abrégé] et de Rome), Luce reconnaît deux familles de manuscrits, « A » et « B ». Quant à la rédaction d'*Amiens*[1], un seul ms, le 486 de la bibliothèque municipale d'Amiens, la conserve. Dans l'édition de la SHF, le texte de ce manuscrit correspond, mais avec de grands écarts, aux 944 sections (établies par Luce) du premier Livre. Or il y a de bonnes raisons pour croire qu'à l'origine, la rédaction d'Amiens allait plus loin et comprenait les 100 premières sections que l'on trouve en tête du deuxième Livre des manuscrits. Car, c'est arrivé là dans le « deuxième » Livre, que le lecteur peut enfin en lire le « Prologue » – comme il s'en trouve en tête des premier, troisième et quatrième Livres – qui présente les guerres de Flandre, c'est-à-dire le grand sujet du deuxième Livre. Pour expliquer ce dépècement de l'œuvre, il faut savoir que la longueur accumulée du premier Livre est énorme, occupant à lui seul huit tomes de l'édition SHF, soit près de la moitié des *Chroniques*. Sans doute, et très tôt, un scribe prit sur lui d'équilibrer la taille des grands *codex* qu'occupent les *livres*, et du moment qu'il opéra cette coupure presque arbitraire, le *livre* de Froissart s'estompa irréversiblement sous les exigences du *codex*.

La rédaction de *Rome*[2], enfin, représentée par un manuscrit unique conservé aujourd'hui à la bibliothèque du Vatican *(Reg. lat.* 869), et dont la narration s'arrête à la fin du règne de Philippe VI de Valois en 1350, n'occupe qu'environ le tiers des deux autres rédactions. Cette brièveté peut s'expliquer pour deux raisons : d'une part, moins qu'une nouvelle rédaction orale du premier Livre, cette troisième version paraît plutôt une lecture critique des premières versions, et

---

1. Pour une analyse détaillée de ce manuscrit, voir l'Introduction de notre édition du ms d'Amiens, t. I, ix-xxiii.   **2.** Voir notre édition de ce manuscrit, pp. 11-28 (Diller, 1972).

de là sa manière plus analytique et moins descriptive. D'autre part, un accident survenu au codex fait que le texte de Rome se termine abruptement à la mort de Philippe VI de Valois.

Quant à l'ordre dans lequel Froissart composa ces trois rédactions, le grand point de litige entre les spécialistes demeure : quelle version est la première, celle de l'« ordinaire » ou celle d'Amiens ? Comme il se devait, les deux grands éditeurs rivaux des années 1867-1888 s'opposèrent rudement sur cette question : le Belge, Kervyn de Lettenhove, reconnut dans le ms d'Amiens la première rédaction, tandis que le Français, Luce, réserva à l'« ordinaire » cette place. En éditant à notre tour (1991-1998) le ms d'Amiens, des données historiques et stylistiques nous ont fait rejoindre, mais avec bien des réserves, l'avis du savant belge. Il est facile d'avancer des dates, de dire que les derniers événements auxquels fait allusion le texte d'Amiens suivent d'un an ou deux le retour du pape Grégoire XI à Rome, vers 1380, tandis que l'« ordinaire » très tôt dans son texte parle de la mort d'un grand aventurier, Bernard de la Salle, en 1391. On veut bien souligner la jeune énergie et la fierté qui présideraient à la rédaction d'Amiens : « Car puis le temps le bon roy Carlemainne qui fu empererès d'Alemaigne et roys de France, n'avinrent si grans aventurez de guerrez ou royaumme de France que ellez sont avenues par ce fet chy [le couronnement de Philippe VI] » (§ 4). C'est de la sorte qu'il aurait ajouté, par exemple, l'épisode du jeu d'échecs amoureux au récit qu'il trouva chez Jean le Bel de la passion d'Édouard III pour la belle comtesse « Alice » de Salisbury. Or, en fin de compte, la composition orale – par dictée – de ces grands textes en prose dépend non seulement de l'état d'esprit et des jeux de mémoire du moment chez l'auteur, mais aussi bien du rôle de son scribe/copiste qui assume facilement celui de collaborateur et pour qui insérer une addition ou une modification au tournant d'une phrase n'a rien que de très naturel. Ainsi en fin de compte, la « mouvance » de ces textes rend l'effort de classer les rédactions de Froissart par ordre chronologique un exercice peu utile.

Néanmoins, le texte de Rome fait peut-être exception. De nombreuses références à des événements de la fin du siècle, entre autres, à la mort de Richard II en 1399 (§ XLII) et à celle de William de Wykeham survenue en 1404 (§ CLXXI), auxquelles s'ajoute la datation du codex par le filigrane de son papier, permettent d'affirmer qu'il s'agit d'une composition terminée autour de 1410, et donc d'un dernier texte de Froissart.

Sur la *Chronique* (pour les années 1326-1361) de Jean le Bel (*c.*1290-1370), Froissart reprendra donc, dans son premier Livre, le sujet fondateur et binaire de son œuvre : la lutte dynastique franco-anglaise. Dans la première partie de ce Livre (qu'on lira dans ce volume), l'écrivain présente les « causes » de la guerre de Cent Ans qui remontent à la période qu'occupe le règne de Philippe VI de Valois, c'est-à-dire le deuxième quart du XIVe siècle.

Pour parler de l'organisation du texte, on peut observer combien des oppositions binaires y forment des chaînes unifiantes, calculées pour engager l'esprit partisan du lecteur, pris par le jeu comme le spectateur d'une épreuve sportive. Prenons d'abord le cas des héros. Un roi faible s'oppose à un roi fort (Édouard II/Édouard III), un Plantagenêt dispute le trône de France à un Valois (Édouard III/Philippe VI). D'autres couples forment des groupes non-antagonistes mais parallèles : Froissart accueille dans le couronnement du couple royal anglais (Édouard III/Philippa de Hainaut), la venue d'un nouvel âge de chevalerie (celui d'Arthur et de Guenièvre). Le beau-frère de Philippe VI, Robert d'Artois, se voyant débouté de la succession d'Artois et poursuivi par le roi de France, trouve refuge en Angleterre où il devient un des partisans les plus actifs des prétentions d'Édouard au trône de France ; le beau-frère d'Édouard III, David Bruce roi d'Écosse, mis en fuite par l'armée anglaise, s'exile en France où lui et la reine reçoivent un accueil généreux du Valois.

À la trame binaire se relie également chaque lutte féodale. Tout affrontement se définit selon les termes de la grande rivalité centrale qui oppose la France à l'Angleterre. En Bretagne, dans la guerre de succession du duché de Bretagne, les partisans de Jean de Montfort s'allient à l'Angleterre, tandis que Philippe VI soutient la cause adverse de Charles de Blois. Les deux comtesses adverses de la guerre forment une extension symétrique à la lutte : Jeanne de Penthièvre championne de Charles lorsque son mari est fait prisonnier à la bataille de Roche-Derrien, et Jeanne de Flandre « au cœur de lion » qui ranime les troupes de Jean de Montfort pris à Nantes en 1341. En Gascogne, et en Écosse, les combats entre Gascons français et anglais, entre Écossais et Anglais se présentent comme autant d'extensions de la lutte dynastique au centre de la chevalerie occidentale. Le jeu des forces qui opposent, en Flandre, Louis de Flandre à Jacques d'Artevelde suit le même dessin.

Or, à côté de ces structures directes, qui sont celles aussi des batailles et des sièges, et qui permettent à Froissart d'organiser avec grande clarté un panorama historique à l'échelle européenne, un procédé de composition romanesque et arthurien, celui de l'entrelacement, leur oppose la complexité et l'ambiguïté de la réalité. Il se signale dans la narration sous forme de formules de transition :

> Or nous deporterons nous à parler des deux rois, tant que les triewes durront, qui furent assés bien tenues, excepté les marces lontaines ; et enterons en le grant matère et hystore de Bretagne, qui grandement renlumine ce livre, pour les biaus fais d'armes et grandes aventures qui y sont avenues, si com vous porés ensiewant oïr. (p. 339)

De longues et diverses séries d'événements s'en trouvent ainsi croisées, éloignées, rapprochées, mêlées.

L'entrelacement suggère, comme Michel Zink nous le rappelle si bien : « le jeu du hasard et de la nécessité, et qu'il y a, derrière l'enchaînement de ces causalités multiples, un sens, dont leur complexité même laisse deviner la présence tout en le brouillant [1] ». Et le critique d'observer avec raison que l'autre grand trait romanesque des *Chroniques*, celui de la glorification de la chevalerie et de ses valeurs, relève de sa propre mise en question et exprime :

> sous l'apparence de cette exaltation, une interrogation permanente et des hésitations dont les romans du Graal – le modèle de tous les romans en prose – témoignent plus que tous les autres [2].

Et cette exaltation n'empêche pas non plus Froissart d'exposer des côtés inquiétants et condamnables, même chez ses héros les plus « exemplaires » de vaillance et de prouesse. Considérez ainsi la colère incontrôlable d'Édouard III, après son long siège, à la vue des otages calaisiens ; n'oublions pas la volonté vengeresse à outrance chez Robert d'Artois, ni l'obstination aveugle du duc Jean de Normandie de poursuivre le long et vain siège d'Aiguillon. Ou, enfin, les rôles pour le moins atermoyants, équivoques et vénaux de Jean III, duc de Brabant, et des « alliés » allemands d'Édouard III. Dans le texte que nous éditons, et bien qu'il l'ait composé vers le début de sa carrière de prosateur, le chanoine de Chimay n'a de cesse de balayer d'un regard inquiet l'élite sociale qu'il entend donner en exemple à la postérité.

G.T.D.

---

[1]. Michel Zink, *Froissart et le temps,* PUF 1998, p. 51.
[2]. Zink (1998), p. 51.

Sigles

Amiens = Froissart, *Chroniques*. Livre I. Le manuscrit d'Amiens, Bibliothèque municipale n° 486, 5 tomes, édition de George T. Diller, Genève 1991-1998.

Déprez = Eugène Déprez, *Les Préliminaires de la guerre de Cent Ans*. 1902 : réimpression 1975.

Coville = Coville, A., *Les Premiers Valois et la guerre de Cent Ans (1328-1422)* (tome iv de Lavisse, *Histoire de France*). Paris 1903.

JB = Jean le Bel, *Chronique*, publiée pour la Société de l'Histoire de France par Jules Viard et Eugène Déprez, 2 vol., Paris 1904, 1905.

KL = Froissart, *Œuvres*, éditées par Kervyn de Lettenhove, réimpression de l'édition de 1867-1877, 25 vol., Biblio Verlag, Osnabrück 1967.

Lucas = Henry S. Lucas, *The Low Countries and the Hundred Years War, 1326-1347*, Ann Arbor 1929.

McKisack = McKisack, May, *The Fourteenth Century*, Oxford 1959.

Rome = Froissart, *Chroniques*, début du premier Livre. Édition du manuscrit de Rome Reg. lat 869, éditées par George T. Diller, Genève 1972.

SHF = Froissart, *Chroniques*, éditées pour la Société de l'Histoire de France : Livre I, t. i-viii, 1869-1888 par Siméon Luce ; Livre II, t. ix-xi, 1894-1899 par Gaston Raynaud ; Livre III, t. xii-xv, 1931-1975 par Léon et Albert Mirot.

PROLOGUE

Afin que les grans merveilles[1] et li biau fait[2] d'armes qui sont avenu par[3] les grans guerres de France et d'Engleterre et des royaumes voisins, dont li roy et leurs consaulz[4] sont cause, soient notablement registré[5] et, ou[6] tamps present et à venir, veu et cogneu[7] je me voel ensonniier de l'ordonner[8] et mettre en prose selonch le vraie information que j'ay eu des vaillans hommes, chevaliers et escuiers, qui les ont aidiés à acroistre, et ossi de aucuns rois d'armes[9] et leurs mareschaus qui par droit sont et doient estre juste inquisiteur et raporteur de tels besongnes.

Voirs est que[10] messires Jehans li Biaus[11], jadis canonnes de Saint Lambert de Liège, en fist et cronisa[12] à son tamps aucune cose à se plaisance ; et j'ai ce livre hystoriiet[13] et augmenté à le mienne à le relation et conseil des dessus dis, sans faire fait, ne porter partie, ne coulourer plus l'un que l'autre[14], fors tant que li biens fais des bons, de quel pays qu'il soient, qui par

---

1. « Grands événements extraordinaires ». 2. « Les beaux faits ». 3. « Arrivés à cause de ». 4. « Conseillers ». 5. « Enregistrés de façon manifeste ». 6. « Au ». 7. « Vus et connus ». 8. « Je veux me charger de l'organiser [ma matière] ». 9. Officier de grade supérieur au héraut et au poursuivant d'armes et dont les fonctions étaient la transmission des messages, les proclamations solennelles, l'ordonnance des cérémonies. 10. « Il est vrai que ». 11. Jean le Bel (*c.* 1290-1370), chroniqueur de Jean de Hainaut, modèle de Froissart. Voir sa *Chronique*, publiée par J. Viard et E. Deprez pour la Société de l'Histoire de France, Paris, 1904-1905, 2 vol. 12. « Écrivit une chronique ». 13. « Mis sous forme de récit ». 14. « Sans prendre fait et cause, et favoriser l'un ou l'autre parti ».

proèce l'ont acquis, y est plainnement veus et cogneus, car de l'oubliier ou esconser[1], ce seroit pechiés et cose mal apertenans, car esploit d'armes sont si chièrement comparet et achetet, che scèvent chil qui y traveillent, que on n'en doit nullement mentir pour complaire à autrui, et tollir[2] le glore et renommée des bienfaisans, et donner à chiaus qui n'en sont mies[3] digne.

Or ai je mis, ou premier chief de mon proisme[4], que je voel parler et trettier de grans mervelles. Voirement[5] se poront et deveront bien tout chil qui ce livre liront et veront, esmervillier des grans aventures qu'il y trouveront. Car je croi que, depuis le creation dou monde, et que on se commença premierement à armer, on ne trouveroit en nulle hystore tant de merveilles ne de grans fais d'armes, selonch se quantité, comme il sont avenu par les guerres dessus dittes, tant par terre com par mer, et dont je vous ferai ensievant[6] mention. Mais ançois que[7] j'en commence à parler, je voel un petit tenir et demener le pourpos de proèce[8], car c'est une si noble vertu, et de si grant recommendation, que on ne le doit mies passer trop briefment, car elle est mère materièle et lumière des gentilz hommes, et, si com la busce ne poet ardoir[9] sans feu, ne poet li gentilz homs venir à parfaite honneur ne à le glore dou monde, sans proèce.

Or doient donc tout jone gentil homme, qui se voellent avancier, avoir ardant desir d'acquerre le fait et le renommée de proèce, par quoi il soient mis et compté ou nombre des preus, et regarder et considerer comment leur predicesseur, dont il tiennent leurs hyretages et portent espoir[10] les armes, sont honnouré et recommendé par leurs biens fais. Je sui seurs que, se ilz regardent et lisent en ce livre, que il trouveront otant de grans fais et de belles apertises d'armes, de durs rencontres, de fors assaus, de fières batailles et de tous

---

[1]. « Cacher ». [2]. « Enlever ». [3]. « Pas ». [4]. « En tête de mon prologue ». [5]. « Véritablement ». [6]. « Par la suite ». [7]. « Avant que ». [8]. « Poursuivre le sujet de prouesse ». [9]. « De même que la bûche ne peut brûler ». [10]. « Peut-être ».

autres maniemens d'armes qui se descendent des membres de proèce[1], que en nulle hystore dont on puist parler, tant soit anchiienne ne nouvelle. Et ce sera à yaus matère et exemples de yaus encoragier en bien faisant[2], car la memore des bons et li recors des preus[3] atisent et enflament par raison les coers des jones bacelers[4], qui tirent et tendent à toute perfection d'onneur, de quoi proèce est li principaus chiés et li certains ressors[5].

Si ne voel je mies que nulz bacelers soit excusés de non li armer et sievir[6] les armes par defaute de mise et de chavance, se il a corps et membres ables et propisses[7] à ce faire, mès voel qu'il les aherde[8] de bon corage et prende de grant volenté. Il trouvera tantost des haus signeurs et nobles qui l'ensonnieront[9], se il le vaut, et le aideront et avanceront, se il le dessert[10], et le pourveront selonch son bien fait. Ossi en armes aviennent tant de grans merveilles et de belles aventures que on n'oseroit ne poroit penser ne imaginer les fortunes qui s'i boutent, se com vous verés et trouverés en ce livre, se vous le lisiés, comment pluiseur chevalier et escuier se sont fait et avanciet, plus par leur proèce que par leur linage[11]. Li noms de preu est si haus et si nobles et la vertu si clère et si belle que elle resplendist en ces sales et en ces places où il a assamblée et fuison de grans signeurs, et se remonstre dessus tous les autres, et l'ensengn'on au doi[12] et dist on : « Velà cesti qui[13] mist ceste cevaucie ou ceste armée sus, et qui ordonna ceste bataille si faiticement[14] et le

---

1. « Qui naissent des vertus de la prouesse ». 2. « Quand ils font de belles actions ». 3. « Le récit des gestes des preux ». 4. *Bachelier* : chevalier aspirant qui tient un rang entre l'écuyer et le chevalier. 5. « Le principal résultat et l'aboutissement certain ». 6. « S'armer et suivre ». 7. « Capables et aptes ». 8. « Saisisse ». 9. « Se chargeront de lui ». 10. « Mérite ». 11. Dans leur fond, les *Chroniques* auraient donc pour ambition d'illustrer une chevalerie égalitaire. 12. « On le désigne du doigt ». 13. « Voilà celui qui ». 14. « Proprement ».

gourverna si sagement, et qui jousta de fier de glave[1] si radement, et qui tresperça les conrois[2] de ses ennemis par deus ou par trois fois, et qui se combati si vassaument ou qui entreprist ceste besongne si hardiement, et qui fu trouvés entre les mors et les bleciés navrés moult durement, et ne daigna onques[3] fuir en place où il se trouvast. »

De telz grains et de telz semences sont servi et alosé[4] li vaillant homme et li preu par leur vaillance. Encores avant on voit le preu baceler seoir[5] à haute honneur à table de roy, de prince, de duch et de conte, là où plus nobles de sanch et plus rices d'avoir n'est mies assis. Car, si com li quatre ewangeliste et li douze apostele sont plus proçain de Nostre Signeur que ne soient li autre, sont li preu plus priès d'onneur et plus honnouré que li aultre ; et c'est bien raisons, car il acquèrent et conquèrent le nom de proèce en grant painne, en sueur, en labeur, en soing, en villier, en travillier jour et nuit sans sejour. Et quant leurs bien fais est veus et cogneus, il est ramenteus[6] et renommés si com dessus est dit, et escrips et registrés en livres et en cronikes. Car, par les escriptures troeve on le memore des bons et des vaillans hommes de jadis, si com les neuf preus[7] qui passèrent route[8] par leur proèce, les douze chevaliers compagnons qui gardèrent le pas contre Salehadin et se poissance[9], les douze pers de France qui demorèrent en Raincevaus, et qui si vail-

---

1. « Lance de fer ».   2. « Lignes de bataille ».   3. « Jamais ».   4. « Loués », « vantés ».   5. « S'asseoir ».   6. « Il est rappelé au bon souvenir ».   7. Célébrés et souvent représentés dans des tapisseries depuis le début du XIVe siècle, ce furent : Josué, David, Judas Macchabée ; Hector, Alexandre, César ; Charlemagne, Arthur, Godefroi de Bouillon.   8. « Se distinguèrent ».   9. Cet exploit fictif est célébré dans le *Pas Salhadin*, un poème de 611 vers du XIIIe siècle. En tête du IVe Livre de ses *Chroniques*, Froissart décrit une sorte de mise en scène de ce récit héroïque que l'on représenta lors de l'entrée d'Isabeau de Bavière à Paris en 1389.

lamment s'i vendirent et combatirent[1], et ensi de tous les autres que je ne puis mies tous nommer, ne determiner leurs biens fais ne ramentevoir[2], car trop poroie ma principal matère empeechier[3]. Ensi se diffère et dissimule[4] li mondes en pluiseurs manières. Li vaillant homme traveillent leurs membres en armes, pour avancier leurs corps et acroistre leur honneur. Li peuples parolle, recorde et devise de leurs estas[5], et de leur fortunes. Li aucun clerch[6] escrisent et registrent leurs avenues et baceleries[7].

Or ay je eu pluiseurs fois imagination sus[8] l'estat de proèce, et penset comment et où elle a regnet et tenu signourie et domination, et salli d'un pays en aultre. Sus ses ordenances meismement, en ay je oy parler et deviser en ma jonèce aucuns vaillans hommes et bons chevaliers, qui otant bien s'en esmervilloient adonc comme je fai maintenant : si vous en voel declarer aucune cose. Verités est, selonch les anciiennes escriptures, que, apriès le deliuve[9] et que Noés et se generation eurent repeuplé le monde, et que on se commença à armer et à courir et à pillier l'un sus l'autre, proèce regna premierement ou royaume de Caldée[10], par le fait dou roy Ninus qui fist fonder et edefiier la grant cité de Ninivée[11] qui contenoit trois journées de lonc, et ossi par la royne Semiramis[12] sa femme qui fu dame de grant valour. Apriès, proèce se remua et vint regner en Judée et en Jherusalem, par le fait de Josué, de

---

1. Les douze pairs de France, dont Roland et Olivier ; *La Chanson de Roland* célèbre leurs exploits à Roncevaux. **2.** « Ni rappeler ». **3.** « Mettre obstacle à », « arrêter ». **4.** « Prend des aspects divers ». **5.** « Conditions ». **6.** « Savants », « lettrés ». **7.** « Aventures et prouesses ». **8.** « Je me suis plusieurs fois fait une idée de ». **9.** « Déluge ». **10.** Nom donné au royaume de Babylone. **11.** Ancienne capitale de l'Assyrie, sur la rive gauche du Tigre, face à l'actuelle Mossoul. **12.** Reine légendaire d'Assyrie. Selon la tradition, elle fut la femme du roi Ninos et gouverna l'Assyrie après sa mort, soumettant l'Arménie, l'Égypte, l'Arabie, une partie de la Libye et de l'Éthiopie.

David et des Machabiens[1]. Et quant elle eut là regné un temps, elle vint demorer et regner ou royaume de Perse et de Mède, par le fait de Cyrus, le grant roy, par Asserus et par Xersès[2]. Après, revint proëce regner en Gresce, par le fait de Hercules, de Tezeus, de Jazon et de Acilles[3] et des aultres preus chevaliers ; apriès, en Troies, par le roi Priant, par Hector et par ses frères ; apriès, en le cité de Romme et entre les Rommains, par les nobles senatours et concilles, tribons et centurions. Et furent cil et leurs generations en tel poissance, environ cinq cens ans, et firent priès que tout le monde rendre trebus à yaus jusques au tamps Julius Cesar, qui fu li premiers emperères de Romme, et de qui tout li aultre sont descendu et venu.

Apriès, se tanèrent[4] li Rommain de proëce, et s'en vint demorer et regner en France, par le fait premierement dou roy Pepin et dou roy Charle, son fil, qui fu rois de France et d'Alemagne et emperères de Romme, et par les autres nobles rois ensievant. Apriès, a regné proëce un grant tamps en Engleterre, par le fait dou roy Edowart et dou prince de Galles[5], son fil ; car, de leur règne, li chevalier englès et li aultre qui avoech yaus se sont mis et acordé, ont fait otant de belles apertises d'armes et de grans bacheleries et de hardies emprises que nul chevalier pueent faire, si com il vous sera declaré avant en ce livre.

Or ne sai je mies se proëce voet encores cheminer

---

1. Josué : héros biblique qui fit pénétrer le peuple élu en Terre promise et dirigea la conquête. Il fit tomber les murailles de Jéricho au son des trompettes, obtint l'arrêt du soleil lors de la bataille de Gabaon. David : roi dont le règne fut l'un des plus brillants en Israël. Les Macchabées : famille juive qui mena la révolte contre Antiochus IV, roi de Syrie, au IIe siècle avant J.-C. 2. Assérus : nom biblique qui correspond à Xerxès. 3. Hercule (dont le nom grec est Héraclès) fut un demi-dieu, fils de Zeus et d'Alcmène, célèbre pour sa force et son courage. Thésée, fils d'Égée, roi d'Athènes, vint à bout du Minotaure en Crète. Achille combattit lors de la guerre de Troie du côté des Grecs et tua Hector, Troyen, fils de Priam. 4. « Se lassèrent ». 5. Le fils aîné d'Édouard III, Édouard de Woodstock, prince de Galles, connu beaucoup plus tard sous le nom de Prince Noir (1330-1376).

oultre Engleterre ou reculer le chemin que elle a fait, car, si com chi dessus est dit, elle a cerchiet et environné[1] ces royaumes et ces pays dessus nommés, et regné et conservé[2] entre les habitans une fois plus et l'autre mains : à se ordenance en soit[3] ; mais j'en ay un petit touchiet pour les mervilleusetés dou monde. Si m'en tairai à tant et me retrairai à le matère dont j'ai fait men commenchement, et declarrai assés tost par quel manière et condicion la guerre s'esmut premierement entre les Englès et les François. Et pour che que ou temps à venir on puist savoir qui a mis ceste hystore sus, et qui en a esté actères[4], je me voel nommer. On m'appelle, qui tant me voet honnerer sire Jehan Froissart, net de le conté de Haynau et de la bonne, belle et friche[5] ville de Valenciennes.

§ 1. Premièrement, pour mieus entrer en le matère et hystore dessus ditte, voirs est que, après l'apaisement des guerres de Flandres qui furent si grandes, et dont tant de vaillant homme furent mort à Courtrai[6] et ailleurs, et que li biaus rois Phelippes[7] eut mariet sa fille en Engleterre au roy Edouwart[8], li quelz rois d'Engleterre ne fu mies de si grant sens ne de si grant proèce plains comme avoit esté li bons rois Edouwars[9] ses pères, qui tant eut à faire as Danois et as Escos et les desconfi par pluiseurs fois en bataille, et ne peurent onques avoir victore à lui ; et quant il fu trespassés, ses filz de son premier mariage, qui fu pères au roy Edouwart[10] sur qui ceste hystore est ordenée, pas ne le ressambla de sens ne de proèce. Car, assés tost après

---

1. « Elle a parcouru et fait le tour de ». 2. Il faut lire sans doute : *conversé* = « séjourner librement ». 3. « Qu'il en soit selon son bon gré ». 4. « Auteur ». 5. « Gaie », « vive ». 6. En 1302, à Courtrai (Belgique), les gens des métiers flamands infligèrent une défaite humiliante à la chevalerie française lors de la bataille des Éperons d'or. 7. Philippe IV le Bel, roi de France (1285-1314). 8. Le mariage d'Isabelle (1295-1358), fille de Philippe le Bel, avec Édouard II, roi d'Angleterre (1307-1327), eut lieu en 1308. 9. Édouard Ier, roi d'Angleterre (1272-1307). 10. Édouard III, roi d'Angleterre (1327-1377).

çou qu'il fu couronnés li rois Robers de Brus[1], qui estoit rois d'Escoce, et qui par pluiseurs fois avoit moult donnet à faire au bon roy Edouwart, chevauça tantost efforciement sur lui et reconquist toute Escoce et la bonne cité de Bervich[2], et ardi et gasta grant partie dou royaume d'Engleterre bien quatre journées ou cinq par dedens le pays, et desconfi celi roy et tous les barons d'Engleterre en une place en Escoce que on dist Struvelin[3], par bataille rengie et arrestée. Et dura la cace de ceste desconfiture par deus jours et par deus nuis[4]. Et s'en afui li rois Englès à moult peu de ses gens jusques à Londres. Mès, pour ce que ce n'est mies de nostre matère je m'en tairai à tant.

§ 2. Chilz rois englès, dont je parloie maintenant, qui reçut ce grant damage en Escoce, avoit deus frères de remariage. Si fu li uns nommés li contes Mareschaus[5] et fu de diverse et de sauvage manière ; li autres fu appellés messires Aymes et estoit contes de Kent[6], moult preudons, douls et debonnaires et moult amés des bonnes gens. Chils rois eut de madame sa femme, fille au biau roy Phelippe, deus filz et deus filles. Des quelz filz li ainsnés eut nom Edouwars, et fu rois d'Engleterre par l'acort de tous les barons très le vivant son père[7], si com vous orés avant en ce livre. Li secons des filz eut nom Jehans de Eltem[8] et morut jones. Li ainsnée des deus filles eut nom Ysabel et fu mariée au jone roy David d'Escoce, filz au roi Robert de Brus[9]. Et li fu donnée en

---

1. Robert Ier Bruce, roi d'Écosse (1306-1329), battit Édouard II à Bannockburn en 1314. 2. York, ville du nord-est de l'Angleterre. 3. Stirling, ville du centre de l'Écosse. 4. Le 25 juin 1314 : victoire de Stirling remportée sur Édouard II par Robert Bruce. 5. Thomas, comte de Norfolk (1312-1338), dit le comte maréchal parce qu'il était grand maréchal d'Angleterre (l'office demeure encore aujourd'hui héréditaire). 6. Edmond, comte de Kent (1321-30). 7. « Du vivant de son père ». 8. Jean d'Eltham, comte de Cornouailles. 9. Non pas « Isabelle », mais Jeanne. Les conventions de mariage entre David Bruce et Jeanne, sœur d'Édouard III, datent du 4 mai 1328.

mariage de jonèce[1] par l'acord des deus royaumes d'Engleterre et d'Escoce et par pais faisant[2]. Li autre fille fu mariée au duch de Guerle[3]. Chilz eurent deus filz et deus filles, Renault et Edowart[4]; et les filles, li une fu contesse de Blois de par monsigneur Jehan de Blois son mari[5], et li aultre duçoise de Jullers[6].

§ 3. Li biaus rois Phelippes de France[7] eut trois filz avoeh ceste belle fille madame Ysabel qui fu royne d'Engleterre. Et furent cil troi fil moult bel et grant chevalier. Si eut à nom li ainnés Loeis, et fu au vivant dou roy son père rois de Navare, et l'appella on le roy Hustin[8]. Li secons eut à nom Phelippes li Biaus[9], et li tiers Charles[10]. Et furent tout troi roi de France après le mort dou roy Phelippe, leur père, par droite succession, li uns après l'autre, sans avoir hoir marles de leurs corps engendrés par voie de mariage : siques[11], après la mort del daarrain roy Charle, li douze per et li baron de France ne donnèrent point le royaume à le sereur qui estoit royne d'Engleterre, par tant qu'il voloient dire et maintenir, encores voelent, que li royaumes de France est bien si nobles que il ne doit mies aler ne descendre à fumelle ne par consequense à fil de fumelle. Car, ensi comme il voelent dire et maintenir, li filz de fumelle ne poet avoir droit ne succession de par sa mère, venant là où sa mère n'a point de droit : siques, par ces raisons, li douze per et li baron de France donnèrent, de commun acort le royaume de

---

1. En effet, elle n'avait que sept ans. **2.** « Afin de faire la paix ». **3.** Éléonore (1318-1355) épousa en 1332 Renaud II de Gueldre († 1347). **4.** Édouard s'empara du duché de Gueldre en 1361, au détriment de son frère, et le garda jusqu'à sa mort en 1371. **5.** Mathilde, fille aînée de Renaud II de Gueldre et de Sophie de Malines, épousa Jean de Blois en 1372. **6.** Marie, duchesse de Juliers, femme de Guillaume. **7.** Roi de France, 1285-1314. **8.** Louis X, roi de France, 1314-1316. **9.** Philippe V, roi de France, 1317-1322. **10.** Charles IV, roi de France, 1322-1328, dernier des Capétiens directs. **11.** « De sorte que ».

France, à monsigneur Phelippe de Valois[1], fil jadis à monsigneur Charle le conte de Valois, frères à che biau roy Pheliphe deseure dit, et en ostèrent le royne d'Engleterre et son fil qui estoit hoirs marles et neveus au roy Charlon, et li rois Phelippes n'estoit que cousins germains. C'est li poins par quoi les guerres, les pestilenses et les tribulations sont depuis incourutes[2] et eslevées, et li grant meschief avenu[3] par le cause dou calenge[4] et de le deffense, si com il vous sera recordé chi aprièis, quant tamps et lieus venront que j'en deverai parler. Mais je m'en tairai encores un petit et me retrairai à le droite matère des Englès[5], si com je l'ay commencie.

§ 4. Il est bien voirs que cils roys d'Engleterre, pères à ce roy Edouwart sur qui nostre matère est fondée, gouvrena moult diversement[6] son royaume et fist pluiseurs diverses justices et pluiseurs merveilles[7] par le conseil et enhort de[8] monsigneur Huon, c'on dist le Despensier, qui avoit esté nouris[9] avoecques lui d'enfance. Et avoient tant fait cilz messires Hues et messires Hues ses pères[10] qu'il estoient li plus grant baron d'Engleterre, en tant que de mise et de rikèce. Et par especial messires li filz avoit si mené le roy et si atrait à ses oppinions que sans lui n'estoit riens fait, et par lui estoit tout fait, et le creoit[11] li rois plus que tout le monde. Et voloient li doi signeur Despensier mestriier[12] et sormonter tous les signeurs et les barons d'Engleterre. Pour quoi, avinrent depuis ou pays et à yaus meismes moult de maulz et de tourmens.

---

1. Philippe VI de Valois, roi de France, 1328-1350. **2.** « Encourues », « arrivées ». **3.** « La grande infortune survenue ». **4.** « À cause de la revendication ». **5.** « Je retournerai à mon vrai sujet, les Anglais ». **6.** « Très mal ». **7.** « Choses surprenantes », « bizarres ». **8.** « À l'instigation de ». **9.** « Élevé ». **10.** Les Spencer descendaient d'un gentilhomme d'Artois nommé Guerlain de Gommiecourt qui s'était fixé en Angleterre, où le roi Henri III (1216-1272) lui avait donné la charge de dépensier ; de là son surnom de Spencer ou de Dépensier. **11.** « Croyait ». **12.** « Gouverner, dominer ».

Édouard II et les Spencer

Car, apriès la grande desconfiture de Struvelin, là où li rois Robers de Brus, rois d'Escoce, avoit desconfi che roi d'Engleterre et toutes ses gens, si com ci dessus est dit, grant hayne et grant murmure mouteplia ou pays d'Engleterre entre les nobles barons et le conseil le roy meismement encontre le dit monsigneur Huon le Despensier. Et li mettoient sus que par son conseil il avoient esté desconfi et que, par tant qu'il[1] estoit favourables au roi d'Escoce, il avoit tant conseilliet et tenu le roi d'Engleterre en negligense que li Escot avoient reconquis le bonne cité de Bervich et ars quatre journées ou cinq par deus fois dedens leur pays[2], et yaus desconfis en bataille et mis en cace, et porté très grant damage. Et sus ce li dit baron d'Engleterre eurent pluiseurs fois parlement ensamble pour aviser et regarder qu'il[3] en poroient faire ; desquelz li contes Thumas de La[n]castre estoit chiés[4] et souverains. Et li desplaisoit li usages que li rois avoit empris, et en parla par deus ou par trois fois assés ouvertement au dit Despensier. Or, se perchut li dis messires Hues comment on murmuroit sur lui et sus son afaire. Si, se doubta trop fort[5] que maulz ne l'en venist, ensi qu'il fist ; mès che ne fu mies si trestos. Anchois[6] eut il fait moult de coses damagables ou pays, si com vous orés chi après.

§ 5. Cilz qui estoit bien dou roy, et si proçains qu'il voloit, et plus creus tous seus que tous li mondes[7], s'en vint au roy et li dist que cil signeur avoient fait alliance encontre lui, et qu'il le metteroient hors de son royaume, se il ne s'en prendoit garde. Tant fist, par son enhort et par son soubtil pourcach[8], que li rois fist à un jour prendre tous ces signeurs à un parlement là où

---

1. « Ils l'accusaient d'avoir causé, par ses (mauvais) conseils, leur défaite et que, parce qu'il était si... »   2. « Brûlé leur pays sur l'étendue que traverserait un cheval en quatre ou cinq jours... »   3. « Ce qu'ils ».   4. « Chef ».   5. « Alors, il craignit beaucoup ».   6. « Avant ».   7. « Et à qui, tout seul, on faisait plus confiance qu'à tous les autres ».   8. « Par son conseil, et grâce à son habile diligence ».

il estoient assamblé, et en fist decoler sans delay et sans cognissance de raison[1] jusques à vingt et deus des plus grans barons d'Engleterre, et tout premiers le conte Thumas de Lancastre[2], qui estoit ses oncles, preudons et sains homs, et fist puis moult de biaus miracles ou lieu où il fu decolés. Pour le quel fait, li dis messires Hues acquist grant hayne de tout le pays, et par especial de la royne d'Engleterre et dou conte de Kent, qui estoit frères au dit roy.

Encores ne se cessa pas li dis messires Hues de enhorter le roi mal à faire. Car, quant il perchut qu'il estoit mal de[3] le royne et dou conte de Kent, il mist si grant descort[4] entre le roy et le royne, par son malisce, que li rois ne voloit point venir en lieu où elle fust, et dura cilz descors asés longement. Et fu qui[5] dist à le royne et au conte de Kent tout secretement, pour les perilz eschiewer[6] où il estoient par le fait dou Despensier, que, se il demoroient longement ens ou pays, li rois, par hastieu conseil et male information, leur feroit souffrir dou corps haschière[7], si com cil avoient entendu.

Dont, quant il avint que la royne et li contes de Kent oïrent ces nouvelles, si se doubtèrent[8], car il sentoient le roy hastieu et de diverse manière[9] et che messire Hue si bien de lui qu'il faisoit tout ce qu'il voloit, sans avis et sans regart de nulle raison[10]. Si s'avisèrent la ditte dame et li contes de Kent qu'il se partiroient d'Engleterre et s'en iroient en France veoir le roi Charlon que la royne, qui sa sereur germainne estoit, n'avoit

---

1. « Décapiter sans attendre et sans leur reconnaître droit à la parole ».   2. Thomas de Lancastre (né en 1298). Sa mère, Blanche d'Artois, fut nièce de Saint Louis et veuve d'Henri III, comte de Champagne. Par son père, Edmond, comte de Lancastre, il était petit-fils d'Henri III, roi d'Angleterre et cousin d'Édouard II. Il fut décapité, près de Pontefract, le 22 mars 1322.   3. « Mal vu par ».   4. « Désaccord ».   5. « Et il y eut quelqu'un qui ».   6. « Éviter ».   7. « Supplice ».   8. « Ils eurent peur ».   9. « Impétueux et d'une conduite inconstante et hostile ».   10. « Sans chercher conseil et sans donner aucune justification ».

veu depuis que elle fu envoiie en Engleterre ; et en menroit avoecques lui son jone fil Edouwart, et lairoit convenir ce roy et le Despensier au sourplus[1]. Espoir, hastement s'amenderoit leurs estas, et y pourveroit Diex[2] de remède et de conseil.

Ce pourpos tinrent la dame et li contes de Kent et ordonnèrent leurs besongnes secretement et envoiièrent devant le plus grant partie de leur arroi[3] par le rivière de Tamise en nefs en Flandres. Et prist la ditte dame excusance de venir en pelerinage à Nostre Dame de Boulongne[4]. Et se parti, si com vous poés oïr, d'Engleterre à petite mesnie[5], son jone fil avoech lui, le conte de Kent son serourge[6] et monsigneur Rogier de Mortemer. Et montèrent à Douvres et arrivèrent à Boulongne[7].

§ 6. Quant la royne d'Engleterre fu arrivée à Boulongne et toute se route, elle regratia[8] Nostre Signeur et s'en vint tout à piet jusques à l'eglise Nostre Dame en devotion, et fist sen offrande et sen orison[9] devant l'image. Li abbés de laiens et tout li monne le recuellièrent liement[10] ; et fu laiens herbergie et toute se mesnie ; et s'i reposèrent et rafrescirent par cinq jours Au sizime il montèrent tout as chevaus et sus hagenées[11] qu'il avoient amené d'Engleterre, et se partirent de Boulongne o tout leur arroi[12]. Si fu la dame aconvoiie

---

1. « Et (elle) laisserait le roi et le Despensier s'arranger pour le reste ». 2. « Peut-être les fautes de leurs offices seraient-elles promptement réparées et Dieu y pouvoirait-il... » 3. « Équipement ». 4. En réalité, Isabelle se fit envoyer, en mars 1325, à la cour de France pour régler la question de Gascogne. Roger de Mortimer, seigneur de Wigmore, s'étant évadé de la Tour de Londres en 1323, se trouvait déjà en France à la cour de Charles IV. Le prince Édouard ne vint en France qu'en septembre, où, le 21, au bois de Vincennes, il fit hommage à Charles IV. 5. « Avec peu de serviteurs ». 6. « Son beau-frère ». 7. Boulogne-sur-Mer, à 29 km au sud-est de Calais. 8. « Remercia ». 9. « Prière ». 10. « L'abbé de là-dedans (de l'église de Notre-Dame) et tous les moines l'accueillirent joyeusement ». 11. *Haquenée* : « cheval pour dames qui va l'amble ». 12. « Avec tout leur équipement ».

et acompagnie d'aucuns chevaliers de là environ, qui l'estoient venu veoir et festiier, pour la cause de ce que elle estoit soer au roy leur signeur. Tant esploita[1] la dame par ses journées que elle approça Amiens. Chil de la cité vinrent contre lui moult reveramment. Et par tout où elle passoit, as cités et as bonnes villes, on li faisoit feste et honneur, car li rois Charles l'avoit ensi ordonné, qui estoit enfourmés de sa venue.

Et tant chevauça la ditte dame que elle vint à Paris. Si estoient jà issut[2] contre lui moult de noble gent, pour le recueillier et son jone fil. Et les amenèrent jusques an palais messires Robers d'Artois, li contes de Dammartin, li sires de Couci, li sires de Montmorensi[3] et pluiseur aultre. Si descendirent devant le perron et montèrent les degrés dou palais, chil signeur François devant qui menoient la dame, son fil et le conte de Kent; et vinrent jusques au roi qui se tenoit en une cambre, bien acompagniés de prelas et de chevaliers.

Quant li rois de France vei sa serour qu'i[l] en grant tamps n'avoit veu, et elle deut entrer en la cambre, il vint contre lui et le prist par le main droite et le baisa et dist : « A bien vigne ma belle suer et mes biaus niés[4] ! » Si les tint tous deus et les mena avant. La dame, qui pas n'avoit trop grant joie fors de ce que elle se trouvoit dalés le roy son frère, s'estoit jà volue agenoullier par deus ou par trois fois, mais li rois ne le laioit[5] et le tenoit toutdis par le main droite, et li demandoit moult doucement de son estat et de son afaire. Et la dame l'en respondoit très sagement, et tant furent les parolles que elle dist : « Monsigneur, se nous va, moy et mon fil[6], assés petitement. Car li rois d'Engleterre mes maris, m'a pris en trop grant hayne, et se

---

1. « Avança ». 2. « Sortis ». 3. Robert d'Artois, fils du comte Philippe d'Artois (1287-1343) ; Renaut de Trie, comte de Dammartin († 1327) ; Guillaume de Guines, sire de Coucy († 1335) ; Jean de Montmorency († 1325). 4. « Neveu ». 5. « Ne la laissait pas faire ». 6. « Il en va donc de nous, moi et mon fils ».

ne scet pour quoi, fors par l'enhort d'un chevalier
Englès qui s'appelle Hues li Despensiers. Chilz chevaliers a telement atrait le roi à ses volentés que tout ce
qu'il voet dire et faire il est[1]. Et jà ont comparet[2] pluiseur haut baron d'Engleterre sa mauvesté, car il en fist
sus un jour prendre au commandement dou roy et en
fist decoler jusques à vingt et deus sans loy et sans
cause, et par especial le bon conte Thumas de Lancastre, dont ce fu trop grans damages, car il estoit preudons et loyaus et plains de bon conseil. Et n'est nulz[3]
en Engleterre, tant soit nobles ne de grant afaire, qui
l'ose courroucier ne desdire de cose que il voelle faire.
Et m'a telement tourblet devers le roy[4], et le conte de
Kent men frère, que veci qu'il nous fu dit en grant
amisté par chiaus qui savoient aucunes coses dou
conseil ce dit chevalier[5], que nous estions en grant
peril de nos vies. Si nous sommes parti en grant doubtance et venu par deçà vous veoir, que je desiroie
moult. »[6] Et li rois dist : « Ma belle suer, grant merchis. »

§ 7. Quant li rois Charles eut oy et entendu les
complaintes de sa suer, et comment elle estoit demenée
par le fait dou Despensier, si en eut grant pité et le
reconforta moult doucement et li dist : « Ma belle suer,
vous demorrés dalés nous[7] ; si ne vous esbahissiés ne
desconfortés de riens : nous avons assés pour nous et
pour vous. Et si meterons remède et conseil à vos
besongnes. » Et la dame s'agenoulla et dist : « Monsigneur grans mercis ! » Depuis la venue de la dame, de
son fil et dou conte de Kent, et que li rois Charles eut
recueilliet moult liement les dessus dis, il se tinrent à
Paris dalés le roy. Et leur faisoit li dis rois faire leur

---

1. « Se fait ». 2. « Payé ». 3. « Il n'y a personne ».
4. « Et il m'a tellement desservie auprès du roi ». 5. « Quelque
chose des desseins dudit chevalier (Hughes Despensier) ». 6. « Venus vous voir de ce côté-ci, chose que je désirais
beaucoup faire ». 7. « Vous demeurerez auprès de nous ».

delivrance de toutes coses ; et estoit souvent la royne d'Engleterre avoech le roy son frère et la royne de France, et ooit à le fois des nouvelles d'Engleterre qui pas trop plaisans ne li estoient.

Car, cilz messires Hues li Despensiers croissoit[1] tousjours en poissance et en amour devers le roy. Et avoit telement attret et atournet le dit roy[2] que tous li pays s'en esmervilloit et n'avoit nulz que faire en le court dou roy[3], se il n'estoit de son acord. Si fist il depuis moult de diversetés[4] et de cruaultés as pluiseurs en Engleterre, dont il estoit moult hays. Mais nulz ne li osoit dire ne monstrer, car se il se doubtast de qui que fust conte ou baron, tantost il le fesist, sus l'ombre dou roy, prendre et decoler sans nule remède[5]. Si estoit si doubtés et des pluiseurs tant hays, que merveilles. Et regardèrent aucun baron et sage homme dou pays que ce ne faisoit mies à souffrir et que ses outrages et mauvaistés il ne poroient plus porter. Si se traisent[6] tout secretement ensamble à conseil, et eurent avis et volenté que il remanderoient leur dame la royne d'Engleterre, qui jà avoit demoret en France bien priès par l'espasse de trois ans, et toutdis[7] dedens le cité de Paris. Se li escrisirent et segnefiièrent, se elle pooit trouver voie ou sens[8] par quoi elle peuist avoir aucune compagnie de gens d'armes de mil armeurs de fier[9] ou là environ, et elle vosist ramener son fil et toute se compagnie où royaume d'Engleterre, il trairoient tantost vers lui et obeiroient à lui et à son fil comme à leur signeur, car il ne pooient ne voloient plus porter les desrois[10] ne les fais que li rois faisoit ou pays, par

---

1. « Grandissait ».   2. « Et il avait tellement captivé et gagné les bonnes grâces dudit roi ».   3. « Et personne n'avait que faire dans la cour du roi ».   4. « Méchancetés ».   5. « Mais personne n'osait le lui dire ni démontrer, car s'il craignait quelqu'un, soit comte, soit baron, aussitôt, en se prévalant de l'autorité du roi, il le faisait prendre et décapiter sans appel ».   6. « Alors, ils se réunirent ».   7. « Toujours ».   8. « Si elle pouvait trouver les moyens et la stratégie ».   9. « De mille chevaliers armés ».   10. « Désordre ».

le conseil monsigneur Huon, et de chiaus qui de son accort estoient.

Quant la royne entendi ces nouvelles, elle s'en consilla secretement au roy Charle, son frère, qui bien volentiers entendi, et li respondi adonc que elle l'entrepresist hardiement, car il li aideroit et li presteroit de ses gens telz que elle vorroit avoir. Et avoech che il li presteroit de son or et de son argent ce qu'il l'en besongneroit[1]. Sour ce, la royne se parti de lui, et s'en revint à son hostel et se pourvei si com elle peut. Et pria secretement des plus grans barons de France ceulz dont elle se fioit le plus, et qui le plus volentrieu[2] estoient pour tel afaire, et en pensoit estre bien certainne. Puis le fist ensi à savoir secretement à ces barons d'Engleterre qui avoient vers lui envoiiet.

Mais on ne le peut si celer[3] que li dis messires Hues li Despensiers ne le sceuist[4]. Si fist puis tant, le terme perdant[5], par ses messages et par dons et promesses, que li rois Charles de France fu si enhortés par son conseil que il manda[6] sa sereur la ditte royne Ysabiel, qui se tenoit à son hostel entre ses gens, et li desconsilla et deffendi si haut et si acertes[7] qu'il peut, que elle demorast quoie et se relaiast de ce que elle avoit empris[8]. Et quant la dame entendi le roy son frère, elle fu toute esbahie et abaubie[9], ce ne fu point de merveilles. Si perchut bien que ses frères estoit mal infourmés, car riens que elle peuwist dire à l'encontre ne li pooit valoir ne aidier. Si se parti adonc de lui moult triste et esmarie[10], et revint arière à son hostel, et ne se relaia point pour ce à appareillier[11]. Li rois ses frères le sceut ; s'en fu courouciés, quant sus sa def-

---
1. « Ce qu'il lui en faudrait ». 2. « Les plus résolus ». 3. « On ne put si bien le cacher ». 4. « Sût ». 5. « Il fit tant depuis, pendant cette période » (« perdant » est probablement une erreur pour *pendant*). 6. « Convoqua ». 7. « Avec tant d'insistance ». 8. « Afin qu'elle restât tranquille et qu'elle renonçât à ce qu'elle avait entrepris ». 9. « Déconcertée ». 10. « Égarée ». 11. « Et ne renonça pas pour cela à faire ses préparatifs ».

fense elle voloit ouvrer. Si fist, par le conseil qu'il eut, commander, sus corps et sus voir, que nulz de son royaume ne se meuist[1], ne alast avoech la ditte royne, sa suer.

Quant la dame seut ce, elle fu assés[2] plus triste que devant, ce fu bien raisons. Si ne sceut que faire ne que penser, car toutes ses besongnes li venoient au contraire, et estoient venues de lonch tamps. Et se falloit, ce li sambloit, par mauvais conseil, cilz qui mieus li devoit aidier à son besoing[3]. Et si approçoit li termes que elle avoit mandet à chiaus que elle tenoit pour ses amis en Engleterre. Si demora moult esgarée, sans nul confort, comme celle qui ne savoit que elle peuist faire ne que devenir. Et requeroit souvent Dieu estroitement en soi meismes, et li prioit que il le vosist aidier et consillier[4].

§ 8. Ne demora pas gaires de temps que on li dist, fiablement[5] et par grant bien, que, se elle ne se gardoit sagement, li rois ses frères le feroit prendre et mener en Engleterre, pour relivrer à son mari, le roi d'Engleterre, et detenroit son fil avoecques lui, car il ne li plaisoit plus que elle eslongast ensi[6] son mari. De ces nouvelles fu la dame plus esbahie que devant, car elle amast mieus estre morte et desmembree que venir ou pooir ne ou dangier son mari ne le Despensier[7]. Si eut bien mestier[8] d'avoir bon conseil. Si s'avisa que elle vuideroit France et s'en avaleroit en Haynau[9], pour veoir le conte et monsigneur Jehan de Haynau[10] son

---

1. « Se mît en mouvement ».   2. « Beaucoup ».   3. « Et lui faisait défaut, il lui semblait, à cause de mauvais conseils, celui qui devait le plus lui venir en aide dans sa situation pressante ».   4. « Et souvent elle demandait instamment à Dieu et Le priait qu'Il veuille l'aider et lui porter conseil ».   5. « En toute confiance ».   6. « S'éloignât ainsi de ».   7. « Que de passer sous le pouvoir ou la domination de son mari ou de Despensier ».   8. « Besoin ».   9. « Quitterait la France et descendrait en Hainaut ».   10. Jean de Hainaut, fils de Jean II, comte de Hainaut, frère de Guillaume Ier, comte de Hainaut ; épousa Marguerite de Nesle, héritière de Hugues, comte de Soissons ; une de ses sœurs épousa le comte de Pembroke, une autre Robert d'Artois ; il ramena Isabelle et le futur Édouard III en Angleterre

frère qui estoient signeur plain de toute honneur et de grant recommendation. Espoir, trouveroit elle en yaus tout confort et bonne adrèce[1], et si estoit lor cousine moult proçainne.

Si ordonna la ditte dame ses besongnes, et fist ses gens sages[2] de son departement, et comptèrent et paiièrent par tout. Adonc, se parti au plus tost et au plus quoiement[3] que elle peut de son hostel, avoech li ses filz en l'eage de quinze ans ou environ, li contes de Kent, li sires de Mortemer, et tout li aultre chevalier d'Engleterre, qui estoient après lui[4]. Et fist tant par ses journées que elle passa France, Vermendois et Cambresis, et vint en Ostrevant[5], en Haynau, en un chastiel que on appelle Buignicourt[6], dont messires Nicoles d'Abrecicourt estoit sires. Et li quelz bachelers et sa femme rechurent liement et bellement en leur hostel la ditte royne d'Engleterre, et son fil et leurs gens ; et trouvèrent apparilliet[7] tous les biens de laiens.

Ces nouvelles furent tost venues à Valencienes, où li contes de Haynau[8] et messires Jehans de Haynau ses frères estoient, que la royne d'Engleterre estoit herbergie à Buignicourt chiés le chevalier. Et quant li doi signeur dessus dit oïrent ce, si furent tantost consilliet quel cose il en apertenoit[9] à faire. Premierement, messires Jehans de Haynau se parti de Valenchienes, li moult bien acompagniés de chevalier et d'escuiers et chevauça tant qu'il vint à Buignicourt, en Ostrevant, et trouva la dessus ditte dame, à qui il fist toute l'onneur et reverense qu'il peut, car bien le savoit faire. La dame, qui estoit moult triste et esgarée, et en sus de

---

en 1326, mais s'engagea à servir le roi de France, le 21 juillet 1346 (KL, XX, 291ss).
1. « Ressource ». 2. « Informa ». 3. « Silencieusement », « discrètement ». 4. « Qui s'étaient réfugiés avec elle ». 5. L'apanage des fils aînés des comtes de Hainaut, qui s'étendait au sud-ouest de Valenciennes, sur les rives de l'Escaut. 6. Bugnicourt, Nord, arr. de Douai, cant. d'Arleux (à 29 km au sud-est de Valenciennes). 7. « À leur disposition ». 8. Guillaume Ier, comte de Hainaut, épousa Jeanne de Valois, la sœur du roi Philippe VI († 1337). 9. « Convenait ».

tous consaulz, fors de Dieu et de lui[1], commença à complaindre au dit signeur de Byaumont, en plorant moult piteusement, ses besongnes, et recorder ses dures avenues de cief en cor[2], tout ensi que avenu li estoit jusques à ores[3] : premierement, comment elle estoit dechacie d'Engleterre et ses filz, et venue en France sus le fiance de son frère le roy ; et comment elle cuidoit[4] [estre] pourveue de gens d'armes par le conseil de son frère, pour aler plus poissamment et en mener son fil en ou royaume, si com si ami d'Engleterre li avoient mandet ; et comment ses frères, puissedi[5], fu telement conseilliés qu'il avoit brisiet tout ce voiage et deffendu à tous gentilz hommes que nulz ne se mesist avoech lui, sus à[6] perdre leurs terres et le royaume. Et li compta comment, et à quel mescief, elle estoit là afuie atout sen fil[7], comme celle qui ne savoit à cui[8] ne en quel pays trouver confort ne soustenance.

§ 9. Et quant li gentils chevaliers messires Jehans de Haynau eut oy la dame complaindre si tenrement, et que toute fondoit en larmes et en plours, si en eut tant pité et li dist pour lui reconforter moult doucement : « Certes, dame, veés ci[9] vostre chevalier qui ne vous faurront pour morir[10], se tous li mondes vous falloit. Ains, ferai tout mon pooir de vous et de vostre fil conduire, et de vous et de lui remettre en vostre estat en Engleterre, en l'ayde de vos amis qui delà le mer sont, ensi que vous dittes. Et je, et tout cil que je porai priier, y enventurrons les vies ançois que vous ne soiiés au dessus de vos besongnes[11]. »

Et quant la dame l'eut oy parler une si haute et si

---

1. « Éloignée de tout conseil sauf de celui de Dieu et le sien ».
2. « Les pénibles événements qu'elle avait essuyés, d'un bout à l'autre ». 3. « Jusqu'à ce moment-là ». 4. « Croyait ».
5. « Depuis ». 6. « Sous peine de ». 7. « Elle s'était enfuie avec son fils ». 8. « Qui ». 9. « Voyez ici » = « voici ».
10. Erreur de scribe ; lire : *faurroit* [falloir] pour mourir = « Qui ne vous ferait défaut, dût-il en mourir ». 11. « Et moi, et tous ceux que je pourrai engager, nous y emploierons nos vies jusqu'à ce que vous veniez à bout de votre affaire ».

noble parolle, et si reconfortans ses besongnes, elle qui seoit[1], et messires Jehans de Haynau devant lui, se dreça en estant[2] et se volt engenoullier[3], de le grant joie et de le grasce qu'il li offiroit ; mès li gentilz chevaliers ne l'euist jamais souffiert ; ains se leva moult apertement[4], et prist la dame entre ses bras et dist : « Ne place[5] jà à Dieu que la royne d'Engleterre face ce[6], ne ait empenset à faire, que de li engenillier devant son chevalier ! Mais, dame, reconfortés vous, et vostre gent ossi, car je vous tenrai vo prommesse. Vous venrés veoir monsigneur mon frère et madame ma suer, vostre cousine, la contesse de Haynau, qui vous en prient ; et en sui cargiés de vous dire, et de vous mener par devers yaus. » Et la dame li ottrie et dist : « Certes, sire, je trueve en vous plus de confort et d'amour que en tout le monde. Et, de ce que vous me dittes et offrés, cinq cens mille mercis. Jamais ne l'arons desservi moy ne mes filz ; mès, se li tamps vient que nous soions en nostre estat, si com jou espoire bien, par le confort et grasce de Dieu et de vous, il vous sera grandement remuneret. »

Assés tost apriès ces parolles, prist li sires de Byaumont congiet de la ditte dame, de son fil et dou conte de Kent et des autres chevaliers, et s'en vint ce soir herbergier à Denaing[7]. Et la royne demora à Buignicourt, grandement reconfortée, et bien avoit raison, en le pourveance de[8] monsigneur Nicole d'Aubrecicourt, qui en faisoit ce qu'il pooit. Et tant en fist que la royne l'en sceut grant gré[9]. Et demora tous jours depuis ses chevaliers, et si enfant et leur generation ossi, si com vous orés recorder en avant en ceste hystore.

§10. Quant ce vint au matin, apriès messe et boire, messires Jehans de Haynau se parti de Denaing et che-

---

1. « Était assise ».   2. « Se mit debout ».   3. « [Elle] voulut s'agenouiller ».   4. « Mais avant il se leva prestement ». 5. « Plaise ».   6. « Fasse cela ».   7. Denain (Nord), à 9 km au sud-est de Valenciennes.   8. « Grâce aux soins matériels de ».   9. « Lui en fut très reconnaissante ».

vauça de reschief à Buignicourt ; si trouva que la royne estoit ja toute apparillie et ses gens ossi. Si se partirent tout ensamble, et ses filz et leur route, ou conduit le signeur de Byaumont, qui les amena adonc à Valenciennes. Et y furent liement e bellement rechut ; et estoit la Salle dou Conte[1] toute appareillie pour la ditte dame et ses gens. Car, à ce donc, li contes se logoit en l'ostel de Hollandes[2], et tous ses hosteulz[3]. Si descendi la royne d'Engleterre à le Salle, et y fu logie et herbergie bien et aisiement. Et le vint là veoir la contesse de Haynau, qui li fist toute honneur et reverense, car bien le savoit faire. Et ossi fist li contes Guillaumes de Haynau, mais il estoit maladieus de gouttes[4], si ne chevauçoi[t] mies à sen aise. Toutes fois, i[l] l'honnoura et festia grandement, le terme que elle sejourna à Valenciennes, environ trois sepmainnes.

Entroes[5], elle fist apparillier son oirre[6] et ses besongnes. Et li dis messires de Byaumont fist escrire lettres moult affectueuses as chevaliers et as compagnons de cui il se fioit le plus, en Haynau, en Hasbaing[7] et en Braibant ; et les prioit, tant qu'il pooit, et cescun sur toutes amistés, qu'il venissent avoech lui en ceste emprise. Si en y eut grant plenté de l'un pays et de l'autre, qui y aloient pour l'amour de li, et ossi grant plenté qui n'i alèrent mies, comment qu'il[8] en fuissent priiet. Et meismement li dis messires Jehans en fu durement repris de son frère, et de aucuns de son propre conseil, pour tant qu'il leur sambloit que li entrepresure estoit si haute et si perilleuse, selonch les descors[9] et les grandes haynes qui adonc estoient entre

---

1. La Salle-le-Comte fut le palais des comtes de Hainaut à Valenciennes (voir KL, XXV, 380ss). 2. L'Hôtel de Hollande ou Cour de Hollande servait de résidence aux comtes de Hollande, c'est-à-dire aux souverains de Valenciennes (voir KL, XXV, 387). 3. « Gens de maison ». 4. « La goutte », une maladie souvent héréditaire, caractérisée par des poussées inflammatoires douloureuses aux articulations. 5. « Dans l'intervalle ». 6. « Voyage ». 7. Hesbaye (région de Belgique, entre Nivelles et Liège). 8. « Bien qu'ils ». 9. « Compte tenu des différends ».

les haus barons et les communs[1] d'Engleterre, et selonch ce que li Englès sont communement envieus sour toutes estragnes gens[2], quant il sont à leur deseure et meismement en leur pays[3], que cescuns avoit paour et doubtance que li dis messires Jehans ne nulz de ses compagnons peuist jamais revenir. Mais, quoi que on li blasmast ne desconsillast, li gentilz chevaliers ne s'en volt onques relaiier. Ains, dist que il n'avoit que une mort à souffrir qui estoit en le volenté de Nostre Signeur ; mais il avoit prommis à celle gentilz dame de lui conduire jusques en son royaume ; si ne l'en fauroit pour morir. Et ossi chier avoit il à prendre le mort avoecques celle noble dame, qui ensi estoit dechacie, se morir y devoit, que autre part. Car tout chevalier doient aidier à leur loyal pooir toutes dames et celles à leur besoing, especialment quant il en sont requis[4].

§ 11. Ensi se parti la royne d'Engleterre de le ville de Valencienes, quant elle et ses gens furent apparilliet de che qu'il leur falloit ; et prist congiet au gentil conte Guillaume de Haynau et ma dame Jehane la contesse, sa femme, et les remercia grandement, humlement et doucement de le bonne, lie cière et de la belle recueilloite[5] que il li avoient fait. Si se mist à voie sus le segureté et conduit del gentil chevalier le dit monsigneur de Byaumont. Si fisent tant par leurs journées que il vinrent à Dourdresk[6], en Hollandes. Là endroit se pourveirent de naves et de vaissiaus grans et petis, ensi qu'il les peurent trouver, et misent dedens leurs chevaus, leurs harnas et leurs pourveances. Et quant il

---

1. « Gens appartenant aux communes ». 2. « Jaloux de tout étranger ». 3. « Quand ils prennent le dessus et surtout dans leur pays à eux ». 4. Sans discuter la conduite chevaleresque de Jean de Beaumont, le soutien des Hainuyers fut stipulé par le contrat de mariage en 1326 entre Philippa de Hainaut et le jeune Édouard (McKisack, 83). 5. « Du bon et joyeux accueil et de la belle réception ». 6. Ville et port des Pays-Bas (Hollande méridionale).

eurent par avis vent bon pour eulz, il se commandèrent en le garde de Nostre Signeur, et entrèrent en leurs vaissiaus, et desancrèrent et se misent en mer. Et n'estoient non plus de cent armeures de fier.

Or, considerés le hardie et haute emprise que li sires Byaumont faisoit, que de aler conquerre et entrer en un royaume par force où il ne [cognissoit] nullui, et ne savoit qu'il[1] y trouveroit, mais il le faisoit de si grant corage et avoit tel esperance en Dieu, qu'il li estoit avis que bien furniroit et à sen honneur le voiage[2]. Si estoit il adonc ou commencement de son venir[3], et en le droite fleur de se jonèce ; si l'entreprendoit plus volentiers et plus hardiement.

Or vous nommerai aucuns des chevaliers de Haynau qui alèrent avoecques lui, et à se priière, en ce voiage : premierement, messires Henris d'Antoing[4], messires Robers de Bailluel[5], qui puis fu sires de Fontainnes, messires Fastrés dou Rues[6] ; messires Mikieus de Ligne[7], messires Sansses de Boussoit[8], messires Perchevaus de Semeries[9], messires Sanses de Biauriu[10], li sires de Wargni[11], li sires de Potelles[12], li sires de Montegni[13], li sires de Gommegnies[14], li sires d'Aubrecicourt, et aucun aultre baceler, qui se voloient enventurer avoech le dit chevalier et leurs corps avancier. Si y eut aucuns Braibençons et Hesbegnons, mès ce ne fu pas gramment[15].

Si singlèrent[16] par mer. Et avoient entendu et avisé

---

1. « Ce qu'il ».   2. « Qu'il mènerait bien à fin et à son honneur l'expédition ».   3. « Au début de sa carrière ».   4. Henri d'Antoing, fils du prévôt de Douai, fut tué à la batailIle de Staveren en 1345.   5. Robert de Bailleul était fils de Jean de Condé, sire de Bailleul et de Morialmé.   6. Fastré du Roeulx mourut le 21 mai 1331.   7. Michel de Ligne. Son fils épousa Éléonore de Coucy.   8. Jean, dit Sanche, de Boussoit, vassal important de Guillaume Ier de Hainaut ; il mourut en 1332.   9. Pierre, dit Perceval de Sémeries.   10. Florent, dit Sanche de Beaurieu.   11. Guillaume, sire de Wargnies.   12. Gilles de Mortagne, seigneur de Potelle. Mort en 1340.   13. Jean de Montigny-en-Ostrevant.   14. Guillaume de Jauche, seigneur de Gommegnies.   15. « Beaucoup ».   16. « Alors ils firent voile ».

qu'il prenderoient terre à un port où il avoient entente d'arester, mais il ne peurent. Car uns grans tourmens[1] les prist en mer, qui les mist hors de leur chemin, qu'il ne sceurent dedens[2] deus jours là où il estoient. De quoi Di[e]x leur fist grant grasce, et leur envoia belle aventure. Car, se il fuissent embatu à ce port que il avoient chuesi ou auques priés[3], il estoient perdu davantage, et escheu ens ès[4] mains de leurs ennemis, qui bien savoient leur venue et les attendoient là endroit, pour yaus mettre tous à mort et le jone roy et la royne ossi ; mais Di[e]x ne le volt mies adonques consentir. Si les fist, ensi que par droit miracle, destourner, ensi que vous avés oy.

Or avint que, au chief des deus jours, cilz tourmens cessa, et veirent li maronnier[5] terre en Engleterre. Si se traisent celle part moult joiant, et prisent terre sus le sablon et sus le rivage de le mer, sans havène et sans droit port[6]. Si demorèrent sus cel sablon par trois jours, à petit de pourveances de vivres, en descargant leurs chevaus et leurs harnas ; et si ne savoient en quel endroit d'Engleterre il estoient arrivet, ou pooir d'amis ou d'anemis. Au quatrime jour, il se misent à le voie, à l'aventure de Dieu, comme cil qui avoient eu toute mesaise de fain et de froit par nuis, avoecques les grandes paours qu'il avoient ewes et avoient encores. Si chevaucièrent tant amont et aval qu'il trouvèrent aucuns petis hamelés, et puis aprièes si trouvèrent une grande abbeye de noirs monnes, que on claimme Saint Aymon[7]. Si se herbergièrent et rafreschirent en ceste abbeye trois jours. Et fisent penser de leurs chevaus bien et fort[8], car il en pensoient temprement[9] avoir à faire.

---

1. « Orage ».   **2.** « Pendant ».   **3.** « Qu'ils avaient choisi ou assez près de là ».   **4.** « Tombés entre les ».   **5.** « Marins ».   **6.** L'expédition débarqua à Orwell (Suffolk), le 28 septembre 1326.   **7.** L'abbaye de Saint-Edmond.   **8.** « Et ils firent surtout bien panser leurs chevaux ».   **9.** « Bientôt ».

§ 12. Nouvelles s'espandirent par le pays tant que elles parvinrent à ceulz par qui seureté et mandement la ditte dame estoit rapassée. Si se apparillièrent, dou plus tost qu'il peurent, de venir vers li et vers son fil qui il voloient avoir à signeur. Et li premiers qui vint encontre lui et qui plus grant confort donna à chiaus qui estoient venu avoecques lui, che fu li contes Henris de Lancastre au Tors Col[1], qui fu frères au conte Thumas de Lancastre qui fu decolés, si com vous avés oy par dessus, et fu pères au duch de Lancastre[2] qui fu si bons chevaliers et si recommendés, si com vous porés oïr en ceste hystore, ains que[3] vous venés à le conclusion. Chilz contes Henris de Lancastre dessus dis vint à grant compagnie de gens d'armes. Apriès, tant d'uns et d'autres vinrent contes, barons, chevaliers et escuiers, atout gens d'armes[4], qu'il leur sambla bien qu'il fuissent hors de tous perils. Et tous les jours croissoient gens d'armes, ensi qu'il aloient avant.

Si eurent conseil entre yaus ma dame la royne, et li baron, chevalier et escuier, qui venu estoient encontre li, que il iroient droit à Bristo[5], atout leur pooir, là où li rois se tenoit adonc et li Despensier, qui estoit bonne ville, grosse et rice et fortement fremee, seans sus un bon port de mer. Et si y a un chastiel trop durement fort, seant sus mer, si ques li mers flote tout au tour. Là endroit se tenoit li rois, messires Hues li Despensiers, li pères, qui estoit priés en l'eage de quatre vins et dis ans, messires Hues, li filz, li mestres consillières le roy, qui tous les mauvais consaulz et mauvais fais li enhortoit, li contes d'Arondiel[6], qui avoit à femme la fille monsigneur Huon le Jone, et ossi pluiseur cheva-

---

1. Henri de Lancastre épousa en secondes noces Alix de Joinville, fille du sénéchal de Champagne, mémorialiste de Louis IX. Il mourut en 1345.   **2.** Fils d'Henri de Lancastre et de Marie de Chaworth. Il fut créé comte de Derby en 1337 et mourut de la peste en 1360.   **3.** « Avant que ».   **4.** « Tous avec des hommes armés ».   **5.** Bristol, ville dans le Gloucestershire, sur l'Avon et l'estuaire de la Severn.   **6.** Edmond Fitz-Alan, comte d'Arundel. À la suite de Jean le Bel, Froissart se trompe en lui donnant pour femme une fille d'Hugues Despensier.

lier et escuier, qui repairoient entours[1] le roy et entours le court, ensi que gens d'estat repairent volentiers entours leurs signeurs. Si se misent ma dame la royne et toute sa compagnie, messires Jehans de Haynau chil conte et chil baron d'Engleterre et leurs routes, au dit chemin pour aler celle part. Et par toutes les villes là où il entroient, on leur faisoit feste et honneur. Et toutdis leur venoient gens, à destre et à senestre[2], de tous costés. Et tant fisent par leurs journées qu'il parvinrent devant le ville de Bristo. Si le assegièrent à droit siège fait[3].

§ 13. Li rois et messires Hues li Despensiers li filz se tenoient ou chastiel. Li vielles messires Hues li pères et li contes d'Arondiel se tenoient en le ville de Bristo, et pluiseur aultre qui estoient de leur acord. Quant cil aultre et cil de le ville veirent le pooir le dame si grant et si enforciet, et priés que toute Engleterre estoit de leur acord, et veoient le peril et le damage si apparant, il eurent conseil qu'il se renderoient et le ville avoech, salve leurs vies, leurs membres et lor avoir[4]. Si envoiièrent trettier et parlementer devers la royne et son conseil, qui ne s'i veurent mies acorder ensi, se la dessus ditte ne pooit faire dou dit monsigneur Huon et dou conte d'Arondiel sa volenté[5], car pour yaus destruire estoit elle là venue.

Quant li homme de le ville de Bristo veirent que autrement il ne pooient venir à pais ne sauver leurs biens ne leurs vies, au destroit[6] il s'i acordèrent et ouvrirent les portes, si ques ma dame la royne, messires Jehans de Haynau et tout li baron, chevalier et escuier entrèrent ens, et prisent leurs hosteulz ens la ville de Bristo. Et cil qui ne s'i peurent logier, se herbergièrent dehors. Là fu pris li dis messires Hues li pères et li contes d'Arondiel, et amené par devant le

---

1. « Séjournaient autour ».   2. « À droite et à gauche ».
3. « Par un siège en règle ».   4. « Sans porter atteinte à leur vie, à leur corps ni à leurs biens ».   5. « Son bon plaisir ».   6. « Dans leur détresse ».

royne, pour faire d'yaus se pure[1] volenté. Et ossi li furent amené li sien aultre jone enfant, Jehans ses filz et ses deus fillètes[2], qui furent là trouvées en le garde le monsigneur Huon. De quoi la dame eut grant joie, quant elle vei ses enfans que veus n'avoit de grant tamps, et ossi eurent tout cil qui point n'amoient les Despensiers. Et s'il avoient grant joie entre yaus, selonc ce[3] pooient avoir grant duel li rois et messires li Despensiers li filz, qui estoient en ce fort chastiel enclos, et qui veoient leur meschief si grant qui leur couroit seure si apparamment. Et veoient tout le pays tourner[4] avoecques le royne et avoecques son ainnet fil, et dreciet et esmeut encontre yaus. Dont, se il eurent dolour et paour et assés à penser, ce ne fait point à demander.

§ 14. Quant la royne et tout li baron et li aultre furent herbergiet à leur aise, il assegièrent le chastiel, au plus priés qu'il peurent. Et puis fist la royne ramener monsigneur Huon le Despensier le vielle et le conte d'Arondiel devant son ainsnet fil, et devant tous les barons qui là estoient, et leur dist que elle et ses filz leur feroient droit et loy et bon jugement, selonch leurs fais et leurs œuvres. Adonc respondi messires Hues et dist : « Ha ! dame, Diex nous voelle donner bon juge et bon jugement ; et se nous ne le poons avoir en ce siècle, si le nous doinst en l'autre[5] ! » Adonc se leva messires Thumas Wage[6], bons chevaliers, sages et courtois qui estoit mareschaus de l'ost, et leur racompta tous leurs fais par escript, et tourna en droit sus[7] un viel chevalier qui là estoit, afin qu'il raportast sus se feauté que à faire avoit[8] de telz personnes par juge-

---

1. « Absolue ». 2. Jean, comte de Cornouailles, mort jeune ; Jeanne, qui fut mariée à David d'Écosse ; Éléonore, qui épousa Renaud, duc de Gueldre. 3. « Pareillement ». 4. « Changer de camp ». 5. « Qu'il nous le donne dans l'autre monde ! » 6. Thomas Wake épousa Blanche, fille de Henri de Lancastre, et mourut en 1349. 7. « S'adressa, pour la cause, à ». 8. « Afin qu'il racontât loyalement ce qu'il y avait à faire ».

ment, et de telz fais. Li chevaliers se consilla as autres barons et chevaliers, et raporta par plainne sieute[1] que il avoient bien mort desservie, par pluiseurs horribles fais qu'il avoient là endroit oys racompter, et les tenoient pour vrais et tous clers. Et avoient desservi, par le diversité[2] de leurs fais, à estre justiciés en trois manières, c'est à savoir, premiers traynés et puis decolés, apriès pendus à un gibet. Tout en tel manière qu'il furent jugiet, furent il tantost justiciet par devant le chastiel de Bristo, veant le roy[3], et veant le dit monsigneur Huon le fil, et tous ceulz de laiens qui grant despit en eurent. Et puet cascuns savoir que il estoient à grant meschief de cuer. Ceste justice fu faite l'an de grasce mil trois cens vingt et six, le jour saint Denis, en octobre[4].

§ 15. Apriès ce que ceste justice fu faite, si com vous avés oy, li rois et messires Hues li Despensiers, qui se veoient assegiet à tèle angousse et à tel meschief, et ne savoient nul confort qui leur peuist là endroit de nulle part venir, se misent à une matinée, entre yaus deus, à peu de mesnie, en un petit batiel en mer, par derrière le chastiel, pour aler ou royaume de Galles, s'il peuissent, comme cil qui volentiers se fuissent sauvé. Mais Diex ne le volt mies souffrir, car leurs pechiés les encombra. Si lor avint grant merveille et grant miracle, car il furent onze jours tous plains en ce batelet, et s'efforçoient de nagier tant qu'il pooient, mais il ne pooient si lonch nagier que tous les jours li vens, qui leur estoit contraires par le volenté de Dieu, les ramenoit cascun jour, une fois ou deus, à mains de le quarte partie d'une liewe priés dou dit chastiel dont[5] il estoient parti. Siques tous les jours les veoient bien cil de l'ost le royne.

Au daarrain, avint que messires Henris de Byau-

---

1. « Unanimement ».   2. « Méchanceté ».   3. « Sous les yeux du roi ».   4. Le 9 octobre 1326.   5. « À moins d'un quart de lieue dudit château d'où ».

mont[1], filz au visconte de Byaumont en Engleterre, entra en une barge, et ossi avoec lui aucuns compagnons, et se fist nagier[2] devers ceulz, et nagièrent tant et si fort que onques li maronnier le roy ne peurent tant fuir devant yaus que finablement il ne fuissent rataint, et pris atout leur batiel, et ramenet en le ville de Bristo, et livrés à ma dame la royne et à son fil comme prisonniers, qui moult en eurent grant [joye], et ossi eurent tout li aultre, et à bonne cause, car il avoient acomplit et achievet leur desir, à l'ayde de Dieu, tout à leur plaisir.

§ 16. Ensi reconquist la ditte royne tout le royaume d'Engleterre pour son ainsné fil, sour le confort et conduit de monsigneur Jehan de Haynau et de se compagnie. Par quoi ilz et tout si compagnon, qui en ce voiage furent avoech lui, furent tous tenus pour preus, par le raison de le haute emprise que fait avoient. Car il ne furent, tout comptet, quant il entrèrent en mer à Dourdresch, si com vous avés oy, que trois cens armeures de fier, qui fisent si hardie entrepresure, pour l'amour de le ditte royne, comme d'entrer en naves et passer mer à si peu de gens, pour conquerre tel royaume comme est Engleterre, maugré le propre roy et tous ses aidans.

§ 17. Ensi com vous avés oy, fu celle haute et hardie emprise achievée ; et reconquist ma dame la royne Ysabiel tout son estat, par le confort et conduit del gentil chevalier monsigneur Jehan de Haynau et de ses compagnons, et mist à destruction ses ennemis. Et fu pris li rois meismes par tèle mescheance et fortune que vous poés entendre. Dont tous li pays communalment eut grant joie, hors mis aucuns qui estoient de le faveur le dit monsigneur Huon le Despensier. Quant li rois et li dis messires Hues li Despensiers furent amené à

---

1. Henri, vicomte de Beaumont, mort en 1340. **2.** « Conduire sur l'eau ».

Bristo par le dessus dit monsigneur Henri de Byaumont, li rois fu envoiiés par le conseil de tous les barons et les chevaliers, ens ou fort chastiel de Bercler[1], seant sus le grosse rivière de Saverne[2], et recommendés au signeur dou dit chastiel de Bercler que il en fesist bonne garde ; et il dist que ossi feroit il ; et fu ordonné à lui servir et garder bien et honnestement, et gens d'estat entours lui, qui bien savoient que on en devoit faire, mais point ne le devoient laissier partir dou pourpris[3]. Ensi fu il enjoint et commandé. Et li dis messires Hues fu tantost livrés à monsigneur Thumas Wage, mareschal de l'host.

Apriès çou, se partirent la royne et toute son host pour venir droit à Londres, qui est li chiés d'Engleterre et se misent au chemin. Li dis messires Thumas Wage fist bien et fort loiier[4] monsigneur Huon le Despensier sour le plus petit magre et chetif cheval qu'il pot trouver, et li fist faire à viestir un tabar[5] et afubler par dessus son abit le dit tabar, semet de telz armeures qu'il soloit porter, et le faisoit ensi mener par derision apriès le route et le conroi le royne, par toutes les villes où il devoient passer, à trompes, à trompètes et flahutes[6], pour lui faire plus grant despit, tant qu'il vinrent à Harfort[7], une bonne cité. Là fu la royne moult reveramment recheue et à grant solennité, et toute li compagnie ossi. Et tint là sa feste de le Toussains moult grande et moult bien estoffé[e], pour l'amour de son fil et des signeurs estragniers qui estoient avoecques lui.

§ 18. Quant li feste fu passée, li dis messires Hues qui point n'estoit amés, là endroit fu amenés par devant

---

1. Le château fort de Berkeley, situé sur la rive droite de l'Avon, à l'endroit où cette rivière se jette dans la Severn.   **2.** La rivière Severn, qui prend sa source dans le pays de Galles et se jette dans le golfe de Bristol.   **3.** « Enclos ».   **4.** « Lier ».   **5.** Cotte armoriée normalement portée par les hérauts d'armes.   **6.** « Flûtes ».   **7.** Hereford, chef-lieu du Herefordshire, sur la Wye, affluent de la Severn.

le royne et tous les barons et chevaliers, qui là estoient assemblet. Là li furent recordet tout si fet par escript, que onques ne dist riens à l'encontre : siques là endroit il fu jugiés, par plainne sieute, de tous les barons et chevaliers, à mort, et à justicier[1], en tel manière com vous orés. Premierement, il fu traynés sour un bahut[2], à trompes et à trompètes, par toute la ville de Harfort, de rue en rue. Et puis fu amenés en une grant place, en le ville, là où tous li peuples estoit assamblés. Là endroit fu il loiiés haut sus une eschielle, siques cascuns, petis et grans le pooient veoir. Et avoit on fait en le ditte place un grant feu. Quant il fut ensi loiiés, on li copa tout premiers le vit et les coulles, par tant qu'il estoit herites[3] et sodomites, ensi que on disoit meismement del roy. Et pour ce avoit decaciet li rois la royne ensus de lui et par son enhort[4]. Quant li vis et les coulles li furent coppées, on les getta ou feus et furent arses[5]. Apriès, on li fendi le ventre, et li osta on tout le coer et le coraille[6], et le getta on ou feu pour ardoir[7], par tant qu'il estoit faulz de coer et traittes, et que, par son traitte conseil et enhort, li rois avoit honni son royaume et mis à meschief, et avoit fait decoler les plus grans barons d'Engleterre, par les quels li royaumes devoit estre soustenus et deffendus. Et avoech ce il avoit si enhortet le roy qu'il ne pooit ou ne voloit veoir la royne sa femme, ne son ainsnet fil, qui devoit estre leurs sires ; ains les avoit decaciés par doubtance de leurs corps[8], hors dou royaume. Apriès, quant li dis messires Hues fu ensi atournés, comme dit est, on li coppa le teste, et fu envoiie en le chité de Londres ; et puis fu il decopés en quatre quartiers. Et furent tantost envoiiet as quatre milleurs cités d'Engleterre apriès Londres.

---

1. « À être puni ». **2.** Coffre bombé que l'on transportait à dos d'âne. **3.** « Hérétique ». **4.** « Et pour cette raison et incité par lui, le roi avait chassé la reine ». **5.** « Brûlés ». **6.** « Les entrailles ». **7.** « Brûler ». **8.** « Par crainte d'eux ».

§ 19. Apriès ceste justice faite, si com vous avés oy, la royne et tout li signeur, et grant fuison[1] dou commun dou pays, se misent au chemin vers Londres, et fisent tant par leurs petites journées qu'il y parvinrent à grant compagnie. Et issirent communement tout cil de Londres, grans et petis, encontre le royne et son ainsnet fil, qui devoit estre leurs drois sires, et lor fisent grant feste et grant reverense, et à toute leur compagnie ossi. Et donnèrent cil de Londres grans dons à le ditte royne, et à ceulz là où il leur sambloit mieus emploiiet.

Quant il furent ensi receu et si grandement festiiet, si que dit est, et il eurent là sejourné environ quinze jours, li compagnon qui passet estoient avoech monsigneur Jehan de Haynau, eurent grant talent[2] de retourner cescuns en se contrée, car il leur sambloit qu'il avoient bien fait le besongne et acquis grant honneur, si qu'il avoient. Si prisent congiet à ma dame la royne et as signeurs dou pays. Ma dame la royne et li signeur leur priièrent assés de demorer encores un petit de tamps, pour veoir que on vorroit faire dou roy, qui en prison estoit, ensi que oy avés ; mais il avoient si grant desir de retourner cescuns en se maison que priière n'i valu riens. Quant la royne et ses consaulz veirent chou, il priièrent de coste[3] à monsigneur Jehan de Haynau qu'il vosist encores demorer jusques apriès le Noel, et qu'il detenist de ses compagnons avoech lui ceulz qu'il en poroit detenir. Li gentils chevaliers ne volt mies laissier à parfaire sen service, et otria courtoisement le demorer jusques à le volenté de ma dame le royne. Si detint de ses compagnons ce qu'il en peut detenir ; mais petit fu, car li aultre ne vorrent nullement demorer, dont il fu moult courouciés. Toutes fois, quant la royne et ses consaulz veirent que cil compagnon ne voloient demorer pour nulle priière, il leur fisent toute l'onneur et le reverense qu'il peurent. Et leur fist la royne donner grant argent pour leurs frès et pour leur

---

1. « Une grande quantité ».   2. « Désir ».   3. « En particulier ».

service, et grans joiaus, et cescun selonch son estat, si grandement que tout s'en tinrent à bien content. Et avoech ce elle leur fist rendre l'estimation de leurs chevaus qu'il vorrent laissier, si haut que cescuns voloit estimer les siens, sans debat et sans dire ne trop ne peu. Et tout furent paiiet en deniers appareilliés[1].

Si demora messires Jehans de Haynau à le priière de le royne, à petite maisnie et à peu de compagnons, entre les Englès qui li faisoient toutdis toute l'onneur et le compagnie qu'il pooient. Ossi faisoient les dames dou pays, dont il y avoit grant fuison, contesses et autres grandes et gentilz dames et pucelles, qui venues estoient compagnier ma dame la royne, et venoient de jour en jour, car il leur sambloit que li gentilz chevaliers l'euist bien deservi[2], si com il avoit.

§ 20. Apriès ce que li plus des compagnons de Haynau se furent parti et, li sires de Byaumont demorés, la royne d'Engleterre donna congiet as gens de son pays, que cascuns s'en ralast à se maison et en ses besongnes, hors mis aucuns barons et chevaliers que elle detint pour lui consillier ; et lor commanda que tout revenissent à Londres, au jour dou Noel, à une grant court que elle voloit tenir. Et tout cil qui se partirent li eurent en convent[3], et encores pluiseur autre à qui la feste fu mandée. Quant ce vint au Noel, elle tint une grant court, ensi que elle l'avoit dit. Et y vinrent tout li conte, baron et chevalier et tout li noble d'Engleterre, et li prelat et li consaulx des bonnes villes. À ceste feste et à ceste assamblée fu ordonné, par tant que li pays ne pooit longement demorer sans signeur, que on metteroit en escript tous les fais et les oevres, que li rois qui en prison estoit avoit fait par mauvais conseil, et tous ses usages et ses mauvais maintiens[4], et comment il avoit gouvrenet son pays, par quoi on le peuist lire, en plain palais, par devant tout le pays, et

---

1. « En argent comptant ».   2. « L'avait bien mérité ».
3. « S'y engagèrent ».   4. « Agissements ».

que li sage dou pays peuissent sur ce prendre bon avis et acord comment et par cui li pays seroit gouvrenés de donc en avant[1]. Ensi que ordonné fu, il fu fait. Et quant tout li cas et li fait, que li rois avoit fais et consentis à faire, et tout si maintien et si usage furent leu et bien entendu, li baron et li chevalier et tous li consaulz dou pays se trairent ensamble à conseil. Et se acordèrent li plus sainne partie et meismement li grant baron et li noble avoech les consaulz des bonnes villes, selonch ce que il avoient là oy lire, et qu'il en savoient le plus grant partie de ces fais et de ces maintiens, de certain et par pure verité. Et dirent que telz hons n'estoit mies dignes de jamais porter couronne, ne d'avoir nom de roy. Mais il s'acordèrent à che que ses ainnés filz, qui estoit ses drois hoirs, fust couronnés et tantost ou lieu dou père, mais que il presist bon conseil et sage entours lui et feable, par quoi li royaumes et li pays fust, de donc en avant, mieus gouvrenés que esté n'avoit; et que li pères fust bien gardés et honnestement tenus, tant que vivre poroit, selonch son estat.

§ 21. Ensi que acordé fu par les plus haus barons et par les consaulz des bonnes villes, fu il fait. Et fu adonc couronnés de couronne royal, ens ou palais de Wesmoustier, dalés Londres, li jones rois Edowars, qui tant fu depuis ewireus et fortunés[2] en armes. Ce fu l'an de grasce Nostre Signeur mil trois cens vingt et sis, le jour dou Noel. Et pooit avoir adonc environ seize ans; il les eut à le Conversion saint Pol[3]. Et là fu très grandement servis et honnourés li gentilz chevaliers messires Jehans de Haynau de tous les princes et de tous les nobles et non nobles dou pays. Et là [lui] furent donnet grans joiaus et très rices, et à tous les compagnons qui demoret estoient dalés lui. Et demora depuis il et si compagnon, en grandes festes et en grans solas

---

1. « Dorénavant ».   2. « Favorisé et bien fortuné ».   3. Le 25 janvier 1327. C'est la date du couronnement d'Édouard III. Né le 13 novembre 1312, Édouard aurait eu seize ans le 13 novembre 1328 (McKisack, 29).

des signeurs et des dames[1] qui là estoient, jusques au jour des Trois Rois[2] que il oy dire que li rois de Behagne[3], li contes de Haynau, ses frères, et grant plenté de signeurs de France se ordonnoient, pour estre à Condet sour Escaut[4], à un tournoi qui là estoit criés.

Adonc ne volt messires Jehans de Haynau plus demorer, pour priière que on li peuist faire, pour le grant desir qu'il avoit de venir à ce tournoi, et de veir son gentil frère, le conte de Haynau, et les aultres signeurs qui là devoient estre, et especialment le plus noble et le plus gentil roy en larghèce qui regnast à ce temps, le gentil roy Charlon[5] de Behagne. Quant li jones rois Edowars, ma dame la royne sa mère et li baron, qui là estoient, veirent que il ne voloit plus demorer, et que priière ne pooit valoir, il li donnèrent congiet moult à envis[6]. Se li donna li jones rois, par le conseil de ma dame sa mère, quatre cens mars d'estrelins, un estrelin pour un denir, de rente[7], hyretablement, à tenir de lui en fief, et à paiier cascun an en le ville de Bruges. Et donna encores à Phelippe de Castiaus, son mestre escuier et son souverain conseilleur, cent mars de rente à l'estrelin, et ensi à paiier d'an en an que dit est. Et li fist avoech ce delivrer grant somme d'estrelins, pour paiier les frès de lui et de toute se compagnie, pour revenir en leur pays. Et le fist conduire, à grant compagnie de chevaliers, jusques à

---

1. « En grandes réjouissances, avec les seigneurs et les dames ». 2. L'Épiphanie, le 6 janvier (1328 ?). 3. Jean de Luxembourg, roi de Bohême, né en 1296, mort héroïquement à la bataille de Crécy le 26 août 1346. Patron pendant 30 ans du poète Guillaume de Machaut, père de Wenceslas de Luxembourg et de Brabant, le grand patron de Froissart. 4. Condé-sur-Escaut. Chef-lieu de canton du Nord, 10 km au nord-est de Valenciennes, sur l'Escaut. 5. Erreur, vraisemblablement, pour Jean de Luxembourg. 6. « Bien à contrecœur ». 7. Isabelle donne donc aux Hainuyers une rente annuelle de 400 pièces (esterlins), chacune pesant 8 onces d'argent, et où l'esterlin (« sterling ») serait compté pour l'équivalent du denier au change de Bruges. Il est à peu près impossible de donner des valeurs modernes à ces sommes du XIVe siècle.

Douvres ; et li fist apparillier et delivrer tout son passage[1]. Et les dames meismes, la contesse de Garanes[2], qui estoit suer au conte de Bar, et aucunes des aultres dames li donnèrent grant fuison de biaus jeuiaus et riches au departir.

Quant li dis messires Jehans de Haynau et se compagnie furent venu à Douvres, il montèrent tantost en naves pour passer oultre, pour le desir qu'il avoient de venir à temps et à point à ce tournoy, qui devoit estre à Condet. Et en mena avoech lui quinze jones et preus chevaliers d'Engleterre, pour estre à ce tournoy avoech lui, et pour yaus acointier as[3] signeurs et as compagnons qui là devoient estre. Si leur fist toute l'onneur et le compagnie qu'il peut, et tourniièrent deus fois[4] celle saison à Condet, puis qu'il furent venu. Or, me voel taire de monsigneur Jehan de Haynau jusques à tant que poins sera[5], et revenrai au jone roy Edouwart d'Engleterre.

§ 22. Apriès chou que messires Jehans de Haynau se fu partis dou jone roi et de ma dame sa mère, li dis rois et la royne gouvrenèrent le pays par le conseil dou conte de Kent, oncle au dit roy, et par le conseil ossi monsigneur Rogier de Mortemer, qui tenoit grant terre en Engleterre bien siept mille livrées de revenue[6], un estrelin pour un deni[e]r. Et avoient tout doi esté bani et escaciet hors d'Engleterre avoec le royne et le dit roy, si com avés oy. Et usèrent ossi assés par le conseil de[7] monsigneur Thumas Wage, et [par le conseil de plusieurs autres] que on tenoit les plus sages dou royaume, comment que aucun aultre en euissent envie[8]. Car on dist ensi que Envie ne poet morir en

---

1. « Et prépara et paya d'avance tout son voyage ». 2. Jeanne de Bar, comtesse de Warren, fille d'Éléonore d'Angleterre et d'Édouard Ier, roi (1272-1307). 3. « Et pour leur faire rencontrer ». 4. « Et firent deux tournois ». 5. « Jusqu'à ce que ce soit le bon moment ». 6. « Une quantité de terres rapportant des revenus annuels de 7000 esterlins ». 7. « Et suivirent bien les conseils de ». 8. « Bien que certains autres vinssent à en concevoir de la jalousie ».

Engleterre. Ossi règne elle et voet regner en pluiseurs aultres pays. Ensi passa li yviers et li quaresmes jusques à Pasques. Et furent li rois, ma dame se mère et li pays tous en pais, che terme.

Avint que li rois Robers d'Escoce, qui avoit esté moult preus, et qui moult avoit souffert contre les Englès, et moult de fois avoit esté decaciés et desconfis au tamps le bon roy Edowart, tayon[1] à ce jone roy Edowart, estoit devenus moult vieux et malades de le grosse maladie, ce disoit on. Quant il sceut les avenues[2] d'Engleterre comment li rois avoit esté pris et desposés de se couronne, et ses consaulz justiciés et mis à destruction, si com vous avés oy, il se pourpensa[3] qu'il deffieroit ce jone roi ; car, par tant qu'il estoit jones et que li baron del royaume n'estoient mies bien d'acord, si com il cuidoit, et que on li avoit fait entendant par aventure de par aucuns des ennemis et dou linage les Despensiers[4], il poroit bien faire se besongne et conquerre partie d'Engleterre. Ensi qu'il le pensa, il le fist ; et, environ Pasques, l'an mil trois cens vingt et sept, fist il deffiier le jone roy Edouwart et tout le pays, et leur manda qu'il enteroit ens ou pays et gasteroit et arderoit ossi avant qu'il avoit fait autre fois, dou tamps que li desconfiture fu au chastiel de Struvelin, où li Englès rechurent si grant damage.

§ 23. Quant li jones rois se senti deffiés et ses consaulz ossi, il le fisent savoir par tout le royaume et commander que tout noble et non noble fuissent apparellié cescuns selonch son estat, et venist cascuns atout son pooir au jour de l'Ascension apriès ensiewant à Evruich[5], une bonne cité qui siet ou north. Et envoia devant grant fuison de gens d'armes pour garder les frontières par devers Escoce. Et puis envoia grans messages par devers monsigneur Jehan de Haynau, en

---

1. « Grand-père ».   2. « Événements ».   3. « Décida après réflexion ».   4. « Et comme certains ennemis et des membres de la famille des Despensier le lui avaient peut-être laissé entendre ».   5. York, ville du nord-est de l'Angleterre.

priant moult affectueusement qu'il le vosist venir secourir et tenir compagnie à ce besoing, et que il vosist estre dalés lui à Evruich, au jour de l'Ascension, à tout tel compagnie qu'il poroit avoir de gens d'armes. Quant li sires de Byaumont oy che mandement, il envoia ses lettres et ses messages par tout là où il cuidoit recouvrer de bons compagnons, en Flandres, en Haynau, en Braibant et en Hasbaing ; et leur prioit, si acertes qu'il pooit, que cescuns le vosist siewir[1], au mieus montés et apparilliés qu'il poroit, devers Wissant[2], pour passer oultre en Engleterre. Cescuns le sievi volentiers selonc son pooir, chil qui furent mandet et moult d'aultre qui ne furent point mandet, pour tant que cescuns cuidoit raporter otant d'argent que li aultre avoient raportet, qui avoient estet en l'autre chevaucie en Engleterre avoech lui siques, avant que li sires de Byaumont venist à Wissant, il eut assés plus[3] de gens qu'il ne cuidoit avoir, mais tous les rechut liement et leur fist grant chière. Quant il et se compagnie furent venu à Wissant, il trouvèrent les naves et les vaissiaus tous prés que on leur avoit amenet d'Engleterre, et misent ens au plus tost qu'il peurent chevaus et harnas, et passèrent oultre et vinrent à Douvres. Et ne cessèrent de chevaucier ne d'errer[4] de jour en jour tant qu'il vinrent, à trois jours priés de le Pentecouste, à le bonne cité de Evruich, là où li rois et ma dame sa mère estoient et grant plenté de grans barons, pour le jone roy consillier et compagnier[5]. Et attendoient là endroit la venue de monsigneur Jehan de Haynau et de se compagnie. Et ossi attendoient il que toutes les gens d'armes, li arcier et les communes gens des bonnes villes et des villiaus fuissent oultre passet. Et ensi qu'il venoient par grans routes, on les faisoit logier ès villages, à deus liewes priés ou trois de Evruich, et là environ sus le plat pays, et les faisoit on oultre passer par devers les frontières.

---

1. « Suivre ».   **2.** Wissant (62179), Pas-de-Calais, à 14 km au sud-est de Calais.   **3.** « Beaucoup plus ».   **4.** « Voyager ».   **5.** « Tenir compagnie ».

§ 24. Droit à ce point, vint à Evruich messires Jehans de Haynau dessus dis et se compagnie. Si furent bien venut et grandement festiiet dou jone roy, de ma dame la mère et de tous les barons. Et leur fist on livrer le plus biel fourbourch de le cité, pour yaus herbergier entirement sans nul entredeus[1]. Et fu delivrée à monsigneur Jehan de Haynau une abbeye de blans monnes[2], pour son corps et pour son tinel tenir[3]. En le compagnie dou dit chevalier vinrent, dou pays de Haynau, li sires d'Enghien qui estoit appellés messires Gautiers[4], li sires d'Antoing, messires Henris[5], li sires de Fagnuelles[6], messires Fastrés dou Rues, messires Robers de Bailluel[7] et messires Guillaumes de Bailloel[8], ses frères, li sires de Havrech, chastellains de Mons[9], messires Alars de Brifuel[10], messires Fastrés de Brifuel, messires Mikieus de Ligne[11], messires Jehans de Montegni[12] li jones et ses frères, messires Sausses de Boussoit, li sires de Gommegnies, messires Perchevaus de Semeries, li sires de Floion[13].

Dou pays de Flandres y vinrent messires Hectors Villains, messires Jehans de Rodes, messires Wauflars de Ghistelles[14], messires Guillaumes de Strates[15], messires Gossuins de Le Muele et pluiseur aultre.

---

1. « Pour les loger tous ensemble sans rien qui les séparât ». 2. *Blans monnes* = « moines cisterciens ». 3. « Pour se loger et se nourrir, lui-même et sa suite ». 4. Gauthier d'Enghien épousa Isabelle de Brienne et mourut vers 1342. 5. Henri d'Antoing fut tué en 1345 à la bataille de Staveren. 6. Hugues, seigneur de Fagnolle et de Wiège, devint feudataire de Philippe de Valois et servait, en 1342, dans l'ost du duc de Normandie, en Bretagne. 7. Robert de Bailleul, sire de Fontaine, fils de Jean de Condé, sire de Bailleul et de Morialmé. 8. Guillaume de Bailleul, fils aîné du sire de Condé, mort en 1354. 9. Gérard d'Enghien, seigneur d'Havré et châtelain de Mons, mort en 1368. 10. Alard, sire de Briffeuil, mourut en 1345, au combat de Staveren. 11. Michel de Ligne, fils de Fastré de Ligne et de Jeanne de Condé ; il épousa Agnès d'Antoing. 12. Jean de Montigny-en-Ostrevant était fils d'Eustache de Montigny et avait épousé Marie d'Enghien, dite d'Havré. 13. Gilles, seigneur de Berlaymont et de Floyon. 14. Wulfart de Ghistelles, fils de Jean III, sire de Ghistelles, et de Marguerite de Luxembourg. 15. Guillaume de Straten, échevin du Franc de 1320 à 1322 ; tué en 1345 à la bataille de Staveren.

Dou pays de Braibant y vinrent li sires de Duffle[1], messires Thieris de Wallecourt[2], messires Rasses de Grés[3], messires Jehans de Casebèke[4], messires Jellans Pili[s]re[5], messires Gilles de Coterebbe[6], li troi frère de Harlebèke, messires Gautiers de Hoteberge[7] et pluiseur aultre.

Des Hesbegnons[8] y vinrent messires Jehans li Biaus et messires Henris ses frères[9], messires Godefrois de Le Capelle, messires Hues [d'Ohay] et messires Jehans de Libines[10], messires Lambers [d'Oppey][11], messires Gillebers de Hers.

Et si y vinrent aucun chevalier de Cambresis et d'Artois de leur volenté, pour leurs corps avancier, tant que li dis messires Jehans de Haynau eut bien en se compagnie cinq cens armeures de fiers tous bien estoffés et bien montés.

Apriès ens ès festes de le Pentecouste, vinrent messires Guillaumes de Jullers, qui puis fu dus de Jullers apriès le dechiès de son père[12], et messires Thieris de Heinsberge qui puis fu contes de Los[13], à belle route, et tout pour faire compagnie au gentil chevalier dessus dit.

§ 25. Li jones rois d'Engleterre, pour miex festiier ces signeurs et toute leur compagnie, tint une grande court au jour de le Trinité, à le maison des Frères

---

1. Henri Berthout IV, sire de Duffel. 2. Thierry de Walcourt, maréchal de Hainaut, tué à la bataille de Staveren. 3. Raes van Gavere. 4. Peut-être Jean de Kesterbeke. 5. Bâtard de Jean Ier, duc de Brabant. 6. Gilles de Quarouble. 7. Gauthier, de Huldenbergh, seigneurie du Brabant. 8. « Ceux du pays de Liège ». 9. Jean le Bel, auteur de la *Chronique* que Froissart suit ici ; Henri le Bel, chevalier et échevin de Liège, avait épousé Julienne de Beaufort. 10. Comm. de Luxembourg, arr. de Neufchâteau. 11. Lambert III de Dammartin de Warfusée, dit d'Oupeye, maréchal de l'évêque de Liège, mourut le 1er janvier 1346. 12. Son père, Gérard VI mourut en 1329. Sa mère fut Élisabeth de Brabant. Il épousa Jeanne de Hainaut et mourut au mois de février 1361. 13. Thierry de Heinsberg, fils aîné de Godefroi de Heinsberg et de Mathilde de Looz. Le comte Louis de Looz le désigna pour son héritier en 1336. Il mourut en 1361.

Meneurs, là où il et ma dame sa mère estoient herbergiet. Et tenoient leur tinel[1], cescuns par li, c'est à savoir li rois de ses chevaliers, et la royne de ses dames, dont elle avoit grant fuison en se compagnie. À celle court, eut bien li rois six cens chevaliers, seans en salle et en l'enclostre[2]. Et y eut à ce jour fais quinze nouviaus chevaliers. Et ma dame la royne tint sa court ou dortoir ; et eut bien seans à table soixante dames que elle avoit priies et mandées, pour mix[3] festiier le dit monsigneur Jehan de Haynau et ces aultres signeurs. Là peut on veoir grant noblèce de bien servir de grant plenté de mès[4] et d'entremès estragnes et si desghisés[5], que on ne les poroit deviser[6]. Là peut on veoir dames noblement parées et richement achemées[7], qui euist loisir. Mais adonc ne peut on avoir loisir ne lieu de danser, ne de plus festiier. Car, tantost apriès disner, uns grans hustins[8] commença entre les Haynuiers garçons et les arciers d'Engleterre, qui entre yaus estoient herbegiet, en l'ocquison[9] dou jeu de dés, de quoi grans mauls vint, si com vous orés. Car ensi que cil garçon se combatoient à aucuns de ces Englès, tout li aultre arcier qui estoient en le ville, et cil qui s'estoient herbegiet en celi fourbourch entre les Haynuiers, furent tantost ensamble à tous leurs ars apparilliés, et se boutèrent ou hahai[10], et navrèrent[11] à ce commencement tout plain[12] des garçons des Haynuiers : si les convint retraire en leurs hostelz. Li plus des chevaliers et de leurs mestres estoient encores à court, qui de ce ne savoient riens. Et tantost qu'il oïrent nouvelles de ce hustin, il se traisent au plus tost qu'il peurent, cescuns vers son hostel, qui peut ens entrer. Et qui n'i peut entrer, il le convint demorer dehors en grant peril. Car cil archier, qui estoient bien doi mille,

---

1. « Ils logeaient et nourrissaient leur suite ».   2. « Enclos de monastère ».   3. « Mieux ».   4. « Mets », « plats ».   5. « Extraordinaires ».   6. « Décrire ».   7. « Parées de riches atours ».   8. « Mêlée », « lutte ».   9. *En l'ocquison* = « à cause de ».   10. « Bagarre ».   11. « Blessèrent ».   12. « De toute force ».

avoient le dyable ou corps et trai[oi]ent despersement[1], pour tous tuer, signeurs et varlés.

Et veult on dire et supposer que c'estoit tous fais, avisés et pourparlés de aucuns des amis les Despensiers et le conte d'Arondiel, qui avoient esté mis à fin par monsigneur Jehan de Haynau, si com vous avés chi dessus oy recorder. Si s'en voloient contrevengier as Haynuiers, et meismement à monsigneur Jehan de Haynau, se il peuissent ; et bien s'en misent en painne, si com vous orés. Car encores li Englès et les Englesses, de qui li hostel estoient, clooient[2] et baroient leurs huis et leurs fenestres au devant des Haynuiers, et ne les laissoient ens rentrer. Toutesfois, il en y eut aucuns qui y rentrèrent par derrière leurs hosteulz, et s'armèrent moult vistement[3]. Qant il furent armet, il n'osèrent issir hors par devant pour les saiettes[4] ; ains issirent hors par derrière, par les courtilz[5], et rompirent les enclos et les paufis[6]. Et attendirent li uns l'autre, en une place qui là estoit, tant qu'il furent bien cent ou plus, tout armet, et bien otant tous desarmet, qui ne pooient rentrer en leurs hostelz. Quant cil armé furent ensi assamblé, il se hastèrent pour secourre les aultres compagnons, qui deffendoient leurs hostelz en le grande rue, au mieus qu'il pooient. Et passèrent cil armet parmi l'ostel au signeur d'Enghien, qui avoit grandes portes derrière et devant sour le grande rue, et se ferirent estoutement[7] en ces archiers. Dou trait y eut fuison des Haynuiers navrés et blechiés. Et là furent bon chevalier messires Fastrés dou Rues, messires Perchevaus de Semeries et messires Sauses de Boussoit. Car cil troi chevalier ne peurent onques rentrer en leurs hostelz pour yaus armer ; mais il y fisent otant d'armes que tel[8] estoient armet. Et tenoient grans lons leviers et gros de kesne, qu'il avoient pris en le maison d'un carlier[9]. Et donnoient les horions si grans que nulz ne

---

1. « Cruellement ».   2. « Fermaient ».   3. « Promptement ».
4. « À cause des flèches ».   5. « Jardins ».   6. « Palissades ».
7. « Se lancèrent hardiment ».   8. « Que d'autres qui ».
9. « Charron ».

les osoit approcier, et en abatirent plus de soixante ce jour, si com on dist. Finablement, li arcier, qui là estoient, furent desconfi[1]. Et en y eut bien mors, en place que as camps, trois cens ou environ, qui tout estoient de l'eveskiet de Lincolle.

Si croi que Diex ne envoia onques si grant fortune[2] à nulle gent, qu'il fist à monsigneur Jehan de Haynau et à se compagnie. Car ses gens ne tendoient fors toutdis à yaulz mourdrir et desrober, comment qu'il fuissent là venu pour la besongne le roy ; ne onques gens ne furent ne ne demorèrent en si grant peril ne en tel angousse, ne paour de mort qu'il fisent, le terme qu'il sejournèrent à Evruich. Et encores ne furent il onques bien aseur, jusques à tant qu'il se trouvèrent à Wissant. Car il escheirent, pour ce fait, en si grant hayne et malinvolence[3] de tout le remanant[4] des arciers, qu'i[l] les haioient plus assés que les Escos, qui tous les jours leur ardoient leur pays ! Et disoient bien li aucun chevalier et baron d'Engleterre as signeurs de Haynau, qui point ne les haioient, pour yaus aviser et mieus garder, que chil maleoit[5] arcier et aultre commun d'Engleterre estoient cueilliet[6] et alloiiet plus de six mil ensamble, et maneçoient les Haynuiers que d'yaus venir tous ardoir et occire[7] en leurs hosteulz, de nuit ou de jour ; et ne trouveroient personne de par le roy ne des barons, qui les osast aidier ne souscourre[8]. Dont, se il estoient en grant mesaise de coer et en grant hideur, quant il ooient ces nouvelles, ce ne fait point à demander. Ne ilz ne savoient que penser, ne que aviser que il peuissent faire selonc ces nouvelles ; ne il n'avoient esperance nulle de retourner en leur pays, ne il n'osoient eslongier le roy ne les haus barons ; et si ne pooient sentir nul confort, pour yaus aidier ne garantir. Si n'avoient aultre entente, fors que d'yaus bien vendre et leurs corps deffendre, et cescuns aidier li uns l'autre.

---

1. « Furent mis en déroute ». **2.** « Malheur ». **3.** « Malveillance ». **4.** « Reste ». **5.** « Maudits ». **6.** « Rassemblés ». **7.** « Tuer ». **8.** « Secourir ».

Si fisent li chevalier de Haynau et leurs consaulz pluiseurs bonnes ordenances, par grant avis, pour yaus mix garder et deffendre, par lesquèles il convenoit toutdis jesir par nuit armés, et par nuit gettier par connestablies[1] les camps et les chemins d'entours le ville et les fourbours, et envoiier aucunes escoutes[2] demi liewe ensus de le ville, pour escouter se ces gens venroient, ensi que enfourmet estoient et que on leur raportoit. Et leur disoient cascun jour gens creable[3], chevalier et escuier, qui bien le cuidoient savoir. Par quoi, si ces escoutes oïssent gens esmouvoir pour traire par devers le ville, il se devoient retraire viers chiaus qui gardoient les camps, pour yaus manthenir et aviser[4], par quoi il fuissent plus tost montet et apparilliet et venu ensamble, cescuns à se banière, en une place qui pour ce faire estoit avisée[5].

§ 26. En celle tribulation, demorèrent il en ces fourbours, par l'espasse de quatre sepmaines, que tous les jours on leur raportoit telz nouvelles ou pieurs assés[6], et telz fois pires un jour que l'autre. Et en veirent pluiseurs apparans, qui durement les esbahissoit. Car, au voir dire, il n'estoient que une puignie de gens, ens ou regard de[7] le communauté d'Engleterre qui là estoit assamblée. Ne il n'osoient eslongier leurs hosteulz ne leurs armeures, ne entrer en le cité, hors mist[8] les signeurs qui aloient veoir le roy et le royne et leur conseil, pour festiier et pour aprendre des nouvelles, ne com longement on les tenroit en cel estat ne en celle angousse[9].

Et, se li meschief de le mesaventure et li perilz ne fust, il sejournoient assés aisiement[10]. Car li cités et li

---

1. « Guetter par compagnies d'hommes armés ». **2.** « Quelques éclaireurs ». **3.** « Des hommes dignes de confiance ». **4.** « Pour les soutenir et informer ». **5.** « Un endroit qui était choisi dans cette intention ». **6.** « Des nouvelles pareilles ou bien pires ». **7.** « En comparaison avec ». **8.** « Sauf ». **9.** « À savoir combien de temps on les tiendrait dans cet état et dans cette détresse ». **10.** « Ils auraient séjourné bien à leur aise ».

pays d'entours yaus estoit si plentiveus[1] que, dedens plus de six sepmainnes, que li rois et tout li signeur d'Engleterre et li estragnier et leur gens, dont il y avoit plus de soixante mille hommes, sejournèrent là, onques ne renchierirent li vivre, que on n'euist la denrée pour un denir, ossi bien que on avoit en avant qu'il y venissent, bons vins de Gascongne, d'Aussay et de Rin, à très bon marchiet, poullalle[2] et toutes manières de aultres vivres ensi. Et leur amenoit on devant leurs hostelz le fain, l'avainne[3] et le litière, dont il estoient bien servi, et à bon marchiet.

§ 27. Quant il eurent là sejourné par l'espasse de trois sepmaines après le bataille, on leur fist à savoir de par le roy et les mareschaus que cescuns se pourveist, dedens celle aultre sepmainne, de charètes et de tentes pour gesir as camps, et de tous aultres hostilz[4] necessaires, pour aler oultre par devers Escoce, car li rois ne voloit là plus sejourner. Adonc se pourvei cescuns, au mieulz qu'il peut, selonch son estat. Quant on fu apparilliet, li rois et tout si baron se traisent hors, et alèrent logier six liewes en sus de le ditte cité. Et messires Jehans de Haynau et se compagnie furent logiet toutdis au plus près del roy pour honneur, et par tant aussi que on ne voloit mies que li archier, qui tant les haioient, euissent nul avantage sus yaus. Si sejournèrent li rois et ces premières routes deus jours, pour attendre les daarrains, et pour miex aviser cescun, se il li falloit riens.

Au tierch jour après, toute li hos qui estoit là se desloga et se traist avant de jour en jour, tant que on vint oultre le cité de Durem[5], une grande journée à l'entrée d'un pays que on claimme Northombrelande[6], qui est sauvages pays, plains de desiers[7] et de grandes montagnes, et durement povres pays de toutes coses

---

1. « Abondant ».   2. « Poulet ».   3. « Le foin », « l'avoine ».   4. « Ustensiles ».   5. Durham, ville du nord-est de l'Angleterre.   6. Comté du nord-est de l'Angleterre, à la frontière de l'Écosse.   7. « Lieux peu habités ».

fors que de bestes. Si keurt parmi une rivière, plainne de cailliaus et de grosses pières, que on nomme Thin[1]. Sus celle rivière, siet d'amont li ville et li chastiaus que on claimme Carduel en Galles[2], qui fu jadis au roy Artus, et où il se tenoit moult volentiers. Et d'aval la ditte rivière, siet là une bonne ville, que on claimnne le Noef Chastiel[3] sur Thin. Là estoit li mareschaus d'Engleterre, à tout grant gent d'armes, pour garder le pays contre les Escos, qui gisoient as camps pour entrer en Engleterre. Et à Carduel gisoient ossi grant fuison de Gallois, dont li contes de Herfort et li sires de Montbrai[4] estoient conduiseur et gouvreneur, pour deffendre le passage de le rivière. Car li Escot ne pooient entrer en Engleterre sans passer le ditte rivière.

Et ne peurent savoir li Englès certainnes nouvelles des Escos, jusques adonc que il vinrent à l'entrée de ycelui pays. Mès adonc peut on veoir apparamment[5] les fumières des hamelés et des villiaus, qu'il ardoient en vallées de celui pays. Et avoient passet celle rivière si paisievlement[6] que onques cil de Carduel ne cil dou Noef Chastiel sur Thin n'en seurent nouvelles, ce disoient. Car, entre Carduel et le Noef Chastiel, poet avoir environ vingt et quatre liewes englesces. Mès, pour mieus savoir le manière des Escos, je me tairai un petit des Englès, et deviseray[7] aucune cose de le manière des Escos, et comment il sèvent guerrier.

§ 28. Li Escot sont dur et hardit durement, et fort travillant[8] en armes et en guerre. Et à ce temps de donc il amiroient et prisoient assés petit les Englès, et

---

1. C'est la Tyne, rivière du nord de l'Angleterre. 2. Probablement Carlisle, Angleterre, qui est non sur la Tyne, mais sur l'Eden ; non en Galles, mais à quelque distance du Galloway, et dans le comté ancien de Cumberland. Ce comté a autrefois été considéré comme faisant partie du pays de Galles. La désignation *Carduel en Galles* comme l'un des séjours du roi Arthur est fréquente dans les romans arthuriens. 3. Newcastle, Angleterre, chef-lieu du comté de Northumberland. 4. Jean de Mowbray, mort le 4 octobre 1361. 5. « Visiblement ». 6. « Sans faire de bruit ». 7. « Raconterai ». 8. « Durs à la peine ».

encores font il au temps present. Et quant il voelent entrer ou royaume d'Englterre, il mainnent bien leur host vingt ou vingt et quatre liewes loing, que de jour que de nuit, de quoi moult de gens se poroient esmervillier, qui ne saroient leur coustume.

Certain est, quant il voelent entrer en Engleterre, il sont tout à cheval uns et aultres, fors mis li ribaudaille[1] qui les sièvent à piet. Assavoir[2], sont chevalier et escuier bien montés sour bons gros roncins[3], et les aultres communes gens del pays tout sour petites hagenées. Et si ne mainnent point de charoy[4], pour les diverses[5] montagnes qu'il ont à passer, et parmi che pays dessus dit que on claimme Northombrelande. Et si ne mainnent nulles pourveances de pain ne de vin, car leurs usages est telz en guerres et leurs sobriétés[6], qu'il se passent[7] bien assés longement de char[8] cuite à moitiet, sans pain, et de boire aigue[9] de rivière, sans vin. Et si n'ont que faire de chaudières ne de chauderons, car il cuisent bien leurs chars ou cuir des bestes meismes, quant il les ont escorcies[10]. Et si sèvent bien qu'il trouveront bestes à grant fuison ou pays là où il voellent aler. Par quoi il n'en portent aultre pourveance que[11] cescuns emporte, entre le selle et le peniel[12], une grande plate pière. Et se tourse[13] derrière lui unes besaces[14] plainne de farine en celle entente[15] que, quant il ont tant mangiet de char mal quitte que leur estomach leur samble estre wape[16] et afoiblis, il jettent celle plate pière ou feu et destemprent un petit de leur farine d'yawe. Quant leur pière est cauffée, il jettent de ceste clère paste sus ceste chaude pière, et en font un petit

---

1. « Bande de soldats pillards ». 2. « C'est-à-dire ». 3. « Chevaux de guerre ». 4. « Train de voitures suivant une armée ». 5. « Dangereuses ». 6. « Style de vie simple, sans excès ». 7. « Ils s'accommodent (de) ». 8. « Viande ». 9. « Eau ». 10. « Écorchées ». 11. « Sauf que ». 12. « Coussinet (placé sous la selle) ». 13. « Et il met en paquet ». 14. « Une double besace (= sac) ». 15. « Avec cette intention ». 16. « Sans force ».

tourtiel[1] à manière de une oublie de beghine[2], et le menguent pour conforter l'estomach. Par ce n'est point de merveilles se ilz font plus grandes journées[3] que aultres gens, quant tout sont à cheval hors mis le ribaudaille. Et si ne mainnent nul charoi ne aultres pourveances, fors ce que vous avés oy.

En tel point estoient il entré en celi pays dessus dit. Si le gastoient et ardoient, et trouvoient tant de bestes qu'il n'en savoient que faire. Et avoient bien trois mille armeures de fier, chevaliers et escuiers, montés sus bons rençins et bons coursiers, et vingt mille hommes armés à leurs guises, appers[4] et hardis, montés sus ces petites hagenées qui ne sont ne loiies[5] ne estrillies ; ains les envoi-on tantost paistre c'on en est descendu, en prés, en fries[6] et en bruières. Et si avoient deus très bons chapitaines, car li rois Robers d'Escoce, qui estoit moult preus, estoit adonc durement[7] viex et chargiés de le grosse maladie. Si leur avoit donnet à chapitainnes un moult gentil prince et vaillant en armes, c'est assavoir le conte de Moret[8] qui portoit un escut d'argent à trois orilliers de geules, et monsigneur Guillaume de Douglas[9], que on tenoit pour le plus hardi et le plus entreprendant de tout les deus pays, et portoit un escut d'asur à un chief d'argent et trois estoiles de geules[10] dedens l'argent. Et estoient cil doi signeur li

---

1. « Sorte de pain bis ». 2. « En forme de galette ». Les béguins et béguines étaient des personnes dévotes vivant dans le monde selon une certaine règle ; leur pain était renommé. 3. « La distance que l'on fait à cheval dans une journée ». 4. « Entreprenants ». 5. « Attachées ». 6. Il faudrait sans doute lire *riés* = « terrain en friche », « pâtis ». 7. « Très ». 8. Randolf Thomas, comte de Moray, était le neveu du roi Robert Ier, et, à la mort de ce dernier (1329), il devint un des tuteurs de son fils David, âgé de neuf ans. Il fut proclamé régent d'Écosse, † 20 juillet 1332. Voir p. 143, n. 6. 9. Jacques (et non Guillaume) de Douglas, fils de Guillaume de Douglas, un des héros de l'indépendance écossaise ; † 25 août 1330 en guerroyant contre les Maures d'Espagne. 10. Geules : la couleur rouge (blason). L'écu est d'azur (bleu) ; sur un chef (pièce occupant le tiers supérieur de sa surface) d'argent (blanc), trois étoiles de gueules.

plus haut baron et li plus poissant de tout le royaume d'Escoce, et li plus renommé en biaus fais d'armes et en grans proèces. Or voel jou revenir à nostre matère.

§ 29. Quant li rois englès et ses gens veirent les fumières des Escos, si que dit est par devant, il sceurent bien que c'estoient li Escot qui entré estoient en leur pays. Si fisent tantost criier as armes, et commander que cescuns se deslogast, et siewist les banières. Ensi fu fait. Et traist cescuns armés sus les camps, si que pour tantost combatre. Là endroit furent ordonnées trois grosses batailles à piet, et cescune bataille avoit deus èles[1] de cinq cens armeures de fier qui devoient demorer à cheval. Et saciés que on disoit que il y avoit bien huit mille armeures de fier, chevaliers et escuiers, trente mille hommes armés, li moitiés montés sur petites hagenées, et l'autre moitiet sergans à piet, envoiiés par election de par les bonnes villes à leurs gages, cascune bonne ville pour se rate[2]. Et si y avoit bien vingt et quatre mille arciers à piet, sans le ribaudaille.

Tout ensi que les batailles furent ordonnées, on chevauça tous rengiés[3] apriès les Escos, à l'assent[4] des fumières, jusques à basses viespres[5]. Adonc se loga li hos en un bois, sus une petite rivière, pour yaus aaisier, et pour attendre le charoi et les pourveances. Et tout le jour avoient ars li Escot, à cinq liewes priès de leur host, et ne les pooient raconsiewir[6]. Lendemain, au point dou jour, cescuns fu armés, et trairent les banières as camps, cescuns à se bataille et desous sa banière, si com ordonné estoit. Si chevaucièrent les batailles ensi rengies, tout le jour, sans desrouter[7], par montaignes et par vallées ; ne onques ne peurent approcier les Escos, qui ardoient devant yaus, tant y avoit de bois, de marès, de desiers sauvages et malaisés,

---

1. « Ailes ».   2. « Part incombant à chacun ».   3. « Les troupes disposées en ordre de bataille ».   4. « L'odeur ».
5. « Jusqu'à la tombée de la nuit ».   6. « Atteindre ».   7. « Se disperser ».

montaignes et valées. Et si n'estoit nuls qui osast, sus le tieste à coper[1], fourpasser ne chevaucier devant les banières, fors mis les mareschaus.

§ 30. Quant ce vint apriès nonne sus le viespre[2], gens, cheval et charoi, et meismement gens à piet, estoient si travilliet[3] que il ne pooient mès avant [aller]. Et li signeur se perçurent et veirent clerement qu'il se travilloient en tel manière pour nient. Et fust encores ensi que li Escot les vosissent attendre[4], si se metteroient il bien sour tel montagne, ou sour tel pas[5], qu'il ne se poroient à yaus combatre, sans trop grant meschief. Si fu commandé de par le roy et les mareschaus, que on se logast là endroit, cescun ensi qu'il estoit, jusques à lendemain, pour avoir conseil comment on se maintenroit. Ensi fu toute li hos logie ceste nuit en un bois, sour une petite rivière. Et li rois fu logiés en une povre court d'abbeye qui là estoit. Ses gens d'armes, uns et aultres, chevaus, charoi et li hostes[6] sieuwans furent logiet moult ensus[7], travilliet oultre mesure.

Quant cescuns eut pris pièce de terre pour logier, li signeur se traisent ensamble pour avoir conseil comment il se poroient combatre as Escos, selonch le pays là où il estoient. Et leur sambla, selonch ce qu'il veoient, que li Escot en raloient leur voie[8] en leur pays, tout ardant; et que nullement il ne se poroient combatre à yaus entre ces montagnes, fors que à grant meschief; et si ne les poroient raconsiewir, mais passer leur convenoit celle rivière de Thin[9]. Et fu là dit en grant conseil que, se on se voloit lever devant mienuit,

---
1. Entendre : « sous peine de mort ». **2.** Littéralement : « Après 15 h (none) en s'approchant de 18 h (vêpres) ». **3.** « Fatigués ». **4.** « Et même dans le cas où les Écossais voudraient les attendre... » **5.** « Position stratégique ». **6.** *Hostes* = « armée ». Mais ce mot paraît une faute pour *bestes*, que donne le texte de Jean le Bel (I, 54). **7.** « Bien à l'écart ». **8.** « Prenaient le chemin de retour ». **9.** « Et s'ils ne pouvaient pas les atteindre, il leur fallait [aux Écossais] pourtant passer cette rivière Tyne ».

et lendemain un petit haster, on lor torroit[1] le passage de le rivière ; et convenroit que il se combatissent à leur meschief, ou il demorroient tous cois[2] en Engleterre, pris à le trappe.

À celle entente que dit vous ay, fu adonc ordonnet et acordet que cescuns se traisist à se loge, pour souper et boire ce qu'il pooit avoir, et desist[3] chescuns à ses compagnons que, si tost que on oroit le trompète sonner, cescuns mesist ses selles et appareillast ses chevaus ; et, quant on l'oroit le seconde fois, que cescuns s'armast ; et à le tierce fois que cescuns montast sans atargier et se traisist à se banière, et que cescuns presist sans plus un pain et le toursast derrière lui à guise de brakenier[4] ; et ossi que cescuns laissast là endroit tous harnas, tous charois et toutes pourveances, car on se combateroit l'endemain, à quel meschief que ce fust : si aroit on ou tout perdut ou tout gaegniet. Ensi que ordonné fu, ensi fu fait. Et fu cescuns armés et montés à le droite mienuit. Petit y eut de chiaus qui dormirent, comment que on euist durement travilliet le jour.

Ançois que les batailles fuissent à leur droit ordonnées et assamblées, commença li jours à apparoir. Lors commencièrent les banières à chevaucier en haste desparsement[5] par bruières, par montagnes, par vallées et par rokaille malaisies, sans point de plain pays. Et par dessus des montaignes et ou plain des vallées estoient crolières[6] et grans marés, et si divers passages que merveilles estoit que cescuns n'i demoroit. Car cescuns chevauçoit toutdis avant, sans attendre signeur ne compagnon. Et sachiés que qui fust encrolés[7] en ces crolières, il trouvast à malaise qui li aidast. Et si y demorèrent grant fuison de banières, à tout les chevaus, en pluiseurs lieus, et grant fuison de sommiers et de chevaus, qui onques puis n'en issirent. Et moult sou-

---

1. « Enlèverait (tolir) ». 2. « Ils demeureraient réduits au silence ». 3. « Dît ». 4. Le braconnier est proprement le valet qui conduit les chiens (*braques*). 5. « En ordre dispersé ». 6. « Terrain mouvant, marécageux ». 7. « Envasé ».

vent on cria celi jour as armes et disoit on que li premier se combatoient as ennemis ; siques cescuns, qui cuidoit que ce fust voirs, se hastoit quanqu'il pooit[1] parmi marès, parmi pières et cailliaus, et parmi valées et montaignes, le hyaume apparilliet et l'escut au col, le glave ou l'espée ou poing, sans attendre père ne frère ne compagnon. Et quant on avoit ensi courut demi liewe ou plus, et on venoit au lieu dont chilz hus[2] ou cilz cris naissoit, on se trouvoit deceu. Car ce avoient esté chierf ou bisses[3] ou ours, ou aultres bestes sauvages, de quoi il y avoit grant fuison en ces bos et en ces bruières et en ce sauvage pays, qui s'esmouvoient et fuioient devant ces banières et ces gens à cheval, qui ensi chevauçoient, et que onques n'avoient veu. Adonc huioit cescuns après ces bestes, et on cuidoit que ce fust aultre cose.

§ 31. Ensi chevauça li jones rois englès celi jour et tous ses hos parmi ces montagnes et ces desers, sans chemin tenir, sans voie et sans sentier, et sans villes trouver, fors que par avis, selonch le soleil[4]. Et quant ce vint à basses vespres, que on fu venu sus celle rivière de Thin, que li Escot avoient passet et leur convenoit rapasser, ce cuidoient[5] et disoient li Englès, il s'arrestèrent un petit si travilliet et si fourmenet que cescuns poet penser, et puis passèrent oultre le ditte rivière à gués, moult à malaise, pour les grandes pières qui dedens gisent. Et quant il furent passet, cescuns s'ala logier selonch celle rivière, ensi qu'il pot prendre terre. Mais ançois qu'il euissent pris pièce de terre pour logier, solaus commença à esconser[6]. Et si y avoit petit de chiaus qui euissent happes ne cuignies, ne fierement[7] ne estrumens, pour logier ne pour coper bois. Et s'en y avoit pluiseurs qui avoient perdus leurs compa-

---

1. « Autant qu'il pouvait ».   2. « Clameur ».   3. « Biches ».
4. Sens de la phrase : « Il chevaucha sans garder de chemin... et se dirigea uniquement d'après la position du soleil ».   5. « Présumaient ».
6. « Se coucher ».   7. *Happes* = haches ; *cuignies* = cognées ; *fierement* = outils en fer.

gnons, et ne savoient qu'il estoient devenu ; dont, s'il estoient mesaisié, ce n'est point de merveille. Et meismement les gens de piet estoient derrière demoret ; et si ne savoient en quel lieu ne à cui demander leur chemin, dont il estoient tout fourmesaisiet[1]. Et disoient cil qui le miex cuidoient cognoistre le pays, qu'il avoient cheminé celi jour vingt et huit liewes englesses, ensi courant com vous avés oy, sans arrester, fors que pour pissier, ou son cheval recengler. Ensi travilliés hommes et chevaus les convint là le nuit gesir sour celle rivière tous armés, cescuns son cheval en sa main par le frain, car il ne le savoit à quoi loiier, par defaute de jour, et pour deffaute de leur charoi qu'il ne peuissent avoir menet parmi tel pays que deviset vous ay. Ensi ne mengièrent toute le nuit li cheval ne le jour devant, de avainne nulle ne de fourage Et eulz meismes ne goustèrent, tout le jour ne le nuit, que cescun son pain qu'il avoit derrière lui tourset, ensi que dit vous ay, qui estoit de le sueur dou cheval tous soulliés et ordes[2] ; ne il ne burent d'autre buvrage que de le rivière qui là couroit, fors mis aucuns signeurs qui avoient boutelles, ce leur porta grant confort. Et n'eurent toute le nuit ne feu ne lumière, et ne le savoient de quoi faire, hors mis aucuns signeurs qui avoient tortis[3] aportés sus leurs sommiers.

Ensi que vous oés, et à tel meschief, passèrent il le nuit, sans oster selles à leurs chevaus, ne yaus desarmer. Et quant li desirés jour fu venus, en quoi il esperoient à avoir aucun confort et aucune adrèce[4], pour yaus et pour leurs chevaus aisier, pour mengier et pour logier, ou pour combatre as Escos que il desiroient si, pour le desir qu'il avoient de issir de celle mesaise et povretet là où il estoient ; adonc commença à plouvoir et pleut toute le journée si ouniement[5] et si fort que, anchois nonne passée, la rivière sour la quele il estoient logiet, devint si grande que nuls ne pooit envoiier pour

---

1. « Mal en point ». 2. « Sali ». 3. « Torches ».
4. « Moyen », « ressource ». 5. « Continuellement ».

veoir ne savoir là où il estoient cheu[1], ne où il poroient recouvrer de fourage ne de littière pour leurs chevaus, ne pain, ne vin, ne autre cose, pour yaus soustenir. Si les convint juner tout le jour ensi que la nuit, et les chevaus mengier terre pour le wason[2], ou bruière et fuelles d'arbres, et coper plançons de bois à leurs espées et leurs baselaires[3], tous ploians, pour leurs chevaus loiier, et verghes pour faire huttelètes pour yaus mucier[4]. Entours nonne, aucun povre dou pays furent trouvet. Si leur fu demandé là où il estoient cheu et embatu[5]. Chil respondirent qu'il estoient à quatorze liewes englesses priès dou Noef Chastiel sur Thin, à onze liewes priés de Carduel en Galles. Et si n'avoit nulle ville plus priès de là, où on peuist riens trouver, pour yaus aisier. Tout ce fu nonciet au roy et as signeurs. Et envoia cescuns ses messages celle part, et ses petis chevaus et ses sommiers, pour aporter pourveances. Et fist on savoir, de par le roy, à la ville dou Noef Chastiel que, qui vorroit gaegnier, si amenast pain, vin, avainne et aultres denrees, on li paieroit tout sech[6], et le feroit on conduire à sauf conduit jusques à l'ost. Et leur fist on savoir que on ne se partiroit de là entour, jusques à tant que on saroit que[7] li Escot estoient devenu.

§ 32. À lendemain, entour heure de nonne, revinrent li message que li signeur et li aultre compagnon avoient envoiiés as pourveances, et en raportèrent che qu'il peurent, pour yaus et leurs mesnies[8] : grandement ne fu ce mies. Et avoecques yaus vinrent gens pour gaegnier, qui amenoient sour petis chevalés[9] et petis mulés, pain mal cuit en paniers, povre vin en grans barilz, et aultres denrées à vendre, dont moult de gens et grant partie de l'host furent durement apaisiés ; et

---

1. « Tombés ». **2.** « Au lieu de *gazon* (qu'ils y trouvaient) ». **3.** « (Et il leur fallut) couper des pieux de bois avec leurs épées et leurs coutelas ». **4.** « Abriter ». **5.** « Arrivés ». **6.** « On le paierait comptant ». **7.** « Ce que ». **8.** « Gens ». **9.** Diminutif de « cheval ».

ensi de jour en jour, tant qu'il sejournèrent là huit jours sour celle rive, entre ces montagnes en attendant cascun jour le sourvenue des Escos, qui ossi ne savoient que li Englès estoient devenu, non plus que li Englès savoient d'yaus. Ensi furent il trois jours et trois nuis sans pain, sans vin, sans candeilles, sans avainne et sans fourage ne aultres pourveances ; et apriès, par l'espasse de quatre jours, qu'il leur convenoit acater un pain mal quit six estrelins, qui ne deuist valoir qu'un paresis[1], et un galon[2] de vin vingt et quatre estrelins, qui n'en deuist valoir que six. Encores y avoit on si grant rage de famine que li uns le tolloit[3] hors des mains de l'autre, dont pluiseur hustin[4] et grant debat vinrent des compagnons, des uns as aultres.

Encores avoech tous ces meschiés, il ne cessa point de plouvoir toute celle sepmainne. Par quoi leurs selles, peniaus, contreçaingles[5] furent tout pouri, et tout li cheval ou li plus grant partie quassés sus les dos. Et ne savoient de quoi chiaus ferrer qui estoient defferret, ne de quoi couvrir, fors que de leurs tournikiaus d'armes[6]. Et ossi n'avoient li plus grant partie que vestir, ne de quoi couvrir pour plueve, ne pour le froit, fors que de leurs auketons[7] et de leurs armeures. Et n'avoient de quoi faire feu, fors que de verde laigne[8], qui ne poet ardoir fors à grant dur[9], ne durer encontre le plueve.

§33. À tel meschief, mesaise et povreté demorèrent il entre ces montaignes et le ditte rivière, sans oïr ne savoir nouvelles des Escos qu'il cuidoient qu'il deuissent par là passer ou assés priès, pour retourner en leur pays. De quoi grant murmurations commença entre les

---

1. *Denier parisis* : monnaie frappée à Paris. **2.** Une petite mesure de capacité, de valeur variable. **3.** « Enlevait ». **4.** « Querelles ». **5.** *Contre-sanglon* : courroie fixée sur l'arçon de la selle et servant à fixer la sangle. **6.** « Sorte de cotte d'armes ». **7.** *Hoqueton* : veste de grosse toile que les homme d'armes portaient sous le haubert. **8.** « Bois à brûler ». **9.** « À grand-peine ».

Englès. Car li aucun voloient amettre[1] as autres qui avoient donnet ce conseil de là venir en tel point, que il l'avoient fait, pour le roy trahir et toutes ses gens : siques pour çou fu ordonné entre les signeurs que on se mouveroit de là, et rapasseroit on la ditte rivière sept liewes par deseure, là où elle estoit plus aisieule[2] à passer. Et fist on criier que cescuns se apparillast, pour deslogier lendemain, et siewist les banières. Et si fist on adonc criier que, qui se vorroit tant travillier[3] qu'il peuist raporter certainnes nouvelles au roy là où on poroit trouver les Escos, li premiers qui ce li aporteroit, il aroit cent livrées[4] de terre à hiretage[5] à l'estrelin, et le feroit li rois chevalier.

Quant ces nouvelles furent esparses par l'ost, toutes gens en furent grandement resjoy. Adonc se departirent de l'host aucun chevalier et escuier englès jusques à quinze ou seize, pour le convoitise de gaegnier celle prommesse, et passèrent le rivière en grant peril, et montèrent sus les montagnes ; et puis si se departirent li uns chà et li aultres là ; et se mist cescuns à l'enventure par lui[6]. Lendemain, tous li hos se desloga. Et chevaucièrent ce jour assés bellement[7], car li cheval estoient foulet, et mal livret[8] et mal fieret[9], et quoissiet as çaingles[10] et sour le dos. Et fisent tant qu'il rapassèrent le rivière en grant malaise, car elle estoit grosse pour le plouviage, par quoi il en y eut assés de bagniés et des Englès noiiés[11]. Quant tout furent rapasset, il se logièrent là endroit, car il trouvèrent fourages ès prés et as camps, pour le nuit passer, dalés un petit village

---

1. « Imputer ». 2. « commode ». 3. « Peiner », « faire de grands efforts ». 4. La livrée est ici l'étendue de terre qui rapporte une livre de revenu. Elle est donc variable suivant la fertilité du sol. 5. « Héréditairement ». 6. « De son côté ». 7. « Lentement », « doucement ». 8. « Mal nourris » (la livraison est la ration d'un homme ou d'un animal). 9. « Ferrés ». 10. « Meurtris à l'endroit des sangles ». 11. Froissart, qui suit assez fidèlement le texte de Jean le Bel, omet la réflexion peu flatteuse ajoutée ici par le chanoine de Liège : « ... de quoy il ne nous chaloit pas grandement » (JB, I, 62).

que li Escot avoient ars à leur passer. Si leur sambla droitement qu'il fuissent cheu à Paris[1].

Lendemain, il se partirent de là et chevaucièrent par montagnes et par vallées toute jour[2] jusques priès de nonne que on trouva aucuns[3] hamelés ars, et aucunes petites campagnes où il y avoit blés et prés ; siques toute li hos se loga là endroit celle nuit. Et le tierch jour, chevaucièrent il en tel manière, et ne savoient li plus où on les menoit, et le quart jour ossi jusques à heure de tierce.

Adonc vint uns escuiers[4] devers le roi et dist : « Sire, je vous aporte nouvelles. Li Escot sont à trois liewes priès de ci, logiet sus une montagne, et vous attendent là ; et y ont bien esté jà huit jours ; et ne savoient nouvelles de vous, non plus que vous ne saviés nouvelles de yaus. Che vous fai je ferme et vrai. Car je m'embati si priès de yaus, que je fui pris et menés en leur host, devant les signeurs, pour prison[5]. Si leur di nouvelles de vous, et comment vous les queriés[6], pour combatre à yaus. Et tantost li signeur me quittèrent me prison[7], quand je leur euch dit que vous donriés cent livrées de terre à l'estrelin à celui qui premiers vous raporteroit certainnes nouvelles d'yaus, par tèle condition que je leur creantai que je n'aroie repos, jusques à tant que je vous aroie dit ces nouvelles. Et dient, ce sachiés, que ossi grant desir ont il de combatre à vous que vous avés à yaus ; et les trouverés là endroit sans faute. »

§ 34. Tantost que li rois entendi ces nouvelles, il fist toute l'ost là endroit arrester en uns blés, pour leurs chevaus paistre et recengler, d'encoste[8] une blanche abbeye, qui estoit toute arse, que on clamoit dou temps

---

1. Jean le Bel : « en paradis » (JB, I, 62). **2.** *Toute jour* : c'est une locution formée par analogie avec « Toute nuit ». **3.** « Quelques ». **4.** Le ms BN fr. 10144, f133 donne le nom de cet écuyer : « Thomelin Housagre » (voir JB, I, 62). **5.** « Prisonnier ». **6.** « Cherchiez ». **7.** « captivité ». **8.** « Près de ».

le roy Artus le Blance Lande[1]. Là endroit, se confesssa et adreça cescuns à son loyal pooir[2]. Et fist là endroit li rois dire grant fuison de messes, pour acumeniier[3] chiaus qui devotion en aroient. Et assena[4] tantost bien et souffissamment à l'escuier les cent livrées de terre que prommis avoit, et le fist chevalier par devant tous. Apriès, quant on fu un peu reposé et desjuné, on sonna le trompète ; cescuns ala monter. Et fist on les banières[5] chevaucier, ensi que cis nouviaus chevaliers les conduisoit, et toutdis cescune bataille par lui, sans desrouter par montagne ne par vallée, mès toutdis rengies ensi que on pooit, et que ordonné estoit. Et tant chevaucièrent en celi manière que il vinrent, entours miedi, si priès des Escos que il les veirent tout clerement, et li Escot yaus ossi.

Si tost que li Escot les veirent, il issirent de leurs logeis tout à piet, et ordonnèrent trois bonnes batailles faiticement, sour le devaler[6] de le montagne, là où il estoient logiet. Par desous celle montagne, couroit une rivière forte et rade, plainne de cailliaus et de si grosses pières, que on ne le peuist bonnement en haste passer, sans grant meschief, maugret yaus[7]. Et encores, plus avant se li Englès ewissent le rivière passet, si n'avoit point de place entre le rivière et la montagne, là où il peuissent avoir rengiet leurs batailles. Et si avoient li Escot leurs deux premières batailles establi sour deux crupes[8] de montagne, c'on entent de roce, là où on ne pooit bonnement monter ne ramper[9] pour yaus assallir ; mès estoient en parti que pour les assallans tous

---

1. Au sud de Hexham, à la limite de l'évêché de Durham et du Northumberland (KL, XXIV, 102). 2. « Là, sur place, chacun se confessa et se prépara loyalement et de son mieux ». 3. « Faire prendre la communion à ». 4. « Assigna ». 5. *Les chevaliers bannerets*. Dans la hiérarchie chevaleresque, le chevalier banneret, qui portait une bannière carrée, était d'un grade supérieur au simple chevalier qui portait une bannière taillée en pointe (le pennon), et que suivait l'écuyer en troisième ligne. 6. « La pente ». 7. « Contre leur gré ». 8. « Sommets arrondis ». 9. « Grimper ».

confroissier et lapider de pières[1], s'il fuissent passet oultre le rivière ; et ne peuissent li Englès nullement retourner.

Quant li signeur d'Engleterre veirent le convenant des Escos, il fisent toutes leurs gens traire à piet, et oster les esporons, et rengier les trois batailles, ensi que ordonné avoient en devant. Là endroit, furent fait grant fuison de nouviaus chevaliers. Quant ces batailles furent rengies et ordonnées, aucun des signeurs d'Engleterre amenèrent le jone roy à cheval par devant toutes les batailles, pour les gens d'armes plus resbaudir[2]. Et prioit moult très gracieusement que cescuns se penast de bien faire, et de garder sen honneur. Et faisoit commander, sus le tieste, que nulz ne se mesist par devant les banières des mareschaus, ne ne se meuist jusques à tant que on le commanderoit. Un petit après, on commanda que les batailles alaissent avant par devers les ennemis, tout bellement le pas. Ensi fu fait. Si ala bien cescune bataille en cel estat, un grant bonnier de terre[3] avant jusques au devaler de le montaigne sus le quèle il estoient. Che fu fait et ordonné pour veoir se li ennemi se desrouteroient point, et pour veoir comment il se maintenroient ; mais on ne peut perchevoir qu'il se meuissent de riens, et si estoient si près li uns de l'autre que il recognissoient partie de leur armoierie. Adonc fist on arrester tout quoy, pour avoir aultre conseil. Et si fist on aucuns compagnons monter sus coursiers pour escarmucier[4] à yaus, et pour aviser le passage de le rivière, et pour veoir leur convenant de plus près. Et leur fist on à savoir par hiraus que, s'il voloient passer oultre le rivière et venir combatre au plain[5], on se retrairoit arrière, et leur liveroit on bonne place, pour le bataille rengier, et tantost ou à lendemain au matin ; et, se ce ne leur plaisoit, qu'il

---

1. « Mais ils étaient en position pour blesser et lapider tous les assaillants ».   2. « Pour mieux ranimer le courage des troupes ».   3. Une mesure agraire flamande qui fait un peu plus d'un hectare.   4. « Attaquer par des combattants individuels ou par de petits détachements de l'armée ».   5. « En rase campagne ».

volsissent faire le kas parel. Quant il oïent ces trettiés, il eurent conseil. Yaus consilliet, et tantost il respondirent as hiraus là envoiiés, qu'il ne feroient ne l'un ne l'autre. Mais li rois et tout si baron veoient bien comment il estoient en son royaume, et li avoient ars et gasté. S'il l'en anoioit[1], si le venist amender[2], car là demorroient il, tant qu'il leur plairoit.

§ 35. Quant li consaulz le roy d'Engleterre veirent qu'il n'en aroient aultre cose, il fisent criier et commander que cescuns se logast là endroit où il estoit, sans reculer. Ensi se logièrent il celle nuit, moult à mesaise, sour dure terre et pièrres sauvages, et toutdis armés. Et à grant meschief li garçon recouvrèrent de peulz et de verges pour loiier leurs chevaus, ne fourage ne littière, pour yaus aisier, ne laigne pour faire feu. Et quant li Escot aperçurent que li Englès se logoient en tel manière, il fisent demorer aucuns de leurs gens sus les places où il avoient establi leurs batailles, puis se retraisent à leurs logeis, et fisent tantost tant de feus que merveilles estoit à regarder. Et fisent entre nuit et jour si grant bruit de corner de lors grans cors, tout à une fie[3], et de juper apriès, tout à une vois, qu'il sambloit proprement as Englès que tout li dyable d'infier fuissent là venu, pour yaus estrangler. Ensi furent il logiet celle nuit, qui fu le nuit Saint Pière, à l'entrée d'aoust[4], l'an de grasce mil trois cens vingt et sept, jusques à lendemain que li signeur oïrent messe.

Quant ce vint le jour Saint Pière que messe fu ditte, on fit cescun armer et aler à se banière, et les batailles rengier, ensi que le jour devant. Quant li Escot perchurent chou, il s'en vinrent rengiet, ossi bien comme le jour devant. Et demorèrent les deus hos tout le jour ensi rengiet, jusques apriès miedi, que onques li Escot ne fisent samblant de venir vers les Englès, et ossi li Englès d'aler vers yaus, car il ne les pooient bonne-

---

1. « Contrariait ».   2. « Réparer ».   3. « Tous ensemble ».
4. C'est-à-dire le 31 juillet.

ment approcier sans trop grant meschief. Pluiseur compagnon englès qui avoient chevaus dont il se pooient aidier[1], passèrent le rivière, et aucun à piet, pour escarmucier à yaus. Et ossi se desroutèrent aucun Escot, qui couroient et racouroient tout escarmuçant li un à l'autre, tant qu'il y eut des mors, des navrés et des prisons des uns as autres. Ensi que aprièz miedi, li signeur d'Engleterre fisent à savoir que cescuns se retraisist à se loge, car bien leur sambloit qu'il estoient là pour nient. Si se retraist cescuns à son logeis.

En cel estat furent il par trois jours, et li Escot d'autre part sus leur montagne, sans departir. Toutesfois, tous les jours y avoit gens escarmuçans d'une part et d'autre, et souvent des mors et des pris. Et toutes les viesprées, à le nuit, li Escot faisoient par coustume si grans feus, et tant, et faisoient si grant bruit de juper et de corner tous à une vois, qu'il sambloit proprement as Englès que ce fust uns drois infiers, et que tout li dyable fuissent là assamblé par droit avis. Li intention des signeurs d'Engleterre estoit de tenir ces Escos là endroit comme assegiés, puis qu'il ne se pooient bonnement à yaus combatre. Et les cuidoient bien affamer, car nulle pourveance ne leur pooit venir, et si ne se pooient de là partir, si qu'il cuidoient, pour raler en leur pays. Et si savoient bien li Englès, par les prisons qui pris estoient, que li Escot n'avoient nulle pourveance de pain, de vin ne de sel. Bestes avoient il à grant fuison, qu'il avoient pris ens ou pays. Si en pooient mengier en l'ewe et en rost à leur plaisir, sans pain et sans sel, à quoi il n'acontent nient grammant, mais qu'il ewissent un peu de farine dont il usent, ensi que dit vous ai par deseure. Et ossi en usent bien aucun Englès, quant il sont en leurs chevaucies, et il leur touche.

Or, avint que, le quatrime jour au matin que li Englès avoient esté là logiet, il regardèrent par devers le montagne, si ne veirent nullui, car li Escot s'en

---

1. « Dont ils pouvaient faire usage ».

estoient partit à le mienuit. Si en eurent li signeur grant merveille, et ne pooient apenser qu'il estoient devenu. Si envoiièrent tantost gens à cheval et à piet par ces montagnes, qui les trouvèrent, entours heure de prime, logiés sus une aultre montagne plus forte que celle devant n'estoit, sus celle rivière meisme. Et estoient logiet en un bois, pour estre plus repus, et pour plus secretement aler et venir, quant il vorroient. Si tost qu'il furent trouvet, on fist les Englès deslogier et traire celle part tout ordonneement, et logier sus une aultre montagne, droit à l'encontre d'yaus. Et fist on les batailles rengier, et faire samblant que d'aler vers yaus. Mais si tretost qu'il veirent l'ordenance as Englès et yaus approcier, il issirent hors de leurs logeis, et s'en vinrent rengiet faiticement assés priès de le rivière contre yaus, mais onques ne vorrent descendre, ne venir vers les Englès. Et li Englès ne pooient aler jusques à yaus, qu'il ne fuissent tout mort ou tout perdu davantage, ou pris à grant meschief. Si se logièrent là endroit encontre yaus. Et demourèrent dix huit jours entiers sur celle froide montaigne, et tous les jours rengés encontre eulx. Si envoioient li signeur d'Engleterre bien souvent leurs hiraus par devers yaus parlementer, que il vosissent livrer place et pièce de terre, ou on leur liveroit ; mais onques à nulles de ces pareçons il ne se veurent acorder. Si vous di bien[1] pour verité que li une host et li aultre, en ces sejours, eurent moult de mesaises.

§ 36. Le première nuit que li Englès furent logiet sus celle seconde montaigne à l'encontre des Escos, messires Guillaumes de Douglas[2], qui estoit moult preus et entreprendans et hardis chevaliers, prist entours le mienuit environ deus cens armeures de fier, et passa celle rivière bien loing de leur host, par quoi on ne s'en perchuist ; si feri en l'ost des Englès moult

---

[1]. « Et je vous dis bien ». [2]. Il s'agit de Jacques de Douglas, héros national de l'Écosse, mort dans un combat contre les Maures, le 25 août 1331.

vassaument en criant : « Douglas ! Douglas ! vous y morrés tuit, signeur baron englès. » Et en tua il et se compagnie plus de trois cens, et feri des esporons jusques proprement devant le tente le roy, toutdis criant et huant : « Douglas ! Douglas ! » et copa deus ou trois des cordes de le tente dou roy, puis s'en parti à tant. Bien puet estre qu'il pierdi aucuns de ses gens à se retraite, mais ce ne fu mies gramment, et retourna arrière devers ses compagnons en le montagne.

Depuis, n'i eut riens fait, mais toutes les nuis li Englès faisoient grans gès et fors, qui se doubtoient dou resvillement des Escos. Et avoient gardes et escoutes en certains lieus par quoi, se cil sentissent ne oïssent riens, il le segnefiassent en l'ost. Et gisoient priès que tout li signeur en leurs armeures. En cel estat furent il vingt et deus jours sus ces deus montagnes, li uns devant l'autre. Et tous les jours y avoit des escarmuces, et escarmuçoit qui escarmucier voloit. Si en y avoit souvent des mors, des pris, des navrés, des blechiés et des mesaisiés des uns et des aultres.

§ 37. Le daarrain jour des vingt et deus, fu pris uns chevaliers d'Escoce à l'escarmuce, qui moult à envis voloit dire as signeurs d'Engleterre le convenant des leurs. Se fu il tant enquis et examinés qu'il dist que leur souverain avoient entre yaus acordé le matin que cescuns fust armés au vespre, et que cescuns sievist le banière monsigneur Guillaume de Douglas, quel part qu'il vorroit aler, et que cescuns le tenist en secret ; mais li chevaliers ne savoit de certain qu'il avoient empenset. Sur çou eurent li signeur d'Engleterre conseil ensamble et avisèrent que, selonch ces parolles, li Escot poroient bien par nuit venir brisier et assallir leur host à deus costés, pour yaus mettre en aventure de vivre ou de morir, car plus ne pooient endurer leur famine. Si ordonnèrent li Englès entre yaus trois batailles, et se rengièrent en trois pièces de terre devant leurs logeis, et fisent grant fuison de feus, pour veoir plus cler entour yaus. Et fisent demorer tous les garçons en leurs logeis, pour garder leurs chevaus. Si se tinrent ensi celle nuit tout armé, cescuns desous se banière ou sen penonciel si com il estoit ordonnés, pour attendre l'aventure. Car il esperoient assés bien, selonch les parolles dou chevalier, que li Escot les resvilleroient, mès il n'en avoient nul talent ; ançois fisent par aultre ordenance bien et sagement.

Quant ce vint sus le point dou jour, doi trompeur d'Escoce s'embatirent sus l'un des gés qui gaitoient as camps. Si furent pris et amenet devant les signeurs dou consel le roy et disent : « Signeur, que gettiés vous ci ? Vous perdés le temps. Car, sus l'abandon de nos tiestes, li Escot en sont ralet très devant le mienuit, et sont jà quatre ou cinq liewes loing. Et nos emmenèrent avoech yaus bien une liewe loing, pour doubtance que nous ne le vous noncissions, et puis nous donnèrent congiet de le vous venir dire. » Et quant li signeur englès entendirent chou, il eurent conseil et veirent bien qu'il estoient decheu en leur cuidier. Et disent que li caciers après les Escos ne leur pooit riens valoir, car on ne les poroit raconsiewir. Et encores, pour doubtance de decevement, li signeur detinrent les deus trompeurs tous quois, et les fisent demorer dalés yaus, et ne rompirent point leur ordenance, ne l'establissement de leurs batailles, jusques après prime. Et quant il veirent que c'estoit verités, et que li Escot estoient parti, il donnèrent congiet à tout homme de retraire à se loge et de lui aisier. Et li signeur alèrent à conseil, pour regarder que on feroit.

Entrues, aucuns des compagnons englès montèrent sus leurs chevaus et passèrent le dessus ditte rivière en grant peril, et vinrent sus le montaigne dont li Escot estoient parti le nuit. Et trouvèrent plus de cinq cens grosses bestes grasses tantost mortes que li Escot avoient tuet, pour tant que elles ne les peuissent siewir ; et si ne les voloient mies vives laissier as Englès. Et si trouvèrent plus de trois cens chaudières, faites de cuir atout le poil, pendues sus le feu, plainnes de char et d'yawe, pour faire boulir, et plus de mille hastiers, plains de pièces de char pour rostir, et plus de dix mille viés solers usés, fais de cuir tout crut atout le poil, que li Escot avoient là laissiet. Et trouvèrent cinq povres prisons englès, que li Escot avoient loiiet tous nus as arbres par despit, et deus qui avoient les gambes brisies. Si les desloiièrent et laissièrent aler, et puis revinrent en l'ost si à point que cescuns se deslogoit et ordonnoit pour raler vers Engleterre, par l'acord dou roy et tout son conseil. Si siewirent tout ce jour les banières des mareschaus, et vinrent logier de haute heure en un biel pré, où il trouvèrent assés à fourer pour les chevaus, qui leur vint bien à point. Car il estoient si faible, si fondut et si affamet, que à painnes pooient il avant aler.

Lendemain, il se deslogièrent et chevaucièrent encores plus avant, et s'en vinrent logier de haute heure dalés une grande court d'abbeye, à deus liewes priès de le cité de Duremmes[1]. Si trouvèrent assés à fourer, qui leur vint bien à point, herbes, vèches et blés. Lendemain, se reposa li hos là endroit tous quois, et li rois et li signeur alèrent vers l'eglise de Duremmes. Et adonc fist li rois feaulté à l'eglise et à l'evesque, et ossi à le cité et as bourgois, car faite ne l'avoit encores. En celle cité, trouvèrent il leurs charetons et leurs charètes et tout leur harnas, que il avoient laiiet trente et deus jours en devant en un bois, à mienuit, si com il est contenu chi dessus. Et les avoient li bourgois de le cité de Duremmes, qui trouvet les avoient ens ou bois, amenet dedens leur ville à leur coust, et fait mettre en wides granges, cascune charette atout son penoncieri, pour recognoistre. Si furent moult liet tout li signeur, quant il eurent trouvet leurs charètes et leur harnas, et reposèrent deus jours dedens le cité de Durem, et li host tout autour, car mies ne se peuist toute logier en le ditte cité. Et fisent leurs chevaus referer, et puis se misent à voie devers Evruich. Si esploita tant li rois et toute son host, que dedens trois jours il y vinrent. Et

---

1. Durham.

là trouva li rois madame sa mère qui le reçut à grant joie. Et ossi fisent toutes les dames et li bourgois de le ville.

Là donna li rois congiet à toutes manières de gens de raler cescun en son lieu, et remercia grandement les contes, les barons et les chevaliers, dou service qu'il li avoient fait. Et retint encores dalés lui monsigneur Jehan de Haynau et toute se route, qui furent grandement festiiet de madame la royne par especial, des signeurs et de toutes les dames. Et relivrèrent li Haynuier leurs chevaus, qui tout estoient effondut et afolet, au conseil dou roy. Et fist cescuns somme pour li de ses chevaus, mors et vis, et de ses frais[1]. Si en fist li rois sa debte envers le dit monsigneur Jehan. Et li dis messires Jehans s'en obliga envers tous les compagnons. Car li rois et ses consaulz ne peurent si tost recouvrer de tant d'argent que li cheval montoient[2]; mais on lor en delivra assés par raison pour paiier leurs menus frès, et pour retourner au pays. Et puissedi, dedens l'anée, furent il tout paiiet de ce que li cheval montoient. Quant li Haynuier eurent relivré leurs chevaus, il rachatèrent cescuns des petites hagenées pour chevaucier miex à leur aise, et renvoiièrent leurs garçons et leur harnas, sommes et males et bahus, par mer, et misent tout en deus nefs que li rois leur fist delivrer. Si arrivèrent ces besognone droit à l'Escluse, en Flandres. Et il prisent congiet au roy, à madame se mère, au conte de Kent, au conte Henri de Lancastre et as barons, qui grandement les honnourèrent. Et les fist li rois acompagnier de douze chevaliers et deus cens armeures de fier, pour le doubtance des archiers, dont il n'estoient mies bien asseguret, car il les convenoit rapasser parmi leur pays, l'evesquié de Lincolle.

Si se partirent messires Jehans de Haynau et toute se route, ou conduit des dessus dis. Et chevaucièrent tant par leurs journées qu'il vinrent à Douvres. Là

---

1. « Et chacun calcula ses frais pour ses chevaux, vivants et morts, et pour lui-même ». 2. « Se procurer autant d'argent que valaient les chevaux ».

montèrent il en mer, en nefs et en vaissiaus qu'il trouvèrent appareilliés. Et li Englès se partirent d'yaus, qui aconvoiiet les avoient, et retournèrent cescuns en son lieu. Et li Haynuier arrivèrent à Wissant. Là se reposèrent il par deus jours, en mettant hors leurs chevaus et le demorant de leur harnas. Entrues, vinrent messires Jehans de Haynau et aucun chevalier en pelerinage à Nostre Dame de Boulongne. Depuis s'en retournèrent il en Haynau, et se departirent tout li un de l'autre, et se retraist cescuns chiés soy. Mès messires Jehans de Haynau s'en vint deviers le conte son frère, qui se tenoit à Valenchiènes, qui le reçut liement et volentiers, car moult l'amoit. Et adonc li recorda li sires de Byaumont toutes nouvelles, si avant que il les savoit.

§ 38. Ensi fu celle chevaucie departie, que li rois Edowars, le premier an de se creation, fist contre les Escos, li quèle fu si grande et si dure que vous avés oy. Ne demora mies grramment de temps après, que cilz rois, madame se mère, li contes de Kent, li contes Henris de Lancastre, messires Rogiers de Mortemer et li aultre baron d'Engleterre, qui estoient demoret dou conseil le roy, pour lui aidier à conseillier et gouvrener, eurent avis et conseil de lui marier. Si envoiièrent un evesque, deus chevaliers banerès et deus bons clers à monsigneur Jehan de Haynau, pour lui priier qu'il vosist aidier et mettre conseil à che que li jones rois, leurs sires, fust mariés, et qu'il vosist boins moiiens estre, par quoi messires, ses frères, li contes de Haynau et de Hollandes, li volsist envoiier une de ses filles, car il l'aroit plus chière que nulle aultre, pour l'amour de lui. Li sires de Byaumont festia et honnoura ces messagiers et commissaires de par le roy englès, quanques il pot, car bien le savoit faire. Quant bien festiiés les eut, il les amena à Valenchiènes par devers son frère, qui moult honnourablement les rechut ossi, et les festia si souverainnement bien que longe cose seroit à raconter.

Quant assés festiiet furent, il fisent leur message sagement et à point, ensi que chargiet leur estoit. Li contes leur respondi moult courtoisement, par le conseil de monsigneur Jehan son frère, et de madame la contesse, mère à la damoiselle, et leur dist que moult grans mercis à monsigneur le roy et à madame la royne et as signeurs par cui conseil il estoient là venu, quant tant leur estoit que de li faire tèle honneur, que pour tel cose il avoient si souffissans gens à lui envoiiés[1], et que moult volentiers s'acorderoit à leur requeste, se nostres Sains Pères, li papes, et Sainte Église s'i acordoit.

Celle response leur souffi assés grandement. Puis envoiièrent tantost deus de leurs chevaliers, et deus clers de droit, par devers le Saint Père, à Avignon, pour impetrer dispensation de celi mariage acordet[2]. Car, sans le congiet dou Sains Père, faire ne se poroit, pour le linage de France dont il estoient moult prochain, si com en tierch degré, car leurs deus mères estoient cousines germaines, issues de deus frères[3]. Assés tost aprièc ce qu'il furent venu à Avignon, il eurent faite lor besongne. Car li Saint Pères et li collèges s'i consentirent assés benignement, pour le haute noblèce dont tout doy estoient issut.

§ 39. Quant cil message furent revenu de Avignon à Valenciènes atoutes leurs bulles[4], chilz mariages fu tantos otroiiés et affremés d'une part et d'aultre. Si fist on le devise pourveir et appareillier de tout ce qu'il falloit, si honnourablement que à tèle damoiselle, qui devoit estre royne d'Engleterre, affreoit. Quant appareillie fu, si com dit est, elle fu espousée par le virtu d'une procuration souffissamment, qui là fu aportée de

---

1. « ... Quand il leur importait tant de lui faire un si grand honneur, qu'ils lui avaient envoyé des personnes si notables... » 2. Dès le 25 mars 1327, Adam, évêque de Worcester, fut envoyé à la cour d'Avignon pour obtenir les dispenses nécessaires à ce mariage. 3. Isabelle, la mère d'Édouard III, était la fille du roi Philippe IV le Bel ; Jeanne, la mère de Philippa de Hainaut, était la fille de Charles de Valois, frère de Philippe IV. 4. La bulle accordant les dispenses nécessaires à ce mariage est datée d'Avignon, le 30 août 1327.

par le roy[1] d'Engleterre. Et puis si fu mise à le voie pour emmener en Engleterre par devers son mari, qui l'attendoit à Londres, là où on le devoit couronner. Et monta en mer la ditte damoiselle Phelippe de Haynau[2] à Wissant, et arriva et toute se compagnie à Douvres. Et la conduisi jusques à Londres chilz gentils chevaliers messires Jehans de Haynau, ses oncles, qui grandement fu recheus, honnourés et festiiés dou roy, de madame la royne se mère, des aultres dames, des barons et des chevaliers d'Engleterre. Si eut adonc à Londres grant feste et grant noblèce des signeurs, contes, barons et chevaliers, des hautes dames et des nobles pucelles, de riches atours et de riches paremens, de jouster et de behourder pour l'amour de elles, de danser et de caroler[3], de grans et biaus mengiers cascun jour donner[4]. Et durèrent ces festes par l'espasse de trois sepmainnes.

Au chief de ces jours, messires Jehans de Haynau prist congiet et s'en parti, o toute se compagnie de Haynau, bien furnis de biaus jeuiaus et riches, que on leur avoit donnés d'un costé et d'autre, en pluiseurs lieus. Et demora li jone royne Phelippe, à petite compagnie de son pays, fors mis un damoisiel, que on clamoit Watelet de Manni[5], qui y demora pour servir et taillier devant li. Liquelz acquist puissedi si grant grasce au roy et à tous les signeurs dou pays, qu'il fu del secré conseil le roy, au gret de tous les nobles dou pays. Et fist depuis si grandes proèces de son corps, en tant de lieus, que on n'en pooit savoir le nombre, si com[6] vous

---

1. « De la part du roi ». 2. Nous rappelons que l'engagement d'Édouard d'épouser Philippa remonte au mois d'août 1326 et qu'il fut ratifié par la reine Isabelle. 3. « Danser en rond ». 4. Le mariage d'Édouard III et de Philippa de Hainaut eut lieu le 24 janvier 1328 ; le couronnement de la reine se fit seulement le 25 février 1330 (JB, I, 80). 5. Gautier de Masny, un des plus vaillants serviteurs d'Édouard III, mourut à Londres, le 15 janvier 1372. 6. « Ainsi que vous l'entendrez plus loin dans notre récit, s'il y a quelqu'un qui vous le dise. » Propos oral et paradoxal, où Froissart imite certaines locutions épiques des chansons de geste.

orés avant en l'ystore, se il est qui le vous die. Or nous tairons nous de lui à parler, tant qu'à present, et des Englès, et retournerons as Escos.

§ 40. Apriès chou que li Escot se partirent par nuit de le montagne, là où li jones rois Edowars et li signeur d'Engleterre les avoient assegiés, si com vous avés oy, il alèrent vingt et deus liewes de celui sauvage pays, sans arrester, et passèrent celle rivière de Thin assés priès de Cardueil, en Galles. Et à lendemain, il revinrent en leur pays, et se departirent par l'ordenance des signeurs, et en rala cescuns en se maison. Assés tost apriès, signeur et aucun bon preudomme pourcacièrent tant entre le roy d'Engleterre et son conseil et entre le roy d'Escoce, que une triewe fu acordée entre yaus, à durer par l'espasse de trois ans.

Dedens celle triewe, avint que li rois Robers d'Escoce, qui moult preus avoit esté, estoit devenus viex et foibles, et si cargiés de le grosse maladie, ce disoit on, que morir le convint. Quant il senti et cogneut que morir le convenoit sans retour, il manda tous les barons de son royaume ens ès quelz il se fioit le plus par devant lui ; si leur dist que morir le convenoit, si qu'il veoient. Si leur pria moult affectueusement et leur carga, sour leur feaulté, que il gardaissent feablement son royaume en ayde de David son fil ; et, quant il seroit venus en eage, qu'il obeisissent à lui et le couronnaissent à roy, et le mariassent en lieu si souffissant que à lui apertenoit. En apriès, il en appella le gentil chevalier monsigneur Guillaume de Douglas, et li dist devant tous les aultres : « Monsigneur Guillaume, chiers amis, vous savés que j'ai eu moult à faire et à souffrir en mon temps que j'ai vescu, pour maintenir les drois de cesti royaume. Et quant jou euch le plus à faire, je fis un veu que je n'ai point acompli, dont moult me poise. Je voai que, s'il estoit ensi que jou ewisse ma guerre achievée, par quoi je peuisse cesti royaume gouvrener en pais, jou iroie aidier à guerriier les ennemis Nostre Signeur et les contraires de le foy crestienne, à mon loyal pooir. À ce point a toutdis mon coer tendu, mais Nostres Sires ne l'a mies volu consentir. Si m'a donné tant à faire à mon temps, et à darrains si entrepris si griefment de si grant maladie[1] qu'il me convient morir, si com vous veés. Et puis qu'il est ensi que li corps de mi n'i poet aler, ne achiever ce que li coers a tant desiré, jou y voel envoiier le coer ou lieu del corps, pour mon veu achiever. Et pour çou que je ne sçai en tout mon royaume nul chevalier plus preu de vostre corps[2] ne miex tailliet de mon veu acomplir en lieu de mi, je vous pri, très chiers et très especiaulz amis, tant com je puis, que vous cest voiage voelliés entreprendre, pour l'amour de mi, et me ame acquitter envers Nostre Signeur. Car je tieng tant de[3] vostre noblèce et de vostre loyauté que, se vous l'entreprendés, vous n'en faurrés nullement[4] ; et si en morrai plus aise, mais que ce soit par tèle manière que je vous dirai. Je voel, sitos que je serai trespassés, que vous prendés le coer de mon corps et le faites bien embasmer, et prendés tant de mon tresor que vous samblera que assés en aiiés pour parfurnir tout le voiage, pour vous et pour tous chiaus que vous vorrés emmener avoech vous ; et emportés mon coer avoech vous, pour presenter au Saint Sepulcre, là où Nostres Sires fu ensepelis, puis que li corps n'i poet aler ; et le faites si grandement, et vous pourveés si souffissamment de tèle compagnie et de toutes aultres coses que à vostre estat apertient ; et que partout là où vous venrés, que on sace que vous emportés oultre mer, comme messagiers, le coer le roi Robert d'Escoce, et à son commandement, puis qu'ensi est que li corps n'i poet aler. »

Tout cil qui là estoient prisent à plorer de pité moult tenrement. Et quant li dis messires Guillaumes peut parler, il respondi et dist : « Gentilz sires, cent mille mercis de le grande honneur que vous me faites, quant

---

1. « Et, en dernier lieu, Il m'a si rudement frappé d'une si grande maladie ». 2. « Plus vaillant que vous ». 3. « Car je respecte tant ». 4. « Vous n'y manquerez en aucune manière ».

vous si noble et si grant cose et tel tresor me chargiés et recommendés. Et je ferai volentiers et de cler coer vostre commandement, à men loyal pooir, jamais n'en doubtés, comment que je ne sui mies dignes ne si souffissans que pour tel cose achiever. » — « Ha ! gentilz chevaliers, dist adonc li rois, grans mercis, mès que vous le me creantés[1]. » — « Certes, sires, moult volentiers, dist li chevaliers. » Lors li creanta tantost, comme loyaus chevaliers. Adonc dist li rois : « Or soit Diex graciiés, car je morrai plus à pais d'ore en avant, quant je sçai que li plus souffissans et li plus preus de mon royaume achievera pour mi ce que je ne poi onques[2] achiever. » Assés tost après, trespassa de cest siècle li preus Robers de Brus, rois d'Escoce. Et fu ensevelis si honnourablement que à lui affrei, selonch l'usage dou pays. Et fu li coers ostés et embasmés, ensi que commandé l'avoit. Si gist li dessus dis rois en l'abbeye de Donfremelin[3], en Escoce, très reveramment. Et trespassa de ce siècle, l'an de grasce Nostre Signeur mil trois cens vingt et sept, le septime jour de novembre[4]. En ce temporal, assés tost apriès, trespassa ossi li vaillans contes de Moret[5], qui estoit li plus gentilz et li plus poissans princes d'Escoce, et s'armoit d'argent à trois orilliers de geules[6].

§ 41. Quant li printamps vint et li bonne saisons pour mouvoir, qui[7] voelt passer oultre mer, messires Guillaumes de Douglas se pourvei, ensi qu'à lui apertenoit, selonch che que commandé li estoit. Il monta sus mer au port de Morois, en Escoce[8], et s'en vint en

---

1. « Pourvu que vous me le promettiez ». 2. « Je ne pus jamais ». 3. Dunfermline. 4. Robert Bruce mourut le 7 juin 1329. 5. Thomas Randolf, comte de Moray, mourut le 20 juillet 1332. 6. Dont les armoiries étaient d'argent (blanc) à trois oreillers ou coussins de gueules (rouge), autrement dit : sur un fond blanc ou argent, trois coussins rouges disposés deux (en haut) et un (en bas). 7. « Comme celui qui ». 8. On ne connaît pas de port de « Morois ». Jean le Bel ne donne pas de nom à ce lieu d'embarcation. La rédaction d'Amiens désigne Édimbourg (Amiens I, 94). Il s'agit peut-être de Leith.

Flandres droit à l'Escluse[1], pour oïr nouvelles, et pour savoir se nulz par de deça la mer s'apparilloit pour aler par devers le Sainte Terre de Jherusalem, afin qu'il peuist avoir milleur compagnie. Si sejourna bien à l'Escluse par l'espasse de douze jours, ançois qu'il s'en partesist ; mès onques ne volt mettre piet à terre, tout le terme des douze jours. Ains demoroit toutdis sus se nave, et tenoit toutdis son tinel honnourablement, à trompes et à nakaires, comme se ce fust li rois d'Escoce. Et avoit en se compagnie un chevalier banereth, et sis aultres chevaliers des plus preus de son pays, sans l'autre mesnie. Et avoit tout vaisselement d'or et d'argent, pos, bachins, escuielles, hanaps, bouteilles, barilz et aultres si faites choses[2]. Et avoit jusques à vingt et sis escuiers, jones et gentilz hommes des plus souffissans d'Escoce, dont il estoit servis. Et devés savoir que tout cil qui le voloient aler veoir, estoient très bien festiiet de deus manières de vins, et de deus manières d'espisses, mès que ce fuissent gens d'estat.

Au daarrain, quant il eut sejourné là endroit, à l'Escluse, par l'espasse de douze jours, il entendi que li rois Alphons d'Espagne[3] guerrioit au roi de Grenate, qui estoit Sarrasins. Si s'avisa qu'il iroit celle part, pour miex emploiier son temps et son voiage. Et quant il aroit là faite sa besongne, il iroit oultre pour parfaire et achiever ce que cargiet et commandet li estoit. Si se parti ensi de l'Escluse, et s'en ala droit par devers Espagne, et arriva premiers au port de Valence le Grant ; et puis s'en ala droit vers le roy d'Espagne, qui estoit en host contre le roy de Grenate. Et estoient assés près l'un de l'autre, sus les frontières de leurs pays.

Avint, assés tost après çou que li di messires Guillaumes de Douglas fu là venus, que li rois d'Espagne issi hors as camps, pour plus approcier ses ennemis. Li rois de Grenate issi hors ossi d'autre part, siques li uns rois veoit l'autre atout ses banières. Et se commenciè-

---

1. Ancien port sur la mer du Nord, aujourd'hui Sluis.
2. « D'autres choses pareilles ». 3. Alphonse XI, roi de Castille et de León (1311-1350).

rent à rengier leurs batailles, li un contre l'autre. Li dis messires Guillaumes de Douglas se traist à l'un des costés, atoute se route, pour miex faire se besongne, et pour miex monstrer son effort. Quant il vei toutes les batailles rengies d'une part et d'autre, et vei la bataille le roy un petit esmouvoir, il cuida que elle alast assambler. Il qui miex voloit estre des premiers que des daarrains, feri des esporons, et toute se compagnie avoech lui, jusques à le bataille le roy de Grenate, et ala as ennemis assambler. Et pensoit ensi que li rois d'Espagne et toutes ses batailles le sievissent, mès non fisent, dont il en fu laidement deceus, car onques celi jour ne s'en esmurent. Là fu li gentilz chevaliers, messires Guillaumes de Douglas enclos, et toute se route, des ennemis. Et y fisent merveilles d'armes, mès finablement il ne peurent durer, ne onques piés n'en escapa, que tout ne fuissent occis à grant meschief. De quoi ce fu pités et damages et grant lasqueté pour les Espagnolz, et moult en furent blasmet de tous chiaus qui en oïrent parler, car bien ewissent rescous le chevalier et une partie des siens, s'il vosissent[1]. Ensi ala de ceste aventure et dou voiage monsigneur Guillaume de Douglas.

Ne demora mies grammant de tamps, apriès çou que li dessus dis chevaliers se fu partis d'Escoce pour aler en son pelerinage, si com vous avés oy, que aucun signeur et preudomme, qui desiroient à nourir pais entre les Englès et les Escos, trettièrent et pourcacièrent tant que mariages fu fais del jone roi David d'Escoce et de la sereur le jone roy d'Engleterre[2]. Si fu cilz mariages acordés. Et espousa la dame li dessus dis rois à Bervich, en Escoce. Et là y eut grans festes, de l'une partie et de l'autre. Or, me voel jou taire un petit des

---

1. « S'ils avaient voulu ». 2. Le mariage de David, fils de Robert Bruce, avec Jeanne, sœur d'Édouard III, fut célébré le 12 juillet 1328, donc, contrairement au récit de Jean le Bel que suit Froissart, avant le départ de Jacques de Douglas et avant la mort de Robert Bruce.

Escos et des Englès, et me retrairai au roi Charlon de France, et as ordenances de celui royaume.

§ 42. Li rois Charles de France, filz au biau roy Phelippe, fu trois fois mariés, et si morut sans hoir marle, dont ce fu damages pour le royaume, si com vous orés ci après. Li première de ses femmes fu li une des plus belles dames dou monde, et fu fille la contesse d'Artois[1]. Celle garda mal son mariage et se fourfist. Par quoi elle en demora lonch temps ens ou Chastiel Gaillard[2], en prison et à grant meschief, ançois que ses maris fust rois. Quant li royaumes li fu escheus[3], et il fu couronnés, li douze per de France ne vorrent nient, s'il peuissent, que li royaumes demorast sans hoir marle. Si quisent sens et avis par quoi[4] li rois Charles fust remariés, et le fu à le fille l'empereur Henri de Lussembourch et suer au gentil roy de Behagne, et par quoi li premiers mariages fust deffais et anullés de celle dame qui en prison estoit, et tout par le declaration dou pape, nostre Saint Père, qui adonc estoit[5]. De celle seconde dame de Lussembourch, qui estoit moult humle et moult preude femme, eut li rois un fil qui morut moult jones, et assés tost li mère après, à Ysodon en Berri[6]. Et morurent tout doi souspeçonneusement. De coi aucunes gens en furent encoupées en derrière couvertement[7]. Apriès, cilz rois Charles fu remariés tierce fois à le fille de son oncle de remariage, le fille de monsigneur Loeis, le conte d'Evrues, le royne

---

1. Blanche, seconde fille d'Otton IV, comte de Bourgogne, et de Mahaut d'Artois. **2.** Dont il reste des ruines aux Andelys (Eure). Elle y fut enfermée en 1314. **3.** « Quand il hérita du royaume ». **4.** « Alors ils cherchèrent une sage voie par laquelle ». **5.** Marie de Luxembourg, fille aînée de l'empereur Henri VII et de Marguerite de Brabant. Le pape Jean XXII annula le mariage du roi avec Blanche le 19 mai 1322, et Charles le Bel épousa Marie le 21 septembre suivant. **6.** Marie mourut à Issoudun dans le courant du mois de mars 1324. **7.** « Accusées secrètement et allusivement ».

Avènement de Philippe VI

Jehenne, et sereur au roi de Navare qui adonc estoit[1]. Puissedi, avint que celle dame fu enchainte. Et li dis rois, ses maris, s'acouça malades au lit de le mort. Quant il perchut que morir le convenoit, il devisa que, s'il avenoit que li royne se acouçast d'un fil, il voloit que messires Phelippes de Valois, ses cousins germains, en fust mainbours et regens de tout son royaume, jusques adonc que ses filz seroit en eage d'estre rois ; et, s'il avenoit que ce fust une fille, que li douze per et li hault baron de France euissent conseil et avis entre yaus de l'ordonner, et donnaissent le royaume à celi qui avoir le deveroit par droit. Sur chou, li rois Charles ala morir environ Paskes, l'an de grasce Nostre Signeur mil trois cens vingt et huit[2].

Ne demora mies grammant après, que la royne Jehenne acouça d'une fille, de quoi li plus del royaume en furent durement tourblé et courouciet[3]. Quant li douze per et hault baron de France sceurent çou, il se assamblèrent à Paris au plus tost qu'il peurent, et donnèrent le royaume, de commun acord, à monsigneur Phelippe de Valois, filz jadis au conte de Valois, et en ostèrent le royne d'Engleterre et le roy son fil, qui estoit demorée soer germainne au roy Charle daarrainement trespasset, par le raison de che qu'il dient que li royaumes de France est de si grant noblèce qu'il ne doit mies par succession aler à fumelle, ne par consequense à fil de fumelle, ensi que vous avés oy chà devant, au commencement de ce livre. Et fisent celi monsigneur Phelippe couronner à Rains l'an de grasce mil trois cens vingt et huit, le jour de le Trinité[4]. Dont, puissedi, grant guerre et grant desolation avint au royaume de France en pluiseurs pars, si com vous porés oïr en ceste hystore.

Assés tost après çou que cilz rois Phelippes fu cou-

---

1. Charles IV épousa Jeanne, fille de Louis de France, comte d'Évreux, le 5 juillet 1324. 2. Charles le Bel mourut à Vincennes le 1er février 1328. 3. La reine Jeanne accoucha le 1er avril 1328 d'une fille, Blanche, qui épousa Philippe, duc d'Orléans, fils de Philippe VI de Valois. 4. Le 29 mai 1328.

ronnés à Rains, il semonst ses princes, ses barons et toutes ses gens d'armes, et ala atout son pooir logier en le vallée de Cassiel, pour guerriier les Flamens, qui estoient rebelle à leur signeur, et meismement ciaus de Bruges, chiaus d'Ippre, et chiaus dou Franch. Et ne voloient obeir au conte de Flandres[1], leur dit signeur, mais l'avoient decaciet. Et ne pooit adonc nulle part demorer en son pays, fors tant seulement à Gand, et encores assés escarsement. Si desconfi adonc li rois Phelippes bien seize mille hommes flamens, qui avoient fait un chapitainne qui se nommoit Colins Dennekins, hardi homme et outrageus durement. Et avoient li dessus dit Flamench fait leur garnison de le ville de Cassiel, au commandement et as gages des villes de Flandres, pour garder ces frontières là endroit.

Et vous dirai comment cil Flamench furent desconfit, et fu par leur oultrage. Il se partirent un jour, sus l'eure dou souper, de Cassiel, en entente que pour desconfire le roy et toute sen host. Et s'en vinrent tout paisievlement, sans point de noise, ordonné en trois batailles, desquèles li une en ala droit as tentes le roy, et eurent près le roy souspris, qui seoit au souper, et toutes ses gens. Li aultre bataille s'en ala droit as tentes le roy de Behagne, et l'eurent près trouvet en tel point. Et la tierce bataille s'en ala droitement as tentes le conte de Haynau, et l'eurent ossi près souspris, et le hastèrent sique à grant painne peurent pas[2] ses gens estre armé, ne les gens monsigneur de Byaumont, son frère. Et vinrent ces trois batailles si paisievlement jusques as tentes, que à grant meschief furent li signeur armés, ne leurs gens assamblet. Et ewissent tout li signeur et leurs gens esté mort, se Diex ne les ewist, ensi que par droit miracle, secourut et aidiet. Mais, par le grasce de Dieu, cescuns des signeurs desconfi se bataille si entièrement, et tous à une heure et en un point, que onques de tous ces seize mille Flamens n'en

---

1. Louis Ier de Nevers, comte de Flandre (1322-1346).
2. « Ne purent ».

escapa mil, et fu leur chapitainne mors. Et si ne seut onques nulz de ces signeurs nouvelle li uns de l'autre, jusques adonc qu'il eurent tout fait. Et onques des quinze mille Flamens, qui mors y demorèrent, n'en recula uns seuls, que tout ne fuissent mort et tuet en trois monchiaus l'un sus l'autre, sans issir de le place là où cescune bataille commença, qui fu l'an de grasce mil trois cens vingt et huit, le jour saint Bietremieu[1].

Adonc, après ceste desconfiture, vinrent li François à Cassiel, et y misent les banières de France. Et se rendi li ville au roy, et puis Popringe[2], et puis Ippre et tout cil de le chastelerie de Berges, et cil de Bruges ensiewant. Et rechurent le conte Loeis, leur signeur, adonc amiablement et paisievlement, et li jurèrent foy et loyauté à tenir à tous jours mès.

Quant li rois Phelippes de France eut remis le conte de Flandres en son pays, et que tout li eurent juré feaulté et hommage, il departi ses gens, et retourna cescuns en son lieu ; et il meismement s'en vint en France et sejourner à Paris ou là environ. Si fu durement prisiés et honnourés de celle emprise qu'il avoit fait sus les Flamens, et dou service ossi au conte Loeis son cousin. Si demora en grant prosperité et en grant honneur, et acrut grandement l'estat royal ; et n'i avoit onques mès eu en France si com on disoit, roy qui ewist tenu l'estat parel au roy Phelippe. Et faisoit faire tournois, joustes, festes et esbatemens moult souvent et à grant plenté. Or nous tairons nous un petit de lui, et parlerons des aucunes des ordenances d'Engleterre et dou gouvrenement le roy.

§ 43. Li jones rois englès se gouvrena un grant tamps, si com vous avés oy chi dessus recorder, par le conseil de madame se mère, dou conte Aymon de Kent, son oncle, et de monsigneur Rogier de Mortemer. Au daarrain, envie commença à naistre entre le

---

1. Le 23 août 1328. **2.** Petite ville de la Flandre-Occidentale, entre Cassel et Ypres.

conte de Kent dessus dit, et le signeur de Mortemer.
Et monta puis li envie si haut que li sires de Mortemer
enfourma et enhorta tant le jone roy, par le consentement de madame se mère le royne, et li fisent entendant que li dis contes de Kent le voloit empuisonner et
le feroit morir temprement[1], s'il ne s'en gardoit, pour
avoir sen royaume, comme li plus proçains après lui,
par succession ; car li jones frères le roy, que on clamoit messire Jehan d'Eltem, estoit nouvellement trespassés. Li jones rois, qui creoit legierement che dont
on l'enfourmoit, ensi que jone signeur, telz a on souvent veus[2], croient legierement çou dont cil qui les
doient consillier les enfourment, et plus tost en mal
qu'en bien, fist, assés tost après chou, son dit oncle le
conte de Kent prendre, et le fist decoler publikement,
que onques il n'en peut venir à escusance. De quoi tout
cil dou pays, grans et petis, nobles et non nobles, en
furent durement tourblet et courroucié, et eurent puissedi durement contre coer le signeur de Mortemer. Et
bien pensoient que, par son conseil et pourcach[3] et par
fausse amise[4], avoit ensi esté menés et trettiés li gentilz
contes de Kent, cui il tenoient tout pour preudomme et
pour loyal. Ne onques après ce, li sires de Mortemer
ne fu tant amés, comme il avoit esté en devant.

Ne demora mies depuis gaires de temps que grant
fame issi hors[5] sus la mère dou roy d'Engleterre, ne
sai mies se voirs estoit, que elle estoit enchainte ; et en
encoupoit[6] on plus de ce fait le signeur de Mortemer
que nul aultre. Si commença durement chilz escandeles
à moutepliier, tant que li jones rois en fu enfourmés
souffissamment. Et avoech tout ce il fu enfourmés
souffissamment que, par fausse amise et par envie dou
signeur de Mortemer, faite plus par trahison que par
raison, il avoit fait mettre à mort son oncle le conte de
Kent, que tout cil dou pays tenoient et avoient toutdis
tenu pour preudomme et pour loyal. Dont, se li jones

---

1. « Bientôt ».   2. « On en a souvent vu de tels ».   3. « Instigation ».   4. « Inculpation ».   5. « Une grande rumeur s'éleva ».   6. « Accusait ».

Exécution du comte de Kent et de Mortimer   151

rois fu tristes et courouciés, ce ne fait mies à demander. Si fist tantost prendre le dit signeur de Mortemer, et le fist amener à Londres, par devant grant fuison des barons et des nobles de son royaume. Et fist conter par un sien chevalier tous les fais le signeur de Mortemer, ensi que escrire et registrer les avoit fais. Et quant il furent tout dit et conté, li dis rois d'Engleterre demanda à tous, par manière de conseil et de jugement, quel cose en estoit bon à faire. Li jugemens en fu assés tost rendus, car cescuns en estoit jà par fame[1] et par juste information tous avisés et infourmés. Si en respondirent au roy, et disent que il devoit morir en tel manière, comme messires Hues li Despensiers avoit fait et esté justiciés. À ce jugement n'eut nulle dilation[2] ne de merci. Si fu tantos trainés parmi la cité de Londres sus un bahut, et puis loiiés sus une eschielle en mi le place, et puis li vis copés atoutes les coulles et jettées en un feu qui là estoit. Et puis li fu li ventres ouvers et li coers trais hors, pour tant que il en avoit fait et pensé le trahison, et jettés ou dit feu, et ensi toute se coraille[3]. Et puis fu esquartelés, et envoiiés par quatre mestres cités en Engleterre, et la tieste demora à Londres. Ensi fina li dis messires Rogiers de Mortemer[4], Dieus li pardoinst tous ses fourfais[5] !

Tantos apriès ceste justice faite, li rois d'Engleterre, par le conseil de ses hommes, fist madame sa mère enfermer en un castiel[6], et li bailla dames et camberières et toutes gens assés, pour lui garder et servir et faire compagnie, chevaliers et escuiers d'onneur, ensi comme à si haute dame que elle estoit apertenoit. Et li assigna et delivra grant terre et belle revenue, pour lui souffissamment gouvrener[7], selonch son noble estat, tout le cours de se vie, et la ditte revenue au plus près de celi castiel que il peut par raison. Mais il ne vot

---

1. « Renommée ».   **2.** « Délai ».   **3.** « Entrailles ». **4.** L'exécution de Roger de Mortimer, seigneur de Wigmore, Ier comte de la Marche, eut lieu le 29 novembre 1330.   **5.** « Que Dieu lui pardonne ses crimes ! »   **6.** Castle Rising, comté de Norfolk près de Kings Lynn.   **7.** « Entretenir ».

mies souffirir ne consentir que elle alast hors, ne s'amonstrast[1] nulle part, fors en aucuns esbas qui estoient devant le porte dou chastiel, et qui respondoient à le maison[2]. Si usa la ditte dame là sa vie depuis assés bellement. Et le venoit veoir, deus ou trois fois l'an, li jones rois Edouwars, ses filz. Nous nos souferons à parler de la dame, et parlerons dou dit roy son fil, et comment il persevera en signourie.

§ 44. Apriès ce que cilz rois Edowars, qui estoit en son jone eage, eut fait faire ces deus grandes justices, si com vous avés oy chi dessus recorder, il prist nouvel conseil des plus sages et des mix creus de tout son royaume, et se gouvrena moult bellement, et maintint son royaume en pais, par le bon conseil que il avoit dalés lui[3].

Or avint que, environ un an apriès que li rois Phelippes de Valois eut esté couronnés à roy de France, et que tout li baron et li tenant dou dit royaume li eurent fait feaulté et hommage, excepté li jones rois Edowars d'Engleterre, qui encores n'estoit trais avant, et ossi il n'avoit point esté mandés ; se fu li rois de France consilliés et enfourmés que il mandast le dit roy d'Engleterre et venist faire hommage et feaulté, ensi comme il apertenoit. Adonc en furent priiet d'aler en Engleterre faire ce message et sommer le dit roy, li sires d'Aubegni[4] et li sires de Biausaut et doi clerch en droit, mestre en Parlement à Paris, que on appelloit pour ce temps mestre Symons d'Orliens et mestres Pières de Maisières[5]. Chil quatre, au commandement et ordenance dou roy, se partirent de Paris bien estof-

---

1. « Se laissât voir ». 2. « Sauf pour quelques divertissements qui, donnés à la porte du château, étaient dirigés sur l'intérieur ». 3. « À ses côtés ». 4. Voir KL, XX, 194-5 (*Aubigny*).
5. On ne connaît ces quatre hommes dans le service du roi que par Froissart. Cependant, un sire d'Aubegni et un sire de Biausaut se retrouvent ailleurs dans le Livre I : Rome, CIV, 41 ; XIX, 99-100 ; Amiens I, 267, 294, 302 ; II, 86, 224, 226, 357. Sont-ce les mêmes ?

feement, et cheminèrent tant par leurs journées qu'il vinrent a Wisan[1]. Là montèrent il en mer, et furent tantost oultre, et arrivèrent à Douvres, et sejournèrent là un jour, pour attendre leurs chevaus et leur harnas que on mist hors des vaissiaus. Quant il furent tout prest, il montèrent sus et esploitièrent tant par leurs journées qu'il vinrent à Windesore, où li rois d'Engleterre et la jone royne sa femme se tenoient. Li quatre dessus nommet fisent à savoir au roy pour quoi il estoient là venu, et ossi de qui il se rendoient. Li rois d'Engleterre, pour l'onneur dou roy de France, son cousin, les fist venir avant et les reçut moult honnourablement et ossi fist madame la royne sa femme, ensi que bien le savoient faire. En après, il comptèrent leur message ; il furent volentiers oy. Et en respondi li rois adonc que il n'avoit mies son conseil dalés lui, mais il le manderoit ; si se retraisent en le cité de Londres ; et là il en seroient respondu telement que bien deveroit souffrire. Sus ceste parolle, quant il eurent disné en le cambre dou dit roy et de la royne moult aise, il s'en partirent et vinrent ce soir jesir à Colebruch[2], et lendemain à Londres.

Ne demora mies gramment depuis que li rois d'Engleterre vint à Londres, en son palais de Wesmoustier[3]. Et là eut il, sus un jour qu'il y ordonna, son conseil assamblé, present qui[4] li messagier dou roy Phelippe de France furent appelé. Et là remonstrèrent il pour quoi il estoient là venu, et les lettres qui leur avoient esté baillies dou roy leur signeur. Quant il eurent parlé bien et à point, il vuidièrent hors de le cambre, et lors demanda li dis rois à avoir conseil sus ceste requeste. Il me samble que li rois fu adonc si consilliés de respondre que voirement, par l'ordenance et seelé[5] de ses predicesseurs, rois d'Engleterre et dus d'Acquitainnes, il en devoit foy, hommage et loyauté faire au roy de

---

1. Wissant (Pas-de-Calais). 2. Colebrook Row, rue du quartier actuel d'Islington à Londres, conserve peut-être le souvenir de cette localité (SHF, I, clviii). 3. Westminster. 4. « En la présence duquel ». 5. « Sceau ».

France, ne del contraire on ne l'oseroit ne vorroit point consillier. Chilz pourpos et consaulz furent arresté, et li messagier de France appellé. Si vinrent en le chambre de rechief de conseil. Là parla li evesques de Londres pour le roy et dist : « Signeur, qui ci estes envoiiés de par le roy de France, vous estes li bien venu. Nous avons oy vos parolles et leues vos lettres et bien examinées à no pooir et consillies. Si vous disons que nous consillons monsigneur qui ci est, qu'il voist[1] en France veoir le dit roy, son cousin, qui moult amiablement le mande, et dou sourplus, de foy et d'ommage il s'acquitte et face son devoir, car voirement y est il tenus. Si vous retrairés en France, et dirés ensi au roy vostre signeur que nos sires li rois d'Engleterre passera par de là temprement, et fera tout ce qu'il doit faire sans nul estri. »

Ceste response plaisi grandement bien as dessus dis messagiers de France, et prisent congiet au roy et à tout son conseil ; mais ançois il leur convint disner ens ou palais de Wesmoustier. Et les festia là li dis rois moult grandement, et leur donna au departir, pour l'onneur et amour dou roy de France, son cousin, grans dons et biaus jeuiaus. Depuis ce fait, il ne sejournèrent gaires de temps à Londres et s'en partirent. Et esploitièrent tant par leurs journées qu'il revinrent en France, et droitement à Paris, où il trouvèrent le dit roy Phelippe, à qui il comptèrent toutes leurs nouvelles, et comment il avoient esploitié, et en quel estat il estoient parti dou dit roy d'Engleterre, et ossi com grandement et honnourablement il les avoit receus, et, à leur departement et congiet prendre, donné de ses biens. De toutes ces coses et esplois se contenta grandement li rois Phelippes, et dist que moult volentiers il veroit le roy Edouwart d'Engleterre, son cousin, car onques ne l'avoit veu.

Ces nouvelles s'espardirent parmi le royaume de France, que li rois d'Engleterre devoit venir en France,

---
1. « Qu'il aille ».

et faire hommage au dit roy. Si se ordonnèrent et apparillièrent moult richement et très poissamment duch et conte de son sanch, qui le desiroient à veoir. Et proprement li rois de France en escrisi au roy Charle de Behagne, son cousin[1], et au roy Loeis de Navare[2], et leur segnefia le certain jour que li rois d'Engleterre devoit estre devers lui, et leur pria que il y vosissent estre. Cil doi roy, ou cas que priiet en estoient, ne l'euissent jamais lassiet, et se ordonnèrent au plus tost qu'il peurent, et vinrent en France en grant arroy devers le roy. Li rois de France fu adonc consilliés que il recueilleroit le dit roy d'Engleterre, son cousin, en le bonne cité de Amiens. Si fist là faire ses pourveances grandes et grosses, et aministrer[3] salles, cambres, hostelz et maisons pour recevoir lui et toutes ses gens, où il se comptoit, parmi le roy de Behagne et le roy de Navare qui estoient de se delivrance, et le duch de Bretagne[4], le duch de Bourgongne[5], le duch de Bourbon[6], à plus de trois mille chevaus, et li rois d'Engleterre, qui y devoit venir à sis cens chevaus. Il avoit adonc à Amiens, et a encores bien, cité pour rechevoir aisiement otant de princes et leurs gens et plus assés. Or parlerons dou roy d'Engleterre, qui passa le mer, et vint en celle anée, l'an mil trois cens vingt neuf, environ le mi aoust, en France[7].

§ 45. Li jones rois d'Engleterre ne mist mies en oubli le voiage que il devoit faire ens ou royaume de

---

1. Jean (et non pas Charles) de Luxembourg, roi de Bohême en 1310, dit l'Aveugle, fils de l'empereur Henri VII. Sa sœur aînée, Marie de Luxembourg, épousa Charles IV le 21 septembre 1322. Froissart le confond peut-être avec son fils Charles. **2.** Philippe (et non pas Louis) III, comte d'Évreux, mari de Jeanne de France, fille unique de Louis X et de Marguerite de Bourgogne ; père de Charles le Mauvais. **3.** « Fournir ». **4.** Jean III, duc de Bretagne, comte de Richemont, mort à Caen, le 30 avril 1341. **5.** Eudes IV, duc de Bourgogne (1315-1350). **6.** Louis Ier, dit le Grand, duc (depuis 1327) de Bourbon, fils de Robert de France, comte de Clermont, et de Béatrice de Bourbon, mort le 10 février 1342. **7.** Édouard III s'embarqua à Douvres le 26 mai 1329.

France, et se appareilla bien et faiticement, et si souffissamment que à lui apertenoit et à son estat ; si se parti d'Engleterre, quant jours fu dou departir. En se compagnie avoit deus evesques, cesti de Londres[1] et cesti de Lincolle[2], et quatre contes, monsigneur Henri conte Derbi[3], son cousin germain, fil monsigneur Thumas de Lancastre au Tors Col, le conte de Sallebrin[4], le conte de Warwich[5], le conte de Herfort[6] ; sis barons, monsigneur Renault de Gobehem[7], monsigneur Thumas Wage, mareschal d'Engleterre, monsigneur Richart de Stanfort[8], le signeur de Persi[9], le signeur de Mauné[10] et le signeur de Montbray, et plus de quarante aultres chevaliers. Si estoient en le route et à le delivrance dou roy d'Engleterre plus de mille chevaus, et misent deus jours à passer entre Douvres et Wissan. Quant il furent tout oultre, et leurs chevaus trais hors des nés et des vaissiaus, li rois monta acompagniés, ensi que je vous ay dit, et chevauça tant que il vint à Boulongne, et là fu il un jour.

Tantos nouvelles vinrent au roy Pheliippe de France, et as signeurs de France, qui jà estoient à Amiens, que li rois d'Engleterre estoit arrivés et venus à Boulongne. De ces nouvelles eut li rois Phelippes grant joie, et envoia tantos son connestable et grant fuison de chevaliers devers le roy d'Engleterre, lequel il trouvèrent à

---

1. Étienne Gravesend, évêque de Londres (1319-1338†).
2. Henri de Burghersh, évêque de Lincoln : évêque (1320-1340†) ; également trésorier, chancelier et grand diplomate d'Édouard III.
3. Henri duc de Lancastre, comte de Derby (c.1299-1361), grand compagnon d'armes d'Édouard III.   4. Guillaume de Montagu, comte de Salisbury (c. 1302-1344).   5. Thomas Beauchamp, comte de Warwick (1329-1369).   6. Jean de Bohun, fils d'Humphrey de Bohun et d'Élisabeth d'Angleterre, fille d'Édouard Ier. Mort sans enfants le 30 janvier 1336.   7. Renaud de Cobham. Déjà, le 22 août 1328, il avait été chargé par Édouard III de négocier avec Jean III de Brabant un traité d'alliance offensive et défensive ; mort le 5 octobre 1361.   8. Richard Stafford, conseiller d'Édouard III ; sénéchal de Gascogne en 1361.   9. Henri de Percy, gardien des marches d'Écosse ; mort le 26 février 1351.   10. Nous ne connaissons pas ce seigneur de *Mauné* en dehors de ce texte. Voir KL, XXII, 209-210.

Monstruel sus Mer[1] ; et là eut grans recognissances et approcemens d'amour. Depuis chevauça li jones rois d'Engleterre en le compagnie del connestable de France ; et fist tant o toute se route que il vint en le cité d'Amiens, où li rois Phelippes estoit tous appareilliés et pourveus de lui rechevoir, le roy de Behagne, le roy de Navare et le roy de Mayogres[2] dalés lui, et si grant fuison de dus, de contes et de barons que merveilles seroit à recorder. Car, là estoient tout li douze per de France venu, pour le roy d'Engleterre festoiier, et ossi pour estre personelment, et faire tesmoing à son hommage. Se li rois Phelippes reçut honnourablement et grandement le jone roy d'Engleterre, son cousin, ce ne fait mies à demander ; et ossi fisent tout li roy, li duc et li conte qui là estoient. Et furent tout cil signeur adonc, en le cité d'Amiens, jusques à quinze jours.

Là en dedens eut ça mainte parolle et ordenance faite et devisée. Et me samble que li rois Edouwars d'Engleterre fist adonc hommage, de bouce et de parolle tant seulement, sans les mains mettre entre les mains dou roy de France, ou prince ou prelat deputé de par lui[3]. Et n'en volt adonc li dis rois d'Engleterre, par le conseil qu'il eut, dou dit hommage proceder plus avant, si seroit retournés en Engleterre et aroit veus, leus et examinés les previlèges de jadis, qui devoient esclarcir le dit hommage, et monstrer comment et de quoi li rois d'Engleterre devoit estre homs au roy de France. Li rois de France, qui veoit le roy d'Engleterre son cousin jone, entendi bien toutes ces parolles, et ne le volt adonc de riens presser, car bien savoit assés que bien y recouveroit, quant il vorroit, et li dist : « Mon cousin, nous ne vous volons pas decevoir, et nous plaist bien ce que vous en avés fait à present, jusques à tant que vous serés en vostre pays et enfourmés, par

---

[1]. Montreuil-sur-Mer (Pas-de-Calais ; 62170). [2]. Jacques II, roi de Majorque. En 1349, il vendit à la France la seigneurie de Montpellier ; il mourut au mois d'octobre de la même année. [3]. Édouard III rendit hommage à Philippe VI à Amiens, le 6 juin 1329.

les seelés de vostres predicesseurs, quel cose vous en devés faire. » Li rois d'Engleterre respondi : « Chiers sires, grans merchis. »

Depuis se jeua, esbati et demora li rois d'Engleterre avoecques le roy de France, en le cité d'Amiens. Et quant tant y eut esté que bien deubt par raison souffire, il prist congiet et se departi dou roy moult amiablement, et de tous les aultres princes qui là estoient, et se mist au retour pour revenir en Engleterre. Et rapassa le mer, et fist tant par ses journées qu'il vint à Windesore, là où il trouva la royne Phelippe sa femme qui le rechut liement, et qui li demanda nouvelles dou roy Phelippe, son oncle, et de son grant linage de France. Li rois, ses maris, l'en recorda assés et dou grant estat qu'il avoit trouvet, et comment on l'avoit recueilliet et festiiet grandement, et des honneurs qui estoient en France, asquèles dou faire ne de l'entreprendre à faire, nulz aultres pays ne s'apertient[1].

§ 46. Ne demora gaires de temps, puissedi, que li rois de France envoia en Engleterre, de son plus especial conseil, l'evesque de Chartres[2] et l'evesque de Biauvais[3], et ossi monsigneur Loeis de Clermont, duch de Bourbon, le conte de Harcourt[4] et le conte de Tankarville[5], et des aultres chevaliers et clers en droit, pour estre as consaulz le roy d'Engleterre, qui se tenoient à Londres sus l'estat que vous avés oy, ensi que li rois d'Engleterre, lui revenut en son pays, devoit regarder comment anchiennement si predicesseur, de ce qu'il tenoient en Aquitainnes et dont il s'estoient appellé duch, en avoient fait hommage. Car jà murmu-

---

[1]. « Et comment on l'avait grandement accueilli et fêté, et lui fit le récit des civilités de la France telles que nul autre pays ne saurait même les envisager ». [2]. Pierre de Chappes, nommé cardinal en 1327 ; évêque de Chartres de 1326 à 1336. [3]. Jean Ier, frère du célèbre Enguerrand de Marigny, fut évêque de Beauvais de 1313 à 1347, année où il fut promu à l'archevêché de Rouen. [4]. Jean IV, comte, seulement depuis 1339, de Harcourt, fut tué à la bataille de Crécy. [5]. Jean de Melun ne devint comte de Tancarville qu'en 1352.

roient li pluiseur en Engleterre que leurs sires estoit plus proçains de l'iretage de France que li rois Phelippes. Nequedent, li rois d'Engleterre et ses consaulz ignoroient de toutes ces coses. Mais grant parlement et assamblées sus le dit hommage furent en celle saison, en Engleterre. Et y sejournèrent li dessus dit envoiiet dou roy de France, tout l'iver, et jusques à l'issue dou mois de may ensievant, qu'il ne pooient avoir nulle diffinitive response. Toutesfois, finablement, li rois d'Engleterre, par l'avis de ses privilèges asquels il ajoustoit grant foy, fu consilliés de escrire ensi lettres pattentes, seelées de son grant seel, en recognissant l'ommage tel qu'il le doit et devoit adonc faire au roi de France ; laquèle teneur de la lettre s'ensieut ensi :

§ 47. « Edouwars, par la grasce de Dieu roys d'Engleterre, signeur d'Irlande et dux d'Aquitainnes, à tous ceulz qui ces presentes lettres veront et oront, salut. Savoir faisons, comme nous feissons à Amiens hommage à excellent prince nostre chier signeur et cousin Phelippe roy de France, lors nous fu dit et requis de par lui que nous recognissions le dit hommage estre lige, et que nous, en faisant le dit hommage, li promissions expressement foy et loyauté porter, laquèle cose nous ne fesimes pas lors, pour ce que nous estions enfourmés que point ne se devoit ensi faire. Et fesimes lors au dit roy de France hommage par parolles generales, en disant que nous entrions en son hommage, par ensi comme nostre predicesseur, dux de Giane[1], estoient de jadis entrés en l'ommage des rois de France, qui avoient esté pour le temps. Et, depuis enchà nous soions bien enfourmés et acertenés de la verité[2], recognissons, par ces presentes lettres, que le dit hommage que nous fesimes à Amiens au roy de France, comment que nous le fesimes par parolles generales, fu, est et doit iestre entendu lige, et que nous li devons foy et loyauté porter, comme dux de

---

1. Guyenne. 2. « Et depuis ce temps-là, maintenant que nous sommes bien informés et assurés de la vérité... »

Aquitainne et pers de France, et contes de Pontieu et de Monstruel[1]. Et li prommetons dès or en avant foy et loyauté porter.

Et pour ce que ou temps à venir de ce ne soit jamais descors ne question à faire le dit hommage, nous prommetons en bonne foy, pour nous et nos successeurs, dus de Giane, qui seront pour le temps, le dit hommage se fera en ceste manière. Li rois d'Engleterre, dux de Gyane, tenra ses mains entre les mains dou roy de France. Et cilz qui adrecera les parolles au roy d'Engleterre, dux d'Aquitainne, et qui parlera pour le roy de France, dira ensi : « Vous devenés homme lige au roy de France, mon signeur, qui ci est, comme dus de Gyane et pers de France, et li prommetés foy et loyauté porter. Dittes : *voire*. » Et li rois d'Engleterre, duch de Giane, et si successeur diront : *voire*. Et lors li rois de France recevera le dit roy d'Engleterre et duch de Gyane au dit hommage lige, à la foy et à la bouce, sauf son droit et l'autrui. De rechief, quant le dit roy et duch entera en l'ommage dou roy de France, et de ses successeurs rois de France, pour la conté de Pontieu et de Monstruel, il mettera ses mains entre les mains dou roy de France. Et cils qui parlera pour le roy de France, adrecera ses parolles au dit roy et duc, dira ensi : « Vous devenés homme lige au roy de France, mon signeur, qui ci est, comme contes de Pontieu et de Monstruel, et li prommetés foy et loyauté porter. Dittes : *voire*. » Et le dit roy et duc, conte de Pontieu, dira : *voire*. Et lors li dis rois de France recevera le dit roy et conte au dit hommage lige, à la foy et à la bouche, sauf son droit et l'autrui.

Et ossi sera fait et renouvelé, toutes fois que l'ommage se fera. Et de ce baillerons nous et nos successeurs, dux de Giane, fais les dis hommages, lettres patentes seelées de nostres grans seaulz, se le roi de France le requirt. Et avoech ce nous prommetons tenir et garder affectuelment les pais et acors fais entre les

---

1. Montreuil-sur-Mer.

rois de France et dus de Giane. Et en ceste manière sera fait, et seront renouvelées les dittes lettres par les dis rois et dus et leurs successeurs, dux de Giane et contes de Pontieu et de Monstruel, toutes les fois que le roi d'Engleterre, dus de Giane, et ses successeurs, dux de Giane et contes de Pontieu et de Monstruel, qui seront pour le temps, enteront en l'ommage dou roy de France, et de ses successeurs, rois de France. En tiesmoing desquèles coses, à cestes nos avons fait mettre nostre grant seel. Données à Eltem, le trentisme jour de marc mil trois cens et trente. »

Ces lettres raportèrent en France li dessus nommet signeur, quant il se departirent d'Engleterre, et il eurent le congiet dou roy ; et les baillièrent au roy de France, qui tantost les fist porter à se cancelerie, et mettre en garde, avoec ses plus especiaulz coses, à le cautèle dou temps à venir. Nous nos soufferons à parler dou roy d'Engleterre un petit, et parlerons d'aucunes aventures qui avinrent en France.

§ 48. Li homs del monde, qui plus aida le roy Phelippe à parvenir à le couronne de France, ce fu messires Robers d'Artois, qui estoit li uns des plus haus barons de France, le mieus linagiés et estrais des royaus[1]. Et avoit à femme la sereur germainne dou dit roy Phelippe[2]. Et avoit toutdis esté ses plus especiaulz compains et amis en tous estas. Et fu, bien l'espasse de trois ans, que en France estoit tout fait par lui, et sans lui n'estoit riens fait[3]. Apriès, avint que li rois Phelippes emprist et

---

1. Robert III d'Artois était l'arrière petit-fils de Robert I*er*, comte d'Artois et frère de Saint Louis. 2. Robert III épousa Jeanne de Valois, comtesse de Beaumont (*c.* 1304-1363), fille de Charles de Valois et de sa seconde épouse, Catherine de Courtenay. Jeanne était donc la demi-sœur de Philippe VI de Valois. Robert eut trois fils de ce mariage. 3. Robert III gouverne le royaume jusqu'en 1330. Cependant il n'a pas la célébrité d'un Enguerrand de Marigny sous Philippe IV. « Philippe VI ne s'est jamais confié à un favori tout puissant, n'a jamais abandonné son pouvoir à un ministre absolu » (Raymond Cazelles, *La Société politique et la crise de la royauté sous Philippe de Valois*, Paris 1958, p. 425).

acqueilla ce monsigneur Robert d'Artois en si grant hayne en l'ocquison d'un plait[1] qui esmeus estoit devant lui, dont la conté d'Artois estoit cause, que li dis messires Robers voloit avoir gaagnié, par le vertu d'une lettre que messires Robers mist avant, qui n'estoit mies bien vraie, si com on disoit, que, se li dis rois l'euist tenu en son aïr[2], il l'euist fait morir sans nul remède. Et comment que li dis messires Robers fust li plus proçains de linage et d'amour à tous les haus barons de France, et serourges[3] au dit roy, se li convint il vuidier France, et venir à Namur dalés le jone conte Jehan, son neveu, et ses frères, qui estoient enfant de sa sereur[4]. Quant il fu partis de France, et li rois vei que il ne le poroit tenir, pour miex monstrer que la besongne li touchoit, il fist prendre sa suer, qui estoit femme au dit monsigneur Robert et ses deus filz, ses neveus Jehan et Charle ; si les fist mettre en prison bien estroitement, et jura que jamais n'en isteroient, tant qu'il viveroit. Et bien tint ce sierement, car onques de puis, pour personne qui en parlast, il n'en vuidièrent, dont il en fu depuis moult blasmés en derrière[5].

Quant li dis rois de France sceut de certain et fu enfourmés que messires Robers d'Artois estoit arrestés à Namur dalés ses sereurs et ses neveus, il en fu moult courouciés. Et envoia caudement devers l'evesque Aoulz de Liège[6], en priant qu'il deffiast et guerriast le

---

1. « Prit et nourrit une si grande haine contre le dit seigneur Robert, à cause d'un procès ». 2. « Colère ». Les documents produits par Robert III, et que Jeanne de Divion l'a aidé à fabriquer pour prouver son droit à la succession de l'Artois, sont très vite reconnus faux devant le Parlement (décembre 1330). 3. « Beaufrère ». 4. Robert III s'enfuit de France en automne 1331 ; il se réfugie d'abord auprès de Jean III, duc de Brabant ; vers la fin de 1333 il s'installe en secret dans le château de son neveu, Jean II, comte de Namur. Jean est le fils de Marie d'Artois, sœur de Robert III et le frère de Robert de Namur, patron de Froissart. 5. En 1334, Jeanne de Valois, femme de Robert III et ses trois fils, Jean, Charles et Louis, sont arrêtés et emprisonnés. Lorsque Jean de Normandie succède au trône, il libère et comble de faveurs les fils de l'exilé. 6. Adolphe de la Marck, évêque de Liège (1313-43).

conte de Namur, se il ne mettoit huers de son pays monsigneur Robert d'Artois. Cilz evesques, qui moult amoit le roy de France, et qui petit amiroit ses vosins, manda au jone conte de Namur que il mesist ensus de lui son oncle, monsigneur Robert d'Artois ; aultrement il li feroit guerre. Li contes de Namur fu si consilliés que il mist hors de sa terre son oncle. Ce fu moult à envis[1], mais faire li convenoit ou pis attendre.

Quant messires Robers d'Artois se vei en ce parti, si fu moult angousseus de coer, et se avisa que il iroit en Braibant, pour tant que li dus, ses cousins, estoit si poissans que bien le soustenroit. Si vint devers le duch, son cousin, qui le reçut moult liement, et le reconforta de ses destourbiers. Li rois le sceut, si envoia tantost messages au dit duch, et li manda que, se il soustenoit ou souffroit à demorer ne à repairier en sa terre monsigneur Robert d'Artois[2], il n'aroit pieur ennemit de lui, et le greveroit et porteroit damage en toutes les guises qu'il poroit. Li dus ne le volt ou n'osa plus soustenir ouvertement en son pooir, pour doubtance que de avoir et acquerre le hayne dou dit roy de France. Ains l'envoia couvertement tenir en Argentoel[3], jusques à tant que on verroit comment li rois s'en maintenroit.

Li rois le sceut, qui par tout avoit ses espies ; s'en eut grant despit. Si pourcaça tant, en moult brief temps, que li rois de Behagne, qui estoit cousins germains au dit duc, li evesques de Liège, li arcevesques de Coulongne[4], li dus de Guerles, li marchis de Jullers[5], li contes de Bar, li contes de Los, li sires de Faukemont[6], et pluiseurs aultre signeur furent tout alloiiet contre le dit

---

1. « Ce fut fort contre son gré ».   2. Le texte invertit l'ordre des événements : Robert d'Artois se réfugia d'abord à Bruxelles, en 1331, auprès du duc de Brabant, Jean (1295-1355) ; ce ne fut que l'année suivante qu'il prit refuge chez son neveu Jean de Namur.   3. Probablement Argenteau-sur-Meuse, au nord de Liège.   4. Waleran de Juliers monta sur le siège archiépiscopal de Cologne le 27 janvier 1332 et mourut le 14 août 1349.   5. Le comte Guillaume de Juliers devint marquis seulement en 1336.
6. Faukemont est la traduction de *Valkenburg*, localité située près de Maestricht (Pays-Bas).

duch, et le deffiièrent tout, au pourcach et requeste del dessus dit roy[1]. Et entrèrent tantost en son pays parmi Hesbaing, et en alèrent droit à Hanut[2]. Et ardirent à leur volenté par deus fois, demorant ens ou pays, tant que bon leur sambla. Et envoia avoech yaus li dis rois le conte d'Eu, son connestable, à tout grant compagnie de gens d'armes, pour miex monstrer que la besongne estoit sienne, et faite à son pourcach, et tout ardant son pays.

Si en convint le conte Guillaume de Haynau ensonniier ; et envoia madame sa femme, sereur au roy Phelippe, et le signeur de Byaumont, son frère, en France, par devers le dit roy, pour impetrer une souffrance et une triewe de lui, d'une part, et dou duch de Braibant, d'autre part. Trop à envis et à dur y descendi le roy de France ; tant avoit il pris la cose en grant despit. Toutesfois, à le priière dou conte de Haynau, son serourge, li rois s'umelia et donna et acorda triewes au duch de Braibant, parmi tant que li dus se mist dou tout en l'ordenance dou propre roy de France[3] et de son conseil, de tout ce qu'il avoit à faire au roy et à cascun de ces signeurs qui deffiiet l'avoient. Et devoit mettre, dedens un certain jour, qui nommés y estoit, monsigneur Robert d'Artois hors de sa terre et de son pooir, si com il fist moult à envis ; mais faire li convint, ou autrement il euist eu trop forte guerre de tous costés, si com il estoit apparans : siques, entrues que cil toueillement[4] et ces besongnes se portoient[5], ensi que vous oés recorder, li rois englès eut nouvel conseil de guerriier le roy d'Escoce, son serourge, je vous dirai à quel title.

---

1. Au mois de mai 1332, Philippe de Valois conclut un traité d'alliance avec l'archevêque de Cologne et les comtes de Gueldre (Renaud II, dit le Roux, 1313-1343) et de Juliers (Guillaume V) contre le duc de Brabant et Robert d'Artois (KL, XVIII, 22-25).   **2.** Ville près de Liège.   **3.** « Pourvu que le duc se mît entièrement sous l'autorité personnelle du roi de France. »   **4.** « Agitation », « confusion ».   **5.** « Se déroulaient ».

§ 49. Vous avés bien oy recorder chi dessus de le guerre le roy Robert d'Escoce et dou roy d'Engleterre, et comment unes triewes furent prises à durer trois ans, là en dedens cilz rois Robers morut ; en apriès, dou mariage qui fu fais de la serour au roi englès et dou fil ce roy Robert, qui fu rois d'Escoce apriès le mort de son père, et le clamoit on le roy David. Le temps que ces triewes durèrent, et encores un an depuis ou environ, furent li Englès et li Escot bien à pais, che que on n'avoit point veu en devant, passet avoit deus cens ans, qu'il ne se fuissent guerriiet et heriiet[1].

Or, avint que li jones rois d'Engleterre fu infourmès que li rois d'Escoce, ses serourges, estoit saisis de le bonne cité de Bervich, qui devoit estre de son royaume, et que li rois Edouwars, ses taions, l'avoit tousjours tenue paisevlement et francement, et ses pères apriès, un grant temps. Et fu infourmès que li royalmes d'Escoce mouvoit[2] en fief de lui, et que li jones rois d'Escoce, ses serourges, ne l'avoit encores relevet ne fait hommage. Il en ot indignation, et envoia assés tost apriès grans messages et souffissans au jone roy David, son serourge, et à son conseil. Et li fist requerre que il vosist oster se main[3] de le bonne cité de Bervich et lui resaisir, car c'estoit ses bons hiretages, et avoit tousjours esté ses ancisseurs rois d'Engleterre ; et qu'il venist à lui, pour faire hommage del royaulme d'Escoce, qu'il devoit tenir de lui en fief.

Li jones rois David se consilla à ses barons et à chiaus de son pays, par grant deliberation de conseil. Et quant il fu assés consilliés sour ces requestes, il respondi as messages et dist : « Signeur, jou et tout mi baron nous mervillons durement de ce que vous nous requerés, de par le roy nostre serourge. Car nous ne trouvons mies à nos anciiens, ne ne tenons que li royaumes d'Escoce soit de riens subgès ne doit estre au roy d'Engleterre, ne par hommage, ne autrement.

---

1. « Tourmentés », « harcelés ». 2. « Relevait ». 3. « Et lui fit demander qu'il voulût ne plus tenir en sa main ».

Ne onques messires li rois, nos pères, de bonne memore, n'en volt faire hommage à ses ancisseurs, rois d'Engleterre, pour guerre que on l'en fesist[1]. Ossi, n'ai jou point conseil ne volenté dou faire. En apriès, nos pères, li rois Robers conquist la cité de Bervich, par droite guerre, sur le roy son père, et le obtint comme son bon hyretage, tout le cours de se vie. Et ossi le pense jou bien à tenir, et en ferai mon pooir. Si vous requier que vous voelliés priier au roi, cui sereur nous avons[2], qu'il nous voelle laissier en celle franchise que no devantrain[3] ont esté, et goïr[4] de ce que li rois, nos pères, conquist et maintint toute se vie paisievlement, et que encontre ce ne voelle croire nul mauvais conseil. Car, se uns aultres nous voloit faire tort, si nous deveroit il aidier à deffendre, pour l'amour de sa sereur cui nous avons à femme. » Li message respondirent : « Sire, nous avons bien entendu vostre response. Si le reporterons volentiers à nostre signeur le roy, en tel manière que dit l'avés. » Puis prisent congiet, et revinrent arrière à leur signeur, le roy d'Engleterre, et à son conseil. Si recordèrent toutes les parolles que li jones rois d'Escoce avoit respondu à leur requeste. Liquels rapors ne plaisi mies bien au roy Edowart, ne à son conseil. Ains fist mander à Londres, au jour de Parlement, tous les barons, chevaliers et consaulz des bonnes villes de son royalme, pour avoir sur ce conseil et meure deliberation.

Ce terme pendant, vint messires Robers d'Artois en Engleterre, à guise de marcheant, qui estoit decaciés[5] dou roy Phelippe de France, si com vous avés oy[6]. Et li avoit li dus de Braibant, ses cousins, conseilliet qu'il se traisist celle part, ou cas qu'il ne pooit nulle part demorer paisievlement en France, ne en l'Empire. Si le rechut li jones rois englès liement, et le retint volentiers dalés lui et de son conseil. Et li assena le conté

---

1. « Fît ».   2. « Dont nous avons la sœur (pour épouse) ».
3. « Ancêtres ».   4. « Jouir ».   5. « Chassé ».   6. Vers Pâques (27 mars 1334), Robert III s'enfuit, déguisé en marchand, à la cour d'Édouard III – où il est reçu avec honneur.

de Ricemont, qui avoit esté ses ancisseurs. Or me retrairai as dessus dis Parlemens, qui furent à Londres, sus l'estat dou royaume d'Escoce.

§ 50. Quant li jours de Parlement approça que li rois englès avoit establi, et tous li pays fu assamblés au mandement le roy à Londres, li rois leur fist demonstrer comment il avoit fait requerre au roy d'Escoce, son serourge, que il vosist oster se main de le cité de Bervich qu'il detenoit à tort, et qu'il vosist venir faire hommage à lui de son royalme d'Escoce, ensi qu'il devoit ; et comment li rois d'Escoce avoit respondu à ses messages. Si pria à tous que cescuns le volsist sour ce si consillier que sen honneur y fust gardée. Tout li baron, li chevalier, li consaulz des cités et des bonnes villes, et tous li communs pays se consillièrent sur çou et raportèrent leur conseil, tout d'un acord. Liquelz consaulz fu telz que il leur sambloit que li rois ne pooit plus porter par honneur les tors que li rois d'Escoce li faisoit. Ains[1] conseillièrent que il se pourveist si efforciement, qu'il peuist entrer ou royaume d'Escoce si poissamment, que il peuist ravoir la bonne cité de Bervic, et qu'il peuist si constraindre le roy d'Escoce qu'il fust tous joians, quant il poroit venir à son hommage et à satisfation. Et disent qu'il estoient tout desirant de aler avoech lui, à son commandement.

Li rois Edowars fu moult joians de celle response, car il veoit le bonne volenté de ses gens. Si les en regratia moult grandement, et leur pria que cescuns fust apparilliés selonch son estat, et fuissent à un jour, qui adonc fu nommés, droit à Noef Chastiel sur Thin, pour aler reconquerre les droitures[2] apertenans à son royaulme d'Engleterre. Cescuns se habandonna à celle requeste, et en rala en son lieu pour lui pourveir[3], selonch son estat. Et li rois se fist pourveir et apparillier si souffissamment que à tèle besongne apertient. Si

---

1. « Au contraire ». 2. Un impôt payé par le vassal à son seigneur. 3. « Pour faire ses préparatifs ».

envoia encores aultres messages à son dit serourge, pour lui souffissamment sommer, et apriès pour deffiier, se il n'estoit aultrement consilliés.

§ 51. Li jours qui denommés estoit approça ; et vint li rois Edouwars, à tout son host, au Noef Chastiel sour Thin. Si attendi par trois jours ses gens qui venoient en siewant l'ost. Au quart jour, il s'en parti et s'en ala à toute son host par devers Escoce, et passa la terre le signeur de Persi[1] et cesti de Noefville[2], qui sont doi grant baron de Northombrelande, et marcissent[3] as Escos. Et ossi font li sires de Ros[4], li sires de Lusi[5] et li sires de Montbrai. Si se traist li rois englès, et toute son host, par devers le cité de Bervich. Car li rois d'Escoce n'avoit volut responre aultrement as secons messages qu'il avoit fait as premiers, si qu'il estoit souffissamment sommés et deffiiés.

Tant esploita li rois englès, atoute son grant host, qu'il entra en Escoce, et passa le rivière qui depart Escoce et Engleterre ; et n'eut mies adonc conseil de lui arrester devant Bervich, mais de chevaucier avant et ardoir et exillier[6] le pays, si com ses taions[7] avait fait jadis. Si esploita tant en ceste cevaucie qu'il foula grandement toute le plainne Escoce, et ardi et exilla moult de villes fremées de fossés et de palis, et prist le fort chastiel de Haindebourch, et y mist gens et gardiens de par lui, et passa le seconde rivière d'Escoce desous Struvelin. Et coururent ses gens tout le pays de là environ, jusques à Saint-Jehanston[8], et jusques en Abredane[9]. Et ardirent et exillièrent le bonne ville de

---

1. Henry de Percy. Un des douze lords chargés en 1327 du gouvernement du jeune Édouard III. Mort le 26 février 1352. Les Percy étaient issus de Guillaume de Percy, l'un des compagnons de Guillaume le Conquérant.   **2.** Il s'agit de Raoul de Neville.   **3.** « Dont les terres confinent à l'Écosse ».   **4.** Guillaume Ros († 16 février 1343).   **5.** Antoine de Lucy. En 1334, il reçut la garde de la forteresse de Berwick († 1343).   **6.** « Ravager ».   **7.** « Grand-père », c'est-à-dire, Édouard Ier.   **8.** Saint-Johns-Stone (Perth), aujourd'hui St. Johnstone.   **9.** Aberdeen, ville et port au nord-est de l'Écosse.

Donfremelin, mais il ne fisent nul damage villain à l'abbeye, car li rois le deffendi. Et conquisent tout le pays jusques à Dondieu[1] et jusques à Dubretan[2], un très fort chastiel, sus le marce de le sauvage Escoce, où li rois estoit retrès et li royne d'Escoce, sa femme. Ne nulz n'aloit au devant des Englès, mais s'estoient mis et retret tout dedens les forès de Gedours[3], qui sont inhabitables pour chiaus qui ne cognoissent le pays. Et avoient là attrait tout le leur et mis à sauveté, et ne faisoient compte dou demorant.

Che n'estoit mies merveilles s'il estoient esbahi, et s'il fuioient devant les Englès. Car il n'avoient nul bon chapitainne ne sage guerrieur, si com il avoient eu dou temps passé. Premierement, li rois David, leurs sires, estoit jones en l'eage de quinze ou de seize ans, li contes de Moret encores plus jones, et uns damoisiaus qui s'appelloit Guillaumes de Douglas[4], neveus à celui qui estoit demorés en Espagne, de cel eage : siques li pays et li royaumes d'Escoce estoit tous despourveus de bon conseil, pour aler ne resister contre les Englès, qui adonc estoient si poissamment entré en Escoce. Pour quoi, toute li plainne Escoce fu courue, arse et gastée, et pluiseurs bons chastiaus pris et conquis, et que li rois englès retint pour lui. Et s'avisa que par chiaus[5] il guerrieroit le remanant, et constrainderoit ses ennemis dou leur meismes.

§ 52. Quant li rois englès eut esté et sejourné, couru et chevaucié le plainne Escoce, et arresté ou pays le terme de sis mois et de plus, et il vit que nulz ne venoit contre lui pour veer[6] sen emprise, il se retraist tout

---

1. Dundee, sur le Tay, au nord-est de Perth. 2. Dumbarton, ville et port d'Écosse. 3. Jedburgh. 4. Guillaume, premier comte de Douglas (*c.* 1327-1384), neveu de Jacques (« Guillaumes ») de Douglas, † en Espagne le 25 août 1330. Froissart avait séjourné en 1365 à son château de Dalkeith, à cinq lieues d'Édimbourg. Voir Froissart, *Le Joli Buisson de Jonece*, Droz, 1975, v. 365, et la note. 5. « Ceux-là » (les châteaux forts qu'il avait conquis). 6. « Contrecarrer », « interdire ».

bellement par devers Bervich. Mès, à son retour, il conquist et gaegna le chastiel de Dalquest[1], qui est de l'hiretage le conte de Douglas, et siet à cinq liewes de Haindebourch ; et y ordonna chastellain et bonnes gardes pour le garder. Et puis chevauça à petites journées, et fist tant qu'il s'en revint devant le bonne et le forte cité de Bervich, qui est à l'entrée d'Escoce, et à l'issue dou royaume de Northombrelande. Si le assega et environna li rois de tous poins, et dist que jamais n'en partiroit, si l'aroit à se volenté non[2], se li rois d'Escoce ne le venoit combatre et lever par force.

Si se tint là li rois un grant temps devant Bervich, ançois qu'il le peuist avoir, car la cité est durement forte, et bien fremée, et environnée d'un lés d'un brach de mer. Et se y avoit dedens bonnes gens en garnison de par le roy d'Escoce, pour le garder et deffendre et consillier les bourgois de le cité. Si vous di qu'il y eut par devant Bervich, le terme pendant que li rois englès y sist, maint assaut, maint hustin et mainte dure escarmuce et priès que tous les jours, et mainte apertise d'armes faite. Car, cil de dedens cuidoient toutdis estre aidié et conforté, mais nulz apparans n'en fu. Si en est verités que aucun preu chevalier et bacheler d'Escoce chevauçoient à le fois, et venoient par vesprées et par ajournemens resvillier l'ost as Englès, mais petit y faisoient. Car li hos le roy englès estoit si souffissamment bien gardée et escargetie[3], et par si bonne manière, et si grant avis, que li Escot n'i pooient entrer, fors à leur damage, et y perdoient souvent de leurs gens.

Quant cil de Bervich veirent que il ne seroient secouru ne conforté de nul costé, et ossi que li rois englès ne partiroit point de là s'en aroit eu se volenté[4], et que vivre leur amenrissoient[5], et leur estoient clos li pas de mer et de terre, par quoi nulz ne leur en pooit venir, si se commencièrent à aviser, et envoiièrent devers le roy englès trettier que il leur volsist donner

---

1. Dalkeith. 2. « Jusqu'à ce qu'il l'ait réduite à sa volonté ». 3. « Environnée de sentinelles ». 4. « Jusqu'à ce qu'il en ait fait sa volonté ». 5. « Diminuaient ».

et acorder une triewe, à durer un mois ; et se, dedens ce mois, li rois David leurs sires, ou aultres pour lui, ne venoit là si fors que il levast le siège, il renderoient le cité, salve leurs corps et leurs biens ; et que li saudoiier[1] qui dedens estoient s'en peuissent aler, s'il voloient, en leur pays d'Escoce, sans recevoir point de damage.

Li rois englès et ses consaulz entendirent à ces trettiés ; et ne furent mies si tost acordé, car li rois englès les voloit avoir simplement pour faire des aucuns se volenté, pour tant qu'il s'estoient tant tenu contre lui. Mais finablement il se laissa à dire par le bon avis et conseil qu'il eut de ses hommes. Et ossi messires Robers d'Artois y rendi grant painne, qui avoit esté en ces chevaucies toutdis avoech lui, et qui li avoit jà dit et demonstré, par pluiseurs clères voies, com proçains il estoit de le couronne de France, dont il se devoit tenir hiretiers, par le succession de monsigneur Charlon le roy, son oncle, daarrainnement trespasset. Si veist volentiers li dis messires Robers que li rois englès esmeuist guerre as François, pour lui contrevengier des despis que on li avoit fais, et que li rois englès se fust partis d'Escoce, à quel meschief que ce fust, et retrais vers Londres : siques ces parolles et pluiseurs aultres enclinèrent grandement le roy à çou que cilz trettiés de Bervich se passa. Et furent les triewes acordées de chiaus de dehors à chiaus de dedens, le mois tout acompli[2]. Et le segnefièrent cil de Bervich à chiaus de leur costé bien et à point, au roi d'Escoce, leur signeur, et à son conseil, qui ne peurent veoir ne imaginer voie ne tour qu'il fuissent fort pour combatre le roy englès ne lever le siège.

Si demora la cose en cel estat, et fu la cité de Bervich rendue, au chief dou mois[3], au roy englès, et ossi li chastiaus, qui est moult biaus et moult fors, au dehors de le cité. Et en prisent li mareschal de l'host

---

1. « Soldats mercenaires ». **2.** « Pour la durée d'un mois entier ». **3.** « Au bout du mois ».

le saisine et le possession, de par le roy englès. Et vinrent li bourgois de le cité en l'ost faire hommage et feaulté au dit roy, et jurèrent et recogneurent à tenir le cité de Bervich de lui. Apriès, y entra li rois à grant solennité de trompes et de nakaires[1]; et y sejourna depuis douze jours, et y ordonna un bon chevalier à gardiien et à souverain, qui s'appelloit messires Edouwars de Bailluel[2]. Et quant il se parti de Bervich, il laissa avoecques le dit chevalier pluiseurs jones chevaliers et escuiers, et pour aidier à garder le terre conquise sus les Escos, et les frontières de celui pays.

Si s'en retourna li rois vers Londres, et donna à toutes manières de gens congiet, et s'en rala cescuns en son lieu. Et il meismes s'en revint à Windesore, où le plus volentiers se tenoit, et messires Robers d'Artois dalés lui, qui ne cessoit nuit ne jour de lui remonstrer quel droit il avoit à le couronne de France. Et li rois y entendoit volentiers.

§ 53. Ensi ala en ce temps de le chevaucie le roy englès sus les Escos. Il gasta et exilla le plus grant partie de leur pays. Et y prist pluiseurs fors chastiaus, que ses gens obtinrent sus les Escos depuis un grant temps, et principaument le bonne cité de Bervich. Et estoient demoret de par le roy englès, pour tenir les frontières, pluiseur apert bacheler, chevalier et escuier, entre lesquelz messires Guillaumes de Montagut et messires Gautiers de Manni en font bien à ramentevoir. Car, de le partie des Englès, cil doi en avoient toute le huée; et faisoient souvent sus les Escos des hardies emprises, des belles chevaucies, des meslées et des hustins. Et par usage, le plus il gaegnoient sus yaus, dont il acquisent grant grasce devers le roy et les barons d'Engleterre.

Et pour mieus avoir leur entrées et leurs issues en Escoce et à mestriier[3] le pays, messires Guillaumes

---

1. « Petits tambours ».   **2.** Édouard Balliol fut le rival de David Bruce et l'instrument d'Édouard III.   **3.** « Maîtriser ».

de Montagut[1], qui fu appers, hardis et entreprendans chevaliers, durement fortefia le bastide de Rosebourch, sus le marce d'Escoce, et en fist un bon chastiel, pour tenir et deffendre contre tout homme. De quoi li rois englès li sceut grant gré, et acquist si grant renommée et si grant grasce en ces entrepresures, dou roy Edowart, que li rois le fist conte de Salbrin[2] et le maria moult hautement et très noblement. Ossi fist messires Gautiers de Manni, qui devint en ces chevaucies chevaliers, et fu retenus dou plus secret conseil le roi, et moult avanciés en se court. Et fist depuis li dis messires Gautiers tant de belles appertises et de grans fais d'armes, si com vous orés avant en l'ystore, que li livres est moult renluminés de ses proèces[3].

Bien est voirs que aucun preu chevalier d'Escoce faisoient souvent anoi as Englès, et se tenoient toutdis par devers le sauvage Escoce, entre grans marès et grandes hautes forès, là nuls ne les pooit siewir. Et sievoient à le fois les Englès de si priès que tous les jours y avoit puigneis[4] ou hustin. Et toutdis messires Guillaumes de Montagut et messires Gautiers de Manni adonc nouviel chevalier, y estoient renommé pour les miex faisans et les plus enventureus[5]. Et y pierdi[6] à ces hustins et puigneis li dis messires Guillaumes, qui estoit hardis et durs chevaliers mervilleusement, un oel, par ses hardies emprises.

En ces grans marès et en ces grans forès, là où cil signeur d'Escoce se tenoient, s'estoit jadis li preus rois Robers d'Escoce tenus par pluiseurs fois, quant li rois Edouwars, taions à celui dont nous parlons presentement, l'avoit desconfit, et conquis tout le royaume d'Escoche. Et pluiseurs fois fu il si menés et si decaciés[7] qu'il ne trouvoit nullui qui l'osast herbegier, ne soustenir en chastiel ne en forterèce, pour le doubtance

---

1. Guillaume de Montagu, premier comte de Salisbury (1301-1344). 2. Salisbury. 3. Les gestes de Gautier de Manny apportent donc leur renommée aux *Chroniques* ; Froissart « subordonne » l'Histoire à l'œuvre. 4. « Combats ». 5. « Aventureux ». 6. « Perdit ». 7. « Chassé ».

de[1] ce roy Edouwart, qui avoit si nettement conquis toute Escoce qu'il n'i avoit ville, chastiel ne forterèce qui n'obeisist à lui. Et quant cilz rois Edouwars estoit arrière revenus en Engleterre, chilz preus rois Robers rassambloit gens d'armes, quèle part que il les pooit trouver, et reconqueroit tous ses chastiaus, ses forterèces et ses bonnes villes jusques à Bervich, les unes par force et par bataille, et les aultres par biaus parlers et par amours. Et quant li rois Edouwars le savoit, il en avoit grant despit, et faisoit tantost semonre ses os, et ne cessoit jusques à tant qu'il l'avoit de rechief desconfit, et reconquis le royaulme d'Escoce comme devant. Ensi avint entre ces deus rois, si comme jou ay oy recorder, que cilz rois Robers reconquist son royaume, par cinq fois. Et ensi se maintinrent cil doi roy, que on tenoit à leur temps pour les deus plus preus del monde, tant que li bons rois Edowars fu trespassés[2], et trespassa en le bone citée de Bervich. Et avant qu'il morut, il fist appeller son ainnet fil, qui fu rois apriès lui, par devant tous ses hommes. Et li fist jurer sus sains[3] que, si tost qu'il seroit trespassés, il le feroit boulir en une caudière, tant que li char se partiroit des os, et feroit le char mettre en terre et garderoit les os. Et toutes fois que li Escot reveleroient[4] contre lui, il semonroit ses gens et assambleroit et porteroit avoech lui les os de son père. Car il tenoit fermement que, tant qu'il aroit ces os avoech lui, li Escot n'aroient point victore contre lui. Liquels ne acompli mies che qu'il avoit juret. Ains fist son père raporter à Londres, et là ensepelir contre son sierement. Pour quoi il li meschei depuis en pluiseurs manières, si com vous avés oy, et premierement à le bataille de Struvelin, là où li Escot eurent victore contre lui.

§ 54. Apriès ce que li jones rois d'Engleterre eut fait hommage au roy Phelippe de France, de le conté

---

1. « Par crainte de ».   2. Le roi Édouard Ier mourut en 1307.   3. « Reliques ».   4. « Se révolteraient ».

de Pontieu et de tout ce qu'il li apertenoit à faire, eut li dis rois Phelippes grasce et devotion de venir veoir le Saint Père pape Benedic[1], qui pour le temps regnoit et se tenoit en Avignon, et de viseter une partie de son royaulme, pour lui deduire et esbatre, et pour aprendre à cognoistre ses cités, ses villes et ses chastiaus, et les nobles de son royaume. Si fist faire en celle istance ses pourveances grandes et grosses, et se parti de Paris en très grant arroi, le roi de Behagne[2] et le roi de Navare[3] en se compagnie, et ossi grant fuison de dus, de contes et de signeurs, car il tenoit grant estat et estoffet, et faisoit grans livrées et grans despens. Si chevauça li rois ensi parmi Bourgongne, et fist tant par ses petites journées qu'il vint en Avignon, où il fu moult solennelment receus dou Saint Père et de tout le Collège, et l'onnourèrent dou plus qu'il peurent. Et fu depuis grant terme là environ avoech le pape et les cardinauls, et se logoit à Ville Nove dehors Avignon. Si vint li rois d'Arragon[4] en ce meisme temps ossi en court de Romme, pour lui veoir et festiier. Si y eut grans festes et grans solennités à leurs approcemens et à leurs assamblées. Et furent là tout le quaresme ensievant.

Donc il avint que certainnes nouvelles vinrent en court de Romme que li ennemi de Dieu estoient trop fort revelé contre le Sainte Terre, et avoient reconquis priès que tout le royaume de Rasse[5], et pris le roy qui s'estoit de son temps crestiennés, et fait morir à grant martire. Et maneçoient encores li incredule grandement sainte Crestienté. De ces nouvelles fu li papes moult couruciés, ce fu bien raisons, car il estoit chiés de l'Église, à cui tout bon crestien se doivent ralloiier. Si

---

1. Jacques Fournier fut couronné pape sous le nom de Benoît XII à Avignon, le 8 janvier 1335. Il y commença l'édification du palais des Papes. Philippe VI voyagea à travers la France de septembre 1335 à mai 1336.   2. Jean de Luxembourg, dit l'Aveugle.   3. Philippe d'Évreux, mari de Jeanne de France, fille unique de Louis X.   4. Alphonse IV, roi d'Aragon de 1327 à 1336.   5. Selon KL, XXV, 220 : le royaume de Rasse ou Rascie était formé de la partie occidentale de la Serbie entre la Raska et la Bosna.

preeça, le jour dou Saint Venredi, present les rois dessus nommés, le digne souffrance de Nostre Signeur, et enhorta et remonstra[1] grandement le crois à prendre et encargier[2], pour aler sus les ennemis de Dieu. Et si humblement fourma[3] se predicacion, que li rois de France, meus en grant pité, prist là le crois, et requist au Saint Père qu'il li volsist acorder. Adonc li papes Benedic, qui vit le bonne volenté dou roy de France, li acorda benignement et le confirma, par condition que il absoloit de painne et de coupe vrais confès et vrais repentans, le roi de France premierement, et tous chiaus qui avoech lui iroient en ce saint voiage[4]. Adonc, par grant devotion, et pour l'amour dou roi, et lui tenir compagnie en ce pelerinage, li rois Charles de Behagne, li rois de Navare et li rois Pières d'Arragon le prisent, et grant fuison de dus, de contes, de barons et de chevaliers qui là estoient, et ossi quatre cardinal, li cardinaulz Blans[5], li cardinaus de Naples, li cardinaulz de Pieregorth[6], et li cardinaulz d'Ostie[7]. Si fu tantost celle crois publiie et preecie par le monde, et venoit à tous signeurs à grant plaisance, et especialment à chiaus qui voloient le tamps dispenser en armes, et qui adonc ne le savoient bien raisonnablement où emploiier.

Quant li rois de France et li roi dessus nommet eurent esté un grant temps dalès le pape, et il eurent retté[8] et avisé et confermé[9] le plus grant partie de leurs besongnes, il se partirent de court, et prisent congiet au Saint Père. Si s'en rala li rois d'Arragon en son pays. Et li rois de France et se compagnie s'en vinrent à Montpellier, et là furent il un grant tamps. Et fist

---

1. « Persuada ».   2. « Prendre à cœur ».   3. « Formula ».
4. « ... Le pape Benoît... consentit au roi la croisade et accorda une indulgence plénière au roi en premier, vrai confessé et repenti, et à tous ceux qui feraient ce saint voyage avec lui ».   5. Gaucelin d'Euse, neveu du pape Jean XXII, cardinal en 1316.   6. Hélie de Talleyrand, comte de Périgord, cardinal en 1331, mourut en 1364.   7. Bernard Poyet, cardinal en 1316, mort en 1349.
8. « Considéré ».   9. « Confirmé ».

adonc li rois Phelippes une pais, de grant hayne qui se mouvoit entre le roy d'Arragon et le roy de Maiogres[1]. Apriès celle pais faite, il s'en retourna en France à petites journées et as grans despens, visetant ses cités, ses villes, ses chastiaus et ses forterèces, dont il avoit sans nombre ; et rapassa parmi Auvergne, parmi Berri, parmi Biausse et parmi le Gastinois, et revint à Paris, où il fu receus à grant feste. Adonc estoit li royaumes de France gras, plains et drus, et les gens riches et possessans de grant avoir, ne on n'i savoit parler de nulle guerre.

§ 55. Ens l'ordenance de le crois, pour aler oultre mer, que li rois de France avoit empris et encargiet, et dont il se faisoit chiés, se avisèrent pluiseur signeur par le monde, et l'emprisent ossi li aucun par grant devotion. Car li papes absoloit tous chiaus de painne et de coupe[2], qui en ce saint voiage iroient. Si fu la ditte crois manifestée et preecie par le monde ; et venoit à pluiseurs chevaliers bien à point, qui se desiroient à avancier. Si fist li rois Phelippes, comme chiés de ceste emprise, le plus grant et le plus biel apparel[3] qui onques euist estet fais pour aler oultre mer, ne dou temps Godefroi de Buillon[4], ne d'aultre. Et avoit retenu et mis en certains pors, c'est assavoir de Marselle, de Aiguemortes, de Lattes[5], de Nerbonne et d'environ Montpellier, tel quantité de vaissiaus, de naves, de carrakes[6], de gallées et de barges, que pour passer et porter soissante mil hommes et leurs pourveances. Et le fist tout le temps pourveir de bescuit, de vins, de douce aigue, de chars[7] sallées, et de toutes aultres

---

1. Jacques II, roi de Majorque, qui vendit à la France en 1349 la seigneurie de Montpellier. **2.** « Culpabilité » ; c'est-à-dire qu'il leur accordait une indulgence plénière. **3.** « Préparatifs ». **4.** Godefroy IV de Boulogne, dit de Bouillon (1061-1100), chef militaire de la première croisade. **5.** Le port de Montpellier, au Moyen Âge. **6.** « Grands bateaux méditerranéens ». **7.** « Viandes ».

coses neccessaires pour gens d'armes, et pour vivre, et si grant plenté que pour durer trois ans, s'il besongnoit.

Et envoia encores li dis rois de France grans messages par devers le roy de Hongerie[1], qui estoit moult vaillans homs, en lui priant que il fust appareilliés, et ses pays ouvers, pour recevoir les pelerins de Dieu. Cils rois de Hongerie y entendi volentiers, et dist que il estoit tous pourveus et ses pays ossi, de recevoir le roy de France, et tous chiaus qui avoech lui iroient. Tout en tel manière, le segnefia li rois de France au roy de Cippre, monsigneur Huge du Luzegnon[2], un vaillant roy durement, et ossi au roy de Cecille[3], qui volentiers y entendirent, et se pourveirent selonch ce bien et souffissamment, à le priière et requeste dou roy de France. Encores envoia li dis rois devers les Venissiens, en priant et requerant que leurs mètes[4] fussent ouvertes, gardées et pourveues. Cil obeirent volentiers au roy de France, et acomplirent son commandement. Ossi fisent li Genevois et tout cil de le rivière de Gennes[5]. Et fist li rois de France passer oultre en l'ille de Rodes le grant prieus de France[6], pour aministrer vivres et pourveances sus leurs mètes. Et fisent cil de Saint Jehan[7], par acord avoech les Venissiiens, pourveir moult souffissamment le isle de Crète, qui est de leur signourie. Briefment, cescuns estoit appareilliés et rebraciés[8] de faire tout ce que bon estoit et sambloit, pour recueillier les pelerins de Dieu. Et prisent plus de trois cens mil personnes le crois, pour aler oultre en ce voiage.

§ 56. En ce tempore que ceste crois estoit en si grant fleur de renommée[9], et que on ne parloit ne devisoit d'aultre cose, se tenoit messires Robers d'Artois en

---

1. Charles Robert, petit-fils de Charles II d'Anjou, roi de Hongrie de 1308 à 1342.   **2.** Hugues IV de Lusignan.   **3.** Robert, roi de Naples, mort en 1343.   **4.** « Frontières ».   **5.** « La rivière de Gennes » désigne la partie de la Méditerranée qui baigne Gênes.   **6.** Le chef des Templiers.   **7.** Des chevaliers de l'ordre de Saint-Jean de Jérusalem.   **8.** « Avait les manches retroussées » (c'est-à-dire, « était tout prêt »).   **9.** « Était (réputée) à son apogée ».

Engleterre, escasiés de France, dalés le jone roy Edouwart, et avoit esté avoech lui au conquest de Bervich et en pluiseurs chevaucies d'Escoce : si estoient nouvellement retourné en Engleterre. Et enhortoit et consilloit li dis messires Robers tempre[1] et tart le roy qu'il vosist deffiier le roy de France, qui tenoit son hyretage à grant tort. Dont li rois englès eut pluiseurs fois conseil, par grant deliberation, à ceulz qui estoient si plus secré et especial conseiller, comment il s'en poroit maintenir dou destort[2] que on li avoit fait dou royaume de France, en sa jonèce, qui par droite succession de proismeté devoit estre siens par raison, ensi que messires Robers d'Artois l'en avoit infourmet. Et l'avoient li douze per et li baron de France donnet à monsigneur Phelippe de Valois, d'acort et ensi que par jugement, sans appeller ne adjourner partie adverse. Si n'en savoit li dis rois que penser, car à envis le lairoit, se amender le pooit. Et se il le calengoit[3], et le debat en esmouvoit, et on li devoit[4], si com bien faire on poroit, et il s'en tenist tous quois[5], et point ne l'amendoit ou son pooir n'en faisoit, plus que devant blasmès en seroit. Et d'autre part, il veoit bien que, par lui ne par le poissance de son royaume, il poroit à mesaise mettre au desous[6] le grant royaume de France, se il n'acqueroit des signeurs poissans, en l'Empire et d'autre part, par son or et par son argent. Si requeroit souvent à ses especiaulz conseilleurs qu'il li volsissent sur ce donner bon conseil et bon avis, car sans grant conseil il n'en voloit plus avant entreprendre.

À le parfin, si conseilleur li respondirent d'acord et li disent : « Ciertes, sire, la besongne nous samble estre si grosse, et de si haute entrepresure, que nous ne nos en oserions cargier ne finablement consillier. Mais, chiers sires, nous vous consilleriens, se il vous plaisoit, que vous envoiissiés souffissans messages, bien infourmès de vostre intention, à ce gentil conte de Hay-

---

1. « Tôt ». **2.** « Détournement », « frustration ». **3.** « Revendiquait ». **4.** « Et on le lui contestait ». **5.** « Tranquille ». **6.** « Maîtriser ».

nau, cui fille vous avés, et à monsigneur Jehan, son
frère, qui si vassaument vous a servi, en priant en
amisté que sur che il vous voellent consillier, car
mieulz sèvent que à tel afaire affiert[1] que nous ne faisons, et sont bien tenu de vostre honneur et de vostre
raison garder[2], pour l'amour de la dame que vous avés.
Et s'il est ensi qu'il s'acordent à vostre entente, il vous
saront bien consillier des quelz signeurs vous vos porés
le mieus aidier[3], et les quelz, et comment vous les porés
le miex acquerre. » — « À ce conseil, dist li rois, me
accorde jou bien, car il me samble estre biaus et bons.
Et ensi que consilliet le m'avés, sera fait. »

Adonc pria li rois à ce prelat, l'evesque de Lincolle,
qu'il volsist entreprendre ce message à faire pour
l'amour de lui, et à deus chevaliers banerès qui là
estoient, et à deus clers de droit ossi, qu'il volsissent
faire compagnie à l'evesque en ce voiage. Li dessus
dis evesques, li doi chevalier banereth, li doi clerch de
droit ne veurent mies refuser le requeste dou roy, ains
li ottrièrent volentiers. Si se apparillièrent au plus tost
qu'il peurent, et se partirent dou roy et montèrent en
mer, et arrivèrent adonc à Dunkerke. Si reposèrent là,
tant que leur cheval furent mis hors des vaissiaus et
puis se misent au chemin et chevaucièrent parmi
Flandres, et esploitièrent tant qu'il vinrent à Valen-
cinènes. Là trouvèrent il le conte Guillaume, qui gisoit
si malades de gouttes artetikes[4] et de gravielle, qu'il
ne se pooit mouvoir, et trouvèrent ossi monsigneur
Jehan de Haynau, son frère. S'il furent grandement festiiet et honnouret, ce ne fait point à demander. Quant
il furent si bien festiiet comme à yaulz apertenoit, il
comptèrent au dit conte de Haynau et à son frère leur
entente, et pour quoi il estoient là envoiiet par devers
yaus. Et leur exprimèrent toutes les raisons et les doubtances, que li rois meismes avoit mises avant par

---

1. « Car ils savent mieux ce qui convient à une telle affaire ».
2. « Ils sont bien tenus de défendre votre honneur et d'être justes
avec vous ».   3. « Ils sauront bien vous recommander quels seigneurs vous pourrez le mieux employer ».   4. « Arthritiques ».

devant son conseil, si com vous avés si dessus oy recorder.

§ 57. Quant li contes de Haynau eut oy ce pour quoi il estoient là envoiiet, et il eut oy les raisons et les doubtances[1] que li rois englès avoit mises avant à son conseil, il ne les oy mies à envis. Ains dist que li rois n'estoit mies sans sens, quant il avoit ces raisons et ces doubtances si bien considerées. Car, quant on voet entreprendre une grosse besongne, on doit aviser et considerer comment on le poroit achiever, et au plus priès de le fin peser à quel chief on en poroit venir. Et dist ensi li gentilz contes : « Se li rois y poet parvenir, si m'ayt Dieus, jou en aroie grant joie. Et poet on bien penser que je l'aroie plus chier pour lui, qui a ma fille, que je ne seroie pour le roy Phelippe, qui ne m'a nient fait tout à point, comment que[2] jou aie sa sereur espousée. Car, il m'a destournet[3] couvertement le mariage del jone duch de Braibant, qui devoit avoir espouset Ysabiel, ma fille, et le a retenut pour une sienne aultre fille[4]. Par quoi je ne faurrai mies[5] à mon chier et ainsnet fil le roi d'Engleterre, s'il troeve en son conseil qu'il le voelle entreprendre. Ains li aiderai de conseil et d'ayde, à mon loyal pooir. Ossi fera Jehans, mes frères, qui là siet, qui aultre fois l'a siervit. Mais saciés qu'il li faurroit[6] bien avoir aultre ayde, plus forte que n'est la nostre. Car Haynaus est uns petis pays, ce savés, ou regard dou royaume de France ; et Engleterre gist trop loing pour nous souscourre. » — « Certes, sire, vous nous donnés très bon conseil, et nous monstrés grant amour et grant volenté ; de quoi nous vous regrations, de par nostre signeur le roy », ce res-

---

1. « Craintes ». 2. « Bien que ». 3. « Frustré (de) ». 4. En 1329, Isabelle (erreur pour *Élisabeth* : SHF, I, ccix), la plus jeune fille de Guillaume Ier de Hainaut, devait épouser Jean, fils aîné du duc Jean III de Brabant. Mais Philippe VI donna en mariage, en juillet 1332, sa fille Marie à Jean de Brabant, duc de Limbourg. « Isabelle » épousa plus tard Robert de Namur. 5. « Je ne manquerai pas ». 6. « Il lui faudrait ».

pondi li evesques de Lincolle, pour tous les aultres. Et dist encores : « Chiers sires, or nous consilliés des quelz signeurs nos sires se poroit mieus aidier, et des quelz il se poroit miex fiier, par quoi nous li puissions reporter vostre conseil. » — « Sour l'ame de mi, respondi li contes, je ne saroie aviser signeur si poissant, pour lui aidier en ces besongnes, comme seroit li dux de Braibant[1] qui est ses cousins germains, ossi li evesques de Liège, li dus de Guerles, qui a sa sereur à femme, li arcevesques de Coulongne, li markis de Jullers[2], messires Ernoulz de Bakehen[3], et li sires de Faukemont[4]. Ce sont cil qui plus aroient grant fuison de gens d'armes, en brief temps, que signeur que je sace en nul pays del monde. Et si sont très bon guerrieur. Et fineront[5] bien, se il voellent, de huit mille ou de dis mille armures de fier, mais que on leur doinst[6] de l'argent à l'avenant. Et si sont signeur et gens qui gaagnent volentiers. S'il estoit ensi que li rois mes filz vos sires euist acquis ces signeurs que je dis, et il fust par deça le mer, il poroit bien aler requerre[7] le roy Phelippe oultre le rivière d'Oise et combatre à lui. »

Cilz consaulz pleut grandement à ces signeurs d'Engleterre ; puis prisent congiet au conte de Haynau et à monsigneur Jehan de Haynau, son frère. Si s'en ralèrent viers Engleterre porter au roy le conseil qu'il avoient trouvet ou dessus dit conte et à son frère. Quant il furent venu à Londres, li rois leur fist grant feste. Et il li racontèrent tout ce qu'il avoient trouvet au conseil et à l'avis dou gentil conte, et de monsigneur Jehan de Haynau, son frère. Dont li rois eut grant joie et en fu grandement reconfortés, quant il eut entendu tout ce que ses sires li eut mandet et consilliet.

Or vinrent ces nouvelles en France et moutepliièrent

---

1. Jean III, duc de Brabant (1295-1355), par sa mère, Marguerite, sœur d'Édouard II, était cousin d'Édouard III d'Angleterre. **2.** Guillaume de Juliers, mari de Jeanne de Hainaut et ainsi beau-frère de Philippa de Hainaut, reine d'Angleterre. **3.** Arnoul de Blankenheim. **4.** Thierry III, mort en 1346. **5.** « Trouveront ». **6.** « Donne » (subj.). **7.** « Rechercher ».

petit à petit, que li rois englès supposoit et entendoit à avoir grant droit à le couronne de France. Et fu li rois Phelippes enfourmès et avisés de ses plus especiaulz et grans amis que, s'il aloit ou voiage d'oultre mer qu'il avoit empris, il metteroit son royaulme en très grant aventure, et qu'il ne pooit faire ne esploitier milleur painne[1] que de garder ses gens et ce qui sien estoit, et dont il tenoit le possession, et qui devoit retourner à ses enfans. Si se refroida grandement de celle crois emprise et preecie[2]. Et contremanda ses officiiers qui ses pourveances faisoient, si grandes et si grosses que merveilles seroit à penser, jusques à tant qu'il aroit veu de quel piet li rois englès vorroit aler avant, qui mies ne se refroidoit de lui pourveir et appareillier, selonch le conseil que si homme li avoient raporté dou conte de Haynau, et fist, assés tost après ce qu'il furent revenu en Engleterre, ordonner et apparillier dis chevaliers banerès et quarante aultres chevaliers jones bachelers. Et les envoya à grans frès par deça le mer, droit à Valencièines, et le evesque de Lincolle, qui fu moult vaillans homs, avoec eulz, en cause que pour trettier à ces signeurs de l'Empire, que li contes de Haynau leur avoit denommés, et pour faire tout ce qu'il et messires Jehans, ses frères, en consilleroient. Quant il furent venu à Valencièines, cescuns les regardoit à grans merveilles, pour le biel et grant estat qu'il maintenoient, sans riens espargnier nient plus que li corps dou roy d'Engleterre y fust en propre personne, dont il acqueroient grant grasce et grant renommée. Et si y avoit entre yaus pluiseurs bachelers, qui avoient cescun un oel couvert de drap, pour quoi il n'en peuist veoir. Et disoit on que cil avoient voet entre dames de leur pays, que jamais ne verroient que d'un oel jusques adonc qu'il aroient fait aucunes proèces de leurs corps ens ou royaume de France, les quelz il ne voloient mies

---

1. « Employer un meilleur effort ». 2. « Prêchée ».

cognoistre à chiaus qui leur en demandoient. Si en avoit cescuns très grant merveilles[1].

Quant il furent assés festiiet et honnouret à Valenciènes dou conte de Haynau, de monsigneur Jehan de Haynau, son frère, et des signeurs chevaliers dou pays, et ossi des bourgois et des dames de Valenciènes, li dis evesques de Lincolle et li plus grant partie d'yaus se traisent[2] par devers le duch de Braibant, par le conseil dou conte dessus dit. Si les festia li dus assés souffissamment, car bien le savoit faire. Et puis se accordèrent si bellement au duch que il eut en convent de soustenir le roy, son cousin, et toutes ses gens, en son pays, car à faire l'avoit[3], car c'estoit ses cousins germains : si pooit venir, et aler et demorer, armés et desarmés, toutes fois qu'il li plairoit. Et avoec ce il leur eut en convent, par tout son conseil et parmi une certaine somme de florins, que, se li rois englès, ses cousins, voloit le roy de France deffiier souffissamment, et entrer à force en son royalme, et se il pooit avoir l'acord et l'ayde de ces signeurs d'Alemagne deseure nommès, il le deffieroit ossi et iroit avoech lui, atout mille armeures de fier. Ensi leur eut il en convent par son créance[4]. De quoi il cancela et detria puis assés[5], si com vous orés avant en l'ystore.

§ 58. Adonc furent cil signeur d'Engleterre moult aise, car il leur sambla qu'il avoient moult bien besongnié, tant comme au duch. Si retournèrent à Valenciènes, et fisent, par messages et par l'or et l'argent le roy d'Engleterre leur signeur, tant que li dus de

---

1. Ce passage fait sourire Montaigne : « Lisant chez Froissard le veu d'une troupe de jeunes gentilshommes Anglois, de porter l'œil gauche bandé jusques à ce qu'ils eussent passé en France et exploité quelque faict d'armes sur nous, je me suis souvent chatouillé de ce pensement... qu'ils se fussent trouvez tous éborgnez au revoir des maistresses pour lesquelles ils avoyent faict l'entreprise » (*Essais*, II, xxv). 2. « Se dirigèrent ». 3. « Car il avait à le faire » (= il devait le faire). 4. « C'est là ce qu'il leur promit par son serment ». 5. « Chose qu'il annula et retarda beaucoup par la suite ».

Alliances entre la France

Guerles, serourges au dit roy d'Engleterre, li markis de Jullers, pour lui et pour l'arcevesque de Coulongne Walerant, son frère, et li sires de Faukemont vinrent à Valenciènes parler à yaus, par devant le conte de Haynau, qui ne pooit mès chevaucier ne aler, et par devant monsigneur Jehan, son frère. Et esploitièrent si bien devers yaus que, parmi[1] grandes sommes de florins que cescuns devoit avoir pour lui et pour ses gens, il eurent en convent de deffiier le roi de France, avoech le roy englès, quant il li plairoit, et que cescuns d'yaus le serviroit, à un certain nombre de gens d'armes à hyaumes couronnés. En ce temps parloit on de « hyaumes couronnés » ; et ne faisoient li signeur nul compte d'aultres gens d'armes, s'il n'estoient à hyaumes et à timbres couronnés[2]. Or est cilz estas mués maintenant ; on parolle de « lances » ou de « glaves » et de « jakes »[3]. Et vous di que cil signeur dessus nommet eurent en convent as gens le roy d'Engleterre, que il leur aideroient à aultres signeurs d'oultre le Rin, qui bien avoient pooir de amener grant fuison de gens d'armes, mais que il ewissent souffissamment le pourquoi. Puis prisent congiet li dessus dit signeur alemant, et en ralèrent en leur pays.

Et li signeur d'Engleterre demorèrent encores à Valenciènes et en Haynau, dalés le conte, par quel conseil il ouvroient le plus. Si priièrent et envoiièrent encores souffissans messages devers l'evesque de Liège, monsigneur Aoulz, et l'euissent volentiers attrait de leur partie ; mais li dis evesques n'i volt onques entendre, ne riens faire encontre le roi de France, à cui il estoit devenus homs et entré en se feaulté. Li rois de Behagne ne fu point priiés ne mandés, car on savoit bien qu'il estoit si conjoins au roi de France, par le mariage de leurs deus enfans, dou

---

1. « Par le moyen de ». 2. Signes de noblesse fixés sur le heaume ou sur le timbre du casque. Mais il est difficile de savoir s'il s'agit de vrais cimiers ou simplement d'images peintes ou gravées. 3. « Habit de combattant, court, serré, rembourré ».

duc Jehan de Normendie[1], qui avoit à femme madame Bonne[2], fille au dessus dit roy, que pour celle cause il ne feroit riens contre le roy de France. Or me tairai un petit d'yaulz, et parlerai d'une aultre matère, qui à ceste se rajoindera chi après[3].

§ 59. En ce temps dont jou ay parlet, avoit grant dissention entre le conte Loeis de Flandres[4] et les Flamens, car il ne voloient point obeir à lui, ne à painnes ne s'osoit il tenir en Flandres, fors en grant peril. Et avoit à ce donc un homme à Gand, qui avoit estet brassères de mielz. Chilz estoit entrés en si grant fortune et si grant grasce, que c'estoit tout fait quanqu'il voloit deviser et commander par toute Flandres, de l'un des corons jusques à l'autre[5]. Et n'i avoit nullui, com grans qu'il fust, qui de riens osast trespasser ses commandemens ne contredir. Il avoit toutdis, après lui alans aval le ville de Gand, soissante ou quatre vingt varlès armès, entre les quelz il en y avoit deus ou trois qui savoient aucuns de ses secrés. Et quant il encontroit un homme qu'il avoit en souspeçon ou qu'il haioit, cilz estoit tantos tués, car il avoit commandé à ses secrés varlès et dit : « Sitos que jou encontre un homme, et je vous fai un tel signe, si le tués sans deport[6], com grans ne com haulz qu'il soit, sans attendre aultre parolle. »

Ensi avenoit souvent, et en fist en celle manière pluiseurs grans mestres tuer. Par quoi il estoit si doubtés[7] que nulz n'osoit parler contre cose qu'il volsist faire, ne à painnes penser de lui contredire. Et tantost que cil soissante varlet le avoient raconduit à son hostel, ces-

---

1. Le futur roi de France, Jean le Bon. 2. Bonne de Luxembourg, fille de Jean l'Aveugle, roi de Bohême, épousa le duc de Normandie le 28 juillet 1332 à Melun († 11 septembre 1349). 3. Froissart propose ici de suspendre momentanément le fil de sa narration à la manière de l'entrelacement typique de la composition du roman arthurien, notamment du *Lancelot en prose* du XIIIe siècle. 4. Louis, dit de Crécy, comte de Flandre. 5. « D'un bout à l'autre ». 6. « Sans pitié ». 7. « Redouté ».

cuns aloit disner à se maison ; et tantost aprièz disner, il revenoient devant son hostel, et beoient[1] en le rue, jusques adonc qu'il voloit aler aval le rue jouer et esbatre parmi le ville ; et ensi le conduisoient jusques au souper. Et saciés que cescuns de ces saudoiiers[2] avoit, cescun jour, quatre compagnons ou gros[3] de Flandres, pour ses frès et pour ses gages. Et les faisoit bien paiier, de sepmainne en sepmainne. Et ossi avoit il, par toutes les villes et les chasteleries de Flandres, sergans et saudoiiers à ses gages, pour faire tous ses commandemens, et espiier et savoir s'il avoit nulle part personne qui fust rebelle à lui, ne qui desist ne enfourmast nullui contre ses volentés. Et sitost qu'il en savoit aucuns en une ville, il ne cessast jamais, si[4] l'euist fait banir ou fait tuer sans deport : jà cilz ne s'en peuist garder. Et meismement tous les poissans de Flandres, chevaliers, escuiers et bourgois des bonnes villes, qu'il pensoit qu'il fuissent favourable au conte en aucune manière, il les banissoit de Flandres, et levoit le moitiet de leurs revenues, et laissoit l'autre moitiet pour le doaire et le gouvrenement[5] de leurs femmes et enfans. Et cil qui ensi estoient banit, desquelz il estoient grant fuison, se tenoient à Saint Omer le plus, et les appelloit on les « avollés »[6] ou les « oultre avollés. »

Briefment à parler, il n'eut onques en Flandres, ne en aultre pays, conte, duch, prince, ne aultre, qui peuist avoir un pays si à se volenté, com cilz avoit et eut longement. Et estoit appellés Jakemars d'Artevelle. Il faisoit lever les rentes, les tonnieus[7], les winages, les droitures et toutes les revenues, que li contes devoit avoir et qui à lui apertenoient, quèle part que ce fust parmi Flandres, et toutes les maletotes[8] : si les despen-

---

1. « Attendaient très attentivement ». 2. « Mercenaires ». 3. *Compagnons* ou *gros* : monnaie de Flandre. 4. « Jusqu'à ce qu'il ». 5. « Pour l'entretien et pour les biens du mariage (réservés à la femme et aux enfants) ». 6. « Envolés », soit ici, « fugitifs ». 7. « Tonlieux » (impôts ou taxes que l'on percevait sur les marchandises transportées). 8. Impôts extraordinaires devenus ordinaires, et souvent considérés comme injustes.

doit à se volenté et en donnoit, sans rendre nul compte. Et quant il voloit dire que argens li falloit, on l'en creoit par sen dit[1], et croire l'en convenoit, car nulz n'osoit dire encontre. Et quant il en voloit emprunter à aucuns bourgois sour son paiement, il n'estoit nulz qui le osast escondire[2] à prester. Or voel jou retourner as messagiers d'Engleterre.

§ 60. Chil signeur d'Engleterre, qui estoient envoiiet par deçà le mer, et estoient si honnourablement à Valenciennes, com vous avés oy, se apensèrent[3] entre yaus que ce seroit grans confors pour leur signeur le roy, selonch ce qu'il voloient entreprendre, se il pooient avoir l'acort des Flamens, qui adonc estoient mal dou roy de France et dou conte, leur droit signeur. Si s'en consillièrent au conte de Haynau, qui leur dist que voirement seroit ce li plus grans confors qu'il peuissent avoir. Mais il ne pooit veir que il y peuissent pourfiter se petit non[4], se il n'avoient premierement acquis le grasce et le faveur de celui Jakemart d'Artevelle. Il disent qu'il en feroient leur pooir temprement[5].

Assés tost apriès çou, il se partirent de Valenciènes, et s'en alèrent vers Flandres, et se departirent en trois, ne sai, en quatre routes[6], s'en alèrent partie à Bruges, partie à Ippre, et li plus grant partie à Gand, et tout despendant si largement qu'il sambloit que argens leur pleuist des nues. Et queroient acord partout, et prommetoient as uns et as aultres, là où on les consilloit, et où il creoient miex emploiier, pour parvenir à leur entente. Toutesvoies, li evesques de Lincolle et se compagnie, qui alèrent à Gand, fisent tant, par biel parler et autrement, qu'il eurent l'acord, l'acointance[7] et l'amisté de Jakemart d'Artevelle, et grant grasce en le

---

1. « Et s'il prétendait qu'il lui manquait de l'argent, on le croyait sur parole ».   2. « Refuser ».   3. « Imaginèrent ».
4. « Sinon peu ».   5. « Ils feraient leur possible sous peu ».
6. « Bandes ».   7. « Bonnes grâces ».

ville, et meismement d'un vaillant chevalier anciien, qui volentiers demoroit à Gand, et y estoit durement amès. Si le appelloit [on] monsigneur le Courtrisien[1], et estoit chevaliers banerès, et le tenoit on pour le plus preu chevalier de Flandres, et pour le plus vaillant homme, et qui le plus hardiement avoit toutdis servi ses signeurs.

Cilz sires Courtrissiens compagnoit et honnouroit durement ces signeurs d'Engleterre, ensi que vaillant homme doient toutdis honnourer estragnes chevaliers, à leur pooir. Mais il en eut, au darrain[2], mauvais loiier. Car il en fu accusés de celle honneur qu'il faisoit as Englès, enviers le roy de France, siques li rois commanda très estroitement au dit conte de Flandres qu'il fesist tant, comment que ce fust, qu'il ewist le dessus dit chevalier, se tant l'amoit, et qu'il li fesist coper le tieste. Li contes, qui n'osa trespasser le commandement le roy, ains fist tant, je ne sai comment ce fu, que li sires Courtrisiens vint là où li contes le manda. Si fu tantost pris et tantost decolés. De quoi moult de gens furent durement dolant de pitié, car il estoit moult amés et honnourés ou pays, et en seurent moult mal gret au conte.

Tant esploitièrent cil signeur d'Engleterre en Flandres, que cilz Jakemars d'Artevelle mist pluiseurs fois les consaulz des bonnes villes ensamble, pour parler de le besongne que cil signeur d'Engleterre queroient, et des franchises et amistés qu'il leur offroient de par le roi d'Engleterre leur signeur, sans cui terre et acord il ne se pooient bonnement longement chevir[3]. Et tant parlementèrent ensamble qu'il furent d'acort en

---

1. Siger ou Sohier de Courtrai. Édouard III le prit sous sa protection le 8 mai 1337 ; il fut arrêté à Bruges pendant un parlement tenu par le comte de Flandre dans cette ville, le 6 juillet 1337, et mis à mort le 21 mars 1338. **2.** « En dernier lieu ». **3.** « Et sans accès au territoire (marché) et sans l'accord du roi, ils ne pouvaient pas convenablement se tirer d'affaire pour longtemps ». En somme, sans l'alliance anglaise, l'économie flamande (principalement le tissage du drap de laine) n'aurait pas d'avenir.

tel manière, qu'il plaisoit bien à tous le consaulz de
Flandres que li rois englès et toutes ses gens pooient
bien venir et aler, à gens d'armes et autrement, par
toute Flandres, ensi qu'il li plairoit. Mais il estoient si
fortement obligiet[1] envers le roy de France qu'il ne le
poroient grever[2] ne entrer en son royalme, qu'il ne
fuissent attaint de une si grande somme de florins, que
à grant malaise en poroient il finer[3]. Et leur priièrent
que ce leur volsist souffrir jusques à une aultre fois[4].
Ces responses et cil esploit souffirent adonc assés à
ces signeurs d'Engleterre, puis s'en revinrent arrière à
Valenciènes, à grant joie. Et souvent envoioient leurs
messages devers le roi, leur signeur, et li signefioient
ce qu'il avoient besongniet. Et li rois leur renvoioit
grant or et grant argent, pour paiier leurs frais, et pour
departir[5] à ces signeurs d'Alemagne, qui ne convoitoient aultre cose.

En ce temps, trespassa de ce siècle li gentilz contes
Guillaumes de Haynau, sept jours ou mois de juing,
l'an de grasce mil trois cens trente sept. Si fu ensepelis
as Cordeliers, à Valenciènes ; et li fist on là son
obsèque. Et chanta le messe li evesques Guillaumes de
Cambrai[6]. Si y eut grant fuison de dus, de contes et de
barons, ce fu bien raisons, car il estoit grandement amé
et renommés de tous. Apriès son trespas, se traist à le
conté de Haynau, de Hollandes et de Zelandes, messires Guillaumes[7], ses filz, qui eut à femme la fille au
duch Jehan de Braibant. Et fu ceste dame, qui s'appelloit Jehane, doée de le terre de Binch[8], qui est un moult
biaus hiretages et pourfitables. Et madame Jehane de
Vallois, sa mère, s'en vint demorer à Fonteniellles sus

---

1. « Engagés ».   2. « Faire du mal ».   3. « Sans être grevés
d'une si grande somme de florins à payer qu'il leur serait très difficile de s'en acquitter ».   4. « Ils prièrent les agents anglais de se
contenter de cela – le libre passage en Flandre accordé aux armées
anglaises – jusqu'à une date ultérieure ».   5. « Distribuer ».
6. Guillaume III d'Auxonne.   7. Guillaume II, comte de Hainaut mourut à la bataille de Staveren, le 26 septembre 1345. Il avait
épousé en 1334 Jeanne, fille aînée de Jean III duc de Brabant.
8. Village belge (Hainaut), à 4 lieues à l'est de Mons.

Escaut[1], et là usa sa vie comme bonne et devote en le ditte abbeye, et y fist moult de biens.

§ 61. De toutes ces devises et ces ordenances, ensi com elles se portoient et estendoient, et des confors et des alliances que li rois englès acqueroit par deçà le mer, tant en l'Empire comme ailleurs, estoit li rois Phelippes tous infourmès ; et euist volentiers veu que li contes de Flandres se fust tenus en son pays et euist attrais ses gens à son acord. Mès cilz Jakemars d'Artevelle avoit jà si sourmonté[2] toutes manières de gens en Flandres que nulz n'osoit contredire à ses oppinions, meismement li contes, leurs sires, ne s'i osoit clerement tenir, et avoit envoiiet madame, sa femme, et Loeis, son jone fil, en France, pour le doubte des[3] Flamens.

Avoec tout ce, se tenoient en l'ille de Gagant[4] aucun chevalier et escuier de Flandres, en garnison, dont messires Ducres de Halluin[5] et messires Jehans de Rodes et li enfant de Le Trief[6] estoient chapitain et souverain ; et là gardoient le passage contre les Englès, et faisoient guerre couvertement : dont li chevalier d'Engleterre, qui se tenoient en Haynau, estoient tout infourmet que, se ilz s'en raloient par là en leur pays, il seroient rencontré[7] ; pour quoi, il n'estoient mies bien aseur. Non obstant ce, se chevauçoient il et aloient à leur volenté parmi le pays de Flandres, et par les bonnes villes, mais c'estoit sus le confort Jakemon d'Artevelle, qui les portoit et honnouroit en toutes manières, ce qu'il pooit. Or retourrons nous[8] un petit au duch de Braibant.

---

1. Jeanne de Valois mourut en 1352 dans cette abbaye cistercienne, près de Valenciennes.   2. « L'avait déjà tant emporté sur... »   3. « Par crainte des ».   4. L'île de Cadsand, située entre la ville de l'Écluse et l'île de Walcheren en Zélande.
5. Jean Ducres (seigneur) d'Halewyn.   6. Gilles de Le Trief.
7. « Combattus ».   8. « Retournerons-nous ».

§ 62. Quant li dus de Braibant ot fait ses convenences[1] à ces signeurs d'Engleterre si com vous avés oy, il s'avisa que li rois de France aultre fois li avoit fait contraire. Si se doubta qu'il ne fust durement infourmés contre lui, à l'ocquison des[2] Englès et, se il avenoit que li entrepresure[3] que li rois d'Engleterre avoit emprise ne venist avant ou ne venist à bon chief, que li rois de France ne le volsist guerriier, et li faire comparer che que li aultre aroient acordet[4]. Si envoia de son conseil au roy de France monsigneur Loeis de Cranahen[5], sage chevalier durement, et pluiseurs aultres avoech lui, pour lui excuser, et pour priier au roy qu'il ne volsist croire nulle mauvaise information contre lui ; car moult à envis il feroit nulle alliance ne convenence contre lui, mais li rois d'Engleterre estoit ses cousins germains : se ne li pooit bonnement escondire[6] sa revenue dedens son pays, de lui ne de ses gens, leurs frais paians ; mais plus avant il n'en feroit riens qui deuist estre au desplaisir dou roy. Li rois le crey[7] à celle fois, si s'en apaisa a tant. Et toutesvoies li dux ne laissa mies pour ce, qu'il ne retenist des gens d'armes en Braibant et ailleurs, là où il les pooit ne pensoit à avoir, jusques à le somme que convenenciet avoit au roi d'Engleterre.

Et quant li dessus dit signeur d'Engleterre eurent fait en partie ce pour quoi il avoient passet mer, il se partirent de Valencïènes, où il tenoient leur souverain[8] sejour, premierement li evesques de Lincolle, messires Renaulz de Gobehen et li aultre. Et vuidièrent[9] Haynau, et vinrent à Dourdresch en Hollandes. Et montèrent là en mer, pour eschiewer[10] le passage de Gagant, où li dessus dit chevalier de Flandres se tenoient en garnison, de par le roy de France et le conte de

---
1. « Engagements ». 2. « À cause des ». 3. « Initiative ». 4. « ... Que le roi de France voulût lui faire la guerre et lui faire payer ce que les autres auraient consenti (aux Anglais) ». 5. Selon KL, XXI, 33, il s'agirait de Léon de Crainhem. 6. « Refuser ». 7. « Crut ». 8. « Principal ». 9. « Quittèrent ». 10. « Éviter ».

Flandres, si com on disoit. Et s'en revinrent au mieus qu'il peurent, et au plus couvertement, arrière en leur pays, devers le roy englès, leur signeur, qui les rechut à grant joie. Se li recordèrent[1] tout l'estat des signeurs de par de dechà, premièrement dou duch de Braibant, dou duch de Guerles, dou conte de Jullers, de l'arcevesque de Coulongne, de monsigneur Jehan de Haynau, dou signeur de Faukemont, et des alloiiés, comment et sus quel point il s'estoient alloiiet et accordé à lui, et à quelle quantité de gens d'armes cescuns le devoit servir, et ossi quel cose cescuns devoit avoir. À ces parolles entendi li rois englès volentiers, et dist que ses gens avoient bien esploitiet. Mais trop durement plaindi le mort le conte de Haynau, qui fille il avoit[2], et disoit qu'il avoit perdu en li un très grant confort : se li convenoit il porter et faire à l'avenant[3].

Encores recordèrent li dit signeur au roi le convenant de chiaus qui se tenoient en le garnison de Gagant, et qui herioient[4] ses gens tous les jours ; et comment, pour le doubte d'yaus, il estoient revenu par Hollandes, et avoient eslongiet[5] grandement leur chemin. Donc dist li rois que il y pourveroit temprement de remède. Si ordonna assés tost apriès le conte Derbi[6], son cousin, et monsigneur Gautier de Manni[7], qui y avoit tant fait de belles bacheleries, en Escoce, qu'il en estoit durement alosés[8], et ossi aucuns aultres chevaliers et escuiers englès, qu'il vosissent traire devers Gagant, et combatre chiaus qui là se tenoient. Li dessus dit obeirent au commandement le roi, leur signeur, et fisent leurs pourveances et lor amas de gens d'armes et d'arciers à Londres, et chargièrent leurs vaissiaus en le Tamise. Quant il furent tout venu et apparilliet, il estoient environ cinq cens armeures de fier et deus

---

1. « Racontèrent ». 2. « Dont il avait épousé la fille ». 3. « Agir en conséquence ». 4. « Harcelaient ». 5. « Allongé ». 6. Le comte Henri de Lancastre, créé, le 16 mars 1336, comte de Derby. 7. Gautier de Manny, d'une famille artésienne, de Masny, village près de Douai. Gautier devient dans les *Chroniques* un modèle du chevalier accompli. 8. « Loué ».

mille arciers. Si entrèrent en leur navie, qui estoit toute preste, et puis si se desancrèrent. Et vinrent, de celle marée, le première nuit, gesir devant Gravesaindes[1]. À lendemain, il desancrèrent et vinrent devant Mergate[2]. À le tierce marée, il tirèrent les voiles amont, et prisent le parfont[3], et nagièrent[4] tant par mer qu'il veirent Flandres. Si arroutèrent[5] leurs vaissiaus, et misent en bon convenant. Si vinrent assés près de Gagant, à heure de nonne. Che fu le nuit Saint Martin en hyvier[6], l'an mil trois cens trente sept.

§ 63. Quant li Englès veirent le ville de Gagant, où il tendoient à venir, et combatre chiaus qui par dedens se tenoient, si se avisèrent et regardèrent qu'il avoient vent et le marée pour yaus, et que ou nom de Dieu et de saint Jorge il approceroient. Donc fisent il sonner leurs trompètes, et s'armèrent et apparillièrent vistement, et ordonnèrent leurs vaissiaus, et misent les arciers devant, et singlèrent fors viers le ville.

Moult bien avoient les gettes[7] et les gardes, qui en Gagant se tenoient, veu approcier ceste grosse armée. Si supposoient assés que c'estoient Englès ; pour quoi il s'estoient jà tout armet et rengiet sus les dikes et sus le sablon, et mis leurs pennons par ordenance devant yaus, et fait entre yaus des nouviaus chevaliers jusques à seize. Et pooient estre environ cinq mille tout comptet, bien apert[8] baceler et compagnon, ensi qu'il le monstrèrent. Et là estoit messires Guis de Flandres, frères au conte Loeis de Flandres, uns bons et seurs chevaliers, mès bastars estoit, qui amonnestoit[9] et prioit tous les compagnons de bien faire. Et là estoient

---

1. Gravesend (port de Grande-Bretagne sur la rive droite de l'estuaire de la Tamise).   2. Margate (port de Grande-Bretagne au sud-est de l'estuaire de la Tamise).   3. « Gagnèrent le large ».   4. « Naviguèrent ».   5. « Rassemblèrent ».   6. La veille de la Saint-Martin, c'est-à-dire le 10 novembre 1337.   7. « Ceux du guet ».   8. « Entreprenants ».   9. « Exhortait ».

messires Ducres de Halluin[1], messires Jehans de Rodes, messires Gilles de le Trief[2], qui fu là fais chevaliers, messires Symons et messires Jehans de Brukedent[3], qui y furent fait ossi chevalier, et Pières d'Englemoustier, et maint compagnon baceler et escuier et appert hommes d'armes, ensi qu'il le monstrèrent, et qui moult desiroient le bataille as Englès.

Et estoient tout cil ordenet et rengiet à l'encontre des Englès. Et n'i eut riens parlementé ne devisé, car li Englès, qui estoient en grant de yaus assallir[4], et cil de deffendre, criièrent leurs cris et fisent traire leurs arciers moult roit[5] et moult fort, et tant que cil qui le havene deffendoient en furent si ensonniiet[6] que, vosissent ou non, il les convint reculer. Et en y eut dou tret à ce premiers[7] moult de mehagniés[8]. Et prisent terre li baron et li chevalier d'Engleterre, et s'en vinrent combatre as espées et as glaves, li un à l'autre.

Et là y eut pluiseurs belles baceleries[9] et apertises d'armes faites. Et moult vassaument se combatirent li Flamench. Ossi moult bachelereusement les requisent[10] li Englès. Et là fu moult bons chevaliers li contes Derbi, et s'avança de premiers si avant qu'il fu, en lançant de glaves[11], mis par terre. Et là, li fu messires Gautiers de Manni bons confors, car par apertises d'armes il le releva et osta de tous perilz, en escriant : « Lancastre au conte Derbi ! » Et adonc approcièrent il de tous lés. Et en y eut pluiseurs mehagniés, et par especial plus des Flamens que des Englès. Car li arcier d'Engleterre, qui continuelment traioient, leur portoient trop grant damage.

---

1. Jean d'Halewyn († novembre 1336).   **2.** Compagnon d'armes intrépide de Gui de Dampierre.   **3.** Selon KL, Simon de Brigdamme ne vivait plus en 1326.   **4.** « Désiraient les assaillir ».   **5.** « Durement ».   **6.** « En si grande difficulté ».   **7.** « De prime abord ».   **8.** « Blessés ».   **9.** « Actes de prouesse (par de jeunes gentilhommes) ».   **10.** « Attaquèrent ».   **11.** « En combattant avec la lance ».

§ 64. À prendre terre ou havene de Gagant, fu li bataille dure et fière. Car li Flamench qui là estoient, et qui le ville et le havène gardoient et deffendoient, estoient très bonne gent, et de grant apertise plain. Car, par election, li contes de Flandres les y avoit mis et establis, pour garder cel passage contre les Englès. Si s'en voloient acquitter bacelereusement, et faire leur devoir en tous estas[1], ensi qu'il fisent. Là estoient li baron et li chevalier d'Engleterre : premierement, le conte Derbi, filz au conte Henri de Lancastre au Tors Col, li contes de Sufforch, messires Renaulz de Gobehen, messires Loys de Biaucamp[2], messires Guillaumez filz Warine[3], li sires de Bercler[4], messires Gautiers de Manni et pluiseur aultre, qui très vassaument s'i portoient et assalloient les Flamens.

Là eut dure bataille et fort combatue, car il estoient main à main. Et là fisent li pluiseur moult de belles apertises d'armes, et de l'un lés et de l'autre ; mais finablement li Englès obtinrent le place. Et furent li Flamench desconfi et mis en cace. Et en y eut plus de trois mille mors, que sus le havene, que sus les rues, que ens ès maisons. Et là fu pris messires Guis, bastars de Flandres, et mors messires Ducres de Halluin, et messires Jehans de Rodes, et li doi frère de Brukedent et messires Gilles de le Trief et pluiseur aultre : environ vingt six chevaliers et escuiers y furent mort en bon convenant. Et fu la ville prise, pillie et robée, et tous li avoir aportés et mis ens ès vaissiaus avoecques les prisonniers. Et puis fu la ville toute arse et sans deport. Et retournèrent li Englès arrière, et sans damage, en Engleterre, et recordèrent au roy leur aventure. Liquelz fu moult joians, quant il les vit, et sceut comment il avoient esploitiet. Si fist à monsigneur Gui de Flandres

---

1. « Dans toutes les conditions ».   **2.** Erreur probablement pour Jean de Beauchamp, fils de Gui, comte de Warwick. **3.** Guillaume Fitz-Warin, avec Guillaume de Juliers et Guillaume de Hainaut, fut un des « trois bons Guillaume » (KL, XXI, 204) († 1361).   **4.** Thomas de Berkeley fut parmi les vainqueurs, aussi, de Crécy (1346) et de Poitiers (1356).

creanter se foy et obligier prison[1]. Liquels se tourna englès en celle meisme anée, et devint homs au roy d'Engleterre. De quoi li contes de Flandres, ses frères, fu moult courouciés.

§ 65. Apriès le desconfiture de Gagant, ces nouvelles s'espardirent en pluiseurs lieus. Si en furent cil de le partie le roy d'Engleterre tout joiant, et cil de le partie dou conte tout courouciet. Et disoient bien cil de Flandres que sans raison, hors de leur conseil et volenté, li contes les avoit là mis. Si se passa ensi ceste cose. Qui plus y eut mis, plus y eut perdut, fors tant que d'Artevelle, qui avoit sourmonté[2] tous chiaulz de Flandres et en avoit pris le gouvernement, ne vosist[3] nullement que la besongne se fust aultrement portée. Si envoia tantost ses messages en Engleterre devers le roy Edowart, en lui[4] recommendant de coer et de foy; et li segnefia que en avant il li consilloit qu'il passast le mer et venist en Anwiers, par quoi il s'aquintast des Flamens, qui moult le desiroient à veoir. Et supposoit assés que, s'il estoit par deça le mer, ses besongnes en seroient plus clères, et y prenderoit grant pourfit.

Li rois englès à ces parolles entendi volentiers, et fist faire ses pourveances grandes et grosses. Et tantost que cilz yviers fu passés, à l'esté ensieuwant, il monta en mer, bien acompagniés de contes et de barons et d'aultre chevalerie, et passa le mer et arriva en le ville de Anwiers, qui adonc se tenoit pour le duc de Braibant[5]. Si tost c'on sceut qu'il estoit descendus, gens vinrent de tous costés, pour lui veoir et considerer le grant estat qu'il maintenoit. Quant il eut esté assés honnourés et festiiés, il eut advis qu'il parleroit volentiers au duch de Braibant, son cousin, au duch de Guerles, son serourge, au markis de Jullers, à monsigneur Jehan de Haynau, au signeur de Faukemont, et à chiaus dont il esperoit à estre confortés, et qui estoient à lui acon-

---
1. « Engager sa parole et s'assujettir à la prison ».
2. « S'était élevé au-dessus de ». 3. « n'aurait voulu ».
4. « Se ». 5. Édouard III est à Anvers à partir de mai 1338.

venenciet[1], pour avoir leur conseil comment et quant il poroient commencier à faire çou qu'il avoient empris. Ensi le fist. Et vinrent tuit à son mandement à Anwiers, entre le Pentecouste et le Saint Jehan.

Là, furent cil signeur festiiet grandement, à le manière d'Englelerre. Apriès, les traist à conseil li rois, et leur demonstra moult humlement se besongne, et volt savoir d'yaus le certainne intention[2] ; et leur pria qu'il s'en volsissent delivrer[3], car pour çou estoit il là venus, et avoit ses gens tous apparilliés. Se li tourneroit à grant damage, se il ne l'en delivroient apertement[4]. Cil signeur eurent grant conseil ensamble et lonch, car la cose les estraindoit, et si n'estoient point d'acord. Et toutdis avoient regart sour le duc de Braibant, qui n'en faisoit nient bien boine cière, par samblant. Quant il furent longement consilliet, il respondirent au roy Edouwart et disent : « Chiers sires, quant nous venins[5] ci, nous y venins plus pour vous veoir que pour aultre chose. Si n'estions mies pourveu ne avisé de vous respondre sur ce que requis nous avés. Si nous retrairons arrière vers nos gens, cescuns vers les siens, et revenrons à vous à un certain jour, quant il vous plaira. Et vous responderons adonc si plainnement, que li coupe n'en demorra point sour nous. »

Li rois vey bien qu'il n'en aroit aultre chose, à celle fois. Si s'en apaisa atant ; et se acordèrent d'une journée estre ensamble pour respondre le milleur avis, apriès le Saint Jehan trois sepmainnes. Mais bien leur monstra li rois englès les grans frès et les grans damages qu'il soustenoit cescun jour pour leur attente[6] ; car il pensoit qu'il fuissent tout pourveu[7] de lui respondre, quant il vint là, si com il estoit. Et leur dist qu'il ne s'en retourroit jamais en Engleterre, jusques adonc qu'il saroit leur intention tout plainnement. Sur ce, cil signeur se departirent. Li rois demora tous

---

1. « S'étaient engagés envers lui ». 2. « Leur vraie intention ». 3. « Qu'ils voulussent s'exécuter ». 4. « S'ils ne tenaient pas franchement leurs engagements envers lui ». 5. « Vînmes ». 6. « À cause de leurs délais ». 7. « Prêts ».

quois[1] en l'abbeye Saint Bernard, jusques apriès le journée. Li aucun des signeurs et des chevaliers d'Engleterre demorèrent en Anwiers, pour lui faire compaignie. Li aultre aloient esbaniant[2] et esbatant parmi le pays, à grans frais, li uns à Brouxelles, li aultres en Haynau, li pluiseur aval les bonnes villes de Flandres, là où il estoient durement bien venut et bien festiiet. Li dus de Braibant s'en ala à le Leuvre[3], et se tint là un grant temps. Et renvoioit souvent par devers le roi de France, pour lui escuser, et pour priier qu'il ne cruist nulle information senestre[4] encontre lui.

§ 66. Li jours approça et vint que li rois englès attendoit le response de ces signeurs ; mais il se fisent souffissamment escuser et mandèrent[5] au roi qu'il estoient tout appareilliet yaus et leurs gens, ensi que convens estoit, mais qu'il fesist tant au duch qu'il se apparillast, qui estoit li plus proçains, et qui le plus froidement, ce leur sambloit, se apparilloit. Et ossi tost qu'il saroient de certain que li dus seroit apparilliés de mouvoir, il se mouveroient et seroient ossi tost au commencement de le besongne que li dus de Braibant seroit.

Sus ces responses, li dis rois englès fist tant qu'il parla au duch de Braibant, son cousin, et li demonstra le mandement que cil signeur li avoient mandet. Si le pria en amisté et requist, par linage, qu'il se volsist sour ce aviser, par coi nulle deffaute n'en fust trouvée en lui, car il, endroit de lui, se apercevoit bien que il se apparilloit froidement. Et se il n'en faisoit aultre cose, il doubtoit qu'il ne perdist l'ayde et confort de ces signeurs d'Alemagne, par le deffaute de lui. Quant li dus oy çou, il en fu tous confus et dist qu'il s'en consilleroit. Quant il fu longement consilliés, il respondi au roy qu'il seroit assés tost apparilliés, quant

---

1. « Tranquillement ».   2. « (Se) divertissant ».   3. Leeuw, selon S. Luce (SHF, ccxvi) ; mais cette orthographe représente, selon toute apparence, Louvain, la capitale du duché de Brabant.
4. « Défavorable ».   5. « Firent savoir ».

besoins en seroit ; mès il aroitançois[1] parlé à tous ces aultres signeurs, et leur prieroit qu'il volsissent estre à Halle, ou à Destre, encontre lui.

Quant li rois englès veÿ çou, il perchut bien qu'il n'en aroit aultre cose, et que li courouciers ne li pooit riens valoir ; si accorda au duch son pourpos, et dist qu'il envoieroit encores à ces signeurs certains messages de par lui qu'il fuissent, à une journée certainne, contre lui, là où il leur plairoit le mieus. Ensi se departirent li rois et li dus d'ensamble. Message furent envoiiet devers les signeurs de l'Empire, et li certains jours assignés qu'il venroient : ce fu à le Nostre Dame mi aoust. Et fu mis et assis cilz parlemens par tous communs acors, à Halle, pour le cause dou jone conte de Haynau, monsigneur Guillaume, et fu avoech monsigneur Jehan de Haynau, son oncle.

§ 67. Quant cil signeur de l'Empire furent assamblé, si com dessus est dit, en le ville de Halle, il eurent grant parlement et lonch conseil, car li besongne leur estraindoit[2] durement ; à envis[3] poursievoient leurs convenans, et à envis en deffalloient[4] pour leur honneur. Quant il furent très longement consilliet, il respondirent d'un acord au roi englès, et disent ensi : « Ciers sires, nous nos sommes longement consilliet, car vostre besongne nous est assés pesans. Car nous ne veons mies, tout consideré, que nous aions point de cause de deffiier le roi de France à vostre occoison[5], se vous ne pourchaciés que vous aiiés l'acord de l'Empereur, et qu'il nous commande que nous deffions le roi de France de par lui, car il ara bien droite ocquison et vraie par raison, si com nous vous dirons. Et, de donc en avant[6], ne demorra nulle deffaute en nous que nous ne soions apparilliet de faire ce que prommis vous avons sans nulle excusance. La cause que li Emperères poet avoir de deffiier le roi de France est tèle. Il est

---

1. « Avant ». 2. « Les contraignait ». 3. « À contrecœur ».
4. « Manquaient à leur parole ». 5. « Pour votre cause ».
6. « À partir de ce moment ».

certain que convenenciet a esté de lonch temps, et seelet et juret, que li rois de France, quiconques le soit, ne puet ne ne doit tenir ne acquerre riens sus l'Empire. Et cilz rois Phelippes, qui à present règne, a fait le contraire contre son sairement. Car il a acquis le chastiel de Crievecuer, en Cambresis, et le chastiel de Alues, en Pailluel, et pluiseurs aultres hyretages, en le ditte conté de Cambresis, qui est terre de l'Empire et haus fiés et relevée de l'Empereur, et l'a attribuet au dit royaume de France. Par quoi li Emperères a bien cause de lui deffiier et de faire deffiier par nous qui sommes si soubgès : siques nous vous prions et consillons que vous y voelliés painne mettre au pourcacier[1] son acord, pour nostre pais et honneur. Et nous y metterons painne volentiers au pourcacier ossi, à nostre loyal pooir. »

Li rois englès fu tous confus quant il oy ce raport, et bien li sambla que ce fust uns detriemens[2]. Et bien pensa que ce venoit de l'avis le duch de Braibant, son cousin, plus que des aultres. Toutesvoies, il considera assés qu'il n'en aroit aultre chose, et que li courechiers[3] ne li pooit riens valoir. Si en fist milleur samblant qu'il peut, par emprunt[4], et leur dist : « Certes, signeur, je n'estoie mies avisés de ce point ; et se plus tost en fuisse avisés, je en ewisse volentiers fait par vostre conseil, et encores voel faire. Si m'en aidiés à consillier, selonch ce que je sui deça le mer en estragne pays apassés. Et si y ay longement sejourné, et à grant fret. Si m'en voellies donner bon conseil, pour vostre honneur et pour le miène. Car saciés, se jou ay en ce cas nul blasme, vous n'i poés avoir honneur. »

§ 68. Longe cose seroit à raconter tous leurs consaulz et toutes leurs parolles. Acordé fu entre yaus, à le parfin, que li marchis de Jullers iroit parler à l'Empereur ; et iroient des chevaliers et des clers le roy avoec lui, et dou

---

1. « Poursuivre assidûment ». 2. « Atermoiement ». 3. « La colère ». 4. « De manière factice ».

conseil du duc de Guerles ossi, et feroient le besongne a le milleur foy qu'il poroient. Mais li dus de Braibant n'i volt point envoiier, mais presta le chastiel de Louvaing au roy, pour demorer, s'il li plaisoit, jusques à l'estet ; car li rois leur avoit bien dit que nullement il ne s'en retourneroit en Engleterre, car hontes et virgongne li seroit, s'il s'en retournoit sans avoir fait partie de sen emprise, de quoi si grant fame[1] estoit, se li deffaute et negligense n'en demoroit en yaus. Et leur dist qu'il manderoit le jone royne se fame, et tenroient leur hostel ens ou chastiel de Louvaing, puisque li dus, ses cousins, li avoit offiert. Ensi se departi cilz parlemens, et creantèrent tout cil signeur, li un en le presence de l'autre, que jamais il ne querroient nulle excusance ne detriement que, de le feste Saint Jehan Baptiste, qui seroit l'an mil trois cens trente neuf, en avant, il seroient ennemi au roy Phelippe de France, et seroit cescuns apparilliés, ensi que prommis avoit. Cescuns en rala en son lieu. Li marcis de Jullers meut atoute se compagnie pour aler vers l'Empereur. Si le trouvèrent à Floreberg.

Pourquoi feroi je lonch sermon de leurs parolles, ne de leurs requestes ? Je ne les saroie raconter toutes entirement, car je n'i fui mies. Mais li dis marcis de Jullers parla si gracieusement à monsigneur Loeis de Baivière, Empereur de Romme[2] pour le temps, qu'il fisent toutes leurs besongnes et ce pour quoi il estoient là alet. Et y rendi madame Margerite de Haynau, sa femme, grant painne. Et fu adonc li marcis de Jullers fais marcis de Jullers[3], qui en devant estoit contes de Jullers ; et li dus de Guerles[4], qui estoit appellés

---

1. « Renommée ». **2.** Louis V de Bavière, élu empereur en 1314, épousa Marguerite de Hainaut en secondes noces. Il soutint successivement Édouard III et Philippe de Valois († 1347). **3.** Ce fut deux ans avant, en 1336, que le comté de Juliers fut érigé en marquisat (KL, XXII, 9). En 1356, le Juliers fut érigé en duché (SHF, XIV, xlii). **4.** Renaud II, comte, puis duc de Gueldre, épousa en 1332, en secondes noces, Éléonore, fille d'Édouard II d'Angleterre. Froissart reprendra avec plus de détails l'histoire de ces seigneurs de Gueldre et de Juliers dans le Livre III de ses *Chroniques* (SHF, XIV, 221ss).

contes, fais dus de Guerles. Et le impetrèrent ceste augmentation de nom ses gens qui là estoient. Et ossi li Emperères donna commission à quatre chevaliers et à deus clers de droit, qui estoient de son conseil, et pooir de faire le roy englès son vicaire par tout l'Empire ; et li donna grasce par quoi il peuist faire monnoie d'or et d'argent, el nom de lui[1], et commandement que cescuns de ses soubgès obeisist à lui, comme au vicaire et comme à lui meismes. Et de ce prisent li dessus dit instrumens publikes, confremés et saiellés[2] souffissamment de l'Empereur. Quant li dis marcis de Jullers eut fait toutes ses besongnes, il et se compagnie se misent au retour.

§ 69. En ce temporal, li jones rois David d'Escoce, qui avoit perdu grant partie de son royaulme, et ne le pooit recouvrer, pour l'effort[3] dou roy d'Engleterre, son serourge, se parti d'Escoce priveement avoech le royne sa femme, et se misent en mer ; si arrivèrent à Boulongne[4]. Et puis fisent tant qu'il vinrent en France, et droitement à Paris, où li rois Phelippes se tenoit pour le temps, attendans tous les jours que deffiances li venissent dou roy englès et des signeurs de l'Empire, selonch chou qu'il estoit infourmès.

De la venue dou roi d'Escoce fu li rois de France moult resjoys, et le conjoy grandement[5], pour tant qu'il en entendoit à avoir bon confort. Car bien veoit li rois de France et ooit dire tous les jours que li rois d'Engleterre se apparilloit, quanqu'il pooit, pour lui guerroiier, et pour lui oster de son royalme, se il pooit : siques, quant li rois d'Escoce li eut remonstré sa besongne[6] et sa necessité, et en quel istance il estoit là venus, il fu tantost tous aquintés de lui[7], car moult bien se savoit

---

1. « En son nom ». 2. « Confirmés et scellés ». 3. « À cause de la puissance ». 4. David et Jeanne d'Écosse arrivèrent en Normandie au mois de mai 1334. 5. « Et lui fit très bon accueil ». 6. « Besoin », « affaire ». 7. « Il se mit tantôt en bons termes avec lui ».

acointier de chiaus dont il esperoit à avoir pourfit, ensi que pluiseur grant signeur sèvent faire. Se li presenta ses chastiaus pour sejourner à se volenté, et de son avoir pour [despendre], mais qu'il ne volsist faire nul acord ne pais au roi d'Engleterre, fors par son conseil.

Li jones rois d'Escoce reçut en grant gré ce que li rois de France li offri, et li creanta ce qu'il requist tout plainnement. Si sambla adonc au roi de France que c'estoit grans confors pour lui, et grans contraires pour le roi d'Engleterre, se il pooit tant faire que li signeur et baron, qui estoient demoret en Escoce, vosissent et peuissent si ensonniier[1] les Englès qu'il n'en peuist venir par deça le mer, se petit non, pour lui grever, ou qu'il convenist le roi d'Engleterre repasser, pour garder son royaume. Pour ce et en celle intention, il retint ce jone roy d'Escoce et la royne sa femme dalés lui, et les soustint par lonch temps, et leur fist delivrer quanqu'il leur besongnoit[2], car d'Escoce leur venoit il assés petit, pour leur estat parmaintenir. Et envoia li dis rois de France grans messages en Escoce à ces signeurs et barons, qui là guerrioient contre les garnisons dou roy d'Engleterre ; et leur fist offrir grant ayde et grant confort, mais qu'il ne volsissent faire pais[3] ne donner nulles triewes as Englès, se ce n'estoit par se volenté et par son conseil, et par le volenté et conseil de leur signeur le roy d'Escoce, qui tout ce li avoit juret et prommis à tenir.

Sus les lettres et requestes dou roy de France, chil signeur d'Escoce se consillièrent. Quant il furent bien consilliet, et il eurent consideret parfaitement toutes leurs besongnes, et le dure guerre qu'il avoient as Englès, il s'i acordèrent liement[4], et le jurèrent et seellèrent avoech le roy leur signeur. Ensi furent les alliances de ce temps faites entre le roy Phelippe de France et le roi David d'Escoce, qui se tinrent fermes et estables un lonch temps. Et envoia li dis rois de

---

1. « Tant empêcher ».   2. « Tout ce qu'il leur fallait ».
3. « Pourvu qu'ils ne voulussent faire ni la paix ».   4. « Avec joie ».

France gens d'armes en Escoce, pour guerriier les Englès. Et par especial messires Ernoulz d'Andrehen[1], qui puis fu mareschaus de France, et li sires de Garensières, avoech pluiseurs chevaliers et escuiers, y furent envoiiet, et y fisent tamainte belle apertise d'armes, si com vous orés avant en l'ystore. Or me tairai à present de ceste matère, et me retrairai à nostre matère devantrainne[2].

§ 70. Quant li rois Edowars et li aultre signeur à lui alloiiet se furent parti del parlement, si com vous avés oy, li rois se retraist à Louvaing, et fist apparillier le chastiel pour demorer. Et manda à le roine Phelippe, sa femme, se elle voloit venir par deçà le mer, ce li plairoit bien, car il ne pooit de là rapasser toute celle anée. Et renvoia grant fuison de ses chevaliers oultre, pour garder son pays, meismement sus le marce d'Escoce. La royne dessus ditte prist en grant plaisance les nouvelles dou roy, son signeur, et se apparilla, au mieus et au plus tost que elle peut, pour rapasser le mer. Entrues que ces besongnes se detrioient, li aultre chevalier englès, qui estoient en Braibant dalés le roy, s'espardirent aval le pays de Flandres et de Haynau, en tenant grant estat et en faisant grans frais. Et n'espargnoient ne or ne argent, non plus qu'il leur pleuist des nues, et donnoient grans jeuiaus as signeurs, as dames et as damoiselles, pour acquerre le grasce et le loenge de ceulz et de celles entre qui il conversoient; et tant faisoient qu'il l'avoient de tous et de toutes, et meismement dou commun peuple à qui il ne donnoient riens, pour le biel estat qu'il menoient.

Or revinrent de l'Empereur monsigneur Loeis de Baivière, environ le Toussains, li marcis de Jullers et se compagnie. Si segnefia et escrisi, par certains chevaliers, au roy Edouwart de sa venue, et li manda ossi

---

[1]. Voir É. Molinier, « Étude sur la vie d'Arnoul d'Audrehem, maréchal de France », extrait des *Mémoires présentés par divers savants à l'Académie des inscriptions et belles-lettres*, 2ᵉ série, t. VI, Iʳᵉ partie. [2]. « Précédente ».

que, Dieu merci, il avoit bien esploitié. De ces nouvelles fu li rois tous joians, et rescrisi au dit marcis que, à le feste Saint Martin[1], il fust devers lui, et que à ce jour tout li aultre signeur y seroient. Avoech tout çou, li rois englès se consilla au duc de Braibant, son cousin, et li demanda où il voloit que cils parlemens se tenist. Li dus fu avisés de respondre, et ne volt mies adonc qu'il fust en son pays ; et si ne volt mies aler jusques à Tret[2], où la journée euist esté bien seans, pour le cause des signeurs de l'Empire. Ains ordonna et volt que elle fust assise à Herkes[3], qui siet près de son pays, en le conté de Los. Li rois englès, saciés, avoit si grant desir de se besongne avancier, qu'il li convenoit poursiewir et attendre tous les dangiers[4] et les volentés le duch, son cousin, puisqu'il s'i estoit embatus ; et se acorda à çou que li journée fu assignée à Herkes. Si le fist savoir à tous ses alloiiés, qui tout y vinrent à son mandement, au jour de le Saint Martin.

Quant tout furent là venu, saciés que li ville fu durement plainne de signeurs, de chevaliers et d'escuiers, et de toutes aultres manières de gens. Et fu li halle de le ville, là où on vendoit pain et char, qui gaires ne valoit, encourtinée[5] de biaus draps comme la cambre le roy. Et fu li rois englès assis, le couronne d'or moult rice et moult noble sus son chief, plus hault cinq piés que nulz des aultres, sur un banc d'un boucier, là où il vendoit et tailloit se char[6]. Onques tèle halle ne fu à si haute honneur. Là endroit, par devant tout le peuple qui là estoit, et par devant tous les signeurs, furent leutes les lettres l'Empereur, par lesquèles il constituoit le roi d'Engleterre Edouwart son vicaire et son lieutenant pour lui, et li donnoit pooir de faire droit et loy à cascun, el nom de lui, et de faire monnoie d'or u d'argent, ossi el nom de lui. Et commandoit par ses dittes lettres à tous les princes de son Empire, et à tous aultres à lui soubgès, qu'il obeisissent à son vicaire

---

1. La Saint-Martin de Tours, le 11 novembre 1338. 2. Utrecht (Pays-Bas). 3. Herck-la-Ville (Belgique) 4. « Difficultés ». 5. « Garnie de tentures ». 6. « Sa viande ».

comme à lui meismes, et li fesissent feaulté et hommage comme au vicaire de l'Empire[1].

Quant ces lettres furent leutes, cescuns des signeurs fist feaulté et sairement au roi englès, comme au vicaire de l'Empereur. Et tantost, là endroit, fu clamet et respondut entre parties, comme devant l'Empereur, et jugiet droit à le semonse de lui[2]. Et fu là endroit renouvelez et affremès uns jugemens et estatus[3], qui avoit estet fais en le court de l'Empereur dou temps passet, qui telz estoit : que, qui voloit aultrui grever ou porter damage, il le devoit segnefiier souffissamment, trois jours devant son fait ; et qui aultrement le feroit, il devoit estre attains com de mauvais et de villain fait[4]. Chilz estatus sambla estre bien raisonnables à cescun, mais je ne croi mies que depuis il ait estet par tout bien gardés. Quant tout çou fu fait, li signeur se departirent et creantèrent li uns à l'autre de estre apparilliet sans delay à toutes leurs gens, ensi que convenenciet estoient, trois sepmainnes après le Saint Jehan, pour aler devant Cambray, qui doit estre de l'Empire, et estoit tournée par devers le roy de France.

§ 71. Ensi se departirent cil signeur ; cescuns en rala en son lieu. Et li rois Edouwars, vicaires de l'Empire, s'en revint à Louvaing, dalés madame la royne sa femme, qui nouvellement estoit là venue à grant noblèce, et bien acompagnie de dames et de damoiselles. Si tinrent à Louvaing leur tinel[5] moult honnourablement, tout cel yvier. Et fist faire monnoie d'or et d'argent en Anwiers, à grant fuison. Mais pour ce ne cessa mies li dus de Braibant de renvoiier songneusement[6] devers le roy de France monsigneur Loeis de

---

1. Le 5 septembre 1338, Édouard III est proclamé vicaire de l'Empire, à Coblentz.   **2.** « Et aussitôt, sur place, l'affaire fut plaidée et jugée entre les parties, comme si on était en présence de l'Empereur, et jugée légitimement selon ses instructions ».   **3.** « Ordonnance ».   **4.** « Il devait être puni comme coupable d'un acte mauvais et méchant ».   **5.** « Logèrent et nourrirent leur suite ».   **6.** « Avec sollicitude ».

Cranehen, son plus especial chevalier et consilleur, en lui excusant. En le fin, il le fist demorer tout quoi[1] dalés le roy. Et li carga et enjoindi expressement que toutdis il l'escusast devers le roy, et contredesist toutes informations qui pooient venir au dit roi à l'encontre de lui. Li dis monsigneur Loeis n'osa escondire[2] le commandement del duch son signeur ; ains en fist toutdis bien son devoir, à son pooir. Mais au darrain il en eut povre guerredon[3], car il en morut en France de duel, quant on vei apparamment[4] le contraire de ce dont il escusoit le duch si certainnement ; et en devint si confus qu'il n'en volt onques puis retourner en Braibant. Si demora tous cois en France, pour lui oster de souspeçon[5], tant qu'il vesqui : ce ne fu pas longement, si com vous orés en avant recorder en l'ystore

§ 72. Or passa cilz yviers ; li estés revint ; li feste Saint Jehan Baptiste approça. Chil signeur d'Alemagne se commencièrent à apparillier, pour achever leur emprise. Li rois de France se pourvei[6] à l'encontre, car il savoit partie de leur entente, comment qu'il n'en fust point encores deffiiés. Li rois englès fist toutes ses pourveances faire en Engleterre, et ses gens d'armes apparillier et apasser par deça le mer, si tost que li Saint Jehan[7] fu passée. Et se ala tenir il meismes à Vilvort[8] ; et faisoit ses gens, ensi qu'il apasoient oultre et qu'il venoient, prendre hostelz en le ville de Vilvort. Et quant li ville fu plainne, il les fist logier contreval ces biaus prés, selonch le rivière, en tentes et en trés. Et là se logièrent il et demorèrent, de le Magdelainne[9] jusques aprièz le Nostre Dame en septembre[10], en attendant de sepmainne en sepmainne le venue des aultres signeurs, et par especial celle dou duch de Braibant, aprièz qui tout li aultre s'attendoient. Quant li rois englès vei que cil signeur ne venoient point ne apparilliet estoient, il

---

1. « Rester à demeure ».   2. « Refuser ».   3. « Récompense ».   4. « Visiblement ».   5. « Pour se délivrer de tout soupçon ».   6. « Se prépara ».   7. Le 24 juin.   8. Vilvorde, près de Bruxelles.   9. Le 22 juillet.   10. Le 8 septembre.

envoia certains messages viers cascun, et les fist semonre, sour leur creant, qu'il venissent sans nul delai, ensi que creanté avoient, ou il venissent au jour Saint Gille[1] pour parler à lui en le ville de Malignes[2], et lui dire pour quoi il targoient tant.

Li rois Edouwars sejournoit à Vilvort à grant fret, ce puet cascuns savoir, et perdoit son temps ; se li anoioit, et ne le pooit amender[3]. Il soustenoit tous les jours sous ses frès bien seize cens armeures de fier, fleur de gens, tous venus de oultre le mer, et bien dix mille arciers, sans les aultres poursiewans à çou apertenans[4]. Se li pooit bien ce peser, avoech le grant tresor qu'il avoit donnet à ces signeurs qui ensi le detrioient par parolles, ce li pooit bien sambler, et avoecques les grandes armées qu'il avoit establis sour mer contre Genevois, Normans, Bretons, Pikars et Espagnolz, que li rois Phelippes faisoit gesir et nagier sour mer à ses gages, pour les Englès grever ; dont messires Hues Kierés[5], messires Pières Bahucés[6] et Barbevaires[7] estoient amiraut et conduiseur, pour garder les destrois et les passages entre Engleterre et France. Et n'attendoient cil dessus dit escumeur de mer aultre cose que les nouvelles leur venissent que li rois englès, si com on supposoit, euist deffiiet le roy de France, qu'il enteroient en Engleterre, où que ce fust, il avoient jà aviset ù et comment, pour porter au pays grant damage.

§ 73. Quant cil signeur d'Alemaigne, à le semonse dou roi englès, li dus de Braibant et messires Jehans de Haynau vinrent à Malignes, il n'amenèrent pas leurs gens avoech yaus, ne leurs pourveances, pour hostoiier ; mais se traisent par devers le roy, pour parle-

---

1. Le 1er septembre.   2. Malines. Selon d'autres rédactions, cette entrevue se tint soit à Anvers, soit à Vilvorde même.   3. « Changer (en bien) ».   4. « Personnes chargées de cela (la suite de l'armée) ».   5. Hugues Quiéret, amiral de France depuis 1336.   6. Nicolas (et non pas Pierre) Béhuchet, maître des eaux-et-forêts en 1328, trésorier du roi en 1331, maître des comptes en 1338 et amiral de France en 1339.   7. Pietro Barbavera était de Gênes.

menter encores un petit ensamble. Et là il s'acordèrent communement, apriès tout plain de parolles, que li rois englès pooit bien mouvoir à le quinsainne après ou environ, et seroient adonc tout appareilliet. Et pour tant que leur guerre fust plus belle, et que bien apertenoit à faire, puis qu'il voloient guerroiier le roi de France, il se acordèrent de envoiier les deffiances au roi Phelippe : premierement, li rois d'Engleterre Edouwars, qui se fist chiés[1] de tous et de chiaus de son royaulme, ce fu raisons, ossi li dus de Guerles, li marcis de Jullers, messires Robers d'Artois, messires Jehans de Haynau, li marcis de Misse et d'Eurient[2], li marcis de Blankebourc, li sires de Faukemont, messires Ernoulz de Bakehen, li archevesques de Coulongne, messires Galerans, ses frères, et tout li signeur de l'Empire, qui chief se faisoient de le besongne avoech le roi englès. Si furent ces deffiances escriptes et seellées de cescun, excepté dou duch Jehan de Braibant, qui encores s'escusa, et ne se volt mies adonc conjoindre en ces deffiances, et dist qu'il feroit son fait à par lui, à tamps et à point. De ces deffiances aporter en France fu priiés et cargiés li evesques de Lincolle, qui bien s'en acquitta, car il les aporta à Paris, et fist son message bien et à point, tant qu'il ne fu de nullui repris ne blamès[3]. Et li fu delivrés un saufconduis pour retourner arrière devers le roy, son signeur, qui se tenoit à Malignes.

Or vous voel je parler de deus grans entrepresures d'armes que messires Gautiers de Manni fist, en le propre sepmainne que li rois de France fu deffiiés. Si tretost comme il peut sentir et percevoir que li rois de France devoit ou pooit estre deffiiés, il pria et cueilla environ quarante lances de bons compagnons seurs et hardis, et chevauça tant de nuit que de jours, qu'il vint en Haynau, et se bouta ens ès bos de Blaton[4]. Et encores ne savoit nulz quel cose il voloit faire, mès il

---

1. « Chef ».   2. Le marquis de Meersen et d'Otterland.
3. L'évêque de Lincoln porta les défis à Philippe VI à Paris au début du mois d'octobre 1338.   4. Blaton (Belgique), à 26 km de Tournay.

s'en descouvri là à aucuns de ses plus secrés, et leur dist qu'il avoit prommis et voé[1] en Engleterre, present dames et signeurs, que ce seroit li premiers qui enteroit en France et y feroit guerre, et prenderoit chastiel ou forte ville, et y feroit aucune apertise d'armes : si estoit sen entente que de chevaucier jusques à Mortagne[2], et de sousprendre le ville qui se tient dou royaume.

Chil à qui il s'en descouvri li acordèrent liement. Adonc recenglèrent il leurs chevaus et restraindirent[3] leurs armeures, et chevaucièrent tout sieret, et passèrent les bos de Blaton et de Brifuel[4], et vinrent droit à un ajournement, un petit devant soleil levant[5], à Mortagne. Si trouvèrent d'aventure le guicet[6] ouvert. Adonc descendirent il messires Gautiers de Manni tout premiers, et aucuns des compagnons, et entrèrent en le porte tout quoiement, et establirent aucuns des leurs pour garder le porte, par quoi il ne fuissent souspris ; et puis s'en vinrent tout contreval la rue[7], messires Gautiers de Manni et son pennon[8] tout devant, devers le grosse tour et les chaingles[9]. Si le cuidièrent ossi trouver mal gardée, mais il fallirent à leur entente, car les portes et li guicet estoient fremet bien et estroitement. Ossi la gette dou chastiel oy la friente[10] et les perçut de sa garde. Si fu tous esbahis, et commença à sonner et à corner en sa buisine[11] : « Trahi ! trahi ! » Si esvillièrent toutes gens et li saudoiier dou chastiel, mais point ne vuidièrent[12] de leur fort.

Quant messires Gautiers de Manni senti les gens de Mortagne esmouvoir, il se retraist tout bellement devers le porte, mais il fist bouter le feu en le rue contre le chastiel, qui tantost s'esprist et aluma. Et furent bien à ceste matinée soixante maisons arses, et

---

1. « Fait un vœu ».   2. Mortagne, non loin de Valenciennes, près du confluent de l'Escarpe et de la Scarpe.   3. « Rajustèrent ».   4. Briffœuil, à 17 km de Tournay.   5. « Juste au point du jour, (ou plutôt) un peu avant le lever du soleil ».   6. « Guichet (petite porte pratiquée dans une grande) ».   7. « Puis allèrent descendre tout droit la rue ».   8. « Porte-enseigne ».   9. « Remparts ».   10. « Vacarme ».   11. « Trompette ».   12. « Sortirent ».

les gens de Mortagne moult effraet, car il cuidièrent
estre tout pris. Mais li sires de Manni et ses gens se
partirent de le ville, et chevaucièrent arrière devers
Condet[1], et passèrent là l'Escaut et le rivière de le
Haine ; et chevaucièrent le chemin de Valenciènes et
le costiièrent à le droite main, et vinrent à Denaing[2],
et se rafreschirent en l'abbeye. Et puis passèrent oultre
devers Bouchain[3], et fisent tant au chastellain de Bouchain que les portes leur furent ouvertes, et passèrent
là une rivière[4] qui y keurt, qui se refiert en l'Escaut[5],
et vient d'amont devers Alues, en Pailluel[6].

Apriès ce, quant il furent tout oultre Bouchain et le
rivière, il s'en vinrent à un fort chastiel, qui se tenoit
de l'evesque de Cambrai et de Cambresis, et l'appelloit
on Thun l'Evesque, et siet sus le rivière d'Escaut[7]. En
che chastiel, n'avoit adonc nulle garde souffissans, car
li pays ne cuidoit nient[8] estre en guerre. Si furent cil
de Thun soubdainnement souspris, et li chastiaus pris
et conquis, et li chastelains et sa femme dedens. Et en
fist li sires de Manni une bonne garnison, et y ordonna à
demorer un sien frère chevalier, qui s'appelloit messires
Gilles de Manni, c'on dist Grignart, liquelz fist depuis
ce jour pluiseurs destourbiers[9] à chiaus de Cambresis
et de le cité de Cambrai, car li chastiaus siet à une liewe
de Cambrai. Quant messires Gautiers de Manni eut fait
ses emprises, il s'en retourna francement[10] en Braibant
devers le roy englès, son signeur, et le trouva à Malignes ; se li recorda une partie de ses chevaucies. Li rois
les oy volentiers et les retint à grant vasselage.

§ 74. Vous avés bien ci dessus oy recorder sus quel
estat li signeur de l'Empire se partirent dou roy englès
et dou parlement qui fu à Malignes, et comment il

---

1. Condé-sur-l'Escaut (Nord).   2. Denain, à 8 km à l'ouest de
Valenciennes.   3. Bouchain, à 15 km au sud-ouest de Valenciennes.   4. La Sensée.   5. « Qui y passe et se jette dans l'Escaut ».   6. Arleux (Nord).   7. Le château de Thun-l'Évêque
se situait au nord de Cambrai, sur la rive gauche de l'Escaut.
8. « Aucunement ».   9. « Embarras ».   10. « Directement ».

Philippe VI renforce les garnisons du Nord

envoiièrent deffiier le roy de France. Sitos que li rois Phelippes se senti deffiiés dou roy englès et de tous ses alloiiés, il vei bien que c'estoit acertes et qu'il aroit le guerre. Si se pourvei selonch ce bien et grossement, et retint gens d'armes et saudoiiers[1] à tous lés, et envoia grans garnisons en Cambresis, car il pensoit bien que de ce costé il aroit premierement l'assaut. Et envoia monsigneur le Galois de le Baume[2], un bon chevalier de Savoie, dedens Cambrai, et l'en fist chapitainne, avoecques monsigneur Thiebaut de Moruel[3] et le signeur de Roie[4]. Et estoient bien, Savoiien que François, deux cens lances. Et envoia encores li dis rois Phelippes saisir le conté de Pontieu[5], que li rois d'Engleterre avoit tenu en devant de par ma dame, se mère. Et manda et pria à aucuns signeurs de l'Empire, telz que le conte de Haynau, son neveu, le duch de Loerainne[6], le conte de Bar[7], l'evesque de Mès[8], l'evesque de Liège, monsigneur Aoulz de le Marce, que il ne fesissent nul mauvais pourcach contre lui ne à son royalme. Li plus de ces signeurs li mandèrent que ossi ne feroient ilz. Et adonc li contes de Haynau li rescrisi moult courtoisement et li segnefia qu'il seroit appareilliés à li et à son royalme à aidier[9], à deffendre et à garder contre tout homme. Mais, se li rois englès voloit guerriier en l'Empire, comme vicaires et lieutenans de l'Empereur, il ne li pooit refuser son pays ne son confort, car il tient en partie sa terre de l'Empereur ; se li doit, ou à son vicaire, toute obeissance. De ces rescripsions[10] se contenta li rois de France assés bien, et les laissa passer

---

1. « Soldats, mercenaires ».   2. Étienne, dit le Gallois de la Baume, grand-maître des arbalétriers de France.   3. Thibaut de Moreuil, mort à la bataille de Crécy.   4. Jean II, sire de Roye.   5. Isabelle de France, mère d'Édouard III, reçut le titre de comtesse de Ponthieu le 24 septembre 1334.   6. Raoul, duc de Lorraine, mort à la bataille de Crécy. Il épousa Marie de Blois, fille de Gui de Châtillon et de Marguerite de Valois.   7. Édouard, comte de Bar, fils d'Éléonore d'Angleterre. Il épousa Marie de Bourgogne et mourut en 1336 dans l'île de Chypre.   8. Adhémore de Monteil.   9. « Il serait tout préparé à l'aider, lui et son royaume ».   10. « Réponses par correspondance ».

legierement, et n'en fist nul grant compte, car il se sentoit fors assés pour resister contre tous ses ennemis.

Si tretost que messires Hues Kierés et si compagnon, qui se tenoient sus mer, entendirent que les deffiances estoient, et la guerre ouverte entre France et Engleterre, il en furent tout joiant ; si se departirent avoecques leur armée, où il avoit bien vint mille combatans de toutes manières de gens, et singlèrent vers Engleterre, et vinrent un dimence au matin ou havene de Hantonne, entrues que les gens estoient à messe[1]. Et entrèrent li dit Normant et Genevois en le ville et le prisent et le pillièrent et robèrent tout entierment, et y tuèrent moult de gens, et violèrent pluiseurs dames et pucelles, dont ce fu damages ; et chargièrent leurs naves et leurs vaissiaus dou grant pillage qu'il trouvèrent en le ville, qui estoit plainne et drue et bien garnie, et puis rentrèrent en leurs nefs. Et quant li flos[2] de le mer fu revenus, il desancrèrent et singlèrent à l'esploit dou vent[3] devers Normendie, et s'en vinrent rafrescir a Dièpe ; et là departirent il leur butin et leur pillage. Or retourrons nous au roy englès, qui se tenoit à Malignes, et se apparilloit fort pour venir devant Cambray.

§ 75. Li rois englès se parti de le ville de Malignes et vint à Brousselles pour parler au duch de Braibant, son cousin, et toutes ses gens passèrent au dehors. Donc s'avalèrent Alemant efforciement[4], li dus de Guerles, li marcis de Jullers, li marchis de Blankebourch, li marchis de Misse et d'Eurient, li contes des Mons, li contes de Saumes, li sires de Faukemont, messires Ernoulz de Bakehen et tout li signeur de l'Empire alloiiet au roy englès ; et estoient bien vint mille hommes. D'autre part, estoit messires Jehans de Haynau, qui se pourveoit grossement pour estre en ceste chevaucie, mais il se tenoit

---

1. Ce fut un dimanche, vers la Nativité de la Vierge (le 8 septembre), que Hugues Quiéret et ses Normands surprirent le port de Southampton. 2. « Marée ». 3. « Sous l'effet du vent ».
4. « Alors les Allemands descendirent en force ».

dalés le conte de Haynau, son neveut. Quant li rois englès et messires Robers d'Artois furent venu à Brousselles, et il eurent parlé au duc de Braibant assés et de pluiseurs coses, il demandèrent au dit duch quelle estoit se intention, de venir devant, ou dou[1] laissier. Li dus à ceste parolle respondi et dist que, si tretost que il poroit savoir que il aroit assegiet Cambray, il se trairoit de[2] ceste part à douze cens lances, bien estoffés[3] de bonnes gens d'armes. Ces responses souffirent bien au roy englès adonc et à son conseil.

Si se parti li dis rois de Brousselles et passa parmi le ville de Nivelle[4], et là jut[5] une nuyt. À lendemain, il vint à Mons en Haynau, et là trouva le jone conte, son serourge, et monsigneur Jehan de Haynau, son oncle, qui le reçurent moult liement, et monsigneur Robert d'Artois qui estoit toutdis dalés lui et de son plus secret conseil, et environ seize ou vint grant baron et chevalier d'Engleterre que li dis rois menoit avoech lui, pour sen honneur et son estat et pour lui consillier. Et si y estoit li evesques de Lincolle, qui moult estoit renommés en ceste chevaucie, de grant sens et de proèce. Si se reposa li rois englès deux jours à Mons en Haynau, et y fu grandement festiiés dou dit conte et des chevaliers dou pays. Et toutdis passoient ses gens et se logoient sus le plain pays, ensi qu'il venoient, et trouvoient tous vivres apparilliés pour leurs deniers[6] ; li aucun paioient et li aultre non.

Ensi se approchièrent les besongnes dou roy englès, et s'en vint à Valenciènes, et y entra tant seulement li douzime de chevaliers[7]. Et jà y estoient venu li contes de Haynau et messires Jehans de Haynau, ses oncles, li sires d'Enghien[8], li sires de Fagnuelles[9], li sires de

---

1. « De le ».   2. « Il irait ».   3. « Renforcés ».   4. À 32 km de Bruxelles.   5. « Se reposa ».   6. « À leur disposition en échange de leur argent ».   7. « Avec douze chevaliers seulement ».   8. Gérard d'Enghien, châtelain de Mons et seigneur d'Havré († avril 1361).   9. Hugues, seigneur de Fagnolle et de Wiège, devint feudataire de Philippe de Valois et servait en 1342 dans l'ost du duc de Normandie, en Bretagne.

Wercin[1], li sires de Haverech[2], et pluiseur aultre chevalier, qui se tenoient dalés leur signeur, et rechurent le roy englès moult liement. Et l'en mena li dis contes par le main jusques en la Salle, qui estoit toute arrée[3] et appareillie pour lui rechevoir. Donc il avint que, en montant les degrés de le Salle, li evesques de Lincolle, qui là estoit presens, leva sa vois et dist : « Guillaume d'Ausonne, evesques de Cambray, je vous amonneste[4], comme procurères de par le roy d'Engleterre, vicaire de l'empereur de Romme, que vous voelliés ouvrir le cité de Cambray ; aultrement, vous vos fourfaites, et y enterons de force. » Nulz ne respondi à ceste parolle[5], car li evesques n'estoit point là presens. Encores parla li dis evesques de Lincolle et dist : « Contes de Haynau, nous vous amonnestons, de par l'empereur de Romme, que vous venés servir le roy d'Engleterre, sen vicaire, devant Cambray, à ce que vous devés de gens[6]. » Li contes, qui là estoit, respondi et dist : « Volentiers. » Apriès ces parolles, il entrèrent en le Salle et menèrent le roy englès en sa cambre. Assés tost apriès, fu li soupers appareilliés, qui fu grans et biaus et bien ordonnés. A lendemain, au matin, se parti li rois englès de Valenciènes, et s'en vint à Haspre[7] ; et là se loga et reposa deux jours, attendans ses gens qui venoient, dont il en y avoit grant fuison[8], tant d'Engleterre comme d'Alemagne.

§ 76. Quant li rois englès eut esté deux jours à Haspre, et que là moult de ses gens furent passet et venu à Nave[9] et là environ, il s'en parti et s'en vint

---

1. Gérard de Werchin, sénéchal héréditaire de Hainaut. Il épousa Isabeau d'Antoing.   2. Voir KL, XXI, 331-2.   3. part. passé de *arreer* : « arrangée ».   4. « Exhorte ».   5. Guillaume d'Auxonne répondit à cette sommation en lançant l'interdit contre le comte de Hainaut.   6. « Avec ce que vous lui devez d'hommes d'armes ».   7. Haspres, Nord (59198), ville à mi-chemin entre Valenciennes et Cambrai.   8. « Foison », « grande quantité ».   9. Naves, Nord (59161), à 8 km au nord-est de Cambrai.

devers Cambray, et se loga à Yvuis[1], et assega la cité de Cambray de tous poins[2], et toutdis li croissoient gens, Là vint li jones contes de Haynau en très grant arroy[3], et messires Jehans de Haynau, ses oncles, et se logièrent assés près dou roy ; apriès, li dus de Guerles et ses gens, li marchis de Jullers et se route[4], li marchis de Misse et d'Eurient, li marcis de Blankebourch et leurs routes, li contes des Mons, li contes de Saumes, li sires de Faukemont, messires Ernoulz de Bakehen, et ensi tout li aultre ; et toutdis leur croissoient[5] gens.

Au sixime jour que li rois englès et tout cil signeur se furent logiet devant Cambray, vint li dus de Braibant en l'ost, moult estoffeement[6] et en grant arroy. Et avoit bien neuf cens lances, sans les aultres armeures de fer, dont il avoit grant fuison. Et se loga devers Ostrevan[7] sus l'Escaut, et fist on un pont sus le rivière, pour aler de l'une host à l'autre. Lorsque li dus de Braibant fu venus, il envoia deffiier le roy de France qui se tenoit à Compiègne. De quoi messires Loys de Cranehen, qui toutdis l'avoit escuset, en fu si confus qu'il en morut de duel[8], dont ce fu damages pour ses amis.

Che siege durant devant Cambray, il y eut pluiseurs assaus, escarmuces et paletis[9]. Et chevauçoient par usage messires Jehans de Haynau et li sires de Fauquemont ensamble : dont il ardirent et foulèrent durement le pays. Et vinrent cil signeur, un jour, et leurs routes, où il avoit bien cinq cens lances et mille aultres combatans, au chastiel de Oisi[10], en Cambresis, et y livrèrent un très grant assaut. Et, se ne fuissent li chevalier et li escuier qui dedens estoient, il l'euissent pris et de force. Mais si bien se deffendirent cil de dedens, qui

---

1. Iwuy, à 8 km au nord-ouest de Cambrai.   2. Le siège de Cambrai dura du 25 septembre au 8 octobre 1339.   3. « Ordre de bataille ».   4. « Compagnie ».   5. « Et toujours leurs rangs augmentaient en nombre ».   6. « Équipé ».   7. Cet apanage des fils aînés des comtes de Hainaut s'étendait au sud-ouest de Valenciennes, sur les rives de l'Escaut.   8. « Douleur ».   9. « Combats ».   10. Le château et la châtellenie d'Oisy appartenaient à Enguerrand de Coucy.

là estoient de par le signeur de Couci[1], qu'il n'eurent point de damage. Et retournèrent li dessus dit signeur et leurs routes en leurs logeis.

§ 77. Encores ce siege durant par devant Cambray, vint par un samedi li contes Guillaumes de Haynau, qui estoit moult bacelereus[2], atout chiaus de son pays, dont il y avoit très bonne gent devant le cité de Cambray, à le porte de Saint Quentin, et y livra grant assaut. Et là fu Jehans Chandos[3], qui adonc estoit escuiers très appers et bons bacelers, et se jetta entre les barrières et le porte oultre au lonch d'une lance[4] ; et là se combati à un escuier de Vermendois moult vaillamment, qui s'appelloit Jehans de Saint Digier[5]. Et fisent adonc li uns sus l'autre pluiseurs belles apertises d'armes. Et conquisent de force li Haynuier le baille[6]. Et là estoit li contes de Haynau, en très bon convenant[7], et ses seneschaus messires Gerars de Wercin, et messires Henris d'Antoing[8] et tout li aultre qui s'avançoient et enventuroient[9] hardiement pour leur honneur.

À une porte, c'on dist le porte Robert[10], estoient li sires de Byaumont, li sires de Fauquemont, et messires Gautiers de Manni et leurs gens, et y fisent un très fort et dur assaut. Mais, se il assalloient fortement et durement, chil de Cambray, et li saudoiier que li rois de France y avoit ossi envoiiés, se deffendoient vassaument et par grant avis. Et fisent tant que li dessus dit assallant n'i conquisent riens, mais retournèrent bien

---

1. Enguerrand V de Coucy, fils de Guillaume de Coucy et d'Isabeau de Châtillon († 1344). 2. « Vaillant ». 3. Chevalier et commandant distingué d'Édouard III, Jean Chandos fut un patron de Froissart († 1370). 4. « Et se lança sur la distance d'une lance au-delà de l'enceinte devant la porte ». 5. Selon KL (XXIII, 67), il s'agit de Jean de Saint-Dizier, qui devint plus tard grand queux (cuisinier) de France († vers 1367). Luce propose « Josseran, sire de Saint-Disier » (SHF, I, ccxxxiv, n2). 6. Ouvrage en palissade élevé en avant d'une porte. 7. « État », « situation ». 8. Mort à la bataille de Staveren en 1345. 9. « S'aventuraient ». 10. Froissart nomme trois portes de Cambrai : celle-ci, celle de Saint-Quentin et celle de Douai.

lasset et bien batu à leurs logeis ; si se desarmèrent et pensèrent dou reposer[1]. Et vint là li jones contes Guillaumes de Namur[2] servir le conte de Haynau, par priière ; et disoit qu'il se tenroit de leur partie bien et volentiers, tant qu'il seroient sus l'Empire ; mais, si tretost qu'il enteroient sus le royaume de France, il s'en iroit devers le roy Phelippe qui l'avoit retenu ossi. C'estoit li intentions dou conte de Haynau ; et commandoit estroitement à ses gens que nulz, sus le hart[3], ne fourfesist[4] riens au royaume de France.

§ 78. Entrues que[5] li rois d'Engleterre seoit devant le cité de Cambray, à bien quarante mille hommes, et que moult les constraindi d'assaus et de pluiseurs fais d'armes, faisoit li rois Phelippes de France son mandement[6] à estre à Perronne, en Vermendois, et là environ, car il avoit intention de chevaucier contre les Englès, qu'il sentoit moult efforciement[7] en Cambresis. Donc les nouvelles en vinrent en l'ost d'Engleterre, que li rois Phelippes faisoit un grant amas des nobles de son royalme. Si regarda li rois englès et considera pluiseurs coses. Et se consilla principalment à chiaus de son pays, et à monsigneur Robert d'Artois, en qui il avoit moult grant fiance ; et leur demanda lequel il estoit le milleur à faire, ou d'entrer ou royaume de France et venir contre son adversaire le roy Phelippe, ou de lui tenir devant Cambray, tant que par force il l'euist conquise.

Li signeur d'Engleterre et ses estrois[8] consaulz imaginèrent pluiseurs coses, et regardèrent que la cité de Cambray estoit malement forte, et bien pourveue de gens d'armes et d'artillerie, et ossi de tous vivres, selonch leur espoir[9], et que longe cose seroit de là tant sejourner et estre que il l'euissent conquis. Dou quel

---

1. « S'employèrent à se reposer ». 2. Comte de Namur depuis 1336, Guillaume de Namur épousa en premières noces Jeanne de Hainaut, fille unique de Jean de Hainaut. 3. « Sous peine de pendaison ». 4. « Fît du mal à ». 5. « Pendant que ». 6. « Convocation (d'armes) ». 7. « Puissamment armés ». 8. « Intime ». 9. « À leur avis ».

conquès il n'estoient mies encores bien certain. Et si approçoit li yviers, et si n'avoient encores fait nul fait d'armes, ne apparant n'estoit dou faire, et sejournoient là à grant frait. Se li consillièrent, tout consideré, que il se deslogast et chevauçast avant ou royaume. Là trouveroient il largement à vivre et mieus à fourer[1].

Cilz consaulz fu creus et tenus. Donc s'ordonnèrent tout li signeur à deslogier, et fisent tourser[2] tentes et trés[3] et toutes manières de harnois[4]. Et se deslogièrent tout communalment, et se misent à voie et chevaucièrent devers le Mont Saint Martin[5], qui à ce costé est li entrée de France. Et chevauçoient ordeneement, et par connestablies[6], cescuns sires entre ses gens. Et estoient marescal de l'host englesce li contes de Norhantonne et de Clocestre[7] et li contes de Sufforc[8], et connestables d'Engleterre li contes de Warvich[9]. Et passèrent assés priès dou Mont Saint Martin, li Englès, li Alemant et li Braibençon le rivière d'Escaut, tout à leur aise, car elle n'est mies là endroit[10] trop large.

§ 79. Quant li contes de Haynau eut conduit et acompagnié le roy d'Engleterre jusques au departement de l'Empire, et qu'il devoit passer l'Escaut et entrer ou royaume, il prist congiet à lui et li dist, tant qu'à celle fois, il ne chevauceroit plus avoecques lui; et que il estoit priiés et mandés dou roy, son oncle, à cui il ne voloit point de hayne, mais l'iroit servir ou royaume en tel manière comme il l'avoit servi en l'Em-

---

1. « Fourrager ».   2. « Empaqueter », « emballer ».   3. « Pavillons ».   4. « Armures ».   5. Abbaye de prémontrés, 17 km au nord de Saint-Quentin (Aisne).   6. « Compagnies de gens d'armes ».   7. Guillaume de Bohun, comte de Northampton le 17 mars 1337, fils d'Élisabeth, sœur du roi Édouard II. Guillaume est peut-être aussi le comte de « Gloucester ».   8. Robert Ufford, comte de Suffolk le 16 mars 1337 et amiral de la flotte du Nord en 1344, mourut en novembre 1369.   9. Thomas de Beauchamp, comte de Warwick, créé, le 10 février 1344, maréchal d'Angleterre, amiral, le 17 juillet 1360, de toutes les flottes anglaises. Mort de la peste à Calais, le 13 novembre 1369.   10. « À cet endroit-là ».

pire. Et li rois dist : « Diex y ait part ! » Donc se parti li contes de Haynau dou roy d'Engleterre, et toutes ses routes[1], et li contes de Namur avoeques lui, et s'en revinrent arrière au Kesnoy[2]. Et donna li contes congiet le plus grant partie de ses gens, mais il lor dist et pria qu'il fuissent tout pourveu car il voloit aler, dedens brief jour, devers le roy son oncle. Et il li respondirent que ossi seroient il. Or parlerons nous dou roy d'Engleterre, et de tous ses alloiiés, comment il perseverèrent.

Si tretost que li rois englès eut passet le rivière d'Escaut, et il fu montés sus le royaume, il appella Henri de Flandres[3], qui estoit jones escuiers, et le fist là chevalier, et li donna deux cens livres de revenue à l'estrelin[4] cascun an, et li assigna bien et souffissamment en Engleterre. Depuis, vint li rois logier en l'abbeye dou Mont Saint Martin[5], et là se tint par deux jours ; et toutes ses gens estoient espars sus le pays environ lui. Si estoit li dus de Braibant logiés en l'abbeye de Vaucelles[6].

Quant li rois de France, qui encores se tenoit à Compiègne, entendi ces nouvelles que li rois englès approçoit Saint Quentin, et estoit logiés sus le royaume, si renforça son mandement par tout, et envoia son connestable le conte Raoul d'Eu et de Ghines[7], atout grant gent d'armes, à Saint Quentin, pour garder le ville et le frontière sus les ennemis, et renvoia le signeur de Couci[8] en sa terre et le signeur de Hen[9] en le sienne. Et envoia encores grant gent d'armes en

---

1. « Troupes ». 2. Le Quesnoy à 8 km au nord de Lille. 3. Le plus jeune des fils de Guy de Dampierre. 4. La monnaie anglaise en argent (« pound sterling »). 5. Mont-Saint-Martin (Aisne, arr. Saint-Quentin, c. Le Câtelet, c. Gouy) : abbaye de prémontrés du diocèse de Cambrai (SHF, I, ccxxxv, n1). 6. Abbaye cistercienne, à Crèvecœur-sur-l'Escaut, à 7 km au sud de Cambrai. 7. Raoul de Brienne devint connétable vers 1332 et mourut le 18 janvier 1344. 8. Enguerrand V († 1344). 9. Ham, à 19 km au sud-ouest de Saint-Quentin.

Guise[1] et en Ribeumont[2], à Bohain[3] et as forterèces voisines, sus le royaume, pour les garder des ennemis. Et descendi devers Perronne en Vermendois, à grant fuison de gens d'armes, de dus, de contes et de barons avoech lui. Et toutdis li croissoient gens de tous lés, et se logoient sus celle belle rivière de Somme, entre Saint Quentin et Peronne.

§ 80. Entrues que li rois englès se tenoit en l'abbeye dou Mont Saint Martin, ses gens couroient tout le pays là environ jusques à Bapaumes, et bien près de Perronne et de Saint Quentin. Si trouvoient le pays plain et gras, et pourveu de tous biens, car il n'avoient onques mès eu point de guerre. Or avint ensi que messires Henris de Flandres, en se nouvelle chevalerie, et pour son corps avancier et accroistre sen honneur, se mist un jour en le compagnie et cueilloite[4] de pluiseurs bons chevaliers, des quels messires Jehans de Haynau estoit chiés[5]. Et là estoient li sires de Faukemont, li sires de Berghes[6], li sires de Baudresen[7], li sires de Kuc[8] et pluiseur aultre ; tant qu'il estoient bien cinq cens combatans. Et avoient aviset une ville assés près de là, que on appelle Honnecourt[9], où li plus grant partie dou pays estoient retret[10], sus le fiance de[11] le forterèce, et y avoient mis tous leurs biens. Et jà y avoient esté messires Ernoulz de Bakehen, et messires Guillaumes de Duvort[12] et leurs routes, mès riens n'i

---

1. Ville, à 24 km à l'est de Saint-Quentin. 2. Ribemont, à 12 km à l'est de Saint-Quentin. 3. Bohain-en-Vermandois, à 17 km au nord-est de Saint-Quentin. 4. « Rassemblement ». 5. « Chef ». 6. Arnould de Wesemaele, sire de Berghes. 7. Gérard Van der Heyden, *drossart* (sorte d'officier municipal) de Brabant et seigneur de Bautersem. Édouard III le fait sénéchal de Pontieu en 1363. 8. Othon de Cuyck († *c.* 1350). 9. Site d'une abbaye de l'ordre de Cîteaux dans le diocèse de Cambrai. Honnecourt-sur-Escaut (59266) fut attaqué le 14 octobre 1339. 10. « Retirée ». 11. « Par confiance en ». 12. Guillaume de Duvenvoorde, créditeur de Jean de Hainaut († 1553).

avoient fait. Donc, ensi que par arramie[1], tout cil signeur dessus nommet s'estoient queilliet[2] en grant desir de là venir, et de faire lor pooir dou conquerre[3].

À ce donc avoit dedens Honnecourt un abbet, de grant sens et de hardie entrepresure, et estoit moult hardis et vaillans homs as armes. Et bien apparut, car il fist, au dehors de le porte de Honnecourt, faire et carpenter en grant haste unes bailles[4], et mettre et assir[5] au travers de le rue ; et y avoit, entre l'un bauch et l'autre, environ demi piet de crues et d'ouvreture[6]. Et puis fist armer toutes ses gens, et cescun aler as garites, pourveu de pières, de cauch[7] et de tèle artillerie qu'il apertient pour deffendre. Et si tretost comme cil signeur dessus nommet vinrent à Honnecourt, ordonné par bataille, et en grosse route et espesse de gens d'armes durement, il se mist entre les bailles et le porte de le ville, en bon convenant, et fist le porte de le ville ouvrir toute arrière, et monstra et fist bien cière[8] et manière de deffense. Là vinrent messires Jehans de Haynau, messires Henris de Flandres, li sires de Faukemont, li sires de Berges et li aultre, qui se misent tout à piet. Et approcièrent ces bailles, qui estoient fortes durement, cescuns son glave en son poing. Et commencièrent à lancier, et à jetter grans cops à chiaus de dedens ; et cil de Honnecourt, à yaus deffendre vassaument. Là estoit dans abbes, qui mies ne s'espargnoit, mais se tenoit tout devant, en très bon convenant, et recueilloit[9] les horions moult vaillamment, et lançoit à le fois ossi grans cops moult apertement. Là eut fait tamainte belle apertise d'armes, et assaut très dur et très fier, et tamaint homme mort et bleciet, car cil qui estoient as murs et as garittes jettoient contreval pières et baus et pos plains de cauch, pour plus ensonniier les

---

1. « Arrangement », « serment ».   2. « Rassamblés ».   3. « De faire de leur mieux pour le conquérir ».   4. « Une double palissade ».   5. « Et la placer et dresser ».   6. « Et il y avait d'un poteau à l'autre environ un demi-pied d'espace et d'ouverture ».   7. « Chaux vive ».   8. « Mine ».   9. « Absorbait ».

assallans. Là estoient li baron et li chevalier devant les barrières, qui y faisoient merveilles d'armes.

Et avint ensi que messires Henris de Flandres, qui se tenoit tout devant, son glave[1] empuignié, lançoit les horions grans et perilleus. De quoi dans abbes, qui estoit fors et hardis, apuigna[2] le glave au dit monsigneur Henri. Et tout paumiant[3] et en tirant vers lui, il fist tant que, parmi les fendures des barrières, il vint jusques au brach le dit monsigneur Henri, qui ne voloit mies son glave laissier aler, pour sen honneur. Adonc, quant li abbes tint le brach dou chevalier, il le tira si fort à lui qu'il l'encousi[4] ens ès bailles, jusques as espaules, et le tint là à grant meschief, et l'euist sans faulte sachiet ens[5], se les bailles fuissent ouvertes assés. Si vous di que li dis messires Henris ne fu mies, le temps que li abbes le tint, à sen aise, car il estoit fors et durs et le tiroit sans espargnier. D'autre part, li chevalier tiroient contre lui pour rescourre[6] monsigneur Henri. Et dura ceste luite et chilz tireis[7] moult longement, et tant que messires Henris fu durement grevés. Toutesfois, de force, il fu rescous, mais sa glave demora par grant proèce devers[8] l'abbet qui le garda, depuis, moult d'anées, et encores est elle, je croi, en le salle de Honnecourt. Toutefois, elle y estoit, quant je trettai[9] ce livre, et me fu monstrée, par un jour que je passai par là ; et m'en fu recordée la verité et li manière de l'assaut, comment il fu fais ; et le gardoient encores les moynes en grant parement[10].

---

1. « Lance ».   2. « Empoigna ».   3. « Et tout en le tenant à pleines mains ».   4. « Enfonça ».   5. « Tiré à l'intérieur ».   6. « Secourir ».   7. « Presse », « tiraillement ».   8. « Du côté de », « chez ».   9. « Composai » (ou « préparai » peut-être). Froissart emploie toujours le passé quand il parle de la composition de son œuvre. Cet épisode, dans lequel l'auteur décrit le combat victorieux de l'abbé de Honnecourt, absent de la rédaction d'Amiens, se retrouve dans la rédaction de Rome (p. 322), sans, toutefois, ce souvenir oculaire de l'écrivain.   10. « Ostentation ».

§ 81. Ce jour eut à Honnecourt moult fier assaut et dura jusques au vespre. Et en y eut pluiseur des assallans mors et blechiés. Et par especial, messires Jehans de Haynau y perdi un chevalier de Hollandes, qui s'appelloit messires Hamans, et s'armoit à une fasse copenée de geules, et à trois fremaus d'azur ou chief de sen escut[1]. Quant Haynuier, Flamench, Englès, Alemant, qui là estoient assallant, veirent le bonne volenté de chiaus dedens, et qu'il n'i pooient riens conquester, mais estoient batu et navré et moult foulé, si se retraisent arrière, sus le soir, et emportèrent à leurs logeis les bleciés.

À lendemain, au matin, se departi li rois englès dou Mont Saint Martin[2], et commanda sus le hart, à son departement, que nuls ne fesist mal à l'abbeye. Ses commandemens fu tenus. Et puis entrèrent en Vermendois, et s'en vinrent ce jour logier de haute heure droit sus le Mont de Saint Quentin[3], et là furent en bonne ordenance. Et les pooient bien veoir cil de Saint Quentin, se il voloient ; mais il n'avoient nul talent de issir[4] hors de le ville. Si vinrent li coureur d'Engleterre courir jusques as barrières de Saint Quentin, et escarmucier à chiaus qui là se tenoient, li connestables de France et messires Charles de Blois, qui fisent[5] leurs gens ordonner devant les barrières, et mettre en bon convenant. Et quant li Englès qui là estoient, li contes de Sufforch, li contes de Northantonne, messires Renauls de Gobehen, messires Gautiers de Manni et pluiseur aultre en veirent le manière, et que riens il n'i pooient gaagnier, si se retraisent arrière devers l'ost le roy, qui se tenoit sus le Mont Saint Quentin, et furent là logiet jusques à lendemain à prime[6]. Si eurent li

---

1. Il manque à ce blason le champ (la couleur du fond) ; sur un champ d'or ou ou plus vraisemblablement d'argent (de blanc), une fasce (pièce honorable qui coupe l'écu horizontalement par le milieu et en occupe le tiers) divisée en rectangles alternativement rouge et or ou argent ; sur le tiers supérieur de l'écu, trois broches d'azur (bleu).   **2.** Jeudi, le 14 octobre 1339.   **3.** Abbaye (dit *Gallia christiana*) située à 2 km au nord de Péronne.   **4.** « Sortir ».   **5.** « Qui firent ».   **6.** « Six heures du matin ».

signeur conseil ensamble quel cose il feroient, se ilz se trairoient avant ou royaulme, ou se il se retrairoient en le Tierasse. Ce fut conseillé et regardé[1] pour le meilleur, par l'advis du duc de Brebant, qu'ilz se tireroient en Tierasse, costiant Haynau, dont les pourveances lor venoient tous les jours ; et, se li rois Phelippes les sievoit à host[2], ensi qu'il supposoient bien qu'il le feroit, il l'atenderoient en plains camps et se combateroient à lui sans faute.

Adonc se parti li rois englès dou Mont Saint Quentin, et s'arroutèrent toutes ses gens ; et chevaucièrent en trois batailles moult ordonneement : li mareschal et li Alemant avoient le première, li rois englès le moiienne, et li dus de Braibant la tierce. Si chevauçoient ensi, ardant et essillant le pays, et n'aloient non plus de trois ou de quatre liewes le jour, et se logoient de haute heure[3]. Et passèrent une route d'Englès et d'Alemans le rivière de Somme, desous l'abbeye de Vermans[4], et entrèrent en ce plain pays de Vermendois ; si l'ardirent et exillièrent[5] moult durement, et y fisent moult grant damage. Une autre route, dont messires Jehans de Haynau, li sires de Faukemont et messires Ernoulz de Bakehen estoient chief et meneur, chevauçoient un aultre chemin, et vinrent à Oregni Sainte Benoite[6], une ville assés bonne, mais elle estoit foiblement fremée. Si fu tantost prise par assaut, pillie et robée, et une bonne abbeye de dames, qui là estoit et est encores, violée, dont ce fu pités et damage, et la ville fu toute arse. Et puis s'en partirent li Alemant, et chevaucièrent le chemin devers Guise et vers Ribeumont. Si se vint li rois englès logier à Behories[7], et là

---

1. « Considéré ».   2. « Avec son armée ».   3. « À une heure avancée ».   4. Abbaye de l'ordre des prémontrés, à 6 km de Saint-Quentin, sur l'Omignon, affluent de la rive droite de la Somme.   5. « Ravagèrent ».   6. Le 15 octobre 1339. Origny-Sainte-Benoîte (02390), abbaye de femmes de l'ordre de Saint-Benoît, dans le diocèse de Laon.   7. L'abbaye de Bohéries, aujourd'hui Vadencourt, à 21 km à l'est de Saint-Quentin, abbaye d'hommes, de l'ordre de Cîteaux.

se tint un jour tout entier, et ses gens couroient et ardoient le pays de là environ.

Si vinrent nouvelles au roy englès, et as signeurs qui là estoient avoecques lui, que li rois de France estoit partis de Perronne en Vermandois, et le approçoit à plus de cent mille hommes. Adonc se parti li rois englès de Behories, et prist le chemin de le Flamengrie[1], pour venir vers Leschielle en Tierasse[2]. Et si mareschal et li evesques de Lincolle de leur route, à plus de cinq cens lances, passèrent le rivière de Oise à gué, et entrèrent en Laonnois et vers le terre le signeur de Couci[3], et ardirent le Fère[4], et Saint Goubain[5] et le ville de Marle[6], et s'en vinrent un soir logier à Vaus desous Laon[7]. Et lendemain, il se retraisent devers leur host, car il sceurent de certain, par aucuns prisonniers qu'il prisent, que li rois de France estoit venus à Saint Quentin, et que là passeroit il le rivière de Somme : si se doubtèrent qu'il ne fuissent rencontré. Nonpourquant[8], à lor retour, il ardirent une bonne ville, c'on dist Creci sus Selle[9], qui point n'estoit fremée, et grant fuison de ville et de hamiaus là environ.

§ 82. Or vous parlerons de le route monsigneur Jehan de Haynau, où il avoit bien cinq cens combatans. Si s'en vint à Guise, si entra en le ville, et le fist toute ardoir, et abatre les moulins. Dedens le forterèce estoit ma dame Jehane[10] sa fille, femme au conte Loeis de Blois, qui fu moult effraée de l'arsin et dou convenant[11] monsigneur son père. Et li fist priier que, pour

---

1. La Flamengrie, à 45 km à l'est de Saint-Quentin.   **2.** Leschelles (dans la Thiérache, région comprise entre l'Oise et la Sambre), village à 5 km à l'ouest de Buironfosse.   **3.** Coucy-le-Château-Auffrique, à 35 km au sud de Saint-Quentin.   **4.** La Fère, à 20 km au sud de Saint-Quentin.   **5.** Saint-Gobain, à 27 km au sud de Saint-Quentin   **6.** Marle, à 35 km à l'est de Saint-Quentin. **7.** Autrefois, à l'est de Laon, sur la route de Laon à Athies-sous-Laon (02840).   **8.** « Néanmoins ».   **9.** Crécy-sur-Serre, à 28 km à l'est de Saint-Quentin.   **10.** Jeanne de Beaumont.   **11.** « Disposition des troupes de ».

Diu, il se volsist deporter[1] et retraire, et qu'il estoit trop dur consilliés contre li, quant il ardoit l'iretage à son fil le conte de Blois. Nonobstant ce, li sires de Byaumont ne s'en volt onques delaiier[2], si eut fait se entrepresure. Et puis s'en retourna devers l'ost le roy, qui estoit logiés et arrestés en l'abbeye de Femi[3].

Entrues couroient ses gens tout le pays. Et vinrent bien sis vint lances d'Alemans, dont li sires de Faukemont estoit chiés, jusques au Louvion en Tierasse[4], une bonne grosse plate ville. Si estoient les gens dou Louvion communement retret et boutet ens ès bos, et y avoient mis et porté le leur a sauveté. Et s'i estoient fortefiiet de roullies[5] et de bois copet et abatut environ yaus. Si chevaucièrent li Alemant celle part. Et y sourvint messires Ernouls de Bakehen et se route, et assaillirent chiaus dou Louvion, qui ens ou bos s'estoient boutet, liquel se deffendirent ce qu'il peurent. Ce ne fu mies grammet, car il ne tinrent point de conroi, et ne peurent durer à le longe contre tant de bonne gent d'armes. Si furent ouvert, et leurs fors conquis, et mis en cace. Et en y eut bien, mors que navrés, quarante, et perdirent tout ce que là aporté avoient. Ensi estoit et fu cilz pays de Tierasse adonc courus et sans deport[6]. Et en faisoient li Englès leur volenté.

Si se parti li rois Edouwars de Farvakes[7], où il s'estoit logiés, et s'en vint à Monstruel[8], et se loga un soir. Et lendemain, il vint et toute sen host logier à le Flamengrie. Et fist toutes ses gens logier environ lui, où il avoit plus de quarante mille hommes. Et eut conseil qu'il attenderoient là le roy Phelippe et son pooir, et se combateroient à lui, comment qu'il fust[9].

---

1. « Se désister ».   2. « Renoncer ».   3. Fesmy, abbaye de l'ordre de Saint-Benoît, à Nouvion-en-Thiérache.   4. Nouvion-en-Thiérache, à 38 km à l'est de Saint-Quentin.   5. « Ouvrage de fascines ».   6. « Sans pitié ».   7. Fervaques. Autrefois un couvent de femmes de l'ordre de Cîteaux, à 4 km au nord-est de Saint-Quentin.   8. Autrefois Montreuil-les-Dames, une abbaye de religieuses de l'ordre de Cîteaux, au nord-est de la Flamengrie.   9. « De quelque façon que ce fût ».

Guillaume de Hainaut rejoint Philippe VI

§ 83. Li rois de France, qui estoit partis de Saint Quentin, sievoit vistement le roy englès en grant desir que dou trouver et le combatre. Et estoit partis de Saint Quentin o[1] tout son plus grant effort[2], et toutdis li croissoient et venoient gens de tous pays. Si s'esploita tant li dis rois et toutes ses hos qu'il vint à Buironfosse[3], et là s'arresta, et commanda à toutes gens logier et à arrester ; et dist qu'il n'iroit plus avant, si aroit combatu[4] le roy englès et tous ses alloiiés, puis qu'il estoit à deus liewes près.

Si tretost que li contes Guillaumes de Haynau, qui se tenoit au Kesnoy, tous pourveus de gens d'armes, peut savoir que li rois de France, ses oncles, estoit logiés à Buironfosse, en espoir que de combatre les Englès, il se parti dou Kesnoi[5] à plus de cinq cens lances, et chevauça tant qu'il vint en l'ost le roy de France, et se representa[6] au dit roy son oncle, qui ne li fist mies si lie chière que li contes vosist[7], pour le cause de ce qu'il avoit esté devant Cambray avoech son adversaire le roy englès, et fortement apovri et cuvriet[8] Cambresis. Nompourquant li contes s'en porta[9] assés bellement, et s'escusa si sagement au roy son oncle, que li rois et tous ses consaulz, pour celle fois, s'en contentèrent assés bien. Et fu ordonnés des mareschaus, le mareschal Bertran[10] et le mareschal de Trie[11], à soi logier au plus près des ennemis.

§ 84. Or sont li roi de France et d'Engleterre logiét entre Buironfosse et le Flamengrie en plain pays, sans nul avantage, et ont grant desir, si com il monstrent, que d'yaus combatre. Si vous di pour certain que on ne vit onques si belle assamblée de grans signeurs qu'il

---

1. « Avec ». 2. « Armée ». 3. À 40 km à l'est de Saint-Quentin. 4. « Tant qu'il n'aurait combattu ». 5. Le Quesnoy (59530). 6. « Se présenta ». 7. « Qui ne lui fit aussi bonne mine que le comte aurait voulu ». 8. « Tourmenté ». 9. « Le comte en prit son parti ». 10. Robert Bertrand, baron de Briquebecq, devint maréchal vers 1325. 11. Matthieu de Trie, créé maréchal vers 1320.

y eut là, car li rois de France y estoit, lui quatrime de rois[1] : premierement avoecques lui li rois de Behagne, messires Charles li rois de Navare et li rois d'Escoce, ossi de dus, de contes et de barons tant que sans nombre. Et toutdis li croissoient gens de tous lés[2].

Quant li rois englès fu arrestés à le Capelle en Tierasse, ensi que vous avés oy, et il sceut de verité que li rois Phelippes de France, ses aversaires, estoit à deus petites liewes de lui, et en grant volenté de combatre, si mist les signeurs de son host ensamble : premierement le duch de Braibant son cousin, le duch de Guerles, le conte de Jullers, le marchis de Blankebourch, le conte des Mons, monsigneur Jehan de Haynau, monsigneur Robert d'Artois et tous les barons et les prelas d'Engleterre, qui avoecques lui estoient, et à qui il touchoit bien de le besongne, et leur demanda conseil comment à sen honneur il se poroient maintenir, car c'estoit se intention que de combatre, puisqu'il sentoit ses ennemis si priès de lui. Adonc regardèrent li signeur l'un l'autre et priièrent au duch de Braibant qu'il en volsist dire sen entente. Et li dus en respondi que c'estoit bien ses accors que dou combatre, car aultrement à leur honneur il ne s'en pooient partir. Et consilla adonc que on envoiast hiraus devers le roy de France, pour demander et accepter le journée de le bataille. Adonc en fu cargiés uns hiraus dou duch de Guerles, et qui bien savoit françois, et enfourmés quel cose il devoit dire. Si se parti li dis hiraus de ses signeurs, et chevauça tant qu'il vint en l'ost françoise, et se traist devers le roy de France et son conseil, et fist son message bien et à point ; et dist au roy de France comment li rois englès estoit arrestés sur les camps, et li requeroit à avoir bataille, pooir contre pooir[3].

À laquelle requeste li rois de France entendi volentiers et accepta le jour. Si me samble que ce deut estre le venredi ensiewant, dont il estoit merkedis[4]. Si s'en

---

1. « Avec trois autres rois ».   2. « De tous les côtés ».
3. « Puissance contre puissance ».   4. C'est le mercredi 20 octobre 1339 ; on s'engage ici pour s'affronter le vendredi, 22 octobre.

retourna li hiraus arrière devers ses signeurs, bien revestis de bons mantiaus fourés, que li rois de France et li signeur li donnèrent, pour les riches nouvelles qu'il avoit aportées. Et recorda le bonne cière que li rois li avoit fait et tout li signeur de France.

§ 85. Ensi et sus cel estat fu la journée accordée de combatre, et fu segnefiiet à tous les compagnons de l'une host et de l'autre. Si se abillièrent[1] et ordonnèrent, cescuns selonch ce qu'il besongnoit[2]. Le joedi, au matin, avint que doi chevalier au conte de Haynau et de se delivrance[3], li sires de Fagnoelles et li sires de Tupegni[4] montèrent sus leurs coursiers rades, fors et bien courans, et se partirent de leur host, entre yaus deus tant seulement[5], pour aler veoir l'ost as Englès et wardemaner[6]. Si chevaucièrent un grant temps, à le couverte[7], toutdis en costiant l'ost as Englès. Or eschei que li sires de Fagnuelles estoit montés sus un coursier trop merancolieus[8] et mal affrenet[9] : si s'effrea en chevauçant, et prist son mors as dens, par tel manière qu'il s'escuella[10] et se demena tant qu'il fu mestres dou signeur qui le chevauçoit, et l'emporta, volsist ou non[11], droit en mi les logeis le roy d'Engleterre. Et chei d'aventure[12] entre mains d'Alemans, qui tantost cogneurent qu'il n'estoit mies de leurs gens, si l'encloirent[13] de toutes pars et le cheval ossi. Et demora prisonniers, à cinq, ne sai, sis gentilz hommes alemans, qui tantost le rançonnèrent et li demandèrent dont il estoit ; et il respondi : « de Haynau ». Adonc li demandèrent il se il cognissoit monsigneur Jehan de Haynau, et il dist : « oil ». Et requist que par amours on le

---

1. « S'apprêtèrent ». 2. « En fonction de ce qui lui était nécessaire ». 3. « À son service ». 4. Jean de Tupigny, chevalier banneret. 5. « Seuls tous les deux ». 6. « Examiner », « espionner ». 7. « À la dérobée ». 8. « Ombrageux ». 9. « Bridé ». 10. « Prit son élan ». 11. « Qu'il le voulût ou non ». 12. « Et tomba par hasard ». 13. « Et l'encerclèrent ».

menast devers lui, car il estoit tous seurs que il le raplegeroit[1] bien, se il voloient.

De ces parolles furent li Alemant tout joiant et l'amenèrent devers le signeur de Byaumont, qui tantost avoit oy messe. Et fu moult esmervilliés, quant il vey le signeur de Fagnuelles. Se li recorda cils sen aventure, si com vous avés ci dessus oy, et ossi de combien il estoit rançonnés. Adonc demora li sires de Byaumont pour le dit chevalier devers ses mestres, et le raplega de sa raençon[2]. Si se parti sur ce li sires de Fagnuelles, et revint arrière en l'ost de Haynau devers le conte et les signeurs, qui estoient tout courouciet de lui, par le relation que li sires de Tupegni en avoit faite ; mais il furent tout joiant, quant il le veirent revenu. Si se remercia grandement au conte de Haynau de monsigneur Jehan, son oncle, qui l'avoit raplegiet[3] et renvoiiet sans peril et sans damage, fors de sa raençon tant seulement. Car ses coursiers li fu rendus et restitués, à le priière et ordenance dou dessus dit monsigneur Jehan de Haynau. Ensi se porta ceste journée, et n'i eut riens fait, non cose qui à recorder face[4].

§ 86. Quant ce vint le venredi, au matin, les deus hos se apparillièrent et oïrent messe, cescuns sires entre ses gens et en son logeis. Et se acumenièrent et confessèrent li pluiseur, et se misent en bon estat, ensi que pour tantost morir, se il besongnoit[5]. Nous parlerons premierement de l'ordenance des Englès, qui se traisent sus les camps, et ordonnèrent trois batailles bien et faiticement et toutes trois à piet, et misent leurs chevaus et tout leur harnois en un petit bois qui estoit derrière yaus, et arroutèrent tout leur charoy par derrière yaus, et s'en fortefiièrent. Si eurent li dus de Guerles, li contes de Jullers, li marchis de Blanke-

---

1. « Cautionnerait ». 2. « Le sire de Byaumont se porta caution pour ledit chevalier en présence de ceux qui l'avaient pris, et garantit à nouveau sa rançon ». 3. « Qui s'était porté garant de lui ». 4. « Rien qui mérite d'être raconté ». 5. « S'il fallait ».

bourch, messires Jehans de Haynau, li marchis de Misse, li contes des Mons, li contes de Saumes, li sires de Faukemont, messires Guillaumes de Duvort, messires Ernoulz de Bakehen et li Alemant la première bataille. Et avoit en ce première route vint et deus banières et soissante pennons, et estoient bien huit mille hommes de bonne estoffe.

La seconde bataille avoit li dus de Braibant. Si estoient avoecques lui tout li baron et li chevalier de son pays : premierement li sires de Kuk[1], li sires de Berghes[2], li sires de Bredas[3], li sires de Roselar[4], li sires de Vauselare[5], li sires de Baudresen[6], li sires de Borgneval[7], li sires de Sconnevort[8], li sires de Witem[9], li sires d'Asko[10], li sires de Boukehort[11], li sires de Casebèke[12], li sires de Duffle[13], messires Thieris de Wallecourt[14], messires Rasses de Grés[15], messires Jehans de Casebèke[16], messires Jehans Pilisrre[17], messires Gilles de Coterebbe[18], li troi frère de Harlebèke[19], messires Gautiers de Hoteberge[20] et messires Henris de Flandres, qui fait bien à rementevoir[21], car il y estoit en grant estoffe ; et pluiseur aultre baron et bon chevalier, et aucun de Flandres qui s'estoient mis desous le banière dou duch de Braibant, telz que li sires de Hal-

---

1. Otton, sire de Cuyk (Cuyk, Hollande, province de Nord-Brabant)   2. En 1340, la seigneurie devait appartenir à Jean, sire de Fauquemont.   3. La seigneurie de Breda appartenait à Guillaume de Buvenvoorde, déjà nommé parmi les chevaliers allemands.   4. Jean, sire de Rotselaer.   5. Gérard, sire de Vorsselaer.   6. Henri, sire de Bautersem.   7. Bernard de Bornival († 1376).   8. Renaud de Schoonvorst, sire de Monjoie.   9. Jean de Corsselaer, sire de Witham.   10. Jean d'Arschot de Schoonhoven.   11. Jean de Becquevoort ou Adam, son fils.   12. Guillaume de Gaesbeek.   13. Henri Berthout IV, sire de Duffel.   14. Thierry III de Walcourt.   15. Raes van Gavere.   16. Jean de Kesterbeek.   17. Jean Pyliser était bâtard de Jean Ier, duc de Brabant.   18. Gilles de Quarouble (arr. et canton de Valenciennes).   19. Soit Gautier, Roger et Thierry, petits-fils de Gautier II de Haluin, vicomte de Harlebeke (à 15 km de Courtrai), soit Arnoul, Renier et Jean ou Adam de Holsbeek (à 33 km de Bruxelles).   20. Gautier de Huldenbergh, à 20 km de Bruxelles.   21. « Qui mérite bien une mention ».

luin¹, messires Hector Villains, messires Jehans de Rodes, li sires de Grutus², messires Wauflars de Ghistelle, messires Guillaumes de Strates³, messires Gossuins de le Muelle⁴, et pluiseurs aultres. Si avoit li dus de Braibant jusques à vint et quatre banières et quatre vint pennons. Si estoient bien sept mille combatans, toutes gens de bonne estoffe.

La tierce bataille et la plus grosse avoit li rois d'Engleterre, et grant fuison de bonnes gens de son pays dalés lui ; et premiers ses cousins, li contes Henris Derbi, filz à monsigneur Henri de Lancastre au Tors Col, li evesques de Lincolle, li evesques de Durem, li contes de Sallebrin⁵, li contes de Norhantonne et de Clocestre, li contes de Sufforch, li contes de Kenfort, monsigneur Robert d'Artois qui s'appelloit contes de Ricemont⁶, messires Renaus de Gobehen⁷, li sires de Persi, li sires de Ros, li sires de Montbrai⁸, messires Loeis et messires Jehans de Biaucamp⁹, li sires de le Ware, li sires de Lantonne, li sires de Basset, li sires de Filwatier¹⁰, messires Gautiers de Manni, messires Hues de Hastinges, messires Jehans de Lille, et pluiseurs aultres que je ne puis mies tous nommer.

Et fist là li rois englès pluiseurs nouviaus chevaliers, entre lesquels il fist monsigneur Jehan Chandos, qui depuis de proèce et chevalerie fu plus recommendés que nulz chevaliers de son temps, si com vous orés avant en ceste hystore. Si avoit li rois vint et huit banières et envi-

---

1. Gautier II, seigneur de Galluin et de Tronchiennes. **2.** Jean Vander Aa, seigneur de Grimberghe et de la Gruthuse. **3.** Guillaume van Straten. **4.** Gossuin van der Moere. **5.** Guillaume de Montagu (1301-1344), premier comte de Salisbury, maréchal d'Angleterre depuis 1338. **6.** En octobre 1341, Édouard III concéda le comté de Richmond en Angleterre à Jean de Montfort. Il reste à savoir à quelles dates le roi aurait accordé, puis retiré ce comté à Robert d'Artois. **7.** Renaut de Cobham († 1361). **8.** Jean de Mowbray († 1361). **9.** On ne connaît pas de Louis de Beauchamp à cette époque. Jean fut nommé, en 1349, capitaine de Calais, puis commandant de la flotte occidentale. **10.** Jean Fitz-Walter (1314-1361). Les Fitz-Walter étaient porte-étendards héréditaires de la cité de Londres.

ron quatre vint et dix pennons, et pooient estre environ six mille hommes d'armes et six mille arciers. Et avoient mis une aultre bataille sus èle, dont li contes de Warvich et li contes de Pennebruch, li sires de Bercler, li sires de Mulleton et pluiseur aultre bon chevalier estoient chief. Si se tenoient chil à cheval pour reconforter les batailles qui branleroient. Et estoient en celle arrière regarde environ trois mille armeures de fier.

§ 87. Quant tout li Englès, li Alemant, li Braibençon et tout li alloiiet furent ordonné, ensi que vous avés oy, et cescuns sires mis et arrestés desous se banière, ensi que commandé fu de par les mareschaus, si fu dit encores et commandé, de par le roy, que nuls n'alast ne se mesist devant les banières des marescaus. Adonc monta li rois englès sus un petit palefroi [1] moult bien amblant, acompagniés tant seulement de monsigneur Robert d'Artois, de monsigneur Renault de Gobehen et de monsigneur Gautier de Manni, et chevauça devant toutes les batailles. Et prioit moult doucement as signeurs et as compagnons que il vosissent aidier à garder sen honneur, et cescuns li avoit en convent. Apriès ce, il s'en revint en se bataille et se mist en ordenance, ensi qu'il apertenoit. Or vous recorderons l'ordenance dou roy de France et de ses batailles, qui furent grandes et bien estoffées, et vous en parlerons otant [2] bien que nous avons fait de ceste des Englès.

Il est bien verités que li rois de France avoit si grant peuple et tant de nobles et de bonne chevalerie que merveilles seroit à recorder. Car, ensi que je oy dire chiaus qui y furent et qui les avisèrent tous armés et ordonnés sus les camps, il y eut onze vint et sept banières, cinq cens et soissante pennons [3], quatre rois

---

1. Cheval de marche, de parade, par opposition au *destrier*, cheval de combat, au *sommier*, cheval utilisé pour le transport et au *roncin*, cheval de trait. **2.** « Aussi ». **3.** « Deux cent vingt-sept seigneurs ayant droit à lever bannière et cinq cent soixante ayant droit de lever seulement pennon. » La bannière est l'étendard carré et le pennon, celui qui est taillé en pointe.

et six dus et trente six contes et plus de quatre mille chevaliers, et de commugnes[1] de France plus de soixante mille. Avoech le roy de France estoient li rois de Behagne, li rois de Navare[2] et li rois d'Escoce, li dus de Normendie, li dus de Bourgongne[3], li dus de Bretagne[4], li dus de Bourbon[5], li dus de Loeraingne[6] et li dus d'Athènes[7] ; des contes, li contes d'Alençon, frères au roy de France[8], li contes de Flandres[9], li contes de Haynau, li contes de Blois[10], li contes de Bar[11], li contes de Forès[12], li contes de Fois[13], li contes d'Ermignac[14], le dauffin d'Auvergne[15], li contes de Genville[16], li contes d'Estampes[17], li contes de Vendome[18], li contes de Harcourt[19], li contes de Saint Pol[20], li contes de Ghines[21], li contes de Boulongne[22], li contes de Roussi[23], li contes de Dammartin[24], li contes de Valentinois[25], li contes d'Aubmale[26], li contes d'Auçoirre[27], li contes de Sansoire[28], li contes de Genève[29], li contes de Dreus[30], et de celle[31] Gascongne et de la Languedoch tant de contes et de viscontes que ce seroit uns detris[32] à recorder. Certes c'estoit très grans biautés que de veoir sus les camps banières et pennons venteler, chevaus couvers[33], chevaliers et escuiers armés si très nettement que riens n'i avoit à amender. Et ordonnèrent li François trois grosses batailles, et misent en cascune quinze mille hommes d'armes et vint mille hommes de piet.

---

1. « Bourgeois ». 2. Philippe d'Évreux. 3. Eudes IV. 4. Jean III. 5. Louis Ier. 6. Raoul. 7. Gautier. 8. Charles II de Valois. 9. Louis de Nevers. 10. Gui de Châtillon. 11. Henri IV. 12. Guigues VIII. 13. Gaston II. 14. Jean Ier comte d'Armagnac. 15. Jean. 16. Ancel, sire de Joinville. 17. Louis II. 18. Bouchard VI. 19. Jean IV. 20. Jean de Châtillon. 21. Raoul II. 22. Philippe, comte d'Auvergne et de Boulogne. 23. Jean V, comte de Roucy et de Braisne. 24. Charles de Trie, comte de Dammartin. 25. Louis Ier de Poitiers, comte de Valentinois. 26. Jean II de Ponthieu, comte d'Aumale. 27. Jean II de Châlon, comte d'Auxerre. 28. Louis II, comte de Sancerre. 29. Amé, comte de Genève. 30. Pierre, comte de Dreux. 31. « cette ». 32. « Perte de temps ». 33. « Chevaux couverts de housses blasonnées ».

Si se poet on et doit grandement esmervillier comment si belle gent d'armes se peurent partir sans bataille, mais li François n'estoient point d'acord. Ançois[1] en disoit cescuns sen oppinion. Et disoient, par estrit[2], que ce seroit grant honte et grant deffaute se on ne les combatoit, quant li rois et toutes ses gens savoient leurs ennemis si priès de lui, et en son pays rengiés et à plains camps[3], et les avoit sievis à l'entente que de combatre à yaus. Li aucun des aultres disoient à l'encontre que ce seroit grant folie se il se combatoit, car il ne savoit que cescuns pensoit, ne se point de trahison y avoit. Car, se fortune li estoit contraire, il mettoit son royaume en aventure de perdre ; et se il desconfisoit[4] ses ennemis, pour ce n'aroit il mies le royaume d'Engleterre, ne les terres des signeurs de l'Empire, qui avoecques lui estoient alloiiet.

Ensi estrivant et debatant sus ces diverses oppinions[5], li jours passa jusques à grant miedi. Environ petite nonne, uns lièvres s'en vint trespassant parmi les camps, et se bouta entre les François. Donc commencièrent cil qui le veirent à criier et à huer et faire grant haro. De quoi cil qui estoient derrière cuidoient que cil de devant se combatissent, et li pluiseur qui se tenoient en leurs batailles tous rengiés fesissent otel[6]. Si misent li pluiseur vistement leurs bacinès[7] en leurs testes et prisent leurs glaves. Là y eut fais pluiseur nouviaus chevaliers. Et par especial li contes de Haynau en fist quatorze, que on nomma tous jours depuis « les chevaliers dou lièvre ». En cel estat se tinrent les batailles, ce venredi, tout le jour, et sans yaus esmovoir, fors par le manière que j'ai dit.

Avoech tout ce et les estris[8] qui estoient entre pluiseurs dou conseil le roy de France, estoient aportées en

---

1. « Mais bien au contraire ». **2.** « Avec impétuosité ». **3.** « En bataille rangée et sur le pied de guerre ». **4.** « Mettait en déroute ». **5.** « En se querellant et disputant sur ces opinions opposées ». **6.** « Supposassent la même chose ». **7.** « Calotte de fer qui se mettait sous le casque ». **8.** « Débats », « querelles ».

l'ost lettres et recommendations au roy de France et à son conseil, de par le roy Robert de Sezille[1], li quelz rois Robers, si com on disoit, estoit uns grans astronomiiens[2], et plains de grant prudense. Si avoit par pluiseurs fois jettés ses sors[3] sus l'estat et les avenues[4] dou roy de France et dou roy d'Engleterre. Et avoit trouvé en l'astrologe et par experiense que, se li rois de France se combatoit au roy d'Engleterre, il convenoit qu'il fust desconfis. Donc, il, com rois plains de grant cognissance, et qui doubtoit ce peril et le damage dou roy de France, son cousin, avoit envoiiés jà de lonch temps moult songneusement lettres et episteles[5] au roy Phelippe et à son conseil, que nullement il ne se mesissent en bataille entre les Englès, là où li corps dou roy Edouwart fust en present. Pour quoi, ceste doubte et les escripsions[6] que li rois de Sesille en faisoit, detrioient[7] grandement pluiseurs signeurs dou dit royaume. Et meismement li rois Phelippes estoit tous infourmés de ce conseil. Mais non obstant ce que on li desist et remonstrast par belles raisons les deffenses et les doubtes dou roy Robert de Sezille, son chier cousin, si estoit il en grant-volenté et en bon desir de combatre ses ennemis ; mais il fu tant detriiés que li journée passa sans bataille, et se retray cascuns à son logeis.

Quant li contes de Haynau vei que on ne combateroit point, il se parti, et toutes ses gens, et s'en vint ce soir arrière au Kesnoy[8]. Et li rois englès et li dus de Braibant et li aultre signeur se misent au retour, et fisent cargier et tourser tout leur harnois, et vinrent gesir, ce venredi, bien priès d'Avesnes[9], en Haynau, et là envi-

---

1. Robert, roi de Naples et de Sicile, troisième fils de Charles II roi de Naples et de Marie de Hongrie († 1343).   2. « Astrologue ».   3. « Lancé des prophéties ».   4. « Événements ».   5. « Lettres » et « episteles » seraient, selon toutes les apparences, synonymes ; mais Froissart et ses contemporains pouvaient très bien leur attribuer des nuances distinctes que nous ne saisissons plus.   6. « Lettres ».   7. « Faisaient hésiter ».   8. Le Quesnoy (Nord), à 32 km au nord de Buironfosse, en direction de Valenciennes.   9. Sans doute Avesnes-sur-Helpe, à 16 km au nord de Buironfosse, en direction de Maubeuge.

ron. Et lendemain, il prisent congiet tout l'un à l'autre. Et se departirent li Alemant et li Braibençon, et s'en ralèrent cescuns en leurs lieus. Si revint li rois englès en Braibant, avoecques le duc de Braibant, son cousin. Or vous parlerons dou roy de France comment il persevera.

§ 88. Che venredi que li François et li Englès furent ensi ordonné pour bataille à Buironfosse, quant ce vint apriès nonne, li rois Phelippes retourna en ses logeis tous couruciés, pour tant que la bataille n'estoit point adrecie[1]; mais cil de son conseil le rapaisièrent et li disent ensi que noblement et vassaument il s'i estoit portés, car il avoit hardiement poursievis ses ennemis et tant fait qu'il les avoit boutés hors de son royaulme, et que il convenoit le roi englès faire moult de telz chevaucies, ançois qu'il euist conquis le royaume de France. Le samedi, au matin, donna li rois Phelippes toutes manières de gens d'armes congiet, dus, contes, barons et chevaliers, et remercia les chiés des signeurs moult courtoisement, quant si appareilliement il l'estoient venu servir. Ensi se deffist et rompi ceste grosse chevaucie ; si se retrest cescuns en son lieu.

Li rois de France s'en revint à Saint Quentin, et là ordonna il une grant plenté de ses besongnes, et envoia gens d'armes par ses garnisons, especiaument à Tournay, à Lille et à Douay, et en toutes les forterèces marcissans sus[2] l'Empire. Et envoia dedens Tournay monsigneur Godemar dou Fay[3] souverain chapitainne et regard de tout le pays là environ, et monsigneur Edouwart de Biaugeu[4] dedens Mortagne[5]. Et quant il

---

1. « Livrée ».   2. « Confinant à ».   3. Il fut gouverneur de Tournay en 1337, puis, en 1339, capitaine-général des hommes d'armes sur les frontières de Flandre et de Hainaut. Mais en 1346, Philippe VI ne verrait plus en lui qu'un traître.   4. Édouard de Beaujeu, fils de Guichard de Beaujeu et de Marie de Châtillon. Né en 1316, il succéda en 1347 comme maréchal de France à Charles de Montmorency († 1351).   5. Mortagne sur Escaut, à 4 km au nord-est de Saint-Amand (Nord).

eut ordonné une partie de ses besongnes, à sen entente et à sa plaisance, il se retraist devers Paris.

Or parlerons nous un petit dou roy englès, et comment il persevera avant. Depuis qu'il fu partis de le Flamengrie et revenus en Braibant, il s'en vint à Brousselles. Là le raconvoiièrent li dus de Guerles, li contes de Jullers, li marcis de Blankebourch, li contes des Mons, messires Jehans de Haynau, li sires de Faukemont, et tout li signeur de l'Empire qui estoient alloiiet à lui, car il voloient aviser et regarder li un parmi l'aultre comment il se maintenroient de ceste guerre où il s'estoient bouté. Et pour avoir certainne expedition[1], il ordonnèrent un grant parlement à estre en le ditte ville de Brousselles. Et y fu priiés et mandés Jakemes d'Artevelle, li quelz y vint liement et en grant arroy, et amena en se compagnie tous les consaulz entierement des bonnes villes de Flandres. À ce parlement, qui fu à Brouxelles, ot pluiseurs coses dittes et devisées. Et me samble que li rois englès fu si consilliés de ses amis de l'Empire qu'il fist une requeste à chiaus de Flandres que il li volsissent aidier à parmaintenir se guerre, et deffiier le roi de France, et aler avoecques lui, par tout où il les vorroit mener ; et se il voloient ce faire, il leur aideroit à recouvrer Lille, Douay et Bietune.

Ceste parolle entendirent li Flamench volentiers ; mais de le requeste que li rois lor faisoit, il demandèrent à avoir conseil entre yaus tant seulement, et tantost à respondre. Li rois leur acorda. Si se consillièrent à grant loisir ; et, quant il se furent consilliet, il respondirent et disent : « Chiers sires, aultre fois nous avés vous fait ces requestes. Et saciés vraiement que, se nous le poions nullement faire, par nostre honneur et nos fois garder, nous le ferions. Mès nous ne poons esmouvoir guerre au roy de France, quiconques le soit[2], car nous sommes obligiet à çou, par foy et par sierement, et sus deus millions de florins à le cambre dou pape, et sus

---

[1]. « Une exécution certaine de l'affaire ». [2]. « Qui qu'il soit ».

escheir en sentense [1], se nous esmouviens guerre contre le dit roy de France. Mais se vous voliés faire une cose que nous vous dirons, vous y pourveriés bien de remède et de conseil. C'est que vous voelliés enchargier les armes de France et esquarteler [2] d'Engleterre, et vous appellés rois de France, et nous vous tenrons pour roy et obeirons à vous comme au roy de France, et vous demanderons quittance de nos fois [3], et vous le nous donrés comme rois de France. Par ensi serons nous absolz et dispensés, et irons partout là où vous vorrés et ordonnerés. »

§ 89. Quant li rois englès eut oy ce point et le requeste des Flamens, il eut besoing d'avoir bon conseil et seur avis, car pesant li estoit de prendre les armes et le nom de ce dont il n'avoit encores riens conquis. Et ne savoit quel cose il l'en avenroit, ne se conquerre le poroit. Et d'autre part il refusoit envis [4] le confort et l'ayde des Flamens, qui plus li pooient aidier à se besongne que tous li remanans dou siècle [5]. Si se consilla li dis rois au duc de Braibant, au duc de Guerles, au conte de Jullers, à monsigneur Robert d'Artois, à monsigneur Jehan de Haynau et à ses plus secrès et especiaulz amis : siques finablement, tout peset, le mal comme le bien il respondi as Flamens, par l'information des signeurs dessus dis, que, se il voloient jurer et seeler qu'il li aideroient à parmaintenir se guerre, il emprenderoit tout et de bonne volenté ; et ossi il leur jurroit à ravoir Lille, Douay et Bietune, et il respondirent : « Oil. »

Donc fu pris et assignés uns certains jours à Gand [6], li

---

1. « ... Car nous sommes engagés à cela par acte de foi, par serment et sur deux millions de florins déposés en garantie auprès du pape, et sous peine de condamnation... ».   2. « Diviser l'écu en quatre ». Ici, écartelé aux 1 et 4 des armes de France (semé de fleurs de lis) et aux 2 et 3 d'Angleterre (trois léopards [lions héraldiques] passants).   3. « Et nous vous demanderons des écrits confirmant notre allégeance envers vous ».   4. « Contre son gré ». 5. « Que tous les autres en son temps ».   6. Le 26 janvier 1340 à Gand, Édouard III fut reconnu roi de France ; il en prend les armes et le titre.

quels jours se tint, et y fu li rois d'Engleterre et le plus
grant partie des signeurs de l'Empire dessus nommés,
alloiiés avecques lui. Et là furent tous li consaulz de
Flandres generaument et especialment. Là furent toutes
les parolles en devant dittes relatées et proposées, enten-
dues et acordées, escriptes, jurées et seellées. Et encarga
li rois d'Engleterre les armes de France et les esquartela
d'Engleterre, et emprist en avant le nom dou roy de
France ; et le obtint tant que il le laissa[1], par certainne
composition[2], ensi com vous orés en avant recorder en
ceste hystoire, s'il est qui le vous recorde[3].

§ 90. À ce parlement, qui fu à Gand, y eut pluiseurs
parolles dites et retournées[4]. Et consillièrent adonc les
seigneurs, proposèrent et aconvenencièrent[5] qu'il assegeroient le cité de Tournay. De ce furent li Flamench
tout resjoy, car il leur sambla qu'il seroient fort et poissant assés de le conquerre. Et se elle estoit conquise,
et en le signourie dou roy englès, de legier il conquerroient et recouveroient Lille, Douay et Bietune et
toutes les appendances, qui doient estre tenues de le
conté de Flandres. Encores fu là proposé et regardé,
entre ces signeurs et leurs consaulz des bonnes villes
de Flandres et de Braibant, qu'il leur venroit trop grandement à point que li pays de Haynau fust de leur
acord, pour avoir y leur retour[6]. Si en fu priiés, pour
venir à ce parlement, li contes, mais il s'escusa si bellement et si sagement que li rois d'Engleterre et tout li
signeur s'en tinrent pour content. Ensi demora la cose
sus cel estat, et se departirent li signeur, et s'en
retourna cescuns en son lieu et en son pays. Et li rois
englès prist congiet à son cousin, le duch de Braibant,
et s'en revint en Anwiers. Madame la royne, sa femme,
demora à Gand, et tous ses hostelz, qui souvent estoit
visetée et confortée de d'Artevelle et des signeurs, des
dames et des damoiselles de Gand.

---

1. « Et le retint jusqu'à ce qu'il l'abandonnât ».   **2.** « Négociation », « accord ».   **3.** « Conte ».   **4.** « Échangées ».   **5.** « S'engagèrent ».   **6.** « (Lieu de) retraite ».

Assés tost apriès, fu li navie dou roy englès appareillie, sus le havene d'Anvers. Si monta là en mer et le plus grant partie de ses gens, en ystance que de retourner en Engleterre, et de viseter le pays. Mais il laissa ou pays de Flandres deus contes, sages chevaliers et vaillans durement, pour tenir à amour les Flamens, pour mieus monstrer que leurs besongnes estoient siennes. Che furent messires Guillaumes de Montagut, contes de Sallebrin, et li contes de Sufforch. Chil s'en vinrent en le ville de Ippre, et tinrent là leur garnison, et guerriièrent tout cel yvier moult fortement chiaus de Lille et de là environ. Et li rois englès naga tant par mer qu'il arriva à Londres, environ le Saint Andrieu [1], ou il fu moult conjois de chiaus de son pays qui desiroient sa revenue, car il n'i avoit esté en lonch temps. Se vinrent à lui les plaintes de le destruction, que li Normant et li Pikart avoient fait de le bonne ville de Hantonne [2]. Si fu li rois englès moult courouciés de le desolation de ses gens, che fu bien raisons, mais il les rapaisa au plus biel qu'il peut. Et leur dist que, se il venoit à tour, il leur feroit chier comparer, ensi qu'il fist en ceste anée meismement, si com vous orés recorder avant en l'ystore.

§ 91. Or vous conterons dou roy Phelippe de France, qui estoit retrais viers Paris, et avoit donnet congiet toutes ses grans hos, et fist durement renforcier se grosse navie qu'il tenoit sur mer, dont messires Hues Kiérés [3], Bahucés [4] et Barbevaire estoient chapitaines et souverain. Et tenoient cil troi mestre escumeur

---

1. La Saint-André tombe le 30 novembre. Or, selon Déprez (*Les Préliminaires de la guerre de Cent Ans*, 284), le roi débarqua à Orwell le 21 février. A. et E. Molinier *(Chronique normande du XIVe siècle,* 251) affirment qu'Édouard III était de retour en Angleterre le 1er mars 1340.   **2.** Les écumeurs français ravagèrent Southampton le 15 février 1339 (Déprez, 244).   **3.** Hugues Quiéret, seigneur de Tours-en-Vimeu, amiral de France, conseiller du roi, sénéchal de Beaucaire et de Nîmes, mort à la bataille de l'Écluse. **4.** Nicolas Béhuchet, maître des eaux-et-forêts, trésorier du roi, maître des comptes, amiral de France.

grant fuison de saudoiiers genevois, normans, pikars et bretons, et fisent en cel hyvier pluiseurs damages as Englès. Et venoient souvent courir jusques à Douvres, et à Zandvic[1], à Wincesée[2], à Rie et là environ, sur les costes d'Engleterre. Et les ressongnoient[3] durement li Englès, car cil estoient si fort sus mer que plus de quarante mille saudoiiers. Et ne pooit nuls issir ne partir d'Engleterre, qu'il ne fust veus et sceus, et puis pilliés et robés, et tout mettoient à bort[4]. Si conquisent cil dit saudoiier marin au roi de France, en cel yvier, sus les Englès tamaint pillage. Et, par especial, il conquisent le belle grosse nave, qui s'appelloit « Cristofle », toute cargie d'avoir et de lainnes que li Englès amenoient en Flandres, laquèle nave avoit cousté moult d'avoir au roy englès au faire faire. Mès ses gens le perdirent sus ces Normans, et furent tout mis à bort. Et en fisent depuis li François tamaint parlement[5], comme cil qui furent grandement resjoy de ce conquès

Encores soutilloit et imaginoit li rois de France, nuit et jour, comment il se poroit vengier de ses ennemis, et par especial de monsigneur Jehan de Haynau, qui li avoit fais, si com il estoit enfourmés, pluiseurs despis, que amené le roy englès en Cambresis et en Tierasse, et ars tout le pays. Si escrisi et commanda li dis rois à monsigneur Jehan de Beaumont, signeur de Vrevins[6], au visdame de Chaalons, à monsigneur Jehan de la Bove, et à monsigneur Gerart de Lore, que il mesissent sus une chevaucie et armée de compagnons, et entrassent en le terre monsigneur Jehan de Haynau, et le ardissent sans deport. Li dessus dit obeirent au mandement dou roy, ce fu raisons, et se cueillièrent secretement tant qu'il furent bien cinq cens armeures de fier. Et vinrent devant le bonne ville de Chymay, et acuellièrent[7] toute le proie dont il en y trouvèrent grant fui-

---

1. Sandwich, l'un des « Cinq-ports ».   2. Winchelsea.
3. « Craignaient ».   4. « Jetaient tout le monde par-dessus bord ».   5. « Et depuis, les Français en firent un très grand sujet de conversation. »   6. Jean de Coucy, sire de Bosmont et de Vervin.   7. « Ramassèrent ».

son, car les gens dou pays ne s'en donnoient garde ; et ne cuidassent jamais à nul jour que li François deuissent passer les bos de Tierasse, ne chevaucier si avant oultre les bos, mais si fisent. Et ardirent tous les fourbours de Chimay, et grant fuison de villages là environ, et priès que toute la terre de Cimay, excepté les forterèces. Et puis se retraisent en Aubenton en Tierasse, et là departirent il leur pillage et leur butin. Ces nouvelles et les complaintes en vinrent à monsigneur Jehan de Haynau, qui se tenoit adonc en Mons en Haynau, dalés le conte, son neveu. Si en fu durement courouciés, ce fu bien raison ; et ossi fu li contes, ses cousins, car ses oncles tenoit ceste terre de lui. Nompourquant il s'en souffrirent tant c'à celle fois ; et n'en monstrèrent nul samblant de contrevengance au royaume de France.

Avoech ces despis, il avint que il saudoiier, qui se tenoient en le cité de Cambray, issirent hors de Cambray et vinrent à une petite forte maison, dehors Cambray, qui s'appelloit Relenghes, laquèle estoit à monsigneur Jehan de Haynau. Et le gardoit uns siens filz bastars, que on nommoit monsigneur Jehan le Bastart. Et pooient estre avoecques lui environ vint et cinq compagnon. Si furent assalli un jour tout entier, et trop bien se deffendirent. Au soir, cil de Cambray se retraisent en leur cité, qui manecièrent à leur departement grandement chiaus de Relenges. Et disent bien que jamais n'entenderoient à aultre cose, si les aroient conquis et le maison abatue. Sus ces parolles, li compagnon de Relenghes s'avisèrent et regardèrent le nuit que il n'estoient mies fort assés, pour yaus tenir contre chiaus de Cambray, puis qu'il les voloient ensi accueillier. Car, avoech tout ce qui bien les esbahissoit, il estoit si fort gellé que on pooit bien venir jusques as murs sus les fossés tous engellés. Si eurent conseil qu'il se partiroient, ensi qu'il fisent, et toursèrent tout ce qui leur estoit. Et widièrent environ mienuit, et si boutèrent le feu dedens Relenges. À lendemain, au matin, cil de Cambray le vinrent par ardoir et abatre. Et messires Jehans li Bastars et si compagnon s'en vinrent à Valencièness, et puis se departirent il. Si s'en rala cescuns en son lieu.

§ 92. Vous avés chi dessus oy recorder comment messires Gautiers de Manni prist, par proèce et par grant fait d'armes, le chastiel de Thun l'Evesque, et y mist dedens en garnison un sien frère que moult amoit, que on clamoit monsigneur Gillion Grignart, c'on dist de Manni. Chilz faisoit tamainte envaye et mainte sallie sus chiaus de Cambray, et leur portoie pluiseurs destourbiers[1], et couroit priès que tous les jours devant leurs barrières. En cel estat et en celle doubte les tint il un grant temps, et tant qu'il avint que un jour il estoit partis de se garnison de Thun, environ six vint armeures de fier en se compagnie, et s'en vint courir devant Cambray, et jusques as barrières. La noise et li haros monta en le ville, et tant que pluiseurs gens en furent moult effraet. Si s'armèrent, cescuns qui mieuls mieulz, et montèrent à cheval cil qui chevaus avoient, et vinrent à le porte là où li escarmuce estoit, et où messires Grignars de Manni avoit rebouté chiaus de Cambray. Si issirent, cescuns qui miex miex, contre leurs ennemis.

Entre les Cambrisiens avoit un jone canonne, appert homme d'armes, durement fort, dur, hardi et apert. Et estoit cilz Gascons, et s'appelloit Guillaumes Marchant. Si se mist hors as camps avoech les aultres, montés sus bon coursier, le targe[2] au col, le glave ou poing, et armés de toutes pièces. Si esporonna tout devant, de grant corage. Et quant messires Gilles de Manni le vit venant vers lui, qui ne desiroit autre cose que le jouste, si en fu tous joians, et esporonna ossi vers lui moult rademnt. Si se consievirent de leurs glaves, sans espargnier, moult mervilleusement ; dont ensi eschei à Guillaume Marchant qu'il consievi monsigneur Gillion de Manni si roidement, qu'il perça le targe de son glave et toutes ses armeures, et li mist le

---

1. « Troubles », « dégâts ».   2. « Bouclier ».

glave dalés le coer, et li fist passer le fier à l'autre lés, et l'abati jus de son cheval, navré à mort. De ceste jouste furent si compagnon moult esbahi, et chil de Cambray trop resjoy : si se recueillièrent tout ensemble. Là eut, je vous di, de premières venues, très bon puigneis[1] et fort, et pluiseur des uns et des aultres reversé par terre, et tamainte apertise d'armes faite.

Finablement, chil de Cambray obtinrent le place et reboutèrent leurs ennemis, et en navrèrent et mehagnièrent aucuns, et les cacièrent bien avant. Et retinrent monsigneur Grignart de Manni ensi navrés qu'il estoit, et l'emportèrent en Cambray à grant joie, et le fisent tantost desarmer et regarder à sa plaie et bien mettre à point. Et euissent volentiers veu qu'il fust rescapés de ce peril, mès il ne peut ; ançois morut dedens le second jour apriès. Quant il fu mors, il regardèrent qu'il en estoit bon à faire. Si eurent conseil que le corps il renvoieroient devers ses deus frères Jehan et Thieri, qui se tenoient adonc en le garnison de Bouçain, en Ostrevant. Car, quoi que li pays de Haynau ne fust en point de guerre, si se tenoient les forterèces sus les frontières de France toutes closes, et sus leur garde. Si ordonnèrent adonc un sarcu[2] assés honnourable, et le recommendèrent à deus frères Meneurs, et envoièrent le corps monsigneur Grignart de Manni à ses deus frères, Jehan et Thieri, qui le reçurent en grant dolour. Depuis il le fisent aporter as Cordeliers à Valencènes ; et là fu il ensepelis. Apriès ces ordenances, li doi frère de Manni s'en vinrent logier ou chastiel de Thun l'Evesque, et fisent forte guerre à chiaus de le cité de Cambray, en contrevengant le mort de leur frère.

§ 93. Vous devés savoir qu'en ce temps, de par le roy de France, estoit messires Godemars dou Fay tous chapitainne de le cité de Tournay et de Tournesis et des forterèces environ. Et ossi adonc estoit li sires de Biaugeu dedens Mortagne sus Escaut, li seneschaus de

---

1. « Combat ». 2. « Cercueil ».

Charcassonne[1] en le ville de Saint Amant, messires
Aymers de Poitiers[2] en Douay, messires li Galois de
le Baume[3], li sires de Villars[4], li mareschaus de Mirepois[5] et li sires de Maruel[6] en le cité de Cambray. Et
ne desiroient cil chevalier et chil saudoiier, de par le
roy de France, aultre cose que courir en Haynau, pour
pillier et gaegnier, pour le pays mettre en guerre. Ossi
li evesques de Cambray, messires Guillaumes d'Ausonne estoit tous quois à Paris dalés le roy Phelippe,
et se complaindoit à lui, quant il cheoit à point[7], trop
amerement des Haynuiers. Et disoit bien que li Haynuier li avoient fait plus de contraires et de damages,
ars, pillet et courut son pays que nuls aultres. Si se
portèrent telement les besongnes, et fu li rois si dur
consilliés sus son neveu le conte de Haynau et sus ses
gens, que li saudoiier de Cambresis eurent congiet et
acord d'entrer en Haynau et de faire y aucune envaye[8]
et chevaucie au damage dou pays.

Quant ces nouvelles furent venues à chiaus qui ens
ès garnisons de Cambresis se tenoient, si en furent
moult joiant, et misent sus une chevaucie de cinq cens
armeures de fier. Et se partirent un samedi, aprés jour
fallant[9], de Cambray cil qui ordonné y estoient, et ossi
à tèle heure, cil dou Chastiel en Cambresis[10] et cil de
le Malemaison[11]. Et se trouvèrent tout sus les camps
et vinrent en le ville de Haspre, qui lors estoit une
bonne ville et grosse et bien foucie[12], mais point n'es-

---

1. Jean de la Roche, seigneur de Castanet.   2. Aymar de Poitiers, cinquième fils d'Aymar IV et de Sybille des Baux.
3. Étienne de la Baume, dit le Gallois, grand-maître des arbalétriers de France.   4. Humbert de Villars.   5. Jean de Lévis, seigneur de Mirepoix, fils de Jean de Mirepoix et de Constance de Foix, maréchal héréditaire de la foi (c. 1298-1372). Il fut accusé d'avoir fait assassiner le Borgne de Manny pour venger son frère, Roger, que le Borgne tua dans un tournoi à Cambrai.
6. Jean de Mareuil.   7. « Quand l'occasion favorable se présentait ».   8. « Incursion ».   9. « Après le crépuscule ».
10. Cateau-Cambrésis, sur la Selle, à l'est de Cambrai.   11. Forteresssse qui se trouvait sur la rive gauche de la Sambre, dans la commune d'Ors.   12. « Remplie ».

toit fremée. Et si n'estoient les gens en nulle doubte, car on ne les avoit point avisés ne escriés de nulle guerre. Si entrèrent li François dedens et trouvèrent les gens, hommes et femmes, en leurs hostelz ; si les prisent à leur volenté et tout le leur, or, argent et jeuiaus, et leurs bestes, et puis boutèrent le feu en le ville, et le ardirent si nettement que riens n'i demora fors les parois. Par dedens Haspre a une prevosté[1] de noirs monnes et grans edefisses avoech le moustier[2], qui se tient de Saint Vaast d'Arras[3]. Si le pillièrent li François et robèrent, et puis boutèrent le feu dedens, et le ardirent moult villainnement. Quant il en eurent fait leur volenté, il cargièrent tout leur pillage, et cacièrent tout devant yaus, et s'en retournèrent en Cambray[4].

Ces nouvelles furent tantos sceues à Valenciènes. Et proprement elles vinrent jusques au conte Guillaume de Haynau, qui se dormoit en son hostel c'on dist à le Salle ; si se leva, vesti et arma moult appertement, et fist resvillier toutes ses gens, dont il n'avoit mies grant fuison dalés lui, fors tant seulement son senescal monsigneur Gerart de Wercin, monsigneur Henri d'Antoing, messire Henri de Husfalise, monsigneur Thieri de Wallecourt, le signeur de Potielles, le signeur de Floion et aucuns chevaliers qui se tenoient dalés lui, ensi que tout gentil homme se tiennent volentiers dalés leur signeur. Mais il estoient couciet en divers hostelz ; si ne furent mies si tost appareilliet, ne armé, ne monté à cheval, que li contes fu, car il n'atendi nullui[5] ; ains s'en vint ou marchiet de Valenciènes, et fist sonner les cloches ou berfroi à volée. Si s'estourmirent[6] toutes gens et s'armèrent et sievirent leur signeur à effort, qui s'estoit jà mis hors de la ville et chevauçoit radement devers Haspre, en grant volenté de trouver ses ennemis. Quant il eut chevauciet environ une lieuwe, il li

---

1. « Juridiction (religieuse) ».   2. « Église ».   3. Un monastère se trouvant à Saint-Vaast-là-Haut, sur une hauteur qui domine la rive gauche de l'Escaut, à l'extérieur de Valenciennes. 4. Les Français détruisirent Haspres le 1ᵉʳ avril 1340.   5. « Personne ».   6. « Se levèrent », « s'agitèrent ».

fu dit qu'il se travilloit[1] en vain, et que li François
estoient retrait. Adonc se retray li contes en l'abbeye
de Fontenelles[2], qui estoit assés priès de là, où madame
sa mère[3] demoroit, qui fu toute ensonniie[4] de lui rapai-
sier, tant estoit il escauffés et aïrés[5] ; et disoit bien
que cesti arsin[6] de Haspre il le feroit temprement cier
comparer[7] au royaume de France. Sa dame de mère li
acordoit tout, et euist volentiers de ceste mespresure[8]
escuset son frère le roy de France ; mès li contes n'i
voloit entendre, mès disoit : « Il me fault regarder
comment hasteement je me puisse vengier de ce despit
que on m'a fait, et otretant[9] ou plus ardoir en France. »

Quant li contes de Haynau eut esté une espasse à
Fontenelles dalés ma dame sa mère, il prist congiet,
puis s'en parti et retourna à Valenciènes. Et fist tantost
lettres escrire partout as chevaliers et as prelas de son
pays, pour avoir conseil comment il se poroit chevir[10]
de ceste avenue[11], et mandoit par ses lettres que tout
fuissent à Mons en Haynau au certain jour[12] qui
assignés y estoit. Ces nouvelles s'espardirent parmi le
pays, et les sceut messires Jehans de Haynau, qui se
tenoit à Byaumont, pensans et imaginans comment il
poroit ossi l'arsin de se terre de Chymay contrevengier.
Si ne fu mies courouciet quant il oy dire et recorder le
grant desplaisir que on avoit fait à son neveut le conte,
et ossi en quel desdain[13] il l'avoit pris, et ne le sentoit
mies si souffrant[14] que il vosist longement porter ceste
villonnie[15]. Si monta à cheval et vint au plus tost qu'il
peut à Valenciènes, où il trouva le dit conte à le Salle ;
si se traist vers li, ensi que raisons estoit.

---

1. « Se fatiguait ».   2. Abbaye de femmes de l'ordre de Cîteaux dans le diocèse de Cambrai, commune de Maing.   3. Jeanne
de Valois.   4. « Occupée ».   5. « Courroucé ».   6. « Incendie ».   7. « Payer cher ».   8. « Faute », « tort ».   9. « Autant ».
10. « Venir à bout de ».   11. « Rencontre ».   12. « Au jour
fixé ».   13. « Colère ».   14. « Tolérant ».   15. « Affront ».

§ 94. Sitost que li contes de Haynau vey monsigneur Jehan de Haynau, son oncle, il vint contre lui et li dist : « Biaus oncles, vostre guerre as François est grandement embellie. » — « Sire, ce respondi li sires de Byaumont, Diex en soit loés ! De vostre anoi et damage seroi je tous couroucies, mais cilz ci me vient assés à plaisance. Or avés vous de l'amour et dou service les François que vous avés tout le temps portet. Or nous fault faire une chevaucie sus France ; regardés de quel costet. » Dist li contes : « Vous dittes voir, et si sera bien briefment. » Si se tinrent depuis, ne sai quans jours, à Valencienes. Et quant li jours de parlement, qui estoit assignés à estre à Mons en Haynau, fu venus, il y furent. Là fu tous li consaulz dou pays, et ossi de Hollandes et de Zelandes.

À ce parlement qui fu en le ville de Mons en Haynau, eut pluiseurs parolles proposées et remonstrées. Et voloient li aucun des barons dou pays que on envoiast souffissans hommes devers le roy de France, à savoir se il avoit acordé ne consenti à ardoir en Haynau, ne envoiiet les saudoiiers de Cambresis en le terre dou conte, ne à quel title cil l'avoient fait, pour tant que on n'avoit point deffiiet le conte ne le pays. Et li aultre chevalier, qui proposoient à l'encontre, voloient tout le contraire, mais que on se contrevengast en tel manière com li François avoient commenchiet.

Entre ces parolles des unes as aultres eut pluiseurs detris, estris et debas. Mès finablement il fu regardé, tout consideret et imaginet, que li contes de Haynau et li pays ne pooient nullement issir de ceste besongne, sans faire guerre au royaume de France, tant pour l'arsin de le terre de Cymai que pour cesti de Haspre. Si fu là ordonné que on deffieroit le roy de France, et puis enteroit on à effort ou royaume. Et de porter ces deffiances fu priiés et cargiés li abbés de Crespin[1], qui pour le temps s'appelloit Thiebaus. Si furent les lettres

---

1. Abbaye de bénédictins dans le diocèse de Cambrai, c. Crespin (59154), Nord, arr. Valenciennes (à 4 km de Condé).

de deffiances escrites et seellées dou conte et de tous les barons et chevaliers dou pays. En apriès, li dis contes remercia grandement tous ses hommes pour le bonne volenté dont il les vey, car il li prommisent confort et service en tous estas.

Je n'ai que faire de demener ceste matère longement. Li abbés de Crespin se parti et vint en France aporter au roy Phelippe les deffiances, qui n'en fist pas trop grant compte et dist que ses neveus estoit uns folz oultrageus, et qu'il marchandoit bien que de faire ardoir tout son pays[1]. Li abbés retourna arrière devers le conte et son conseil, et leur compta comment il avoit esploitiet, et les responses que li rois en avoit faites. Assés tost apriès, se pourvei li contes de gens d'armes, et manda tous chevaliers et escuiers parmi son pays, et ossi en Braibant et en Flandres, et fist tant qu'il eut bien dix mille armeures de fier, de bonne estoffe[2], tout à cheval. Si se partirent de Mons en Haynau et de là environ, et chevaucièrent vers le terre de Cymai, car li intentions dou conte et de son oncle, li signeur de Byaumont, estoit tèle que il iroient ardoir et essillier[3] la terre le signeur de Vrevins, et ossi Aubenton en Tierasse.

§ 95. Bien se doubtoient cil de le ville de Aubenton dou conte de Haynau et de son oncle. Si l'avoient segnefiiet au grant bailliu de Vermendois, que il leur volsist envoiier gens pour yaus aidier à tenir et deffendre contre les Haynuiers, qui leur estoient trop proçain voisin. Et bien leur besongnoit que il euissent avoec yaus bonne gent d'armes, car leur ville n'estoit fremée que de palis[4]. Donc li dis baillieus de Vermendois y avoit envoiiés des bons chevaliers de là environ : premierement, le visdame de Chaalons, monsigneur Jehan de Beaumont, monsigneur Jehan de la Bove, le signeur de Lore et pluiseurs aultres. Si s'estoient li des-

---

1. Guillaume II de Hainaut défia Philippe VI, le 2 avril 1340.
2. « De qualité ».   3. « Dévaster ».   4. « Palissades ».

sus dit chevalier et leurs routes, où bien avoit trois cens armeures de fier, mis dedens Aubenton, et le pensoient bien à tenir contre les Haynuiers, et le remparèrent. Et fortefiièrent encores aucuns lieus de le ditte ville où il veirent et sentirent que elle estoit le plus foible ; et estoient tout conforté et pourveu de attendre les Haynuiers qui ne fisent point un lonch sejour, depuis qu'il furent assamblé à Mons en Haynau, mais se partirent vistement en grant arroi, si com ci dessus est dit, et s'aceminèrent vers Chimay et passèrent, par un venredi, le bois c'on dist de « Tierasse », et esploitièrent tant qu'il vinrent à Aubenton, qui estoit une grosse ville et bonne et plainne de draperie. Ce venredi, li Haynuier se logièrent assés près et le avisèrent et considerèrent au quel lés elle estoit le plus prendable. À lendemain, il vinrent tout ordonné par devant pour le assallir, leurs banières moult faiticement tout devant, et les arbalestriers ossi ; et se partirent en trois connestablies, et se traist cascuns à sa banière. Dont li contes de Haynau eut le première bataille, avoech lui grant fuison de bons chevaliers et escuiers de son pays ; li sires de Byaumont, ses oncles, la seconde livrée, ossi à tout grant fuison de bonne gent d'armes ; et li sires de Faukemont avoech grant fuison de bonne gent de son pays, Alemans et Braibençons, une aultre. Et se traist cescuns sires desous se banière et entre ses gens, celle part où il furent ordonné pour assallir.

Si commença li assaus grans et fors durement ; et s'emploiièrent arbalestrier et dedens et dehors au traire moult vigereusement, par lequel trait il en y eut pluiseur bleciés des assallans et des deffendans. Li contes de Haynau et se route, où moult avoit de appers[1] chevaliers et escuiers, vinrent jusques as bailles de l'une des portes. Là eut grant assaut et forte escarmuce. Là estoit li visdames de Chaalons, uns appers chevaliers, qui y fist merveilles d'armes, et qui moult vassaument se combati et deffendi. Et fist là à le porte meismement

---
1. « Vaillants ».

trois de ses neveus chevaliers, qui ossi se acquittèrent moult bien en leur nouvelle chevalerie, et y fisent pluiseurs apertises d'armes. Mais il furent si fort requis et assalli dou conte de Haynau qu'il les convint retraire en le porte, car il perdirent les barrières. Là eut un moult dur assaut, sus le pont meismement. À le porte devers Cimay, estoit messires Jehans de Haynau et se banière, qui assalloit moult fierement. Et celle porte gardoient messires Jehans de Beaumont et monsigneur Jehan de la Bove. Là eut très grant assaut et forte escarmuce, et convint les François retraire dedens le porte, car il perdirent leurs bailles, et les conquisent li Haynuier et le pont ossi. Là eut dure escarmuce et forte et grant assaut et felenès, car cil qui estoient monté sus le porte jettoient baus et mairiens[1] contreval, et pos plains de cauch, et grant fuison de pières et de cailliaus, dont il navroient et mehagnoient gens, se il n'estoient fort armet et paveschiet[2]. Et là fu consievis à meschief[3] d'une pière grosse et villainne uns bons escuiers de Haynau, qui se tenoit tout devant pour son corps avancier, Bauduins de Biaufort, et reçut un si dur horion sus sa targe, que on li esquartela et fendi en deus moitiés, et eut romput le brach dont il le portoit. Et le convint retraire, pour le villain horion, et porter as logeis, ensi que celi qui ne se peut de puis armer en grant temps, jusques à tant qu'il fu sanés[4] et garis.

§ 96. Le samedi, au matin, fu li assaus moult grans et très fiers à le ville de Aubenton en Tierasse ; et se mettoient li assalant en grant painne et en grant peril pour conquerir la ville. Ossi li chevalier, li escuier et cil qui dedens estoient rendoient grant entente et diligense à yaus deffendre, et bien le besongnoit. Et, saciés, se ce ne fuissent li gentil homme qui dedens Aubenton se tenoient et qui le gardoient, elle euist estet tantost prise et de saut[5], car elle estoit fort et dur assal-

---

1. « Bois de charpente ».   2. « Munis de boucliers ».
3. « Frappé par malheur ».   4. « Rétabli ».   5. « Du premier coup ».

lie de tous costés et de grant fuison de bonne gent d'armes. Si y convenoit tant plus grant avis et plus grant hardement pour le deffendre, et en fisent li chevalier de dedens, au voir dire, bien leur devoir ; mais finablement elle fu conquise par force d'armes, et les garites qui n'estoient que de palis rompues et brisies. Et entra en la ville tout premierement messires Jehans de Haynau et se banière, en grant huée et en grant fouleis[1] de gens et de chevaus.

Et adonc se recueillièrent en le place, devant le moustier, li visdames de Chaalons et aucun chevalier et escuier, et levèrent là leurs banières et leurs pennons, et monstrèrent de fait bien samblant et corage de yaus combatre, et tenir tant que par honneur il poroient durer. Mais li sires de Vrevins se parti et se banière, sans arroi et sans ordenance, et n'osa demorer, car bien sentoit monsigneur Jehan de Haynau si aïret sur lui qu'il ne l'euist pris à nulle raençon : si monta au plus tost qu'il peut sus fleur de coursier et prist les camps. Ces nouvelles vinrent à monsigneur Jehan de Haynau que ses grans ennemis, et qui tant avoit porté le damage à se terre de Chymay, estoit partis, et s'en aloit devers Vrevins. Adonc li sires de Byaumont monta sus son coursier et fist chevaucier se banière et vuida Aubenton, en entente de raconsievir[2] ses ennemis. Ses gens le sievoient, cescuns qui mieus mieus ; et li aultre demorèrent en le ville, li contes de Haynau et se bataille, et se combatirent asprement et fierement[3] à chiaus qui s'estoient arresté devant le moustier. Là ot dur hustin et fier, et tamaint homme reversé et mis par terre. Et là furent très bons chevaliers li visdames de Chaalons et si troi fil, et y fisent tamainte[4] belle appertise d'armes.

Endementrues que cil se combatoient, messires Jehans de Haynau et ses gens caçoient et encauçoient[5] le signeur de Vrevins, au quel il avint si bien que il

---

1. « Foule ».   2. « Rattraper ».   3. « Farouchement ».
4. « Beaucoup de beaux exploits d'armes ».   5. « Poursuivaient ».

trouva les portes de se ville toutes ouvertes et entra ens en grant haste ; et jusques à là le poursievi sus son coursier, l'espée en le main, messires Jehans de Haynau. Quant il vit qu'il li estoit escapés et rentrés en se forterèce, si en fu trop courciés, et retourna tout le grant chemin de Aubenton. Si encontrèrent ses gens les gens le signeur de Vrevins qui le sievoient à leur pooir. Si en occirent et misent par terre grant fuison, et puis retournèrent dedens Aubenton. Si trouvèrent leurs gens, qui jà avoient delivré le place de leurs ennemis. Et estoit pris li visdames et durement navrés, et mort deus de ses neveus, ce jour fais chevaliers, et ossi pluiseur aultre. Ne onques chevaliers qui là fust n'en escapa ne escuiers, fors cil qui se sauvèrent avoecques le signeur de Vrevins, qu'il ne fuissent tout mort et tout pris, et bien deux cens hommes de le ville, et fu toute pillie et robée ; et li grans avoirs et pourfis, qui dedens estoient, chargiés sus chars et sus charettes et envoiiés à Chimay. Avoecques tout ce, la ville d'Aubenton fu toute arse. Et se logièrent ce soir li Haynuier sus le rivière, et lendemain il chevaucièrent devers Mauberfontainnes[1].

§ 97. Aprièz le desolation et destruction de Aubenton, ensi que vous avés oy, s'acheminèrent li Haynuier et leurs routes devers Mauberfontainnes[2]. Si tost qu'il y parvinrent, il le conquisent, car il n'i avoit point de deffense, et le pillièrent et robèrent, et puis l'ardirent et, aprièz, le ville de Aubencuel[3] et Segni le Grant[4] et Segni le Petit[5], et tous les hamiaus et villages de là environ, dont il en y eut plus de quarante. Ensi se contrevengièrent li Haynuier des damages que on leur avoit fais, tant en le terre de Chimay comme à Haspre. Mais depuis li François leur fisent cier comparer, si

---

1. Maubert-Fontaine (08260), Ardennes, arr. de Recroy.
2. Cette phrase reprend les précédentes à la manière d'une laisse similaire de chanson de geste.   3. Aubencheul-aux-Bois (Aisne, arr. Saint-Quentin, c. Le Catelet).   4. Signy-l'Abbaye, au sud-est d'Aubenton.   5. Signy-le-Petit, au nord-est d'Aubenton.

com vous orés avant en l'ystore. Depuis ceste chevaucie faite, li contes de Haynau se retraist deviers le ville de Mons et donna congiet toutes manières de gens d'armes, et les remercia grandement et bellement cescun de son bon service, et fist tant que tout se partirent bien content de lui ; si s'en rala cescuns en son lieu.

Assés tost apriès, vint il en volenté et en pourpos au dit conte que d'aler esbatre en Engleterre et faire certainnes alliances au dit roi, son serourge [1], pour estre plus fors en sa guerre, car bien pensoit et disoit que la cose ne pooit demorer ensi, et que li rois, ses oncles, ne fesist aucune armée contre lui. Et pour estre plus fors, bon li sambloit, et à son conseil ossi, que il euist l'amour et l'alliance des Englès, des Flamens et des Braibençons. Si manda li dis contes tout son conseil à Mons en Haynau, et leur remonstra sen entente. Et ordonna et institua là monsigneur Jehan de Haynau à estre bauls [2] et gouvrenères de Haynau, de Hollandes et de Zelandes. Et se parti depuis assés tost, à privée mesnie, et vint à Dourdresch en Hollandes, et là monta en mer pour arriver en Engleterre. Or nous tairons nous à parler dou conte de Haynau, et parlerons des besongnes de son pays, et des avenues qui y avinrent entrues qu'il fu hors.

§ 98. Vous avés bien oy recorder comment messires Jehans de Haynau demora baulz et gouvrenères des trois pays, par l'ordenance dou conte. Si obeirent en avant tout li baron et li chevalier et li homme dou pays à lui, comme à leur signeur, jusques à son retour. Si se tint li dis messires Jehans de Haynau en le ville de Mons, et pourvei le pays et garni bien et souffissamment de toutes bonnes gens d'armes, especialment sus les frontières de France, et envoia quatre chevaliers en le ville de Valenchiènes, pour aidier à garder et consillier le ville et les bourgois. Che furent li sires d'Antoing, li sires de Wargni, li sires de Gommegnies et

---

1. « Beau-frère ».   2. « Administateur ».

messires Henris de Husphalize. Et envoia le senescal de Haynau, monsigneur Gerart de Wercin, à tout cent lances de bonne gent d'armes, en le ville de Maubuege[1], et mist le mareschal de Haynau, monsigneur Thieri de Walecourt, en le ville dou Kesnoi, et le signeur de Potielles en le ville de Landrecies[2]. Apriès, il mist en le ville de Bouçain[3] trois chevaliers alemans, qui tout troi se nommoient messires Conrars, et envoia à Escauduevre monsigneur Gerart de Sassegnies, et ossi en le ville de Avesnes le signeur de Faukemont, et ensi par toutes les forterèces de Haynau, voires sus les frontières dou royaume ; et pria et enjoindi à cescun de ces chapitainnes qu'il fuissent songneus, pour leur honneur, d'entendre à che qui leur estoit recargiet, et cescuns li eut en convent. Si se tray cescuns sires et chapitains avoecques ses gens en se garnison, et entendirent dou remettre en point, garnir et pourveir che dont il estoient garde. Or revenrons nous au roy de France, et recorderons comment il envoia une grande chevaucie de gens d'armes en Haynau, pour ardoir et exillier le pays, et en fist le duch de Normendie son fil chief.

§ 99. Quant li rois de France eut oy recorder comment li Haynuier avoient ars ens ou pays de Tierasse, pris et occis ses chevaliers, et destruit le bonne ville de Aubenton, saciés que il ne prist mies ceste cose en gré, mais commanda à son fil le duch de Normendie que il mesist une grosse chevaucie sus, et s'en venist en Haynau, et sans deport[4] atournast[5] tel le pays que jamais ne fust recouvret[6]. Et li dus respondi qu'il le feroit volentiers. Encores ordonna li rois de France le conte de Lille, gascon qui se tenoit adonc à Paris dalés lui et que moult amoit, que il mesist sus une grosse

---
1. Maubeuge sur la route d'Avesnes à Mons.   **2.** À l'ouest d'Avesnes.   **3.** À 4 lieues et demie au sud-ouest de Valenciennes.
4. Soit « sans délai », soit « sans pitié », et sans doute les deux.
5. « Arrangeât » (au sens ironique).   **6.** « Récupérable ».

chevaucie de gens d'armes, et s'en alast en Gascongne et y chevauçast, comme lieutenans dou roy de France, et guerriast durement et radement Bourdiaus et Bourdelois et toutes les forterèces qui là se tenoient pour le roi d'Engleterre. Li contes dessus dis obey au commandement dou roy et se parti de Paris, et fist son mandement à Thoulouse à estre à closes Paskes, li quelz mandemens fu tenus, ensi que vous orés chà en apriès, quant tamps et lieus sera. Encores renforça grandement li rois de France l'armée qu'il tenoit sus mer et le grosse armee des escumeurs. Et manda à monsigneur Hue Kieret et à Barbevaires, et as aultres chapitainnes, qu'il fuissent songneus de yaus tenir sus les mètes de Flandres, et que nullement il ne laiassent le roy d'Engleterre rapasser ne prendre port en Flandres ; et se par leur coupe en demoroit[1], il les feroit morir de male mort.

Avoech tout ce, vous avés bien oy recorder comment de nouviel li Flamench s'estoient alloiiet, par saiellet[2], avoecques le roi d'Engleterre ; et li avoient juret à lui aidier à poursievir sa guerre, et li avoient fait encargier les armes de France, et li avoient fait hommage de tout ce dont tenu estoient au roy de France, et li fisent encores prendre title et nom de roy de France ; et cils rois les avoit absols et quittés de une grande somme de florins dont obligiet il estoient de jadis et loiiet au roy de France. Dont il avint que, quant li rois Phelippes oy ces nouvelles, se ne li pleurent mies bien, tant pour ce qu'il avoient fait hommage à son adversaire, que pour ce que li rois englès, comme rois de France, les avoit quittés de le somme et de l'obligation, ce que nullement il ne pooit faire. De quoi encores, pour yaus retraire, il leur manda par un prelat sus l'ombre dou pape, qu'il tenissent ferme et estable leur sierement ; autrement, il jetteroit une sentense entre yaus ; non obstant ce et le petite et foible information qu'il

---

1. « Et si par leur faute, l'action ne se faisait pas... » 2. « Par un engagement scellé ».

avoient eu, se il se voloient recognoistre et retourner à lui et à le couronne de France, et relenquir[1] le roi d'Engleterre qui enchanté[2] les avoit, il leur pardonroit son mautalent[3] et leur quitteroit la ditte somme, et leur donroit et saieleroit[4] pluiseurs belles francises[5] en son royaume. Li Flamench n'eurent mies adonc conseil ne acord de ce faire, et respondirent qu'il se tenoient bien pour absols et pour quittes de tout ce où obligiet estoient, tant c'au roi de France. Et quant li rois de France vei qu'il n'en aroit aultre cose, si s'en complaindi au pape Clement VIe qui regnoit pour le temps[6], li quelz papes jetta une sentense et un escumeniement en Flandres si horrible et si grant que il n'estoit nulz prestres qui y volsist celebrer ne faire le divin offisce. De quoi li Flamench furent moult courouchiet ; et en envoiièrent complaintes grandes et grosses au roi englès, liquelz, pour yaus apaisier, leur manda que de ce il ne fuissent noient effraet. Car, la première fois qu'il rapasseroit, il lor menroit des prestres de son pays qui chanteroient messe en Flandres, volsist li papes ou non, car il est bien privilegiiés de ce faire. Parmi tant s'apaisièrent li Flamench.

§ 100. Quant li rois de France vei que, par nulle voie ne pourkas qu'il sceust faire ne monstrer, il ne poroit ratraire les Flamens ne oster de leur oppinion, si commanda à chiaus qu'il tenoit en garnison, de Tournay, de Lille, de Douay et des chastiaus voisins, que il fesissent guerre as Flamens, et courussent en leur pays et sans deport, dont il avint que messires Mahieus de Roie[7], qui pour le temps se tenoit dedens Tournay,

---

1. « Abjurer ». 2. « Charmés », « ensorcelés ». 3. « Colère », « ressentiment ». 4. « Confirmerait par document scellé ». 5. « Lieux d'asile », « libertés ». 6. Froissart se trompe : Clément VI (Pierre Roger de Beaufort) fut pape de 1342 à 1352. Il s'agit ici de Benoît XII (Jacques Fournier), son prédécesseur, pape de 1334 à 1342. 7. Matthieu, sire de Roye, maréchal de France. Sa fille, Marie, épousa Alain de Manny.

et messires Mahieus de Trie[1], mareschaus de France, avoech monsigneur Godemar dou Fay et pluiseur aultre, misent une chevaucie sus de mille armeures de fier, tous bien montés, et trois cens arbalestriers, tant de Tournay, de Lille que de Douay, et se partirent de le cité de Tournay un soir apriès souper, et chevaucièrent tant que sus le point dou jour il vinrent devant Courtrai, et accueillièrent, devant soleil levant, toute le proie de là environ.

Et coururent li coureur jusques as portes, et occirent et mehagnièrent aucuns hommes qu'il trouvèrent ens ès fourbours, et puis s'en retournèrent arrière sans damage. Et prisent ces gens d'armes leur tour deviers le rivière dou Lis et devers le Warneston en accueillant et en menant devant yaus toute le proie qu'il trouvèrent et encontrèrent ; et ramenèrent ce jour en le cité de Tournay plus de dix mille blanches bestes[2], et bien otant que pors, que bues que vaches, dont il eurent grant pourfit et grant butin. Et en fu la ditte cités bien pourveue et rafreschie un grant temps et largement avitaillie.

Ces nouvelles, qui ne furent mies trop plaisans pour les Flamens, s'espandirent parmi Flandres. Si en fu durement li pays esmeus et tourblés. Et en vinrent les complaintes à Jakemon d'Artevelle qui se tenoit à Gand. Pour quoi li dis d'Artevelles fu durement couroucés, et dist et jura que ceste fourtaiture seroit amendée ou pays de Tournesis. Si fist son mandement par tout, et commanda parmi les bonnes villes de Flandres que tout vuidassent et fuissent, à un certain jour qu'il y assigna, avoecques lui, devant le cité de Tournay ; et escrisi au conte de Sallebrin[3] et au conte de Sufforch[4],

---

1. Maréchal vers 1320, il assista au sacre de Philippe de Valois avec treize chevaliers et cinquante-quatre écuyers († 1344). **2.** Moutons. **3.** Guillaume de Montagu, comte de Salisbury (*c.* 1302-1344). Ami intime d'Édouard III. À son retour en Angleterre (février 1340), le roi avait dû laisser la reine, ses enfants et les comtes de Salisbury et de Suffolk comme ôtages, pour garantir le paiement de ses dettes sur le continent. **4.** Robert de Suffolk, fils aîné de Robert comte de Suffolk et de Marguerite de Norwich.

qui se tenoient en garnison en le ville de Ippre, qu'il se traissent de celle part. Et encores pour mieus monstrer que la besongne estoit sienne et qu'elle li touchoit, il se parti de Gand moult estoffeement, et s'en vint entre le ville d'Audenarde[1] et de Tournay, sus un certain pas que on dist au « Pont de Fier[2] » ; et se loga là, attendans les dessus dis contes d'Engleterre et ossi chiaus dou Franch de Bruges[3].

§ 101. Quant li doi conte d'Engleterre dessus nommet entendirent ces nouvelles, si ne veurent mies pour leur honneur delaiier ; ains renvoiièrent tantost devers d'Artevelle, en disant que il seroient là au jour qui assignés y estoit. Sur ce il se partirent assés briefment de le ville d'Ippre, environ cinquante lances et quarante arbalestriers, et se misent au chemin pour venir là où d'Artevelles les attendoit. Ensi qu'il chevauçoient et qu'il leur convenoit passer au dehors de le ville de Lille, leur venue fu seue en la ditte ville. Dont s'armèrent secretement cil de le ville de Lille, et se partirent de lor ville bien quinze cens, à piet, à cheval, et se misent et establirent en trois agais[4], afin que cil ne les peuissent mies escaper. Et vinrent li pluiseur et li plus certain sus un pas[5], entre haies et buissons, et là s'embuschièrent.

Or chevauçoient adonc cil doi conte englès et leur route, sus le guiement[6] monsigneur Wafflart de le Crois[7], qui un grant temps avoit guerriiet chiaus de Lille, et encores guerrioit, quant il pooit ; et s'estoit tenus celle saison à Ippre, pour yaulz mieus guerriier. Et se faisoit fors que d'yaus mener[8] sans peril, car il

---

1. Ville de Belgique, chef-lieu d'arrondissement de la Flandre-Orientale, sur l'Escaut. **2.** Lettenhove identifie ce lieu avec le pont d'Espierres, sur l'Escaut, entre Audenarde et Tournay (KL, XXV, 197-8). **3.** Châtellenie de Bruges qui, ayant reçu de Philippe d'Alsace une législation et une organisation administrative distinctes de celles de la ville de Bruges, porta depuis le nom de « Franc de Bruges ». **4.** « Embuscades ». **5.** « Passage », « défilé ». **6.** « Conduite ». **7.** Jean de Croix, dit Wafflart. **8.** « Et il prétendait les mener ».

savoit toutes les adrèces et les torses voies[1]. Et encores en fust il bien venus à chief, se cil de Lille n'euissent fait au dehors de leur ville un grant trencheis[2] nouvellement, qui n'estoit mies acoustumés d'estre. Et quant cilz messires Wafflars les eut amenés jusques à là, et il vei que on leur avoit copet le voie, si fu tous esbahis et dist as contes d'Engleterre : « Mi signeur, nous ne poons nullement passer le chemin que nous alons, sans nous mettre en grant dangier et ou peril de chiaus de Lille. Pour quoi, je conseille que nous retournons et prendons ailleurs nostre chemin. » Adonc respondirent li baron d'Engleterre : « Messire Wafflart, jà n'avenra que nous issons de nostre chemin pour chiaus de Lille. Chevauciés toutdis avant, car nous avons acertefiiet d'Artevelle que nous serons ce jour, à quèle heure que soit, là où il est. » Lors chevaucièrent li Englès sans nul esmay. Et quant messires Wafflars vei que c'estoit acertes, et que il ne pooit estre creus ne oys, si fist son marchiet tout avant[3] et dist : « Biau signeur, voirs est que pour gide et conduiseur en ce voiage vous m'avés pris, et que tout cel yvier je me sui tenus avoecques vous en Ippre, et me loe de vostre compagnie et de vous grandement. Mais toutesfois, se il avient que cil de Lille sallent[4] ne issent hors contre nous ne sur nous, n'aiiés nulle fiance que je les doie attendre, mès me sauverai au plus tost que porai. Car se j'estoie pris ne arrestés par aucun kas de fortune[5], ce seroit sus ma tieste que j'ai plus chier que vostre compagnie. »

Adonc commenchièrent li chevalier à rire, et disent à monsigneur Wafflart qu'il le tenoient bien pour escuset. Tout ensi qu'il l'imagina en avint, car il ne se donnèrent de garde ; si se boutèrent en l'embusce, qui estoit grande et forte et bien pourveue de gens d'armes et d'arbalestriers, qui les escriièrent tantost : « Avant, avant, par chi ne poés vous passer sans no congiet. »

---

1. « Tous les chemins de traverse et toutes les voies détournées ». **2.** « Tranchée ». **3.** « Il fit ses comptes très franchement ». **4.** « Fassent une sortie ». **5.** « Par quelque événement malheureux ».

Lors commencièrent il à traire et à lancier sus les Englès et leur route. Et si tretost que messires Wauffars en vei la manière, il n'eut cure de chevaucier plus avant, mès retourna au plus tost qu'il peut, et se bouta hors de le presse et se sauva, et ne fu mies pris à celle fois. Et li doi signeur d'Engleterre, messires Guillaumes de Montagut, contes de Sallebrin, et li contes de Sufforch escheirent en le main de leurs ennemis, et furent mieulz pris c'à le roit[1], car il furent embuschiet en un chemin estroit, entre haies et espines et fossés à tous lés, si fort et par tel manière qu'il ne se pooient ravoir[2] ne retourner, ne monter, ne prendre les camps. Toutesfois, quant il veirent le mesaventure, il descendirent tout à piet et se defendirent ce qu'il peurent, et en navrèrent et mehagnièrent assés de chiaus de le ville. Mais finablement leur deffense ne vali noient, car gens d'armes frès et nouviaus croissoient toutdis sus yaus. Là furent il pris et rançonné de force, et uns escuiers jones, de Limozin, neveus dou pape Clement qui s'appelloit Raymons; mais depuis qu'il fu creantés prisons[3], fu il occis pour le convoitise de ses belles armeures, dont moult de bonnes gens en furent couroucié.

Ensi furent pris et retenu li doi conte d'Engleterre et mis en la halle de Lille en prison, et depuis envoiiet en France par devers le roy Phelippe, qui en eut grant joie et en seut grant gret à chiaus de Lille. Et dist adonc li dis rois et prommis à chiaus de le ville de Lille qu'il leur seroit guerredonné[4] grandement, car il li avoient fait un biau service. Et quant Jakemars d'Artevelle, qui se tenoit au Pont de Fier, en seut nouvelles, si en fu durement courouciés, et brisa pour ceste avenue son pourpos et sen emprise, et donna ses Flamens congiet, et s'en retourna en le ville de Gand.

---

1. « Et ils furent pris mieux que s'ils l'avaient été dans un filet ».
2. « Se rallier ».   3. « Après qu'il se fut rendu prisonnier ».
4. « Récompensé ».

§ 102. Nous retourrons, car la matère le requiert, as guerres de Haynau et à le contrevengance que li rois de France y fist prendre par le duch Jehan de Normendie, son ainsnet fil. Li dus, au commandement et ordenance dou roy son père, fist son especial mandement à estre à Saint Quentin et là environ, et se parti de Paris environ Paskes, l'an mil trois cens et quarante, et vint à Saint Quentin. Là estoient avoech lui li dus d'Athènes[1], li contes de Flandres[2], li contes d'Auçoirre[3], li contes de Sansoirre[4], li contes Raoulz d'Eu[5] connestables de France, li contes de Porsiien[6], li contes de Roussi[7], li contes de Brainne[8], li contes de Grantpret[9], li sires de Couci[10] et grant fuison de noble chevalerie de Normendie et des basses marces. Quant il furent tout assemblé à Saint Quentin ou là environ, si fu regardé par le connestable, le conte de Ghines[11] et les mareschaus de France, monsigneur Robert Bertran[12] et monsigneur Mahieu de Trie[13], quel nombre de gens d'armes il pooient estre ; si trouvèrent qu'il estoient bien six mille armeures de fier, chevaliers et escuiers, et bien huit mille, que brigans, que bidaus[14], que aultres gens poursievant l'ost. C'estoit assés, si com il disoient entre yaus, pour combatre le conte de Haynau et toute se poissance. Si se misent as camps par l'ordenance des mareschaus, et se partirent tout de Saint Quentin, et s'arroutèrent devers le Chastiel en Cham-

---

1. Gautier VI, fils du comte de Brienne et de Jeanne de Châtillon. Mort à la bataille de Poitiers (1356). **2.** Louis de Crécy. **3.** Jean II de Chalon, comte d'Auxerre. **4.** Louis II, comte de Sancerre, mort à Crécy. **5.** Raoul de Brienne, comte d'Eu et de Ghine, connétable de France après Gaucher de Châtillon. Le plus grand seigneur de la haute Normandie († 1344). **6.** Gaucher de Châtillon, fils aîné de Gaucher le connétable. **7.** Jean V, comte de Roucy, mort à la bataille de Crécy (KL, XXII, 379). **8.** Soit Pierre, soit Robert de Dreux, voir KL, XXI, 117. **9.** Jean II, comte de Grandpré. **10.** Enguerrand V, fils de Guillaume de Coucy et d'Isabeau de Châtillon († 1344). **11.** Raoul de Brienne. **12.** Robert Bertran, baron de Bricquebec en Cotentin, maréchal de France depuis 1325 ou 1326. **13.** Sire d'Araines († 26 novembre 1344). **14.** Sorte de fantassins, troupes légères.

bresis[1], et passèrent dehors Bohain[2], et chevaucièrent tant qu'il passèrent le Chastiel en Chambresis. Et s'en vinrent logier li dus de Normendie et toute son host en le ville de Montais[3] sus le rivière de Selles[4]. Or vous dirai une grant apertise d'armes que messires Gerars de Werchin[5], seneschaus de Haynau pour le temps, fist et entreprist, laquèle doit bien estre recordée et tenue à grant proèce.

§ 103. Li seneschaus de Haynau dessus nommés sceut bien par ses espies que li dus de Normendie estoit logiés à Saint Quentin, et que ses gens manechoient durement le pays de Haynau. Avoech tout ce, il sceut l'eure et le venue dou dit duch, qui estoit arrestés à Montais, dehors le forterèce dou Chastiel en Chambresis. Si s'avisa en soi meismes, comme preus chevaliers et entreprendans, qu'il iroit le duch escarmuchier et resvillier. Si pria aucuns chevaliers et escuiers, ce qu'il en peut trouver dalés lui, que il volsissent aler où il les menroit, et il li eurent en couvent. Si se parti de son chastiel de Wercin, environ soixante lances en se compagnie tant seulement. Et chevaucièrent depuis soleil esconsant[6], et fisent tant que il vinrent à Forès[7], à l'issue de Haynau, et à une petite liewe de Montais; et pooit estre environ jour falli[8]. Si tretost qu'il eurent chevauciet oultre le ville de Forès, il fist toutes ses gens arrester enmi uns camps[9], et leur fist restraindre leurs armeures et recengler leurs chevaus, et puis leur dist se pensée et che qu'il voloit faire. Et il en furent tout joiant, et li disent qu'il s'enventuroient volentiers avoecques lui, et ne le faurroient jusques au morir, et

---

1. Cateau-Cambrésis (Le Cateau, arr. Cambrai. c. Le Cateau).
2. Aujourd'hui Bohain-en-Vermandois, Aisne, arr. Saint-Quentin.
3. Nord, arr. Cambrai, c. Le Cateau.   4. La Selle, affluent de la rive droite de l'Escaut, prend sa source au sud du Cateau dans une vallée appelée Fons-Selle, et se jette dans l'Escaut à Denain.
5. Gérard de Verchin, mari d'Isabeau d'Antoing.   6. « Depuis le coucher du soleil ».   7. Entre Landrecies et Solesmes, c. de Landrecies, arr. d'Avesnes.   8. « Vers la tombée du jour ».
9. « Au milieu d'un champ ».

Jean de Normandie surpris

il leur dist grant mercis. Avoecques lui estoient : des chevaliers, messires Jakemes dou Sart[1], messires Henris de Husphalize[2], messires Oliphars de Ghistelles[3], messires Jehan dou Chastelet[4], li sires de Vertain[5], li sires de Fontenoit et li sires de Wargni ; et des escuiers, Gilles et Thieris de Sommaing, Bauduins de Biaufort, Colebiers de Bruille, Moriaus de Lestines[6], Sandrars d'Esquarmain[7], Jehans de Robersart, Bridoulz de Thians[8] et pluiseur aultre. Puis chevaucièrent tout quoiement, et vinrent à Montais et se boutèrent en le ville. Et ne faisoient li François point de gait.

Et descendirent premierement li seneschaus et tout li compagnon devant un grant hostel où il cuidoient certainnement que li dus de Normendie fust, mais il estoit un aultre hostel avant. Et laiens estoient logiet doi grant signeur de Normendie, li sires de Bailluel[9] et li sires de Briauté[10]. Si furent assalli vistement, et li porte de leur hostel boutée oultre. Quant li doi chevalier se veirent ensi souspris et oïrent crier : « Haynau au senescal ! », si furent moult esbahi. Nompourquant[11] il se misent à deffense, ce qu'il peurent ; mès li sires de Bailluel fu là occis, dont ce fu damages, et li sires de Briauté fiancés prisons dou dit seneschal, et eut couvent sus se loyauté de venir dedens trois jours tenir prison en Valenchiènes. Dont se commenchièrent François à estourmir et à widier leurs hostels, et à alu-

---

1. Jacques du Sart, châtelain de Bouchain, puis grand-bailli de Hainaut. **2.** Var. : « un chevalier du Hainaut, sires du Petit Wargni au frain du sire de Monmorensi » (ms de Rome). **3.** Ghistelles, Belgique, Flandre-Occidentale. **4.** Chambellan de Philippe de Valois et gouverneur de Tournay en 1332. **5.** Eustache de Bousies seigneur de Vertaing. **6.** Lestines, village du Hainaut, où vécut Froissart. **7.** Escarmaing est un village à 1 lieue et demie de Solesmes (Nord). **8.** Hugues, dit Bridoul de Thians, fils de Gérard de Thians, gouverneur de Douai en 1340. Thians est un village à 5 lieues de Cambrai. **9.** Pierre, seigneur de Bailleul-en-Caux. Probablement le seigneur de Normandie qui épousa Blanche d'Harcourt. **10.** Guillaume de Bréauté, qui épousa Catherine de Créquy. La terre de Bréauté se trouve près du Havre. **11.** « Néanmoins », « Pourtant ».

mer grans feus et tortis[1], et à resvillier l'un l'autre.
Meismement on resvilla le dit duch de Normendie, et
le fist on armer en grant haste, et aporter sa banière
devant son hostel et desveloper. Là se traioient toutes
gens d'armes de leur costé. Quant li Haynuier perchurent les François ensi estourmis, si ne veurent plus
demorer, mais se retrairent bellement[2] et sagement
devers leurs chevaus ; et montèrent sus et se partirent,
quant il se furent remis ensamble ; et en menèrent
jusques à dix ou douze bons prisonniers ; et retournèrent sans damage, car point ne furent poursievi, pour
tant qu'il faisoit brun[3] et tart ; et vinrent, environ
l'aube crevant, au Kesnoi. Là se reposèrent il et
rafreschirent, et puis vinrent à Valenchiennes.

Or parlerons dou duch de Normendie, qui moult
courouchiés estoit dou despit que li Haynuier li avoient
fait. Si commanda au matin à deslogier et à entrer en
Haynau, pour tout ardoir sans deport. Dont s'arroutèrent li charoi[4], et chevaucièrent li signeur, li coureur
premiers qui estoient bien deux cens lances. Et en
estoient chapitainne messires Thiebaus de Moruel, li
Gallois de le Baume, li sires de Mirepois[5], li sires de
Rainneval[6], li sires de Saint Pi, messires Jehans de
Landa[7], li sires d'Astices[8], li sires de Hangès[9] et li
sires de Cramelles[10]. Apriès chevauçoient li doi
mareschal de France en grant route, messires Robers
Bertrans et messires Mahieus de Trie ; et estoient bien
cinq cens lances ; et puis li dus de Normendie avech

---

1. « Flambeaux », « torches ». 2. « D'une manière prudente ».
3. « Obscur ».   4. « Alors se forma le convoi ».   5. Jean de
Lévis, seigneur de Mirepoix ; accusé d'avoir fait assassiner le
Borgne de Manny pour venger l'un de ses frères tué dans un tournoi à Cambrai.   6. Raoul de Raineval.   7. Jean de Mortagne,
seigneur de Landas, capitaine de Marchiennes.   8. Peut-être
Guillaume d'Astiches (village près de Lille), dont la fille épousa
Eustache d'Aubrécicourt.   9. Rogues de Hangest, panetier de
France en 1344, maréchal de France en 1352, épousa Isabeau de
Montmorency.   10. Surien (Jean le Bel, I, 172 n.1) ou Guillaume
de Cramailles (KL, XXI, 33). Le cri d'armes des Cramailles était
« Hangest ! »

grant fuison de contes, de barons et de tous aultres chevaliers. Si entrèrent li dit coureur en Haynau et ardirent Forest, Vertain[1], Vertigneul[2], Esquarmain[3], Vendegies ou Bos[4], Vendegies sus Escallon[5], Bermerain[6], Calaumes[7], Senlèces[8] et les fourbours dou Kesnoi, et se logièrent sus le rivière d'Uintiel[9]. À lendemain, il passèrent oultre et ardirent Oursineval[10], Villers en le Cauchie[11], Gommegnies[12], Marech[13], Pois[14], Presiel[15], Anfroipret[16], Preus[17], Le Frasnoit[18], Obies[19] et le bonne ville de Bavai[20] et tout le pays jusques à le rivière de Honniel[21]. Et eut ce second jour grant assaus et escarmuce au chastiel de Werchin[22] de le bataille des mareschaus, mès noient n'i fisent, car il fu bien gardés et bien deffendus. Et s'en vint li dus de Normendie logier sus le rivière de Selles entre Haussi et Sausoir. Or vous parlerons dou signeur de Faukemont, qui fu uns moult rades chevaliers, d'une grant apertise d'armes qu'il fist.

---

1. Nord, arr. Cambrai, c. Solesmes.   2. Hameau de la commune de Romeries, Nord, arr. Cambrai, c. Solesmes.   3. Escarmain. Nord, arr. Cambrai, c. Solesmes.   4. Vendegies-au-Bois. Nord. Arr. Avesnes, c. Le Quesnoy.   5. Vendegies-sur-Écaillon. Nord, arr. Cambrai, c. Solesmes.   6. *Id.*   7. Désigne sans doute la Chapelle Callome, dépendance de Bermerain (59213) qui figure sur la carte de Cassini.   8. Salesches. Nord, arr. Avesnes, c. le Quesnoy (?).   9. La Rhonelle, petite rivière qui prend sa source au milieu de la forêt de Mormal (proche de Cambrai), un peu au nord de Locquignol, et qui passe à Potelle, Villereau, Orsinval, Villers-Pol, Maresches, Artres, Famars, Saméon, Aulnay et Warly, pour se jeter dans l'Escaut à Valenciennes, au pont Néron.   10. Orsinval, Nord, arr. Cambrai, c. Solesmes.   11. Villers-en-Cauchie, Nord, arr. Avesnes, c. Carnières   12. Nord, arr. Avesnes, c. Le Quesnoy.   13. Maresches, *id.*   14. Poix-du-Nord, *id.* (59218).   15. Préseau, Nord, arr. et c. Valenciennes.   16. Amfroipret, Nord, Arr. Avesnes, c. Bavai.   17. Preux-au-Sart, Nord, arr. Avesnes, c. Le Quesnoy.   18. Frasnoy, *id.*   19. Nord, arr. Avesnes, c. Bavay.   20. Bavay, Nord.   21. Honneau ou Hongneau. Un petit cours d'eau sorti de la forêt de Mormal, qui se jette dans la Haine, affluent de la rive droite de l'Escaut.   22. Le château de Verchin, Nord, arr. et c. Valenciennes, sur l'Écaillon.

§ 104. Messires Walerans, sires de Fauquemont[1], estoit chapitainne et gardiiens de le ville de Maubuege[2], et bien cent lances d'Alemans et de Haynuiers avoecques lui. Quant il sceut que li François chevauçoient, qui ardoient le pays, et ooit les povres gens criier et plorer et plaindre le leur, si en eut grant pité, si s'arma et fist ses gens armer, et recommanda le ville de Maubuege au signeur de Biaurieu[3] et au signeur de Montegni, et dist à ses gens qu'il avoit très grant desir de trouver les François. Si chevauça, ce jour, toutdis costiant les bois et le forest de Mourmail[4]. Quant ce vint sus le soir, il aprist et entendi que li dus de Normendie et toute sen host estoient logiet sus le rivière de Selles, assés priès de Haussi[5]. De che fu il tous joians et dist briefment qu'il les iroit resvillier. Si chevauça ceste vesprée tout sagement, et environ mienuit il passa le ditte rivière à gués, et toute se route. Quant il furent oultre, ilz rechenglèrent leurs chevaus et se remisent à point, et puis chevaucièrent tout souef[6] jusques adonc qu'il vinrent au logeis dou duch. Quant il deurent approcier, ilz ferirent chevaus des esporons tout d'un randon[7], et se plantèrent en l'ost le duch en escriant : « Faukemont ! Faukemont ! », et commencièrent à coper cordes, et à ruer jus et à abatre tentes et pavillons par terre, et à occire et à decoper gens, et d'yaus mettre en grant meschief. Li hos se commença à estourmir, et toutes gens à armer et à traire celle part là où la noise et li hustins estoit. Quant li sires de Faukemont vei que poins fu, il se retray arrière. Et en retraiant ses gens tout sagement fu mors, des François,

---

1. Ou de Valkenburg. Thierry de Fauquemont, fils de Renaud de Fauquemont et de Marie de Bautersem. 2. Maubeuge, Nord. 3. Florent, dit Sanche de Beaurieu (KL, XX, 298). 4. Au xive siècle la forêt de Mormal, située sur la rive gauche de la Sambre, s'étendait depuis Landrécies au sud jusque près de Bavai au nord ; elle avait pour limite à l'ouest la voie romaine, dite Chaussée Brunehaut, du Cateau à Bavai. 5. Au nord-ouest de Solesmes, sur la Selle. 6. « Tout doucement, silencieusement ». 7. « Avec impétuosité, avec force ».

Jean de Normandie surpris

li sires de Pikegni[1] pikart, et fianciés prisons li viscontes de Kesnes[2] et li Borgnes de Rouvroi[3], et durement blechiés messires Antones de Kodun[4]. Quant li
sires de Faukemont eut fait sen emprise, et il vei que
temps fu, et que li hos s'estourmissoit, il se parti et
toutes ses gens ; et rapassèrent le rivière de Selles sans
damage, car point ne furent poursievi Et chevaucièrent
depuis tout bellement et vinrent d'environ soleil levant
au Kesnoi où li mareschaus de Haynau se tenoit, messires Thieris de Walecourt[5], qui leur ouvri le porte et
les rechut liement.

Et li dus de Normendie fu moult courouciés de ses
gens que on avoit occis et blechiés et fianchiés prisons
et dist : « Agar[6] comment cil Haynuier nous res-
veille ! » À lendemain, au point dou jour, fist on sonner
les trompètes en l'ost le duc de Normendie. Si se armèrent et ordonnèrent toutes manières de gens, et misent
à cheval, et arroutèrent le charoi, et passèrent le ditte
rivière de Selles et entrèrent de rechief en Haynau, car
li dus voloit venir vers Valenchiènes et aviser comment
il le poroit assegier. Chil qui chevauçoient devant, li
mareschaus de Mirepois, li sires de Noiiers[7], li Gallois
de le Baume et messires Thiebaus de Moruel, à bien
quatre cens lances sans les bidaus, s'en vinrent devant
le Kesnoy et approchièrent le ville jusques as barrières
et fisent samblant qu'il le vorroient assallir, mès elle
estoit si bien pourveue de bonnes gens d'armes et de
grant artillerie qu'il y euissent perdu leur painne. Nompourquant il escarmucièrent un petit devant les bailles
mais on les fist tantost retraire, car cil dou Kesnoi descliquièrent[8] canons et bombardes qui jettoient grans

---

1. Robert de Piquigny, chevalier banneret (voir le Glossaire)
dans la bataille des maréchaux. 2. Guillaume des Quesnes,
vicomte de Poix. 3. Le Borgne de Rivery, écuyer de la bataille
des maréchaux de France. 4. Antoine de Codun. 5. Thierry
de Valcourt, tué à la bataille de Staveren (26 septembre 1345).
6. « Regarde ! ». 7. Miles de Noyers, bouteiller de France en
1336, porta l'oriflamme à la bataille de Crécy († septembre
1350). 8. « Déclenchèrent (le mécanisme qui les met en
action) ».

quariaus[1]. Si se doubtoient li François de leurs chevaus, et se retraisent par devers Wargni et ardirent Wargni le Grant[2] et Wargni le Petit[3], Fielainnes[4], Faumars[5], Semeries[6], Artre[7], Artriee[8], Sautain[9], Curgies[10], Estruen[11], Ausnoy[12], Villers monsigneur Polle[13]. Et en voloient les flamesces et li fascon en le ville de Valenchiènes[14]. Et vinrent cil coureur courir par devant Valenchiènes. Et entrues ordonnoient li François leurs batailles sus le mont de Chastres[15] près de Valenchiènes, et se tenoient là en grant estoffe et moult richement. Dont il avint que environ deux cens lances des leurs, dont li sires de Craon[16], li sires de Maulevrier et li sires de Matefelon et li sires d'Avoir estoient conduiseur, s'avalèrent devers Maing[17] et vinrent assallir une forte tour quarée, qui pour le temps estoit Jehan Bernir de Valenchiènes[18]. Depuis fu elle à Jehan de Nuefville. Là eut grant assaus, dur et fort, et dura près que tout le jour, ne on n'en pooit les François partir[19] ; si en y eut il mors ne sai cinq ou six. Et si bien se tinrent et deffendirent cil qui le gardoient qu'il n'i prisent point de damage. Si s'en vinrent li plus de ces François à Tritt[20], et cuidièrent de premières venues là passer l'Escaut ; mais cil de le ville avoient

---

1. « Projectiles ». 2. À 7 kilomètres au nord du Quesnoy, arr. d'Avesnes. 3. À 6 kilomètres du Quesnoy, sur la voie romaine de Bavay à Cambray. 4. Pont-à-Felaines, lieu-dit de la commune de Famars. 5. Famars. Nord, arr. et c. Valenciennes. 6. Sepmeries. Nord, arr. Avesnes, c. Le Quesnoy. 7. Artres. Nord, arr. et c. Valenciennes. 8. Sans doute une dépendance d'Artres (SHF, II, ix n7). 9. Saultain. Nord, arr. et c. Valenciennes. 10. Nord, arr. et c. Valenciennes. 11. Estreux. Nord, arr. et c. Valenciennes. 12. Aulnoy. Nord, arr. et c. Valenciennes. 13. Villers-Pol, au nord du Quesnoy sur la Rhonelle, sur la chaussée romaine de Bavay à Cambray. 14. Les Français se mirent en marche pour attaquer Valenciennes au début du mois de mai 1340. 15. Nom de la colline sur laquelle est bâti Famars. 16. Amauri IV de Craon († 1371). 17. Nord, arr. et c. Valenciennes. 18. « Qui était à Jean Bernir de V. ». Celui-ci fut le principal conseiller de Louis Ier, comte de Blois. 19. Texte imprimé par KL, III, 153 : « ... ne on n'en pooit les Français faire partir ». 20. Trith-Saint-Léger, Nord, arr. et c. Valenciennes.

deffait le pont et deffendoient le passage roidement et fierement. Et jamais à cel endroit ne l'euissent li François conquis, mais il en y eut entre yaus de chiaus qui cognissoient le passage et le rivière et le pays ; si en menèrent bien deux cens de piet passer as plankes à Prouvi. Quant cil furent oultre, il vinrent tantos baudement[1] sus chiaus de Trit qui n'estoient c'un petit ens ou regard d'yaus[2], et ne peurent durer ; si tournèrent en fuite. Si en y eut des mors et des navrés et des noiiés pluiseur.

Ce meismes jour, estoit partis de Valenchiènes li seneschaus de Haynau à cent armeures de fier, et issus de le ville par le porte d'Anzaing[3] et pensoit bien que cil de Trit aroient à faire ; si les voloit secourir. Dont il avint que, deseure Saint Vaast[4], il trouva de rencontre environ vint cinq coureurs françois que troi chevalier de Poito menoient, messires Bouchicaus[5] li uns, li sires de Surgières[6] li aultres, et messires Guillaumes Blondiaus[7] li tiers ; et avoient passet l'Escaut assés près de Valenchiènes, au pont c'on dist « à le Tourielle » ; et avoient courut par droite bachelerie deseure Saint Vaast. Si tretost que li senescaus de Haynau les perchut, si fu moult liés, car bien perchut et vit que c'estoient si ennemit, et feri après yaus et toute se route ossi. Là eut bonne jouste des uns as aultres. Et me samble que li seneschaus de Haynau porta jus de cop de lance monsigneur Bouchicau, qui estoit adonc moult apers chevaliers, et fu plus encores depuis et marescaus de France, si com vous orés avant en l'ystore[8] ; et le fist fiancier prison et l'envoia en Valenchiènes ; mais je ne sçai comment ce poet estre, car li sires de Surgières escapa et se sauva, et ne fu point pris. Mès il fu

---

1. « Hardiment ». 2. « Qu'un petit nombre par rapport à eux ». 3. Anzin est à 2 kilomètres au nord-ouest de Valenciennes, sur la route de Lille. 4. Saint-Vaast-Là-Haut, lieu-dit de la banlieue de Valenciennes. 5. Jean le Meingre († 15 mars 1367), père de celui du même nom qui fut maréchal de France et qui mourut en 1421. 6. Gui de Surgères. 7. Maître des requêtes de l'hôtel du roi en 1366. 8. SHF, II, 15 sq ; V, 5 sq.

pris messires Guillaumes Blondiel et fiança prison[1] à monsigneur Henri de Husphalise, et furent priès tout li aultre mort et pris. Cilz rencontres detria grandement le senescal de Haynau qu'il ne peut venir à temps au pont à Trit ; mais l'avoient jà conquis li François, quant il y vint ; et mettoient grant painne à abatre les moulins et un petit chastelet qui là estoit. Mès si tretost que li senescaus vint en le ville, il n'eurent point de loisir, car il furent reboutet et reculet villainnement, occis, decopé et mis en cache. Et les fist on sallir[2] en le rivière d'Escaut, dont il en y eut aucuns noiiés, et en fu li ville de Trit adonc toute delivrée. Et vint li senescaus de Haynau passer l'Escaut à Denaing, et puis chevauça et toute se route vers son chastiel de Werchin, et se bouta dedens pour le garder et deffendre, se mestier faisoit. Et encores se tenoit li dus de Normendie et ses batailles sus le mont de Castres, et se tint en bonne ordenance le plus grant partie dou jour, car il cuidoit que cil de Valenciènes deuissent widier et lui venir combatre. Ossi fuissent il très volentiers. Mès messires Henris d'Antoing, qui avoit la ville en garde, leur deveoit[3] et deffendoit, et estoit à le porte cambresienne moult ensonniiés et en grant painne de yaus destourner de non vuidier, et li prevos de le ville pour le temps, Jehans de Baissi[4] qui les affrenoit ce qu'il pooit, et leur monstra adonc tant de belles raisons qu'il s'en souffrirent.

§ 105. Quant li dus de Normendie et ses batailles, qui très belles estoient à regarder, ensi que ci dessus est deviset, se furent tenu un grant temps sus le mont de Castres, et il veirent que nulz ne venroit ne isteroit hors de Valenchiènes pour yaus combatre, adonc furent envoiiet li dus d'Athènes et li sires de Chastellon, et bien trois cens lances de fortes gens et bien montés, pour courir jusques à Valenciènes. Chil chevaucièrent

---

1. « Se rendit sur parole ». 2. « Sauter ». 3. « Le leur interdisait ». 4. Échevin de Valenciennes en 1320, 1324, 1327, 1330, 1333 ; prévôt de 1340 à 1343.

en très bonne ordenance, et vinrent au lés devers le Tourielle à Gogue[1], et chevaucièrent moult arreement[2] jusques as bailles de le ville ; mais il n'i demorèrent point plenté, car il ressongnièrent[3] le tret pour leurs chevaus. Et toutesfois li sires de Chastillon chevauça si avant que ses coursiers fu trais[4] et chei desous lui, et le convint monter sus un aultre. Ceste chevaucie prist son tour devers les Marlis[5] et les ardirent, et abatirent tous les moulins qui là estoient sus le rivière de Wintiel[6], et puis prisent leur tour par derrière les Chartrois[7] et revinrent à leur bataille. Or vous di qu'il estoient demoret aucun compagnon françois derrière en le ville des Marlis, pour mieus fourer à leur aise. Dont il avint que cil qui gardoient une tour, qui là est as hoirs de Haynau, et fu jadis à monsigneur Robert de Namur[8] de par madame Yzabiel de Haynau[9] sa femme, perchurent ces François qui là estoient, et si veirent bien que li grosse chevaucie estoit retraite ; si issirent baudement hors, et les assallirent de grant corage ; et les menèrent telz qu'il en tuèrent bien la moitiet, et leur tollirent tout leur pillage, et puis retournèrent en leur tour.

Encores se tenoient les batailles sus le mont de Castres, et tinrent tout le jour jusques apriès nonne, que li coureur revinrent de tous costés. Dont eurent conseil là entre yaus moult grant et disoient li signeur que, tout consideret, il n'estoient mies gens assés pour

---

1. « ... Ces lieux aujourd'hui inconnus devaient se trouver auprès de la Tourelle, c'est-à-dire, à un kilomètre de Valenciennes, sur les bords d'un bras de l'Escaut qui, sous le nom de Rivière de Sainte-Catherine, pénètre dans la ville en baignant la partie orientale du faubourg de Cambray ». (KL, XXIV, 342-3)   2. « En bon ordre ».   3. « Redoutèrent ».   4. « Atteint ».   5. À une demi-lieue au sud-est de Valenciennes, sur la Rhonelle.   6. Rhonelle, petite rivière qui prend sa source au milieu de la forêt de Mormal et qui se jette dans l'Escaut à Valenciennes.   7. La Chartreuse de Marcourt, près des Marlis.   8. Robert de Namur était le sixième fils de Jean, comte de Namur et de Marie d'Artois († 1392).   9. Isabelle, fille de Guillaume Ier, comte de Hainaut et de Jeanne de Valois, fut la première femme de Robert de Namur († 1360).

assegier une si grande ville que Valenchiènes est. Si eurent finablement conseil de departir d'illuech, et de yaus retraire deviers Cambray. Si s'en vinrent ce soir logier à Maing et à Fontenielles[1], et furent là toute la nuit, et fisent bon gait et grant. À lendemain, il en partirent, mais il ardirent Maing et Fontenielles et toute l'abbeye, qui estoit à madame Jehane de Valois, ante[2] dou dit duch et soer germainne au roy son père. De quoi li dus fu moult courouciés, et fist pendre chiaus qui le feu y avoient mis et bouté. À ce departement, fu pararse[3] li ville de Trit, et li chastiaus et li moulin abatu, et Prouvi[4], Rouvegni[5], Thians[6], Monciaus[7], et tous li plas pays entre Cambrai et Valencièncs.

Ce jour, au matin, issirent de Valenchiènes aucun compagnon legier, quant il seurent le departement des François, et s'en vinrent sus les camps, entour le mont de Castres, ù li François avoient esté logiet, et trouvèrent encores des vivres et des pourveances que li François y avoient laissies, et pluiseur logeis où il avoit encores aucuns brigans[8] et Genevois[9] qui tant avoient beu dou soir qu'il s'estoient enivré et dormoient encores. Si boutèrent cil dit compagnon de Valencières le feu en ces logis, et ardirent là dedens les dis brigans. Car quant il sentoient le feu, il s'esvilloient et cuidoient sallir hors ; mais il estoient decaciet ens de leurs ennemis à plançons et à goudendars[10]. Toutesfois, il en y eut un qui salli hors, mais il fu pris par piés et par gambes et par bras, et jettés en un grant feu qui estoit fais devant le dit logis, et là fu tous ars. Si est grans

---

1. Abbaye de femmes de l'ordre de Cîteaux située sur le territoire de la paroisse de Maing, près de l'ancienne route de Valenciennes à Cambrai.   2. « Tante ».   3. « Tout incendiée » (de *parardre*).   4. Prouvy. Commune à 2 lieues au sud-ouest de Valenciennes, sur l'Escaut.   5. Rouvignies, autrefois un hameau qui dépendait de la commune de Prouvy.   6. Thiant. Nord, arr. et c. Valenciennes.   7. Monchaux. Village sur l'Écaillon. Nord, arr. et c. Valenciennes.   8. « Soldats à pied ».   9. Fantassins mercenaires (le plus souvent des arbalétriers) : de Gênes ou de Genève ? (KL, XIX, 238)   10. « Bâton ferré », « hallebarde » ; arme célèbre des Flamands (KL, XIX, 241).

meschiés de ce que chrestiien destruisent ensi li uns l'autre sans pité.

Che jour chevauça tant li dus de Normendie qu'il vint devant Escauduevre[1], un bon chastiel et fort dou conte de Haynau, seant sus le rivière d'Escaut, et qui moult grevoit chiaus de Cambrai, avoecques chiaus de le garnison de Thun l'Evesque. Dou chastiel d'Escauduevre estoit chapitainne et souverains messires Gerars de Sassegnies, qui devant ce n'avoit eu nulle reproce de diffame[2]. Or ne sçai je que ce fu ne qui l'enchanta, mès li dus n'ot pas sis[3] devant le forterèce six jours quant elle li fu rendue sainne et entière, dont tous li pays fu esmerveilliés. Et en furent souspeçonnet de trahison messires Gerars de Sassegnies, et uns siens escuiers, qui s'appelloit Robers Mariniaus. Chil doi en furent pris et encoupet[4] et en morurent villainnement à Mons en Haynau. Et chil de Cambrai abatirent le chastiel d'Escauduevre, et en portèrent le pière à Cambray, et en fisent remparer et refortefiier leur ville.

§ 106. Apriès le prise et le destruction d'Escauduevre, se retray li dus Jehans de Normendie en le cité de Cambray, et donna une grant partie de ses gens d'armes congiet, et les aultres envoia ens ès garnisons de Lille et de Douay et des forterèces voisines. Et avint en celle meismes sepmainne que Escauduevre fu pris, que li François qui en Douay estoient issirent hors, et chil de Lille avoech yaus, et pooient estre environ trois cens lances. Et les conduisoient messires Loeis de Savoie[5] et messires Aymars de Poitiers, li contes de Genève, li sires de Villars et li Gallois de le Bausme

---

1. Escaudœuvres, à 3 km au nord-est de Cambrai, sur la route de Cambrai à Valenciennes. Le château d'Escaudœuvres fut pris avant le 3 juin 1340. 2. « Déshonneur ». 3. « Le duc n'eut pas tenu le siège ». 4. « Inculpés ». 5. Fils de Louis de Savoie, baron de Vaud, et de Jeanne de Montfort. Une de ses filles, Catherine, épousa successivement Raoul de Brienne, comte d'Eu, et Guillaume de Flandre, comte de Namur.

avoecques le signeur de Wavrain[1] et le signeur de Wasiers[2], et vinrent en celle chevaucie ardoir en Haynau ce biau plain pays d'Ostrevan. Et ne demora riens dehors les fortrèches, dont cil de Bouçain furent moult courouciet, car il veoient les feus et les fumières au tour d'yaus, et se n'i pooient mettre remède. Si envoiièrent il en Valenchiènes en disant que, se de nuit il vouloient issir hors environ cinq cens ou six cens armeures de fier, il porteroient grant damage as François qui estoient encores tout quoi et logiet ou plain pays ; mais cil de Valenciènes n'en eurent point conseil de partir, ne de vuidier leur ville. Par ensi n'eurent li François point d'encontre ; si ardirent il Anich[3] et le moitiet d'Ascons[4], Escaudain[5], Here[6], Fenain[7], Denain[8], Montegni[9], Warlain[10], Manni[11] Aubrecicourt[12], l'Ourch[13], Sauch[14], Ruet[15], Nuefville[16], Le Lieu Saint Amant[17], et tous les villages qui en ce pays estoient, et en remenèrent grant pillage et grant proie en leurs garnisons. Et quant cil de Douay furent retrait, li saudoiier de Bouçain issirent hors et chevaucièrent et ardirent l'autre partie de le ville d'Ascons, qui se tenoit françoise, et tous les villiaus françois jusques ens ès portes de Douay, et le ville d'Eskierchin[18].

---

1. Robert de Wavrin. La maison de Wavrin possédait le titre héréditaire de sénéchal de Flandre. 2. Nicolas de Wavrin, seigneur de Waziers. Capitaine de Douai en 1340. 3. Aniche. À 3 lieues au sud-ouest de Douai, sur la route de Bouchain. 4. Abscon. À 2 lieues au nord-ouest de Bouchain. 5. Nord, arr. Valenciennes, c. Bouchain. 6. Erre. Nord, arr. Douai, c. Marciennes. 7. Nord, arr. Douai, c. Marciennes. 8. Nord, arr. Valenciennes, c. Bouchain. 9. Montigny. Nord, arr. et c. Douai. 10. Warlaing. Hameau de la commune d'Alnes, Nord, arr. Douai, c. Marchiennes. 11. Masny. Nord, arr. et c. Douai. « Le nom de cette seigneurie s'écrivait autrefois Mauny ; elle appartenait à l'illustre famille de ce nom » (SHF, II, xii n11). 12. Auberchicourt (59165). Nord, arr. et c. Douai. 13. Lourches. Nord, arr. Valenciennes, c. Bouchain. 14. Saulx. Hameau de la commune de Lourches. 15. Rœulx. Nord, arr. Valenciennes, c. Bouchain. 16. Neuville-sur-Escaut, Nord, arr. Valenciennes, c. Bouchain. 17. Nord, arr. Valenciennes, c. Bouchain. 18. Esquerchin. Nord, arr. et c. Douai.

Ensi que je vous ay dit, les garnisons sus les frontières estoient pourveues et garnies de gens d'armes, et souvent y avoit des chevaucies et des rencontres et des fais d'armes des uns as aultres, ensi que en telz besongnes appertient. Si avint, en celle meisme saison, que saudoiier alemant se tenoient de par l'evesque de Cambray en le Malemaison[1], à deux liewes dou Chastiel Cambrisien[2] marchissant d'autre part plus près de[3] Landrecies, dont li sires de Potelles, uns appers chevaliers haynuiers, estoit chapitainne et gardiiens, car li contes Loeis de Blois, quoi qu'il en fust sires, avoit rendu son hommage au conte de Haynau, pour tant qu'il estoit françois, et li contes le tenoit en se main et le faisoit garder pour les François. Si avoient souvent le hustin cil de le Malemaison et cil de Landrecies ensamble. Dont un jour sallirent hors de le Malemaison li dessus dit Alemant bien armé et bien monté, et vinrent courir devant le ville de Landrechies, et acueillièrent le proie, et l'en menoient devant yaus, quant la nouvelle et li haros en vint en Landrechies entre les Haynuiers qui là se tenoient. Donc s'arma li sires de Potielles et fist armer les compagnons, et montèrent à cheval et se partirent pour rescourre[4] as Alemans le proie qu'il en menoient. Si estoit adonc li sires de Potielles tout devant, et le sievoient ses gens, cescuns qui mieus mieus. Ils, qui estoit de grant volenté et plains de hardement, abaissa son glave et escria as François qu'il retournaissent, car c'estoit hontes de fuir.

Là avoit un escuier alemant que on appelloit Albrest de Coulongne[5], apert homme d'armes durement, qui fu tous honteus quant il vey que on le cachoit ensi ; si retourna franchement et abaissa son glave et feri cheval des esporons, et s'adreça sus le signeur de Potielles, et

---

1. Malmaison. Forteresse située dans la commune d'Ors (Nord, arr. Cambrai, c. Le Cateau).   2. Cateau-Cambrésis. Sur la Selle, à l'est de Cambrai.   3. « Touchant, de l'autre côté, plus près, à Landrecies ».   4. « Reprendre aux Allemands ».   5. Albrecht de Cologne (Rome, CVI, 10 : « Albrest Qose de Coulongne »)

li chevaliers sur lui, telement qu'il le feri sus sa targe un si grant horion[1] que la glave vola en tronchons. Et li Alemans le consievi par tel manière, de son glave roide et enfumée[2], que onques ne brisa ne ploia, mès percha la targe, les plates[3] et l'auqueton[4], et li entra dedens le corps, et le poindi[5] droit au coer, et l'abati jus dou cheval navré à mort. Donc vinrent li compagnon haynuier, li sires de Bousies[6], Gerars de Mastain[7] et Jehans de Mastain et li aultre qui de près le sievoient, qui s'arrestèrent sur lui, quant en ce parti le veirent, et le regretèrent durement; et puis requisent les François fierement et asprement[8], en contrevengant le signeur de Potielles qui là gisoit navrés à mort. Et combatirent et assalirent si dur Albrest et se route qu'il furent desconfi, mort et pris. Peu en escapèrent, et la proie fu rescousse[9] et ramenée, et li prisonnier ossi en Landrecies, et li sires de Potièles mors, dont tout li compagnon furent courouciet.

§ 107. Apriès le signeur de Potielles, li sires de Floion fu un grant temps gardiiens de le ville et dou chastiel de Landrechies, et couroit souvent sus chiaus de Bohain, de le Malemaison et dou Chastiel en Cambresis et des forterèces voisines, qui ennemies leur estoient. Ensi couroient un jour li Haynuier et l'autre li François. Si y avoit souvent des rencontres et des escarmuces et des rués jus des uns et des aultres, car au voir dire telz besongnes le requièrent. Si estoit li pays de Haynau en grant tribulacion et en grant esmay, car une partie de leur pays estoit ars et essilliés[10]; et si sentoient encores le duch de Normendie sus les fron-

---

1. « Coup ». 2. « Durcie au feu ». 3. Pièces métalliques plates de l'armure d'un chevalier. 4. Sorte de casaque, de tunique rembourrée, couvrant le torse et le haut des cuisses. 5. « Le perça ». 6. Peut-être Gautier de Bousies. « Cette famille est très-ancienne et peut être citée comme l'une des plus illustres de Hainaut » (KL, XX, 403). 7. Gérard de Gommegnies, seigneur de Mastaing. 8. « Et puis [les Hainuyers] attaquèrent sauvagement, avec violence, les Français ». 9. « Reprise par force ». 10. « Dévasté ».

tières, et ne savoient qu'il avoit empenset[1] si n'ooient nulles nouvelles de leur signeur le conte. Bien est voirs qu'il avoit estet en Engleterre où li rois et li baron dou pays l'avoient grandement honnouré et festiiet ; et avoit fait et juret grans alliances au roy englès, et s'en estoit partis et alés en Alemaigne devers l'empereour Loeis de Baivière : c'estoit la cause pour quoi il sejournoit tant. D'autre part, messires Jehans de Haynau, ses oncles, estoit alés en Braibant et en Flandres, et avoit remonstré au dit duch de Braibant et à Jakemon d'Arteveille le desolation dou pays de Haynau, et comment li Haynuier leur prioient qu'il y volsissent entendre et pourveir de conseil. Li dessus dit l'en avoient respondut que li contes ne pooit longement demorer ; et, lui revenu, il estoient tout appareilliet d'aler à tout leur pooir là où il les vorroit mener. Or revenrons nous au duch de Normendie, et recorderons comment il assega chiaus de Thun l'Evesque.

§ 108. Entrues que li dus de Normendie se tenoit en le cité de Cambray, li dis evesques et li bourgois dou lieu li remonstroient comment li Haynuier avoient pris et emblet[2] le fort chastiel de Thun, et que, par amours et pour se honneur et le pourfit del commun pays, il vosist mettre conseil et entente au ravoir, car chil de le garnison constraindoient durement le pays de là environ. Li dis dus y entendi volentiers, et fist de recief[3] semondre[4] ses hos, et mist ensamble grant fuison de signeurs et de gens d'armes, qui se tenoient en Artois et en Vermendois, les quelz il avoit eus en se première chevaucie ; et se parti de Cambray et s'en vint à toutes ses gens logier devant Thun, sus le rivière d'Escaut, en ces biaus plains au lés deviers Ostrevant[5]. Et fist li dus là amener et achariier six grans engiens de Cambray et de Douay, et les fist drecier et asseoir fortement devant le forterèce. Chil engien y gettoient nuit et jour pières

---

1. « Ce qu'il avait en tête ».   2. « Ravi ».   3. « De nouveau ».   4. « Convoquer ».   5. Le duc de Normandie assiégea Thun-l'Évêque du 14 au 24 juin 1340.

et mangonniaus[1] à grant fuison, qui effondroient et abatoient les combles et les tois des tours, des cambres et des salles, et constraindirent par ce dit assaut durement chiaus dou chastiel. Et n'osoient li compagnon, qui le gardoient demorer en cambre ne en salle qu'il euissent, fors en caves et en celiers.

Onques gens d'armes ne souffrirent, pour lor honneur, en forterèce, tant de painne ne de meschief[2] que cil fisent. Des quelz estoit souverains et chapitains uns chevaliers englès qui s'appelloit messires Richars de Limozin, et ossi doi escuier de Haynau, frères au signeur de Manni, Jehans et Thieris[3]. Cil troi dessus tous les aultres en avoient toute le carge, le painne et le fais[4], et tenoient les aultres compagnons en vertu et en force, et leur disoient : « Biau signeur, nos sires li gentilz contes de Haynau venra un de ces jours à si grant ost contre les François, qu'il nous delivera à toute honneur de ce peril, et nous sara grant gré de ce que si francement nous serons tenu. »

Ensi reconfortoient li troi dessus dit les compagnons qui n'estoient mies à leur aise, car pour yaus plus grever et plus tost amener à merci, cil de l'host leur jettoient et envoioient par leurs engiens chevaus mors et bestes mortes et puans, pour yaulz empunaisier[5], dont il estoient là dedens en grant destrèce. Car li airs estoit fors et chaus ensi qu'en plain esté, et furent plus adit[6] et constraint par cel estat que par aultre cose. Finablement, il regardèrent et considerèrent entre yaus que celle mesaise il ne pooient longement souffrir ne porter, tant leur estoit la punaisie abhominable. Si eurent conseil et avis de trettier unes triewes à durer quinze jours, et là en dedens segnefiier leur povreté à monsigneur Jehan de Haynau, qui est regars[7] et gardiiens de tout le pays, à fin qu'il en fuissent conforté ; et se il ne l'estoient, il renderoient le forterèce au dit duch de

---

1. Projectiles de dimension plutôt réduite, lancés par les mangonneaux.   2. « Peine », « détresse ».   3. Frères de Gautier de Masny, le chevalier accompli des *Chroniques*.   4. « Poids ».
5. « Empuantir ».   6. « Bouleversés ».   7. « Gouverneur ».

Normendie. Chilz trettiés fu entamés et mis avant. Li dus leur acorda et mist en souffrance tous assaus et leur donna triewes quinze jours, qui fisent moult de biens as compagnons dou dit fort, car aultrement il euissent esté tout mort et empunaisiet sans merci, tant leur envoioit de charongnes pouries et d'aultres ordures par les engiens. Si fisent tantost partir Ostelart de Sommaing par le trettiet devisant[1], qui s'en vint à Mons en Haynau, et trouva là le signeur de Byaumont[2] qui avoit oy nouvelles de son neveu le conte de Haynau qui revenoit en son pays, et avoit estet devers l'empereur[3] et fait grans alliances à lui et as signeurs de l'Empire, le duch de Gerles[4], le conte de Jullers[5], le markis de Blankebourch[6] et tous les aultres. Si en enfourma li sires de Byaumont le dit escuier Ostelart de Sommaing, et li dist bien que chil de Thun l'Evesque seroient temprement[7] conforté, mès que ses cousins fust revenus[8] ou pays.

§ 109. Le triewe durant, qui fu prise entre le duch de Normendie et les saudoiiers de Thun, si com vous avés oy, revint li contes de Haynau en son pays, dont toutes manières de gens furent resjoy, car moult l'avoient desiret. Se li recorda li sires de Byaumôt, ses oncles, comment les coses avoient alet depuis son departement, et à quel poissance li dus de Normendie avoit entré ne sejourné en son pays, et ars et destruit tout par delà Valenciènes, excepté les forterèces. S'en

---

1. « Afin de parler du traité ».   **2.** Un des héros préférés de Froissart, Jean de Hainaut, seigneur de Beaumont, fut le frère de Guillaume Ier, comte de Hainaut. Jean le Bel écrivit sa *Chronique* à l'instigation de Jean de Hainaut († 11 mars 1356).   **3.** Louis V de Bavière, empereur de la Sainte-Germanie de 1314 à 1346.   **4.** Renaud, comte, puis duc de Gueldre, épousa en secondes noces Jeanne, seconde fille d'Édouard III († 12 octobre 1343).   **5.** Guillaume V de Julliers, comte, puis marquis en 1336 ; duc en 1356. Il épousa Jeanne de Hainaut, fille de Guillaume Ier, comte de Hainaut († 1361).   **6.** Louis V, duc de Bavière, marquis de Brandebourg, fils de l'empereur Louis de Bavière.   **7.** « Bientôt ».   **8.** « Pourvu que son cousin fût revenu ».

respondi li contes qu'il seroit bien amendet, et que li
royaumes de France estoit grans assés pour avoir ent
satisfation de toutes ces fourfaitures[1] ; mès briefment
il voloit aler devant Thun l'Evesque et conforter ses
bonnes gens qui gisoient là si honnourablement et qui
si loyaument s'i estoient tenu et deffendu. Si fist li
contes ses mandemens et ses priières en Braibant, en
Guerles, en Jullers et en Alemaigne et aussi en
Flandres devers son bon ami d'Artevelle. Et s'en vint
li dis contes à Valenciènes, à grant fuison de gens
d'armes, chevaliers et escuiers de son pays et des pays
dessus nommés, et toutdis li croissoient gens. Et se
parti de Valenciènes en grant arroy de gens d'armes,
de charoi, de tentes, de trés, de pavillons[2] et de toutes
aultres pourveances, et s'en vint logier à Nave[3] sur ces
biaus plains et ces grans prés, tout contreval le rivière
d'Eschaut.

Là estoient des signeurs de Haynau avoec le dit
conte et en bon arroy : premierement messires Jehans
de Haynau, ses oncles, li sires d'Enghien, li sires de
Wercin, seneschaus de Haynau, li sires d'Antoing, li
sires de Ligne[4], li sires de Barbençon[5], li sires de
Lens[6], messires Guillaumes de Bailluel[7], li sires de
Haverech, chastellains de Mons, li sires de Montegni,
li sires de Marbais[8], messires Thieris de Wallecourt,
mareschaus de Haynau, li sires de le Hamède[9], li sires

---

1. « Pour avoir réparation de tous ces crimes ». 2. Froissart désigne ici les logements portatifs de l'armée, par un ordre progressif, depuis la tente modeste (« tentes ») jusqu'à la tente ronde en toile (« pavillons »), en passant par la tente rectangulaire soutenue par des poutres (« très »). 3. Naves, à 2 lieues au nord-est de Cambrai, sur l'ancienne voie romaine de Cambrai à Bavay. 4. Fils de Fastré de Ligne et de Jeanne de Condé, il épousa Agnès d'Antoing. 5. Jean II, sire de Barbançon épousa Yolande de Gavre et mourut le 4 septembre 1378. 6. La terre de Lens formait l'une des douze pairies de Hainaut. Il s'agirait ici de Gérard de Rasseghem (KL, XXII, 94-5). 7. Fils aîné de Nicolas de Condé, seigneur de Bailleul et de Morialmé († 1354). 8. Jean de Marbais, fils de Gérard de Marbais, châtelain de Bruxelles. 9. Jean de la Hamayde, fils de Jean de la Hamayde et de Marie de Cysoing, il épousa une fille de Fastré de Ligne.

de Gommegnies, li sires de Roisin[1], li sires de Trasegnies[2], li sires de Briffuel[3], li sires de Lalain[4], li sires de Mastain[5], li sires de Sars, li sires de Wargni, li sires de Biauriu et pluiseur aultre chevalier et escuier, qui tout se logoient dalés leur signeur. Assés tost apriès, y revint li jones contes Guillaumes de Namur[6] moult estoffeement à deux cens lances, et se loga ossi sus le rivière d'Escaut en l'ost le conte. Apriès revinrent li dus de Braibant à bien sis cens lances, li dus de Guerles, li contes de Jullers, li markis de Misse et d'Eurient, li markis de Blankebourch, li contes des Mons, li sires de Faukemont, messires Ernoulz de Bakehen, et grant fuison d'autres signeurs et gens d'armes d'Alemagne et de Witephale[7]. Si se logièrent tout li un apriès l'autre, sus le rivière d'Escaut, à l'encontre de l'ost françoise ; et estoient plentiveusement pourveu de tous vivres, qui leur venoient tous les jours de Valenchiènes et dou pays de Haynau voisin à yaus.

§ 110. Quant cil signeur se furent logiet, ensi que vous avés entendu, sus le rivière d'Escaut, et mis entre Nave et Yvuis, li dus Jehans de Normendie, qui estoit d'autre part le rivière avoecques lui moult belle gent, vey que li hos son cousin le conte de Haynau croissoit durement ; si segnefia tout l'estat au roy de France, son père, qui se tenoit à Peronne en Vermendois, et estoit tenus plus de six sepmainnes à grant gent. Lors fist li rois de recief une semonse très especial, et envoia jusques à douze cens lances de bonnes gens d'armes

---

1. Baudri VII de Roisin eut deux femmes : Mahaut de Barbanson et Élisabeth de Rèves († 1348).   **2.** Othe de Trazegnies. Il épousa 1) Catherine de Hellebeke, 2) Isabeau de Châtillon, fille de Gautier de Châtillon et de Marguerite de Flandre.   **3.** Henri, dit Alard, sire de Briffeuil, épousa Catherine de Ligne, fille de Jean sire de Ligne ; mort en 1345 au combat de Staveren.   **4.** Nicolas de Lalaing († 1380).   **5.** Gérard de Gommegnies, seigneur de Mastaing   **6.** Quatrième fils de Jean Ier et de Marie d'Artois. Il épousa 1) Jeanne de Hainaut, fille unique de Jean de Hainaut ; 2) Catherine de Savoie († 1391).   **7.** Westphalie, région de l'Allemagne, située entre le Rhin et la Weser.

en l'ost son fil. Et assés tos apriès, il y vint comme saudoiiers au duch son fil, car il ne pooit nullement venir à main armée sus l'empire, se il voloit tenir son sierement, ensi qu'il fist. Et fu tout dis li dis dus chiés et souverains de ceste armée, mais il s'ordonnoit par le conseil dou roy son père.

Quant cil de Thun l'Evesque veirent lor signeur le conte de Haynau venu si poissamment, si en furent moult joiant, che fu bien raisons, car moult l'avoient desiret, et bien en pensoient à estre delivret. Le quatrime jour apriès qu'il furent là venu et à host, vinrent cil de Valenciènes en grant arroy, desquelz Jehans de Baissi, qui prevos estoit pour le temps, se faisoit mestres et gouvrenères. Si tretost que cil de Valenciènes furent venu, on les envoia escarmucier as François sus le rivage de l'Escaut, pour ensonniier chiaus de l'host, et pour faire chiaus de le garnison de Thun l'Evesque voie[1]. Là eut grant escarmuce des uns as aultres, et pluiseur quariel[2] tret et lanciet, et tamaint homme navret et bleciet. Entrues qu'il entendoient au paleter, li compagnon de Thun l'Evesque, messires Richars de Limozin et li aultre se partirent dou chastiel et se misent en l'Escaut. On leur ot appareilliet batiaus et nacelles[3], en quoi on les ala querir d'autre part le rivage ; si furent amenet en l'ost et devers le conte de Haynau, qui liement et doucement les rechut et les honnoura moult dou bon service qu'il li avoient fait, quant si longement et à tel meschief il s'estoient tenu en Thun l'Evesque.

§ 111. Endementrues que[4] ces deux hos estoient ensi assamblées pour le fait de Thun l'Evesque et logies sus le rivière d'Escaut, li François devers France et li Haynuier sus leur pays, couroient li fourier fourer là où partout trouver il le pooient de l'un lés et de l'autre, mès point ne se trouvoient ne encontroient, car

---

1. « Et pour ouvrir le passage à la garnison de Thun-l'Évêque ».
2. « Projectiles ». 3. Petit bateau, appelé aussi « bac », pour le transport fluvial. 4. « Pendant que ».

la rivière d'Escaut estoit entre deus. Mais li François parardirent et coururent tout le pays d'Ostrevant, che qui demoret y estoit, et li Haynuier tout le pays de Cambresis. Et là vint en l'ayde dou conte de Haynau et à se priière, Jakemes d'Artevelle a plus de soixante mille Flamens tous bien armés, et se logièrent poissamment à l'encontre des François.

Quant il furent venu, moult en fu li contes de Haynau liés, car son host en fu grandement renforcie ; si manda par ses hiraus au duch de Normendie, son cousin, que bataille se peust faire entre yaus, et que ce seroit blasmes pour toutes les parties, se si grant gent d'armes qui là estoient se departoient sans bataille. Li dus de Normendie respondi, à ceste fois, qu'il en aroit avis. Chil avis et consaulz fu si lons que li hiraut s'en partirent adonc sans avoir certainnes responses.

Dont il avint que, le tierch jour apriès, li contes de rechief y renvoia, pour mieus savoir l'intension dou dit duch et des François. Li dus en respondi qu'il n'estoit mies encores bien consilliés de combatre ne de mettre y journee, et dist encores ensi que li contes de Haynau estoit trop hastieus.

Quant li contes oy ces parolles, se li sambla uns detriemens[1] ; si manda tous les plus grans barons de l'host et premierement le duch de Braibant, son grant signeur, et tous les aultres ensiewant, et puis leur remonstra sen intention et le response dou duc de Normendie ; si en demanda à avoir conseil. Adonc regardèrent il cescuns l'un l'autre, et ne veult nulz respondre premiers. Toutesfois li dus de Braibant parla, pour tant que c'estoit li plus grans de toute l'ost et tenus li plus sages ; si dist que de faire un pont ne de combatre as François il n'estoit mies d'acort, car il savoient de certain que li rois englès devoit proçainnement passer le mer et venir assegier le cité de Tournay : « Se li avons, ce dist li dus, prommis et juret foy, amour et ayde de nous et des nostres ; dont se nous nos combatons

---

1. « Atermoiement ».

maintenant, et li fortune fust contre nous, il perderoit
son voiage, ne nul confort il n'aroit de nous. Et se li
journée estoit pour nous, il ne nous en saroit gré, car
c'est se intention que jà sans lui, qui chiés est de ceste
guerre, nous ne nos combatons au pooir de France.
Mais quant nous serons devant Tournay, il avoecques
nous et nous avoecques lui, et li rois de France sera
d'autre part, à envis se departiroient si grans gens sans
bataille. Si vous conseille, biaus filz, que vous vos
partés de chi, car vous y sejournés à grant frait, et
donnés congiet toutes manières de gens d'armes ; si
s'en revoist[1] cescuns en son lieu, car dedens dix
jours vous orés nouvelles dou roy d'Engleterre. » À ce
conseil se tinrent li plus grant partie des signeurs qui
là estoient, mais il ne pleut mies encores trop bien au
conte de Haynau, et pria as signeurs et as barons tous
en general qui là estoient qu'il ne se volsissent mies
encores partir, car ce seroit trop grandement, ce li sambloit, contre se honneur, se li François n'estoient
combatu ; et il li eurent tout en convent. À ces parolles
issirent il hors de parlement, et ce retrest cescuns à
son logeis. Trop volentiers se fuissent departi chil de
Brousselles et de Louvaing, car il estoient si tané[2] que
plus ne pooient. Et en parlèrent pluiseurs fois au duch,
leur signeur, et li remonstrèrent qu'il gisoient là à grant
frait, et riens n'i faisoient.

§ 112. Quant li contes de Haynau vey son conseil
variier, et qu'il n'estoient mies bien d'acort de passer
le rivière d'Escaut, et de combatre les François, si en
fu durement courouciés. Si appella un jour son oncle,
monsigneur Jehan de Haynau, et li dist : « Biaus
oncles, montés à cheval, et chevaucherés selonch ceste
rivière, et appellerés qui que soit homme d'onneur en
l'ost françoise, et dirés de par moy que je leur liverai
pont pour passer, mès que nous aions trois jours de
respit ensemble tant seulement pour le faire, et que

---

1. « Retourne » (= re- + *aller* au subjonctif).   **2.** « Fatigués ».

je les voel combatre, comment que soit. » Li sires de Byaumont, qui veoit son neveut en grant desir de combatre ses ennemis, li acorda volentiers, et dist qu'il iroit et feroit le message. Si vint à son logeis et s'apparilla bien et richement, lui troisime de chevaliers tant seulement[1], li sires de Fagnuelles et messires Florens de Biaurieu[2], et son pennon devant lui, montés sus bons coursiers, et chevaucièrent ensi sus le rivage d'Escaut.

Et avint que, de l'autre part, li sires de Byaumont aperçut un chevalier de Normendie, le quel il recogneut par ses parures ; si l'appella et dist : « Sire de Maubuisson, sire de Maubuisson, parlés à moy ! » Li chevaliers qui se oy nommer, et qui ossi recogneut monsigneur Jehan de Haynau, par le pennon de ses armes qui estoit devant lui, s'arresta et dist : « Sire, que plaist vous ? » — « Je vous pri, dist li sires de Byaumont, que vous voelliés aler devers le roy de France et son conseil, et leur dittes que li contes de Haynau m'envoie chi pour prendre une triewe tant seulement qu'uns pons soit fais sus ceste rivière, par quoi vos gens ou li nostre le puissent passer. Et ce que li rois ou li dus de Normendie en responderont, si le me venés dire, car je vous attenderai tant que vous serés revenus. » — « Par ma foy, dist li chevaliers, monsigneur, volentiers. »

Atant se departi li sires de Maubuisson, et feri cheval des esporons, et vint jusques en la tente dou roy de France, où li dus de Normendie estoit adonc personelment, et grant fuison d'autres signeurs. Li sires de Maubuisson salua le roy, le duch et tous les signeurs, et relata son message bien et deuement, ensi qu'il apertenoit, et que cargiés en estoit. Quant il fu oys et entendus, on l'en respondi moult briefment et li dist on : « Sire de Maubuisson, vous dirés de par nous à celui qui chi vous envoie, que en tel estat où nous avons tenu le conte de Haynau jusques à ores, nous le tenrons

---

1. « Accompagné de deux chevaliers seulement ». 2. Florent de Beaumont, seigneur de Beaurieu.

en avant, et li ferons despendre et engagier sa terre : ensi sera il guerriiés de deux costés. Et quant bon nous samblera, nous enterons en sa terre si à point que nous li pararderons tout son pays. »

Ces parolles ne plus ne mains raporta li sires de Maubuisson à monsigneur Jehan de Haynau, qui là l'attendoit sus le rivage. Et quant la relation l'en fu faite, si dist au chevalier : « Grant mercis ! » Lors s'en parti et s'en revint arrière à leur logeis, et trouva le conte de Haynau, son neveu, qui jeuoit as eschés au conte de Namur. Li contes se leva si tost qu'il vey son oncle, et li demanda nouvelles. « Sire, dist messires Jehans de Haynau, à ce que je puis veoir et considerer, li rois de France et ses consaulz prendent grant plaisance en ce que vous sejournés chi à grant frait, et dient ensi qu'il vous feront despendre et engagier toute vo terre. Et quant bon leur samblera, il vous combateront, non à vostre volenté ne aise, mais à le leur. » De ces responses fu li contes de Haynau tous grigneus[1], et dist qu'il n'iroit mies ensi.

§ 113. Nous nos tairons un petit à parler dou duch de Normendie et dou conte de Haynau, et parlerons dou roy Edouwart d'Engleterre, qui estoit mis sus mer pour venir et arriver, selonch se intention, en Flandres, et puis venir en Haynau aidier à guerriier le conte, son serourge, contre les François[2]. Ce fu le jour devant le vegille Saint Jehan Baptiste, l'an mil trois cens et quarante, qu'il nagoit par mer à belle carge de naves et de vaissiaus. Et estoit toute sa navie partie dou havene de Tamise, et s'en venoit droitement pour arriver à l'Escluse[3].

Et adonc se tenoient entre Blankeberghe et l'Escluse et sus le mer messires Hues Kierés, messires Pières Bahucés et Barbevaire, à plus de sept vint gros vais-

---

1. « Grimaçant », « en colère ». **2.** Édouard III repart vers la Flandre le 22 juin 1340. La bataille de l'Écluse eut lieu le 24 juin. **3.** L'île de Kadzand, Pays-Bas, prov. Zeeland, arr. Middleburg, c. l'Écluse (Sluis).

siaus sans les hokebos[1]. Et estoient bien Normans, bidaus, Geneuois et Pikars quarante mille. Et estoient là ancré et arresté, au commandement dou roy de France, pour attendre le revenue dou roy d'Engleterre, car bien savoient qu'il devoit rapasser ; se li voloient veer[2] et deffendre le passage, ensi qu'il fisent bien et hardiement, tant qu'il peurent, si com vous orés recorder. Li rois d'Engleterre et li sien, qui s'en venoient tout singlant[3], regardent et voient devers l'Escluse si grant quantité de vaissiaus que des mas ce sambloient droitement uns bos[4] ; si en fu forment esmervilliés, et demanda au patron de se navie quelz gens ce pooient estre. Il respondi qu'il cuidoit bien que ce fust li armée des Normans que li rois de France tenoit sus mer, et qui pluiseurs fois li avoient fait grant damage, et tant que ars et robet[5] le bonne ville de Hantonne, et conquis Christofle, son grant vaissiel, et occis chiaus qui le gardoient et conduisoient. Dont respondi li rois englès : « J'ay de lonch temps desiré que je les peuisse combatre ; si les combaterons, s'il plaist à Dieu et à saint Jorge, car voirement m'ont il fais tant de contraires que j'en voel prendre le vengance, se g'i puis avenir. »

Lors fist li rois ordonner tous ses vaissiaus et mettre les plus fors devant, et fist frontière à tous costés de ses archiers ; et entre deux nefs d'arciers, en y avoit une de gens d'armes. Et encores fist il une bataille sus costière, toute purainne d'arciers[6], pour reconforter, se mestier faisoit, les plus lassés. Là y avoit grant foison de dames d'Engleterre, contesses, baronnesses, chevalereuses et bourgoises de Londres, qui venoient veoir le royne d'Engleterre à Gand, que veu n'avoient un grant temps. Et ces dames fist li rois englès bien garder et songneusement de trois cens armeures de fier et de cinq cens arciers. Et puis pria li rois à tous que il vol-

---

1. « Bateaux de petites marchandises ». 2. « Interdire ». 3. « Qui venaient à pleine voile ». 4. « Que les mâts ressemblaient bien à un bois ». 5. « Pillé ». 6. « Composée uniquement d'archers ».

sissent penser dou bien faire et garder sen honneur ; et cescuns li eut en convent[1].

§ 114. Quant li rois d'Engleterre et si mareschal eurent ordené leurs batailles et leurs navies bellement et sagement, il fisent tendre et traire les voiles contremont, et vinrent au vent, de quartier, sus destre[2], pour avoir l'avantage dou soleil, qui en venant lor estoit ou visage. Si s'avisèrent et regardèrent que ce les pooit trop nuire, et detriièrent un petit, et tourniièrent[3] tant qu'il l'eurent à leur volenté. Li Normant, qui les veoient tourniier, s'esmervilloient trop pour quoi il le faisoient et disoient : « Il ressongnent et reculent, car il ne sont pas gens pour combatre à nous. » Bien veoient entre yaus li Normant, par les banières, que li rois d'Engleterre y estoit personelment ; si en estoient moult joiant, car trop le desiroient à combatre. Si misent leurs vaissiaus en bon estat, car il estoient sage de mer et bon combatant. Et ordonnèrent Christophe, le grant vaissiel que conquis avoient sus les Englès en celle meisme anée, tout devant, et grant foison d'arbalestriers genevois dedens, pour le garder et traire et escarmucier as Englès. Et puis s'arroutèrent, à grant fuison de trompes et de trompètes et de pluiseurs aultres instrumens, et s'en vinrent requerre leurs ennemis.

Là se commença bataille dure et forte, de tous costés. Et arcier et arbalestrier commencièrent à traire l'un contre l'autre diversement[4] et roidement, et gens d'armes à approcier et à combatre main à main asprement et hardiement. Et par quoi il peuissent mieus avenir li un à l'autre, avoient grans cros[5] et havés[6] de fier tenans à chainnes ; si les jettoient ens ès nefs li un de l'autre, et les atachoient ensemble, à fin qu'il se peuissent mieulz aherdre[7] et plus fierement[8] combatre. Là

---

1. « Et chacun le lui promit ».   2. « Et mirent vent travers sur leur droite ».   3. « Virèrent plusieurs fois de bord ».   4. « Cruellement ».   5. « Crampons ».   6. « Crocs ».   7. « Attaquer ».
8. « Vaillamment », « sauvagement ».

Défaite de la flotte française

eut une très dure et forte bataille, et mainte apertise d'armes faite, mainte luite, mainte prise et mainte rescousse. Là fu Christofles, cilz grans vaissiaus, auques de commencement[1] reconquis des Englès, et tout chil mort et peri qui le gardoient et deffendoient. Et adonc y eut grant huée et grant noise ; et approcièrent durement li Englès et pourveirent incontinent[2] Christofle ce biel et grant vaissiel, de purs arciers qu'il fisent passer tout devant et combatre as Genevois.

§ 115. Ceste bataille dont je vous parolle fu moult felenesse[3] et très horrible, car batailles et assaus sus mer sont plus dur et plus fort que sus terre ; car là ne poet on reculer ne fuir, mais se fault vendre et combatre, et attendre l'aventure, et cescun endroit de lui monstrer son hardement et se proèce. Bien est verités que messires Hues Kierés estoit bons chevaliers et hardis, et ossi messires Pièrres Bahucés et Barbevaires, qui dou temps passet avoient fait maint meschief sus mer, et mis à fin tamaint Englès. Si dura la bataille et la pestilense, de l'eure de prime jusques à haute nonne. Si poés bien croire que, ce terme durant, il y eut mainte apertise d'armes faite. Et convint là les Englès souffrir et endurer grant painne, car leur ennemit estoient quatre contre un, et toute gent de fait[4] et de mer. De quoi li Englès, pour tant qu'il besongnoit, se prendoient moult priès de bien faire.

Là fu li rois d'Engleterre, de sa main[5] très bons chevaliers, car il estoit adonc en le fleur de se jonèce. Et ossi furent li contes Derbi, li contes de Pennebruch, li contes de Herfort, li contes de Hostidonne[6], ly contes de Kent[7], ly contes de Norhantonne[8] et de Clocestre,

---

1. « Presque au début ».   2. « Sur-le-champ ».   3. « Impitoyable ».   4. « Gens compétents ».   5. « Par la force de son épée ».   6. Guillaume de Clinton, comte de Huntingdon le 16 mars 1337 († 1354).   7. Jean, comte de Kent, fils d'Aimon de Kent (demi-frère d'Édouard II). Sa veuve, Isabelle de Julliers, épousa Eustache d'Aubrecicourt.   8. Guillaume de Bohun, petit-fils d'Édouard Ier, roi d'Angleterre.

messires Renaulz de Gobehen, messires Richars de Stanfort, li sires de Persi, messires Gautiers de Manni, messires Henris de Flandres [1], messires Jehans de Biaucamp [2], li sires de Felleton [3], li sires de Brasseton [4], messires Jehans Chandos, li sires de le Ware, li sires de Muleton et messires Robers d'Artois, qui s'appelloit contes de Ricemont, et estoit dalés le roy en grant arroi et en bonne estoffe, et pluiseur aultre baron et chevalier, plain d'onneur et de proèce, desquelz je ne puis mie de tous parler, ne leurs bienfais ramentevoir. Mais il s'i esprouvèrent si bien et si vassaument, parmi un secours de Bruges et dou pays voisin qui leur vint, qu'il obtinrent le place et l'yawe [5]. Et furent li Normant et tout cil qui là estoient encontre yaus mort et desconfi, peri et noiiet, ne onques piés n'en escapa que tout ne fuissent mis à mort. Ceste avenue fu moult tost sceue par mi Flandres et puis en Haynau. Et en vinrent les certainnes nouvelles ens ès deux hos, à heure de mienuit, devant Thun l'Evesque. Si en furent Haynuier, Flamench, Alemant et Braibençon moult resjoy, et li François très courouciet. Or vous conterons dou roy englès comment il persevera aprièes la bataille faite.

§ 116. Quant ceste victore, ensi que dessus est dit, fu avenue au roy englès, il demora toute celle nuit, qui fu la vigile Saint Jehan Baptiste, sus mer en ses naves devant l'Escluse, en grant bruit et en grant noise de trompes et de nakaires [6] et de toutes manières de menestraudies [7]. Et là le vinrent veoir chil de Flandres, qui estoient enfourmé de se venue. Si demanda li dis rois nouvelles as bourgois de Bruges, de Jakemon d'Artevelle; et cil respondirent qu'il estoit à une semonse dou conte de Haynau contre le duch de Nor-

---

1. Le plus jeune des fils de Gui de Dampierre. 2. Jean de Beauchamp, second fils de Gui de Beauchamp, comte de Warwick et d'Alise de Toëny. 3. Guillaume de Felton, tué en Espagne le 19 mars 1366. 4. Thomas de Bradestone († 1360). 5. « L'eau », c'est-à-dire la mer. 6. « Petit tambour ». 7. « Joueurs d'instruments de musique ».

mendie, à plus de soixante mille Flamens. Ces parolles furent assés plaisans au roy englès. Quant ce vint à lendemain, le jour Saint Jehan, li rois et toutes ses gens prisent port et terre. Et se mist li rois tout à piet, et grant fuison de se chevalerie ; et s'en vinrent en cel estat en pelerinage à Nostre Dame d'Ardenbourch [1]. Là oy messe li rois et disna, et puis monta ; et vint celi jour, sus le soir, à Gand, où ma dame la royne sa femme estoit, qui le rechut à grant joie. Et toutes les gens le roy et tous leurs harnois vinrent celle part depuis petit à petit.

Li rois d'Engleterre avoit escript et segnefiiet sa venue as signeurs qui encores estoient à Thun l'Evesque, devant les François : siques, si tretost qu'il sceurent qu'il estoit arrivés, et qu'il avoit desconfis les Normans, il se deslogièrent. Et donna li dis contes de Haynau, à quel priière et mandement il estoient là venu, toutes manières de gens congiet, exceptet les corps des grans signeurs. Mais chiaus là amena il en Valenchiènes, et les festia et honnoura grandement, par especial le duch de Braibant et Jakemon d'Artevelle. Et là preeça li dis d'Artevelle, en mi le marchiet, present tous les signeurs et chiaus qui le peurent oïr. Et remonstra quelz drois li rois d'Engleterre avoit à le calenge de France [2], et ossi quel poissance li troi pays avoient, Flandres, Haynau et Braibant, quant il estoient d'un accord et d'une alliance ensemble. Et fist tant adonc, par ses paroles et par son grant sens, que toutes manières de gens qui l'oïrent et entendirent, disent qu'il avoit durement bien parlet et par grant experiense, et en fu de tous moult loés et prisiés [3] ; et disent qu'il estoit bien dignes de gouvrener et excerser le conté de Flandres.

Apriès ces coses faites et devisées, li signeur se partirent li un de l'autre, et prisent un brief jour de estre ensemble à Gand dalés le roy d'Engleterre. Si y furent

---

1. La belle église d'Aardenburg, dédiée à Notre-Dame, était célèbre dans toute la Flandre au Moyen Âge comme but de pèlerinage. 2. « Aux prétentions à la possession de la France. » 3. « Apprécié ».

le sizime jour apriès, et vinrent veoir le roy, qui les rechut à grant chière, et les conjoy et festia moult liement. Et ossi fist la royne d'Engleterre, Pheligpe de Haynau, qui assés nouvellement estoit relevée d'un fil qui s'appelloit Jehans, et fu depuis dus de Lancastre [1] de par ma dame, sa femme, fille au duch Henri de Lancastre, si com vous orés recorder avant en l'ystore. Adonc fu pris et assignés uns certains jours de parlement, à estre à Villevort [2] tous les signeurs et leurs consaulz, et li consaulz des bonnes villes de leurs pays. Si se partirent dou roy d'Engleterre, et s'en rala cescuns en son lieu, attendans que li termes devoit venir pour estre à Vilvort, si com dessus est dit. Or vous compterons un petit dou roy de France, et de aucunes de ses ordenances, qu'il fist depuis qu'il sceut que li rois englès fu arivés en Flandres.

§ 117. Quant li rois Phelippes de France sceut le verité de sen armée sus mer, comment il avoient esté desconfi, et que li rois englès, ses adversaires, estoit arrivés paisievlement en Flandres, si en fu durement couroucies, mès amender ne le peut; si se desloga et se retray viers Arras, et donna une partie de ses gens d'armes congiet, jusques à tant qu'il oroit aultres nouvelles. Mais il envoia monsigneur Godemar dou Fay [3] en Tournay, pour là aviser des besongnes, et penser que la cité fust bien pourveue, car il se doubtoit plus des Flamens que d'autrui. Et mist le signeur de Biaugeu en Mortagne, pour faire frontière contre les Haynuiers; et envoia grant fuison de gens d'armes à Saint Omer, à Aire [4] et à Saint Venant; et pourvei souffissamment tout le pays, sus les frontières de Flandres.

---

1. Jean, quatrième fils d'Édouard III. Il épousa en juin 1359 Blanche, fille de Henri, duc de Lancastre. Il hérita le duché de Lancastre en 1366. Père de Henri IV, roi d'Angleterre. **2.** Vilvorde, Belgique. **3.** Godemar du Fay, sire de Bouchon (Somme, arr. Amiens, c. Picquigny), gouverneur de Tournésis, fut capitaine général des villes de Lille et de Tournai et sur les frontières de Flandre et de Hainaut, du 18 octobre 1339 au 1er octobre 1340. **4.** Pas-de-Calais.

En ce temps, regnoit uns rois en Sesille, qui s'appelloit Robers[1], qui avoit le fame[2] et le renommée de estre très grans astronomiens[3], et deffendoit, ce qu'il pooit, au roy de France et à son conseil que point ne se combatesist au roy englès, car li dis rois englès devoit estre trop fortunés en toutes ses besongnes. Et euist volentiers veu li dis rois Robers que on euist les dessus dis rois mis à acord et à fin de leur guerre, car il amoit tant la couronne de France que à envis veist se desolation. Si estoit li dessus dis rois en ce temps venus en Avignon devers le pape Clement[4] et le Collège, et leur avoit remonstré les perilz qui pooient estre en France, par le fait des guerres des deux rois, et encores avoech ce priiet et requis qu'il se volsissent ensonniier d'yaus apaisenter, pour tant qu'il les veoit si esmeus en grant guerre où nulz n'aloit au devant. De quoi li papes Clemens VIe et li cardinal l'en avoient respondu tout à point et dit qu'il y entenderoient volentiers, mès que li doi roy en volsissent oïr.

§ 118. Or retourrons nous au parlement qui fu à Vilvort, si com dessus est dit. À ce parlement qui fu à Vilvort, furent tout cil signeur après denommet : premierement li rois d'Engleterre, li dus Jehans de Braibant, li contes de Haynau, messires Jehans de Haynau, ses oncles, li dus de Guerles, li contes de Jullers, li markis de Blankebourch, li markis de Misse et d'Eurient, li contes des Mons, messires Robers d'Artois, li sires de Faukemont, messires Guillaumes de Duvort[5], li contes de Namur[6], Jakemes d'Artevelle, et grant fuison d'aultres signeurs ; et de toutes les bonnes villes de Flandres, de Braibant et de Haynau, deux ou quatre hommes, par manière de conseil. Là furent parlementé

---

1. Robert, roi de Naples. Troisième fils de Charles II, roi de Naples, et de Marie de Hongrie († 1343).   2. « Réputation ». 3. « Astrologue ».   4. Froissart se trompe de nouveau en rapportant cet épisode au pontificat de Clément VI, qui ne succéda à Benoît XII qu'en 1342.   5. Guillaume de Duvenvoorde, seigneur d'Oosterhout et de Bautersem († 1353).   6. Guillaume Ier.

et consilliet pluiseur avis et estatut entre les signeurs et leurs pays. Et acordèrent et seelèrent li troy pays, loist assavoir Flandres, Haynau et Braibant, qu'il seroient, de ce jour en avant, aidant et confortant l'un l'autre, en tous cas et en tous afaires. Et se alloiièrent par certainnes convenences que, se li uns des trois pays avoit à faire contre qui que ce fust, li doi autre le devoient aidier. Et se il avenoit qu'il fuissent en discort dou temps à venir li doi ensamble, li tiers y devoit mettre bon acord. Et se il n'estoit fors pour ce faire, il s'en devoit traire au roy d'Engleterre, en qui main ces convenences et alliances estoient dittes et jurées à tenir fermes et estables, qui comme ressors[1] les devoit apaisenter.

Et furent pluiseur estatut là juret, escript et seelet, qui depuis se tinrent trop mal. Mais toutesfois, par confirmation d'amour et d'unité, il ordonnèrent à faire forgier une monnoie coursable[2] ens ès trois pays, que on appelleroit « compagnons » ou « alloiiés. » Sus le fin des parlemens, il fu dit et arresté et regardé pour le milleur que, environ le Magdelainne[3], li rois englès s'esmouveroit et venroit efforciement mettre le siège devant le bonne cité de Tournay. Et là y devoient estre avoecques lui tout li signeur dessus nommet, avoech leur mandement de chevaliers et d'escuiers, et li pooirs des bonnes villes. Si se partirent sus tel estat que pour yaus retraire en leurs pays, et appareillier souffisanment, cescun selonch che qu'il apertenoit, pour estre mieus pourveu, quant li jours et li termes venroit qu'il devoient estre devant le cité de Tournay, et cescuns selonch son estat.

§ 119. Or sceut li rois Phelippes, assés tost après le departement de ces signeurs qui à Vilvort avoient esté, le plus grant partie de l'ordenance de ce parlement et tout l'estat, et comment li rois englès devoit venir asse-

---

1. « Juge auprès de qui on appelle » 2. « Ayant cours ».
3. Le 22 juillet.

gier le cité de Tournay, si s'avisa qu'il le conforteroit telement et y envoieroit si bonne chevalerie, que la cité seroit toute seure et bien consillie. Si y envoia droitement fleur de chevalerie, le conte Raoul d'Eu, connestable de France, et le jone conte de Ghines, son fil[1], le conte de Fois[2] et ses frères, le conte Aimeri de Nerbonne[3], monsigneur Aymart de Poitiers, monsigneur Joffroi de Chargni[4], monsigneur Gerart de Montfaucon, ses deux mareschaus monsigneur Robert Bertran et monsigneur Mahieu de Trie, le signeur de Kaieus, le senescal de Poito[5], le signeur de Chastillon et monsigneur Jehan de Landas[6]. Chil avoient avoech yaus chevaliers et escuiers, preus as armes, et très bonnes gens. Si leur pria li dis rois chierement qu'il vosissent si bien penser et songnier de[7] Tournay que nulz damages ne s'en presist ; et il li eurent en convent. Adonc se partirent il d'Arras, et chevaucièrent tant par leurs journées qu'il vinrent à Tournay. Si y trouvèrent monsigneur Godemar dou Fay, qui en devant y avoit esté envoiiés, qui les rechut liement ; et ossi fisent tout li homme de le ville. Assés tost après che qu'il furent venu, il regardèrent et fisent regarder as pourveances de le cité, tant en vivres comme en artillerie[8], et ordonnèrent bien et à point, selonch che qu'il besongnoit ; et y fisent amener et achariier, dou pays voisin, grant fuison de blés et d'avainnes et de toutes aultres pourveances, tant que la chité fu en bon point, pour lui tenir un grant temps.

---

1. Raoul II, comte d'Eu épousa Catherine de Savoie ; il fut décapité en l'hôtel de Nesle à Paris au mois de novembre 1350. **2.** Gaston II, comte de Foix, épousa Éléonore de Comminges, seconde fille de Bernard VI, comte de Comminges. Père de Gaston III Phébus († septembre 1343). **3.** Aymeri IX, vicomte de Narbonne († le 8 février 1341). **4.** Geoffroi de Charny fut fait prisonnier devant Calais en 1348 et mourut à la bataille de Poitiers (1356). **5.** Jourdain de Loubert, sénéchal de Poitou. **6.** Jean de Mortaigne, seigneur de Landas. **7.** « S'occuper de ». **8.** Ensemble des engins de guerre, y compris des chariots de transport.

§ 120. Or retourrons au roy d'Engleterre, qui se tenoit à Gand, dalés la royne sa femme, et entendoit à ordener ses besongnes. Quant li termes deubt approcier que li signeur dessus nommet se devoient trouver devant Tournay, et que li bled commençoient à meurir, li rois englès se parti de Gand à moult belle gent d'armes de son pays, sept contes, deux prelas, vingt huit banerès et bien deux cens chevaliers. Et estoient Englès quatre mille hommes d'armes et neuf mille archiers, sans le pietaille [1]. Si s'en vint et passa et toute sen host parmi le ville de Audenarde ; et puis passa le rivière d'Escaut, et s'en vint logier devant Tournay, à le porte c'on dist « Saint Martin [2] », ou chemin de Lille et de Douay [3]. Assés tost après, vint ses cousins li dus de Braibant [4], à plus de vingt mille hommes, chevaliers et escuiers, et les communautés de ses bonnes villes. Et se loga li dis dus devant Tournay ; et comprendoit sen host grant quantité de terre. Et estoient Braibençon logiet au Pont à Riès [5], contreval [6] l'Escaut, mouvant de l'abbeye Saint Nicolay, revenans vers le Pire [7] et le porte Valencenoise [8]. Aprièes estoit li contes Guillaumes de Haynau avoech belle bachelerie de son pays ; et avoit grant fuison de Hollandois et de Zellandois, qui le gardoient de priès, et le servoient ensi que leur signeur. Et estoit li contes de Haynau logiés entre le duch de Braibant et le roi d'Engleterre. Aprièes estoit Jakemes d'Artevelle à plus de soixante mil Flamens sans chiaus de Ippre, de Popringhe et de Cassiel et de

---

[1]. « Gens de pied », « infanterie ». [2]. La porte de Saint-Martin était au midi de Tournai, non loin du chemin de Lille et de Douai, situé un peu plus à l'ouest. [3]. Le siège de Tournai dura du 1er août jusqu'au 27 septembre 1340. [4]. Le duc de Brabant arriva le dernier au siège de Tournai, le 11 août (Lucas, 412). [5]. Le Pont-à-Rieux est un hameau de la commune de Saint-Maur, Belgique, prov. Hainaut, arr. Tournai, c. Antoing, à 5 km de Tournai. [6]. « En aval sur ». [7]. Le Pire est un hameau de Montrœul-au-Bois, Belgique, prov. Hainaut, arr. Tournai, c. Leuze, à 12 km de Tournai. [8]. La porte de Valenciennes était située à l'est de Tournai, sur la rive gauche de l'Escaut, à l'endroit où cette rivière entre dans la ville.

le chastelerie de Berghes, qui estoient envoiiet d'autre part, ensi que vous orés chi après. Et estoit Jakemes d'Artevelle logiés à le porte Sainte Fontainne[1], d'une part de l'Escaut et d'aultre. Et avoient li Flamench fait un pont de nefs sus l'Escaut, pour aler et venir à lor aise. Li dus de Guerles, li contes de Jullers, li markis de Blankebourch, li markis de Misse et d'Eurient, li contes des Mons, li contes de Saumes[2], li sires de Faukemont, li sires de Bakehen et tout li Alemant estoient logiet d'autre part devers Haynau, et avoient fait ossi un pont sus l'Escaut, au dessus de Tournay, et pooient aler et chevaucier de l'une host en l'autre. Ensi estoit la cité de Tournay assise et environnée de tous lés et de tous costés, ne nulz n'en pooit partir, entrer ne aler, que ce ne fust par congiet, et qu'il ne fust veus et aperceus de chiaus de l'ost, sus le quel costet que che fust.

§ 121. Chilz sièges fais et arrestés devant le cité de Tournai, si com vous avés oy, dura longement. Et estoit li hos de chiaus de dehors bien pourveue et avitaillie de tous vivres, et à bon marchiet, car il lor venoit de tous lés, par terre et par yawe. Si y eut, le siège durant, là environ pluiseurs belles apertises d'armes faites et pluiseurs chevaucies, desquèles nous ferons en sievant mention. Car li jones contes de Haynau qui estoit hardis et entreprendans, avoit si pris en coer ceste guerre, comment que de premiers il en fu moult frois, que c'estoit cilz par qui tous[3] se mettoient sus les envaies et les chevaucies. Et se parti de l'host à une matinée, à bien cinq cens lances, et s'en vint passer desous Lille, et ardi le bonne ville de Seclin[4] et grant fuison de villiaus[5] là environ. Et coururent si coureur jusques ens ès fourbours de Lens en Artois[6]. Tout ce fu recordé au roy Phelippe, son oncle, qui se tenoit en

---

1. La porte de Sainte-Fontainne était à l'ouest de Tournai, du côté de Courtrai, sur la rive gauche de l'Escaut.   **2.** Henri V, comte de Salm († 1362).   **3.** Ms : « toutes ».   **4.** Nord, arr. Lille. Guillaume II détruisit Seclin le 10 août 1340.   **5.** Villiel : « villages ».   **6.** (62300) Pas-de-Calais, arr. Béthune.

Arras ; si en fu moult crouciés, mès amender ne le peut tant c'à ceste fois. Encores apriès ceste chevaucie, en remist li contes une sus, et chevauça adonc devers le bonne ville d'Orcies[1] ; si fu prise et arse, car elle n'estoit point fremée, et Landas[2] et li Celle[3], et pluiseur bon village qui sont là en ce contour[4]. Et coururent tout le pays où il eurent très grant pillage, et puis s'en revinrent au siège de Tournay.

D'autre part, li Flamench assalloient souvent chiaus de Tournay, et avoient fait en nefs sus l'Escaut bierfrois[5] et atournemens d'assaus ; et venoient hurter et escarmucier, priés que tous les jours, à chiaus de Tournay. S'en y avoit souvent des navrés, des uns et des aultres. Et se mettoient en grant painne li Flamench de conquerre et de damagier Tournay, tant avoient pris le guerre en coer. Et on dist et voirs est qu'il n'est si felle guerre que de voisins et d'amis. Et entre les assaus que li Flamench fisent, il en y eut un qui dura un jour tout entier. Là eut tamainte grant apertise d'armes faite, car tout li signeur et li chevalier qui en Tournay estoient furent à cel assaut. Et estoit li dis assaus fais en nefs et en vaissiaus, à ce appareilliés de lonch temps, pour ouvrir et pour rompre les barrières à le posterne de l'arce[6] ; mais elles furent si bien deffendues que li Flamench n'i conquisent riens ; ançois perdirent une nef toute cargie de gens, dont il en y eut plus de six vingt noiiés ; et retournèrent au soir tout lasset et tout travilliet.

§ 122. Le siège durant et tenant devant Tournay, issirent hors une matinée li saudoiier de Saint Amand, dont il en y avoit grant fuison, et vinrent à Hanon[7] qui

---

1. Orchies. Nord, arr. Douai. Guillaume II détruisit Orchies le 4 août 1340.   2. Nord, arr. Douai, c. Orchies.   3. Lecelles. Nord, arr. Valenciennes, c. Saint-Amand-les-Eaux.   4. « Dans les environs ».   5. Tour de bois mobile servant à approcher des remparts lors d'un siège.   6. Il faut comprendre une porte fortifiée sous l'arc du pont.   7. Hasnon. Nord, arr. de Valenciennes, c. Saint-Amand. Abbaye de bénédictins dans le diocèse d'Arras.

se tient de Haynau, et ardirent le ville et violèrent[1] l'abbeye et destruisirent le moustier ; et en menèrent et en portèrent devant yaus tout che que mener et emporter en peurent, et puis retournèrent en Saint Amand. Assés tost après, se partirent li saudoiier dessus dit, et passèrent le bos de Saint Amand, et vinrent jusques à l'abbeye de Vicogne[2], pour le ardoir et essillier ; et en fuissent venu à leur entente, car il avoient fait un grant feu contre le porte, pour le ardoir et abatre à force ; mais uns gentilz abbes, qui laiens estoit pour le temps, y pourvei de grant remède. Car, quant il eut consideré le peril, il monta cheval et parti par derrière, et chevauça tous les bos[3], à le couverte, et fist tant que moult quoiteusement[4] il vint à Valenchiènes. Si requist au prevost de le ville et as jurés que on li volsist prester les arbalestriers de le ville, pour aidier à deffendre sa maison ; et cil li acordèrent volentiers. Si les en mena dans abbes avoech lui ; et passèrent derrière Raimes, et les mist en ce bois, qui regarde vers le Pourcelet[5], et sus le caucie[6]. Là commencièrent il à traire et à berser sur[7] ces bidaus et Genevois, qui estoient devant le porte de Vicongne. Si tretost qu'il sentirent ces saiettes[8] qui leur venoient de dedens le bos, si furent tout effraé, et se mirent au retour, cescuns qui mieulz mieulz. Ensi fu li abbeye de Vicongne sauvée.

En ce temps, estoit li contes de Lille en Gascongne[9], de par le roy de France, qui y faisoit la guerre, et avoit priès repris et conquis tout le pays d'Acquitainne ; et y tenoit les champs, à plus de six mille chevaus ; et avoit assis Bourdiaus, par terre et par aigue. Si estoient avoecques le dit conte toute li fleur de chevalerie des marches de Gascongne, li contes de Pieregorth[10], li

---

1. « Prirent de force ». **2.** Vicoigne, hameau de la commune de Raismes, Nord, arr. Valenciennes. Abbaye de l'ordre des prémontrés dans le diocèse d'Arras. **3.** « Parcourut tous les bois ». **4.** « Précipitamment ». **5.** Probablement le nom d'une hôtellerie sise près de Raismes. **6.** « Chemin entretenu ». **7.** « Transpercer de flèches ». **8.** « Flèches ». **9.** Bernard Jourdain, sire de Lille (l'Isle-en-Jourdain-Gers, Gers, arr. Lombez). **10.** Roger Bernard, comte de Périgord.

contes de Commignes[1], li contes de Carmaing[2], li viscontes de Villemur[3], li viscontes de Brunikiel[4], li sires de la Barde et pluiseur aultre baron et chevalier. Et n'estoit nulz, de par le roy englès, qui leur veast leurs chevaucies, fors tant que les forterèces englesces se tenoient et gardoient à leur pooir. Et là en ce pays avinrent moult de biaus fais d'armes, des quelz nous vous parlerons chà en apriès, quant temps et lieus sera[5]. Mès nous retourrons encores un petit as besongnes qui avinrent en Escoce, le siège durant et tenant devant le cité de Tournay[6].

§ 123. Vous devés savoir que messires Guillaumes de Douglas, filz dou frère à monsigneur Guillaume de Douglas qui demora en Espagne, si com chi dessus est contenu[7], li jones contes de Mouret, li contes Patris, li contes de Surlant[8], messires Robers de Versi[9], messires Symons Fresel[10], Alixandres de Ramesay estoient demoret chapitainne del remanant d'Escoce, et se tenoient et tinrent longement en celle forest de Gedours[11], par yvier temps et par esté, par l'espasse de sept ans et plus, comme très vaillans gens ; et guerrioient toutdis les villes et les forterèces, là où li rois Edowars avoit mis ses gens et ses garnisons ; et souvent avenoit des belles aventures et perilleuses, desquèles il se partoient à grant honneur, par quoi on les doit conter entre les preus, ossi fait on.

---

1. Pierre Raymond Ier, comte de Comminges. **2.** Arnaud d'Euze, vicomte de Caraman. **3.** Arnaud de la Vie, sire de Villemur. **4.** Roger de Comminges, vicomte de Bruniquel. **5.** Voir le § 124, *infra*. **6.** Le siège (de Tournai), puisqu'il immobilise la chevalerie et parce qu'il occupe un espace circulaire, permet à l'écrivain d'organiser ou de faire rayonner d'autres événements autour de ce signe, et de créer ainsi chez le lecteur un effet de simultanéité historique. **7.** Voir plus haut, § 41. **8.** Guillaume, comte de Sutherland épousa Marguerite, sœur de David Bruce. **9.** Robert Erskine, qui aurait reçu Froissart en Écosse en 1365 († 1385) (KL, XXIII, 337-340). **10.** Peut-être Alexandre Fraser (KL, XXII, 371). **11.** La forêt de Jedburgh (KL, XXIV, 383-4).

Si avint ens ou temps que li rois englès estoit par deçà, et guerrioit le royaume de France, et seoit devant Tournay, que li rois Phelippes envoia en Escoce gens, qui arrivèrent en le ville de Saint Jehan. Et prioit adonc li rois de France à ces dessus nommés signeurs d'Escoce qu'il volsissent esmouvoir et faire si grant guerre sus le royaume d'Engleterre, qu'il convenist que li rois englès s'en ralast oultre, et deffesist son siège de devant Tournay, et leur promist à aidier et conforter de poissance, de gens et d'avoir : siques, en ce temps que li sièges fu devant Tournay, cil signeur d'Escoce se pourveirent, à le requeste dou roy de France, pour faire une grande chevaucie sus les Englès. Quant ilz furent bien pourveu de grans gens, ensi qu'il leur besongnoit, il se partirent de le forest de Gedours, et alèrent par toute Escoce reconquerre des forterèces celles qu'il peurent ravoir ; et passèrent oultre le bonne cité de Bervich[1] et le rivière de Thin[2], et entrèrent ens ou pays de Northombreland, qui jadis fu royaumes. Là trouvèrent ilz bestes grasses à grant fuison. Si gastèrent tout le pays et ardirent jusques à le cité de Duremme[3] et assés oultre ; puis s'en retournèrent arrière par un aultre chemin, gastant et ardant le pays, si qu'il destruisirent bien en celle chevaucie trois journées long del pays le roy englès ; et puis rentrèrent ens ou pays d'Escoce, et reconquisent toutes les forterèces que li Englès tenoient, hors mis le bonne cité de Bervich, et trois aultres fors chastiaus qui leur faisoient trop grant anoy et souvent, pour les vaillans gens qui les gardoient, et le pays d'entours ossi. Et estoient et sont encores chil troi chastiel si fort que à painnes poroit on trouver si fors en nul pays. Si appell'on l'un Struvelin[4], l'autre Rosebourch[5], et le tierch et le souverain de tout le royaume d'Escoce Haindebourch[6]. Li chastiaus de Haindebourch siet sus une haute roce, par quoi on voit tout le pays d'environ. Et est la montagne si roste[7] et

---

1. À l'embouchure de la Tweed.   **2.** La Tyne.   **3.** Durham.
4. Sterling.   **5.** Roxburgh.   **6.** Édimbourg   **7.** « Abrupte » (« rompue »), « raide ».

si malaisie que à grant painne y poet uns homs monter, sans reposer deux fois ou trois, et ensi uns chevaus à demie charge. Et estoit cilz adonc qui[1] faisoit plus de contraires à ces signeurs d'Escoce et à leurs gens. Et en estoit chastellains et gardiiens, pour le temps de lors, uns vaillans chevaliers englès, qui s'appelloit messires Gautiers de Limoges, frères germains à monsigneur Richart de Limosin, qui si vaillamment se tint et deffendi à Thun l'Evesque contre les François.

Or avint, en ce temps que li sièges se tenoit devant Tournay et que cil signeur d'Escoce, si com dessus est dit, chevauçoient parmi le pays d'Escoce, reconquerant les forterèces à leur loyal pooir, messires Guillaumes Douglas s'avisa d'un grant fait et perilleus et d'une grant subtileté, et le descouvri à aucuns de ses compagnons, au conte Patris, à monsigneur Symon Fresiel, qui avoit estet mestres et gardiiens dou roy David d'Escoce, et à Alixandre de Ramesai, qui tout s'i accordèrent et se misent en celle perilleuse aventure avoecques le bon chevalier dessus dit ; et prisent bien jusques à deux cens compagnons de ces Escos sauvages, pour faire une embusche, ensi com vous orés. Chil quatre signeur et gouvreneur de tous les Escos, qui savoient le pensée li uns de l'autre, entrèrent en mer à toute leur compagnie, et fisent pourveance d'avainne, de blanche farine, et de carbon de fèvres ; puis arrivèrent paisievement à un port qui estoit à trois liewes priés de ce fort chastiel de Haindebourch, qui lor destraindoit plus que tout li aultre. Quant il furent arrivet, il issirent hors par nuit, et prisent dix ou douze des compagnons ens ès quelz ilz se confioient le plus, et se vestirent de povres cotes deschirées et de povres capiaus[2], à guise de povres marcheans, et chargièrent douze petis chevalés[3] de douze sas, les uns emplis d'avainne, les aultres de farine, et les aultres de charbon de fèvres. Et envoiièrent les aultres compagnons embuschier en une deschirée[4] abbeye et gastée là où nulz ne demoroit ; et

---

1. « Et ce château était alors celui qui... » 2. « Chapeaux ».
3. « Petits chevaux ». 4. « Délabrée ».

estoit assés priès dou piet de le montagne sour quoi li chastiaus seoit. Quant jours fu, cil marchant, qui estoient couvertement armet, s'esmurent et se misent au chemin viers le chastiel atout les chevaus chargiés, ensi que vous avés oy. Quant il vinrent au piet de le montagne, qui estoit si roste et si malaisie à monter, il menèrent les chevalés chargiés amont, ensi qu'il peurent. Quant il vinrent en le moiiene[1] de le montagne, li dis messires Guillaumes Douglas et messires Symons Fresiel alèrent devant et firent les autres venir tout bellement, et fisent tant qu'il vinrent au portier, et li disent qu'il avoient amenet, en grant paour, bled, farine et avainne ; s'il leur besongnoit, il leur venderoient volentiers, et à bon marchié. Li portiers respondi que voirement besongneroient il bien[2] en le forterèce, mais il estoit si matin qu'il n'oseroit esvillier le signeur de le forterèce ne le mestre d'ostel ; mais il fesissent venir avant le pourveance, et il leur ouveroit le première porte des bailles. Cil le oïrent volentiers, et fisent passer avant tout bellement les aultres avoech leur charge, et entrèrent tout en le porte des bailles, qui leur fu ouverte. Messires Guillaumes Douglas avoit bien veu que li portiers avoit toutes les clés de le grant porte dou chastiel, et avoit couvertement demandet au portier lequèle deffremoit le porte, et laquèle le guicet. Quant la porte des bailles fu ouverte, si com vous avés oy, il misent ens les chevalés, et en deschargièrent deux, qui portoient les sas plains de charbon, droitement sus le suel de le porte, à fin que on ne le peuist reclore ; puis prisent le portier et le tuèrent si paisievlement que onques ne dist mot ; et prisent les clés, et deffremèrent le porte dou chastiel. Puis corna li dis messires Guillaumes Douglas un cor, et jettèrent il et si treize compagnon les cotes deschirées tantost jus, et reversèrent les aultres sas plains de charbon au travers de le porte, par quoi on ne le peuist clore.

---

1. « Au milieu ».   2. « Ils en auraient bien besoin ».

Quant li aultre compagnon, qui estoient embuschiet assés priés dou chastiel, ensi que vous avés oy, oïrent le cor sonner, il sallirent hors de l'embuschement et coururent contremont le voie del chastiel, tant qu'il peurent. Li gaitte, qui dormoit adonc, se esvilla au son del cor, et vey gens monter hasteement contremont le chastiel, tous armés. Si commença à corner et à criier tant qu'il peut : « Trahi ! Trahi ! » Adonc se esvilla li chastelains, et tout chil de laiens ossi s'armèrent, si tost qu'il peurent, et vinrent tout acourant à le porte, qui plus tost peurent, pour le refremer, mais on leur devea[1], car messires Guillaumes et si douze compagnon leur deffendirent. Adonc monteplia grans hustins entre yaus, car chil dou chastiel ewissent volentiers le porte refremée pour leurs vies sauver, car il perchevoient bien qu'il estoient trahi. Et cil qui bien avoient acompli leur emprise et leur desirier se penoient tant qu'il pooient del detenir ; et tant fisent par leur proèce qu'il detinrent l'entrée, tant que cil de l'embuschement furent parvenu à yaus. Lors se commencièrent à esbahir cil dou chastiel, car il veirent bien qu'il estoient souspris. Si s'efforcièrent de deffendre le chastiel, et de leurs ennemis remettre hors, se ilz peuissent, et fisent tant d'armes que merveilles estoit à regarder, et par especial messires Gautiers de Limozin, car il besongnoit. Mais darrain[2] lor deffense ne les peut sauver, comment qu'il en tuèrent et navrèrent aucuns de chiaus dehors, que li dis messires Guillaumes Douglas et si compagnon ne gaegnassent le fort chastiel par force, et occirent le plus grant partie de chiaus qui le gardoient, excepté le chastellain et six escuiers qu'il prisent à merci. Si demorèrent laiens tout le jour ; puis y establirent chastellain ung gentilhomme dou pays, un escuier qui s'appelloit Symons de Weseby, et avoech lui grant fuison de bons compagnons et hommes de fief d'Escoce. Ensi fu repris li fors chastiaus de Haindebourch en Escoce. Et en vinrent les certainnes nouvelles au roy englès, entrues qu'il seoit

---

1. « Interdisit ».   2. « À la fin ».

devant Tournay, au quel siège nous retourrons à parler, car il est heure[1].

§ 124. Vous avés bien chi dessus oy recorder comment li rois englès avoit assegiet le bonne cité de Tournay, et moult le constraindoit, car il avoit en son host plus de six vingt mille hommes as armes, parmi les Flamens, li quel s'acquittoient bien de l'assallir. Et l'avoient li assegeur telement environné de tous costés, que riens ne leur pooit venir, entrer ne issir, qu'il ne fust tantost hapés et perceus. Et pour tant que les pourveances de le cité commencièrent à amenrir, li signeur de France, qui là estoient, fisent widier toutes manières de povres gens, qui pourveu n'estoient pour attendre l'aventure, et les misent hors à plain jour, hommes et femmes, et passèrent parmi l'ost dou duch de Braibant qui leur fist grasce, car il les fist conduire sauvement[2] tout oultre l'ost. Li rois englès entendi bien par chiaus et par aultres que la cité estoit durement astrainte ; si en fu plus joieus, et pensa que bien il le conquerroit, com longement ne quel fret que il y mesist.

D'autre part, li rois de France, qui se tenoit à Arras[3] et estoit tenus toute le saison, entendi que cil de Tournay estoient moult constraint, et qu'il avoient grant mestier d'estre conforté. Si s'ordena à ce qu'il les conforteroit, à quel meschief que ce fust, car il ne voloit mies perdre une tèle cité que Tournay estoit. Si fist un très grant mandement par tout son royaume, et ossi une grant priière en l'empire, tant qu'il eut le roy Charlon de Behagne[4], le duch de Loeraingne[5], le conte de Bar, l'evesque de Liège, l'evesque de Miés, l'evesque de Vredun[6], le conte de Montbliar[7], messire Jehan de

---

1. Noter l'agencement entrelacé de ces événements. 2. « En sécurité ». 3. Après le siège de Thun-l'Évêque, on trouve Philippe de Valois à Arras dès le 6 juillet 1340. 4. Jean, roi de Bohême. Philippe VI lui fit un don de 3 000 livres « pour les bons et agreables services » qu'il lui rendit dans l'ost de Bouvines (JB, I, 193). 5. Raoul, duc de Lorraine. Tué en 1346 à la bataille de Crécy. 6. Hugues de Bar. 7. Henri, comte de Montbéliard.

Chalon[1], le conte de Genève[2], et ossi le conte de Savoie[3] et monsigneur Loeis de Savoie son frère. Tout cil signeur vinrent servir le roy de France, à ce qu'il peurent avoir de gens. D'autre part, revinrent li dus de Bretagne[4], li dus de Bourgongne[5], li dus de Bourbon[6], li contes d'Alençon, li contes de Forès, li contes d'Ermignach, li contes de Flandres, li contes de Blois, messires Charles de Blois, li contes de Harcourt, li contes de Dammartin, li sires de Couci, et si grant fuison de barons et de signeurs, que le nommer par nom et par sournom seroit uns grans detriemens. Après revint li rois de Navare[7], atout grant fuison de gens d'armes de Navare et de le terre qu'il tenoit en France, dont il estoit homs au roy. Et si y estoit li rois David d'Escoce, à le delivrance dou roy de France, à belle route de gens d'armes.

§ 125. Quant tout cil signeur dessus nommet et plus encores furent venus à Arras devers le roy, il eut conseil de chevaucier et de traire par devers ses ennemis ; si s'esmeut, et cescuns le sievi, ensi que ordonné estoit. Et fisent tant par leurs petites journées qu'il vinrent jusques à une petite rivière[8], qui est à trois liewes priès de Tournay, laquèle est moult parfonde et environnée de si grans crolières et marès, que nulz ne le pooit passer fors parmi un petit pont si estroit que uns seulz homs à cheval seroit assés ensonniiés dou passer

---

1. Jean de Châlon, sire d'Arlay, vint dans l'ost de Bouvines en la compagnie du duc de Bourgogne. 2. Amé, comte de Genève, faisait partie de la compagnie du comte de Savoie. 3. Amé, comte de Savoie. 4. Jean III, duc de Bretagne, mort à Caen le 30 avril 1341. 5. Eudes IV, duc de Bourgogne, comte d'Artois et comte palatin de Bourgogne, sire de Salins. Il épousa Jeanne de France, fille du roi Philippe V († 1349). 6. Louis, duc de Bourbon († janvier 1341). 7. Philippe III, roi de Navarre, fils de Louis comte d'Évreux et de Marie d'Artois. Il épousa Jeanne de France, fille de Louis X († 1343). 8. La Marcq (Nord, arr. Lille, c. Cysoing). Philippe VI est près du prieuré de Saint-André (Nord, arr. et c. Lille) le 30 juillet 1340, d'où il répond à une provocation qui lui avait été adressée, le 27 juillet, par Édouard III de Chinlez-Tournai (auj. hameau de Romegnies-Chin, Belgique, à 6 km de Tournai) (SHF, II, xxv n1).

oultre ; doi homme ne s'i poroient combiner[1]. Et loga trestous li hos sus les camps sans passer le rivière, car il ne peuissent. Lendemain, li hos demora tous quois. Li signeur, qui estoient dalés le roy, eurent conseil comment il peuissent faire pons, pour passer le rivière dessus ditte et les crolières plus aise et plus seurement. Si furent envoiiet aucun chevalier et ouvrier, pour regarder le passage ; mais quant il eurent tout consideré et avisé, il regardèrent qu'il perdoient le temps ; si raportèrent au roy qu'il n'i avoit point de passage, fors par le pont à Tressin[2] tant seulement. Si demora la cose en cel estat, et se logièrent li signeur, cescuns sires par lui et entre ses gens. Les nouvelles s'espardirent par tout que li rois de France estoit logiés au pont à Tressin, et entre le pont de Bouvines[3], en entente de combatre ses ennemis : siques toutes manières de gens d'onneur, qui desiroient à acquerre grasce par fait d'armes, se traioient celle part, tant d'un lés comme de l'autre.

Or avint que troi chevalier alemant, qui se tenoient en le garnison de Bouchain, furent informet que li doi roy s'approçoient durement, et que on supposoit bien qu'il se combateroient. De quoi, li doi priièrent tant à leur compagnon qu'il s'acorda à ce qu'il demorroit, et li aultre iroient devant Tournay querre[4] les aventures ; et garderoit le forterèce bien et songneusement[5] jusques à leur retour. Si se partirent li doi chevalier, dont on clamoit l'un monsigneur Conrart de Leusennich, et l'autre monsigneur Conrart d'Asko ; et chevaucièrent tant qu'il vinrent vers Escaupons[6], deseure Valencvènes, car il voloient passer l'Escaut à Condet. Si oïrent, entre Frasne[7] et Escaupons, grant effroi[8] de

---

1. « Se joindre (pour marcher de front) ». 2. Nord, arr. Lille, c. Lannoy. 3. Nord, arr. Lille, c. Cysoing. 4. « Chercher ». 5. « Attentivement ». 6. Escaupont, au sud-ouest de Condé, sur la rive droite de l'Escaut, arr. de Valenciennes. 7. Fresnes, entre Condé et Escaupont. C'était l'une des six pairies de Valenciennes, l'une des vingt-six seigneuries bannerées du comté et l'une des quarante-quatre anciennes baronnies du Hainaut. 8. « Fracas », « tumulte ».

gens, et en veirent pluiseurs fuians. Dont brocièrent[1] il celle part et leur route, et pooient estre environ vingt cinq lances[2] ; si encontrèrent les premiers qui fuioient, et leur demandèrent qu'il leur falloit ne estoit avenu. « En non Dieu, signeur, ce respondirent li fuiant, li saudoiier de Mortagne sont issu et ont accuelliet grant proie chi entours, et l'enmainnent et cacent devers leur forterèce, et avoech çou pluiseurs prisonniers de che pays. » Donc respondirent li chevalier alemant : « Et nous sariés vous mener celle part où il vont ? — « En nom Dieu, signeur, oil. » Adonc se sont li Alemant mis en cace apriès les François de Mortagne, et ont sievis les bonhommes dou pays qui les avoiièrent[3] parmi le bois ; et adevancièrent[4] les dessus dis assés priès de Nostre Dame ou Bois et dou Crousage[5]. Et estoient bien li François six vingt saudoiiers ; et enmenoient devant yaus bien deux cens grosses bestes et aucuns prisonniers paysans dou pays. Et estoit adonc leur chapitainne, de par le signeur de Biaugeu, uns chevaliers de Bourgongne qui s'appelloit messires Jehans de Frelais. Sitost que li Alemant les veirent, il les escriièrent[6] fierement et se boutèrent de grant randon[7] en yaus. Et là eut bon hustin et dur, car li chevaliers bourghignons se mist à deffense bien et hardiement, et li aucun de se route, et non pas tout, car il y eut pluiseurs bidaus qui fuirent ; mais il furent de si priès encauciet des Alemans et des villains dou pays, qui les sievoient, as plançons[8] et as bourlès[9], que petit en escapèrent qu'il ne fuissent mort et atieret[10]. Et y fu messires Jehans de Frelais pris, et toute la proie rescousse et rendue as hommes dou pays, qui grant gret en sceurent as Ale-

---

1. « Éperonner ». 2. Unités de combat, chacune comprenant un chevalier avec sa lance, le coutelier, le page, le valet et les archers. 3. « Guidèrent ». 4. « Rattrapèrent ». 5. Notre-Dame-aux-Bois, Nord, arr. Valenciennes, c. Bruille-Saint-Amand. *Le Crousage* est peut-être la Croisette, hameau de Saint-Amand-les-Eaux. 6. « Défièrent ». 7. « Avec impétuosité, violence ». 8. « Bâton », « pieu ». 9. « Massues ». 10. « Abattus ».

mans. Depuis ceste avenue, s'en vinrent li chevalier devant Tournay, où il furent li bien venu.

§ 126. Assés tost apriès chou que li rois de France s'en fu venus logier à host au pont à Tressin, se mist une compagnie de Haynuiers sus, par l'enhort monsigneur Wauflart de le Crois, qui leur dist qu'il cognissoit tout le pays, et qu'il les menroit bien en tel lieu sus l'ost de France où il gaegneroient. Si se partirent à son enhort, et pour faire aucun biau fait d'armes, une ajournée [1], environ six vingt compagnons, chevaliers et escuiers, tout pour l'amour li uns de l'autre, et chevaucièrent devers le pont à Tressin, et fisent de monsigneur Guillaume de Bailluel [2] leur chief, et à se banière se devoient tout ralloiier. Ceste meisme matinée, chevauçoient li Liegois, dont messires Robers de Bailluel [3], frères germains au dessus dit monsigneur Guillaume, estoit chiés, de par les Liegois ; car adonc il estoit, et faire le devoit, avoecques l'evesque de Liège. Si avoient li Liegois passet le pont à Tressin, et estoient espars en ces biaus plains, entre Tressin et Baisieu [4], et estoient en fourage pour leurs chevaus, et ossi pour veoir se il trouveroient nulle aventure où il peuissent pourfiter. Li Haynuier chevaucièrent celle matinée, qui d'encontre nul n'en trouvèrent [5], car il faisoit si grant bruine que on ne pooit veoir un demi bonnier de terre loing ; et passèrent le pont baudement et sans encontre, et messires Wauflars de le Crois devant qui les menoit. Quant il furent tout oultre, il ordonnèrent que messires Guillaumes de Bailluel et se banière demorroient au pont, et messires Wauflars de le Crois, et messires Rasses de Monciaus, et messires Jehans de Sorres [6], et messires Jehans de Wargni courroient devant.

---

1. « Au point du jour ».   2. Guillaume de Baileu (SHF, II, xxv-xxvi). La seigneurie de Baileu est aujourd'hui un hameau de la commune de Walcourt, Belgique, prov. Namur, arr. Philippeville.   3. Robert de Baileu, seigneur de Morialmé, aussi dans le canton de Walcourt.   4. Baisieux, Nord, arr. Lille, c. Lannoy. 5. « Qui ne firent aucune rencontre armée ».   6. Jean de Barbançon, d'abord châtelain de Wargny, puis seigneur de Solre, et, en 1352, grand bailli de Hainaut.

Si se departirent li coureur et chevaucièrent si avant que il s'embatirent en[1] l'ost le roy de Behagne et de l'evesque de Liège, qui assés priés dou pont estoient logiet. Et avoit la nuit fait le gait en l'ost le roy de Behagne li sires de Rodemach[2]; et jà estoit sus son departement, quant li coureur haynuier vinrent; si leur sallirent au devant hardiement, quant il les veirent venir. Et ossi Liegois s'estourmirent; si reboutèrent ces coureurs moult asprement. Et y eut là adonc moult bon puigneis, car Haynuier vassaument s'i esprouvèrent. Toutesfois, pour revenir à leur banière, il se misent devers le pont. Evous Liegois et Lussemboursins apriès venus au pont à leur banière. Là y eut grant bataille. Et fu consilliet à monsigneur Guillaume de Bailluel qu'il rapassast le pont, et se banière, car il avoient encores de leurs compagnons oultre. Si rapassèrent Haynuier au mieus qu'il peurent. Et y eut au passer mainte belle apertise d'armes faite, mainte prise et mainte rescousse. Et avint que messires Waufflars de le Crois: fu si quoitiés[3] que il ne peut rapasser le pont; si doubta le peril et qu'il ne fust pris; si s'avisa qu'il se sauveroit. Si issi hors de le presse, au mieulz qu'il peut, et prist un chemin qu'il cognissoit assés, et se vint bouter en uns marès, entre rosiaus et crolières, et se tint là un grant temps. Et li aultre toutdis se combatoient. Lesquelz Liegois et Lussemboursins avoient jà rués jus et abatu le banière monsigneur Guillaume de Bailluel.

A ces cops vinrent cil de le route monsigneur Robert de Bailluel, qui venoient de courir, et entendirent le hustin; si chevaucièrent celle part. Et fist passer messires Robers de Bailluel sa banière devant, que uns siens escuiers portoit, qui s'appelloit Jakemes de Forsvie[4], en escriant: « Moriaumés![5] » Li Haynuier,

---

1. « Tombèrent à l'improviste sur ».   2. Jean de Rodemacher jouissait d'un grand crédit à la cour de Luxembourg sous le gouvernement de Jean l'Aveugle, roi de Bohême.   3. « Pressé ».
4. Jacques de Forvie, écuyer, était le second fils de Stockar de Forvie le Vieux; il se maria avec Isabeau, fille de Pierre de Surice, bourgeois de Namur.   5. Terre de Robert de Baileu.

qui jà estoient tout escauffé, perchurent le banière de
Moriaumés qui estoit toute droite ; si cuidièrent que ce
fust li leurs où il se devoient radrecier ; car moult petit
de differense y avoit de l'un à l'autre, car les armes de
Moriaumés sont vairiet[1] contre vairiet, à deux kievirons[2] de geules[3] ; et sus le kieviron messires Robers
portoit une petite croisète d'or : si ne l'avisèrent mies
bien, pour tant en furent il deceu ; et se vinrent de fait
bouter desous le banière monsigneur Robert. Là y eut
dur hustin. Et furent li Haynuier fierement rebouté et
tout desconfi. Et y furent mort troy bon chevalier de
leur costé, messires Jehans de Wargni, messires Gontiers de Pontelarce[4], messires Guillaumes de Pipempois[5], et pluiseur aultre bon escuier et homme d'armes,
dont ce fu damages, et pris messires Jehans de Sorre,
messires Daniaus Bleze, messires Rasses de Monchiaus, messires Loeis de Jupeleu[6] et pluiseur aultre.
Et retourna au mieus qu'il peut messires Guillaumes
de Bailluel, qui se sauva, quoi qu'il y perdesist assés
des siens.

D'autre part, messires Wauflars de le Crois, qui s'estoit boutés et repus entre marès et rosiaus, et se cuidoit
là tenir jusques à le nuit, fu perceus d'aucuns compagnons qui chevauçoient sus ces marès et voloient de
leurs oisiaus[7], et estoient au signeur de Saint Venant[8] ;
si fisent si grant noise et si grant bruit que messires
Wauflars issi hors, tous desconfis, et se vint rendre à
yaus. Il le prisent et le ramenèrent en l'ost, et le delivrèrent à leur mestre, qui le tint un jour tout entier en

---

1. Une des deux fourrures représentées sur le blason, composée de petites pièces en forme de clochetons, disposées tête-bêche sur des lignes horizontales. **2.** « Chevrons », la pointe en haut. **3.** « Rouge » (blason). **4.** Jean le Bel écrit à cet endroit dans son texte : « messire Gautier de Pourelach, de la conté de Namur » (JB, I, 201). **5.** Guillaume de Pipenpoy (KL, XXII, 361). **6.** Louis de Juppeleu était le quatrième fils de Gauthier de Juppeleu, avoué de Mehaigne et gouverneur du comté de Namur (KL, XXII, 12). **7.** « Chassaient avec leurs oiseaux de proie ».
8. Robert de Wavrin, seigneur de Saint-Venant, sénéchal de Flandre.

son logeis, et l'euist volentiers sauvé, se il peuist, par cause de pité, car bien sçavoit qu'il estoit pris sus le teste. Mès il fu accusés, car les nouvelles vinrent au roy de France de le besongne, comment elle avoit alé, et de monsigneur Robert de Bailluel, qui avoit ruet jus son frère et les Haynuiers, et ossi de monsigneur Waufflart de le Crois, qui avoit esté pris, où et comment. Pour quoi li rois en volt avoir le cognissance. Se li fu rendus li dis messires Wauflars, qui eut moult mal finet[1] ; car li dis rois, pour tant qu'il li avoient delivret le conte de Sallebrin et le conte de Sufforch, leur rendi monsigneur Waufflart, qui grant temps les avoit guerriiés[2]. Dont cil de Lille furent moult joiant, pour tant qu'il leur avoit esté grans ennemis ; et le fisent depuis morir en leur ville ; onques n'en veurent prendre nulle raençon.

§ 127. De l'avenue[3] monsigneur Robert de Bailluel et des Liegois qui avoient ruet jus les Haynuiers, fu li rois Phelippes tous joians, et en loa grandement tous chiaus qui y avoient estet. D'autre part, li contes de Haynau et chil qui leurs amis avoient perdus, en furent tout courouciet, et ce fu bien raisons. Or avint, assés tost aprèss que ceste chevaucie dessus ditte fu avenue, li contes de Haynau, messires Jehans de Haynau, ses oncles, messires Gerars de Wercin, seneschaus de Haynau, et bien six cens lances de Haynuiers et d'Alemans se departirent dou siège de Tournay, et s'en vinrent devant Mortagne[4]. Et manda li dis contes à chiaus de Valenchiènes qu'il venissent d'aultre part, et se mesissent entre le Scarp et l'Escaut, pour assallir le ville ; liquel y vinrent en grant estoffe, et fisent achariier et amener grans engiens, pour jetter à le ville.

---

1. « Qui eut une très mauvaise fin ». 2. « Qui leur avait fait la guerre depuis longtemps ». 3. « Rencontre ». 4. Le château de Mortagne, bâti au confluent de l'Escaut et de la Scarpe, était la résidence habituelle des châtelains de Tournai ; il fut cédé en 1313 avec la châtellenie de Tournai à Philippe le Bel.

Les Hainuyers attaquent Mortagne

Or vous di que li sires de Biaugeu[1], qui estoit dedens et chapitainne de Mortagne, et uns moult sages guerroiières, s'estoit bien doubtés de ces assaus, pour tant que Mortagne siet si priès de l'Escaut et de Haynau, et de tous costés. Et avoit fait piloter[2] le ditte rivière d'Escaut, à fin que on n'i peuist naviier[3] ; et y pooit avoir, par droit compte, plus de douze cens pilos[4]. Pour ce ne demora mies que li contes de Haynau et li Haynuier n'i venissent de l'un des costés, et cil de Valenciènes de l'autre. Si se ordonnèrent et appareillièrent et sans delay pour assallir. Et fisent li Valenciennois tous leurs arbalestriers traire avant et approcier les barrières ; mais il y avoit si grant trenceis de fossés[5] qu'il n'i pooient avenir. Lors s'avisèrent li aucun qu'il passeroient oultre le Scarp, comment qu'il fust[6], au desous de Chastiaus l'Abbeye[7], et venroient au lés devers Saint Amand[8], et feroient assaut à le porte qui oevre devers Maude[9]. Si passèrent aucun compagnon volentrieu et armerés[10], et fisent tant qu'il furent oultre le rivière, ensi que proposet avoient ; et furent bien quatre cens tout able et legier et en grant volenté de bien faire le besongne.

Ensi fu Mortagne environnée, à trois portes, des Haynuiers, et tous près de l'assallir. Mais au plus foible des costés, c'estoit devers Maude, si y faisoit il fort assés[11]. Toutesfois, li sires de Biaugeu vint celle part, trop bien pourveus dou deffendre, car bien savoit que d'autre part il n'avoit que faire ; et tenoit un glave[12] roit et fort à un lonch fer bien aceret, et desous ce fier

---

1. Jean de Vienne, et non Édouard de Beaujeu, fut capitaine de Mortagne, du 29 octobre 1339 au 1er octobre 1340 (SHF, II, xxvii n1). 2. « Enfoncer des pilots ». 3. « Naviguer ». 4. « Grands pieux ». 5. « Tranchées ». 6. « De quelque façon que ce fût ». 7. Château-l'Abbaye, Nord, arr. Valenciennes, c. Saint-Amand-les-Eaux. 8. Aujourd'hui Saint-Amand-les-Eaux, sur la rive gauche de la Scarpe, affluent de la rive gauche de l'Escaut. 9. Maulde, Nord, arr. Valenciennes, c. Saint-Amand-les-Eaux. 10. « Qui avaient le goût des armes ». 11. « Et là il était bien difficile de défendre ». 12. « Lance ».

avoit un havet agut et prendant : siques, quant il avoit lanciet et il pooit sachier[1], en fichant le havet en plates[2] ou en haubregon[3] dont on estoit armet, il convenoit c'on en venist ou c'on fust reversé en l'aigue. Par ceste manière, en atrapa il et noia ce jour plus de une dousainne. Et fu à celle porte li assaus plus grans que nulle part. Et riens n'en savoit li contes de Haynau, qui estoit au lés devers Brifuel[4], tout rengiet sus le rivage de l'Escaut.

Et avisèrent là li signeur entre yaus voie[5] et engien[6] comment on poroit tous les pilos, dont on avoit piloté l'Escaut, oster et traire hors par force ou par soubtilité, par quoi on peuist nagier jusques as murs. Si avisèrent et ordonnèrent à faire en une grosse nef un engien[7], qui tous les attrairoit hors l'un après l'autre. Dont furent carpentier mandet et mis en œuvre, et li dis engiens fais en une nef. Ossi ce meisme jour, levèrent cil de Valencènes à leur costet un très biel engien et bien gettant, qui portoit grosses pières jusques dedens le ville et au chastiel, et travilloit[8] durement chiaus de Mortagne. Ensi passèrent ce premier jour et le nuit ensiewant, en assallant, avisant et devisant comment il poroient grever Mortagne ; et lendemain se traisent à l'assaut de tous costés. Encores n'estoit point le second jour fais li engiens qui devoit traire les pillos hors. Mais li engiens de chiaus de Valencènes jettoit ouniement[9] à chiaus de Mortagne.

§ 128. Le tierch jour apriès, fu la nef toute ordonnée et abillie[10], et li engiens dedens assis et aparilliés, pour traire hors les pillos. Lors commencièrent a aler cil qui s'en ensonnioient au dessus dou pilotis, et emprisent

---

1. « Tirer ». **2.** Armure faite de plaques d'acier, par opposition à la cotte de mailles. **3.** Petit haubert sans coiffe, porté par les écuyers et archers. **4.** Briffœuil, aujourd'hui hameau de Wasmes-Audemez, Belgique, prov. Hainaut, arr. Tournai, c. Péruwelz. **5.** « Moyen ». **6.** « Stratagème ». **7.** « Machine de guerre ». **8.** « Faisait souffrir ». **9.** « Continuellement ». **10.** « Préparée ».

à[1] ouvrer, si com commandé leur fu. Si s'afficièrent[2] à oster et à traire hors les pilos, dont il y avoit semés en l'Escaut grant fuison ; mais tant de painne et de labeur eurent, anchois qu'il en peuissent avoir un que merveilles fu à penser. Si regardèrent et considerèrent li signeur que jamais il n'aroient fait ; si commandèrent à cesser cest ouvrage.

D'autre part, il y avoit dedens Mortagne un mestre engigneour qui avisa et considera l'engien de chiaus de Valenchiennes, et comment il grevoit leur forterèce. Si en leva un ou chastiel, qui n'estoit mies trop grans, et l'attempra[3] bien et à point, et ne le fist jetter que trois fois, dont la première pierre chei à douze apas[4] priès de l'engien de Valenciennes, la seconde au piet de le huge[5], et la tierce pière fu si bien apointie[6] que elle feri l'engien parmi le flèche[7] et le rompi en deux moitiés. Adonc fu grande li huée[8] des saudoiiers de Mortagne. Et chil de Valenchiènes furent tout esbahi de leur engien qui estoit rompus ou moilon[9], et le alèrent regarder à grant merveilles.

§ 129. Ensi furent li Haynuier devant Mortagne deux nuis et trois jours que riens n'i conquisent. Si eut li dis contes de Haynau et messires Jehans ses oncles avis et volenté de retraire au siège de Tournay ; et donnèrent congiet à chiaus de Valenchiennes de retourner en leur ville. Ensi se departi ceste assamblée. Li Valencienois se retraisent arrière en Valeciènes, et li contes et li chevalier s'en revinrent en l'ost devant Tournay, et se tinrent là environ trois jours. Et puis fist li contes une priière as compagnons pour amener devant Saint Amand, car les plaintes estoient venues à lui que li saudoiier de Saint Amand avoient arse l'abbeye de Hanon[10], et s'estoient

---

1. « Se mirent à ». 2. « S'obstinèrent ». 3. « Régla ». 4. « Pas ». 5. Caisse renfermant les munitions d'une machine de guerre. 6. « Dirigée ». 7. La tige principale d'un lance-pierre. 8. « Clameur ». 9. « Milieu » (voir KL, XIX, 304). 10. L'abbaye de Hasnon, de l'ordre de Saint-Benoît, fut fondée au VIIe siècle.

mis en painne d'ardoir Vicongne[1], et avoient fait pluiseurs despis[2] as frontières de Haynau, pour quoi li dis contes voloit contrevengier ces fourfaitures. Si se parti dou dit siège de Tournay à bien trois mille combatans, et s'en vint à Saint Amand, qui adonc n'estoit fremée que de palis. Bien avoient li saudoiier, qui estoient dedens, entendu que li contes de Haynau les venroit veoir, mès il s'estoient si glorefiiet en leur orguel qu'il n'en faisoient nul conte. À ce donc estoit gardiiens et chapitainne de Saint Amand uns bons chevaliers de le langue d'och, nommés li seneschaus de Carcassonne[3], liquelz avoit bien imaginet et consideret le force de le ville. Si en avoit dit son avis as monnes[4], et à chiaus qui estoient demoret pour garder l'abbeye et le ville. Et disoit bien que ce n'estoit pas une forterèce tenable contre une host, non qu'il s'en volsist partir, mès demorer et garder à son loyal pooir ; mais il le disoit par manière de conseil. Li parole dou chevalier ne fu mies oye ne creue bien à point dont il leur mesvint, si com vous orés chi après. Toutesfois, par son enhort, il avoit fait de lonch temps les plus riches jeuiaus[5] de l'abbeye et de le ville widier et porter à Mortagne à sauveté, et là aler l'abbet et tous les monnes, qui n'estoient tailliet de yaus deffendre.

Cil de Valenchiènes, qui avoient estet mandé dou conte leur signeur qu'il fuissent à un certain jour devant le ville de Saint Amand, et il seroit à l'autre lés, vinrent, ensi que commandé leur fu, en très bon convenant, et estoient bien douze mille combatans. Sitost qu'il furent venu devant Saint Amant, il s'i logièrent et misent en bonne ordenance, et puis eurent conseil d'aler assallir. Si fisent armer tous leurs arba-

---

1. Une abbaye fondée au début du XIIe siècle sur le territoire de Raismes (à un km au sud-est de Saint-Amand). 2. « Affronts ». 3. Jean, sire de Wastines fut établi gardien de Saint-Amand, du 23 octobre 1339 au 1er octobre 1340. Le sénéchal de Carcassonne, capitaine de la garnison, s'appelait Jean de la Roche ; seigneur de Castanet (Haute-Garonne), il était marié à Guillemine de Roussillon. 4. « Moines ». 5. « Joyaux ».

lestriers, et puis traire vers le pont de Scarp. Là commença li assaus durs et fiers et perilleus durement, et en y eut pluiseurs bleciés et navrés, d'un lés et d'aultre. Et dura cilz assaulz tout le jour, que onques cil de Valenciennes n'i peurent riens fourfaire[1] ; mais en y eut des mors et des navrés grant fuison des leurs. Et leur disoient li saudoiier et li bidau qui laiens estoient, par manière de reproce : « Alés boire vostre goudale[2], alés ! » Quant ce vint au soir, cil de Valenciènes se retraisent tout lasset, et furent moult esmervilliet de ce qu'il n'avoient oy nulle nouvelle dou conte leur signeur ; si eurent avis qu'il se deslogeroient et retourroient[3] viers Valenciennes ; si fisent tout tourser, et se retraiirent, che meisme soir, en leur ville.

À lendemain au matin que cil de Valenciènes se furent retret, li contes de Haynau se parti dou siège de Tournay, si com dessus est dit, à grant compagnie de gens d'armes, de banières et de pennons, et s'en vint devant Saint Amand, au lés par devers Mortagne. Si tost qu'il furent venu, il se traisent à l'assaut, et là eut moult fort assaut et moult dur. Et gaegnièrent li Haynuier, de venue[4], les premières bailles, et vinrent jusques à le porte qui oevre devers Mortagne. Là estoient tout premier et devant à l'assaut li contes de Haynau et li sires de Byaumont ses oncles, et assalloient de grant corage et sans yaus espargnier ; de quoi il leur en fu priès mesavenu, car il furent tout doi si dur rencontré de deux pières jettées d'amont qu'il en eurent leurs bachinès effondrés et les tiestes toutes estonnées.

Adonc fu là qui dist : « Sire, sire, à cel endroit chi ne les arions nous jamès, car la porte est forte et la voie estroite ; si cousteroit trop des vostres au conquerre. Mais faites aporter des grans mairiens, ouvrés à manière de pillos[5], et hurter[6] as murs de l'abbeye ; nous vous certefions que de force on le per-

---

1. « Faire du mal ». 2. « Bière » (anglais : *good ale*). 3. « Retourneraient ». 4. « Au premier abord ». 5. « Employez-les comme de gros pieux ». 6. « Heurter ».

tuisera[1] en pluiseurs lieus. Et se nous sommes en l'abbeye, la ville est nostre, car il n'i a nul entredeus[2] entre la ville et l'abbeye. » Dont commanda li dis contes que on fesist ensi que pour le mieulz on li consilloit, et pour le plus tost prendre. Si quist on grans baus de chesnes, et puis furent tantost ouvré et aguisié devant ; et si s'acompagnoient à un pillot yaus vint ou yaus trente[3], et s'escueilloient[4] et puis boutoient de grant randon[5] contre le mur ; et tant boutèrent et si vertueusement[6] qu'il pertuisièrent le mur de l'abbeye et rompirent en pluiseurs lieus, et entrèrent ens abandonneement[7], et passèrent une petite rivière qui là est, et s'en vinrent sans contredit[8] jusques à une place, qui est devant le moustier, où li marchiés est de pluiseurs coses.

Et là estoit li dis seneschaus de Carcassonne en bon convenant, sa banière devant lui, qui estoit de geules à un chief d'argent, à deux demi kievirons ou chief, et estoit à une bordure d'asur endentée[9]. Là dalés lui s'estoient recueilliet pluiseur compagnon de son pays, qui assés hardiement rechurent les Haynuiers, et se combatirent vaillamment, tant qu'il peurent. Mès leur deffense ne leur valli noient[10], car Haynuier y sourvinrent à trop grant fuison. Et vous di encores, pour tout ramentevoir, à entrer de premiers dedens l'abbeye, il y avoit un monne que on appelloit dan Froissart[11]. Chilz y fist merveilles, et en occist que mehagna[12], au devant d'un pertuis où il se tenoit, plus de dix huit ; et n'osoit nulz entrer par le lieu qu'il gardoit. Mais finabiement il le convint partir, que Haynuier[13] entroient en l'ab-

---

1. « Percera ».   2. « Espace ».   3. « Et puis 20 ou 30 d'eux mettaient leur force en commun sur un même pieu ».   4. « Se lançaient ».   5. « Avec grande force ».   6. « Vigoureusement ».   7. « Librement ».   8. « Sans résistance ».   9. L'écusson est rouge ; une bande horizontale occupant le tiers supérieur de celui-ci porte deux demi-chevrons d'argent (ou blanche) ; l'ensemble est entouré d'une bordure bleue endentée.   10. « Néant », « rien ».   11. Celle-ci est la seule rédaction qui rapporte cet épisode (KL, XXI, 384).   12. « Il en tua ou blessa ».   13. « Car les Hainuyers ».

beye, et avoient pertuisiet le mur en pluiseurs lieus. Si se sauva li dis monnes, au mieus qu'il peut, et fist tant qu'il vint à Mortagne.

§ 130. Quant li contes de Haynau et messires Jehans de Haynau, ses oncles, et li chevalerie de Haynau furent entré en l'abbeye, ensi que vous avés oy, si commanda li dis contes que on mesist tout à l'espée, sans nullui prendre à merci, tant estoit il courouciés sus chiaus de Saint Amand, pour les despis qu'il avoient fais à son pays. Si fu la ditte ville moult tost emplie[1] de gens d'armes ; et bidaus et Genevois, qui là estoient, encauciet et quis[2] de rue en rue, et d'ostel en hostel. Peu en escapèrent qu'il ne fuissent mort et occis, car nuls n'estoit pris à merci. Meismes, li senescaus de Carcassonne y fu occis desous sa banière, et plus de deux cens hommes, environ lui que assés priès. Ensi fu Saint Amand destruite[3]. Et retourna li contes, ce propre soir, devant Tournay. Et lendemain, les gens d'armes de Valenciènes et la communauté vinrent à Saint Amand, et parardirent le ville et toute l'abbeye et le grant moustier, et brisièrent toutes les cloches, dont ce fu damages, car il en y avoit moult de bonnes et de melodieuses, et si ne lor vint à nul profit qui à compter face[4].

Apriès le destruction de Saint Amand, li contes de Haynau, qui trop durement avoit pris ceste guerre à coer, et qui estoit plus aigres[5] que nulz des aultres, se departi dou siège de Tournay, en se route environ six cens armeures de fier, et s'en vint ardoir Orchies[6] et Landas[7] et le Celle[8], et grant fuison de villages là environ ; et puis passa et toute se route la rivière de Scarp au desous de Hanon, et entrèrent en France, et vinrent

---

1. « Remplie ».   2. « Cherchés ».   3. Guillaume II de Hainaut détruisit Saint-Amant le premier août 1340.   4. « Qui soit digne de mention ».   5. « Ardent ».   6. Guillaume II de Hainaut détruisit Orchies le 4 août 1340.   7. Landas, canton d'Orchies, arr. de Douay.   8. Lecelles, commune sur la rive gauche de l'Escaut, au nord-ouest de Saint-Amand, arr. de Valenciennes.

à Marchiennes[1], une grosse et riche abbeye, dont messires Amés de Warnans[2] estoit chapitainne, et avoit avoecques lui une partie des arbalestriers de Douay. Là eut grant assaut, car li dis chevaliers avoit durement fortefiiet le porte de l'abbeye, qui estoit toute enclose et environnée de fossés grans et parfons. Et se deffendirent li François et li monne qui dedens estoient moult vassaument ; mais finablement il ne peurent durer contre tant de gent d'armes, car il quisent et fissent tant qu'il eurent des batiaus et les misent en l'aigue, et entrèrent par celle manière en l'abbeye. Mais il y eut mort et noiiet un chevalier alemant, compagnon au signeur de Faukemont, qui s'appelloit messires Bacho de le Wière, dont li sires de Faukemont fu moult courouciés, mais amender ne le peut. À l'assaut de le porte où messires Amés de Warnans se tenoit, furent moult bon chevalier li contes de Haynau et messires de Byaumont, ses oncles, et li seneschaus de Haynau ; et fisent tant finablement que la porte fu conquise, et li chevaliers qui le gardoit pris, et mort et occis li plus grant partie des aultres. Et furent pris ossi pluiseur des monnes, qui laiens furent trouvet, et toute la ditte abbeye robée et pillie, et puis arse et destruite, et la ville ossi. Et quant il eurent fait leur emprise, li contes et toutes ces gens d'armes, qui furent à le destruction de Marciènes et en ceste chevaucie s'en retournèrent au siège devant Tournay[3].

§ 131. Li sièges qui fu devant Tournay fu grans et lons et bien tenus ; et moult y eut li rois englès grant fuison de bonnes gens d'armes. Et se s'i tenoit li dis

---

1. L'abbaye de Marchiennes, Nord, arr. Douai, sur la rive gauche de la Scarpe et de la Rache et sur la route de Bouchain à Orchies, abbaye de bénédictins dans le diocèse d'Arras.   2. Jean de Mortagne, seigneur de Landas, chevalier bachelier, capitaine de Marchiennes du 28 octobre 1339 (dispersion de l'ost de Buironfosse) au 27 septembre 1340 (dispersion de l'ost de Bouvines). 3. Guillaume II de Hainaut ravagea Marchiennes et Saint-Martin de Tournai le 12 et le 13 août 1340 (Lucas, 412).

rois volentiers, car bien le pensoit à conquerre, pour tant qu'il savoit bien qu'il y avoit dedens grant fuison de gens d'armes et assés escarcement de vivres[1] ; si les supposoit bien à afamer et avoir par force de famine. Mais li aucun dient et maintiènent qu'il trouvèrent moult de courtoisies en chiaus de Braibant, et qu'il souffrirent par pluiseurs fois à laissier passer parmi leur host vivre assés largement pour mener dedens Tournay, dont il furent bien conforté. Avoech tout ce, cil de Brousselles et cil de Louvaing, qui estoient tout tanet de là tant seoir et demorer, fisent une requeste au mareschal de l'host que il se peuissent partir et retraire en Braibant, car trop avoient là demoret à peu de fait. Li mareschaus qui vey bien que la requeste n'estoit point honnourable ne raisonnable, leur respondi que c'estoit bien ses grés, mais il leur convenoit mettre jus leurs armeures. Li dessus dit furent tout honteus ; si se souffirirent atant et n'en parlèrent onques depuis.

Or vous recorderons d'une chevaucie des Alemans, qui fu faite devant Tournay, à ce meisme pont de Tressin où messires Robers de Bailluel et li Liegois avoient desconfit les Haynuiers. Li sires de Randerodène[2] et messires Ernoulz de Randerodène[3], ses filz, adonc escuiers, et messires Jehans de Hodebourch[4] ossi adonc escuiers et mestres dou fil au signeur de Randerodène, messires Ernoulz de Bakehen, messires Renauls de Sconnevort, messires Conrars de Leusennich, messires Conrars d'Asko[5], messires Bastiiens de Barsies et Caudreliers ses frères et messires Stramen de Venoue[6] et pluiseur aultre de le ducé de Jullers et de Guerles avoient pris en grant virgongne[7] che que li Haynuier avoient esté ensi rencontret ; si parlementèrent dou soir et s'acordèrent à chevaucier le matin au pont à Tressin. Si se armèrent et ordonnèrent de le nuit

---

1. « Et grande privation de vivres ». 2. Louis de Randenrode, feudataire de Jean III, duc de Brabant. 3. Arnould de Randenrode. 4. Écuyer et maître du fils du sire de Randenrode (KL, XXI, 560). 5. Conrart d'Esch (KL, XXI, 150). 6. Voir KL, XXIII, 239-240. 7. « Honte ».

bien et faiticement, et se partirent sus l'ajournée. Et ossi se misent avoech yaus en leur chevaucie aucun baceler de Haynau, qui point n'avoient esté à l'autre dessus ditte, telz que messires Florens de Biaurieu[1], messires Baras de le Haie[2], marescal de l'host, monsigneur Jehan de Haynau, messires Oulphars de Gistelles, messires Robers de Glennes de le conté de Los[3], adonc escuier et au corps monsigneur Jehan de Haynau, et pluiseur aultre. Si chevaucièrent chil chevalier et chil compagnon dessus nommé bellement et sagement ; et estoient bien trois cens ou plus, toutes bonnes armeures de fier ; et vinrent droit au pont à Tressin, droit au point dou jour, et le passèrent oultre sans damage. Et quant il furent par de delà, ilz se avisèrent et consillièrent ensamble comment il s'ordonneroient, pour le mieulz, et à leur honneur, resvillier et escarmucier l'ost de France. Là furent ordonné li sires de Randerodène et Ernouls ses filz et messires Henris de Keukeren[4], uns chevaliers miesenaires[5], et messires Thielemans de Sansi, messires Oulphars de Ghistelles, et messires li Alemans, bastars de Haynau[6], et messires Robers de Glennes, adonc escuier, et Jakelos de Thians, à estre coureur et chevauceur jusques as tentes et logeis des François. Et tout li aultre chevalier et escuier, qui bien estoient trois cens, devoient demorer au pont et garder le passage, pour le deffendre as aventures des sourvenans[7]. Ensi et sus cel estat, se partirent li coureur, qui pooient estre quarante lances, très bien

---

1. Voir KL, XX, 298-299.   **2.** Guillaume Barat de la Haye (KL, XXI, 335-6).   **3.** Robert de Gelinden (un village de Limbourg à six km de Saint-Trond (KL, XXI, 400). Comté de Looz   **4.** Henri de Keukeren (KL, XXII, 14).   **5.** Du pays de Misnie (?) : KL, XIX, 302. Voir aussi au § 133 : *Messines*, petite ville de la Flandre-Occidentale où l'on fabriquait des draps au XIVe siècle (KL, XXV, 73).   **6.** Allemand, le bâtard de Hainaut. Fils naturel de Guillaume, comte de Hainaut. Grand bailli de Hainaut de 1368 à 1372 († 1389).   **7.** « Pour le défendre contre le danger de ceux qui pourraient arriver à l'improviste ».

Les Français repoussent les agresseurs   327

monté sus fleurs[1] de roncins et de gros coursiers[2], et chevaucièrent de premiers tout bellement tant qu'il vinrent en l'ost le roy de France. Dont se boutèrent il ens de plains eslais[3], et commenchièrent à decoper cordes et paissons[4], et à abatre et reverser tentes et trés[5], et à faire un très grant desroy, et François à yaus estourmir.

Celle nuit avoient fait le gait doi grant baron de France, li sires de Montmorensi[6] et li sires de Saint Saufliu[7] ; et estoient, à ceste heure que li Alemant vinrent, encores à leur garde. Quant il oïrent le noise et entendirent l'effroi, si tournèrent celle part leurs banières et leurs gens, et chevaucièrent fort et roit sus les coureurs qui leur host avoient estourmi. Et quant li sires de Randerodène les vei venir, il tourna sus frain[8] tout sagement, et fist chevaucier son pennon et ses compagnons, pour revenir au pont à leur grosse route, et li François aprièss. En celle cace là eut bon coureis[9], car li Alemant se hastoient pour revenir au dit pont, et li François ossi pour yaus retenir. En celle cace fu pris et retenus des François messires Oulphars de Ghistelles, qui ne se sceut ne peut garder à point, car li chevaliers avoit court vue ; si fu enclos de ses ennemis, par trop demorer derrière, et fianciés prisons ; et ossi doi escuier, dont on nommoit l'un Jehan de Mondorp, et l'autre Jakelot de Thians. Li François et leur route chevauçoient d'un lés, et li coureur alemant d'autre ; et estoient environ demi bonnier[10] priès li un de l'autre,

---

1. Le meilleur d'une chose ou d'une catégorie.   2. Cheval apte à la course.   3. « Au grand galop ».   4. « Piquets ».   5. « Pavillons ».   6. « Charles, fils aîné de Jean de Montmorency et de Jeanne de Calletot, conseiller et chambellan du roi et panetier de France. Il devint maréchal de France en 1343/1344 et fut un des parrains de Charles VI († 11 septembre 1381).   7. Un certain Herpin de Saint-Saufflieu fut armé chevalier au camp de Bouvines, le 23 mai 1340. Mais Froissart désigne ici, sans doute, Rogue, sire de Hangest, oncle par mariage de Charles de Montmorency (SHF, II, xxix-xxx).   8. « Fit changer de direction son cheval ».   9. « Course ».   10. « Mesure agraire, plus grande que l'hectare ». Ce terme qui s'applique à la mesure d'une surface de terre peut apparemment, d'après ce passage, désigner une mesure de distance.

et tant qu'il se pooient bien recognoistre et entendre de leurs langages. Et disoient li François as Alemans : « Ha ! ha ! signeur, vous n'en irés pas ensi ! » Si se hastoient pour prendre le pont, et pas ne savoient de le grosse embusce qui estoit au pont, de monsigneur Renault de Sconnevort et des aultres : siques il fu dit au signeur de Randerodène : « Sire, sire, avisés vous, car il nous samble que chil François nous torront le pont. » Donc respondi li sires de Randerodène et dist : « Se il scèvent un chemin, j'en sçai un aultre. » Adonc se retourna sus destre et se route, et prisent un chemin assés froiiet[1] qui les mena droit à celle petite rivière dessus ditte, qui est si noire et si parfonde et si environnée de grans marès. Et quant il furent là venu, se ne peurent il passer, mès les convint retourner devers le pont. Et toutdis chevauçoient li François les grans galos devers le pont, qui cuidoient ces coureurs alemans enclore et prendre, ensi qu'il avoient jà pris de leurs compagnons. Et par especial moult y metoit li sires de Montmorensi grant entente.

§ 132. Quant li François eurent tant chevauciet qu'il furent priès au pont, et il veirent le grosse embusce, qui là estoit au devant dou pont, toute armée et ordonnée, et qui les attendoit en très bon convenant, si furent tout esmervilliet. Et disent entre yaus li aucun qui regardèrent le manière : « Nous caçons trop folement ; de legier porons plus perdre que gaegnier. » Dont retournèrent li pluiseur et par especial li banière[2] le signeur de Saint Saufliu et li sires ossi. Et messires Charles de Montmorensi et se banière chevauça toutdis avant et ne volt onques reculer, mès s'en vint de grant corage assambler as Alemans, et li Alemant à lui et à ses gens. Là y eut, de premières venues, durs encontres et fortes joustes, et tamaint homme reversé d'un lés et d'autre. Ensi qu'il assambloient, li coureur dessus nommet, qui costiiet les avoient, s'en vinrent ferir sus

---
1. « Frayé ». 2. « Compagnie rangée sous une bannière ».

Le seigneur de Montmorency prisonnier 329

èle[1], et se boutèrent ens de plains eslais et de grant volenté. Et ossi li François les rechurent moult bien.

Or vous dirai de une grant apertise d'armes et d'un grant avis[2], dont messires Renaulz de Sconnevort usa à l'assambler, et c'on doit bien tenir et recommender[3] à sage fait d'armes. Ilz qui estoit adonc en le fleur de se jonèce, fors chevaliers et rades durement, bien armés et bien montés pour le journée, s'en vint assambler à le banière le signeur de Montmorensi qu'il recogneut assés bien ; et s'avisa qu'il s'en venroit esprouver à celui qui estoit li plus proçains de le banière, car il pensoit bien que c'estoit li sires. Ensi qu'il jetta son avis[4] il le fist, et feri son coursier des esporons, et passa par force le route, et s'en vint au signeur de Montmorensi, qui estoit desous sa banière, bien montés sus bon coursier ; et le trouva en bon convenant, l'espée ou poing, et combatant à tous lés, car il estoit ossi fors chevaliers et grans durement. Et li vint li sires de Sconnevort sus destre, et bouta[5] son brach senestre ou frain de son coursier, et puis feri le sien des esporons, en lui tirant hors de le bataille, comme vistes[6] et fors chevaliers. Li sires de Montmorensi, qui bien se donna à garde de ce tour, se prist à deffendre vassaument, comme fors et hardis chevaliers, pour lui delivrer de ce peril et des mains le signeur de Sconnevort ; et feroit à main tas[7] de sen espée sus le bacinet et sus le dos le signeur de Sconnevort. Mais li sires de Sconnevort, qui bien estoit armés et montés, brisoit à le fois les cops, à le fois et les recevoit moult vassaument[8] ; et tant fist par son effort, vosist ou non li sires de Montmorensi, que il le creanta à prisonnier[9], et demora ses prisons.

Et li aultre se combatoient de toutes pars. Et là furent bon chevalier messires Ernoulz de Randerodène, messires de Keukeren, messires Thielemans de Sansi, messires Bastiiens de Barsies et Caudreliers ses frères,

---

1. « Aile ». **2.** « Résolution », « décision ». **3.** « Estimer ». **4.** « Proposa ». **5.** « Poussa ». **6.** « Agile ». **7.** « À coups répétés ». **8.** « Tantôt, très vaillamment, résistait à ses coups, tantôt les recevait ». **9.** « Il le fit prisonnier sur parole ».

messires Robers de Glennes, et prist un homme
d'armes en bon convenant, qui s'armoit de geules à
trois fauls[1] d'or. Et fisent adonc tant li Alemant et leur
route que il obtinrent le place, et prisent bien quatre
vingt prisonniers, tous gentilz hommes, desous le
banière monsigneur Charle de Montmorensi ; et rapassèrent le pont sans damage, et vinrent en l'ost devant
Tournay ; et rala cescuns devers se partie ; et se desarmèrent et puis alèrent veoir les signeurs, dont il furent
bien conjoy, le conte de Haynau et monsigneur son
oncle.

§ 133. De le prise monsigneur Charle de Montmorensi furent li François moult courouciet, mès amender
ne le peurent. Tant comme adonc, ceste cose passa,
li sièges se tint ; li prisonnier se ranchonnèrent et se
delivrèrent au plus tost qu'il peurent. Or vous conterons de une aventure qu'il avint as Flamens que messires Robers d'Artois et messires Henris de Flandres
gouvrenoient, dont il en y avoit plus de soixante mille
de le ville d'Ippre, de Popringhe, de Messines[2], de
Cassiel et de le chastelerie de Berghes[3]. Et se tenoient
tout cil Flamench, dont li dessus dit estoient chief, ou
val de Cassiel, logiés as tentes et as trés, et à grant
arroi, pour contrester[4] contre les garnisons françoises
que li rois Phelippes avoit envoiies à Saint Omer, à
Aire, à Saint Venant, et ens ès villes et forterèces voisines. Et se tenoient dedens Saint Omer, de par le roy
de France, li contes, daufins d'Auvergne[5], li sires de
Merquel[6], li sires de Calençon[7], li sires de Montagut[8],

---

1. « Faux ». **2.** Petite ville de Belgique (Flandre-Occidentale, arr. Ypres), où l'on fabriquait des draps au XIVe siècle.
3. Nord, arr. Dunkerque. **4.** « Tenir contre ». **5.** Jean,
comte de Clermont et dauphin d'Auvergne, qui épousa Anne de
Poitiers, fille du comte de Valentinois. **6.** Béraud de Clermont,
sire de Mercœur. **7.** Guillaume de Chalençon. La seigneurie de
Chalençon était dans le canton de Tournon (Ardèche).
8. Gilles ou Guillaume de Montaigu. Gilles Aycelin de Montaigu,
son père et archevêque de Rouen, avait célébré le mariage
d'Édouard II et d'Isabelle de France.

Français contre pillards flamands

li sires de Rocefort[1], li viscontes de Touwars[2], et pluiseur aultre chevalier d'Auvergne et de Limozin. Et dedens Aire et dedens Saint Venant en y avoit ossi grant fuison. Et issoient souvent hors et venoient escarmucier as Flamens ; si gaegnoient à le fois, et à le fois y perdoient.

Or avint un jour à ces Flamens que il s'en vinrent environ troi mille, tout legier et able compagnon, et s'avalèrent et issirent hors de leurs logeis pour venir hustiner[3] devant Saint Omer, et se boutèrent ens ès fourbours et brisièrent pluiseurs maisons, et entendirent telement au pillage qu'il desrobèrent tout ce qu'il trouvèrent. La noise et li effrois monta en le ville de Saint Omer. Dont s'armèrent moult vistement li signeur qui laiens estoient. Et ossi fisent toutes leurs gens, et se partirent par une aultre porte que par celle devant qui li Flamench estoient. Et pooient estre entours six banières[4] et deux cens bacinès[5], et environ cinq cens bidaus tout à piet. Et chevaucièrent tout au tour de le ville de Saint Omer, ensi qu'il avoient guides qui bien les savoient mener. Et vinrent tout à temps à ces Flamens qui s'ensonnioient de pillier et de rober tout ce qu'il trouvèrent en le ville de Arkes[6], qui est assés priès de le ville de Saint Omer ; et estoient laiens espars sans chapitainne et sans arroi. Evous les François soudainnement venus sus yaus, lances abaissies, banières desploiies, et en bon convenant de bataille, et en criant : « Clermont au dauffin d'Auvergne ! » Lors entrèrent en ces Flamens qui furent tout esbahi, quant si priès d'yaus il les veirent, et ne tinrent ordenance ne conroy nul ; mais fuirent cescuns qui mieus mieus, et jettèrent tout jus ce que pilliet et cargiet avoient, et prisent les camps ; et François apriès yaus, tuant et abatant par monciaus[7] et par tropiaus[8]. Et dura

---

1. Probablement Odilon de Rochefort, fils de Guigon de Rochefort. Il était issu de la maison de Rochefort, d'Auvergne.
2. Louis, vicomte de Thouars, fils de Jean Ier.   3. « Faire des incursions », « batailler ».   4. « Compagnies rangées sous une banière ».   5. « Soldats armés de casque et de cuirasse ».
6. Arques, Pas-de-Calais, arr. et c. Saint-Omer.   7. « Monceaux ».   8. « Troupeaux ».

ceste cace bien deux liewes[1]. Et en y eut bien mors des trois mille dix huit cens, et retenu quatre cens qui furent amenet en Saint Omer en prison[2].

§ 134. Quant li demorant qui escaper peurent, furent revenu devers leurs compagnons, si contèrent leur aventure as uns et as aultres. Et vinrent les nouvelles à leurs chapitainnes monsigneur Robert d'Artois et monsigneur Henri de Flandres[3], qui petit les en plaindirent, mais disent que c'estoit bien emploiiet[4], car sans conseil et sans commandement il y estoient alet.

Or avint celle meisme nuit à toute leur host generalment une mervilleuse aventure ; on n'oy onques, je croy, à parler ne recorder de si sauvage. Car, environ heure de mienuit que cil Flamench gisoient en leurs tentes et dormoient, uns si grans effrois et telz paours et hideurs les prist generalment en dormant, que tout se levèrent en si grant haste et en tel painne qu'il ne cuidièrent jamais à temps estre deslogiet ; et abatirent tantost tentes, trés et pavillons, et toursèrent tout sus leurs chars, en si grant haste que li uns n'attendoit point l'autre, et s'en fuioient tout, sans voie tenir[5] et sans conroy[6]. Et fu ensi dit à monsigneur Robert d'Artois et à monsigneur Henri de Flandres, qui dormoient en leurs logeis : « Chier signeur, levés vous sus bien tos et vous appareilliés, car vos gens s'enfuient et nulz ne les cace ; et ne scèvent à dire quel cose leur fault, ne qui les muet à fuir[7]. »

Adonc se levèrent li doi signeur en grant haste, et

---

1. « Lieue » (ancienne mesure itinéraire, environ 4 km).
2. Cette bataille devant Saint-Omer eut lieu le 26 juillet 1340. Pour une autre version circonstanciée de cette épisode, voir Jean le Bel et les autres rédactions de Froissart, mais surtout, les *Grandes Chroniques de France*, éd. Jules Viard (SHF), 1937, t. IX, 191ss. 3. Henri de Flandre, le plus jeune fils de Gui de Dampierre et de sa seconde femme, Isabelle de Luxembourg, était frère de Jean Ier, marquis de Namur. 4. « C'était bien fait ».
5. « Sans suivre les chemins ». 6. « En désordre ». 7. « Et ils ne savent dire quelle chose leur manque, ni ce qui les incite à fuir ».

fisent alumer feus et grant plenté de tortis, et montèrent sus leurs chevaus, et s'en vinrent au devant d'yaus, et leur disent : « Biau signeur, dittes nous quel cose il vous fault qui ensi fuiiés ? N'estes vous mies bien asseguret ? Retournés, retournés, ou nom de Dieu ! Vous avés grant tort, quant ensi fuiiés, et nulz ne vous cace. Mès quoi que ensi fuissent priiet ne requis d'arrester et de retourner, il n'en fisent compte, mais toutdis fuirent ; et prist çascuns le chemin vers sa maison, au plus droit qu'il peut. Et quant messires Robers d'Artois et messires Henris de Flandres veirent qu'il n'en aroient aultre cose, si fisent tourser tout leur harnois et mettre à voiture, et s'en vinrent au siège devant Tournay, et recordèrent as signeurs l'aventure des Flamens, dont on fu durement esmervilliet. Et disent li pluiseur qu'il avoient estet enfantosmet[1].

§ 135. Chilz sièges devant le cité de Tournay dura assés longement, onze sepmainnes trois jours mains[2]. Si poés bien croire et savoir qu'il y eut fais pluiseurs escarmuces et paletis, tant à assallir le cité, comme des chevaucies des compagnons bacelereus l'un sus l'autre. Mais dedens le cité de Tournay avoit très bonne et sage chevalerie envoiée en garnison de par le roy de France, si com dessus est dit, qui telement en songnièrent et en pensèrent que nulz damages ne s'i prist.

Or n'est riens, si com on dist, qui ne prende fin. On doit savoir que, ce siège pendant, madame Jehane de Valois, serour au roy de France et mère au conte Guillaume de Haynau, travilloit durement de l'une host en l'autre, à fin que pais ou respis fust entre ces parties, par quoi on se departesist sans bataille, car la bonne dame veoit là de deux costés toute le fleur et l'onneur de le chevalerie dou monde ; se veist trop à envis, pour les grans perilz qui en pooient avenir, que nulle bataille

---

1. « Ensorcelés ».   2. Le siège de Tournai dura du 1er août au 27 septembre 1340.

fust adrecie entre yaus. Et par pluiseurs fois la bonne dame en estoit cheue as piés le roy de France son frère, et li priiet que respis ou trettiés d'acort fust pris entre lui et le roy englès. Et quant la ditte dame avoit travilliet entre les signeurs de France, elle s'en revenoit à chiaus de l'Empire, especialment au duch de Braibant, au duc de Jullers, son fil, qui avoit sa fille, à monsigneur Jehan de Haynau ; et leur prioit que, pour Dieu et par pité, il volsissent entendre à aucun trettiet d'acort, et avoiier le roy d'Engleterre à çou qu'il y volsist descendre [1].

Tant ala et tant procura la bonne dame entre ces signeurs, avoech l'ayde et le conseil d'un gentil et sage chevalier, qui estoit moult bien de toutes les parties, messires Loeis d'Augimont [2], que une journée de traittement [3] fu acordée à lendemain, là où çascune des parties devoit envoiier quatre personnes souffissans [4], pour trettier toutes bonnes voies pour acorder les dittes parties, se il plaisoit à Dieu, et souffrance de trois jours que [5] li uns ne pooit ne devoit fourfaire sour l'autre. Et si se devoient assambler cil trettieur à une capelle [6], et la dessus ditte bonne dame avoecques. De le partie dou roy de France, y fu envoiiés Charles li roys de Behagne, Charles li contes d'Alençon, frères au dit roy, li evesques de Liège, li contes de Flandres et li contes d'Ermignach. De le partie le roy d'Engleterre, y furent envoiiet li dus de Braibant, li evesques de Lincolle, li dus de Guerles, li dus de Julers et messires Jehans de Haynau.

Quant il furent tout venu à la ditte capelle, il se saluèrent moult amiablement et festiièrent grandement, et aprièss il entrèrent en leur trettiement. Toute celle

---

1. « Et amener le roi d'Angleterre à ce qu'il veuille y consentir ». 2. Louis d'Agimont, fils d'Arnould de Loos, sire d'Agimont, et de Marguerite de Thines (KL, XX, 10). 3. « Négociation ». 4. « Habilitées ». 5. « Et suspension (d'armes) de trois jours, pendant lesquels... » 6. Il y a précisément une chapelle située à mi-chemin entre Esplechin et la ferme de Vison (prov. de Hainaut, à 9 km au sud de Tournai) (JB, I, 204).

première journée, cil trettieur trettièrent sour pluiseurs voies d'acort. Et toutdis estoit la bonne dame madame Jehane de Valois en mi yaus, qui moult humlement et de grant coer leur prioit que çascune partie se volsist priès prendre de l'acorder. Toutesvoies celle journée passa sans nul certain acord ; cescuns en rala en son lieu, sour convent de revenir. Lendemain, il revinrent tout à le capelle en tel point, et commencièrent à trettier com en devant, et cheirent sus aucunes voies assés acordables ; mès ce fu si tart que on ne les peut escrire de jour. Si se parti li parlemens adonc, et creanta cescuns de revenir là endroit à lendemain, pour parfaire et acorder le remanant. Au tierch jour, cil signeur revinrent à plus grant conseil. Là fu acordée une triewe à durer une anée entierement, et devoit entrer tantost entre ces signeurs et ces gens qui là estoient d'une part et d'autre ; et entre chiaus qui guerrioient en Escoce, en Gascogne, en Poito et en Saintonge, elle ne devoit entrer jusques à quarante jours. Dedens lesquelz quarante jours, cescune des parties le devoit faire savoir as siens, sans mal engien[1] : s'il les voloient tenir, se les tenissent ; et se tenir ne les voloient, si guerriaissent li uns l'autre. Mais France, Pikardie, Bourgongne, Bretagne et Normendie le tenoient sans nulle exception. Et devoient li doi roy dessus dit, cescuns pour lui et en bon convenant, envoiier quatre ou cinq nobles personnes, et li papes deux cardinaulz en legation en le cité d'Arras. Et ce que ces parties ordonneroient, li doi roi le tenroient et confremeroient sans nul moiien[2]. Et fu encores celle triewe presente acordée sus tèle condition que cescuns devoit tenir paisieuvlement ce dont il estoit saisis[3].

Quant celle triewe fu acordée et saielée d'une part et d'aultre, cescuns s'en retourna en son host. Si le fisent tantost criier par tout l'ost d'une part et d'autre,

---

1. « Sans artifice ». 2. « Directement ». 3. La trêve d'Esplechin (à 1 km de la frontière française, en face de Cysoing) fut signée le lundi 25 septembre 1340.

dont li Braibençon eurent grant joie, car il eurent là
logiet et esté un grant temps moult à envis. Qui lendemain, si tost que jours fu, peuist veoir tentes abatre,
chars chargier, gens fourhaster[1], emblaver[2] et toueillier[3], bien peuist dire : « Je voi un nouvel siècle. »

§ 136. Ensi com vous avés oy, se departirent ces
deux grans hos, par le traveil et le pourcach de celle
bonne dame, qui Diex face pardon, qui y rendi grant
painne. Et demora la bonne cité de Tournay francement
et entière, qui avoit esté en très grant peril, car toutes
leurs pourveances falloient, et n'en avoient mies pour
trois jours ou pour quatre à vivre. Li Braibençon se
prisent au raler hasteement, car grant desir en avoient.
Li rois englès s'en departi moult à envis, s'il peuist et
à se volenté en fust[4] ; mais il li convenoit sievir partie
de le volenté les aultres signeurs et croire leur conseil.
Li jones contes de Haynau et messires Jehans de Haynau, ses oncles, se fuissent ossi bien à envis acordés à
celle departie, s'il seuissent ossi bien le convenant de
chiaus qui estoient dedens Tournay que li rois de
France faisoit[5], et se ne fust ce que li dus de Braibant
leur avoit dit en secret qu'il detenoit à grant mesaise
ses Braibençons, et comment que fust, il ne les pooit
tenir qu'il ne se deuissent partir le jour ou lendemain,
se acors ne se faisoit.

Li rois de France et tous ses hos se departirent assés
liement, car il ne pooient bonnement plus demorer là
endroit, pour le puasine[6] des biestes que on tuoit si
priès de leurs logeis, et pour le chaut qu'il faisoit ; et
si pensoient en leur part à avoir l'onneur de celle partie, si com il disoient, pour le raison de ce que il
avoient rescousse[7] et gardée d'estre perdue le bonne
cité de Tournay, et avoient fait departir celle grande

---

1. « Se hâter à l'excès ». 2. « S'embarrasser ». 3. « S'agiter ». 4. « Le roi anglais partit à grand regret, car il aurait fait autrement s'il avait pu et si cela avait dépendu de sa volonté ». 5. « Le savait (leur état) ». 6. « Puanteur ». 7. « Secouru ».

assamblée qui assegiet l'avoit, et nient[1] ni avoient fait, comment qu'il y euissent grans frais mis et despendus. Li aultre signeur et cil de leur partie pensoient ossi bien à avoir l'onneur de celle partie, pour le raison de ce qu'il avoient si longement demoret ens ou royaume et assegié une des bonnes cités que li rois ewist, et ars et gasté son pays cescun jour, lui saçant et voiant[2] ; et point ne l'avoit secouru de temps ne d'eure, ensi qu'il deuist ; et au daarrain il avoit acordé une triewe, ses ennemis seans devant se cité et ardant et gastant son pays.

Ensi en voloit cescune des parties avoir à soy et attribuer l'onneur. Si en poés determiner entre vous qui oy les fais avés et qui les sentés, ce qu'il vous en samble, car de moy je n'en pense à nullui donner l'onneur plus l'un que l'autre, ne faire ent partie, car je ne me cognois mie en si grans afaires qu'en fais et en maniemens d'armes[3].

§ 137. Or se departirent cil signeur dou siège de Tournay, et en rala cescuns en son lieu. Li rois englès s'en revint à Gand dalés madame sa femme, et assés tost apriès il rapassa le mer[4] et toutes ses gens excepté chiaus qu'il laissa pour estre au parlement à Arras. Li contes de Haynau s'en revint en son pays ; et eut adonc une moult noble feste à Mons en Haynau et jouste de chevaliers, à laquèle messires Gerars de Wercin, seneschaus de Haynau, fu et jousta ; et y fu telement bleciés qu'il en morut, dont ce fu damages. Se demora de li uns biaus filz, qui fu appellés Jehans, et puissedi bons chevaliers et hardis ; mais petit dura et regna en santé, dont ce fu damages. Li rois de France donna à toutes ses gens congiet, et puis s'en vint jewer et

---

1. « Rien ».   2. « Pendant qu'il (le roi) le savait et le voyait ».
3. Froissart se donne donc pour moins capable en matière politique que pour juger des gestes militaires.   4. Édouard III, de retour à Gand dès le 28 septembre, y séjourna jusque vers la fin du mois de novembre. Il rentra à la Tour de Londres le 30 novembre au soir (*Grandes Chroniques*, IX, 209).

rafreschir en le ville de Lille. Et là le vinrent veoir cil de Tournay, lesquelz li rois reçut liement et vei très volentiers, et leur fist grasce, pour tant que si bellement et si vallamment il s'estoient tenu et deffendu contre leurs ennemis, et que riens on n'avoit pris ne conquesté sus yaus. Le grasce qu'il leur fist elle fu tèle qu'il leur rendi leur loy que perdu avoient de grant temps, dont il furent moult joiant, car messires Godemars dou Fay et aultre pluiseur chevalier estragne, devant lui, en avoient esté gouvreneur; si refisent entre yaus prevos[1] et jurés[2], selonch leurs usages anciiens. Quant li rois eut ordonné à son plaisir une partie de ses besongnes, il se departi de Lille et se mist au chemin devers France, pour revenir à Paris.

Or vint li saisons que li parlement ordonnet et insinuet[3] en le cité d'Arras approcièrent. Si y envoia li papes Clemens[4] VIe en legation deux cardinaulz, cesti de Naples et cesti de Clermont[5], qui de premiers vinrent à Paris, où il furent moult honnouré dou roy et des François, et puis s'avalèrent devers Artois et jusques en le cité d'Arras[6]. À ce parlement, de par le roy de France, furent li contes d'Alençon, li dus de Bourbon, li contes de Flandres et li contes de Blois[7], et des prelas li archevesques de Sens[8], li evesques de Biauvais et li evesques d'Auçoirre[9]; de par le roy d'Engleterre, li evesques de Lincolle, li evesques de Duremmes, li contes de Warvich, messires Robers d'Artois, messires Jehans de Haynau et messires Henris de Flandres. Auquel parlement, il y eut pluiseurs trettiés et langages

---

1. Officiers d'ordre civil ou judiciaire. 2. Élus d'une corporation chargés de veiller aux règlements. 3. « Inscrits ». 4. Erreur de nouveau pour Benoît XII (Jacques Fournier, pape du 20 décembre 1334 au 25 avril 1342). 5. Étienne Aubert, successivement évêque de Noyon et de Clermont et cardinal-évêque d'Ostie, élu pape Innocent VI le 18 décembre 1352. 6. Il y eut des conférences de paix sans résultat, non pas à Arras, mais à Avignon (Eugène Déprez, *Les Préliminaires de la guerre de Cent Ans* (1902; réimpression 1975), p. 350 ss. 7. Charles, futur prétendant au duché de Bretagne. 8. Philippe de Melun († 7 avril 1345). 9. Jean de Blangy.

mis avant, et parlementèrent plus de quinze jours. Mais riens n'i fu acordé ne afiné[1], car li Englès demandoient et li François ne voloient riens donner, fors tant seulement rendre le conté de Pontieu, qui fu donnée à le royne Ysabiel[2] en mariage avoech le roy d'Engleterre. Ceste cose ne veurent point li Englès accepter. Si se departirent cil signeur et cil parlement sans riens faire, fors tant seulement que la triewe fu ralongie deux ans ; che fu tout ce que li cardinal y peurent impetrer. Apriès ce, cescuns s'en rala en son lieu. Et revinrent adonc li doi cardinal parmi Haynau, à le priière dou conte, qui grandement les festia en le ville de Valenciènes.

Or nous deporterons nous à[3] parler des deux rois, tant que les triewes durront, qui furent assés bien tenues, excepté les marces lontainnes ; et enterons en le grant matère et hystore de Bretagne, qui grandement renlumine ce livre, pour les biaus fais d'armes et grandes aventures qui y sont avenues, si com vous porés ensiewant oïr[4]. Et pour ce que vous saciés veritablement le commencement et le racine de ceste guerre et dont elle se meut[5], je le vous declarrai de point en point. Si en dirés vostre entente, et quel cause et droit messires Charles de Blois[6] eut au grant hiretage de Bretagne, et d'autre part li contes de Montfort[7] qui en fist fait et partie contre lui, dont tant de rencontres, de

---

1. « Conclu ».   2. Sœur du roi Charles IV.   3. « À présent, nous cesserons de ».   4. Dans cette rédaction du premier Livre, Froissart assimile volontiers son discours à celui de la prestigieuse « Matière de Bretagne », qui inspira les romans arthuriens des XIIe et XIIIe siècles. Dans sa dernière rédaction de ce passage, il est bien plus circonspect : « [Nous] enterons en la matere des gerres de Bretagne, qui furent moult grandes et moult fortes, et qui durerent moult longement et par lesquelles moult de mauls et de violenses soudirent » (Rome, p. 461).   5. « Et d'où elle part ». 6. Charles de Blois, neveu du roi Philippe VI, épousa le 4 juin 1337 Jeanne de Penthièvre ; elle était petite fille du duc de Bretagne, Arthur II, qui, lors d'un premier mariage, avait épousé Marie, fille de Guy VI de Limoges. Voir le Tableau généalogique de Bretagne (p. 1066).   7. Jean de Montfort, né du second mariage d'Arthur II, duc de Bretagne avec Yolande, comtesse de Montfort, fille de Robert IV de Dreux.

batailles et d'autres grans fais d'armes sont avenu en la ditte ducé de Bretagne et ens ès marces voisines.

§ 138. À savoir est que, quant les triewes furent acordées et seellées devant le cité de Tournay, tout li signeur et toutes manières de gens se deslogièrent de une part et d'autre. Si s'en rala cescuns en sa contrée. Li dus de Bretagne[1], qui avoit esté à host droit là devant Tournay avoec le roy de France plus grossement et plus estoffeement que nulz des autres princes, s'en retourna vers son pays en l'entente d'y revenir, mais il ne peut, car une maladie le prist sus le chemin, dont il le convint aliter et morir. Dont ce fu damages, car grans guerres et grans destructions de villes et de chastiaus en avinrent entre les gens nobles et non nobles de son pays. Et pour cescun mieulz infourmer pour quoi tout cil grant mal avinrent, jou en conterai aucune[2] partie ensi que je le sçai et que jou en ay enquis ou pays meismement, où j'ay esté et conversé, pour mieulz savoir ent[3] le verité, et à chiaus ossi qui ont là esté où je n'ai mies esté et qui en ont veu et sceu ce que je n'ai mies tout pout veoir et concevoir.

Cilz dus de Bretagne, quant il trespassa de ce siècle, n'avoit nul enfant ne n'eut onques de la duçoise sa femme ne n'avoit eu nulle esperance de l'avoir. Si avoit un frère, de par se mère qui avoit estet remariée, que on appelloit le conte de Montfort, qui vivoit adonc, et avoit chilz à femme le sereur le conte Loeis de Flandres[4]. Cilz dus de Bretagne avoit eut un aultre frère germain de père et de mère, qui trespassés estoit[5]; s'en estoit demorée une jone fillète[6], laquèle li dis dus ses oncles avoit mariée à monsigneur Charle de Blois

---

1. Jean III mort à Caen, le 30 avril 1341. 2. « Une certaine ». 3. « Pour mieux en savoir ». 4. Voir n.1, p. 357. Jeanne de Montfort, sœur de Louis de Crécy, comte de Flandre, épousa Jean de Montfort au mois de mars 1329. 5. Gui, comte de Penthièvre († 1331). 6. Jeanne de Penthièvre épousa Charles de Blois le 4 juin 1337. Charles de Blois était le neveu du roi Philippe VI. Voir le Tableau généalogique de Bretagne (p. 1066).

mains net fil au conte Guy de Blois de le sereur le roy Phelippe de France qui adonc regnoit ; et li avoit prommis en mariage la ducé de Bretagne apriès son dechiès, pour tant qu'il se doubtoit que li contes de Montfort n'i vosist clamer droit par proismeté apriès son dechiès, comment qu'il ne fust mies ses frères germains. Et il sambloit au dit duch que li fille de sen frère germain devoit estre par raison plus proçaine de avoir le ducée apriès son deciès, que li contes de Montfort, ses frères, qui n'estoit point estrais de l'estok[1] de Bretagne. Et par tant qu'il avoit toutdis doubtet que ses frères li coens de Montfort n'enforçast[2], apriès son deciès, le droit de sa jone nièce, par se poissance, le maria il au dit monsigneur Carle de Blois, à celle entente que li rois Phelippes, qui estoit ses oncles, li aidast mieus et plus volentiers à garder son droit encontre le dit conte de Montfort, s'il le vosist entreprendre.

Si avint tout ce que li dis dus avoit toutdis doubtet. Car, sitost que li contes de Montfort peut savoir que li dis dus ses frères fu trespassés sus le chemin de Bretagne, il se traist tantost à Nantes, qui est li chiés et li souverainne cités de Bretagne ; et fist tant as bourgois et à chiaus dou pays entour, qu'il fu receus à signeur comme li plus proisme[3] del duch son frère qui trespassés estoit ; et li fisent tout feaulté et hommage comme au duch de Bretagne et au signeur. Quant il eut pris le feauté des bourgois de Nantes et dou pays d'entour Nantes, ils et la contesse sa femme, qui bien avoit coer d'omme et de lyon, eurent conseil ensamble qu'il tenroient une grant court et feste solennèle à Nantes, et manderoient tous les barons et les nobles del pays de Bretagne et les consaulz des bonnes villes et de toutes les cités, qu'il volsissent estre et venir à celle court, pour faire feaulté[4] à lui comme à leur droit signeur. Quant cilz consaulz fu acordés, il envoiièrent

---

1. « Souche ». 2. « Fît violence à ». 3. « Proche ». 4. « Hommage ».

grans messages par tous les signeurs, les cités et les bonnes villes del pays.

§ 139. Chou pendant et le feste attendant, il se parti de Nantes à grant fuison de gens d'armes et s'en ala vers la bonne cité de Limoges, car il sçavoit et estoit infourmés que li grans tresors, que li dus ses frères avoit amasset de lonch temps, estoit là enfremés. Quant il vint là, il entra en le cité à grant beubant[1] et fu noblement recheus des bourgois et de tout le clergié et le communauté de le cité ; si ly firent tous feaulté, comme à leur droit seigneur. Et ly fu tous cils grans tresors delivrés, par le grant acord qu'il acquist as bourgois de le cité, par grans dons et prommesses qu'il leur fist. Et quant il eut là tant festiiet et sejourné qu'il li pleut, il s'en parti à tout le grant tresor et s'en revint droit à Nantes, là où madame sa femme estoit, qui eut grant joie del grant tresor que ses sires avoit trouvet. Si demorèrent à Nantes tout quoi[2], grant feste demenant[3], jusques au jour que la feste devoit estre, et li grans cours tenue ; et faisoient très grans pourveances pour celle grant feste parfurnir[4].

Quant li jours de celle feste fu venus, et nulz n'i venoit pour mandement qui fais leur fust, fors uns seulz chevaliers que on clamoit monsigneur Hervi de Lyon[5], noble homme et poissant, li dis contes de Montfort et la contesse sa femme en furent durement courouciet et abaubit[6]. Il fisent leur feste par trois jours des bourgois de Nantes et des bonnes gens de là autour, au mieus qu'il peurent ; si eurent grant despit des aultres qui n'avoient dagniet venir à leur mandement. Et eurent conseil entre yaus de retenir saudoiiers à cheval et à piet, tous ceulz qui venir vorroient, et de departir ce grant tresor que trouvet avoient, pour mieus venir le dit conte à son pourpos de la ditte ducé de Bretagne,

---

1. « Pompe ». 2. « Tranquille et silencieux ». 3. « En menant de grandes fêtes ». 4. « Réaliser pleinement ».
5. Hervé de Léon, fils de Hervé de Léon et de Jeanne de Montmorency († vers 1344). 6. « Désagréablement surpris ».

et pour constraindre tous rebelles de venir à merchi. À ce conseil se tinrent tout cil qui là furent, chevalier, clerch et bourgois. Et furent retenu saudoiier venans de tous costés, et larghement paiiés, tant qu'il en eurent grant plenté, à cheval et à piet, nobles et non nobles, de pluiseurs pays.

§ 140. Quant li contes de Montfort perchut qu'il avoit gens à plentet, il eut conseil de aler conquerre, par force ou par amours, tout le pays, et de destruire tous rebelles à son pooir. Puis, issi hors de le cité de Nantes à grant host ; si se trest par devers un moult fort chastiel qui siet d'un costet sus mer, que on appelle Brait[1]. Et en estoit gardiiens et chastellains uns gentilz chevaliers qu'on appelloit monsigneur Garnier de Cliçon[2], cousins au duch qui mors estoit, et cousins à monsigneur Olivier de Cliçon[3], un noble chevalier et un des plus haus barons de Bretagne. Ançois que li dis coens de Montfort parvenist à Brait, il avoit si constraint tous chiaus del commun pays, fors de forterèces[4], que cescuns le sievoit à cheval ou à piet, car nulz ne l'osoit laissier, si qu'il avoit si grant host que merveilles estoit. Quant il fu parvenus devant le chastiel de Brait à tout son host, il fist appeller le chevalier deseure dit monsigneur Garnier de Clichon par monsigneur Hervy de Lyon qui là estoit venus avoech lui, et requist au dit monsigneur Garnier qu'il vosist obeir à lui et rendre le ville et le chastiel comme au duch de Bretagne et à signeur. Li chevaliers respondi qu'il n'estoit point consilliés de çou faire, ne riens n'en feroit, ne ne le tenroit à signeur, s'il n'en avoit mandement et ensengnes dou signeur à qui il devoit estre par droit. Adonc retray li dis coens arrière et deffia le chevalier et chiaus dou chastiel et de le ville. À lendemain, quant

---

1. Brest est à quelque 250 km au nord-est de Nantes. Froissart, qui suit le texte de Jean le Bel, ne regarde pas de trop près la géographie de la Bretagne. **2.** « Gautier » ou « Garnier » : personnage non identifié. **3.** Olivier III de Clisson, fils d'Olivier II et d'Isabeau de Craon. **4.** « À l'exception des forteresses ».

il eut oy messe, il commanda que tout fuissent armet et fist le chastiel assallir, qui moult fors estoit et bien pourveus et appareilliés pour le deffendre. Et li chevaliers messires Garniers de Cliçon, qui preus estoit, sages et hardis, fist ossi toutes ses gens armer, qui bien estoient trois cens armeures et combatans, et fist cascun aler à se deffense là où il les avoit ordonnés et establis, et en prist environ quarante des plus hardis : si s'en vint hors dou chastiel jusques as bailles pour deffendre, se il peuist, quant il vei les assallans venir tous batilliés.

À ce premierain assaut, eut grant hustin et très durement trait et lanciet, et fuison de mors et de navrés de chiaus de dehors. Et y fist li dis chevaliers tant de biaus fais d'armes et souffri tant de cops durs et perilleus que on le devoit bien tenir pour preu. Mès au daarrain il y sourvint si grant fuisson des assallans, et se les semonnoit li contes si asprement, que cescuns s'esprouvoit, efforçoit et penoit de l'assallir et se mettoit en aventure : siques, au daarrain, les bailles furent gaegnies, et convint les daarrains retraire vers le forterèce à grant meschief, car li assallant se ferirent entre yaus et en tuèrent aucuns. Et li chevaliers, qui y faisoit merveilles d'armes, les rescouoit et les metoit ce qu'il pooit à sauveté dedens la mestre porte. Quant cil qui estoient sus le porte veirent le grant meschief, il eurent paour de perdre le chastiel ; si laissièrent avaler le grant restiel et encloirent le chevalier dehors et aucuns de leurs compagnons qui se combatoient fortement à chiaus de dehors. Là fu li bons chevaliers à grant meschief et durement navrés en pluiseurs lius, et si compagnon, qui hors estoient fourclos[1], près que tout mort ; ne onques ne se volt rendre prisons pour requeste que on li fesist. Quant cil del chastiel veirent le grant meschief là où li chevaliers estoit et comment il se deffendoit, il s'efforcièrent de traire et de getter

---

1. « Fermés dehors ».

grosses pières à fais[1], tant qu'il fisent les assallans traire arrière, et ressachièrent sus un petit les restiaus[2] ; par quoi li chevaliers entra en le porte durement bleciés et navrés en pluiseurs lieus, et aucuns de ses compagnons, qui demoret li estoient, tout navret ossi. Et li assallant retraiirent arrière à leurs logeis, durement travilliés, et li aucun blechiés et navrés et li coens de Montfort durement couroucés de çou que li chevaliers li estoit escapés. À lendemain, il fist faire et apparillier instrumens et engiens pour plus fortement assallir le chastiel, et bien dist qu'il ne s'en partiroit, pour bien ne pour mal, si l'aroit[3] à se volenté.

Au tierc jour apriès, il entendi par une espie[4] que li bons chevaliers messires Garniers de Cliçon estoit trespassés des plaies et des bleceures qu'il avoit receutes en lui deffendant[5], si comme voirs estoit, dont ce fu pités et damages. Si commanda tantost que cescuns se alast armer pour recommencier l'assaut moult vighereusement. Et adonc fist li coens traire avant aucuns estrumens[6] qui fais estoient, et grans mairiens pour getter oultre les fossés pour venir as murs dou chastiel. Chil de dedens se deffendirent longement, de traire et de getter pières et feu et pos plains de cauch[7], jusques environ le heure de miedi. Adonc les fist requerre li contes[8] qu'il se volsissent rendre et lui tenir à signeur, et il lor pardonroit son mautalent. Il eurent conseil entre yaus longement, tant que li contes fist cesser l'assaut. Au daarrains, quant il se furent longuement consilliet, il se rendirent de plain acord au dit conte, salve leurs corps, leurs membres et leur avoir. Si entra adonc li dis contes ens ou chastiel de Brait à peu de gens, et rechut le feauté de tous les hommes de

---

1. « De grosses pierres lourdes ». 2. « Et remontèrent un peu la herse de la porte ». (Comment expliquer le pluriel de « restiel » dans ce passage ?) 3. « Mais qu'il l'aurait ». 4. « Espion ». 5. « En se défendant ». Le pronom personnel réfléchi de la 3e personne fait assez souvent défaut en ancien et en moyen français. 6. « Quelques engins ». 7. « Chaux ». 8. « Alors le comte leur fit demander ».

le chastelerie, et y establi un chevalier pour chastelain en qui moult se fioit, puis revint à ses tentes tous joians.

§ 141. Quant li contes de Montfort fu revenus entre ses gens, et il eut establi ses gardes ens ou chastiel de Brait, il eut conseil qu'il se trairoit par devers le cité de Rennes qui estoit assés près de là[1]. Si fist deslogier ses gens et traire le chemin devers Rennes. Et partout là où il venoit, il faisoit toutes manières de gens rendre et faire feaulté à lui comme à leur droit signeur. Et enmenoit tous chiaus qui se pooient aidier, avoecques lui[2], pour efforcier son host ; et il ne l'osoient refuser ne laiier, pour doubtance de leurs corps[3]. Et en ala tant ensi qu'il vint devant le cité de Rennes ; si fist tendre ses tentes et ses gens logier entours le ville et entours les fourbours. Quant cil de le cité de Rennes veirent ceste host logie entours leur ville et entours les fourbours, il fisent grant samblant d'yaus deffendre. Et avoient avoecques yaus un gentil homme, chevalier preu et hardi durement, qui manoit[4] assés près de là, et l'amoient entre yaus trop durement pour le loyauté de lui. Si l'avoient esleu et pris pour leur gouvrenement et chapitainne, et avoit nom messires Henris de Pennefort[5].

Si avint un jour que cilz eut volenté qu'il destourberoit[6] les gens de l'host, s'il avoit compagnie. Si pourcaça tant qu'il eut compagnie de deus cens hommes de bonne volenté, et issi hors de le cité paisievlement à l'aube dou jour, et se feri à l'un des costés de l'host à toute se compagnie. Si abati tentes et logeis et en tua aucuns, par quoi li cris et li hahais[7] monta tantost en

---

1. Rennes est à quelque 200 km à l'est de Brest. 2. « Dont il pouvait faire usage ». 3. « Et il n'osaient refuser ni y manquer, craignant pour leur personne ». 4. « Demeurait ». 5. Henri de Spinefort, qui appartenait à une noble et ancienne maison de Bretagne (diocèse de Vannes, paroisse de Languidic, aujourd'hui Morbihan, arr. de Lorient, c. d'Hennebont). 6. « Surprendrait ». 7. « Tumulte guerrier », « cri d'alarme ».

l'ost, et cria cescuns as armes, et se commencièrent à deffendre. Droit à ce point se repairoit[1] uns chevaliers, qui avoit fait le gait celle nuit, par devers l'ost, atoute[2] se compagnie. Si oy le cri et le hahay et se trest celle part, au ferir des esporons[3], et encontra le chevalier et toute se compagnie qui s'en repairoit vers le cité. Si lor coururent sus vighereusement, et eurent bon puigneis et fort. Apriès yaus venoient courant cil de l'host qui estoient armet. Quant cil de le cité veirent le fais qui leur croissoit, il se desconfirent et s'enfuirent vers le cité ce qu'il peurent, mais il en demora grant fuison de mors et de pris. Et si y fu pris li chevaliers que tant amoient, messires Henris de Pennefort et amenés devant le conte qui volentiers le vey.

Quant tout furent repairiet à leur host, li contes eut conseil qu'il envoieroit le chevalier prison par devant le cité, et feroit requerre les bourgois qu'il li volsissent rendre le cité et faire feaulté à lui comme à leur signeur, ou il feroit pendre le chevalier devant le porte, par tant qu'il avoit entendu que li chevaliers estoit très durement amés de toute le communauté de Rennes. Ensi fu fait que consilliet fu. Quant cil de le cité oïrent celle requeste et veirent le chevalier qu'il amoient tant à tel meschief, il en eurent grant pité. Si se traisent en le cité pour yaus consillier sour celle requeste que on leur avoit faite. Si se consillièrent moult longuement, car grans dissentions estoit entre yaus, car li communs avoit grant pitié dou chevalier qu'il amoient durement, et si avoient petit de pourveances pour le siège longement soustenir. Si se acordèrent finablement tuit à le pais. Et li grant bourgois, qui estoient bien pourveu, ne s'i voloient acorder.

Si monteplia li dissentions si durement que li grant bourgois, qui estoient tout d'un linage, se traisent d'une part et disent tout hault que tout cil qui estoient de leur accord se traisissent d'une part et devers yaus.

---

1. « S'en retournait ». **2.** « Avec ». **3.** « En piquant des éperons ».

Il s'en traii tant de chiaus qui estoient de leur linage, qu'il furent bien doi mille, tout d'un acord. Quant li aultre commun veirent che, il se commencièrent à esmouvoir et à criier durement sus les grans bourgois, disant sur yaus laides parolles et villainnes. Et au daarrain il les coururent sus, et en tuèrent grant fuison. Quant li bourgois se veirent à tel dangier, il priièrent merci, et disent qu'il s'acorderoient à le volenté dou commun et dou pays. Adonc cessa li hustins, et coururent tous li communs ouvrir les portes, et rendirent le ditte cité au conte de Montfort ; et li fisent feaulté et hommage, grans et petis, et le cogneurent à signeur. Ossi fist li chevaliers, messires Henris de Pennefort, et fu retenus de son conseil.

§ 142. Adonc entra li contes de Montfort en le cité de Rennes à grant feste, et fist son host tout quoi logier as camps. Et fist le pais et l'acord entre les grans bourgois et les communs ; puis establi baillieu[1], prevost, eskievins[2], sergans et tous aultres officiiers. Et sejourna en le cité trois jours, pour li reposer et son host ossi, et pour avoir avis comment il feroit de donc en avant[3]. Au quart jour, il fist son hoost deslogier, et eut conseil de traire devers uns des plus fors chastiaus et forte ville sans comparison de toute Bretagne, que on claime Haimbon[4], et siet droitement sus un bon port de mer, et en va li fluns[5] tout autour par grans fossés. Quant messires Henris de Pennefort, qui estoit rendus au conte et avoit juret son conseil, vei que li contes se trairoit par devers Haimbon, dont Oliviers de Pennefort ses frères avoit estet gouvrenères un grant temps et encores estoit, il eut paour qu'il ne mescheist à son frère par aucune aventure ; si traist le conte d'une part à conseil[6] et li dist : « Sire, je sui de vostre conseil, si

---
1. « Baillis » (officiers qui rendent la justice du roi).
2. « Magistrats municipaux ».   3. « À partir de ce moment-là ».
4. Hennebont, Morbihan, arr. Lorient.   5. « Les eaux subissant les marées ».   6. « Alors, il prit le comte (de Montfort) à part pour délibérer ».

vous doi feauté. Je voi que vous volés traire par devers Haimbon. Sachiés que li chastiaus et la ville sont si fort qu'il ne font mies à gaegnier, ensi que vous poriiés penser. Vous y poriés seoir et perdre le temps d'un an, ançois que vous le peuissiés avoir par force. Mais je vous dirai, se croire me volés, comment vous le porés avoir. Il fait boin ouvrer par engien, quant on ne poet avant aler par force. Vous me deliverés, se il vous plaist, jusques à six cens hommes à faire me volenté, et je les menrai devant vostre host par l'espasse de quatre liewes[1] de terre, et porterai le banière de Bretagne devant mi. Jou ay dedens Haimbon un frère qui est gouvrenères dou chastiel et de le ville. Tantost qu'il vera le banière de Bretagne et il me cognistera, il me fera ouvrir le porte, et je enterai dedens atoutes gens, et me saisirai de le ville et des portes, et prenderai mon frère, et, le vous renderai pris et à vostre volenté, se tantost il n'obeist à moy, mès que vous me prommetés que dou corps nul mal ne li ferés. » — « Par mon chief[2], dist li contes, nennil. Et vous estes bien avisés, et vous amerai mieus que devant à tousjours mès[3], se par ensi faites que je soie sires de Haimbon, de le ville et dou chastiel. »

§ 143. Adonc se parti messires Henris de Pennefort de le route dou conte, en se compagnie bien six cens armeures de fier[4], et chevauça le jour tout entier, et sus le soir il vint en Haimbon. Quant Oliviers de Pennefort ses frères sceut que messires Henris venoit là, si en eut grant joie et cuida tout certainnement que ce fust pour lui aidier à garder le ville ; si le laissa ens et ses gens d'armes, et vint contre lui sus le rue. Si tost que messires Henris le vei, il s'approça de lui et le prist et li dist : « Olivier, vous estes mon prisonnier. » — « Comment ce, respondi Oliviers ! Je me sui confiiés en vous et cuidoie que vous venissiés chi pour

---

1. Lieue. Mesure de distance approximativement égale à quatre kilomètres. **2.** « Tête ». **3.** « À tout jamais ». **4.** « Chevaliers armés ».

moy aidier à garder et à deffendre ceste ville et ce chastiel. » — « Biaus frères, dist messires Henris, il ne va point ensi. Je m'en mach[1] en possession et saisine[2] de par le conte de Montfort, qui presentement est dus de Bretagne, et à qui j'ay fait feauté et hommage, et tous li plus grant partie dou pays ossi. Si y obeirés ossi. Et encores vault mieulz que ce soit par amours que par force, et vous en sara messires grignour gré[3]. » Tant fu Oliviers de Pennefort preeciés[4] et amonnestés de monsigneur Henri son frère, qu'il s'acorda à lui et au conte de Montfort ossi, qui entra dedens Haimbon à grant joie ; et fu plus liés de le prise et saisine de Haimbon que de telz quarante castiaus qui sont en Bretagne, car il y a bonne ville et grosse et bon port de mer. Si se saisi tantost dou fort chastiel et de le ville, et y mist dedens ses gens et ses garnisons.

Et puis si se traist à toute son host par devant le cité de Vennes[5] ; et fist tant parler et trettier as bourgois et à chiaus de Vennes, qu'il se rendirent à lui et li fisent feauté et hommage comme à leur signeur. Il establi en le cité toutes manières d'officiiers et y sejourna deus jours.

Au tierc jour, il s'en parti et ala assegier un trop fort chastiel, seant sus un hault tertre qui s'estent droit sus le mer, que on claime le Roceperiot[6]. Si en estoit chastellains uns vaillans chevaliers et moult gentils homs que on clamoit monsigneur Olivier de Cliçon, cousins germains au signeur de Cliçon. Et sejourna par devant, à siège fait, plus de dix jours que onques ne peut trouver voie par quoi il peuist le chastiel gaagnier, si fors estoit il. Et si ne pooit trouver accord au gentil chevalier, par quoi il peuist obeir à lui, par promesses ne par manaces qu'il li peuist faire.

---

1. « Mets » (de *mettre*). 2. Le fait d'être saisi d'un fief. En droit féodal, c'est le droit du seigneur sur la prise en possession des héritages qui relèvent de lui. 3. « Et mon seigneur vous en saura plus grand gré » (vous sera plus reconnaissant). 4. « Exhorté ». 5. Vannes. 6. Roche-Periou, hameau de la commune de Priziac, Morbihan, arr. Napoléonville, c. le Faouët.

Si s'en parti atant et laissa le siège jusques à tant que plus grans pooirs li venroit, et ala assegier un aultre chastiel, à dix liewes priès de là, que on clamoit chastiel d'Auroy[1]. Et en estoit chastellains uns gentilz chevaliers que on clamoit monsigneur Joffroi de Malatrait[2], et avoit à compagnon monsigneur Yvon de Tigri[3]. Li dis coens fist assallir deus fois à celui castiel, mais il vey bien qu'il y poroit plus perdre que gaegnier. Si s'acorda à une triewe et à jour de parlement, par le pourcach monsigneur Hervi de Lyon, qui adonc estoit avoech lui. Li parlemens se porta si bien que au pardaarrain[4] il furent bon ami. Et fisent li doi chevalier feaulté au dit conte, et demorèrent gardiien dou dit chastiel et de celui pays, de par le dit conte.

Atant se parti li contes de là et mena son host par devant un aultre fort chastiel, assés priès de là, que on claime Goy le Foriest[5]. Chils qui chastelains en estoit veoit que li contes avoit grant host et que tous li pays se rendoit à lui : siques, par l'enhort et le conseil monsigneur Hervi de Lyon, avoech qui il avoit estet grans compains en Grenate[6], en Prusce[7] et en aultres estragnes contrées, il s'acorda au dit conte et li fist feaulté, et demora gardiiens del dit chastiel de par le conte.

Tantost apriès, li contes se parti de là et s'en ala par devers Craais[8], bonne ville et fort chastiel, et avoit dedens un evesque qui sires en estoit. Chilz evesques estoit oncles au dit monsigneur Hervi de Lyon[9] : siques, par le conseil et l'amour del dit monsigneur Hervi de Lyon, il s'acorda au dit conte et le recogneut

---

1. Le château d'Auray, Morbihan, arr. Lorient. 2. Geoffroi de Malestroit. 3. Yves de Trésiguidi. 4. « Qu'en dernier lieu ». 5. Probablement la Forêt, Morbihan, arr. de Vannes, comm. de Grandchamp (Voir JB, I, 257 n2). 6. Grenade, capitale de l'islam en Espagne au XIVe siècle. 7. La Prusse, au XIVe siècle, fut le grand État de l'ordre hospitalier des chevaliers teutoniques. Grenade et la Prusse étaient deux des destinations principales de croisades individuelles. Voir Peter F. Dembowski, *Jean Froissart and his « Meliador »*, 1983, Lexington, Kentucky, pp. 130ss. 8. Carhaix, Finistère, arr. Châteaulin. 9. Gui de Léon.

à signeur jusques adonc que venroit avant, qui plus grant droit monsteroit pour avoir la ducée de Bretagne.

§ 144. Pourquoi vous feroi je lonc compte ? En tel manière conquist li dis contes de Montfort tout cel pays que vous avés oy, et fist par tout obeir à lui et appeller duc de Bretagne. Puis s'en ala à un port de mer que on claime Gredo[1], et departi toutes ses gens. Si les envoia par ses cités et forterèces, pour elles aidier à garder, puis se mist en mer à tout vingt chevaliers et naga tant qu'il vint en Cornuaille[2] et arriva à un port c'on dist Cepsée[3]. Si enquist dou roy englès où il le trouveroit. Il li fu dit que le plus dou tamps il se tenoit à Windesore. Dont chevauça celle part et toute se route ; et fist tant par ses journées qu'il vint à Windesore, où il fu receus à grant joie dou roy, de madame le royne et de tous les barons qui là estoient[4]. Et fu grandement festiiés et honnourés, quant on sceut pour coi il estoit là venus. Premierement il remonstra ses besongnes au roy englès, à monsigneur Robert d'Artois et à tout le conseil le roy, et dist comment il s'estoit mis en saisine et en possession de la ducée de Bretagne, qui escheue li estoit par le succession dou duc son frère daarrainnement trespassé de ce siècle. Or faisoit il doubte que messires Charles de Blois ne li empeeçast, et li rois de France ses oncles ne li volsist oster par poissance ; pour quoi il s'estoit là trais pour relever la ditte ducée et tenir en foy et en hommage dou roy d'Engleterre à tous jours, mès qu'il l'en fesist seur contre le roy de France et contre tous aultres qui empeecier li vorroient.

Quant li rois englès eut oy ces parolles, il y entendi volentiers, car il regarda et ymagina que se guerre au roy de France en seroit grandement embellie, et qu'il

---

1. Redon, port sur la Vilaine accessible aux navires de médiocre grandeur (SHF, II, xxxvi n1). 2. La Cornouailles ou *Cornwall* forme l'extrémité sud-ouest de l'Angleterre. 3. KL identifie ce port avec Chidley, bourg au sud d'Exeter, dans le Devonshire. 4. En juillet 1341, Montfort voit Édouard III à Windsor [Coville, 498 ; JB, I, 259 n1].

Montfort homme lige du roi d'Angleterre 353

ne pooit avoir plus belle entrée ou royaume ne plus pourfitable que par Bretagne, et que, de tant qu'il avoit guerriiet par les Alemans et les Braibençons, il n'avoit riens fait, fors que fretiiet[1] et despendut grandement et grossement. Et l'avoient mené et demené li signeur de l'Empire, qui avoient pris son or et son argent, ensi qu'il avoient volu, et riens fait. Si descendi à le requeste dou conte de Montfort liement et legierement, et prist le hommage de la ditte ducé de Bretagne, par la main dou conte de Montfort, qui se tenoit et appelloit dus de Bretagne. Et là li eut li rois englès en convent, present les barons et les chevaliers qui d'Engleterre estoient et qu'il avoit là amenés de Bretagne, qu'il l'aideroit et deffenderoit et garderoit comme son homme contre tous hommes, fust rois de France ou aultres, selonch son loyal pooir. De ces parolles et de ces hommages furent escriptes et leues lettres et seelées, dont cescune des parties eut les copies. Avoec tout ce, li rois et madame la royne donnèrent au conte de Montfort et à ses gens grans dons et biaus jeuiaus, car bien le savoient faire ; et tant qu'il en furent tout content et qu'il disent que c'estoit uns nobles rois et vaillans et une noble royne, et qu'il estoient bien tailliet de regner encores en grant prosperité.

Apriès toutes ces coses faites et acomplies, li contes de Montfort prist congiet et se parti d'yaus, et passa Engleterre. Et rentra en mer à ce meisme port où il estoit arivés, et naga tant qu'il arriva à Gredo en le Basse Bretagne[2]. Et puis s'en vint en le cité de Nantes, où il trouva la contesse sa femme, à qui il recorda comment il avoit esploitiet. De ce fu elle toute joians, et li dist qu'il avoit très bien ouvré et par bon conseil. Si me tairai un petit d'yaus et parlerai de monsigneur Charlon de Blois, qui devoit avoir la ducée de Bretagne

---

1. « Fait des dépenses ».   2. La « Basse Bretagne », c'est la partie sud de la Bretagne, par opposition à la « Haute Bretagne » qui désigne surtout la côte sur la Manche.

de par sa femme, ensi que vous avés oy determiner[1] par devant.

§ 145. Quant messires Charles de Blois, qui tenoit à avoir à femme le droit hoir de Bretagne, entendi que li contes de Montfort conqueroit ensi par force le pays et les forterèces, qui estre devoient siennes par droit, il s'en vint à Paris complaindre au roy Phelippe son oncle. Li rois Phelippes ot conseil à ses douze pers quel cose il en feroit. Si douze per li consillièrent qu'il apertenoit bien que li dis coens[2] de Montfort fust mandés et ajournés par souffissans messages à estre à un certain jour à Paris, pour oïr ce qu'il en vorroit respondre. Ensi fu fait. Li dis contes fu mandés et ajournés souffissamment ; et fu trouvés en le cité de Nantes, grant feste demenant. Il fist grant chière et grant feste as messages, mais il eut pluiseurs diverses[3] pensées ançois qu'il otriast le voie de l'aler au mandement dou roy à Paris[4]. Toutesvoies au darrain, il leur respondi qu'il voloit estre obeyssans au roy et qu'il iroit volentiers à son mandement. Si s'ordonna et apparilla moult richement et grandement, et se departi de Nantes en grant arroi et bien acompagniés de chevaliers et d'escuiers, et fist tant par ses journées qu'il entra en Paris à plus de trois cens chevaus, et se trest as hostelz moult ordeneement[5], et fu là tout le jour et le nuit ossi.

A lendemain, à heure de tierce[6], il monta à cheval, et chevalier et escuier grant fuison avoecques lui, et chevauça vers le palais et fist tant qu'il y vint. Là l'attendoit li rois Phelippes, et tout li douze per[7] et grant plenté des barons de France avoecques monsigneur Charlon de Blois. Quant li contes de Montfort sceut quel part il trouveroit le roy et les barons, il s'est trais

---

1. « Préciser ». 2. « Comte ». 3. « Hostiles ». 4. « Avant qu'il ne consentît à prendre la route de Paris que lui commandait le roi ». 5. « Très bien disposé ». 6. Le début de la troisième heure canoniale de l'Église, c'est-à-dire, vers 9 heures du matin. 7. « Pairs ».

viers yaus en une cambre où il estoient tout assamblé. Si fu moult durement regardés et saluès de tous les barons, puis s'en vint encliner[1] le roy moult humlement et li dist : « Sire, je sui chi venus à vostre mandement et à vostre plaisir. » Li rois li respondi et li dist : « Contes de Montfort, de ce vous sai je bon gré. Mais je m'esmerveille durement pour quoi ne comment vous avés osé entreprendre, de vostre volenté, le duchée de Bretagne où vous n'avés nul droit, car il y a plus proisme de vous, cui vous volés deshireter[2]. Et pour vous mieus efforcier[3], vous estes alés à mon adversaire le roy d'Engleterre, et le avés de lui relevet et à lui fait feaulté et hommage, ensi que on le m'a compté. » Li contes respondi et dist : « Ha ! sire, ne le creés pas, car vraiement vous estes de chou mal infourmés, je le feroie moult à envis. Mais de la proismeté dont vous me parlés m'est avis, sire, sauve vostre grasce, que vous en mesprendés, car je ne sçai nul si proçain del duch de Bretagne, mon frère[4] daarrainnement mort, que moy. Et se jugiet et declaret estoit par droit que aultrès y fust plus proismes de moy, je ne seroie point honteus ne rebelles del deporter[5]. » Quant li roys entendi chou, il respondi et dist : « Sire coens, vous en dites assés, mès je vous commande, sur quanques vous tenés de moy[6] et que tenir en devés, que vous ne vous partés de le cité de Paris jusques à quinze jours que li baron et li per jugeront de celle proismeté. Si sarés adonc quel droit vous y avés ; et se vous le faites autrement, saciés que vous me couroucerés. » Li coens respondi et dist : « Sire, à vostre volenté. »

Si se parti atant dou roy et vint à son hostel : venus, il entra en sa cambre et se commença à aviser et penser que, s'il attendoit le jugement des barons et des pers de France, que li jugemens poroit bien tourner contre lui, car bien li sambloit que li rois feroit plus volentiers partie pour monsigneur Charlon de Blois son neveu

---

1. « S'incliner devant ».   2. « Plus proche que vous, que vous voulez déshériter ».   3. « Renforcer ».   4. Jean III.   5. « D'y renoncer ».   6. « Sur toutes les terres que vous relevez de moi ».

que pour lui. Et veoit bien que, se il avoit jugement contre lui, que li rois le feroit arrester jusques à tant qu'il aroit tout rendu, cités, villes et chastiaus dont il tenoit ores le saisine et le possession, et avoech chou tout le grant tresor qu'il avoit trouvet et despendut. Se li fu avis pour le mains mauvais qu'il li valoit mieulz qu'il courouchast le roy et s'en ralast paisievlement par devers Bretagne, que il demorast en Paris en ce dangier et en si perilleuse aventure. Ensi qu'il pensa, ensi fut fait. Si monta si paisievlement et si couvertement, et se parti à si peu de compagnie qu'il fu ançois en Bretagne revenus que li rois ne aultres, fors cil de son conseil, sceuissent riens de son departement; ains pensoit cescuns qu'il fust dehetiés[1] à son hostel. Quant il fu revenus dalés le contesse sa femme qui estoit à Nantes, il li compta toute sen aventure, puis ala par le conseil de sa femme, qui avoit bien coer d'omme et de lyon, par toutes les cités, les chastiaus et les bonnes villes qui estoient à lui rendues, et establi partout bons capitainnes et si grant plenté de saudoiiers à piet et à cheval qu'il y convenoit, et grans pourveances de vivres à l'avenant[2]. Et paia si bien tous saudoiiers à piet et à cheval que cescuns le servoit volentiers. Quant il eut tout ordonné ensi qu'il appertenoit, il s'en revint à Nantes dalés madame sa femme et dalès les bourgois de le cité, qui durement l'amoient par samblant, pour les grans courtoisies qu'il leur faisoit. Or me tairai un petit de lui et retourneray au roy de France et à son neveu monsigneur Charlon de Blois.

§ 146. Cescuns doit sçavoir que li rois de France fu durement courouciés, ossi fu messires Charles de Blois, quant il sceurent que li contes de Montfort leur fu ensi escapés et en estoit alés, ensi que vous avés oy. Toutesvoies, il attendirent jusques à le quinsainne que li per et li dit baron de France devoient rendre leur jugement de la ducé de Bretagne. Si le jugièrent del

---

1. « Malade », « affligé ».   2. « En juste proportion ».

tout à monsieur Charlon de Blois et en ostèrent le conte de Montfort, par deus raisons : l'une, par tant que la dame, la femme monsieur Charlon de Blois, qui estoit fille dou frère germain le duch qui mors estoit, de par le père dont la ducée lor venoit, estoit plus proçaine que li contes de Montfort, qui estoit d'un aultre père qui onques n'avoit estet dus de Bretagne[1]. L'autre raisons si estoit que, s'il fust ensi que li contes de Montfort y ewist aucun droit, si l'avoit il fourfait par deus raisons : l'une, par tant qu'il l'avoit relevet d'aultre signeur que dou roy de France, de cui on le devoit tenir en fief[2] ; l'autre raison, pour tant qu'il avoit fourpasset[3] le commandement son signeur le roy et brisiet son arrest et se prison, et s'en estoit partis sans congiet.

Quant cilz jugemens fu rendus par plainne sieute[4] de tous les barons, li rois en appella monsieur Charlon de Blois et li dist : « Biaus niés, vous avés jugement pour vous de bel hiretage et grant. Or vous hastés et vous penés del reconquerre sour celi qui le tient à tort, et priiés tous vos amis qu'il vous voellent aidier à cest besoing, et je ne vous y faurrai mies ; ains vous presterai or et argent assés. Et dirai à mon fil le duch de Normendie qu'il se face chief avoecques vous. Et vous pri et commande que vous vos hastés. Car, se li rois englès nos adversaires, de cui li contes de Montfort a relevet le ducée, venoit en Bretagne, il nous

---

1. Voir le tableau de la succession de Bretagne (p. 1066). Jean de Montfort était non pas « d'un autre père », mais de la deuxième épouse du duc Arthur II de Bretagne. Le raisonnement de ce texte appliqué à la succession royale de France donnerait raison aux prétentions d'Édouard III à la couronne de France.   2. Une lettre d'Édouard III, du 24 septembre 1341, par laquelle il donne à Jean le comté de Richmond, avec toutes ses dépendances, pour le dédommager du comté de Montfort que Philippe VI avait confisqué, dit très bien qu'un traité d'alliance fut conclu entre eux ; par contre, il ne semble pas qu'il ait rendu hommage pour ce comté au roi d'Angleterre (JB, I, 259 n1 ; SHF, II, xxxvi n2). 3. « Transgressé ». 4. « Unanimement ». L'arrêt rendu en faveur de Charles de Blois est daté de Conflans le 7 septembre 1341.

poroit trop durement porter grant damage, et ne poroit avoir plus belle entrée pour venir par deça, meismement quant il aroit le pays et les forterèces de Bretagne de son acord. » Adonc messires Charles de Blois enclina son oncle, en merciant durement de ce qu'il li disoit et prommetoit. Si pria tantost là endroit le duch de Normendie son cousin, le conte d'Alençon son oncle, le duch de Bourgongne[1], le conte de Blois son frère, le duch de Bourbon[2], messire Loeis d'Espagne[3], monsigneur Jakeme de Bourbon[4], le conte d'Eu connestable de France et le conte de Ghines son fil, le visconte de Roem[5], et en apriès tous les contes, les princes et les barons qui là estoient, qui tout li eurent en convent que il iroient volentiers avoech lui et avoecques leur signeur le duch de Normendie, cescuns atout tant de gens et de compagnie qu'il poroit avoir. Puis se departirent tout li prince et li baron deçà et delà. Si envoiièrent leurs messages partout pour yaus appareillier et pour faire pourveances, ensi qu'il leur besongnoit pour aler en si lontain voiage et si diverses marces et pays. Et bien pensoient qu'il ne poroient avenir à lor entente sans avoir grant contraire.

§ 147. Quant tout cil signeur, li dus de Normendie, li contes d'Alençon, li dus de Bourgongne, li dus de Bourbon et li aultre signeur, baron et chevalier qui devoient aler avoech monsigneur Charlon de Blois, pour lui aidier à reconquerre la ducée de Bretagne, ensi que vous avés oy, furent prest et leurs gens apparilliet, il se partirent de Paris li aucun, et li aultre de leur lieu. Si en alèrent li uns après les aultres et se assamblèrent

---

1. Eudes IV, duc de Bourgogne.   **2.** Pierre Ier, duc de Bourbon, tué à la bataille de Poitiers (1356).   **3.** Louis de la Cerda, créé amiral de France en 1341, fut tué à la bataille de Crécy. Frère de Charles d'Espagne.   **4.** Jacques de Bourbon, 3e fils de Louis Ier, duc de Bourbon, et de Marie de Hainaut († 1361).
5. Alain, vicomte de Rohan († 1352).

en le cité de Angiers[1] ; puis s'en alèrent jusques à Ancheni[2], qui est li fins del royaume à cestui costé delà, et sejournèrent là endroit trois jours, pour mieus ordonner leur conroy et charoi. Quant il eurent chou fait, il issirent hors pour entrer ens ou pays de Bretagne. Quant il furent as camps, il considerèrent leur pooir et estimèrent leur leur host à cinq mille armeures de fer, sans les Genevois qui estoient là trois mille, si com jou ay oy depuis recorder. Et les conduisoient doi chevalier de Genneves[3] : si avoit nom li uns messires Othes Doriie, et li aultres messires Charles Grimaus. Et si y avoit grant plenté de bidaus et d'arbalestriers que conduisoit messires li Galois de le Baume.

Quant toutes ces gens furent issu de Ancheni, il se traisent par devant un très fort chastiel seant hault sus une montagne par dessus une rivière : si l'appelle on Chastouseal[4], et est li clés et li entrée de Bretagne. Si estoit bien garnis et bien furnis de gens d'armes, et[5] il y avoit deus moult vaillans chevaliers, qui en estoient chapitain, dont li uns avoit nom messire Milles et li aultres messire Walerans, et estoient de Loeraingne. Quant li dus de Normendie et li aultre signeur que vous avés oy nommer veirent le chastiel si fort, il eurent conseil qu'il les assegeroient. Car, s'il passoient avant et laissoient une tèle garnison derrière yaus, ce leur poroit tourner à grant damage et à anoy. Si le assegièrent tout au tour et y fisent pluiseurs assaus, meismement li Genevois qui s'abandonnoient durement et follement, pour yaus mieus monstrer à cest commencement, si qu'il y perdirent de leurs compagnons par pluiseurs fois, car cil dou castiel se deffendirent durement et sagement : siques li signeur demorèrent grant pièce[6] devant, ançois qu'il le peuissent avoir. Mais au daar-

---

1. Le rendez-vous de l'armée fut fixé à Angers vers le 26 septembre 1341, mais le duc de Normandie semble n'être venu à la tête des troupes que le 14 octobre (JB, I, 265 n1).   **2.** Ancenis, ville sur la Loire, à 20 km de Nantes.   **3.** Voir SHF, II, 108 n1.   **4.** Champtoceaux, Maine-et-Loire, arr. Cholet, sur la rive gauche de la Loire.   **5.** SHF, II, 108 : « où que ».   **6.** « Longtemps ».

rain il fisent si grant attrait de mairiens et de velourdes[1], et les fisent mener par force de gens jusques as fossés dou chastiel, et puis fisent assallir très fortement : siques, tout en assallant, il fisent emplir ces fossés de ces mairiens et velourdes, tant que qui estoit couvers[2] il pooit bien aler jusques as murs, combien que cil dou chastiel se deffendesissent si bien et si vassaument que on ne poroit mieus deviser, tant que de traire, de getter pières, cauch et feu ardant à grant fuison. Et cil de dehors avoient fait chas[3] et instrumens, par quoi on pikoit les murs, tous couvers. Que vous feroi je lonch compte ? Cil del chastiel veirent bien qu'il ne se poroient longuement tenir, puis que on pertruisoit les murs. Et si savoient bien qu'il n'aroient point de secours ne point de merci, se il estoient pris par force. Si eurent conseil entre yaus qu'il se renderoient, sauves leurs vies et leurs membres, si qu'il fisent. Et les prisent li signeur à merci. Ensi fu gaagniés par ces signeurs de France cilz premiers chastiaus que on claime Chastouseaulz, dont il orent moult grant joie, car il lor sambla que ce fust bons commencemens de leur emprise[4].

§ 148. Quant li dus de Normendie et li aultre signeur eurent conquis Chastouseaulz, si com vous avés oy, li dus de Normendie, qui estoit souverains de tous, le livra tantost à monsigneur Charlon de Blois comme sien, et il mist dedens bon chastelain et grant fuison de gens d'armes, pour garder l'entrée dou pays, et pour conduire chiaus qui venroient après yaus. Puis se deslogièrent li signeur et se traisent par devers Nantes, là où il tenoient que li contes de Montfort leurs

---

1. « Fagots », « falourdes ». 2. « Celui qui était protégé par ses armures ». 3. Le chat est une machine de guerre consistant en une galerie couverte et montée sur roues, que l'on approchait des murailles ennemies et qui était destinée à protéger les assaillants. Ces appareils, de plus en plus perfectionnés, furent en usage du milieu du XIIe siècle à la fin du XVe. 4. Le siège de Champtoceaux dura au moins du 10 au 26 octobre. (SHF, II, xli n1).

ennemis estoit. Si lor avint que li mareschal de l'host et li coureur trouvèrent entrevoies une bonne ville et grosse, bien fremée de fossés et de palis ; si l'assallirent fortement. Ichil dedens estoient peu de gens et petitement armé ; si ne se peurent deffendre contre les assallans, meismement contre les arbalestriers des Genevois. Si fu la ville tantost gaagnie, toute robée, et bien li moitiés arse, et toutes gens mis à l'espée, dont ce fu pités. Et appelle on le ville Quarquefoure[1], et siet à quatre liewes ou à cinq priès de Nantes. Li signeur logièrent celle nuit là entour.

Lendemain, il se deslogièrent et se traisent par devers le cité de Nantes ; si le assegièrent tout autour. Et fisent tendre tentes et pavillons si bellement et si ordonneement que vous savés que François scèvent bien faire. Et cil qui estoient dedens le cité pour le garder, dont il y avoit grant fuison de gens d'armes avoecques les bourgois, se alèrent tout armer et se maintinrent celui jour moult bellement, cescuns à sa deffense, ensi qu'il estoit ordonnés. Celui jour entendirent cil de l'host à yaus logier et aler fourer. Et aucun bidau et Genevois alèrent priés des bailles pour escarmucier et paleter. Et aucun des saudoiers et des jones bourgois issirent hors encontre yaus : si qu'il y ot trait et lanciet, et des mors et des navrés d'un costet et d'autre, si com il a souvent en si faites besongnes[2]. Ensi y eut là des escarmuces par deus ou par trois fois, tant que li hos demora là.

Au pardarrain, il y avint une aventure assés sauvage[3], ensi que jou oy recorder[4] ceulz qui y furent. Car aucun des saudoiiers de le cité et des bourgois issirent hors une matinée à l'aventure, et trouvèrent jusques à quinze chars chargiés de vivres et de pourveances qui en aloient vers l'ost, et gens qui les conduisoient jusques à soissante, et cil de le cité estoient bien deus cens. Si les coururent sus et les desconfirent, et en tuè-

---

1. Carquefou (44470), Loire Atlantique, arr. Nantes, à 10 km de Nantes. **2.** « En de telles affaires ». **3.** « Une très étrange aventure ». **4.** « Raconter ».

rent les aucuns, et fisent les chars chariier par devers
le cité. Li cris et li hus[1] en vint jusques en l'ost. Si
s'ala cescuns armer au plus tost qu'il peut, et courut
cescuns apriès les chars pour rescourre le proie ; et les
raconsievirent assés priès des bailles de le cité. Là
moutéplia très durement li hustins, car cil de l'host y
vinrent à si grant fuison que li saudoiier en orent trop
grant fais. Toutesvoies, il fisent desteler les chevaus et
les cachièrent dedens le porte, à fin que, s'il avenoit
que cil de l'host obtenissent le place, que il ne peuissent remener les chars ne les pourveances si legièrement. Quant li aultre saudoiier de le cité veirent le
hustin, et que leur compagnon avoient trop grant fais,
aucun issirent hors pour yaus aidier. Ossi fisent des
aultres bourgois, pour aidier leurs parens. Ensi moutéplia très durement li hustins, et y eut tout plain de mors
et de navrés d'un costet et d'aultre, et grant fuison de
bien deffendans et d'assallans. Et dura cils hustins
moult longement, car toutdis croissoit li force de chiaus
de l'host. Et sourvenoient toutdis nouvelles gens
reposés.

Tant avint que, au pardarrain, messires Hervis de
Lyon, qui estoit li uns des mestres consillières[2] le
conte de Montfort et ossi de toute le cité, et qui moult
bien s'estoit maintenus et moult vassaument à ce hustin, et moult avoit reconforté ses gens, quant il vei qu'il
estoit poins de retraire et qu'il pooient plus perdre au
demorer que gaegnier, il fist ses gens retraire au mieulz
qu'il peut, et les deffendoit en retraiant et garandissoit[3]
au mieulz qu'il pooit. Si leur avint qu'il furent si priès
sievi au retraire qu'il y eut grant fuison de mors, et pris
bien deus cens et plus des bourgois de le cité, dont leur
père, leur frère et leur ami furent durement dolent et
courouciet. Ossi fu li contes de Montfort qui en blasma
durement monsigneur Hervi de Lyon, par courouch de
chou qu'il les avoit si tost fait retraire. Et li sambloit

---

1. « Cris de guerre ».   2. La forme féminine de ce mot surprend.   3. « Les mettait en sûreté ».

que par le retraite ses gens estoient perdu. De quoi messires Hervis fu durement merancolieus. Et ne volt onques, puissedi[1], venir au conseil le conte, se petit non. Si s'en esmervilloient durement les gens pour quoi il le faisoit.

§ 149. Or avint, ensi que jou ay oy recorder, que aucun des bourgois de le cité, qui veoient leurs biens destruire dedens le cité et dehors, et avoient leurs amis et leurs hoirs et enfans en prison et doubtoient encores pis à venir, se avisèrent et parlèrent ensamble tant qu'il eurent entre yaus acord de trettier à ces signeurs de France couvertement, par quoi il peuissent venir à pais et ravoir leurs enfans et amis quittes qui estoient en prison. Si trettièrent tant paisievlement et couvertement que acordé fu que il raroient les prisons tous quittes ; et il devoient livrer l'une des portes ouvertes pour les signeurs entrer en le cité et pour aler prendre le conte de Montfort dedens le chastiel, sans riens fourfaire[2] ailleurs en le cité, ne à corps, ne à biens. Ensi que acordé et traictié fu, fu fait. Et entrèrent li signeur et ceulz qu'il veurent avoir avoech yaus, en une matinée, en le cité de Nantes, par l'acord des bourgois, et alèrent droit au chastiel ou au palais. Si brisièrent les huis et prisent le conte de Montfort et l'en menèrent hors de le cité, à leurs tentes, si paisievlement qu'il ne fourfisent riens ne as corps ne as biens de le cité. Et vorrent bien aucunes gens dire que ce fu fait assés de l'accord et pourcach ou consentement monsigneur Hervi de Lyon, pour tant que li coens l'avoit rampronnet[3], si com vous avés oy. Or ne sçai je pas, quoi qu'il en fust d'aucunes gens soupeçonnés, se ce fu voirs[4] ou non, car bien apparut en ce que, apriès che fait, il fu toutdis de l'accord et conseil del dit monsigneur Charle. Ensi que vous avés oy, et que jou ay oy recorder, fu pris li contes de Montfort en le cité de Nantes, l'an de grasce

---

1. « Depuis ce jour-là ».   2. « Faire du mal ».   3. « Raillé », « insulté ».   4. « Vrai ».

mil trois cens et quarante un, entour le feste de le Toussains[1].

Tantost apriès chou que li contes de Montfort fu pris et menés as tentes, li signeur de France entrèrent en le cité, tout desarmet, à moult grant feste. Et fisent li bourgois et tout cil del pays autour feaulté et hommage à monsigneur Charle de Blois, comme à leur droit signeur. Si demorèrent li signeur en le cité par l'espasse de trois jours, à grant feste, pour yaus aaisier et pour avoir conseil entre yaus qu'il poroient faire de donc en avant. Si se acordèrent à çou, pour le milleur, qu'il s'en retourneroient par devers France et par devers le roy et li liveroient le conte de Montfort pour prison, car il avoient moult grandement bien esploitiet, ce lor sambloit, et par tant ossi qu'il ne pooient bonnement[2] plus avant hostoiier[3] ne guerriier, pour l'ivier temps qui entrés estoit, fors par garnisons[4] et forterèces, ce leur sambloit. Si consillièrent à monsigneur Charle de Blois qu'il se tenist en le cité de Nantes et là entour jusques au nouviel temps d'esté, et fesist ce qu'il peuist par ses saudoiiers et par ses forterèces qu'il avoit reconquises. Puis se partirent tout li signeur sour ce pourpos, et fisent tant par leurs journées qu'il revinrent à Paris là où li rois estoit ; se li livrèrent le conte de Montfort pour son prison. Li rois le rechut à grant joie, et le fist emprisonner en le tour dou Louvre dalés Paris, là où il demora longement. Au pardarrain, y morut il, ensi que jou ay oy recorder, et qu'il fu verités[5].

---

1. Le 1er novembre 1341. D'après la rédaction d'Amiens (II, 156), la prise de Montfort date du 20 octobre. 2. « Facilement ». 3. « Tenir la campagne ». 4. « Troupes armées qui défendent des places ». 5. Froissart se trompe : le 1er septembre 1343, Jean de Montfort fut élargi du Louvre à Paris, « par certaines seurtés et convenances qu'il n'iroit pas en Bretaigne », *Grandes Chroniques de France*, IX, 243 n2. Il mourut à Hennebont le 26 septembre 1345.

§ 150. Or voel jou retourner à le contesse de Montfort, qui bien avoit corage d'omme et coer de lyon. Elle estoit en le cité de Rennes, quant elle entendi que ses sires estoit pris, en le manière que vous avés oy. Se elle en fu dolente et couroucie, ce puet cescuns et doit penser et savoir, car elle pensa mieus que on deuist mettre son signeur à mort qu'en prison. Et comment que elle ewist grant doel au coer, si ne fist elle mies comme femme desconfortée, mès comme homs fiers et hardis, en reconfortant vaillamment tous ses amis et ses saudoiiers. Et leur monstroit un petit fil que elle avoit, que on appelloit Jehan[1] ensi que le père, et disoit : « Ha ! signeur, ne vous desconfortés mies ne esbahissiés pour mon signeur que nous avons perdu : ce n'estoit que uns seulz homs. Veés ci mon petit enfant qui sera, s'il plaist à Dieu, ses restoriers, et qui vous fera des biens assés. Et vous pourcacerai tèle chapitainne et tel mainbour par cui vous serés tous reconfortés. »

Quant la dessus ditte dame et contesse eut ensi reconforté ses amis et ses saudoiiers qui estoient à Rennes, elle ala par toutes ses bonnes villes et ses forterèces, et menoit son jone fil avoecques lui ; et les sermonnoit et reconfortoit en tèle manière que elle avoit fait chiaus de Rennes, et renforçoit les garnisons de gens et de quanques fallir leur pooit. Et paia largement partout, et donna assés d'abondance là où elle pensoit que bien emploiiet estoit. Puis s'en vint en Hembon sus la mer, qui est forte ville et grosse et fors chastiaus. Là se tint elle et son fil avoecques lui, tout cel ivier. Souvent envoioit viseter ses garnisons et reconfortoit ses gens, et paioit moult largement leurs gages. Si me tairai atant de ceste matère et retournerai au roy Edouwart d'Engleterre, et conterai quelz coses li avinrent aprièss le departement dou siège de Tournay.

---

1. Jean IV de Montfort, duc de Bretagne (1364-1399).

§ 151. Vous avés bien chi dessus oy recorder comment, le siège durant devant Tournay, li signeur d'Escoce avoient repris pluiseurs villes et forterèces sus les Englès qu'il tenoient ou royaume d'Escoce, et par especial Haindebourch, qui plus les avoit heriiés et cuvriiés que nulz des aultres, par l'avis et le soutilleté de monsigneur Guillaume de Douglas. Et encores estoient Struvelin, qui sciet à vint liewes d'Aindebourch, la cités[1] de Bervich et Rosebourc, englès ; et plus n'en y avoit demoret que tout ne fuissent reconquis. Et seoient li dit Escot à siège fait[2], et aucun signeur de France avoech yaus, que li rois Phelippes y avoit envoiiet pour parfaire leur guerre, devant le chastiel de Struvelin. Et l'avoient telement astraint et constraint et travilliet que li Englès, qui dedens estoient et qui le gardoient, ne le pooient longuement tenir.

Dont il avint que, quant li Englès se furent parti de Tournay et retourné en leur pays, li rois Edowars leur sires fu enfourmés des Escos comment il avoient chevauciet et reconquis les villes et les chastiaus d'Escoce, qui de jadis li avoient tant cousté au prendre, et seoient encores li dit Escot devant Struvelin. Si eut li rois englès conseil et volenté de chevaucier vers Escoce, si com il fist, et se mist au chemin entre le Saint Mikiel et le Toussains ; et fist un très grant mandement et très fort que toutes gens d'armes et arciers le sievissent et venissent à lui vers Evruich, car là s'en aloit il et y faisoit sen assemblée. Dont s'esmurent toutes manières de gens parmi Engleterre, et s'en vinrent celle part là où il estoient semons et mandé. Et meismement li rois tout devant s'en vint à Evruich et là s'arresta, en sourattendant ses gens qui venoient à grant effort li uns après l'autre. Li signeur d'Escoce, qui furent enfourmé de le venue dou roi englès qui venoit sus yaus, et qui le dit chastiel de Struvelin avoient assegiet, se hastèrent telement et si constraindirent chiaus de le ditte garni-

---

1. Lire « et les cités ». 2. « Et ces Écossais tenaient un siège robuste ».

son, par assaus d'engiens et de kanons[1], qui par force il les convint rendre as Escos. Et leur delivrèrent le forterèce par tel manière qu'il s'en partoient, salve leurs corps et leurs membres, mais riens dou leur n'en portoient. Ensi recouvrèrent li dit Escot le chastiel de Struvelin.

Ces nouvelles vinrent au roy englès qui encores se tenoit en Evruich : se ne li furent mies trop plaisans. Et se parti de le ditte cité et se trest par devers Duremme et passa oultre, et puis vint au Noef Chastiel sur Thin[2]. Et se logièrent ses gens en le ditte ville ou ens ès villages d'environ. Et là sejournèrent plus d'un mois, en attendant leurs pourveances que on avoit mis sus mer et qui leur devoient venir, mais petit leur en vinrent. Car leurs vassiaus eurent si grant fortune sus mer, entre le Toussains et le Saint Andrieu[3], que pluiseurs de leurs nefs furent peries ; et s'en alèrent arriver par vent contraire, volsissent ou non, en Hollandes et en Frise. Dont li Englès, qui se tenoient au Noef Chastiel et là entour, eurent moult de disètes et de chier temps. Et ne pooient aler avant, car se il fuissent passet, il ne sceuissent où fourer ne recouvrer de vivres, car li yviers estoit entrés, et si avoient li Escoçois tous leurs biens, bleds et avainnes, mis et bouté en leurs forterèces. Et si avoit li rois englès grant gens avoecques lui, bien six mille hommes à chevaus et quarante mille hommes de piet ; si leur falloit fuison de pourveances.

Li signeur d'Escoce, qui s'estoient retrait devers le forest de Gedours apriès le prise de Struvelin, entendirent bien que li rois d'Engleterre sejournoit au Noef Chastiel sur Thin à grant gent, encoragiés[4] durement d'ardoir et exillier leur pays, ensi qu'il avoit fait aultre fois. Si eurent conseil entre yaus et avis, par grant deliberation, quel cose il poroient faire et comment il s'en

---

1. Toutes sortes d'engins de guerre ; artillerie. **2.** En décembre, vers Noël, les hommes d'armes anglais se réunirent à Newcastle (JB, 276). **3.** Donc entre le 1er et le 30 novembre 1341. **4.** « Résolu ».

maintenroient, car il estoient peu de gens, et avoient longement guerriiet par l'espasse de sept ans et plus sans signeur, et jut as camps et ès foriès[1] à grant mesaise. Et encores n'avoient il point le roy leur signeur ; si en estoient tout anoieus[2] et naisis[3]. Si se acordèrent à ce que il envoieroient devers le roy englès un evesque et un abbé, pour requerre aucune triewe. Liquel message se partirent des Escos, et chevaucièrent tant qu'il vinrent en le ville dou Noef Chastiel sur Thin, et trouvèrent là le roy englès et grant fuison de baronnie dalés lui. Cil doi prelat d'Escoce, qui là avoient esté envoiiet sus saufconduit, se traisent devers le roy englès et son conseil et remonstrèrent leur besongne si bellement et si sagement que une triewe fu acordée à durer quatre mois tant seulement, par tèle condition que cil d'Escoce devoient envoiier en France après le roy David messages souffissans ; et li segnefieroient que, s'il ne venoit dedens le jour de may ensiewant si poissamment que pour resister as Englès et deffendre son pays, il se renderoient au roy englès, ne jamais ne le tenroient à signeur. Ensi furent les triewes acordées et affremés et retournèrent li message deviers leurs gens en Escoce, et recordèrent comment il avoient exploitié. Che pleut moult bien as Escos ; et ordonnèrent tantost gens pour envoiier en France, monsigneur Robert de Versi et monsigneur Symon Fresiel et deus aultres chevaliers, qui s'en devoient aler en France par devers le roy leur signeur et conter ces nouvelles. Et li dis rois englès, qui au Noef Chastiel sejournoit à grant mesaise et ossi toutes ses gens par deffaute de pourveances et de vivres, et pour ce s'estoit il plus priès pris d'acorder à le triewe[4], se parti de là et s'en revint arrière en Engleterre et donna toutes ses gens congiet ; si s'en rala cescuns en son lieu.

Or avint ensi que, quant ces triewes furent acordées et li message d'Escoce qui furent envoiiet en France

---

1. « Forêts ».   2. « Contrariés ».   3. « Lassés ».   4. « Et pour cette raison s'était-il d'autant plus empressé d'accorder la trêve ».

apriès le roy David, il passèrent à Douvres le mer. Et li rois David, qui par le terme de sept ans et plus avoit demoret en France et savoit que ses pays estoit si foulés et si gastés que vous avés oy et savoit ses gens en grant meschief pour les Englès, eut conseil qu'il prenderoit congiet au roy Phelippe de France et s'en revenroit en son royaume, pour ses gens viseter et reconforter. Si le fist et se mist à voie entre lui et [1] madame sa femme, anchois que li message d'Escoce, qui à lui avoient estet envoiiet, parvenissent à lui. Et s'estoit mis en mer à un aultre port, en le gouvrenance d'un maronnier [2] que on clamoit monsigneur Richart le Flamench, si qu'il ariva au port de Morois en Escoce, ançois que cil signeur d'Escoce qui remandé l'avoient le sceuissent [3]. Et quant il le sceurent, il en eurent grant joie. Si s'esmurent tuit et vinrent à grant solennité et à grant feste là où il estoit. Et le amenèrent très noblement et solennelment à une cité que on claime Saint Jehan en Escoce, où on prent le bon saumon et grant fuison.

§ 152. Quant li jones rois David d'Escoce et ma dame la royne Ysabiel [4] sa femme furent venu en le cité dessus ditte, on le sceut tantost parmi le pays. Si vinrent là gens de toutes pars pour lui veoir et festiier, car on ne l'avoit veu, grant temps avoit ; cescuns doit savoir que on li fist grant feste. Quant toutes ces festes et ces bien venues furent passées, cescuns li ala remonstrer et complaindre ses damages et ses mescheances, au mieulz qu'il peut, et toute le destruction que li rois Edowars et li Englès avoient fais en son pays. Li jones rois David eut grant doel et grant pitié quant il vei ensi son pays destruit et ses gens ossi complaindre, ossi ma dame la royne sa femme qui en

---

1. Entre lui et : « avec ». 2. « Marin ». 3. Le 4 mai 1341, David Bruce et Jeannne d'Angleterre revinrent en Écosse. Ils débarquèrent à Inverbervic dans le comté de Kincardine (JB, 144, 274 ; SHF, II, xliv n2). 4. Erreur pour Jeanne, sœur d'Édouard III qui avait épousé David Bruce en 1328.

plora assés. Quant li rois eut oy toutes les complaintes des uns et des aultres, il les reconforta au mieuls qu'il peut, et dist qu'il s'en vengeroit, ou il perderoit le remanant, ou il morroit en le painne. Puis eut conseil tel qu'il envoia grans messages partout ses amis lonc et priès, en priant et requerant humlement que cescuns fust appareilliés pour lui aidier à cest besoing. À celui mandement vint li contes d'Orkenay, uns grans princes et poissans, et avoit à femme la seur le signeur le roy[1]. Chilz y vint à grant poissance de gens d'armes, et pluiseur aultre grant baron et chevalier de Souède, de Norvèghe et de Danemarce, li un par amour et li autre par saudées[2]. Tant en y vint d'un costé et d'aultre qu'il furent bien, quant tout furent venu entour le cité de Saint Jehan en Escoce, au jour que li dis rois les avoit mandés, soixante mille hommes à piet et sour hagenées, et bien trois mille armeures de fier, chevaliers et escuiers, parmi les signeurs et chiaus dou pays d'Escoce.

Quant tout furent assamblet et appareilliet, il s'esmurent pour aler exillier chou qu'il poroient dou royaume, car la triewe estoit espirée et li quatre mois acompli et plus où il disoient ensi qu'il se combateroient au roy, qui tant d'anois[3] leur avoit fais et de damages. Si se partirent de le ville de Saint Jehan en Scoce moult ordeneement et vinrent ce premier jour jesir à Donfremelin, et puis passèrent à lendemain un brac de mer entre Donfremelin et Struvelin. Quant il furent tout oultre, il cheminèrent à grant esploit et passèrent desous Haindebourch, et puis toute l'Escoce, et par dalés le fort chastiel de Rosebourch qui se tenoit englès, mais point n'i assaillirent, car il ne voloient mies faire blecier leurs gens et aleuer[4] leur artillerie, car il ne savoient quel besoing il en aroient, pour tant qu'il esperoient à faire un grant fait ains leur retour. Apriès passèrent il assés priès de le cité de Bervich

---

1. Marguerite d'Écosse avait épousé Éric, roi de Norvège. 2. « Soldes », « gages ». 3. « Tourments ». 4. « Employer ».

dont messires Edouwars de Bailluel estoit chapitainne et souverains, et puis cheminèrent oultre sans point assallir, et entrèrent ou royaume de Northombrelant et vinrent sus le rivière de Thin, ardant et destruisant tout le pays ; et fisent tant par leurs journées qu'il vinrent par devant le Noef Chastiel qui siet sus le rivière de Thin. Là se loga li rois David et toutes ses hos celle nuit, pour savoir et veoir se il y poroit de riens esploitier. Quant ce vint à le matinée ensi que[1] droit au point dou jour, aucun compagnon gentil homme de là environ, qui estoient dedens le ville, se partirent par une porte paisievlement pour esmouvoir[2] l'ost. Et estoient bien deus cens et plus, hardis et entreprendans. Puis se ferirent à l'un des costés de l'host droitement as logeis le conte de Moret[3], qui s'armoit d'argent à trois orilliers de geules[4]. Si le trouvèrent en son lit ; si le prisent, et tuèrent grant plenté de ses gens, ançois que li host fust esvilliés ne estourmis, et gaegnièrent grant plenté d'avoir. Puis s'en retournèrent en le ville baudement et à grant joie, et livrèrent le conte de Mouret au chastelain monsigneur Jehan de Noefville[5] qui en fist grant feste. Quant cil de l'host furent estourmi et armé et il sceurent l'aventure, il coururent comme tout foursené jusques as bailles de le ville, et fisent un grant assaut qui dura moult longement ; mais petit lor valu, ains perdirent assés de leurs gens. Car en le ville avoit grant fuison de bonnes gens d'armes qui bien et sagement le deffendirent ; par quoi il convint les assallans retraire à leur grant perte.

§ 153. Quant li rois David et si conseilleur veirent bien que li demorers[6] là endroit ne leur pooit porter

---

1. « Pour ainsi dire ».   2. « Provoquer », « surprendre ».   3. Thomas Randolf, comte de Moray. Proclamé régent d'Écosse le 20 juillet 1332, il était neveu du roi Robert Ier.   4. Sur un écu d'argent (blanc), trois coussins de gueules (rouge) disposés 2 et 1. Voir KL, XXIII, 475, n° 298.   5. Raoul de Nevill, fils de Raoul de Nevill et d'Euphémie Clavering († 5 août 1367).   6. « Séjour ».

pourfit ne honneur, il se partirent de là et entrèrent
ens ou pays de l'evesquiet de Durem. Si l'ardirent et
gastèrent tout, puis se traisent par devant le cité de
Duremmes. Et le assegièrent et y fisent pluiseurs grans
assaus comme gens foursenés, pour tant qu'il avoient
perdu le conte de Mouret. Et il savoient bien qu'il avoit
en le cité très grant avoir assamblet, car tous li pays
d'entours y estoit afuiois[1] ; si se penoient d'assallir
cescun jour plus aigrement. Et faisoit li dis rois d'Escoce faire estrumens[2] et engiens, pour venir à segur[3]
jusques as murs. Quant il se furent departi de devant
le Noef Chastiel, messires Jehans de Nuefville, chastelains pour le temps et souverains dou Noef Chastiel, se
parti de nuit, montés sus fleur de coursier, et eslonga
les Escos, car il savoit toutes les adrèces et les refuites[4]
dou pays, pour tant que il en estoit ; et fist tant que,
dedens cinq jours, il vint à Chartesée[5] où li rois englès
estoit adonc. Et li conta et remonstra comment li rois
d'Escoce, à grant poissance, estoit entrés en son pays
et ardoit et exilloit tout devant lui, et l'avoit laissiet
devant le cité de Durem.

De ces nouvelles fu li rois englès moult irés et courouciés. Si mist tantost messagiers en oevre et les
envoia par tout et manda à toutes manières de gens,
chevaliers et escuiers, et autres gens dont on se pooit
aidier, deseure l'eage de quinze ans et desous soixante
ans, que nulz ne s'escusast, mès venissent, ses lettres
veues et ses mandemens oys, tantost devers lui sus les
marces dou north, pour aidier à deffendre son royaume
que li Escot destruisoient. Adonc s'avancièrent conte,
baron, chevalier et escuier et communautés des bonnes
villes, et se hastèrent durement pour obeir au mandement dou roy leur signeur, et se misent tout à voie et
de grant volenté par devers Evruich. Et meismement li
rois se parti tout premierement et n'attendi nullui, tant

---

1. « S'y était réfugié ». 2. « Machines de guerre ». 3. « En
sûreté ». 4. « Refuges ». 5. Chertsey, ville située sur la
Tamise, entre Kingston et Staines.

avoit grant haste ; mais toutdis li croissoient et venoient gens de tous costés.

Endementrues que cilz rois se traioit par devers le cité d'Evruich, et que cescuns le sievoit qui mieus pooit, li roys d'Escoce fist si fortement assallir à le cité de Duremme par estrumens et engiens qu'il avoit fais, que cil de le cité ne le peurent garandir ne deffendre que elle ne fust prise par force et toute robée et arse, et toutes gens mis à mort sans merci. Femmes et hommes, prestres, monnes, chanonnes[1] et petis enfans, qui estoient fuis à le grande eglise, furent tout ars et peri dedens l'eglise, car li feus y fu boutés, de quoi ce fu horrible pités. Car en le cité de Durem ne demora adonc homs ne femme, ne petis enfans, ne maison ne eglise, que tout ne fuissent mis à destruction. Dont ce fu grans pités et cruèle foursenerie[2] et est, quant on destruit ensi sainte chrestieneté et les eglises où Diex est servis et honnerés.

§ 154. Quant chou fu avenu, li rois David eut conseil qu'il se retrairoit arrière selonch le rivière de Thin, et se trairoit par devers le ville de Cardueil, qui est à l'entrée de Galles. Ensi qu'il aloit celle part, il se loga une nuit et toute sen host assés près dou fort chastiel de Salebrin[3], qui estoit au conte de Salebrin, qui fu pris avoec le conte de Sufforch en le marche de Pikardie par devant Lille en Flandres et estoit encores en prison par dedens Chastelet à Paris[4]. En ce fort chastiel sejournoit adonc la noble dame la contesse de Sallebrin, qui on tenoit pour la plus belle dame et le plus noble d'Engleterre. Et estoit cilz fors chastiaus bien garnis de gens d'armes. Si en estoit gardiiens et souverains uns gentilz bachelers preus et hardis, filz de le sereur le conte de Sallebrin. Et avoit cilz nom mes-

---

1. « Chanoines ».   2. « Folie ».   3. Le château de Wark, situé entre Newcastle et Carlisle, sur la rive gauche de la Tyne, qui appartenait au comte de Salisbury (SHF, II, xliv n4).   4. Le comte de Salisbury fut libéré vers le mois de juin 1342 (JB, 298 n ; 302 n1 ; KL, III, 525 ; SHF, II, xlv n2).

sires Guillaumes de Montagut apriès son oncle qui ensi eut nom, car li rois le maria et li donna le conté de Salebrin pour se proèce et pour le bon service qu'il avoit toutdis en lui trouvet. Quant celle nuit fu passée, li hos le roy d'Escoce se desloga pour traire avant par devers Carduel, ensi que proposé estoit. Et passèrent li Escot par routes assés priès de ce fort chastiel, durement chargiet d'avoir qu'il avoient gaegniet à Duremmes et ou pays environ Durem.

Quant li bacelers messires Guillaumes de Montagut vey del chastiel qu'il estoient tout passet, et qu'il ne arresteroient point pour assallir au chastiel, il issi hors, tous armés, atout quarante compagnons d'armes, et sievi apertement après le daarrain trahin[1] qui avoient chevaus si chargiés d'avoir que à grant mesaise pooient il aler avant. Si les raconsievirent à l'entrée d'un bois et leur coururent seure. Et en tuèrent et en blechièrent il et si compagnon plus de deus cens ; et prisent bien sis vingt chevaus chargiés de jeuiaulz et d'avoir, et les amenèrent par devers le chastiel. Li cris et li hus et li fuiant s'en vinrent jusques à monsigneur Guillaume de Douglas qui faisoit l'arrière-garde et avoit jà passet le bois ; et apriès en vinrent les nouvelles en l'ost. Qui donc veist les Eskos retourner à cours de chevaus[2] parmi les camps, par montagnes et par vallées, et monsigneur Guillaume Douglas tout devant, il en peuist avoir grant hide[3]. Tant coururent qui mieus mieus[4], qu'il vinrent au piet dou chastiel et montèrent le montagne en grant haste. Mès ançois qu'il parvenissent as bailles, chil de dedens les avoient refremées, et le proie et l'avoir mis laiens à sauveté : de quoi li Escot eurent grant doel. Si commencièrent à assallir moult fortement, et cil de dedens à deffendre de lanchier et d'estechier[5], de traire et de jetter tant que on pooit, d'une part et d'aultre. Là s'efforçoient durement li doy Guillaume de grever li uns l'autre.

---

1. « Suite de personnes cheminant » (KL, XIX, 458) (« traïn »). 2. « En courant à cheval ». 3. « Effroi ». 4. « À qui mieux mieux ». 5. « Lutter à l'estoc ».

Et tant dura cilz assaulz que tous li hos des Escos y fu venus et li rois meismes. Quant li rois et ses consaulz eurent veu les gens mors gisans sus les camps, et veirent les assallans blecier et navrer à cel assaut sans riens conquester, il en furent durement couroushiet. Si commanda li rois que on laissast l'assallir et que cescuns se alast logier, car il ne trairoit plus avant, et ne se partiroit de là si aroit veu[1] comment il poroit ses gens vengier. Qui adonc veist gens fremir[2] et appeller li uns l'autre et querre pièce de terre pour mieulz logier les assallans, retraire les navrés, raporter ou rapoiier[3], les mors ratrainer et rassambler, veoir y peuist grant triboulement[4]. Celle nuit fu li hos des dis Escos logie par desous le chastel. Et la frice[5] dame, contesse de Sallebrin, festia très durement et conforta tous les compagnons de laiens, tant que elle pot aler, à lie cière.

§ 155. À lendemain, li rois d'Escoce, qui durement courouciés estoit, commanda que cescuns se apparillast pour assallir, car il feroit ses engiens et estrumens traire à mont[6], pour savoir se il poroient de riens entamer le fort chastiel. Cescuns s'apparilla ; et montèrent contremont pour assallir, et cil de dedens pour yaus deffendre. Là eut un fort assaut et perilleus, et moult de bien faisans d'un lés et d'aultre. Là estoit la contesse de Sallebrin qui très durement les reconfortoit ; et par le regard de une tèle dame et son douch amonnestement[7], uns homs doit bien valoir deus au besoing[8]. Cilz assaus dura moult longement. Et y perdirent li Escot grant fuison de leurs gens, car ilz s'abandonnoient durement et portoient arbres et mai-

---

1. « Jusqu'à ce qu'il ait vu ». 2. « S'agiter ». 3. « Remettre sur pied (un blessé) en le soutenant ». 4. « Agitation ». 5. « Gracieuse », « pimpante ». 6. « Là-haut ». 7. « Encouragement ». 8. La grande source de vaillance chez le héros courtois – la vue de sa dame, qui redouble son courage – se trouve ici transportée au cœur de la guerrre de Cent Ans.

riens à grant fuison pour emplir[1] les fossés et pour amener les estrumens jusques as murs, se il peuissent. Mais cil del chastiel se deffendoient si vassaument que li assallant y perdirent grant fuison de leurs gens ; si les convint retraire arrière. Li rois commanda que li estrument fuissent bien gardé pour renforcier l'assaut à lendemain. Ensi se departi li assaus, et s'en rala cescuns en se loge, horsmis chiaus qui devoient ces estrumens garder. Li un plorèrent les mors, et li aultre confortèrent les navrés.

Chil del chastiel qui durement estoient travilliet, et si y avoit grant fuison de bleciés, veirent bien que li fais[2] leur estoit grans ; et se li rois David maintenoit son pourpos, il aroient fort temps[3]. Si eurent entre yaus conseil qu'il envoieroient certain message par devers le roy Edouwart qui estoit à Evruich là venus, ce savoient il de verité par les prisonniers d'Escoce qu'il avoient pris. Si regardèrent entre yaus qui feroit ceste besongne, mais il ne peurent trouver qui volsist laissier le chastiel à deffendre, ne la belle dame ossi pour porter cel message. Si en ot entre yaus grant estrit. Quant li gentilz bacelers messires Guillaumes de Montagut vei le bonne volenté de ses compagnons et vei d'autre part le meschief qui leur poroit avenir, se il n'estoient secouru, si lor dist : « Signeur, je voy bien vostre loyauté et vostre bonne volenté : siques, pour l'amour de madame et de vous, je metterai mon corps en aventure pour faire cesti message, car jou ay tel fiance en vous, selonch chou que j'ai veu, que vous detenrés[4] bien le chastiel jusques à me revenue. Et ay d'autre part si grant esperance el noble roy nostre signeur, que je vous amenrai temprement si grant secours que vous en arés joie, et vous seront bien meri[5] li bien fait que fait arés. » De ceste parolle furent madame li contesse et li compagnon tout joiant.

Quant la nuis fu venue, li dis messires Guillaumes

---

1. « Remplir ». **2.** « Poids », « charge ». **3.** « Qu'ils seraient dans une mauvaise situation ». **4.** « Conserverez » (« détenir »). **5.** « Récompensés ».

se apparilla dou mieulz qu'il peut, pour plus paisivlement issir de laiens qu'il ne fust perceus de chiaus de l'host. Se li avint si bien qu'il pleut toute la nuit si fort que nulz des Escos n'osoit issir de se loge. Si passa à mienuit tout parmi l'ost, que onques ne fu perceus. Quant il fu passés, il fu grans jours ; si chevauça avant tant qu'il encontra deus hommes d'Escoce, à demi liewe priès de l'host, qui amenoient deus bues et une vache par devers l'ost. Messires Guillaumes cogneut qu'il estoient Escot ; si les navra tous deus durement et tua leurs bestes, par quoi li Escot ne cil de l'host n'en euissent aise, puis dist as deus navrés : « Alés, dittes à vostre roy que Guillaumes de Montagut vous a mis en tel point en son despit[1]. Et li dittes que je vois querre le gentil roy Edowart qui li fera temprement vuidier ceste place maugré lui. » Cil li prommissent qu'il feroient volentiers ce message, mais qu'il les laissast atant à pais. Lors se parti li dis messires Guillaumes d'yaus, et s'en ala tant qu'il peut par devers le roy son signeur qui estoit à Evruich à tout grant fuison de gens d'armes, et en attendoit encores plus. Si fist li dis messires Guillaumes son salu au roy de par madame sen ante[2], contesse de Salebrin, et li conta le meschief où elle et ses gens estoient. Li rois respondi apertement et liement qu'il ne laisseroit nullement qu'il ne secourust la dame et ses gens ; et se plus tost euist sceu là où li Escot estoient, et le meschief del chastiel et de la dame, plus tost fust alés celle part. Si commanda tantost li dis rois que cescuns fust appareilliés à mouvoir lendemain, et que on fesist toutdis les venans traire avant apriès son host qu'il avait grant.

§ 156. Li rois englès se parti à lendemain de le cité de Evruich moult liement, pour les nouvelles que messires Guillaumes li avoit aportées. Et avoit avoech lui sis mille armeures de fier, dis mille arciers et bien quatre vingt mille hommes de piet, qui tout le sie-

---
1. « Au mépris de lui ».   2. « Tante ».

voient, et toutdis li venoient gens. Quant li baron d'Escoce et li mestre del conseil le roy sceurent que li dis messires Guillaumes de Montagut avoit ensi passet parmi leur host, et qu'il s'en aloit querre secours au roy englès, et savoient bien que li rois Edouwars estoit à Evruich à grant gent, et le tenoient de si grant corage et si gentil, que il ne lairoit nullement que il ne venist tantost sus yaus pour secourre la dame et chiaus del chastiel, il parlèrent ensamble, endementrues que li rois[1] faisoit souvent et ardamment assallir. Et veirent bien que li rois faisoit ses gens navrer et martiriier sans raison. Et veoient bien que li rois englès venroit bien ançois combatre à yaus que leurs rois peuist avoir conquis che chastiel, ensi qu'il cuidoit. Si parlèrent tout ensamble au roy David d'un accord, et li disent que li demorers là n'estoit point ses pourfis ne sen honneur, car il leur estoit moult honnourablement avenu de leur emprise. Et avoient fait grant despit as Englès, quant il avoient jeut en leur pays par douze jours[2], et ars et exilliet tout autour. Après il avoient pris par force le cité de Duremmes et mis toute à grant destruction : siques, tout consideret, c'estoit bon qu'il se partesist et se retraisist vers son royaume ; et y menassent à sauveté ce que conquis avoient, et que une aultre fois il retourroit en Engleterre quant il li plairoit. Li rois, qui ne volt mies issir dou conseil de ses hommes, s'i acorda, quoi que il le fesist moult à envis, car volentiers ewist attendu à bataille le roy d'Engleterre, se on ne li ewist desconsillié. Toutesfois il se desloga au matin et toute se host ossi. Et s'en alèrent li dit Escot droit par devers le grant forest de Gedours, où li sauvage Escot se tiennent tout bellement et à leur aise, car il voloient savoir que li rois englès feroit en avant, ou se il retrairoit arrière ou se il iroit avant et trairoit en leur pays.

---

1. David.   2. « Quand ils avaient passé douze jours dans leur pays ».

§ 157. Ce jour meismes que li rois David et li Escot se departirent au matin de devant le chastiel de Salebrin, vint li rois Edouwars à toute son host, à heure de miedi, en le place là où li rois des Escos avoit logiet. Si fu moult courouciés quant il ne le trouva, car volentiers se fust combatus à lui. Il estoit venus en si grant haste que ses gens et ses chevaus estoient durement travilliet. Si commanda que cescuns se logast là endroit, car il voloit aler veoir le chastiel et la gentilz dame qui laiens estoit, car il ne l'avoit veu puis les noces dont elle fu mariée. Ensi fu fait que commandé fu. Cescuns s'ala logier, ensi qu'il peut, et reposer qui volt. Sitos que li rois Edowars fu desarmés, il prist jusques à dix ou douze chevaliers, et s'en ala vers le chastiel pour saluer la contesse de Salebrin, et pour veoir le manière des assaus que li Escot avoient fais, et des deffenses que cil dou chastiel avoient faites à l'encontre.

Sitos que la dame de Salebrin sceut le roy venant, elle fist ouvrir toutes les portes, et vint hors si richement vestie et atournée[1] que cescuns s'en esmervilloit. Et ne se pooit on cesser de li regarder et de remirer[2] le grant noblèce de le dame, avoech le grant biauté et le gracieus maintien que elle avoit. Quant elle fu venue jusques au roy, elle s'enclina jusques à terre encontre lui, en regratiant de le grace et del secours que fait li avoit, et l'en mena ens ou chastiel pour lui festiier et honnourer, comme celle qui très bien le savoit faire. Cescuns le regardoit à merveilles, et li rois meismes ne se pooit tenir de lui regarder. Et bien lui estoit avis que onques n'avoit veu si noble, si friche, ne nulle si belle de li. Se li feri tantost une estincelle de fine amour[3] ens el coer qui li dura par lonch temps, car bien li sambloit que ou monde n'i avoit dame qui tant fesist à amer comme celle. Si entrèrent ens ou chastiel main à main. Et le mena la dame premiers en le sale, et puis

---

1. « Parée ».   **2.** « Regarder avec attention ».   **3.** « Parfait amour », « fin'amour » (l'amour courtois, avec toutes ses connotations littéraires).

en sa cambre, qui estoit si noblement parée qu'il affreoit[1] à tel dame. Et toutdis regardoit li rois le gentilz dame si ardamment que elle en devenoit toute honteuse et abaubie. Quant il l'ot grant pièce assés regardée[2], il ala à une fenestre pour apoiier, et commença fortement à penser[3]. La dame, qui à ce point ne pensoit, ala les aultres signeurs et chevaliers festiier et saluer moult grandement et à point, ensi que elle savoit bien faire, cescun selonch son estat. Et puis commanda à appareillier le disner, et quant temps seroit, à mettre les tables et le sale parer.

§ 158. Quant la dame eut tout deviset et commandet à ses gens chou que bon li sambloit, elle s'en revint à chière lie[4] par devers le roy, qui encores pensoit et musoit fortement[5], et li dist : « Chiers sires, pour quoi pensés vous si fort ? Tant penser n'affiert pas à vous, ce m'est avis, sauve vostre grace. Ains deuissiés faire feste et joie à bonne cière, quant vous avés encaciet vos ennemis qui ne vous ont osé attendre ; et deuissiés les aultres laissier penser del remanant[6]. » Li rois respondi et dist : « Ha ! ma chière dame, sachiés que puis que[7] jou entrai ceens[8], m'est une songne sourvenue, de quoi je ne me prendoie garde : se m'i convient penser. Et se ne sçai que avenir en pora, mais je n'en puis mon coer oster. » — « Ha ! chiers sires, dist la dame, vous deuissiés tous jours faire bonne cière, pour vos gens mieulz conforter, et laissier le penser et le muser. Diex vous a si bien aidiet jusques à ores en toutes vos besongnes et donnet si grant grasce, que vous estes li plus doubtés et honnourés princes des Chrestiens. Et se li rois d'Escoce vous a fait despit et damage, vous le porés bien amender, quant vous vorrés, ensi que aultre fois avés fait. Si laissiés le muser et venés en le

---

1. « Convenait ». 2. « Après qu'il l'eut beaucoup regardée un grand moment ». 3. « Réfléchir ». 4. « Joyeusement ». 5. « Était très absorbé par ses pensées ». 6. « Vous devriez laisser aux autres le soin de s'occuper du reste ». 7. « Depuis que ». 8. « Ici dedans ».

sale, se il vous plaist, dalés vos chevaliers : tantost sera appareilliet pour disner. » — « Ha ! ma chière dame, dist li rois, aultre cose me touche et gist en mon coer que vous ne pensés. Car certainnement li doulz maintiens, li parfais sens, la grant noblèce et la fine biauté que jou ay veu et trouvet en vous m'ont si souspris et entrepris qu'il covient que je soie vos amans. Si vous pri que ce soit vos grés, et que je soie de vous amés, car nulz escondis[1] ne m'en poroit oster. » La gentilz dame fu adonc durement esbahie et dist : « Très chiers sires, ne me voelliés mokier, ne assaiier, ne tempter. Je ne poroie cuidier ne penser que ce fust acertes que vous dittes, ne que si nobles ne si gentils princes que vous estes deuist querre tour ne penser pour deshonnerer moy et mon marit, qui est si vaillans chevaliers, et qui tant vous a servi que vous savés, et encores gist pour vous emprisonnés. Certes, vous seriés del cas petit prisiés et amendés. Certes, onques tel pensée ne me vint en coer ne jà ne venra, se Dieu plaist, pour homme qui soit nés ; et se je le faisoie, vous m'en devriez, non pas blasmer seulement, mais mon corps justicier et desmembrer. »

§ 159. Atant se parti la vaillans dame, et laissa le roy durement esbahi ; et s'en revint en le sale pour faire haster le disner. Et puis s'en retourna au roy et en mena de ses chevaliers ; et li dist : « Sire, venés en la sale. Li chevalier vous attendent pour laver[2], car il ont trop junet, ossi avés vous. » Li rois se parti de la cambre et s'en ala en la sale, à ce mot, et lava, et puis s'assist entre ses chevaliers au disner, et la dame ossi. Mais li roys y disna petit, car aultre cose li touçoit que boire et mengier ; et ne fist onques à ce disner fors que penser. Et à le fois, quant il osoit la dame et son maintien[3] regarder, il gettoit ses yex celle part. De quoi toutes ses gens avoient grant merveille, car il n'en

---

1. « Refus ».   2. Au Moyen Âge les convives se lavent les mains dans la salle avant de se mettre à table.   3. « Conduite ».

estoient point acoustumés, ne onques en tel point ne l'avoient veu. Ains cuidoient li aucun que ce fust pour les Escos qui li estoient escapés. Mais aultre cose li touchoit, et li estoit si fermement entrée ou coer, que onques n'en peut issir en grant temps[1], pour escondire[2] que la dame en seuist ne peuist faire. Mais il en fu toutdis depuis plus liés, plus gais et plus jolis[3] ; et en fist pluiseurs belles festes et joustes, et grans assamblées de signeurs, de dames et de damoiselles, tout pour l'amour de la ditte contesse de Salbrin, si com vous orés chi après.

§ 160. Toutesvoies, li rois englès demora tout celi jour ens ou chastiel, en grans pensées et à grant mesaise de coer, car il ne savoit que faire. Aucune fois il se ravisoit, car honneurs et loyautés le reprendoit[4] de mettre son coer en tèle fausseté, pour deshonnerer si vaillant dame, et si loyal chevalier comme ses maris estoit, qui si loyaument l'avoit toutdis servi. D'autre part, amours le constraindoit si fort que elle vaincoit et sourmontoit honneur et loyauté. Ensi se debatoit li rois en lui, tout le jour et toute le nuit. Au matin, il se leva et fist toute son host deslogier et traire apriès les Eskos, et pour yaus sievir et cachier hors de son royaume ; puis prist congiet à la dame, en disant : « Ma chière dame, à Dieu vous commant[5] jusques au revenir. Si vous pri que vous vos voelliés aviser, et aultrement estre consillie que vous ne m'aiiés dit. » — « Chiers sires, respondi la dame, li Pères glorieus vous voelle conduire et oster de villainne pensée et de deshonnourable, car je sui et serai toutdis consillie et apparillie de vous servir à vostre honneur et à le miène. »

Atant se parti li rois trestous confus et abaubis. Si s'en ala atout son host apriès les Escos, et les sievi jusques oultre le bonne cité de Bervich, et se loga à

---

1. « Qu'elle ne put jamais en sortir avant très longtemps ».
2. « Refus », « excuse ».   3. « Amoureux ».   4. « Blâmait ».
5. « Je vous recommande à la protection de Dieu ».

quatre liewes priés de le forest de Gedours, là où li rois David et toutes ses gens estoient entrés, pour les grans forterèces qu'il y a. Là endroit demora li dis rois englès par l'espasse de trois jours, pour savoir se li Escot vorroient hors issir pour combatre à lui. Et saciés que tous les trois jours y avoit tant d'escarmuces et de paletis entre les deus hos, que cescuns estoit anoieus del regarder ; et y avoit souvent des mors et des pris, d'une part et d'aultre. Et sur tous les aultres y estoit souvent veus en bon convenant messires Guillaumes Douglas, qui s'arme d'azur à comble d'argent, et dedens le comble trois estoilles de geules. Et estoit cilz qui y faisoit plus de biaus fais, de belles rescousses et de hautes emprises[1] ; et fist en l'ost des Englès moult de destourbiers.

§ 161. Tous ces trois jours, parlementèrent aucun preudomme de triewes et d'acort entre ces deus rois. Et tant trettièrent que une triewe fu acordée à durer deus ans, voires se li rois Phelippes de France s'i assentoit, car li rois d'Escoce estoit si fort alloiiés à lui qu'il ne pooit donner triewes ne faire pais sans lui. Et se li rois Phelippes ne s'i voloit acorder, si devoient les triewes durer entre Engleterre et Escoce jusques au premier jour d'aoust[2]. Et devoit estre quittes li contes de Mouret de se prison, se li rois d'Escoce pooit tant pourcacier au roy de France que li contes de Salebrin fust quittes ossi de se prison. Laquèle cose devoit estre pourcacie au roy de France dedens le Saint Jehan Baptiste[3]. Li rois d'Engleterre se acorda plus legierement à celle triewe, pour tant que cilz fait grant sens, qui a trois guerres ou quatre, s'il en poet atriewer[4] ou apaisier les deus ou les trois qu'il le face. Et cilz rois avoit

---

1. « Prouesses ».   **2.** Les pouvoirs donnés par Édouard III pour traiter avec les ambassadeurs de David Bruce, soit de la paix, soit seulement d'une trêve, sont datés des 20 mars et 3 avril 1342. Édouard III était de retour à Londres le 20 février 1342, après être demeuré sur les frontières de l'Écosse depuis le début de novembre 1341 (SHF, II, xlv n1).   **3.** « Avant le 24 juin ».   **4.** « Terminer par une trêve ».

bien à penser sur telz coses, car il avoit guerre en France, en Gascongne, en Poito, en Saintonge et en Bretagne, et partout ses gens et ses saudoiiers.

Celle triewe as Escos fu ensi affremée et acordée que vous avés oy. Si departi li rois d'Escoce ses gens, et s'en rala cescuns en se contrée ; puis envoia grans messages au roy Phelippe de France, pour acorder chou que trettiet estoit, se il li plaisoit. Il pleut assés bien au roy de France pour mieus complaire au roy d'Escoce ; et ne desdist[1] de riens au trettiet, mais renvoia le conte de Salbrin en Engleterre[2]. Dont, si tost qu'il y fu revenus, li rois englès renvoia arrière le conte de Mouret d'Escoce, ossi devers le roy David qui en eut grant joie. Ensi fu fais cilz escanges de ces deus signeurs, si com vous avés oy. Et se departirent ces deus grosses chevaucies, sans plus riens faire, et se retrest cescuns en son lieu. Or retournerons nous à parler des aventures et des guerres de Bretagne.

§ 162. Vous devés savoir que, quant li dus de Normendie, li dus de Bourgongne, li contes d'Alençon, li dus de Bourbon, li contes de Blois, li connestables de France, li contes de Ghines ses filz, messires Jakemes de Bourbon, messires Loeis d'Espagne et li conte et li baron de France se furent parti de Bretagne, qu'il eurent conquis le fort chastiel de Chastouseaus, et puis aprés le cité de Nantes, et pris le conte de Montfort, et livret au roy Phelippe, et il l'eut fait mettre en prison ou Louvre dalés Paris, si com vous avés oy ; et comment messires Charles de Blois estoit demorés tous quois en le cité de Nantes et ou pays d'entour qui obeissoit à lui, pour attendre le saison d'esté en laquèle il fait milleur hostoiier qu'il ne fait en le saison d'ivier, et celle douce saison fu revenue, tout cil signeur de France dessus nommet et grant fuison d'aultres gens avoech yaus s'en ralèrent devers Bretagne à grant pois-

---

1. « Contredit », « s'opposa ». 2. Le comte de Salisbury fut de retour en Angleterre au cours du mois de juin 1342.

sance, pour aidier monsigneur Charle à reconquerre le remanant de le ducé de Bretagne, dont il avinrent des grans et mervilleus fais d'armes, ensi com vous porés oïr. Quant il furent venu à Nantes, là où il trouvèrent monsigneur Charle de Blois, il eurent conseil qu'il assegeroient le cité de Rennes. Si issirent de Nantes et alèrent assegier Rennes tout autour. La contesse de Monfort en devant l'avoit si bien garnie et pourveue de gens d'armes et de tout ce qu'il affreoit, que riens n'i falloit. Et y avoit establi un vaillant chevalier et hardi pour chapitainne, que on clamoit monsigneur Guillaume de Quadudal[1], gentil homme durement dou pays de Bretagne.

Aussi avoit la ditte contesse mis grans garnisons par toutes les aultres cités, chastiaus et bonnes villes qui à lui obeissoient ; et partout bonnes chapitainnes, des gentilz hommes dou pays qui à lui obeissoient et se tenoient, lesquels elle avoit acquis par biau parler, par prommettre et par donner, car elle n'i voloit point espargnier : desquelz li evesques de Lyon, messires Amauris de Cliçon, messires Yewains de Tigri, li sires de Landreniaus, li chastelains de Ghingant, messires Henris et messires Olivers de Pennefort, messires Joffrois de Malatrait, messires Guillaumes de Quadudal, li doi frère de Quirich y estoient, et pluiseur aultre noble chevalier et escuier que je ne sai mies nommer. Ossi en y avoit de l'accord monsigneur Charle de Blois grant fuison, qui à lui se tenoient, avoecques monsigneur Hervi de Lyon, qui fu de premiers de l'accord le conte de Montfort et mestres de son conseil, jusques à tant que la cités de Nantes fu rendue, et li contes de Montfort fu rendus pris, ensi que vous avés oy. De quoi li dis messires Hervis fu durement blasmés, car on voloit dire que il l'avoit pourcaciet et les bourgois enhortés. Chou apparoit en ce que, puis ce fait, ce fu

---

1. Peut-être Olivier de Cadoudal, conseiller en 1340, de Jean III duc de Bretagne (voir JB, I, 299 n1 ; KL, XX, 491).

cilz qui plus se penoit de grever la contesse de Montfort et ses aidans.

§ 163. Messires Charles de Blois et li signeur dessus nommet sisent[1] assés longement devant le cité de Rennes, et y fisent grans damages et pluiseurs grans assaus et fors par les Espagnolz et par les Genevois ; et cil de dedens se deffendirent ossi fortement et vassaument, par le conseil le signeur de Quadudal, et si sagement que cil de dehors y perdirent plus souvent qu'il n'i gaegnièrent.

En celui temps, si tost que la dessus ditte contesse sceut que cil signeur de France estoient venu en Bretagne, à si grant poissance, elle envoia monsigneur Amauri de Cliçon en Engleterre parler au roy Edowart, et pour priier et requerre secours et ayde, par tèle condition que li jones enfes, filz au conte de Montfort et de la ditte contesse, prenderoit à femme l'une des jones filles au roy d'Engleterre, et s'appelleroit duçoise de Bretagne. Li rois Edowars estoit adonc à Londres, et festioit tant qu'il pooit le conte de Salbrin, qui tantost estoit revenus de se prison. Si fist moult grant feste et honneur à monsigneur Amauri de Cliçon quant il fu à lui venus, car il estoit moult gentilz homs ; et li ottria[2] toute sa requeste assés briefment, car il y veoit son avantage en deus manières[3]. Car il li fu avis que c'estoit grant cose et noble de la ducé de Bretagne, se il le pooit conquerre ; et si estoit la plus belle entrée qu'il pooit avoir pour conquerre le royaume de France, à quoi il tendoit. Si commanda à monsigneur Gautier de Manni[4] qu'il amoit moult, car moult l'avoit bien

---

1. « Tinrent le siège ».   2. « Accorda ».   3. Le voyage d'Amauri de Clisson en Angleterre fut antérieur au 10 mars 1342 (SHF, II, xlvi).   4. Gautier de Manny (ou Mauny), originaire de Masny (Nord, arr. et c. Douai) et Hainuyer comme Froissart, accompagna la reine Philippa en Angleterre en 1327. Il participa à toutes les campagnes d'Édouard III et mourut à Londres le 13 janvier 1372. Il fut un patron du chroniqueur : voir *Le Joli Buisson de jonece*, éd. A. Fourrier (Droz 1975), vv 265-6.

servi et loyaument en pluiseurs besongnes perilleuses, qu'il presist tant de gens d'armes que li dis messires Amauris li deviseroit et qu'il li souffiroit, et se aparillast au plus tost qu'il poroit pour aler aidier la contesse de Montfort, et presist avoecques lui jusques à deus mille ou trois mille arciers des milleurs d'Engleterre.

Li dis messires Gautiers fist moult volentiers le commandement son signeur ; si se aparilla au plus tost qu'il peut, et se mist en mer avoecques le dit monsigneur Amauri, à tèle compagnie de gens d'armes et d'arciers qu'il souffi au dit monsigneur Amauri. Avoec lui en alèrent li doy frère de Neynendale, messires Loeis et messires Jehans, li Haze de Braibant[1], messires Hubiers de Frenay, messires Alains de Sirehonde, et pluiseur aultre que je ne puis ne sai tous nommer, et avoech yaus sis mille arciers. Mais uns grans tourmens les prist sour mer et vens contraires, par quoy il les convint demorer sour le mer par le terme de soissante jours[2], ançois qu'il peuissent parvenir à Hembon là où li contesse de Montfort les attendoit de jour en jour, à grant mesaise de coer, pour le grant meschief que elle sentoit que ses gens soustenoient, qui estoient dedens le cité de Rennes.

§ 164. Or est à savoir que messires Charles de Blois et cil signeur de France sisent longuement devant le cité de Rennes, et tant qu'il y fisent très grant damage, par quoy li bourgois en furent durement anoiiés ; et volentiers se fuissent souvent acordé à rendre le cité, se il osassent, mais messires Guillaumes de Quadudal ne s'i voloit acorder nullement. Quant li bourgois et li commun de le cité eurent assés souffert, et qu'il ne veoient nul secours de nulle part venir, il se vorrent rendre ; mais li dis messires Guillaumes ne s'i volt accorder. Au daarrain, il prisent le dit monsigneur

---

1. Fils bâtard de Jean III, duc de Brabant (KL, XX, 436).
2. Selon Knighton (éd. Joseph Rawson Lumby, II, 23-4), Gautier de Manny, avant de venir à Hennebont, aurait guerroyé dans les environs de Brest (JB, I, 305 n).

Guillaume et le misent en prison ; et eurent en convent à monsigneur Charlon de Blois qu'il se renderoient à lendemain par tèle condition que tout cil de le partie le contesse de Monfort s'en pooient aler sauvement, quel part qu'il voloient. Li dis messires Charles de Blois leur acorda. Ensi fu li cités de Rennes rendue à monsigneur Charle de Blois, l'an de grasce mil trois cens quarante et deus, à l'entrée de may. Et messires Guillaumes de Quadudal ne volt point demorer de l'acord monsigneur Charle de Blois, ains s'en ala tantost par devers Hembon, là où la contesse de Monfort estoit, qui fu moult dolente quant elle seut que la cité de Rennes estoit rendue ; et si n'ooit nulles nouvelles de monsigneur Amauri de Cliçon ne de se compagnie.

§ 165. Quant la cité de Rennes se fu rendue, ensi que vous avés oy, et li bourgois eurent fait feauté à monsigneur Charles de Blois, messires Charle eut conseil quèle part il se poroit traire atoute son host, pour mieulz avant esploitier de reconquerre le remanant. Li consaulz se tourna à çou que il se traisist par devers Hembon, là où la contesse de Montfort estoit ; car, puis que li sires estoit en prison, s'il pooit prendre le ville, le chastiel et le contesse, il aroit tost sa guerre afinée. Ensi fu fait. Si se traisent tuit vers Hembon et assegièrent le ville et le chastiel tout autour, tant qu'il peurent, par terre. La contesse estoit si bien[1] pourveue de bons chevaliers et d'autres souffissans gens d'armes qu'il convenait pour deffendre le ville et le chastiel, et toutdis estoit en grant soupeçon del secours d'Engleterre que elle attendoit, et se n'en ooit nulles nouvelles[2]. Ains avoit doubtance que grans meschiés ne leur fust avenus, ou par fortune de le mer, ou par rencontre d'ennemis. Avoecques li estoit en Hembon li evesques de Lyon en Bretagne[3], dont messires Hervis de Lyon estoit neveus, qui estoit de le partie monsigneur

---

1. « Très bien ». 2. « Mais elle s'inquiétait beaucoup du secours d'Angleterre qu'elle attendait et dont elle n'avait aucune nouvelle ». 3. Gui de Léon, seigneur de Carhaix.

Charles. Et si y estoient messires Yves de Tigri, li sires de Landreniaus[1], li chastelains de Ginghant[2], li doi frère de Quirich, messires Henris et messires Oliviers de Pennefort[3] et pluiseur aultre. Quant la contesse et cil chevalier entendirent que cil signeur de France venoient pour yaus assegier, et qu'il estoient assés priès de là, il fisent commander que on sonnast le bancloche[4], et que cascuns s'alast armer et alast à sa deffense, ensi qu'il estoit ordonnés. Ensi fu fait sans contredit.

Quant messires Charles de Blois et li signeur françois furent approciet de le ville de Hembon et il le veirent forte, il fisent leurs gens logier, ensi que pour faire siège. Aucun jone compagnon genevois, espagnol et françois alèrent jusques as bailles pour paleter et escarmucier ; et aucun de chiaus de dedens issirent encontre yaus, ensi que on fait souvent en telz besongnes. Là eut pluiseurs hustins. Et perdirent plus li Genevois qu'il n'i gaegnassent, ensi qu'il avient souvent par trop folement abandonner. Quant li vespres approça, cescuns se retraii à se loge. Lendemain, li signeur eurent conseil qu'il feroient à lendemain assallir les bailles fortement, pour veoir le contenance de chiaus de dedens, et pour veoir se il y poroient riens conquester, ensi qu'il fisent. Car au tierc jour il assallirent au matin, entours heure de prime, as bailles très fortement. Et chil de dedens issirent hors li aucun des plus souffissans[5], et se deffendirent si vassaument qu'il fisent l'assaut durer jusques à heure de nonne que[6] li assallant se retraisent un petit arrière. Et y laissièrent fuison de mors, et en remenèrent plenté de bleciés. Quant li signeur veirent leurs gens retraire, il en furent durement courouciés. Si fisent recommencier l'assaut plus fort que devant. Et cil de Hembon s'efforcièrent

---

1. Galeran de Landernau (Landernau, arr. de Brest, Finistère). **2.** Guingamp, chef-lieu d'arr., Côtes-du-Nord. **3.** Henri et Olivier d'Espinefort. **4.** Cloche dans le beffroi de la commune qu'on faisait sonner lors des grandes occasions. **5.** « Capables ». **6.** « Quand ».

ossi d'yaus très bien deffendre. Et la contesse, qui estoit armée de corps et estoit montée sus un bon coursier, chevauçoit de rue en rue par le ville, et semonnoit ses gens de bien deffendre. Et faisoit les femmes de le ville, dames et aultres, deffaire les caucies et porter les pières as crestiaus pour getter as ennemis. Et faisoit aporter bombardes et pos plains de cauch vive, pour getter sus les assallans.

§ 166. Encores fist ceste ditte contesse de Montfort une très hardie emprise qui ne fait mies à oubliier, et c'on doit bien recorder à hardit et outrageus[1] fait d'armes. La contesse montoit en une tour, pour mieulz veoir comment ses gens se maintenoient. Si regarda et vei que tout cil de l'host, signeur et aultre, avoient laissiet leurs logeis, et estoient priès que tout alé veoir l'assaut. Elle s'avisa d'un grant fait et remonta sus son coursier, ensi armée comme elle estoit. Et fist monter environ trois cens hommes à cheval avoecques lui, qui gardoient une aultre porte là où on n'assalloit point. Si issi de celle porte o[2] toute se compagnie, et se feri très vassaument en ces tentes et en ces logeis des signeurs de France, qui tantos furent toutes arses, tentes et toutes loges, qui n'estoient gardées fors de garçons et de varlès qui s'enfuirent, si tos comme il y veirent le feu bouter et la contesse et ses gens entrer. Quant li signeur de France veirent leurs logeis ardoir et oïrent le hu et le cri qui en venoit, il furent tout esbahi et coururent tout vers lor logeis, criant : « Trahi ! Trahi ! » et ne demora adonc nulz à l'assaut.

Quant la contesse vei l'ost estourmir et de toutes pars acourir, elle rassambla ses gens et vei bien que elle ne poroit rentrer en le ville sans trop grant perte ; si s'en ala le droit chemin par devers le chastiel de Brait[3] qui siet à trois liewes priès de là. Quant messires

---

1. « Terrible », « formidable ». **2.** « Avec ». **3.** Selon Luce, ce lieu pourrait être Brec'h (Morbihan, arr. Lorient, c. Pluvigner), situé à environ 18 km d'Hennebont, sur la voie romaine d'Hennebont à Vannes (SHF, II, xlvii). Les éditeurs de la *Chronique* de

Loeis d'Espagne, qui estoit mareschaus de toute l'ost, fu venus as logeis qui ardoient, et vei la contesse et ses gens qui s'en aloient tant qu'il pooient, il se mist à aler après pour raconsievir se il peust, et grant fuison de gens d'armes avoecques lui. Si les encauça et caça tant qu'il en tua et mehagna aucuns qui estoient mal montet, et qui ne pooient sievir les bien montés. Toutesfois, la ditte contesse chevauça tant et si bien que elle et li plus grant partie de ses gens vinrent assés à point au bon chastiel de Brait, là où elle fu receute et festiie à grant joie de chiaus de le ville et dou chastiel. Quant messires Loeis d'Espagne sceut, par les prisons que pris avoit, que c'estoit la contesse qui tel fait avoit fait et qui escapée li estoit, il s'en retourna en l'ost et conta sen aventure as signeurs et as aultres qui grant merveille en eurent. Ossi eurent cil qui estoient dedens Haimbon, et ne pooient apenser[1] ne trop imaginer comment leur dame avoit che aviset ne oset entreprendre. Mais il furent toute le nuit en grant quisençon[2] de çou que la dame ne nulz de ses compagnons ne revenoit ; si n'en savoient que penser ne que aviser et ce n'estoit point trop grant merveille.

§ 167. À lendemain, li signeur de France, qui avoient perdu leurs tentes et leurs pourveances, orent conseil qu'il se logeroient d'arbres et de foellies[3] plus priès de le ville, et qu'il se maintenroient plus sagement. Si se alèrent logier à grant painne plus priès de le ville, et disoient souvent ensi à chiaus de le ville : « Alés, signeur, alés requerre vostre contesse. Certes elle est perdue, vous ne le trouverés en pièce. » Quant cil de le ville, gens d'armes et aultres, oïrent telz

---

Jean le Bel (Jules Viard et Eugène Déprez) observent que Brec'h ne semble pas avoir eu de château fort au Moyen Âge ; ils pensent que la comtesse dut se réfugier à Auray, qui est sur le chemin de Brec'h (JB, I, 309).
1. « Concevoir ».   2. « Peine », « inquiétude ».   3. « Abris de feuillage ».

parolles, il furent esbahi et eurent grant paour que grans meschiés ne fust avenus à leur dame. Si n'en savoient que croire, par tant que elle point ne revenoit, ne n'en ooient nulles nouvelles. Si demorèrent en tel paour par l'espasse de cinq jours. Et la contesse, qui bien pensoit que ses gens estoient à grant mesaise pour lui et en grant doubtance, se pourçaça tant que elle eut bien cinq cens compagnons armés et bien montés. Puis se parti de Brait entour le mienuit et se vint, droit au point que li solaus se lième, à chevauçant à l'un des costés de l'host, et fist ouvrir le porte et entra ens à grant joie et à grant son de trompes et de nakaires : de quoi li hos des François fu durement estourmie. Si se fissent tout armer et coururent par devers le ville pour assallir, et cil de dedens as fenestres pour le deffendre. Là commença grans assaus et fors, qui dura jusques à haute nonne. Et plus y perdirent li assallant que li deffendant.

Environ heure de nonne, fisent li signeur cesser d'assallir, car leurs gens se faisoient tuer et navrer sans raison, et retraisent à leurs logeis. Si eurent conseil et acord que messires Charles de Blois iroit assegier le chastiel d'Auroy[1] que li rois Artus fist faire et fremer. Et iroient avoecques lui li dus de Bourbon, li contes de Blois ses frères[2], et li mareschaus de France messires Robers Bertrans, et messires Hervis de Lyon et partie des Genevois. Et messires Loeis d'Espagne, li viscontes de Rohen et tous li remanans des Genevois et Espagnolz demorroient devant Hembon. Et mandèrent douze grans engiens qu'il avoient laissiés à Rennes, pour getter à le ville et au chastiel de Hembon, car il veoient bien qu'il ne le pooient gaegnier ne riens pourfiter à l'assallir ; si qu'il fisent deus hos : s'en demora li uns devant Hembon, et li aultres en ala assegier chastiel d'Auroy qui estoit assés près de là ; desquels nous parlerons et nous soufferons un petit des aultres.

---

1. Auray, Morbihan, arr. Lorient. 2. Louis, comte de Blois (†1346), père de Gui II de Blois, patron de Froissart.

§ 168. Messires Charles de Blois se trest par devant le chastiel d'Auroy, qui estoit assés priès de là, atout se compagnie, et se loga et toute son host environ. Et y fist assallir et escarmucier, car chil del chastiel estoient bien pourveu et bien garni de bonnes gens d'armes, pour tel siège soustenir. Si ne se vorrent rendre, ne laissier le service de la contesse, qui grans biens leur avoit fais, pour obeir au dit monsigneur Charle, pour ses prommesses. Dedens le forterèce avoit deus cens compagnons aidables[1], uns et aultres, des quelz estoient mestres et chapitainnes doi chevalier dou pays, vaillant homme et hardi durement, messires Henris de Pennefort et Oliviers de Pennefort ses frères. À quatre liewes priès de ce chastiel siet la bonne cité de Vennes[2], qui fermement se tenoit à le contesse. Et en estoit messires Joffrois de Malatrait chapitainne, gentilz homs et vaillans durement. D'autre part sciet la bonne ville de Dignant en Bretagne[3], qui adonc n'estoit fremée, fors de fossés et de palis. Si en estoit chapitains de par le contesse uns durement vaillans homs que on clamoit le chastellain de Gingant, mais il estoit adonc assis dedens Hembon avoech la contesse. Mais il avoit laissiet à Dignant son hostel[4], madame sa femme et ses filles, et avoit laissiet à chapitainne, en lieu de li, monsigneur Renault son fil, vaillant baceler et hardi durement.

Entre ces deus bonnes villes siet uns très fors chastiaus qui se tenoit adonc à monsigneur Charle de Blois, et l'avoit fait garnir de gens d'armes et de saudoiiers, qui tout estoient Bourgignon. Si en estoit souverains et mestres uns bons escuiers assés jones que on clamoit Gerart de Malain[5]; et avoit avoecques lui un hardi chevalier que on clamoit monsigneur Piére Portebuef[6].

---

1. « Aptes au service ». 2. Vannes 3. Dinan, sur la Rance. Le texte ici confondrait cette ville avec Guingamp (22200), sur le Trieu. Voir KL XXIV, 269-272. 4. « Les gens de sa maison ». 5. Malain, Côte-d'Or, arr. de Dijon, cant. de Sombernon. 6. Il défendit Tournai en 1340 sous les ordres de Godemar du Fay.

Cil doi avoecques leurs compagnons honnissoient et gastoient tout le pays de là entour, et destraindoient[1] si ouniement le cité de Vennes et le bonne ville de Dinant, que nulles pourveances ne marchandises ne pooient entrer ne venir, fors en grant peril et sous grant aventure, car il chevauçoient l'un jour par devers Vennes, et l'autre jour par devers Dinant. Tant chevaucièrent ensi li dessus dit Bourgegnon et leurs routes, que li jones bacelers messires Renaulz de Gingant prist, par un embuscement qu'il avoit establi, le dit Gerart de Malain à toute se compagnie, qui estoient yaus vingt et cinq compagnon, et rescoui[2] jusques à quinze marcheans atout leur avoir qu'il avoient pris, et les emmenoient par devers leur garnison que on claime Rocheperiot[3]. Mais li jones bacelers messires Renaulz de Gingant les conquist tous, par son sens et par sa proèce, et les en mena tous en Dynant en prison, dont tous li pays d'entour eut grant joie. Et en fu durement li dis messires Renaulz loés et prisiés.

Si me tairai un petit à parler de ces gens de Vennes, de Dinant et de Roceperiot, et revenrai à la contesse de Montfort, qui estoit assise dedens Haimbon, et à monsigneur Loeis d'Espagne qui tenoit le siège par devant et avoit si debrisié[4] et defroissié[5] le ville et le fremeté[6], par les engiens, que cil de dedens se commencièrent à esmaiier et avoir volenté de faire acord, car il ne veoient nul secours venir, ne n'en entendoient nouvelles. Dont il avint que li evesques messires Guis de Lyon[7], qui estoit oncles monsigneur Hervi de Lyon, par qui pourcach et conseil li contes de Montfort avoit estet pris, si com on disoit, dedens le

---

1. « Contraignaient ».   2. « Délivra ».   3. Roche-Piriou, hameau de la commune de Priziac, Morbihan, arr. Napoléonville, c. le Faouët.   4. « Rompu ».   5. « Fracassé ».   6. « Enceinte fortifiée ».   7. D'après KL (IV, 437), Gui de Léon aurait succédé comme évêque de Léon à Pierre de Guéméné. D'après Luce (SHF, II, xlix n2), Gui pourrait se placer entre Guillaume III, évêque en 1335, et Guillaume IV, évêque en 1349.

cité de Nantes, parla un jour au dit monsigneur Hervi son neveu, sus assegurance[1], et par lonch temps ensamble, d'unes coses et d'aultres ; et tant que li dis evesques devoit pourcacier acord à ses compagnons, par quoi li ville de Hembon seroit rendue à monsigneur Charle de Blois. Et li dis messires Hervis, d'autre part, devoit pourcacier que cil de dedens seroient apaisiés envers monsigneur Charle, quittes et lieges, et ne perderoient riens dou leur. Ensi se departi cilz parlemens. Li dis evesques rentra en le ville pour parler as aultres signeurs. La contesse se doubta tantost de mauvais pourcach ; si pria à ces signeurs de Bretagne, pour l'amour de Dieu, qu'il ne fesissent nulle defaute, car elle avoit esperance en Nostre Signeur que elle aroit grant secours dedens trois jours. Mais li dis evesques parla tant et monstra tant de raisons à ces signeurs de Bretagne qu'il les mist en grant effroi celle nuit. À lendemain, il recommença et dist tant de raisons d'unes et d'autres, qu'il estoient tout de son acord ou assés priés. Et ja estoit li dis messires Hervis venus assés priés de le ville pour [la] prendre et par leur acord, quant la contesse qui regardoit aval le mer, par une fenestre del chastiel, commença à criier et à faire grant joie ; et disoit tant comme elle pooit : deus fois le dist. Cescuns de le ville courut tantost, qui mieulz pot, as fenestres et as crestiaus des murs pour veoir que c'estoit. Et veirent clerement grant fuison de naves, petites et grandes, bien batillies, venir par devers Hembon. Dont cescuns fu durement reconfortés, car bien tenoient que c'estoit messires Amauris de Cliçon qui amenoit ce secours d'Engleterre dont vous avés par chà devant oy parler, qui par soixante jours avoient eu vent contraire sur le mer.

§ 169. Quant li chastellains de Gingant, messires Yves de Tigueri, messires Gallerans de Landreniaulz et li aultre chevalier veirent ce secours venir, il disent

---

1. « Garantie ».

à l'evesque qu'il pooit bien contremender[1] son parlement, car point consilliet n'estoient de faire ce qu'il leur exhortoit. Li dis evesques messires Guis de Lyon en fu durement courouciés et dist : « Signeur, dont se departira nostre compagnie, car vous demorrés deça par devers madame, et je m'en irai par delà par devers celui qui plus grant droit y a, ce me samble. » Lors se parti li dis evesques de Hembon, et deffia la dame et tous ses aidans, et s'en ala renoncier au dit monsigneur Hervi et dist la besongne ensi comme elle se portoit. Li dis messires Hervis fu durement courouciés. Si fist tantost drecier les plus grans engiens qu'il avoient, au plus priés del chastiel que on peut, et commanda que on ne cessast de getter par jours ne par nuis ; puis se parti de là. Si en mena son oncle le dit evesque à monsigneur Loeis d'Espagne qui le rechut à bon gré et liement. Ossi fist messires Charles de Blois, quant il fu à lui venus. La comtesse fist à lie chière apparillier salles, cambres et hostelz, pour herbergier aisiement ces signeurs d'Engleterre qui là venoient, et envoia encontre yaus moult noblement. Quant il furent venus et descendus, elle meismes vint contre yaus à grant reverense. Et se elle les festia et regratia[2] grandement, che ne fait point à esmervillier, car elle avoit bien mestier de leur venue, si com vous avés oy. Si en fist adonc et depuis ossi tout quanque[3] elle en peut faire. Et les en mena tous, chevaliers et escuiers, ens où chastiel herbergier, jusques adonc qu'il seroient herbegiet en le ville à leur aise ; et leur donna lendemain à disner moult grandement. Toute la nuit ne cessèrent li engien de getter, ne lendemain ossi.

Quant ce vint après disner que la dame eut festiiet ces signeurs, messires Gautiers de Manni, qui estoit mestres et souverains des Englès venus avoec lui, appella d'une part monsigneur Yvon de Tigueri et li demanda de l'estat de chiaus de le ville et de leurs convenans et de chiaus de l'host ossi. Puis regarda et

---
1. « Révoquer ».   2. « Remercia ».   3. « Ce que ».

dist qu'il avoit grant volenté d'aler abatre ce grant engien, qui si priés leur estoit assis et qui si grant anoi leur faisoit, mès que on le volsist sievir. Messires Yves de Tigueri dist que il ne l'en faurroit mies à ceste première envaye[1]. Ensi dist li sires de Landreniaus. Adonc s'ala tantost armer li gentilz sires de Manni. Ossi fisent tout si compagnon quant il le sceurent, et ossi tout li chevalier breton et li escuier qui laiens estoient. Puis issirent hors paisievlement par le porte, et fisent aler avoech yaus trois cens archiers. Tant alèrent traiant[2] li arcier qu'il fisent fuir en voies[3] ceulz qui gardoient ce grant engien. Et les gens d'armes qui venoient après ces arciers en occisent aulcuns, et abatirent ce grant engien, et le detaillièrent[4] tout par pieces. Puis coururent de randon jusques as tentes et as logeis, et boutèrent le feu dedens. Si tuèrent et navrèrent pluiseurs de leurs ennemis, ançois que li host fust estourmis ; et puis se retraisent bellement arrière. Quant li hos fu estourmis et armés, il vinrent acourant après yaus, comme gens tous foursenés. Et quant messires Gautiers de Manni vey ces gens acourir et estourmir en demenant grans hus et grant cris, il dist tout haut : « Jamais ne soie jou salués de ma chière amie, se je rentre en chastiel ne en forterèce, jusques adonc que jou arai l'un de ces venans versé à terre, ou jou y serai versés ! » Lors se retourna il, le glave ou poing, par devers les ennemis. Ossi fisent li doi frère de Leindehale[5], li Haze de Braibant[6], messires Yves de Tigueri, messires Galerans de Landreniaus et pluiseur aultre compagnon, et brocièrent à premiers venans. Si en fisent pluiseurs verser, les gambes contremont. Ossi en y eut des leurs versés.

Là commença uns très fors hustins, car toutdis venoient avant cil de l'host. Si moutepliot leurs effors,

---

1. « Il ne lui ferait pas défaut à cette première attaque ».
2. « Tirant ». **3.** « Fuir au loin » (voir KL, XIX, 480).
4. « Découpèrent ». **5.** Louis de Leefdael, seigneur d'Oirschot, et Jean de Leefdael, châtelain de Bruxelles († 1346). **6.** Fils bâtard de Jean II, duc de Brabant.

par quoi il convenoit les Englès et les Bretons retraire tout bellement par devers leur forterèce. Là peuist on veoir d'une part et d'autre belles envoyes[1], belles rescousses, biaus fais d'armes et des belles proèces grant fuison. Sour tous les aultres le faisoit bien et en avoit le los[2] et le huée[3] li gentil chevaliers, messires Gautiers de Manni. Et ossi moult vassaument s'i maintinrent tout si compagnon, et s'i combatirent très bien. Quant il veirent que tamps fu de retraire, si se retraisent bellement et sagement jusques à leurs fossés, et là rendirent il estal[4] jusques à tant que leurs gens furent entret à sauveté. Mais saciés que li aultre arcier, qui point n'avoient esté à abatre les engiens, estoient issu de le ville et rengiés sus les fossés, et traioient si fortement qu'il fisent tous chiaus de l'host reculer, qui eurent grant fuison d'ommes et de chevaus mors et navrés. Quant cil de l'host veirent que leurs gens estoient au bersail[5] et qu'il perdoient sans riens conquester, il fisent leur gens retraire à leurs logeis. Et quant il furent tout retrait, cil de le ville se retraisent ossi, cescuns à son hostel. Qui adonc veist la contesse descendre dou chastiel à grant chière[6], et baisier monsigneur Gautier de Manni et ses compagnons, les uns apriès les aultres, deus fois ou trois, bien peuist dire que c'estoit une vaillans dame.

§ 170. À lendemain, messires Loeis d'Espagne apella le visconte de Rohem, l'evesque de Lyon, monsigneur Hervi de Lyon et le mestre des Genevois, pour avoir avis et conseil qu'il feroient et comment il se maintenroient, car il veoient le ville de Hembon si forte et le secours qui venus y estoit, meismement les arciés qui tous les desconfisoient. Par quoi, il perdoient le tamps pour noient, et alenoient[7] à demorer là, et ne veoient tour ne voie par quoi il y peuissent riens

---

1. Erreur pour *envayes* = « attaques » ?   **2.** « Gloire », « renommée ».   **3.** « Cris d'approbation ».   **4.** « Tinrent-ils bon ».   **5.** « Pris pour cible ».   **6.** « Le visage réjoui ».   **7.** « S'essoufflaient ».

conquester. Si se accordèrent tout à çou que il se deslogeroient à lendemain et se trairoient par devers le chastiel d'Auroy, là où messires Charles de Blois estoit à siège fait, et li aultre signeur de France. Lendemain, bien matin, il deffisent leurs logeis et se traisent celle part, si com ordonné l'avoient. Chil de le ville fisent grans hus apriès yaus, quant il les veirent deslogiet. Et aucun issirent apriès yaus pour aventurer, mais il furent racaciet[1] arrière, et perdirent de leurs compagnons, ançois qu'il peuissent estre retrait à le ville.

Quant messires Loeis d'Espagne et toute sa carge de gens d'armes furent venu en l'ost monsigneur Charles de Blois, il li conta le raison pour quoi il avoit laissiet le siège de devant Hembon. Adonc ordonnèrent il entre yaus, par grant deliberation, que li dis messires Loeis et cil qui estoient venu avoech li iroient assegier le bonne ville de Dinant qui n'estoit fremée fors que d'yawe et de palis. Ensi demora la ville de Hembon en pais une grant pièce, et fu reforcie et rafrescie moult durement. Li dis messires Loeis s'en ala adonc à tout son host assegier Dinant. Ensi qu'il s'en aloit, il passa assés priès d'un viés chastiel que on clamoit Conquest[2]. Et en estoit chastellains, de par le contesse, uns chevaliers de Lombardie, bons guerriières et hardis, qui s'appeloit messires Mansion, et avoit pluiseurs saudoiiers avoech li. Quant li dis messires Loeis entendi que li chastiaus estoit de l'accord le contesse, il fist traire son host celle part et assallir le chastiel fortement. Chil dedens se deffendirent si bien que li assaus dura jusques à le nuit, et se loga li hos là endroit. Lendemain, il fist l'assaut recommencier. Li

---

1. « Refoulés ». 2. L'identité de ce lieu pose de grands problèmes. Ce ne peut guère être *le Conquet*, Finistère, arr. Brest, c. Saint-Renan. La route d'Auray à Dinan mène au nord-est, alors que le château du Conquet était situé à la pointe occidentale de la Bretagne. KL propose de faire de *Conquest* le château de Comper, Morbihan, arr. Ploërmel, c. Mauron. Or, Luce observe avec raison qu'au point de vue phonétique, cette identification ne semble pas admissible (SHF, II, li n).

assallant approcièrent si près des murs qu'il y fissent un grant trau[1], car li fosset n'estoient mies moult parfont. Si entrèrent ens par force et misent à mort tous chiaus dou chastiel, exceptet le chevalier qu'il prisent à prisonnier ; et y establirent un aultre chastelain bon et seur et soixante compagnons avoec li, pour garder le chastiel. Puis s'en parti li dis messires Loeis et s'en ala assegier le bonne ville de Dinant.

La contesse de Monfort et messires Gautiers de Manni entendirent ces nouvelles que messires Loeis d'Espagne et toute son host estoit arrestés par devant le chastiel de Conquest. Si appela messires Gautiers tous les compagnons saudoiiers, et leur dist que ce seroit trop noble aventure pour yaus tous, se il pooient deslogier le dit chastiel et desconfire le dit monsigneur Loeis et toute son host[2], et que onques si grant honneur n'avint à gens d'armes qu'il leur avenroient. Tout li compagnon s'i acordèrent et se partirent lendemain au matin de Haimbon, et s'en alèrent celle part de si grant volenté que petit en demora en le ville. Tant chevaucièrent qu'il vinrent environ nonne au chastiel de Conquest, et trouvèrent qu'il avoit esté conquis par force le jour devant, et cil de dedens tout occis, excepté le chevalier monsigneur Mansion qui le gardoit. Et l'avoient li François repourveu et rafresci de nouvelle gent. Quant messires Gautiers entendi çou, et que messires Loeis estoit alés assegier le ville de Dinant, il en eut grant doel, pour tant qu'il ne se pooit combatre à lui. Si dist à ses compagnons qu'il ne se partiroit de là, si saroit quelz gens il avoit ou chastiel, et comment il avoit estet perdus. Si se apparillièrent il et si compagnon, pour assallir le chastiel, et montèrent tout targiet[3] contremont. Quant li Espagnol qui dedens estoient les veirent en tel manière venir, il se deffendirent tant qu'il peurent. Et cil de dehors les assallirent si fortement et les tinrent si près de traire qu'il appro-

---

[1]. « Trou ». [2]. « S'ils pouvaient lever le siège de ce château et s'ils pouvaient mettre monseigneur Louis et toute son armée en déroute ». [3]. « Couverts de boucliers ».

cièrent les murs[1], maugré chiaus dou chastiel, et trouvèrent le trau del mur, par quoi il avoient le jour devant gaegniet le chastiel. Si entrèrent ens par ce trau meismes, et tuèrent tous les Espagnolz, excepté dix que aucun chevalier prisent à merci. Puis se retraisent li Englès et li Breton par devers Hembon, car il ne l'osoient durement[2] eslongier ; et laissièrent le chastiel de Conquest tout seul et sans garde, car il veirent bien que il ne faisoit mies à tenir.

§ 171. Or revenrai à monsigneur Loeis d'Espagne qui fist logier son host tout autour de la ville de Dinant en Bretagne, et fist tantost faire petits batiaus et nacelles, pour assallir le ville de toutes pars, par terre et par yawe. Quant li bourgois de le ville veirent chou, et bien savoient que lor ville n'estoit fremée fors que de palis, il eurent paour, grans et petis, de perdre corps et avoir. Si se accordèrent communement qu'il se renderoient, salves leurs corps et leur avoir, si qu'il fisent au quart jour que li hos fu venus là, maugré leur chapitainne monsigneur Renault de Ginghant et le tuèrent tout enmy le marchiet, pour tant qu'il ne s'i voloit acorder. Quant messires Loeis d'Espagne eut esté en le ville de Dignant par deux jours, et ot pris le feaulté des bourgois, il leur donna pour chapitainne celui Gerard de Malain, escuier, que il trouva laiens prisonnier, et monsigneur Pière Portebuef avoech lui. Puis s'en ala atout son host par devers une grosse ville seans sus le flun[3] de le mer, que on claime Garlande[4], et le assega par terre. Et trouva assés priès grant fuison de naves et de vaissiaus plainnes de vins que marcheant avoient là amenet de Poito et de Le Rocelle pour vendre. Si eurent tantost vendut li marchant leurs vins, et furent mal paiiet. Et puis fist li dis messires Loeis prendre toutes ces naves, et ens monter gens d'armes et partie des Espagnols et des Genevois. Puis fist len-

---

1. « Et les contraignirent tant à force de tirer (des flèches) qu'ils purent s'approcher des murs ». **2.** « Vraiment ». **3.** « Flux ». **4.** Guérande est à 5 km de l'océan.

demain assallir le ville par terre et par mer, qui ne se pot longement deffendre ; ains fu assés tost gaegnie par force, et tantost toute robée, et tout mis à l'espee, femmes et hommes et enfans, et cinq eglises arses et violées : dont messires Loeis fu durement courouciés. Si fist tantost pour chou pendre vingt et quatre de chiaus qui chou avoient fait. Là eut gaegniet très grant tresor, siques cescuns en eut tant qu'il en peut porter, car la ville estoit durement grande et rice et marceande.

Quant celle grosse ville, qui Garlande estoit appellée, fu ensi gaegnie et robée et essillie, il ne sceurent où aler plus avant pour gaegnier. Si se mist li dis messires Loeis en ces vaissiaus qu'il avait trouvés, sus mer, en le compagnie de monsigneur Othon Doriie[1] et de Toudou et de aucuns Genevois et Espagnolz, pour aler aucune part, pour aventurer sus le marine. Et li viscontes de Roem, li evesques de Lyon, messires Hervis, ses niés, et tout li aultre s'en revinrent en l'ost monsigneur Charle de Blois, qui encores seoit devant le chastiel d'Auroy. Et trouvèrent grant fuison de signeurs et de chevaliers de France, qui nouvellement estoient là venus, telz que monsigneur Loeis de Poitiers conte de Valence[2], le conte d'Auçoirre, le conte de Portiien[3], le conte de Joni[4], le conte de Boulongne[5] et pluiseurs aultres, dont li rois Phelippes les y avoit envoiiés pour reconforter son neveu ; et aucun y estoient venu de leur volenté, pour venir veoir et servir monsigneur Charle de Blois. Et encores n'estoit li fors chastiaus d'Auroy

---

1. Ayton ou Antonio Doria, marin génois, qui entra au service de la France le 25 octobre 1337 ; il fut tué à la bataille de Crécy, le 26 août 1346 (JB, I, 323 n). 2. Louis de Poitiers, comte de Valentinois, second fils d'Aymar IV et de Sybille des Baux, il fut nommé, le 15 décembre 1340, lieutenant-général en Languedoc († 1345). 3. Jean de Châtillon, comte de Porcien, fils aîné de Gaucher de Châtillon. Il vivait encore en 1390. 4. Jean de Noyers, comte de Joigny, fils aîné de Miles de Noyers et de Jeanne de Montbéliard († 10 mai 1361). 5. Philippe, comte de Boulogne et d'Auvergne, fils d'Eudes IV, duc de Bourgogne, mourut des suites d'une chute de cheval devant Aiguillon, probablement le 10 août 1346 (*Grandes Chroniques*, IX, 323 n).

gaegniés. Mais chil de dedens estoient si près menet et apresset[1] de famine qu'il avoient mengiet par huit jours tous leurs chevaus ; et ne les voloit on prendre à merci, s'il ne se rendoient simplement. Quant il veirent que morir les convenoit, il issirent hors couvertement par nuit, et se misent en le volenté de Dieu, et passèrent tout parmi l'ost, à l'un des costés. Aucun en furent perceu et tuet. Mais messires Henris de Pennefort et messires Oliviers ses frères et pluiseur aultre se sauvèrent par un bosket qui là estoit, et en alèrent droit à Hembon devers le contesse et les compagnons, chevaliers englès et bretons, qui les rechurent liement.

Ensi reconquist messires Charles de Blois le fort chastiel d'Auroi, et par affamer ceulx qui le gardoient, là où il avoit sis par l'espasse de dix sepmainnes et plus. Si le fist reffaire et rappareillier et bien garnir de gens d'armes et de toutes pourveances ; et puis s'en ala atout son ost assegier le cité de Vennes, dont messires Joffrois de Malatrait estoit chapitains, et se loga tout autour. À lendemain, aucun compagnon breton et saudoiier, qui gisoient en une ville que on claime Plaremiel[2], issirent hors et se misent en aventure de gaegnier. Si vinrent estourmir l'ost monsigneur Charle, et se ferirent à l'un des corons secretement ; mais il furent enclos quant li hos fu estourmis, et perdirent de leurs gens grossement. Li aultre s'en fuirent et furent sievi jusques assés près de Plaremiel, qui estoit assés près de Vennes. Quant cil de l'host qui estoient armet furent revenu de le cace, il alèrent de ce retour meismes assallir le ville de Vennes fortement et radement, et gaegnièrent par force les bailles jusques à le porte de le cité. Là eut très fort assaut, et pluiseurs mors et navrés d'une part et d'autre, et dura jusques à le nuit. Adonc fu acordé uns respis qui devoit durer lendemain tout le jour, pour les bourgois consillier, s'il se vorroient rendre ou non. À lendemain, il furent si

---

1. « Oppressés ».   2. Ploërmel, Ch.-l. de cant. du Morbihan, arr. de Vannes (à onze lieues de Vannes).

consilliet qu'il se rendirent, maugret monsigneur Joffroi de Malatret leur chapitainne. Et quant il vei chou, il se mist hors de le cité desconnuement[1], endementrues que on parlementoit, et s'en ala par devers Hembon. Et li parlemens se fist ensi, que messires Charles de Blois et tout li signeur entrèrent en le cité, et prisent le feaulté des bourgois, et se reposèrent en le cité par cinq jours. Puis s'en partirent et alèrent assegier une aultre forterèce et bonne cité que on claime Craais[2]. Or lairai à parler un petit d'yaus, et retourrai à monsigneur Loeis d'Espagne qui s'estoit mis en mer, ensi que vous avés oy ci dessus.

§ 172. Saciés que, quant messires Loeis d'Espagne fu montés, au port de Garlande, sus mer, il et se compagnie alèrent tant nagant par mer qu'il arrivèrent en le Bretagne bretonnant, au port de Camperli[3] et assés priès de Canmper Corentin[4] et de Saint Mahieu de Fine Poterne[5]; et issirent des naves, et alèrent ardoir et rober tout le pays. Et trouvèrent si grant avoir que merveilles seroit dou raconter; si le raportoient tout en leurs naves, et puis aloient d'autre part rober, et ne trouvoient qui leur deffendesist.

Quant messires Gautiers de Manni et messires Amauris de Cliçon sceurent les nouvelles de monsigneur Loeis d'Espagne et de ses compagnons, il eurent conseil qu'il iroient celle part. Puis le descouvrirent à

---

1. « Incognito ».   2. Carhaix ou Carhaix-Plouguer, ch.-l. de cant. du Finistère, arr. de Châteaulin, dans le bassin de Châteaulin.   3. Quimperlé, ch.-l. de cant. du Finistère, arr. de Quimper en Cornouaille.   4. Quimper, préf. du Finistère, ch.-l. d'arr., sur l'Odet, à 16 km de l'océan. La ville s'est longtemps appelée Quimper-Corentin en souvenir de l'évêque Corentin.   5. « Aujourd'hui hameau de la commune de Plougonvelin, Finistère, arr. Brest, c. Saint-Renan. La pointe de Saint-Mathieu où l'on voit des ruines de l'abbaye du même nom est l'un des trois promontoires les plus occidentaux de France : le département où se trouvent ces promontoires a donc reçu le nom de Finistère. Saint-Mathieu de *Fine-Posterne* est sans doute une corruption bizarre de l'ancien nom du hameau dont il s'agit : Saint-Mathieu-*Fin-de-Terre* » (SHF, II, liv n).

monsigneur Yvon de Tigri, au chastelain de Gingant, au signeur de Landreniaus, à monsigneur Guillaume de Quadudal, as deus frères de Pennefort, et à tous les chevaliers qui là estoient dedens Hembon, qui tout s'i acordèrent de bonne volenté. Lors se mirent tout en leurs vaissiaus, et prisent trois mille arciers avoecques yaus, et ne cessèrent de nagier jusques à tant qu'il vinrent droit au port, là où les naves monsigneur Loeis estoient ancrées. Si entrèrent dedens, et tuèrent tous chiaus qui les naves gardoient. Et trouvèrent ens si grant avoir qu'il s'en esmervillièrent durement que li Genevois et li Espagnol avoient là dedens aportet. Puis se mirent à terre, et veirent en pluiseurs lieus villes et maisons ardoir. Si se partirent en trois batailles, par grant sens, pour plus tost trouver leurs ennemis, et laissièrent trois cens arciers pour garder leur navie et l'avoir qu'il avoient gaegniet ; puis se mirent à le voie par devers les fumières par pluiseurs chemins.

Ces nouvelles vinrent à monsigneur Loeis d'Espagne que li Englès estoient arrivet efforciement et le queroient. Si rassambla toutes ses gens, et se mist au retour par devers ses naves, pour entrer dedens. Ensi qu'il s'en revenoit, tout cil dou pays le poursievoient, hommes et femmes qui avoient perdu lor avoir ; et il se hastoit tant qu'il pooit. Si encontra l'une des trois batailles, et vey bien que combatre le convenoit. Se mist tantost en bon convenant, car il estoit hardis chevaliers et confortés durement[1]. Et fist là aucuns chevaliers nouviaus, et especialment un sien neveut que on appelloit Aufons[2]. Si se ferirent li dis messires Loeis d'Espagne et ses gens en ceste première bataille si radement qu'il en ruèrent tamaint par terre ; et euist esté tantost toute nettement desconfite et sans remède, se n'euissent esté les aultres deus batailles qui y sourvinrent, par le cri et le hu qu'il avoient oy des gens dou pays. Lors commença li hustins à renforcer, et li

---

1. « Très assuré ».   2. Alphonse de la Cerda, neveu de Louis d'Espagne.

arcier si fort à traire que Genevois et Espagnol furent desconfit et priès que tout mort et tuet à grant meschief, car cil dou pays qui les sievoient à bourlès[1] et à pikes y sourvinrent, qui les partuèrent[2] tous, et rescouoient ce qu'il pooient de leur perte : siques à grant meschief li dis messires Loeis se parti de le bataille, durement navrés en pluiseurs lius, et s'en afui par devers ses naves, tous desconfis. Et ne ramena de bien sis mille hommes qu'il avoit avoech lui plus hault de trois cens[3] ; et y laissa mort son neveu que moult amoit, monsigneur Aufons d'Espagne, dont il estoit en coer[4] et fu puissedi moult destrois, mais amender ne le peut.

Quant il fu venus à ses naves, il cuida ens entrer, mais il les trouva si bien gardées qu'il ne peut ens entrer. Si se mist en un vaissiel que on claime « lique[5] », à grant meschief et à grant haste, atout ce de gens qu'il avoit d'escapés, et se mist à nagier fortement en voies. Quant cil chevalier d'Engleterre et de Bretagne dessus nommet eurent desconfis leurs ennemis, et il aperçurent que li dis messires Loeis s'en estoit partis et alés par devers les vaissiaus, il se misent tout à aler après lui tant qu'il purent, et laissièrent les gens del pays convenir del remanant et yaus vengier, et reprendre partie de chou que on leur avoit robet[6]. Quant il furent venu à leurs vaissiaus, il trouvèrent que li dis messires Loeis estoit entrés en une lique qu'il avoit trouvet, et s'en aloit fuiant tant qu'il pooit. Il entrèrent tantost ens ès plus appareilliés vaissiaus qu'il trouvèrent là, et nagièrent tant qu'il purent apriès le dit monsigneur Loeis, car il leur estoit avis qu'il n'avoient riens fait, se li dis messires Loeis leur escapoit. Il eurent bon vent si com à souhet, et le veoient toutdis nagier devant yaus si fortement qu'il ne le pooient

---

1. « Massues ».   2. « Achevèrent ».   3. « Et de bien six mille hommes qu'il avait eu en sa compagnie, il n'en ramena au delà de trois cents... ».   4. « Qu'il aimait profondément ».
5. Il s'agirait sans doute de *ligne* = « chaloupe », « frégate légère » (de même, quelques lignes plus bas).   6. « Volé ».

raconsievir. Tant nagièrent à force de bras li maronnier monsigneur Loys qu'il parvinrent à un port que on claime le port de Gredo[1]. Là descendi li dis messires Loeis et cil qui escapet estoient avoecques lui, et entrèrent en le ville de Gredo. Il ne furent mies grammant arresté en le ditte ville, quant il oïrent dire que li Englès estoient arrivé, et qu'il descendoient pour yaus combatre Adonc se hasta li dis messires Loeis, qui ne se vei mies à pareçon[2] contre yaus ; et monta sour petis chevaus qu'il emprunta en le ville, et s'en ala droit par devers le cité de Rennes qui estoit assés près de là. Et montèrent ossi ses gens, qui peurent recouvrer de chevaus ; et qui ne peurent, il se partirent tout à pied, sievans leurs mestres. Si en y eut pluiseurs des lassés et des mal montés ratains et raconsievis, qui eurent mal finet quant il cheirent ens ès mains de leurs ennemis. Toutesfois, li dis messires Loeis d'Espagne se sauva, et ne le peurent li Englès raconsievir, et s'en vint à petite compagnie en le cité de Rennes.

Et li Englès et li Breton s'en retournèrent et vinrent à Gredo, et là se reposèrent celle nuit. Lendemain, il se remisent en chemin par mer, pour revenir à Hembon par devers le contesse leur dame, mais il eurent vent contraire. Si leur convint prendre terre à trois liewes près de le ville de Dinant ; puis se misent au chemin par terre, ensi qu'il peurent, et gastèrent le pays entours Dinant. Et prendoient chevaus telz que cescuns pooit trouver, li uns à selle, li aultres sans selle, et alèrent tant qu'il vinrent une nuit assès près de Roceperiot. Quant il furent là venu, messires Gautiers de Manni dist certainement à ses compagnons : « Signeur, jou iroie volentiers assallir à ce fort chastiel, se jou avoie compagnie, com travilliés que je soie, pour assaiier[3] se nous y porions riens conquester. » Li aultre chevalier

---

1. Redon, sous-préf. d'Ille-et-Vilaine, ch.-l. d'arr. sur la Vilaine et le canal de Nantes à Brest. Autrefois l'un des ports les plus importants de la Bretagne (pour l'identité « Gredo » = Redon, voir SHF, II, xxxvi n et lv n).   2. « À partie égale ».   3. « Essayer ».

respondirent tuit : « Sire, alés y hardiement, nous vous sievrons jusques à le mort. » Adonc se misent tout à monter contremont le montagne, tous apparilliés d'assallir. À ce point estoit laiens ycilz escuiers que on clamoit Gerard de Malain, com chastelains, qui avoit esté prisonniers à Dignant, si com vous avés oy, liquelz fist armer apertement toutes ses gens et traire as garites et as deffenses ; et ne se mist point derrière, mais vint o toutes ses gens pour deffendre le chastiel. Là ot un fort assaut, dur et perilleus, et y eut pluiseurs chevaliers et escuiers navrés, entre lesquelz messires Jehans li Boutilliers et messires Mahieus de Frenai furent durement bleciet ; et tant qu'il les convint raporter aval et mettre gesir en un pré avoecques les autres navrés.

§ 173. Cilz Gerars de Malain avoit un frère, hardi escuier et conforté durement, que on clamoit Renier de Malain, et estoit chastelains d'un aultre petit fort que on appelloit Fauet[1], qui siet à mains d'une liewe priès de Roceperiot. Quant cilz Reniers entendi que Breton et Englès assalloient son frère, il fist armer de ses compagnons jusques à quarante. Si issi hors et chevauça devers Roceperiot, pour aventurer et pour veoir se il poroit en aucune manière son frère valoir[2] ne aidier. Se li avint si bien qu'il sourvint sour ces chevaliers et escuiers navrés et sour leur mesnie, qui gisoient desous le chastiel en un pré. Si leur courut seure et prist les deux chevaliers et les escuiers navrés, et les en fist porter et emmener par devers Fauet sa garnison en prison, ensi bleciet qu'il estoient. Aucun de leur mesnie s'en afuirent à monsigneur Gautier de Manni, à monsigneur Amauri de Cliçon et as autres chevaliers qui estoient durement ententieu[3] d'assallir, et leur disent l'aventure comment on emmenoit ces chevaliers et escuiers par devers Fauet en prison, et comment il avoient estet pris.

---

1. Le Faouët, ch.-l. de cant. du Morbihan, arr. de Pontivy, sur l'Ellé. 2. « Être utile à ». 3. « Empressés ».

Quant li chevalier entendirent ces nouvelles, il furent trop durement courouciet, et fisent cesser l'assaut, et se misent à l'aler, tant qu'il peurent, qui mieulz mieulz, par devers Fauet, pour raconsievir, se ilz peuissent chiaus qui emmenoient ces prisons. Mais il ne se peurent tant haster que li dis Reniers de Malain ne fust ançois rentrés en son chastiel à tout ses prisons, qu'il peuissent venir là. Quant il furent là venu, li uns devant, li aultres après, il commencièrent à assallir, si travilliet[1] qu'il estoient ; mais petit y fisent adonc, car li dis Reniers et si compagnon se deffendoient vassaument. Et jà estoit tart, et tuit estoient travilliet durement. Si eurent conseil qu'il se logeroient et se reposeroient celle nuit, pour mieus assallir à lendemain.

§ 174. Gerars de Malain sceut, tantost que cil signeur se furent parti de là, le biau fet d'armes que ses frères Reniers avoit fait pour lui secourre ; si en eut grant joie. Et sceut que cil signeur estoient pour çou trais par devant Fauet et le conquerroient, s'il pooient. Si se apensa que il feroit ossi biel service à son frère, se il pooit, que ses frères li avoit fait. Si monta tout par nuit sour son cheval et vint, un petit devant le jour, à Dinant[2], et fist tant qu'il parla tantost à monsigneur Pière Portebuef, son bon compagnon, qui estoit chapitainne et souverains de Dinant avoech lui, si com vous avés oy, et li conta l'aventure et pour quoi il estoit là venus. Si eurent conseil que, sitos que jours seroit, il assambleroit tous les bourgois de le ville, et leur demonstreroit le besongne, et les feroit armer, s'il pooit, pour aler dessegier le chastiel de Fauet. Quant grans jours fu, et tout li bourgois furent assamblé en le halle de le ville, Gerars de Malain leur remonstra le besongne si bellement que li bourgois et li saudoiier

---

1. « Fatigués ». 2. La distance entre la Roche-Piriou, à l'ouest du Morbihan, et Dinan, à l'est des Côtes-du-Nord, est beaucoup trop grande pour que, même à cheval, on puisse faire le trajet en une nuit (SHF, II, lv n).

furent d'acord d'yaus armer, et de partir tantost, et d'aler là où on les vorroit mener ; et fisent sonner la bancloke et s'armèrent toutes gens. Puis issirent hors et se misent à le voie, tant qu'il peurent, par devers Fauet, et estoient bien sis mille hommes, uns et autres. Messires Gautiers de Manni et li aultre signeur le sceurent tantos par une espie. Si eurent conseil ensamble pour regarder et aviser quel cose leur seroit bon à faire : siques, tout consideret le bien et le mal, il se acordèrent à che que il se partiroient de là s'en retrairoient, ensi qu'il poroient, par devers Hembon, car grans meschiés leur poroit avenir, s'il demoroient longement là. Car, se cil de Dinant leur venoient d'une part, et li hos monsigneur Charle et des signeurs de France d'autre, il seroient enclos Si seroient tout pris ou mors, à le volenté de leurs ennemis. Si se acordèrent à che que leurs milleurs poins estoit de laissier leurs compagnons en prison, que tout perdre, jusques adonc qu'il le poroient amender. Lors se partirent de là, et se misent à le voie pour revenir à Hembon.

Ensi qu'il revenoient vers Hembon, il vinrent passant par devant un chastiel que on claime Ghoy le Forest[1], qui quinze jours devant estoit rendus à monsigneur Charle de Blois. Et l'avoit li dis monsigneur Charle livret pour garder à monsigneur Hervi de Lyon et à monsigneur Gui de Ghoy, qui en devant le tenoit. Liquel doy chevalier n'estoient point laiens, quant cil signeur englès et breton vinrent là passant ; ains estoient en l'ost monsigneur Charle, avoecques les signeurs de France, par devant le ville de Craais qu'il avoient assegiet. Quant messires Gautiers de Manni vei le chastiel de Ghoy le Forest qui estoit mervilleusement fors, il dist à ces signeurs et chevaliers de Bretagne, qui estoient avoecques lui, qu'il n'iroit plus

---

1. *Goy* est problablement une orthographe du breton *Coët* qu'on aura joint, par une sorte de tautologie assez fréquente dans les noms de lieu, à sa traduction française *la Forest*. Le château de Coët est situé à 10 km au nord-est d'Hennebont, dans la commune de Languidic (56440) (SHF, II, lvi n).

avant ne se partiroit de là, com travilliés qu'il fust, se aroit assallit à ce fort chastiel, et aroit veu le convenant de chiaus qui estoient dedens. Si commanda tantost as arciers que cescuns le sievist, et à ses compagnons ossi. Puis prist se targe à son col et monta contremont jusques as bailles et as fossés dou chastiel, et tout li aultre Breton et Englès le sievirent. Lors commencièrent fortement à assallir, et cil de dedens fortement à yaus deffendre, comment qu'il n'euissent point leur chapitainne. Là eut trés fort assaut et grant fuison de bien faisans dedens et dehors, et dura longement jusques à basses vespres. Et cilz bons chevaliers messires Gautiers de Manni semonnoit fortement les assallans, et se mettoit toutdis au devant des aultres ou plus grant peril. Et li arcier traioient si [ouniement] que cil dou chastiel ne s'osoient monstrer se petit non. Si fisent li dis messires Gautiers et si compagnon, que li fosset furent rempli, à l'un des costés d'estrain[1] et de bois, par quoi il parvinrent jusques as murs, et pikièrent tant de grans maulz de fer[2], de pik et de martiaus, que li murs fu trawés[3] une toise de large. Si entrèrent li dit Englès et Breton dedens che chastiel par force, et tuèrent tous chiaus qu'il y trouvèrent, et se logièrent là endroit. Lendemain, il se misent au chemin, et alèrent tant en tel manière qu'il vinrent à Hembon. Et d'autre part Gerars de Malain, qui estoit à Dinant venus querre le secours, et qui l'en menoit par devers Fauet, esploita tant avoecques chiaus qu'il en menoit, qu'il parvinrent à Fauet, et trouvèrent que li Englès et li Breton s'en estoient parti. Si issi Reniers de Malain contre yaus et les rechut liement ; et se logièrent là ens es prés tant qu'il eurent disnet, et puis s'en retournèrent à Dinant.

§ 175. Quant la contesse de Montfort sceut nouvelles de le revenue des dessus dis Englès et Bretons, si en fu grandement resjoie. Si ala contre yaus et les

---

1. « Paille ».   2. « Masses d'armes ferrées ».   3. « Troué ».

festia liement, et baisa et acola[1] cescun de grant coer. Et avoit fait apparillier ens ou chastiel pour yaus mieulz festiier, et donna à disner moult noblement tous les chevaliers et escuiers de renom ; et leur demanda moult ententievement de leurs aventures, comment que elle en seuist jà grant partie. Cescuns compta che qu'il en savoit, et des bienfaisans[2] che que cescuns en avoit veu. Là endroit furent ramenteues maintes proèces, pluiseurs, travaus, maint grant fait d'armes et perilleus, et maintes hardies emprises faites par chiaus qui là furent ; [ce pevent et doivent savoir ceulx qui ont] esté souvent en armes, et les doit on tenir et reputer pour preus. Mais sus tous en portoit le huée et le chapelet[3] messires Gautiers de Manni.

À ce point que[4] cil signeur englès et breton furent revenu à Hembon, messires Charles de Blois avoit reconquis le bonne cité cle Vennes, et avoit assegiet le bonne [ville] que on claime Craais. Et l'avoit durement astrainte, par quoi elle ne se pooit longement tenir sans avoir secours. Par coi la contesse de Montfort et messires Gautiers de Manni envoiièrent tantost au roy Edowart pour segnefiier à lui comment messires Charles de Blois et li aultre signeur de France et leurs aidans avoient reconquis les cités, Rennes, Vennes et les aultres bonnes villes et chastiaus de Bretagne, et qu'il conquerroient tout le remanant, s'il ne les venoit secourir temprement. Chil message se departirent de Hembon, et s'en alèrent en Engleterre, tant qu'il peurent. Et arivèrent en Cornuaille, et enquisent[5] et demandèrent là dou roy où il le trouveroient. Il leur fu dit qu'il estoit à Windesore. Si chevaucièrent celle part à grant esploit.

Or nous soufferons nous un petit à parler de ces messagiers, et retournerons à monsigneur Charle de Blois et à chiaus de son costé qui avoient assegiet le ville de Craais ; et tant le constraindirent, par assaus et par

---

1. « Serra dans ses bras ».   2. « Vaillants ».   3. « Couronne », « prix d'honneur ».   4. « Au moment où ».   5. « Demandèrent ».

engiens, qu'il ne se peurent plus tenir et se rendirent à monsigneur Charle, salve leurs biens et leur avoir, liquelz dis messires Charles les prist à merci. Et cil de Craais li jurèrent feaulté et hommage, et le recogneurent à signeur. Si y mist li dis messires Charles nouviaus officiers qui li jurèrent loyaulté à tenir, et leur delivra un bon chevalier à chapitainne en qui moult il se confioit. Et sejournèrent là li dit signeur pour yaus et leurs gens rafreschir, bien quinze jours. Là en dedens eurent il conseil et avis qu'il se trairoient par devant le ville de Hembon.

§ 176. Adonc se departirent li dessus dit signeur, baron et chevalier de France, de Craais, et se traisent moult arreement devant le forte ville de Hembon qui durement estoit renforcie et bien ravitaillie et pourveue de toute artillerie. Et si le assegièrent tout autour, si avant comme assegier le peurent.

Le quatrime jour aprièz que cil signeur s'i furent mis et trait à siège, y vint messires Loeis d'Espagne qui s'estoit tenus en le cité de Rennes bien six sepmainnes, et là fait curer[1] et medeciner de ses plaies. Si le veirent tout li signeur moult volentiers et le reçurent à grant joie, car il estoit moult honnerés et amés entre yaus, et tenus pour très bon homme d'armes et vaillant chevalier. Et telz estoit il vraiement. Et ossi il y avoit bien cause qu'il le festiaissent, car il ne l'avoient veu puis la bataille dessus ditte. La compagnie des signeurs de France estoit grandement moutepliie, et acroissoit tous les jours. Car grant fuison de signeurs de France et de chevaliers revenoient de jour en jour dou roy d'Espagne[2], qui guerrioit adonc au roy de Grenate[3] et as Sarrasins : siques, quant il passoient par Poito et il ooient

---

1. « Soigner ». **2.** Alphonse XI, *le Vengeur*, roi de Castille et de León (1312-1350). Il s'allia à son beau-père Alphonse IV de Portugal et vainquit les Maures à Tarifa (1340). En 1336 et en 1343, une alliance offensive et défensive avait été formée entre la Castille et la France. **3.** Abou-El-Hadgi-Yousouf, qui régna de 1333 à 1354.

nouvelles des guerres qui estoient en Bretagne, il s'en aloient celle part.

Li dis messires Charles avoit fait drecier quinze ou seize grans engiens qui gettoient grandes pières as murs de Hembon et à le ville. Mais cil de dedens n'i acontoient nient grammant[1], car il estoient fort paveschiet et garitet[2] à l'encontre. Et venoient à chiés de fois[3] as murs et as crestiaus[4], et les frotoient et passoient de leurs caperons par despit. Et puis crioient, quanqu'il pooient, en disant : « Alés, alés requerre et raporter vos compagnons qui se reposent au camp de Camperli ! » De quoi, pour ces parolles, messires Loeis d'Espagne et li Genevois avoient grant ireur et grant despit.

§ 177. Un jour vint li dis messires Loeis d'Espagne en le tente monsigneur Charle de Blois et li demanda un don, present fuison de grans signeurs de France qui là estoient, en guerredon de tous les services que fais li avoit. Li dis messires Charles ne savoit mies quel don il voloit demander, car, se il le seuist, jamais ne li euist acordé[5] ; se li ottria legierement, pour tant que il se sentoit moult tenus à lui. Quant li dons fu ottriiés, messires Loeis dist : « Monsigneur, grant mercis. Je vous pri donc et requier que vous faites ci venir tantost les deus chevaliers qui sont en vostre prison en Fauet, monsigneur Jehan le Boutillier et monsigneur Mahieu de Frenai, et le[s] me donnés pour faire me volentet : c'est li dons que je vous demande. Il m'ont cachiet, desconfit et navret et ont tuet monsigneur Aufons, mon neveut, que je tant amoie. Si ne m'en sçai aultrement vengier que je leur ferai les testes coper, par devant leurs compagnons qui laiens sont enfremet. » Li dis messires Charles fu tous esbahis, quant il oy monsigneur Loeis ensi parler. Si li dist courtoisement :

---

1. « Mais ceux de l'intérieur n'en faisaient guère grand cas ».
2. « Pourvus de guérites ».   3. « Souvent ».   4. « Créneaux ».
5. Cette tactique du « don contraignant » se rencontre dans les premiers romans français du XIIe siècle.

« Certes, sire, les prisons vous deliverai je moult volentiers, puisque demandés les avés. Mais ce seroit cruautés et peu d'onneur pour vous et grans blasmes pour nous tous, se vous faisiés de deus si vaillans hommes que cil sont, che que dit avés, et nous seroit à tousjours reprouvet. Et aroient nostre ennemi bien cause des nostres faire ensi, quant tenir les poront et nous ne savons que à venir nous est de jour en jour. Pour quoi, chiers sires et biaus cousins, si vous voelliés mieulz aviser[1]. » Messires Loeis d'Espagne respondi et dist briefment qu'il n'en feroit aultrement, se tout li signeur del monde en prioient : « Et se vous ne me tenés convent, saciés que je me partirai de ci, et ne vous servirai ne amerai tant que je vive. »

Messires Charles vei bien et perçut que c'estoit acertes : si n'osa courroucier plus avant le dit monsigneur Loeis ; ains envoia tantos certains messages au chastellain de Fauet, pour les dessus dis chevaliers amener en son host. Ensi que commandé fu, ensi fu fait. Li doi chevalier furent amenet un jour assés matin en le tente monsigneur Charle de Blois. Quant messires Loeis d'Espagne les sceut venus, il les ala tantost veir. Ossi fisent pluiseur des signeurs et des chevaliers qui les seurent venus. Quant li dis messires Loeis les vit, il leur dist. « Ha ! signeur chevalier, vous m'avés bleciet del corps et ostet de vie mon chier neveu que je tant amoie. Si convient que vostre vie vous soit ossi [ostée]. De chou ne vous poet nuls garandir[2]. Si vous poés confesser, s'il vous plest, et priier merci à Nostre Signeur, car vos daarrains jours est venus » Li doi chevalier furent durement abaubit de ces paroles, ce fu bien raisons, et disent qu'il ne pooient croire que vaillans hommes ne gens d'armes deuissent faire ne consentir tèle cruauté que de mettre à mort chevaliers [pris] en fais d'armes, pour guerres de signeurs ; et se fait estoit par oultrage, aultre gent pluiseur, chevalier

---

1. « Veuillez donc mieux vous aviser ». **2.** « Protéger ».

et escuier, le poront[1] bien comparer en semblable cas. Li aultre signeur, qui là estoient et ooient ces parolles, en avoient grant pité. Mais, pour priière ne pour plusieurs bonnes raisons que il peuissent faire ne monstrer au dit monsigneur Loeis, il ne le peurent oster de son pourpos qu'il ne convenist que li doi dessus dit chevalier ne fuissent decolet apriès disner, tant estoit li dis messires Loeis courouciés et aïrés sur yaus.

§ 178. Toutes les parolles, demandes et responses, qui premiers furent dittes entre monsigneur Charle et le dit monsigneur Loeis à l'ocquison de ces deus chevaliers, furent tantost sceues à monsigneur Gautier de Manni et à monsigneur Amauri de Cliçon, par espies qui toutdis aloient couvertement de l'une host en l'autre. Ossi furent toutes ces parolles daarrainnement dittes, quant li doi chevalier furent amenet en le tente monsigneur Charle. Et quant messires Gautiers de Manni et messires Amauris de Cliçon oïrent ces nouvelles et entendirent que c'estoit acertes, il en eurent grant pité. Si appellèrent aucuns de leurs compagnons et leur remonstrèrent le meschief des deux chevaliers leurs compagnons, pour avoir conseil qu'il en poroient faire. Puis commencièrent à penser, li uns [chà] et li aultres là, et n'en savoient qu'aviser. Au daarrain, commença à parler li preus chevaliers messires Gautiers de Manni et dist : « Signeur compagnon, ce seroit grans honneurs pour nous, se nous poyons ces deus chevaliers sauver. Et, se nous nos metons en aventure dou faire, et se falissiens, si nous en saroit li rois Edowars, nos sires, grant gré[2]. Ossi feroient tout preudomme[3] qui en oroient parler, quant nous en arions fait

---

1. Lire « poroient » ? (cf. KL, IV, 100). C'est peut-être un futur exprimant un discours indirect libre.   2. « Et même si nous manquions à notre but, toujours est-il que le roi Édouard notre sire nous en serait très reconnaissant ».   3. « Homme probe et honnête », « brave homme ». C'est à peu près l'*honnête homme* du XVIIe siècle. Le mot impliquait non seulement des qualités mondaines, mais des vertus morales.

nostre pooir. Si vous en dirai mon avis, se vous avés talent de l'entreprendre. Car il me samble que on doit bien le corps aventurer, pour les vies de deus vaillans chevaliers sauver. Jou ay visé, se il vous plaist, que nous nos irons armer, et nous partirons en deus pars, dont li une des pars istera maintenant, ensi que on disnera, par ceste porte ; et si en iront li compagnon rengier et monstrer sus ces fossés, pour estourmir l'ost et pour escarmucier. Bien croi que tout cil de l'host acourront tantost celle part. Vous, messires Amauris en serés chapitainne, s'il vous plest, et arés avoecques vous mille bons arciers, pour les sourvenans detriier et faire reculer. Et je prenderai cent de nos compagnons et cinq cens arciers, et isterons par celle posterne d'autre part couvertement, et venrons par derrière ferir en lors logeis que nous trouverons vuides. Jou ay moult bien avoecques mi tèle gent, qui scèvent bien le voie as tentes monsigneur Charle, là où li doi chevalier sont. Si me trairai celle part, et je vous creanch[1] que jou et mi compagnon ferons nostre pooir dou delivrer, et les ramenrons à sauveté, s'il plest à Dieu. »

Cilz consaulz et avis plaisi à tous ; et se alèrent armer et apparillier incontinent. Et se parti droit sus l'eure dou disner messires Amauris de Cliçon à trois cens armeures de fier et mille arciers, [et fist ouvrir] le souverainne porte de le ville de Hembon, dont li chemins aloit droit en l'ost. Si coururent li Englès et li Breton, qui à cheval estoient, jusques en l'ost, en demenant grans cris et grans hus. Et commencièrent à reverser et à abatre tentes et trés, et à tuer et decoper gens où il les trouvoient. Li hos qui fu toute effraée se commença à estourmir. Et se armèrent toutes manières de gens au plus tost qu'il peurent, et se traisent devers les Englès et Bretons qui les recueilloient vistement. Là eut dure escarmuce et forte, et maint homme reversé d'un lés et d'autre. Quant messires Amauris de Cliçon vei que li hos s'estourmissoit, et que priès

---
1. « Promets ».

estoient tout armé et trait sus les camps, il retraist ses gens tout bellement, et tout en combatant, jusques devant les bailles de le ville. Adonc s'arrestèrent il là tout quoi. Et li arcier estoient tout rengié sus le chemin, d'un lés et d'autre, qui traioient saiettes à pooir ; et Genevois retraioient ossi efforciement conte yaus. Là commença li hustins grans et fors ; et y acoururent cil de l'host que onques nulz n'i demora, fors li varlet.

Endementrues, messires Gautiers de Manni et se route issirent par une posterne couvertement, et vinrent par derrière l'ost ens ès tentez et ens ès logeis des signeurs de France. Onques ne trouvèrent homme qui leur veast, car tout estoient à l'escarmuce devant les fossés. Et s'en vint li dis messires Gautiers de Manni tout droit, car bien avoit qui le menoit en le tente monsigneur Charle de Blois. Et trouva les deus chevaliers, monsigneur Hubert de Frenai et monsigneur Jehan le Boutillier, qui n'estoient mies à leur aise ; mais il le furent sitost qu'il veirent monsigneur Gautier et se route : ce fu bien raisons. Si furent tantost montés sus boins coursiers que on leur avoit amenés Si se partirent et furent ensi rescous, et rentrèrent dedens Hembon par le posterne meismes par où il estoient issu. Et vint la contesse de Montfort contre yaus, qui les rechut à grant joie.

§ 179. Encores se combatoient li Englès et li Breton qui estoient devant les barrières et ensonnioient, de fait avisé, chiaus de l'host tant que li doy chevalier fuissent rescous, qui jà l'estoient. Et en vinrent les nouvelles as signeurs de France qui se tenoient à l'escarmuce. Et leur fu dit : « Signeur, signeur, vous gardés mal vos prisonniers ; jà les ont rescous cil de Hembon et remis dedens leur forterèce. » Quant messires Loeis d'Espagne, qui là estoit à l'assaut, entendi chou, si fu durement courouciés, et se tint ensi que pour tous deceus. Et demanda quel part li Englès et li Breton estoient, qui rescous les avoient. On li respondi qu'il estoient jà ou priès retrait en leur garnison. Dont se retrest messire

Loeis d'Espagne vers les logeis tous mautalentis[1], et laissa la bataille, si com par anoy. Ossi se commencièrent à retraire toutes aultres manières de gens. En che retret furent pris doi chevalier breton de le partie le contesse, qui trop s'avancièrent : che furent li sires de Landreniaus et li chastellains de Ginghant, dont messires Charles de Blois eut grant joie. Depuis que cil de Hembon furent retrait, et cil de l'host ossi, menèrent li Englès grant joie et grant reviel de leurs deux chevaliers qu'il ravoient, et en loèrent grandement monseigneur Gautier de Manni ; et disent bien que par son sens et se hardie entrepresure il avoient été rescous. Ensi se portèrent il d'une part et d'autre. Celle meisme nuit, furent en le tente monsigneur Charle de Blois tant preeciet[2] et si bien li chevalier breton dessus nommet, qu'il se tournèrent de le partie monsigneur Charle, et li fisent feaulté et hommage et relenquirent la contesse qui maint bien lor avoit fait et pluiseurs dons donnés. De quoi on parla moult et murmura sus leur afaire dedens le ville de Hembon.

Trois jours apriès ceste avenue, tout cil signeur de France, qui là estoient au siège par devant Hembon, se assemblèrent en le tente monsigneur Charle de Blois, pour avoir conseil qu'il feroient, et comment il se maintenroient de ce jour en avant. Et bien lor besongnoit d'avoir bon conseil, car il veoient bien que li ville et li chastiaus de Hembon estoient si fort qu'il n'estoient mies pour gaegnier, tant avoit dedens de bonnes gens d'armes qui moult petit les doubtoient ensi qu'il estoit apparut ; et leur venoient tous les jours pourveances et vitailles par le mer. D'autre part, li pays d'entour estoient si gastet qu'il ne savoient mies où aler fourer. Et si leur estoit li yvier procains, par quoi il ne pooient là longement demorer : siques, tous ces poins considerés, il s'acordèrent tout communalment qu'il se partiroient de là. Et consillièrent en bonne foy à monseigneur Charle de Blois qu'il mesist par toutes

---

1. « Mécontent », « irrité ». 2. « Exhortés ».

les cités, les bonnes villes et les forterèces qu'il avoit
conquises, bonnes garnisons et fortes, et si vaillans
chapitains qu'il se peuist affiier[1] en leur garde ; par
quoi li ennemi ne les peuissent reconquerre ; et se ossi
aucuns vaillans homs se voloit entremettre de prendre
et de donner une triewe jusques à la Pentecouste, il s'i
acordast legierement.

§ 180. À ce conseil se tinrent tout cil qui là estoient,
car c'estoit entre le Saint Remi[2] et le Toussains[3], l'an
de grasce mil trois cens quarante deux, que li yviers
approçoit. Si se partirent tout cil de l'host, signeur et
aultre ; si s'en rala cescuns en se contrée. Et li dis messires Charle de Blois s'en ala droit par devers le ville
de Craais atout ces barons et nobles signeurs de Bretagne, qu'il avoit là endroit de se partie ; si retint
avoech li pluiseurs signeurs et chevaliers de France
pour lui aidier à consillier. Quant il fu venus à Craais,
entrues qu'il entendoit à ordener de ses besongnes et
de ses garnisons, il avint que uns riches bourgois et
grans marcheans, qui estoit de le ville que on claime
Jugon[4], fu encontrés de son mareschal monseigneur
Robert de Biaumanoir[5], et fu pris et amenés à Craais
par devant monseigneur Charle de Blois. Chilz bourgois
faisoit toutes les pourveances madame la contesse de
Montfort à Jugon et aultre part, et estoit moult amés et
creus[6] en le ville de Jugon qui est moult fortement
fremée et sciet[7] très noblement. Ossi fait li chastiaus,
qui est biaus et fors, et de le partie le comtesse dessus
ditte. Et en estoit chastelains adonc, de par la dame,
uns chevaliers moult gentilz homs que on clamoit monseigneur Gerard de Rocefort.

Chilz bourgois, qui ensi fut pris, eult moult grant
paour de morir ; si pria que on le laissast passer par

---

1. « Avoir confiance ».   2. Le 1er octobre.   3. Le 1er
novembre.   4. Jugon-les-Lacs (22270), Côtes-d'Armor, arr.
Dinan.   5. Selon KL, il s'agit de Jean de Beaumanoir
(† 1371c).   6. « Jouissait de la confiance et de l'autorité ».
7. « Est située ».

raençon. Messires Charles, briefment à parler, le fist tant examiner et enquerre de unes causes et d'autres[1], qu'il enconvenença[2] de rendre et trahir le forte ville de Jugon. Et se fist fors de[3] livrer l'une des portes par nuit à certainne heure, car il estoit tant creus en le ville qu'il en gardoit les clés ; et pour chou mieulz assegurer, il en mist son fil en hostage. Et li dis messires Charles l'en devoit et avoit prommis à donner cinq cens livrées de terre hiretablement[4]. Cilz jours vint ; les portes furent ouvertes à mienuit. Messires Charles et ses gens entrèrent en le ville de Jugon à celle heure, à grant poissance. Li gette[5] dou chastiel s'en perchut ; si commença à criier : « As armes, [as] armes ! Trahi ! Trahi ! » Li bourgois, qui de ce ne se donnoient garde, se commencièrent à estourmir. Et quant il veirent leur ville perdue, il se mirent au fuir par devers le chastiel par tropiaus. Et li bourgois, qui trahis les avoit, se mist à fui[r], par couvreture. avoecques yaus. Quant li jours fu venus, messires Charles et ses gens entrèrent ens ès maisons des bourgois pour herbergier, et prisent ce qu'il trouvèrent. Et quant messires Charles de Blois vei le chastiel si fort et si emplit de bourgois, il dist qu'il ne s'en partiroit de là jusques adonc qu'il aroit le chastiel à se volenté. Li chastelains et li bourgois de le ville perçurent bien tantost que cilz bourgois les avoit trahis ; si le prisent et le pendirent tantost as crestiaus et as murs dou chastiel.

Et pour ce ne s'en partirent mies messires Charles et ses gens, mais s'ordonnèrent et appareillièrent pour assallir fortement et durement. Quant cil qui dedens le chastiel se tenoient, veirent que messires Charles ne se partiroit point ensi jusques adonc qu'il aroit le chastiel, ensi qu'il avoit dit, et sentoient qu'il n'avoient mies pourveances assés pour yaus tenir plus hault de dix jours, il s'acordèrent à ce qu'il se renderoient. Si en commencièrent à trettier ; et se porta trettiés entre yaus

---

1. « Examiner et interroger d'une chose et d'une autre ». 2. « Prit l'engagement ». 3. « Prétendit ». 4. « Transmissible par héritage ». 5. « Guet ».

et monsigneur Charle qu'il se rendirent quittement et purement[1], salve leurs corps et leurs biens qui demoret leur estoient. Et fisent feauté et hommage à monsigneur Charle de Blois, et le recogneurent à signeur, et devinrent tout si homme. Ensi eut messires Charles le bonne ville et le fort chastiel de Jugon, et en fist une bonne garnison, et y laissa monsigneur Gerard de Rocefort à chapitainne, et le rafreschi d'autres gens d'armes et de pourveances. De ces nouvelles furent la contesse de Montfort et cil de sa partie tout courouciet, mais amender ne le porent ; se leur convint porter leur anoi.

Endementrues que ces coses avinrent, s'ensonniièrent aucun preudomme de Bretagne de parlementer une triewe entre le dit monsigneur Charle et la contesse, laquèle s'i acorda legierement[2]. Et ossi fisent tout si aidant, car li rois d'Engleterre leur avoit ensi mandet par les messages que la ditte contesse et messires Gautiers de Manni y avoient envoiiés. Et tantost que ces triewes furent affremées, la contesse se mist en mer en instance de ce que pour arriver[3] en Engleterre, ensi que elle fist, et pour parler au roy englès et li remonstrer toutes ses besongnes[4]. Or me tairai atant de le contesse de Montfort, si parleray dou roy Edowart.

§ 181. Vous avés bien entendu en l'ystore chà par devant comment li rois d'Engleterre avoit grans guerres en pluiseurs marces et pays et partout ses gens et ses garnisons à grans coustages, c'est à savoir en Pikardie, en Normendie, en Gascongne, en Saintonge, en Poito, en Bretagne, en Escoce. Si avés bien entendu ossi comment il avoit si ardamment enamé[5] par

---

1. « Sans aucune obligation et sans aucune réserve ». 2. La trêve entre Jeanne de Montfort et Charles de Blois date du 1ᵉʳ mars 1342 (SHF, III, ii n). 3. « Avec l'intention d'arriver ». 4. Il est probable que Froissart, reproduisant la même erreur que chez Jean le Bel, a placé mal à propos sous l'année 1342 un voyage qui n'eut lieu qu'à la fin de juin ou au commencement de juillet de l'année 1344 (SHF, III, iii n). 5. « Pris en affection ».

amours la belle et noble dame madame Aelis[1], contesse de Sallebrin, qu'il ne s'en pooit astenir, car amours l'en amonnestoit nuit et jour telement et li representoit le biauté et le frice arroi de li, si qu'il ne s'en savoit consillier. Et n'i savoit que penser, comment que li contes de Salbrin fust li plus privés de son conseil et li uns de chiaus d'Engleterre qui plus loyaument l'avoit servi. Si avint que, pour l'amour de la ditte dame et pour le grant desirier que il avoit de li veoir, il avoit fait criier unes grandes festes de joustes à le moiienné del mois d'aoust à estre en le bonne cité de Londres. Et l'avoit fait criier et à savoir par deça le mer en Flandres, en Haynau, en Braibant et en France, et donnoit à tous chevaliers et escuiers, de quel pays qu'il fuissent, sauf alant et sauf revenant. Et avoit mandet par tout son royaume, si acertes comme il pooit, que tout signeur, baron, chevalier et escuier, dames et damoiselles y venissent, si chier qu'il avoient l'amour de lui sans nulle escusance. Et commanda especialment au dit conte de Sallebrin qu'il ne laissast nullement que madame sa femme y fust et qu'elle amenast toutes les dames et damoiselles que elle pooit avoir entour li. Li contes li ottria moult volentiers, car il n'i pensa nulle villonnie ; et la bonne dame ne l'osa escondire, mès elle y vint moult à envis, car elle pensoit bien pour quoi c'estoit, et si ne l'osoit descouvrir à son mari, car elle se sentoit bien si avisée et si attemprée[2] que pour oster le roy de ceste oppinion[3]. Et devés savoir que là fu la contesse de Montfort, car jà estoit arrivée et venue en Engleterre, et avoit fait sa complainte au roy moult destroitement. Et li rois li avoit convent de renforcier son confort, et le faisoit sejourner dalès madame la royne sa femme, pour attendre le feste et le parlement qui seroit à Londres.

---

1. La comtesse de Salisbury s'appelait Catherine ; elle était la fille de Guillaume de Grandisson. Sur l'invention d'*Alice* et la passion adultère d'Édouard III, voir notre *Attitudes chevaleresques et réalités politiques chez Froissart*, Droz 1984, pp. 77-80.
2. « Modeste », « mesurée ».   **3.** « Idée obstinée ».

§ 182. Ceste feste fu grande et noble, ossi noble que on n'avoit mies en devant veu plus noble en Engleterre. Et y furent li contes Guillaumes de Haynau et messire Jehans de Haynau ses oncles et grant fuison de baronnie et chevalerie de Haynau. Et eut à le ditte feste douze contes, huit cens chevaliers, cinq cens dames et pucelles, toutes de hault linage ; et fu bien dansée et bien joustée par l'espasse de quinze jours, sauf tant que uns moult gentilz nobles et jones bacelers y fu tués à jouster, qui eut grant plainte : che fu messires Jehans, ainnés filz à monsigneur Henri, visconte de Byaumont d'Engleterre, biau chevalier, jone et hardi, et portoit d'asur semet de fleurs de lis d'or à un lyon d'or rampant à un baston de geules parmi l'escut [1]. Toutes les dames et les damoiselles furent de si rice atour [2] que estre pooient, cescune selonch son estat, excepté madame Aelis, la contesse de Salebrin. Celle y vint et fu le plus simplement atournée que elle peut, par tant que elle ne voloit que li rois s'abandonnast trop de li regarder, car elle n'avoit pensée ne volenté de obeir au roy en nul villain cas qui peuist tourner à le deshonneur de lui ne de son mari. Or vous nommerai les contes d'Engleterre qui furent à ceste feste : premièrement messires Henris au Tors Col, conte de Lancastre, messires Henris ses filz contes Derbi, messires Robers d'Artois contes de Richemont, li contes de Norenton et de Clocestre, li contes de Warvich, li contes de Sallebrin, li contes de Pennebruch, li contes de Herfort, li contes d'Arondiel, li contes de Cornuaille, li contes de Kenfort, li contes de Sufforch, le baron de Stanfort et moult d'autres barons et chevaliers que je ne puis mies tous nommer.

Ançois que ceste grande et noble feste fust departie, li rois Edowars eut et rechut pluiseurs lettres qui

---

1. Le blason de Jean de Beaumont : sur un écu d'azur (bleu) poudré ou semé de fleurs de lys d'or, un lion rampant (montré de profil et debout sur ses pattes arrière) d'or, l'ensemble traversé diagonalement par un bâton de gueules (rouge).   **2.** « Parures de femme ».

venoient de pluiseurs seigneurs et de divers pays de Gascongne, de Bayone, de Bretagne, de Flandres de par d'Artevelle son grant ami ; et des marces d'Escoce, dou signeur de Ros et dou signeur de Persi et de monsigneur Edowart de Bailluel, capitaine de Bervich, qui li segnefioient que li Escoçois tenoient assés foiblement les triewes qui acordées avoient esté l'anée passée entre yaulz et les Englès et faisoient une grande assamblée et semonse[1], mais il ne savoient pour ù c'estoit à traire de certain. Ossi li saudoiier qu'il tenoit en Poito, en Saintonge, en le Rocelle et en Bourdelois si escrisoient que li François s'apparilloient durement de guerriier, car les triewes devoient fallir[2] entre France et Engleterre, qui avoient esté données à Arras apriès le departement[3] dou siège de Tournay. Ensi eut li rois mestier d'avoir bon avis et conseil, car moult de guerres li apparoient de tous lés. Si en respondi as dis messages bien et à point, et voloit briefment, toutes aultres coses mises jus[4], secourir et conforter la contesse de Montfort.

Si pria à son chier cousin monsigneur Robert d'Artois qu'il presist à se volenté des gens d'armes et des arciers, et se partesist d'Engleterre et se mesist en mer pour retourner en Bretagne avoech la ditte contesse de Montfort. Messires Robers li acorda liement, et se apparilla au plus tost qu'il peut, et fist se carge de gens d'armes et d'arciers ; et s'en vinrent assambler en le ville de Hantonne sus mer. Et furent là un grant temps, ançois qu'il euissent vent à leur volenté. Si se partirent environ Paskes, et entrèrent en leurs vaissiaus et montèrent en mer[5]. Avoech monsigneur Robert d'Artois estoient des barons d'Engleterre li contes de Sallebrin, li contes de Sufforch, li contes de Pennebruc, li contes

---

1. « Mandement ».   **2.** « Expirer ».   **3.** « Départ ».   **4.** « Laissées de côté », « écartées ».   **5.** Pâques tombe le 31 mars 1342 (A. Giry, *Manuel de diplomatique*, p. 199). Mais ce ne fut qu'au mois d'août que la flotte de Robert d'Artois partit pour la Bretagne (SHF, III, iii n).

de Kenfort, le baron de Stanfort, le signeur Despensier, le signeur de Boursier et pluiseur aultre.

Or lairons un petit à parler d'yaus, et parlerons dou roy englès qui fist un grant mandement parmi son royaume pour estre à Paskes en le cité de Evruich ou pays de Northombreland, sus l'intention que pour aler en Escoce et tout destruire le pays, je vous dirai pour quel raison.

§ 183. En ce temps que li parlement estoient à Londres des barons et signeurs d'Engleterre dessus dis sus l'estat que vous avés oy, consillièrent li prince au roy en bonne foy, consideret les grosses besongnes qu'il avoit à faire, qu'il envoiast l'evesque de Lincolle à son serourge[1] le roy d'Escoce pour acorder une triewe ferme et estable, se il pooit, à durer deux ans ou trois. Li rois à ce conseil s'acorda moult à envis. Et li sambla grans blasmes de requerre son adversaire de triewes, selonch ce que on li avoit fait de nouviel. Li signeur d'Engleterre li disent, sauve sa grasce, que non estoit, selonch che qu'il avoit tout gasté le royaume d'Escoce, et selonch che qu'il avoit à faire en tant de fors et divers pays. Et disent que on tenoit à grant sens d'un signeur, quant il a pluiseurs guerres en un temps, et il en poet l'une atriewer[2], l'autre apaisier et le tierce guerroiier. Tant li monstrèrent de raisons qu'il s'i acorda et pria au prelat dessus dit qu'il y volsist aler. Li evesques ne li volt mies escondire, ains se mist au chemin et en ala celle part, mais il perdi sa voie[3] et revint en arrière sans riens faire. Si raporta au roy d'Engleterre que li rois David d'Escoce n'avoit point de conseil de donner triewes ne souffrance[4], ne de faire pais ne acord, sans le gret et le consent dou roy Phelippe de France. De ce raport eut li rois englès plus grant despit que devant ; si dist tout hault que ce seroit amendet temprement, et qu'il atourroit telement le

---

1. « Beau-frère ».   2. « Terminer (une guerre) par une trêve ».
3. « Perdit sa peine ».   4. « Suspension d'armes ».

royaume d'Escoce que jamais ne seroit recouvret[1]. Si manda partout son royaume que cescuns fust à Evruich à le feste de Paskes, apparilliés d'aler là où il les vorroit mener, excepté chiaus qui s'en devoient aler en Bretagne avoecques monsigneur Robert d'Artois et la contesse de Montfort.

§ 184. Li jours de le Paske et li termes vint. Li rois Edowars tint une grant court à Evruic. Tout li prince et li signeur et li chevalier d'Engleterre, qui pour le temps y estoient, y furent et ossi grant fuison de le communauté dou pays. Et furent là par l'espasse de trois sepmainnes sans chevaucier plus avant, car bonnes gens s'ensonniièrent entre le roy englès et le roy d'Escoce, par quoi il n'i ot adonc point de guerre. Et fu une triewe prise, jurée et acordée à tenir deux ans, et le fisent li Escot contremander le roy de France[2]. Par ensi se deffist ceste grosse chevaucie, et departi li rois englès ses gens et leur donna congiet de raler en leurs hostelz. Et il meismes s'en revint à Windesore et envoia adonc monsigneur Thumas de Hollandes et monsigneur Jehan de Hartecelle à Bayone atout deux cens armeures de fer et quatre cens arciers, pour garder les frontières contre les François.

Or vous parlerons de l'armée monsigneur Robert d'Artois et de sa compaignie, et comment il arrivèrent en Bretagne. En ce temps escheirent les Paskes si hault que, environ closes Paskes, on eut l'entrée dou mois de may. De quoi, en le moiiène de ce mois, la triewe de monsigneur Charle de Blois et de la contesse de Montfort devoit fallir. Si estoit bien messires Charles de Blois enfourmés dou pourcach que la contesse de Montfort avoit fait en Engleterre et de l'ayde et confort que li rois li devoit faire. Dont messires Loeis d'Espagne, messires Charles Grimaus, messires Othon Doriie estoient establi sus le mer à l'encontre de Gre-

---

1. « Remis en bon état ». 2. « Les Écossais le firent savoir ensuite au roi de France ». Le manuscrit donne *contremer deu* : c'est sans doute une étourderie du scribe.

nesie, à trois mille Genevois et mille hommes d'armes en trente deus gros vaissiaulz espagnolz tous armés et tous fretés, et waucroient[1] sus le mer attendans leur revenue. D'autre part, messires Gautiers de Manni et li signeur de Bretagne et d'Engleterre, qui dedens Hembon se tenoient, estoient durement esmervilliet de leur contesse de ce que elle demoroit tant, et si n'en ooient nulles certainnes nouvelles. Nompourquant moult bien supposoient que elle ne sejournoit mies trop bien à se grant aise, et ne se doubtoient de aultre cose que elle n'euist aucun dur encontre sus mer de ses ennemis ; se n'en savoient que penser.

§ 185. Ensi que messires Robers d'Artois, li contes de Pennebruc, li contes de Salebrin et li aultre signeur et chevalier d'Engleterre et leurs gens, avoech la contesse de Montfort, nagoient par mer au lès devers Bretagne et avoient vent à souhet, au departement de l'isle de Grenesie, à l'eure de relevée[2], il perchurent le grosse navie des Genevois dont messires Loeis d'Espagne estoit chiés[3]. Dont disent leur maronnier : « Signeur, armés vous et ordenés, car veci Genevois et Espagnolz qui viennent et qui vous approcent. » Lors sonnèrent li Englès leurs trompètes et misent leurs pennons et leurs estramières[4] armoiies[5] de leurs armes et de Saint Jorge. Et s'ordonnèrent bien et sagement et

---

1. « Erraient ».   2. « L'après-midi ».   3. Tous les détails sur cette rencontre entre la flotte de Robert d'Artois et celle de Louis d'Espagne sont propres à Froissart. Jean le Bel fait précéder sa mention du combat par des réserves qui suggèrent que Froissart a composé l'épisode de toutes pièces : « Je ne sçay pas dire toutes les aventures qui leur sourvindrent, car je n'y fus pas, et ceulx qui m'en ont raconté m'en ont dit en tant de diverses manieres que je ne m'en sçay à quoy tenir de la verité. J'ay trouvé en ung livre rimé que ung jengleur a fait tant de bourdes et de menteries que je ne les oser[o]ie dire. Si me tairay affin que je n'en soye repris de mensonge, et se j'en escris plus avant ou mains qu'il n'en fut, si me soit pardonné, car je ne fus pas partout où les aventures avindrent » (JB, II, 10).   4. « Drapeaux », « pavillons ».   5. « Armoriées ».

s'encloirent[1] de leurs arciers ; et puis nagièrent à plain voile, ensi que li tamps l'aportoit[2]. Et pooient estre environ quarante six vaissiaus, que grans que petis. Mais nuls si grans ne si fors de trop n'en y avoit que messires Loeis d'Espagne en avoit neuf[3] ; et entre ces neuf avoit trois galées qui se remonstroient[4] dessus tous les aultres. Et en cescune de ces trois galées qui se remonstroient dessus tous les aultres estoient li troi corps des signeurs[5], messires Loeis, messires Charles[6] et messires Othes[7].

Si s'approcièrent li vaissiel, et commencièrent Genevois à traire de leurs arbalestres à grant randon, et li arcier d'Engleterre ossi sus eulz. Là eut grant tret des uns as aultres, et qui longement dura, et maint homme navret et bleciet. Et quant li signeur, li baron, li chevalier et li escuier s'approcièrent, et qu'il peurent des lances et des espées venir ensemble, adonc y eut dure bataille et crueuse, et trop bien s'i portèrent et esprouvèrent li un et li aultre. Là estoit messires Robers d'Artois qui y fu très bons chevaliers, et la contesse de Montfort meismement armée, qui bien valoit un homme, car elle avoit coer de lyon, et tenoit un glave moult roide et bien trençant, et trop bien s'en combatoit et de grant corage.

Là estoit messires Loeis d'Espagne en une galée, comme bons chevaliers, qui moult vaillamment et de grant volenté requeroit ses ennemis et se combatoit as Englès, car moult les desiroit à desconfire, pour li contrevengier dou damage qu'il avoit eu et receu ceste propre anée, assés priès de là, ou camp de Camperli[8].

---

1. « Se firent entourer ».   2. « Selon les vents ».   3. « Mais ils n'avaient vaisseau quelque grand ou fort qu'il fût que Louis d'Espagne n'en avait neuf aussi grands et forts ».   4. « Se distinguaient ».   5. « Se trouvaient en personne les trois seigneurs, à savoir ».   6. Charles Grimaldi, venu en 1338 au service de Philippe de Valois, avec les Guelfes exilés de Gênes.   7. Othon (soit Antoine, soit Ayton) Doria. Une lettre de Philippe de Valois, datée de décembre 1339, le désigne : « le capitaine de nostre armée guibeline que nous avons eu dernièrement en la mer ».   8. Quimperlé (29300).

Et y fist li dis messires Loeis grant fuison de belles apertises d'armes. Et jettoient li Espagnol et li Genevois, qui estoient en ces gros vaissiaus, d'amont gros barriaus de fer et archigaies[1] dont il travilloient moult les Englès. Là eurent li baron et li chevalier d'Engleterre moult à faire et un dur rencontre, et trouvèrent l'armée des Espagnols et des Genevois moult forte et gens de grant volenté.

Si commença ceste bataille moult tart et environ vespres, et les departi li nuis, car il fist moult obscur sus le vesprée ; et se couvri li airs moult espès, siques à painnes pooient il recognoistre l'un l'autre. Si se retraisent cescuns et se misent à l'ancre, et entendirent à appareillier les bleciés et les navrés et remettre à point ; mais point ne se desarmèrent, car il cuidièrent de rechief avoir le bataille.

§ 186. Un petit devant mienuit s'esleva uns vens, uns orages et uns tempestes si très grans et si très horribles que il sambloit proprement que li mondes deuist finer. Et n'i avoit si hardi ne si oultrageus, de l'une part ne de l'autre, qui ne volsist estre bien à terre, car ces barges et ces naves hurtoient les unes as aultres telement que ce sambloit proprement que elles deuissent ouvrir et fendre. Si demandèrent conseil li signeur d'Engleterre à leurs maronniers, quel cose leur estoit bon à faire. Il respondirent que d'yaus traire à terre au plus tost qu'il poroient, car la fortune estoit si grande sus mer que, se li vens les y boutoit, il seroient tout en peril d'estre noiiet. Dont entendirent il generalment à traire les aultres[2] amont, et misent les singles ensi qu'à demi-quartier[3] ; et tantost eslongièrent il le place où il avoient jeu à l'ancre.

D'autre part, li Espagnol et li Genevois n'estoient mies bien assegur de leurs vies ; ançois se desancrèrent

---

1. Grand carreau ou sorte de lance utilisée à l'origine par les Maures.   **2.** Il faut entendre, sans doute, les autres voiles.
3. « Et déployèrent les voiles au huitième environ ».

ensi que li Englès, mais il prisent le parfont, car il avoient plus grans vaissiaus et plus fors que li Englès n'euissent ; si pooient mieulz souffrir et attendre le fortune de le mer que li Englès ne fesissent. Et ossi, se leur gros vaissiel euissent froté à terre, il euissent esté en peril d'estre brisiet et romput. Pour tant, par grant sens et avis, il se boutèrent avant ou parfont. Mès, à leur departement, il trouvèrent quatre nefs englesces cargies de pourveances et de chevaus, qui s'estoient tenu en sus de le bataille. Si eurent bien conscience[1], quel tempès qu'il fesist, de prendre ces quatre vaissiaus et d'atachier as leurs et emmener après yaus. Et saciés que li vens et li fortune qui estoit si grande les bouta, avant qu'il fust jours, plus de cent liewes en sus dou lieu où il s'estoient combatu. Et les nefs monsigneur Robert d'Artois prisent terre à un petit port assés près de le cité de Vennes : dont il furent tout resjoy, quant il se trouvèrent à terre.

§ 187. Ensi et par ceste grant fortune se desrompi la bataille sus mer de monsigneur Robert d'Artois et de se route à l'encontre de monsigneur Loeis d'Espagne et de ses gens. Si n'en scet on à qui bonnement donner l'onneur, car il se partirent tout maugret yaus et par le diverseté dou temps[2]. Toutesvoies, li Englès prisent terre assés près de Vennes, et issirent hors des vaissiaus et misent leurs chevaus sus le sabelon et toutes leurs armeures et leurs pourveances ; et puis eurent conseil et avis dou sourplus, comment il se maintenroient[3]. Si ordonnèrent à traire leur navie devers Hembon, et yaus aler devant Vennes, car assés estoient gens pour le assegier ; si s'esmurent et chevaucièrent tout ordeneement celle part, et n'avoient mies grant fuison à aler, quant il s'i trouvèrent.

Adonc estoient dedens le cité de Vennes, pour monsigneur Charlon de Blois, messires Hervis de Lyon et

---

1. « Ils eurent bien envie ». 2. « Le mauvais temps ». 3. « Ils se consultèrent pour savoir comment ils se conduiraient quant au reste ».

messires Oliviers de Cliçon, doi vaillant chevalier durement, comme chapitainne ; et ossi y estoient li sires de Tournemine et li sires de Lohiac[1]. Quant cil chevalier de Bretagne veirent venus les Englès, et qu'il s'ordonnoient pour yaus assegier, si n'en furent mies trop effraet, mès entendirent au chastiel premierement et puis as garites et as portes. Et misent à cascune porte un chevalier et dix hommes d'armes et vingt archiers parmi les arbalestriers, et s'aprestèrent bien pour tenir et garder le cité contre tous venans. Or, vous parlerons de monsigneur Loeis d'Espagne et de se route.

§ 188. Saciés que, quant cilz grans tourmens et ceste fortune eurent pris et eslevet et boutet en mer le dessus dit monsigneur Loeis, il furent toute ceste nuit et lendemain tant c'à[2] nonne moult tourmenté et en grant aventure de leurs vies. Et perdirent par le tourment deux de leurs vaissiaus et les gens qui ens estoient. Quant ce vint au tierc jour environ prime, li temps[3] cessa, li mers s'aquoisa[4]. Si demandèrent li chevalier as maronniers de quel par il estoient plus priès de terre, et il respondirent : « dou royaume de Navare. » Lors furent li patron moult esmervilliet, et disent que li vens les avoit eslongiés ensus de[5] Bretagne plus de six vingt liewes[6]. Si se misent là à l'ancre et attendirent le marée : siques, quant li flos de le mer revint, il eurent assés bon vent pour retourner vers le Rocelle, et costiièrent Bayone, mais point ne l'approcièrent. Et trouvèrent quatre nefs de Bayonois qui venoient de Flandres ; si les assallirent et prisent tantos, et misent à bort[7] tous chiaus qui dedens estoient. Et puis nagièrent vers le Rocelle, et fisent tant en briefs jours qu'il arrivèrent à Garlande[8], et là se misent il à terre. Si entendirent des nouvelles que messires Robers d'Artois et ses gens estoient à siège devant le cité de

---

1. Le seigneur de Lohéac. 2. « Jusqu'à ». 3. « Le mauvais temps ». 4. « Se calma ». 5. « Loin de ». 6. C'est-à-dire, 6 x 20 = 120 lieues, soit environ 480 km. 7. « Jetèrent par-dessus bord ». 8. Guérande (44350).

Vennes. Si envoiièrent devers monsigneur Charlon de Blois qui se tenoit à Rennes, à savoir quel cose il voloit qu'il fesissent. Or lairons nous un petit à parler François, et parlerons de chiaus qui estoient au siège devant Vennes.

§ 189. Messires Robers d'Artois, si com vous poés oïr, avoit assegiet le citet de Vennes à mille hommes d'armes, et trois mille arciers, et couroit tout le pays environ et l'ardoit, exilloit et destruisoit tout jusques à Dinant et jusques à le Roce Periot[1] et jusques à Ghoy le Forest[2]. Et n'osoit nulz demorer sus le plat pays, s'il ne voloit le sien mettre en aventure, tout jusques au Souseniot[3] et le Roce Bernart[4].

Le siège durant devant Vennes, il y eut as bailles de le ville tamainte escarmuce et maint assaut et tamaint grant fait d'armes fait. Li chevalier qui dedens estoient, li sires de Cliçon et messires Hervis de Lyon et leur compagnon s'i portoient vaillamment et moult y acqueroient grant grasce, car bien estoient songneus[5] de deffendre et garder le cité de leurs ennemis. Et toutdis se tenoit la contesse de Montfort au siège de Vennes avoech monsigneur Robert d'Artois. Ossi messires Gautiers de Manni, qui s'estoit tenus en Hembon un grant temps, recarga le ditte ville et le chastiel à monsigneur Guillaume de Quadudal[6] et as deux frères de Pennefort, puis prist avoech lui monsigneur Yvon de Tigri[7] et cent hommes d'armes et deux cens arciers. Et vinrent en l'ost devant Vennes, et leur fisent messires Robers d'Artois et li chevalier d'Engleterre grant feste.

Assés tost appriès que messires Gautiers de Manni fu là venus, se fist uns assaus devant Vennes moult grans et moult fors. Et assallirent la cité, cil qui assegiet l'avoient, en trois lieus et tout à une fois. Et trop don-

---

1. Hameau de la commune de Priziac (56320).   **2.** Voir p. 410, n.1.   **3.** Suscinio. Château de la commune de Sarzeau (56370).   **4.** La Roche-Bernard (56130).   **5.** « Soucieux ».   **6.** Guillaume de Cadoudal.   **7.** Yvon de Trésiguidy.

nèrent à faire à chiaus de dedens, car li archier d'Engleterre traioient si ouniement et si espessement c'à painnes s'osoient cil qui deffendoient amonstrer as garittes. Et dura cilz assaulz un jour tout entier. Si y eut pluiseurs bleciés d'un lès et de l'autre. Quant ce vint sus le soir, li Englès se retraisent à leurs logeis, et cil de Vennes as hostelz, tous lassés et moult travilliet ; si se desarmèrent. Mais chil de l'host ne fisent mies ensi ; ançois se tinrent en leurs armeures et ostèrent tant seulement leurs bacinès, et burent un cop cescuns et se rafreschirent.

Or avint que là presentement et tantost, par l'avis de monsigneur Robert d'Artois, qui fu uns grans et sages guerrières, ilz s'ordonnèrent de rechief en trois batailles, et envoiièrent les deux as portes là où il faisoit le plus fort assallir, et la tierce fisent tenir toute quoie couvertement. Et ordonnèrent que, si tretost comme li aultre aroient assalli une longe espasse, et que cil de Vennes entenderoient à yaus deffendre, il se trairoient avant sus ce plus foible lès, et seroient tout pourveu d'eschelles cordées à grawès[1] de fier, pour jetter sus les dis murs et atachier as garittes, et assaieroient se par ceste voie il le poroient jamais conquerre. Tout ensi comme li dis messires Robers l'ordonna et avisa, il le fisent. Et s'en vint li dis messires Robers en le première bataille assallir et escarmucier à le baille de le porte, et li contes de Salebrin ensi à l'autre. Et pour ce qu'il faisoit tart, et afin ossi que cil de dedens en fuissent plus esbahi, il alumèrent grans feus, siques li claretés en respondoit[2] dedens le cité de Vennes. Dont il avint que li homme de le ville et cil dou chastiel cuidièrent soubdainnement que leurs maisons ardissent ; si criièrent : « Trahi ! Trahi ! Armés vous, armés vous ! » Jà estoient li pluiseur retret et couchiet pour yaus reposer, car moult avoient eu grant travel le jour devant. Si se levèrent soudainnement et s'en vinrent cescuns qui mieulz mieulz, sans arroi et sans orde-

---

1. « Crampon », « grappin ».   2. « Se répandait ».

nance, et sans parler à leurs chapitainnes, celle part où li feus estoit. Et ossi li signeur, qui en leurs hostelz estoient, s'armoient.

Endementrues que ensi il estoient entouelliet[1] et empeeciet, li contes de Kenfort, messires Gautiers de Manni et leurs routes, qui estoient ordonné pour l'eschellement, entendirent à faire leur emprise. Et vinrent de ce costé où nulz n'entendoit ne gardoit, et drecièrent leurs eschelles, et montèrent amont, les targes sus lors testes, et entrèrent par les dis murs tout paisievlement en le cité. Ne onques ne s'en donnèrent garde li François et li Breton qui ens estoient ; si veirent leurs ennemis sus le rue et yaus assallir devant et derrière. Dont n'i eut si hardit ne si aviset qui ne fust tous esbahis, et tournèrent en fuites cescuns pour lui sauver. Et cuidièrent encores de premiers que li meschiés fust plus grans qu'il n'estoit. Car se il se fuissent retourné et deffendu de bonne volenté, il euissent bien mis hors les Englès qui entret estoient dedens. Et pour ce que riens n'en fu fait, perdirent il meschamment leur ville. Et n'eurent mies li chevalier chapitainne loisir de retraire ou chastiel, mès montèrent tantost à cheval et partirent par une posterne[2] et prisent les camps pour yaus sauver, et furent tout cil ewireus qui issir porent. Toutesfois, li sires de Cliçon, messires Hervis de Lyon[3], li sires de Tournemine[4] et li sires de Lohiac[5] se sauvèrent et une partie de leurs gens. Et tout cil qui furent trouvet et attaint des Englès furent mort ou pris[6].

---

1. « Empêtrés ». **2.** « Porte dérobée ». **3.** Froissart reprend ici une erreur qu'il trouve dans le texte de Jean le Bel (JB, II, 12) : Hervé de Léon était alors prisonnier dans la tour de Londres (SHF, III, iv n5). **4.** Geoffroi de Tournemine, fils aîné d'Olivier de Tournemine et d'Isabeau de Machecoul, fut tué en 1347 au combat de la Roche-Derien. **5.** Le seigneur de Lohéac (voir JB, II, 334). **6.** La prise de Vannes par Robert d'Artois, dont Froissart a trouvé la mention dans Jean le Bel, est fort douteuse. Jean le Bel dit lui-même à propos de ce siège : « Et y avint de belles aventures et grandes proesses d'ung costé et d'aultre que je ne sçavroie pas raconter ne dire au vray ; si vault mielx que je m'en taise » (JB, II, 12) ; voir SHF, III, iv.

Et fu la cité de Vennes toute courue et robée. Et y entrèrent ens toutes manières de gens, et meismement la contesse de Montfort dalès monsigneur Robert d'Artois qui en eut grant joie.

§ 190. Ensi que je vous compte, fu la cité de Vennes à ce temps prise par l'emprise de monsigneur Robert d'Artois, dont tous li pays d'environ fu durement esmervilliés. Et en murmurèrent grandement sus le partie des chevaliers qui dedens estoient au jour que elle fu prise, comment que je cuide bien que ce fust à grant tort, car il y perdirent plus que tout li aultre. Et de l'anoi qu'il en eurent, il le demonstrèrent assés tost aprìs, si com vous orés avant en l'ystore.

Au cinquième jour que la cité de Vennes eut esté prise, s'en retourna la contesse de Montfort dedens Hembon, et messires Gautiers de Manni avoech li, et messires Yves de Tigri et pluiseur aultre chevalier d'Engleterre et de Bretagne, pour le doubtance des rencontres.

Et se partirent encores de monsigneur Robert d'Artois li contes de Sallebrin, li contes de Pennebruch, li contes de Sufforch et li contes de Cornuaille, à bien mille hommes d'armes et trois mille arciers, et s'en vinrent assegier le cité de Rennes[1]. Si s'en estoient parti, quatre jours devant, messires Charles de Blois et madame sa femme et venu à Nante ; mais il avoient laissiet en le cité de Rennes grant garnison, chevaliers et escuiers à plenté.

Et toutdis se tenoit messires Loeis d'Espagne sus le mer atout ses Espagnols et ses Genevois. Et gardoit si près et si songneusement les frontières d'Engleterre que nulz ne pooit aler ne venir d'Engleterre en Bretagne qu'il ne fust en grant peril. Et fist celle saison as Englès moult de contraires et de damages.

---

1. Ce siège de Rennes, dont la mention est empruntée à Jean le Bel, serait, selon Siméon Luce, tout aussi problématique que la prise de Vannes par Robert d'Artois (SHF, III, v).

Les Français assiègent Vannes

§ 191. Pour le prise et le perte de le cité de Vennes fu li pays durement esmeus et courouciés, car bien cuidoient que li dessus dit signeur et chapitainne, qui dedens estoient quant elle fu prise, le deuissent deffendre et garder un grant temps contre tout le monde, car elle estoit forte assés et bien pourveue de toute artillerie et d'autres pourveances et bien garnie de gens d'armes. Si en estoient pour le mesavenue tout honteus li sires de Cliçon et messires Hervis de Lyon, car ossi li envieus en parloit villainnement sus leur partie. De quoi li doi seigneur ne vorrent mies plenté sejourner, ne yaus endormir en le renommée des mesdisans ; ains cueillièrent grant fuison de bons compagnons, chevaliers et escuiers de Bretagne, et priièrent à ces chapitainnes des forterèces qu'il vosissent estre à ce jour, que ordonné et nommé entre yaus avoient, sus les camps, à tel quantité de gens qu'il poroient. Tout y obeirent de grant volenté, et s'esmurent telement toutes manières de gens de Bretagne qu'il furent sus un jour par devant le cité de Vennes plus de douze mille hommes, que frans, que villains, et tous armés. Et là vint bien estoffeement messires Robers de Biaumanoir[1], mareschaus de Bretagne. Et assegièrent le cité de Vennes de tous costés, et puis le commencièrent fortement à assallir.

§192. Quant messires Robers d'Artois se vei assegiés dedens Vennes, si ne fu mies trop esbahis de lui tenir vassaument et de deffendre le cité. Li Breton, qui devant estoient comme tout foursenet de chou, che leur sambloit, que perdu l'avoient si simplement, s'aventuroient à l'assallir durement et corageusement, et se hastoient d'yaus aventurer, par quoi[2] cil qui se tenoient

---

1. Fils de Jean II, sire de Beaumanoir et de Marie de Dinan. Il eut pour femme : 1e Thiphaine de Chemillé ; 2e Marguerite de Rohan, qui épousa en secondes noces le connétable Olivier de Clisson. Après la bataille d'Auray (1364), Jeanne de Bretagne le chargea de négocier la paix de Guérande (KL, XX, 286-7).
2. « Afin que ».

devant Rennes et cil qui estoient ossi dedens Hembon
ne leur venissent pour yaus brisier leur emprise. Dont
il avint que li Breton qui là seoient fisent et livrèrent à
le ditte cité un assaut si dur et si bien ordonné, et si
corageusement s'i esprouvèrent li assallant, chevalier
et escuier, et meismement li bonhomme dou pays[1], et
tant donnèrent à faire à chiaus de dedens, qu'il conquisent les bailles dou bourch et puis les portes de le cité.
Et entrèrent ens par force et par proèce, vosissent ou
non li Englès, et furent mis en cace ; et moult en y eut
adonc grant fuison de mors et de navrés. Et par especial messires Robers d'Artois y fu durement navrés ;
et à grant mescief fu il sauvés et gardés d'estre pris. Et
se parti par une posterne derrière, et messires Richars
de Stanfort[2] avoecques lui, et cil qui escaper peurent ;
et chevaucièrent devers Hembon. Et là fu pris et fianciés prisons de monsigneur Hervi de Lyon[3], li sires
Despensiers d'Engleterre, filz à monsigneur Huon le
Despensier de jadis, dont cilz livres fait mention ens
ou commencement ; mais il fu si dur blechiés à cel
assaut qu'il ne vesqui depuis que trois jours.

Ensi eurent li François et reconquisent le ville et le
cité de Vennes, et misent hors tous leurs ennemis par
sens et par proèce. De quoi li signeur d'Engleterre, qui
seoient devant Rennes, furent durement courouciet. Et
ossi fu la contesse de Montfort, qui se tenoit en Hembon ; mais amender ne le peut, tant c'à celle fois. Si
demora messires Robers d'Artois un temps bleciés et
navrés, si com vous avés oy. En le fin, il li fu consilliet
et dit, pour le mieulz mediciner et garir, qu'il s'en
repairast en Engleterre, car là trouveroit il surgiiens et
medecins à volenté. Si crut ce conseil, dont il fist folie ;
car au retourner en Engleterre il fu durement grevés et

---

1. Noter comment le chroniqueur reconnaît ici (involontaire-
ment ?) la vertu militaire de la classe non chevaleresque. **2.** Selon KL (XXIII, 160), il faut attribuer à Raoul de Staffort tout ce
que Froissart rapporte des exploits de Richard de Stafford en Bretagne et en Guyenne. **3.** On se rappelle qu'Hervé est, à cette
date, prisonnier à la Tour de Londres.

appressés de le marée[1]. Et s'en esmurent[2] telement ses plaies que, quant il fu venus et aportés à Londres, il ne vesqui point longuement depuis ; ançois moru de ceste maladie : dont ce fu damages[3], car il estoit courtois chevaliers, preus et hardis, et dou plus noble sanch dou monde. Si fu ensepelis à Saint Pol à Londres. Et li fist li rois englès faire son obsèque ossi solennelment comme c'euist esté pour son cousin germain le conte Derbi. Et fu li dis messires Robers moult durement plains dou roy, de madame la royne, des signeurs et des dames d'Engleterre.

Si tretost que messires Robers d'Artois fu trespassés de ce siècle, et que li rois englès en seut les nouvelles, il en fu si courouciés qu'il jura et dist, oiant tous chiaus qui oïr le porent, que jamais n'entenderoit à aultre cose si aroit vengiet le mort de lui, et iroit meismement en Bretagne, et atourroit[4] tel le pays que dedens quarante ans apriès il ne seroit point recouvret. Si fist li rois englès tantost escrire lettres et mander par tout son royaume, que cescuns, nobles et non nobles, fust appareilliés pour mouvoir avoecques lui au chief dou mois. Et fist faire tantos grant amas de naves et de vaissiaus, et bien pourveir et estofer[5] de ce qu'il apertenoit. Au chief dou mois, il se mist en mer à grant pourveance de navie et de gens d'armes, et vint prendre port assés priès de Vennes[6], là où messires Robers d'Artois et se compagnie arrivèrent, quant il vinrent en Bretagne. Si descendirent à terre, et misent par trois jours hors leurs chevaus et leurs pourveances. Et puis au quatrime jour, il chevaucièrent par devers Vennes. Et toutdis se tenoit li sièges dou conte de Salebrin et dou conte de Pennebruch et des Englès dessus dis, devant Rennes.

---

1. « Accablé et tourmenté par le mouvement de la mer ». 2. « S'en ressentirent ». 3. Robert d'Artois mourut entre le 6 octobre et le 20 novembre 1342, non pas en Angleterre, mais en Bretagne (SHF, III, v). 4. « Arrangerait » (au sens ironique). 5. « Fournir ». 6. Parti au plus tôt le 23 octobre de Portsmouth, Édouard III aurait débarqué en Bretagne, près de Brest, le 30 octobre 1342. Mais c'est seulement le 5 décembre que l'on trouve une lettre de lui datée du siège de Vannes (JB, II, 16 n).

§ 193. Tant esploita li rois englès, depuis qu'il eut pris terre en Bretagne, qu'il vint atoute son host par devant le cité de Vennes, et le assega de tous poins. À ce donc estoient dedens messires Oliviers de Cliçon, messires Hervis de Lyon, li sires de Tournemine, messires Joffrois de Malatrait et messires Guis de Lohiac. Si pensoient bien cil chevalier et avoient supposé de lonchtemps que li rois englès venroit moult efforciement en Bretagne, si comme il fist. Pour quoi il avoient le cité et le chastiel de Vennes pourveu très grossement de toutes pourveances necessaires, et ossi de bonnes gens d'armes pour le deffendre. Et bien leur besongnoit, car sitost que li rois englès fu venus et logiés par devant, il les fist assallir moult asprement, et venir les arciers par devant et traire de grant randon à chiaus de le cité très fortement. Et dura cilz assaus bien demi jour, mais riens n'i fisent fors yaus lasser et travillier, tant fu la cité bien deffendue. Adonc se retraisent li Englès en leurs logeis. Sitost que la contesse de Montfort sceut la venue dou roy englès, elle fu moult resjoye et se parti de Hembon, acompagnie de monsigneur Gautier de Manni et de pluiseurs aultres chevaliers et escuiers ; et s'en vint devant Vennes conjoïr et festiier le roy d'Engleterre et les barons de l'host. Li rois recueilla la dame moult liement, et adonc eut entre yaus là pluiseurs parolles qui toutes ne poeent mies estre escrites. Et quant la contesse ot là esté devant Vennes avoech le roy ne sçai trois jours ou quatre, elle s'en parti et retourna en Hembon avoecques ses gens.

Or vous parlerons de monsigneur Charlon de Blois qui se tenoit dedens le cité de Nantes. Si tost qu'il sceut que li rois englès estoit arrivés en Bretagne, il le segnefia au roy de France son oncle, et y envoia devers lui grans messages de Bretagne, pour mieulz esploitier et pour priier qu'il fust aidiés et confortés à l'encontre des Englès, car il estoient venu en son pays à grant poissance. Li rois oy et reçut les messages moult liement, et en respondi courtoisement, et dist qu'il envoieroit à son neveut si grant confort que pour bien resister contre ses ennemis, et yaus bouter hors de Bretagne. Voirement y envoia il depuis le duch de Normendie son fil à grant poissance, mais ce ne fu mies si tretost. Ançois eurent li Englès moult adamagiet et destruit le bon pays de Bretagne, si com vous orés avant en l'ystore.

§ 194. Quant li rois englès, qui seoit devant Vennes, vit la cité si forte et si bien furnie de gens d'armes, et entendi par ses gens que li pays de là environ estoit si povres et si gastés qu'il ne savoient où fourer ne avoir vivres pour yaus ne pour leurs chevaus, tant estoient il grant nombre, si s'avisa qu'il en lairoit là une partie pour tenir le siège, et atout le remanant de son host il se trairoit devant Rennes, et veroit ses gens qui là seoient, qu'il n'avoit veus de grant temps. Si ordonna le conte de Warvich[1], le conte d'Arondel, le baron de Stanfort, monsigneur Gautier de Manni, monsigneur Yvon de Tigri et les deux frères de Pennefort, à cinq cens hommes d'armes et mille arciers, à tenir le siège devant Vennes.

Puis s'en parti li rois atout le remanant de son host, où bien avoit quinze cens hommes d'armes et six mille arciers. Et chevauça tout ardant et essillant le pays d'un lès et d'autre, et fist tant qu'il vint devant Rennes, où il fu moult liement veus et receus de ses gens qui là seoient et avoient sis un grant temps. Et quant il ot là esté environ cinq jours, il entendi que messires Charles de Blois estoit dedens la cité de Nantes et faisoit là son amas de gens d'armes ; si dist qu'il se trairoit celle part.

Et se parti dou siège de Rennes, et y laissa chiaus que trouvés y avoit ; et chevauça tant qu'il parvint atoute son host devant Nantes[2] : si l'assega si avant

---

1. Le comte de Warwick, cousin d'Édouard III.   2. Froissart reproduit ici l'erreur commise par Jean le Bel : Édouard III n'alla pas en personne assiéger Nantes, mais après avoir pris Ploërmel, Malestroit, Redon, et reçu la soumission de plusieurs seigneurs bretons, il envoya vers Nantes son cousin, le comte de Northampton,

qu'il peut, car toute environner ne le peuist mies, tant est grande et estendue. Si coururent li mareschal et ses gens environ, et gastèrent et essillièrent durement le plat pays ; et prendoient vivres et pourveances partout où il les pooient avoir. Et furent li rois d'Engleterre et toutes ses gens ordonné sus une montagne au dehors de le cité de Nantes un jour, dou matin jusques à nonne, par manière de bataille. Et cuidoient bien li Englès que messires Charles de Blois et ses gens deuissent issir, mès non fisent. Quant li Englès veirent ce, si se retraisent à leur logeis ; mès li coureur le roy d'Engleterre coururent adonc jusques as barrières de le cité, et à leur retour il ardirent les fourbours.

§ 195. Ensi se tint li rois d'Engleterre par devant Nantes. Et messires Charles de Blois estoit dedens, qui souvent escrisoit et envoioit lettres et messages et l'estat des Englès, devers le roy de France, son oncle, et le duch de Normendie, son cousin, qui le devoit conforter, car il en estoit cargiés. Et estoit jà trais et venus li dus de Normendie en le cité d'Angiers, et là faisoit son amas de toutes manières de gens d'armes qui li venoient de tous costés[1]. Entrues que ces assemblées se faisoient, se tenoit li rois d'Engleterre devant Nantes, et le avoit assegie à l'un des costés, et y faisoit souvent assallir et escarmucier et esprouver ses gens. Mès en tous assaus petit y conquist ; ançois y perdi par pluiseurs fois de ses hommes, dont moult li anoia.

Quant il vei et considera que par assaut il n'i pooit riens faire, et que messires Charles de Blois n'isteroit point as camps pour lui combatre, si s'avisa qu'il lairoit là le plus grant partie de ses gens à siège, et se trairoit aultre part toutdis, en gastant et essillant le pays. Si ordonna le conte de Kenfort, monsigneur

---

le comte de Warwick et Hugh Spencer avec d'autres bannerets et 400 hommes d'armes (JB, II, 18 n).

1. L'armée du duc de Normandie dut se rassembler à Angers et se mettre en marche vers la Bretagne après le 12 novembre 1342 (SHF, III, vii n2 ; JB, II, 20 n1).

Henri visconte de Byaumont[1], le signeur de Persi[2], le signeur de Ros, le signeur de Montbrai, le signeur de le Ware, monsigneur Renault de Gobehen et monsigneur Jehan de Lille à là demorer et tenir le siège à six cens armeures de fier et deux mille arciers ; et puis si chevauça o le demorant de ses gens. Si pooient estre environ quatre cens lances et deux mille arciers, tout ardant et essillant le bon pays de Bretagne par devant lui, de l'un lès et d'autre, tant qu'il vinrent devant le bonne ville de Dignant dont messires Pières Portebuef estoit chapitainne. Quant il parfu venus devant Dignant, il mist le siège tout environ, et le fist fortement assallir. Et cil qui dedens estoient entendirent ossi à yaus deffendre. Ensi assega li rois d'Engleterre tout en une saison, et en un jour, luy et ses gens, trois cités en Bretagne et une bonne ville.

§ 196. Entrues que li rois d'Engleterre aloit et venoit et chevauçoit le pays de Bretagne, ses gens qui seoient devant le cité de Vennes y faisoient et livroient tous les jours tamaint assaut, car durement le convoitoient à gaegnier par fait d'armes, pour tant que li chevalier qui dedens estoient l'avoient reconquis sus yaus en celle meisme saison. Dont il avint un jour, le siège pendant, que, à l'une des portes, uns très grans assaus se fist. Et se traisent de celle part toutes les bonnes gens d'armes, de l'un costé et de l'autre. Et là eut tamainte belle apertise d'armes fait. Car cil dedens Vennes avoient, comme bon chevalier et hardi, ouvert leur porte et se tenoient à le barrière, pour le cause de ce qu'il veoient le banière le conte de Warvich et ceste dou conte d'Arondiel et dou baron de Stanfort et de monsigneur Gautier de Manni qui s'abandonnoient, ce leur sambloit, assés folement. De quoi li sires de Cli-

---

1. Henri, vicomte de Beaumont, mort en 1340, ne pouvait assister en 1342 au siège de Dinan (KL, XX, 295). 2. Henry, fils de Henry de Percy et d'Éléonore d'Arundel, épousa Idoine Clifford. Les Percy étaient issus de Guillaume de Percy, l'un des compagnons de Guillaume le Conquérant (retour ironique du destin...).

çon et messires Hervis de Lyon[1] et li aultre chevalier plus corageusement s'en aventuroient. Là y eut fait tant de belles apertises d'armes que merveilles seroit à recorder. Car li Englès, qui veoient le porte ouverte, le tenoient en grant despit, et li aucun le reputoient à vaillance. Là eut lanciet et estechiet[2] d'un lès et de l'autre moult longement. Finablement, cilz assaus se porta telement que de premiers li Englès furent reboutet et reculet moult arrière des barrières. Et à ce qu'il reculèrent[3], li chevalier de Bretagne s'avancièrent et ouvrirent leur baille, cescuns son glave en son poing, et laissièrent six chevaliers des leurs pour garder le baille, avoec grant fuison d'autres gens. Et puis tout à piet, en lançant et escarmuchant, il poursievirent les chevaliers englès qui tout en reculant se combatoient. Là eut très bon puigneis et fort bouteis[4] de glaves, et mainte belle apertise d'armes faite. Toutefois, li Englès moutepliièrent et fortefiièrent telement qu'il convint les Bretons reculer, et non pas si rieuleement[5] qu'il estoient avalet. Là eut grant luite et dur enchauch. Et remontoient li chevalier de Bretagne, li sires de Cliçon et messires Hervis de Lyon, à grant malaise. Si y eut maint homme mort et blecié. Quant cil qui gardoient le barrière veirent leurs gens cacier et reculer, il retraisent leurs bailles avant, et si mal à point qu'il convint le signeur de Cliçon demorer dehors, et fu pris devant le barrière ; et ossi fu messires Hervis de Lion[6]. D'autre part, li Englès qui estoient monté vistement, et tous premiers li barons de Stanfort, furent enclos et se banière entre les bailles et le porte. Là eut grant touellement[7] et dur hustin. Et fu pris et retenus li sires de Stanfort, onques nulz ne l'en peut aidier ; et ossi furent pluiseur des siens qui estoient dalès lui : oncques nulz n'en escapa qu'il ne fuissent ou mort ou pris. Si se departi ceste estourmie atant, et se retraisent li Englès à

---

1. On se rappelle que celui-ci est en fait prisonnier dans la Tour de Londres. **2.** « Lutte à l'estoc ». **3.** « Et au moment où il reculèrent ». **4.** « Choc ». **5.** « En bon ordre ». **6.** Déjà prisonnier à la Tour de Londres... **7.** « Mêlée ».

leurs logeis, et li Breton à leurs hostelz par dedens le cité de Vennes.

§ 197. Par tel manière que vous avés oy compter furent pris li chevalier dessus nommé. Et euissent fait li Englès grant feste de leurs prisonniers, se li sires de Stanfort n'euist esté pris. Depuis cest assaut, n'en y eut fait nul si grant ne si renommé d'armes que cilz fu, car cescuns se tenoit sus se garde.

Or parlerons dou roy d'Engleterre qui avoit assegiet le ville de Dinant. Quant il eut là sis jusques à trois jours là en dedens, il avisa et ymagina comment il le poroit avoir. Si regarda que elle estoit bien prendable, car elle n'estoit fremée fors que de palis. Si fist querre et pourveir grant fuison de nacelles, et entrer dedens arciers, et puis nagier jusques à ces palis, et yaus venu jusques à là, assallir fortement à ceulz qui les deffendoient, et traire si ouniement que à painnes osoit nuls apparoir as deffenses pour le deffendre. Entre ces arciers y avoit autres assallans qui portoient cuignies grandes et bien trençans, dont, entrues que li arcier ensonnioient chiaus de dedens, il copoient les palis ; et les eurent en brief temps grandement adamagiés, et tant qu'il en gettèrent un grant pan par terre, et entrèrent ens efforciement. Quant cil de le ville veirent leurs palis rompus et Englès entrer ens à grant randon, si furent tout effraet. Et commencièrent à fuir vers le marchiet ; mais petite ralloiance [1] se fist entre yaus, car cil qui estoient entré ens par les nacelles vinrent à le porte et l'ouvrirent. Si entrèrent ens toutes manières d'autres gens qui entrer y vorrent. Ensi fu prise li ville de Dinant en Bretagne [2], toute courue et robée, et messires Pières Portebuef qui capitainne en estoit. Si pri-

---

1. « Peu de ralliement ».   2. Selon A. de la Borderie, *Histoire de la Bretagne,* t. III (1899), p. 475 n4, Jean le Bel et Froissart à sa suite auraient confondu ici Dinan avec Guémené-sur-Scorff (56160). La ville de Dinan n'aurait pas été prise, mais seulement ses faubourgs pillés et brûlés par le comte de Salisbury vers le 20 décembre 1342 (JB, II, 19).

sent li Englès desquelz qu'il veirent[1], et gaegnièrent grant avoir dedens, car elle estoit adonc durement riche et plainne et bien marchande.

§ 198. Quant li rois d'Engleterre eut fait sen emprise et sa volenté de le ville de Dinant en Bretagne, il s'en parti, et le laissa toute vaghe, et n'eut mies conseil dou tenir ; si s'en achemina vers Vennes. En chevauçant celle part, les nouvelles li vinrent de le prise le signeur de Cliçon et de monsigneur Hervi de Lyon. Si en fut grandement joians, et tant chevauça qu'il vint devant Vennes, et là se loga.

Or vous parlerons un petit de monsigneur Loeis d'Espagne, de messire Charle Grimau, de monsigneur Othon Doriie, qui estoient pour le temps amiral de le mer, à huit galées, treize barges et trente nefs cargies de Genevois et d'Espagnols. Si se tenoient sus mer entre Bretagne et Engleterre ; et portèrent par pluiseurs fois grans damages as Englès qui venoient rafreschir leurs gens de pourveances devant Vennes. Et une fois entre les aultres, il vinrent courir sus le navie dou roy d'Engleterre qui gisoit à l'ancre sus un petit port dalès Vennes, et n'estoit mie adonc trop bien gardée. Si occirent le plus grant partie de chiaus qui le gardoient ; et y euissent porté trop grant damage, se li Englès, qui seoient devant Vennes, n'i fuissent acouru. Mais quant les nouvelles vinrent en l'ost, cescuns y ala qui mieulz mieus. Toutesfois, on ne se peut onques si haster que li dis messires Loeis et se route n'enmenassent quatre nefs cargies de pourveances ; et en effondrèrent trois, et perirent chiaus qui dedens estoient. Adonc fu consilliet au roy que il fesist traire se navie ou havene de Hembon ; si le fist, si comme il li fu consilliet. Et toutdis se tenoit li sièges devant Vennes et ossi devant Nantes et devant Rennes.

---

1. Variantes : « veurrent », « volurent ».

Le duc de Normandie marche sur Nantes

§ 199. Nous retourrons à le chevaucie que li dus de Normandie fist en celle saison en Bretagne pour conforter son cousin monsigneur Charle de Blois. Li dus, qui avoit fait sen assamblée et son amas de gens d'armes en le cité d'Angiers, se hasta ce qu'il peut, car il entendi que li rois d'Engleterre travilloit durement le pays de Bretagne, et avoit assegiet trois cités et pris le bonne ville de Dinant. Si se parti de Angiers moult estoffeement, à plus de quatre mille hommes d'armes et trente mille d'aultres gens. Si s'arrouta tous li charois le grant chemin de Nantes. Et le conduisoient li doi mareschal de France, li sires de Montmorensi et li sires de Saint Venant. Apriès chevauçoit li dus et li contes d'Alençon ses oncles, et li contes de Blois ses cousins. Là estoient li dus de Bourbon, messires Jakemes de Bourbon, contes de Pontieu[1], li contes de Boulongne, li contes de Vendome, li contes de Dammartin, li sires de Crain, li sires de Couci, li sires de Sulli[2], li sires de Fiennes[3], li sires de Roie, et tant de barons et de chevaliers de Normendie, d'Auvergne, de Berri, de Limozin, d'Anjou, du Mainne, de Poito et de Saintonge, que jamais je ne les aroie tous nommés. Et encores croissoient il tous les jours, car li rois de France reconfortoit son mandement, pour ce qu'il avoit entendu que li rois d'Engleterre estoit si efforciement venus en Bretagne.

Ces nouvelles vinrent en l'ost des signeurs d'Engle-

---

1. Jacques de Bourbon, troisième fils de Louis Ier, duc de Bourbon et de Marie de Hainaut, comte de la Marche et de Ponthieu, mort à Lyon en 1361 des blessures qu'il reçut au combat de Brignais. Il avait épousé Jeanne de Saint-Pol.   2. Louis, sire de Sully, fils de Jean de Sully et de Marguerite de Bourbon. Il épousa Isabeau de Craon et mourut vers la fin de l'année 1381.   3. Robert de Fiennes, dit Moreau, né vers 1308, fut élevé à la cour d'Édouard III. Il devint connétable de France après le duc d'Athènes, tué à la bataille de Poitiers. Il était fils de Jean de Fiennes et d'Isabelle de Flandre, fille de Gui de Dampierre. Il épousa 1e Béatrix de Gavre, châtelaine de Saint-Omer ; 2e Marguerite de Melun, comtesse de Joigny, veuve de Miles de Noyers. Mort vers 1385 (KL, XXI, 199-200).

terre qui seoient devant Nantes, que li rois y avoit laissiés, que li dus de Normendie venoit là pour lever le siège, ensi que on l'esperoit, et avoit bien en se compagnie quarante mille hommes. Cil signeur englès le segnefiièrent hasteement au roy d'Engleterre, à savoir quel cose il voloit qu'il fesissent, ou se il attenderoient, ou se il se retrairoient. Quant li rois d'Engleterre entendi ces nouvelles, il fu moult pensieus, et eut une espasse imagination et pourpos de brisier son siège et ossi celui de Rennes, et de lui traire devant Nantes. Depuis il fu consilliés aultrement. Et li fu ensi dit que il estoit en bonne place et forte et priès de se navie, et qu'il se tenist là et attendesist ses ennemis, et mandast chiaus de Nantes, et laissast encores le siège devant Rennes[1]. Il ne li estoient mies si lointain qu'il ne les confortast ou reuist bien tost, se il besongnoit. À ce conseil se tint et acorda li rois d'Engleterre. Et furent remandé cil qui seoient devant Nantes, et s'en revinrent au siège à Vennes. Et li dus de Normendie et son host et li baron de France esploitièrent tant qu'il vinrent en le cité de Nantes où messires Charles de Blois et fuison de le chevalerie de Bretagne estoient, qui les rechurent à grant joie. Si se logièrent li signeur en le cité et leurs gens environ sus le pays, car tout ne se peuissent mies logier dedens le ville ne ens es fourbours.

§ 200. Entrues que li dus de Normendie sejournoit à Nantes, fisent li chevalier d'Engleterre, qui seoient devant le cité de Rennes, un assaut très grant et très bien ordonné. Et avoient un grant temps en avant apparilliés aournemens et instrumens pour assallir. Et dura li dis assaus un jour tout entier, mais ilz n'i conquisent noient ; ançois y perdirent des leurs. Dont il y eut des mors et des blechiés grant fuison, car il y avoit dedens des bons chevaliers et escuiers de Bretagne, le baron

---

1. Ce siège n'eut sans doute pas lieu (SHF, III, viii n1).

d'Ansenis[1], le signeur dou Pont[2], messire Jehan de Malatrait[3], Yewain Charuiel[4] et Bertran de Claikin[5], escuiers. Chil en songnièrent si vaillamment, avoecques l'evesques de le ditte cité, qu'il n'i prisent point de damage. Nonobstant ce, si se tinrent là toutdis li Englès, et gastèrent tout le pays d'environ.

Adonc se departi de Nantes li dus de Normendie atout son grant host, et eut conseil qu'il se trairoit devant Vennes pour plus tost trouver ses ennemis ; car bien avoit entendu que cil de Vennes estoient plus astraint que cil de Rennes, et en plus grant peril d'estre perdu. Si s'arroutèrent ces gens d'armes et chevaucièrent en bon arroy et en grant convenant, quant il furent partit de Nantes. Si les conduisoient li doi mareschal et messires Joffrois de Chargni ; et li contes de Ghines, connestables de France, faisoit l'arrière garde. Tant s'esploitièrent ces gens d'armes, dont li dus de Normendie et messires Charles de Blois estoient chiés, qu'il vinrent assés priès de Vennes, d'autre part où[6] li rois d'Engleterre estoit logiés. Si se logièrent erramment li François tout contreval uns biaus prés grans et amples, et tendirent tentes, trés et pavillons et toutes manières de logeis. Et fisent faire li François biaus fossés et grans entour lor host, par quoi on ne leur peuist porter damage. Si chevauçoient à le fois li mareschal, et messires Robers de Biaumanoir, mareschaus pour le temps de Bretagne ; et aloient souvent escarmouchier en l'ost des Englès, et li Englès ossi sus yaus ; s'en y avoit souvent des rués jus, d'une

---

1. Une grande famille de barons bretons (KL, XX, 31).   **2.** Le sire de Pont, un chevalier de la maison de Pont en Bretagne (KL, XXII, 377).   **3.** Jean de Malestroit.   **4.** Grand compagnon de Du Guesclin et fidèle de Charles de Blois (KL, XX, 546-547). **5.** Bertrand Du Guesclin (1320-1380). Type du parfait chevalier, héros populaire, des poèmes célèbrent ses exploits. Il cristallisa la haine contre les Anglais et incarna l'une des premières manifestations patriotiques du royaume de France. Voir Siméon Luce, *Histoire de Bertrand du Guesclin et de son époque. La jeunesse de Bertrand (1320-1364)*, Paris, 1876.   **6.** « En face de l'endroit où ».

part et d'autre. Quant li rois d'Engleterre vei venu contre lui le duch de Normendie à si grant poissance, si remanda le conte de Sallebrin et le conte de Pennebruch et les aultres chevaliers et leurs gens qui se tenoient à siège devant Rennes, par quoi il fuissent plus fort et mieus ensamble, se combatre le convenoit. Si pooient estre li Englès et li Breton de Montfort environ vingt cinq cens hommes d'armes et six mille arciers et quatre mille hommes de piet. Li François estoient en plus grant nombre, quatre foiz plus, et toutes gens de bonne estoffe.

§ 201. Moult furent ces deux hos devant Vennes belles et grans. Et avoit li rois d'Engleterre basti son siège par tel manière que li François ne pooient venir à lui par nul avantage. Depuis que li dus de Normendie fu là venus, ne fist li rois d'Engleterre point assallir à le cité de Vennes, car il voloit espargnier ses gens et sen artillerie. Ensi furent il l'un devant l'autre un grant temps, et bien avant en l'ivier. Si y envoia li papes Clemens VIe, qui regnoit pour le temps[1], deux cardinaus en legation, le cardinal de Penestre et le cardinal de Clermont[2] qui souvent chevaucièrent de l'un host à l'autre, pour accorder ces parties. Mais il les trouvoient si durs et si mal descendans à acord qu'il ne les pooient approcier de nulle pais.

Ces trettiés durant, il y avoit souvent des escarmuces et des puigneis l'un sus l'autre, ensi que li foureur se trouvoient ; si en y avoit des pris et des rués jus. Et n'osoient li Englès par especial aler en fuerre[3] fors en

---

1. Pierre Roger fut élu pape le 7 mai 1342, sous le nom de Clément VI. Avant de monter sur le trône pontifical, il avait été l'un des principaux conseillers de Philippe de Valois. Il acheta la ville d'Avignon à la reine Jeanne de Sicile et y mourut le 6 décembre 1352. **2.** Froissart veut probablement parler d'Étienne Aubert, évêque de Clermont ; mais d'après une bulle de Clément VI datée d'Avignon le 11 décembre 1342, les cardinaux envoyés pour négocier un accord entre les deux partis étaient Pierre de Prés, évêque de Palestrina, et Annibal Ceccano, évêque de Frascati (SHF, III, viii n2). **3.** « Fourrage ».

grant compagnie ; car, toutes les fois qu'il chevauçoient, il estoient en grant peril pour les embusches c'on mettoit sus yaus. Avoech tout ce, messires Loeis d'Espagne et se route gardoient si songneusement les pas de le mer que à trop grant dur venoit riens en l'ost des Englès ; si y eurent moult de disètes. Et estoit li intentions dou duch de Normendie et de ses gens qu'il tenoient là pour tous assegiés le roy d'Engleterre et son host, car bien savoient qu'il avoient grant neccessité de vivres. Et les ewissent tenus voirement en grant dangier, mais il estoient ossi si constraint dou frès temps, car nuit et jour il plouvoit que ce leur fist moult de painne. Et perdirent le plus grant partie de leurs chevaus, et les convint deslogier et traire sus les camps, pour le grant fuisson d'yawe[1] qui estoit en leurs logeis.

Si regardèrent li signeur qu'il ne pooient longement souffrir celle painne. Si commencièrent li cardinal à trettier sus avoir triewes à durer trois ans. Cilz trettiés passa. Et furent les triewes là données et accordées entre ces parties, à durer trois ans tous acomplis. Et les jurèrent li rois d'Engleterre et li dus de Normendie à non enfraindre[2].

§ 202. Ensi se deffist ceste grande assamblée, et se leva li sièges de Vennes. Et se retrest li dus de Normendie devers Nantes et emmena les deux cardinaulz avoech lui, et li rois d'Engleterre devers Hembon, où la contesse de Montfort se tenoit. Encores fu là fais uns escanges dou baron de Stanfort et dou signeur de Cliçon. Et demora messires Hervis de Lyon en prison devers le roy d'Engleterre, dont si ami ne furent mies plus liet. Et euist eu adonc trop plus chier le delivrance de monsigneur Hervi, messires Charles de Blois, que dou signeur de Cliçon : mais li rois d'Engleterre ne le volt adonc faire altrement.

---

1. « Eau ». **2.** C'est la célèbre trêve de Malestroit, ainsi nommée parce qu'elle fut conclue le 10 janvier 1343 dans le prieuré de Sainte-Madeleine de Malestroit (56140), de l'ordre de saint Benoît, dans le diocèse de Vannes.

Quant li rois d'Engleterre eut esté une espasse en Hembon avoech la contesse de Montfort, et entendu à ses besongnes, il prist congiet, et le recarga[1] as chevaliers de Bretagne qui faisoient partie pour lui à l'encontre de monsigneur Charlon de Blois, as deux frères de Pennefort, à monsigneur Guillaume de Quadudal et as aultres, et puis se retrest en mer. Et enmena toute se chevalerie, dont il avoit grant fuison ; et revint en Engleterre environ le Noel[2]. Et ossi li dus de Normendie se retraist en France, et donna congiet à toutes manières de gens d'armes. Si s'en rala cescuns en son lieu.

Assés tost après se revenue en France, et le departie des hos dessus dittes, fu pris li sires de Cliçon et soupeçonnnés de traison. A tout le mains grant fame en courut, je ne sçai se il en estoit coupables ou non. Mais je creroie moult à envis que uns si nobles et si gentilz chevaliers comme il estoit, et si rices homs, deuist penser ne pourcacier fausseté ne trahison. Toutesfois, fu il, pour ce villain fame, pris et tantost mis en prison en Chastelet à Paris. De quoi tout cil qui parler en ooient en estoient moult esmervilliet, et n'en savoient que supposer. Et en parloient li un à l'autre li baron et li chevalier de France, en disant : « Que poet on ores demander au signeur de Cliçon ? » Mais nuls n'en savoit à rendre vraie ne certainne response, fors tant que on imaginoit que li hayne venoit de se prise et de se delivrance. Car vrai estoit que li rois d'Engleterre l'eut plus chier à delivrer, pour le baron de Stanfort, que monsigneur Hervi de Lyon. Et li avoit fait li dis rois plus d'amour et de courtoisie en prison, qu'il n'euist fait au dit monsigneur Hervi, espoir pour ce que li dis messires Hervis avoit esté plus contraires à lui et à ses gens et à le contesse de Montfort, que nulz des aultres, et non pour aultre cose ; siques, pour cel avantage que li rois d'Engleterre fist adonc au signeur de

---

1. « La recommanda ». 2. Édouard III débarqua à Weymouth, le 2 mars 1343.

Cliçon, et non à monsigneur Hervi de Lyon, pensoit li envieus aultre cose qu'il n'i euist par aventure. Et si en sourdi tèle li suspicions[1] dont li dessus dis messires Oliviers de Cliçon fu encouppés et amis[2] de trahison, et decolés à Paris où il eut grant plainte, ne onques ne s'en peut excuser[3].

Assés tost apriès, furent encoupet de samblable cas plusieur signeur et gentil chevalier de Bretagne et de Normendie, et decolé en le cité de Paris, dont il fu grant nouvelle en pluiseurs pays, à savoir sont : li sires de Malatrait et ses filz, li sires d'Avaugor et messires Thiebaus de Morillon et pluiseur signeur de Bretagne, jusques à dix chevaliers et escuiers[4]. Encores assés tost après furent mis à mort par fame[5], je ne sçai mies se elle fu vraie ou aultre, quatre chevalier moult gentil homme de Normendie, loist à savoir : messires Henris de Malatrait, messires Guillaumes Bacon, li sires de Roce Tison et messires Richars de Persi[6]. Des quèles mors il despleut grandement as linages de ceulz[7]. Et en sourdirent depuis tamaint grant meschief en Bretagne et en Normendie, si com vous orés recorder avant en l'ystore. Li sires de Cliçon avoit un jone damoisiel à fil, qui s'appelloit Oliviers ensi que ses pères. Chilz se trest tantost ens ou chastiel de Hembon

---

1. « Ainsi le soupçon prit-il son origine ». 2. « Accusé ». 3. « Où il fut beaucoup plaint, mais il ne put jamais se faire gracier ». Olivier de Clisson fut exécuté par jugement du roi, c'est-à-dire sans jugement régulier, le 2 août 1343. Il était accusé de trahison. Les lettres d'Édouard III, du 5 décembre 1342, montrent en effet qu'il était passé du parti de Blois à celui de Montfort (JB, II, 21 n2). 4. Le samedi 29 novembre 1343, furent décapités à Paris six chevaliers bretons : Geoffroi de Malestroit l'aîné, Geoffroi de Malestroit le jeune, Guillaume des Brieux, Alain de Quedillac, Jean de Montauban et Denis du Plessis, et quatre écuyers bretons : Jean Malard, Jean des Brieux, Raoulet des Brieux et Jean de Sevedain (JB, II, 22 n2). 5. « Par suite de rumeurs ». 6. L'exécution des chevaliers normands eut lieu à Paris le 3 avril 1344, veille de Pâques ; accusés d'avoir voulu faire Godefroi de Harcourt duc de Normandie, ils n'étaient que trois : Jean, sire de la Roche-Tesson, Guillaume Bacon et Richard de Percy (JB, II, 23 n1). 7. « À leurs familles ».

avoecques le contesse de Montfort et Jehan de Montfort son fil, qui estoit auques de son eage, et sans père, car voirement estoit mors ou Louvre à Paris en prison li contes de Montfort[1].

§ 203. En ce temps vint en pourpos et en volenté au roy Edouwart d'Engleterre que il feroit refaire et reedefiier le grant chastiel de Windesore[2], que li rois Artus fist jadis faire et fonder, là où premièrement fu commencie et estorée[3] la noble Table Reonde, dont tant de bons et vaillans chevaliers issirent et travilliirent en armes et en proèce par le monde ; et feroit li dis rois une ordenance de chevaliers, de lui et de ses enfans et des plus preus de sa terre ; et seroient en somme jusques à quarante, et les nommeroit on « les chevaliers dou Bleu Gartier », et la feste à tenir et à durer d'an en an et à solennisier[4] ou chastiel de Windesore, le jour Saint George. Et pour ceste feste commencier, li rois d'Engleterre assambla de tout son pays contes, barons et chevaliers ; et leur dist sen intention et le grant desir qu'il avoit de la feste entreprendre. Se li accordèrent liement, pour tant que ce leur sambloit une cose honnourable, et où toute amour se nouriroit. Adonc furent esleu quarante chevalier, par avis et par renommée les plus preus de tous les aultres. Et seelèrent et se oblegièrent, sus foy et par sierement, avoech le roy à tenir et à poursievir la feste et les ordenances, tèles que elles estoient acordées et devisées. Et fist li rois fonder et edefiier une capelle de Saint Jorge ou dit chastiel de Windesore. Et y establi et mist canonnes pour Dieu servir, et les arrenta et aprouvenda[5] bien et largement. Et pour ce que la feste fust sceue et cogneue

---

1. En fait, Jean de Montfort recouvra la liberté le 1er septembre 1343 ; il mourut à Hennebont le 26 septembre 1345. **2.** Par ses lettres des 26 et 28 février 1344, Édouard III donne les ordres nécessaires afin de recruter les charpentiers, maçons, charretiers et autres ouvriers pour faire des travaux importants au château de Windsor. **3.** « Fondée ». **4.** « Fêter avec cérémonie ». **5.** « Dota de rentes et de prébendes ».

en toutes marces, li rois d'Engleterre l'envoia publiier et denoncier[1] par ses hiraus en France, en Escoce, en Bourgongne, en Haynau, en Flandres et en Braibant, et ossi en l'empire d'Alemagne. Et donnoit à tous chevaliers et escuiers qui venir y voloient, quinze jours de saufconduit après le feste. Et devoient estre à ceste feste une joustes de quarante chevaliers de par dedens, attendans tous aultres, et de quarante escuiers. Et devoit seoir[2] ceste feste le jour Saint Gorge proçain venant, que on compteroit l'an de grasce mil trois cens quarante quatre, ens ou chastiel de Windesore. Et devoit estre la royne d'Engleterre acompagnie de trois cens dames et damoiselles, toutes nobles et gentilz dames, et parées d'uns paremens[3].

§ 204. Entrues que li rois d'Engleterre faisoit son grant appareil pour rechevoir les signeurs, dames et damoiselles qui à sa feste venroient, li vinrent les certainnes nouvelles de la mort le signeur de Cliçon et des aultres chevaliers dessus nommés, encoupés de fausseté et de trahison. De ces nouvelles fu li rois d'Engleterre durement courouciés, et li sambla que li rois de France l'euist fait en son despit[4]. Et tint que parmi ce fait les triewes acordées en Bretagne estoient enfraintes et brisies. Si eut empensé de faire le samblant fait[5] dou corps monsigneur Hervi de Lyon que il tenoit pour son prisonnier. Et fait l'euist en son irour et tantost, se n'euist esté ses cousins li contes Derbi qui l'en reprist[6] durement et li remonstra devant son conseil tant de belles raisons, pour son honneur garder et son corage

---

1. « La fit divulguer et annoncer à haute voix ». 2. « Avoir lieu ». 3. Le 19 janvier 1344, jour de la Saint-Hilaire, Édouard III donna une fête à Windsor pour inaugurer une nouvelle Table Ronde qu'il avait fait construire et qui mesurait six cents pieds de circonférence (KL, IV, 452) ; à cette occasion, il annonça une grande joute à Windsor. La fondation de l'ordre de la Jarretière aurait eu lieu lors de la consécration de la nouvelle chapelle de Saint-George, à Windsor, le 6 août 1348. 4. « Comme un affront contre lui ». 5. « Et il eut en tête de faire la pareille ». 6. « Reprocha ».

affrener ; et li disoit : « Monsigneur, se li rois Phelippes a fait se hastieveté et se felonnie de mettre à mort si vaillans chevaliers que cil estoient, n'en voelliés mies pour ce blecier vostre corage, car, au voir considerer, vostre prisonnier n'a que faire de comparer cel oultrage. Mais voelliés le mettre à raençon raisonnable, ensi que vous vorriés que on fesist l'un des vostres. »

Li rois d'Engleterre senti et conçut que ses cousins li disoit verité ; si se apaisa et rafrena son mautalent, et fist le chevalier de Bretagne venir par devant lui. Quant li rois le vei devant lui, se li dist : « Ha ! messire Hervi, messire Hervi, mon adversaire Phelippe de Valois a monstré sa felonnie trop crueusement, quant il a fait morir villainnement telz chevaliers que le signeur de Cliçon, le signeur d'Avaugor[1], le signeur de Malatrait, messire Thiebaut de Montmorillon, le signeur de Roce Tison et pluiseurs aultres, dont il me desplaist grandement. Et samble à aucuns de nostre partie que il l'ait fait en mon despit. Et se je voloie regarder à se felonnie, je feroie orendroit[2] de vous le samblable cas. Car vous m'avés fais plus de contraires en Bretagne et à mes gens que nulz aultres. Mès je me soufferrai[3], et li lairai faire ses volentés, et garderai men honneur à mon pooir. Et vou lairai venir à raençon legière et gracieuse, selonch vostre estat, pour l'amour de mon cousin le conte Derbi, qui chi est, qui en a priiet ; mais que vous voelliés faire ce que dirai. »

Li chevaliers eut grant joie, quant il entendi qu'il n'aroit garde de mort ; si respondi, en lui moult humeliant : « Chiers sires, je ferai à mon pooir loyaument tout ce que vous me commanderés. » Lors dist li rois à messire Hervi : « Je sçai bien que vous estes uns des riches chevaliers de Bretagne, et que, se je vous voloie presser, vous paieriés bien trente mille ou quarante mille escus. Je vous dirai que vous ferés. Vous irés

---

1. Guillaume d'Avaugor ne figure pas dans le procès-verbal de l'exécution dressé le 29 novembre 1343 (KL, XX, 226).   **2.** « En ce moment même ».   **3.** « J'userai d'indulgence ».

devers mon adversaire Phelippe de Valois, et li dirés de par moy que, pour tant qu'il a mis à mort villainne si vaillans chevaliers et si gentilz que cil estoient de Bretagne et de Normendie, en mon despit, je di et voel porter oultre qu'il a enfraint et brisiet les triewes que nous avions ensamble. Si y renonce de mon costé, et le deffie de ce jour en avant. Et parmi tant que [1] vous ferés ce message, je vous laisserai passer sur dix mil escus que vous paierés à Bruges dedens cinq mois apriès ce que vous arés passé le mer. Et encores dirés vous à tous chevaliers et escuiers de par delà que pour ce il ne laissent mies à venir [2] à nostre feste, car nous les y verons moult volentiers ; et aront sauf alant et sauf venant et quinze jours après le feste. » — « Monsigneur, ce dist lors messires Hervis, je furnirai [3] vostre message à mon pooir. Et Diex vous voelle merir [4] le courtoisie que vous me faites, et à monsigneur le conte Derbi ossi ! »

Depuis ceste ordenance, ne demora gaires en Engleterre li dis messires Hervis de Lyon, mès eut congiet, et se parti dou roy et des barons, et vint à Hantonne. Là entra il en un vaissiel en mer, et avoit intention d'ariver à Harflues [5] ; mais uns tourmens le prist et cueilla [6] sus mer, qui leur dura dix jours et plus. Et furent perdu tout leur cheval et jetté en le mer, et li dis messires Hervis si tourmentés [7] que onques depuis il n'eut santé. Toutesfois à grant meschief, au quinzime jour, li maronnier prisent terre au Crotoi [8]. Si vinrent tout à piet li dis messires Hervis et ses gens jusques à Abbeville. Là se montèrent il, mès li dis messires Hervis estoit si travilliés qu'il ne pooit souffrir le chevaucier ; et se mist en littière, et vint à Paris devers le roy Phelippe, et fist son message bien et à point. Depuis, si com jou ay oy recorder, ne vesqui il point longue-

---

1. « Et à condition que ».   2. « Qu'à cause de cela, ils ne manquent pas de venir ».   3. « Je mènerai à bien ».   4. « Récompenser ».   5. Harfleur (76700), près de l'embouchure de la Seine   6. « Saisit ».   7. « Éprouvé ».   8. Le Crotoy (80550), commune sur la rive droite de la Somme.

ment, mès morut, en ralant en son pays, en le cité d'Angiers.

§ 205. Et approça li jours Saint Jorge que ceste grant feste se devoit tenir ou chastiel de Windesore, et y fist li rois grant appareil. Et y furent dou royaume d'Engleterre conte, baron et chevalier, dames et damoiselles. Et fu la feste moult grande et moult noble, bien festée et bien joustée, et dura par le terme de quinze jours. Et y vinrent pluiseur chevalier de deça le mer, de Flandres, de Haynau et de Braibant, mès de France n'en y eut nulz.

La feste durant et seant, pluiseur nouvelles vinrent au roy de pluiseurs pays. Et par especial il y vinrent chevalier de Gascongne, li sires de Lespare, li sires de Chaumont et li sires de Muchident, envoiiés de par les aultres barons et chevaliers qui pour le temps de lors se tenoient englès, telz que le signeur de Labreth, le signeur de Pumiers, le seigneur de Monferant, le signeur de Landuras, le signeur de Courton, le signeur de Longerem, le signeur de Graili et pluiseur aultres, tout en l'obeissance le roy d'Engleterre, et ossi de par le cité de Bourdiaus et ceste de Bayone. Si furent li dessus dit messagier moult bien venu, bien recuelliet et conjoy dou roy d'Engleterre et de son conseil. Si remonstrèrent li dessus dit au roy comment petitement et foiblement ses bons pays de Gascongne et si bon ami et sa bonne cité de Bourdiaus estoient conforté et secouru. Se li prioient li dessus dit qu'il y volsist envoiier un tel chapitainne et tant de bonnes gens d'armes avoech lui, qu'il fuissent fort assés et poissant de resister à l'encontre des François qui y tenoient les camps, avoecques ceulz qu'il trouveroient ens ou pays. Li rois respondi moult liement et leur dist que ossi feroit il.

Assés tost après, ordonna li dis rois son cousin le conte Derbi, et le fist chapitainne et souverain de tous ceulz qui iroient avoecques li en ce voiage, et nomma les chevaliers qui il voloit qu'il fuissent desous lui et de se carge[1]. Premierement il y mist le conte de Pennebruch, le conte de Kenfort, le baron de Stanfort, monsigneur Gautier de Manni, monsigneur Franke de Halle[2], monsigneur Jehan de Lille, monsigneur Jehan de Grea[3], monsigneur Jehan de la Souce[4], monsigneur Thumas Kok[5], le signeur de Ferrières[6], les deux frères de Lindehalle[7], le Lièvre de Braibant, monsigneur Aymon dou Fort, messire Hues de Hastinges, messire Estievenes de Tonrby, le signeur de Manne, monsigneur Richart de Hebedon[8], monsigneur Normant de Finefroide[9], monsigneur Robert d'Eltem[10], monsigneur Jehan de Norvich[11], monsigneur Richart de Roclève[12], monsigneur Robert de Quantonne[13] et pluiseurs aultres. Et furent bien trois cens chevaliers et escuiers et six cens hommes d'armes et deux mille arciers. Et dist li rois d'Engleterre à son cousin le conte Derbi qu'il presist assés or et argent, et le donnast et departesist largement as chevaliers et escuiers, par quoi il euist le grasce et l'amour d'yaus, car on l'en deliveroit assés.

Encores ordonna li rois, celle feste durant, monsi-

---

1. La campagne de Henry de Lancaster, comte de Derby, en Guyenne et en Gascogne, eut lieu en 1345. Le 10 mai, le comte de Derby est nommé capitaine et lieutenant du roi d'Angleterre dans le duché d'Aquitaine et ses dépendances (SHF, III, xii n2). 2. Franck de Hale, fils de Jean de Mirabel, fut le cinquantième chevalier de l'ordre de la Jarretière. Il épousa en 1367 Marie de Ghistelles, fille de Jean de Ghistelles († 9 août 1375) (KL, XXI, 484-499). 3. Jean Grey de Rotherfield, fils de Jean Grey et de Marguerite d'Odingsels († 1er octobre 1359) (KL, XXI, 432-433). 4. Non pas Jean, mais Guillaume de la Zouche de Totneys (KL, XXIII, 319). 5. Thomas Cok, fait sénéchal d'Aquitaine le 3 mars 1347 (KL, XXI, 24). 6. S'agit-il de Robert Ferrers, fils de Jean Ferrers et d'Hawide Muscegros, ou d'Edmond Ferrers, compagnon de Gautier de Manny ? (KL, XXI, 192). 7. Jean et Louis de Leefdael, fils de Roger de Leefdael et d'Agnès de Clèves (KL, XXII, 92). 8. Richard de Hebbeden (KL, XXI, 536). 9. Norman de Swinford (KL, XXIII, 178). 10. Peut-être Robert d'Elton, capitaine de Mark (KL, XXI, 138-139). 11. Jean de Norwich, fait le 15 mars 1339 (v. s.) lieutenant du sénéchal de Gascogne († vers 1362) (KL, XXII, 298). 12. Richard Radcliff (KL, XXIII, 1). 13. Robert de Taunton ? (KL, XXII, 395).

gneur Thumas d'Augourne[1], pour aler en Bretagne devers le contesse de Montfort, pour lui aidier à garder son pays, comment que les triewes y fuissent, car il se doubtoit que li rois Phelippes ne fesist guerre, sus les parolles qu'il li avoit remandées par monsigneur Hervi de Lyon. Pour tant y envoia il le dit monsigneur Thumas à cent hommes d'armes et deux cens arciers.

Encores ordonna il monsigneur Guillaume de Montagut, conte de Sallebrin, à aler en le conté de Dulnestre[2], car li Irois[3] estoient durement revelé contre lui, et avoient ars en Cornuaille bien avant et courut jusques à Bristo, et avoient assegiet le ville de Dulnestre. Pour tant y envoia li rois le conte de Salebrin, à trois cens hommes d'armes et six cens arciers.

§ 206. Ensi que vous poés oïr, departi li rois d'Engleterre ses gens : qui iroient en Gascongne, qui iroient en Bretagne, et chiaus qui iroient en Irlande. Et fist delivrer par ses tresoriers as chapitainnes assés or et argent, pour tenir leur estat et paiier les compagnons de leurs gages. Cil se partirent, ensi que ordonné fu.

Or parlerons premierement dou conte Derbi, car il eut le plus grant carge, et ossi les plus belles aventures d'armes. Quant toutes ses besongnes furent pourveues et ordonnées, et ses gens venus et si vaissiel freté[4] et appareilliet, il prist congiet dou roy et s'en vint à Hantonne où toute sa navie estoit, et là monta en mer avoecques le carge dessus ditte. Et singlèrent tant au vent et as estoilles qu'il arrivèrent ou havene de Bayone, une bonne cité et forte, seant sus le mer, qui toutdis s'est tenue englesce. Là prisent il terre et descargièrent toutes leurs pourveances, le cinquime jour

---

1. Thomas de Dagworth, aux ordres de Guillaume de Bohun, comte de Northampton, fut nommé lieutenant du roi en Bretagne le 24 avril 1345. Le 17 mai, des lettres de protection pour passer en Bretagne lui furent délivrées († août 1350). **2.** Ulster. Région historique du nord-ouest de l'Irlande, correspondant à la totalité de l'Irlande du Nord et aux trois comtés de Cavan, Donegal et Monaghan de la république d'Irlande. **3.** Les Irlandais. **4.** « Équipés », « gréés ».

de jun, l'an mil trois cens quarante quatre[1]. Et furent liement receu et recueilliet des bourgois de Bayone. Si y sejournèrent et rafreschirent yaus et leurs chevaux sept jours. Au huitime jour, li contes Derbi et toutes ses gens s'en partirent, et chevaucièrent viers Bourdiaus ; si fisent tant qu'il y parvinrent. Et alèrent cil de Bourdiaus contre le dit conte à grant pourcession, tant amoient il sa venue. Et fu adonc li contes herbegiés en l'abbeye de Saint Andrieu. Et toutes ses gens se logièrent en le cité, car il y a bien ville pour herbergier et recueillier otant de gens ou plus[2].

Les nouvelles vinrent au conte de Lille[3], qui se tenoit en Bregerach[4] à quatre liewes d'illuech, que li contes Derbi estoit venus à Bourdiaus, et avait moult grant fuison de gens d'armes et d'arciers, et estoit fors assés pour tenir les camps et de assegier chastiaus et bonnes villes. Si tretost que li contes de Laille oy ces noùvelles, il manda le conte de Commignes[5], le conte de Piregorch, le visconte de Carmaing[6], le viscontre de Villemur, le conte de Valentinois, le conte de Murendon[7], le signeur de Duras[8], le signeur de Taride[9], le signeur de la Barde[10], le signeur de Pincornet[11], le vis-

---

1. Erreur pour 1345. **2.** « Ses troupes trouvaient bien à se loger dans l'enceinte de la ville, et dans les faubourgs on aurait pu largement héberger autant ou davantage d'hommes ». **3.** Dans le manuscrit d'Amiens on trouve toujours « Laille ». Il s'agit de Bernard Jourdain, sire de Lille (aujourd'hui L'Isle-Jourdain, 32600, Gers, arr. Lombez [32220] [SHF, II, xxiii n1]). **4.** Bergerac (24100). **5.** Pierre-Raymond, comte de Comminges, avait épousé Jeanne de Fezensac († c. 1342). **6.** Arnaud d'Euze ou d'Évèze, vicomte de Caraman (KL, XX, 503). **7.** Voir KL, XXII, 251-2. **8.** Aimeri de Durfort, sire de Duras, mort en 1345 à la bataille d'Auberoche. Sa sœur Sedille de Durfort avait épousé Bernard Jourdain. **9.** Bertrand de Terride, vicomte de Gimoës, seigneur de Penneville, fils aîné de Bernard de Terride et d'Hélène de Faudoas, chevalier banneret et sénéchal de Rouergue en 1358. Il épousa en 1361 Éléonore de Levis-Mirepoix (KL, XXIII, 188-190). **10.** Géraud de la Barthe, fils d'Arnaud de Fumel-Labarthe et de Mascarose d'Armagnac. Il eut quatre femmes, dont Éléonore de Saluces et Brunissende de Lautrec († 1358). **11.** Le sire de Puycornet (Puycornet 82220), près de Montauban, ancienne sénéchaussée de Toulouse (Tarn-et-Garonne) (KL, XXII, 393-4).

conte de Chastielbon, le signeur de Chastielnuef[1], le signeur de Lescun[2] et l'abbet de Saint Silvier[3], et tous les signeurs qui se tenoient en l'obeissance dou roy de France. Quant il furent tout venu, il leur remonstra la venue dou conte Derbi et sa poissance, par oïr dire. Si en demanda à avoir conseil. Et cil respondirent franchement qu'il estoient fort assés pour garder le passage de le rivière de Garone à Bregerach contre les Englès. Ceste response plaisi grandement au conte de Lille, qui pour le temps d'adonc estoit en Gascongne comme rois. Si se renforcièrent li dessus dit seigneur de Gascongne, et mandèrent hasteement gens de tous lés, et se boutèrent ens ès fourbours de Bregerach, qui sont grant et fors assés et enclos de le rivière de Garone ; et attraisent ens ès dis fourbours le plus grant partie de leurs pourveances.

§ 207. Quant li contes Derbi eut sejourné en le cité de Bourdiaus environ quinze jours, il entendi que cil baron et chevalier de Gascongne se tenoient en Bregerach ; si dist qu'il se trairoit de celle part. Si ordonna ses besongnes au partir le matin, et fist mareschaus de son host monsigneur Gautier de Manni et messire Franke de Halle. Si chevaucièrent li Englès celle matinée tant seulement trois liewes à un chastiel qui se tenoit pour yaus, que on claime Montkuk[4], seans à une petite liewe de Bregerach. Là se tinrent li Englès tout le jour et la nuit ossi. À lendemain, leur coureur alèrent

---

1. Roger-Bernard de Foix, vicomte de Castelbon, second fils de Gaston Ier comte de Foix et de Jeanne d'Artois. Il épousa Constance de Luna. 2. Lescun (64490) se trouve dans l'arrondissement d'Oloron, Basses-Pyrénées. Voir KL, XXII, 98. 3. L'abbé de Saint-Sever. L'abbaye (Saint-Sever 40500) avait été fondée au Xe siècle par Guillaume d'Aragon, duc de Gascogne, en l'honneur de saint Sever qui avait subi en ces mêmes lieux le martyre, de la main des Vandales (KL, XXIII, 84). 4. Montcuq, hameau de la commune de Saint-Laurent-des-Vignes (24100), Dordogne, arr. et c. de Bergerac, avait une garnison anglaise le 15 août 1345. À cette date, Henri de Montigny, sénéchal de Périgord et de Querci, en faisait le siège (SHF, III, xiii n2).

courir jusques ès bailles de Bregerach. Et raportèrent chil coureur à leur retour à monsigneur Gautier de Manni, qu'il avoient veu et consideré une partie dou convenant des François ; mais il leur sambloit assés simples[1].

Ce propre jour, disnèrent li Englès assés matin. Dont il avint que, à table seant, messires Gautiers de Manni regarda dessus le conte Derbi, et jà avoit oyes les parolles que li coureur de leur costé avoient raportées ; si dist : « Monsigneur, se nous estions droites gens d'armes et bien apert, nous buverions à ce souper des vins ces signeurs de France qui se tiènent en garnison en Bregerach. » Si respondi li contes Derbi tant seulement : « Jà pour moy ne demorra. » Li compagnon, qui oïrent le conte et le signeur de Manni ensi parler, misent leurs testes ensamble, et disent li un à l'autre : « Alons nous armer : nous chevaucerons tantost devant Bregerach. » Il n'i eut plus fait ne plus dit. Tout furent armet et li cheval ensellet et tout montet. Et quant li contes Derbi vei ses gens de si bonne volenté, si en fu tous joians et dist : « Or chevauçons, ou nom de Dieu et de saint Gorge, devers nos ennemis ! » Donc s'arroutèrent toutes manières de gens, et chevaucièrent, banières desploiies, en le plus grant caleur dou jour. Et fisent tant qu'il vinrent devant les bailles de Bregerach, qui n'estoient mies legières à prendre, car une partie de le rivière de Garonne les environne.

§ 208. Ces gens d'armes et cil dit signeur de France, qui estoient dedens le ville de Bregerach, entendirent que li Englès les venoient assallir. Si en eurent grant joie, et disent entre yaus qu'il seroient recueilliet, et se misent au dehors de leur ville assés en bonne ordenance. Là avoit grant fuison de bidaus et de gens dou pays moult mal armés. Li Englès, qui venoient tout serré et tout rengiet, approcièrent tant que cil de le ville les veirent, et que leur arcier commencièrent à traire

---

1. « Faciles à décevoir ».

fortement et despertement[1]. Lors que ces gens de piet sentirent ces saiettes[2], et veirent ces banières et ces pennons, qu'il n'avoient point acoustumé à veoir, si furent tout effraé, et commencièrent à reculer parmi les gens d'armes ; et arcier à traire sus yaus à grant randon, et à mettre en grant meschief. Lors approcièrent li signeur d'Engleterre, les glaves abaissies, et montés sus bons coursiers fors et appers, et se ferirent en ces bidaus par grant manière : si les abatoient d'un costé et d'autre, et occioient à volenté. Les gens d'armes, de leur costé, ne pooient aler avant pour yaus, car les gens de piet reculoient sans nul arroi, et leur brisoient le chemin. Là eut grant touel[3] et dur hustin et tamaint homme à terre, car li arcier d'Engleterre estoient sus costé à deux lés dou chemin, et traioient si ouniement que nulz n'osoit issir. Ensi furent rebouté dedens leurs fourbours chil de Bregerach, mès ce fu à tel meschief pour yaus que li premiers pons et les bailles furent gaegnies de force, et entrèrent li Englès dedens avoech yaus. Et là sus le pavement y eut maint chevalier et escuier mort et bleciet et fianciet prison, de ceulz qui se mettoient au devant pour deffendre le passage, et qui s'en voloient acquitter loyaument à leur pooir. Et là fu occis li sires de Mirepois, desous le banière monsigneur Gautier de Manni, qui toute première entra ens ès fourbours.

Quant li contes de Lille, li contes de Commignes, li contes de Quarmaing et li baron de Gascongne qui là estoient veirent le meschief, et comment li Englès de force estoient entré ens ès fourbours, et occioient et abatoient gens sans merchi, si se traisent bellement devers le ville, et passèrent le pont, à quel meschief que ce fust. Là y eut devant le pont faite une très bonne escarmuce et qui longement dura. Et y furent, de le partie des Gascons, li contes de Lille, li contes de Commigne, li viscontes de Quarmaing, li contes de

---

1. « Vivement ».   2. « Flèches ».   3. « Mêlée », « confusion ».

Pieregorth, li sires de Duras, li viscontes de Villemur, li sires de Taride, très bon chevalier ; et dou lés des Englès, li contes Derbi, li contes de Pennebruch, messires Gautiers de Manni, messires Franke de Halle, messires Hue de Hastinges, li sires de Ferrières, messires Richars de Stanfort. Et se combatoient cil chevalier main à main, par grant vaillance. Et là eut fait mainte belle apertise d'armes, mainte prise et mainte rescousse. Là ne se pooit chevalerie et bacelerie celer. Et par especial li sires de Manni s'avançoit moult souvent si avant entre ses ennemis que à grant painne l'en pooit on ravoir. Là furent pris, dou lés des François, li viscontes de Boskentin[1], li sires de Chastielnuef, li viscontes de Chastielbon et li sires de Lescun. Et se retraisent tout li aultre dedens le fort et fremèrent leur porte, et avalèrent le restel, et puis montèrent as garites d'amont, et commencièrent à jetter et à lancier et à reculer leurs ennemis. Cilz assaus, cilz enchaus et ceste escarmuce dura jusques au vespre, que li Englès se retraisent tout lasset et tout travilliet ; et se boutèrent ens ès fourbours qu'il avoient gaegniés, où il trouvèrent vins et viandes à grant fuison, pour yaus et pour toute leur host vivre largement deux mois, se il besongnast. Si passèrent celle nuit en grant reviel et en grant aise, et burent de ces bons vins assés, qui peu leur coustoient, ce leur sambloit.

§ 209. Quant ce vint à lendemain, li contes Derbi fist sonner ses trompètes et armer toutes ses gens et mettre en ordenance, et approcier le ville pour assallir, et dist qu'il n'estoit mies là venus pour sejourner. Donc s'arroutèrent banières et pennons par devant les fossés, et vinrent jusques au pont. Si commencièrent à assallir fortement de traire, car d'aultre assaut ne les pooit on approcier. Et dura cilz assaulz jusques à nonne. Petit y fisent li Englès, car il avoit adonc dedens Bregerach bonnes gens d'armes qui se deffendoient de grant

---

1. Le vicomte de Bouquentin (KL, XX, 384).

volenté. Adonc sus l'eure de nonne se retraisent il arrière et laissièrent l'assaut, car il veirent bien qu'il perdoient leur painne. Si alèrent li signeur à conseil ensamble, et consillièrent qu'il envoieroient querre sus le rivière de Geronde des nefs et des batiaus, et assaurroient Bregerach par l'aigue, car elle n'estoit fremée que de palis ; si y envoiièrent tantost. Li maires de Bourdiaus obei au commandement dou conte Derbi, ce fu raisons ; et envoia tantost par le rivière plus de quarante, que barges que nefs, qui là gisoient à l'ancre ou havene devant Bourdiaus. Et vint lendemain au soir ceste navie devant Bregerach. De quoi li Englès furent tout resjoy ; si ordonnèrent leur besongne celle nuitie[1] pour assallir à lendemain.

§ 210. Droit à heure de soleil levant, furent li Englès, qui ordonné estoient pour assallir par aigue en leur navie, tout apparillé. Et en estoient chapitainne li contes de Pennebruch et li contes de Kenfort. Là avoit avoecques eulz pluiseurs jones chevaliers et escuiers qui s'i estoient trait de grant volenté, pour leurs corps avancier. En celle navie avoit grant fuison d'arciers. Si approcièrent vistement, et vinrent jusques à un grant roulleis[2] qui estoit devant les palis, liquelz fu tantost rompus et jettés par terre.

Li homme de Bregerach et li communaultés de le ville regardèrent que nullement il ne pooient durer contre cel assaut ; si se commencièrent à esbahir, et vinrent au conte de Lille et as chevaliers qui là estoient, et leur disent : « Signeur, regardés que vous volés faire : nous sommes en aventure de estre tout perdu. Se ceste ville est prise, nous perderons le nostre et nos vies ossi. Si vaurroit mieus que nous le rendissions au conte Derbi que donc que nous euissions plus grant damage. » Adonc respondi li contes de Lille et dist : « Alons, alons celle part où vous dittes que li perilz est,

---

1. « Nuitée » (forme analogue à *journée*).   2. « Fascinage » : fagots serrés faits de branchages et employés dans les travaux de fortification.

car nous ne le renderons pas ensi. » Lors s'en vinrent li chevalier et li escuier de Gascongne qui là estoient, contre ces pallis, et se misent tout au deffendre de grant corage. Li arcier, qui estoient en leurs barges, traioient si ouniement et si roit que à painnes se pooit nulz apparoir, se il ne se voloit mettre en aventure d'estre mors ou trop malement bleciés. Par dedens le ville, avoech les Gascons, avoit bien deux cens arbalestriers genevois, qui trop grant pourfit leur fisent ; car il estoient bien paveschiet contre le tret des Englès, et ensonnièrent tout ce jour grandement les arciers d'Engleterre. Si en y eut pluiseurs bleciés, d'une part et d'aultre. Finablement li Englès, qui estoient en leur navie, s'esploitièrent telement qu'il rompirent un grant pan dou palis. Quant cil de Bregerach veirent le meschief, il se traisent avant et requisent à avoir respit, tant qu'il fuissent consilliet pour yaus rendre. Il leur fu acordé le parfait[1] dou jour et le nuit ensievant jusques à soleil levant, sauf tant qu'il ne se devoient de riens fortefiier. Ensi se retrest cescuns à son logeis.

Celle nuit furent en grant conseil li baron de Gascongne qui là estoient, à savoir comment il se maintenroient. Iaus bien consilliet, il fisent ensieller lors chevaus et cargier de leur avoir, et montèrent et se partirent environ mienuit. Et chevaucièrent vers le ville de le Riolle[2], qui n'est mies lonch de là. On leur ouvri les portes ; si entrèrent ens et se logièrent et herbergièrent parmi le ville. Or, vous dirons de chiaus de Bregerac comment il finèrent.

§ 211. Quant ce vint au matin, li Englès qui estoient tout conforté d'entrer en le ville de Bregerach, fust bellement ou aultrement, entrèrent de recief en leur navie, et vinrent tout nagant à cel endroit où il avoient rompu les palis. Si trouvèrent illuech grant fuison de chiaus de le ville qui estoient tout avisé d'yaus rendre, et

---

1. « Le reste ».   2. La Réole (33190), chef-lieu d'arr. du département de la Gironde.

priièrent as chevaliers qui là estoient qu'il volsissent priier au conte Derbi qu'il les volsist prendre à merci, salve leurs corps et leurs biens, et en avant il se metteroient en l'obeissance dou roy d'Engleterre. Li contes de Pennebruch et li contes de Kenfort respondirent qu'il en parleroient volentiers ; et puis demandèrent il où li contes de Lille et li aultre baron estoient. Il respondirent : « Certainnement nous ne savons, car il cargièrent et toursèrent très le mienuit tout le leur et se partirent, mès point ne nous disent quel part il se trairoient. »

Sus ces parolles, se partirent li doi conte dessus nommet, et vinrent au conte Derbi, qui n'estoit mies loing de là, et li monstrèrent tout ce que les gens de Bregerach voloient faire. Li dis contes Derbi, qui fu moult nobles et très gentilz de coer, respondi : « Qui merci prie, merci doit avoir. Dittes leur qu'il oevrent leur ville et nous laissent ens : nous les assegurons de nous et des nostres. » Adonc retournèrent li doi signeur dessus dit, et recordèrent à chiaus de Bregerach tout ce que vous avés oy : dont il furent moult joiant, quant il veirent qu'il pooient venir à pais. Si vinrent en le place et sonnèrent les sains et se assamblèrent tout, hommes et femmes, et fisent ouvrir leurs portes, et vinrent à grant pourcession et moult humlement contre le conte Derbi et ses gens, et le menèrent à le grant eglise. Et là li jurèrent il feaulté et hommage et le recogneurent à signeur, ou nom dou roy d'Engleterre, par le vertu de le procuration qu'il en portoit. Ensi eut en ce temps li contes Derbi le bonne ville de Bregerach, qui se tint toutdis depuis englesce[1].

Or, parlerons nous des signeurs de Gascongne qui estoient retrait en le ville et ou chastiel de le Riolle, et vous conterons comment il se maintinrent.

---

1. La prise de Bergerac eut lieu le 24 août 1345 (SHF, III, xiii n3).

§ 212. Celle propre nuitie et le journée ensievant que li contes de Lille et li baron et chevalier, qui avoecques lui estoient, furent venu en le Riolle, il regardèrent et avisèrent li un par l'autre qu'il se departiroient et se trairoient ens ès garnisons, et guerrieroient par forterèces, et metteroient sus les camps entre quatre cens ou cinq cens combatans dont il feroient frontière : si en seroient chief et meneur li contes de Comignes et li viscontes de Quarmaing. Adonc se departirent il. Si se traist li contes de Pieregorth en Perigueux, li seneschaus de Thoulouse[1] à Montalben, li viscontes de Villemur à Auberoce[2], messires Bertrans des Prés à Pellagrue[3], messires Phelippes de Dyon à Montagrée[4], li sires de Montbrandon à Maudurant[5], Ernaus de Dyon à Lamongis[6], Robers de Malemort à Byaumont en Lillois[7], messires Charles de Poitiers[8] à Pennes en Aginois[9], et ensi les chevaliers de garnison en garnison. Si se departirent tout li un de l'autre, et li contes de Lille demora en la Riolle. Et fist remparer et rabillier[10] le ville et le forterèce, telement que elle n'avoit garde d'assaut que on y fesist sus un mois ne deux. Or, retourrons nous au conte Derbi qui estoit en Bregerach.

---

1. Peut-être Agot des Baux, sénéchal de Toulouse et d'Albi en 1342 (KL, XX, 269 ; XXIII, 202). **2.** Auberoche (24640), sur la haute Vézère (Dordogne) entre Cubjac et le Change (KL, XXIV, 45-46). **3.** Pellegrue (33790), chef-lieu de canton dans l'arr. de La Réole (Gironde). Froissart a mal connu la situation de Pellegrue, qu'il place au nord de la Dordogne près d'Auberoche (KL, XXV, 175). **4.** Montagrier (24350), arr. de Ribérac (Dordogne). **5.** Madurant, sur la Dordogne, au-dessous de Bergerac (24100), entre la Force (24130) et Saint-Pierre d'Eyraud (24130) (KL, XXIV, 50). **6.** Lamonzie-Montastruc (24520), sur la rive gauche de la Dordogne, au nord-est de Bergerac. **7.** Beaumont (24440), une quinzaine de km au sud-est de Bergerac. Si Froissart nomme cette ville Beaumont-en-Laillois, c'est simplement le résultat de la confusion qu'il a faite à cet endroit entre L'Isle-Jourdain et Lisle-sur-Dronne (Dordogne). (KL, XXIV, 76 ; cf. XXV, 26-7). **8.** Louis Ier de Poitiers, second fils d'Aymar IV et de Sybille des Baux. Créé, le 15 décembre 1340, lieutenant-général en Languedoc, il épousa Marguerite de Vergy et mourut en 1345 (KL, XXII, 364). **9.** Penne-d'Agenais (47140), Lot-et-Garonne, à 8 km à l'est de Villeneuve-sur-Lot (47300). **10.** « Remettre en état ».

§ 213. Quant li contes Derbi eut pris le possession et le saisine de le ville de Bregerach, et il s'i fu rafrescis par deux jours, il demanda au senescal de Bourdiaus quel part il se trairoit car mies ne voloit sejourner. Li seneschaus respondi que ce seroit bon d'aler devers Pieregort[1] et en le haute Gascongne. Dont fist li dis contes Derbi ordonner toutes ses besongnes et traire au chemin par devers Perigueux et laissa en Bregerach un chevalier à chapitainne, qui s'appelloit messires Jehans de la Souce.

Ensi que li Englès chevauçoient, il trouvèrent en leur chemin un chastiel qui s'appelle Lango[2], dont li vigiers[3] de Thoulouse estoit chapitaine, une moult aperte armeure de fier. Il s'arrestèrent là, et disent qu'il ne lairoient pas che chastiel derrière. Si le commença li bataille des mareschaus à assallir, et y furent un jour tout entier. Et là eut mervilleusement dur et fort assaut, car li Englès assalloient de grant volenté, et cil dou fort se deffendoient moult vassaument. Nequedent, ce premier jour il n'i fisent riens. À lendemain, près que toute li hos fu devant. Et recommencièrent à assallir telement et par si forte manière, avoech ce que on avoit jetté ens ès fossés grant fuison de bois et de velourdes par quoi on pooit bien aler jusques as murs sans dangier, que cil de dedens se commencièrent à esbahir. Adonc leur fu demandé de messire Franke de Halle, se il se renderoient, et que il y poroient bien tant mettre qu'il n'i venroient point à temps[4]. Il requisent à avoir conseil de respondre. Ce leur fu acordé. Il se consillièrent ; et me samble qu'il se partirent de le forterèce et riens n'enportèrent, et s'en alèrent devers Montsach[5]

---

1. Le Périgord, partie de la circonscription d'action régionale d'Aquitaine, notamment dans le département de la Dorgogne. Périgueux (24000) en était la capitale. **2.** Peut-être Lanquais (24150), Dordogne, arr. Bergerac, c. Lalinde (SHF, III, xiv n1). **3.** « Viguier » (officier à qui le comte déléguait une partie de son autorité). **4.** « Qu'ils pourraient bien tant tarder qu'ils n'arriveraient pas à temps (pour accorder la reddition et que la ville serait ainsi prise d'assaut) ». **5.** Monsac (24440), Dordogne, arr. Bergerac, c. Beaumont, à peu de distance de Lanquais.

qui se tenoit françoise. Ensi eurent li Englès le chastiel de Lango. Si y establi li contes Derbi un escuier à chapitainne, qui s'appelloit Aymon Lyon, et laissa laiens avoecques lui jusques à trente arciers. Si se partirent de Lango, et cheminèrent devers une ville qui s'appelle le Lach[1].

§ 214. Quant cil de le ville dou Lach sentirent les Englès venir si efforciement, et qu'il avoient pris Bregerach et le chastiel de Lango, si en furent si effraet qu'il n'eurent mies conseil d'yaus tenir. Et s'en vinrent au devant dou conte Derbi, et li aportèrent les clefs de le ville, et le recogneurent à signeur, ou nom dou roy d'Engleterre. Li contes Derbi prist le feaulté d'yaus, et puis passa oultre, et s'en vint à Maudurant, et le gaegna d'assaut sus chiaus dou pays. Et y fu pris uns chevaliers dou pays, qui s'appelloit li sires de Montbrandon. Si laissa li dis contes Derbi gens d'armes dedens le forterèce ; et puis passèrent oultre, et vinrent devant le chastiel de Lamongis. Si l'assallirent, et le prisent d'assaut tantost, et le chevalier qui estoit dedens, et l'envoiièrent tenir prison à Bourdiaus. Puis chevaucièrent devers Pinac[2] et le conquisent, et en apriès le ville et le chastiel de Laliene[3], et s'i rafreschirent par trois jours. Au quatrime, il s'en partirent et vinrent à Forsach[4], et le gaegnièrent assés legierement, et en apriès le tour de Prudaire. Et puis chevaucièrent devers une bonne ville et grosse, que on appelle Byaumont en Lillois[5], qui se tenoit liegement dou conte de Lille. Si furent li Englès trois jours par devant, et y fisent

---

1. Probablement les Lèches (24400), Dordogne, arr. Bergerac, c. La Force (SHF, III, xiv n3). 2. Aujourd'hui disparu, Pinac faisait partie au Moyen Âge de l'archiprêtré de Saint-Marcel (24510) (Dordogne, arr. Bergerac, c. Lalinde). 3. Lalinde (24150, Dordogne, arr. Bergerac). Le château de Lalinde, avec la haute et basse justice et le revenu appelé *le petit commun de Clarenxs*, fut donné par Derby à Thomas Coq en récompense de ses services (SHF, III, xiv n7). 4. Probablement La Force (24130), Dordogne, arr. Bergerac. 5. Beaumont-du-Périgord (24440), Dorgogne, arr. Bergerac.

tamaint grant assaut, car elle estoit bien pourveue de
gens d'armes et d'artillerie, qui le deffendirent tant
qu'il peurent durer. Finablement elle fu prise, et y eut
grant occision de chiaus qui dedens furent trouvet. Et
le rafreschi li contes Derbi de nouvelles gens d'armes,
et puis chevauça oultre, et vint devant Montagrée[1]. Si
le prist ossi d'assaut et le chevalier qui estoit dedens,
et l'envoia tenir prison à Bourdiaus.

Et ne cessèrent li Englès de chevaucier; si vinrent
devant Lille[2], la souverainne ville dou conte, dont messires Phelippes de Dyon et messires Ernaulz de Dyon
estoient chapitainne. Quant li contes Derbi et ses gens
furent venu par devant, si l'avironnèrent et regardèrent
que elle estoit bien prendable. Si fisent traire leurs
archiers avant, et approcier jusques as barrières. Cil
commencièrent à traire si fortement que nulz de chiaus
de le ville n'osoient apparoir pour deffendre. Et
conquisent li Englès ce premier jour les bailles et tout
jusques à le porte, et sus le soir il se retraisent. Quant
ce vint au matin, de rechief il commencièrent à assallir
fortement et despertement en pluiseurs lieus, et ensonniièrent si chiaus de le ville qu'il ne savoient auquel
entendre. Li bourgois de le ville, qui doubtèrent le leur
à perdre, leurs biens, leurs femmes et leurs enfans,
regardèrent que à le longe il ne se poroient tenir. Si
priièrent as deux chevaliers qui là estoient, qu'il trettiassent à ces signeurs d'Engleterre, par quoi il demorassent à pais et que li leurs fust sauvés. Li chevalier,
qui assés bien veoient le peril où il estoient, s'i acordèrent assés legierement. Et envoiièrent un hiraut de par
yaus au conte Derbi, pour avoir respit un jour tant seulement et parlement de composition. Li hiraus vint
devers le dit conte qu'il trouva sus les camps assés
priès de le ville, et li remonstra ce pour quoi il estoit
là envoiiés. Li contes s'i acorda et fist retraire ses gens,
et s'en vint jusques as barrières parlementer à chiaus

---

1. Montagrier (24350), Dordogne, arr. Ribérac. **2.** Lisle
(24350), Dordogne, arr. Périgueux, c. Brantôme.

de le ville, dalés lui le baron de Stanfort et le signeur de Manni. Là furent il en grant parlement ensamble, car li contes Derbi voloit qu'il se rendesissent simplement, et il ne l'euissent jamais fait. Toutesfois, accors se porta que cil de Lille se metteroient en l'obeissance dou roy d'Engleterre. Et de ce envoieroient il douze de leurs plus honnourables hommes en le bonne cité de Bourdiaus, en nom de crant[1]. Et sur ce li chevalier et li escuier françois, qui là estoient, se pooient partir et traire quel part qu'il voloient. Ensi eut li contes Derbi en ce temps le ville de Lille en Gascongne ; et se partirent sus son saufconduit les gens d'armes qui dedens estoient, et s'en alèrent devers le Riolle.

§ 215. Apriès le conquès de Lille, et que li contes Derbi y eut laissiés gens d'armes et arciers de par lui, et envoiiés douze bourgois de la ville en ostagerie, pour plus grant seurté, en le cité de Bourdiaus, il chevauça oultre et vint devant Bonival[2]. Là eut grant assaut et dur, et pluiseurs hommes bleciés dedens et dehors. Finablement, li Englès le prisent et le misent à merci, et le rafreschirent de gens d'armes et de chapitainne. Et puis chevaucièrent oultre, et entrèrent en le conté de Pieregorth, et passèrent devant Bourdille[3], mais point n'i assaillirent, car il veirent bien qu'il euissent perdu leur painne. Si esploitièrent tant qu'il vinrent jusques à Perigueux. Par dedens estoient li contes de Pieregorth et messires Rogiers de Pieregorth ses oncles, et li sires de Duras[4] et bien six vingt chevaliers et escuiers dou pays, qui tout s'estoient là recueilliet sus le fiance dou fort lieu, et ossi li uns pour l'autre. Quant li contes Derbi et se route parfurent venu devant, il avisèrent et imaginèrent moult bien comment ne par

---

[1]. « À titre d'otages ». [2]. Aujourd'hui, un hameau de la commune de Fossemagne (24210), Dordogne, arr. Périgueux, c. Thenon. [3]. Bourdeilles (24310), Dordogne, arr. de Périgueux, c. de Brantôme. [4]. Gaillard Ier de Durfort, seigneur de Duras, était le fils d'Aimeri de Durfort et épousa Marguerite de Caumont († avant 1357).

quel voie à leur avantage il le poroient assallir. Si le veirent forte durement : siques, tout consideret, il n'eurent mies conseil d'emploiier y leurs gens, mais se retraisent arrière sans riens faire. Et s'en vinrent logier à deux liewes de là, sus une petite rivière, pour venir devant le chastiel de Pellagrue.

Ces gens d'armes, qui estoient dedens le chastiel de Perigueux parlèrent ce soir ensamble, et disent ensi : « Cil Englès nous sont venu veoir et aviser de priès, et puis se sont parti sans riens faire. Ce seroit bon que à nuit nous les alissions resvillier, car il ne sont pas logiet trop loing de ci. » Tout s'acordèrent à ceste oppinion, et issirent de Perigueux environ mienuit bien deux cens lances, montés sus fleur de chevaus ; et chevaucièrent radement, et furent devant le jour ou logeis des Englès. Si se ferirent dedens baudement ; si en occirent et mehagnièrent grant fuison. Et entrèrent ou logeis le conte de Kenforth, et le trouvèrent qu'il s'armoit. Si fu assallis vistement et pris par force ; aultrement il euist estet mors, et ne sçai trois ou quatre chevaliers de son hostel. Puis se retraisent li Gascon sagement, ançois que li hos fust trop estourmis, et prisent le chemin de Perigueux. Si leur fu bien besoins qu'il trouvassent les portes ouvertes et apparillies, car il furent sievoit caudement et rebouté durement dedens leurs barrières. Mais si tretost que li Gascon furent en leur garde, il descendirent de leurs chevaus et prisent leurs glaves, et s'en vinrent franchement combatre main à main as Englès ; et tinrent leur pas souffisamment, et fisent tant qu'il n'i eurent point de damage. Adonc se retraisent li Englès tout merancolieus de ce que li contes de Kenfort estoit pris, et vinrent à leur logeis ; si se deslogièrent bien matin, et cheminèrent devers Pellagrue.

§ 216. Tant chevaucièrent li Englès qu'il vinrent devant le chastiel de Pellagrue. Si l'environnèrent de tous lés et le commencièrent à assallir fortement, et cil de dedens à yaus deffendre comme gens de grant volenté, car il avoient un bon chevalier à chapitainne que on appelloit monsigneur Bertran des Prés. Et furent li Englès six jours devant Pellagrue, et y fisent tamaint assaut. Là en dedens furent tretties les delivrances dou conte de Kenfort et de ses compagnons, en escange dou visconte de Boskentin[1], dou visconte de Chastielbon, dou signeur de Lescun et dou signeur de Chastielnuef[2], parmi tant encores que la terre dou conte de Pieregorth demorroit trois ans en pais. Mais bien se pooient armer li chevalier et li escuier de celle terre, sans fourfait; mès on ne pooit prendre, ardoir ne exillier, piller ne rober nulle cose, le terme durant, en la ditte conté. Ensi revinrent li contes de Kenfort et tout li prisonnier englès qui avoient estet pris de chiaus de Pieregorth. Et ossi li chevalier de Gascongne furent delivret parmi le composition dessus ditte.

Et se partirent li Englès de devant Pellagrue, car la terre est tenue dou conte de Pieregort, et chevaucièrent devers Auberoce[3], qui est uns biaus chastiaus et fors de l'archevesquié de Thoulouse. Si trestost que li Englès furent venu devant Auberoce, il s'i logièrent ossi faiticement que donc qu'il y vosissent demorer et sejourner une saison. Et envoiièrent segnefiier et dire à ceulz qui dedens estoient, qu'il se rendesissent et mesissent en l'obeissance dou roy d'Engleterre; ou aultrement, s'il estoient pris par force, il seroient tout mort sans merci. Cil de le ville et dou chastiel d'Auberoce doubtèrent leurs biens et leurs corps à perdre, et veirent qu'il ne leur apparoit nul confort de nul costé. Si se rendirent, salve leurs corps et leurs biens, et se misent en l'obeissance dou conte Derbi, et le recogneu-

---

1. Henri, vicomte de Bosquentin. Voir KL, XX, 384.   **2.** Raymond-Bernard de Castelnau. Par la suite il fit hommage à Édouard III avec les nobles de la sénéchaussée des Landes, le 22 juillet 1368 ; le 28 décembre 1371, il emprunta deux cents écus d'or à Gaston Phébus, à Orthez. Il fit son testament au château d'Orthez le 14 avril 1374 (KL, XX, 512-513).   **3.** Aujourd'hui hameau de la commune le Change (24640), Dordogne, arr. Périgueux, c. Savignac-les-Églises.

rent à signeur, ou nom dou roy d'Engleterre, par le vertu d'une procuration qu'il en avoit[1]. Adonc s'avisa li contes Derbi qu'il se retrairoit tout bellement devers le cité de Bourdiaus. Si laissa dedens Auberoce en garnison monsigneur Franke de Halle, monsigneur Alain de Finefroide et monsigneur Jehan de Lindehalle.

Puis s'en vint li contes à Liebrone[2], une bonne ville et grosse, en son chemin de Bourdiaus, à douze liewes d'illuech ; et l'assega, et dist bien à tous chiaus qui oïr le vorrent, qu'il ne s'en partiroit si l'aroit. Quant cil de Liebrone veirent assegie leur ville, et le grant effort que li contes Derbi menoit, et comment tous li pays se rendoit à lui, si alèrent li homme de le ville ensamble en conseil à savoir comment il se maintenroient. Tout consideret et yaulx consilliet, et peset le bien contre le mal, il se rendirent et ouvrirent leurs portes, ne point ne se fisent assallir ne heriier[3]. Et jurèrent feaulté et hommage au conte Derbi, ou nom dou roy d'Engleterre, et à demorer bons Englès de ce jour en avant. Ensi entra li contes Derbi dedens Liebrone, et y fu quatre jours, et là ordonna il de ses gens quel cose il feroient. Si ordonna tout premierement le conte de Pennebruch et se route à aler à Bregerach, et messire Richart de Stanfort et messire Estievene de Tonrbi et messire Alixandre Ansiel[4] et leurs gens à demorer en le ville de Liebrone. Chil li acordèrent volentiers. Dont se partirent li contes Derbi, li contes de Kenfort, messires Gautiers de Manni et li aultre, et chevaucièrent devers Bourdiaus, et tant fisent qu'il y parvinrent.

§ 217. Au retour que li contes Derbi fist en le cité de Bourdiaus, fu il liement recueillés et recheus de

---

1. Selon un acte de vente du château d'Auberoche fait en novembre 1346, le château aurait été livré aux Anglais par trahison (SHF, III, xv n9). 2. Libourne (33500), Gironde. 3. Derby n'eut pas à s'emparer de Libourne, car cette ville ne cessa d'être au pouvoir des Anglais pendant les années 1345 à 1348. La rentrée de Derby à Bordeaux n'en est pas moins imaginaire. 4. Alexandre Aunsel ou Auncel (KL, XX, 208).

toutes gens. Et vuidièrent li clergiés et li bourgois de le ville à grant pourcession contre lui[1], et li fisent tout honneur et reverense à leur pooir. Et li abandonnèrent vivres et pourveances et toutes aultres coses, à prendre ent[2] à sen aise et volenté. Li contes les remercia grandement de leur courtoisie et de ce qu'il li offroient. Ensi se tint li contes Derbi en le cité de Bourdiaus avoecques ses gens ; si s'esbatoit et jewoit entre les bourgois et les dames de le ville.

Or lairons nous un petit à parler de lui, et parlerons dou conte de Lille, qui se tenoit en le Riolle, et savoit bien tout le convenant des Englès et le conquès que li contes Derbi avoit fait, et point n'i avoit peut pourveir de remède. Si entendi li dis contes de Lille que li contes Derbi estoit retrais au sejour en Bourdiaus et avoit espars[3] ses gens et romput se chevaucie, et n'estoit mies apparant que de le saison il en fesist plus. Si s'avisa li dis contes qu'il feroit une semonse et un mandement especial de gens d'armes et iroit mettre le siège devant Auberoce. Ensi qu'il l'avisa, il le fist. Si escrisi devers le conte de Pieregort, celi de Quarmaing, celi de Commignes, celi de Branikiel[4], celi de Villemur et devers tous les barons de Gascongne, qui François se tenoient, qu'il fuissent sus un jour qu'il leur assigna, devant Auberoce, car il y voloit aler et mettre le siège. Li dessus dit conte, visconte et baron de Gascongne obeirent à lui, car il estoit comme rois ens ès marces de Gascongne. Et assamblèrent leurs gens et leurs hommes, et furent tout appareilliet au jour qui assignés y fu. Et vinrent devant Auberoce telement que li chevalier dessus nommé, qui le gardoient, ne s'en donnèrent de garde ; si se veirent assegiet de tous costés. Ensi que gens de bon convenant et de grant arroy, il ne furent de riens esbahi, mès entendirent à

---

1. « En l'honneur de lui ».   2. « À en prendre ».   3. « Dispersé ».   4. Roger de Comminges, vicomte de Conserans, épousa Isabelle Trousseau, vicomtesse de Bruniquel ou Burniquel. Bruniquel (82800), arr. de Montauban, rapporte l'origine de son nom à la reine Brunehaut (543-613).

leurs gardes et à leurs deffenses. Li contes de Lille et
li aultre baron, qui là estoient venu moult poissamment, se logièrent tout à l'environ, telement que nulz
ne pooit entrer, ne issir en le garnison, qu'il ne fust
aperceus. Et envoiièrent querre quatre grans engiens à
Thoulouse, et les fisent là achariier et puis drecier
devant le forterèce. Et n'assalloient li François d'autre
cose, fors de ces engiens, qui nuit et jour jettoient
pières de fais ou chastiel. Che les esbahissoit plus
c'autre cose, car dedens six jours il desrompirent le
plus grant partie des combles des tours. Et ne s'osoient
li chevalier ne cil dou chastiel tenir, fors ens ès
cambres votées, par terre. Et estoit li intentions de
chiaus de l'host qu'il les occiroient là dedens, ou il se
renderoient simplement. Bien estoient venues les nouvelles à Bourdiaus au conte Derbi et à monsigneur
Gautier de Manni, que leur compagnon estoient assegiet dedens Auberoce ; mais point ne savoient qu'il
fuissent si apressé, ne si constraint qu'il estoient.

§ 218. Quant messires Franke de Halle et messires
Alain de Finefroide[1] et messires Jehans de Lindehalle[2]
veirent le oppression[3] que li François leur faisoient, et
si ne leur apparoit confors ne ayde de nul costé, si se
commencièrent à esbahir, et se consillièrent entre yaus
comment il se poroient maintenir. « Il ne poet estre,
disent il, que se li contes Derbi savoit le dangier où cil
François nous tiènent, qu'il ne nous secourust, à quel
meschief que ce fust. Si seroit bon que nous li feissiens
savoir, mès que nous peuissions trouver message. »
Adonc demandèrent il entre leurs varlés se il en y avoit
nul qui volsist gaegnier et porter ceste lettre qu'il
avoient escript, à Bourdiaus, et baillier au conte Derbi.
Lors s'avança uns varlés, et dist qu'il li porteroit bien
et volentiers ; et ne le feroit mies tant, pour le convoitise de gaegnier, que pour yaus delivrer de ce peril. Li

---

1. Probablement Jean de Swinford (KL, XXIII, 178). **2.** Jean de Leefdael (KL, XXII, 92). **3.** « Violence », « contrainte ».

chevalier furent moult liet dou varlet qui s'offroit de faire le message.

Quant ce vint au soir par nuit, li varlés prist la lettre que li chevalier li baillièrent, qui estoit seellée de leurs trois seaulz ; et li encousirent en ses draps, et puis le fisent avaler ens ès fossés. Quant il fu au fons, il monta amont et se mist à voie parmi l'ost, car aultrement ne pooit il passer. Et fu encontrés dou premier get, et ala oultre, car il sçavoit bien parler gascon, et nomma un signeur de l'host, et dist qu'il estoit à lui. On le laissa passer par tant ; et cuida bien estre escapés, mès non fu, car il fu repris au dehors des tentes, d'aultres varlés, qui l'amenèrent devant le chevalier dou ghet. Là ne peut il trouver nulle excusance qui riens li vaulsist. Si fu tastés et exquis[1], et la lettre trouvée sur lui. Si fu menés en prison et gardés jusques au matin, que li signeur de l'host furent tout levet ; si furent tantost enfourmé de le prise dou varlet. Adonc se traisent il tout ensamble en le tente dou conte de Lille. Là fu la lettre leute que li chevalier d'Auberoce envoioient au conte Derbi. Si eurent tout grant joie, quant il sceurent de verité que li chevalier d'Auberoce et li compagnon englès qui dedens se tenoient estoient si astraint et qu'il ne se pooient plus tenir : siques, pour yaus plus agrever, il prisent le varlet, et li pendirent les lettres au col, et le misent tout en un mont et en le fonde[2] d'un engien, et puis le renvoiièrent dedens Auberoce. Li varlés chei tous mors devant les chevaliers qui là estoient, et qui furent esbahi et desconforté quant il le veirent : « Ha ! disent il, nostre messagier n'a pas fait son message. Or ne savons nous mès que viser, ne quel conseil avoir qui nous vaille. »

À ces cops[3] estoient montés à cheval li contes de Pieregorth et messires Rogiers de Pieregorth ses oncles, messires Charles de Poitiers, li viscontes de Quarmaing et li sires de Duras, et passèrent devant les

---

1. « Fouillé » (p.p. de *esquerre*) **2.** « Et ils le mirent tout d'une pièce dans la fronde d'un lance-pierre ». **3.** « Sur-le-champ ».

murs de le forterèce au plus près qu'il peurent. Si escriièrent à chiaus dedens, et leur disent en gabois : « Signeur, signeur englès, demandés à vostre messagier où il trouva le conte Derbi si apparilliet, quant à nuit se parti de vostre forterèce, et jà est retournés de son voiage. » Adonc respondi messires Frankes de Halle, qui ne s'en peut astenir, et dist : « Par foy, signeur, se ceens nous sommes enclos ; nous en isterons bien, quant Diex vorra et li contes Derbi. Et pleuist à Dieu qu'il seuist en quel parti nous sommes ! Se il le savoit, il n'i aroit si avisé des vostres qui ne ressongnast[1] à tenir les camps. Et se vous li volés segnefiier, li uns des nostres se mettera en vostre prison pour rançonner, ensi que on rançonne un gentil homme. » Dont respondirent li François : « Nennil, nennil ! Les pareçons ne se porteront mies ensi. Li contes Derbi le sara tout à temps, quant par nos engiens nous arons abatu rés à rés terre che chastiel[2], et que vous, pour vos vies sauver, vous vos serés rendu simplement. » — « Certainnement, ce respondi messires Franke de Halle, ce ne sera jà que ensi nous nos doions rendre, pour estre tout mort ceens. » Adonc passèrent li chevalier françois oultre, et revinrent à leur logeis. Et li troi chevalier englès demorèrent dedens Auberoce tout esbahi, au voir dire ; car ces pières d'engien leur buskoient[3] si grans horions, que ce sambloit effoudres[4] qui descendist dou ciel, quant elles frapoient contre les murs dou chastiel.

§ 219. Toutes les parolles et les devises et le convenant dou messagier, comment il avoit esté pris devant Auberoce, et l'estat de la lettre, et le neccessité de chiaus dou chastiel furent sceues et raportées à Bourdiaus au conte Derbi et à monsigneur Gautier de Manni, par une leur espie qu'il avoient envoiiet en l'ost, et qui leur dist : « Mi signeur, à ce que j'ai pout

---

1. « Craignît ». 2. « Rasé ce château fort ». 3. « Frappaient ». 4. « Foudre ».

entendre, se vo chevalier ne sont conforté dedens trois jours, il seront ou mort ou pris. Et volentiers se renderoient, se on les voloit prendre à merci, mès il me samble que nennil. » De ces nouvelles ne furent mies li contes Derbi et messires Gautiers de Manni bien joiant, et disent entre yaus : « Ce seroit lasqueté et villonnie, se nous laissons perdre trois si bons chevaliers que cil sont, qui si franchement se sont tenu dedens Auberoce. Nous irons ceste part et nous esmouverons tout premierement, et manderons au conte de Pennebruch, qui se tient à Bregerach, qu'il soit dalés nous à cèle heure, et ossi à monsigneur Richart de Stanfort et à monsigneur Estievene de Tombi qui se tient à Liebrone. »

Adoncques ly contes Derby se hasta durement, et envoia ses messages et ses lettres devers le conte de Pennebruk. Et se parti de Bourdiaux à ce qu'il avoit de gens, et chevaucha tout couvertement devers Auberoche ; bien avoit qui le menoit et qui congnissoit le païs. Si vint ly contes Derby à Liebrone et là sejourna un jour, attendans le conte de Pennebruch, et point ne vint. Quant il vei qu'il ne venroit point, si fu tous courouciés et se mist au chemin, pour le grant desir qu'il avoit de conforter ses chevaliers qui en Auberoce se tenoient, car bien sçavoit qu'il en avoient grant mestier.

Si issirent de Liebrone li contes Derbi, li contes de Kenfort, messires Gautiers de Manni, messires Richars de Stanfort, messires Hues de Hastinghes[1], messires Estievenes de Tombi, li sires de Ferrières[2] et li aultre compagnon. Et chevaucièrent toute nuit, et vinrent à lendemain à deux petites liewes d'Auberoce. Si se boutèrent en un bois, et descendirent de leurs chevaus ; et les alloiièrent as arbres et as foellies[3], et les laissièrent pasturer en l'erbe, toutdis attendans le conte de Penne-

---

1. Hugues d'Hastings, lieutenant d'Édouard III en Flandre depuis 1346 et jusqu'en 1365. 2. Soit Robert, soit Edmond Ferrers. Les Ferrers descendaient de Henri de Ferrières, compagnon de Guillaume le Conquérant (KL, XXI, 192). 3. « Feuillages », « branches ».

bruch. Et furent là toute la matinée, et jusques à nonne. Si s'esmervilloient trop durement de ce qu'il n'ooient nulle nouvelle dou dit conte. Quant ce vint sus l'eure de remontière [1], et il veirent que point ne venoit li contes, si disent entre yaus : « Que ferons nous ? Irons nous assallir nos ennemis, ou nous retourons ? » Là furent en grant imagination quel cose il en feroient, car ilz ne se veoient mies gens pour combatre une tèle hoost qu'il y avoit devant Auberoce, car il n'estoient non plus [2] de trois cens lances et de six cens arciers. Et li François pooient estre entre dix mille et onze mille hommes. À envis ossi le laissoient, car bien savoient, se il se partoient sans le siège lever, il perdroient le chastiel d'Auberoce et les chevaliers leurs compagnons qui dedens estoient.

Finablement, tout consideret, et peset le bien contre le mal, il s'acordèrent à ce que, ou nom de Dieu et de saint Jorge, il iroient combatre leurs ennemis. Or avisèrent il comment ; et l'avis là où le plus il s'arrestèrent, il leur vint de monsigneur Gautier de Manni, qui dist ensi : « Signeur, nous monterons tout à cheval, et costierons à le couverte ce bois où nous sommes à present, tant que nous serons sus l'autre cornée, au lés delà [3] qui joint moult près de leur host. Et quant nous serons près, nous ferirons chevaus des esporons et escrierons nos cris hautement ; nous y enterons droit sus l'eure dou souper : vous les verés si souspris et si esbahis de nous, qu'il se desconfiront d'eulz meismes. » Adonc respondirent li chevalier qui furent appellet à ce conseil : « Nous le ferons ensi que vous l'ordonnés. » Si reprist cescuns son cheval, et les recenglèrent estroitement ; et fisent restraindre leurs armeures, et ordonnèrent tous leurs pages, leurs varlès et leurs malètes [4] à là demorer. Et puis chevaucièrent tout souef au loing dou bois, tant qu'il vinrent sus l'autre cornée où li hos françoise estoit logie assés près, en un grant val, sus une petite rivière. Lors qu'il

---

1. « Quand ce fut le début de l'après-midi ». 2. « Pas plus ». 3. « Sur l'autre extrémité, en face ». 4. « Bagages ».

furent là venu, il desvolepèrent[1] leurs banières et leurs pennons, et ferirent chevaus des esperons, et s'en vinrent tout de front sus le large[2] planter et ferir en l'ost de ces signeurs de Gascongne, qui furent bien souspris, et leurs gens ossi ; car de celle embusche ne se donnoient il nulle garde, et se devoient tantos seoir au souper. Et li pluiseur y estoient jà assis comme gent asseguret, car il ne cuidaissent jamais que li contes Derbi deuist là venir ensi à tèle heure.

§ 220. Evous les Englès venant frapant en celle host, pourveus et avisés de ce qu'il devoient faire, en escriant : « Derbi, Derbi au conte ! » et « Manni, Manni au signeur ! » Puis commencièrent à coper et à decoper tentes, trés et pavillons, et reverser l'un sus l'autre, et abatre et occire et mehagnier gens, et mettre en grant meschief ; ne les François ne savoient auquel entendre, tant estoient il quoitiet et fort hastet. Et quant il se traioient sus les camps pour yaus recueillier et assambler, il trouvoient arciers tous appareilliés qui les traioient et bersoient et occioient sans merci et sans pité. Là avint soudainnement sus ces chevaliers de Gascongne uns grans meschiés, car il n'eurent nul loisir d'yaus armer ne traire sus les camps. Mais fu li contes de Lille[3] pris en son pavillon et moult durement navrés, et li contes de Pieregorch ossi dedens le sien, et messires Rogiers, ses oncles, et occis li sires de Duras et messires Aymars de Poitiers[4], et pris li contes de Valentinois ses frères. Briefment, on ne vit onques tant de bonnes gens, chevaliers et escuiers qui là estoient, perdu à si peu de fait, car cescuns fuioit que mieulz mieulz. Bien est verité que li contes de Commignes[5] et li viscontes de Quarmaing[6] et cil de Villemur[7]

---

1. « Déployèrent ». 2. « Sur un vaste espace ». 3. Bertrand de l'Isle-Jourdain. 4. Aymar de Poitiers, cinquième fils d'Aymar IV et de Sybille des Baux. Il ne fut pas tué, mais fait prisonnier à Auberoche (KL, XXII, 365). 5. Pierre Raymond, comte de Comminges. 6. Arnaud d'Euse ou d'Evèze, vicomte de Caraman. 7. Arnaud de la Vie, vicomte de Villemur.

et cils de Bronikiel et li sires de la Barde[1] et li sires
de Taride[2], qui estoient logiet d'autre part le chastiel,
se recueillièrent et misent leurs banières hors, et se traisent vassaument sus les camps. Mais li Englès, qui
avoient jà desconfis le plus grant partie de l'ost, s'en
vinrent en escriant leurs cris celle part, et se boutèrent
ens de plains eslais, ensi que gens tous reconfortés et
qui veoient bien, se fortune ne leur estoit trop contraire,
que li journée estoit pour yaus. Là eut fait mainte belle
apertise d'armes, mainte prise et mainte rescousse.
Quant messires Franke de Halle et messires Alains de
Finefroide et messires Jehans de Lindehalle, qui
estoient ens ou chastiel de Auberoche, entendirent le
noise et le hue, et recogneurent les banières et les pennons de leurs gens, si s'armèrent et fisent armer tous
chiaus qui avoecques euls estoient. Et puis montèrent
à cheval, et issirent de le forterèce d'Auberoce, et s'en
vinrent sus les camps et se boutèrent ou plus fort de le
bataille : ce rafresci et resvigura grandement les
Englès.

§ 221. Que vous feroi je lonch parlement ? Chil de
le partie le conte de Lille furent là tout desconfi, et
priès que tout mort et tout pris. Jà ne s'en fust nulz
escapés, se la nuis ne fust si tost venue. Là y ot pris,
que contes que viscontes, jusques à neuf, et des barons
et des chevaliers tel fuison qu'il n'i avoit homme
d'armes des Englès qui n'en euist deux ou trois dou
mains, desquelz il eurent depuis grant pourfit. Ceste
bataille fu desous Auberoce, le nuit Saint Laurens en
aoust, l'an de grasce Nostre Signeur mil trois cens quarante quatre[3].

---

1. Géraud de la Barthe, fils d'Arnaud de Fumel-Labarthe et de
Mascarose d'Armagnac († 1352).   **2.** Raymond Jourdain de Tar-
ride (SHF, III, xvii n5).   **3.** En plaçant la bataille d'Auberoche
le 9 août (jour de la Saint-Laurent) 1344, Froissart suit l'erreur de
Jean le Bel (JB, II, 38ss). Selon Giovanni Villani, *Nuova Cronica*,
Parme 1991, vol. III, p. 409 (Livre III, ch. 47), cette bataille eut
lieu le 21 octobre 1345 (SHF, III, xvi n3).

§ 222. Apriès le desconfiture qui fu là si grande et si grosse pour les Gascons et si adamagable — car il estoient là venu en grant arroi et en bonne ordenance, mais petite songne[1] les fist perdre ensi qu'il apparu — li Englès, qui estoient mestre et signeur dou camp, entendirent à leurs prisonniers, et, comme gens qui leur ont toutdis estet courtois, leur fisent très bonne compagnie, et en recrurent assés sus leurs fois à revenir[2] dedens un certain jour à Bourdiaus ou à Bregerach ; et il se retraisent dedens Auberoce. Et là donna à souper li contes Derbi le plus grant partie des contes, des viscontes, qui prisonnier estoient, et ossi les chevaliers de se compagnie. Si devés croire et savoir qu'il furent celle nuit en grant reviel, et rendirent grans grasces à Nostre Signeur de le belle journée qu'il avoient eu, quant une puignie de gens qu'il estoient, environ mil combatans parmi les arciers, uns c'autres, en avoient desconfi dix mil et plus, et rescous le ville et le chastiel d'Auberoce, et les chevaliers leurs compagnons qui dedens estoient moult astraint, et qui dedens deux jours euissent esté pris et en le volenté de leurs ennemis.

Quant ce vint au matin, un peu apriès soleil levant, li contes de Pennebruch vint à bien trois cens lances et quatre cens archiers, qui jà avoit esté enfourmés sus son chemin de l'avenue de le bataille. Si estoit durement courouciés de ce qu'il n'i avoit esté ; et en parla par mautalent au conte Derbi, et dist : « Certes, cousins, il me samble que vous ne m'avés fait maintenant point d'onneur ne de courtoisie, quant vous avés combatus vos ennemis sans moy, qui m'aviés mandé si acertes. Et bien poiés savoir que je ne me fuisse jamais souffers que je ne fuisse venus. » Donc respondi li contes Derbi, et dist tout en riant : « Par ma foy, cousins, nous desirions bien vostre venue. Et nous souffresions toutdis, en vous sourattendant[3] dou matin jusques as vespres. Et quant nous veimes que vous ne

---

1. « Pauvre garde », « incurie ».   2. « Et mirent beaucoup d'entre eux en liberté sur la parole donnée de revenir ».   3. « En vous attendant en vain ».

veniés point, nous en estions tout esmervilliet. Si n'osames plus attendre que nostre anemi ne seuissent nostre venue. Car, se il le seuissent, il euissent eu l'avantage sur nous. Et, Dieu merci, nous l'avons eu sur yaus ; si les nous aiderés à garder et à conduire jusques à Bourdiaus. » Adonc se prisent par les mains, et entrèrent en une cambre, et issirent de ce pourpos. Tantost fu heure de disner ; si se misent à table ; si mengièrent et burent, tout aise et à grant loisir, des pourveances des François qu'il avoient amené devant le chastiel de Auberoce, dont il estoient bien raempli[1]. Tout ce jour et le nuit ensievant, se tinrent il en Auberoce, et se reposèrent et rafreschirent grandement. Et lendemain au matin, il furent tout armé et tout monté. Si se partirent de Auberoce, et y laissièrent à chapitainne et à gardiien un chevalier gascon, qui toutdis avoit estet de leur partie, qui s'appelloit messires Alixandres de Chaumont[2]. Et chevaucièrent devers Bourdiaus, et emmenèrent le plus grant partie de leurs prisonniers.

§ 223. Tant chevaucièrent li dessus dit Englès et leurs routes qu'il vinrent en le cité de Bourdiaus où il furent recheu à grant joie. Et ne savoient li Bourdelois comment bien festiier le conte Derbi et monsigneur Gautier de Manni, car li renommée aloit que par leur emprise avoient esté devant Auberoce li Gascon desconfi, et pris li contes de Lille et plus de deux cens chevaliers. Si leur faisoient grant joie et haute honneur. Ensi se passèrent il cel yvier qu'il n'i eut nulles besongnes ens ès marces par de delà qui à recorder face. Si ooit souvent li rois d'Engleterre bonnes nouvelles dou conte Derbi, son cousin, qui se tenoit à Bourdiaus sus Gironde et là environ. Si en estoit tous liés et à bonne cause, car li contes Derbi faisoit tant

---

1. « Réapprovisionnés ».   **2.** Alexandre de Caumont, fils d'Alexandre de Caumont et d'Isabelle de Peberac, seigneur de Sainte-Bazeille (KL, XX, 523-524).

qu'il estoit amés de tous ses amis et ressongniés de tous ses ennemis[1].

Quant ce vint apriès Paskes, que on compta l'an mil trois cens quarante cinq[2], environ le moiiené de may, li contes Derbi, qui s'estoit tenus et yvrenés tout le temps à Bourdiaus ou là priès, fist une coeilloite et un amas de gens d'armes et d'arciers, et dist qu'il voloit faire une chevaucie devers le Riolle que li François tenoient, et le assegeroit, car elle estoit bien prendable[3]. Quant toutes ses besongnes furent ordenées et ses gens venus, il se partirent de Bourdiaus en bon arroy et en grant convenant, et vinrent ce premier jour en le ville de Bregerach. Là trouvèrent il le conte de Pennebruch, qui avoit fait ossi sen assamblée d'autre part.

Si furent cil signeur et leurs gens dedens Bregerach trois jours ; au quatrime, il s'en partirent. Quant il furent sus les camps, il esmèrent leurs gens et considerèrent leur pooir, et se trouvèrent mil combatans et deux mil archiers. Si chevaucièrent tout ensi, et fisent tant qu'il vinrent devant un chastiel que on claime Sainte Basille[4]. Quant il furent là venu, il le assegièrent de tous lés, et fisent grant apparant de l'assallir. Chil de Sainte Basille veirent les Englès et leur force, comment il tenoient les camps, et que nulz ne lor aloit au devant. Mès encores estoient prisonnier de le bataille de Auberoce tout li plus grant de Gascongne, dont il deuissent estre aidié et conforté : siques, tout consideret, il se misent en l'obeissance dou conte Derbi

---

1. C'est ici que la rédaction d'Amiens insère un passage où Froissart réfute Jean le Bel, qui avait décrit le viol que commit Édouard III sur la comtesse de Salisbury (Amiens, II, 332). 2. Froissart se trompe : la chevauchée de Derby contre La Réole est postérieure au 8 octobre 1345 (SHF, III, xix, n1). D'ailleurs, cette chevauchée contre La Réole dut suivre immédiatement la victoire d'Auberoche. 3. Froissart introduit à tort une seconde campagne de Derby, là où il n'y eut en réalité que la continuation de la campagne inaugurée par ce capitainne en juillet 1345 (SHF, III, xviii, n3). 4. Sainte-Bazeille (47180), Lot-et-Garonne, arr. et c. Marmande, sur la rive droite de la Garonne, en amont de La Réole.

qui representoit adonc là le personne dou roy d'Engleterre, et li jurèrent feaulté et hommage, et le recogneurent à signeur.

Par ensi il passa oultre bellement, et prist le chemin de Aiguillon ; mais, ançois qu'il y parvenist, il trouva en son chemin un chastiel que on appelle le Roce Millon[1], qui estoit bien pourveus de bons saudoiiers et d'arteillerie. Non obstant ce, li contes commanda que li chastiaus fust assallis. Donc s'avancièrent Englès et arcier, et le commencièrent à assallir fortement et durement, et chil de dedens à yaus deffendre vassaument. Et jettoient pières et baus et grans barriaus de fier, et pos plains de cauch : de quoi il blechièrent pluiseurs assallans qui montoient contremont et s'abandonnoient folement, pour leurs corps avancier.

§ 224. Quant li contes Derbi vei que ses gens se travilloient et tuoient sans riens faire, si les fist retraire et revenir as logeis. À lendemain, il fist par les villains dou pays achariier et aporter grant fuison de busce[2] et de velourdes et d'estrain, et tout jetter et tourner ens ès fossés, et mettre ossi grant plenté de terre. Quant une partie des fossés furent tout empli, que on pooit bien aler seurement jusques au piet dou mur, il fist arouter bien trois cens arciers, et par devant yaus passer bien deux cens brigans, tous paveschiés, qui tenoient grans pik et haviaus de fier. Et s'en vinrent chil hurter et piketer as murs. Entrues qu'il piketoient et havoient[3], li archier qui estoient derrière yaus, traioient si ouniement à chiaus qui estoient as murs, que à painnes osoit nuls apparoir à le deffense. En cel estat furent il le plus grant partie dou jour, et si fort assalli que li piketeur qui as murs estoient y fisent un grant trau et si plentiveus que bien y pooient entrer dix hommes de fronth. Dont se commencièrent cil de le ville à esbahir et à retraire devers l'eglise, et li aucun

---

1. Meilhan-sur-Garonne (47180), chef-lieu de canton de Lot-et-Garonne, arr. de Marmande, voisin de La Réole. 2. « Tronçons de bois ». 3. « Piocher ».

vuidièrent par derrière. Ensi fu la forteresce de Roche Millon prise, et toute courue et robée, et occis li plus grant partie de ceulz qui y furent trouvet, excepté chiaus et celles qui s'estoient retrait en l'eglise. Mais tous ceuls fist sauver li contes Derbi, car il se rendirent simplement à se volenté. Si rafresci li contes Derbi le garnison de nouvelle gent, et y establi deux escuiers à capitainnes, qui estoient d'Engleterre, Richart Wille[1] et Robert l'Escot[2].

Et puis s'en parti li dis contes, et chevauça devers le ville de Montsegur[3], sievant le rivière de Loth. Tant fisent li Englès qu'il vinrent devant Montsegur. Quant il furent là venu, li contes commanda à logier toutes manières de gens. Dont se logièrent il et establirent mansions et logeis pour yaus et pour leurs chevaus. Dedens le ville de Montsegur avoit un chevalier de Gascongne à chapitainne, que li contes de Lille y avoit de jadis envoiiet, et l'appelloit on messire Hughe de Batefol[4]. Chilz entendi grandement et bellement à le ville deffendre et garder, et moult avoient li homme de le ville en li grant fiance.

§ 225. Par devant le ville de Montsegur sist li contes Derbi quinze jours. Et sachiés que là en dedens il n'i eut onques jour qu'il n'i euist assaut. Et y fist on drecier grans engiens, que on avoit amenés et achariiés de Bourdiaus et de Bregerach. Che greva et foula durement le ville, car il jettoient pières de fais qui rompoient tours et murs et thois[5] de salles et de manandries[6]. Avoech tous ces meschiés, li contes Derbi leur mandoit tous les jours, se il estoient pris ne conquis par force, il ne venroient à nulle merci qu'il ne fuissent tout mort et exilliet sans remède et sans merci ; mès se il se voloient rendre bellement, et yaus

---

1. Richard Welles. **2.** Sur l'identité de cet écuyer, Robert Scot, voir KL, XXII, 51 ; XXIII, 133-4. **3.** Monségur (47150), arr. Agen, c. Port-Sainte-Marie, au confluent de la Garonne et du Lot. **4.** Hugues de Badefol (KL, XX, 236). **5.** « Toits ». **6.** « Résidences ».

mettre en l'obeissance dou roy d'Engleterre, et lui recognoistre à signeur, il leur pardonroit son mautalent et les tenroit pour ses bons amis. Cil de Montsegur ooient bien les promesses, que li contes Derbi lor offroit. Si en parlèrent pluiseurs fois ensamble, et se doubtoient grandement que de force il ne fuissent pris et perdesissent corps et biens ; et ne veoient apparant de confort de nul costé. Si s'en descouvrirent à leur capitainne, par manière de conseil, à savoir qu'il leur en consilleroit. Messires Huges les blasma durement, et dist qu'il s'effroient pour noient, car il estoient encores fort et bien pourveu pour yaus tenir demi an, se mestier faisoit. Quant il oïrent ce, il ne le veurent mies desdire, et se partirent de lui, ensi que par bon gré. Mès au vespre il le prisent et l'emprisonnèrent bien et estroitement, et puis li disent que jamais ne partiroit de là, se il ne descendoit à leur volenté. « Quèle est elle ? » ce dist messires Huges de Batefol. « Elle est telle que vous nous aidiés à acorder au conte Derbi et as Englès, afin que nous demorons en pais. »

Li chevaliers perçut bien l'affection qu'il avoient as Englès, et comment il le tenoient en dangier ; si leur dist : « Metés moi hors, et j'en ferai mon pooir. » Adonc li fisent il jurer qu'il le feroit ensi. Il le jura ; si fu desprisonnés parmi ce convent, et s'en vint as barrières de le ville, et fist signe qu'il voloit parler au conte Derbi. Messires Gautiers de Manni estoit là presens qui se traist avant et vint parlementer au dit chevalier. Li chevaliers commença à trettier et dist : « Sire de Manni, vous ne vos devés pas esmervillier se nous nos cloons contre vous, car nous avons juré feaulté et hommage au roy de France. Or veons nous maintenant que personne de par lui ne vous deffent point les camps, et creons assés que vous chevaucerés encores oultre. Pour quoi je, pour mi, et li homme de ceste ville pour eulz, vous vorroient priier que nous puissions demorer en composition que[1] vous ne nous feissiés

---

1. « Que nous puissions rester sur un accord tel que ».

point de guerre, ne nous vous, le terme d'un mois. Et, se là en dedens li rois de France ou li dus de Normendie ses filz venoient en ce pays si fors que pour vous combatre, nous serions quittes et absolz de nos convens. Et se il n'i viennent, u li uns d'yaus, nous nos metterons en l'obeissance dou roy d'Engleterre. » Messires Gautiers respondi et dist : « J'en irai volentiers parler à monsigneur le conte Derbi. »

Lors se departi de là li sires de Manni et vint devers le dit conte, qui n'estoit pas loing ; se li remonstra toutes les paroles que vous avés oyes. Li contes Derbi busia[1] sus un petit, et puis en respondi : « Messire Gautier, il me plaist bien que ceste ordenance voist ensi. Mès prendés bons plèges[2] qu'il ne se puissent de riens enforcier, ce terme durant[3] ; et se il nous besongne vivres pour nous rafrescir et nos gens, nous en aions sans dangier pour nos denierz. » — « Sire, dist il, c'est bien li intention de mi. » Adonc se parti li sires de Manni dou conte Derbi, et chevauça jusques as bailles de la ville où li chevaliers estoit qui l'attendoit ; se li remonstra toutes les raisons dessus dittes. Il les recorda arrière à chiaus de le ville, qui n'estoient mies present. Chil de Montsegur y descendirent volentiers. Et se misent tantos douze bourgois des plus souffissans en ostagerie[4], pour acomplir les convens dessus dis et demorer la ville en païs : chil furent envoiiet à Bourdiaus. Ensi demora Montsegur en composition, et fu li hos rafreschie des pourveances de le ville. Mès point n'entrèrent li Englès dedens, et passèrent oultre en courant et essillant le pays ; si le trouvoient plain et drut et grosses villes batiches[5] où il recouvroient de tous vivres à grant fuison.

---

1. « Fut pensif ».   2. Ceux qui servent de garant, de caution.   3. « ... afin qu'ils ne puissent rien transgresser jusqu'à ce terme ».   4. « En état d'otages ».   5. Ville ne jouissant pas de franchises communales, placée sous l'autorité d'un seigneur (KL, XIX, 60).

§ 226. Tant esploita li hos au conte Derbi que il vinrent assés près d'Aguillon[1]. À ce donc y avoit un chastellain qui n'estoit mies trop vaillans homs d'armes, si com il le monstra. Car si tretost qu'il seut le conte Derbi approchant, il fu si effraés et eut si grant doubte de perdre corps et biens, que il ne se fist point assallir ; mès vint au devant dou conte Derbi et se rendi, salve ses biens et chiaus de le ville et dou chastiel, qui estoit adonc uns des fors dou monde et le mains prendable. De quoi cil dou pays environ furent bien esmervilliet, quant il oïrent les nouvelles que li dis chastiaus estoit sitost rendus as Englès, especialment chil de le chité de Thoulouse, car c'est à sept liewes près. Et depuis, quant li escuiers qui Aguillon avoit rendu vint à Thoulouse, li homme de le ville le prisent, et le amisent[2] de trahison, et le pendirent sans merci. Quant li contes Derbi eut le saisine de le ville et dou chastiel d'Aguillon, il en fu si resjoïs qu'il n'euist mies esté ossi liés se li rois d'Engleterre euist d'autre part conquis cent mil florins, pour le cause de ce qu'il le veoit bien seant et en bonne marce, en le pointe de deux grosses rivières portans navie. Et le rafreschi et rempara de tout ce qu'il besongnoit, ensi que pour avoir y son retour et faire ent son garde corps. Et quant il s'en parti il le laissa en le garde d'un bon chevalier sage et vaillant, qui s'appelloit messires Jehans de Gombri. Puis chevauça oultre li dis contes à toute son host, et vint à un chastiel que on appelle Sograt[3] ; si le conquist par assaut. Et furent mort tout li saudoiier estragne qui dedens estoient. Et de là endroit il s'en vint devant le ville de le Riolle.

§ 227. Or vint li contes Henris Derbi atout ses gens devant le Riolle, et le assega fortement et destroitement de tous costés. Et mist bastides sus les chemins en tel

---

1. Aiguillon (47190), Lot-et-Garonne, arr. Agen, c. Port-Sainte-Marie, au confluent de la Garonne et du Lot.   2. « L'accusèrent ».   3. Castelsagrat (82400), Tarn-et-Garonne, arr. Moissac, cant. Valence-d'Agen.

manière que nulles pourveances ne pooient venir ne entrer dedens le ville. De le ville et dou chastiel de le Riolle estoit chapitainne pour le temps uns chevaliers de Prouvence, qui se nommoit messires Agos des Baus[1]. Et avoit desous lui et en se carge pluiseurs bons compagnons, qui le ville tinrent souffisamment. Si vous di que il y eut fais pluiseurs grans assaus, car priès que tous les jours y assalloit on. Et traioient et escarmuçoient li archier à chiaus de dedens Si en y avoit souvent des blechiés des uns et des aultres. Tant y fu li sièges, que en le saison moult avant, car cil de le Riolle cuidoient estre conforté dou roy de France et dou duch de Normendie, mès non furent. Dont il convint que cil de Montsegur se mesissent en l'obeissance dou roy d'Engleterre, par le composition dessus ditte. Et y envoia li contes Derbi, seant devant le Riolle, le signeur de Manni, pour tant qu'il avoit fait le premier trettié de le composition, et leur remonstra sur quoi et comment il s'estoient composé, et que de ce il avoient livrés ostages. Cil de Montsegur veirent bien qu'il ne pooient plus variier[2] ; si se rendirent et devinrent homme par feaulté et hommage au conte Derbi, qui representoit en ces coses le roy d'Engleterre. Et meismement messires Huges de Batefol devint homs ossi au dit conte avoecques chiaus de Montsegur, et jura feaulté et hommage. Et parmi tant il demora gardiiens et chapitainne de le ville de Montsegur, à certains gages qu'il avoit dou conte Derbi pour lui et pour ses compagnons.

§ 228. Li Englès, qui seoient devant le Riolle et qui y furent plus de neuf sepmainnes, avoient fait ouvrer et carpenter deux berefrois de gros mairiens à trois estages, et seant cescun berefroit sur quatre rues. Et estoient cil berefroit, au lés devers le ville, tout couvert de cuir boulit, pour deffendre dou tret et dou feu, et

---

[1]. Agout des Baux, seigneur de Brandeuil et de Plasiac, fut, dès 1342, sénéchal de Toulouse et d'Albi (KL, XX, 269). [2]. « Tergiverser ».

avoit en cascun estage cent archiers. Si amenèrent li
Englès à force de hommes ces deux berefrois jusques
as murs ; car entrues que on les avoit ouvrés et carpentés, il avoient fait remplir les fossés si avant que
pour tout aise conduire leurs berefrois. Si commencièrent cil qui estoient en ces estages à traire durement et
fortement à chiaus qui se tenoient as deffenses. Et
traioient si roit et si ouniement que à painnes ne s'osoit
nulz apparoir ne amonstrer, se il n'estoit trop fort
armés et trop bien paveschiés contre le tret. Entre ces
deux berefrois, qui estoient arrestés devant les murs,
avoit deux cens compagnons atout haviaus et grans pilz
de fer et aultres instrumens pour effondrer le mur. Et
jà en avoient des pières assés ostées et rompues, car li
arcier qui estoient hault ens ès estages reparoient [1] dessus tous les murs, et traioient si fort que nulz n'osoit
approcier pour deffendre. Par cel estat et assaut et de
force euist esté la ville de le Riolle prise et conquise
sans nul remède, quant li bourgois de le ville, qui tout
effraet estoient, s'en vinrent à l'une des portes, et
demandèrent le signeur de Manni ou aucun grant
signeur de l'host à qui il peussent parler. Ces nouvelles
vinrent au conte Derbi : si y envoia le signeur de
Manni et le baron de Stanfort, pour savoir qu'il
voloient dire ne mettre avant. Si trouvèrent que li
homme de le ville se voloient rendre salve leurs corps
et leurs biens. Li chevalier, qui là avoient esté envoiiet,
respondirent que riens il n'en accepteroient, sans le
sceu dou conte Derbi : « Si irons parler à lui, et tantost
nous retourrons devers vous ; si vous responderons de
se intention. »

§ 229. Quant messires Agos des Baus senti que cil
de le ville se voloient rendre, il ne veult onques estre
à leur trettiet, mès se parti d'yaus et se bouta dedens
le chastiel de le Riolle, avoech che qu'il avoit de
compagnons. Et y fist mettre et mener, entrues que cil

---

1. « Apparaissaient », « se présentaient ».

trettiet se faisoient, grant quantité de vins et de pourveances de le ville ; et puis s'encloirent laiens, et disent qu'il ne se renderoient mies ensi. Or vinrent li dessus dit chevalier au conte Derbi, et li contèrent comment li bourgois de le Riolle se voloient rendre, salve leurs corps et leurs biens. Li contes demanda se li chapitainnes de laiens avoit estet à ces trettiés. Il respondirent que nennil, fors tant seulement li homme de le ville. « Or alés, dist li contes as chevaliers, veoir et savoir pour quoi il n'i est, et comment il se voelt maintenir. » Il disent : « Sire, volentiers. » Lors retournèrent arrière jusques as barrières, et demandèrent à chiaus de le ville : « Vostre chapitainne, où est il ? Ne voelt il point estre de vostre trettié ? » Il respondirent : « Nous ne parlons que de nous meismes : il face sa volenté. Jà s'est il boutés ou chastiel et monstre qu'il le vodra tenir, quoi que nos devenons Englès. »

Adonc retournèrent li chevalier devers le conte Derbi, et li relatèrent la besongne ensi que elle aloit. Quant li contes oy ce, si n'en fu mies mains pensieus. Et quant il eut pensé une espasse, si dist : « Alés, alés, prendés les à merci ! Par le ville prenderons nous le chastiel. » Lors se departirent li dessus dit dou dit conte, et vinrent de rechief à chiaus de le Riolle et les rechurent à merci, parmi tant qu'il vinrent sus les camps aporter les clés de le ville au conte Derbi, et li presentèrent en disant : « Chiers sires et honnerés, de che jour en avant nous recognissons à estre vostre feal et soubget, et nous metons dou tout en l'obeissance dou roy d'Engleterre. » Ensi devinrent homme cil de le Riolle en ce temps par conquès au roy d'Engleterre. Avoech tout ce, li contes Derbi leur fist jurer sus le teste qu'il ne conforteroient en riens chiaus dou chastiel de le Riolle, mès leur seroient ennemit et les greveroient de tout leur pooir. Il le jurèrent solennelment ; par ensi vinrent il à paix. Et fist deffendre li contes Derbi sus le hart que nulz ne fesist mal à chiaus de le Riolle.

§ 230. Ensi eut li contes Derbi le ville de le Riolle, mès li chastiaus se tenoit encores, qui bien estoit pourveus et garnis de bonnes gens, de bon chapitainne et segur, et de grant artillerie. Si se traist li dis contes dedens le ville de le Riolle, et y fist traire toutes ses gens et environner le chastiel et drechier par devant tous ses engiens, qui nuit et jour jettoient contre les murs dou dit chastiel ; mès trop petit l'empiroient, car il estoient hault malement, et de pière dure et ouvrée de jadis par mains de Sarrasins[1], qui faisoient les saudures[2] si fortes et les ouvrages si estragnes[3] que ce n'est point comparison à chiaus de maintenant. Quant li contes Derbi et messires Gautiers de Manni veirent que il perdoient leur temps par ces engiens, si les fisent cesser et s'avisèrent qu'il ouveroient d'un aultre mestier. Il avoient des mineurs, car onques il n'en furent sevret tant qu'il guerriassent, et leur demandèrent se on poroit miner le chastiel de le Riolle. Il respondirent que il s'i assaieroient[4] vollentiers. Lors avisèrent il mine, et commencièrent à ouvrer et à miner fort et roit, et à aler par desous les fossés. Se ne fu mies si tost fait.

Entrues que on seoit là et que cil mineur minoient, messires Gautiers de Manni s'avisa de son père, qui jadis avoit esté occis ens ou voiage de Saint Jakeme[5] ; et avoit oy recorder en son enfance qu'il devoit estre ensepelis en le Riolle ou là environ. Si fist à savoir parmi le ville de le Riolle, se il estoit nulz qui seuist de verité à dire où il fu mis, on li menast, et il donroit à celui cent escus. Ces nouvelles s'espardirent par tout. Dont se traist avant uns anciiens homs durement, qui en cuidoit savoir aucune cose ; et vint à monsigneur Gautier de Manni et li dist : « Certes, sire, je vous cuide bien mener au liu, ou assés près, où vostre

---

1. Bien des textes du Moyen Âge, surtout ceux des chansons de geste, attribuent aux Sarrasins (musulmans) la construction des monuments romains de la Provence.   2. « Soudures ».   3. « Étonnants ».   4. « Essaieraient ».   5. Saint-Jacques-de-Compostelle.

signeur de père fu jadis ensepelis. » De ces nouvelles fu messires Gautiers de Manni tous joians et dist, se ses parolles estoient trouvées en vrai, qu'il li tenroit son convent et encores oultre. Or vous recorderai le matère dou père le signeur de Manni, et puis retourrai au fait.

§ 231. Il y eut jadis un evesque en Cambresis qui fu gascons, de chiaus de Beu et de Mirepois, qui furent grant linage et fort pour le temps de lors en Gascongne[1]. Or avint que, dou temps cesti evesque, uns très grans tournois se fist dehors Cambray. Et y eut bien à ce tournoy cinq cens chevaliers tournians. Et là eut li dis evesques de Cambray un sien neveut, jone chevalier richement armet et montet[2]. Chilx s'adreça à monsigneur le Borgne de Manni, père au dit monsigneur Gautier et à ses frères, qui estoit durs chevaliers, rades et fors et bien tournians. Si fu telement li jones chevaliers gascons maniiés et batus que onques depuis ce tournoy il n'eut santé et morut[3]. De le mort de lui fu encoupés li sires de Manni, et demora en le hayne et mautalent dou dit evesque de Cambray et de son linage. Environ deux ans ou trois après, bonnes gens s'en ensonniièrent, et en fu pais faite. Et, en nom d'amende et de pais, cilz sires de Manni en deubt aler, ensi qu'il fist, à Saint Jakeme de Galisse.

En ce temps qu'il fu en ce voiage, seoit devant le ville de le Riolle messires Charles, contes de Vallois frères dou biau roy Phelippe, et avoit sis un grant

---

1. Ce prélat se nommait Pierre de Lévis ; il était le troisième fils de Guy de Lévis, seigneur maréchal de Mirepoix, et d'Isabelle de Montmorency-Marly (SHF, III, xxii, n1). **2.** Le neveu de l'évêque, qui fut tué par le Borgne de Manny dans ce tournoi, s'appelait Roger de Lévis ; il était fils de Jean de Lévis, premier du nom, seigneur de Mirepoix, et de Constance de Foix. **3.** Les Lévis-Mirepois et les Manny portaient les mêmes armes : *d'or à trois chevrons de sable*. Ce fut peut-être cette similitude qui fit dégénérer le tournoi de Cambrai en un combat à outrance entre Roger de Lévis et les trois frères de Manny (SHF, III, xxii, n2).

temps[1] ; car elle se tenoit englesce avoech pluiseurs
aultres villes et chités qui estoient au roy d'Engleterre,
père à celui qui assega Tournay : siques li dis sires de
Manni, à son retour, s'en vint veoir le conte de Vallois,
car li contes Guillaumes de Haynau avoit à femme sa
fille, et li monstra ses lettres, car il estoit là comme
rois de France. Avint que ce soir li sires de Manni s'en
revenoit à son hostel. Si fu espiiés et attendus dou
linage de celui pour qui il avoit fait le voiage ; et droit
au dehors des logeis dou conte de Vallois, il fu pris,
occis et mourdris[2]. Et ne peut on onques savoir de
verité qui occis l'avoit, fors tant que li dessus dit en
furent retet[3]. Mais il estoient adonc là si fort qu'il s'en
passèrent et escusèrent ; ne nulz n'en fist partie pour
le signeur de Manni. Si le fist li contes de Vallois ensepelir en ce temps en une petite capelle, qui estoit pour
le temps de lors dehors le Riolle. Et quant li contes de
Vallois l'eut conquis, ceste capelle fu mise ou clos[4] de
le ville. Et bien souvenoit le viel homme dessus dit de
toutes ces coses, car il avoit estet presens au dit signeur
de Manni mettre en terre : pour ce, en parloit il si
avant.

Ensi li sires de Manni, avoech le preudomme, s'en
vint au propre lieu où ses pères avoit estet jadis ensepelis ; et avoit un petit tombiel de marbre desus lui que
si varlet y avoient fait mettre. Quant il furent venu sus
le tombiel, li vielles homs dist au signeur de Manni :
« Certes, sires, chi desous gist et fu ensepelis messires
vos pères. Encores y a escript lettres sur le tombiel,
qui tesmongneront que je di verité. » Adonc s'abaissa
messires Gautiers et regarda sus le tombiel, et y perchut voirement lettres escriptes en latin, lesquèles il fist
lire par un sien clerch[5]. Si trouvèrent que li preudons
avoit voir dit. De ces nouvelles fu li sires de Manni
moult liés, et fist oster et lever le tombiel dedens trois

---

1. Le siège de La Réole par Charles, comte de Valois, se tint en
1324. **2.** « Assassiné ». **3.** « Accusés ». **4.** « À l'intérieur ».
5. Le chevalier ne *lit* point, par formation et par principe ; la
lecture appartient à la fonction propre du clerc.

jours apriès, et prendre les os de son père et mettre en un sarcu[1]. Depuis les envoia il à Valenciennes en Haynau, et de rechief il les fist ensepelir dedens l'eglise des Frères Meneurs moult honnourablement, assés priès dou coer dou moustier, et li fist faire depuis son obsèque moult reveramment. Et encores li fait on tous les ans, car li frère de laiens en sont bien renté.

§ 232. Or revenrons au siège de le Riolle, dou dit chastiel où li contes Derbi sist plus de onze sepmainnes. Tant ouvrèrent cil mineur que li contes Derbi avoit mis en leur mine, qu'il vinrent desous le chastiel, et si avant qu'il abatirent une basse tour des chaingles[2] dou dongnon[3]. Mès à le mestre tour dou dongnon ne pooient il nul mal faire, car elle estoit machonnée sus vive roce, dont on ne pooit trouver le fons. Bien se perchut messires Agos des Baus que on les minoit. Si en fu en doubte, car au voir dire c'est grans effrois pour gens qui sont en une forterèce, quant il sentent que on les mine. Si en parla à ses compagnons, par manière de conseil, à savoir comment il s'en poroient chevir[4]. Et bien leur dist que il estoient en grant peril, puis que on leur aloit par ce tour. Li compagnon ne furent mies bien asseguret[5] de ces parolles, car nulz ne muert volentiers, puis qu'il poet finer par aultres gages[6] ; se li disent : « Chiers sires, vous estes nos chapitainne et nos gardiiens ; si devons tout obeir et user par vous. Voirs est que moult honnourablement nous nos sommes ychi tenu, et n'arons nul blasme en avant de nous composer au conte Derbi. Si parlons à lui à savoir se il nous lairoit jamais partir, salve nos corps et nos biens, et nous li renderons le forterèce, puis c'autrement ne poons finer. »

---

1. « Cercueil ».   2. « Remparts ».   3. Le donjon, c'est-à-dire, la pièce principale qui dominait le château fort et constituait le dernier retranchement de la garnison.   4. « Venir à bout », « se tirer d'affaire ».   5. « Rassurés ».   6. Aphorisme : « Personne ne meurt volontairement lorsqu'il peut sortir d'embarras autrement ».

À ces paroles s'acorda messires Agos des Baus, et vint jus de le grosse tour ; si bouta sa tieste hors d'une basse fenestre qui là estoit, et fist signe qu'il voloit parler à qui que fust de l'ost : tantost fu appareilliés qui vint avant. On li demanda qu'il voloit dire ; il dist qu'il voloit parler au conte Derbi ou a monsigneur Gautier de Manni. On li respondi que on leur lairoit volentiers savoir. Si vinrent cil qui là avoient esté devers le conte Derbi, et li recordèrent ces nouvelles. Li contes, qui eut grant desir de savoir quel cose messires Agos voloit dire, monta tantost à cheval et en mena avoecques lui monsigneur Gautier de Manni et monsigneur Richart de Stanfort, et leur dist : « Alons veoir et savoir que li chapitainne nous voelt. » Si chevaucièrent celle part. Quant il furent là venu, messires Agos osta chaperon tout jus, et les salua bellement l'un aprièś l'autre, et puis dist : « Signeur, il est bien voirs que li rois de France m'a envoiiet en ceste ville et en che chastiel pour le garder et deffendre à mon loyal pooir. Vous savés comment je m'en sui acquittés, et vorroie encores faire. Mais tous jours ne poet on pas demorer en un lieu. Je m'en partiroie volentiers et ossi tout mi compagnon, se il vous plaisoit ; et vodrions aler demorer aultre part, mès que nous euissions vostre congiet. Si nous laissiés partir, salve nos corps et nos biens, et nous vous renderons le forterèce. »

Adonc respondi li contes Derbi et dist : « Messire Agos, messire Agos, vous n'en irés pas ensi. Nous savons bien que nous vous avons si astrains et si menés que nous vous arons quant nous vorrons, car vostre forterèce ne gist fors que sus estançons[1] : si vous rendés simplement, et ensi serés vous receu. » Lors respondi messires Agos et dist : « Certes, sire, se il nous convenoit entrer en ce parti, je tieng de vous tant d'onneur et de gentillèce que vous ne nous feriés fors toute courtoisie, ensi que vous vorriés que li rois de France ou li dus de Normendie fesist à vos chevaliers, ou à

---

1. « Grosse pièce de bois servant d'appui ».

vous meismes, se vous estiés ou parti d'armes où à present nous sommes. Si ne bleceriés mies, s'il plaist à Dieu, le gentillèce ne le noblèce de vous, pour un peu de saudoiiers qui ci sont, qui ont gagniet à grant painne leurs deniers, et que j'ay amenet avoecques moy de Prouvence, de Savoie et de le daufinet de Viane[1]. Car sachiés, se je cuidoie que li mendres des nostres ne deuist venir à merci ossi bien que li plus grans, nous nos venderions ançois telement que onques gens assegiés en forterèce ne se vendirent en celle manière. Si vous pri que vous y voelliées regarder et entendre, et nous faites compagnie d'armes : si vous en sarons gré. »

Adonc se traisent cil troi chevalier ensemble, et parlèrent moult longuement de plusieurs coses. Finalement il considerèrent le loyauté de monsigneur Agot des Baus, et qu'il estoit uns chevaliers estragnes hors dou royaume de France, et ossi que moult raisonnablement il leur avoit remonstré le droit parti d'armes, et que encores les pooit il tenir là moult grant temps à siège, car on ne pooit miner le mestre tour du chastiel. Si s'inclinèrent à se prière et li respondirent courtoisement : « Messire Agoth, nous vorrions faire à tous chevaliers estragnes bonne compagnie. Si volons, biau sire, que vous partés et tout li vostre, mès vous n'en porterés que vos armeures tant seulement. » Il cloy ce mot et dist : « Et ensi soit ! » Adonc se retrest li dessus dis à ses compagnons, et leur conta comment il avoit esploitié. De ces nouvelles furent il tout joiant. Si ordonnèrent leurs besognes au plus tost qu'il peurent, et s'armèrent, et ensiellèrent leurs chevaux che qu'il en avoient ; mès tout par tout n'en y avoit que six. Li aucun en acatèrent as Englès qui leur vendirent bien et chier. Ensi se parti messires Agos des Baus du chastiel de le Riolle, et le rendi as Englès qui s'en misent en saisine tantost, et s'en vint en le cité de Thoulouse.

---

[1]. Le Haut-Dauphiné, donc, situé entre la Grande-Chartreuse et la Durance, et dont Vienne (38200) formait le noyau historique.

§ 233. Apriès che que li contes Derbi eut se volenté et fu venus à sen entente de le ville de le Riolle et dou chastiel, où il avoit esté et sis un grant temps, il chevauça oultre ; mais il laissa en le dessus ditte ville un chevalier englès, sage homme et vaillant durement, pour entendre à le refection de le ville et dou chastiel et remettre à point et remparer ce qui brisiet et romput estoit. Si chevauça li dis contes atoute son host devers Montpesas[1]. Quant il fu là venus, il le fist assallir durement et fortement. Et n'avoit dedens le chastiel que bonhommes dou pays qui s'i estoient boutet et atrait leurs biens, sus le fiance dou fort lieu, et qui trop bien le deffendirent tant qu'il peurent durer. Toutesfois il fu pris par assaut et par eschellement, mès il cousta grandement au conte de ses arciers. Et y eut mort un gentil homme d'Engleterre qui s'appelloit Richart de Pennevort, et portoit le banière le signeur de Stanfort : dont tout li signeur furent durement courouciet, mès amender ne le peurent. Si donna li contes Derbi le chastiel et le chastelerie à un sien escuier, apert homme d'armes durement, qui s'appelloit Thomas de Baucestre, et laissa avoecques lui en le garnison soixante arciers, et puis chevauça vers le ville de Mauron[2]. Et quant il fu là venus, il fist traire ses gens avant et ses arciers et puis assallir fortement et durement, mais il ne l'eurent mies par leur assaut. Si se logièrent là celle nuit, et le gaegnièrent à lendemain par l'engien et le sens d'un chevalier de Gascongne, qui là estoit, que on clamoit messire Alexandre de Chaumont[3]. Je vous dirai comment. Il dist au conte Derbi : « Sire, faites samblant de deslogier et de vous traire d'autre part, et laissiés un petit de vos gens devant le ville. Chil de laiens isteront tantost sus. De tant les cognoi je bien. Et vos gens qui

---

1. Montpezat (47360), Lot-et-Garonne, c. de Prayssas, arr. Agen, entre Prayssas et Castelmoron-sur-Lot. 2. Castelmoron-sur-Lot (47260), Lot-et-Garonne, arr. Marmande. 3. Alexandre de Caumont, fils d'Alexandre de Caumont et d'Isabelle de Peberac, épousa Blanche de la Mothe. Sa fille Hélène apporta la seigneurie de Sainte-Bazeille à son mari Bérard d'Albret, fils puîné de Bernard-Ezy, seigneur d'Albret (KL, XX, 522-524).

seront demoret se feront cachier. Et nous serons en l'embusche desous ces oliviers, sitost qu'il nous aront passet. Li une partie retorra sus yaus, et li aultre chevaucera vers le ville. Ensi les arons nous et le ville ossi : de tant me fai je fors. »

À l'ordenance dou chevalier s'acorda li contes Derbi, et fist demorer le conte de Kenfort derrière à cent hommes tant seulement, et l'avisa de ce qu'il devoit faire, et puis se parti. Et fist tout tourser et cargier, chars et charètes et sommiers, et fist signe que il voloit aler d'autre part, et eslonga le ville environ une demi liewe. Si mist une grosse embusce en un val entre oliviers et vignes, et puis chevauça oultre. Cil de Mauron qui veirent le conte Derbi parti et une puignie de gens demoret derrière, disent entre yaus : « Or tos issons hors de nostre ville et alons combatre ce tant d'Englès qui sont demoret derrière : tantost les arons desconfis et mis à merci. Si sera honneurs et pourfis pour nous très grandement. » Tout s'acordèrent à ceste opinion et s'armèrent vistement et issirent que mieus mieus, et pooient bien estre quatre cens. Quant li contes de Kenfort et cil qui dalés lui estoient les veirent issir, il fisent samblant de fuir, et commencièrent à reculer ; et li François après, qui se hastèrent durement d'yaus encaucier ; et tant les poursievirent qu'il passèrent oultre l'embusce qui salli vistement hors, dont messires Gautiers de Manni estoit chiés. Si escriièrent clerement li Englès : « Manni ! Manni ! » Et s'en feri une partie en ces François, et li aultre partie brochièrent devers le ville. Si y vinrent si à point qu'il trouvèrent les bailles et les portes toutes ouvertes et en petite garde, car il n'i avoit non plus de dix hommes, qui encores cuidièrent que ce fust de leurs gens. Ensi se saisirent li premier venant de le porte et dou pont, et furent tantost mestre et signeur de le ville. Car cil qui estoient devant et derrière enclos furent telement envay et assalli que onques piés n'en escapa qu'il ne fuissent tout mort ou pris[1].

---

[1]. Difficile de croire que la tactique de la retraite feinte des assiégeants avec embuscade puisse être efficace, tant elle est transparente. On est plutôt en présence d'une explication conventionnelle de faits autrement complexes et éloignés.

Ensi eut li contes Derbi le bonne ville de Mauron à se volenté. Et se rendirent li demorans, hommes et femmes, à lui, et tous les rechut à merci, et respita par gentillèce le ville d'ardoir et de pillier. Et le donna et toute le signourie à monsigneur Alixandre de Chaumont, par quel avis elle avoit estet gaegnie. Si y establi li dis chevaliers un sien frère escuier à chapitainne, que on appelloit Anthone de Chaumont. Et pour mieulz garder le ville, li contes Derbi li laissa cent arciers et soixante bidaus atout pavais. Et puis passa oultre et vint à Villefrance en Aginois[1], qui fu prise par assaut, et li chastiaus ossi. Et y laissa à gouvreneur et chapitainne un chevalier englès, que on clamoit monsigneur Thumas Kok[2]. Ensi chevauçoit li contes Derbi le pays d'un lés et d'aultre, ne nuls ne li aloit au devant, et conqueroit villes, cités et chastiaus. Et gaegnoient ses gens et conquestoient si grant avoir par tout que merveilles seroit à penser.

§ 234. Quant li contes Derbi eut fait sa volenté de Villefrance, il chevauça vers Miremont[3], en raproçant Bourdiaus, car onques si coureur pour celle fois ne passèrent point le port Sainte Marie[4]. Si fu trois jours devant Miremont ; au quatrime il se rendi. Se le donna li contes Derbi à un sien escuier qui s'appelloit Jehan de Bristo. En apriès, ses gens prisent une petite ville fremée sus le Garone, que on appelle Thonins[5], et en apriès le fort chastiel de Damasen[6]. Si le garni et rafreschi bien de bonnes gens d'armes et d'arciers, et puis chevauça oultre devers le cité d'Angouloime[7].

---

1. Villefranche-du-Queyran (47160), Lot-et-Garonne, arr. Nérac, c. Casteljaloux. 2. Thomas Cok, créé sénéchal d'Aquitaine le 3 mars 1347 (KL, XXI, 24). 3. Miramont-de-Guyenne (47800), Lot-et-Garonne, arr. Marmande, c. Lauzun. 4. Port-Sainte-Marie (47130), sur la rive droite de la Garonne, arr. Agen. 5. Tonneins (47400), Lot-et-Garonne, arr. Marmande. 6. Damazan (47160), Lot-et-Garonne, arr. Nérac. 7. Selon Luce (SHF, III, xxiii, n7), cette expédition de Derby en personne dans l'Angoumois à la fin de 1345 et au commencement de 1346 est une erreur historique : Froissart aurait confondu le « Angolesme »,

Quant il fu venus devant, il l'assega de tous poins, et dist qu'il ne s'en partiroit, se l'aroit à se volenté. Chil de le cité de Angouloime ne furent mies bien asseguret quant il se veirent assegiet dou conte Derbi ; et n'eurent mies conseil d'yaus tenir trop longement, car il ne veoient apparant nul secours de nul costé. Si se composèrent parmi tant qu'il envoiièrent à Bourdiaus vingt quatre des plus riches de leur cité en ostagerie, sus certain trettiet que il demoroient en souffrance de pais un mois[1]. Et se dedens ce mois li rois de France envoioit ou pays homme si fort qu'il peuist tenir les camps contre le conte Derbi, il ravoient leurs ostages et estoient quitte et absolz de leur trettiet. Et se ce n'avenoit, il se mettoient en l'obeissance dou roy d'Engleterre. Ensi demora li cités d'Angouloime en pais.

Et passa li contes Derbi oultre, et vint devant Blaives[2] et l'assega de tous poins. Par dedens estoient gardiien et chapitainne doi chevalier de Poito, dont on clamoit l'un monsigneur Guichart d'Angle[3], jone chevalier pour le temps d'adonc et appert durement, et l'autre monsigneur Guillaume de Rochewart[4]. Chil se tinrent francement et richement, et disent qu'il ne se renderoient à homme dou monde. Entrues que on seoit devant Blaves, chevaucièrent li Englès devant Mortagne en Poito[5], dont messires Bouchicaus[6] estoit cha-

---

qui désigne Agen (47000), chef-lieu du Lot-et-Garonne dans le texte de Jean le Bel, avec Angoulême (16000), chef-lieu de la Charente. Par contre, pour E. Déprez (JB, II, 43, n5) : « Rien ne s'oppose à ce qu'il s'agisse bien en effet d'Angoulême... », mais le siège aurait eu lieu après le 7 novembre 1345.

1. « La paix leur serait accordée pendant un mois ». 2. Blaye (33390), Gironde. 3. Guichard d'Angle, chevalier du roi de France et son sénéchal en Saintonge dans les années 1350, fait hommage au roi d'Angleterre en vertu du traité de Brétigny, le 26 octobre 1360 († le 14 avril 1380). 4. « Guillaume de Rochechouart » selon KL (XXIII, 32). 5. Mortagne-sur-Gironde (17120), Charente-Maritime 6. Jean Ier *Le Meingre,* dit Boucicaut, maréchal de France, se distingua sous Jean II et Charles V ; il fut un des négociateurs du traité de Brétigny († 1367). Pierre-Clari, et non Boucicaut, était capitaine de Mortagne le 23 septembre 1345 (SHF, III, xxiv n2).

pitainne pour le temps de lors. Et y eut là un très grant assaut, mès riens n'i fisent ; anchois y laissièrent il fuison de leurs gens mors et bleciés. Si s'en retournèrent et furent ossi devant Mirabiel[1] et devant Ausnay[2], et puis revinrent au siège de Blaves, où près que tous les jours il y avoit fait aucune apertise d'armes.

§ 235. Ce siège pendant devant Blaves, li termes dou mois vint que cil d'Angouloime se devoient rendre, se il n'estoient secouru. Si y envoia li contes Derbi ses deux mareschaus, le signeur de Manni et le baron de Stanfort, pour remonstrer les ordenances où il estoient obligiet. Chil d'Angouloime ne sceurent ne ne veurent riens opposer à l'encontre. Il vinrent et descendirent en l'obeissance dou roy d'Engleterre, et jurèrent feaulté et hommage as dessus dis mareschaus dou conte, qui representoient le corps dou roy, par le vertu de le procuration qu'il avoient. Et ensi eurent il pais, et revinrent leur hostage. Si envoia li dis contes, à le requeste d'yaus, un chapitainne, sage homme et vaillant escuier durement, qui s'appelloit Jehan de Norvich[3].

Et toutdis se tenoit li sièges devant Blaves ; et tant s'i tint que li Englès en estoient tout hodé[4] et tout lassé, car li yviers approçoit durement, et si ne conqueroient riens sus ceulz de Blaves. Si eurent conseil, tout considéré l'un par l'autre, qu'il se retrairoient en le cité de Bourdiaus et se tenroient là jusques au printamps, que il regarderoient où il poroient chevaucier et emploiier leur saison. Si se deslogièrent toutes manières de gens et passèrent le rivière de Geronde, et fisent passer tout leur harnas ; et vinrent à Bourdiaus où il furent recheu à grant joie et moult honnouré des bourgois et des bourgoises de le ville. Assés tost après le revenue dou

---

1. Mirebeau-en-Poitou (86110), Vienne, arr. Poitiers.
2. Aulnay-de-Saintonge (86330), ch.-l. de cant. de Charente-Maritime, arr. de Saint-Jean-d'Angély.   3. Jean de Norwich, lieutenant du sénéchal de Gascogne.   4. « Épuisés », « fatigués ».

conte Derbi à Bourdiaus, il departi toutes ses gens d'armes et envoia cescun en se garnison, pour mieus entendre as besongnes desus le frontière et estre ossi plus au large.

Or parlerons nous un petit d'aucunes avenues qui avinrent ens ès mètes de Pikardie en ce temps, et puis retourrons sus une grosse chevaucie que li dus Jehans de Normendie, ainnés filz dou roy Phelippe, fist en celle saison en le langue d'och; et recouvra sus les Englès pluiseurs villes, chités et chastiaus qu'il avoient pris en celle meisme anée et le saison devant.

§ 236. En ce tamps et en celle meisme saison eschei en le indignation et hayne trop grandement dou roy de France uns des grans banerès de Normendie, messires Godefrois de Harcourt[1], frères au comte de Harcourt pour le temps de lors, et sires de Saint Salveur le Visconte[2] et de pluiseurs villes en Normendie, et tout par amise[3] et par envie, car un petit en devant il estoit si bien dou roy et dou duch qu'il voloit. Si fu banis publikement de tout le royaume de France[4]. Et vous di que, se li roys de France l'euist tenu en son aïr, il n'en euist nient mains fait qu'il fist de monsigneur Olivier de Cliçon et des aultres qui avoient esté l'anée devant decolé à Paris. Si ot li dis messires Godefrois amis en voie[5] qui li noncièrent secretement comment li rois estoit dur infourmés sur lui et mal meus[6]. Si se parti li dis chevaliers et vuida le royaume de France au plus tost qu'il peut, et s'en vint en Braibant dalés le duch Jehan de Braibant son cousin, qui le rechut liement. Si demora là un grant temps, et despendoit sa revenue qu'il avoit en Braibant, car en France n'avoit il riens;

---

1. Godefroi d'Harcourt, troisième fils de Jean III d'Harcourt et d'Alix de Brabant. 2. Saint-Sauveur-le-Vicomte (50390), Manche, arr. Valognes. 3. « Accusation calomnieuse ». 4. L'arrêt de bannissement, entraînant la confiscation des biens de Godefroi, est du 15 juillet 1344 (SHF, III, xxv n. 2). 5. « En chemin ». 6. « Le roi était fort prévenu et irrité contre lui ».

mès avoit li rois saisi toute sa terre de Constentin[1] et en faisoit lever les pourfis. Ensi eschei li dis chevaliers en dangier, et ne pooit revenir en l'amour dou roy de France, pour cose que li dus de Braibant en seuist ne peuist priier. Ceste hayne cousta depuis si grossement au royaume de France et par especial au pays de Normendie, que les traces en parurent cent ans apriès, si com vous orés recorder avant en l'ystore.

§ 237. En ce temps regnoit encores ou pays de Flandres, en grant prosperité et poissance, cilz bourgois de Gand, Jakemes d'Artevelle. Et estoit si bien dou roy d'Engleterre qu'il voloit, car il prommetoit au dit roy qu'il le feroit signeur et hiretier de Flandres, et en ravestiroit[2] son fil le prince de Galles, et feroit on de la conté de Flandres une ducé. De quoi, sus ceste entente, li rois d'Engleterre estoit en celle saison, environ le Saint Jehan Baptiste l'an quarante cinq, venus à l'Escluse[3] à grant fuison de baronnie et de chevalerie d'Engleterre ; et avoit là amenet le jone prince de Galles son fil[4], sus les promesses de ce d'Artevelle. Si se tenoit li dis rois et toute se navie ou havene de l'Escluse et ossi son tinel[5]. Et là le venoient veoir et viseter si amit de Flandres. Et eut là pluiseurs parlemens entre le roy d'Engleterre et d'Artevelle, d'une part, et les consaulz des bonnes villes, d'autre, sus l'estat dessus dit. Dont cil dou pays n'estoient mies bien d'acort au roy, ne à d'Artevelle qui preeçoit[6] de deshireter le conte Loeis[7] leur naturel signeur et son jone fil Loeis[8],

---

1. Presqu'île du nord-ouest de la France, en Normandie, formant l'essentiel du département de la Manche. **2.** « Investirait (d'un fief) ». **3.** Ville des Pays-Bas (Zélande), ancien port sur la mer du Nord, aujourd'hui Sluis. **4.** Édouard, prince de Galles (1330-1376), fils d'Édouard III et père de Richard II, connu depuis le XVIe siècle sous le nom de Prince Noir. **5.** Les gens de la suite d'un roi ou d'un prince. **6.** « Exhortait ». **7.** Louis, dit de Crécy, fils de Louis de Nevers et de Jeanne de Rhétel ; il épousa Marguerite de France, fille du roi Philippe le Long († 26 août 1346). **8.** Louis de Male, le jeune fils du comte Louis, épousa Marguerite de Brabant.

et à hireter le fil dou roy d'Engleterre : ceste cose ne feroient il jamais. Dont au darrainier parlement qui avoit esté à l'Escluse, dedens le navie dou roy d'Engleterre, que on appelloit Katherine, qui estoit si grosse et si grande que merveilles estoit à regarder, il avoient respondu d'un commun acord et dit ensi : « Chiers sires, vous nous requerés d'une cose moult pesans, et qui trop ou temps avenir poroit touchier au pays de Flandres et à nos hoirs. Voirs est que nous ne savons signeur au jour d'ui ou monde de qui nous amerions tant le pourfit et l'avancement que nous ferions de vous. Mais ceste cose nous ne poons faire de nous tant seulement, se toute la communaulté de Flandres entierement ne s'i acorde. Si se retraira cescuns devers sa ville, et remonsterons ceste besongne generalment as hommes de nostre ville. Et là où la plus sainne partie se vorra acorder, nous l'acorderons ossi. Et serons chi arrière dedens un mois, et vous en responderons si à point que vous en serés bien contens. » Li rois d'Engleterre et d'Artevelle n'en peurent adonc avoir aultre response ; si le vosissent il bien avoir plus brief, se il peuist estre, mès nennil. Si respondi li rois : « À le bonne heure ! » Ensi se departi cilz parlemens, et retournèrent li consaulz des bonnes villes en leurs lieus.

Or demora Jakemes d'Artevelle encores un petit dalés le roy d'Engleterre, pour le cause de ce que li rois se descouvroit à lui fiablement de ses besongnes. Et il li prommetoit toutdis et asseguroit qu'il le feroit venir à sen entente, mès non fist, si com vous orés en avant recorder. Car il se dechut quant il demora derrière, et qu'il ne revint à Gand ossi tost que li bourgois qui avoient esté à l'Escluse au parlement envoiiet, de par tout le corps de le ville.

Quant li consaulz de Gand fu retournés en l'absence d'Artevelle, il fisent assambler grans et petis ens ou Marchiet. Et là remonstra li plus sages d'yaus tous par avis sur quel estat li parlemens avoit esté à l'Escluse, et quel cose li rois d'Engleterre requeroit, par l'ayde et information d'Artevelle. Dont commencièrent toutes manières de gens à murmurer sus lui, et ne lor vint mies bien à plaisance ceste requeste. Et disent, se il plaisoit à Dieu, il ne seroient jà sceu ne trouvé en tel desloyauté que de voloir deshireter leur naturel signeur, pour ahireter un estragne. Et se partirent tout dou Marchiet, ensi que mal content, et en grant hayne sus d'Artevelle.

Or regardés comment les coses aviennent : car s'il fust là ossi bien premierement venus qu'il ala à Bruges et à Ippre remonstrer et preecier le querelle dou roy d'Engleterre, il leur euist tant dit d'unes et d'autres, qu'il fuissent tout acordet à sen oppinion, ensi que cil des dessus dittes villes estoient. Mais il s'affioit tant en se prosperité et grandeur, que il y pensoit bien à retourner assés à temps. Quant il eut fait son tour, il revint à Gand et entra en le ville et toute se route, ensi que à heure de miedi. Chil de le ville, qui bien savoient se revenue, estoient assemblé sus le rue par où il devoit chevaucier à son hostel. Si tost qu'il le veirent, il commencièrent à murmurer et à bouter trois tiestes en un caperon[1], et à dire : « Vechi cesti qui est trop grans mestres et qui voet ordonner de le conté de Flandres à se volenté : ce ne fait mies à souffrir. » Encores avoech tout ce, on avoit semet parolles parmi le ville que le grant tresor de Flandres, que Jakemes d'Artevelle avoit assemblé par l'espasse de neuf ans et plus qu'il avoit eu le regimen[2] et le gouvrenement de Flandres (car des rentes dou conte il n'aleuoit nulles, mès les mettoit et avoit mises toutdis arrière et en depos ; et tenoit son estat et avoit tenu le terme dessus dit sus l'amende[3] des fourfaitures[4] de Flandres tant seulement ; ce grant tresor où il avoit denierz sans nombre, il l'avoit envoiiet secretement en Engleterre. Ce fu une cose qui moult engrigni[5] et enflama chiaus de Gand.

Ensi que Jakes d'Artevelle chevauçoit parmi le rue,

---

1. « Se mettre d'accord ». **2.** « L'administration ». **3.** « Gains ». **4.** « Confiscations ». **5.** « Irrita ».

il se perçut tantos qu'il y avoit aucune cose de nouvel et contre lui. Car cil qui se soloient encliner et oster leurs chaperons contre lui li tournoient l'espaule et rentroient en leurs maisons ; si se commença à doubter. Car si tretost qu'il fu descendus à son hostel, il fist fremer et hameder[1] portes et huis et fenestres. À painnes eurent si varlet ce fait, quant toute li rue où il demoroit fu toute couverte, devant et derrière, de gens, et especiaument de menues gens de mestier. Là fu ses hostelz environnés et assallis devant et derrière, et rompus par force. Bien est voirs que cil de laiens se deffendirent moult longement, et en atierèrent[2] et blecièrent pluiseurs ; mès finablement il ne peurent durer, car il estoient assalli si roit que près les trois pars de le ville estoient à cel assaut. Quant Jakemars d'Artevelle vei l'effort, et comment il estoit apressés, il vint à une fenestre sus les rues, et se commença moult à humeliier et à dire par trop biau langage, et à nu chief : « Bonne gent, que vous fault ? Qui vous muet ? Pour quoi estes vous si troublé sur moy ? En quel manière vous puis je avoir courroucié ? Dittes le moy : je l'amenderai plainnement à vostre volenté. » Donc respondirent il tout à une vois, voire[3] cil qui oy l'avoient : « Nous volons avoir compte dou grant tresor de Flandres que vous avés desvoiié[4] sans nul title de raison. » Donc respondi d'Artevelle moult doucement : « Certes, signeur, ou tresor de Flandres ne pris je onques denier. Or vous retraiiés bellement en vos maisons, je vous en pri, et revenés chi demain au matin. Et je serai si pourveus[5] de vous faire et rendre bon compte, que par raison il vous devera souffire. » Donc respondirent il d'une vois : « Nennil, nennil ! Nous le volons tantost avoir ; vous ne nous escaperés mies ensi. Nous savons de verité que vous l'avés vuidiet de pieça[6], et envoiiet en Engleterre, sans nostre sceu : pour la quèle cause il vous fault morir. »

---

1. « Barrer », « verrouiller ».   **2.** « Jetèrent à terre », « renversèrent ».   **3.** « Du moins ».   **4.** « Soustrait », « détourné ».   **5.** « Préparé ».   **6.** « Depuis longtemps ».

Quant d'Artevelle oy ce mot, il joindi ses mains et commença à plorer moult tenrement, et dist : « Signeur, tel que je sui vous m'avés fait, et me jurastes jadis que contre tous hommes vous me deffenderiés et garderiés, et maintenant vous me volés occire, et sans raison ! Faire le poés[1], se vous volés, car je ne sui que uns seulz homs contre vous tous, à point de deffense[2]. Avisés vous pour Dieu, et retournés au temps passé. Si considerés les grasces et les grans courtoisies que de jadis vous ay faites. Vous me volés rendre petit guerredon des grans biens que dou temps passé je vous ay fais ! Ne savés vous comment toute marchandise estoit perie en ce pays : je le vous recouvrai. En apriès, je vous ay gouvrené en si grant pais que vous avés eu, le temps de mon gouvrenement, toutes coses à volenté, blés, lainnes, avoir et toutes marcheandises, dont vous estes recouvré et en bon point. » Donc commencièrent il à criier tout d'une vois : « Descendés, et ne nous sermonnés plus de si hault, car nous volons avoir compte et raison tantost dou grant tresor de Flandres que vous avés gouvrené trop longement, sans rendre compte ; ce qu'il n'apertient mies à nul officiier qu'il reçoive les biens d'un signeur et d'un pays, sans compter. »

Quant d'Artevelle vei que point ne se refroideroient ne affreneroient, il recloy la fenestre, et s'avisa qu'il wideroit par derrière, et s'en iroit en une eglise qui joindoit près de son hostel ; mès ses hostelz estoit rompus et effondrés par derrière, et y avoit plus de quatre cens personnes qui tout tiroient[3] à lui avoir. Finablement, il fu pris entre yaus, et là occis sans merci ; et li donna le cop de le mort uns teliers[4] qui s'appelloit Thumas Denis[5]. Ensi fina d'Artevelle, qui en son temps fu si grans mestres en Flandres[6]. Povres

---

1. « Vous pouvez le faire ».   **2.** « Sans aucune défense ».
3. « Cherchaient ».   **4.** « Tisserand ».   **5.** Thomas Denis, sans doute de la même famille que Gérard Denys, alors doyen du métier des tisserands.   **6.** Jacques d'Artevelde fut assassiné le 24 juillet 1345.

gens l'amontèrent[1] premierement, et meschans gens le tuèrent en le parfin. Ces nouvelles s'espardirent tantost en pluiseurs lieus : si fu plains des aucuns, et pluiseur en furent bien liet. À ce donc[2] se tenoit li contes Loeis de Flandres à Tenremonde[3]. Si fu moult joyans quant il oy dire que Jakemes d'Artevelle estoit occis, car il li avoit estet moult contraires en toutes ses besongnes. Nonobstant ce, ne s'osa il encores affiier sus chiaus de Flandres, pour revenir en le ville de Gand.

§ 238. Quant li rois d'Engleterre, qui se tenoit à l'Escluse et estoit tenus tout le temps, attendans le relation des Flamens, entendi que cil de Gand avoient occis Jakemon d'Artevelle, son grant ami et son chier compère, si en fu si sancmeuçonnés[4] et esmeus que merveilles seroit à dire. Et se parti de l'Escluse et rentra en mer, en maneçant grandement les Flamens et le pays de Flandres, et dist bien que ceste mors seroit trop chierement comparée. Li consaulz des bonnes villes de Flandres, qui sentirent et entendirent bien et le imaginèrent tantost que li rois d'Engleterre estoit trop durement courouciés sus yaus, s'avisèrent que de le mort d'Artevelle il se iroient excuser, especialment cil de Bruges, de Ippre, de Courtray, d'Audenarde[5] et dou Franch de Bruges[6]. Si envoiièrent devant en Engleterre devers le roy et son conseil, pour impetrer un sauf conduit, afin que segurement il se peuissent venir excuser. Li rois, qui un petit estoit refroidiés de son aïr, leur acorda. Et vinrent gens d'estat de toutes les bonnes villes de Flandres, excepté de Gand, en Engleterre devers le roy, environ le Saint Michiel[7], et se tenoit à

---

1. « Élevèrent en dignité ». 2. « À ce moment-là ». 3. Termonde, ville de Belgique, ch.-l. d'arr. de Flandre-Orientale, au confluent de l'Escaut et de la Dendre. 4. « Troublé ». 5. Audenarde, ville de Belgique, ch.-l. d'arr. de la Flandre-Orientale, sur l'Escaut. 6. Châtellenie de Bruges qui, ayant reçu de Philippe d'Alsace une législation et une organisation administrative distinctes de celles de la ville de Bruges, porta depuis le nom de Franc de Bruges. 7. Le 29 septembre 1345.

Wesmoustier dehors Londres. Là se excusèrent il bellement de le mort d'Artevelle, et jurèrent solennelment que nulle cose n'en savoient. Et se il l'euissent sceu, c'estoient cil qui deffendu et gardé l'en euissent ; mès estoient de le mort de lui durement couroucié et desolé. Et le plaindoient et regretoient grandement, car il recognissoient bien que il leur avoit esté moult propisces et necessaires à tous leurs besoings, et avoit regné et gouvrené le pays de Flandres bellement et sagement. Et se cil de Gand, par leur oultrage, l'avoient tuet, on leur feroit amender si grossement qu'il deveroit bien souffire. Et remonstrèrent encores au roy et à son conseil que, se d'Artevelle estoit mors, pour ce n'estoit il mies eslongiés de le grasce et de l'amour de chiaus de Flandres, sauf et excepté qu'il n'avoit que faire de tendre à le conté de Flandres, que il le deuissent tollir au conte leur naturel signeur, com François qu'il fust, ne à son fil le droit hoir, pour lui ahireter ne son fil le prince de Galles, car cil de Flandres ne s'i assentiroient nullement. « Mais, chiers sires, vous avés des biaus enfans, fils et filles. Li princes, vos ainsnés filz, ne poet fallir qu'il ne soit encores grans sires durement, sans hiretage de Flandres. Et vous avés une damoiselle à fille puisnée, et nous un jone damoisiel, que nous nourissons et gardons, et qui est hiretiers de Flandres. Si se poroit bien encores faire uns mariages d'yaus deux. Ensi demorroit toutdis la conté de Flandres à l'un de vos enfans. » Ces parolles et aultres raboinirent[1] et adoucirent grandement le corage dou roy d'Engleterre. Et se tint finablement assés bien contens des Flamens, et li Flamenc, de lui. Ensi fu entroubliie petit à petit li mors Jakemon d'Artevelle. Si lairons à parler de lui, des Flamens et dou roy d'Engleterre ; et parlerons un petit dou conte Guillaume de Haynau et de monsigneur Jehan de Haynau son oncle.

---

1. « Apaisèrent ».

§ 239. En ce temps et en ceste meisme saison chi dessus ditte, seoit li contes Guillaumes de Haynau, filz au conte qui morut en Valenchiènes, devant le ville d'Uttré[1], et sist un grant temps, pour aucuns drois que il y demandoit à avoir. Si contraindi telement par siège et par assaut chiaus d'Uttrec qu'il les eut à se volentet et les mist à raison. Assés tost après et en celle propre saison, environ le Saint Remi[2], au departement dou siège d'Utrec, il fist une grande cueilloite et assemblée de gens d'armes, chevaliers et escuiers, de Haynau, de Flandres, de Braibant, de Hollandes, de Guerles et de Jullers. Et se partirent li contes et ces gens d'armes de le ville de Dourdresch en Hollandes, à grant fuison de naves et de vaissiaus, et singlèrent devers Frise[3], car li contes de Haynau s'en disoit estre sires. Toutesfois, de droit, se ce fuissent gens Frison que on peuist mettre à raison, li conte de Haynau y ont grant signourie[4]. Et encores li dessus dis contes, qui fu moult entreprendans et hardis chevaliers durement, en fist adonc une partie de son pooir dou calengier et requerre ; mès il ne l'en chei mies bien ne à chiaus qui furent en che voiage avoecques lui. Dont ce fu damages, car il y demora, et grant fuison de bons chevaliers, Diex en ait les ames !

Et y fu priès demorés messires Jehans de Haynau, oncles au dit conte ; et se parti trop envis dou lieu où il estoit arivés, car il n'arriva mies ou pays avoecques son neveu, mès d'autre part. Et ensi que tous foursenés, il se voloit aler combatre et vengier as Frisons, quant ses gens le prisent, qui veirent le desconfiture. Et le jettèrent, vosist ou non, en une nef, et especialment messires Robers de Glennes qui estoit adonc escuiers pour son corps, fors et legiers. Et fu li dis Robers priès mors et noiiés pour lui sauver. Toutesfois, il retourna à

---

1. Utrecht, ville des Pays-Bas, ch.-l. de la province d'Utrecht, sur le canal d'Amsterdam au Rhin. 2. Le 1er octobre 1345. 3. Frise, province du nord des Pays-Bas. 4. « Toutefois, légitimement, si les habitants de Frise étaient des gens qui écoutaient la raison, les comtes de Hainaut y seraient seigneurs d'une grande terre ».

petite mesnie tous desbaretés[1], et revint au Mont Sainte Gertrud en Hollande[2], où madame sa nièche l'attendoit, femme qui fu au dessus dit conte, madame Jehane, ainsnée fille au duc Jehan de Braibant. Laquèle dame fu moult desolée et destourbée de le mort le conte son mari, ce fu bien raisons. Si se traist la ditte dame à la terre de Binch[3] dont elle estoit doée. Ensi vaca[4] la conté de Haynau un temps. Et le gouvrena messires Jehans de Haynau, jusques à tant que madame Margherite de Haynau[5], mère à monsigneur le duch Aubert[6], se traist celle part et en prist le possession et l'iretage, comme droiturière hiretière. Et l'en fisent li signeur, baron, prelat, chevalier et bonnes villes, feaulté et hommage. Ceste dame Margherite, contesse de Haynau, avoit à marit monsigneur Loeis de Baivière, empereur de Romme et roy d'Alemagne, si com il est devisé ou commencement de che livre.

§ 240. Assés tost aprièes traitta li rois Phelippes de France et fist trettier par le conte de Blois[7] envers monsigneur Jehan de Haynau, que il vosist estre François,

---

1. « Mis en déroute », « déconcerté ». 2. Mont-Sainte-Gertrude (Gertruydenberg), port de Hollande, à 5 lieues de Breda. 3. Petite ville belge, prov. Hainaut, arr. Charleroi ; sur la rive droite de la Haine, à 16 km à l'est de Mons. Jeanne se remaria en 1347 à Wenceslas, duc de Luxembourg, frère de l'empereur Charles IV et fils de l'héroïque Jean de Bohême ; elle succéda à son père Jean III dans le duché de Brabant en 1355. Lestinne-au-Mont, dont Froissart fut curé grâce à la protection de Wenceslas et de Jeanne, n'est qu'à 4 km de Binche (SHF, III, xxviii, n3). 4. « Demeura inoccupé ». 5. Marguerite, comtesse de Hainaut, de Hollande et de Zélande, et dame de Frise, fille aînée de Guillaume Ier et de Jeanne de Valois, sœur de Guillaume II. Elle n'avait pas encore pris possession de son comté en mars 1346. Elle épousa l'empereur Louis de Bavière et mourut en 1356. 6. Aubert de Bavière, second fils de Louis de Bavière et de Marguerite de Hainaut. Il épousa successivement Marguerite de Brieg en Silésie et Marguerite de la Marck (né en 1336, † 13 décembre 1404). Patron de Froissart (KL, XXI, 480ss). Voir *Le Joli Buisson de jonece*, vv. 307-310 7. Louis de Blois, neveu de Philippe de Valois (fils aîné de Gui Ier de Blois et de Marguerite de Valois), épousa vers 1331 Jeanne, fille de Jean de Hainaut, seigneur de Beaumont.

et il li transporteroit sa revenue qu'il avoit en Engleterre, en France, et li assigneroit si souffissamment comme il plairoit à son conseil. Li dis messires Jehans de Haynau à ce trettiet ne s'acorda mies legierement, car il avoit le fleur de se jonèce usé ou service le roy d'Engleterre, et se l'avoit toutdis li rois moult amet. Quant li contes Loeis de Blois, qui avoit sa fille pour moullier et avoit trois filz, Loeis[1], Jehan[2] et Gui[3], vei et considera qu'il n'i poroit entrer par celle voie, si trouva moiien le signeur de Fagnuelles[4], qui estoit compains au dit monsigneur Jehan de Haynau et li plus grans de son conseil. Si fu avisé, pour retraire le dessus dit de l'oppinion des Englès, que on li fist entendant un grant temps que on ne li voloit paiier sa revenue en Engleterre. De ce se merancolia li dis messires Jehans de Haynau telement qu'il renonça as fiés[5], as convenences et as seelés qu'il avoit au roy d'Engleterre. Et tantost que li rois de France le sceut, il envoia devers lui souffissans hommes et le retint à lui et à son conseil à certains gages, et le recompensa en son royalme de tant de revenue et plus qu'il ne tenist en Engleterre[6]. Ensi demora li dis messires Jehans de Haynau, sires de Byaumont, François tout son vivant; et le trouverons en avant en ceste hystore ens ès armées et chevaucies que li rois de France fist, loist à savoir li rois Phelippes et li rois Jehans ses filz. Or retourrons nous à le matère des guerres de Gascongne et de le langue d'och.

---

1. Otage par le traité de Brétigny en 1360 († 1372).
2. Second fils de Louis de Blois et de Jeanne de Beaumont. Il épousa en 1372 Mathilde, fille aînée de Renaud II duc de Gueldre.
3. Gui II, comte de Blois. Il hérita du comté de Blois à la suite de ses frères. Vers 1375, il épousa Marie, fille de Guillaume, comte de Namur. Il abandonna le comté de Blois au duc Louis d'Orléans (KL, XIV, 368-374). Il fut le plus constant et le plus généreux des protecteurs de Froissart et mourut à Avesnes le 22 décembre 1397. 4. Hugues de Fagnolle (village de la province de Namur, à 8 km au nord de Couvin). 5. « Foi », « parole donnée ».
6. L'acte par lequel Jean de Hainaut, sire de Beaumont, se reconnaît vassal du roi de France, à cause des biens donnés par ledit roi en foi et hommage, est du 21 juillet 1346 (SHF, III, xxviii, n2).

§ 241. Bien estoit infourmés li rois Phelippes des chevaucies et des conquès que li contes Derbi avoit fait ou dessus nommet pays de Gascongne, et comment il avoit pris villes, chités et chastiaus, et le pays durement foulé et apovri : si en estoit moult courouciés. Et avoit fait un très grant et très especial mandement, que tout noble et non noble, dont on se pooit aidier au fait de bataille, fuissent en le cité d'Orliens et de Bourges, ou là environ, dedens certains jours qui y furent mis, car il voloit le duch de Normendie son ainsné fil envoiier ens ès marces de Gascongne, pour resister contre le puissance des Englès. Si s'esmurent au mandement dou roy grant fuison de dus, de contes, de barons et de chevaliers dou royalme, et par especial de Bourgongne et de Normendie. Et vint à Paris li dus Oedes de Bourgongne[1], oncles germains dou duc de Normendie, et messires Phelippes de Bourgongne ses filz, contes d'Artois et de Boulongne[2]. Si se representèrent[3] au dit roy et en son service a mil lances. Li rois les rechut et leur sceut grant gré de ce service. Si fisent cil doy signeur passer leurs gens oultre. Apriès vinrent li dus de Bourbon, messires Jakemes de Bourbon, contes de Pontieu, ses frères, ossi à grant fuison de gens d'armes. Si revint li contes d'Eu et de Ghines, connestables de France, en très grant arroi, ossi li contes de Tankarville, li daufins d'Auvergne, li contes de Forès, li contes de Dammartin, li contes de Vendome, li sires de Couci, li sires de Cran[4], li sires de Sulli, li evesques

---

1. Eudes IV, duc de Bourgogne, fils de Robert II de Bourgogne et d'Agnès de France. Il épousa Jeanne de France, fille du roi Philippe V († en 1349). **2.** Philippe de Bourgogne, fils d'Eudes IV, duc de Bourgogne et de Jeanne de France, fille du roi Philippe V le Long. Il épousa Jeanne, fille unique de Guillaume XII, comte d'Auvergne et de Boulogne, et de Marguerite d'Évreux. Né au mois de novembre 1323, il mourut avant son père des blessures reçues au siège d'Aiguillon le 22 septembre 1346. **3.** « Se présentèrent ». **4.** Amauri IV de Craon (?), fils de Maurice VII et de Marguerite de Mello, lieutenant du roi en Poitou en 1351, en Languedoc en 1352, en Anjou en 1363. Prisonnier à la bataille de Poitiers, il mourut en 1371. Il avait épousé Perrennelle de Thouars.

de Beauvais[1], li sires de Fiennes, li sires de Biaugeu, messires Jehans de Chalon, li sires de Roie, et tant de barons et de chevaliers que je ne les aroie jamais tous nommés. Si se assamblèrent cil signeur et leurs gens en le cité d'Orliens et là environ, voires cil de par de deçà[2] le Loire ; et cil de delà[3], de Poito, de Saintonge, de le Rocelle, de Quersin[4], de Limozin, d'Auvergne et des marces environ, ens ès marces de Thoulouse. Si passèrent toutes ces gens oultre à grant esploit par devers Roerge[5], et en trouvèrent grant fuison encores venus et assamblés en le cité de Rodais, des marces d'Auvergne et de Prouvence. Tant fisent cil signeur et ces gens d'armes qu'il vinrent en le cité de Thoulouse ou environ. Si se logièrent, cescuns au mieulz qu'il peut, à Thoulouse et ens ès villages d'environ ; car tout ne se peuissent mies logier en le cité, tant estoient grant nombre, cent mille tiestes armées et plus. Che fu environ le Noel, l'an mil trois cens quarante cinq[6].

§ 242. Tantost apriès le feste dou Noel, li dus de Normendie se parti de Thoulouse o toutes ses hos, et fist devant chevaucier ses mareschaus, le signeur de Montmorensi et le seigneur de Saint Venant. Si se traisent tantost et premierement devant le chastiel de Miremont[7], que li Englès avoient conquis en celle saison. Si assallirent cil de le bataille des mareschaus fortement et durement. À ce jour avoit il dedens environ cent Englès qui le gardoient, avoecques le chapitainne,

---

1. Jean de Marigny. 2. « De ce côté de » (c'est-à-dire au nord de la Loire). 3. C'est-à-dire, ceux venus du sud de la Loire. 4. Le Quercy, province située entre le Limousin, le Rouergue, le Languedoc et l'Agenais, et dont les principales villes étaient Cahors et Montauban. Elle fut cédée aux Anglais par le traité de Brétigny. 5. Contrée située entre l'Auvergne et le Languedoc, dont Rodez était la capitale. 6. Le duc de Normandie et son armée ne furent pas à Toulouse avant février 1346 (SHF, III, xxviii, n5). 7. Miramont-de-Guyenne (47800), Lot-et-Garonne, arr. Marmande. c. Lauzun.

un très bon escuier, qui s'appelloit Jehan de Bristo[1]. Chilz et avoecques ses compagnons le deffendirent tant qu'il peurent ; mais il y eut si dur assaut et si fort, car messires Loeis d'Espagne estoit là avoecques grant fuison d'arbalestriers genevois qui point ne s'espargnoient, si que cil dou chastiel ne se seurent ne peurent onques si bien deffendre que de force il ne fuissent pris, et li chastiaus conquis, et mors li plus grant partie de chiaus qui dedens estoient, et meismement li chapitainne. Si le rafreschirent li doi mareschal de nouvelle gent, et puis passèrent oultre, et vinrent devant Villefrance en Aginois[2]. Là s'arresta li hos, et l'environnèrent, et puis l'assallirent fortement. À ce donc n'i estoit point li chapitainne messires Thumas Kok, mès estoit à Bourdiaus devers le conte Derbi qui l'avoit mandé. Mès toutesfois chil qui estoient dedens Villefrance, à ce jour se deffendirent vaillamment, mès finablement il furent pris de force, et toute li ville courute et arse sans deport, et occis li plus grant partie des saudoiiers qui le gardoient. Et quant il eurent ensi esploitié, il passèrent oultre et laissièrent le chastiel tout entier, sans garde et sans abatre : dont depuis il se repentirent. Puis se traisent par devant le chité de Angouloime[3], et le assegièrent tout au tour, car il estoient tant de gens que bien le pooient faire. Dedens avoit grant fuison de bons compagnons, de par les Englès, et un escuier à chapitainne, qui s'appelloit Jehan de Norvich.

§ 243. Quant li contes Derbi, qui se tenoit en cité de Bourdiaus, entendi que li dus de Normendie et chil signeur de France estoient venu à host si grant pour reconquerre villes, cités et chastiaus que conquis avoit, et jà avoient reconquis Miremont, Villefrance, et toute robée et arse, hors mis le chastiel, il s'avisa d'une cose qui bonne li sambla. Il envoia tantos quatre chevaliers

---

1. Peut-être *Bristawe* (KL, XX, 462).   2. Villefranche-du-Queyran (47160), Lot-et-Garonne, arr. Nérac, c. Casteljaloux.
3. Agen (47000), selon Siméon Luce (SHF, III, xxix n6).

des siens ès quels moult s'affioit, et leur dist que il presissent jusques à soixante ou quatre vingt armeures de fer et trois cens arciers, et s'en alaissent par devers Villefrance, et presissent le chastiel qui estoit demorés vuis et entiers, et le mesissent à point et les portes de le ville ossi ; et se li François le venoient encores assallir, que il se deffendesissent bien, car il les secourroit, à quel meschief que ce fust. Li chevalier li acordèrent volentiers, et se partirent de le cité de Bourdiaus, si com cargiet leur fu. Or vous nommerai les dis chevaliers : messires Estievenes de Tombi, messires Richars de Hebedon[1], messires Raoulz de Hastinges[2] et messires Normans de Finefrode.

Apriès ce, li contes Derbi pria au conte de Pennebruch, à monsigneur Gautier de Manni, à messire Franke de Halle, à monsigneur Thomas Kok, à monsigneur Jehan de Lille, à monsigneur Robert de Nuefville, à monsigneur Thumas Biset[3], à monsigneur Jehan de la Souce, à monsigneur Phelippe de Biauvers, à monsigneur Richart de Roclève et à pluiseurs aultres, chevaliers et escuiers, que il volsissent aler à Aguillon[4] et garder le forterèce, car trop fort seroit courouciés, se il le reperdoient. Chil se partirent, qui estoient bien quarante chevaliers et escuiers et trois cens armeures de fier, parmi les archiers ; et s'en vinrent bouter ou fort chastiel d'Aguillon. Si y trouvèrent encores bien six vingt compagnons que li contes Derbi y avoit laissiés par de devant. Si pourveirent le dit chastiel de vins, de farines, de chars et de toutes aultres pourveances bien et largement.

Ossi li quatre chevalier dessus nommet, ordonnet pour aler à Villefrance[5], chevaucièrent parmi le pays,

---

1. Richard de Hebbeden ou Hebbeston (KL, XXI, 536).
2. Raoul d'Hastings, fils de Nicolas d'Hastings et d'Émeline Héron, épousa Marguerite de Herle et mourut à la suite des blessures reçues à la bataille de Nevill's-Cross en 1346.
3. KL, XX, 325-6.   4. Aiguillon (47190), Lot-et-Garonne, arr. d'Agen, cant. de Port-Sainte-Marie.   5. Villefranche-du-Queyran (47160), Lot-et-Garonne, arr. de Nérac, cant. de Casteljaloux.

en alant celle part. Et cueillièrent grant fuison de bues, de vaches, de pors, de brebis et de moutons, de blés, d'avainnes et de farines et de toutes aultres pourveances pour vivre ; et fisent tout amener devant yaus et achariier dedens Villefrance. Et reprisent le chastiel et le remparèrent bien et à point, et relevèrent les murs et les portes de le ville. Et fisent tant qu'il furent plus de quinze cens hommes tous aidables, et pourveus de vivres pour vivre six mois tous entiers.

§ 244. Ces nouvelles vinrent en l'ost devant le cité d'Angouloime, comment li Englès avoient repris Villefrance, pour le cause dou chastiel qu'il avoient laissiet sans abatre. Si se repentoit trop grandement li dus de che que si simplement s'en estoient parti, quant il n'avoient ars ne abatu le chastiel ; mès amender ne le pooit. Si se tint à siège devant le cité d'Angouloime un grant temps, et y fist par pluiseurs fois assallir ; mès peu y conquist, car elle estoit bien deffendue. Quant li dus de Normendie et ses consaulz veirent que par assaut il ne le poroient gaegnier, et qu'il perdoient cescun jour de leurs gens à l'assallir, il fisent commander et crier que nulz n'alast plus assallir ; ançois se deslogassent et alaissent logier plus près de le cité. Tout obeirent au commandement de leur signeur, ce fu raisons.

Che siège durant devant le cité de Angouloime, vint un jour au duch de Normendie li seneschaus de Biaukaire[1], uns vaillans chevaliers, et li dist : « Sire, je sai bien toutes les marces de ce pays. Se il vous plaisoit, et vous me volsissiés prester six cens ou sept cens armeures de fier, jou iroie enventurer[2] aval ce pays pour querre bestes et vitailles, car assés tost en arons nous deffaute. » Tout ce pleut bien au duch et à son conseil. Si prist lendemain li dis seneschaus pluiseurs

---

1. Ce sénéchal de Beaucaire était alors Guillaume Rolland. En 1349, Godemar de Gay l'a remplacé dans cette charge (JB, II, 50 n). 2. « M'aventurer ».

chevaliers et escuiers qui se desiroient à avancier et se boutèrent desous lui : li dus de Bourbon, li contes de Pontieu ses frères, li contes de Tankarville, li contes de Ghines, li contes de Forès, li dauffins d'Auvergne, li sires de Couci, li sires d'Aubegni, li sires d'Aufemont[1], li sires de Biaugeu, li sires de Pons, li sires de Partenai, messires Guiçars d'Angles, messires Saintré[2], et pluiseurs aultres chevaliers et escuiers, tant qu'il furent bien entre mil et neuf cens lances. Si montèrent à cheval sus une vesprée, et chevaucièrent toute le nuit jusques au point dou jour que li aube crevoit. Et tant s'esploitièrent que il vinrent assés priés d'une grosse ville, qui estoit nouvellement rendue as Englès, et l'appelloit on Anchenis[3]. Là endroit vint une espie au dit seneschal, et li dist que dedens Anchenis avoit bien six vingt armeures de fier, Gascons que Englès, et trois cens arciers qui bien deffenderoient le ville, se on les assalloit. « Mais jou ay veu, dist li espie, issir le proie hors de le ville, et y a bien sept cens ou huit cens grosses biestes, et sont par desous le ville dedens les pres. »

Quant li senescaus de Biaukaire oy ce, il dist as signeurs qui là estoient : « Mi signeur, je conseille que vous demorés en ceste valée couvertement, et je m'en irai atout soixante compagnons acueillier ceste grande proie, et le vous amenrai chi endroit. Et se cil Englès issent hors pour rescourre leur proie, ensi que je pense bien qu'il le feront, je les amenrai jusques à vous tout fuiant. Car, je sçai bien qu'il me caceront folement, et vous lor irés au devant hardiement : ce seront tout

---

1. Gui de Nesle, fils de Jean de Nesle, seigneur d'Offemont, et de Marguerite de Mello, épousa 1) Jeanne de Bruyères, 2) Isabeau de Thouard. Maréchal de France dès 1345 († 14 août 1352).
2. Jean de Saintré était sénéchal d'Anjou en 1361. Ce nom doit sa « renommée » au héros du roman d'Antoine de la Salle, *Jehan de Saintré* (Le Livre de Poche, coll. « Lettres gothiques »).
3. S. Luce identifie ce lieu avec Tonneins (47400), chef-lieu de canton du Lot-et-Garonne, arr. de Marmande (SHF, III, xxx n1) ; Viard et Déprez ne trouvent pas suffisante la documentation pour assurer cette identité (JB, II, 43, 51).

vostre par raison. » Cescuns s'asenti à ce conseil.
Adonc se parti li dessus dis seneschaus atout soixante
compagnons bien montés, et chevaucièrent par voies
couvertes[1] autour de le ville, ensi que li espie les
menoit, et tant que il vinrent en ces biaus prés et larges
où ces bestes paissoient. Il se vont tantost espardre et
remettent ces bestes ensamble, et puis cachent tout
devant yaus au desous de le ville, par une aultre voie
qu'il n'estoient venu. Les gardes de le porte et li gette
dou chastiel, qui tout ce veoient, commencièrent à faire
friente, et à corner, et à esmouvoir chiaus de le ville,
et les compagnons qui espoir dormoient encores, car il
estoit moult matin. Sitost qu'il furent en friente[2], il
sallirent[3] sus vistement et ensellèrent leurs chevaus, et
s'assamblèrent, tout en le place. Sitost qu'il se furent
recueilliet et leur chapitainne venus, uns moult appers
chevaliers englès, qui s'appelloit messires Estievenes
de Lussi, il vuidièrent cescuns que mieus mieus ; et ne
demorèrent en le ville, fors que li villain, dont il fisent
folie. Li Englès, qui s'estoient mis as camps pour rescourre leur proie, se hastèrent durement, en escriant as
François : « Vous n'en irés mies ensi. »

Li senescaus et se route commenchièrent à haster[4]
leur proie, pour venir à leur embusche ; et tant fisent
qu'il en furent assés près. Quant cil signeur de France,
où moult avoit de grans signeurs et de vaillans
hommes, qui tout estoient là venu pour querre les
armes, veirent le proie approcier et leur bon seneschal
cachier, cescuns sires escria son cri et fist se banière
haster et passer avant. Et s'en viennent ferir de plains
eslais en ces Englès qui caçoient et qui furent tout
esmervilliet, quant il les veirent. Et moult volentiers
fuissent retourné, se il peuissent ; mès il n'en eurent
mies loisir, car il furent telement espars[5] que en brief
heure tout furent ruet jus, pris et mors. Là fu pris li
chapitainne et tout cil d'onneur qui dalés lui estoient,

---

1. « Par un chemin indirect, détourné ». 2. « Sitôt qu'ils eurent lancé leurs cris ». 3. « Sortirent ». 4. « Presser ». 5. « Dispersés ».

et li demorans tous mors. Et puis chevaucièrent li François vistement devers le ville et entrèrent ens de saut[1], car elle estoit sans garde. Et la première banière qui y entra ce fu celle dou duch de Bourbon. Si se saisirent li signeur de le ville, et le rafreschirent de nouvelles gens et de chapitainne. Et puis chevaucièrent atout leur proie et leurs prisonniers, et s'en revinrent à lendemain devant le cité d'Angouloime où li sièges se tenoit, où il furent receu à grant joie. En ceste chevaucie acquist grant grasce li seneschaus de Biaukaire, pour tant que il l'avoit mis sus, comment que il y euist eu plus grans signeurs assés qu'il ne fust[2].

§ 245. Ensi se tint des signeurs de France un grant temps li sièges devant Angouloime. Et couroient li François sus le pays que li Englès avoient conquis, et y faisoient tamaint destourbier, et ramenoient souvent en leur host des prisonniers et grans proies, quant il les trouvoient à point. Et moult y acquisent li doi frère de Bourbon[3] grant grasce, car il estoient toutdis des premiers chevauçans. Quant Jehans de Norvich, chapitainne et souverains d'Angouloime, vei et considera que li dus de Normendie n'avoit talent de deslogier, se il n'avoit le cité à se volenté, et sentoit que les pourveances de laiens amenrissoient, et que li contes Derbi ne faisoit nul apparant de lever le siège, et ossi que cil de le ville s'enclinoient trop plus as François que d'autre part, et volentiers se fuissent il pieçà tourné, se il osassent ; si se doubta de trahison et que mauls ne l'en presist et ses compagnons[4]. Si s'avisa que à toutes ces coses il pourveroit de remède, et se pourpensa d'une grant soutilleté.

---

1. « D'un trait ». 2. Cet épisode illustre donc la leçon du Prologue des *Chroniques* : on avance dans la chevalerie par ses mérites aussi bien que par sa naissance. 3. Pierre Ier, duc de Bourbon († 1356) et Jacques de Bourbon († 1362). 4. « Et il craignit la trahison et qu'un malheur ne lui arrivât, à lui et à ses compagnons ».

Droitement le nuit de le Purification Nostre Dame[1], à l'entrée de fevrier, il vint as crestiaus de le cité tous seulz, sans soi descouvrir[2] de cose qu'il volsist faire ne dire, à nul homme, et fist signe de son caperon que il voloit parler à qui que fust de l'host. Chil qui perchurent ce signe vinrent celle part, et li demandèrent qu'il voloit. Il respondi qu'il parleroit volentiers à monsigneur le duch de Normendie, ou à l'un de ses mareschaus. Chil qui là estoient respondirent : « Demorés là un petit, et nous irons devers lui, et le vous ferons venir sans faute. » Adonc se partirent il de Jehan de Norvich, et vinrent au logeis dou dit duch. Et li recordèrent que li chapitainne de Angouloime parleroit volentiers à lui ou à l'un de ses mareschaus. « Savés vous de quoi ? » dist li dus. Chil respondirent : « Monsigneur, nennil. » Lors s'avisa li dus et dist que il meismes il iroit. Si monta à cheval, et aucun chevalier de son hostel. Et chevaucièrent jusques as murs de le cité ; si trouvèrent Jehan de Norvich qui s'apoioit as creniaus. Si tost qu'il vei le duch, il osta son chaperon et le salua. Li dus adonc li demanda : « Jehan, comment va ? Vous volés vous rendre ? » Il respondi : « Sire, je ne sui mies de ce consilliés à faire. Mais je vous vorroie priier que, pour le reverense dou jour Nostre Dame que il sera demain, vous nous acordissiés un respit à durer le jour de demain tant seulement : par quoi li nostre ne li vostre ne peuissent grever l'un l'autre, mès demorassent en pais. » Li dus, qui ne pensa que tout bien, li acorda liement et dist : « Je le vœil. » Ensi demora li cité d'Angouloime en pais.

Quant ce vint le jour de le Candeler au matin, Jehans de Norvich s'arma et fist armer tous ses compagnons, uns et aultres, et enseller leurs chevaus, et tourser tous leurs harnois, et puis fist ouvrir le porte, et se mist dehors le cité. Quant cil de l'host veirent ces gens d'armes issir, si furent tout esmervilliet et effraet. Et

---

1. Cette date doit être fausse, car le 1er février 1346 le duc de Normandie était à Châtillon-sur-Indre (36700) (JB, II, 53 n1).
2. « Confier (quelque chose à quelqu'un) ».

se commença li hos à estourmir, car il cuidièrent que li Englès les venissent courir seure. Adonc s'avança Jehans de Norvich, qui chevauçoit tout devant, et dist : « Signeur, signeur, souffrés vous[1]. Ne faites nul mal as nostres, car nous avons triewes ce jour d'ui tout entier, ensi que vous savés, acordées de par monsigneur le duch de Normendie et de nous ossi. Se vous ne le savés, si l'alés savoir, car nous poons bien aler et chevaucier sus celle triewe, quel part que nous volons. » Ces nouvelles vinrent au duch, pour savoir qu'il en voloit dire et faire. Il en respondi : « Laissiés les aler de par Nostre Signeur, de quel part qu'il voelent. Nous ne les poons par raison constraindre à demorer, par bataille ne aultrement. Je leur tenrai ce que je lor ay prommis. » Ensi s'en ala Jehans de Norvich et se route. Et passèrent tout parmi l'ost dou duc de Normendie, sans nul damage, et vinrent dedens Aguillon où il furent recheu à grant joie. Si leur recorda Jehans comment il estoit partis de le cité de Angouloime et avoit sauvé tout le sien et ce ossi de ses compagnons. Si disent li chevalier, qui là estoient, qu'il avoit trop bien ouvré, et qu'il s'estoit avisés d'une grant soutilleté.

§ 246. Quant ce vint à lendemain dou jour de le Purification, li bourgois d'Angouloime se traisent ensamble, pour savoir comment il se maintenroient. Tout consideré, il eurent avis qu'il se renderoient et metteroient en l'obeissance dou duch de Normendie, ensi qu'en devant. Si envoiièrent en l'ost, devers le dit duch, certains messages, qui esploitièrent si bien que li dus les prist à merci et leur pardonna son mautalent. Et entra dedens le cité et ou chastiel, et rechut le foy et l'ommage de chiaus d'Angouloime. Si y establi li dus un chevalier des siens à chapitainne, qui se nommoit Anthones de Villers et cent saudoiiers avoecques

---

1. « Attendez ! »

lui, pour mieus garder le chité et le chastiel que dou temps passet elle n'euist esté.

Apriès ces ordenances se desloga li dus, et se trest devers le chastiel de Damassen[1] ; et y sist li dus quinze jours par devant, anchois qu'il le peuist avoir. Et ne fu onques jour qu'il n'i euist assaut. Finablement, il fu conquis par force, et tout cil qui dedens estoient, Englès et Gascons, mors. Si le donna li dus et toute le chastelerie à un escuier de Biausse, appert homme d'armes malement, qui s'appelloit le Borgne de Milli[2].

En apriès, vint li dus de Normendie devant Thonins, qui siet sus le rivière de Garone. Si le trouvèrent bien pourveue d'Englès et de Gascons, qui le gardèrent et deffendirent vassaument un grant temps. Et y avoit priès que tous les jours assaut ou escarmuce. Tant y fu li dus et si contraindi chiaus de dedens qu'il se rendirent par composition, salve leurs corps et leurs biens. Et les devoit li dus faire conduire jusques à Bourdiaus, sus son peril. Ensi se partirent li compagnon estragne, mès cil de le ville demorèrent en l'obeissance dou duch de Normendie.

Et se tint là li dus et toute son host sus le rivière de Garonne jusques apriès Paskes, que il se deslogièrent et se traisent devers le Port Sainte Marie[3], sus ceste meisme rivière. Et là avoit environ deux cens Englès et Gascons qui gardoient le ville et le passage ; et l'avoient fortefiie grandement, mès il furent telement assalli que ilz furent pris de force, et tout cil qui dedens estoient occis. Si le remparèrent de nouviel, et rafreschirent de gens d'armes. Et puis s'en partirent li François, et chevauçièrent devers Aguillon.

§ 247. Tant esploitièrent cil signeur de France, dont li dus de Normendie estoit chiés, qu'il vinrent par

---

1. Damazan (47160), ch.-l. de cant., arr. de Nérac, Lot-et-Garonne.   **2.** Milly la Forêt (91490), arr. d'Étampes, Essonne.
3. Port-Sainte-Marie (47130), Lot-et-Garonne, arr. Agen. S. Luce émet des doutes sur la prise de cette ville, qui demeura française au cours des années 1346-1347.

devant le chastiel d'Aguillon. Si se logièrent et espardirent contreval ces biaus prés et larges, selonch le rivière qui porte grant navie, cescuns sires entre ses gens et cascune connestablie[1] par lui, ensi que ordonné estoient par les mareschaus de l'host. Et devés savoir que par devant le fort chastiel d'Aguillon eut le plus biel host et le plus biau siège que on ewist, grant temps avoit, veu ou dit royalme de France ne ailleurs, et dura parmi cel estet tout jusques à le Saint Remi[2]. Et y avoit à siège bien cent mil hommes armés à cheval et à piet[3]. Et si ne poroit on raconter, par nulle hystore, à siège fait, tant de biaus fais d'armes et de grandes apertises, qu'il avinrent là d'une part et d'autre. Car onques gens assegiés ne souffrirent tant, ne ne se deffendirent si vassaument, comme cil qui furent enclos devant Aguillon, si com vous orés ci après recorder. Car tous les jours les convenoit combatre deux fois ou trois à chiaus de l'host, et le plus souvent dou matin jusques à le nuit, sans cesser. Car toutdis leur sourvenoient nouvelles gens, Genevois et aultres, qui ne les laissoient reposer. Les ordenances et manières des assaus, comment et de quoi, je les vous voel declarer et plainnement deviser.

§ 248. Quant li signeur et li baron de France furent venu devant Aguillon, il regardèrent premierement et considerèrent qu'il ne pooient parvenir jusques à le forterèce, se il ne passoient le rivière qui est large, longe et parfonde. Or leur convenoit faire un pont pour le passer. Si commanda li dus que li pons fust fais, quoi qu'il coustast. Si y vinrent, pour ce pont ouvrer, plus de trois cens carpentiers, qui y ouvroient jour et nuit. Quant li chevalier qui dedens Aguillon estoient veirent que cilz pons estoit fais oultre le moiienné de le rivière,

---

[1]. « Corps d'armée ».   [2]. Le 1er octobre. Le siège d'Aguillon dura du 22 mars/15 avril au 20 août 1346 (SHF, III, xxxii, n1, 2).   [3]. « Cent mil hommes armés » : exemple d'exagération « épique ». Cinq mille serait un chiffre plus près de la réalité (SHF, III, xxxi n5).

il fisent appariller trois naves et entrèrent ens, et puis cacièrent tous ces ouvriers envoiés et les gardes ossi, et puis deffisent, tantos et sans delay, tout ce qu'il avoient fait et carpenté à grant painne un temps. Quant li signeur de France veirent ce, il furent durement courouciet, et fisent appariller aultres naves à l'encontre d'eulz, et misent ens grant fuison de gens d'armes, Genevois, bidaus et arbalestriers ; et commandèrent les ouvriers à ouvrer, sus le fiance de leurs gardes. Quant li ouvrier eurent ouvré un jour jusques à miedi, messires Gautiers de Manni et aucun de ses compagnons entrèrent en leurs nefs, et coururent sus ces ouvriers et leurs gardes. Et en y eut fuison de mors et de bleciés, et convint les ouvriers laissier oevre et retourner arrière. Et fu adonc tout deffait quanques fait avoient ; et y laissièrent des mors et des noiiés grant plenté. Cilz debas et ceste rihote recommençoient cescun jour. Au pardaarrain, li signeur de France y furent si estoffeement, et si bien gardèrent leurs ouvriers, que li pons fu fais bons et fors. Si passèrent adonc li signeur et toute li hos oultre, armé et ordonné par manière de bataille. Et assallirent à ce donc le chastiel d'Aguillon fortement et durement, sans yaus espargnier. Et y eut en ce jour très fort assaut et maint homme bleciet, car cil de dedens se deffendoient si vassaument que merveilles seroit à recorder. Et dura cilz assaus un jour tout entier, mès riens n'i fisent. Si retournèrent au soir en leurs logeis, pour yaus reposer et aisier. Il avoient bien de quoi, car leur host estoit bien pourveue de tous biens. Chil dou chastiel se retraisent ossi, et remisent à point ce qui brisiet et romput estoit, car il avoient grant fuison d'ouvriers.

§ 249. Quant ce vint à lendemain, cil signeur de France s'assamblèrent et regardèrent et avisèrent entre yaus comment il poroient le mieus et le plus apertement grever chiaus dou chastiel. Si ordonnèrent, pour plus travillier leurs ennemis, que il partiroient[1] leur

---

1. « Ils partageraient ».

host en quatre parties : desquèles li première partie assaurroit dou matin jusques à prime, la seconde de prime jusques à miedi, la tierce de miedi jusques à vespres, et la quarte de vespres jusques à le nuit ; car, il pensoient que li deffendant ne poroient tant durer : si le fisent ensi par grant avis. Et assallirent par tèle ordenance cinq jours ou six, mais ce ne leur valli riens ; ains y pardirent grossement de leurs gens. Car cil dou chastiel ne furent onques si recreant[1], comment qu'il fuissent travaillet oultre mesure, qu'il ne s'abandonnassent au deffendre si vassaument, par quoi cil de l'host peuissent riens gaegnier sus yaus, nes tant seulement le pont[2] que estoit devant le chastiel. Et quant il veirent ce que assaut que il feissent ne leur pourfitoit riens, si en furent tout confus, et eurent aultre conseil. Car il envoiièrent querre à Thoulouse huit les plus grans engiens qui y fuissent, et encores en fisent il faire et carpenter quatre plus grans assés. Et fisent sans cesser ces douze engiens getter jour et nuit par dedens le chastiel ; mais cil de le forterèce estoient si bien garitet que onques pière d'engien ne les greva, fors as thois des manandies. Et avoient chil dou chastiel bons engiens qui debrisoient tous les engiens de dehors ; et en peu d'eure en debrisièrent jusques à six, dont cil de l'host furent moult courouciet. Et toutdis avisoient et soutilloient[3] comment il les poroient le mieuls grever.

§ 250. Ensi estoit li chastiaus d'Aguillon et cil qui le deffendoient assalli par plusieurs manières, car priès que toutes les sepmainnes on y trouvoit et avisoit aucune cose de nouviel. Et ossi cil dou chastiel revisoient[4] à l'encontre, pour eulz deffendre. Le siège durant devant Aguillon, il avint par pluiseurs fois que messires Gautiers de Manni s'en issi hors atout cent ou six vingt compagnons, et en aloient par oultre le rivière de leur costé fourer, et ramenoient, voiant[5]

---

1. « Las », « épuisés ».   **2.** « Et même pas le pont ».   **3.** « S'ingéniaient ».   **4.** « Examinaient », « étudiaient ».   **5.** « Sous les yeux de ».

ceulz de l'host, souvent grant proie, dont li François avoient grant anoi.

Et avint un jour que messires Charles de Montmorensi, mareschaus de l'host, chevauçoit et avoit bien cinq cens compagnons tout à cheval, et ramenoit grant proie en leur host, qu'il avoit fait recueillier sus le pays, pour avitaillier l'ost. Si s'encontrèrent desous Aguillon ces deux chevaucies. Messires Gautiers de Manni ne volt mies refuser, comment qu'il euist le mains de gens, mès se feri tantost en ces François, et cil entre eulz. Là eut dur hustin et fort, et maint homme reversé par terre, mort et bleciet. Et y fisent les deux chapitainnes grans apertises d'armes, et vaillamment se combatirent. Toutesfois, li Englès en euissent eu le pieur, car li François estoient bien cinq contre un. Mès les nouvelles vinrent dedens Aguillon que leur compagnon se combatoient, et qu'il n'estoient mies bien parti as François[1]. Adonc issirent il, cescuns qui mieulz mieulz, et le conte de Pennebruch tout devant. Si vinrent tout à point à le meslée, et trouvèrent monsigneur Gautier de Manni qui estoit à terre, enclos de ses ennemis, et là y faisoit merveilles d'armes. Si fu tantost rescous et remontés que[2] li contes de Pennebruch fu venus.

Or vous dirai que li François avoient fait. Entroes que leurs gens se combatoient et ensonnioient les Englès, il cacièrent leur proie oultre, et le misent à sauveté ; autrement il l'euissent perdu. Car li Englès qui issirent hors d'Aguillon, pour secourir leurs compagnons, li contes de Pennebruch, messires Franke de Halle, messires Hues de Hastinges, messires Robers de Nuefville et li aultre s'i portèrent si vassaument, que tantost il espardirent[3] ces François, et rescousent tous leurs compagnons, et prisent plusieurs prisonniers. Et à grant meschief se sauva messires Charles de Mont-

---

1. « Qu'ils n'étaient pas en situation bien égale vis-à-vis des Français ».   2. *Tantost... que* = « Aussitôt que ».   3. « Dispersèrent ».

morensi, qui s'en revint arrière, ensi que tous desconfis. Et li Englès retournèrent dedens Aguillon.

§ 251. De telz rencontres et de tels hustins y avoit souvent, sans les assaus et les escarmuches, qui estoient priès que tous les jours à chiaus dou chastiel. Et che arguoit[1] durement le duch de Normendie, pour tant que cil d'Aguillon se tenoient si vaillamment. Et estoit tèle li intention dou duch qu'il ne s'en partiroit par nulle condition, si li rois de France ses pères ne le remandoit, se l'aroit conquis[2], et les Englès, qui dedens estoient, mis à volenté[3]. Or avisèrent li François une aultre manière d'assaut, et fist on un jour armer tous chiaus de l'host. Et commandèrent li signeur que cil de Thoulouse, de Carcassonne et cil de Biaukaire et leurs seneschaudies assausissent dou matin jusques à miedi ; et chil de Roerge, de Chaours[4] et d'Aginois, à leur retrette, jusques à vespres. Et cilz qui poroit gaegnier premiers le pont de le porte dou chastiel, on li donroit tantost cent escus. Li dus de Normendie, pour mieulz furnir cest assaut, fist venir et assambler sus le rivière grant planté de nefs et de chalans[5]. Li pluiseur entrèrent ens pour passer le ditte rivière, et li aucun passèrent au pont. Chil dou chastiel, qui veirent l'ordenance de l'assaut, furent tout apparilliet pour deffendre. Lors commença uns trop plus fors assaus qu'il n'i euist encores eu. Qui là veist gens abandonner vies et corps, et approcier le pont, pour le convoitise de gaegnier les cent escus, et presser l'un sus l'autre, si com par envie ; et qui regardast ossi chiaus dou chastiel yaus deffendre vassaument, il se peuist bien esmervillier.

Finablement, au fort de le besongne, aucun se misent par une nacielle en l'aigue par desous le pont. Et jettèrent grans gros kros et havés au dit pont leveis ; et puis tirèrent si fort qu'il rompirent les chainnes qui le pont tenoient, et l'avalèrent jus par force. Qui donc veist

---

1. « Tourmentait ». 2. « Jusqu'à ce qu'il l'ait conquis ».
3. « Soumis à sa volonté ». 4. Cahors (46000) (Lot).
5. « Chaland, bateau à fond plat ».

gens lancier sus ce pont, et tresbucier li uns sus l'autre, dix ou douze ens un mont, et veist chiaus d'amont en le porte jetter grans pières, pos plains de cauch et grans mairiens, bien peuist veoir grant merveille, et gens mehagnier et morir et tresbuchier en l'aigue. Toutesfois, fu li pons conquis par force, mès il cousta grandement de leurs gens plus qu'il ne vaulsist. Quant li pons fu gaegniés, chil de l'host eurent otant ou plus à faire que devant, car il ne peurent aviser voie comment il peuissent gaegnier le porte. Si se retraisent à leur logeis, car jà estoit tart, et avoient mestier de reposer. Quant il furent retrait, chil dou chastiel issirent hors et refisent le pont plus fort que devant.

§ 252. À lendemain, vinrent doi mestre engigneour au duch de Normendie et as signeurs de son conseil, et dirent, se on les voloit croire et livrer bois et ouvriers à fuison, il feroient quatre grans kas fors et haus sus quatre grandes fortes nefs, que on menroit jusques as murs dou chastiel. Et seroient si hault qu'il sourmonteroient les murs : par quoi cil qui dedens les dis chas se tenroient, se combateroient main à main à chiaus qui seroient sus les murs dou chastiel. À ces paroles entendi li dus volentiers, et commanda que cil quatre chat fuissent fait, quoi qu'il deuissent couster, et que on mesist en oevre tous les carpentiers dou pays, et que on lor paiast largement leur journée, par quoi il ouvrassent plus volentiers et mieulz apertement. Chil quatre kat furent fait, à le devise et ordenance des deux maistres, en quatre fortes nefs. On y mist longement, et coustèrent grans deniers. Quant il furent parfait, et les gens d'armes dedens entré, qui à chiaus dou chastiel devoient combattre, et il eurent passet le moitié de le rivière, chil dou chastiel fisent desclichier quatre martinés que il avoient nouvellement fais faire, pour remediier contre les quatre kas dessus dis. Chil quatre martinet jettèrent si grosses pières, et si souvent sur ces chas qu'il furent bien tos debrisiés, et si confroissiés[1]

---

1. « Brisés », « démolis ».

que les gens d'armes et cil qui les conduisoient ne se peurent dedens garandir. Si les convint retraire arrière,ançois qu'il fuissent oultre le rivière. Et en fu li uns effondrés au fons de l'aigue, et la plus grant partie de chiaus qui dedens estoient noiiet, dont ce fu pités et damages ; car il y avoit des bons chevaliers et escuiers, qui grant desir avoient de leurs corps, pour leur honneur, avancier.

§ 253. Quant li dus de Normendie et li signeur de France veirent le grant meschief, et que par ce il ne pooient parvenir à leur entention, il furent moult courouciet. Et fisent les aultres trois nefs et les kas cesser et retraire, et issir hors tous ceulz qui dedens estoient. Si ne pooient li signeur plus aviser voie, manière ne engien comment il peuissent le fort chastiel d'Aghillon prendre ne avoir. Et se n'i avoit prince ne baron, tant fust grans sires ne proçains de linage au duch de Normendie, qui osast parler dou deslogier ne traire aultre part, car li dis dus en avoit parlé moult avant qu'il ne s'en partiroit, si aroit le chastiel à se volenté et chiaus qui dedens estoient, non se li rois ses pères ne le remandoit.

Si avisèrent li signeur que li contes de Ghines, connestables de France, et li contes de Tankarville se departiroient dou siège et s'en retourneroient en France, pour remonstrer et conter au dit roy l'ordenance et l'estat dou siège d'Aguillon. Si se partirent de l'host chil doi conte dessus dit, assés par le congiet dou duch, et chevaucièrent tant par leurs journées qu'il vinrent à Paris, où il trouvèrent le roy Phelippe. Se li recordèrent le manière et l'estat dou siège d'Aguillon, et comment li dus ses filz l'avoit fait assallir par pluiseurs assaus, et riens n'i conqueroit. Li rois en fu tous esmervilliés, et ne remanda point adonc le duch son fil, mès voloit bien qu'il se tenist encores devant Aguillon, jusques à tant qu'il les euist constrains et conquis par famine, puis que par assaut ne les pooit avoir. Or nous souffrerons à parler dou duch de Normendie et dou siège d'Aguillon, et parlerons dou roy Edouwart d'Engleterre et d'une grosse chevaucie qu'il fist en celle saison par deçà le mer.

§ 254. Bien avoit oy recorder li dessus dis rois d'Engleterre que ses gens estoient durement astrains et fort assegiet dedens le chastiel d'Aguillon, et que li contes Derbi ses cousins, qui se tenoit à Bourdiaus, n'estoit mies fors pour le temps de tenir les camps et lever le siège dou duch de Normendie devant Aguillon. Si s'apensa qu'il metteroit sus une grosse armée de gens d'armes, et les amenroit en Gascongne. Si commença à faire ses pourveances tout bellement, et à mander gens parmi son royaume, et ailleurs ossi où il les esperoit à avoir, parmi ses denierz paians[1].

En ce temps arriva en Engleterre messires Godefrois de Harcourt, qui estoit banis de France, ensi que vous avés oy. Si se traist tantost devers le roy et le royne, qui se tenoient adonc à Cartesée[2], à quatorze liewes de le cité de Londres, sus le rivière de le Tamise, qui rechurent le dit monsigneur Godefroi moult liement. Et le retint tantost li rois de son hostel et de son conseil, et li assigna belle terre et grande en Engleterre, pour lui et pour son estat tenir et parmaintenir bien et estoffeement.

Assés tost après, eut li rois d'Engleterre ordonné et appareilliet une partie de ses besongnes, et avoit fait venir et assambler ou havene de Hantonne[3] grant quantité de naves et de vaissiaus, et faisoit celle part traire toutes manières de gens d'armes et d'arciers. Environ le jour Saint Jehan Baptiste, l'an mil trois cens quarante six[4], se parti li rois de madame la royne sa femme, et prist congiet à lui, et le recommanda en le

---

1. « Moyennant argent comptant ».   2. Chertsey, ville située sur la Tamise, entre Kingston et Staines.   3. L'embarquement eut lieu à Portchester, village du comté de Southampton, situé sur la côte septentrionale de la rade de Portsmouth, à 4 km de cette dernière ville.   4. Édouard III mit à la voile le dimanche 2 juillet 1346.

garde dou conte de Kent son cousin. Et establi le signeur de Persi et le signeur de Nuefville à estre gardiien de tout son royalme, avoecques quatre prelas, loist à savoir[1], l'arcevesque de Cantorbie[2], l'archevesque d'Iorch[3], l'evesque de Lincolle[4] et l'evesque de Durem[5]. Et ne vuida mies son royalme telement qu'il ne demorast assés de bonne gent pour le garder, se mestier faisoit, et bien deffendre. Puis vint et chevauça li rois sus les marces de Hantonne ; et là se tint tant qu'il eut vent pour lui et pour toutes ses gens. Si entra en son vaissiel et li princes de Galles ses filz, et messires Godefrois de Harcourt, et cescuns aultres sires, contes et barons entre ses gens, ensi que ordonnés estoit. Si pooient estre en nombre sept mil hommes d'armes et dix mil arciers, sans les Irois et aucuns Galois qui sievoient son host tout à piet.

Or vous nommerai aucuns grans signeurs qui estoient avoecques le dit roy : et premiers Edowart son ainsnet fil, prince de Galles[6], qui lors estoit en l'eage de treize ans ou environ, li contes de Herfort, li contes de Norenton, li contes d'Arondiel, li contes de Cornuaille[7], li contes de Warvich, li contes de Hostidonne, li contes de Sufforch et li contes d'Askesufforc[8] ; et de barons, messires Jehans de Mortemer, qui puis fu contes de le Marce, messires Jehans[9], messires Loeis et messires Rogiers[10] de Biaucamp, messires Renaulz de Gobehen, li sires de Montbray, li sires de Ros, li sires de Lussi, li sires de Felleton, li sires de Brasseton, li sires de

---

1. « C'est-à-dire ». 2. Jean Stratford, archevêque de Canterbury depuis le 3 novembre 1333 († 23 août 1348). 3. Guillaume de la Zouch, archevêque d'York le 7 juillet 1342 († 19 août 1352). 4. Thomas Beake, évêque de Lincoln en 1342 († 2 février 1347). 5. Thomas de Hatfield, évêque de Durham du 10 juillet 1345 au 8 mai 1381, date de sa mort. 6. Édouard, prince de Galles (15 juin 1330 - 8 juin 1376). 7. Le prince de Galles portait le titre de comte de Cornouailles (KL, XXI, 37). 8. Jean de Vere, comte d'Oxford, il épousa Mathilde de Badlesmere († 24 janvier 1359). 9. Second fils de Gui de Beauchamp, comte de Warwick, et d'Alise de Toëny. 10. Roger de Beauchamp, seigneur de Bletsho († 3 janvier 1379) (KL, XX, 278-9).

Multon, li sires de le Ware, li sires de Manne, li sires de Basset, li sires de Sulli, li sires de Bercler, li sires de Willebi[1] et pluiseurs aultres ; et de bachelers, messires Jehans Chandos, messires Guillaumes Filz Warine, messires Pières et messires James d'Audelée[2], messires Rogiers de Wettevale, messires Bietremieus de Brues, messires Richars de Pennebruge[3], et moult d'autres que je ne puis mies tous nommer. Peu d'estragniers y avoit. Si y estoient le conte de Haynau, messires Oulphars de Ghistelles et cinq ou six chevaliers d'Alemagne que je ne sçai mies nommer. Si singlèrent ce premier jour à l'ordenance de Dieu et dou vent et des maronniers, et eurent assés bon esploit[4] pour aller devers Gascongne, où li rois tendoit à aller. Au tierch jour qu'il se furent mis sus mer, li vens leur fu tous contraires et les rebouta sus les marces de Cornuaille[5] ; si jeurent là à l'ancre six jours.

En ce terme, eut li rois aultre conseil par l'enort et information de monsigneur Godefroy de Harcourt, qui li consilla, pour le mieulz et faire plus grant esploit, qu'il presist terre en Normendie. Et dist bien adonc au roy li dis messires Godefrois : « Sire, li pays de Normendie est li uns des plus gras dou monde. Et vous prommech, sus l'abandon de ma teste[6], que, se vous arrivés là, vous y prenderés terre à vostre volenté ; ne jà nulz ne vous venra au devant qui rien vous dure, car ce sont gens en Normendie qui onques ne furent armé. Et toute la fleur de le chevalerie, qui y poet estre, gist maintenant devant Aguillon avoech le duch. Et trouverés en Normendie grosses villes batices[7], qui point ne sont fremées, où vos

---

1. Jean de Willoughby. Il prit part aux expéditions d'Édouard III en Écosse et en Flandre († en 1349). **2.** Sans doute Jacques d'Audeley ; né vers 1314, il épousa Jeanne, fille de Roger, comte de March. Chevalier de l'ordre de la Jarretière († 1er avril 1386) ; Pierre est son frère (KL, XX, 201-3). **3.** Richard de Pembruge (KL, XXII, 338-9) ou Pembroke ? **4.** « Ils réussirent bien ». **5.** La flotte anglaise était revenue à son point de départ le 10 juillet 1346. **6.** « En mettant ma propre tête en gage ». **7.** Villes placées sous l'autorité d'un seigneur et ne jouissant pas de franchises communales.

gens aront si grant pourfit qu'il en vauront mieulz vingt ans ensievant[1]. Et vous pora vostre navie sievir jusques bien priès de Ken en Normendie. Si vous pri que je soie oys et creus de ce voiage. »

§ 255. Li rois d'Engleterre, qui pour le temps de lors estoit en le fleur de se jonèce, et qui ne desiroit fors à trouver les armes et ses ennemis, s'enclina de grant volenté as parolles de monsigneur Godefroy de Harcourt qu'il appelloit son « cousin ». Si commanda à ses maronniers qu'il tournaissent viers Normendie. Et il meismes prist l'ensengne de l'amiral le conte de Warvich, et volt estre amiraus pour ce voiage, et se mist tout devant, comme patrons et gouvrenères de toute le navie. Et singlèrent avoech le vent qu'il avoient à volenté. Si arriva la navie dou roy d'Engleterre en l'ille de Constentin[2], et sus un certain port que on appelle le Hoghe Saint Vast[3]. Ces nouvelles s'espardirent tantost sus le pays, que li Englès avoient là pris terre. Et vinrent messagier acourant jusques à Paris devers le roy de France, envoiiés de par les villes de Constentin.

Bien avoit oy recorder li rois de France en celle saison, que li rois d'Engleterre metoit sus une grant armée de gens d'armes. Et plus avant on les avoit veus sus mer des bendes de Normendie et de Bretagne, mais on ne savoit encores quel part il voloient traire. Dont si tretost que li dis rois entendi que li Englès avoient pris terre en Normendie, il fist haster son connestable le conte de Ghines, et le conte de Tankarville, qui nouvellement estoient revenu d'Aguillon ; et leur dist qu'il se traissent devers Ken et se tenissent là, et gardassent le ville et le marce contre les Englès. Chil respondirent : « Volentiers », et qu'il en feroient leur pooir. Si se partirent dou roy et de Paris atout grant fuison de gens d'armes, et tous les jours leur en venoit. Et chevauciè-

---

1. « Ils en profiteront bien pendant vingt ans consécutifs ». 2. Le Cotentin. 3. Le débarquement d'Édouard III à Saint-Vaast-la-Hougue (50550) eut lieu le mercredi 12 juillet 1346.

rent tant qu'il vinrent en le bonne ville de Kem, où il furent receu à grant joie des bourgois et des bonnes gens d'environ qui là s'estoient retrait. Si entendirent li dessus dit signeur as ordenances de le ville, qui pour le temps n'estoit point fremée, et aussi à faire armer et appareillier et pourveir d'armeures, cescun selonch son estat. Or revenrons au roy d'Engleterre, qui estoit arrivés en le Hoge Saint Vast, assés près de Saint Salveur le Visconte[1], l'iretage à monsigneur Godefroi de Harcourt.

§ 256. Quant la navie dou roy d'Engleterre eut pris terre en la Hoge, et elle fu toute arestée et ancrée sus le sablon, li dis rois issi de son vaissiel ; et, dou premier piet qu'il mist sus terre, il chei si roidement que li sans li vola hors dou nés. Adonc le prisent si chevalier, qui dalés lui estoient, et li disent : « Chiers sires, retraiiés vous en vostre nef et ne venés meshui à terre, car veci un petit signe pour vous. » Donc respondi li rois tout pourveuement[2] et sans delay : « Pour quoi ? mès uns très bons signes pour mi, car la terre me desire. » De ceste response furent ses gens tout resjoy.

Ensi se loga li rois ce jour et le nuit, et encores lendemain tout le jour et toute le nuit, sus le sabelon. Entrues descarga on le navie des chevaus et de tout leur harnois. Et eurent conseil là en dedens comment il se poroient maintenir. Si fist li rois deux mareschaus en son host, l'un monsigneur Godefroi de Harcourt et l'autre le conte de Warvich, et connestable le conte d'Arondiel ; et ordonna le conte de Hostidonne à demorer sus leur navie, à cent hommes d'armes et quatre cens archiers. Et puis eurent aultre conseil comment il chevauceroient. Il ordonnèrent leur gens en trois batailles : li une iroit d'un lés tout serrant le marine à destre, et li aultre à senestre ; et li rois et li princes ses filz iroient par terre. Et devoit toutes les

---

1. Saint-Sauveur-le-Vicomte, Manche (50390). 2. « Résolument ».

nuis la bataille des mareschaus retraire ou logeis dou roy.

Si commencièrent à chevaucier et aler ces gens d'armes, ensi que ordonné estoit. Chil qui s'en aloient par mer, selonch le marine, prendoient toutes les navies, petites et grandes, qu'il trouvoient, et les emmenoient avoecques yaus. Arcier et gens de piet aloient de costet selonch le marine, et reuboient, pilloient et prendoient tout che qu'il trouvoient. Et tant alèrent et cil de mer et cil de terre qu'il vinrent à un port de mer et une forte ville que on claime Barflues ; et le conquisent tantost, car li bourgois se rendirent pour le doubtance de mort. Mès pour ce, ne demora mies que toute la ville ne fust reubée, et pris or et argent et chiers jeuiaulz, car il en trouvèrent si grant fuison, que garçon n'avoient cure de draps fourés de vair. Et fisent tous les hommes de le ville issir hors de leur ville, et entrer ens ès vaissiaus avoecques yaus, et aler ent ossi avoech yaus, pour ce qu'il ne voloient mies que ces gens se peuissent rassambler, pour yaus grever, quant il seroient oultre passet.

§ 257. Apriès ce que la ville de Barflues fu prise et reubée sans ardoir, il s'espardirent parmi le pays, selonch le marine. Si y fisent une grant part de leurs volentés, car il ne trouvèrent homme qui leur deveast. Et alèrent tant qu'il vinrent jusques à une bonne ville grosse et riche et port de mer, qui s'appelle Chierebourch. Si en ardirent et reubèrent une partie, mès dedens le chastiel ne peurent il entrer, car il le trouvèrent trop fort et bien garni de gens d'armes. Et puis passèrent oultre, et vinrent viers Montebourch[1] et Valoigne[2]. Si le prisent et reubèrent toute, et puis l'ardirent, et en tel manière grant fuison de villes en celle

---

1. Montebourg (50310). **2.** Valognes (50700). Édouard III, qui s'avançait du nord au sud, dut passer à Valognes avant d'aller à Montebourg (Froissart emprunte sans doute cette indication à Jean le Bel ; SHF, III, xxxv, n5).

contrée. Et conquisent si fier et si grant avoir que merveilles seroit à penser et à nombrer.

En apriès, il vinrent à une moult grosse ville et bien fremée, que on appelle Quarentin, et ossi il y a moult bon chastiel. Et adonc y avoit grant fuison de saudoiiers qui le gardoient. Adonc descendirent li signeur et les gens d'armes de leurs naves, et vinrent devant le ville de Quarentin, et l'assallirent vistement et fortement. Quant li bourgois veirent chou, il eurent grant paour de perdre corps et avoir ; si se rendirent, salves leurs corps, leurs femmes et leurs enfans, maugret les gens d'armes qui avoecques yaus estoient, et misent leur avoir à volenté, car il savoient bien qu'il estoit perdus davantage. Quant li saudoiier veirent ce, il se traisent par devers le chastiel qui estoit moult fors, et cil signeur d'Engleterre ne veurent mies laissier le chastiel ensi. Si se traisent en le ville, puis fisent assallir au dit chastiel par deux jours, si fortement qui cil qui dedens estoient et qui nul secours ne veoient, le rendirent, salve leur corps et leur avoir ; si s'en partirent et alèrent aultre part. Et li Englès fisent leur volenté de celle bonne ville et dou fort chastiel. Et regardèrent qu'il ne le poroient tenir ; si l'ardirent tout et abatirent, et fisent les bourgois de Quarentin entrer en leur navie. Et alèrent avoecques yaus, tout ensi que il avoient fait chiaux de Barflues, de Chierebourch et des villes voisines, qu'il avoient pris et pilliés sus le marine. Or parlerons nous un petit otant bien de le chevaucie le roy d'Engleterre, que nous avons parlé de ceste.

§ 258. Quant li rois d'Engleterre eut envoiiet ses gens selonch le marine, l'un de ses mareschaus le conte de Warvich et monsigneur Renault de Gobehen, ensi que vous avés oy, assés tost apriès il se parti de le Hoghe Saint Vast, là où il estoit arrivés. Et fist monsigneur Godefroy de Harcourt conduiseur de toute son host, pour tant qu'il savoit les entrées et les issues en Normendie. Liquels messires Godefrois se parti de le route dou roy, à cinq cens armeures et deux mil arciers, et chevauça bien six ou sept liewes loing en sus de l'host le roi, ardant et essillant le pays. Si trouvèrent le pays gras et plentiveus de toutes coses, les gragnes[1] plainnes de blés, les maisons plainnes de toutes rikèces, riches bourgois, chars[2], charètes[3], et chevaus, pourciaus, brebis et moutons et les plus biaus bues dou monde que on nourist ens ou pays. Si en prisent à leur volenté, desquelz qu'il veurent, et amenèrent en l'ost le roy. Mais li varlet ne donnoient point, ne rendoient as gens le roy l'or et l'argent qu'il trouvoient ; ançois le retenoient pour yaus. Ensi chevauçoit messires Godefrois de Harcourt cescun jour d'encoste[4] le grant host le roy, au destre costet, et revenoit le soir o toute sa compagnie là où il savoit que li rois devoit logier ; et telz fois estoit qu'il demoroit deux jours, quant il trouvoit gras pays et assés à fourer.

Si prist li dis rois son chemin et son charoi devers Saint Leu en Constentin[5]. Mès, ançois qu'il y parvenist, il se loga sus une rivière[6] trois jours, attendans ses gens qui avoient fait le chevaucie sus le marine, ensi que vous avés oy. Quant il furent revenu et il eurent tout leur avoir mis à voiture, li contes de Warvich et li contes de Sufforch et messires Thumas de Hollandes et messires Renaulz de Gobehen et leur route reprisent le chemin à senestre, ardant et exillant le pays ensi que messires Godefrois de Harcourt faisoit. Et li rois chevauçoit entre ces batailles ; et tous les jours se trouvoient il ensamble.

§ 259. Ensi par les Englès estoit ars et exilliés, robés, gastés et pilliés li bons pays et li gras de Normendie. Dont les plaintes et les nouvelles vinrent au roy de France, qui se tenoit en le cité de Paris, comment li rois d'Engleterre estoit arrivés en Consten-

---

1. « Grange, ferme, métairie ».   2. « Voiture d'usage quotidien à la campagne ».   3. « Voiture à deux roues ».   4. « À côté de ».   5. Saint-Lô, Manche (50000).   6. La Vire (SHF, III, xxxvi n1).

tin et gastoit tout devant lui, à destre et à senestre. Dont dist li rois Phelippes et jura que jamais ne retourroient li Englès si aroient esté combatu, et les destourbiers et anois qu'il faisoient à ses gens leur seroient chier vendu. Si fist tantost et sans delay li dis roys lettres escrire à grant fuison. Et envoia premierement devers ses bons amis de l'Empire, pour tant qu'il li estoient plus lontain : premierement au gentil roy de Behagne que moult amoit, et ossi à monsigneur Charle de Behagne son fil, qui dès lors s'appeloit rois d'Alemagne, et en estoit rois notorement, par l'ayde et pourcach de monsigneur Charle son père et dou roy de France, et avoit jà encargiet les armes de l'Empire[1]. Si les pria li rois de France, si acertes comme il peut, que il venissent o tout leur effort, car il voloit chevaucier contre les Englès qui li ardoient et gastoient son pays. Li dessus nommet signeur ne se veurent mies escuser, mès fisent leur amas de gens d'armes, d'Alemans et de Behagnons et de Lussemboursins, et s'en vinrent en France devers le roy efforciement. Ossi escrisi li dis rois au duch de Loeraingne, qui le vint servir à plus de quatre cens lances. Si y vint li contes de Saumes en Saumois, li contes de Salebruges[2], li contes de Flandres, li contes Guillaumes de Namur, cescuns à moult belle route. Encores escrisi li rois et manda especialment monsigneur Jehan de Haynau, qui nouvellement s'estoit alliés à lui, par le pourcach dou conte Loeis de Blois son fil, et dou signeur de Fagnuelles. Si vint li gentilz sires de Byaumont, messires Jehans de Haynau, servir le roy de France moult estoffeement et à grant fuison de bonne bacelerie de le conté de Haynau et d'ailleurs : dont li rois eut grant joie de sa venue,

---

1. Charles IV de Luxembourg, fils de Jean l'Aveugle, roi de Bohême et d'Isabelle de Bohême. Il épousa : 1) Blanche de Valois († 1329) ; 2) Anne de Palatinat († 1349) ; 3) Anne de Svidnice († 1353) ; 4) Élisabeth de Poméranie († 1356). Élu empereur en 1346 († à Prague le 29 novembre 1378).   2. Est-ce par inattention que l'écrivain introduit ici le nom d'un comte anglais, « Salisbury » ?

Philippe rassemble son armée

et le retint pour son corps et de son plus privet et especial conseil. Ensi manda li rois de France partout gens d'armes, là où il les pensoit à avoir. Et fist une des grosses assamblées de grans signeurs, dus, contes, barons et chevaliers, que on ewist veu en France cent ans en devant. Et pour tant que il mandoit ensi gens partout en lontains pays, il ne furent mies sitost venu ne assamblé. Ançois eut li rois d'Engleterre moult malement courut et arret[1] le pays de Constentin et de Normendie, ensi que vous orés recorder en sievant.

§ 260. Vous avez chi dessus bien oy compter l'ordenance des Englès, et comment il chevauçoient en trois batailles, li mareschal à destre et à senestre, et li rois et li princes de Galles ses filz en le moiiène[2]. Et vous di que li rois chevauçoit à petites journées. Toutdis estoient il logiet entre tierce et miedi. Et trouvoient le pays si plentiveus et si garni de tous vivres qu'il ne leur convenoit faire nulles pourveances fors que de vins : si en trouvoient il assés par raison. Si n'estoit point de merveilles se cil dou pays estoient effraet ne esbahi, car avant ce il n'avoient onques veu homme d'armes, et ne savoient que c'estoit de guerre ne de bataille. Si fuioient devant les Englès de si lonch qu'il[3] en ooient parler, et laissoient leurs maisons, leurs graignes toutes plainnes ; ne il n'avoient mies art ne manière dou sauver ne dou garder[4]. Li rois d'Engleterre et li princes de Galles ses filz avoient en leur route environ trois mil hommes d'armes, six mil arciers et dix mil sergans de piet, sans chiaus qui chevauçoient avoech les mareschaus.

Si chevauça li dis rois, en tel manière que je vous di, ardans et essillans le pays, et sans point brisier sen ordenance. Et ne tourna point vers le cité de Coustances, ains s'en alla par devers le grosse ville de Saint Leu en Constentin, qui pour le temps estoit durement

---

1. KL corrige « arret » en *ars* (KL, IV, 400). **2.** « Au milieu ». **3.** « Dès qu'ils ». **4.** « Et ils n'avaient le savoir-faire ni pour garder les unes ni pour préserver les autres ».

riche et marchande, et valloit trois fois tant que la cité
de Coustances. En celle ville de Saint Leu en Constentin avoit très grande draperie et grosse, et grant fuison
de riches bourgois. Et trouvast on bien en le ditte ville
de Saint Leu manans huit mil ou neuf mil, bourgois
que gens de mestier. Quant li rois d'Engleterre fu
venus assés priès, il se loga dehors, car il ne voet mies
logier en le ville, pour le doubtance dou feu[1]. Si envoia
ses gens par devant, et fu la ville tantost conquise à
peu de fait, courue et robée partout ; ne il n'est homs
vivans qui poroit croire ne penser le grant avoir qui là
fu gaagniés et robés, et le grant fuison de bons draps
qu'il y trouvèrent. Il en euissent donnet grant marciet,
s'il les seuissent à qui vendre[2]. Et moult y eut d'avoir
conquis qui point ne vint à cognissance.

§ 261. Quant li rois d'Engleterre et ses gens eurent
fait leurs volentés de le bonne ville de Saint Leu en
Constentin, il s'en partirent et prisent lor chemin pour
venir encores par devers plus grosse ville trois fois, qui
s'appelle Kem, qui est priès ossi grande que la cité de
Roem. La ville de Kem est plainne de très grant rikèce,
de draperie, et de toutes marcheandises, de riches bourgois, de nobles dames et de moult belles eglises. Et par
especial il y a deux grosses abbeyes durement riches,
seans l'une à l'un des corons de le ville, et l'autre à
l'autre ; et appell'on l'une de Saint Estievene[3], et
l'autre de le Trinité. En celi des dames doit avoir six
vingt dames à plainne prouvende[4]. D'autre part, à l'un
des lés de le ville, siet li chastiaus, qui est un des biaus
et des fors de toute Normendie. Si en estoit chapitainne
adonc uns bons chevaliers preus et hardis de Normendie, qui s'appelloit messires Robers de Wargni. Et
avoit dedens le chastiel en garnison avoecques lui bien
trois cens Genevois. Ou corps[5] de le ville estoient li

---

1. « Par crainte du feu ». **2.** « Ils en auraient vendu à bon marché s'ils avaient su à qui les vendre ». **3.** L'abbaye de Saint-Étienne. **4.** « Jouissant d'une prébende ». **5.** « Dans la partie principale ».

contes d'Eu et de Ghines, connestables pour le temps de France, et li contes de Tankarville, et grant fuison de bonnes gens d'armes que li rois de France y avoit envoiiés, pour garder le ville et le passage contre les Englès. Li rois d'Engleterre avoit bien entendu que la ville de Kem estoit durement grosse et riche, et bien pourvue de bonnes gens d'armes. Si chevauça celle part tout sagement, et remist ses batailles ensamble, et se loga celle nuit sus les camps à deux liewes près. Et tousjours le suivoit et costioit sa navire, et vint jusques à deux petites liewes près de Kem, à une ville et sus un havene que on appelle Austrehem[1] ; jusques à là, et sus le rivière de Ourne[2], qui court parmi Kem, il fist venir le conte de Hostidonne, qui en estoit conduisières et paterons[3].

Li connestables de France et li aultre signeur, qui là estoient assamblé, gettièrent moult souffisamment le ville de Kem celle nuit, et ne fisent mies trop grant compte des Englès. Lendemain au matin, li dit signeur, baron et chevalier qui là estoient, s'armèrent et fisent armer leurs gens et tous les bourgois de le ville, et puis se traisent en conseil ensamble pour savoir comment il se maintenroient. Si fu adonc li intention et ordenance dou connestable de France et dou conte de Tankarville[4], que nulz ne vuidast le ville, mais gardaissent les portes et le pont et le rivière, et laissassent les premiers fausbours as Englès, pour tant qu'il n'estoient point fremés ; car encores seroient il bien ensonniiet de garder le corps de le ville, qui n'estoit fremée fors de le rivière. Chil de le ville respondirent qu'il ne feroient mies ensi, et qu'il se trairoient sus les camps et attenderoient la poissance dou roy d'Engleterre, car il estoient gens et fors assés pour le combatre. Quant li connestables oy leur bonne volenté, si respondi : « Ce soit ou nom de Dieu, et vous ne vous combaterés point sans

---

1. Ouistreham, Calvados (14150). **2.** L'Orne. **3.** « Patron » (d'un navire). **4.** Ce ne fut que le 4 février 1352 que le roi Jean de France conféra le titre de comte à Jean, sire de Tancarville, vicomte de Melun.

mi et sans mes gens. » Dont se traisent au dehors de le ville, et se misent à ce commencement assés en bonne ordenance, et fisent grant semblant d'yaus bien deffendre et de mettre leurs vies en aventure.

§ 262. En ce jour se levèrent li Englès moult matin, et se aparillièrent d'aler celle part. Si oy li dis rois messe devant soleil levant, et puis monta à cheval et li princes ses filz et messires Godefrois de Harcourt, qui estoit mareschaus et gouvrenères de l'host, et par quel conseil li rois ouvroit[1] en partie. Si se traisent tout bellement celle part leurs batailles rengies, et chevauçoient les banières des mareschaus tout devant. Si approcièrent durement le grosse ville de Kem et ces gens d'armes qui tout s'estoient trait sus les camps, et par samblant assés en bon convenant. Si tretost que chil bourgois de le ville de Kem veirent approcier ces Englès qui venoient en trois batailles drut et sieret, et perchurent ces banières et ces pennons à grant fuison bauloiier[2] et venteler, et oïrent ces arciers ruire[3] qu'il n'avoient point acoustumé de veir ne de sentir, si furent si effraet et si desconfi d'yaus meismes, que[4] tout cil dou monde ne les euissent mies retenus qu'il ne se fuissent mis à la fuite. Si se retraisent cescuns viers leur ville, sans arroi, vosist li connestables ou non[5]. Adonc peuist on veir gens fremir et esbahir, et celle bataille ensi rengie desconfire à peu de fait, car cescuns se pena de rentrer en le ville à sauveté. Là eut grant encauch et maint homme reversé et jetté par terre. Et cheoient à mons l'un sus l'autre, tant estoient il fort enhidé. Li connestables de France et li contes de Tankarville et aucun chevalier se misent en une porte sus l'entrée dou pont à sauveté ; car bien veirent, puisque leurs gens fuioient, que de recouvrier n'i avoit point ; car cil Englès estoient jà entré et avalé entre

---

1. « Procédait dans ses affaires ».   2. « Ballotter, flotter dans les airs ».   3. « Rugir, faire grand bruit ».   4. « De telle sorte que ».   5. Cette scène de « panique » en rappelle de semblables et surtout celle de Robert d'Artois devant Saint-Omer.

yaus, et les occioient sans merci à volenté. Aucun chevalier et escuier et aultres gens, qui savoient le chemin viers le chastiel, se traioient celle part. Et tous les recueilloit messires Robers de Wargni, car li chastiaus est durement grans et plentiveus. Chil furent à sauveté qui là peurent venir. Englès, gens d'armes et arciers, qui encauçoient les fuians, faisoient grant occision, car il ne prendoient nullui à merci.

Dont il avint que li connestables de France et li contes de Tankarville, qui estoient monté en celle porte au piet dou pont à sauveté, regardoient au lonch et amont le rue, et veoient si grant pestilence[1] et tribulation que grans hideurs estoit à considerer et imaginer. Si se doubtèrent d'eulz meismes que il n'escheissent[2] en ce parti et entre mains d'arciers, qui point ne les cognuissent. Ensi que il regardoient aval en grant doubte ces gens tuer, il perçurent un gentil chevalier englès, qui n'avoit c'un oel, que on clamoit monsigneur Thumas de Hollandes, et cinq ou six bons chevaliers avoecques lui : lequel monsigneur Thumas ravisèrent bien, car il s'estoient aultre fois veu et compagniet l'un l'autre à Grenade et en Prusse et en aultres voiages, ensi que chevalier se truevent. Si furent tout reconforté quant il le veirent ; si l'appellèrent en passant, et li disent : « Monsigneur Thumas, monsigneur Thumas, parlés à nous ! » Quant li chevaliers se oy nommer, il s'arresta tous quois et demanda : « Qui estes vous, signeur, qui me cognissiés ? » Li dessus dit signeur se nommèrent et disent : « Nous sommes telz et telz[3]. Venés parler à nous en ceste porte, et nous prendés à prisonniers. » Quant li dis messires Thumas oy ceste parolle, si fu tous joians, tant pour ce que il les pooit sauver que pour ce qu'il avoit, en yaus prendre, une belle aventure de bons pri-

---

1. « Carnage ».   2. « Tombassent ».   3. Un mélange de discours direct et indirect marque ce passage.

sonniers, pour avoir cent mil moutons[1]. Si se traist au plus tost qu'il peut atoute se route celle part, et descendirent li et seize des siens, et montèrent amont en le porte ; et trouvèrent les dessus dis signeurs et bien vingt cinq chevaliers avoecques eulz, qui n'i estoient mies bien asseur de l'occision[2] que il veoient que on faisoit sus les rues. Et se rendirent tous sans delay, pour yaus sauver, au dit monsigneur Thumas, qui les prist et fiança prisonniers. Et puis mist et laissa de ses gens assés pour yaus garder, et monta à cheval et s'en vint sus les rues. Et destourna[3] ce jour à faire mainte cruaulté et pluiseurs horribles fais qui euissent estet fait, se il ne fust alés au devant : dont il fist aumosne et gentillèce. Avoecques le dit monsigneur Thumas de Hollandes avoit pluiseurs gentilz chevaliers d'Engleterre qui gardèrent et esconsèrent[4] tamaint meschief à faire, et mainte belle bourgoise et tamainte dame d'enclostre[5] à violer. Et chei adonc si bien au roy d'Engleterre et à ses gens que la rivière qui keurt parmi le ville de Kem, qui porte grosse navie, estoit si basse et si morte qu'il le passoient et rapassoient à leur aise, sans le dangier dou pont.

Ensi eut et conquist li dis rois le bonne ville de Kem et en fu sires ; mès trop li cousta aussi, au voir dire, de ses gens. Car chil qui estoient monté en loges et en soliers[6] sus ces estroites rues, jettoient pières et baus et mortiers, et en occirent le premier jour que mehagnièrent plus de cinq cens : dont li rois d'Engleterre fu trop durement courouciés au soir, quant on l'en dist le verité. Et ordonna et commanda que, à lendemain, on parmesist tout à l'espée, et le ditte ville en feu et en flame. Mès messires Godefrois de Harcourt ala au

---

1. Nom d'une ancienne monnaie d'or de France qui tirait son nom de ce qu'elle portait d'un côté l'image de saint Jean Baptiste, et de l'autre un mouton avec sa toison et sa gueule d'où sortait une banderole avec ces mots : *ecce Agnus Dei.*   2. « Qui ne se sentaient pas bien en sécurité à cause du carnage... »   3. « Empêcha ».   4. « Empêchèrent ».   5. « Cloître ».   6. « Les plus hauts étages des maisons ».

devant de ceste ordenance et dist : « Chiers sires, voelliés affrener un petit vostre corage, et vous souffise ce que vous en avés fait. Vous avez encores à faire un moult grant voiage, ançois que vous soiiés devant Calais, où vous tirés à venir. Et si a encores dedens ceste ville grant fuison de peuple qui se deffenderont en leurs hostelz et leurs maisons, s'on leur keurt seure. Et vous poroit trop grandement couster de vos gens, ançois que la ville fust essillie, par quoi vostres voiages se poroit desrompre. Et se vous retournés sus l'emprise que vous avés à faire, il vous tourroit à grant blasme. Si espargniés vos gens, et saciés qu'il vous venront très bien à point dedens un mois. Car il ne poet estre que vos adversaires li rois Phelippes ne doie chevaucier contre vous atout son effort, et combatre à quel fin que soit. Et trouverés encores des destrois, des passages, des assaus et des rencontres pluiseurs, par quoi les gens que vous avés et plus encores vous feront bien mestier. Et, sans occire, nous serons bien signeur et mestre de ceste ville. Et nous metteront très volentiers hommes et femmes tout le leur en abandon. » Li rois d'Engleterre, qui oy et entendi monsigneur Godefroy parler, cogneut assés qu'il disoit verité, et que tout ce li pooit avenir qu'il li monstroit ; si s'en passa atant et dist : « Messire Godefroi, vous estes nos mareschaus. Ordonnés ent en avant ensi que bon vous samble, car dessus vous, tant c'à ceste fois, ne voel je mettre point de regart[1]. »

Adonc fist li dis messires Godefrois de Harcourt chevaucier se banière de rue en rue, et commanda de par le roy que nulz ne fust si hardis, dessus le hart, qui boutast feu ne occesist homme ne violast femme. Quant cil de Kem entendirent ce ban, si furent plus asseur, et recueillièrent aucuns des Englès dedens leurs hostelz, sans riens fourfaire. Et li aucun ouvroient leurs coffres et leurs escrins ; et abandonnoient tout ce qu'il

---

[1] « Pour cette fois-ci, je ne veux pas examiner le cas ».

avoient, mais qu'il fuissent aseur de leur vie. Nonobstant ce et le ban dou roy et dou mareschal, si y eut dedens le ville de Kem moult de villains fais, de mourdres, de pillemens, de roberies, d'arsins et de larecins, car il ne poet estre que, en une tèle host que li rois d'Engleterre menoit, qu'il n'i ait des villains, des garçons et des maufaiteurs assés et gens de petite conscience. Ensi furent li Englès, de le bonne ville de Kem signeur, trois jours. Et y conquisent et gaegnièrent si fier avoir que merveilles seroit à penser. En ce sejour il entendirent à ordonner leurs besongnes, et envoiièrent par barges et par batiaus tout leur avoir et leur gaaing : draps, jeuiaus, vaisselemence d'or et d'argent, et toutes aultres rikèces dont il avoient grant fuison, sus le rivière, jusques à Austrehem, à deux liewes ensus de là, où leur grosse navie estoit. Et eurent avis et conseil, par grant deliberation, que leur navie atout leur conquès et leurs prisonniers il envoieroient arrière en Engleterre. Si fu ordonnés li contes de Hostidonne à estre conduisières et souverains de ceste navie, atout deux cens hommes d'armes et quatre cens arciers. Et achata li dis rois d'Engleterre le conte de Ghines, connestable de France, et le conte de Tankarville, à monsigneur Thumas de Hollandes et à ses compagnons, et en paia vingt mil nobles tous appareilliés[1].

§ 263. Ensi ordonna li rois d'Engleterre ses besongnes, estans en le ville de Kem, et renvoia se navie cargie d'or et d'avoir conquis et de bons prisonniers, dont il y avoit jà plus de soissante chevaliers, et trois cens riches bourgois, et avoech ce grant fuison de salus et d'amistés à sa femme, la gentilz royne d'Engleterre, madame Phelippe.

Or lairons nous à parler dou conte de Hostidonne et de le navie qui s'en reva vers Engleterre, et parlerons dou dit roy comment il persevera en ce voiage. Quant il eut sejourné en le ville de Kem, ensi que vous avés

---

1. « Préparés, arrangés ».

oy, et que ses gens en eurent fait leurs volentés, il s'en parti et fist chevaucier ses mareschaus ensi comme en devant, l'un à l'un des lés et l'autre à l'autre lés, ardant et essillant le plat pays. Et prisent le chemin de Evrues, mès point n'i tournèrent, car elle est trop forte et trop bien fremée. Mais il chevaucièrent devers une aultre grosse ville que on claime Louviers. Louviers adonc estoit une ville en Normendie où on faisoit le plus grant plenté de draperie, et estoit grosse et riche et moult marcheande. Si entrèrent li Englès dedens et le conquisent à peu de fait, car elle n'estoit point fremée. Si fu toute courue, robée, pillie et gastée sans deport. Et y conquisent li dit Englès très grant avoir. Quant il en eurent fait leurs volentés, ils passèrent oultre, et entrèrent en le conté d'Evrues, et l'ardirent toute, excepté les forterèces : mais onques n'i assaillirent ville fremée ne chastiel, car li rois voloit espargnier ses gens et sen artillerie ; car il pensoit bien qu'il en aroit à faire, ensi que messires Godefrois de Harcourt li avoit dit et remonstré.

Si se mist li dis rois d'Engleterre et toute son host sus le rivière de Sainne, en approchant Roem, où il avoit grant fuison de gens d'armes de Normendie. Et en estoient chapitainne li contes de Harcourt, frères à monsigneur Godefroi, et li contes de Dreus[1]. Point ne tournèrent li Englès vers Roem, mais il alèrent à Vrenon[2], où il y a bon chastiel et fort : si ardirent le ville ; mès au chastiel, ne portèrent il point de damage. En apriès, il ardirent Vrenuel[3] et tout le pays d'environ Roem, et le Pont de l'Arce[4]. Et vinrent ensi à Mantes[5] et à Meulent[6], et gastèrent le pays d'environ. Et passèrent dalés le fort chastiel de Roleboise[7], mais point n'i assaillirent. Et partout trouvoient il sus le rivière de

---

1. Louis, vicomte de Thouars, devint comte de Dreux en 1346. 2. Vernon, Eure (27200). Ville sur la Seine. 3. Verneuil-sur-Avre, Eure (27130). 4. Pont-de-l'Arche, Eure (27340). 5. Mantes-la-Jolie, Yvelines (78200). 6. Meulan, Yvelines (78250). 7. Rolleboise, Yvelines (78270), sur la rive gauche de la Seine.

Sainne les pons deffais. Et tant alèrent qu'il vinrent jusques à Poissi[1] : si trouvèrent le pont romput et deffait, mais encores estoient les estaches[2] et les gistes[3] en le rivière. Si s'arresta là li rois et y sejourna par cinq jours. Entrues fu li pons refais bons et fors, pour passer son host aisiement et sans peril. Si coururent si mareschal jusques bien priès de Paris, et ardirent Saint Germain en Laie[4] et le Monjoie, et Saint Clo et Boulongne dalés Paris, et le Bourch le Royne[5]. Dont cil de Paris n'estoient mies bien assegur, car elle n'estoit adonc point fremée. Si se doubtoient que li Englès ne venissent par oultrage jusques à là.

Adonc s'esmeut li rois Phelippes, et fist abatre tous les apentis[6] de Paris pour chevaucier plus aisiement parmi Paris, et s'en vint à Saint Denis là où li rois de Behagne, messires Jehans de Haynau, li dus de Loeraingne, li contes de Flandres, li contes de Blois et très grant baronnie et chevalerie estoient. Quant les gens de Paris veirent le roy leur signeur partir, si furent plus effreet que devant, et vinrent à lui en yaus gettant en genoulz et disant : « Ha ! chiers sires et nobles rois, que volés vous faire ? Volés vous ensi laissier et guerpir vostre bonne cité de Paris ? Et se sont li ennemi à deux liewes priès : tantost seront en ceste ville, quant il saront que vous en serés partis. Et nous n'avons ne n'arons qui nous deffendera contre eulz. Sire, voelliés demorer et aidier à garder vostre bonne cité. » Donc respondi li rois et dist : « Ma bonne gent, ne vous doubtés de riens. Jà li Englès ne vous approceront de plus priès. Je m'en vois jusques à Saint Denis[7] devers mes gens d'armes, car je voel chevaucier contre les Englès et les combaterai, comment qu'il soit. » Ensi rapaisa li rois de France le communalté de Paris, qui estoient en grant doubtance que li Englès les venissent

---

1. Poissy, Yvelines (78300). 2. « Pilots ». 3. « Fondements ». 4. Saint-Germain-en-Laye, sous-préf. des Yvelines, ch.-l. d'arr. (78100) 5. Bourg-la-Reine (92340). 6. Construction ajoutée aux bâtiments et empiétant sur la voie publique. 7. Saint-Denis (97400)

assallir et destruire, ensi qu'il avoient fait chiaus de Kem. Et li rois d'Engleterre se tenoit en l'abbeye de Poissi les Dames[1]. Et fu là le jour de le Nostre Dame en mi aoust, et y tint sa solennité, et sist à table, en draps fourés d'ermine, de vermeille escarlatte, sans mances.

§ 264. Ensi que li rois Edouwars d'Engleterre chevauçoit et qu'il aloit sen host trainant, messires Godefrois de Harcourt, li uns de ses mareschaus, chevauçoit d'autre part d'un costet, et faisoit l'avant garde atout cinq cens hommes d'armes et douze cens arciers. Si encontra li dis messires Godefrois d'aventure grant fuison des bourgois d'Amiens, à cheval et à piet, et en grant arroi et riche, qui s'en aloient, au mandement dou roy Phelippe, viers Paris. Si furent assalli et combatu vistement de lui et de se route. Et cil se deffendirent assés vassaument, car il estoient grant plenté et de bonne gent, bien armé et bien ordonné; et avoient quatre chevaliers dou pays d'Amienois à chapitainnes. Si dura ceste bataille assés longement. Et en y eut de premières venues pluiseurs rués jus, d'un lés et d'autre. Mès finablement li Englès obtinrent le place, et furent li dit bourgois desconfit et priès que tout mort et pris. Et conquisent li Englès tout leur charoi et leur harnas, où il avoit grant fuison de bonnes coses, car il aloient à ce mandement devers le roy moult estoffeement, pour tant qu'il n'avoient esté, en grant temps avoit, hors de leur cité. Si en y eut bien mors sus le place douze cens. Et retourna li dis messires Godefrois sus le viespre devers le grosse host dou roy, et li recorda sen aventure, dont il fu moult liés quant il entendi que la besongne avoit esté pour ses gens.

Si chevauça li rois avant et entra ou pays de Biauvoisis, ardans et exillans le plat pays, ensi qu'il avoit fait en Normendie. Et chevauça tant en tèle manière

---
1. Poissy, ch.-l. de cant. des Yvelines, arr. de Saint-Germain-en-Laye (78300), sur la Seine. L'abbaye des Dames donna à cette ville son nom de Poissy-les-Dames.

que il s'en vint logier en une moult belle et riche abbeye, que on claime Saint Lusiien. Et siet assés priès de le cité de Biauvais ; si y jut li dis rois une nuit. À lendemain, sitos qu'il s'en fu partis, il regarda derrière lui ; si vei que li abbeye estoit toute enflamée. De ce fu il moult courouciés, et s'arresta sus les camps, et dist que cil qui avoient fait cel oultrage oultre sa deffence, le comparroient chierement. Car li rois avoit deffendu sus le hart que nulz ne violast eglise, ne boutast feu en abbeye, ne en moustier. Si en fist prendre juques à vingt de chiaus qui le feu y avoient boutet, et les fist tantost pendre et sans delay, afin que li aultre y presissent exemple.

§ 265. Apriès chou que li rois d'Engleterre se fu partis de Saint Lusiien, il chevauça avant ou pays de Biauvoisis, et passa oultre par dalés le cité de Biauvais, et n'i veult point arester pour assallir ne assegier, car il ne voloit mies travillier ses gens ne alewer[1] sen artillerie sans raison ; et s'en vint logier ce jour de haute heure à une ville que on claime Milli en Biauvoisis[2]. Li doi mareschal de l'host passèrent si priès de le cité de Biauvais et des fourbours, que il ne se peurent tenir que il n'alaissent assallir et escarmucier à chiaus des barrières ; et partirent leurs gens en trois batailles, et assallirent à trois portes. Et dura cilz assaulz jusques à remontière, mès petit y gaegnièrent, car la cité de Biauvais est forte et bien fremée, et estoit adonc gardée de bonnes gens et de bons arbalestriers. Et si y estoit li evesques, dont la besongne valoit mieus. Quant li Englès perçurent qu'il ne pooient riens conquester, il s'en partirent, mès il ardirent tous les fourbours rés à rés des portes[3], et puis vinrent au soir là où li rois estoit logiés. Lendemain, li rois et toute son host se deslogièrent : si chevaucièrent parmi le pays, ardant et essillant tout derrière yaus ; et s'en vinrent logier en un gros village que on appelle Grantviller[4].

---

1. « Dépenser ».   2. Milly-sur-Thérain (60112), Oise.   3. « À même les portes ».   4. Grandvilliers (60210), Oise.

Lendemain, li rois se desloga et passa par devant Argies[1]. Si ne trouvèrent li coureur nullui qui gardast le chastiel ; si l'assallirent, et le prisent à pau de fait, et l'ardirent. Et puis passèrent oultre, ardant et essillant tout le pays d'environ ; et vinrent ensi jusques au chastiel de Pois[2], là où il trouvèrent bonne ville et deux chastiaus. Mès nuls des seigneurs n'i estoient, ne nulles gardes n'i avoit, fors deux belles damoiselles, filles au signeur de Pois[3], qui tantost euissent esté violées, se n'euissent esté doi gentil chevalier d'Engleterre qui les en deffendirent et les menèrent au roy pour elles garder : ce furent messires Jehans Chandos et li sires de Basset. Liquelz rois, pour honneur et gentillèce, leur fist bonne cière et lie, et les recueilla doucement, et leur demanda où elles vorroient estre. Elles respondirent : « À Corbie[4]. » Là les fist li rois mener et conduire sans peril. Si se loga li rois celle nuit en le ditte ville de Pois, et ses gens là environ, ensi qu'il peurent.

Celle nuit parlementèrent li bonhomme de Pois et cil des chastiaus as mareschaus de l'host, à yaus sauver et non ardoir. Si se rançonnèrent parmi une somme de florins qu'il deurent paiier à lendemain, mès que li rois fust partis. Quant ce vint à lendemain au matin, li rois se desloga et se mist au chemin à tout son host. Et demorèrent aucun, de par les mareschaus, pour attendre cel argent que on leur devoit delivrer. Quant cil de le ville de Pois furent assamblet, et il veirent que li rois et toute l'ost s'en estoient parti, et que li demoret derrière n'estoient c'un petit de gent, il refusèrent à paiier, et disent qu'il ne paieroient riens, et leur coururent sus pour occire. Chil Englès se misent à deffense, et envoiièrent après l'ost querre secours. Chil qui che-

---

1. Dargies (60210), Oise, arr. de Beauvais, cant. Grandvilliers. **2.** Poix-de-Picardie (80290), Somme, arr. d'Amiens. **3.** Jean de Poix, fils de Guillaume de Poix et de Marguerite d'Azincourt. **4.** Corbie (80800), ch.-l. de cant., arr. d'Amiens.

vaucièrent devers l'ost, s'esploitièrent et fisent tant qu'il trouvèrent l'arrière garde, dont messires Renaulz de Gobehen et messires Thumas de Hollandes estoient conduiseur ; si les retournèrent, et estourmirent durement l'ost, en escriant : « Trahi ! Trahi ! » Si retournèrent vers Pois cil qui les nouvelles entendirent, et trouvèrent leurs compagnons qui encores se combatoient à chiaus de le ville. Si furent cil de le ville de Pois fierement envay et priès que tout mort, et la ville arse, et li doi chastiel abatu ; et puis retournèrent arrière devers l'ost le roy qui estoit venus à Arainnes[1]. Et avoit commandé toutes manières de gens à logier, et de point passer avant, et deffendu sus le hart que nuls ne fourfesist riens à le ville, d'arsin ne d'autre cose, car il se voloit là tenir un jour ou deux, et avoir avis et conseil par quel pas il poroit le rivière de Somme passer mieulz à sen aise. Et bien li besongnoit qu'il y pensast, si com vous orés recorder ensievant.

§ 266. Or voel je retourner au roy Phelippe de France, qui estoit à Saint Denis, et ses gens là environ. Et tous les jours li venoient gens de tous lés, et tant en avoit que sans nombre. Si estoit jà li dis rois partis de Saint Denis o grant baronnie, en istance de ce que de trouver le roy d'Engleterre et de combatre à lui, car moult en avoit grant desir, pour contrevengier l'arsin de son royaume et le grant destruction que li Englès y avoient fait. Si chevauça tant li dis rois de France par ses journées qu'il vint à Copegni l'Esquissiet[2], à trois liewes priès de le cité d'Amiens ; et là s'arresta pour attendre ses gens qui venoient de toutes pars, et pour aprendre le convenant des Englès.

Or parlerons dou roy d'Engleterre qui estoit arestés à Arainnes, si com vous avés oy, et avoit moult bien entendu que li rois de France le sievoit o tout son

---

1. Airaines (80270), Somme, arr. d'Amiens, cant. Molliens-Vidame. **2.** Nampty-Coppegueule (80160), Somme, arr. d'Amiens, cant. Conty. Les scribes ont défiguré ce nom dans le texte de Froissart. Voir SHF, III, xlii, n7.

effort ; et si ne savoit encores là où il poroit passer le rivière dé Somme, qui est grande, large et parfonde. Et si estoient tout li pont deffait, ou si bien gardet de bonnes gens d'armes, que li rivière estoit impossible à passer. Si appella li rois ses deux mareschaus, le conte de Warvich et monsigneur Godefroi de Harcourt, et leur dist que il presissent mil hommes d'armes et deux mil arciers tous bien montés, et s'en alaissent tastant et regardant, selonch le rivière de Somme, se il poroient trouver passage là où il peuissent passer sauvement. Si se partirent li doi mareschal dessus nommet, bien acompagniet de gens d'armes et d'arciers, et passèrent parmi Loncpret[1] et vinrent au Pont à Remi[2] ; et le trouvèrent bien garni de grant fuison de chevaliers et d'escuiers et de gens dou pays, qui là estoient assamblet, pour le pont garder et le passage deffendre. Si vinrent là li Englès, et se misent à piet et en bon convenant, pour le pont et le passage calengier, et les François assallir. Et y eut très grant assaut et très fort, et qui dura dou matin jusques à prime[3]. Mès li dis pons et la deffense estoient si bien batilliet[4], et furent si bien deffendu, que onques li Englès n'i peurent riens conquerre ; ançois se partirent, cascuns sans riens faire. Et chevaucièrent d'autre part, et vinrent jusques à une grosse ville que on claime Fontainnes sus Somme[5] ; si l'ardirent toute et reubèrent[6], car elle n'estoit point fremée. Et puis vinrent à une aultre ville, que on claime Lonch en Pontieu[7] ; si ne peurent gaegnier le pont, car il estoit bien garnis et fu bien deffendus. Si s'en partirent et chevaucièrent devers Pikegni[8], et trouvèrent le ville, le pont et le chastiel bien garni ; par quoi jamais

---

1. Longpré-les-Corps-Saints (80510), Somme, arr. d'Abbeville, cant. Hallencourt.   2. Pont-Remy (80580), Somme, arr. d'Abbeville, cant. Ailly-le-Haut-Clocher   3. Donc, d'environ six à neuf heures du matin.   4. « Fortifiés de créneaux ; garnis d'armes ».   5. Fontaine-sur-Somme (80510), arr. d'Abbeville, cant. Hallencourt.   6. « Pillèrent, saccagèrent ».   7. Long (80510), Somme, arr. d'Abbeville, cant. Ailly-le-Haut-Clocher.   8. Picquigny (80310), Somme, arr. d'Amiens.

ne l'euissent gaegniet ne pris. Ensi avoit fait li rois de France pourveir et garder les destrois et les passages sus le rivière de Somme, afin que li rois d'Engleterre ne sen host ne peuissent passer, car il les voloit combatre à sa volenté, ou afamer par delà le rivière de Somme.

§ 267. Quant li doi mareschal dou roy d'Engleterre eurent ensi, un jour entier, tastet et chevauciet et costiiet le rivière de Somme, et il veirent que de nul lés il ne trouveroient point de passage, si retournèrent arrière à Arainnes, devers le roy leur signeur et li recordèrent leur chevaucie et tout ce que trouvet avoient. Che meismes soir, vint li rois de France jesir à Amiens à plus de cent mil hommes, et estoit li pays d'environ tous couvers de gens d'armes. Quant li rois Edouwars eut oy le relation de ses deux mareschaus, si n'en fu mies plus liés ne mains anoieus. Et commença fort à muser et à merancoliier[1], et commanda que lendemain au plus matin il fuissent tout, parmi son host, appareilliet, et que on sievist les banières des mareschaus, quel part qu'il voloient aler. Li commandemens dou roy fu fais.

Quant ce vint au matin, et li rois eut oy messe devant soleil levant, si sonnèrent les trompètes de deslogement. Et se partirent toutes manières de gens, en siewant les banières des mareschaus, qui chevauçoient tout devant, si com ordonné estoit. Et chevaucièrent tant en cel estat parmi le pays de Vismeu[2], en approçant le bonne ville de Abbeville, qu'il vinrent à Oizemont[3], où grant plenté des gens dou pays estoient recueilliet sus le fiance d'un peu de deffense qu'il y avoit ; et le cuidoient bien tenir et deffendre contre les Englès, mais il fallirent à leur cuidier[4], car, en venant, il furent assalli et envaï si durement qu'il perdirent le

---

1. « S'inquiéter ». 2. Le Vimeu, région de Picardie, située entre la Somme et la Bresle, dont Saint-Valery-sur-Somme (80230) est la ville principale. 3. Oisemont, Somme (80140). 4. « Un projet, une intention que les événements vont démentir ».

Le passage de Blanquetaque

place. Et conquisent li Englès le ville et tout ce que dedens avoit. Et y eut mors et pris grant fuison d'hommes de le ville et dou pays d'environ. Si se loga li dis rois d'Engleterre ou grant hospital.

Adonc estoit li rois de France à Amiens, et avoit ses espies et ses coureurs qui couroient sus le pays et li raportoient le convenant des Englès. Si entendi li dis rois de France, ce soir, par ses coureurs, que li rois d'Engleterre se deslogeroit le matin, si com il fist, d'Arainnes, et chevauceroit viers Abbeville ; car si mareschal avoient tastet et chevauciet tout contremont le rivière de Somme, et n'avoient nulle part point trouvé de passage. De ces nouvelles fu li rois de France moult liés, et pensa bien que il encloroit le roy d'Engleterre entre Abbeville et le rivière de Somme, et le prenderoit, ou combateroit à se volenté. Si ordonna tantost li dis rois un grant baron de Normendie, qui s'appelloit messire Godemar de Fay, à aler garder le passage de le Blanke Take[1], qui siet desous Abbeville, par où il convenoit que li Englès passassent, et non par ailleurs.

Si se parti li dis messires Godemars dou roy, atout mil hommes d'armes et cinq mil de piet, parmi les Genevois. Si s'esploita tant qu'il vint à Saint Rikier[2], en Pontieu, et de là au Crotoi, où li dis passages siet. Et encores emmena il, ensi qu'il chevauçoit celle part, grant fuison des gens dou pays ; et manda les bourgois de Abbeville qu'il venissent là avoecques lui, pour aidier à garder le passage. Si y vinrent moult estoffeement, et en grant arroy. Et furent au dit passage au devant des Englès bien douze mil hommes, uns c'autres, dont il y avoit bien deux mil combatans à tournikiaus[3].

---

1. Passage de la Somme situé entre Abbeville et Saint-Valery. Blanquetaque ; « tache blanche » : la falaise crayeuse forme, au-dessus de Port-le-Grand (80132), une longue bande de couleur blanche (SHF, III, xliv, n3). **2.** Saint-Riquier, Somme, arr. d'Abbeville, cant. Ailly-le-Haut-Clocher (80135). **3.** « Cotte d'armes » (voir KL, XIX, 457).

§ 268. Apriès ceste ordonance, li rois Phelippes, qui durement desiroit à trouver les Englès et yaus combatre, se departi d'Amiens o tout son effort, et chevauça vers Arainnes, et vint là à heure de miedi ou environ ; et li rois d'Engleterre s'en estoit partis à petite prime. Et encores trouvèrent li François grant fuison de pourveances, chars en hastiers, pains et pastes en fours, vins en tonniaus et en barilz, et moult de tables mises, que li Englès avoient laissiet, car il s'estoient de là parti en grant haste. Sitretos que li rois de France fu à Arainnes, il eut conseil de lui logier. Et li dist on : « Sire, logiés vous, et attendés chi vostre baronnie. Il est vrai que li Englès ne vous poeent escaper. » Donc se loga li rois en le ville meismement ; et tout ensi que li signeur venoient, il se logoient.

Or parlerons dou roy d'Engleterre, qui estoit en le ville de Oisemont, et savoit bien que li rois de France le sievoit o tout son effort, et en grant desir de lui combatre. Si euist volentiers veu li rois d'Engleterre que il et ses gens euissent passet le rivière de Somme. Quant ce vint au soir, et si doi mareschal furent revenu, qui avoient couru tout le pays jusques ès portes d'Abbeville, et esté devant Saint Waleri[1], et là fait une grande escarmuce, il mist son conseil ensamble, et fist venir devant li pluiseurs prisonniers dou pays de Pontieu et de Vismeu, que ses gens avoient pris. Et leur demanda li rois moult courtoisement se il y avoit entre yaus homme nul qui sewist un passage, qui seoit desous Abbeville : « Où nous porions et nostre host passer sans peril. Se il en y a nul qui le nous voelle ensengnier, nous le quitterons de sa prison, et vingt de ses compagnons, pour l'amour de lui[2]. »

Là eut un varlet, que on clamoit Gobin Agace[3], qui

---

1. Saint-Valery-sur-Somme (80230). 2. On passe presque sans transition ici du discours indirect au discours direct. 3. Gobin Agache.

s'avança de parler, car il cognissoit le passage de le Blanke Take mieulz que nulz aultres, car il estoit nés et nouris de là priès, et l'avoit passet et rapasset en ceste anée par pluiseurs fois. Si dist au roy : « Oïl, en nom Dieu. Je vous prommeth, sus l'abandon de ma tieste, que je vous menrai bien à tel pas, où vous passerés le rivière de Somme, et vostre host, sans peril. Et y a certainnes mètes[1] de passage, où douze hommes le passeroient bien de front, deux fois entre nuit et jour, et n'aroient de l'aigue plus avant que jusques as genoulz. Car quant li fluns de le mer est en venant, il regorge le rivière si contremont que nuls ne le poroit passer. Mais quant cilz fluns, qui vient deux fois entre nuit et jour, s'en est tous ralés, la rivière demeure là endroit si petite que on y passe bien aise, à piet et à cheval. Ce ne poet on faire aultre part que là, fors au pont à Abbeville, qui est forte ville et grande, et bien garnie de gens d'armes. Et au dit passage, monsigneur, que je vous nomme, a gravier de blanke marle, forte et dure, sur quoi on poet seurement chariier, et pour ce appelle on ce pas le *Blanke Take*. »

Quant li rois d'Engleterre oy les parolles dou varlet, il n'euist mies estet si liés qui li euist donné vingt mil escus, et li dist : « Compains, si je trueve en vrai ce que tu nous dis, je te quitterai ta prison et tous tes compagnons, pour l'amour de ti, et te ferai delivrer cent nobles. » Et Gobins Agace respondi : « Sire, oïl, en peril de ma tieste. Mais ordenés vous sur ce, pour estre là sur la rive devant soleil levant. » Dist li rois : « Volentiers. » Puis fist savoir par tout son host que cescuns fust armés et appareilliés au son de le trompète, pour mouvoir et partir de là pour aler ailleurs.

§ 269. Li rois d'Engleterre ne dormi mies gramment celle nuit ; ains se leva à mienuit, et fist sonner le trompette, en signe de deslogier. Cescuns fu tantost appareilliés, sommier toursés, chars chargiés. Si se

---

1. « Limites ».

partirent, sour le point dou jour, de le ville de Oisemont ; et chevaucièrent sur le conduit de ce varlet qui les menoit. Et fisent tant et si bien s'esploitièrent qu'il vinrent, environ soleil levant, assés priès de ce gué que on claime le Blanche Take ; mès li fluns de le mer estoit adonc si plains qu'il ne peurent passer. Ossi bien convenoit il au roy attendre ses gens, qui venoient apriès lui. Si demora là endroit jusques apriès prime, que li fluns s'en fu tous ralés.

Etançois que li fluns s'en fust tous ralés, vint d'autre part messires Godemars dou Fay sus le pas de le Blanke Take, à grant fuison de gens d'armes envoiiés de par le roy de France, si com vous avés oy recorder chi dessus. Si avoit li dis messires Godemars, en venant à le Blanke Take, rassamblé grant fuison des gens dou pays, tant qu'il estoient bien douze mil, uns c'autres, qui tantos se rengièrent sus le pas de le rivière, pour garder et deffendre le passage. Mais li rois Edowars d'Engleterre ne laissa mies à passer pour ce ; ains commanda à ses mareschaus tantost ferir en l'aigue, et ses arciers traire fortement as François, qui estoient en l'aigue et sus le rivage. Lors fisent li doi mareschal d'Engleterre chevaucier leurs banières, « ou nom de Dieu et de saint Gorge », et yaus apriès ; si se ferirent en l'aigue de plains eslais, li plus bacelereus et li mieulz monté devant. Là eut en le meisme rivière fait mainte jouste, et maint homme reversé d'une part et d'aultre. Là commença uns fors hustins, car messires Godemars et li sien deffendoient vassaument le passage. Là y eut aucuns chevaliers et escuiers françois, d'Artois et de Pikardie et de le carge monsigneur Godemar, qui pour leur honneur avancier se feroient ou dit gués, et ne voloient mies estre trouvé sus les camps, mès avoient plus chier à jouster en l'aigue que sus terre. Si y eut, je vous di, là fait mainte jouste et mainte belle apertise d'armes.

Et eurent là li Englès, de premiers, un moult dur rencontre. Car tout cil, qui estoient avoecques monsigneur Godemar là envoiiet pour deffendre et garder le passage, estoient gens d'eslitte ; et se tenoient tout bien rengiet sus le destroit dou passage de le rivière : dont li Englès estoient dur rencontré, quant il venoient à l'issue de l'aigue, pour prendre terre. Et y avoit Genevois qui dou tret leur faisoient moult de maulz. Mais li arcier d'Engleterre traioient si fort et si ouniement c'à merveilles ; et toutdis, entrues qu'il ensonnioient les François, gens d'armes passoient. Et sachiés que li Englès se prendoient bien priès d'yaus combatre[1], car il leur estoit dit notorement que li rois de France les sievoit à plus de cent mil hommes. Et jà estoient aucun compagnon coureur, de le partie des François, venu jusques as Englès, li quel en reportèrent vraies ensengnes au roy de France, si com vous orés dire.

§ 270. Sus le pas de le Blanke Take fu la bataille dure et forte, et assés bien gardée et deffendue des François. Et mainte belle apertise d'armes y eut ce jour fait, d'un lés et d'aultre ; mès finablement li Englès passèrent oultre, à quel meschief que ce fust, et se traisent, ensi qu'il passoient, tout sus les camps. Si passa li rois et li princes de Galles ses filz, et tout li signeur. Depuis ne tinrent li François gaires de conroy et se partirent, qui partir s'en peut, dou dit passage, comme desconfit[2]. Quant messires Godemars vey le meschief, il se sauva au plus tost qu'il peut, et ossi fisent tamaint de se route. Et prisent li aucun le chemin de Abbeville, et li aultre celui de Saint Rikier. Là eut grant occision et maint homme mort car cil qui estoient à piet ne pooient fuir. Si en y eut grant plenté de chiaus de Abbeville, de Monstruel, de Rue[3] et de Saint Rikier, mort et pris ; et dura la cace plus d'une grosse liewe. Encores n'estoient mies li Englès tout oultre sus le rivage, quant aucun escuier as signeurs de France, qui enventurer se voloient, especialement des chiaus de l'Empire, dou roy de Behagne et de monsigneur Jehan

---

1. « S'attachèrent à combattre vigoureusement ».   2. Édouard III passa la Somme le jour de la Saint-Barthélemy, le jeudi 24 août 1346.   3. Rue (80120), Somme, arr. d'Abbeville.

de Haynau, vinrent sus yaus, et conquisent sus les darrainniers aucuns chevaus et harnas, et en tuèrent et blecièrent pluiseurs sus le rivage, qui mettoient painne à passer afin qu'il fuissent tout oultre.

Les nouvelles vinrent au roy Phelippe de France, qui chevauçoit fortement celle matinée, et estoit partis d'Arainnes. Et li fu dit que li Englès avoient passet le Blanke Take, et desconfit monsigneur Godemar dou Fay et se route. De ces nouvelles fu li rois de France moult courouciés, car il cuidoit bien trouver les Englès sus le rivage de Somme, et là combatre. Si s'arresta sus les camps, et demanda à ses mareschaus qu'il en estoit bon à faire, et qu'il le desissent. Il respondirent : « Sire, vous ne poés passer, fors au pont à Abbeville, car li fluns de le mer est jà tous revenus. » Donc retourna li rois de France tous courouciés, et s'en vint ce joedi jesir à Abbeville. Et toutes ses gens sievirent son train, et vinrent li prince et li corps des grans signeurs logier en le ditte ville, et leurs gens ens ès villiaus d'environ ; car tout n'i peuissent mies estre logiet, tant en y avoit grant fuison. Or parlerons dou roy d'Engleterre, comment il persevera, depuis qu'il eut conquis sus monsigneur Godemar dou Fay le passage de Blanke Take.

§ 271. Quant li rois d'Engleterre et ses gens furent oultre, et qu'il eurent mis en cace leurs ennemis et delivré le place, il se traisent bellement et ordonneement ensamble. Et aroutèrent leur charoi et chevaucièrent, ensi qu'il avoient fait ou pays de Vexin et de Vismeu[1], et en devant jusques à là ; et ne s'effreèrent de riens, puis qu'il sentoient le rivière de Somme à leur dos. Et regratia et loa Dieu li rois d'Engleterre ce jour pluiseurs fois, quant si grant grace li avoit fait que trouvet passage bon et seur, et conquis sus ses ennemis, et desconfis par bataille. Adonc fist là venir li rois d'En-

---

1. Le Vexin : ancien pays de France situé entre l'Andelle et l'Oise. Le Vexin et le Vimeu sont deux régions au sud de la Somme qu'Édouard III vient de traverser en allant vers le nord.

gleterre le varlet avant, qui le passage li avoit enseigniet ; se le quitta de se prison et tous ses compagnons, pour l'amour de lui, et li fist baillier cent nobles d'or et un bon roncin. De cesti ne sçai je plus avant.

Depuis chevaucièrent li rois et ses gens tout souef et tout joiant ; et eurent ce jour empensé de logier en une bonne et grosse ville que on claime Noielle[1], qui priès de là estoit. Mès quant il seurent que elle estoit à la contesse d'Aumarle[2], sereur à monsigneur Robert d'Artois qui trespassés estoit, il assegurèrent[3] le ville et le pays appertenans à la dame, pour l'amour de lui : de quoi elle remercia moult le roy et les mareschaus. Si alèrent logier plus avant ens ou pays, en approçant La Broie[4] ; mès si mareschal chevaucièrent jusques au Crotoi, qui siet sus mer, et prisent le ville et ardirent toute. Et trouvèrent sus le port grant garnison de barges, de nefs et de vaissiaus, cargiés de vins de Poito, qui estoient à marcheans de Saintonge et de le Rocelle, mais il eurent tantost tout vendu. Et en fisent li dit marescal amener et achariier des milleurs en l'ost dou roy d'Engleterre, qui estoit logiés à deux petites liewes de là.

Lendemain, bien matin, se deslogea li dis rois d'Engleterre, et chevauça devers Creci en Pontieu[5]. Et si doi mareschal chevaucièrent en deux routes, li uns à destre, et li aultres à senestre. Et vinrent, li uns courir jusques as portes d'Abbeville, et puis s'en retourna vers Saint Rikier, ardant et exillant le pays ; et li aultres, au desous sus le marine ; et vint courir jusques à le ville de Saint Esperit de Rue[6]. Si chevaucièrent

---

1. Noyelles-sur-Mer, Somme, arr. d'Abbeville, cant. Nouvion-en-Ponthieu (80860), à environ 11 km au nord-ouest d'Abbeville. **2.** Catherine d'Artois, veuve en 1342 de Jean II de Castille-Ponthieu, comte d'Aumale, était la fille, et non la sœur, de Robert d'Artois. Blanche, sa fille, mariée en 1340 à Jean d'Harcourt, était la nièce de Godefroi d'Harcourt (SHF, III, xlvii, n1). **3.** « Rassurèrent ». **4.** La Broye (62140), Pas-de-Calais, arr. de Montreuil-sur-Mer, cant. de Hesdin. **5.** Vendredi 25 août 1346. Crécy-en-Ponthieu, Somme (80150). **6.** Rue (80120), Somme, arr. d'Abbeville.

ensi, ce venredi, jusques à heure de miedi, que leurs trois batailles se remisent ensamble. Si se loga li dis rois Edowars, et toute son host, assés près de Creci en Pontieu.

§ 272. Bien estoit infourmés li rois d'Engleterre que ses adversaires, li rois de France, le sievoit atout son grant effort, et avoit grant desir de combatre à lui, si comme il apparoit, car il l'avoit vistement poursievi jusques bien priès dou passage de le Blanke Take, et estoit retournés arrière à Abbeville. Si dist adonc li rois d'Engleterre à ses gens : « Prendons chi place de terre, car je n'irai plus avant si arons veus nos anemis. Et bien y a cause que je les attende, car je sui sus le droit hiretage de madame ma mère, qui li fu donnés en mariage. Si le vorrai deffendre et calengier contre mon adversaire Phelippe de Vallois. » Ses gens obeirent tout à se intention, et n'alèrent adonc plus avant.

Si se loga li rois à plains camps, et toutes ses gens ossi. Et pour ce que il savoit bien que il n'avoit pas tant de gens de le huitime partie que li rois de France avoit[1], et si voloit attendre l'aventure et le fortune et combatre, il avoit mestier que il entendesist à ses besongnes. Si fist aviser et regarder par ses deux mareschaus, le conte de Warvic et monsigneur Godefroi de Harcourt, et monsigneur Renault de Gobehen avoech eulz, vaillant chevalier durement, le lieu et le place de terre où il ordonneroient leurs batailles. Li dessus dit chevaucièrent autour des camps, et imaginèrent et considerèrent bien le pays et leur avantage. Si fisent le roy traire de celle part et toutes manières de gens. Et avoient envoiiés leurs coureurs par devers Abbeville, pour ce que il savoient bien que li rois de France y estoit et passeroit là le Somme, à savoir se ce venredi il se trairoit point sus les camps, et ystroit de Abbeville. Il raportèrent qu'il n'en estoit nul apparant.

---

1. « ... il n'avait pas la huitième partie d'hommes dont disposait le roi de France ».

Adonc donna li rois congiet à toutes ses gens d'yaus traire à leurs logeis pour ce jour, et lendemain, bien matin, au son des trompètes, estre tout apparilliet, ensi que pour tantost combatre, en la ditte place. Si se retraist cescuns sus ceste ordenance à son logeis ; et entendirent à remettre à point et à refourbir leurs armeures. Or, parlerons nous un petit dou roy Phelippe, qui estoit le joedi au soir venus en Abbeville.

§ 273. Le venredi tout le jour, se tint li rois de France dedens la bonne ville d'Abbeville, attendans ses gens qui toutdis li venoient de tous costés. Et faisoit ossi passer les aucuns oultre le ditte ville, et traire as camps, pour estre plus apparilliés à lendemain, car c'estoit sen entention que de issir hors et combatre ses ennemis, comment qu'il fust. Et envoia li dis rois che venredi ses mareschaus, le signeur de Saint Venant et monsigneur Charle de Montmorensi, hors de Abbeville descouvrir sus le pays, pour aprendre et savoir le verité des Englès. Si raportèrent li dessus dit au roy, à heure de viespres, que li Englès estoient logiet sus les camps, assés près de Creci en Pontieu, et monstroient, selonch leur ordenance et leur convenant, qu'il attenderoient là leurs ennemis.

De ce raport fu li rois de France moult liés et dist, se il plaisoit à Dieu, que lendemain il seroient combatu. Si pria li dis rois au souper, ce venredi, dalés lui tous les haus princes, qui adonc estoient dalés lui dedens Abbeville, le roy de Behagne premierement, le conte d'Alençon[1] son frère, le conte de Blois son neveu, le conte de Flandres, le duch de Loeraingne, le conte d'Auçoirre, le conte de Sanssoire, le conte de Harcourt, monsigneur Jehan de Haynau, et fuison d'autres. Et fu ce soir en grant recreation et en grant parlement d'armes. Et pria apriés souper à tous les signeurs que il fuissent li uns à l'autre amit et courtois, sans envie, sans hayne et sans orgueil ; et cescuns li eut en

---

1. Charles II, comte d'Alençon. Mort à la bataille de Crécy.

convent. Encores attendoit li dis rois le conte de Savoie et monsigneur Loeis de Savoie son frère, qui devoient venir à bien mil lances de Savoiiens et de le Dauffinet, car ensi estoient il mandet et retenu et paiiet de leurs gages, à Troies en Campagne[1], pour trois mois. Or retourrons nous au roy d'Engleterre, et vous compterons une partie de son convenant.

§ 274. Ce venredi, si com je vous ay dit, se loga li dis rois d'Engleterre à plains camps o toute son host. Et se aisièrent[2] de ce qu'il eurent : il avoient bien de quoi, car il trouvèrent le pays gras et plentiveus de tous vivres, de vins et de viandes. Et ossi pour les fautes[3] qui pooient venir, grans pourveances à charoi les sievoient. Si donna li dis rois à souper les contes et les barons de son host, et leur fist moult grant cière ; et puis leur donna congiet d'aler reposer, si com il fisent.

Ceste meisme nuit, si com je l'ay depuis oy recorder, quant toutes ses gens se furent partis de lui, et qu'il fu demorés dalés les chevaliers de son corps et de sa cambre, il entra en son oratore. Et fu là en genoulz et en orisons devant son autel, en priant devotement à Dieu que il le laiast à lendemain, se il se combatoit, issir de le besongne à son honneur. Apriès ces orisons, environ mienuit, il ala coucier ; et se leva lendemain assés matin par raison, et oy messe, et li princes de Galles ses filz ; et se acumeniièrent, et en tel manière la plus grant partie de ses gens : si se confessèrent et misent en bon estat.

Apriès les messes, li rois commanda à toutes ses gens armer, et issir hors de leurs logeis, et à traire sus les camps en le propre place que il avoient le jour devant aviset. Et fist faire li dis rois un grant parch[4] près d'un bois, derrière son host, et là mettre et retraire

---

1. Troyes (10000), Aube. 2. « Se mirent à l'aise ». 3. « Pénuries ». 4. « Enclos ». Le bois en question est situé un peu au nord du bourg de Crécy et de la commune de Wadicourt. Sur la position militaire où se retranche l'armée anglaise, voir SHF, III, xlviii, n2.

tous chars et charettes ; et fist entrer dedens ce parch tous les chevaus, et demora cescuns homs d'armes et arciers à piet ; et n'i avoit en ce dit parch que une seule entrée. En apriès, il fist faire et ordonner par son connestable et ses mareschaus jusques à trois batailles. Si fu mis et ordonnés en le première ses jones filz li princes de Galles. Et dalés le dit prince furent esleu pour demorer, li contes de Warvich, li contes de Kenfort, messires Godefrois de Harcourt, messires Renaulz de Gobehen, messires Thumas de Hollandes, messires Richars de Stanfort, li sires de Manne, li sires de le Ware, messires Jehans Chandos, messires Bietremieus de Broues[1], messires Robers de Nuefville[2], messires Thumas Cliffors[3], li sires de Boursier, li sires Latimiers, et pluiseur aultre bon chevalier et escuier, lesquelz je ne puis mies tous nommer. Si pooient estre en le bataille dou prince environ huit cens hommes d'armes et deux mil arciers et mil brigans, parmi les Galois. Si se traist moult ordonneement ceste bataille sus les camps, cescuns sires desous se banière ou son pennon et entre ses gens. En le seconde bataille furent li contes de Norhantonne, li contes d'Arondiel, li sires de Ros, li sires de Luzi, li sires de Willebi, li sires de Basset, li sires de Saint Aubin, messires Loeis Tueton, li sires de Multonne, li sires Alassellée et pluiseur aultre. Et estoient en ceste bataille environ cinq cens hommes d'armes et douze cens arciers. La tierce bataille eut li rois pour son corps et grant fuison, selonch l'aisement où il estoit[4], de bons chevaliers et escuiers. Si pooient estre en se route et arroy environ sept cens hommes d'armes et deux mil arciers.

Quant ces trois batailles furent ordonnées et que cescuns sires, barons, contes et chevaliers, sceurent quel cose il devoient faire et retraire, li dis rois d'Engleterre monta sus un petit palefroi blanch, un blanc baston en

---

1. Barthélemy de Burghersh (KL, XX, 481-3). KL lit « Bruwes » (KL, V, 33).   2. Robert de Nevill, quatrième fils de Raoul de Nevill et d'Alice d'Audley (KL, XXII, 290).   3. Thomas de Clifford (voir KL, XXI, 7-10).   4. « Selon ses besoins ».

sa main, adestrés de[1] ses deux mareschaus ; et puis ala tout le pas[2], de rench en rench, en amonnestant et priant les contes, les barons et les chevaliers que il volsissent entendre et penser pour se honneur garder, et à deffendre son droit. Et leur disoit ces langages[3] en riant, si doucement et de si lie cière, que, qui fust tous desconfortés, se se peuist il reconforter, en lui oant et regardant. Et quant il ot ensi viseté toutes ses batailles et ses gens, et amonnestés et priiés de bien faire le besongne, il fu heure de haute tierce. Si se retraist en sa bataille, et ordonna que toutes ses gens mengassent à leur aise et buissent un cop. Ensi fu fait comme il l'ordonna. Et mengièrent et burent tout à loisir, et puis retoursèrent pos, barilz et pourveances sus leurs chars, et revinrent en leurs batailles, ensi que ordonné estoient par les mareschaus. Et se assisent tout à terre, leurs bacinès et leurs ars devant yaus, en yaus reposant, pour estre plus fresch et plus nouvel, quant leur ennemi venroient. Car tèle estoit li intension dou roy d'Engleterre que là il attenderoit son aversaire le roy de France, et se combateroit à lui et à sa poissance.

§ 275. Ce samedi au matin se leva li rois de France assés matin et oy messe en son hostel, dedens Abbeville, en l'abbeye Saint Pière où il estoit logiés. Et ossi fisent tout li signeur : li rois de Behagne, li contes d'Alençon, li contes de Blois, li contes de Flandres, li dus de Loeraingne et tout li chief des grans signeurs qui dedens Abbeville estoient arresté. Et saciés que le dit venredi il ne logièrent mies tout dedens Abbeville, car il ne peuissent, mès ens ès villiaus d'environ. Et grant fuison en y eut à Saint Rikier, qui est une bonne ville fremée. Apriès soleil levant, ce samedi, se departi li rois de France d'Abbeville et issi des portes ; et y avoit si grant fuison de gens que merveilles seroit à penser. Si chevauça li dis rois tout souef pour sourat-

---

1. « Ayant à ses côtés (soit : à son côté droit) ».   2. « Il alla lentement ».   3. « Paroles ».

tendre[1] ses gens, le roy de Behagne et monsigneur Jehan de Haynau en se compagnie.

Quant li rois de France et se grosse route furent eslongiet le ville de Abbeville, environ deux liewes, en approçant les ennemis, se li fu dit : « Sire, ce seroit bon que vous feissiés entendre à ordonner vos batailles, et feissiés toutes manières de gens de piet passer devant, par quoi il ne soient point foulé de chiaus à cheval, et que vous envoiiés trois ou quatre de vos chevaliers devant chevaucier, pour aviser vos ennemis, ne en quel estat il sont. » Ces parolles plaisirent bien au dit roy, et y envoia quatre moult vaillans chevaliers, le Monne de Basèle[2], le signeur de Noiiers, le signeur de Biaugeu et le signeur d'Aubegni. Cil quatre chevalier chevaucièrent si avant que il approcièrent de moult priès les Englès, et que il peurent bien aviser et imaginer une grant partie de leur afaire. Et bien les veirent li Englès que il estoient là venu pour yaus veoir ; mais il n'en fisent nul samblant, et les laissièrent tout en pais bellement retraire.

Or retournèrent cil quatre chevalier arrière devers le roy de France et les signeurs de son conseil, qui chevauçoient le petit pas, en yaus sourattendant. Si se arrestèrent sus les camps, si tost que il les veirent venir. Li dessus dit rompirent le presse[3], et vinrent jusques au roy. Adonc leur demanda li rois tout en hault : « Signeur, quèles de vos nouvelles ? » Il regardèrent tout l'un l'autre, sans mot sonner, car nulz ne voloit parler devant son compagnon. Et disoient li un à l'autre : « Sire, dittes, parlés au roy, je n'en parlerai point devant vous. » Là furent il en estri une espasse que nulz ne s'en voloit, par honneur, point avancier de parler. Finablement de le bouce dou roy issi li ordenance que il commanda au Monne de Basèle, que on tenoit à ce jour pour l'un des plus chevalereus et vaillans chevaliers dou monde, et qui plus avoit travilliet de son

---

1. « Attendre encore ».   2. Le Moine de Bazeilles, Alard de Baseilles (KL, V, 475-6 ; SHF, III, lix, n3).   3. « Fendirent la foule ».

corps, que il en desist sen entente. Et estoit cilz chevaliers au roy de Behagne monsigneur Charle, et s'en tenoit pour bien parés, quant il l'avoit dalés lui.

§ 276. « Sire, ce dist li Monnes de Basèle, je parlerai, puis que il vous plaist, par le correction de mes compagnons[1]. Nous avons chevaucié si avant que nous avons veu et consideré le convenant des ennemis. Saciés que il se sont mis et arresté en trois batailles bien et faiticement ; et ne font nul samblant que il doient fuir, mès vous attenderont, à ce qu'il monstrent. Si conseille de ma partie, salve toutdis le milleur conseil, que vous faites toutes vos gens ci arrester sus les camps et logier pour celle journée. Car ançois que li darrainnier puissent venir jusques à yaus, et que vos batailles soient ordonnées, il sera tart. Si seront vos gens lassé et travillié et sans arroy. Et vous trouverés vos ennemis frès et nouviaus[2], et tous pourveus de savoir quel cose il doient faire[3]. Si porés de matin vos batailles ordonner plus meurement et mieulz, et par plus grant loisir aviser vos ennemis par quel lieu on les pora combatre, car soiiés tous seurs que il vous attenderont. »

Chilz consaulz et avis plaisi grandement bien au roy de France, et commanda que ensi fust fait que li dis Monnes avoit parlé. Si chevaucièrent si doy mareschal, li uns devant et li aultres derrière, en disant et commandant as banerès : « Arrestés, banières, de par le roy, ou nom de Dieu et de monsigneur saint Denis ! » Cil qui estoient premier, à ceste ordenance s'arrestèrent, et li darrainier point, mès chevauçoient toutdis avant. Et disoient que il ne s'arresteroient point jusques adonc que il seroient ossi avant que li premier estoient. Et quant li premier veoient que il les approçoient, il chevauçoient avant. Ensi et par grant orgueil fu demenée

---
1. « Sauf rectification de la part de mes compagnons ».
2. « Sans avoir combattu ». 3. « Et tous bien informés de ce qu'ils doivent faire ».

ceste cose, car cescuns voloit fourpasser[1] son compagnon. Et ne peut estre creue ne oye li parole dou vaillant chevalier, dont il leur en meschei si grandement, com vous orés recorder assés briefment. Ne ossi li rois ne si mareschal ne peurent adonc estre mestre de leurs gens ; car il y avoit si grant nombre de grans signeurs, que cescuns par envie voloit là monstrer sa poissance. Si chevaucièrent en cel estat, sans arroy et sans ordenance, si avant que il approcièrent les ennemis, et que il les veirent en leur presence.

Or fu moult grans blasmes pour les premiers, et mieulz leur vaulsist estre arresté à l'ordenance dou vaillant chevalier, que ce qu'il fisent. Car sitretos qu'il veirent leurs ennemis, il reculèrent tout à un fais si desordeneement que cil qui derrière estoient s'en esbahirent, et cuidièrent que li premier se combatissent et qu'il fuissent jà desconfi. Et eurent adonc bien espace d'aler avant, se il veurent : de quoi aucun y alèrent, et li pluiseur se tinrent tout quoy. Là y avoit sus les camps si grant peuple de communauté[2] que sans nombre. Et estoient li chemin tout couvert de gens, entre Abbeville et Creci. Et quant il deurent approcier les ennemis, à trois liewes près, il sachièrent leurs espées et escriièrent : « À le mort ! À le mort ! » et si ne veoient nullui.

§ 277. Il n'est nulz homs, tant fust presens à celle journée ne euist bon loisir d'aviser et ymaginer toute la besongne ensi que elle ala, qui en seuist ne peuist imaginer le verité, especialment de le partie des François, tant y eut povre arroy et ordenance en leurs conrois[3]. Et ce que j'en sçai, je le seuch le plus par les Englès qui imaginèrent bien leur convenant, et ossi par les gens monsigneur Jehan de Haynau qui fu toutdis

---

1. « Dépasser ». 2. « Une quantité innombrable d'habitants des communes ». 3. « Aucun homme, eût-il assisté à la bataille [...], ne pourrait exactement concevoir ce qui s'y passa, notamment en ce qui concerne les Français, tant il y eut de confusion et de désordre de leur côté » (S. Luce). On lit un passage presque identique dans la rédaction de Rome, p. 726.

dalés le roy de France. Li Englès, qui ordonné estoient
en trois batailles, et qui seoient jus à terre[1] tout bellement, si tos que il veirent les François approcier, il
se levèrent moult ordonneement, sans nul effroy, et se
rengièrent en leurs batailles, ceste dou prince tout
devant, mis leurs arciers à manière d'une herce[2], et les
gens d'armes ou fons de leur bataille. Li contes de
Norhantonne et li contes d'Arondiel et leur bataille, qui
faisoient le seconde, se tenoient sus èle bien ordonneement, et avisé et pourveu pour conforter le prince, se
il besongnoit. Vous devés savoir que cil seigneur, roy,
duc, conte et baron françois ne vinrent mie jusques à
là tous ensamble, mais l'un devant et l'autre derrière,
sans arroy et ordonnance.

§ 278. Quant li rois Phelippes vint jusques sus la
place où li Englès estoient priès de là arresté et
ordonné, et il les vei, se li mua li sans[3], car trop les
haioit. Et ne se fust à ce donc nullement refrenés ne
astrains d'yaus combatre[4], et dist à ses mareschaus :
« Faites passer nos Genevois devant et commencier le
bataille, ou nom de Dieu et de monsigneur saint
Denis ! » Là avoit de ces dis Genevois arbalestriers
environ quinze mil, qui euissent ossi chier nient que
commencier adonc le bataille[5], car il estoient durement
lassé et travillié d'aler à piet plus de six liewes tout
armé, et de porter leurs arbalestres. Et disent adonc à
leurs connestables que il n'estoient mies adonc ordonné[6] pour nul grant esploit de bataille. Ces parolles
volèrent jusques au conte d'Alençon, qui en fu durement courouciés, et dist : « On se doit bien cargier de
tel ribaudaille[7] qui fallent au plus grant besoing ! »
Entrues que ces parolles couroient, et que cil Gene-

---

1. « À même la terre ». 2. « Leurs archers disposés en forme
de herse ». 3. « Il perdit son sang-froid ». 4. « Et, à ce
moment-là, rien ne l'aurait retenu ni empêché de les combattre ». 5. « Qui n'auraient eu aucune envie de commencer la
bataille à ce moment-là ». 6. « Préparés ». 7. « Bande de
ribauds ».

Arbalétriers français contre archers anglais

vois se recueilloient et se detrioient, descendi une pluève dou ciel, si grosse et si espesse que merveilles, et uns tonnoires et uns esclistres[1] moult grans et moult horribles. En devant cette pluève, par dessus les batailles, otant d'un lés comme de l'autre, avoient volé si grant fuison de corbaus que sans nombre, et demené le plus grant tempès dou monde. Là disoient li aucun sage chevalier que c'estoit uns signes de grant bataille et de grant effusion de sanch. Apriès toutes ces coses, li airs se commença à esclarcir, et li solaus à luire biaus et clers : si l'avoient li François droit en l'oel, et li Englès par derrière.

Quant li Genevois furent tout recueilliet et mis ensamble, et il deurent approcier leurs ennemis, il commencièrent à juper si très hault que ce fu merveilles ; et le fisent pour esbahir les Englès, mès li Englès se tinrent tout quoi et ne fisent nul samblant. Secondement encores jupèrent ensi et puis alèrent un petit avant, et li Englès restoient tout quoi sans yaus mouvoir de leur pas. Tiercement encores juppèrent il moult hault et moult cler, et passèrent avant, et tendirent leurs arbalestres, et commencièrent à traire. Et cil arcier d'Engleterre, quant il veirent ceste ordenance, passèrent un pas avant, et puis fisent voler ces saiettes de grant façon, qui entrèrent et descendirent si ouniement sus ces Genevois que ce sambloit nège. Li Genevois, qui n'avoient point apris à trouver telz arciers que cil d'Engleterre, quant il sentirent ces saiettes qui leur perçoient bras, tiestes et baulèvres[2], furent tantos desconfi. Et copèrent li pluiseur d'yaus les cordes de leurs ars, et li aucun les jettoient jus ; si se misent ensi au retour.

Entre yaus et les Englès avoit une grande haie de gens d'armes, montés et parés moult richement, qui regardoient le convenant des Genevois et comment il assambloient : siques, quant il cuidièrent retourner, il

---

1. « Éclair ».   2. « Les deux lèvres, le tour de la bouche ».

ne peurent. Car, li rois de France, par grant mautalent, quant il vei leur povre arroy, et que il se desconfisoient, ensi commanda et dist : « Or tos ! Or tos ! Tués toute ceste ribaudaille : il nous ensonnient et tiennent le voie sans raison. » Là veissiés gens d'armes entoueilliés entre yaus ferir et fraper sus yaus, et les pluiseurs trebuchier et cheir parmi yaus, qui onques puis ne relevèrent. Et toutdis traioient li Englès efforciement en le plus grant presse, qui riens ne perdoient de leur tret, car il empalloient et feroient parmi le corps ou parmi membres chevaus et gens d'armes qui là cheoient et trebuchoient en grant meschief ; et ne pooient estre relevé, se ce n'estoit à force et par grant ayde de gens. Ensi se commença li bataille entre la Broie et Creci en Pontieu, ce samedi, à heure de vespres.

§ 279. Li vaillans et gentilz rois de Behagne, qui s'appelloit messires Charles[1] de Lussembourch, car il fu filz à l'empereour Henri de Lussembourch, entendi par ses gens que la bataille estoit commencie ; car quoique il fust là armés et en grant arroy, il ne veoit goutes et estoit aveules[2] : si demanda as chevaliers, qui dalés lui estoient, comment li ordenance de leurs gens se portoit. Chil l'en recordèrent le verité, et li disent : « Ensi et ensi est. Tout premiers li Genevois sont desconfi, et a commandé li rois de France à yaus tous tuer. Et toutesfois entre nos gens et eulz a si grant tueil[3] que merveilles, car il cheent et trebuchent l'un sus l'autre, et nos empeecent trop grandement. » — « Ha ! respondi li rois de Behagne, c'est uns povres commencemens pour nous. » Lors demanda il apriès le roy d'Alemagne son fil, et dist : « Où est messires Charles mes filz ? » Chil respondirent qui l'entendirent : « Monsigneur, nous ne savons. Nous creons bien qu'il soit d'autre part et qu'il se combate. »

Adonc dist li vaillans rois à ses gens une grant vail-

---

1. Il s'agit de Jean de Luxembourg, roi de Bohême, fils de l'empereur Henri VII. 2. « Aveugle ». 3. « Mêlée », « confusion ».

landise : « Signeur, vous estes mi homme et mi ami et mi compagnon. À le journée d'ui, je vous pri et requier très especialment que vous me menés si avant que je puisse ferir un cop d'espée. » Et cil qui dalés lui estoient, et qui se honneur et leur avancement amoient, li acordèrent. Là estoit li Monnes de Basèle à son frain, qui envis l'euist laissiet ; et ossi eussent pluiseur bon chevalier de le conté de Lussembourc, qui estoient tout dalés lui : siques, pour yaus acquitter, et que il ne le perdesissent en le presse, il s'alloièrent[1] par les frains de leurs chevaus tous ensamble ; et misent le roy leur signeur tout devant, pour mieulz acomplir son desirier. Et ensi s'en alèrent il sus leurs ennemis.

Bien est verités que de si grant gent d'armes et de si noble chevalerie et tel fuison que li rois de France avoit là, il issirent trop peu de grans fais d'armes, car li bataille commença tart, et si estoient li François fort lassé et travillié, ensi qu'il venoient. Toutesfois, li vaillant homme et li bon chevalier, pour leur honneur, chevauçoient toutdis avant, et avoient plus chier à morir, que fuite villainne leur fust reprocie. Là estoient li contes d'Alençon, li contes de Blois, li contes de Flandres[2], li dus de Lorraigne[3], li contes de Harcourt[4], li contes de Saint Pol, li contes de Namur, li contes d'Auçoirre, li contes d'Aubmale, li contes de Sanssoire[5], li contes de Salebruce, et tant de contes, de barons et de chevaliers que sans nombre. Là estoit messires Charles de Behagne, qui s'appeloit et escrisoit jà rois d'Alemagne[6] et en portoit les armes, qui vint moult ordonneement jusques à le bataille. Mais quant il vei que la cause aloit mal pour yaus, il s'en parti : je ne sçai pas quel chemin il prist.

Ce ne fist mies li bons rois ses pères, car il ala si avant sus ses ennemis que il feri un cop d'espée, voire

---

1. « S'attachèrent ».   2. Louis Ier de Nevers, dit de Crécy.
3. Raoul, fils aîné de Ferry IV, duc de Lorraine.   4. Jean IV, comte d'Harcourt.   5. Louis II, comte de Sancerre.
6. Charles IV, fils de Jean de Luxembourg, roi de Bohême, avait été élu roi des Romains le 11 juillet 1346.

trois, voire quatre, et se combati moult vaillamment. Et ossi fisent tout cil qui avoecques lui acompagniet estoient ; et si bien le servirent, et si avant se boutèrent sus les Englès, que tout y demorèrent. Ne onques nulz ne s'en parti, et furent trouvé à lendemain, sus le place, autour dou roy leur signeur, et leurs chevaus tous alloiiés ensamble.

§ 280. Vous devez sçavoir que li rois de France avoit grant angousse au coer, quant il veoit ses gens ensi desconfire et fondre l'un sus l'autre, d'une puignie de gens que li Englès estoient. Si en demanda conseil à monsigneur Jehan de Haynau qui dalés lui estoit. Li dis messires Jehan li respondi et dist : « Certes, sire, je ne vous saroie consillier. Le milleur pour vous, ce seroit que vous vos retraissiés et mesissiés à sauveté, car je n'i voi point de recouvrier. Il sera tantost tart : si poriés ossi bien chevaucier sus vos ennemis et estre perdus, que entre vos amis. »

Li rois, qui tous fremissoit d'aïr et de mautalent, ne respondi point adonc, mès chevauça un petit plus avant ; et li sambla que il se voloit radrecier devers le conte d'Alençon[1] son frère, dont il veoit les banières sus une petite montagne. Liquelz contes d'Alençon descendi moult ordonneement sus les Englès, et les vint combatre ; et li contes de Flandres, d'autre part. Si vous di que cil doi signeur et leurs routes, en costiant les arciers, s'en vinrent jusques à le bataille dou prince, et là se combatirent moult longement et moult vaillamment. Et volentiers y fust venus li rois Phelippes, se il peuist ; mais il y avoit une si grande haie d'arciers et de gens d'armes au devant que jamès ne fust passés, car com plus venoit, plus esclarcissoit ses conrois.

Che jour, au matin, avoit li rois Phelippes donné à monsigneur Jehan de Haynau un noir coursier, durement grant et biel. Li dis messires Jehans l'avoit bail-

---

1. Charles II.

liet à un sien chevalier, monsigneur Thieri de Senselles, qui portoit sus se banière. Dont il avint que li chevaliers, sus ce coursier, le banière monsigneur Jehan de Haynau dalés lui, tresperça[1] tous les conrois des Englès. Et quant il fu hors et oultre au prendre son retour, il trebucha parmi un fosset, car il estoit bleciés dou tret des arciers, et là chey. Et y euist esté mors et sans remède, mès ses pages, sus son coursier, autour des batailles, l'avoit poursievi, et le trouva si à point qu'il gisoit là et ne se pooit ravoir[2]. Il n'avoit aultre empeecement que dou cheval[3], car li Englès n'issoient point hors de leurs batailles, pour nullui prendre ne grever. Lors descendi li pages, et fist tant que ses mestres fu relevés et remontés : ce biel service li fist il. Et saciés que li sires de Senselles ne revint mies arrière par le chemin qu'il avoit fait ; ossi, au voir dire, il ne peuist.

§ 281. Ceste bataille, ce samedi, entre la Broie et Creci, fu moult felenesse[4] et très horrible. Et y avinrent pluiseur grant fait d'armes qui ne vinrent mies tout à cognissance ; car, quant la bataille commença, il estoit jà moult tart : ce greva plus les François c'autre cose. Car pluiseurs gens d'armes, chevaliers et escuiers, sus le nuit, perdoient leurs signeurs et leurs mestres. Si waucroient par les camps, et s'embatoient souvent à petite ordenance entre les Englès où tantost il estoient envay et occis. Ne nulz n'estoit pris à raençon ne à merci, car entre yaux il l'avoient ensi au matin ordonné, pour le grant nombre de peuple dont il estoient enfourmé qui les sievoit.

Li contes Loeis de Blois[5] neveus dou roy Phelippe et dou conte d'Alençon, s'en vint avoech ses gens et desous se banière combatre as Englès, et là se porta moult vaillamment et ossi fist li dus de Loeraingne.

---

1. « Traversa ». 2. « Et ne pouvait se relever ».
3. « C'était uniquement son cheval (couché sur lui) qui l'empêchait de se relever ». 4. « Cruelle », « féroce ». 5. Louis Ier de Châtillon.

Et dient li pluiseur que, se la bataille fust ossi bien commencie dou matin que elle fist sus le vespre, il y euist eu entre les François pluiseurs grans recouvrances[1] et grans apertises d'armes qui point n'i furent. Si y eut aucuns signeurs, chevaliers et escuiers françois et de leur costé, tant alemans que savoiiens, qui par force d'armes rompirent les arciers de le bataille dou Prince et vinrent jusques as gens d'armes combatre as espées, main à main, moult vaillamment. Et là eut fait pluiseurs apertises d'armes.

Et y furent, dou costet des Englès, très bon chevalier messires Renaulz de Gobehem et messires Jehans Chandos. Et ossi furent pluiseur aultre, lesquelz je ne puis mies tous nommer, car là dalés le Prince estoit toute la fleur de chevalerie d'Engleterre. Et adonc li contes de Norhantonne et li contes d'Arondiel, qui gouvrenoient le seconde bataille, et qui se tenoient sus èle, vinrent rafreschir la bataille dou dit Prince ; et bien besongnoit, car aultrement elle euist eu à faire. Et pour le peril où cil qui gouvrenoient et servoient le Prince, se veoient, il envoiièrent un chevalier de leurs conrois devers le roy, qui se tenoit plus amont, sus le mote d'un moulin à vent, en cause que d'avoir aye. Si dist li chevaliers, quant il fu venus au roy : « Monsigneur, li contes de Warvich, li contes de Kenfort et messires Renaulz de Gobehem, qui sont dalés le Prince vostre fil, ont grandement à faire, et les combatent li François aigrement. Pour quoi il vous prient que vous et vostre bataille les venés conforter et aidier à oster de ce peril ; car, se cilz effors mouteplie longement et s'efforce ensi, il se doubtent que vostres filz n'ait à faire. »

Lors respondi li rois et demanda au chevalier, qui s'appelloit messires Thumas de Nordvich : « Messires Thumas, mes filz est il ne mors ne atierés, ou si bleciés qu'il ne se puist aidier ? » Cilz respondi : « Nennil, monsigneur, se Dieu plaist, mais il est en dur parti d'armes : si aroit bien mestier de vostre ayde. « Mes-

---

1. « Reprises », « attaques ».

sire Thumas, dist li rois, or retournés devers lui et devers chiaus qui ci vous envoient ; et leur dittes de par moy qu'il ne m'envoient meshui requerre pour aventure qui leur aviegne, tant que mes filz soit en vie. Et dittes leur que je leur mande que il laissent à l'enfant gaegnier ses esporons ; car je voel, se Diex l'a ordonné, que la journée soit sienne, et que li honneur l'en demeure et à chiaus en qui carge je l'ai bailliet. »

Sus ces parolles, retourna li chevaliers arrière, et recorda à ses mestres tout ce que vous avés oy : laquèle response les encoraga grandement, et se reprisent[1] en yaus meismes de ce que là avoient envoiiet. Si furent milleur chevalier que devant, et y fisent pluiseurs apertises d'armes, ensi que il apparu, car la place leur demora à leur honneur.

§ 282. On doit bien croire et supposer que là où il avoit tant de vaillans hommes, et si grant multitude de peuple, et où tant et tel fuison de le partie des François en demorèrent sus le place, que il y ot fait ce soir pluiseurs grans apertises d'armes, qui ne vinrent mies tout à cognissance. Il est bien voirs que messires Godefrois de Harcourt, qui estoit dalés le Prince et en se bataille, euist volentiers mis painne et entendu à ce que li contes de Harcourt[2] fust sauvés, car jà avoit il oy recorder aucuns Englès que on avoit veu sa banière, et qu'il estoit avoech ses gens venus combatre as Englès ; mès li dis messires Godefrois n'i peut venir à temps. Et fu là mors li contes sus le place, et ossi fu li contes d'Aubmale[3] ses neveus.

D'autre part, li contes d'Alençon et li contes de Flandres, qui se combatoient moult vaillamment as Englès, cescuns desous sa banière et entre ses gens, ne

---
1. « Se reprochèrent ». **2.** Jean IV, comte d'Harcourt, fils aîné de Jean III, sire d'Harcourt et d'Alix de Brabant ; frère de Godefroy. **3.** Jean V d'Harcourt épousa en 1340 Blanche de Ponthieu, fille aînée et héritière de Jean de Ponthieu, comte d'Aumale. Il fut seulement blessé à Crécy. Le roi Jean le fit décapiter en 1355.

peurent resister à le poissance des Englès ; et furent là occis sus le place, et grant fuison de bons chevaliers et escuiers dalés yaus, dont il estoient servi et acompagniet.

Li contes Loeis de Blois et li dus de Loeraingne ses serourges, avoecques leurs gens et leurs banières, se combatoient d'autre part moult vaillamment ; et estoient enclos d'une route d'Englès et de Gallois qui nullui ne prendoient à merci. Là fisent il de leurs corps pluiseurs grans apertises d'armes, car il estoient moult vaillant chevalier et bien combatant. Mès toutesfois leur proèce ne valli riens, car li dessus dit demorèrent sus le place, et tout cil qui dalés yaus estoient. Ossi fist li contes d'Auçoirre, qui estoit moult vaillans chevaliers, et li contes de Saint Pol, et tant d'autres que merveilles seroit à recorder.

§ 283. Sus le vespre tout tart, ensi c'à jour fallant, se parti li rois Phelippes tous desconfortés — il y avoit bien raison — lui cinquime de barons [1] tant seulement : c'estoit messires Jehans de Haynau li premiers et li plus proçains de lui, li sires de Montmorensi, li sires de Biaugeu, li sires d'Aubegni et li sires de Montsaut. Si chevauça li dis rois, tout lamentant et complaindant ses gens, jusques au chastiel de la Broie. Quant il vint à le porte, il le trouva fremée et le pont levet, car il estoit toute nuis, et faisoit moult brun et moult espès. Adonc fist li rois appeller aprièes le chastellain [2], car il voloit entrer dedens : si fu appellés, et vint avant sus les garites, et demanda tout en hault qui c'estoit qui buschoit [3] à ceste heure. Li rois Phelippes, qui entendi le vois, respondi et dist : « Ouvrés, ouvrés, chastellain, c'est li infortunés rois de France. » Li chastelains salli tantost avant, qui recogneut la parolle dou roy, et qui bien savoit jà que li leur estoient desconfit, par aucuns

---

1. « Avec quatre grands seigneurs du royaume » (en fait, cinq sont ensuite énumérés). **2.** Le châtelain du château de Labroye, Jean Lessopier, dit Grand-Camp, était entièrement dévoué à Philippe de Valois. **3.** « Frappait (à la porte) ».

fuians qui estoient passet desous le chastiel ; si abaissa le pont et ouvri le porte. Lors entra li rois dedens et toute se route, qui n'estoit mies trop grande. Si furent là jusques à mienuit. Et n'eut mies li rois conseil que il y demorast ne s'ensierast[1] là dedens : si but un cop, et ossi fisent cil qui avoech lui estoient. Et puis s'en partirent et issirent dou chastiel, et montèrent as chevaus, et prisent gides pour yaus mener, qui cognissoient le pays. Si entrèrent ou chemin environ mienuit, et chevaucièrent tant que au point dou jour il entrèrent en le bonne cité d'Amiens. Là s'arresta li rois et se loga dedens une abbeye, et dist qu'il n'iroit plus avant si saroit[2] le verité de ses gens, liquel y estoient demoret et liquel estoient escapet. Or revenons à le desconfiture de Creci et à l'ordenance des Englès, et comment, ce samedi que la bataille fu et le dimence au matin, il perseverèrent.

§ 284. Vous devés savoir que la desconfiture et la perte pour les François fu moult grande et moult horrible, et que trop y demorèrent sus les camps de nobles et vaillans hommes, dus, contes, barons et chevaliers, par lesquelz li royaumes de France fu moult depuis afoiblis d'onneur, de poissance et de conseil. Et saciés que, se li Englès euissent caciet[3] ensi qu'il fisent à Poitiers[4], encores en fuissent trop plus demoret, et li rois de France meismes, mès nennil ; car le samedi onques ne se partirent de leurs conrois pour cacier après homme. Et se tenoient sus leurs pas, gardans leur place, et se deffendoient à chiaus qui les assalloient. Et tout ce sauva le roy de France de estre pris, car li dis rois demora tant sus le place assés près de ses ennemis, si com chi dessus est dit, qu'il fu moult tart, et qu'il n'avoit dalés lui à son departement non

---

1. « S'enfermât ».   2. « Jusqu'à ce qu'il sût ».   3. « Poursuivi l'ennemi ».   4. Rédigeant son texte, sans doute pour au moins la deuxième fois ici et dans les années 1380-1390, Froissart insère ici un discours comparatif, « historique ».

plus de soixante hommes, uns c'autres[1]. Et adonc le prist messires Jehans de Haynau par le frain, qui l'avoit à garder et à consillier, et qui jà l'avoit remonté une fois, car dou tret on avoit occis le coursier dou roy, et li dist : « Sire, venés vous ent, il est temps, ne vous perdés mies ci si simplement[2]. Se vous avés perdu à ceste fois, vous recouverés une autre. » Et l'enmena li dessus dis messires Jehans, ensi que par force.

Si vous di que ce jour li arcier d'Engleterre portèrent grant confort à leur partie, car par leur tret li pluiseur dient que la besongne se fist, comment que il y eut bien aucuns vaillans chevaliers de leur lés qui vaillamment se combatirent de le main, et qui moult y fisent de belles apertises de le main et de grandes recouvrances. Mais on doit bien sentir et cognoistre que li arcier y fisent un grant fait, car par leur tret de commencement furent desconfi li Genevois qui estoient bien quinze mil, qui leur fu uns grans avantages. Car trop grant fuison de gens d'armes richement armé et paré et bien monté, ensi que on se montoit adonc, furent desconfi et perdu par les Genevois qui trebuchoient parmi yaux et s'en toueilloient si que il ne se pooient lever ne ravoir. Et là entre ces Englès avoit pillars et ribaus, Gallois et Cornillois, qui poursievoient gens d'armes et arciers, qui portoient grandes coutilles[3], et venoient entre leurs gens d'armes et leurs arciers qui leur faisoient voie, et trouvoient ces gens d'armes en ce dangier[4], contes, barons, chevaliers et escuiers ; si les occioient sans merci, com grans sires qu'il fust[5]. Par cel estat en y eut ce soir pluiseurs perdus et murdris, dont ce fu pités et damages, et dont li rois d'Engleterre fu depuis courouciés que on ne les avoit pris a raençon.

§ 285. Quant la nuis ce samedi fu venue, et que on n'ooit mais criier ne jupper ne renommer[6] nulle

---

1. « Tout compris ». **2.** « Imprudemment ». **3.** Épée courte et large, à pointe aiguë, que portaient les gens de pied. **4.** « Exposés à ce péril ». **5.** « Tout grand seigneur que ce fût ». **6.** « Réclamer ».

ensengne ne nul signeur, si tinrent[1] li Englès à avoir la place pour yaus, et leurs ennemis desconfis. Adonc alumèrent il en leur host grant fuison de fallos et de tortis, pour tant qu'il faisoit moult brun. Et lors s'avala li rois Edowars, qui encores tout ce jour n'avoit mis son bacinet ; et s'en vint o toute sa bataille moult ordonneement devers son fil le Prince : si l'acola et baisa. Et li dist : « Biaus filz, Diex vous doinst bonne perseverance ! Vous estes mes filz, car loyaument vous vos estes hui acquittés : si estes dignes de tenir terre. » Li Princes à ceste parolle s'enclina tout bas et s'umelia, en honnourant le roi son père, ce fu raisons.

Vous devés savoir que grant lièce de coer et grant joie fu là entre les Englès, quant il veirent et sentirent que la place leur estoit demorée, et que la nuitie avoit estet pour yaus ; se tinrent ceste aventure à moult belle et à grant glore. Et en loèrent et regratiièrent li signeur et li sage homme, moult grandement et par pluiseurs fois celle nuit, Nostre Signeur qui tel grasce leur avoit envoiie. Ensi passèrent il celle nuit sans nul beubant[2], car li rois d'Engleterre ne voloit mies que nulz s'en fesist. Quant ce vint le dimence au matin, il fist grant bruine et tèle que à painnes pooit on veoir lonch un arpent de terre. Dont se departirent de l'ost, par l'ordenance dou roy et des mareschaus, environ cinq cens hommes d'armes et deux mil arciers, pour chevaucier à savoir se il trouveroient nullui ne aucuns François qui se fuissent recueilliet.

Ce dimence au matin, s'estoient parti de Abbeville et de Saint Rikier en Pontieu les communautés de Roem et de Biauvais, qui riens ne savoient de le desconfiture qui avoit esté faite le samedi. Si trouvèrent à male estrine pour yaus en leur encontre[3] ces Englès qui chevauçoient, et se boutèrent entre yaus, et cuidièrent de premiers que ce fuissent de leurs gens. Si tost que li Englès les ravisèrent[4], il leur coururent sus, et

---

1. « Estimèrent ».   2. « Festin ».   3. « Alors ils rencontrèrent pour leur malheur.... »   4. « Reconnurent ».

là de recief eut grande bataille et dure. Et furent cil
François tantost desconfi et mis en cace, et ne tinrent
nul conroy. Si en y eut mors sus les camps, que par
haies que par buissons, ensi qu'il fuioient, plus de sept
mil ; et se il fesist cler, il n'en fust jà pies escapés.

Assés tost aprés, en une aultre route, furent rencontré de ces Englès li arcevesques de Roem[1] et li
grans prieus de France[2], qui riens ne savoient ossi de
le desconfiture. Et avoient entendu que li rois ne se
combateroit jusques à ce dimence, et cuidièrent des
Englès que ce fuissent leurs gens : si s'adrecièrent
devers yaus ; et tantost li Englès les envairent et assallirent de grant volenté. Et là eut de rechief grant
bataille et dure. Car cil doy signeur estoient pourveu
de bonnes gens d'armes, mais il ne peurent durer longement as Englès ; ançois furent tantost desconfi et
priès que tout mort, petit s'en sauvèrent. Et y furent
mort li doy chief qui les menoient ; ne oncques il n'i
eut homme pris à raençon.

Ensi chevaucièrent ceste matinée cil Englès querant
aventures, qui trouvèrent et rencontrèrent pluiseurs
François qui estoient mari[3] et fourvoiiet le samedi, et
qui avoient celle nuit jeu sus les camps, et qui ne
savoient nulles nouvelles de leur roy ne de leurs
conduiseurs. Si entroient en povre estrine[4] pour yaus,
quant il se trouvoient entre les Englès, car il n'en
avoient nulle merci, et mettoient tout à l'espée sans
merci. Et me fu dit que, de communautés et de gens
de piet des cités et des bonnes villes, il en y eut mors,
ce dimence au matin, plus quatre tans que le samedi,
que li grosse bataille fu.

§ 286. Ce dimence, ensi que li rois d'Engleterre
issoit de messe, revinrent li chevauceur et li arcier, qui

---

[1]. Nicolas Roger, archevêque de Rouen, oncle du pape Clément VI, ne fut pas tué à Crécy ; il mourut à Avignon en 1347 (SHF, III, lx n1). [2]. Jean de Nanteuil était à la fois grand-prieur et amiral de France en 1347 (KL, XXI, 368). [3]. « Désorientés ». [4]. « Mauvaise chance ».

envoiiet avoient esté pour descouvrir le pays, et savoir se nulle rassamblée et recueilloite se faisoit des François. Si recordèrent au roy tout ce que il avoient veu et trouvé, et li disent bien qu'il n'en estoit nulz apparans.

Adonc eut conseil li rois qu'il envoieroit cercier les mors, à savoir quel signeur estoient là demoret. Si furent ordonné doi moult vaillant chevalier pour là aler, et en lor compagnie troi hiraut pour recognoistre les armes, et doi clerch pour registrer et escrire les noms de chiaus qu'il trouveroient. Li doi chevalier, ce furent messires Renaulz de Gobehem et messires Richars de Stanfort. Si se partirent dou roy et de son logeis, et se misent en painne de veoir et viseter tous les occis. Si en trouvèrent si grant fuison que il en furent tout esmervilliet, et cerchièrent au plus justement qu'il peurent ce jour tous les camps, et y misent[1] jusques as vespres bien bas. Au soir, ensi que li rois d'Engleterre devoit aller au souper, retournèrent li doi chevalier devers le roy, et fisent juste raport de tout ce que il avoient veu et trouvé. Si disent que onze chiés de princes[2] estoient demoret sus le place, quatre vingt banerés et douze cens chevaliers d'un escut[3], et environ trente mil hommes d'autres gens[4]. Si loèrent li rois d'Engleterre, li Princes ses filz et tout li signeur grandement Dieu, et de bon corage, de le belle journée que il leur avoit envoiie, que une puignie de gens que il estoient, ens ou regart des François, avoient ensi desconfis leurs ennemis. Et par especial li rois d'Engleterre et ses filz complaindirent longement le mort dou vaillant roy de Behagne, et le recommendèrent grandement et chiaus qui dalés lui estoient demoret. Si arrestèrent encores là celle nuit, et le lundi au matin il ordonnèrent dou partir.

Et fist li dis rois d'Engleterre, en cause de pité et de grasce, tous les corps des grans signeurs, qui là estoient

---

1. « S'y employèrent ». **2.** « Grands princes ». **3.** Qui portaient donc les armoiries d'une seule famille. **4.** Le chiffre de 30 000 correspondrait selon toute vraisemblance, ici, à une vision épique, peut-être à environ dix fois celui de la réalité « historique » (SHF, III, lxi, n1).

demoret, prendre et oster desus le terre et porter en un monastère priès de là, qui s'appelle Montenai[1], et ensepelir en sainte terre. Et fist à savoir sus chiaus dou pays que il donnoit triewes trois jours pour cerchier le camp de Creci et ensevelir les mors ; et puis chevauça oultre par devers Monstruel sus Mer[2]. Et si mareschal coururent devers Hedin[3], et ardirent Waubain[4] et Serain[5] ; mès au chastiel ne peurent il riens fourfaire, car il est trop fors, et si estoit bien gardés. Si se logièrent ce lundi sus le rivière de Hedin[6], au lés devers Blangis[7]. Et lendemain il passèrent oultre, et chevaucièrent devers Boulongne[8] ; si ardirent en leur chemin le ville de Saint Josse[9] et le Nuef Chastiel[10], et puis Estaples[11], le Delue[12] et tout le pays de Boulenois. Et passèrent entre les bos de Boulongne et le forest de Hardelo[13], et vinrent jusques à le grosse ville de Wissan[14]. Là se loga li dis rois et li princes et toute li hos, et s'i rafreschirent un jour ; et le joedi s'en partirent, et s'en vinrent devant le forte ville de Calais. Or, parle-

---

1. Maintenay ou Maintenay-Roussent (62870), Pas-de-Calais, arr. Montreuil-sur-Mer, c. Campagne-lès-Hesdin, sur la rive droite de l'Authie, à 3 km au sud-sud-est de Montreuil. 2. Montreuil-sur-Mer, Pas-de-Calais (62170). 3. Vieil-Hesdin, Pas-de-Calais (62770), arr. Saint-Pol-sur-Ternoise, c. le Parcq, à 1 km environ à l'est-sud-est de la ville de Hesdin. 4. Waben, Pas-de-Calais (62180), arr. et c. Montreuil-sur-Mer. 5. Lieu non identifié. Voir KL, XXV, 309. 6. La Canche. 7. Blangy-sur-Ternoise, Pas-de-Calais (62770), arr. Saint-Pol-sur-Ternoise, c. le Parcq. 8. Boulogne-sur-Mer, Pas-de-Calais (62200). 9. Saint-Josse, Pas-de-Calais (62170), arr. et c. Montreuil-sur-Mer. 10. Neufchâtel-Hardelot, Pas-de-Calais (62152), arr. Montreuil-sur-Mer, c. Samer. 11. Étaples, Pas-de-Calais (62630), arr. Montreuil-sur-Mer. 12. « On remarque sur la carte de Cassini, au nord de la Canche et à l'est d'Étaples, un hameau nommé le Grand-Zelue. C'est probablement le Delue de Froissart » (KL, XXIV, 266). 13. Hameau et château de la commune de Condette, Pas-de-Calais (62360), arr. Boulogne-sur-Mer. La forêt de Hardelot, marquée sur la carte de Cassini, contenait encore en 1667 douze cent vingt arpents et vingt verges ; les bois de Boulogne-sur-Mer, situés un peu plus au nord-est, contenaient à la même époque quatre mille quatre cents arpents environ (SHF, III, lxii, n8). 14. Wissant, Pas-de-Calais (62179), arr. de Boulogne-sur-Mer, c. Marquise.

rons un petit dou roy de France, et compterons comment il perseverera.

§ 287. Quant li rois Phelippes fu partis de la Broie, ensi que ci dessus est dit, à moult seule[1] gent, il chevauça celle nuit tant que le dimence il vint en le bonne cité d'Amiens, et se loga dehors en l'abbeye dou Gart[2]. Quant li rois fu là arrestés, li baron et li signeur de France et de son conseil, qui demandoient pour lui[3], y arrestèrent ossi, ensi que il venoient. Encores ne savoit li dis rois le grant perte des nobles et des proçains de son sanc que il avoit perdus. Ce dimence au soir, on l'en dist le verité. Si regreta grandement monsigneur Charle son frère, conte d'Alençon, son neveu le conte de Blois, son serourge le bon roi de Behagne, le conte de Flandres, le duc de Loeraingne, et tous les barons et les signeurs, l'un apriès l'autre.

Et vous di que messires Jehans de Haynau estoit adonc dalés lui, et cils en qui il avoit le plus grant fiance. Et liquelz fist un moult biel service à monsigneur Godemar dou Fay, car li rois estoit si fort couruciés sus lui que il le voloit faire pendre; et l'euist fait sans faute, se n'euist esté li dis messires Jehans de Haynau, qui li brisa son aïr[4] et escusa le dit monsigneur Godemar. Et estoit la cause que li rois disoit que cilz s'estoit mauvaisement acquittés de garder le Blanke Take, et que par sa mauvaise garde li Englès estoient passet oultre en Pontieu: pour quoi il avoit receu celle perte et ce grant damage. Au pourpos dou roy s'enclinoient bien li aucun de son conseil, qui volsissent bien que li dis messires Godemars l'euist comparet, et l'appelloient traitteur; mès li gentilz che-

---

1. « Avec peu de monde ».   2. Abbaye d'hommes de l'ordre de Cîteaux, dans le diocèse d'Amiens, à 7 km environ au nord-ouest de cette ville (Crouy-Saint-Pierre, Somme (80310), arr. Amiens, c. Picquigny). Le célèbre manuscrit du premier Livre des *Chroniques* de Froissart, qui se trouve à présent à la bibliothèque municipale d'Amiens, provient de l'abbaye du Gard.   3. « Demandaient de ses nouvelles ».   4. « Colère », « fureur ».

valiers dessus nommés l'escusa, et de raison[1] partout :
« Car comment peuist il avoir deffendu ne resisté à le poissance des Englès, quant toute li fleur de France mise ensamble n'i peurent riens faire ? »

Si passa li rois son mautalent adonc, au plus biel qu'il peut, et fist faire les obsèques, l'un après l'autre, de ses proçains Et puis se parti d'Amiens, et donna toutes manières de gens d'armes congiet, et retourna devers Paris.

Et jà avoit li rois d'Engleterre assegiet le forte ville de Calais[2].

§ 288. De le ville de Calais estoit chapitainne uns gentilz et vaillans chevaliers de Campagne as armes, qui s'appelloit messires Jehans de Viane[3]. Avoecques lui estoient pluiseur bon chevalier d'Artois et de le conté de Ghines, telz que messires Ernoulz d'Audrehen[4], messires Jehans de Surie[5], messires Bauduins de Belleborne[6], monsigneur Joffroi de le Motte[7], monsigneur Pepin de Were[8] et pluiseur aultre chevalier et escuier, liquel trop loyaument en tous estas dou garder s'en acquittèrent, si com vous orés recorder ensievant.

Quant li rois d'Engleterre fu venus premierement

---

1. « Par ses discours ». 2. Édouard III fut devant Calais le 4 septembre 1346. 3. Jean de Vienne, Bourguignon, descendait de la branche des seigneurs de Pagny et de Seignelay ; l'un des quatre fils de Jean de Vienne et de Jeanne de Genève, il mourut à Paris le 4 août 1361. Il faut se garder de confondre ce héros du siège de Calais avec Jean de Vienne, amiral de France sous Charles V, de la branche des seigneurs de Rollans, de Clairvaux et de Listenois. 4. Arnoul d'Audrehem devint maréchal de France en juin 1351 et entra au grand conseil du roi en 1360 († décembre 1370). Sur son rôle pendant le siège de Calais, voir É. Molinier, *Étude sur la vie d'Arnoul d'Audrehem, maréchal de France,* p. 12, extrait des *Mémoires présentés par divers savants à l'Académie des inscriptions et belles-lettres,* 2ᵉ série, t. VI, Iʳᵉ partie. 5. Voir KL, XXIII, 175. 6. Baudouin de Bellebrune (Bellebrune, 62142, c. de Desvres, Pas-de-Calais, à 8 km de Boulogne). 7. Voir KL, XXII, 248 ; JB, II, 154, n1. 8. Pépin de Wierre (KL, XXIII, 289-90) (sans doute de Wierre-Effroy, Pas-de-Calais, 62720).

devant le ville de Calais[1], ensi que cilz qui moult le desiroit à conquerre, il le assega par grant manière et bonne ordenance. Et fist bastir et ordonner entre le ville et le rivière et le pont de Nulais[2] hostelz et maisons, et carpenter de gros mairiens, et couvrir les dittes maisons, qui estoient assises et ordonnées par rues bien et faiticement, d'estrain et de genestres[3], ensi que donc que il deuist là demorer dix ans ou douze. Car tèle estoit se intention qu'il ne s'en partiroit, ne par ivier ne par esté, si l'aroit conquis, quel temps ne quel painne qu'il y deuist mettre ne prendre. Et avoit en ceste noeve ville dou roy toutes coses necessaires apertenans à une host et plus encores, et place ordonnée pour tenir marchiet le merkedi et le samedi. Et là estoient merceries, bouceries, halles de draps et de pain et de toutes aultres necessités, et en recouvroit on tout aisiement pour son argent. Et tout ce leur venoit tous les jours, par mer, d'Engleterre et ossi de Flandres, dont il estoient conforté de vivres et de marcheandises.

Avoech tout ce, les gens le roy d'Engleterre couroient moult souvent sus le pays en le conté de Ghines, en Tierenois[4], et jusques as portes de Saint Omer et de Boulongne; si conqueroient et ramenoient en leur host grant fuison de proie: dont il estoient rafreschi et ravitaillié. Et point ne faisoit li dis rois ses gens assallir le ditte ville de Calais, car bien savoit que il perderoit se painne et qu'il s'i travelleroit en vain. Si espargnoit ses gens et se artillerie, et disoit que il les affameroit, com lonch terme que il y deuist mettre, se li rois Phelippes de recief ne le venoit combatre et lever le siège.

Quant messires Jehans de Viane, qui chapitainne

---

1. Les Anglais arrivèrent devant Calais le 2 septembre 1346 (SHF, IV, iii, n2). 2. Le pont de Nieulay se trouvait près de l'emplacement qu'occupe aujourd'hui le fort de Nieulay, au sud-ouest de Calais, dans le voisinage de la basse ville, du côté de Sangatte; il était jeté sur la rivière de Hem. 3. « De paille et de genêts ». 4. Le Ternois, pays arrosé par la Ternoise, rivière qui descend des plateaux du comté de Saint-Pol et se jette à Hesdin dans la Canche.

estoit de Calais, vei que li rois d'Engleterre s'ordonnoit et amanagoit[1] pour là tenir le siège, et que c'estoit tout acertes, si fist une ordenance dedens le ville de Calais, tèle que toutes manières de menues gens, qui pourveances n'avoient, vuidaissent sans point d'arrest. Si en vuidièrent et partirent sus un merkedi au matin, que hommes, que femmes, que enfans, plus de dix sept cens, et passèrent parmi l'ost dou roy d'Engleterre. Et leur fu demandé pourquoi il vuidoient ; il respondirent que il n'avoient de quoi vivre. Adonc leur fist li rois grasce que de passer et aler parmi son host sauvement ; et leur fist tous et toutes donner à disner bien et largement, et apriès disner à cascun deux estrelins : laquèle grasce et aumosne on recommenda à moult belle, ce fu bien raisons. Or nous soufferons nous un petit à parler dou siège de Calais, et retourrons au duch de Normendie qui seoit devant Aguillon.

§ 289. Li dus de Normendie se tenoit devant Aguillon, et dedens avoit assegiés les bons chevaliers d'Engleterre, monsigneur Gautier de Manni et les aultres, qui si vaillamment s'i estoient tenu et tinrent toutdis, le siege pendant et durant, et qui tant de belles apertises d'armes y fisent, si com chi dessus est recordé : pour lesquelz grans apertises li dis dus avoit parlé si avant que point ne s'en partiroit, si aroit pris le forterèce et chiaus qui dedens estoient.

Or avint, ce siège estant, environ le mi aoust, que une escarmuce se fist devant le chastiel d'Aguillon, et se mouteplia telement, par convoitise d'armes, que le plus grant partie de chiaus de l'ost y alèrent. Adonc estoit là venus nouvellement en l'ost messires Phelippes de Bourgongne, pour ce temps conte d'Artois et de Boulongne, et cousins germains au dit duch de Normendie, liquelz estoit uns moult jones chevaliers et de grant volenté, ensi que là le monstra. Car sitretos que li escarmuce fu commencie, il ne volt pas estre des

---

1. « Logeait ».

darrains, mès se arma et monta sus un coursier fort et rade malement, et de grant haste, pour plus tost estre et venir à l'escarmuce. Li dis messires Phelippes prist une adrèce[1] parmi les camps, et brocha coursier des esporons, liquelz coursiers, qui estoit grans et fors, s'escueilla au cours[2] et emporta le chevalier maugré lui : siques, en traversant un fosset, li coursiers trebucha et chei et jetta le dit monsigneur Phelippe desous lui. Onques il ne peut estre aidiés ne secourus si à tans que il ne fust si confroissiés que onques puis n'eut santé, et morut de ceste bleceure : dont li dus de Normendie fu durement couroucié, ce fu bien raisons.

Assés tost après ceste aventure et le trespas de monsigneur Phelippe, les nouvelles vinrent en l'ost de le desconfiture de Creci[3]. Et remandoient li rois et la royne de France leur fil le duch de Normendie, et li enjoindoient très especialment que, toutes parolles et ensongnes mises jus, il se partesist et deffesist son siège et retournast en France, pour aidier à garder son hiretage que li Englès li destruisoient. Et encores li segnefioient il clerement le grant damage des nobles et proçains de son sanc qui demoret estoient à Creci.

Quant li dus de Normendie eut leu ces lettres, si pensa sus moult longement, et en demanda conseil as contes et as barons qui dalès lui estoient, car moult envis se partoit, pour le cause de ce que il avoit parlé si avant dou siège tenir. Et ossi il n'osoit aler contre le mandement et ordenance dou roy son père[4]. Et me samble que adonc il fu si consilliés des plus especiaulz de son conseil que, ou cas que li rois ses pères le remandoit si especiaument, il se pooit bien partir sans

---

1. « Un chemin ». 2. « S'emballa ». 3. Il y a quelques confusions chronologiques dans ce passage. D'une part, le siège d'Aiguillon fut levé dès le 20 août 1346, bien avant la bataille de Crécy. D'autre part, Philippe de Bourgogne ne mourut que le 22 septembre, donc bien après le siège d'Aiguillon. 4. Dans la rédaction de Rome, Froissart insiste beaucoup plus que dans cette rédaction sur l'obstination du duc de Normandie dans sa volonté de persévérer au siège d'Aiguillon.

nul fourfait. Si fu adonc ordonné et arresté que à lendemain on se deslogeroit et s'en retourroit on en France. Quant ce vint au point dou jour, on se commença à deslogier et à tourser tentes et trés et toutes aultres ordenances, et à recueillier moult hasteement et mettre à voie et à chemin.

Li compagnon, qui dedens Aguillon se tenoient, furent durement esmervilliet pour quoi si soudainement li François se deslogoient. Si se coururent armer au plus tost qu'il peurent, et montèrent sus leurs chevaus, le pennon monsigneur Gautier de Manni devant yaus ; et s'en vinrent bouter en l'ost le duch, qui tout n'estoient mies encores deslogié ne mis à voie. Si en ruèrent par terre pluiseurs, et occirent et decopèrent et fisent un grant esparsin[1] et en prisent d'uns et d'aultres plus de soixante, que il ramenèrent arrière en leur forterèce.

Et entre les aultres prisonniers, il y eut un grant chevalier de Normendie, cousins dou duc, et moult proçain de son conseil[2], auquel messires Gautiers demanda pour quel cause li dus de Normendie si soudainnement se partoit, et quel cose estoit avenu là entre yaus. Li chevaliers moult à envis le dist. Toutesfois il fu tant aparlés[3] et demenés dou dit monsigneur Gautier, que il recorda la besongne ensi comme elle aloit, et comment li rois d'Engleterre estoit arrivés en Normendie, et tout le voiage que il avoit fait, et les passages où il avoit passés, et en le fin à Creci en Pontieu desconfi le roi de France et toute se poissance. Et li compta par nom les princes et les signeurs qui mort y estoient, et comment encores, en fin de voiage, li rois d'Engleterre ot assis le forte ville de Calais. Quant messires Gautiers de Manni entendi ce, si en fu grandement resjoïs ; et ossi furent tout li compagnon, et en fisent pour ces nouvelles milleur compagnie à leurs

---

1. « Une grande destruction, carnage ». 2. Les rédactions d'Amiens (III, 34, 35) et de Rome (p. 751) nomment ce chevalier. Ce fut Philippe de Chambly, un des favoris du duc de Normandie, dit « Grismouton ». 3. « Amadoué ».

prisonniers. Et li dus de Normendie s'en revint en France devers le roy Phelippe son père et la royne sa mère, qui moult volentiers le veirent.

§ 290. Depuis ne demora gaires de temps que li dis messires Gautiers de Manni, qui grant desir avoit de venir devant Calais et de veoir son signeur le roy d'Engleterre, mist en parolle le chevalier normant qu'il tenoit pour son prisonnier, et li demanda quèle quantité d'argent pour sa raençon il poroit paiier. Cilz respondi, ensi comme cilz qui volentiers veist sa delivrance, que jusques à trois mille escus paieroit il bien. Dont dist messires Gautiers moult courtoisement : « Sire, je sçai bien que vous estes dou sanch dou duch de Normendie, et moult amés de lui et très especiaulz en son conseil : si vous dirai que vous ferés. Je vous recrerai sus vostre foy[1], et vous partirés de ci, et irés devers le duch vostre signeur, et me impeterés[2] un saufconduit, pour moi vingtime tant seulement[3], à chevaucier parmi France, paiant courtoisement tout ce que je despenderai. Et se ce me poés impetrer dou duch ou dou roy, je n'ai cure douquel, je vous quitterai vostre raençon et vous en sarai gré. Car je desire tant à veoir mon chier signeur le roy d'Engleterre que ce me tourra à grant plaisance, se le saufconduit vous me raportés. Et que bien l'entendés, je ne voeil jesir en une ville que une seule nuit, tant que je serai venus devant Calais. Et se ce vous ne poés faire, vous revenrés dedens un mois tenir prison en ceste forterèce. »

Li chevaliers respondi qu'il en feroit son plain pooir ; si se parti de Aguillon. Et le recrut li dis messires Gautiers sus sa foy. Si chevauça tant li dis chevaliers que il vint à Paris, là où il trouva le duch de Normendie, son signeur, qui li fist grant cière et li demanda de son estat, et comment il avoit finet. Li chevaliers li conta toute la besongne, et comment mes-

---

1. « Je vous mettrai en liberté sur parole ».   2. « Vous obtiendrez pour moi ».   3. « Pour moi accompagné de dix-neuf autres seulement ».

sires Gautiers de Manni li voloit quitter sa raençon, mès que il ewist un saufconduit que il peuist paisieulement, lui vingtime, chevaucier parmi le royaume de France jusques à Calais. Li dus li acorda, et li fist escrire tout tel que il le volt prendre et avoir ; et le prist desous le seelé dou dit duch et s'en passa atant. Et esploita depuis tant par ses journées que il retourna en Aguillon, et monstra au dit monsigneur Gautier tout ce que il avoit fait et esploitié. Douquel esploit et saufconduit messires Gautiers de Manni eut grant joie, et quitta tantost le dit chevalier normant de sa foy et de sa raençon, et se ordonna pour passer parmi le royaume de France sus le confort de[1] sa lettre.

§ 291. Assés tost après, se parti li dis messires Gautiers de Manni de le ville et dou chastiel d'Aguillon atout vingt chevaus seulement, ensi que sa lettre parloit, et se mist au chemin parmi Auvergne. En chevauçant le royaume, li gentilz chevaliers ne se faisoit point celer, mès se nommoit partout. Et quant il estoit arrestés, il monstroit sa lettre et tantost estoit delivrés. Ensi chevauça il tant que il vint jusques à Orliens, et fu là arrestés, et ne peut estre desarrestés pour lettres que il monstrast ; mès fu amenés à Paris et la mis en prison en Chastelet, comme cilz qui estoit des François grandement hays, pour les grans proèces dont il estoit renommés.

Quant li dus de Normendie le sceut, il en fu durement courouciés ; si s'en ala tantost par devers le roy son père, et li requist si acertes qu'il peut, que il volsist le chevalier delivrer pour l'amour de lui, ou il seroit deshonnourés. Et diroit on que il l'aroit trahi, car il l'avoit asseguret par bonnes lettres seelées de son seel, par tel raison. Et compta li dis dus au roy la cause, ensi que vous l'avés oy. Li rois n'en volt riens faire, pour requeste ne pour priière que li dus ses filz en fesist ; mès respondi que il le feroit mettre à mort, et qu'il le

---

1. « Sur la garantie de ».

tenoit pour son trop grant anemi. Dont respondi li dus, se il en faisoit ensi, il fust certains que il ne s'armeroit jamais contre le roy d'Engleterre, ne tout cil qui destourner il en poroit. Et eut adonc entre le roy de France et le duch de Normendie grosses parolles, et s'en parti li dus par mautalent. Et dist li dus, au partir, que jamès en l'ostel dou roy il n'enteroit, tant que messires Gautiers de Manni seroit en prison.

Ensi demora ceste cose un grant temps, et pourcaçoit le dessus dit uns chevaliers de Haynau, uns siens cousins, qui se appelloit messires Mansars d'Esne[1]. Cils en eut moult de painne et de travel pour aler et pour venir devers le duch de Normendie. En le fin, li rois de France fu si consilliés que il delivra le dit monsigneur Gautier de prison, et li fist paiier tous ses frès. Et le volt veoir li rois ; et disna messires Gautiers de Manni dalès lui, en l'ostel de Nielle à Paris[2]. Et li fist adonc li rois presens de dons et de jeuiaulz qui bien valoient mil florins. Li dis messires Gautiers, pour l'onneur dou roy qui li faisoit presenter, les rechut par condition que, lui venut devant Calais, il en parleroit au roy d'Engleterre son signeur ; et se il li plaisoit, il les retenroit, ou aultrement il les renvoieroit. Ceste response plaisi bien au roy de France et au duch de Normendie, et disent que il avoit parlé comme loyaus chevaliers.

Depuis ce fait, il prist congiet d'yaus et chevauça tant par ses journées que il vint en Haynau. Si se rafreschi en Valenciènes trois jours, et puis s'en parti et esploita tant que il vint devant Calais, où il fu receus à grant joie dou roy et de tous les barons, ce fu bien raisons. Et là leur recorda toutes ses avenues, depuis que partis s'estoit d'Aguillon. Et remonstra au roy son signeur les biaus jeuiaus que li rois de France li avoit fait presenter. Et demanda fiablement[3] au roy quel cose en estoit bonne à faire ; car il les avoit receus par

---

1. Jean, dit Mansart d'Esne, fils aîné de Jean, dit le Borgne d'Esne, et de Marie de Gommegnies († 1358). **2.** Hôtel bâti au XIVe siècle sur la rive gauche de la Seine. **3.** « En toute confiance ».

manière que, se il plaisoit à lui, il les retenroit, ou aultrement il les renvoieroit. Si me samble que li rois d'Engleterre li dist adonc : « Messire Gautier, vous nous avés tous jours loyaument servi jusques à ores, et ferés encores, si com nous esperons : renvoiiés au roy Phelippe ses presens ; vous n'avés nulle cause dou retenir. Nous avons, Dieu merci ! assés pour nous et pour vous ; et sons en grant volenté de vous bien faire, selonch le bon service que fait nous avés. » — « Monsigneur, ce respondi messires Gautiers, grans mercis ! »

Tantost apriès ces parolles, il prist tous ces jeuiaus et presens, et carga à son cousin monsigneur Mansart, et li dist : « Chevauciés en France devers le roy et me recommendés à lui moult de fois ; et li dittes que je le mercie grandement des biaus presens que il m'a presenté. Mais ce n'est mies li grés ne la pais[1] dou roy d'Engleterre, mon signeur, que je les retiegne. » Ce dist messires Mansars : « Tout ce ferai je volentiers. » Si se parti atant de monsigneur Gautier et dou siège de Calais, les dis jeuiaus avoecques lui. Et esploita tant par ses journées qu'il vint à Paris ; si fist son message bien et à point. Li rois ne volt nulles nouvelles oïr de reprendre les jeuiaus, mès les donna, ensi qu'il estoient, au dit monsigneur Mansart, qui en remercia le roy, et n'eut nulle volenté contraire dou prendre.

§ 292. Vous avés bien chi dessus oy recorder comment li contes Derbi s'estoit tenus toute le saison en le cité de Bourdiaus, le siège pendant des François devant Aguillon[2]. Si tost qu'il sceut de verité que li dus de Normendie avoit deffait son siège et estoit retrais en France, il s'avisa que il feroit une chevaucie en Poito ; si fist son mandement de tous les barons, les chevaliers et les escuiers de le Gascongne qui pour Englès se tenoient, et leur assigna journée à estre à Bourdiaus. À

---

1. « Ce n'est ni le plaisir ni le désir ».   2. Le comte de Derby était parti, pourtant, de La Réole pour Bergerac, le 12 août 1346, bien avant la levée du siège d'Aiguillon, le 20 août.

le semonse et mandement dou dit conte vinrent li sires de Labret[1], li sires de Lespare, li sires de Rosem[2], li sires de Moucident, li sires de Pumiers, li sires de Courton, li sires de Longuerem, messires Aymeris de Tarste[3] et pluiseur aultre. Et fist tant li contes Derbi qu'il furent bien douze cens hommes d'armes, deux mil arciers et troi mil pietons.

Si passèrent toutes ces gens le rivière de Garone, entre Bourdiaus et Blaves[4]. Quant il furent tout oultre, il prisent le chemin de Saintonge et chevaucièrent tant que il vinrent à Mirabiel[5] ; si assallirent le ville, si tost qu'il furent venu, et le prisent de force et ossi le chastiel, et y misent gens pour yaus. Et puis chevaucièrent vers Ausnay[6] ; si conquisent le ville et le chastiel, et puis Surgières[7] et Benon[8] ; mès au chastiel de Marant[9], à quatre liewes de le Rocelle, ne peurent il riens fourfaire. Et vinrent à Mortagne sus mer en Poito[10], et là eut grant assaut, et le prisent ; et y misent et laissièrent gens en garnison de par yaus. Et puis chevaucièrent vers Luzegnon[11] ; si ardirent le ville desous, mès au chastiel ne peurent il riens fourfaire. En aprièz, il vinrent à Taillebourch[12], sus le rivière de Charente ; si conquisent le pont, le ville et le chastiel ; et occirent tous ceuls qui dedens estoient, pour tant que, en yaus assallant, il leur avoient mort un chevalier des leurs, apert homme d'armes durement. Et puis pas-

---

1. Bernard Edzy, sire d'Albret, fils d'Amanieu d'Albret et de Rose du Bourg († 1358). (KL, XX, 13-4). **2.** Le sire de Rauzan, sans qu'on sache lequel (KL, XXIII, 9). **3.** KL, XXIII, 187. **4.** Blaye (33390), Gironde. **5.** Peut-être Mirambeau (17150), Charente-Maritime, arr. Jonzac. **6.** Aulnay (17470), Charente-Maritime, arr. Saint-Jean-d'Angély. **7.** Surgères (17700), Charente-Maritime, arr. Rochefort-sur-Mer. **8.** Benon (17170), Charente-Maritime, arr. La Rochelle, c. Courçon. **9.** Marans (17230), Charente-Maritime, arr. La Rochelle. **10.** Mortagne-sur-Gironde (17120), Charente-Maritime, arr. Saintes, c. Cozes. **11.** Lusignan (86600), Vienne, arr. Poitiers. **12.** Taillebourg (17350), Charente-Maritime, arr. Saint-Jean-d'Angély, c. Saint-Savinien.

sèrent oultre, pour venir devant le ville de Saint Jehan l'Angelier[1].

Et saciés que tous li pays estoit adonc si effraés de la venue dou conte Derbi et des Englès que nulz n'avoit contenance ne arroy en soy meismes ; mès fuioient devant yaus et s'enclooient ens ès bonnes villes et laissoient tout vaghe, hostelz et maisons, et n'i avoit aultre apparant de deffense. Neis[2] li chevalier et escuier de Saintonge et de Poito se tenoient ens leurs fors et ens leurs garnisons, et ne monstroient nul samblant de combatre les Englès.

§ 293. Tant esploitièrent li contes Derbi et leurs routes que il vinrent devant le bonne ville de Saint Jehan l'Angelier, et si ordonnèrent tout à mettre y siège. A ce jour, quant li Englès y vinrent, il n'y avoit dedens nulles gens d'armes, chevaliers et escuiers, pour aidier à garder le ville et consillier les bourgois, qui n'estoient mies bien coustumier de guerriier. Si furent durement effraé li dit bourgois quant il veirent tant d'Englès devant leur ville, et qui leur livrèrent de venue un très grant assaut ; et doubtèrent à perdre corps et biens, femmes et enfans, car il ne leur apparoit secours ne confors de nul costé. Si eurent plus chier à trettier devers les Englès que plus grans maulz leur sourvenist. Apriès cel assault que li Englès eurent fait devant Saint Jehan, et que il se furent retrait en leurs logeis pour yaus reposer celle nuit, et avoient bien entention que de assallir à lendemain, li maires de le ville, que on appelloit sire Guillaume de Rion, par le conseil de le plus saine partie de le ville, envoiièrent devers le conte Derbi pour avoir un saufconduit, alant et venant, six de leurs bourgois, qui devoient porter ces trettiés. Li gentilz contes leur acorda legierement, à durer celle nuit et lendemain toute jour. Quant ce vint au matinet à heure de prime, li dit bourgois de Saint

---

1. Saint-Jean-d'Angély (17400) dont la prise eut lieu vers le 21 septembre 1346. 2. « Même ».

Jehan vinrent ens ou pavillon dou conte et parlèrent à lui quant il eut oy messe. Et me samble que traittiés se porta en tel manière, que il se misent dou tout en l'obeissance dou conte et rendirent leur ville, et jurèrent à estre bon Englès, de ce jour en avant, tant que li rois d'Engleterre, ou personne forte de par lui, les voroit ou poroit tenir en pais devers les François. Sus cel estat et ordenance les reçut li contes Derbi et entra en le ville et en prist le foy et hommage, et devinrent si homme.

Si se rafreschirent li contes Derbi et li Englès quatre jours en le ville de Saint Jehan ; et au cinqquime il s'en partirent et chevaucièrent devers Niorth[1], une très forte ville et bien fremée, de laquèle messires Guiçars d'Angle[2], uns très gentilz chevaliers, estoit chapitains et souverains pour le temps. Si y fisent li Englès jusques à trois assaus, mès riens n'i conquisent ; si s'en partirent et chevaucièrent par devers le cité de Poitiers. Mais ançois qu'il y venissent, il trouvèrent le bourch de Saint Maximiien[3] ; si le prisent de force, et furent tout cil mort qui dedens estoient. Et puis chevaucièrent à le senestre main, et vinrent devant Monstruel Bonin[4], où il avoit pour ce temps plus de deux cens monnoiiers, qui là forgoient et faisoient le monnoie dou roy. Et liquel disent que trop bien il se deffenderoient ; si ne se veurent rendre à le requeste des Englès, et monstrèrent grant samblant d'yaus deffendre. Li contes Derbi et ses gens, qui estoient coustumier de assallir, assaillirent à ce commencement de grant façon. Et estoient arcier tout devant, qui traioient as deffendans si ouniement que à painnes osoit nulz apparoir as deffenses. Et tant s'avancièrent li dit Englès et si bien s'i esprouvèrent, que de force il conquisent Monstruel Bonin. Et furent tout cil mort qui dedens estoient : onques homs

---

1. Niort (79000), Deux-Sèvres. **2.** Guichart d'Angle, partisan français, il entra au service d'Édouard III en 1360. **3.** Saint-Maixent-l'École (79400), Deux-Sèvres, arr. Niort, c. Vouillé.
4. Montreuil-Bonnin (86470), Vienne, arr. Poitiers

n'i fu pris à raençon. Et retinrent le chastiel pour yaus, et le rafreschirent de nouvelles gens.

Et puis chevaucièrent oultre vers Poitiers, qui est moult grande et moult esparse. Si fisent tant que il y parvinrent, et le assegièrent à l'un des lés ; car il n'estoient mies tant de gens que pour le assegier de tous costés. Si tost que il furent parvenu devant, il se misent à l'assallir de grant volenté, et cil de le ville à yaus deffendre, qui estoient grant fuison de menues gens peu aidables en guerre ; et encores pour le temps de lors il ne savoient gueriier. Toutesfois, de ce premier assault, il se portèrent si bien et si vaillamment, que li Englès ne leur peurent riens fourfaire ; et se retraisent à leurs logeis tous lassés et tous travilliés, et se reposèrent celle nuit. Quant ce vint à lendemain, aucun chevalier dou conte Derbi s'armèrent et montèrent as chevaus, et chevaucièrent autour de le ville dou plus priès qu'il peurent, pour aviser et imaginer là où elle estoit plus foible. Si trouvèrent bien tel lieu par leur avis qui n'estoit mies trop fors à conquerre, car encores n'i avoit dedens nul gentil homme qui seuissent que c'estoit d'armes ; si en fisent leur raport au conte de tout ce que il avoient veu et trouvé. Si eurent ce soir conseil que à lendemain on assaurroit en trois lieus, et que il metteroient le grignour partie de leurs gens d'armes et arciers à l'endroit où il faisoit le plus foible, ensi qu'il fisent à lendemain apriès soleil levant. Et livrèrent li dit Englès trois assaus en trois parties à chiaus de Poitiers. La cité de Poitiers est grande et esparse, et n'estoit mies adonc fuisonnée de gens ; si ne pooient tost aler ne courir de l'un à l'autre : par lequel meschief et dur assaut elle fu par le plus foible lés prise et conquise, et entrèrent li Englès dedens[1].

Quant li homme de Poitiers se veirent pris et conquis, si vuidièrent et se partirent au plus tost qu'il peurent par aultres portes, car il y a pluiseurs issues ;

---

1. Poitiers tomba au pouvoir des Anglais le 4 octobre 1346 (SHF, IV, vii, n3).

mais il ne s'en alèrent mies si à point que il n'en demorast mors et occis plus de six cens. Et mettoient li Englès tout à l'espée, femmes et enfans, dont c'estoit pités[1]. Si fu la ditte cités courue, toute pillie et robée. Et y trouvèrent et conquisent li dit Englès trop fier avoir, car elle estoit malement riche et trop plainne de grans biens, tant dou leur meismes, que de ceulz dou plat pays, qui s'estoient pour le doubtance des Englès retrait et recueilliet, et qui le leur y avoient amenet. Si ardirent, brisièrent et destruisirent li dit Englès grant fuison de eglises, et y fisent moult de desrois : de quoi li contes Derbi fu durement courouciés pour les grans violenses que on y fist, et euist encores fait, se il ne fust alés au devant. Mès il deffendi sus le hart que nulz ne boutast feu en eglise ne en maison qui y fust, car il se voloit là tenir et reposer dix ou douze jours. Nulz n'osa son commandement brisier. Si furent cessé en partie li mal à faire, mès encores en fist on assés en larecin, qui point ne vinrent à cognissance.

§ 294. Ensi prist et conquist li contes Derbi, le roy d'Engleterre seant devant Calais, le cité de Poitiers. Et le tint douze jours, et plus l'euist encores tenu, se il volsist, car nuls ne li venoit calengier ; mès trambloit tous li pays jusques à le rivière de Loire devant les Englès. Quant il eurent courut tout le pays de là environ et pillié et robé, et que riens n'estoit demoré dehors les fors et les grandes garnisons, li contes Derbi eut conseil que il se retrairoit et lairoit Poitiers toute vage, car elle n'estoit point tenable, tant estoit elle de grant garde. Si se ordonnèrent li Englès au partir, mais à leur departement il emportèrent tout l'avoir de le cité que trouvé avoient ; et si cargié en estoient que il ne faisoient compte de draps, fors d'or et d'argent et de pennes[2]. Si s'en retournèrent à petites journées à Saint Jehan l'Angelier. Là fu li contes Derbi des bourgois et

---

1. La notation des brutalités exercées par les forces d'Henry de Lancaster s'accentue à mesure que l'on avance dans le récit de Froissart. 2. « Fourrures ».

des dames de le ville receus à grant joie et à haute honneur. Si se reposèrent li contes Derbi et ses gens et rafrescirent en le ditte ville de Saint Jehan une espasse de temps. En ce sejour, li dis contes acquist grant grasce et grant amour as bourgois, as dames et as damoiselles de le ville, car il leur donna et departi largement grans dons et biaus presens et biaus jeuiaus. Et fist tant que il disoient communalement que c'estoit li plus nobles princes qui peuist chevaucier sus palefroy. Et donnoit as dames et damoiselles li contes Derby priès que tous les jours disners et soupers grans et biaus, et les tenoit toutdis en reviel[1].

Quant il eut là sejourné tant que bon li fu, il se ordonna au partir et toutes ses gens, et prist congiet as bourgois et as dames de le ville, et leur commanda le ville à garder. Et fist au dessus dit mayeur[2] et as plus riches hommes de le ville renouveler leur sieremens que il tenroient et garderoient le ville bien et souffissamment ensi que le bon hyretage dou roy d'Engleterre : il l'eurent ensi en convent. Adonc s'en parti li dis contes o tout son arroy, et s'en chemina à petites journées devers le cité de Bourdiaus par les forterèces que conquis avoit, et fist tant que il y parvint. Et là donna congiet a toutes gens d'armes, Gascons et aultres ; et les remercia grandement de leur bon service. Assés tost apriès, il s'ordonna pour monter en mer et venir devant Calais veoir le roy d'Engleterre son gentil signeur. Or nous soufferons nous à parler de lui et parlerons dou roy d'Escoce.

§ 295. Je me sui longement tenus à parler dou roy David d'Escoce, mais jusques à maintenant je n'ai eu nulle cause de parler ent ; car, si com ci dessus il est contenu, les triewes qu'il prisent et donnèrent par acord li un à l'autre furent bien tenues, sans enfraindre ne brisier de nulles des parties. Or avint que, quant li rois d'Engleterre eut assegiet le forte ville de Calais, li

---

1. « Réjouissances ».   2. « Maire ».

Escot s'avisèrent que il feroient guerre as Englès et contrevengeroient les grans anois que il leur avoient fais, car leur pays estoit maintenant vuis[1] de gens d'armes, pour le cause de ce que li rois en tenoit fuison devant Calais. Et si en avoit ossi en Bretagne, en Poito et en Gascongne. À ceste guerre et esmouvement[2] adonc rendi grant painne li rois Phelippes de France, qui avoit grans alliances au roy d'Escoce, car il voloit, se il pooit, si ensonniier les Englès que li rois d'Engleterre brisast son sige de devant Calais et s'en retournast en Engleterre. Si fist li rois d'Escoce son mandement tout secretement à estre en le ville de Saint Jehan sus Taye en Escoce[3]. Si vinrent là tenir leur parlement li conte, li prelat et li baron d'Escoce ; et furent tout d'un acord que, au plus hastievement que il poroient et au plus efforciement ossi, il enteroient en Engleterre au lés devers Rosebourch[4], si fort et si bien pourveu que pour combatre la poissance de tout le demorant d'Engleterre, qui pour le temps de lors estoit ens ou pays. À cel acord furent avoec le roy tout li baron, li prelat, li chevalier et li escuier dou royalme d'Escoce où plus a de cinquante mil combattans, uns c'autres ; et fisent leur assemblée tout quoiement, pour plus grever leurs ennemis. Et fu adonc priiés et mandés Jehans des Adultilles[5], qui gouverne les Sauvages Escos[6], qui obeissent à lui et non à autrui, que il vosist estre en leur armée et chevaucie : il s'i acorda legierement, et y vint à trois mil hommes, tous des plus outrageus de son pays.

Onques li rois d'Escoce ne li baron de ce royalme ne sceurent si secretement faire leur mandement ne leur

---

1. « Dépourvu ».   2. « Soulèvement ».   3. Perth, ville d'Écosse sur la rive droite du Tay.   4. Old Roxburgh, château aujourd'hui détruit, non loin de Kelso, près du confluent des rivières de Teviot et de Tweed.   5. « Johannes de Out-isles in Scotia », seigneur donc de l'archipel des Hébrides (îles extérieures ou « Outer Hebrides »), épousa une fille de Robert II, roi d'Écosse (KL, XXI, 574-5). 6. Froissart distingue ainsi la partie montagneuse de l'Écosse (KL, XXIV, 285).

assamblée, que madame la royne Phelippe d'Engleterre, qui se tenoit ou North[1] sus les marches de Evruich, n'en fust toute enfourmée, et que elle y pourveist de remède et de conseil. Si tost que la très bonne dame sceut ce, elle fu toute consillie de escrire et de priier ses amis et de mander tous chiaus qui tenoient dou roy d'Engleterre son signeur. Et s'en vint la bonne dame, pour mieulx monstrer que la besongne estoit à lui, tenir en le cité d'Iorch que on dist Evruich. En le contrée de Northombreland, quant li rois d'Engleterre passa oultre, estoient demoret li sires de Persi, li sires de Ros, li sires de Nuefville et li sires de Montbrai, quatre grant baron, pour aidier à garder le pays, se il touchoit[2]. Si furent tantost cil signeur pourveu et avisé, quant il seurent le mouvement des Escos, et s'en vinrent à Evruic devers leur dame qui les reçut à grant joie. Dou mandement la vaillans dame, qui s'estendi jusques à le cité de Londres et oultre, s'esmurent grant fuison de bonnes gens d'armes et arciers qui estoient ens ou pays. Et se prist cescuns dou plus près qu'il peut, pour estre à celle journée contre les Escos. Car tèle estoit li intention de le royne et li teneur de son mandement que li Escot seroient combatu, et que cescuns pour se honneur se hastast dou plus que il peuist, et s'en venist devers le Nuef Chastel sur Thin, là où li mandemens se faisoit.

§ 296. Entrues que la royne d'Engleterre faisoit sen assamblée, li Escot, qui estoient tout pourveu de leur fait, se partirent de Saint Jehanston en grant arroi et à grant route. Et s'en vinrent ce premier jour logier à Donfremelin, et lendemain passèrent un petit brach de mer qui là est. Et li rois s'en vint à Struvelin ; là passa il à l'estroit[3] l'aigue, et le second jour, il vint en Haindebourch. Là se recueillièrent et rassamblèrent tout li Escot. Si estoient trois mil armeures de fier, chevaliers

---

1. Ce nom est synonyme de *marches du nord* ; il indique la partie septentrionale de l'Angleterre voisine de l'Écosse.
2. « S'il (le cas) était urgent ».   3. « Au détroit ».

et escuiers, et bien trente mil hommes d'autres gens, et tous montés sus hagenées, car nulz ne va à piet en Escoce, mès tout à cheval. Si esploitièrent tant que il vinrent à Rosebourch, la première forterèce d'Engleterre à ce costé de là, laquèle messires Guillaumes de Montagut avoit en garde et en gouvrenance, et jadis l'avoit basti contre les Escos. Li chastiaus de Rosebourch est durement biaus et fors, et ne fait mies à prendre si legierement. Si passèrent li Escot oultre et point n'i assallirent, et s'en vinrent logier, entre Persi et Urcol, sus une rivière qui là est. Et commencièrent à destruire et ardoir le contrée de Northombrelant moult villainnement. Et coururent leur coureur jusques à Bervich, et ardirent tout ce qui dehors les murs estoit et tout contreval le marine [1] ; et puis revinrent à leur grant host, qui estoit logie à une journée dou Noef Chastiel sur Thin.

§ 297. La royne d'Engleterre, qui desiroit à deffendre son pays et garder de tous encombriers [2], pour mieus monstrer que la besongne estoit sienne, s'en vint jusques en le bonne ville dou Noef Chastiel sur Thin, et là se loga et attendi toutes ses gens. Avoech la bonne dame vinrent en le ditte ville li archevesques d'Yorch [3], li archevesques de Cantorbie [4], li evesques de Durem et li evesques de Lincolle, et ossi li sires de Persi, li sires de Roos, li sires de Montbray et li sires de Nuefville. Et se logièrent cil quatre grant baron et cil quatre prelat dedens le ville et li plus grant partie de leurs gens. Et toutdis leur venoient gens des marces dou North et dou pays de Northombrelant et de Galles, qui marcissent assés priés de là ; car cescuns qui segnefiiés estoit se prendoit priès de venir contre les Escos pour l'amour de la bonne royne leur dame, qui les prioit si

---

1. « Jusqu'au bord de la mer en contrebas » 2. « De toute situation fâcheuse ». 3. Guillaume de la Zouch, archevêque d'York le 7 juillet 1342 († 19 août 1352). (KL, XXIII, 320). 4. Jean Stratford, archevêque de Canterbury le 3 novembre 1333 († 23 août 1348).

doucement que pour garder leur pays à leur pooir de tout villain destourbier.

Li rois d'Escoce et ses gens, qui efforciement estoient entré en Engleterre, entendirent de verité que li Englès se assambloient en le ville dou Noef Chastel pour venir contre yaus ; si en furent grandement resjoy et se traisent tout de celle part, et envoiièrent leurs coureurs courir devant le ville. Et ardirent cil qui envoiiet y furent, à leur retour, aucuns hamelés qui la estoient, tant que les fumières et flamesches en avolèrent[1] dedens le Noef Chastiel, et que li Englès se rastinrent[2] à grant malaise, et voloient issir hors soudainnement sus ciaus qui cel oultrage faisoient, mès lor souverain ne les laissièrent. À lendemain, li rois d'Escoce et toute son host, où bien avoit quarante mil hommes, uns c'autres, s'en vinrent logier à trois petites liewes englesces dou Noef Chastel sur Thin en le terre le signeur de Nuefville[3]. Et mandèrent, ensi que par grant presumption, à chiaus qui dedens le Noef Chastiel estoient, que, se il voloient issir hors, il les attenderoient et les combateroient volentiers Li prelat et li baron d'Engleterre furent avisé de respondre et disent que « oil », et qu'il enventurroient leurs vies avoecques l'iretage de leur signeur le roy d'Engleterre. Si se traisent tout sus les camps et se trouvèrent environ douze cens hommes d'armes, troi mil arciers et cinq mil autres hommes parmi les Galois. Li Escot, qui bien savoient leur poissance, les amiroient moult petit, ne prisoient, et disoient que, se il estoient quatre tans de gens[4], se seroient il combatu. Et se rengièrent un jour sus les camps devant yaus, et se misent en ordenance de bataille, et li Englès ossi d'aultre part.

Quant la bonne dame la royne d'Engleterre entendi

---

1. « S'envolèrent jusque ». **2.** « Se retinrent ». **3.** La bataille fut livrée, non dans les environs de Newcastle, comme Froissart semble l'indiquer, mais beaucoup plus au sud et tout près de Durham, en un lieu de la banlieue méridionale de cette ville appelé Nevill's Cross. (SHF, IV, ix, n2). **4.** « Et disaient que même s'ils étaient quatre fois plus nombreux, ils les combattraient ».

que ses gens se devoient combatre, et que li affaires
estoit si approciés que li Escot tout ordonné estoient
sus les camps devant yaus, elle se parti de le ville dou
Noef Chastiel et s'en vint là où ses gens se tenoient,
qui se rengoient et ordonnoient pour mettre en arroi de
bataille. Si fu là tant la ditte royne que leurs gens furent
tout ordonné et mis en quatre batailles. La première
gouvrenoit li evesques de Durem et li sires de Persi ;
la seconde, li archevesques d'Iorch et li sires de Nuefville ; la tierce, li evesques de Lincolle et li sires de
Montbray ; la quatrime, messires Edowars de Bailluel,
gouvrenères de Bervich, et li arcevesques de Cantorbie.
Si eut en cascune bataille se droite portion de gens
d'armes et d'arciers, selonch leur aisement. Et là estoit
la bonne royne d'Engleterre en mi eulz, qui leur prioit
et amonnestoit de bien faire la besongne et de garder
l'onneur de son signeur le roy et dou royalme d'Engleterre, et que pour Dieu cascuns se presist priès de [1]
estre bien combatans. Et par especial elle recommen-
doit toute la besongne en le garde des quatre barons
qui là estoient et des quatre prelas. Cil qui envis, pour
leur honneur, se fuissent faint [2], eurent en convent à le
bonne dame que il s'en acquitteroient loyaument, à leur
pooir, otant ou mieulz que donc que li rois leurs sires
y fust personelment. Lors se departi de ses gens la ditte
royne et s'en retourna arrière au Noef Chastiel sur
Thin, et les recommenda à son departement en la garde
de Dieu et de saint Jorge.

Assés tost apriès ce que la bonne dame se fu partie,
les batailles qui se desiroient à trouver, et par especial
li Escot, s'encontrèrent. Lors commencièrent li arcier
l'un à l'autre traire, mès li trais des Escos ne dura point
grant fuison. Là estoient cil arcier d'Engleterre able et
legier, et qui traioient par art et par grant avis, et de tel
ravine [3] que grans hideurs seroit au regarder. Si vous
di que, quant les batailles se furent mises et approcies

---

1. « Et que, pour Dieu, chacun s'efforçât de ». 2. « Ceux qui
à cause de leur honneur se seraient abstenus à contrecœur ».
3. « Rapidité ».

toutes ensamble, il y eut ossi dure besongne, ossi forte
et ossi bien combatue que on avoit veu ne oy parler de
grant temps. Et commença la bataille environ heure de
tierce, et dura jusques à haute nonne. Si poés bien
croire que là en dedens il y eut fait tamaintes grans
apertises d'armes, mainte prise et mainte belle rescousse, car cil Escot tenoient haces dures et bien trençans, et en donnoient trop biaus horions. D'autre part,
Englès se prendroient priès d'iaus deffendre, pour garder leur pays, et pour acquerre le grasce dou roy leur
signeur, qui pas n'estoit là. Et faisoient tant, au justement considerer, que li plus petis valoit bien un bon
chevalier. Et tant se penèrent li uns pour l'autre, ensi
que par envie, que en le fin il desconfisent leurs ennemis ; mès grandement leur cousta de leurs gens. Toutesfois il obtinrent le place. Et y demorèrent mort sus
le ditte place, des Escos, li contes de Fi[1], li contes de
Boskem[2], li contes Patris, li contes de Surlant[3], li
contes d'Astrederne[4], li contes de Mare[5], messires
Jehans de Douglas[6], messires Thumas de Duglas, messires Symons Fresiel[7] et messires Alixandres de Ramesay[8], qui portoit la banière dou roy, et pluiseur aultre
baron et chevalier et escuier d'Escoce. Et là fu li rois pris
qui vaillamment se combati, et durement, au prendre,

---

1. Duncan, comte de Fife, ne fut pas tué mais seulement fait
prisonnier à la bataille de Nevill's Cross.   2. Le comte de
Buchan, prisonnier à la bataille de Nevill's Cross. L'ancien comté
de Buchan formait autrefois une des quatre subdivisions du comté
d'Aberdeen ; il correspond aux districts actuels de Deer et d'Ellon
(SHF, IV, x, n1).   3. Le comte de Sutherland. Le comté de
Sutherland est à la pointe septentrionale de l'Écosse.   4. Maurice
de Murray, comte de Strathdearn, fils de Robert II, roi d'Écosse et
d'Euphemie de Ros. Strathdearn, ancien comté, aujourd'hui district
des comtés de Nairn et d'Inverness, à l'ouest du comté d'Elgin ou
de Moray.   5. Thomas de Marr († 1377) (KL, XXII, 143-4). La
seigneurie de Marr, à laquelle était attachée le titre de comte, est
un ancien district du comté d'Aberdeen, en Écosse.   6. Jean de
Douglas ne fut pas tué, mais fait prisonnier par Robert de Ogle et
Robert Bertram.   7. Ce fut Guillaume Fraser, et non Simon Fraser, qui fut tué à la bataille de Nevill's Cross.   8. Alexandre de
Ramsey ne fut pas tué mais fait prisonnier par Jean de Ever.

navrés d'un escuier de Northombreland, qui s'appelloit Jehans de Copeland, apert homme d'armes durement. Cils Jehans, si tretost que il tint le roy d'Escoce, sagement il en ouvra, car il se bouta au plus tost qu'il peut hors de le presse, lui vingtime de compagnons qui estoient de sa carge, et chevauça tant que ce jour il eslonga le place où la besongne avoit esté environ quinze lieues. Et vint chiés soy en un chastiel qui s'appelle « Chastiel Orghilleus [1] », et dist bien que il ne le renderoit à homme ne à femme, fors à son signeur le roy d'Engleterre. Encores en ce jour furent pris li contes de Mouret [2], li contes de le Marce [3], messires Guillaumes de Duglas [4], messires Archebaus de Duglas [5], messires Robers de Versi, li evesques d'Abredane [6] et li evesques de Saint Andrieu [7] et pluiseur aultre baron et chevalier. Et en y eut mors, uns c'autres, sus le place, environ quinze mil, et li demorant se sauvèrent au miex qu'il peurent. Si fu ceste bataille assés près dou Noef Chastiel sus Thin l'an mil trois cens quarante six, le mardi proçain aprиès le jour Saint Michiel [8].

§ 298. Quant la royne d'Engleterre, qui se tenoit au Noef Chastiel [9], entendi que la journée estoit pour li et

---

1. Aujourd'hui Ogle ou Ogles, dans le comté de Northumberland, au nord de Newcastle et au sud-ouest de Morpeth. 2. Jean ou John Randolph, comte de Murray, fut tué. 3. Patrick, comte de Dunbar et de March, ne fut pas tué, mais fait prisonnier par Raoul de Nevill. Dunbar, siège d'un comté et forteresse très importante au Moyen Âge, aujourd'hui ville du comté de Haddington, en Écosse. 4. Guillaume de Douglas l'aîné fut fait prisonnier par Guillaume Deincourt. 5. Archibald de Douglas, fils naturel de Jacques de Douglas, épousa Jeanne Moray de Bothwell. 6. Guillaume de Deyn, évêque d'Aberdeen de 1344 à 1351. 7. Guillaume Landalis, évêque de Saint-André depuis 1341 († 15 octobre 1385). 8. La bataille de Durham ou de Nevill's Cross fut livrée le 17 octobre 1346, veille de la Saint-Luc. 9. Il n'est pas vraisemblable que la reine fût à Durham lors de la bataille de Nevill's Cross, car, vers le 10 septembre, elle passa la mer pour se rendre à Calais. Le jour même de la bataille de Nevill's Cross, elle se trouvait à Ypres avec sa sœur, l'impératrice Marguerite. (KL, V, 487 ; SHF, IV, xi, n1).

pour ses gens, si en fu grandement resjoïe, ce fu bien raisons. Et monta tantost sus son palefroy, et s'en vint dou plus tost qu'elle peut sus le place, là où la bataille avoit esté. Li quatre prelat et li troi baron, qui chief et ordeneur de ceste besongne avoient esté, reçurent la noble royne moult doucement et moult joieusement, et li recordèrent assés ordonneement comment Diex les avoit visetés et regardés, que une puignie de gens qu'il estoient, il avoient desconfi le roy d'Escoce et toute sa poissance. Lors demanda la roine dou roy d'Escoce que il estoit devenus. On li respondi que uns escuiers d'Engleterre, qui s'appelloit Jehans de Copeland, l'avoit pris et mené avoech lui, mès on ne savoit à dire où ne quel part. Donc eut la royne conseil que elle escriroit devers le dit escuier et li manderoit tout acertes que il li amenast son prisonnier le roy d'Escoce, et que mies bien à point n'avoit fait ne au gret de lui, quant ensi l'en avoit mené hors des aultres et sans congié. Ces lettres furent escrites et envoiies par un chevalier de madame. Entrues que li dis chevaliers fist son voiage, se parordonnèrent li Englès et se tinrent tout ce jour sus le place que gaegnie vaillamment avoient, et la royne avoech eulz, qui honnouroit et festioit grandement les bons et vaillans chevaliers qui à ceste besongne avoient esté. Là li furent presenté li contes de Mouret, li contes de le Marce et tout li aultre. Et retournèrent à lendemain à grant joie la royne et tout li signeur en le ville dou Noef Chastiel sur Thin.

Or vous parlerons de Jehan de Copelant, comment il respondi as lettres et au message que madame d'Engleterre li envoia. C'estoit se intention que le dit roy d'Escoce son prisonnier il ne renderoit à homme nul ne à femme, fors à son signeur le roy d'Engleterre, et que on fust tout segur de lui, car il le pensoit si bien à garder que il en renderoit bon compte. Madame d'Engleterre à ceste fois n'en peut aultre cose avoir. Se ne se tint elle pas pour bien contente de l'escuier ; et fist tantost lettres escrire et seller, et les envoia à son chier signeur le roy d'Engleterre qui seoit devant Calais. Par ces lettres fu li rois enfourmés de tout l'estat d'Engleterre et de le prise le roy David d'Escoce. Si eut grant joie en soi meismes de la belle fortune que Diex avoit envoiiet à ses gens. Si ordonna tantost li rois pour aler querre ce Jehan de Copeland, et le manda bien acertes que il venist parler à lui devant Calais. Quant Jehans de Copeland se vei mandés de son signeur le roy d'Engleterre, si en fu moult resjoïs, et obey. Et mist son prisonnier en bonnes gardes et segures en un fort chastiel sus le marce de Northombreland et de Galles, et se mist au chemin parmi Engleterre. Et fist tant qu'il vint à Douvres, et là passa le mer, et vint devant Calais et ou logeis dou roy.

§ 299. Quant li gentilz rois d'Engleterre vei l'escuier et il sceut que c'estoit Jehans de Copeland, se li fist grant cière[1] et le prist par le main et li dist : « A bien viegne mon escuier, qui par sa vaillance a pris nostre adversaire le roy d'Escoce ! » — « Monsigneur, dist Jehans, qui se mist en un jenoul devant le roy, se Diex m'a volut consentir si grant grasce que il m'a envoiiet entre mes mains le roy d'Escoce et je l'aie conquis par bataille et par fait d'armes, on n'en doit pas avoir envie ne rancune sur mi. Car ossi bien poet Diex envoiier sa grasce et sa fortune, quant il eschiet, à un povre escuier que il fait à un grant signeur. Et, sire, ne m'en vœilliés nul mal gré se je ne le rendi tantost à madame la royne, car je tieng de vous et mon sierement ay de vous, et non à li, fors tout à point[2]. » Dont respondi li rois et dist : « Jehan, Jehan, nennil. Li bons services que vous nous avés fait et la vaillance de vous vault bien que vous soiiés excusés de toutes coses. Et honnit soient cil qui sur vous ont envie ! Jehan, dist encores li rois, je vous dirai que vous ferés. Vous retournerés en vostre maison et prenderés vostre prisonnier et le menrés devers ma femme. Et en nom de remuneration, je vous donne et assigne au plus priès

---

1. « Il lui fit bon accueil ». 2. « Sauf votre honneur ».

de vostre hostel que aviser et regarder on pora, cinq cens livres à l'estrelin par an de revenue, et vous retieng escuier de mon corps et de mon hostel. »

De ce don fu Jehans moult resjoys, ce fu raisons, et l'en remercia grandement. Depuis demora il deux jours dalés le roy et les barons qui moult l'onnerèrent, ensi que bien faire le savoient, et que on doit faire un vaillant homme. Et au tierch jour s'en departi et retourna arrière en Engleterre, et esploita tant par ses journées que il vint chiés soy. Si assambla ses amis et ses voisins, et recorda tout ce que il avoit trouvet ou roy son signeur, et le don que il li avoit fait, et comment li rois voloit que li rois d'Escoce fust menés devers madame la royne qui se tenoit encores en le cité de Evruich. Chil qui assamblé là estoient furent tout appareilliet d'aler avoech Jehan et li faire compagnie. Si prisent le roy d'Escoce et le montèrent bien et honourablement, ensi comme a lui apertenoit, et l'en menèrent jusques en le cité dessus ditte. Si le presenta de par le roy d'Engleterre li dis Jehans à madame la royne, qui en devant avoit esté moult couroucie sus Jehan. Mais la pais en fu lors faite, quant elle vei le roy d'Escoce son prisonnier, avoech ce que Jehans s'escusa si sagement que madame la royne s'en tint bien dou tout à contente.

Depuis ceste avenue, et que madame d'Engleterre eut entendu à pourveir bien et grossement le cité de Bervich, le chastiel de Rosebourch, le cité de Durem, le ville dou Noef Chastiel sur Thin et toutes les garnisons sus les frontières d'Escoce, et là laissié ou pays de Northombreland le signeur de Persi et le signeur de Nuefville, comme gardiiens et souverains, pour entendre à toutes besongnes, elle se parti de Evruich et s'en retourna arrière vers Londres, et enmena avoecques lui le roy d'Escoce son prisonnier, le conte de Mouret et tous les barons qui à le bataille avoient esté pris. Si fist tant la ditte dame par ses journées que elle vint à Londres, où elle fu recheute à grant joie, et tout cil qui avoecques lui estoient, qui a le bataille dessus ditte avoient esté. Madame d'Engleterre, par le bon conseil de ses hommes, fist mettre ens ou chastiel de Londres le roy d'Escoce, le conte de Mouret[1] et les aultres, et ordonna bonnes gardes sus yaus. Et puis entendi à ordonner ses besongnes, ensi que celle qui voloit passer mer, et venir devant Calais, pour veoir le roy son mari et le prince son fil, que moult desiroit à veoir. Et se hasta dou plus que elle peut, et passa le mer à Douvres, et eut bon vent, Dieu merci ! et fu tantos oultre. Si fu recheue, ce poet on croire et savoir, à grant joie et logie tantost moult honnourablement, toutes ses dames et ses damoiselles ossi largement comme elles fuissent à Londres : ce fu trois jours devant la Toussains. De quoi li rois d'Engleterre, pour l'amour de la royne, tint court ouverte le jour de le Toussains, et donna à disner à tous signeurs qui là estoient et à toutes dames principaument ; car la royne en avoit d'Engleterre grant fuison amenet avoecques lui, tant pour soy acompagnier que pour venir veoir leurs maris et leurs pères, frères et amis, qui se tenoient au siège devant Calais.

§ 300. Cils sièges se tint longement devant Calais ; et si y avinrent moult de grandes aventures et des belles proèces, d'un costé et d'autre, par terre et par mer, lesquèles je ne poroie mies toutes, non le quatrime partie, escrire ne recorder. Car li rois de France avoit fait establir si bonnes gens d'armes et tant par toutes les fortresches qui sont et estoient pour ce tamps en le marche des contés de Ghines, d'Artois et de Boulongne, et autour de Calais, et tant de Genevois et de Normans et d'autres maronniers sus mer, que li Englès qui voloient hors issir, à cheval ou à piet, pour aler fourer[2] ou enventurer, ne l'avoient mies davantage[3], mès trouvoient souvent des rencontres durs et fors. Et ossi y avoit souvent pluiseurs paletis et escarmuces,

---

1. Ce n'est pas le comte de Murray, tué à la bataille de Nevill's Cross, mais les comtes de Fige et de Menteith qui furent enfermés à la Tour de Londres. 2. « Aller aux vivres, fourrager ». 3. « N'avaient pas l'avantage ».

entours les portes et sus les fossés, dont point ne se partoient sans mors et sans navrés. Un jour perdoient li un, et l'autre jour ossi perdoient li aultre, ensi que on voit souvent avenir en telz besongnes. Ossi li rois d'Engleterre et ses consaulz estudioient nuit et jour à faire engiens et instrumens, pour chiaus de Calais mieulz apresser et constraindre. Et cil de le ville de Calais contrepensoient le contraire, et faisoient tant à l'encontre que cil engien ne cil instrument ne lor portoient nul damage. Ne riens ne les grevoit ne les pooit tant grever que li affamers ; mès nulles pourveances ne leur pooient venir, fors en larecin, et par deux maronniers qui estoient mestre et conduiseur de tous les aultres, lesquels on nommoit l'un Marant et l'autre Mestriel. Et estoient cil demorant à Abbeville. Par ces deux maronniers estoient cil de Calais souvent conforté, mès c'estoit en larrecin et par eulz hardiement enventurer. Et s'en misent par pluiseurs fois en grant peril, et en furent moult de fois caciet et priès atrapé entre Boulongne et Calais ; mès toutdis escapoient il, et fisent tamaint Englès morir, ce siège durant.

§ 301. Tout cel yvier demora li rois d'Engleterre à siège à tout son host devant le forte ville de Calais. Et y avinrent grant fuison de mervilleuses aventures, d'une part et d'autre, et priès que cascun jour. Et toutdis, ce siège pendant, avoit li dis rois grant imagination de tenir les communautés de Flandres en amisté, car vis li estoit que parmi yaus il pooit le plus aise venir à sen entente. Si envoioit souvent par devers yaus grans prommesses ; et leur disoit et faisoit dire que, se il pooit parvenir à sen entente de Calais, il leur recouveroit sans doubte Lille, Douay et les appendances : si ques par telz prommesses li Flamench s'esmurent en ce temps, et sus le saison que li rois d'Engleterre estoit encor en Normendie, douquel voiage il vint à Creci et à Calais, et vinrent mettre le siège devant Bietune. Et estoit pour ce temps leur chapitains messires Oudars de Renti[1], car il estoit banis de France. Et tinrent moult grant siège devant la ditte ville, et moult le constraindirent par assaus ; mais il y avoit dedens en garnison, de par le roy Phelippe, quatre bons chevaliers, qui très bien le gardèrent et en pensèrent : monsigneur Joffroi de Chargni, monsigneur Eustasce de Ribeumont, monsigneur Bauduin Danekin[2] et monsigneur Jehan de Landas. Si fu la ditte ville de Bietune si bien deffendue et poursongnie que li Flamench n'i conquestèrent riens, mès s'en retournèrent en Flandres sans riens faire.

Nequedent, quant li rois d'Engleterre fu venus devant Calais, il ne cessa mies de envoiier devers les communautés de Flandres grans messages, et de faire grans prommesses pour detenir leur amisté et abatre l'opinion dou roy Phelippe, qui trop fort [les] pressoit d'yaus retraire à sen amour. Et volentiers euist li rois d'Engleterre veu que li jones contes Loeis de Flandres[3], qui point n'avoit quinze ans d'aage, volsist sa fille Ysabiel espouser. Et tant procura li dis rois que li dis communs de Flandres s'i acorda entirement : dont li rois d'Engleterre fu moult resjoïs, car il li sambloit que, parmi ce mariage et ce moiien, il s'aideroit des Flamens plus plainnement. Et ossi il sambloit as Flamens que, se il avoient le roy d'Engleterre et les Englès d'acort, il poroient bien resister as François ; et plus leur estoit necessaire et pourfitable li amour dou roy d'Engleterre que dou roy de France. Mais leurs sires, qui avoit esté nouris d'enfance entre les François et les royaus et encores y demoroit, ne s'i voloit point acorder ; et disoit franchement que jà n'aroit à femme la fille de celi qui li avoit mort son père.

D'autre part, li dus Jehans de Braibant pourcaçoit adonc fortement que cilz jones contes de Flandres

---

1. Oudart de Renty, fils d'Arnould de Renty, châtelain de Fauquemberge. Il épousa Catherine d'Azincourt (KL, XXIII, 14). 2. Baudouin d'Annequin, fils de Baudouin de Lens et de Marguerite d'Azincourt. Tué à la bataille de Cocherel, au mois de mai 1364. 3. Louis II, dit de Male, comte de Flandre, de Nevers et de Rethel, baron de Donzy.

vosist prendre sa fille, et li prommetoit que il le feroit joïr plainnement de la conté de Flandres, par amours ou aultrement. Et faisoit li dis dus entendant au roy de France que, se cilz mariages de sa fille se faisoit, il feroit tant que tout li Flamench seroient de son acord et contraire au roy d'Engleterre. De quoi par telz prommesses li rois de France s'acorda au mariage de Braibant.

Quant li dus de Braibant eut l'acort dou roy de France, il envoia tantos grans messages en Flandres devers les plus souffissans bourgois des bonnes villes ; et leur fist dire et remonstrer tant de belles raisons coulourées que li consaulz des bonnes villes mandèrent le jone conte leur signeur, et li fisent croire et à savoir que il vosist venir en Flandres et user par leur conseil : il seroient si bon amit et subjet, et li renderoient et deliveroient toutes ses justices et juridicions et les droitures de Flandres, ensi ou plus avant que nulz contes y ewist ewes. Li jones contes eut conseil que il l'assaieroit ; si vint en Flandres et y fu receus à grant joie. Et li furent presenté de par les bonnes villes grans dons et biaus presens.

Si tretos que li rois d'Engleterre sceut ces nouvelles, il envoia en Flandres le conte de Norhantonne, le conte d'Arondiel et le signeur de Gobehen, liquel parlementèrent tant et pourchacièrent as communautés de Flandres, que il eurent plus chier que leurs sires presist à femme la fille dou roy d'Engleterre que la fille au duch de Braibant. Et en requisent et priièrent affectueusement leur jone signeur, et li remonstrèrent pluiseurs belles raisons pour lui attraire, que merveilles seroit à recorder, et tant que li bourgois qui portoient le partie dou duch de Braibant n'osoient dire le contraire. Mais Loeis li jones contes ne s'i voloit aucunement consentir, par parolles ne par raisons que on li desist ; ains disoit toutdis que il n'aroit jà à femme la fille de celi qui li avoit son père occis, et li deuist on donner la moitié dou royalme d'Engleterre. Quant li Flamench oïrent ce, il disent que cilz sires estoit trop François et mal consilliés, et que il ne leur feroit jà bien, puisque il ne voloit croire leur conseil. Si le prisent et misent en prison courtoise, et bien li disent que jamais n'en isteroit se ilz ne creoit leur conseil ; car bien disoient, se messires ses pères n'euist tant amet les François, mais ewist creu leur conseil, il euist esté li plus grans sires des Crestiiens, et euist recouvré Lille, Douay et Bietune, et fust encores en vie.

§ 302. Ce demora ensi une espasse de temps. Et li rois d'Engleterre tint toutdis son siège devant Calais, et tint grant court et noble le jour dou Noel[1]. Le quaresme ensievant, revinrent de Gascongne li contes Derbi, li contes de Pennebruch et li contes de Kenfort et grant fuison de chevaliers et d'escuiers qui passet avoient la mer avoech yaus, et arrivèrent devant Calais. Si furent li très bien venu et liement recueilliet et conjoy dou roy, de la royne, des signeurs et des dames qui là estoient. Et se logièrent tout cil signeur tantost, et leurs gens, devant Calais : de tant fu li sièges renforciés.

Or revenons au pourpos dont je parloie maintenant, dou jone conte de Flandres et des Flamens. Longement fu li jones contes ou dangier de chiaus de Flandres et en prison courtoise, mais il li anoioit, car il n'avoit point ce apris. Finablement il mua son pourpos, ne sçai se il le fist par cautèle ou de volenté ; mais il dist à ses gens que il creroit leur conseil, car plus de biens li pooient venir d'yaus que de nul aultre pays. Ces parolles resjoïrent moult les Flamens, et le misent tantost hors de prison ; se li acomplirent[2] une partie de ses deduis[3], tant que d'aler en rivière[4]. A ce estoit il moult enclins, mais il y avoit toutdis sus lui bonnes gardes, afin que il ne leur escapast ou fust emblés, qui l'avoient empris à garder, sur leur tiestes, et qui estoient dou tout de le faveur dou roy d'Engleterre, et le gettoient si près que à painnes pooit il aler pissier. Ceste cose se proceda et approça. Et eut li jones contes

---

1. 1346. 2. « Accordèrent ». 3. « Plaisirs ». 4. « Chasser au gibier d'eau ».

de Flandres en convent à ses gens que volentiers il prenderoit à femme la fille dou roy d'Engleterre. Et ensi li Flamench le segnefiièrent au roy et à le royne, qui se tenoient devant Calais, et que il se vosissent traire devers Berghes[1] et venir en l'abbeye et là amener leur fille, car il y amenroient leur signeur ; et là se concluroit cilz mariages.

Vous devés savoir que li rois et la royne furent de ces nouvelles grandement resjoy, et disent que li Flamench estoient bonnes gens. Si fu par acord de toutes parties une journée assignée à estre à Berghes sus le mer, entre le Nuef Port[2] et Gravelines[3]. Là vinrent li plus notable homme et plus autentike des bonnes villes de Flandres, en grant estat et poissant, et y amenèrent leur jone signeur qui courtoisement s'enclina devers le roy d'Engleterre et la royne, qui jà estoient venu en très grant arroy. Li rois d'Engleterre prist le dit conte par le main droite moult doucement, et le conjoy en parlant, et puis s'escusa moult humlement de la mort son père. Et dist, se Diex li peuist aidier, que onques, tout le jour de le bataille de Creci ne à lendemain ossi, il ne vey ne oy parler dou conte de Flandres. Li jones contes, par samblant, se tint de ces escusances assés à contens ; et puis fu parlé dou mariage. Et eut là certains articles et trettiés fais, jettés et acordés entre le roy d'Engleterre et le jone conte Loeis et le pais de Flandres, sus grans confederations et alliances, et toutes prommises et jurées à tenir. Là jura et fiança li dis contes madame Ysabiel, la fille dou roy d'Engleterre, et si le prommist à espouser[4]. Si fu ceste journée

---

1. Bergues-Saint-Winoc (59380), ch.-l. de c., arr. de Dunkerque (Nord). 2. Nieuport, Flandre-Occidentale, arr. de Furnes, Belgique. 3. Gravelines (59820), ch.-l de cant. du Nord, arr. de Dunkerque. 4. Un contrat, stipulant promesse de mariage et fiançailles entre Louis de Male, comte de Flandre, et Isabelle d'Angleterre, fut signé à Dunkerque, le 3 mars 1347. Isabelle, née en 1332, l'aînée des filles d'Édouard III et de la reine Philippa, épousa le 27 juillet 1365 Enguerrand VII de Couci, qui était alors en Angleterre comme otage pour le roi de France Jean le Bon, à la suite du traité de Brétigny. Voir *Le Joli Buisson de jonece*, vv. 254-5 (1975).

relaxée jusques à une aultre fois que on aroit plus grant loisir. Et s'en retournèrent li Flamench en Flandres, qui en remenèrent leur signeur. Et moult amiablement se partirent dou roy d'Engleterre et de la royne et de leur conseil, et li rois d'yaus, liquelz s'en retourna devant Calais. Ensi demorèrent les coses en cel estat. Et se pourvei et fist pourveir li rois d'Engleterre, si grandement que merveilles seroit à recorder, pour tenir celle feste très estoffeement, et ossi de biaus et de riches jeuiaulz pour donner et departir au jour des noces ; et la royne ossi, qui bien s'en voloit acquitter, et qui d'onneur et de larghèce passa à son temps toutes dames.

Li jones contes de Flandres, qui estoit revenus en son pays entre ses gens, aloit toutdis en rivière, et monstroit par samblant que cilz mariages as Englès li plaisoit très grandement. Et s'en tenoient li Flamench ensi que pour tout asseguré ; et n'i avoit mès sur lui si grant regart comme en devant. Il ne cognissoient pas bien encores la condition[1] de leur signeur. Car, quel samblant qu'il monstroit deforainnement[2], il avoit dedentrainnement[3] le corage tout françois, ensi que on l'esprouva par oevres. Car un jour il estoit alés voler en rivière ; et fu en le propre sepmainne que il devoit espouser la dessus ditte la damoiselle d'Engleterre. Et jetta ses fauconniers un faucon aprièsle hairon, et li contes ossi un. Si se misent cil doy faucon en cange[4], et li contes apriès, ensi que pour les lorier[5], en disant : hoie ! hoie ! Et quant il fu un peu eslongiés, et qu'il eut l'avantage des camps, il feri cheval des esporons et s'en ala toutdis avant, sans retourner, par tel manière que ses gens le perdirent. Si s'en vint li dis contes en Artois, et là fu à segur ; et puis vint en France devers le roy Phelippe et les François, asquelz il compta ses aventures et com, par grant soutilleté, il estoit escapés ses gens et les Englès. Li rois de France en eut grant

---

1. « Caractère ».   2. « Extérieurement ».   3. « Dans son for intérieur ».   4. « Ces deux faucons poursuivirent une nouvelle proie ».   5. « Comme pour les attirer ».

joie et dist que il avoit trop bien ouvret ; et otant en disent tout li François. Et li Englès, d'autre part, disent que il les avoit trahis et deceus[1].

Mès pour ce ne laissa mies li rois d'Engleterre à tenir à amour les Flamens, car il savoit bien que li contes n'avoit point ce fait par leur conseil, et en estoient moult courouciet ; et l'escusance que il en fisent, il le crei assés legierement.

§ 303. En ce temps que li siges se tenoit devant Calais, venoient veoir le roy et la royne pluiseur baron et chevalier de Flandres, de Braibant, de Haynau et d'Alemagne. Et ne s'en partoit nulz sans grant pourfit, car li rois et la royne d'Engleterre, d'onneur et de larghèce estoient si plain et si affectuel[2] que tout il donnoient, et par celle virtu conquisent il le grasce et le renommée de toute honneur.

En ce temps estoit nouvellement revenus en le conté de Namur, dou voiage de Prusce et dou Saint Sepulcre[3], cilz gentilz et vaillans chevaliers messires Robers de Namur. Et l'avoit li sires de Spontin[4] fait chevalier en le Sainte Terre. Messires Robers estoit pour ce temps moult jones, et n'avoit encores esté priiés de l'un roy ne de l'autre. Toutesfois il estoit plus enclins assés à estre Englès que François, pour l'amour de monsigneur Robert d'Artois, son oncle[5], que li rois d'Engleterre avoit moult amet. Si se avisa que il venroit devant Calais veoir le roy d'Engleterre et la royne et les signeurs qui là estoient. Si se ordonna selonch ce, et mist en bon arroi et riche, ensi comme à lui

---

1. Louis de Male dut s'échapper de Flandre entre le 14 mars et Pâques (1er avril 1347) (SHF, IV, xiv, n2). Selon Henry S. Lucas, *The Low Countries and the Hundred Years War, 1326-1347,* Ann Arbor 1929, p. 565, l'évasion date du 28 avril. Le principal instigateur de cette évasion fut un seigneur à la dévotion du roi de France, nommé Marquet du Galleel, chambellan et écuyer du jeune comte. 2. « Ardent ». 3. Voir plus haut, p. 351, n. 7 (§143). 4. Guillaume de Spontin accompagna Robert de Namur également à la bataille de Bastweiler († en 1385). 5. Par sa mère, Marie d'Artois, sœur de Robert.

apertenoit et que toutdis il a alé par le chemin[1]. Si esploita tant par ses journées que il vint au siège de Calais, honnourablement acompagniés de chevaliers et d'escuiers, et se representa au roy, qui liement le reçut ; et ossi fist madame la royne. Si entra grandement en leur amour et en leur grasce, pour le cause de ce que il portoit le nom de monsigneur Robert son oncle, que jadis avoient tant amé et ouquel il avoient trouvé grant conseil.

Si devint en ce temps li dis messires Robers de Namur homs au roy d'Engleterre. Et li donna li dis rois trois cens livres[2] à l'estrelin de pension par an, et li assigna sus ses coffres à estre paiiés à Bruges. Depuis se tint li dis messires Robers dalés le roy et la royne, au sige de Calais, tant que la ville fu gaegnie, ensi comme vous orés en avant recorder.

§ 304. Je me sui longement tenus à parler de monsigneur Charle de Blois, duch de Bretagne pour ce temps, et de la contesse de Montfort. Mais ce a esté pour les triewes qui furent prises devant la cité de Vennes, lesquèles furent moult bien gardées[3]. Et joïrent, les triewes durant, cescune des parties assés paisieuvlement de ce que il tenoit en devant. Si tost comme elles furent passées, il commencièrent à gueriier fortement, li rois de France à conforter monsigneur Charle de Blois son neveu, et li rois d'Engleterre madame la contesse de Montfort, ensi que promis et en convent li avoit. Et estoient venu en Bretagne, de par le roy d'Engleterre, doy moult grant et moult vaillant chevalier, et parti dou siège de Calais, atout deux cens hommes d'armes et quatre cens arciers : ce estoient messires Thumas d'Augourne[4] et messires

---

1. « Et comme il a toujours voyagé ».   2. KL indique douze cents florins (KL XXII, 258).   3. La trêve de Malestroit, conclue le 19 janvier 1343, devait durer jusqu'à la Saint-Michel (29 septembre 1346). Contrairement à ce qu'écrit Froissart, cette trêve fut toujours fort mal observée.   4. Thomas de Dagworth, lieutenant et capitaine d'Édouard III dans le duché de Bretagne († 1350).

Jehans de Hartecelle[1] ; et demorèrent dalés la ditte contesse en la ville de Haimbon. Avoecques eulz avoit un chevalier breton bretonnant, durement vaillant et bon homme d'armes, qui s'appelloit messires Tanguis dou Chastiel[2]. Si faisoient souvent cil Englès et cil Breton des chevaucies et des issues contre les gens monsigneur Charle de Blois, et sus le pays qui se tenoit de par lui ; et les gens monsigneur Charle ossi sur yaus. Une heure perdoient li un, aultre heure perdoient li aultre. Et estoit li pays par ces gens d'armes courus, gastés et essilliés et rançonnés, et tout comparoient les povres gens.

Or avint un jour que cil troi chevalier dessus nommet avoient assamblet grant fuison de gens d'armes à cheval et de saudoiiers à piet. Et alèrent assegier une bonne ville et forte et un bon chastiel que on claime le Roce Deurient[3], et le fisent assallir par pluiseurs fois fortement. Et cil de le ville et dou chastiel se deffendirent vassaument qu'il n'i perdirent riens. En la garnison avoit un chapitainne, de par monsigneur Charle, escuier, qui s'appelloit par nom Thassart de Ghines, apert homme d'armes durement. Or y eut tel meschief que les trois pars des gens de la ville estoient en coer plus Englès assés que François. Si prisent leur chapitainne et disent qu'il l'ociroient, se ilz avoech yaus ne se tournoit englès. Tassars à ce donc ressongna le mort et dist que il feroit tout che que il vorroient. Sus cel estat il le laissièrent aler, et commencièrent à trettiier devers les dessus dis chevaliers englès. Finablement, trettiés se porta telz, que il se tournèrent de le partie la contesse de Montfort. Et demora li dis Thassars, comme en devant, chapitains de la ditte ville. Et quant li Englès s'en partirent pour retourner vers Hembon, il

---

1. Jean de Hartsel. Selon KL (XXI, 522) : « Jean de Hardeshull ».   **2.** Tangui ou Tainguy du Chastel fut le grand-père de celui du même nom qui fut un grand scribe sous Charles VII. On doit à ce dernier au moins deux manuscrits des *Chroniques* : BN fr 2663/4 et 6474/5.   **3.** La Roche-Derrien, Côtes-du-Nord, arr. Lannion (22450).

li laissièrent grant fuison de gens d'armes et d'arciers, pour la ditte forterèce aidier à garder[1].

Quant messires Charles de Blois sceut ces nouvelles que la Roce Deurient estoit tournée englesce, si fu durement courouciés, et dist et jura que ce ne demorroit pas ensi. Et manda partout les signeurs de sa partie en Bretagne et en Normendie, et fist un grant amas de gens d'armes en le cité de Nantes, et tant qu'il furent bien seize cens armeures de fier et douze mil hommes de piet. Et bien y avoit quatre cens chevaliers, et entre ces quatre cens, vingt trois banerés. Si se departi de Nantes li dis messires Charles et toutes ses gens. Et esploitièrent tant que il vinrent devant le Roce Deurient ; si le assegièrent, toute la ville et le chastiel ossi. Et fisent devant drecier grans engiens qui jettoient nuit et jour et qui moult travilloient ciaulz de la ville. Si envoiièrent tantost messages devers la contesse de Montfort, en remonstrant comment il estoient constraint et assegiet, et requeroient que on les confortast, car on leur avoit eu en convent, se il estoient assegiet. La contesse[2] et li troi chevalier dessus nommé ne l'euissent jamais laissiet. Si envoia partout la ditte contesse ses messages où elle pensoit avoir gens, et fist tant que elle eut en peu de temps mil armeures de fier et huit mil hommes de piet. Si les mist tous ou conduit et en le garde de ces trois chevaliers dessus nommés qui baudement et volentiers les rechurent ; et li disent au departement que il ne retourroient mès, si seroient la ville et li chastiaus desassegiés, ou il demorroient tout en le painné. Puis se misent au chemin, et s'en alèrent celle part à grant esploit ; et fisent tant que il vinrent assés priès de l'ost monsigneur Charle de Blois.

Quant messires Thumas d'Agourne, messires Jehans

---

1. La Roche-Derrien fut prise à la fin de l'année 1345 par Guillaume de Bohun, comte de Northampton, et gardée continuellement par les Anglais depuis cette date.   2. Il y a lieu de penser que la comtesse de Montfort, qui s'était retirée en Angleterre avec son fils après la trêve de Malestroit, ne se trouvait pas alors en Bretagne (SHF, IV, xvi n5).

de Hartecelle et messires Tangis dou Chastiel, et li aultre chevalier qui là estoient assamblé, furent parvenut à deux liewes près de l'ost des François, il se logièrent sus une rivière, à celle entente que pour combattre à lendemain. Et quant il furent logiet et mis à repos, messires Thumas d'Agourne et messires Jehans de Hartecelle prisent environ la moitié de leurs gens, et les fisent armer et monter à cheval tout quoiement. Et puis se partirent et, droit à heure de mienuit, il se boutèrent en l'ost de monsigneur Charle, à l'un des costés ; si y fisent grant damage, et occirent et abatirent grant fuison de gens. Et demorèrent tant, en ce faisant, que toute li hos fu estourmis, et armé toutes manières de gens, et ne se peurent partir sans bataille. Là furent il enclos et combatu et rebouté durement et asprement, et ne peurent porter le fais des François. Si y fu pris et moult doleureusement navrés messires Thumas d'Agourne. Et se sauva au mieulz qu'il peut li dis messires Jehans de Hartecelle et une partie de ces gens, mès la grigneur partie y demorèrent mort. Ensi tous desconfis retourna li dis monsigneur Jehan à ses aultres compagnons, qui estoient logiet sus le rivière, et trouva monsigneur Tangis dou Chastiel et les aultres, asquelz il recorda sen aventure. Dont il furent moult esmervilliet et esbahit, et eurent conseil qu'il se deslogeroient et se retrairoient vers Hembon.

§ 305. À celle propre heure et en cel estat, entrues que il estoient en grant conseil de yaus desloger, vint là uns chevaliers de par le contesse, qui s'appelloit Garnier, sires de Quadudal[1], atout cent armeures de fer, et n'avoit pout plus tost venir. Si tost qu'il sceut le convenant et le parti où il estoient, et comment par leur emprise perdu il avoient, si donna nouviel conseil. Et ne fu noient effraés, et dist à monsigneur Jehan et à monsigneur Tangis : « Or tos armés vous, et faites

---

1. Garnier, sire de Cadoudal. La famille Cadoudal était originaire de la paroisse de Plumelec (56420), arr. de Ploërmel.

armer vos gens et monter as chevaus qui cheval a ; et qui point n'en a, si viegne à piet, car nous irons veoir nos ennemis. Et ne me doubte mies, selonch ce que il se tiennent pour tous asseguréz, que nous ne les desconfisons et recouvrons nos damages et nos gens. »

Cilz consaulz fu creus, et s'armèrent, et disent que de recief il s'enventurroient. Si se departirent cil qui à cheval estoient tout premiers, et cil à piet les sievoient. Et s'en vinrent, environ soleil levant, ferir en l'ost monsigneur Charlon de Blois, qui se dormoient et reposoient, et ne cuidoient avoir plus de destourbier. Cil Breton et cil Englès d'un costé se commencièrent à haster et à abatre tentes et trés et pavillons, et à occire et à decoper gens et à mettre en grant meschief. Et furent si souspris, car il ne faisoient point de ghet, que oncques ne se peurent aidier. Là eut grant desconfiture sus les gens de monsigneur Charle, et mors plus de deux cens chevaliers et bien quatre mil d'aultres gens, et pris li dis messires Charles de Blois et tout li baron de Bretagne et de Normendie qui là avoecques lui estoient, et rescous messires Thumas d'Augourne et tout leur compagnon. Onques si belle aventure n'avint à gens d'armes, qu'il avint là as Englès et as Bretons, que de desconfire sus une matinée tant de nobles gens : on leur doit bien tourner à grant proèce et à grant apertise d'armes [1].

Ensi fu pris messires Charles de Blois des gens le roy d'Engleterre et la contesse de Montfort, et toute la fleur de son pays avoecques lui ; et fu amenés ens ou chastiel de Hembon, et li sieges levés de la Roce Deurient. Si fu la guerre de la contesse de Montfort grandement embellie. Mès toutdis se tinrent les villes, les cités et les forterèces de monsigneur Charle, car madame sa femme, qui s'appelloit duçoise de Bretagne, prist la guerre de grant volenté. Ensi fu la guerre de ces deux dames. Vous devés savoir que, quant ces nouvelles furent venues devant Calais au roy d'Engle-

---

1. La bataille de La Roche-Derrien et la prise de Charles de Blois datent du 20 juin 1347.

terre et as barons, il en furent grandement resjoy, et
comptèrent l'aventure moult belle pour leurs gens. Or
parlerons nous dou roy Phelippe et de son conseil et
dou siege de Calais.

§ 306. Li rois Phelippes de France, qui sentoit ses
gens de Calais durement constrains[1] et apressés[2]
selonch ce que il estoit enfourmés, et veoit que li rois
d'Engleterre ne s'en partiroit point, si les aroit conquis,
estoit grandement courouciés. Si se avisa et dist que il
les vorroit conforter, et le roy d'Engleterre combatre,
et lever le siège, se il pooit. Si commanda par tout son
royaume que tout chevalier et escuier fuissent, à la
feste de le Pentecouste, en le cité d'Amiens ou là priès.
Chilz mandemens et commandemens dou roy de
France s'estendi par tout son royaume. Si n'osa nulz
laissier qu'il ne venist et fust là où mandés estoit, au
jour de le Pentecouste, ou tost apriès. Et meismement
li rois y fu et tint là sa court solennèle, au dit jour, et
moult de princes et de haus barons dalés li, car li
roiaumes de France est si grans, et tant y a de bonne
et noble chevalerie et escuierie, que il n'en poet estre
desgarnis. Là estoient li dus de Normendie ses filz, li
dus d'Orliens ses mainsnés filz, li dus Oedes de Bourgongne, li dus de Bourbon[3], li contes de Fois, messires
Loeis de Savoie, messires Jehans de Haynau, li contes
d'Ermignach, li contes de Forès, li contes de Pontieu,
li contes de Valentinois, et tant de contes et de barons
que merveilles seroit à recorder.

Quant tout furent venu et assamblé à Amiens et là
en le marce, si eut li rois de France pluiseurs consaulz
par quel costé il poroit sus courir et combatre les
Englès[4]. Et euist volentiers veu que li pas de Flandres
li fuissent ouvert ; si euist envoiiet au costé devers Gravelines[5] une partie de ses gens, pour rafreschir chiaus

---

1. « Serrés de près ».   2. « Accablés ».   3. Jacques de
Bourbon.   4. Philippe VI passa la plus grande partie du mois de
mai 1347 à Amiens.   5. Nord, arr. de Dunkerque, à l'est de
Calais (59820).

de Calais et combatre les Englès à ce costé bien aisiement par la ville de Calais. Et en envoia li dis rois en Flandres grans messages, pour trettier envers les Flamens sus cel estat. Mais li rois d'Engleterre, pour ce temps, avoit tant de bons amis en Flandres que jamais ne li euissent otriiet ceste courtoisie Quant li rois Phelippes vei ce que il n'en poroit venir à coron, si ne volt mies pour ce laissier se emprise, ne les bonnes gens de le ville de Calais mettre en noncaloir[1], et dist que il se trairoit avant au lés devers Boulongne.

Li rois d'Engleterre, qui se tenoit là à siege et estoit tenus tout le temps, ensi que vous savés, et à grans coustages, estudioit nuit et jour comment il peuist chiaus de Calais le plus constraindre et grever ; car bien avoit oy dire que ses adversaires li rois Phelippes faisoit un grant amas de gens d'armes, et que il le voloit venir combatre. Et si sentoit la ville de Calais si forte que, pour assaut ne pour escarmuce que ilz ne ses gens y feissent, il ne les pooient conquerre : dont il y busioit et imaginoit souvent[2]. Mais la riens del monde qui plus le reconfortoit, c'estoit ce que il sentoit la ville de Calais mal pourveue de vivres : siques encores, pour yaus clore et tollir le pas de le mer, il fist faire et carpenter un chastiel hault et grant de lons mairiens, et le fist faire si fort et si bien breteskiet que on ne le pooit grever. Et fist le dit chastiel asseoir droit sus le rive de le mer, et le bien pourveir d'espringalles, de bombardes et d'ars à tour[3] et d'autres instrumens. Et y establi dedens soixante hommes d'armes et deux cens arciers, qui gardoient le havene et le port de Calais, si priès que riens n'i pooit entrer ne issir que tout ne fust confondut ; ce fu li avis qui plus fist de contraires à chiaus de Calais, et qui plus tost les fist affamer.

En ce temps exhorta tant li rois d'Engleterre les Flamens, lesquelz li rois de France, si com ci dessus est dit, voloit mettre en trettiés, que il issirent hors de

---

1. « Ni négliger les bons Calaisiens ». 2. « Ainsi il en était préoccupé et cherchait souvent à concevoir une stratégie ». 3. « Arc équipé d'une manivelle servant à le bander ».

Flandres bien cent mil, et s'en vinrent mettre le siège devant la bonne ville d'Aire[1]. Et ardirent tout le pays de là environ, Saint Venant[2], Menreville[3], le Gorge[4], Estelles[5], le Ventie[6], et une marce que on dist « Laloe[7] », et jusques ens es portes de Saint Omer et de Tieruane[8]. Et s'en vint li rois logier à Arras, et envoia grans gens d'armes ens ès garnisons d'Artois, et par especial son connestable monsigneur Charle d'Espagne à Saint Omer, car li contes d'Eu et de Ghines, qui connestables avoit estet de France, estoit prisonniers en Engleterre, ensi que vous savés[9]. Ensi se porta toute celle saison bien avant, et ensonniièrent li Flamench grandement les François, ançois que il se retraissent.

§ 307. Quant li Flamench furent retrait et il eurent courut les basses marces en Laloe, donc s'avisa li rois de France qu'il s'en iroit atoute son grant host devers Calais pour lever le siège, se il pooit aucunement, et combatre le roy d'Engleterre et toute se poissance qui si longhement avoient là sejourné ; car il sentoit monsigneur Jehan de Viane et ses compagnons et les bonnes gens de Calais durement astrains, et avoit bien oy dire et recorder comment on leur avoit clos le pas de le mer, pour laquèle cause la ville estoit en peril de perdre. Si s'esmut li dis rois et se parti de le cité d'Arras et prist le chemin de Hedin[10], et tant fist qu'il y parvint ; et tenoit bien son host parmi le charoy trois grans liewes de pays. Quant li rois se fu reposés un jour à Hedin, il

---

1. Aire-sur-la-Lys, Pas-de-Calais, arr. de Saint-Omer (62120). **2.** Saint-Venant, Pas-de-Calais, arr. de Béthune, c. Lillers (62350). **3.** Merville, Nord, arr. de Hazebrouck (59660). **4.** La Gorgue, Nord, arr. de Hazebrouck, c. Merville (59253). **5.** Estaires, Nord, arr. de Hazebrouck, c. Merville (59940). **6.** Laventie, Pas-de-Calais, arr. de Béthune (62840). **7.** Laleu, pays dans le diocèse d'Arras, situé autrefois à peu près au point de jonction de ce diocèse avec ceux de Saint-Omer, d'Ypres et de Tournai. **8.** Thérouanne, Pas-de-Calais (62129). **9.** Voir plus haut, le § 262. **10.** Vieil-Hesdin, Pas-de-Calais, arr. de Saint-Pol-sur-Ternois, c. le Parcq (62770). Philippe VI arrive dans cette ville dès la fin de juin 1347.

vint l'autre à Blangis[1], et là s'arresta pour savoir quel chemin il feroit. Si eut conseil d'aler tout le pays que on dist l'Alekine[2] ; dont se mist il à voie, et toutes gens apriès, où bien avoit deux cens mil hommes, uns c'autres. Et passèrent li rois et ses gens parmi le conté de Faukemberghe[3], et se vinrent droitement sus le mont de Sangates[4], entre Calais et Wissant. Et chevauçoient cil François tout armé au cler[5], ensi que pour tantost combatre, banières desploiies ; et estoit grans biautés au veoir et considerer leur poissant arroy. Quant cil de Calais, qui s'apoioient à leurs murs, les veirent premierement poindre et apparoir sus le mont de Sangates, et leurs banières et pennons venteler, il eurent moult grant joie, et cuidièrent certainnement estre tantost dessegiet et delivret. Mais quant il veirent que on se logoit, si furent plus courouciet que devant, et leur sambla uns petis signes.

§ 308. Or vous dirai que li rois d'Engleterre fist et avoit jà fait, quant il sceut que li rois de France venoit à si grant host pour lui combatre et pour dessieger la ville de Calais, qui tant li avoit cousté d'avoir, de gens et de painne de son corps ; et si savoit bien que il avoit la ditte ville si menée et si astrainte que elle ne se pooit longement tenir : se li venroit à grant contraire, se il l'en convenoit ensi partir. Si avisa et imagina li dis rois que li François ne pooient venir à lui ne approcier son host ne le ville de Calais, fors que par l'un des deux

---

1. Blangy-sur-Ternoise, Pas-de-Calais, arr. de Saint-Pol-sur-Ternoise, c. le Parcq (62770).   2. Alquines, Pas-de-Calais, arr. de Saint-Omer, c. Lumbres. Froissart se sert, dans plusieurs passages des *Chroniques*, du mot *Alequine* pour désigner l'ancien pays des Morins (peuple de la Gaule belgique).   3. Fauquembergues, Pas-de-Calais, arr. de Saint-Omer (62560). Philippe de Valois campait près de Fauquembergues le 20 juillet 1347.   4. Sangatte, Pas-de-Calais, arr. de Boulogne-sur-Mer, c. Calais (62231), à 10 km de Calais. Ce que Froissart appelle le *mont de Sangatte* est « une falaise haute de 134 mètres, située entre la mer et de vastes marécages, aujourd'hui desséchés en partie » (SHF, IV, xxi n6).   5. « Étalant tout l'éclat de leurs armures ».

pas¹, ou par les dunes sus le rivage de le mer, ou par dessus là où il avoit grant fuison de fossés, de croleis et de marès. Et n'i avoit sur che chemin que un seul pont par où on peuist passer ; si l'appelloit on le pont de Nulais². Si fist li dis rois traire toutes ses naves et ses vaissiaus par devers les dunes, et bien garnir et furnir de bombardes, d'arbalestres, d'arciers et d'espringalles, et de telz coses par quoi li hos de François ne peuist ne osast par là passer. Et fist le conte Derbi son cousin aler logier sus le dit pont de Nulais, à grant fuison de gens d'armes et d'arciers, par quoi li François n'i peuissent passer, se ilz ne passoient parmi les marès, liquel sont impossible à passer.

Entre le mont de Sangates et le mer, à l'autre lés devers Calais, avoit une haute tour que trente deux arcier englès gardoient, et tenoient là endroit le passage des dunes pour les François ; et l'avoient à leur avis durement fortefiiet de grans doubles fossés. Quant li François furent logiet sur le mont de Sangate, ensi que vous avés oy, les gens des communautés perchurent celle tour. Si s'avancièrent cil de Tournay, qui bien estoient là quinze cens combatant, et alèrent de grant volentet celle part. Quant cil qui dedens estoient les veirent approcier, il traisent à yaus, et en navrèrent aucuns. Quant cil de Tournay veirent ce, si furent moult courouciet, et se misent de grant volenté à assallir celle tour et ces Englès ; et passèrent de force oultre les fossés, et vinrent jusques à le mote de terre et au piet de le tour à pik et à haviaus. Là eut grant assaut et dur, et moult de chiaus de Tournay bleciés ; mais pour ce ne se refraindirent il mies à assallir, et fisent

---

1. « Froissart veut sans doute désigner ici l'antique voie de communication, marquée sur la carte de Cassini comme *Chemin de Luelingue, ancienne route des Romains*, qui aboutit à Sangatte et dont une prolongation va tout droit, comme dit le chroniqueur, de Sangatte à Calais » (SHF, IV, xxi n7).   2. « Le pont de Nieuley, devait être situé [...] près de la *basse ville*, du côté de Sangatte. Ce pont était jeté sur la rivière de Hem qui, des environs d'Ardres où elle prend sa source, passe à Guines et vient se jeter dans la mer à Calais » (SHF, IV, xxii, n4).

tant que, de force et par grant apertise de corps, il conquisent celle tour. Et furent mort tout cil qui dedens estoient, et la tour abatue et reversée : de quoi li François tinrent ce fait à grant proèce.

§ 309. Quant li hos des François se fu logie sus le mont de Sangates, li rois envoia ses mareschaus, le signeur de Biaugeu et le signeur de Saint Venant, pour regarder et aviser comment et par où son host plus aisiement poroit passer, pour approcier les Englès et yaus combatre. Cil doy signeur, mareschal de France pour le temps, alèrent partout regarder et considerer les passages et les destrois, et puis s'en retournèrent au roy et li disent à brief parole qu'il ne pooient aviser que il peuist nullement approcier les Englès que il ne perdesist ses gens davantage. Si demora ensi la cose cesti jour et la nuit ensiewant.

À lendemain après messe, li rois Phelippes envoia grans messages, par le conseil de ses hommes, au roy d'Engleterre. Et passèrent li message par congiet dou conte Derbi au pont de Nulais : ce furent messires Joffrois de Chargni, messires Eustasses de Ribeumont, messires Guis de Neelle[1] et li sires de Biaugeu. En passant et en chevauçant celle forte[2] voie, cil quatre signeur avisèrent bien et considerèrent le fort passage, et comment li pons estoit bien gardés. On les laissa paisieuvlement passer tout oultre, car li rois d'Engleterre l'avoit ensi ordonné. Et durement en passant prisièrent l'arroy et l'ordenance dou conte Derbi et de ses gens, qui gardoient ce pont parmi lequel il passèrent. Et tant chevaucièrent que il vinrent jusques à l'ostel dou roy, qui bien estoit pourveus de grant baronnie dalés lui[3]. Tantost tout quatre il misent piet à terre, et passèrent avant et vinrent jusques au roy : il l'enclinèrent ; et li rois les recueilli, ensi comme il apertenoit à

---

1. Gui de Nesle. Il épousa Alix, dame de Saint-Venant. Mort à la bataille de Poitiers. 2. « Difficile », « pénible ». 3. « Qui était bien entouré d'une assemblée nombreuse de grands barons à ses côtés ».

faire. Là s'avança messires Ustasses de Ribeumont à parler pour tous ; et disent : « Sire, li rois de France nous envoie par devers vous et vous segnefie que il est ci venus et arrestés sus le mont de Sangates pour vous combatre ; mais il ne poet veoir ne trouver voie comment il puist venir jusc'à vous : si en a il grant desir, pour dessegier sa bonne ville de Calais. Si a il fait aviser et regarder par ses gens comment il poront venir jusc'à vous, mès c'est cose impossible. Si veroit volentiers que vous volsissiés mettre de vostre conseil ensamble, et il metteroit dou sien, et par l'avis de chiaus, aviser place là où on se peuist combatre, et de ce sommes nous cargié de vous dire et requerre [1]. »

Li rois d'Engleterre, qui bien entendi ceste parolle, fu tantost consilliés et avisés de respondre, et respondi et dist : « Signeur, j'ay bien entendu tout ce que vous me requerés de par mon adversaire, qui tient mon droit hiretage à tort, dont il me poise. Se li dirés de par mi, se il vous plaist, que je sui ci endroit, et y ay demoret, depuis que je y vinc, priés d'un an. Tout ce a il bien sceu ; et y fust bien venus plus tost, se il volsist. Mais il m'a ci laissiet demorer si longement que jou ay grossement despendu dou mien. Et y pense avoir tant fait que assés temprement je serai sires de le ville et dou chastiel de Calais. Si ne sui mies consilliés dou tout faire à sa devise et se aise, ne d'eslongier ce que je pense à avoir conquis et que j'ay tant desiret et comparet. Se li disés, se ilz ne ses gens ne poeent par là passer, si voisent autour pour querir la voie. » Li baron et message dou roy de France veirent bien que il n'en porteroient aultre response ; si prisent congiet.

Li rois leur donna qui les fist convoiier jusques oultre le dit pont de Nulais. Et s'en revinrent en leur host, et recordèrent au roy de France tout ensi et les propres paroles que li rois d'Engleterre avoit dittes. De laquèle response li rois de France fu tous courouciés,

---

1. Cette « offre » de bataille date vraisemblablement du mardi 31 juillet 1347.

car il vei bien que perdre li convenoit la forte ville de Calais, et se n'i pooit remediier par nulle voie.

§ 310. Entrues que li rois de France estoit sus le mont de Sangate, et qu'il estudioit comment et par quel tour il poroit combatre les Englès qui si s'estoient fortefiiet, vinrent doy cardinal en son host, envoiiés en legation de par le pape Clement qui regnoit pour ce temps[1]. Cil doi cardinal se misent tantost en grant painne d'aler de l'une host à l'autre, et volentiers euissent veu que li rois d'Engleterre euist brisiet son siège, ce que il n'euist jamais fait. Toutesfois, sus certains articles et trettiés d'acort et de pais, il procurèrent tant que uns respis fu pris entre ces deux rois et leurs gens, là estans au siège et sus les camps seulement. Et misent par leurs promotions, de toutes parties, quatre signeurs ensamble qui devoient parlementer de le pais. De le partie dou roy de France y furent li dus de Bourgongne, li dus de Bourbon, messires Loeis de Savoie et messires Jehans de Haynau ; et dou costé des Englès, li contes Derbi, li contes de Norhantonne, messires Renaulz de Gobehem et messires Gautiers de Manni. Et li doi cardinal estoient trettieur et moiien, alant de l'un lés à l'autre. Si furent tout cil signeur les trois jours la grigneur partie dou jour ensamble ; et misent pluiseurs devises et pareçons avant, desquèles nulles ne vinrent à effect.

Entrues que on parlementoit et ces triewes durant, li rois d'Engleterre faisoit toutdis efforcier[2] son host et faire grans fossés sus les dunes, par quoi li François ne les peuissent sousprendre[3]. Et saciés que cilz parlemens et detriemens anoioit durement à chiaus de Calais qui volentiers euissent veu plus tost leur delivrance, car on les faisoit trop juner. Cil troi jour se passèrent sans pais et sans acort, car li rois d'Engleterre tenoit toutdis sen oppinion que il seroit sires de Calais, et li

---

1. Ces deux légats du pape Clément VI étaient Annibal Ceccano, évêque de Frascati, et Étienne Aubert, cardinal prêtre du titre des saints Jean et Paul.   2. « Renforcer ».   3. « Surprendre ».

rois de France voloit que elle li demorast. En cel estri se departirent les parties, ne on ne les peut rassambler depuis ; si s'en retournèrent li cardinal à Saint Omer.

Quant li rois Phelippes vei ce que perdre li convenoit Calais, si fu durement courouciés ; à envis s'en partoit sans aucune cose faire. Et si ne pooit traire avant ne combatre les Englès qu'il ne fuissent tout perdu davantage : siques, tout consideré, li sejourners là ne li estoit point pourfitable ; si ordonna au partir et à deslogier. Si fist, à lendemain au matin que li parlemens fu finés, recueillier en grant haste tentes et trés et tourser, et se mist au chemin par devers la cité d'Amiens, et donna congiet toutes manières de gens d'armes et de commugnes[1]. Quant cil de Calais veirent le deslogement de leurs gens, si furent tout pardesconfi et desbareté[2]. Et n'a si dur coer ou monde que, qui les veist demener et dolouser, qui n'en ewist pité. A ce deslogement ne perdirent point aucun Englès qui s'aventurèrent et qui se ferirent en la kewe des François, mès gaegnièrent des kars, des sommiers et des chevaus, des vins et des pourveances et des prisonniers qu'il ramenèrent en l'ost devant Calais.

§ 311. Apriès le departement dou roy de France et de son host dou mont de Sangates[3], chil de Calais veirent bien que li secours en quoi il avoient fiance leur estoit fallis ; et si estoient à si très grant destrèce de famine que li plus poissans et plus fors se pooit à grant malaise soustenir. Si eurent conseil ; et leur sambla qu'il valoit mieulz yaus mettre en le volenté dou roi d'Engleterre, se plus grant merci n'i pooient trouver, que yaus laissier morir l'un apriès l'autre par destrèce de famine, car li pluiseur en poroient perdre corps et ame par rage de faim. Si priièrent tant à monsigneur Jehan de Viane que il en volsist trettier et parler, que

---

1. Philippe de Valois décampa précipitamment le jeudi 2 août 1347. 2. « Ils furent totalement découragés et déconcertés ». 3. Selon Édouard III, Philippe de Valois aurait décampé précipitamment le jeudi (2 août) de grand matin (SHF, IV, xxiv n1).

il s'i acorda ; et monta as crestiaus des murs de le ville, et fist signe à chiaus de dehors que il voloit parler.

Quant li rois d'Engleterre entendi ces nouvelles, il envoia là tantos monsigneur Gautier de Manni et le signeur de Basset[1]. Quant il furent là venu, li dis messires Jehans de Viane lor dist : « Chier signeur, vous estes moult vaillant chevalier et usé d'armes, et savés que li rois de France, que nous tenons à signeur, nous a ceens envoiiet et commandé que nous gardissions ceste ville et ce chastiel, sique blasme n'en euissions, ne ilz point de damage : nous en avons fait nostre pooir. Or est nos secours fallis. Et vous nous avés si astrains que nous n'avons de quoi vivre : si nous convenra tous morir ou esragier par famine, se li gentilz rois qui est vos sires n'a pité de nous. Chier signeur, se li voelliés priier en pité qu'il voelle avoir merci de nous, et nous en voelle laissier aler tout ensi que nous sommes, et voelle prendre le ville et le chastiel et tout l'avoir qui est dedens : si en trouvera assés. »

Adonc respondi messires Gautiers de Manni et dist : « Messire Jehan, messire Jehan, nous savons partie de l'intention nostre signeur le roy d'Engleterre, car il le nous a dit. Saciés que ce n'est mies se entente que vous en peuissiés aler ensi que vous avés ci dit ; ains est sa volenté que vous vos metés tous en se pure volenté, ou pour rançonner chiaus qu'il li plaira, ou pour faire morir ; car cil de Calais li ont tant fait de contraires et de despis, le sien fait despendre et grant fuison de ses gens morir : dont, se il l'en poise, ce n'est mies merveilles. »

Adonc respondi messires Jehans de Viane et dist : « Ce seroit trop dure cose pour nous, se nous consentions ce que vous dittes. Nous sommes un petit de chevaliers et d'escuiers qui loyaument à nostre pooir avons servi nostre signeur, ensi comme vous feriés le

---

[1]. Raoul Basset épousa Jeanne de Bretagne, fille de Jean de Montfort et de Jeanne de Flandre († le 10 mai 1390) (KL, XX, 264).

vostre, en samblant cas ; et en avons enduré mainte painne et tamainte mesaise. Mais ançois en soufferions nous tèle mesaise que onques gens n'endurèrent ne souffrirent la parelle, que nous consentissions que li plus petis garçons ou varlés de le ville euist aultre mal que li plus grans de nous. Mais nous vous prions que vous voelliés aler par vostre humilité devers le roy d'Engleterre, et li priiés que il ait pité de nous : si ferés courtoisie, car nous esperons en lui tant de gentillèce que il ara merci de nous. » — « Par ma foy, respondi messires Gautiers, messire Jehan, je le ferai volentiers. Et vorroie, se Diex me vaille, qu'il m'en vosist croire mès : vous en vaurriés tout mieulz. »

Lors se departirent li sires de Manni et li sires de Basset, et laissièrent monsigneur Jehan de Viane apoiant as murs, car tantost devoient retourner ; et s'en vinrent devers le roy d'Engleterre qui les attendoit à l'entrée de son hostel et avoit grant desir d'oïr nouvelles de chiaus de Calais. Dalès lui estoient li contes Derbi, li contes de Norhantonne, li contes d'Arondiel et pluiseur hault baron d'Engleterre. Messires Gautiers de Manni et li sires de Basset enclinèrent le roy, et puis se traisent devers lui. Li sires de Manni, qui sagement estoit enlangagiés, commença à parler, car li rois souverainnement le volt oïr, et dist : « Mon signeur, nous venons de Calais et avons trouvé le chapitainne, monsigneur Jehan de Viane, qui longement a parlé à nous. Et me samble que ilz et si compagnon et li communaultés de Calais sont en grant volenté de vous rendre la ville et le chastiel de Calais et tout ce qui dedens est, mès que leurs corps singulerement il en peuissent mettre hors. »

Dont respondi li rois : « Messire Gautier, vous savés la grigneur partie en ce cas de nostre entente : quel cose en avés vous respondu ? » — « En nom Dieu, monsigneur, dist messires Gautiers, que vous n'en feriés riens, se il ne se rendoient simplement à vostre volenté, pour vivre et pour morir, se il vous plaist. Et quant je leur ay ce remonstré, messires Jehans de

Viane me respondi et cogneut bien qu'il sont moult constraint et astraint de famine ; mais ançois que il entrassent en ce parti, il se venderoient si chier que onques gens fisent. » Dont respondi li rois et dist : « Messire Gautier, je n'ai mies espoir ne volenté endont que j'en face aultre cose[1]. » Lors se retrest avant li gentilz sires de Manni et parla moult sagement au roy, et dist pour aidier chiaus de Calais : « Monsigneur, vous poriés bien avoir tort, car vous nous donnés mauvais exemple. Se vous nous voliiés envoiier en aucunes de vos forterèces, nous n'irions mies si volentiers, se vous faites ces gens mettre à mort, ensi que vous dittes, car ensi feroit on de nous en samblant cas. »

Cilz exemples amolia grandement le corage dou roy d'Engleterre[2], car li plus des barons qui là estoient l'aidièrent à soustenir. Dont dist li rois : « Signeur, je ne vœil mies estre tous seulz contre vous tous. Gautier, vous en irés à chiaus de Calais, et dirés au chapitainne, monsigneur Jehan de Viane, que vous avés tant travilliet pour yaus, et ossi ont tout mi baron, que je me sui acordés à grant dur à ce que la plus grant grasce qu'il poront trouver ne avoir en moy, c'est que il se partent de le ville de Calais six des plus notables bourgois, en purs les chiés et tous deschaus, les hars ou col, les clés de le ville et dou chastiel en leurs mains[3]. Et de chiaus je ferai ma volenté, et le demorant je prenderai à merci. » — « Monsigneur, respondi messires Gautiers, je le ferai volentiers. »

§ 312. À ces parlers se departi li gentilz sires de Manni et retourna jusques à Calais là où messires Jehans de Viane l'attendoit ; se li recorda toutes les paroles devant dittes, ensi que vous les avés oyes. Et

---

1. « Messire Gautier, en cela, je ne suis ni d'opinion ni de volonté d'en faire autrement ». 2. « Cet argument fléchit beaucoup la rigueur du roi d'Angleterre ». 3. « Que six des plus notables bourgeois partent de Calais, nu-tête, tous déchaussés, la corde au cou, les clés de la ville et du château en leurs mains ».

dist bien que c'estoit tout ce que il en avoit pout impetrer. « Messire Gautier, dist messires Jehans, je vous en croi bien. Or vous prie je que vous voelliés ci tant demorer que j'aie remonstré tout cel afaire à le communaulté de le ville, car il m'ont chi envoiiet, et à yaus en tient, ce m'est avis, dou respondre. » Respondi li sires de Manni : « Je le ferai volentiers. »

Lors se parti des crestiaus messires Jehans de Viane, et vint ou marchié, et fist sonner la cloche pour assambler toutes manières de gens en le hale. Au son de le cloche vinrent il tout, hommes et femmes, car moult desiroient à oïr nouvelles, ensi que gens si astrains de famine que plus n'en pooient porter. Quant il furent tout venu et assamblé en le place, hommes et femmes, messires Jehans de Viane leur remonstra moult doucement les paroles toutes tèles que chi devant sont recitées, et leur dist bien que aultrement ne pooit estre, et euissent sur ce avis et brief response. Quant il oïrent ce raport, il commencièrent tout à criier et à plorer telement et si amerement qu'il ne fust nulz si durs coers ou monde, se il les veist et oïst yaus demener, qui n'en euist pité, et n'eurent en l'eure pooir de respondre ne de parler. Et mesmement messires Jehans de Viane en avoit tel pité que il en larmioit moult tenrement.

Une espasse aprièss, se leva en piés li plus riches bourgois de le ville, que on clamoit sire Ustasse de Saint Pière, et dist devant tous ensi : « Signeur, grans pités et grans meschiés seroit de laissier morir un tel peuple que ci a, par famine ou autrement, quant on y poet trouver aucun moiien. Et si seroit grant aumosne et grant grasce à Nostre Signeur qui de tel meschief les poroit garder. Je, endroit de moy, ay si grant esperance d'avoir grasce et pardon envers Nostre Signeur, se je muir pour ce peuple sauver, que je voeil estre li premiers. Et me metterai volentiers en pur ma chemise, à nu chief et à nus piés, le hart ou col, en le merci dou gentil roy d'Engleterre. »

Quant sires Ustasses de Saint Pière eut dit ceste

parole, cescuns l'ala aourer de pité[1], et pluiseurs hommes et femmes se jettoient à ses piés tenrement plorant : c'estoit grans pités dou là estre, yaus oïr et regarder.

Secondement, uns aultres très honnestes bourgois et de grant afaire, et qui avoit deux belles damoiselles à filles, se leva et dist tout ensi, et qu'il feroit compagnie à son compère sire Ustasse de Saint Pière ; on appelloit cesti, sire Jehan d'Aire.

Apriès se leva li tiers, qui s'appelloit sire Jakemes de Wissant, qui estoit riches homs de meuble et d'iretage, et dist que il feroit à ses deux cousins compagnie. Ensi fist sire Pières de Wissant ses frères, et puis li cinquimez et li siximez[2]. Et se desvestirent là cil six bourgois tout nu, en pur leur braies[3] et leurs chemises, en le hale de Calais, et misent hars en leurs colz, ensi que ordenance se portoit. Et prisent les clés de le ville de Calais et dou chastiel ; cescuns des six en tenoit une puignie.

Quant il furent ensi apparilliet, messires Jehans de Viane, montés sus une petite haghenée, car à grant malaise pooit il aler à piet, se mist devant et prist le chemin de le porte. Qui donc veist hommes, les femmes et enfans de chiaus plorer et tordre leurs mains et criier à haulte vois très amerement, il n'est si durs coers ou monde qui n'en euist pité. Ensi vinrent il jusques à le porte, convoiiet en plains, en cris et en plours. Messires Jehans de Viane fist ouvrir le porte toute arrière, et se fist enclore dehors avoecques les six bourgois, entre le porte et les barrières ; et vint à monsigneur Gautier qui là l'attendoit, et li dist : « Messire Gautier, je vous delivre, comme chapitains de Calais, par le consentement dou povre peuple de celi ville, ces six bourgois. Et vous jur que ce sont

---

1. « Chacun, ému de pitié, alla lui payer ses respects ». 2. La rédaction de Rome donne les noms de ces deux derniers bourgeois volontaires : « sires Jehans de Fiennes » et « sires Andrieus d'André » (Rome, p. 844). 3. Ample culotte serrée aux jambes par des lanières.

aujourd'ui et estoient li plus honnourable et notable de corps, de chevance et d'ancisserie de le ville de Calais ; et portent avoech yaus toutes les clés de le ditte ville et dou chastiel. Si vous pri, gentilz sires, que vous voelliés priier pour yaus au gentil roy d'Engleterre pour ces bonnes gens qu'il ne soient mies mort. » — « Je ne sçai, respondi li sires de Manni, que messires li rois en vorra faire, mais je vous ay en convent que j'en ferai mon devoir. »

Adonc fu la barrière ouverte. Si s'en alèrent li six bourgois, en cel estat que je vous di, avoech monsigneur Gautier de Manni qui les amena tout bellement devers le palais dou roy, et messires Jehans de Viane rentra en le ville de Calais.

Li rois estoit à celle heure en sa cambre, à grant compagnie de contes, de barons et de chevaliers. Si entendi que cil de Calais venoient en l'arroy que il avoit deviset et ordonnet ; si se mist hors et s'en vint en la place devant son hostel, et tout cil signeur après lui et encores grant fuison qui y sourvinrent pour veoir chiaus de Calais ne comment il fineroient. Et meismement la royne d'Engleterre, qui moult enchainte estoit, sievi le roy son signeur. Evous venu monsigneur Gautier de Manni et les bourgois dalés lui qui le sievoient, et descendi en la place, et puis s'en vint devers le roy et li dist : « Monsigneur, veci le representation de le ville de Calais, à vostre ordenance. » Li rois se taisi tous quois et regarda moult fellement sur chiaus ; car moult haoit les habitans de Calais, pour les grans damages et contraires que dou temps passet sus mer li avoient fais.

Cil six bourgois se misent tantost en genoulz par devant le roy, et disent ensi en joindant leurs mains : « Gentilz sires et gentilz rois, ves nous chi[1] six, qui avons esté d'ancisserie bourgois de Calais et grans marceans. Si vous aportons les clés de le ville et dou chastiel de Calais, et les vous rendons à vostre plaisir, et nous mettons en tel point que vous nous veés, en

---

1. « Nous voici ».

La reine intervient auprès du roi

vostre pure volenté[1], pour sauver le demorant dou peuple de Calais ; si voelliés avoir de nous pité et merci par vostre très haute noblèce. » Certes il n'i eut adonc en le place signeur, chevalier ne vaillant homme, qui se peuist abstenir de plorer de droite pité, ne qui peuist en grant pièce[2] parler. Li rois regarda sus yaus très ireusement, car il avoit le coer si dur et si espris de grant courous que il ne peut parler ; et quant il parla, il commanda que on leur copast les tiestes tantost. Tout li baron et li chevalier qui là estoient, en plorant prioient si acertes que faire le pooient au roy qu'il en vosist avoir pité, merci ; mais il n'i voloit entendre.

Adonc parla messires Gautiers de Manni et dist : « Ha ! gentilz sires, voelliés rafrener vostre corage. Vous avés le nom et le renommée de souverainne gentillèce et noblèce. Or ne voelliés donc faire cose par quoi elle soit noient amenrie, ne que on puist parler sur vous en nulle manière villainne. Se vous n'avés pité de ces gens, toutes aultres gens diront que ce sera grant cruaultés, se vous faites morir ces honnestes bourgois, qui de lor propre volenté se sont mis en vostre merci pour les aultres sauver. » À ce point se grigna[3] li rois et dist : « Messire Gautier, souffrés vous, il ne sera aultrement, mès on face venir le cope teste. Chil de Calais ont fait morir tant de mes hommes, que il convient chiaus morir ossi. »

Adonc fist la noble royne d'Engleterre grant humilité, qui estoit durement enchainte, et ploroit si tenrement de pité que on ne le pooit soustenir. Elle se jetta en jenoulz par devant le roy son signeur et dist ensi : « Ha ! gentilz sires, puis que je apassai le mer par deçà en grant peril, si com vous savés, je ne vous ay riens rouvet[4] ne don demandet. Or vous pri jou humlement et requier en propre don que, pour le fil sainte Marie et pour l'amour de mi, vous voelliés avoir de ces six hommes merci. »

Li rois attendi un petit de parler et regarda la bonne

---

1. « À votre bon plaisir ».   2. « Pendant longtemps ».
3. « Plissa les lèvres en montrant les dents ».   4. « Demandé ».

dame sa femme, qui moult estoit enchainte et ploroit devant lui en jenoulz moult tenrement. Se li amolia li coers, car envis l'euist couroucie ens ou point là où elle estoit ; si dist : « Ha ! dame, je amaisse mieulz que vous fuissiés d'autre part que ci. Vous me priiés si acertes que je ne le vous ose escondire ; et comment que je le face envis, tenés, je les vous donne : si en faites vostre plaisir. » La bonne dame dist : « Monsigneur, très grans mercis. »

Lors se leva la royne et fist lever les six bourgois, et leur fist oster les chevestres[1] d'entours les colz, et les amena avoecques lui en sa cambre, et les fist revestir et donner à disner tout aise ; et puis donna à cascun six nobles[2], et les fist conduire hors de l'ost à sauveté.

§ 313. Ensi fu la forte ville de Calais assise par le roy Edowart d'Engleterre, l'an de grasce mil trois cens quarante six, environ le Saint Jehan decolasse, ou mois d'aoust, et fu conquise l'an de grasce mil trois cens quarante sept, en ce meismes mois[3].

Quant li rois d'Engleterre eut fait sa volenté des six bourgois de Calais, et il les eut donnés à la royne sa femme, il appella monsigneur Gautier de Manni et ses deux mareschaus, le conte de Warvich et le baron de Stanfort, et leur dist : « Signeur, prendés ces clés de le ville et dou chastiel de Calais : si en alés prendre le saisine et le possession. Et prendés tous les chevaliers qui laiens sont et les metés en prison, ou faites leur jurer et fiancier prison ; ils sont gentil homme : je les recrerai bien sus leurs fois. Et tous aultres saudoiiers, qui sont là venu pour gaegnier leur argent, faites les partir simplement, et tout le demorant de la ville, hommes et femmes et enfans, car je vœil la ville repeupler de purs Englès. »

---

1. « Licou », « corde ». **2.** Monnaie d'or anglaise d'une valeur de 8 shillings et 8 pence sterling. Édouard III ne fit frapper le *noble* à Calais qu'après la prise de cette ville en 1347. **3.** La fête de la décollation de saint Jean Baptiste tombe le 29 août. En fait, le siège de Calais dura du 3 septembre 1346 au 3 août 1347 (SHF, IV, xxvi, n1).

Tout ensi que li rois commanda et que vous poés oïr, li doi mareschal d'Engleterre et li sires de Manni, à cent hommes tant seulement, s'en vinrent prendre le saisine de Calais, et fisent aler ens es portes tenir prison monsigneur Jehan de Viane, monsigneur Ernoul d'Audrehen, monsigneur Jehan de Surie, monsigneur Bauduin de Bellebourne[1] et les aultres. Et fisent li mareschal d'Engleterre aporter les saudoiiers toutes armeures et jetter en un mont en le halle de Calais. Et puis fisent toutes manières de gens, petis et grans, partir ; et ne retinrent que trois hommes, un prestre et deux aultres anciiens hommes, bons coustumiers[2] des lois et ordenances de Calais, et fu pour rensegnier les hiretages. Quant il eurent tout ce fait et le chastiel ordonné pour logier le roy et la royne, et tout li aultre hostel furent widié et appareillié pour rechevoir les gens dou roy, on le segnefia au roy. Adonc monta il à cheval, et fist monter la royne et les barons et chevaliers, et chevaucièrent à grant glore devers Calais ; et entrèrent en le ville à si grant fuison de menestraudies, de trompes, de tabours[3] et de muses, que ce seroit merveilles à recorder. Et chevauça ensi li rois jusques au chastiel, et le trouva bien paré et bien ordonné pour lui recevoir et le disner tout prest. Si donna li dis rois, ce premier jour que il entra en Calais, à disner ens ou chastiel les contes, les barons et les chevaliers qui là estoient, et la royne, les dames et les damoiselles, qui au siège estoient et qui le mer avoient passet avoecques li ; et y furent en grant solas, ce poet on bien croire.

Ensi se porta li ordenance de Calais. Et se tint li rois ou chastiel et en le ville tant que la royne fu relevée d'une fille, qui eut nom Margherite[4] ; et donna à aucuns de ses chevaliers, ce terme pendant, biaus hostelz en le ville de Calais, au signeur de Manni, au baron de Stanfort, au signeur de Gobehen, à monsigneur Bie-

---

1. Bellebrune, arr. de Boulogne, c. de Desvres (62142).
2. « Experts ».   3. « Tambours ».   4. Marguerite d'Angleterre, quatrième fille d'Édouard III, épousa Jean, comte de Pembroke.

tremieu de Brues, et ensi à tous les aultres, pour mieulz
repeupler la ville. Et estoit se intention, lui retourné en
Engleterre, que il envoieroit là trente six riches bourgois, leurs femmes et leurs enfans, demorer de tous
poins en le ville de Calais. Et par especial il y aroit
douze bourgois, riches hommes et notables de Londres ; et feroit tant que la ditte ville seroit toute repeu-
plée de purs Englès : laquèle intention il accompli. Si
fu la noeve ville et la bastide, qui devant Calais estoit
faite pour tenir le siège, toute deffaite, et li chastiaus
qui estoit sur le havene abatus, et li gros mairiens
amenés à Calais. Si ordena li rois gens pour entendre
as portes, as murs, as tours et as barrières de le ville.
Et tout ce qui estoit brisiet et romput, on le fist rappareillier : si ne fu mies si tost fait. Et furent envoiiet en
Engleterre, ains le departement dou roy, messires
Jehans de Viane et si compagnon ; et furent environ
demi an à Londres, et puis mis a raençon.

§ 314. Or me samble que c'est grans anuis[1] de
piteusement penser et ossi considerer que[2] cil grant
bourgois et ces nobles bourgoises et leurs biaus enfans,
qui d'estoch[3] et d'estration[4] avoient demoret[5], et leur
ancisseur, en le ville de Calais, devinrent : desquelz il
y avoit grant fuison au jour que elle fu conquise. Ce
fu grans pités, quant il leur convint guerpir[6] leurs biaus
hostelz et leurs avoirs, car riens n'en portèrent ; et si
n'en eurent oncques restorier[7] ne recouvrier[8] dou roy
de France, pour qui il avoient tout perdu[9]. Je me passerai d'yaus briefment : il fisent au mieulz qu'il peurent ;

---

1. « Peine ».   2. « Ce que ».   3. « Souche de famille »,
« race ».   4. « Origine ».   5. « Habité ».   6. « Abandonner ».
7. « Dédommagement ».   8. « Réparation ».   9. Au contraire,
Philippe de Valois prit une série de mesures pour venir en aide
aux Calaisiens. Entre autres, il fit don de toutes les forfaitures qui
viendraient à échoir dans le royaume aux habitants chassés de leur
ville par les Anglais ; il accorda aux dits habitants, en considération
des pertes que leur avaient fait éprouver les ennemis, tous les
offices dont la nomination appartenait à lui ou au duc de Normandie, son fils aîné (SHF, IV, xxvii, n1).

mès la grignour partie se traisent en le bonne ville de Saint Omer. Encores se tenoit li rois d'Engleterre à Calais pour entendre le plus parfaitement as besongnes de le ville, et li rois Phelippes en le cité d'Amiens. Si estoit dalés lui li cardinaulz Guis de Boulongne, qui venus estoit en France en legation : par laquel promotion il pourcaça une triewe à durer deus ans. Et fu ceste triewe acordée de toutes parties ; mais on excepta hors la terre et ducé de Bretagne, car là tenoient et tinrent toutdis les deus dames guerre l'une contre l'autre [1].

Si s'en retournèrent li rois d'Engleterre, la royne et leur enfant en Engleterre. Et laissa li dis rois, à son departement de Calais, à chapitainne un Lombart que moult amoit et lequel il avoit avanciet, qui s'appelloit Aymeri de Pavie ; et li recarga en garde toute la ville et le chastiel, dont il l'en deubt estre priès mescheu, ensi que vous orés recorder temprement [2].

Quant li rois d'Engleterre fu retournés à Londres, il mist grant entente de repeupler le ville de Calais et y envoia trente six riches bourgois et sages hommes, leurs femmes et leurs enfans, et plus de quatre cens aultres hommes de mendre estat. Et toutdis croissoit li nombres, car li rois y donna et seela libertés et franchises si grandes que cescuns y vint volentiers.

En ce temps fu amenés en Engleterre messires Charles de Blois, qui s'appelloit dus de Bretagne, qui avoit esté pris devant le Roce-Deurient, ensi que chi dessus est contenu ; si fu mis en courtoise prison ens ou chastiel de

---

1. Gui de Boulogne n'eut aucune part à ces trêves, qui furent conclues le 28 septembre 1347. Les médiateurs en furent les cardinaux Annibal Ceccano et Étienne Aubert. Froissart se trompe aussi en disant que la Bretagne fut exceptée de ces trêves (SHF, IV, xxviii, n1). 2. Le départ d'Édouard III date du 8 octobre 1347. Jean de Montgomery, et non Aimeri de Pavie, fut nommé capitaine de Calais avant le départ du roi. C'est seulement le 24 avril 1348 qu'Édouard nomme Aimeri, non capitaine de Calais, mais « Capitaine et conduiseur de ses galées et de tous les arbalétriers et mariniers montant les dites galées » (Rymer, *Fœdera*, III, 159). On ne sait s'il fut chargé alors, en outre, des fonctions de gouverneur de Calais.

Londres[1], avoecques le roy David d'Escoce et le conte de Mouret. Mès il n'i eut point esté longement quant, à la priière madame la royne d'Engleterre, qui estoit sa cousine germainne[2], il fu recreus sus sa foy. Et chevauçoit à sa volenté autour de Londres ; mès il ne pooit jesir que une nuit dehors, se il n'estoit en le compagnie dou roy d'Engleterre et de la royne.

En ce temps estoit prisonniers en Engleterre li contes d'Eu et de Ghines, mès il estoit si friches et si joli chevaliers, et si bien li avenoit à faire quanqu'il faisoit[3], que il estoit partout li bien venus dou roy, de la royne, des dames et des damoiselles d'Engleterre.

§ 315. Toute celle anée que celle triewe fu acordée que vous avés oy, se tinrent li doy roy à pais li uns contre l'autre. Mès pour ce ne demora mies que messires Guillaumes Douglas, cilz vaillans chevaliers d'Escoce, et li Escoçois qui se tenoient en le forest de Gedours, ne guerriassent toutdis les Englès partout là où il les pooient trouver, quoique li rois d'Escoce leurs sires fust pris. Et ne tinrent onques triewes que li rois d'Engleterre et li rois de France euissent ensamble.

D'autre part ossi, cil qui estoient en Gascongne, en Poito et en Saintonge, tant des François comme des Englès, ne tinrent onques fermement triewe ne respit qui fust ordenée entre les deux rois ; ains gaegnoient et conqueroient villes et fors chastiaus souvent li uns sus l'autre, par force ou par pourcas, par embler ou par eschieller de nuit ou de jour. Et leur avenoient souvent des belles aventures, une fois as Englès, l'autre fois as François. Et toutdis gaegnoient povre brigant[4] à desro-

---

1. Le médecin de Charles de Blois, George de Lesnen, et son valet de chambre, Olivier de Bigno, déclarèrent au contraire, dans l'enquête faite pour la canonisation du prince, que les Anglais le soumirent à une captivité très dure. **2.** Charles de Blois et Philippa de Hainaut étaient les enfants de Marguerite et de Jeanne, sœurs de Philippe de Valois. **3.** « Et il lui arrivait d'accomplir si bien tout ce qu'il faisait ». **4.** Siméon Luce glose ce passage dans son sommaire : « ... les pauvres gens d'armes exercent le brigandage comme un métier » (SHF, IV, xxix).

ber et pillier les villes et les chastiaus, et y conqueroient si grant avoir que c'estoit merveilles. Et en devenoient li aucun si riche, qui se faisoient maistre et chapitain des aultres brigans, que il en y avoit de telz qui avoient bien le finance de quarante mil escus. Au voir dire et raconter, c'estoit grans merveilles de ce qu'il faisoient. Il espioient, tèle fois estoit et bien souvent, une bonne ville ou un bon chastiel, une journée ou deux loing. Et puis si s'assambloient vingt brigant ou trente, et en aloient, par voies couvertes, tant de nuit que de jour qu'il entroient en celle ville ou ce chastiel que espiiet avoient, droit sus le point dou jour, et boutoient le feu en une maison. Et cil de le ville cuidoient que ce fuissent mil armeures de fier, qui volsissent ardoir leur ville ; si en fuioient que mieulz mieulz. Et cil brigant brisoient maisons, coffres et escrins, et prendoient quanqu'il trouvoient ; puis en aloient leur chemin, tout cargiet de pillage. Ensi fisent il à Donsonak[1] et en pluiseurs aultres villes ; et gaagnièrent ensi pluiseurs chastiaus, et puis les revendirent.

Entre les aultres, eut un brigant en le marce de le Languedok, qui en tel manière avisa et espia le fort chastiel de Combourne[2], qui siet en Limozin, en très fort pays durement. Si chevauça de nuit avoecques trente de ses compagnons, et vinrent à ce fort chastiel, et l'eschiellèrent et le gaegnièrent, et prisent ens le signeur que on appelloit le visconte de Combourne. Et occirent toutes les mesnies de laiens, et misent en prison le signeur en son chastiel meismes ; et le tinrent si longement qu'il se rançonna à vingt quatre mil escus tous appareilliés. Et encores detint li dis brigans le dit chastiel et le garni bien, et en guerria le pays. Et depuis, pour ses proèces, li rois de France le volt avoir dalés lui, et achata son chastiel vingt mil escus ; et fu huissiers d'armes au roy de France, et en grant honneur

---

1. Donzenac (19270), Corrèze, arr. de Brive, un peu au nord de cette ville, à peu près à égale distance des deux rivières de Corrèze et de Vézère.   2. Comborn, château en ruine de la commune d'Orgnac-sur-Vezère (19410), Corrèze, arr. de Brive, c. Vigeois.

dalés le roy. Et estoit appellés cilz brigans Bacons, et estoit toutdis bien montés de biaux courssiers, de doubles roncins[1] et de gros palefrois, et ossi armés ensi c'uns contes et vestis très ricement, et demora en cel bon estat tant qu'il vesqui.

§ 316. En tèle manière se maintenoit on ou ducée de Bretagne, car si fait brigant conqueroient et gaegnoient villes fortes et bons chastiaus, et les roboient ou tenoient, et puis les revendoient à chiaus dou pays bien et chier. Si en devenoient li aucun, qui se faisoient mestre deseure tous les aultres, si rice que c'estoit merveilles.

Et en y eut un entre les aultres, que on clamoit Crokart, qui avoit esté en son commencement uns povres garçons, et lonc temps pages au signeur d'Ercle en Hollandes[2]. Quant cilz Crokars commença à devenir grans, il eut congiet ; si s'en ala ens es guerres de Bretagne et se mist au servir un homme d'armes ; si se porta si bien que, à un rencontre où il furent, ses mestres fu tués. Mès par le vasselage de lui, li compagnon le eslisirent à estre chapitainne ou liu de son mestre, et y demora. Depuis, en bien peu de temps il gaegna tant et acquist et pourfita par raençons, par prises de villes et de chastiaus, que il devint si riches que on disoit que il avoit bien le fin de soissante mil escus, sans ses chevaus, dont il avoit bien sus son estable vingt ou trente bons coursiers et doubles roncins. Et avoech ce il avoit le nom de estre li plus apers homs d'armes qui fust ens ou pays. Et fu esleus pour estre à le bataille des Trente[3] ; et fu tous li mieudres de son costé, de le partie des Englès, où il acquist grant

---

1. Chevaux de deux ans. **2.** Le sire d'Arckel, probablement Jean d'Arckel († 1355), qui avait épousé Ermengarde de Clèves (KL, XX, 104). **3.** Ce Combat des Trente entre trente partisans de Charles de Blois et trente partisans de la comtesse de Monfort aurait eu lieu le 27 mars 1351 (SHF, IV, xlv n1) ; pour le texte de Froissart, voir SHF, IV, §§ 335-337.

grasce[1]. Et li fu prommis dou roy de France que, se il voloit devenir françois, li rois le feroit chevalier et le marieroit bien et ricement, et li donroit deus mil livres de revenue par an, mès il n'en volt riens faire. Et depuis li meschei il, ensi comme je vous dirai.

Chilz Crokars chevauçoit une fois un jone coursier fort enbridé[2], que il avoit acaté trois cens escus, et l'esprouvoit au courir. Si l'escaufa telement que li coursiers, oultre sa volenté, l'emporta : siques, au sallir un fosset, li coursiers trebucha et rompi son mestre le col. Je ne sçai que ses avoirs devint, ne qui eut l'ame ; mès je sçai bien que Crokars fina ensi.

§ 317. En ce temps se tenoit en le ville de Saint Omer cilz vaillans chevaliers messires Joffrois de Chargni[3]. Et l'avoit li rois là envoiiet pour garder les frontières ; et y estoit et usoit de toutes coses touchans as armes, comme rois. Cilz messires Joffrois estoit en coer trop durement couruciés de le prise et dou conquès de Calais ; et l'en desplaisoit, par samblant, plus c'à nul aultre chevalier de Pikardie. Si metoit toutes ses ententes et imaginations au regarder comment il le peuist ravoir. Et sentoit pour ce temps un capitainne en Calais, qui n'estoit mies trop haus homs ne de l'estration d'Engleterre.

Si s'avisa li dis mesires Joffrois que il feroit assaiier

---

1. « Croquart figure en effet le premier sur la liste des quinze gens d'armes qui, réunis à sept chevaliers et à huit écuyers, composaient les trente champions du parti anglais » (SHF, IV, xxxi n1). 2. « Difficilement tenu en bride ». 3. Geoffroi de Charny, seigneur de Pierre-Perthuis, de Montfort et de Savoisy. Le 25 juin 1355, il fut choisi pour porter l'oriflamme ; il se fit tuer à la bataille de Poitiers en couvrant le roi Jean de son corps. Comme Boucicaut, comme le petit sénéchal d'Eu, comme Jean de Saintré et certains autres chevaliers de son temps, Geoffroi de Charny était lettré ; il est l'auteur d'un ouvrage en prose, le *Livre de chevalerie*, et un pendant en vers, le *Livre messire Geoffroi de Charny*. Cet ouvrage entend faire l'instruction d'un jeune chevalier et coïncide avec le côté didactique des *Chroniques*. Froissart n'en parle pourtant pas. Voir *Dictionnaire des lettres françaises : le Moyen Âge*, éd. 1992 (« La Pochothèque »), p. 498.

au dit chapitainne, qui s'appelloit Aymeris de Pavie, se pour argent il poroit marchander à lui par quoi il reuist en se baillie la ditte ville de Calais. Et s'i enclina, pour tant que cilz Aymeris estoit Lombars, et Lombart sont de leur nature convoiteus. Onques de ceste imagination li dis messires Joffrois ne peut issir ; mès proceda sus et envoia secretement et couvertement trettier devers cel Aymeri, car pour ce temps triewes estoient. Si pooient bien cil de Saint Omer aler à Calais, et cil de Calais à Saint Omer ; et y aloient les gens de l'un à l'autre faire leurs marchandises. Tant fu trettiet, parlé, et li affaires demenés secretement que cilz Aymeris s'enclina à ce marchiet ; et dist que, parmi vingt mil escus qu'il devoit avoir au livrer le chastiel de Calais dont il estoit chastelains, il le renderoit.

Or avint ensi que li rois d'Engleterre le sceut, je ne sçai mies comment ne par quèle condition ; mais il manda cel Aymeri qu'il venist à lui parler à Londres. Li Lombars, qui jamais n'euist pensé que li rois d'Engleterre sceuist cel afaire, car trop secretement l'avoient demenet, entra en une nef et arriva à Douvres, et vint à Londres à Wesmoustier devers le roy.

Quant li rois vei son Lombart, il le traist d'une part et dist : « Aymeri, vien avant. Tu scès que je t'ay donnet en garde la riens ou monde que plus ayme aprés ma femme et mes enfans, le chastiel et le ville de Calais ; et tu l'as vendu as François et me voelz trahir : tu as bien desservi mort. » Aymeris fu tous esbahis des paroles dou roy, car il se sentoit fourfais ; si se getta en genoulz devant le roy et dist, en priant merci à mains jointes : « Ha ! gentilz sires, pour Dieu merci, il est bien voirs ce que vous dittes. Mès encores se poet bien li marchiés tous desrompre, car je n'en receu onques denier. »

Li gentilz rois d'Engleterre eut pité dou Lombart, que moult avoit amet, car il l'avoit nouri d'enfance ; si dist : « Aymeri, se tu voes faire ce que je te dirai, je te pardonrai mon mautalent. » Aymeris, qui grandement se reconforta de ceste parole, dist : « Monsigneur, oïl.

Je ferai, quoique couster me doie, tout ce que vous me commanderés. » — « Je voeil, dist li rois, que tu poursieves ton marchiet ; et je serai si fors en le ville de Calais, à le journée, que li François ne l'aront mies, ensi qu'il cuident. Et pour toy aidier à escuser, se Diex me vaille, j'en sçai pieur gré[1] messire Joffroy de Chargni que toy, qui en bonnes triewes a ce pourchaciet. »

Aymeris de Pavie se leva atant de devant le roy, qui en genoulz et en grant cremeur avoit esté ; si dist : « Chiers sires, voirement a ce esté par son pourcac, non par le mien, car jamais je n'i euisse osé penser. » — « Or va, dist li rois, et fai la besongne ensi com je t'ay dit ; et le jour que tu deveras delivrer le chastiel, si le me segnefie. »

En cel estat et sus le parole dou roy se departi Aymeris de Pavie, et retourna arrière à Calais. Et ne fist nul samblant à ses compagnons de cose que il euist empensé à faire. Messire Joffrois de Chargni, qui se tenoit pour tous assegurés d'avoir le chastiel de Calais, pourvei l'argent. Et croy que il n'en parla onques au roy de France, car li rois ne li euist jamais consilliet à ce faire, pour la cause des triewes qu'il euist enfraintes. Mès li dis messires Joffrois de Chargni s'en descouvri bien secretement à aucuns chevaliers de Pikardie, qui furent de son acort, car la prise de Calais lor touchoit trop malement, et à telz que monsigneur de Fiennes, à monsigneur Ustasse de Ribeumont, à monsigneur Jehan de Landas, au signeur de Kreki, à monsigneur Pepin de Were, à monsigneur Henri dou Bos et à pluiseurs aultres. Et avoit sa cose si bien apparillie que il devoit avoir cinq cens lances ; mès la grigneur partie de ces gens d'armes ne savoient où il les voloit mener, fors tant seulement aucun grant baron et bon chevalier, asquelz il en touchoit bien dou savoir. Si fu ceste cose si approcie que, droitement le nuit de l'an, la cose fu arrestée de estre faite[2]. Et devoit li dis Aymeris deli-

---

1. « J'en veux davantage à ».   2. La nuit du 31 décembre 1349 au 1er janvier 1350.

vrer le chastiel de Calais en celle nuit par nuit. Si le segnefia li dis Aymeris, par un sien frère, ensi au roy d'Engleterre.

§ 318. Quant li rois sceut ces nouvelles et le certainneté dou jour qui arrestés y estoit, si manda monsigneur Gautier de Manni, en qui il avoit grant fiance, et pluiseurs aultres chevaliers et escuiers, pour mieulz furnir son fait. Quant messires Gautiers fu venus, il li compta pour quoy il l'avoit mandé, et que il le voloit mener avoecques lui à Calais. Messires Gautiers s'i acorda legierement.

Si se departi li rois d'Engleterre, à trois cens hommes d'armes et six cens arciers, de le cité de Londres, et s'en vint à Douvres, et emmena son fil le jone prince avoecques lui. Si montèrent li dis rois et ses gens au port de Douvres, et vinrent sus une avesprée[1] à Calais ; et s'i embuschièrent si quoiement que nuls n'en sceut riens pourquoi il estoient là venu. Si se boutèrent les gens le roy ens ou chastiel, en tours et en cambres, et li rois meismes. Et ordonna et dist ensi à monsigneur Gautier de Manni : « Messire Gautier, je vœil que vous soiiés chiés de ceste besongne, car moy et mes filz nous combaterons desous vostre banière. » Messires Gautiers respondi et dist : « Monsigneur, Diex y ait part : si me ferés haulte honnour. »

Or vous dirai de monsigneur Joffroy de Chargni, qui ne mist mies en oubli l'eure que il devoit estre à Calais, mès fist son amas de gens d'armes et d'arbalestriers en le ville de Saint Omer, et puis parti dou soir et chevauça avoech sa route, et fist tant que à priès de mienuit il vint assés priès de Calais. Si attendirent là li uns l'autre. Et envoia li dis messires Joffrois devant jusques au chastiel de Calais, deus de ses escuiers, pour parler au chastelain, et savoir se il estoit heure, et se il se trairoient avant. Li escuier tout secretement chevaucièrent oultre, et vinrent jusques au chastiel, et trouvè-

---

1. « Au crépuscule ».

rent Aymeri qui les attendoit et qui parla à yaus, et leur demanda où messires Joffrois estoit. Il respondirent que il n'estoit point loing, mais il les avoit envoiiés la pour savoir se il estoit heure. Messires Aymeris li Lombars dist : « Oil, alés devers lui, et se le faites traire avant : je li tenrai son convent, mès qu'il me tiegne le mien. » Li escuier retournèrent et disent tout ce qu'il avoient veu et trouvé.

Adonc se trest avant messires Joffrois, et fist par ordenance passer toutes gens d'armes et les arbalestriers ossi, dont il y avoit grant fuison ; et passèrent tout oultre le rivière et le pont de Nulais, et approcièrent Calais. Et envoia devant li dis messires Joffrois douze de ses chevaliers et cent armeures de fer, pour prendre le saisine dou chastiel de Calais. Car bien li sambloit que, se il avoit le chastiel, il seroit sires de le ville, parmi ce que il estoit assés fors de gens ; et encores sus un jour il en aroit assés, se il besongnoit. Et fist delivrer à monsigneur Oudart de Renti, qui estoit en celle chevaucie, les vingt mil escus, pour paiier à Aymeri. Et demora tous quois avoecques ses gens li dis messires Joffrois, sa banière devant lui, sus les camps, au dehors de le ville et dou chastiel. Et estoit sen entente que par la porte de le ville il enteroit en Calais : autrement n'i voloit il entrée.

Aymeris de Pavie, qui estoit tous sages de son fait [1], avoit avalé le pont dou chastiel de le porte des camps ; si mist ens tout paisieuvlement tous chiaus qui entrer y vorrent. Quant il furent amont ou chastiel, il cuidièrent que ce deuist estre tout leur. Adonc demanda Aymeris à monsigneur Oudart de Renti [2] où li florin estoient. On li delivra tout prest en un sach ; et li fu dit : « Il y sont tout bien compté : comptés les, se vous volés. » Aymeris respondi : « Je n'ay mies tant de loisir, car il sera tantost jours. » Si prist le sach as florins

---

1. « Entreprise ». 2. Oudart de Renty, fils d'Arnould de Renty, châtelain de Fauquemberge, épousa Catherine d'Azincourt. Ayant rendu de multiples services militaires au roi de France, il en devint le chambellan en 1371.

et dist, en jettant en une cambre : « Je croy bien qu'il y soient » et puis recloy l'uis de la cambre. Et dist à monsigneur Oudart : « Attendés moy et tout vo compagnon : je vous vois ouvrir celle mestre tour, par quoi vous serés plus assegur et signeur de ceens. » Et se traist celle part et tira le veriel[1] oultre ; et tantost fu la porte de la tour ouverte. En celle tour estoit li rois d'Engleterre et ses filz et messires Gautiers de Manni, et bien deus cens combatans qui tantost sallirent hors, les espées et les haces en leurs mains, en escriant : « Manni, Manni, à la rescousse ! » et en disant : « Cuident donc cil François avoir reconquis, et à si peu fait, le chastiel et le ville de Calais ! »

Quant li François veirent venir sus yaus ces Englès si soubdainement, si furent tout esbahi, et veirent bien que deffense n'i valoit riens ; si se rendirent pour prisonniers et à peu de fait. De ces premiers n'i eut gaires de bleciés ; se les fist on entrer en celle tour dont li Englès estoient parti, et là furent enfremé. De chiaus là furent li Englès tout asseguré. Quant il eurent ensi fait, il se misent en ordenance, et partirent dou chastiel, et se recueillièrent en le place devant le chastiel. Et quant il furent tout ensemble, il montèrent sus leurs chevaus, car bien sçavoient que li François avoient les leurs, et misent leurs arciers tout devant yaus, et se traisent en cel arroy devers le porte de Boulongne. Là estoit messires Joffrois de Chargni, se banière devant lui, de geules à trois escuçons[2] d'argent, et avoit grant desir d'entrer premiers en le ville. Et de ce que on ouvroit la porte si longhement, il en avoit grant merveille, car il volsist bien avoir plus tost fait ; et disoit as chevaliers qui estoient dalès lui : « Que cil Lombars le fait longe : il nous fait si morir de froit. » — « En nom Dieu, sire, ce respondi messires Pepins de Were, Lombart sont malicieuses gens : il regarde vos florins se il en y a nul faulz, et espoir ossi il y sont tout. »

---

1. « Verrou ». 2. Sur un écu de gueules, trois écussons d'argent, disposés 2 et 1.

Ensi bourdoient et gengloient[1] là li chevalier l'un à l'autre, mais il oyrent tantost aultres nouvelles. Car evous le roy desous le banière le signeur de Manni et son fil dalés lui, et ossi aultres banières dou conte de Stafort, dou conte d'Akesufforch[2], de monsigneur Jehan de Montagut, frère au conte de Sallebrin, dou signeur de Biaucamp, dou signeur de Bercler et dou signeur de le Ware. Tout cil estoient baron et à banière, et plus n'en y eut à celle journée. Si fu tantost la grande porte ouverte arrière, et issirent li dessus dit tout hors.

Quant li François les veirent issir, et il oïrent escriier « Manni, Manni, à le rescousse ! » si cogneurent bien qu'il estoient trahi. Là dist messires Joffrois de Chargni une haute parole à monsigneur Ustasse de Ribeumont et à monsigneur Jehan de Landas, qui n'estoient pas trop loing de li : « Signeur, li fuirs ne nous vault riens ; et se nous fuions, nous sommes perdu davantage. Mieus vault que nous nos deffendons de bonne volenté contre chiaus qui viennent que, en fuiant comme lasque et recreant[3], nous soions pris et desconfi. Espoir sera la journée pour nous. » — « Par saint Jorge, respondirent li doi chevalier, sire, vous dittes voir, et mal dehait ait qui fuira ![4] »

Lors se recueillièrent tout cil compagnon et misent à piet, et cacièrent leurs chevaus en voies[5], car il les sentoient trop foulés. Quant li rois d'Engleterre les vei ensi faire, si fist arrester tout quoi la banière desous qui il estoit, et dist : « Je me vorrai ci adrecier et combatre : on face la plus grant partie de nos gens chevaucier avant viers le pont et le rivière de Nulais, car j'ay entendu que il en y a là grant fuison à piet et à cheval. »

Tout ensi que li rois ordonna, il fu fait. Si se departirent de se route jusques à six banières et trois cens arciers, et s'en vinrent vers le pont de Nulais que messires Moriaus de Fiennes et li sires de Cresekes gar-

---

1. « Plaisantaient et bavardaient ».   2. Jean de Vere († 24 janvier 1359).   3. « Lâche et s'avouant vaincu ».   4. « Malheur à qui fuira ! »   5. « Chassèrent au loin leurs chevaux ».

doient. Et estoient li arbalestrier de Saint Omer et d'Aire entre Calais et ce pont, liquel eurent ce premier rencontre. Et en y eut occis sus le place plus de six vingt, car il furent tantost desconfi et caciet jusques à le rivière. Il estoit encores moult matin, mès tantost fu jours. Si tinrent ce pont li chevalier de Pikardie, li sires de Fiennes et li aultre, un grant temps. Et là eut fait tamaintes grans apertises d'armes, de l'un lés et de l'autre. Mès li dis messires Moriaus de Fiennes, li sires de Kresekes et li aultre chevalier qui là estoient, veirent bien que en le fin il ne le poroient tenir ; car li Englès croissoient toutdis, qui issoient hors de Calais, et leurs gens amenrissoient. Si montèrent sus leurs coursiers cil qui les avoient, et monstrèrent les talons, et li Englès après en cace.

Là eut à celle journée grant encauch et dur, et maint homme reversé ; et toutefois li bien monté le gaegnièrent. Et se sauvèrent li sires de Fiennes, li sires de Cresekes, li sires de Saintpi, li sires de Loncvillers, li sires de Maunier et pluiseur aultre. Et si en y eut moult de pris par leur oultrage[1], qui se fuissent bien sauvet, se il volsissent. Mès quant il fu haus jours, et il peurent cognoistre l'un l'autre, aucun chevalier et escuier se recueillièrent ensamble et se combatirent moult vaillamment as Englès, et tant qu'il en y eut des François qui en cace prisent des bons prisonniers, dont il eurent honneur et pourfit.

§ 319. Nous parlerons dou roy d'Engleterre qui là estoit, sans cognissance de ses ennemis, desous le banière monsigneur Gautier de Manni, et compterons comment il persevera ce jour. Tout à piet et de bonne ordenance, il se vint avoech ses gens requerre ses ennemis qui se tenoient moult serré, leurs lances retaillies de cinq piés par devant yaus. De premières venues, il y eut dur encontre et fort bouteis. Et s'adreça li rois dessus monsigneur Ustasse de Ribeumont liquelz estoit

---

1. « Bravoure excessive ».

moult fors chevaliers et moult hardis et de grant emprise, et qui recueilli le roy moult chevalereusement, non qu'il le cognuist, ne il ne savoit à qui il avoit à faire. Là se combati li rois à monsigneur Ustasse moult longement, et messires Ustasses à lui, et tant que il les faisoit moult plaisant veoir. Depuis, tout en combatant, fu lor bataille rompue, car deux grosses routes des uns et des aultres vinrent celle part qui les departirent.

Là eut[1] grant estour[2] et dur et bien combatu. Et y furent et François et Englès, cescuns en son convenant, très bons chevaliers. Là eut fait pluiseurs grans apertises d'armes. Et ne s'i espargna li rois d'Engleterre noient, mès estoit toutdis entre les plus drus ; et eut de le main ce jour le plus à faire à monsigneur Ustasse de Ribeumont. Là fu ses filz, li jones princes de Galles, très bons chevaliers. Et fu li rois abatus en jenoulz, par deux fois, dou dessus dit monsigneur Ustasse ; mès messires Gautiers de Manni et messires Renaulz de Gobehen, qui estoient dalés lui, l'aidièrent à relever. Là furent bon chevalier messires Joffrois de Chargni, messires Jehans de Landas, messires Hectors et messires Gauvains de Bailluel, li sires de Creki et li aultre. Mais de tout les passoit, de bien combatre et vaillamment, messires Ustasses de Ribeumont.

Que vous feroi je lonch recort ? La journée demora pour les Englès. Et y furent tout pris ou mort cil qui avoech monsigneur Joffroy estoient au dehors de Calais. Et là furent mort, dont ce fut damages, messires Henris dou Bos et messires Pepins de Were, doi moult vaillant chevalier, et pris messires Joffrois de Chargni et tout li aultre. Et tous li daarainniers qui y fu pris, et qui ce jour y fist moult d'armes, ce fu messires Ustasses de Ribeumont ; et le conquist li rois d'Engleterre par armes. Et li rendi li dis messires Ustasses sen

---

1. Début d'une énumération dans un style « épique ».
2. « Combat ».

espée, non qu'il sceuist que ce fust li rois ; ains cuidoit que ce fust uns des compagnons monsigneur Gautier de Manni. Et se rendi à lui pour celle cause que ce jour il s'estoit continuelment combatus à lui. Et bien veoit messires Ustasses ossi que rendre ou morir le convenoit. Si bailla au roy sen espée et li dist : « Chevaliers, je me rens vostre prisonnier. » Et li rois le prist qui en eut grant joie.

Ensi fu ceste besongne achievée, qui fu desous Calais, en l'an de grasce Nostre Signeur mil trois cens quarante huit[1], droitement le darrain jour de decembre.

§ 320. Quant ceste besongne fu toute passée, li rois d'Engleterre se retraist en Calais et droit ou chastiel, et là fist mener tous les chevaliers prisonniers. Adonc sceurent bien li François que li rois d'Engleterre avoit là esté en propre personne, et desous le banière à monsigneur Gautier de Manni. Si en furent plus joiant tout li prisonnier, car il esperoient qu'il en vaurroient mieulz. Si leur fist dire li rois de par lui que, celle nuit de l'an, il leur voloit tous donner à souper en son chastiel de Calais, ce lor vint à grant plaisance. Or vint li heure dou souper que les tables furent couvertes, et que li rois et si chevalier furent tout appareilliet et fricement et richement revesti de noeves robes ensi comme à yaus apertenoit, et tout li François ossi qui faisoient grant chière, quoiqu'il fussent prisonnier, mès li rois le voloit.

Quant li soupers fu appareilliés, li rois lava[2], et fist laver tous ces chevaliers françois ; si s'assist à table, et les fist seoir dalés lui moult honnourablement. Et les servirent dou premier més li princes de Galles et li chevalier d'Engleterre, et au second més il alèrent seoir à une aultre table. Si furent servi bien et à pais et à grant loisir.

---

1. C'est-à-dire 1349, car sous l'ancien style on était toujours en 1348 jusqu'à Pâques. 2. « Se lava les mains ». L'action de se laver les mains répond sans doute à un souci d'hygiène, mais ce geste traditionnel signale d'abord un accueil bienveillant.

Quant on ot soupé, on leva les tables[1]. Si demora li dis rois en la salle entre ces chevaliers françois et englès. Et estoit à nu chief, et portoit un capelet de fins perles sus son chief. Si commença à aler li rois de l'un à l'autre, et à entrer en paroles. Si s'en vint sa voie[2] et s'adreça sus monsigneur Joffroi de Chargni[3]. Et là, en parlant à lui, canga il un peu contenance, car il le regarda sus costé en disant : « Messire Joffroi, messire Joffroi, je vous doi par raison petit amer, quant vous voliés par nuit embler ce que j'ay si comparet, et qui m'a coustet tant de deniers. Si sui moult liés, quant je vous ay mis à l'espreuve. Vous en voliés avoir milleur marchiet que je n'en ay eu, qui le cuidiés avoir pour vingt mil escus ; mais Diex m'a aidiet, que vous avés falli à vostre entente. Encores m'aidera il, se il li plaist, à ma plus grant entente.

À ces mos passa oultre li rois et laissa ester monsigneur Joffroi, qui nul mot n'avait respondu ; et s'en vint devers monsigneur Ustasse de Ribeumont[4], et li dist tout joieusement : « Messire Ustasse, vous estes li chevaliers del monde que je veisse onques mieus ne plus vassaument assallir ses ennemis ne sen corps deffendre. Ne ne trouvai onques, en bataille là où je fuisse, qui tant me donnast à faire, corps à corps, que vous avés hui fait : si vous en donne le pris ; et ossi font tout li chevalier de ma court par droite sieute. »

Adonc prist li rois le chapelet qu'il portoit sus son chief, qui estoit bons et riches, et le mist et assist sus le chief à monsigneur Ustasse, et li dist ensi : « Messire Ustasse, je vous donne ce chapelet pour le mieulz combatant de toute la journée de chiaus de dedens et

---

1. Celles-ci étant montées sur des tréteaux étaient amovibles. 2. « Et puis il continua son tour ». 3. Geoffroi de Charny, fils de Jean de Charny, seigneur de Lirey. Prisonnier devant Calais, Philippe de Valois lui donna, le 31 juillet 1351, mille écus d'or pour l'aider à payer sa rançon. Mort à la bataille de Poitiers. 4. Eustache de Ribemont épousa Idoine de l'Isle, veuve de Thibaut de Moreuil. En 1352, il est gouverneur de Lille ; en 1357, gouverneur de Douai.

de hors, et vous pri que vous le portés ceste anée pour l'amour de mi. Je sçai bien que vous estes gais et amoureus, et que volentiers vous vos trouvés entre dames et damoiselles. Si dittes partout là où vous venés que je le vous ay donnet. Et parmi tant, vous estes mon prisonnier : je vous quitte vostre prison ; et vous poés partir de matin, se il vous plest. »

Quant messires Ustasses de Ribeumont oy le gentil roy d'Engleterre ensi parler, vous poés bien croire qu'il fu moult resjoïs. Li une raison fu, pour tant que li rois li faisoit grant honneur, quant il li donnoit le prix de le journée et li avoit assis et mis sur son chief son propre chapelet d'argent et de perles moult bon et moult riche, voiant tant de bons chevaliers qui là estoient. Li aultre raison fu, pour tant que li gentilz rois li quittoit sa prison. Si respondi li dis messires Ustasses ensi, en enclinant le roy moult bas : « Gentilz sires, vous me faites plus d'onneur que je ne vaille. Et Diex vous puist remerir la courtoisie que vous me faites ! Je sui uns povres homs qui desire mon avancement, et vous me donnés bien matère et exemple que je traveille volentiers. Si ferai, chiers sires, liement et appareilliement tout ce dont vous me cargiés. Et apriès le service de mon très chier et trés redoubté signeur le roy, je ne sçai nul roy qui je serviroie si volentiers ne si de coer comme je feroie vous. » — « Grans mercis, Ustasse, respondi li rois d'Engleterre, tout ce croy je vraiment. » Assés tost apriès, aporta on vin et espisses. Et puis se retrest li rois en ses cambres ; si donna congiet toutes manières de gens.

A lendemain au matin, li rois fist delivrer au dit messire Ustasse de Ribeumont deux roncins et vingt escus pour retourner à son hostel ; si prist congiet as chevaliers de France qui là estoient et qui prisonnier demoroient, et qui en Engleterre s'en alèrent avoecques le roy, et il retourna en France. Si disoit partout où il venoit ce dont il estoit enjoins et cargiés de faire, et porta le chapelet toute l'anée, ensi que li rois li avoit donnet.

§ 321. En celle anée trespassa de ce siècle la royne de France, femme au roy Phelippe et suer germainne au duch Oede de Bourgongne[1]. Ossi fist madame Bonne, duçoise de Normendie[2], fille au gentil roy de Behagne qui demora à Creci. Si furent li pères et li filz veves de leurs deus femmes.

Assés tost apriès, se remaria li rois Phelippes à madame Blanche[3], fille au roy Loeis de Navare qui morut devant Argesille[4]. Et ossi se remaria li dus Jehans de Normendie, fils ainnés dou roy de France, à la contesse de Boulongne[5] qui veve estoit de monsigneur Phelippe de Bourgongne, son cousin germain, qui mors avoit esté devant Aguillon en Gascongne. Comment que ces dames feussent moult proçainnes de sanc et de linage au père et au fil, si fu ce tout fait par le dispensation dou pape Clement[6] qui regnoit pour ce temps.

§ 322. Vous avés ci dessus bien oy compter comment li jones contes Loeis de Flandres fiança en l'abbeye de Berghes madame Ysabiel d'Engleterre, fille au roy Edouwart, et comment, malicieusement et par grant avis, depuis qu'il fu retournés en France où il fu receus liement, li fu dit dou roy et de tous les barons qu'il avoit trop bien ouvret[7] et très sagement, car cilz mariages ne li valloit riens, ou cas que par constrainte on li voloit faire faire. Et li dist li rois que

---

[1]. Jeanne, fille de Robert II, duc de Bourgogne, mourut le samedi 12 décembre 1349. [2]. Bonne de Luxembourg, d'après l'épitaphe qu'on voyait sur son tombeau dans l'abbaye de Maubuisson, mourut le 12 septembre 1349 ; d'après les *Grandes Chroniques de France*, elle serait morte le vendredi 11 août 1349 (SHF, IV, xxxiv, n3). Voir, sur cette princesse trop mal connue, Françoise Autrand, *Charles V*, Fayard, 1994, pp. 13-17. [3]. Philippe de Valois se remaria à Blanche, fille non pas de Louis, mais de Philippe d'Évreux (†1343), roi de Navarre, le 11 janvier 1350 d'après les *Grandes Chroniques de France*. [4]. Louis, comte d'Évreux, mort en 1319, à Algésiras en Espagne. [5]. Jean, fils aîné du roi de France, duc de Normandie, se remaria à Jeanne, comtesse de Boulogne, le mardi 9 février 1350. [6]. Clément VI, pape en Avignon (1342-1352). [7]. « Il avait fort bien agi ».

il le marieroit bien ailleurs, à son plus grant honneur et pourfit. Si demora la cose en cel estat un an ou environ.

De ceste avenue n'estoit mies courouciés li dus Jehan de Braibant qui tiroit pour sen ainnée fille, excepté une qui avoit eu le conte de Haynau[1], à ce jone conte de Flandres. Si envoia tantost grans messages en France devers le roy Phelippe, en priant que il volsist laissier ce mariage au conte de Flandres pour sa moyenne[2], et il li seroit bons amis et bons voisins à tousjours mès, ne jamais ne s'armeroit, ne enfant qu'il euist, pour le roy d'Engleterre.

Li rois de France, qui sentoit le duc de Braibant un grant signeur, et qui bien le pooit nuire et aidier se il voloit, s'enclina à ce mariage plus que à nul aultre. Et manda au duch de Braibant, se il pooit tant faire que li pays de Flandres fust de son acord il veroit volentiers le mariage et le conseilleroit entierement au conte de Flandres son cousin. Li dus de Braibant respondi que oïl, et de ce se faisoit il fors[3].

Si envoia tantost li dus de Braibant en Flandres grans messages par devers les bonnes villes, pour trettier et parlementer de ce mariage. Et prioit li dus de Braibant, l'espée en le main ; car il leur faisoit dire, se il le marioient ailleurs que à sa fille, il leur feroit guerre ; et se la besongne se faisoit, il leur seroit, en droite unité, aidans et confortans contre tous aultres signeurs. Li consaulz des bonnes villes de Flandres ooient les prommesses et les parolles que li dus de Braibant leurs voisins leur offroit. Et veoient que leurs sires n'estoit mies en leur volenté mès en l'ordenance dou roy de France et de madame sa mère. Et ossi leurs sires avoit tout entierement le coer françois. Si regardèrent pour le

---

1. C'est Marguerite, deuxième fille du duc de Brabant, qui épouse en 1347 Louis de Male. Jeanne, la fille aînée de Jean III, duc de Brabant, avait épousé en 1334 Guillaume II, comte de Hainaut ; en 1347 elle épouse en secondes noces Wenceslas, fils de Jean, roi de Bohême.   2. C'est-à-dire, pour sa fille puînée Marguerite.   3. « Et qu'il s'en portait garant ».

milleur tout consideré, ou cas que li dus de Braibant l'avoit si encargié[1], qui estoit pour le temps uns très puissans sires et de grant emprise, que mieulz valoit que il le mariaissent là que aultre part, et que par ce mariage il demorroient en paix et raroient leur signeur que moult desiroient à ravoir : siques finablement il s'i acordèrent.

Et furent les coses si approcies, que li jones contes de Flandres fu amenés à Arras. Et là envoia li dus de Braibant monsigneur Godefroy, son ainsnet fil[2], le conte des Mons, le conte de Los et tout son conseil. Et là furent des bonnes villes de Flandres tout li conseil. Si y eut grans parlemens sus ce mariage et grans alliances. Finablement, li jones contes jura, et tous ses pays pour lui, à prendre et espouser la fille au duch de Braibant, mais que li eglise s'i acordast. Oïl, car li dispensation dou pape estoit jà faite.

Si ne demora mies depuis lonch terme que li dis contes vint en Flandres. Et li rendi on fiefs, hommages, francises, signouries et juridions toutes entieres, otant ou plus que li contes ses pères en avoit à son temps, en sen plus grant prosperité, goy et possessé[3]. Si espousa li dis contes la fille au dessus dit duch de Braibant[4].

En ce mariage faisant, deurent revenir la bonne ville de Malignes[5] et celle d'Anwiers[6], apriès le mort dou duch, au conte de Flandres. Mès ces convenenches furent prises si secretement que trop peu de gens en seurent parler. Et de tant acata li dus de Braibant le conte de Flandres pour sa fille. Dont depuis en vinrent grans guerres entre Flandres et Braibant, si com vous

---

1. « Dans ce cas où le duc de Brabant avait pris l'affaire si à cœur ».   2. Godefroi, premier fils de Jean III de Brabant, mort en 1351 (JB, I, 228 n3).   3. « Plus que ce dont le comte son père... n'avait bénéficié et possédé ».   4. Louis de Male épousa Marguerite, fille de Jean, duc de Brabant, en juin 1347 (SHF, IV, xxxv n2).   5. Malines, ville de Belgique, ch.-l. d'arr. d'Anvers, sur la Dyle.   6. Anvers, ville de Belgique, à quelques km de la Hollande.

orés touchier[1] çà en avant ; mais pour ce que ce n'est point de ma principal matère, quant je serai venus jusques à là, je m'en passerai assés briefment. De ce mariage de Flandres, pour le temps de lors, fu li rois d'Engleterre moult courouciés sus toutes les parties au duc de Braibant qui ses cousins germains estoit, quant il li avoit tolut le pourfit de sa fille que li contes de Flandres en avant avoit fiancie, et sus le conte de Flandres ossi, pour tant que il li avoit failli de convent. Mais li dus de Braibant s'en escusa bien et sagement depuis, et ossi fist li contes de Flandres.

§ 323. En ce temps avoit grant rancune entre le roi d'Engleterre et les Espagnolz, pour aucunes malefaçons[2] et pillages que li dit Espagnol avoient fait sus mer as Englès. Dont il avint que, en celle anée, li Espagnol, qui estoient venu en Flandres pour leurs marchandises, furent enfourmé que il ne poroient retourner en leur pays qu'il ne fuissent rencontré des Englès. Sur ce eurent conseil li Espagnol et avis, qui n'en fisent mies trop grant compte. Et se pourveirent bien et grossement, et leur nefs et leurs vaissiaus, à l'Escluse, de toutes armeures et de bonne artillerie, et retinrent toutes manières de gens, saudoiiers, arciers et arbalestriers, qui voloient prendre et recevoir leurs saudées. Et attendirent tout l'un l'autre ; et fisent leurs emploites[3] et marchandises[4], ainsi qu'il apertenoit.

Li rois d'Engleterre, qui les avoit grandement enhay, entendi qu'il se pourveoient grossement ; si dist tout hault : « Nous avons maneciet ces Espagnolz, de lonch temps a, et nous ont fais pluiseurs despis ; et encores n'en viènent il à nul amendement, mais se fortefiient encontre ; si fault qu'il soient recueilliet au rapasser. » À celle devise[5] s'acordèrent legierement ses gens, qui desiroient que li Espagnol fuissent combatu. Si fist li dis rois un grant et especial mandement de tous ses

---
1. « Mentionner ». 2. « À cause de certains méfaits ».
3. « Achats ». 4. « Négoces ». 5. « Dessein ».

Une flotte anglaise contre les Espagnols 669

gentilz hommes qui pour le temps estoient en Engleterre, et se parti de Londres, et s'en vint en le conté d'Exesses[1] qui siet sus le mer, entre Hantonne et Douvres, à l'encontre dou pays de Pontieu et de Dieppe. Et vint là tenir son hostel en une abbeye sus le mer, et proprement madame la royne sa femme y vint.

En ce temps vint devers le roy, et là en ce propre lieu, cilz gentilz chevaliers messires Robers de Namur[2], qui nouvellement estoit revenus d'oultre mer ; se li chei si bien qu'il fu à celle armée. Et fu li rois d'Engleterre moult resjoïs de sa venue.

Quant li rois dessus nommés sceut que poins fu et que li Espagnol devoient rapasser, il se mist sus mer à moult belle gent d'armes, chevaliers et escuiers, et à plus grant quantité de haus signeurs que onques ewist en nul voiage que il fesist.

En celle anée avoit il fait et creé son cousin, le conte Henri Derbi, duch de Lancastre, et le baron de Stanfort, conte de Stanfort ; si estoient avoecques li en celle armée, et si doi fil, li princes de Galles et Jehans, contes de Ricement[3] : mès cilz estoit encores si jones que point il ne s'armoit, mais l'avoit li princes avoecques lui en sa nef, pour ce que moult l'amoit. Là estoient li contes d'Arondiel, li contes de Norhantonne, li contes de Herfort, li contes de Sufforch, li contes de Warvich, messires Bietremieus de Brues, li sires de Persi, li sires de Moutbrai, li sires de Nuefville, li sires de Clifford[4], li sires de Ros, li sires de Grastoch, li sires de Bercler et moult d'aultres. Et estoit li rois là acompagniés de quatre cens chevaliers ; ne onques

---

1. Essex, comté de l'est de l'Angleterre. 2. Robert de Namur était fils de Jean Ier, comte de Namur, et de Marie d'Artois. Selon Siméon Luce, Robert serait le patron de la première rédaction des *Chroniques* de Froissart (SHF, IV, xiv n3). 3. Jean, quatrième fils d'Édouard III, né à Gand en 1340. Il n'avait pas trois ans quand il fut fait comte de Richmond. 4. Robert de Clifford, fils aîné de Robert de Clifford et d'Isabelle de Berkeley. Né en 1331, mort avant 1357. Il avait épousé Euphémie, fille de Ralph de Neville.

n'eut tant de grans signeurs ensamble, en besongne où il fust, comme il ot là. Si se tinrent li rois et ses gens sus mer en leurs vaissiaus, tous fretés et appareilliés pour attendre leurs ennemis ; car ilz estoient enfourmé que il devoient rapasser, et point n'attenderoient longement ; et se tinrent à l'ancre trois jours entre Douvres et Calais.

§ 324. Quant li Espagnol eurent fait leur emploite et leur marcheandise, et il eurent cargiet leurs vaissiaus de draps, de toilles et de tout ce que bon et pourfitable leur sambloit pour remener en leur pays, et bien savoient que il seroient rencontré des Englès, mais de tout ce ne faisoient il compte, il s'en vinrent en le ville de l'Escluse, et entrèrent en leurs vaissiaus. Et jà les avoient il pourveus telement et si grossement de toute artillerie que merveilles seroit à penser, et ossi de gros barriaus de fer forgiés et fais tous faitis pour lancier et pour effondrer nefs, en lançant de pières et de cailliaus sans nombre. Quant il perçurent qu'il avoient le vent pour yaus, il se desancrèrent. Et estoient quarante grosses nefs tout d'un train, si fortes et si belles que plaisant les faisoit veoir et regarder. Et avoient à mont ces mas chastiaus breteskiés [1], pourveus de pières et de cailliaus pour jetter, et brigant qui les gardoient. Là estoient encores sus ces mas ces estramières armoiies et ensegnies de leurs ensengnes qui baulioient [2] au vent et venteloient [3] et freteloient [4] : c'estoit grans biautés dou veoir et imaginer Et me samble que, se li Englès avoient grant desir d'yaus trouver, encores l'avoient il grignour, ensi que on en vei l'apparant, et que je vous dirai ci apriès. Cil Espagnol estoient bien dix mil, uns c'autres, parmi les saudoiiers que il avoient pris et retenus à gages en Flandres. Si se sentoient et tenoient fort assés pour combatre sus mer le roy d'Engleterre et se poissance. Et en celle entente s'en venoient il tout

---

1. « Fortifiés ».   2. « Ballottaient ».   3. « Flottaient au vent ».
4. « Tremblaient ».

nagant[1] et singlant à plain vent, car il l'avoient pour yaus, par devers Calais.

Li rois d'Engleterre, qui estoit sus mer avec sa navie, avoit jà ordonné toutes ses besongnes et dit comment il voloit que on se combatesist et que on fesist ; et avoit monsigneur Robert de Namur fait maistre d'une nef, que on appelloit *La Sale dou Roy*, où tous ses hostelz estoit. Si se tenoit li rois d'Engleterre ou chief de sa nef[2], vestis d'un noir jake de velviel ; et portoit sus son chief un noir capelet de bevènes[3], qui moult bien li seoit. Et estoit adonc, selonch ce que dit me fu par chiaus qui avoec lui estoient pour ce jour, ossi joieus que on le vei onques. Et faisoit ses menestrelz corner devant lui une danse d'Alemagne, que messires Jehans Chandos, qui là estoit, avoit nouvellement raporté. Et encores par ebatement il faisoit le dit chevalier chanter avoech ses menestrelz, et y prendoit grant plaisance. Et à le fois regardoit en hault, car il avoit mis une gette[4] ou chastiel de sa nef, pour noncier quant li Espagnol venroient.

Ensi que li rois estoit en ce deduit, et que tout li chevalier estoit moult liet de ce que il le veoient si joieus, li gette, qui perçut nestre[5] la navie des Espagnolz, dist : « Ho ! J'en voi une venir, et me samble une nef d'Espagne. » Lors s'apaisièrent li menestrel ; et li fu de recief demandé se il en veoit plus. Assés tost après, il respondi et dist : « Oïl, j'en voi deus, et puis trois, et puis quatre. » Et puis dist, quant il vey la grosse flote : « J'en voy tant, se Diex m'ayt, que je ne les puis compter. » Adonc cogneurent bien li rois et ses gens que c'estoient li Espagnol. Si fist li rois sonner ses trompètes, et se remisent et recueillièrent ensamble toutes leurs nefs pour estre en milleur ordenance et jesir plus segurement, car bien savoient que il aroient la bataille, puisque li Espagnol venoient en si grant flote. Jà estoit tard, ensi que sus l'eure de vespres ou

---

1. « Navigant ».   2. « À la tête de son navire ».   3. « Castor ».   4. « Guet ».   5. « Naître », « poindre ».

environ. Si fist li rois aporter le vin, et but, et tout si chevalier, et puis mist le bacinet[1] en la tieste, et ossi fisent tout li aultre. Tantost approcièrent li Espagnol qui s'en fuissent bien alé sans combatre, se il volsissent, car selonch ce que il estoient bien freté[2] et en grans vaissiaus et avoient le vent pour yaus, il n'euissent jà parlé as Englès, se il vosissent ; mès, par orgueil et par presumption, il ne daignièrent passer devant yaus qu'il ne parlaissent. Et s'en vinrent tout de fait[3] et par grant ordenance commencier la bataille.

§ 325. Quant li rois d'Engleterre, qui estoit en sa nef, en vei la manière, si adreça sa nef contre une nef espagnole qui venoit tout devant, et dist à celui qui gouvrenoit son vaissiel : « Adreciés vous contre ceste nef qui vient, car je voeil jouster contre li. » Li maronniers n'euist jamais oset faire le contraire, puisque li rois le voloit. Si s'adreça contre celle nef espagnole, qui s'en venoit au vent, de grant randon. La nef dou roy estoit forte et bien loiie[4], aultrement celle euist esté rompue ; car elle et la nef espagnole, qui estoit grande et grosse, s'encontrèrent de tel ravine[5] que ce sambla uns tempestes qui là fust cheus. Et dou rebombe[6] qu'il fisent, li chastiaus de la nef dou roy d'Engleterre consievi le chastiel de la nef espagnole par tel manière, que li force dou mas le rompi amont sus le mas où il seoit[7], et le reversa en le mer. Si furent cil noiiet et perdu qui ens estoient.

De cel encontre fu la nef dou dit roy si estonnée[8] que elle fu crokie[9], et faisoit aigue tant que li chevalier dou roy s'en perçurent ; mès point ne le dirent encores au roy, ains s'ensonnièrent de widier et d'espuisier. Adonc dist li rois, qui regarda la nef contre qui il avoit

---

1. « Calotte de fer qui se mettait sous le casque ».   2. « Équipés ».   3. « De pleine force ».   4. « Assemblée ».   5. « Rapidité ».   6. « Contrechoc ».   7. « De telle manière que le mât, par la violence du coup, fut brisé en haut sous le "château" ».   8. « Brisée par le choc ».   9. « Craquée ».

jousté qui se tenoit devant lui : « Acrokiés[1] ma nef à ceste, car je le voeil avoir. » Dont respondirent si chevalier : « Sire, laissiés aler ceste, vous arés milleur. » Ceste nef passa oultre, et une aultre grosse nef vint ; si acrokièrent à cros de fer et de kainnes li chevalier dou roy leur nef à celle. Là se commença bataille dure, forte et fière, et arcier à traire, et Espagnol à yaus combatre et deffendre de grant volenté, et non pas tant seulement en un lieu, mès en dix ou en douze. Et quant il se veoient à jeu parti, ou plus fort de leurs ennemis, il s'acrokoient et là faisoient merveilles d'armes. Si ne l'avoient mies li Englès d'avantage[2]. Et estoient cil Espagnol en ces grosses nefs plus hautes et plus grandes assés que les nefs englesces ne fuissent ; si avoient grant avantage de traire, de lancier et de getter grans bariaus de fier dont il donnoient moult à souffrir les Englès.

Li chevalier dou roy d'Engleterre, qui en sa nef estoient, pour tant que elle estoit en peril d'estre effondrée, car elle traioit aigue, ensi que chi dessus est dit, se haitoient durement de conquerre la nef[3] où il estoient acrokiet. Et là eut fait pluiseurs grans apertises d'armes. Finablement, li rois et chil de son vaissiel se portèrent si bien que ceste nef fu conquise, et tout chil mis à bort qui dedens estoient.

Adonc fu dit au roy le peril où il estoit, et comment sa nef faisoit aigue, et que il se mesist en celle que conquis avoit. Li rois crut ce conseil, et entra en le ditte nef espagnole, et ossi fisent si chevalier et tout chil qui dedens estoient. Et laissièrent l'autre toute vuide, et puis entendirent à aler avant et à envaïr leurs ennemis qui se combatoient moult vassaument, et avoient arbalestriers qui traioient quariaus de fors arbalestres qui moult travilloient les Englès.

---

1. « Accrochez ».   2. « Mais les Anglais n'avaient pas le dessus ».   3. « Se donnaient une grande ardeur pour conquérir le navire ».

§ 326. Ceste bataille sus mer des Espagnolz et des Englès fu durement forte et bien combatue ; mais elle commença tart. Si se prendoient li Englès priès de bien faire la besongne et desconfire leurs ennemis. Ossi li Espagnol, qui sont gens usé de mer et qui estoient en grans vaissiaus et fors, s'acquittoient loyaument à leur pooir. Li jones princes de Galles et cil de sa carge se combatoient d'autre part. Si fu leur nefs acrokie et arrestée d'une grosse nefe espagnole. Et là eurent li princes et ses gens moult à souffrir, car leur nef fu trawée et pertruisie[1] en pluiseurs lieus : dont li yawe entroit à grant randon dedens ; ne pour cause que on entendesist à l'espuisier, point ne demoroit que elle n'apesandesist toutdis[2]. Pour laquel doubte les gens dou prince estoient en grant angousse, et se combatoient moult aigrement pour conquerre la nef espagnole ; mais il n'i pooient avenir, car elle estoit gardée et deffendue de grant manière.

Sus ce peril et ce dangier où li princes et ses gens estoient, vint li dus de Lancastre tout arifflant[3], en costiant la nef dou prince. Si cogneut tantost que il n'en avoient mies le milleur, et que leur nefs avoit à faire, car on gettoit aigue hors à tous lés. Si ala autour et s'arresta à la nef espagnole, et puis escria : « Derbi, à le rescousse ! » Là furent cil Espagnol envay et combatu de grant façon, et ne durèrent point depuis longement. Si fu leur nefs conquise, et yaus tout mis à bort, sans nullui prendre à merci. Si entrèrent li princes de Galles et ses gens dedens ; à painnes eurent il si tost fait que leur nefs effondra. Si considerèrent adonc plus parfaitement le grant peril où il avoient esté.

§ 327. D'autre part, se combatoient li baron et li chevalier d'Engleterre, cescuns selonch ce que ordonnés et establis estoit. Et bien besongnoit qu'il fuissent fort et remuant, car il trouvoient bien à qui

---

1. « Trouée et percée ». 2. « Ne prît toujours du poids ».
3. « Rasant ».

parler. Ensi que sus le soir tout tart, la nef de *La Sale dou Roy* d'Engleterre, dont messires Robers de Namur estoit chiés, fu acrokie d'une grosse nef d'Espagne, et là eut grant estour et dur. Et pour ce que li dit Espagnol voloient celle nef mieulz mestriier à leur aise[1], et avoir chiaus qui dedens estoient, et l'avoir ossi, il misent grant entente que il l'en menaissent avoec yaus. Si traisent leur single amont, et prisent le cours dou vent et l'avantage, et se partirent maugré les maronniers de monsigneur Robert et chiaus qui avoech lui estoient ; car la nef espagnole estoit plus grande et plus grosse que la leur ne le fust : si avoient bon avantage dou mestriier[2]. Ensi en alant il passèrent devant la nef dou roy ; si disent : « Rescoués *La Sale dou Roy* ! » Mais il ne furent point entendu, car il estoit jà tart ; et s'il furent oy, si ne furent il point rescous.

Et croy que cil Espagnol les en euissent menés à leur aise, quant uns varlés de monsigneur Robert, qui s'appelloit Hanekin, fist là une grant apertise d'armes ; car, l'espée toute nue ou poing, il s'escueilla et salli en la nef espagnole, et vint jusques au mast et copa le cable qui porte le voile, par quoi li voiles chei et n'eut point de force. Car avoech tout ce, par grant apertise de corps, il copa quatre cordes souverainnes qui gouvrenoient le mas et le voille, par quoi li dis voilles chei en la nef. Et s'arresta la nef toute quoie, et ne peut aler plus avant. Adonc s'avancièrent messires Robers de Namur et ses gens quant il veirent cel avantage, et salirent en la nef espagnole de grant volenté, les espées toutes nues ens ès mains ; et requisent et envaïrent chiaus que là dedens il trouvèrent, telement qu'il furent tout mort et mis à bort, et la nef conquise.

§ 328. Je ne puis mies de tous parler ne dire : « Cilz le fist bien, ne cilz mieulz » ; mais là eut, le terme que elle dura, moult forte bataille et moult aspre. Et

---

1. « Maîtriser à loisir ».   2. « Pour le maîtriser ».

donnèrent li Espagnol au roy d'Engleterre et à ses gens moult à faire. Toutesfois, finablement, la besongne demora pour les Englès, et y perdirent li Espagnol quatorze nefs ; li demorant passèrent oultre et se sauvèrent. Quant il furent tout passet, et que li dis rois et ses gens ne se savoient à qui combatre, il sonnèrent leurs trompètes de retrette ; si se misent à voie devers Engleterre, et prisent terre à Rie[1] et à Wincenesée[2], un peu apriès jour falli[3].

À celle propre heure, issirent li rois et si enfant, li princes et li contes de Ricemont, li dus de Lancastre et aucun baron qui là estoient, hors de leurs nefs, et prisent chevaus en le ville, et chevaucièrent devers le manoir la royne qui n'estoit mies deus liewes englesces loing de là. Si fu la royne grandement resjoie, quant elle vei son signeur et ses enfans ; et avoit en ce jour tamainte grant angousse de coer, pour le doubtance des Espagnolz. Car à ce lés là des costes d'Engleterre, on les avoit, des montagnes, bien veu combatre, car il avoit fait moult cler et moult bel. Si avoit on dit à la royne, car elle l'avoit voulu savoir, que li Espagnol avoient plus de quarante grosses nefs. Pour ce fu la royne toute reconfortée, quant elle vei son mari et ses enfans. Si passèrent celle nuit li signeur et les dames en grant reviel, en parlant d'armes et d'amours. À lendemain, revinrent devers le roy la grignour partie des barons et chevaliers qui à le bataille avoient esté. Si les remercia li rois grandement de leur bienfait et de leur service, et puis prisent congiet, et s'en retourna cescuns chiés soy.

§ 329. Vous avés ci dessus bien oy recorder comment Aymeris de Pavie, uns Lombars, deut rendre et livrer le chastiel et le forte ville de Calais as François pour une somme de florins, et comment il leur en chei.

---

1. Rye, un des *Cinque-ports* de l'Angleterre depuis le règne de Henri III (ainsi que Winchelsea), situé sur la Manche, au nord de Winchelsea. **2.** Winchelsea, port du Sussex. **3.** Cette bataille navale se livra en vue de Winchelsea, le 29 août 1350.

Voirs est que messires Joffrois de Chargni et li aultre chevalier, qui avoecques lui furent menet en prison en Engleterre, se rançonnèrent au plus tost qu'il peurent, et paiièrent leurs raençons, et puis retournèrent en France. Si s'en vint comme en devant li dis messires Joffrois demorer en le ville de Saint Omer, par le institution dou roy Phelippe de France. Si entendi li dessus dis que cilz Lombars estoit amasés en un petit chastiel en le marce de Calais, que on dist Fretin[1], que li rois d'Engleterre li avoit donnet. Et se tenoit là tous quois li dis Aymeris et se donnoit dou bon temps, et avoit avoecques lui une trop belle femme à amie que il avoit amenet d'Engleterre. Et cuidoit que li François euissent oubliiet la courtoisie qu'il leur avoit fait, mès non avoient, ensi que bien apparut. Car si tretost que messires Joffrois sceut que li dis Aymeris estoit là arrestés, il enquist et demanda secretement à chiaus dou pays, qui cognissoient celle maison de Fretin, se on le poroit avoir ; il en fu enfourmés que oil trop legierement. Car cilz Aymeris ne se tenoit en nulle doubte, mès ossi segur en son chastiel, sans garde et sans get, que donc qu'il fust à Londres ou en Calais.

Adonc li dis messires Joffrois ne mist mies en noncaloir ceste besongne, mès fist en Saint Omer une assamblée de gens d'armes tout secretement, et prist les arbalestriers de le ditte ville avoech lui, et se parti de Saint Omer sus un vespre ; et chemina tant toute nuit avoecques ses gens que, droitement au point dou jour, il vinrent à Fretin. Si environnèrent le chastelet qui n'estoit mies grans ; et entrèrent chil de piet ens ès fossés, et fisent tant qu'il furent oultre. Les mesnies de laiens s'esvillièrent pour le friente, et vinrent à leur mestre qui se dormoit, et li disent : « Sire, or tos levés vous sus, car il y a là dehors grans gens d'armes qui mettent grant entente à entrer ceens. » Aymeris fu tous effraés, et se leva dou plus tost qu'il peut ; mès il ne

---

1. Frethun (62185), Pas-de-Calais, arr. de Boulogne-sur-Mer, c. Calais.

sceut onques si tost avoir fait que se cours fu plainne de gens d'armes. Si fu pris à mains, et sen amie tant seulement : on ne viola onques de plus riens le chastiel, car triewes estoient entre les François et les Englès. Et ossi messires Joffrois ne voloit aultrui que cel Aymeri ; si en ot grant joie, quant il le tint et le fist amener en le ville de Saint Omer. Et ne le garda gaires depuis longement, quant il le fist morir à grant martire ens ou marchiet, present les chevaliers et escuiers dou pays qui mandé y furent et le commun peuple. Ensi fina Aymeris de Pavie, mès sen amie n'eut garde, car il le descoupa à le mort[1], et depuis se mist la damoiselle avoecques un escuier de France.

§ 330. En l'an de grasce Nostre Signeur mil trois cens quarante neuf, alèrent li peneant, et issirent premierement d'Alemagne. Et furent gens qui faisoient penitances publikes et se batoient d'escorgies à bourdons et aguillons de fier[2], tant qu'il desciroient leurs dos et leurs espaules. Et chantoient cançons moult piteuses de le nativité et souffrance Nostre Signeur. Et ne pooient par leur ordenance jesir que une nuit en une bonne ville, et se partoient d'une ville par compagnie tant dou plus que dou mains. Et aloient ensi par le pays faisant leur penitance trente trois jours et demi, otant que Jhesu Cris ala par terre d'ans, et puis retournoient en leurs lieus[3].

Si fu ceste cose commencie par grant humilité, et pour priier à Nostre Signeur qu'il vosist refraindre son ire et cesser ses verges ; car en ce temps, par tout le monde generalment, une maladie, que on claime epydimie, couroit : dont bien la tierce partie dou monde morut[4]. Et furent faites par ces penitances pluiseurs belles païs[5] de mors d'ommes, où en devant on ne

---

1. « Il la déclara non passible de mort ». 2. « Et ils se frappaient avec des fouets faits de lanières terminées par des clous et de dards de fer ». 3. Sur les flagellants, voir SHF, IV, xxxix, n1, 2. 4. La peste de 1348, venue d'Asie, décima successivement l'Italie, la France, l'Angleterre et l'Écosse, et ne cessa ses plus grands ravages qu'en septembre 1349. 5. « Cessations », « suspensions ».

pooit estre venu par moiiens ne aultrement. Si ne dura point ceste cose lonch terme, car li eglise ala au devant. Et n'en entra onques nulz ou royaume de France, car li rois le deffendi, par le inhibition[1] et correction[2] dou pape qui point ne volt approuver que ceste cose fust de vaille à l'ame[3], pour pluiseurs grans articles de raison que il y mist, desquels je me passerai briefment. Et furent tout beneficiiet et tout clerch qui esté y avoient, escumeniiet[4]. Et en convint les pluiseurs aler en court de Romme pour yaus purgier et faire absore.

En ce temps furent generalment par tout le monde pris li Juis et ars, et acquis li avoirs as signeurs desous qui il demoroient, excepté en Avignon et en le terre de l'Église desous les èles dou pape. Chil povre Juis qui ensi escaciet estoient, quant il pooient venir jusques à là, n'avoient garde de mort[5]. Et avoient li Juis sorti[6] bien cent ans en devant que, quant une manière de gens apparroient au monde qui venir devoient, qui porteroient flaiaus de fier, ensi le bailloit leurs sors[7], il seroient tout destruit. Et ceste exposition leur fu esclarcie[8], quant li dessus dit penitancier alèrent yaus batant, ensi que dessus est dit.

§ 331. En l'an de grasce Nostre Signeur mil trois cens et cinquante, trespassa de ce siècle li rois Phelippes de France ; si fu ensepelis en l'abbeye de Saint Denis[9]. Et puis fu Jehans ses ainnés filz, li dus de Normendie, rois, et sacrés et couronnés en l'eglise de Nostre Dame de Rains, à très haut solennité[10]. Apriès

---

1. « Défense ». **2.** « Menace de punition ». **3.** « Que ce mouvement fût d'aucune valeur pour l'âme ». **4.** « Et tous ceux pourvus d'un bénéfice et tous les clercs qui y avaient participé, furent excommuniés ». **5.** C'est-à-dire, que les Juifs qui parvenaient aux États du pape d'Avignon tombaient sous sa protection. **6.** « Prédit ». **7.** « Prédictions ». **8.** « Démontré ». **9.** Philippe de Valois mourut le dimanche 22 août 1350 à Nogent-le-Roi, près Coulombe (aujourd'hui Nogent-sur-Eure [28120], arr. de Dreux) ; il mourut sans doute à l'abbaye de Coulombs (28210) (SHF, IV, xl, n2). **10.** Jean II fut couronné à Reims le dimanche 26 septembre 1350. Voir SHF, IV, 400.

son couronnement, il s'en retourna à Paris, et entendi à faire ses pourveances et ses besongnes, car les triewes estoient faillies entre lui et le roy d'Engleterre. Et envoia grant gens d'armes à Saint Omer, à Ghines, à Tieruane, à Aire et tout sus les frontières de Calais, par quoi li pays fust bien gardés des Englès. Et vint en imagination au roy qu'il s'en yroit en Avignon[1] veoir le pape et les cardinaulz, et puis passeroit oultre vers Montpellier[2] et viseteroit la langue d'och, ce bon cras pays, et puis s'en iroit en Poito[3] et en Saintonge, et metteroit le siège devant Saint Jehan l'Angelier[4].

Si fist li dis rois ordonner ses pourveances grandes et grosses partout, si comme il devoit aler et passer.

---

1. Jean II arriva à Villeneuve-lès-Avignon (30400), le 23 décembre 1350. **2.** De Beaucaire, le roi arriva à Montpellier (34000) le 7 janvier 1351. **3.** Jean II n'alla pas vers le Poitou, mais regagna directement Paris où le rappelaient les états généraux du Languedoïl et du Languedoc. **4.** Saint-Jean-d'Angély (17400), Charente-Maritime.

VARIANTES DU PREMIER LIVRE

1. La nature des Anglais *(cf. §1)*

Englès suesfrent bien un temps mais en la fin il paient si creusement que on s'i puet bien exempliier, ne on ne puet jeu[e]r à euls. Et se lieuve et couce uns sires en trop grant peril qui les gouverne, car jà ne l'ameront ne honneront, se il n'est victorieus, et se il n'ainme les armes et la guerre à ses voisins, et par especial à plus forts et à plus riches que il ne soient. Et ont celle condition, et tiennent celle opinion et ont tousjours tenu et tenront, tant que Engleterre sera terre habitable. Et dient generaulment, et ce ont il veu par experiense par trop fois que, après un bon roi, il en ont un qui n'est de nulle vaillance. Et le tiennent à endormi et à pesant, qant il ne voelt ensievir les oevres de son père ou de son predicessour, bon roy qui a resgné en devant de li. Et est lor terre plus plainne de ricoisses et de tous biens, quant il ont la gerre, que en temps de paix. Et en cela sont-il né et obstiné, ne nuls ne lor poroit faire en tenant le contraire.

Englès sont de mervilleuses conditions, chaut et boullant, tos esmeu en ire, tart apaisié ne amodé en douçour ; et se delittent et confortent en batailles et en ocisions. Convoiteus et envieus sont trop grandement sus le bien d'autrui et ne se pueent conjoindre parfaitement ne naturelment en l'amour ne aliance de nation estragne, et sont couvert et orguilleus. Et par especial desous le solel n'a nul plus perilleus peuple, tant que de honmes mestis, conme il sont en Engleterre. Et trop se disferent en Engleterre les natures et conditions des nobles aux honmes mestis et vilains, car li gentilhonme sont de noble et loiale condition, et li conmuns peuples est de fele, perilleuse, orguilleuse et desloiale condition. Et la où li peuples vodroit monstrer sa felonnie et sa poissance li noble n'averoient point de duree à euls. Or sont-il et ont esté un lonch temps moult bien d'acort ensamble, car li noble ne demande au peuple que toute raison. Aussi on ne li sousferroit point que il presist sans paiier .I. oef ne une poulle. Li honme de mestier et li laboureur parmi Engleterre vivent de ce que il sevent faire, et li gentilhonme de lors rentes et revenues ; et se li rois les ensonnie, il sont paiiet, non que li rois puist taillier son peuple, non, ne li peuples ne le vodroit ne poroit sousfrir. Il i a certainnes ordenances et pactions assisses sus le staple des lainnes, et de ce est li rois aidiés au desus de ses rentes et revenues ; et qant ils fait gerre, celle paction on li double. Engleterre est la terre dou monde le mieuls gardée. Aultrement il ne poroient ne saveroient vivre, et convient bien que uns rois qui est lors sires, se ordonne apriès euls et s'encline à moult de lors volentés ; et se il fait le contraire et mauls en viengne, mal l'en prendera, ensi que il fist à ce roi Edouwart, dont je parloie maintenant, liquels fu fils au bon roi Edouwart, qui tant fu de proece plains que il desconfi par pluisseurs fois en bataille les Escoçois et conquist sus euls la chité de Bervich et la frontière d'Escoce jusques en la chité d'Abredane ; et pris et tint Haindebourche et le fort chastiel de Struvelin.

(Rome, pp. 41-3)

2. La vraie matière des guerres de Bretagne (1342) *(cf. § 138)*

Pluiseur gongleour et enchanteour en place ont chanté et rimet lez guerres de Bretaigne et coromput, par leurs chançons et rimes controuvées, le juste et vraie histoire, dont trop en desplaist à monseigneur Jehan le Biel qui le coummencha à mettre en prose et en cronique et à moy, sire Jehan Froissart, qui loyaument et justement l'ay poursuiwi à mon pooir. Car leurs rimmez et leurs canchons controuvées n'ataindent en riens le vraie matere mès velle ci si comme nous l'avons faite et achievée par le grande dilligensce que nous y avons rendut car on n'a riens sans fret et sans pene. Jou, sire Jehans Froissars, darrains venus depuis monseigneur Jehan le Bel en cel ouvraige, ai je allé et cherchiet le plus grant partie de Bretaingne et enquis et demandé as seigneurs et as hiraux les gerrez, les prises, les assaux, les envaies, les bataillez, les rescousses et tous les biaux fés d'armes qui y sont avenut mouvant sus l'an de grasce mil. CCC.XL. poursieuwans jusquez à le darrainne datte de ce livre, tant à le requeste de mes dis seigneurs et à ses fraix que pour me plaisance acomplir et moy fonder sus title de verité et dont j'ay estet grandement recompenssés. Et pour chou que vous sachiés le conmencement et le rachinne de ceste guerre et dont elle se moet, je le vous declarray de point em point. Si en direz vostre entente et quel cause et droit messires Carles de Blois eut al hirtetaige de Bretaingne et, d'autre part, li comtez de Monfort qui en fist fet et partie contre lui. Pluisseurs gens en ont parlet ou parolent qui ne sevent mies ou n'on[t] sceu par quel affaire li oppinions de le challenge des seigneurs dessus dis est venus, ne premierement esmeus. Mès chy s'enssuilt : si l'orez s'il vous plest et je le vous declarray.

(Amiens, II, 96)

3. JEAN DE BRABANT ET L'ASSASSINAT DE JACQUES D'ARTEVELDE (1345) *(cf. § 237)*

Li duc Jehans de Braibant, pour le temps d'adont, avoit une jone fille à marier, siques conme sages et imaginatis que il fu et moult soubtieus, il avoit jetté sa visée à che que uns mariages seroit trop bien pris et fais de sa fille et dou fil le conte de Flandres. Et le concordoit assés le conte de Flandres, mais il n'estoit pas sires ne mestres de son fil : ançois le tenoient et gardoient li Flamenc, et le nourissoient sus bonnes gardes et ne le laissoient point issir de la ville de Gant. Li dus de Braibant comsideroit bien les coses à venir, et conment Jaquemés d'Artevelle pour ces jours estoit si grans en Flandres que par lui estoit tout fait et sans lui n'estoit riens fait ; et fu enfourmés de ces nouvelles conment li rois d'Engleterre estoit à l'Escluse et gissoit là à l'ancre, et procuroit, et Jaquemés d'Artevelle pour lui, que ses fils li princes de Galles, fust dus de Flandres. Si se doubta li dis dus de Braibant que toutes ces coses n'avenissent, qui trop legierement poiient avenir, et avisa que il i meteroit un tel touel que il romperoit et briseroit tout. Et de ce qui avint en la ville de Gant, les jours courans que li rois d'Engleterre se tenoit en sa navie devant l'Escluse, et atendoit la response de ceuls dou pais de Flandres : une disension s'esmeut très grande en la ville de Gant, des tisserans de draps à l'encontre de Jaquemé d'Artevelle, et tout par le promotion et esquoel de lor doiien qui se nonmoit Tomas Denis. Et voelt on bien dire que li dis de Braibant fu cause de ceste aventure, car chil tisseran, par l'information de lor doiien, vinrent un jour plus de .CCCC. devant l'ostel d'Artevelle, et l'environnerent devant et derriere, et monstrerent que de force il voloient entrer dedens.

(Rome, pp. 636-637)

4. Le siège de Calais. Villeneuve-le-Hardi (1346-1347) *(cf. § 288)*

Qant li rois d'Engleterre fu venus premierement devant la ville de Calais, ensi que chils qui moult le desiroit à conquerir, il le asega par grant manière et par bonne ordenance. Et fist bastir et ordonner, entre la ville et la rivière et le pont de Nulais, hostels et maisons, ouvrer et carpenter de grans mairiiens et couvrir les dittes maisons, qui estoient assisses et ordonnees par rues, bien et faiticement, de ros, d'estrain et de genestres et de ce dont on puet recouvrer là où pais, ensi que il vosist là demorer diis ou douse ans ; car li intension de li estoit telle que de là il ne s'en partiroit, si l'averoit conquis par force ou par tretié, quel painne ne quel coustages que il i deuist rendre ne metre. Et avoit en ceste nove ville dou roi, toutes coses necessaires, apertenans à une hoost et plus encores, et place ordonnee pour tenir marchiet le merquedi et le samedi. Et là estoient halles de draps et de merchiers et aussi estas de bouciers et de boulengiers. Et de toutes coses on i pooit recouvrer aussi largement conme à Bruges ou à Londres, et tavernes de tous vins de Grenate, de Grec, de Malevisie, de Rivière, de vins de Gascogngne, de Poito, de France et de Rin, bon cabarés et bien pouveus de chars, de volilles, de poissons. Et lor venoient de Flandres les marceandises toutes prestes de Hollandes, de Zellandes et d'Alemagne, et tout par mer. Et en i avoit la pluisseurs ouvriers juponniers, parmentiers, corduaniers, peletiers, cabaretour, fourniers et tavreniers, qui gissoient assés mieuls à lors plaisance et pourfit que dont que il fuissent chiès leur. Et furent bien courouciet qant li sieges se desfist et que Calais fu conquise, car il perdirent le flour de lor wagnage.

(Rome, pp. 745-6)

5. Un jeu d'échecs amoureux (1342) *(cf. § 158)*

Et il [Édouard III] demoura encorres ens où castiel de Sallebrin dallez la damme [la comtesse de Salisbury] et esperoit bien ainschois son department que il aroit de la damme responsce plus agreable qu'il n'avoit eub. Si demanda les eschés et la damme li fist aporter. Adont pria li roys à la damme que elle volsist jeuer à lui. Et la damme li acorda liement, qui li faisoit toutte le bonne chiere que elle pooit. Et bien estoit tenue dou faire car li roys li avoit fait .I. biau serviche de lever le siege des Escos de devant son castel dont elle estoit en grant peril. Et se li devoit le damme faire, pour tant que li roys estoit ses drois naturez sires de foi et de hoummaige. À l'entree dou jeu des escés, li roys qui volloit que aucune cose demourast dou sien à la damme, l'asailli en riant :

— Damme, que vous plaist il à mettre au jeu ?

Et la dame li respondi :

— Sire et vous ossi ?

Adont mist li roys avant .I. très bel aniel qu'il portoit en son doi, à .I. gros rubi sus le tablier. Lors dist la damme :

— Sire, sire, je n'ay nul aniel si riche comme li vostre est.

— Damme dist li rois tout en riant, telz que vous l'avés, metés le avant ; je n'y preng pas de si priès garde.

Adont la comtesse, pour acomplir la vollenté du roy, traist hors d'un doy ung anelet d'or qui n'estoit pas de grant vaille. Si jeuuèrent as escez enssamble, la damme à son avis au mieux que elle pooit affin que li roys ne le tenist pour trop simple et ygnorans. Et li roy se faindoit car pas ne jeuuoit dou mieux qu'il savoit. Et à painnes y avoit nulle espasse dez trés que il ne regardast si fort la damme que elle en estoit toutte honteuse et s'en fourfaisoit bien en traitant. Et quant li roys veoit que elle s'estoit fourfaite d'un rock, d'un chevalier ou de quoy que fuist, il se fourfaisoit ossi pour remettre la damme en son jeu.

Tant jeuerent que li roys perdi et fu mas d'un aufin. Adont se leva la damme et demanda le vin et lez espisses car li roys par samblant volloit partir. Et prist la damme son aniel et le mist en son doye et volsist trop bien que li roys euuist repris le sien et li ossi offri et dist :

— Sire, il n'appertient pas qu'en mon hostel jou aie riens del vostre, ainchois en deveriés porter dou mien.

— Dame, dist li roys, si fait, car li jeus l'a porté ensi ; et se je l'euuisse gaegniet, tenés veritablement que j'en euuisse porté le vostre.

(Amiens, II, 184-186)

6. Froissart réfute le récit de Jean le Bel (1345) *(cf. § 223)*

Or lairons à parler .I. petit dou comte Derbi et de des routtez et parlerons dou roy englès et puis retourons au dessus dit comte et as guerres de Gascoingne qui ne sont mies à oublier.

Vous avés bien chy dessus oy parler coumment li roys englez fu enamourés de le contesse de Sallebrin. Toutteffoix, lez *Cronikez* monsigneur Jehan le Bel parollent de ceste amour plus avant et mains convignablement que je ne doie faire. Car, se il plaist à Dieu, je ne pensse jà à encoupper le roy d'Engleterre ne le comtesse de Sallebrin de nul villain reproche. Et pour continuer l'istore et aouvrir la verité de le matere par quoy touttez bonnez gens en soient apaisiet et sachent pourquoy j'en parolle et ramentoy maintenant ceste amour, voirs est que messires Jehans li Biaux maintient par ses *Cronikes* que li roys englès assés villainnement usa de ceste damme et en eult, ce dist, ses vollentez si comme par forche. Dont je vous di, se Dieux m'ait, que j'ai moult repairiet et converssé en Engleterre en l'ostel dou roy principaument et des grans seigneurs de celui pays més oncques je n'en oy parler en nul villain cas. Si en ai je demandé as pluisseurs qui bien le sceuissent se riens en euist esté. Ossi je ne poroie croire et il ne fait mies à croire, que ungs si baux et vaillans homs que li roys d'Engleterre est et a esté, se dagnaist ensonniier de deshonnerer une sienne noble damme ne .I. sien chevalier qui si loyaument l'a servi et servi toutte se vie. Siques d'ores en avant de ceste amour je me tairay et revenray au comte Derbi et as seigneurs d'Engleterre qui se tenoient en Bourdiaux et s'i tinrent toutte le saison et l'ivier enssuiwant, chevauchant à le foix de l'un à l'autre et regardans à leurs fortreches. Et possessèrent assés paisivllement dou pays conequis et raquis à yaux.

(Amiens, II, 331)

LIVRE II
(années 1379-1385)

Rédaction du manuscrit de New York
Pierpont Morgan Library M.804

Texte, édition et notes
par
Peter F. Ainsworth

INTRODUCTION AU DEUXIÈME LIVRE

Manuscrits et principes d'édition

Ce sont toujours les grandes éditions de l'Académie Royale de Belgique et de la Société de l'Histoire de France qui offrent aux chercheurs le plus de renseignements ainsi que le meilleur texte complet actuellement disponible du deuxième Livre. Leurs éditeurs ont eu recours, tous deux, à un manuscrit reconnu à juste titre comme en étant le témoin le plus ancien : le ms. Vossius MS fol. gall. 9 II de la Bibliothèque de l'Université de Leyde (terminé vers 1403-1404)[1].

Le texte du manuscrit de Leyde occupe à peu près trois volumes d'environ trois cents pages chacun dans l'édition de la SHF (les tomes IX-XI, à partir du § 83 du tome IX). Écrit en un français dont les traits picards,

---

1. Décrit par J.P. Gumbert, « Medieval Manuscripts in French in the Leiden University Library : A Handlist », dans P.R. Monks et D.D.R. Owen éd., *Medieval Codicology, Iconography, Literature, and Translation. Studies for Keith Val Sinclair*, E.J. Brill (Leyde-New York-Cologne, 1994), 28-47 (p. 38) : « Jean Froissart, Chroniques, Book II. Added at the end (in another hand) : letters from Henry of England to Louis of Orléans, 1402-1403 (fol. 224-229v). Early 15th century. Parchment, 229 fols. (quires 8s, mainly hair-side out), 285 x 217 mm. C.35 lines on c. 240 x 165 mm. (margins : top 17, inner 24). Full plummet ruling (unclear), written above top line. Foliation. *Littera cursiva* (the added text in *littera cursiva libraria*). Undecorated red and blue initials, simple line fillers, marginal decoration fol. 1. Binding : 18th-century Russia leather. POSS[essor]. : Paul Petau [†1614] ; etc. BIBL : *Œuvres de Froissart*, publ. par Kervyn de Lettenhove, I[2-3], 1873, pp. 365-6, 415 ».

y compris bien sûr l'orthographe, sont assez accusés, il propose un texte cohérent mais parfois diffus et redondant. Il était donc légitime, au moment de choisir notre propre témoin, de faire connaître pour la première fois le texte d'un des manuscrits dérivant du manuscrit de Leyde, mais qui élague de celui-ci la plupart de ses redondances et longueurs, sans rien enlever de l'essentiel de sa source. Au manuscrit de Leyde, par conséquent, nous avons préféré un codex appartenant à la même branche, mais ayant subi des remaniements de détail et des retouches parfois subtiles ressemblant à autant d'interventions de la part d'un *secrétaire de rédaction* à la fois astucieux et intelligent. Il s'agit d'un manuscrit qui remonte au début du premier quart du XVe siècle, aujourd'hui conservé à New York dans les fonds de la Pierpont Morgan Library sous la cote M.804.

Une deuxième raison déterminant notre choix a été la clarté de la langue de ce manuscrit, ainsi que la relative transparence, pour un public moderne, de son orthographe. On trouvera plus loin, cependant, des épisodes-variantes que nous avons pris au manuscrit de Leyde.

S'agissant d'une nouvelle édition, nous terminons cette Introduction sur une présentation du manuscrit, sous forme de « fiche technique » détaillée. Elle retiendra surtout l'attention des romanistes. Pour les lecteurs moins curieux de faits de codicologie, nous passons tout de suite à une courte analyse de l'intérêt narratif, historique et littéraire de notre texte.

Le deuxième Livre des Chroniques *:
intérêt littéraire et historique*

Michel Zink a bien raison : il est possible et même nécessaire de reconnaître les différences fondamentales séparant les premier et deuxième Livres des *Chro-*

niques des troisième et quatrième. Il s'agirait de deux grands livres, en fait, dont le premier aurait toutes les caractéristiques d'un récit de présentation historique, chronologique, alors que le deuxième aurait plutôt le caractère de mémoires personnels [1].

Le deuxième Livre proprement dit n'est pas, pour autant, le simple prolongement chronologique et narratif du premier. S'il est fort difficile de déterminer où, exactement, prend fin le premier Livre [2], les critiques sont unanimes à penser que le *deuxième* commence, vraiment, avec les troubles de Flandre. Davantage que le premier, le deuxième Livre des *Chroniques* est pour ainsi dire le théâtre de l'insécurité et de l'angoisse. Ceci est dû, en partie, aux événements racontés eux-mêmes. Nous en sommes, ici, au récit que nous donne Froissart de révoltes et de soulèvements populaires qui couvaient depuis quelques années, mais qui ont éclaté entre 1380 et 1382. Qui plus est, les révoltes évoquées sont le symptôme de troubles sociaux et économiques affectant les pays qu'il connaissait le mieux : le sud-est de l'Angleterre, la capitale française, enfin et surtout la Flandre.

Nous retrouvons ici, pourtant, des couples binaires analogues à ceux qu'a commentés plus haut George Diller à propos du Livre Ier. Au cœur du deuxième Livre se développe l'histoire de la longue lutte envenimée entre la municipalité de Gand et le comté de Flandre, fief direct de la couronne de France ; de la rivalité économique opposant la ville de Gand à sa grande rivale, Bruges ; et des rixes homicides entre familles de démagogues à Gand, l'enjeu en étant la suprématie économique et politique à Gand. Dans cette partie des *Chroniques* se laisse deviner l'avènement, peut-être, d'une forme d'avancement social qui ne doit rien à la *prouesse* des chevaliers capables de se faire monter en

---

1. Voir plus haut, Introduction générale, p. 14.   2. Voir notre étude, « Froissart and his Second Book », dans Christopher Allmand (éd.), *War, Government and Power in Late Medieval France*, Liverpool University Press (Liverpool, 2000), pp. 21-36.

rang par la force de leurs bras et leur énergie nbmilitaire ; il s'agit, en revanche, et en tout premier lieu, d'égalitarisme : celui de prêtres Lollard comme John Ball, qui entrevoient au moins la possibilité du rétablissement sur terre du règne de la justice divine, sous forme apparente d'abolition de tout privilège, de toute distinction sociale ou économique. Plus de gentillesse, plus de gentilshommes. La crise des gages et du marché du travail, et l'imposition de nouvelles taxes dont a besoin le gouvernement pour financer des expéditions militaires en France de moins en moins couronnées de succès, sont à la racine de ces mouvements populaires, mais l'ancien rêve millénariste, « hérétique » selon l'Église officielle, est bien au centre des préoccupations de beaucoup des révoltés anglais de 1381. L'Église elle-même, bien sûr, est le théâtre, à partir de 1378, de cette lutte fratricide qu'est le Grand Schisme, entre urbanistes et clémentistes.

C'est ce qui donne tout son prix à une autre opposition présente dans notre texte, celle qui distingue l'homme de probité de l'opportuniste ou du pragmatiste. Nous pensons à la dignité dont s'entoure l'infortuné Jean des Marès, exécuté sans jugement (et sans cause véritable) par les oncles du roi de France, comme bouc émissaire à la fin des émeutes à Paris en 1380. On peut le comparer, négativement, à un Guisebrecht Mathieu ou un Jan Yoens de Gand. Ces derniers, d'ailleurs, nous sont dépeints de façon à nous faire partager les angoisses de tout démagogue pris dans les engrenages d'une situation politique de plus en plus exaspérée, et obligé de jouer le tout pour le tout. Les Mathieu s'alignent, finalement, sur les fortunes – à long terme plus fiables – du comte de Flandre, alors que le destin de Yoens est de se trouver, en fin de carrière, au sommet d'une hiérarchie communale dominée par la terreur et la contrainte, et qui ne mène nulle part. La *nouvelleté*[1] que représentent la suprématie toute provi-

---

1. Terme fort péjoratif sous la plume du chroniqueur et de presque tout clerc écrivant pendant ce siècle.

soire des *blans chaperons* et l'oligarchie bourgeoise des Gantois, ne peut être tolérée pour longtemps. Elle met en danger jusqu'aux fondements de la société chrétienne, et de l'ordre voulu par Dieu.

Entre-temps, Froissart nous fait ressentir l'angoisse des populations urbaines sujettes à la famine, et contraintes d'agir au gré des affinités et fortunes changeantes de leurs dirigeants. C'est ainsi que nous suivons les femmes et enfants expulsés des villes prises par assaut, et envoyés ailleurs quémander leur pain.

Autre « nouvelleté » de ce texte, la présence discrète mais active de certaines *povres femmes*, dont le comportement se révèle, à lire de plus près le texte du chroniqueur, ambivalent pour ne pas dire ironique : celle qui, à Bruges, donne abri et protection à son seigneur en fuite après la débâcle du 3 mai 1382 ; elle le reconnaît facilement pour l'avoir vu, fort souvent, au moment de chercher l'aumône devant son palais (commentaire en sourdine sur le refrain de *Dives et Lazare*...) ; celle qui, la veille de la bataille de Rozebeke, sort de la tente de Philippe van Artevelde à minuit pour entendre la clameur des démons qui se préparent à recueillir, le lendemain matin, les âmes des miliciens flamands et des chevaliers français, toutes distinctions sociales confondues ; la « simple » femme d'Audenarde, enfin, plus intelligente que les soldats du guet, qui essaie de prévenir ceux-ci d'un assaut nocturne imminent de la part d'un contingent de Gantois, et qu'on taxe d'étourderie, de naïveté et d'ignorance.

On peut les comparer, ces femmes, et pourquoi pas, à cette reine de Naples contrainte de chercher appui auprès du pape Clément VII, pour que celui-ci défende ses intérêts dynastiques contre Charles de la Paix. L'*advocatus* que lui donne le saint pontife est le fort ambitieux Louis d'Anjou. Paraissent aussi dans le deuxième Livre ces deux héritières de Castille, enjeux des fortunes respectives d'un comte de Cambridge, d'un duc de Lancaster, et finalement d'un roi de Portugal.

Insécurité des princes : Giangaleazzo Visconti de Milan, qui va jusqu'à faire assassiner (discrètement) son oncle Bernabó, pour régner tout seul et sans crainte d'intervention de la part de celui-ci, sur ses États à Milan et ailleurs en Lombardie. Le duc de Bretagne, qui craint de faire confiance à ses propres barons, et se trouve contraint à un jeu sournois vis-à-vis de ses alliés anglais.

Insécurité aussi des petits seigneurs ou courtisans. N'oublions pas que notre texte s'ouvre sur les incertitudes et troubles de conscience du seigneur de Mussidan, tiraillé entre sa loyauté aux Anglais, comme natif de la Gascogne, et son désir de reconnaître quand même la souveraineté-lige du roi de France.

Montons surtout en épingle, pourtant, la longue épopée qui oppose Louis de Male, comte de Flandre, au dernier des grands capitaines et *regards* de Gand, Philippe van Artevelde, lui-même fils du démagogue Jacques. Le portrait que fait Froissart de Philippe n'est pas dépourvu de respect. La carrière bien brève et assez tourmentée de cet homme le fascine, que ce soit à cause de l'ingénuïté dont fait preuve Van Artevelde pour sortir de toute impasse militaire ou diplomatique, la qualité remarquable de sa rhétorique (ou de son style épistolaire !), ou sa capacité de saisir l'occasion d'un moment propice, et d'en profiter au maximum. Les discours impressionnants et parfois émouvants de Van Artevelde sont, bien sûr, inventés par le chroniqueur – à moins qu'il n'ait assisté, par exemple, à cet entretien entre Philippe et sa compagne dans leur tente, la veille de Rozebeke ! Mais les paroles qu'il lui prête, tout au long de cette partie du deuxième Livre, sont autant de signes du respect du chroniqueur, et de sa reconnaissance du rôle fort important joué dans le conflit par un homme courageux et intelligent, quoique inexpérimenté [1]. Froissart est sensible, aussi, à la

---

[1]. Nous songeons, par exemple, à ses tentatives pour ravoir de Richard II une somme d'argent prêtée quarante ans plus tôt à Édouard III, par le père du capitaine.

dignité de l'homme, et nous fait un portrait somme toute sympathique de la compassion dont fait preuve le capitaine gantois devant le spectacle de son peuple réduit à la misère, à la disette, et à la rétribution inéluctable de leur comte ou du suzerain de celui-ci.

Il y a, dans cette lutte pour un degré d'indépendance à l'égard des structures et autorités féodales, une certaine grandeur. Mais Froissart reconnaît bien, en même temps, la folie de l'entreprise, vouée qu'elle est à un échec sanglant. Néanmoins, son insistance sur l'*hubris*, et sur la *nemesis*, et du comte de Flandre et du capitaine gantois, laisse à réfléchir, dans l'économie totale des *Chroniques*. Elle anticipe, peut-être sur certains portraits politiques des troisième et quatrième Livres, et de la dernière rédaction du Ier.

Le deuxième Livre est aussi le théâtre des conflits militaires entre Français et Anglais, Anglais et Écossais, Anglo-Gascons et Français, et Castillans et Portugais et leurs alliés respectifs. Sous cet angle aussi, notre texte nous réserve, sinon des surprises, du moins quelques notations un peu particulières à celui-ci. Si Froissart se complaît à nous dépeindre la splendeur armoriée de l'*ost* du comte de Buckingham, pendant sa grande chevauchée (largement inutile, d'ailleurs) de 1383, il nous montre aussi les aspects les plus rudes de la guerre. Il nous fait assister à l'inquiétude des lieutenants de Buckingham, par exemple, incapables de trouver de l'eau potable en Beauce, ou à court de fourrage pour les chevaux. Si, plus tard, les chevaliers français choissisent le chemin le plus direct (et partant, le plus probe) pour aller en Flandre en 1382, ceci ne les préserve ni du froid, ni de la boue [1].

---

[1]. Voir le § 76, où Froissart nous décrit comment les premiers chevaliers français à traverser la Lys durent se tenir « tous quois dedens les marès et en l'ordure et boe jusques aux chevilles, et aucuns jusques emmy jambe ». Il enchaîne : « Or regardez la paine qu'ilz orent quant en ces longues nuis d'iver, toute nuit en leurs armeüres estans sur leur piés, les bacinés sur leurs testes, ilz furent là sans boire et sans mengier ».

Son évocation « en trois dimensions » de la confrontation des bataillons français et des milices flamandes, au commencement de la bataille de Rozebeke, est inoubliable. Mais il veut nous faire partager la terreur et le courage des Flamands, serrés les uns contre les autres, les bras liés pour s'empêcher de céder devant une charge de la part des chevaliers français, flamands et bourguignons[1]. Si ce sont les épées de Bordeaux et les fers de glaives des chevaliers qui ont raison, enfin, des bâtons ferrés et des *hoquetons* des milices, si les hommes de Gand se trouvent *empalés* et *cousus* par les armes blanches des représentants droituriers du rétablissement de l'ordre, le chroniqueur semble frémir d'émotion devant un spectacle qui, au fond, l'épouvante.

Épouvante, aussi, chez le chroniqueur et son lecteur, lors de sa description de certaines atrocités ou actes de sang-froid qui nous semblent bien loin de l'esprit de chevalerie prévalant ailleurs dans son texte. Il est vrai que nous y assistons à plusieurs *joutes amoureuses* (Lancelot de Lorris et Gauvain Micaille...), mais nous sommes témoins aussi des menaces de torture qui permettent à Aimerigot Marcel de s'emparer du château de Valon. Ailleurs dans notre texte, le portier du château d'Alaise a la tête toute transpercée d'un carreau d'arbalète ; or, le chroniqueur s'arrête le temps de nous dépeindre la détresse de sa femme, *toute esgarée delez lui*. Lui prenant les clés du château, nous dit Froissart, les routiers la mettent dehors sur le chemin. Nous laisse songeur aussi tout ce que recouvre la petite phrase « quatre jours plus tard », décrivant la mort de Thomas de Rodez, tué *d'un vireton parmy le bacinet tout oultre*. Et Froissart de faire allusion aux Flamands qu'on va chercher, pour les tuer, jusque dans les moulins et églises[2].

À Rome, ce sont les pauvres clercs, *qui coulpes n'y*

---

1. Cette tactique est expliquée dans un fragment de discours direct attribué à Philippe d'Artevelde : § 87.   **2.** Voir le § 78.

avoient, qui font les frais des combats entre les mercenaires de chacun des deux papes. À Tournai, on va à la recherche d'urbanistes à emprisonner, et à Courtrai le roi de France et ses chevaliers se vengent, sur la ville, d'une célèbre défaite vieille de quatre-vingts ans. C'est ce genre de situation qui nous aide, peut-être, à gloser l'axiome cynique qu'on nous propose quelque part ailleurs dans le deuxième Livre : *il besoingne bien à un lignage qu'il y ait des folz et oultrageux pour soustenir les paisibles*.

Dans notre texte, la guerre est une affaire de paroles et de diplomatie, autant que de combats, embuscades et escarmouches. Qu'on songe, par exemple, au sort peu enviable réservé à certains de ces intermédiaires en principe neutres que sont les messagers et hérauts[1]. Relevons en particulier l'épisode mettant en scène Pierre Bournesel, envoyé en Écosse comme messager plénipotentiaire de Charles V avec ordre de se comporter partout en public comme un émissaire royal. Se trouvant à l'Écluse où il attend passage et vent favorable, il y mène donc une vie de grand seigneur, mais attire bientôt sur lui l'attention malveillante du bailli de Flandre, qui en reparle au comte. Celui-ci oblige Bournesel à venir s'expliquer à Bruges. Bournesel croit bon, et sage, de se rendre prisonnier du comte. C'est une erreur de tactique, et qui met hors de ses gonds Louis de Male. Le comte se plaît à l'accuser de l'avoir boudé pendant son séjour à l'Écluse, tandis que son hôte, le très cynique duc de Bretagne, s'en mêle en accusant Bournesel de comportement égoïste et hypocrite. Apprenant qu'il est guetté aussi par des espions anglais, Bournesel retourne en France et raconte à son souverain le mauvais traitement qu'il vient d'essuyer en Flandre. Il se voit défier, du coup, par un chevalier hainuyer à la cour, Jean de Ghistelles, etc.

En fin de compte, le portrait de la guerre, et des

---

1. Voir en particulier les §§ 69-71 de notre texte.

luttes urbaines et de leurs enjeux, que nous propose Froissart dans le deuxième Livre des *Chroniques* est beaucoup moins uniforme, et moins conventionnel à certains égards, qu'on aurait pu le croire. Pour en juger la valeur proprement historique, il faut bien sûr consulter d'autres chroniques et documents de l'époque, ainsi que le Sommaire de l'édition de la SHF.

Fiche technique : le manuscrit M.804 de la Pierpont Morgan Library

Composé de 363 feuillets de vélin de la meilleure qualité, le manuscrit M.804 fut copié entre 1404 et 1410[1]. En revanche, les rinceaux entourant le texte ainsi que la miniature du premier feuillet ont pu être exécutés à une date plus tardive, peut-être vers 1418-20. Les feuillets 1 à 260 contiennent un très bon texte de la « première rédaction proprement dite » du premier Livre des *Chroniques* (qui est, à notre avis, la première version composée en prose)[2]. Le dernier tiers du codex (ff. 265 à 363, ainsi que la Table des chapitres du Livre II qu'on trouve aux ff. 261-264v) offre le texte de ce que KL appelait la « première série de la première rédaction du deuxième Livre ». Gaston Raynaud croyait, au contraire, que le deuxième Livre n'avait connu qu'une seule rédaction, tout en reconnaissant que celle-ci embrassait plusieurs « branches » différentes, caractérisées chacune par de petits écarts

---

1. Voir notre étude, « A Parisian in New York : Pierpont Morgan Library MS M.804 Revisited », dans D.J. Adams et A. Armstrong (éditeurs), *Text and Image : Studies in the French Illustrated Book from the Middle Ages to the Present Day*, numéro spécial du Bulletin of the John Rylands University Library of Manchester, vol. 81, No. 3 (Manchester, 1999), pp. 127-151. 2. C'est le texte qu'édite Robert Sanderson ; au contraire du texte du deuxième Livre, celui du premier ne comprend pas de table des chapitres.

de détail : *incipits*[1], *explicits*[2] ou chapitres intervertis, omis, retranchés ou ajoutés.

Le manuscrit M.804 a été copié d'après un modèle picard dont il conserve quelques traces ; en gros, pourtant, son moyen français est relativement peu marqué. Quelques traits seulement l'apparentent au bourguignon et au picard. Comme nous l'avons dit plus haut, le texte du deuxième Livre que procure ce manuscrit dérive de la version la plus ancienne que nous ayons conservée, et que nous connaissons par trois manuscrits (les MSS *A* 1, *A* 2 et *A* 3 respectivement) appartenant à ce que Raynaud désignait la « première famille des manuscrits de la rédaction primitive » : le manuscrit Vossius F 9 II de la Bibliothèque universitaire de Leyde, terminé vers 1403-1404[3] et édité par Raynaud (à partir de son § 83) et Kervyn de Lettenhove ; le manuscrit de Bruxelles, B.R., IV 1102[4] ; et l'ancien MS 148 de la Bibliothèque de Lord Ashburnham, aujourd'hui B.N. nouvelles acquisitions françaises, 9606[5].

---

1. Premiers mots d'un manuscrit ; servent à en identifier, souvent, la famille ou rédaction. **2.** Derniers mots du texte d'un manuscrit (etc.) ; parfois suivis d'un colophon ou envoi de la part du copiste. **3.** Voir p. 691, n. 1. **4.** L'ancien Cheltenham 1277 de la collection Phillipps, complément, d'après M.-H. Tesnière, de deux manuscrits terminés en juillet 1413 à Jagny par son copiste Raoul Tainguy et qui a appartenu à Arnaud de Corbie, Chancelier de France : B.N. fr. 6474-75 (Livres I et III). Le f. 233v du MS de Bruxelles porte la signature très effacée de Philippe de Corbie. Lui aussi fut copié par Raoul Tainguy. Voir M.-H. Tesnière, « Les manuscrits copiés par Raoul Tainguy. Un aspect de la culture des grands officiers royaux au début du XVe siècle », *Romania* t. 107, fasc. 426-7 (1986), pp. 282-368 ; p. 298 ; cf. pp. 287-92 et 300-08, ainsi que les pp. 324-7, 329-31, 352-9 des Notices de cet article. **5.** B.N. n.a.f. 9604-9606. *Chroniques* de J. Froissart. Exemplaire avec les interpolations de Raoul Tainguy. Cf. L. Delisle, « Vente des manuscrits du comte d'Ashburnham », dans *Journal des Savants*, août 1899, p. 493-500 ; p. 493, n° VI. XVe siècle. Parchemin. 420, 254 et 227 feuillets, à 2 col. 412 sur 318, et 438 sur 318 millimètres. Demi-reliure. Livre II : n.a.f. 9606 : 227 feuillets de 435 sur 318mm. Orné de *cadels* (paraphes du scribe). Se termine au f. 227v avec la correspondance entre Henri IV d'Angleterre et le duc d'Orléans (1403). Réglure au bistre. 2 col. de 50 lignes chacune mesurant 93mm sur 295mm. Cahiers de 8 à mots-vedettes. Foliotation en chiffres arabes. Pas de Table.

Introduction au deuxième Livre

D'après Gaston Raynaud, le manuscrit M.804 (qu'il connaissait comme le manuscrit 206 de la bibliothèque de Lord Mostyn, Mostyn Hall, Pays de Galles, et auquel il donna le sigle *A 5*) relevait de la deuxième

---

Titres des chapitres à l'encre rouge ; lettrines rehaussées d'or sur fond bleu ou magenta décoré d'arabesques en blanc. Le costume des personnages de la première miniature, f. 1, rappellerait à notre avis les styles masculins du premier quart du quinzième siècle. D'après Ch. Sterling, en revanche, cette miniature daterait du milieu du quinzième siècle (*La Peinture médiévale à Paris 1300-1500*, t. II, Bibliothèque des Arts, Paris, 1990. La miniature se trouvant au 1er folio de B.N. n.a.f. MS 9604, Premier Livre, y est reproduite, p. 118, Fig. 114, et attribuée, dans un chapitre consacré au peintre André d'Ypres [dit le Maître Guillaume de Jouvenel des Ursins], pp. 116-131, à un « enlumineur travaillant pour René d'Anjou » : à gauche, Froissart offrant son ouvrage au roi de France Charles VI ; à droite, le roi d'Angleterre et ses conseillers. « Après 1453 [vers 1455-1460] »). Sterling suit C. de Merindol (*Le Roi René*, 1987, pp. 182, 305 et 310, Fig. 156 ; les « flammes » et la « couronne d'épines », emblèmes du roi René, qui ornent la bordure de ce frontispice, indiqueraient cette période) en proposant une date postérieure à 1453 pour le frontispice du tome II (n.a.f. 9606 ; Sterling Fig. 115). Pour E. König, *Französische Buchmalerei um 1450. Der Jouvenel-Maler, der Maler des Genfer Boccaccio und die Anfänge Jean Fouquets*, Gebr. Mann Verlag, Berlin, 1982, pp. 201-3 et fig. 49, la miniature du premier folio de n.a.f. 9604 remonterait plutôt à 1435 et serait l'œuvre d'André d'Ypres. Bien que les costumes masculins nous semblent caractéristiques du premier quart du quinzième siècle, nous devons reconnaître que l'encadrement de cette miniature est plus typique du milieu du siècle. D'après Tesnière, art. cité, p. 287, la décoration de ces MSS daterait des années 1450. Leur écriture n'est pas attribuable à R. Tainguy. *Rubrique* (9606) : « Ci commence le second volume des Coniques de France et d'Angleterre et des guerres qui y sont advenues, et aussi pareillement des autres guerres qui sont advenues es païs d'Espaigne, d'Italie, de Guienne et de Bretaigne, faictes et compilées par noble personne mess. Jehan Froissart. » *Incipit* : « Vous avez bien ci dessus ouy parler et recorder comment le sire de Muciden se tourna françois par la prinse où il fut, à Ymet en Gascoigne, et comment il vint en France veoir le roy de France. Et sejourna bien un an ou plus à Paris, et tant y fut que il y print tresgrant desplaisance. » *Explicit*, fol. 222 : « Et François Actremen se tint et demoura à Gand, mais longuement ne fut ce point. Car il advint de lui tout ce que Pietre du Bois lui signifia et dist au departir de la bonne ville de Gand. »

famille de ce qu'il appela la rédaction primitive. Cette famille ne comprenait que deux témoins, le deuxième en étant le manuscrit British Library Arundel 67.II, auquel nous avons eu recours pour éclaircir certains passages du texte de New York présentant soit une lacune soit une leçon mauvaise.

Nous avons dit plus haut que le texte du manuscrit M.804 (deuxième Livre) est bien plus concis que celui proposé par sa source. Son texte occupe seulement 300 pages environ de l'édition présente, tout en recouvrant l'ensemble du récit contenu dans celle-ci ; nous avons pu, par conséquent, en faire connaître la totalité. Dans notre texte, nous reproduisons les rubriques du manuscrit, ainsi que la mention du feuillet en cours, mise entre crochets en caractères gras.

Description du manuscrit M.804

Jean Froissart, *Chroniques*. Livres I et II (années 1326-1385). Deux feuillets de garde en papier (pas de filigrane visible) ; trois feuillets de vélin blancs mais réglés, numérotés de iii à ix. En haut et à droite du f. vi on lit : « Le livere ffaicte par maystre J Froissarte » ; au verso, au crayon : « Pierr ffontenoy ». Au haut et au centre du verso du f. ix on lit, dans une écriture du seizième siècle : « Hunc Librum Gulielmo Cecilio, equiti aurato, donavit fidelissimus amicus suus, T. Buckehurst ». En dessous (écriture du dix-neuvième siècle) on lit : « Chroniques de Jean Froissart ». Manuscrit illuminé du début du quinzième siècle écrit en *littera cursiva* en encre rouge et noire. 363 feuillets de vélin très fin. 369mm x 275mm. Premier Livre : 49-50 lignes de texte sur deux colonnes, chacune de 90mm x 275mm ; deuxième Livre, 38-39 lignes sur deux colonnes, chacune de 75mm x 240mm. Mots-vedettes en bas du verso des feuillets (cahiers de huit). Quelques déchirures réparées (par ex. au f. vii). Deux grandes miniatures (ff. 1 et 265) et 31 miniatures occupant le tiers environ de la hauteur d'une colonne, dont 24 pour le premier Livre et 7 pour le deuxième. Beaucoup des miniatures du premier Livre sont accompagnées de bannières armoriées dessinées et peintes, montées sur des hampes continues. Elles occupent une partie des marges ou de l'espace entre les colonnes d'écriture.

Reliure : 380mm x 277,5mm. Folio, maroquin naturel du Levant, par M. D. Lahey. Caisse « solander » bourgogne foncé. Ex-libris de Sir Thomas Mostyn, de Cortlandt Field Bishop et de John Pierpont Morgan, plus une étiquette portant la mention : « Purchased from the Lewis Cass Ledyard Bequest 1938 ».

F. 1 : grande miniature de 123mm x 197mm occupant le tiers supérieur du feuillet. *Rubrique* : « Ci commencent les croniques que fist maistre Frossart, qui parlent des nouvelles guerres de France et d'Engleterre, d'Escoce et d'Espaigne, Lesquelles sont devisées en quatre parties. Le prologue ~ »

Grande lettrine (« A ») contenant les armoiries de Pierre de Fontenay, seigneur de Rance : *de sable, semé de trèfles d'argent au léopard lionné du même*, reprises dans la marge de droite. Encadrement à rinceaux sous forme de feuillage vert, orné de petites fleurs roses et jaunes[1]. À l'intérieur des boucles formées par l'entrelacement des rinceaux on lit la devise de Pierre de Fontenay : « Nulle aultre », dont chaque mot est peint, alternativement, en lettres bleues et roses. En bas et en haut de la page, les armoiries de Fontenay[2] accompa-

---

1. Cf. l'encadrement et la miniature du manuscrit le plus ancien du *Paradis de la reine Sybille* d'Antoine de la Sale (Musée de Chantilly, *c.* 1436-7). Nous devons ce renseignement à Monsieur Roger Wieck, Associate Curator, Department of Western MSS, Pierpont Morgan Library, New York, d'après qui l'encadrement ne peut pas être antérieur à 1418/20. Même opinion chez Jonathan Alexander, professeur à Yale, que nous avons pu consulter lors d'un séminaire à New York University.   **2.** Armoiries apparentées à celle de la célèbre famille de Joinville, dont relevait M. de Broyes.

gnent celles de sa femme Marie de Broyes : *d'azur, à trois broies d'or*.

Contre un fond d'échiquier or, rouge et bleu, on voit évoluer des personnages sur la terrasse d'un château ou palais à plancher de tuiles vertes et à créneaux rose clair ; au loin, on aperçoit quelques arbres et rochers stylisés, style fin du quatorzième siècle. Y sont représentées deux scènes en principe distinctes mais se déroulant sur la même terrasse. Il s'agit de deux moments clés marquant comme le début et la fin des *Chroniques*[1] : à droite, arrivée à la cour de Charles IV en 1326 de la reine d'Angleterre Isabelle de France, accompagnée de son jeune fils, le futur Édouard III ; à gauche, le chroniqueur présente au roi Richard II d'Angleterre un volume de ses poésies (métaphoriquement, comme l'a bien vu M. Zink[2], de son œuvre et de lui-même) lors de son dernier voyage en Angleterre en 1395. Les costumes masculin et féminin, ainsi que l'armement militaire dépeint dans les autres miniatures suggèrent une date entre 1395-1425 pour l'exécution de celles-ci, hypothèse étayée par les remarques de Léon Mirot concernant la langue et la *scripta* du manuscrit[3].

> *Incipit* : « Afin que honorables avenues et nobles aventures, fais d'armes par les guerres de France et d'Engleterre soient notablement registrez et miz en memoire perpetuel, parquoy les preux ayent exemple de eulz encouragier en bien faisant, je vueil traittier et recorder l'istoire et matiere de grant loenge, mais ains que je le commence, je requier au sauveur de tout le monde qui de néant créa toutes choses, qu'il vueille créer et mettre en moy sens et entendement si vertueux que ce livre que j'ay commencié, je le puisse continuer et perseverer en tele maniere que tous ceuls et celles qui le lirront, verront et oeront y puissent prendre esbatement et plaisance, et je escheir en leur grace. (etc.) »

---

1. M. Zink, *Froissart et le temps*, PUF, Paris, 1998 ; ch. VI, p. 89-110.　**2.** Id., p. 19.　**3.** Ainsworth, art. cit., p. 137.

Les chapitres s'annoncent par une brève description de leur contenu à l'encre rouge, sous forme de titre numéroté. Le copiste responsable de ces rubriques s'est trompé de compte au moins deux fois, de sorte que certains chapitres s'en trouvent mal numérotés. Nous avons cru bon, en tout cas, de respecter l'ordre des rubriques dans le manuscrit[1]. La lettre initiale de chaque chapitre est invariablement ornée, assumant la forme (1) d'une initiale de 10mm x 10mm en or poli sur fond carré bleu ou rose, rehaussé de dessins à la plume, en blanc ; ou (2) d'une lettrine de proportions plus grandes contenant les armoiries de Pierre de Fontenay ; ou (3) d'une lettrine pareille à la précédente, mais mettant en vedette les armoiries conjointes de Fontenay et Broyes. On rencontre aussi, enfin, (4) quelques lettres initiales en or poli de plus grand format, majoritairement sur fond bleu, mais sans armoiries[2].

> *Explicit*, premier Livre : « Et se retrairent tous ces gens par deçà le clos que on dist de Constantin, et tindrent les François frontiere au Pont Dune[3], à Carenton, à Saint Leu et par toutes les forteresces sur l'enclos de Constantin » (f. 258).

---

1. Voir, p. ex., les §§ 93 et 94.   2. Initiales contenant les armoiries de Fontenay : 17, entre 18 x 18mm et 32 x 32mm (on les trouve surtout dans le premier Livre, aux ff. 46, 54, 72, 87v, 101v, 108, 112, 117, 123, 134v, 139, 197, 202v, 236 et 243 ; dans le deuxième, aux ff. 298v et 315) ; initiales contenant les armoiries de Fontenay et Broyes : 9, entre 20 x 20mm et 30 x 30mm (premier Livre seulement, aux ff. 44v, 128, 138v, 140v, 142v, 169, 177, 182 et 257) ; armoiries de Broyes seules : 1 seule lettrine de 20 x 20mm (premier Livre, au f. 115) ; initiales d'or poli sans armoiries : 5, entre 25 x 25mm et 30 x 30mm (premier Livre, aux ff. 99 et 173 ; deuxième, aux ff. 329v, 338 et 347v) ; enfin, quatre grandes initiales représentant la lettre « I », d'un format très particulier et qu'on retrouve dans un lectionnaire du style de Rheims, PML MS M.512 : 4, entre 40 x 40mm et 65 x 65mm de haut (premier Livre seulement, aux ff. 34, 107v, 111 et 150v).   3. Delisle propose de lire : « D'Uve ».

Il n'y aucune Table des chapitres pour le premier Livre.

Table des chapitres, deuxième Livre : ff. 261 à 264v.

Le deuxième Livre commence au f. 265 par une grande miniature de 153 x 174mm : le sire de Mussidan sortant des portes de Paris et s'approchant (accompagné cette fois de deux cavaliers) d'une ville anglaise fortifiée[1]. *Rubrique* : « Cy commence le second livre maistre Jehan Froissart, et contient le premier chapitre comment le seigneur de Moncident, gascoing, se parti de Paris et vint à Calais et se tourna englois. »

Incipit, deuxième Livre : « Vous avez bien cy dessus oÿ recorder comment le sire de Moncident se tourna françois par la prise où il fu pris à Ymet en Gascoingne, et comment il vint en France veoir le roy de France et sejourna bien un an ou plus à Paris ; et tant y fu qu'il prist desplaisance, (etc.) » (f. 265).

Explicit, deuxième Livre : « Si respondirent les oncles du roy à la duchesse de Brabant qu'elle feist la dame traire avant, et la duchesse au departement de Cambray promist que aussi feroit elle. Et aussi elle fist tant que le duc Fedric amena devers France la dame, fille du duc Estienne de Baviere, et disoient en chemin qu'ilz aloient en pelerinage à Saint Jehan d'Amiens. Toutes gens le supposoient bien, aussi qu'Alemans vont voulentiers en pelerinage, et l'ont eu et le tiennent de usage » (f. 363).

En bas du même feuillet on lit :

*« Cy fine le second livre
maistre Jehan Frossart
Iste liber pertinet »* [nom effacé]

---

[1]. Commentaire dans notre étude, « A Parisian in New York ».

Provenance et histoire

On a cru longtemps que le manuscrit M.804 avait été copié à Troyes en Champagne et enluminé dans la même ville par Guillaume de Bailly. Les quelques traits bourguignons de la langue du manuscrit viendraient étayer cette hypothèse, peut-être, mais les preuves matérielles nous manquent ; il est plus vraisemblable que le manuscrit ait été achevé dans un ou même deux ateliers différents à Paris, foyer où ont été copiés et enluminés le plus grand nombre des manuscrits des *Chroniques* aujourd'hui conservés. Notons en tout cas que les miniatures du premier Livre du manuscrit M.804 se distinguent nettement de celles du deuxième, même si certaines d'entre elles paraissent être le travail du même miniaturiste – pour le dessin de l'équipement militaire, du moins. Ajoutons que l'un des artistes ayant travaillé aux miniatures du deuxième Livre semble relever d'un atelier responsable de la décoration des célèbres Heures du Maître de Rohan[1].

Les armoiries de Pierre de Fontenay et de sa femme ont en toute probabilité été ajoutées au moment de l'achat par celui-ci du manuscrit, qui aurait pu être destiné – par l'auteur ou par l'atelier responsable de son exécution – à la vente. Un autre manuscrit, de la Bibliothèque Nationale, fournit des preuves certaines que Pierre de Fontenay achetait déjà des manuscrits en 1393 (année de son mariage)[2]. Nous croyons avec Roger Wieck et Jonathan Alexander, enfin, que l'encadre-

---

[1]. Cf. A. Varvaro, « Il libro I delle *Chroniques* di Jean Froissart. Per una filologia integrata dei testi e delle immagini », Medioevo Romanzo, XIX (1994), 3-36. Si nous fournissons ici tant de détails matériels à propos de l'iconographie du manuscrit de New York, c'est parce qu'il n'a jamais été édité et mériterait l'attention renouvelée des chercheurs. D'ailleurs, nous comptons parmi nos projets un CD-ROM et site Internet prenant comme point de départ le MS M.804 mais comprenant aussi une étude de manuscrits apparentés se trouvant à Paris et à Besançon. [2]. B.N. ms. f. fr. 1134 : c'est une compilation représentant, à nos yeux, le parfait *vademecum* du jeune marié : 1° *La Somme des vices et des vertus* (Frère Laurent) ;

ment à rinceaux fut le dernier élément ajouté à la décoration du codex, vers 1418-20 au plus tard, époque, peut-être, où Pierre de Fontenay aurait acquis son manuscrit.

Pierre de Fontenay est mort en 1427[1], date qui nous donne un *terminus ad quem* absolu pour les dernières phases de la décoration de M.804. Quant à l'établissement d'un *terminus a quo*, voici, d'abord, ce qu'en disait Léon Mirot en 1922 :

> À première vue, l'écriture du manuscrit présente tous les caractères de la fin du XIVe siècle ; les miniatures, par leur aspect général, par le costume des personnages, par certains détails typiques, tels que le fond quadrillé azur et or de la miniature placée en tête du premier livre, appartiennent, elles aussi, à une école qu'il paraît difficile de faire descendre plus bas que la fin du XIVe siècle. Ces premières constatations seraient suffisantes pour le dater des dernières années de ce siècle[2].

C'est dans ce même article que Mirot établit de manière probante une connexion entre (1) le premier Livre du manuscrit de New York et (2) les manuscrits B.N. MSS f. fr. 2640 – copié par Raoul Tainguy –

2° *Le Livre comment on aprent à bien mourir* ; 3° *Le Livre qui enseigne comment l'en doit garder le cuer en Nostre Seigneur* ; et 4° *L'Enseignement de phillosophes de celle clergie qui est appellée moralitez* (G. de Tignonville). Catalogue de la B.N., p. 191 : « Vélin, dessins ombrés, lettres ornées et blasonnées. XVe siècle ». Armoiries de P. de Fontenay aux ff. 1 et 14v ; de Fontenay-Broyes, aux ff. 31, 35 et passim. Au f. 207v nous trouvons l'ex-libris suivant, orné de *cadels* : « 1393. Ce livre cy est a mess Pierre de Fontenoy, chevalier, seigneur de Rance, conseillier et maistre d'hotel du roy », et, en dessous : « J'ay veu un contrat de vendre passé en l'an 1393 contenant Nicolas de Fontenay, chevalier, seigneur de St Liebault d'Origny et de Rance, avoir etc. ».

1. Archives Nationales [X1 a fos. 271vo 1480.], année 1427 : Pierre de Canteleu et Regnaud Dauriac, Maistres des Comptes, agissant sur le compte de « *feu* messire Pierre de Fontenay, chevalier, seigneur de Rance. » **2.** L. Mirot, « Notes sur un manuscrit de Froissart et sur Pierre de Fontenay, seigneur de Rance son Premier Possesseur, » *Bibliothèque de l'École des Chartes* LXXXIII (1922), 297-330 ; p. 302.

2657 (papier), 2662 et 2675 (qui contiennent tous un texte du premier Livre aux *incipit* et *explicit* comparables, et ornés de miniatures d'un même style général)[1]. Le manuscrit M.804, fait-il remarquer, offre le texte de la troisième catégorie de la première rédaction, selon le classement de Luce[2], alors que le texte de son deuxième Livre appartenait à la deuxième famille de la « rédaction primitive » de Gaston Raynaud, ce qui l'apparentait à un manuscrit de la British Library, Arundel 67.II[3].

Si l'exemplaire sur lequel le copiste du manuscrit M.804 a basé son texte du deuxième Livre fut bien (directement ou non) celui du manuscrit de Leyde, composé en 1403 au plus tôt[4], il en découlerait nécessairement que le codex de New York fut copié – sinon entièrement décoré – entre 1404 et 1406, ou, au plus tard, 1410.

Au début du seizième siècle, le manuscrit passa entre les mains de Thomas Sackville, comte de Dorset et baron Buckhurst (1520-1598), qui l'offrit en cadeau au Lord High Treasurer d'Élisabeth 1ère d'Angleterre, William Cecil, Lord Burghley. Burghley le vendit ou l'offrit au premier comte d'Aylesbury (mort en ?1655), et en 1687 il fut intégré aux collections de Sir Thomas Mostyn de Mostyn Hall[5], Flintshire, Pays de Galles. Acquis en 1920 lors de la vente des manuscrits Mostyn[6], par William Clarkson Van Antwerp de San Francisco, sous la cote « Mostyn 206 », il fut revendu en

---

1. Sur ce copiste truculent et peu indulgent à l'égard du *commun*, consulter l'article de M.-H. Tesnière. 2. Cf. SHF, t. I, p. xxxiv. 3. Ibid., t. IX, p. vii. 4. On se rappelle que le MS de Leyde renfermait une copie de correspondance entre Henri IV d'Angleterre et le duc d'Orléans, datée 1402-03. 5. 1690, d'après le Catalogue Cortlandt Field Bishop (voir n. p. 711). 6. *Item* 44, Catalogue de la vente Mostyn. Cf. L. Delisle, « Les MSS de Froissart de Lord Mostyn, » *Bibliothèque de l'École des Chartes* XXXV (1874), pp. 403 et 435. Delisle y reproduit (tr. en français) le c.r. du *FOURTH Report of the Royal Commission on Historical Manuscripts*, London, 1874. In-folio, xxiv + 856 p ; p. 357. Le catalogue Mostyn contient une planche en noir et blanc.

1922 et acheté par Cortlandt Field Bishop. Celui-ci le garda jusqu'en 1938, mais choisit de ou dut le revendre au mois d'avril de cette année. C'est ainsi que la Pierpont Morgan Library put l'acheter, enfin, grâce au legs L.C. Ledyard[1].

Pendant le long séjour que fit le codex en terres galloise et américaine, il fut effectivement perdu de vue par les éditeurs européens des *Chroniques*. Gaston Raynaud n'en prit connaissance, vers 1892-3, qu'à travers des photos en noir et blanc de trois de ses feuillets, seulement, qu'on lui fit parvenir[2]. Ce fut vers 1920-21, au moment où William Van Antwerp songeait à remettre son manuscrit sur le marché, que les antiquaires et médiévistes de Paris en prirent connaissance, grâce aux enquêtes insistantes menées par Mme G. Madison Millard, agissant au nom de W. Van Antwerp. Est conservé à New York un dossier renfermant des lettres échangées par Mme Millard avec plusieurs spécialistes qui, à l'époque, comptaient parmi les savants les plus éminents dans les domaines de la paléographie et de la codicologie médiévales : Léon Mirot, éditeur pour la SHF de la première moitié du troisième Livre des *Chroniques*, Max Prinet, grand spécialiste d'héraldique, Henri Martin, Administrateur de la Bibliothèque de l'Arsenal, Léon Gruel et H. Omont. En octobre 1921, le codex M.804 accompagna lui-même Mme Millard lors d'une visite à Paris. Elle le fit examiner par quelques privilégiés, mais il est clair d'après la correspondance conservée à New York que la plupart des spécialistes consultés durent se contenter de quelques photos en noir et blanc.

Dans son article de 1922, Léon Mirot confirma l'attribution des armoiries incorporées au f. 1 à Pierre de

---

1. *Item* 830, vente des MSS de Cortlandt Field Bishop, Prem. Partie, avril 1938 : description aux pp. 242-4 du Catalogue (qui attribue à « Rivière » le carton « solander »). **2.** SHF, t. IX, p. vii.

Fontenay[1], dont il résuma aussi la carrière. Personnage connu à la cour des ducs Valois de Bourgogne Philippe le Hardi et Jean sans Peur, Fontenay fut gouverneur des finances et maître d'hôtel sous Charles VI de France. Pendant la minorité d'Henry VI, roi de France et d'Angleterre, il servit comme conseiller et chambellan auprès du régent, Bedford. Mirot fit remarquer que Fontenay avait un beau-frère anglais, Richard Herbury, lui-même chambellan auprès du duc de Bedford. En 1426, Fontenay remplissait encore les fonctions de maître d'hôtel de Charles VI. Il recevait de temps en temps des dons de la part de Bedford et de ce grand bibliophile que fut Jean, duc de Berry. Ce fut peut-être grâce à son beau-frère Herbury que le codex traversa la Manche, après la mort de Fontenay, survenue en 1426 (1427 n.st.)[2].

P.F.A.

---

1. Les auteurs du Catalogue Mostyn s'étaient trompés à cet égard, croyant qu'il s'agissait de Thomas Holland.   **2.** Lettre de Mirot à Mme Millard du 25 février 1922, dossier de la Morgan Library.

[265r]

* *Cy commence le second livre maistre Jehan Frossart, et contient le premier chapitre comment le seigneur de Moncident, Gascoing, se parti de Paris et vint à Calais et se tourna englois*

§ 1. Vous avez bien cy dessus oÿ recorder comment le sire de Moncident se tourna françois[1] par la prise où il fu pris à Ymet en Gascoingne, et comment il vint en France veoir le roy de France et séjourna bien un an ou plus à Paris. Et tant y fu qu'il prist desplaisance, car il cuida au commencement et aussi au definement trouver au roy de France tel chose qu'il ne trouva mie, dont il se mélancolia et se repenty grandement de ce qu'il estoit tourné françois ; mais il disoit que ce avoit esté par contrainte et non par autre voie. Il s'avisa qu'il se embleroit **[265v]** de Paris où il avoit trop séjourné, et retourneroit en son pays et se tourneroit englois, car mieux ou courage[2] lui plaisoit le service du roy d'Engleterre que du roy de France. Si fist entendant[3] à tous ceulx dont il avoit la congnoissance, excepté à son conseil, qu'il estoit dehaitiés[4]. Si monta un soir à ceval, lui troisième tant seulement[5],

---

1. « Changea de camp, de parti » (anglo-gascon > français). 2. « En son for intérieur » (*ou* signifie ici « au / en son »). 3. « Fit entendre à ». 4. « malade ». 5. « Accompagné seulement de deux personnes ».

descongneüs, et se parti de Paris et chevauça devers son pays. Ses gens petit à petit le suivoient. Tant exploita par ses journées qu'il vint à Bordeaux. Si trouva là messire Jehan de Nuefville, séneschal de Bordeaulx, à qui il recorda son avenue[1]. Si se tourna englois et dist qu'il avoit plus chier à mentir sa foy devers[2] le roy de France que enviers son naturel seigneur le roy d'Engleterre. Ainsi demoura le seigneur de Moncident englois tant comme il vesqui[3]. De quoy le duc d'Anjou fu moult courouciés, et dist bien et jura que, se[4] jamais le tenoit, il lui feroit oster la teste. De ce estoit le seigneur de Moncident tout informez et avisez. Si se gardoit du mieulx qu'il pouvoit.

La mort du seigneur de Lagurant, Gascoing, qui faisoit guerre françoise par Bernart Conrat qui de par le roy d'Engleterre gardoit la forteresse de Cavillac. .ij.ᵉ chapitre

§ 2. Encore se tenoit le seigneur de Lagurant françois, lequel estoit un moult appert chevalier. Et faisoit plusieurs contraires en la terre des seigneurs retournez englois[5] qui à lui marchissoient[6], telz que le seigneur de Moncident, le seigneur de Rosem et le seigneur de Duras. De quoy ces .iii. chevaliers estoient moult courouciés, et metoient grant paine à ce qu'ilz le peüssent occire ou faire occire, car il leur estoit trop fort ennemy. Le sire de Lagurant estoit un chevalier de grant voulenté[7] ; si chevauçoit un jour, et avoit en sa compaignie environ .xl. lances. Et vint assez près de

---

1. « Ce qui lui était arrivé ».   2. « Il préférait se parjurer envers ».   3. « Aussi longtemps qu'il vécut ».   4. « Si jamais... »   5. « Qui s'étaient ralliés à nouveau au parti anglais ».   6. « Dont les terres jouxtaient les siennes ».   7. *De grant voulenté* : entreprenant, plein de fougue, d'énergie, d'entrain.   8. MS : « en clesse ».

une garnison engloise[8] que on dist Cavillac, qui estoit de l'éritage du captal de Bues[1] et à son frère. Si fist une embusche de ses gens en un boys et leur dist : « Demourez cy. Je vueil aler tout seul courir devant ce fort pour savoir se nul sauldra hors contre nous. » Ses gens demourèrent. Il chevauça oultre, monté sur fleur de coursier[2] et vint devant les barrières[3] de Cavillac et parla aux gardes et demanda : « Où est Bernart Conrat, vostre cappitaine ? Dittes lui que le seigneur de Lagurant lui demande unes joustes. Il est bien si bon homme d'armes et si vaillant qu'il ne le refusera pas pour l'amour de sa dame ; et, se il le refuse, il lui tournera à grant blasme, et diray par-[266r]tout où je venray, qu'il m'aura refusé par couardise un coup de jouste de fer de lance. »

À la barrière estoit pour l'eure un des varlés Bernart Conrat[4], qui lui dist : « Sire de Lagurant, j'ay bien oÿ vostre parole. Or vous soufrez un petit[5] : je iray parler à mon maistre. Ja ne sera reprouchié[6] que par lascheté il vous refuse, mais que vous le vueilliés attendre. » — « Par ma foy, respondi le sire de Lagurant, oÿl. » Ce varlet se départ et vint à une chambre où il trouva son maistre. Si lui recorda les paroles que vous avez oÿes. Quant Bernart ce oÿ, si lui engroissa le cuer ou[7] ventre[8], et enfelonna grandement[9] et dist : « Bailliés moy mes armes et ensellez mon coursier : il [ne] s'en yra ja refusé. » Tantost fu fait : il s'arma et monta à cheval, et prist sa targe et sa lance, et fist ouvrir la porte et la barrière, et se mist aux champs. Quant le seigneur de Lagurant le vit venir, si fu tout resjoÿs et

---

1. Jean de Grailly, captal de Buch.   2. « Le meilleur des coursiers » (le coursier est un cheval apte à la course).   3. Ouvrage défensif sous forme de clôture en bois, où se déroulent souvent des combats à pied.   4. En ancien et parfois en moyen français, la filiation ou l'appartenance s'exprime à travers la juxtaposition plutôt que par l'emploi de « de » : comprendre ici, « un des jeunes pages/écuyers *de* B. C. »   5. « Patientez donc un instant ». 6. « Jamais on ne lui fera le reproche que/de ».   7. « Ou » est équivalent à « en le/la », « en son », etc.   8. « Son cœur se gonfla ». 9. « Il se mit en colère, s'emporta ».

abaissa sa lance et se mist en ordonnance de bon chevalier, et aussi fist l'escuier. Si esperonnèrent leurs chevaux. Tous deux estoient bien montez et à voulenté ; si se assenèrent si roidement des lances enmy leurs escus que elles volèrent en pièces. Au passer oultre[1], Bernart Conrat assena à grant meschief de l'espaulle le seigneur de Lagurant[2] et le bouta hors de sa selle et le getta sur la terre. Quant Bernart Conrat le vit aterré, il fu tout resjoÿ et tourna tout court son coursier sur lui, et à ce que[3] le seigneur de Lagurant se releva, Bernart, qui estoit fort escuier et aspre, le print à deux mains par le bacinet et le tira si fort à lui qu'il lui esracha hors de la teste[4] et le getta dessoubz son cheval. Les gens du seigneur de Lagurant qui estoient en l'embusche virent bien tout ce : si se commencièrent à desrouter[5] pour venir celle part et recouvrer leur seigneur. Bernart Conrat regarda sur costé et les vit venir, et tira sa dague et dist au seigneur de Lagurant : « Rendez vous, sire de Lagurant, rescoux ou non rescoux[6], à estre mon prisonnier, ou autrement vous estes mort. » Le seigneur de Lagurant, qui avoit fiance en ses gens pour estre rescoux, se teüt tout quoy et ne respondi riens. Quant Bernart Conrat vit qu'il rien auroit autre chose, si fu tout enflambez, et se doubta qu'il ne perdist le plus pour le moins ; si lui avala une dague qu'il tenoit sur le chief qu'il avoit tout nu et lui embara là dedens ; et puis le laisse, et fiert cheval des esperons et se relance[7] dedens les barrières, et **[266v]** là se met en bon couvenant pour lui défendre et garder, s'il faisoit mestier. Quant les gens du seigneur de Lagurant furent venu jusques à lui, ilz le trouvèrent navré à mort[8]. Si furent tous courrouciés, et l'ordonnèrent et

---

1. « En fin de course ».   2. « Se heurta violemment contre lui, de l'épaule ».   3. « Au moment où ».   4. « Qu'il le lui arracha de la tête ». Le bassinet est un casque à visière, attaché à la cotte de mailles.   5. Ici, « se mirent à quitter leurs rangs » (pour venir en aide à leur maître).   6. « Qu'on vienne ou non à votre rescousse ».   7. Présent dramatique et épique.   8. « Mortellement blessé ».

appareillièrent du mieulx qu'ilz porent, et le rapportèrent arrière en son chastel ; mais il mouru le lendemain. Ainsi avint en ce temps en Gascoingne de ce seigneur de Lagurant.

Comment les Poitevins desconfirent en Rochelois Héliot de Plasac, et prindrent le chastel de Bouteville. .iij.ᵉ chapitre

§ 3. En ce temps avint un fait d'armes en Rochelois, car Hélioit de Plaisac, un moult adroit escuier et vaillant homme d'armes estoit cappitaine de Bouteville, un fort englois. Et tenoit là en garnison environ .vi.ˣˣ lances de compaignons englois et gascoings qui moult contraingnoient le pays et couroient tous les jours devant La Rochelle et devant Saint Jehan l'Angelier, et tenoient ces deux villes en si grant doubte que nul n'osoit yssir, fors en larrecin. Dont les chevaliers et escuiers du pays estoient moult courrouciés, et s'avisèrent un jour qu'ilz y pourverroient de remède à leur loyal pouoir[1], car ilz seroient de leurs ennemis mors [ou][2] pris sur les champs. Si se assemblèrent en La Rochelle bien environ .ij.ᶜᶜ lances, car ce estoit la ville où Héliot et les siens couroient le plus souvent devant.

Et là estoient de Poitou et de Santonge, le sire de Thouars, le seigneur de Puissances, messire Jaques de Surgières, messire Perceval de Calonge, messire Régnaut de Couvars, messire Hue de Vivonne et plusieurs autres, en grant voulenté de trouver leurs ennemis. Et sçurent ces cappitaines par leurs espies que Héliot de Plaisac chevauceroit et venroit devant La Rochelle acueillir la proie. Si se ordonnèrent selon ce et se partirent du soir tous bien armez, et montèrent à cheval et se mistrent aux champs. À leur département

---
1. « En faisant de leur mieux ». 2. MS : « et ».

ilz ordonnèrent que, au lendemain bien matin, on meïst tout le bestail aux champs, à l'aventure. Ainsi fu fait que ordonné fu.

Quant vint au matin, Héliot de Plaisac et ses gens venoient courir devant La Rochelle et férir jusquez aux barrières. Entretant, ceulz qui commis y estoient assemblèrent toute la proie et la firent mener des gens du pays devant eulx. Ilz ne l'orent pas mené une lieue quant ilz virent les François qui estoient plus de .ij.^{cc} lances, qui vindrent sur eulx. Et ne s'en donnèrent garde les Englois, et se boutèrent de plaine venue dedens les lances de leurs ennemis. [267r] Si en y ot plusieurs ruez par terre. Là dist Héliot de Plaisac : « À pié, à pié tout homme ! et nulz ne fuie, et laisse chascun aler son cheval. Se la journée est nostre, nous aurons chevaux assez ; et, s'elle est contre nous, nous nous en passerons bien de chevaux ! » Là se mistrent Anglois et Gascoings et tous ceulx du chastel Héliot à pié et en bon couvenant. Aussi firent les François, car ilz doubtèrent à perdre leurs chevaux du fait des glaives. Là ot dur rencontre et forte bataille et qui longuement dura[1], car ilz estoient tous main à main ; et poussoient de leurs glaives moult roidement, tant et si longuement qu'ilz se mettoient jusques à la grosse alaine[2]. Là ot fait plusieurs grans appertises d'armes, et mainte prise et rescousse[3]. Finablement, les Poitevins et ceulx de Xantonge obtindrent la place ; et furent leurs ennemis desconfis tous mors ou pris, petit s'en sauvèrent, et la proie rescousse et Héliot de Plaisac pris et menez en La Rochelle. Tantos après celle avenue, on ala devant le chastel de Bouteville qui fu pris ; et légier estoit à prendre car on n'y trouva nullui. Ainsi fu Bouteville françoise, dont tous le pays d'environ fu

---

1. Formule de style épique qu'on retrouve à maintes reprises dans les *Chroniques.*   **2.** « S'épuisaient ».   **3.** Encore une formule de style épique : « On y vit beaucoup de beaux faits d'armes, beaucoup de chevaliers pris ou repris par force à leurs adversaires ».

moult resjoïs. Et demoura Hélioit de Plaisac en prison un long temps.

Cy parle de la mort du roy Henry d'Espaigne et du couronnement du roy Jehan son filz. .iiij.ᵉ chapitre

§ 4. En ce temps retournèrent en Engleterre messire Thomas Trivés, messire Guillaume Helmen et aucuns chevaliers et leurs routes[1] qui avoient esté en Espaigne et aidié à faire la guerre au roy de Navarre. Si se traïrent tantost devers le roy d'Engleterre, qui pour ce temps estoit à Carcassés, et ses deux oncles, le duc de Lencastre et le [conte][2] de Cambruge, delez lui. Si furent les chevaliers liement recueillis du roy et des seigneurs, et furent enquis et examinez à dire nouvelles. Ilz en distrent assez, toutes celles qu'ilz savoient, comment l'affaire s'estoit porté en Espaigne et en Navarre, et comment le roy de Navarre avoit marié Charles son ainsné filz à la fille du roy damp Henry, et tout de point en point comment le traittié s'estoit porté. Le duc de Lencastre et le conte de Cambruge estoient durement pensif sur ces paroles, car ilz se disoient et tenoient hoirs de toute Espaigne de par leurs femmes. Si demandèrent en quel temps le roy Henry bastart estoit mort, et ses Espagnols avoient couronné à roy son filz. Messire Thomas Trivés et messire Guillaume Helmen respondirent, et chascun par soy[3], mes chiers seigneurs Messeigneurs **[267v]** Guillaume Helmen et messire Thomas Trivés dessus nommés, et distrent au roy ainsi : « À la mort du roy Henry ne au couronnement de son filz ne fusmes nous pas, car pour

---

1. *Route* : « Troupe ou compagnie armée dirigée par un capitaine » (souvent mercenaire). 2. MS : « duc ». 3. « Chacun pour son propre compte ».

ce temps nous estions retrait en Navarre ; mais véez ci un héraut qui y fu : si le pouez savoir par lui, s'il vous plaist. » Adont fu le héraut appellez et demandez du duc de Lencastre comment l'affaire en avoit alé. Il en respondi ainsi et dist : « Monseigneur, à la requeste de vous je en parleray. Entretant que Messeigneurs qui cy sont, estoient à Pampelune en attendant l'acomplissement du traittié que fait avoient, par leur congié je demouray delez le roy de Navarre, moult honnorez de lui et de ses gens. Me parti de Pampelune en sa compaignie, et vint le roy à Saint Dimenche. À sa venue yssi hors le roy Henry à grans gens, qui en amour et par bonne paix[1] l'attendoit ; et fu le roy de Navarre moult honnorez de lui et de ses gens, et lui donna ce soir à soupper moult hautement. Après soupper, nouvelles vindrent que un senglier estoit dedens les landes assez près de là. Si fu ordonné que l'endemain on le iroit chacier. À celle chace furent les deux roys et leurs veneurs, et fu le senglier pris ; et retournèrent en grant amour ce soir à Saint Dimanche. À l'endemain se départy le roy Henry et s'en ala à la Pierre Ferrade pour une journée qu'il avoit là contre ses gens[2]. Là le prist une maladie dont il mouru, et sçot sa mort le roy de Navarre sur les champs, car il le venoit veoir. Adont retourna il tout courroucié en son pays, et je pris congié de lui. Si m'en alay en Castille pour veoir et aprendre des nouvelles. Et trespassa le roy Henry le jour de la Penthecouste. Assez tost après, le .xxve jour de juillet, le jour de saint Jaques et de saint Christofle, fu couronné le roy damp Jehan de Castille, ainsné filz du roy Henry, en l'église cathédral de la cité de Burgés, auquel couronnement furent tous les prélas et les nobles de Castille, d'Espaigne, de Galice, de Cordouen et de Sébille ; et tous lui jurèrent sur saintes euvangiles à le tenir à roy. Et fist ce jour .ij.^{cc}.x. chevaliers, et donna moult de beaux dons. À

---

1. « De manière affable, bienveillante ». 2. « Il avait pris rendez-vous avec eux ».

l'endemain de son couronnement, à compaignie de grant multitude de nobles, il s'en vint en une abbaie de dames au dehors de Bourgés que on dist le Sorgés. Là oÿ messe et disna ; et y ot grans joustes, et en ot le pris[1] le viconte de Roquebertin d'Arragon ; et ce soir retourna le roy à Burgés. Et durèrent ces festes bien .xv. **[268r]** jours. »

Adont demanda le duc de Lencastre se le roy de Portugal avoit point esté prié d'avoir là esté. Il respondi que oÿl, mais il n'y avoit point voulu venir. « Et fuz informé qu'il avoit respondu aux messages qui y estoient alez, que ja ne seroit au couronnement du filz d'un bastart qui avoit murtry son frère. » — « Par ma foy, respondi le duc, de ces paroles dire il fu bien conseilliés, et si l'en sçay bon gré ; et les choses ne demourront pas ainsi[2] longuement, car moy et mon frère lui osterons l'éritage dont il se dit roy. » Atant finèrent [ces][3] paroles ; si demandèrent le vin[4]. Nous nous souffrerons maintenant à parler de ceste matière, et dirons des avenues de France.

Comment le roy de France envoia le seigneur de Bournissel devers le roy d'Escoce. Le cinquième chapitre

§ 5. Le roy Charles de France qui pour ce temps régnoit, sicomme vous pouez savoir par ses euvres, fu durement sage et soubtil. Et bien le moustra tant comme il vesqui, car, tout quoy, estant en sa chambre et en ses déduis, il recouvroit ce que ses prédécesseurs avoient perdu sur les champs, la teste armée et l'espée en la main ; dont il en fait grandement à recommander[5]. Et

---

1. Le prix de la joute.   **2.** « Ne resteront pas longtemps ainsi ».   **3.** MS : « ses ».   **4.** Prélude au souper ou au banquet d'apparat.   **5.** « Pour laquelle action on devrait le louer ».

pour ce que le roy de France savoit que le roy Robert d'Escoce et tout le royaume d'Escoce entièrement avoient guerre mortelle et hayne aux Englois, car onques ne porent ces deux royaumes amer l'un l'autre, pour nourir plus grant amour entre lui et les Escoçois il s'avisa qu'il envoieroit .j. sien chevalier[1] secrétaire et de son conseil devers le roy d'Escoce et là ester pour parlementer, traittier et aviser le pays, et congnoistre les barons et savoir se par Escoce ses gens pourroient faire une bonne guerre aux Englois. Car, Yvain de Galles vivant, il l'avoit informé que par Escoce c'estoit le pays ou monde par où on pouoit bien nuire aux Englois. Et sur ce propos le roy avoit plusieurs ymaginations, tant qu'il ordonna un sien chevalier sage et bien enlangaigié qui se appelloit messire Pierre, seigneur de Bournesiel, et lui dist : « Vous ferez ce message en Escoce et me saluerez le roy et tous les barons. Et lui dictes que nous et nostre royaume sommes ouvert et appareillié pour eulx recueillir. Et traitiés devers le roy et à eulx aussi comme à noz bons amis, par quoy, à la saison qui vient, nous y puissons envoier gens, et pour avoir l'entrée en Engleterre, aussi comme noz prédécesseurs du temps passé ont eü. Et tenez estat aussi comme à messagier de roy de France appartient, car nous le voulons, et tout sera paié. » **[268v]** Le chevalier respondy et dist : « Sire, à vostre commandement. » Depuis ne séjourna il guerres longuement quant toutes ses besoingnes furent appareillées, et se parti du roy et de Paris, et exploitta tant par ses journées qu'il vint à l'Escluse en Flandres. Et là se arresta en attendant vent et passage[2], et séjourna environ .xv. jours, car il avoit vent contraire. En ce séjour y tenoit grant estat et estoffé de vaisselle d'or et d'argent courant parmy la sale, aussi largement comme se ce fust un petit duc, et faisoit porter devant lui une espée toute

---

1. « Un de ses chevaliers ».   2. « En attendant un vent favorable, ainsi qu'un vaisseau » (formule).

engainnée et armoiée d'or et d'argent ; mais bien estoit paié tout ce que ses gens prenoient.

Du grant estat que le chevalier tenoit, tant en son hostel comme sur les rues, estoient plusieurs gens de la ville esmerveilliés. Si fu avisé et regardé du bailli de l'Escluse qui là estoit officier de par le conte de Flandres, et tant que le bailli, qui ne s'en pot taire, dont il fist mal, le vint signifier au conte qui se tenoit pour le temps à Bruges, et le duc de Bretaigne son cousin delez lui. Le conte de Flandres, quant il ot un petit pensé, avec ce que le duc de Bretaigne y rendi paine, ordonna qu'il fust là menez. Le bailli retourna à l'Escluse et vint au chevalier du roy mal courtoisement, car il l'arresta de main mise[1] de par le conte. De quoy le chevalier fu tout esmerveilliés que[2] on lui demandoit, et dist adont au bailli qu'il estoit chevalier et message commissaire au roy de France. « Sire, dist le bailli, je le croy bien, mais il vous fault venir parler au conte, et m'est commandé que je vous y maine. » Onques ne s'en pot le chevalier excuser qu'il n'en fust menez du bailli et de ses gens à Bruges. Quant il fu venu en la chambre du conte à Bruges, le conte de Flandres et le duc de Bretaigne se apuioient tous deux à une fenestre sur les jardins. Adont se mist à genoulx le chevalier devant le conte et dist : « Monseigneur, véez cy vostre prisonnier. » De ceste parole fu le conte durement courrouciés, et dist par grant ire : « Comment, ribaut, diz tu que tu es mon prisonnier pour ce se je t'ay mandé à venir parler à moy ? Les gens Monseigneur peuent bien venir à moy et parler à moy, et tu ne t'en ez pas acquitté quant tu as tant séjourné à l'Escluse et tu me sentoies si près de toy que tu ne venoies parler à moy. Mais tu ne daignoies ! » — « Monseigneur, respondi le chevalier, saulve vostre grace. » Adont prist la parole le duc de Bretaigne et dist : « Entre vous, bourdeurs et gengleurs et vendeurs de bourdes et de lan-[269r]gaiges ou palais à Paris et

---

1. « L'arrêta ».   2. « De ce que ».

en la chambre de Monseigneur, mettez le royaume à vostre voulenté et jouez du roy à vostre entente, et en faites bien et mal à qui que vous voulez, ne nul haut prince de son sang, puis que vous l'avez enchargié en hayne, ne puet estre oÿs ! Et en pendra on tant de telz gens que les gibés en seront raempliz. » Le chevalier qui là estoit à genoulx fu tout esmerveilliés et honteux, car telles paroles oïr lui estoient moult dures, et bien veoit que taire lui estoit plus prouffitable que parler. Si ne respondi onques mot à ces paroles ; ains se dissimula au mieulx qu'il pot et sçot, et se départy de la présence des seigneurs en prenant congié, quant il vit que heure fu. Aussi aucunes gens de bien qui estoient delez le conte lui firent voie et le menèrent boire. Depuis monta à cheval le sire de Bournissel et retourna à l'Escluse à son hostel ; et vous diray comment il lui cheÿ[1]. Quoyque toutes ses pourvéances feüssent appareilliées et chargées, et ot bon vent pour sigler vers Escoce, il ne s'osa partir ne mettre ou dangier[2] de la mer, car il lui fu signifié qu'il estoit espié et avisé d'Englois qui séjournoient à l'Escluse, et que, se il se mettoit en son voiage, il seroit happez sur mer et envoyés en Engleterre. Pour celle doubte son voiage fu brisié, et se départy de l'Escluse et s'en retourna en France et à Paris devers le roy.

Comment le sire de Bournissel se complaint au roy de France du conte de Flandres qui lui avoit empeschié son voiage d'Escoce.
Le .vi.ᵉ chapitre

§ 6. Vous devez savoir que le sire de Bournissel ne recorda mie mains[3] au roy de France de l'aventure qui

---

1. « Ce qui lui arriva ».   2. « Au pouvoir de ».   3. « N'en rapporta pas moins pour autant ».

lui estoit avenue en Flandres qu'il n'y eüst, mais tout aussi comme la chose avoit alé ; et bien lui besoingnoit qu'il monstrast diligence et excusance, car le roy estoit moult esmerveilliés de son retour. À ce recort que messire Pierre fist, estoient plusieur chevaliers de la chambre du roy. Et par espécial messire Jehan de Guistelles en Haynau, cousin au conte de Flandres y estoit, qui nottoit et engorgoit les paroles du chevalier, et tant que finablement il ne s'en pot taire, pour tant que messire Pierre, ce lui sembloit, en parloit trop avant sur la partie du conte ; si dist : « Je ne puis tant oïr parler du conte de Flandres mon chier seigneur, et se vous voulez dire, chevalier, qu'il soit tel que vous dittes cy, ne qu'il ait de son fait empeschié vostre voiage, je vous en appelle de champ, et en véez à mon gaige. » Le sire de Bournissel ne fu pas esbahiz[1] de respondre, et dist ainsi : « Messire Jehan, je **[269v]** dy que je fus ainsi menez et pris du bailli de l'Escluse, et amenez devant le conte. Et toutes les paroles que je dy, le conte de Flandres et le duc de Bretaigne les ont dittes. Et se vous voulez parler du contraire, que ne soit ainsi, je lèveray vostre gaige[2]. » — « Oÿl », respondi messire Jehan de Guistelles. A ces paroles se mélancolia le roy, et dist : « Alons, alons, nous n'en voulons plus oïr. » Si se départi de la place et rentra en sa chambre avec ses chambrelans tant seulement, moult resjoÿs de ce que messire Pierre avoit si franchement parlé et relevé la parole de messire Jehan de Guistelles. Et dist ainsi en riant : « Lui a il bien maschié ? Je n'en vouldroie pas tenir .xx.^m frans. »[3] Depuis avint que messire Jehan de Guistelles fu si mal de court[4], qu'il, qui estoit[5] chambrelan du roy, n'y fu point voulentiers veü. Et

---

1. « Intimidé » (ici).   2. « Je relèveray votre gage ».   3. Le sens est peut-être : « Il ne lui a pas mâché ses mots ! Je ne parierais pas 20 000 francs sur sa peau ! »   4. « Se trouva en si mauvaise posture à la cour ».   5. « Que, pour être chambellan du roi, il n'en fut pas moins mal vu à la cour, et peu prisé lorsqu'il s'y rendait ».

bien s'en apparçut ; si ne pot plus soufrir les dangiers [1], et prist congié du roy et se party, et s'en vint en Brabant delez le duc Wincelin de Brabant, qui le retint. Et le roy de France se tint dur informez sur le conte de Flandres, tant pour ce qu'il avoit, ce sembloit à plusieurs du royaume, empeschié le seigneur de Bournissel à faire son voyage en Escoce, et qu'il tenoit delez lui le duc de Bretaigne, son cousin, qui estoit grandement en sa malivolence. Et s'appercevoient bien ceulx qui en la compaignie du roy estoient que le conte de Flandres n'en estoit pas bien en sa grace.

Comment le roy de France manda au conte de Flandres qu'il ne tenist plus delez lui le duc de Bretaigne. .vii.ᵉ [chapitre]

§ 7. Un petit après ceste avenue, le roy de France escript unes lettres[2] moult dures devers le conte de Flandres son cousin. Et parloient ces lettres sur manaces, pour tant qu'il soustenoit avec lui le duc de Bretaigne, lequel il tenoit à ennemi. Le conte de Flandres rescript au roy et s'excusa le plus bellement qu'il pot, et bien le sçot faire. Ceste excusance ne valut néant, que le roy de France ne lui renvoiast plus dures lettres en lui remoustrant que, se il n'esloingnoit de sa compaignie le duc de Bretaigne, son adversaire, il lui feroit contraire. Quant le conte de Flandres vit que c'estoit tout à certes[3], et que le roy de France le poursuivoit de si près, si ot advis de soy meïsmes, car il estoit moult ymaginatif[4], qu'il remoustreroit ces menaces à ses bonnes villes, et par espécial à ceulx de

---

1. « Obstacles, empêchements ».   2. « Une lettre ».   3. « Sérieux, grave ».   4. « Ingénieux » (sur la très riche polysémie chez Froissart d'*imaginer* et de ses formes dérivées, voir l'article de L. Foulet, *Romania* 63 (1937), p. 245 *sqq*.

la ville de Gand, pour savoir que il en respondroient. Et envoia à Bruges, à Ypre et **[270r]** à Courtray. Et se party de Malle, le duc de Bretaigne en sa compaignie, et s'en vint à Gand, et se loga à la Poterne. Si fu liément receüs des bourgois de Gand, car à ce jour ilz l'amoient bien delez eulx. Quant aucuns bourgois des bonnes villes de Flandres qui envoyés y estoient, ainsi que ordonné estoit, furent là tous assemblez, le conte les fist venir en une place, et là remoustrer par Jehan de la Faucille toute s'entention, et lire les lettres que le roy de France depuis deux mois lui avoit envoiées. Et quant ces lettres orent esté leües, le conte parla et dist : « Mes enfans et bonnes gens de Flandres, par la grace de Dieu j'ay ja esté vostre seigneur un grant temps, et vous ay menez et gouvernez en paix à mon pouoir, ne vous n'avez veü en moy nul mal que je ne vous ay tenu en toute prosperité, aussi comme un seigneur doit tenir ses gens. Mais il nous vient à grant desplaisance, et aussi doit il faire à vous qui estes mes bonnes gens, quant Monseigneur le roy me hérie et veult hérier[1], pour tant que je soustieng en mon pays et tieng en ma compaignie le duc de Bretaigne, mon cousin germain, qui n'est pas pour le temps cler en France[2], ne bonnement il ne s'ose asseürer en ses gens en Bretaigne, pour la cause de .v. ou de .vj. barons qui le héent ; et veult le roy que je l'esloingne et boute hors de mon hostel et de ma terre. Ce seroit grant estrangeté. Je ne dy mie, se je confortoie mon cousin de villes, de chasteaux et de gens d'armes à l'encontre du royaume de France, que le roy n'eüst bien cause de plaindre de moy, mais nennil, ne nulle voulenté n'en ay. Et pour tant que je vous ay cy assemblez, je vous remoustre le péril qui en pourroit naistre et venir se vous voulez demourer delez moy. » Ilz respondirent tous d'une voix : « Monseigneur, et ne savons au jour d'uy seigneur, quel qu'il soit, se il vous vouloit faire

---

1. « Harceler ». **2.** C'est-à-dire dont la position (politique) à la cour de France n'est pas pour l'heure très claire.

guerre, que vous ne trouvassiés en vostre royaume
.cc.^m hommes tous armez. » Ceste parole resjoÿ grandement le conte Loÿs de Flandres, et dist : « Mes
beaux enfans, grant mercis. » Sur ces paroles se defina
le parlement, et se contenta grandement de ses gens, et
leur donna congié de retourner à leurs maisons. Si
retourna chascun en son pays. Et le conte, quant il sçot
que bon fu, s'en retourna à Bruges, le duc de Bretaigne
en sa compaignie. Si demourèrent les choses en tel
estat. Le conte fu grandement en la grace de ses gens,
et le pays en grant prosperité, qui, depuis ce – ne
demoura gueres[1] – par incidences **[270v]** merveilleuses
estoit en grant tribulation, sicomme vous orrez recorder
avant en l'istoire.

*Comment le roy de France manda au conte de
Flandres qu'il meïst hors de sa conté le duc
de Bretaigne. .viij.^e [chapitre]*

§ 8. Vous devez et pouez bien croire que le roy de
France fu informez de toutes ces choses, et comment
le conte de Flandres avoit respondu. Si ne l'en ama
mie mieulx, et lui convint ce passer et porter : autre
chose n'en pot il avoir, mais bien disoit que le conte
de Flandres estoit le plus orguilleux et présumptieux
prince que on sceüst. Et encore oultre, sicomme je fus
adont informez, et veoit bien à sa manière que on
disoit, que c'estoit le sire qui plus voulentiers eüst mis
à raison ; ou voulentiers eüst veü que qui que fust[2] lui
eüst porté contraire ou dommage, parquoy son grant
orgueil fust abatus. Le conte de Flandres, quoy que le
roy de France eüst escript à lui et que c'estoit grandement à sa desplaisance ce qu'il soustenoit le duc de

---

1. « Après bien peu de temps » (se trouva en grande détresse).
2. « Qui que ce fût ».

Bretaigne, pour ce ne lui donna il point congié, mais le tint delez lui tant que demourer il voult, et lui faisoit tenir son estat bel et bon. Et en la fin le duc ot conseil et vouleuté qu'il se retrairoit en Engleterre. Si prist congié au conte son cousin et s'en vint à Gravelingues. Et là le vint quérir le conte de Salebry à .v.ᶜ lances et mille archiers, pour la doubte des garnisons françoises. Et l'amena à Calais, dont messire Hue de Cavrelée estoit capitaine, qui le reçut liement. Quant le duc de Bretaigne ot séjourné à Calais environ .v. jours, il ot vent à voulenté : si monta en mer, le conte de Salebry en sa compaignie. Si arrivèrent à Douvres, et de là vindrent devers le roy Richart qui le reçut à grant joie, et aussy firent le duc de Lencastre, le conte de Camburge et le conte de Bouquinhen et les hauls barons d'Engleterre.

Comment le duc de Bretaigne se party de Flandres et s'en ala à Calais et puis en Engleterre. .ix.ᶜ chapitre[1]

§ 9. Vous avez bien cy dessus oÿ recorder[2] comment messire Waleran de Lucembourc, le joenne conte de Saint Pol, fu pris des Englois par bataille entre la bastide d'Arde et Calais, et fu menez en Engleterre prisonnier à la voulenté du roy, car le roy Edouart d'Engleterre, lui vivant[3], l'acheta du seigneur de Gommegnies qui avoit esté son maistre, car le seigneur de Gommegnies avoit mis sus la chevaucée en laquelle il fu pris d'un escuier, bon homme d'armes, de la duchié de Guerles. Si demoura grant temps le **[271r]** joenne conte de Saint Pol prisonnier en Engleterre dedens le

---

1. Négligence du scribe : la rubrique renvoie, en fait, au chapitre qu'on vient de lire. 2. MS : « bien oÿ cy dessus oÿ recorder ». 3. « De son vivant ».

beau chastel de Windesore, et avoit si courtoise prison qu'il pouoit partout aler jouer et esbatre et voler des oyseaux environ Windesore. De ce estoit recreüs sur sa foy. En ce temps se tenoit madame la princesse [1], mère du roy Richart d'Engleterre, à Windesore, et sa fille delez lui, madame Mahaut, qui estoit la plus belle dame de toute Engleterre. Le conte de Saint Pol et celle joenne dame s'enamourèrent loyaument l'un de l'autre, et estoient une fois ensemble en dansant et [en] paroles et esbatemens, tant que on s'en apparçut. Et s'en descouvry la dame, qui amoit le conte de Saint Pol ardemment, à Madame sa mère. Si fu adont traittié un mariage entre le conte et Madame Mahaut de Hollande. Et fu le conte mis à finance à .vi.^{xx} mille frans, desquelx, quant il auroit espousée la dame, on lui en rabatroit .lx.^{m}, et les autres .lx.^{m} (mil) il paieroit. Et pour trouver la finance, quant les couvenances furent prises entre le conte et la dame, le roy d'Engleterre fist grace au conte de Saint Pol de rapasser la mer et de retourner sur sa foy [2] dedens l'an. Si vint le conte en France veoir le roy et ses amis, et le conte de Flandres et le duc de Brabant ses cousins, qui le conjoïrent liement. Le roy de France en celle année fu informez trop dur sur le conte de Saint Pol, car on le mist en souspeçon qu'il devoit rendre et livrer aux Englois le fort chastel de Bohain. Et le fist le roy saisir à main mise et bien garder, et moustra le roy que le conte de Saint Pol vouloit faire envers lui aucuns mauvais traittiés ; ne oncques ne s'en pot excuser. Et pour ce fait furent emprisonnez ou chastel de Mons en Haynau, messire le chanoine de Robersart, le sire de Vertain, messire Jaques du Sart et Girart d'Obies. Depuis se diminuèrent ces choses et alèrent tout à néant, car on ne pot riens prouver sur eulx, et furent délivrez. Et le joenne conte de Saint Pol s'en retourna en Engleterre pour lui acquitter devers le roy, et espousa sa femme et fist tant

---

1. C'est la princesse de Galles, épouse du Prince Noir.
2. « Sur sa parole d'honneur ».

qu'il paia les .lx.ᵐ frans en quoy il estoit obligiés ; et puis rapassa la mer, mais point n'entra en France, car le roy l'avoit en hayne. Si alèrent demourer le conte et la contesse sa femme dedens le chastel de Hen sur Esne, que le seigneur de Moriaumez, qui avoit sa suer espousée, leur presta. Et là se tindrent tant que le roy Charles de France vesqui, car onques le conte, cest roy vivant, ne pot retourner à son amour. Nous nous soufferons à parler de ceste matière, et retournerons aux besoingnes [271v] de France.

Comment les villes de Bretaigne se tindrent closes quant leur sire fu en Engleterre. .x.ᵉ chapitre

§ 10. En ce temps se tenoit toute Bretaigne close, tant pour le roy de France comme l'un contre l'autre, car les bonnes villes[1] de Bretaigne estoient assez de l'accort du duc[2], et avoient les pluseur grant merveille que on demandoit[3] à leur seigneur. Et aussi estoient de leur accort plusieur chevaliers et escuiers de Bretaigne et la contesse de Pentèvre, mère aux enfans de Bretaigne, par aliance avec eulx. Mais le connestable de France messire Bertran Claquin, le sire de Cliçon, le sire de Laval, le viconte de Rohen et le seigneur de Rochefort tenoient le pays en guerre avec la puissance qui leur venoit de France, car à Pontorson, à Saint Malo de l'Isle et là environ avoit grant foison de gens d'armes de France, de Normandie, d'Auvergne et de Bourgoingne, lesquelx y faisoient moult de mal. Le duc de Bretaigne, qui se tenoit en Engleterre, estoit bien informé de ces avenues et comment le duc d'An-

---

1. « Bonne ville » : ville qui, en principe, est fermée, protégée par des murailles. 2. « Prenaient son parti ». 3. « De ce qu'on demandait ».

jou, qui se tenoit à Angiers, lui faisoit destruire et guerroier sa terre, et comment les bonnes villes se tenoient closes pour lui, et aucuns chevaliers et escuiers de Bretaigne, dont il leur savoit bon gré. Mais non obstant toutes ces choses, ne se osoit il bonnement affiier de retourner en Bretaigne sur la fiance de ses gens, et se doubtoit tousjours de traïson, et aussi il ne le trouvoit point en conseil devers[1] le roy d'Engleterre ne le duc de Lencastre.

Comment messire Jehan Harleston rua jus messire Guillaume de Bordes près de Chierbourc en Constantin. .xj.ᵉ [chapitre]

§ 11. D'autrepart à Valongne en Normandie se tenoit en garnison messire Guillaume de Bordes, lequel estoit capitainne, et en sa compaignie le petit sénéschal de messire Guillaumes Marcel, messire Braques de Braquemont, le sire de Troncy, messire Perceval d'Ainneval, le Besgue d'Ivry, messire Lancelot de Lorris et plusieurs autres chevaliers et escuiers. Et soutilloient[2] ces gens d'armes nuit et jour comment ilz peüssent adommagier et porter contraire à ceulx de Chierbourc, dont messire Jehan de Harleston estoit capitainne. Ceulx de la garnison de Chierbourc yssoient souvent hors quant bon leur sembloit, car ilz pouoient, et peuent, touteffois qu'il leur plaisoit, chevaucier à la couverte, que on ne scet riens de leurs yssues pour les grans boys qui à eulx marchissoient, car ilz ont fait une voie et taillée[3] à leur voulenté, que ilz peuent yssir hors et chevaucier sur le **[272r]** pays

---

1. Le conseil émanant du roy et du duc de Lancaster ne prôna / n'approuva pas cette initiative.   2. « S'ingéniaient à trouver un moyen leur permettant de porter dommage... ».   3. « Ils se sont frayé un chemin ».

de Normandie sans le dangier[1] de leurs ennemis. Et avint en celle saison que les François chevauçoient, et eulx aussi, et rien ne savoient l'un de l'autre, et tant que d'aventure ilz se trouvoient dedens les boys en une place que on dit Pestor. Lors qu'ilz se trouvèrent, ainsi que chevaliers et escuiers qui se désirent à combatre, ilz mistrent pié à terre, tous excepté messire Lancelot de Lorris qui demoura sur son coursier, la lance ou poing et la targe au col, et demanda une jouste pour l'amour de sa dame[2]. Là estoit qui bien l'entendi : si fu tantost recueillis[3], car autant bien y avoit chevaliers et escuiers amoureux avec les Englois qu'il estoit ; et me semble que messire Jehan Coppelant, .j. moult appert chevalier, se mist contre lui. Adont esperonnèrent leurs deux chevaux, et se boutèrent l'un sur l'autre de plaine venue et se donnèrent sur les targes très grans horions. Là fu asséné messire Lancelot du chevalier englois par telle manière qu'il perça sa targe et toutes ses armeüres, et lui passa le fer de la lance tout oultre le corps, et fu navrez à mort, dont ce fu dommage, car il estoit moult appert chevalier, joenne, jolis[4] et amoureux, et fu là et ailleurs moult plaint. Adont se boutèrent François et Englois l'un dedens l'autre, et se combatirent longuement de leurs glaives et puis des haches, et vindrent tout main à main. Là furent bons chevaliers de la partie des François messire Guillaume des Bordes, le petit séneschal d'Eu messire Guillaume Marcel, messire Braques de Braquemont et tout les autres, et se combatirent vaillemment. Et aussi firent les Englois, messire Jehan de Harleston, messire Phelippe Pécourde, messire Thomas Burlé, messire Jehan de Coppelant et tous les autres. Et avint finablement que par bien combatre, la journée leur demoura[5], et

---

1. « Sans être empêchés par... » 2. À force d'aimer une dame, un chevalier se faisait plus valeureux. Proposer à un adversaire une jouste « en l'onneur de sa dame » (en temps de guerre ou non), c'est confirmer et proclamer cet amour, tout à la fois. 3. « Agréé ». 4. « Joyeux, brave, hardi ». 5. « La journée (la victoire) fut à eux ».

obtindrent la place ; et furent tous pris chevaliers et escuiers, et pris un escuier de Haynau qui s'appelloit Guillaume de Beaulieu, messire Guillaume de Bordes. Et furent ces prisonniers menez en Chierbourc, et là trouvèrent messire Olivier de Cliçon, qui estoit prisonnier aussi. Ainsi ala de ceste besoingne, sicomme je fus adont informez.

Comment Joffroy Teste Noire, Breton englois, prist le chastel de Ventadour en Auvergne. .xij.ᵉ ch[apitre]

§ 12. D'autrepart en Auvergne et en Limosin avoient près que tous les jours fais d'armes et merveilleuses entreprises, et par espécial, dont ce fu trop grant dommage pour le pays, le chastel **[272v]** de Mont Ventadour en Auvergne, qui est uns des fors chasteaulx du monde, fu traÿ et vendu à un Breton le plus cruel et hastifs[1] de tous les autres, qui se appelloit Joffroy Teste Noire, et je vous diray comment il l'ot. Le conte de Ventadour et de Montpensé estoit .j. ancien et simple preudomme qui plus ne se armoit[2], mais se tenoit tout quoy en son chastel. Ce conte avoit un escuier à varlet qui se appelloit Poncet du Bois, lequel l'avoit servi moult longuement. Et trop pou avoit prouffité avec lui, et veoit que nul prouffit ne d'or ne d'argent avoir il n'y pouoit. Si s'avisa d'un mauvais avis qu'il se paieroit. Et fist un traitié secret à Joffroy Teste Noire, qui se tenoit en Limosin, et tant qu'il devoit livrer le chastel de Ventadour, ainsi qu'il fist, pour .vj.ᵐ frans[3]. Mais bien mist en son marchié que à son maistre le conte de Ventadour on ne feroit ja nul mal.

---

1. *Hastifs* : « impétueux, empressé ».   2. « Ne s'armait plus comme chevalier ».   3. « Contre un paiement de six mille francs ».

Ains le mettroient hors du chastel débonnairement, et lui rendroient tout son arroy. Ilz lui tindrent ce convenant : oncques les Bretons et les Englois qui dedens entrèrent ne firent nul mal au conte ne à ses gens. Et ne retindrent fors les pourvéances et l'artellerie[1], dont il y avoit grant foison. Si s'en vint ce conte de Ventadour, sa femme et ses enfans, demourer à Montpensier delez Eaue Perse en Auvergne. Et ce Joffroy Teste Noire et ses gens tindrent Ventadour, par lequel ilz adommagièrent moult le pays et prindrent plusieurs fors chasteaux en Auvergne, en Roergue, en Limosin, en Quersin, en Chevaldam, en Bigorre et en Agenois, tout venant l'un de l'autre. Avec Joffroy Teste Noire avoit plusieurs autres cappitaines qui faisoient moult de grans appertises d'armes, et prist Hémerigot Marcez, un escuier de Limosin, un fort chastel appellé de Calusel séant en Auvergne en l'éveschié de Clermont. Cest Hémerigot qui se tenoit englois avec ses compaignons, couroit le pays à sa voulenté. Sy estoient de sa route et cappitaines des autres chasteaulx le bourc Carlat, le bourc englois, le bourc de Champaigne et Remon de Sors, Gascoing, et Pierre de Bierne, Bernars[2].

Comment Amerigot Marcel, Limosin, soubz umbre[3] de la guerre des Englois, prist pluseurs forteresses en Auvergne. .xiij.ᵉ ch[apitre]

§ 13. Aymerigot Marcel chevauçoit une fois, lui .xij.ᵉ de compaignons tant seulement[4], à l'aventure, et prist le chemin pour venir à Aloise delez Saint Flour, qui est uns beau[5] chasteau de l'évesque de Clermont.

---

1. « Et n'en retinrent qu'équipement, nourriture et engins de guerre ». 2. « Béarnais ». 3. « À l'ombre de, sous prétexte de ». 4. « Lui-même et onze de ses compagnons, seulement ». 5. C'est-à-dire : « impressionnant, bien fortifié ».

Bien savoit que le chasteau n'estoit point gardez fors du portier seulement. Ainsi qu'il chevauçoit **[273r]** à la couverte tout quoiement devant Aloise, Aimerigot regarda et voit que le portier seoit sur une tronce de boys au dehors du chastel. Adont dist là un Breton qui trop bien savoit jouer de[1] l'arbaleste : « Voulez vous que je vous rende tout mort ce portier, et du premier coup ? » — « Oÿl, dist Hémerigot, je t'em pry. » Cel arbalestier encoche et traÿ un carrel, et assena le portier de droite visée en la teste, et lui embarre tout dedens. Le portier, qui estoit navrez à mort, se senty féru et rentra en la porte. Et cuida fermer le guichet[2] en entrant ; mais il ne pot, car il cheÿ là tout mort. Hémerigot et ses compaignons se hastèrent et vindrent à la porte et entrèrent ou[3] guichet ; si trouvèrent mort le portier, et sa femme estoit toute esgarée delez lui ; à laquelle ilz ne firent nul mal, mais lui demandèrent où estoit le chastellain. Elle respondi qu'il estoit à Clermont. Les compaignons asseürèrent la femme de sa vie, afin qu'elle leur baillast les clefs du chastel et de la maistre tour[4]. Elle le fist, car en elle n'avoit point de défence ; puis la mistrent hors et lui rendirent toutes ses choses, voire ce que porter en pot. Si s'en vint à Saint Flour, une cité à une lieue de là. Les gens du pays furent moult esbahis quant ilz sçorent que le chastel de l'Aloise estoit englois.

Assez tost après reprist Hémerigot Marcel le fort chastel de Valon, et l'embla par eschiellement[5]. Et quant il fu dedens, le cappitaine dormy en la grosse tour, qui n'estoit mie à prendre de force, car par celle tour se pouoit tout le chastel recouvrer. Adont s'avisa Hémerigot d'un soutif tour, car il tenoit le père et la mère du chastellain. Et les fist venir devant la tour et

---

1. Cf. l'expression moderne : « savoir jouer du couteau ».
2. Petite porte pratiquée dans une porte monumentale, une muraille.   3. « dans le » : combinaison de la préposition « en » avec l'article défini « le ».   4. Le donjon, où se trouve vraisemblablement la trésorerie.   5. « En se servant d'échelles d'assaut ».

leur fist [semblant][1] qu'il les feroit là décoler se leur filz ne rendoit la tour. Les bonnes gens doubtoient[2] la mort : si distrent à leur filz qui estoit en la tour, que il lui preïst pitié d'eulx ; et plouroient tous deux moult tendrement. L'escuier se ratendry grandement, et n'eüst jamais son père et sa mère laissié morir. Si rendy tantost la tour, et on les bouta hors[3] du chastel. Ainsi fu Valon englois, qui moult greva le pays, car toutes manières de gens qui vouloient mal faire, se retraïoient là ou à Calusiel, à deus lieues de Limoges, ou à Carlat ou à l'Aloise ou à Ventadour, ou en plusieurs autres chasteaux. Et quant ces garnisons s'assembloient, ilz pouoient bien estre .v.^{c} ou .vi.^{c} lances. Et couroient tout le pays et la terre au conte daulphin qui leur estoit [273v] voisine, ne nul ne leur aloit au devant tant qu'ilz feüssent ensemble. Bien est vray que le seigneur d'Archier leur estoit un grant ennemy. Aussi estoient le seigneur de Soliers et le bastars de Soliers son frère, et un autre escuier de Bourbonnois qui se appelloit Gourdinet. Lequel Gourdinet, par beau fait d'armes et d'un rencontre, prist un jour Hémerigot Marcel et le raençonna à .v.^{m} frans ; tant en ot il. Ainsi se porta le fait d'armes en Auvergne et en Limosin et ès marches de par delà.

Des princes qui se déclarèrent pour pape Clément et de ceulx aussi qui se tindrent de la partie pape Urbain. .xiiij.^{e} [chapitre]

§ 14. Je me suis longuement tenus de parler du fait de l'Église : si y vueil retourner, car la matière le requiert. Vous avez bien cy dessus oÿ recorder comment par l'effort des Romains les cardinaulx qui

---

1. MS : « sembloit ». 2. « Redoutaient, craignaient ».
3. « Expulsa de ».

pour le temps régnoient, et pour le peuple de Romme appaisier qui trop fort estoient esmeüs sur eulx, firent pape ; et nommèrent l'arcevesque de Bar, qui s'appelloit devant Berthelmy des Angles[1]. Si reçut la papalité et fu nommez Urbain le .Vj.e, et ouvry graces aussi comme usage est. L'entention de plusieurs cardinaulx estoit que quant ilz verroient leur plus bel[2], ilz remettroient leur eslection ensemble et ailleurs, car ce pape ne leur estoit mie prouffitable ne aussi à l'Église, car il estoit trop fumeux et trop mélancolieux. Quant il se vit en sa prospérité et en puissance de papalité, et que plusieurs roys crestiens escripvoient à lui et se mettoient en son obéïssance, il s'en oultrecuida et enorguilli, et voult user de puissance et de teste[3], et retrenchier aux cardinaux plusieurs choses de leur droit et oultre leur acoustumance. De quoy il leur desplut grandement, et en parlèrent ensemble et distrent et ymaginèrent qu'il ne le leur feroit ja bien, et qu'il n'estoit pas digne ne mérite[4] de gouverner le monde. Si proposèrent les plusieurs qu'ilz en esliroient un autre, qui seroit sage et puissant, et par lequel l'Église seroit bien gouvernée. A ceste ordonnance rendirent grant paine les cardinaux, et disoient les aucuns qu'ilz tendoient à estre pape. Tout un esté furent ilz en une variation, que ceulx qui tiroient à faire pape n'osoient descouvrir[5] ne moustrer leurs secrés généralment pour les Romains, et tant que, sur la variation de court, plusieurs cardinaulx se partirent de Romme en plusieurs lieux à leur plaisance. Urbain s'en ala en une cité que on dit Tieule[6], et là se tint **[274r]** un grant temps. En ces vacations[7] et en ce termine[8] qui longuement ne pouoit demourer, car trop grant foison de clers[9] de diverses parties du monde estoient à Romme attendans

---

1. L'archevêque de Bari, Barthélemy Prignano, nommé selon certains pour complaire au peuple romain.   **2.** « Quand la meilleure occasion se présenterait ».   **3.** « Caprice ».   **4.** « Digne ».   **5.** « Révéler ».   **6.** Tivoli.   **7.** « Pendant que ces choses s'accomplissaient ».   **8.** « Temps, délai ».   **9.** « Clercs ».

Election de deux papes

graces, et ja les plusieurs estoient promisses [et] [colloquiées][1], les cardinaulx qui estoient d'un accort et d'une voulenté se mistrent ensemble et firent pape. Et cheÿ la voix à monseigneur Robert de Genève, jadis filz au conte de Genève. Et fu de ses premières promotions évesque de Thérouenne, et puis évesque de Cambray, et s'appelloit le cardinal de Genève. À ceste eslection faire furent la greigneur partie des cardinaux, et fu appellé Clément[2].

En ce temps avoit en la marche de Romme un moult vaillant chevalier de Bretaigne qui s'appelloit Sevestre Bude. Si tenoit dessoubz lui plus de .ij.^{m} Bretons, et s'estoit les années passées grandement bien portez contre les Florentins, que pape Grégoire avoit guerroyés et escommeniez pour leur rébellion. Et avoit ce Salvestre Bude tant fait qu'ilz estoient venus à mercy[3]. Pape Clément et les cardinaulx qui de son accort estoient le mandèrent secrètement et toutes ses gens d'armes. Si s'en vint bouter ou bourc Saint Pierre[4] et ou fort chastel de l'Angle[5] au dehors de Romme, pour mieulx contraindre les Rommains. Si n'osoit Urbain partir de Tuille, ne les cardinaulx qui de son accort estoient, granment n'en y avoit mie, pour la doubtance de ces Bretons, car ilz estoient grant foison et toutes gens de fait[6], qui ruoient jus tout ce qu'ilz trouvoient ne rencontroient. Quant les Rommains se virent en ce party et en ce dangier[7], si mandèrent autres soudoiers alemans et lombars, qui escarmuchoient tous les jours contre ces Bretons. Clément fist graces à tous clers qui avoir les vouloient, et signefia[8] son nom par tout le

---

1. MS : « collopiées ».   2. Mécontents du caractère fantasque et autoritaire du pape Urbain VI, les cardinaux français se retirèrent à Anagni en mai-juin 1378, pour déclarer nulle l'élection de celui-ci. Le 21 septembre 1378, ils élurent à Fondi comme nouveau pape le cardinal Robert de Genève, bientôt sacré sous le nom de Clément VII.   3. « S'étaient soumis ».   4. L'enceinte du Vatican.   5. Le château Saint-Ange à Rome.   6. « Hommes d'action, guerriers redoutables ».   7. « Danger », ici ; mais le mot signifie le plus souvent « puissance » ou « domination ».   8. « Fit publier, connaître ».

monde. Quant le roy de France, qui pour ce temps régnoit[1], en fu signifié, si lui vint de premiers à grant merveille, et manda ses frères et les grans barons de son royaume, tous les prélas, recteurs et les maistres docteurs de l'université de Paris, et pour savoir à laquelle eslection de ces papes, ou à la première ou à la derrenière, il se tenroit. Ceste chose ne fu pas si tost déterminée, car plusieur clers varioient ; mais finablement tous les prélas de France s'enclinoient à Clément, et aussi faisoient les frères du roy et la greigneur partie de l'université de Paris. Et fu le roy de France Charles en ces jours tellement moustrez et imformez par [tous][2] les plus grans clers de son royaume qu'il obéÿ à pape Clément et le tint à droit pape, et fist **[274v]** un commandement espécial par tout son royaume que on tenist Clément à pape, et que tous obéïssent à lui comme à Dieu en terre. Le roy d'Espaigne tint ceste oppinion ; aussi fist le conte de Savoie, le sire de Mellans et la royne de Naples. Ce que[3] le roy de France crut en Clément couloura grandement son fait[4], car le royaume de France si est[5] la fontaine de créance et de excellence pour les nobles églises qui y sont et les haultes prélations. Encore vivoit Charles de Boësme, roy d'Alemaigne et empereur de Romme, et se tenoit à Prague en Behaigne, et estoit bien enformez de toutes ces choses, qui lui venoient à grant merveille. Et quoy que tout son empire d'Alemaigne, excepté l'arceveschié de Trèves, créoient de fait, de courage[6] et d'entention en Urbain, et ne vouloient oÿr parler d'autre, l'empereur se faint et dissimula tant qu'il vesqui, et en respondoit, quant on en parloit en sa présence, si courtoisement, que tous prélas et barons de son empire s'en contentoient. Non obstant tout ce, les églises de l'empire obéïssoient à Urbain, et ainsi fist tout le royaume d'Engleterre ; et le royaume d'Escoce obéÿ à Clément. Le conte Loÿs de Flandres qui pour

---

1. Charles V.   2. MS : « tout ».   3. « Le fait que ».
4. « Le fit valoir ».   5. « Est bien, en effet » (forme intensive).
6. « De cœur ».

le temps régnoit[1] greva trop grandement [Clément] dedens les parties de Brabant, de Haynau, de Flandres et du Liège[2], car il voult tousjours demourer urbainsien, et disoit que on faisoit à ce pape tort. Et ce conte estoit adont tant creüz et renommez ès parties où il conversoit, que pour ce les églises et les seigneurs terriens se tenoient à son oppinion. Mais ceulx de Haynau, les églises et les seigneurs conjoins avec eulx, [et] leur seigneur qui s'appelloit Aubert, demourèrent neutre et n'obéïrent non plus à l'un que à l'autre ; de quoy l'évesque de Cambray qui pour le temps régnoit, qui s'apelloit Jehan[3], en perdy en Hénault toutes les revenues de sa temporalité. En ce temps fu envoié ès parties de France et de Hénaut, de Flandres et de Brabant, de par le pape Clément, le cardinal de Poitiers[4], qui estoit un moult bon preudomme, vaillant homme et sage clerc, pour enseignier et preschier le peuple qu'il avoit esté à la première eslection : si moustroit bien comment par contrainte ilz avoient l'arcevesque de Bar fait pape. Le roy de France et ses frères et les prélas de France le recueillirent bénignement et entendirent voulentiers à ses paroles, et leur semblèrent toutes véritables : pour tant y adjoustèrent ilz plus grant créance. Et quant il ot esté en France à son plaisir, **[275r]** il s'avala en Haynaut où il fu receü du duc Aubert liement ; aussi fu il en Brabant du duc et de la duchesse, mais autre chose n'y conquesta. Il quida à son venir aler ou [Liège][5], mais il en fu si desconseilliés que point n'y ala. Si retourna à Tournay et là se tint, et cuidoit aler en Flandres pour parler au conte et au pays ; mais point n'y ala, car il lui fu signifié du conte qu'il n'y avoit que faire pour celle cause, car il tenoit [Urbain à] pape et tousjours tenroit, et en cel estat vivroit et mouroit. Si se party le cardinal de Poitiers de Tournay, et s'en vint à Valenchiennes et de là

---

1. Louis de Male. 2. L'archevêché de Liège et ses domaines.
3. Jean de Serclaes. 4. Gui de Maillesec. 5. MS : « liegie ».

Comment les soudoiers pape Clément occirent plusieurs Romains en Campdole où ilz tenoient leur parlement. .xv.ᵉ chapitre

§ 15. Ainsi estoient les royaumes crestiens par le fait de ces papes en variation, et les églises en différent. Urbain en avoit la greigneur partie, mais la plus prouffitable tant que à la chevance [2], et de plaine obéïssance, Clément le tenoit. Sy envoiia Clément, par le consentement des cardinaux, en Avignon pour rapareillier le lieu et le palais ; et estoit bien son entente que là il se trairoit le plus tost qu'il pourroit. Et s'en vint séjourner Clément en la cité de Fondes, et là ouvry ses graces [3]. Si se traïrent celle part toutes manières de gens qui ses graces vouloient avoir. Et tenoit sur les champs aux villages grant foison de soudoiers qui guerrioient Romme, et ou bourc Saint Pierre les traveilloient nuit et jour d'assaulx et d'escarmuches grandement. Et aussi ceulx qui estoient ou chastel de l'Angle, audehors de Romme, faisoient moult de destourbiers aux Rommains. Mais ceulx de Romme se fortifioient de soudoiers alemans et en prindrent grant foison avec la puissance de Romme qu'i[ls] assemblèrent [4], tant qu'ilz conquistrent un jour le bourc Saint Pierre. Adont se boutèrent les Bretons, ceulx qui porent, ou chastel de l'Angle, et là se recueillirent. Touteffois par force d'armes ilz menèrent tant ces Bretons qu'ilz rendirent le chastel de l'Angle, sauve leurs vies. Si s'en partirent

---

1. « Toujours ».   2. Moyens pécuniaires « par lesquels on vient à chef ou à bout de tout » (A. Scheler).   3. « Inaugura ses faveurs et bénédictions ».   4. MS : « qui assemblerent un jour tant... »

les Bretons, et se retraïrent vers Fondes et là environ sur le plat pays ; et les Rommains abatirent le chastel de l'Angle et ardirent tout le bourc Saint Pierre. Quant messire Sevestre Budes, qui se tenoit sur le pays, entendy que ses gens avoient ainsi perdu le bourc Saint Pierre et le chastel du Saint Angle, il en fu durement courrouciés, **[275v]** et avisa comment il se pourroit sur ces Rommains contrevengier. Touteffois il lui fu dit par ses espies que les Rommains, tous les plus notables de la cité, devoient estre ensemble en Campdole à conseil. Si tost comme il fu informez de ces nouvelles, il mist une chevaucée sus de gens d'armes qu'il tenoit delez lui, et chevauça ce jour par voies couvertes tout secrètement vers Romme, et sur le soir entra dedens par la porte de Naples. Quant ces Bretons furent entrez dedens, ilz prindrent le chemin de Campdole, et là vinrent si à point que tout le conseil estoit yssu hors de la chambre, et se tenoient sur la place. Ces Bretons abaissièrent leurs lances et esperonnèrent leurs chevaux, et se boutèrent entre ces Rommains, et là en occirent et abatirent grant foison et tout des plus notables de la ville ; et y ot mors sur la place .vij. bannerez et bien .ij.^{c} d'autres riches hommes, et grant foison de mehaingniés et de navrez. Quant ces Bretons orent fait leur emprise, ilz se retraïrent sur le soir, et tantost fu tart. Si ne furent point poursuivis tant pour la nuit comme pour ce qu'ilz estoient si effrayés dedens Romme qu'ilz ne savoient auquel entendre, fors à leurs amis qui estoient mors et navrez. Si passèrent la nuit en grant angoisse de cuer, et ensevelirent les mors et mistrent à point les blaciés. Quant ce vint au matin, pour eulx contrevengier ilz s'avisèrent d'une grant cruauté, car les povres clers qui séjournoient en Romme et qui nulles coulpes n'y avoient à ce meffait, ilz assaillirent ; et en occirent ou blecièrent plus de .iij^c., et par espécial nul Breton qui cheoit en leurs mains n'estoit point pris à mercy. Ainsi aloient les choses ès parties de Romme par le fait des papes, en grant tribulation, et le comparoient tous les jours ceulx qui coulpe n'y avoient[1].

---

1. « Ceux qui n'y avaient aucune responsabilité ».

Comment la royne de Naples résigna à pape
Clément toutes ses terres et comment le pape
les donna au duc d'Anjou.
Le .xvj.ᵉ chapitr[e]

§ 16. Entretant que pape Clément se tenoit à Fondes, la royne de Napples le vint veoir de bon courage et se mist, lui et les siens, en son obéïssance, et le voult bien tenir à pape. Ceste royne avoit eü en propos un grant temps que le royaume de Cécile, dont elle estoit dame et royne[1], et la duchié de Prouvence[2], qui du royaume dépendoit, elle remettroit en la main du pape pour faire en[3] sa pure voulenté et donner et ahériter .j. hault prince, quel qu'il fust, du royaume de France, qui puissance **[276r]** eüst de l'obtenir contre ceulx qu'elle héoit à mort, qui descendoient du royaume de Hongrie, monseigneur Charles de la Paix[4]. Quant la royne de Naples fu venue à Fondes, elle se humelia moult envers le pape et se confessa à lui et lui remoustra toutes ses besoingnes et se descouvry de ses secrez, et lui dist : « Père Saint, je tieng plusieurs grans héritages et nobles, telz comme le royaume de Naples, le royaume de Cécille, Puille et Calabre et la duchié de Prouvence. Bien est vérité que le roy Loÿs de Cécille, duc de Puille et de Calabre, mon père, vivant il recongnoissoit toutes ses terres de l'Église, et me prist par la main au lit de la mort et me dist : "Ma belle fille, vous estes héritière de moult riches et grans pays. Et croy bien que plusieurs grans seigneurs presseront à vous avoir à femme pour les beaux héritages

---

1. « Jeanne de Naples n'était reine de Sicile que de nom. En 1377, la reine de fait était Marie, qui devait épouser en 1391 Martin le Jeune, prince d'Aragon » (Raynaud, SHF, t. IX, p. LXXIII). « Le père de Jeanne était Charles de Sicile, duc de Calabre, mort en 1328, alors que sa fille avait deux ans » *(ibid.).*   2. Le comté de Provence.   3. « Pour en faire... »   4. Charles de Sicile, dit de la Paix, roi de Naples. Mort en prison en 1386. Avait épousé sa cousine Marguerite de Duras.

et grans que vous tenrez. Si vous enjoing et commande que, par le conseil des hauls princes, des héritages que vous tenrez vous vueilliés user, et vous marier à si hault seigneur qu'il soit puissant de vous tenir en paix et tous vos héritages. Et se il avient aussi que Dieux le consente que vous n'ayés nulz hoirs de vostre chair, si remettez voz héritages tous en la main du Saint Père qui pour ce temps sera, car le roy Robert, mon père, au lit de la mort le me charga ainsi ; pourquoy, ma belle fille, je vous encharge, et si m'en descharge." Et adont, Père Saint, je lui eus en couvent par ma foy, présens tous ceulx qui en la chambre estoient, que je lui acompliroie son derrenier désir. [Voirs est]¹, Père Saint, que après [son trespas]², par le consentement des nobles de Cécille et de Naples, je fus mariée à Andry de Hongrie, frère au roy Loÿs de Hongrie, duquel je n'ay eü nulz hoirs, car il mourut joenne à Ais en Prouvence³. Depuis sa mort on me remaria au prince de Tharente qui s'appelloit messire Charles, et en os une fille⁴. Le roy de Hongrie, pour la desplaisance qu'il ot [de la mort]⁵ du roy Andry son frère, fist guerre à mon mary messire Charles de Tharente, et lui vint tollir Puille et Calabre, et le prist par bataille et l'emmena en prison en Hongrie, et là mourut. Depuis, par l'accord des nobles de Cécille et de Naples, je me remariay au roy James de Maïogres⁶, et manday en France messire Loÿs de Navarre pour espouser ma fille⁷, mais il

---

1. MS : « vous estes ». **2.** MS : « le trespassas ».
3. D'après Raynaud, André, que Jeanne avait épousé étant en bas âge (le 26 septembre 1333), vécut en mauvaise intelligence avec elle et mourut assassiné au château d'Aversa (non pas à Aix), le 18 septembre 1345, peut-être à l'instigation de la reine. André laissait un enfant posthume, Charles Martel, né le 25 décembre 1345, et mort à l'âge de deux ans (SHF, t. IX, LXXIV). **4.** Louis de Tarente, en réalité ; deux filles naquirent de ce mariage (le 20 août 1346), mais moururent en bas âge *(ibid.)*. **5.** Correction proposée par Raynaud (SHF, t. IX, p. 152). **6.** « Au mois de décembre 1362, la reine Jeanne épouse Jayme, dont le père, Jayme II, roi de Majorque, avait été vaincu et tué en 1349 par Pierre IV, roi d'Aragon, qui s'était emparé de sa couronne » (SHF, t. IX, LXXIV).
7. C'est sa nièce, Jeanne de Sicile, fille de Charles de Duras et de

mouru sur le chemin. Le roy de Maïogres mon mary se départy de moy en entention **[276v]** de recouvrer son héritage de Maïogres que le roy d'Arragon lui obtenoit à force, que il l'en avoit deshérité, et fait mourir le roy son père en prison. Bien disoie au roy, mon mary, que je estoie dame assez puissante et riche pour le tenir en tel estat qu'il vouldroit, mais tant me prescha et moustra de belles raisons en désirant de recouvrer son héritage, [que] je m'assenty, aussi comme par demie voulenté, qu'il feïst son plaisir. Et à son département je lui enjoingny et enortay espécialment qu'il alast devers[1] le roy Charles de France et lui remoustrast ses besoingnes, et se ordonnast tout par lui. De tout ce n'a rien fait, dont il l'en est mésavenu, car il s'ala rendre au prince de Galles, qui lui ot en couvenant qu'il lui aideroit. Et ot plus grant fiance ou prince de Galles que ou roy de France à qui je suis de lignaige. Et entretant qu'il estoit sur son voiage, je escripsi au roy de France et envoiai grans messages en priant qu'il me voulsist envoier un noble homme de son sang auquel je peüsse ma fille marier, parquoy nostre héritage ne demourast mie sans hoir. Le roy de France entendy à mes parolles, dont je l'en sçay bon gré, et m'envoia son cousin messire Robert d'Artois, lequel ot ma fille espousée. Père Saint, ou voiage que le roy de Maïogres mon mary fist, il moru. Je me sui remariée à messire Oste de Bresvic, et pour tant que messire Charles de la Paix a veü que j'ay voulu revestir, [lui][2] vivant, de mon héritage messire Oste, il nous a fait guerre ; et nous prist ou chastel de l'Uef[3] par enchantement, qu'il[4] sembloit à nous qui estions ou chastel de l'Uef, que la mer estoit si haulte qu'elle nous pouoit acouvrir. Si fusmes à celle heure si espoentez

---

Marie de Sicile, que la reine Jeanne maria en premières noces en 1366 avec le frère de Charles le Mauvais, Louis de Navarre, qui mourut en 1372.

1. MS : « devers devers ».   **2.** MS : « son ».   **3.** « De l'Œuf ».
4. « De sorte qu'il... ».

que nous nous rendismes à messire Charles de la Paix, tous .iiij., sauve nos vies. Il nous a tenu en prison, moy et mon mary ; ma fille et son mary y sont mors. Depuis par traittié nous sommes délivrez parmy tant que[1] Puille et Calabre lui demourèrent, et tent à venir à l'éritage de Naples, de Cécille et de Prouvence, et quiert aliances par tout, et efforcera le droit de l'Église si tost que je seray morte, et ja moy vivant, il en fait son plain pouoir. Pourquoy, Père Saint, je me vueil acquitter envers Dieu et envers vous, et acquitter les ames de mes prédécesseurs ; si vous rapporte et met en vostre main dès maintenant tous les héritages qui me **[277r]** sont deüz, de Cécille, Naples, Puille, Calabre et Prouvence, et les vous donne à faire vostre voulenté, pour donner et hireter qui qu'il vous plaira et qui bon vous semblera, qui obtenir les pourra contre nostre adversaire messire Charles de la Paix. » Pape Clément reçut ces paroles à très grant bien, et le don en grant révérence, et dist : « Ma fille de Naples, nous ordonnerons tellement que les héritages aront héritier de vostre sang, noble et puissant et fort assez pour résister contre tous ceulx qui lui vouldront nuire. » De toutes ces paroles, ces dons, ces déshéritances et ahéritances on fist instrument publique et autentique.

Quant la roynne de Naples et messire Othes de Bresvic orent pris congié au pape, ilz retournèrent à Naples. Depuis ne demoura gaires de temps que pape Clément ymagina en lui meïsmes que trop longuement séjournoit ès parties de Rome et qu'il ne lui estoit point bon, et que les Rommains et Urbains traveilloient grandement à avoir l'amour des Nappoliens[2] et de messire Charles de la Paix ; si se doubta que les chemins ne fussent tantost si clos par mer et par terre qu'il ne peüst retourner en Avignon, où il désiroit à venir. Et la plus principal et espécial chose qui l'enclinoit à retourner, c'estoit ce qu'il vouloit donner en don, aussi que[3]

---

1. « Selon la condition que ; pourvu que ».   2. « Napolitains ».   3. « Ainsi que ».

receü l'avoit, au duc d'Anjou, le droit que la royne de Naples lui avoit donné et séëllé. Si ordonna ses besongnes secrètement et monta en mer, il et les cardinaux et toute leur famille, en galées et vaisseaux qui leur estoient venus d'Arragon et de Marseille, le conte de Roquebertin en leur compaignie, un vaillant homme d'armes d'Arragon. Si arrivèrent sans péril à Marseille, dont tout le pays fu grandement esjoïs ; et de là vint le pape en Avignon. Si signifia sa venue au roy de France et à ses frères, qui en furent tous resjoïs. Adont le vint veoir le duc d'Anjou, qui se tenoit pour le temps à Thoulouse ; si lui donna le pape à sa venue tous les dons dequoy la royne de Naples l'avoit revestu. Le duc accepta ces dons et dist au pape que briefment il yroit si fort ès parties par de delà que pour résister contre tous les nuisans de la royne de Naples. Si fu le duc avec le pape environ .xv. jours, et puis retourna à Thoulouse delez la duchesse sa femme. Et Clément demoura en Avignon, et laissa ses gens d'armes messire Sevestre Budes et messire Bernart de la Sale et Flourent guerroier les Rommains.

Comment les soudoiers pape Urbain .VI.ᵉ ruèrent jus les gens d'armes de pape Clément en Italie. .xvij.ᵉ ch[apitre]

§ 17. En ce temps avoit en la marche de Toscane et de Italie **[277v]** un vaillant homme d'armes d'Engleterre appellé messire Jehan Hactonde, et estoit yssus hors du royaume de France quant la paix fu faite à Brétigni delez Chartres. Et estoit lors un povre bacheler ; si regarda que de retourner en son pays il ne pouoit riens proufiter. Et quant il couvint toutes manières de gens d'armes vuidier du royaume de France par l'ordonnance du traitié de la paix, il se fist chief d'une route de compaignes que on appelloit les Tart-Venus, et s'en vindrent en Bourgoingne, et là s'assemblèrent grant foison de telles routes, Englois, Bretons, Gascoings et Alemans. Et fu Hactonde un des plus hauls, avec Briquet et Carsuelle, par qui la bataille de Brinay fu faite[1] ; et aida à prendre le Pont du Saint Esprit avec Bernart de Sorges. Et quant ilz orent assez guerrié le pays, le pape et les cardinaux, on traitta envers eulx et envers le marquis de Montferrant, qui en ce temps avoit guerre aux seigneurs de Milan. Ce marquis les emmena oultre les mons, quant on leur ot délivrez .lx.^{m} frans, dont Hactonde ot à sa part .x^m. frans pour lui et sa route. Quant ilz orent achevé la guerre du marquis, les plusieurs retournèrent ; et Hactonde et sa route demourèrent en Ytalie. Et l'ensonnia pape Urbain .V^e., tant qu'il vesqui, contre les seigneurs de Milan ; aussy fist pape Grégoire régnant après lui. Et fist ce messire Jehan de Hactonde et messire de Coucy contre le conte de Vertus et les Lombars une belle journée. Si s'avisèrent les Romains et Urbain qui se nommoit pape[2], quant Clément fu partis de Romme, qu'ilz manderoient ce messire Jehan Hactonde ; sicomme ilz firent, et lui retindrent, lui et sa route, en soudées. Et il s'en aquita loyaument, car il, avec les Romains, desconfist un jour messire Sevestre Budes et une grant route de Bretons, et furent sur la place tous mors ou pris, et Sevestre Budes amenez à Rome prisonnier, et un autre escuier breton appellé Guillaume Boileaue. Et puis yssirent de prison et ne pot on savoir par quel traitié, et vindrent en Avignon où ilz furent pris et souspeçonnés de traïson par le cardinal d'Amiens qui les héoit pour tant qu'ilz avoient rué jus ses sommiers où il avoit grant finance. Et avoient tout party aux[3] compaignons qui faisoient guerre pour pape Clément, et ne pouoient estre paiés de leurs gaiges, pourquoy ce cardinal fist entendant qu'ilz venoient en Avignon pour trahir le pape. Si furent pris et envoiés à Mascon, et là décolez.

---

1. Cette bataille eut lieu en 1362, aux dépens de la noblesse de France.   2. Trace de sympathies clémentistes de la part de Froissart ou de son scribe.   3. « Partagé avec ».

Le commencement de la guerre de Flandres. **[278r]**
*Cy dit comment Jehan Lion fu fait doyen
des naviers à Gand*[1] *par la faveur du conte
de Flandres. .xviii.*[e] *[chapitre]*[2]

§ 18. Quant les haynes et tribulations vindrent premièrement en Flandres, le pays estoit si raempli de tous biens que merveilles, et tenoient les gens ès bonnes villes moult grans estas. Et avoit le conte Loÿs de Flandres régné en grant prospérité et paix, et tant de ses déduis que nul terrien ne pouoit avoir eü, et estoit sage et soubtil. En ce temps avoit un bourgois à Gand qui se appelloit Jehan Lion[3], lequel fu ensonniez du conte de occire un homme en Gand qui lui estoit contraire et desplaisant, qui s'appelloit [Jehan d'York][4], lequel Jehan Lion, quant il ot celui occis, s'en vint demourer à Douay, et là fu près de trois ans, et tint grant estat, car le conte le paioit. Et fu Jehan Lion pour celle occision bannis de la ville de Gand à .L. ans, et perdy tout ce qu'il avoit en la ville. Depuis exploita tant le conte qu'il lui fist avoir sa paix à partie, et ravoir[5] la ville de Gand et la franchise, ce que on n'avoit onques veü, dont plusieurs gens à Gand et en Flandres furent esmerveilliés. Avec tout ce, le conte le

---

1. Gand ; Gent (Flandre-Orientale) ; le comte de Flandre accorda à la ville son échevinage propre dès 1127 ; en 1180 Philippe d'Alsace commença la construction du château des Comtes, afin de mettre un frein à la puissance communale grandissante. La draperie de Gand en fit bientôt un centre international de commerce (le drap gantois était un produit de luxe, tissé avec de la laine anglaise). Au XIIIe siècle, l'échevinage communal se trouvait aux mains d'un petit nombre de familles patriciennes (le groupe des 39) ; la masse des artisans du textile s'opposa à cette oligarchie. À partir de 1368, les bourgeois (*poorters*), tisserands et petits métiers se partageaient l'autorité communale, les foulons étant définitivement relégués au second plan. Gand fut un bastion de la démocratie urbaine.   2. Ici commence le récit des troubles de Flandre.   3. Jan Yoens, homme très puissant à Gand. Le comte le nomma bientôt doyen des « naviers ».   4. MS : lacune. D'autres manuscrits font mention à cet endroit de J. de York ou Doncker.   5. « Regagner ».

fist doien des naviurs, lequel office lui pouoit bien valoir mille livres l'an, à aler droiturièrement avant. En ce temps avoit un autre lignage à Gand que on appelloit les Mahieus, et estoient .vij. frères, et tous les plus grans des naviurs[1]. Entre ces .vij. frères en y avoit un nommé Ghisebrecht Mahieu, lequel avoit grant envie sur Jehan Lion couvertement de ce qu'il le veoit si bien du conte, et l'eüst voulentiers occis, mais il n'osoit pour la doubtance du conte. Tant soutilla, visa et ymagina qu'il y trouva le chemin. Or vous diray la cause pourquoy principalment ilz s'entrehaioient.

Anciennement avoit eü en la ville de Dourdan[2] une guerre mortelle de deux riches hommes naviurs, dont l'un s'appelloit sire Jehan Pier et l'autre sire Jehan Barde. De celle guerre d'amis estoient mors eulx .xviij. Guisebrecht Mahieu et ses frères estoient du linage de l'un, et Jehan Lion estoit de l'autre. Ce Guisebrecht s'avisa d'un soutil tour, sicomme le conte séjournoit à Gand. Il s'en vint à l'un des principaulx chambellans du conte et lui dist : « Se Monseigneur de Flandres vouloit, il aroit un grant prouffit tous les ans sur les naviurs, dont il n'a riens maintenant. Et ce prouffit les estrangiers naviurs paieroient, voire, mais que Jehan Lion, qui estoit doien et maistre des naviurs, s'en voulsist loyaument acquiter. » Ce chambellan dist qu'il le remoustreroit au conte, sicomme il fist. Le conte, qui convoitoit le prouffit, fist venir devant lui ce Guisebrecht, lequel remoustra pluseurs causes raisonnables, ce sembla au conte, si qu'il respondi : « C'est bon que ainsi **[278v]** soit fait, et on face venir Jehan Lion. » Et

---

1. « On reprochait aux Mahieu d'avoir reçu du comte [de Flandre] des biens confisqués sur les amis de Jacques d'Artevelde » (*Œuvres* de Froissart, éd. K. de Lettenhove, t. IX, p. 530).
2. Damme, comté Flandre ; dép. Lys ; prov. Flandre-Occidentale, arr. Bruges. Situé près de l'écluse reliant le canal de Bruges et le bras de mer du Zwin. Ville dotée des privilèges de la ville de Bruges, donc dirigée par 13 échevins et autant de membres du conseil. Les *poorters* (ou bourgeois relevant du *portus*) de Damme étaient exemptés des droits de péage sur tous les marchés de Flandre. Premier marché du vin en Flandre au Moyen Âge.

dont quant Jehan Lion fu venu en la présence du conte et de Guisebrecht, le conte lui entama la chose et dist : « Jehan, se vous voulez, nous arons grant prouffit à ceste chose. » Jehan, qui estoit loyal en ceste ordenance, regarda que ce n'estoit point chose raisonnable, et si n'osoit dire de non[1], [et] respondi : « Monseigneur, ce que vous demandez et que Guisebrecht met avant, je ne le puis pas faire seul, et dur sera à l'esmouvoir, mais je en feray mon plain pouoir. » Ainsi départy leur parlement. Guisebrecht Mahieu s'en vint à ses .vj. frères et leur dist : « Il est point, mais que vous me voulez aidier ainsi que frères doivent faire l'un à l'autre, car c'est pour vous que je me combat. Je desconfiray Jehan Lion sans coup férir, et quoy que je die en ce parlement, quant tous les naviuers seront venus, si le débatez ; et je me faindray et diray à Monseigneur que, se Jehan Lion vouloit, ceste ordonnance se feroit. Je congnois bien Monseigneur de tant : ainçois qu'il n'en viengne à son entente, Jehan Lion perdra toute sa grace, et lui ostera son office, et me sera donné ; et quant je l'auray, vous l'acorderez. Nous sommes puissans en celle ville entre les naviuers : nul ne nous contredira noz voulentez. Et puis petit à petit je menray tellement Jehan Lion qu'il sera tout ruez juz. » Tous les frères Guisebrecht s'acordèrent à ceste ordonnance. Le parlement vint ; les naviuers furent tous appareilliés, et leur remoustrèrent Jehan Lion et Guisebrecht la voulenté du conte et de ce nouvel estatut qu'il vouloit eslever sur la navie du Lis et de l'Escaut, laquelle chose sembla à tous estre trop dure, et par espécial les .vj. frères Guisebrecht tous d'une oppinion y estoient, plus contraires que tous les autres, dont Jehan Lion estoit tout liés, car il vouloit garder les franchises anciennes et cuidoit que ce feüst pour lui, et c'estoit contre lui du tout.

---

1. « Et pourtant il n'osait pas dire non ».

Comment les blans chaperons furent esleüz à Gand contre ceulx de Bruges, qui vouloient avoir la rivière du Lis. .xix.ᵉ [chapitre]

§ 19. Jehan Lion rapporta la responce des naviers au conte, et lui dist : « Monseigneur, c'est une chose qui nullement ne se puet faire et dont un trop grant mal puet venir. Laissiés les choses en leur estat ancien, et ne faites riens de nouvel. » Ceste responce ne plot mie bien au conte, car il veoit que [de] cela eslever[1] dont il estoit informez, il pouoit tous les ans avoir .vj. ou .vij.ᵐ florins de proufit. Si se tut adont, mais pour ce n'en pensa pas moins, et fist soingneusement poursuir par paroles et traitiés ces naviers, lesquelx Jehan Lion trouvoit tous rebelles. Guisebrecht Mahieu venoit de costé au conte et à son conseil, **[279r]** et disoit que Jehan Lion s'acquittoit trop mollement de ceste besoingne, et que s'il avoit son office, il feroit tant que le conte de Flandres aroit héritablement ce prouffit. Et dont le conte ot conseil de soy meïsmes. Il osta Jehan Lion de son office, et y mist Guisebrecht, lequel tantost tourna à sa voulenté tous ses frères, et fist tant que le conte ot ce prouffit, et puis donna grans dons aux chambrelans et officiers du conte, parquoy il avoit l'amour d'eulx, et aussi au conte, dont il l'aveugloit. Et tout ces présens faisoit il paier aux naviers, dont les plusieurs ne se contentoient mie bien, mais ilz n'osoient mot sonner. Jehan Lion, qui tout estoit hors de la grace du conte, se tenoit en sa maison et vivoit du sien, et soufroit[2] ce que on lui faisoit ; car Guisebrecht lui retrenchoit au tiers et au quart les prouffiz qu'il deüst avoir de sa navie. De quoy Pietre du Bois, qui estoit varlet à ce Jehan Lion[3], se merveilloit moult.

---

1. MS : « que cela eslever ».   **2.** « Supportait ».   **3.** Pierre ou Pieter van den Bossche, serviteur ou comparse de Jan Yoens (Jehan Lion).

Et Jehan lui disoit : « Or, tout quoy ! Il est heure de taire, et heure de parler. »

Guisebrecht ot un frère appelé Estiévenart [1], lequel remoustroit à ses frères que ce Jehan Lion les pourroit encore tous honnir, combien que à présent il baissoit la teste. Si looit, pour estre plus asseür, qu'il l'occeïst, « Entretant, dist il, que nous sommes en la grace de Monseigneur ; et trop légierement nous venrons jus de la mort de lui. » Ses autres frères ne le vouloient consentir, et disoient qu'il ne leur faisoit nul mal et que point on ne doit homme occire s'il ne l'a trop grandement deservi. Si demoura la chose en cel estat un temps, tant que le déable, qui onques ne dormy, resveilla ceulx de Bruges à faire fossez pour avoir l'aisement de la rivière du Lis, et en avoient assez le conte de leur accort [2], et y envoièrent grant quantité de fossoieurs et de gens d'armes pour eulx garder. Autres années avoient ilz ainsi fait, mais ceulx de Gand par leur puissance leur avoient toudis brisié leur propos. Ces nouvelles vindrent à Gand que de rechief ceulx de Bruges faisoient efforcéement fossez pour avoir le cours de la rivière du Lis, qui estoit trop grandement à leur préjudice. Si commencièrent à murmurer moult de gens parmy la ville, et espécialment les naviuers, ausquelx la chose touchoit trop malement ; et disoient

---

1. « Étienne ».   2. « C'est le comte lui-même qui provoqua le dissentiment entre Gand et Bruges ; il était venu à Gand après la Pentecôte (29 mai) de 1379 pour assister à un tournoi. Ayant besoin d'argent, il demanda à établir une taxe qui, par l'intervention d'un nommé Gossuin Mulaert, ne lui fut pas accordée. Les habitants de Bruges au contraire se hâtèrent de fournir de l'argent au comte, qui leur permit de creuser un canal entre leur ville et Deynse, pour leur apporter l'eau douce dont ils manquaient » (Raynaud, SHF, t. IX, p. LXXIX). « Il ne s'agissait de riens moins que de détourner la Lys par un canal qui la joindrait à la Reye, ce qui permettrait de fixer à Bruges l'étape des blés de l'Artois, dont Gand avait joui sans interruption » (K. de L., *Œuvres* de Froissart, t. IX, p. 530). D'après K. de L., Gossuin Mulaert aurait protesté dans les termes suivants : « Il ne faut plus que les impôts payés par le peuple soient employés aux folies des princes et à l'entretien des histrions et des baladins » (*loc. cit.*).

que la ville en seroit gastée. « Se Jehan Lion fust encore nostre doien, la besoingne ne se portast[1] pas ainsi. » Finablement, ceulx de Gand ne pouoient plus souffrir ces fossoieurs, si se traïrent plusieurs devers Jehan Lion et lui demandèrent conseil de ceste chose. Mais il se fist prier durement ainçois qu'il voulsist riens dire. Et quant il parla, il dist : « Seigneurs, se vous voulez remédier à ceste chose, il fault en la ville de Gand que un ancien usage qui jadis **[279v]** y fu soit renouvelé ; c'est que les blans chaperons[2] soient mis avant, et qu'ilz aient un chief auquel ilz se puissent ralier. » Lors furent fais les blans chaperons et délivrez à plus de .v.^{c} compaignons qui mieux amoient la guerre que la paix, car ilz n'avoient riens à perdre. Et fu Jehan Lion esleü leur chief, et fu ordonné à aler contre ces fossoieurs de Bruges, et le doien des blans chaperons en sa compaignie.

Quant les fossoieurs de Bruges oïrent les nouvelles que ceulx de Gand venoient sur eulx efforciement, ilz laissièrent leur ouvrage et retournèrent à Bruges tous effraiés, et oncques puis ne se hastèrent de fossoier. Quant Jehan Lion et les blans chaperons virent qu'ilz n'en avoient nulz trouvez, si furent courroucés et se retraïrent en Gand. Pour ce ne se cessèrent mie de leur office, mais aloient les blans chaperons tous oyseux par my la ville ; et les tenoit Jehan Lion en cel estat, et disoit bien à aucuns secrètement : « Tenez vous tout aise ; buvez et mengiés, et ne vous effraiés de chose que vous despendez. Tels paiera temprement vostre escot qui maintenant ne vous donroit mie un disner. »

---

1. Imparfait du subjonctif à valeur de conditionnel.   **2.** Les *blans chaperons* : vieille association gantoise. À noter que les *leliaerts* ou partisans du comte, y compris les habitants de Bruges, portaient au contraire des chaperons *rouges*. Yoens prit comme lieutenants Gossuin Mulaert, Arnoul Declercq et Simon Colpaert.

Du munier bourgois de Gand qui fu en prison à Eclo, et comment il fu rendu à ceulx de Gand. Le .xx.ᵉ chapitre

§ 20. Ce terme pendant et celle propre sepmaine que Jehan Lion et les blans chaperons furent ordonnez, estoient venues nouvelles à Gand et requestes pour ceulx qui des franchises de Gand se vouloient aidier, en disant à ceulx qui la loy maintenoient pour la saison : « Seigneur, on tient prisonnier à Eclo, cy delez nous, qui est en la franchise de Gand, en la prison du conte, un nostre bourgois, et en avons sommé le bailli[1] de Monseigneur de Flandres ; mais il dist qu'il ne le rendra point. Ainsi se desrompent petit à petit et afoiblissent voz franchises qui du temps passé ont esté si nobles et si prisées, et avec ce bien tenues et gardées, que nulz ne les osoit enfraindre ne brisier ; ne les plus nobles chevaliers de Flandres s'en tenoient à bien paré quant ilz estoient bourgois de Gand. » Ceulz de la loy respondirent à ceulz de la partie du bourgois que on tenoit en prison : « Nous escriprons voulentiers devers le bailli de Gand et lui manderons qu'il le nous renvoie, car voirement son office ne s'estent mie si avant qu'il puisse tenir nostre bourgois en la prison du conte en la paix de la ville. » Sicomme ilz lui dirent, ilz firent, et escriprent au bailli pour ravoir ce prisonnier, à Eclo. Le bailli fu **[280r]** tantost avisez de respondre et dist : « Que nous oions de paroles pour un munier ! Dictes, ce dist le bailli, à ceulx de Gand, qui s'appelloit Rogier d'Auterive, que, se c'estoit un bien riche homme .vj. fois plus que ce ne soit, si ne sera il jamais hors de nostre prison, se Monseigneur de Flandres ne le commande. J'ay bien puissance de l'arrester, mais je n'ay nulle puissance du délivrer. » Ceste responce fu recordée à ceulx de Gand. Pour telles incidences et pour ceulx de Bruges qui vouloient fossoier sur l'éritage

---

1. Officier de justice du comte ; il s'agit de Roger d'Atrive.

de ceulx de Gand, souffroient les riches et sages de Gand à courir parmy la ville et sur le pays celle ribaudaille et pendaille que on nommoit les blans chaperons, pour estre plus doubtez et renommez, car il besoingne bien à un lignage qu'il y ait des folz et oultrageux pour soustenir les paisibles. Et furent ceulx de Gand moult troublez, et disoient que par estre trop mol, les franchises de Gand se pourroient perdre – qui estoient sy nobles. Jehan Lion, qui ne tendoit que à autre chose que de entoueillier la ville de Gand envers le conte de Flandres, que on ne peüst ne sceüst destoueillier sans trop grant dommage, n'estoit mie courrouciés de tels avenues, mais vouloit bien que tous les jours il en venist .xxx., [et] boutoit paroles de costé et semoit couvertement aval la ville de Gand, et disoit : « Onques puis que offices furent à tâche[1] en une ville, les juriditions ne furent plainement gardées. » Et mettoit ces paroles avant pour Guisebrecht Mahieu, et vouloit dire qu'il avoit mieulx que à tâche l'office des rivières et du naviage, car il avoit bouté la navie[2] en une nouvelle debte qui estoit grandement contre la franchise de Gand et le préjudice ancien, car le conte de Flandres recevoit chascun an .iij. ou .iiij.ᵐ frans hors de l'acoustumance ancienne, dont les marchans et les naviers anciens se plaingnoient grandement. Et [resongnoient] ja à venir à Gand ceulx de Valenciennes, de Douay, de Lille, de Béthune et de Tournay ; et estoit une chose par quoy la ville de Gand pourroit estre encore perdue, car petit à petit on leur touldroit[3] leurs franchises, et si n'y avoit homme qui en osast parler[4].

Guisebrecht Mahieu et le doyen des menuz mes-

---

1. Le manuscrit de Leyde porte à cet endroit « accaté », mais l'expression *en tasche* est attestée depuis le XIVᵉ siècle, à propos de personnes payées selon l'ouvrage exécuté ; l'expression *a tache* pourrait exprimer le fait, pour les offices, d'être en cours (contre rétribution ou rémunération).   2. La flotte des bateliers de Gand.   3. « Enlèverait ».   4. « Non seulement les franchises de Gand sont atteintes, mais aussi son commerce, car les gens de Douai et de Lille ne veulent plus y venir depuis qu'a été établie la nouvelle redevance des bateliers » (Raynaud, SHF, t. IX, pp. LXXIX-LXXX).

tiers[1], qui estoit de son aliance, orent tous les jours telz paroles à leurs oreilles, et recongnoissoient qu'ilz venoient de Jehan Lion, mais ilz ne pouoient y remédier, car Jehan Lion avoit ja semez tant de blans chaperons aval la ville et donnez aux compaignons hardis et oultrageux, que on ne l'osoit assaillir. Et aussi Jehan Lion n'aloit mie seul, car quant il **[280v]** yssoit de sa maison, il avoit du moins .ij.ᶜ ou .iij.ᶜ blans chaperons autour de lui. Aussi il n'aloit point aval la ville se trop grant besoing n'estoit, et se faisoit trop grandement prier pour avoir son conseil des incidences[2] et avenues qui avenoient en Gand et au dehors contre les franchises de la ville. Et quant il estoit en conseil ou il remoustroit une parole en général au peuple, il parloit de si beau réthorique et par si grant art que ceulx qui le oïoient estoient tous resjoïs de son langaige, et disoient communément et d'une voix, de quanqu'il disoit : « Il dist voir ! » Bien disoit Jehan Lion par grant prudence : « Je ne dy mie que nous afoiblissons ne apetiçons l'éritage de Monseigneur de Flandres ; et se faire le voulions, si ne pourrions nous, car raisons ne justice ne le pourroit soufrir, ne aussi que nous quérons ne cautelons[3] nulle incidence par quoy nous soions mal de lui ne en son indignation, car on doit tousjours estre bien de son seigneur. Et Monseigneur de Flandres est nostre bon sire et un prince hault tenus et renommez, qui nous a tousjours tenuz en grant paix et en grant prospérité, lesqueles choses nous devons bien recongnoistre ; et en devons plus soufrir que dont qu'il nous eüst guerroié et traveillé et proposé pour avoir le nostre. Et se à présent il est fort conseilliés et informez contre nous et les

---

1. Les *menus mestiers* en regroupaient 59, y compris les brasseurs et « hostelers » ; les plus grands (les plus puissants) corps de métiers à Gand étaient ceux des tisserands, fouleurs et « navieurs » ; voir D. Nicholas, *The Metamorphosis of a Medieval City. Ghent in the Age of the Arteveldes* (Lincoln et Londres : U. of Nebraska Press, 1987), 4-8 ; et (*id.,*), *Medieval Flanders* (Londres et New York : Longman, 1992).   **2.** MS : « des incidences des incidences ».   **3.** Cauteler, c'est « chercher secrètement, tramer, machiner ».

franchises de la bonne ville de Gand, et que ceulx de Bruges soient mieux en sa grace que nous, sicomme il appert par les fossoieurs, lui estant à Bruges, qui sont venu pour brisier nostre héritage et tolir nostre rivière dont la bonne ville de Gand seroit deffaite et perdue, et [qu']il veult faire faire, comme renommée court, un chastel à Deuse à l'encontre de nous, et lui ont promis ceulx de Bruges que s'ilz avoient le cours de la rivière du Lis, ilz lui donroient par an .xii.ᵐ frans, je conseille que la bonne ville de Gand envoie devers lui des sages hommes qui lui remoustrent toutes ces choses, tant du bourgois de Gand qui est en prison à Eclo, comme autres choses avenues et les incidences qui tous les jours avenir pourroient, par quoy il ne pense mie, ne son conseil aussi, que nous soions si mort que, se besoing estoit, nous ne puissions et voulons résister ; et, ses responces oÿes, la ville aura avis de punir le meffait sur ceulx qui seront trouvez coulpables. »

Quant Jehan Lion ot remoustré ceste parole en la place que on dit ou marchié des devenres[1], chascun dist : « Il a bien dit ! » Adont se **[281r]** retraït chascun en sa maison. À ces paroles que Jehan Lion avoit remoustrées, n'avoit point esté Guisebrecht Mahieu, car ja doubtoit il les blans chaperons ; mais Estiévenin son frère y fu, et quant il fu revenu devers ses frères il leur dist : « Je vous ay bien dit adez[2] que par Dieu, Jehan Lion nous destruira. À mal heure fu quant vous ne le me laissastes occire. Je en fusse trop légièrement venu à fin. Or n'est il pas en nostre puissance, car il est plus fort en la ville que le conte. » Guisebrecht respondi et dist : « Tais toy, fol. Quant je vouldray bien à certes, avec la puissance de Monseigneur, tous ces blans chaperons seront ruez jus, et tel les porte maintenant qui temprement n'ara que faire de chaperon. » Or furent enchargiés pour aler devers le conte aucuns sages et notables hommes de la ville de Gand ; et fu

---

1. Le *Vrijdagmarkt* ou marché du vendredi. Voir Nicholas, *Metamorphosis*, pp. 68-9 (plan de Gand au XIVᵉ siècle). 2. « À plusieurs reprises, continuellement ».

l'un Guisebrecht Mahieu, doyen des navieurs, pour tant qu'il estoit bien du conte. Et ce bont[1] lui donna Jehan Lion tout par cautelle afin que, se ilz raportoient riens du contraire contre les franchises de Gand, il en fust plus demandé[2] que les autres. Ilz se départirent et trouvèrent le conte à Malle, et exploitièrent si bien que le conte leur accorda toutes leurs requestes : du bourgois prisonnier que on tenoit à Eclo rendre à ceulx de Gand, de vouloir tenir toutes les franchises de Gand sans nulle brisier, et défendre à ceulx de Bruges que plus ne se hastassent de fosséer sur l'éritage de Gand[3]. Et ot là en couvent, pour mieux complaire à ceulx de Gand, qu'il commanderoit à ceulx de Bruges que ce que fait avoient, raemplissent. Et se départirent [les] Gantois amiablement du conte, et retournèrent à Gand et recordèrent tout ce qu'ilz avoient trouvé ou conte leur seigneur. Et ramenèrent les gens du conte le prisonnier de Eclo, et le rendirent par voie de restablissement, [ainsi] que ordonné estoit, à la ville de Gand, dont on ot grant joie. Aux responces faire des ambassadeurs de Gand estoient Jehan Lion et le doyen des blans chaperons et .x. ou .xij. des plus notables de leurs routes. Quant ilz orent oÿ comment le conte requéroit que les blans chaperons feüssent mis jus, si se teürent, mais Jehan Lion parla et dist : « Bonnes gens de Gand qui cy estes, vous savez et avez veü et véez maintenant se les blans chaperons ne vous gardent mieux voz franchises et remettent sus que les vermeils et les noirs et chaperons d'autres couleurs. Bien ait qui en craint. Soiés tout seür et dittes que l'ay dit : si tost que les blans chaperons **[281v]** seront jus par l'ordonnance que Monseigneur les veult abatre, je ne donroie de voz franchises trois deniers. » Ceste parole [aveugla si] le peuple, [que] tous se partirent sans responce, mais la greigneur partie, en alant en leurs maisons, disoient : « Il dit voir ! Laissons le couvenir. Encore n'avons

---

1. « Plaisir » (sens ironique).   2. « Mis en cause ».   3. Le manuscrit M.804 reprend deux fois le texte de cette phrase.

nous riens veü en lui que tout bien et prouffit pour nostre ville. » Si demora la chose en tel estat, et Jehan Lion qui fu en plus grant doubte de sa vie que devant, ymagina tantost l'affaire ainsi qu'il en avint. Si ordonna secrètement aux centeniers, cinquanteniers et dixeniers[1] des blans chaperons : « Dittes à voz gens qu'ilz soient nuit et jour sur leur garde et, si tost qu'ilz verront nul esmouvement, qu'ilz se traïent tous devers moy. Mieux vault occire que estre occis. »

Comment Jehan Lion et les blans chaperons occirent le bailli de Gand. ..xxj.ᵉ chapitre

§ 21. Ne demoura guères de temps puis que le bailli de Gand, Rogier d'Auterive, vint à Gand à tout .ij.ᶜ chevaux, et vint tout fendant les rues, la banière du conte en sa main, au marchié des devenres, et là s'arresta. Tantost se traïrent devers lui Guisebrecht Mahieu et ses frères et le doyen des petis mestiers. Il estoit ordonné que ces .ij.ᶜ hommes d'armes devoient aler de fait en la maison Jehan Lion[2] et le prendre, et aussi le doyen des blans chaperons et .vj. ou .vij. de leur sorte des plus notables, et les devoient amener ou chastel de Gand, et là coper les testes. Or se recueillirent les blans chaperons à la maison Jehan Lion, et quant Jehan Lion vit qu'ilz estoient bien .iiij.ᶜ, il dist : « Alons sur ces traïtres qui veulent honnir la ville de Gand. Je pensoie bien que ces doulces responces du conte que Guisebrecht Mahieu nous raporta l'autre jour n'estoit que décevance. » Et dont se mist à voie, et toudis lui croissoient gens, car plusieurs qui n'avoient nulz blans chaperons se boutoient par faveur en sa compaignie et crioient que le bailli vouloit trahir la

---

1. Dirigeants de groupes de cent, cinquante et dix personnes (indice d'une organisation assez évoluée au sein des « blans chaperons »). **2.** « Dans la maison de J. L. »

ville, et vindrent autour par une estroite rue ou marchié des devenres. Là estoit le bailli de Gand, la banière[1] du conte devant lui, et la banière des navieurs et la banière des menus mestiers. Tantost que Guisebrecht Mahieu vit ces blans chaperons, il et tous les autres s'en fuirent qui mieux mieux, et laissièrent le bailli, avec lui ceulz qu'il avoit amenez en la ville seulement. Et dont le doien des blans chaperons et une grosse route d'eulx se traïrent vers le bailli et, sans sonner mot, il fu aterrez[2] et occis, et la banière du conte toute despecée. Ne onques ne touchièrent aux gens du bailli ; ains les laissièrent yssir de la ville tous esbahis. Aussi Guisebrecht Ma-**[282r]**[hieu] et ses frères guerpirent la ville de Gand et se traïrent devers le conte. Et Jehan Lion et les blans chaperons se partirent du marchié aux devenres, et alèrent devers les maisons de Guisebrecht et ses frères pour les occire, mais ilz s'estoient ja absentez. Et dont Jehan Lion abandonna tout le leur à ses compaignons. Lors furent leurs maisons fustées[3], que riens n'y demoura, et puis furent abatues. Quant ilz orent ce fait, ilz se retraïrent à leurs hostelz. Et depuis ce, quant ilz aloient par les rues ilz estoient en si grans routes que nul ne leur aloit audevant, et disoit on qu'ilz avoient aliances à aucuns eschevins[4] et riches hommes de Gand. Les Frères Meneurs[5] de Gand prindrent le corps Rogier d'Auterive et l'ensevelirent en leur église.

De ceste avenue furent dolens plusieurs sages et les riches de Gand, mais il n'estoit nul qui osast corriger ceulx qui avoient fait cest oultrage. Jehan de la Faucille, qui estoit moult renommés en la ville, et sages tenus, se parti coiement de Gand et vint en une belle maison qu'il avoit au dehors de la ville, et se faint estre malade. Les notables hommes de Gand s'assemblèrent à conseil et

---

1. La bannière est normalement un drapeau carré ou rectangulaire portant les armoiries d'un seigneur ou d'un chevalier banneret.   2. « Renversé ».   3. « Pillées ».   4. Membres élus du conseil municipal de la ville de Gand.   5. Religieux franciscains.

appellèrent avec eulx Jehan Lion et les capitaines des blans chaperons : autrement n'en eüssent riens osé faire. À ce conseil furent plusieurs choses dites. Finablement, ordonnèrent de commun accort qu'ilz envoieroient .xij. hommes notables et sages, sicomme ilz firent, devers le conte, à Male delez Bruges. Ces .xij. bourgois trouvèrent, à l'aprochier, le conte moult courrouciés sur ceulx de Gand ; si lui crièrent mercy à jointes mains, et lui promistrent que cest oultrage seroit ou temps avenir amendé sur ceulx qui l'avoient fait. Tant firent que le conte refréna grandement son ire, avec les bons moyens qu'ilz orent, que la chose fu mise sur une manière de paix. Or vous diray de Jehan Lion qui estoit à Gand.

Il pensa qu'il avoit tant courroucié le conte que, combien qu'il peüst par dissimulation venir à paix, il couvendroit qu'il en mourust. Si avoit plus chier à tout honnir, puis que commencié avoit, que d'estre en péril de mort tous les jours. Il appella les souverains des blans chaperons et tous les mestiers de Gand lesquelx il avoit mieux de son accort, et leur dist : « Seigneurs, nous ne savons que noz gens rapporteront du conte, ou paix ou guerre, si seroit bon que nous eüssions regardé de quelz gens nous nous pourrions aidier se nous avions la guerre, et que entre vous, dixeniers de tel mestier et de tel, feïssiés demain venir sur les champs une quantité de voz gens pour veoir comment ilz sont armez. Il se fait bon aviser avant que on soit surpris. » Ce conseil fu tenu : à l'endemain yssirent par la porte de Bruges .vij.^{m} hommes bien armez en un beau plain **[282v]** à demie lieue de la ville. Quant Jehan Lion les ot environnez et veüz, il dist : « Je loeroie que nous alassions veoir l'ostel[1] Monseigneur, puisque nous en sommes si près. On m'a dit qu'il y fait grandement pourveoir : si pourroit porter grant contraire à la ville de Gand. » Tous s'i accordèrent, et vindrent à Audregien[2], qui adont estoit sans défence. Si entrèrent dedens et tantost les blans cha-

---

1. « Résidence » (souvent prestigieuse).   2. Wondelgem (Flandre-Orientale).

perons orent levé et pris quanqu'ilz y trouvoient. Si y avoit il de bons joiaux et riches, car le conte en faisoit sa garderobe [1]. Et avoit bien cousté à édifier .ij.^{c} mille frans, et l'amoit le conte sur tous ses hostelz. Jehan Lion fist semblant qu'il fu courroucié de ce qu'ilz desrobèrent ce chastel, mais quant ilz s'en furent partis, ilz regardèrent derrière et virent que le feu y estoit bouté en plus de .xx. lieux, et n'estoit mie en puissance de gens qu'ilz le peüssent estaindre. Jehan Lion demanda dont ce feu venoit. On lui dist : d'aventure et de meschéance. Lors retournèrent tous en la ville de Gand. Quant le conte de Flandres, qui se tenoit à Male, sçot ces nouvelles, il fist venir devant lui les ambassadeurs de Gand et leur dist : « Dittes à voz males gens de Gand que jamais à nul traitié n'entendray, tant que je en aray desquelx je vouldray, et à tous feray trenchier les testes sans mercy. » Puis retournèrent ilz tous à la ville de Gand, et le conte de Flandres se party de Male et tout son hostel, et s'en vint logier à Lisle, et là manda tous les chevaliers de Flandres et les gentilz hommes qui de lui tenoient, et tous lui jurèrent à estre bons et loyaux. Si envoia gens par tous ses chasteaux, à Tenremonde [2], à Ruplemonde [3], à Alost [4], à Gauvre [5], à Audenarde [6], et partout fist grans garnisons.

---

1. « Tout ce qui regarde les habits et le linge d'un prince » (Littré).
2. Dendermonde ou Termonde ; la production drapière y fut très importante au xive siècle, période de grande rivalité avec Gand.
3. Rupelmonde, Flandre-Orientale ; son château servait de garnison comtale et de base d'opérations.   4. Aalst (Pays d'Alost, Flandre-Orientale) ; ville célèbre pour ses brasseries.   5. Gavere (Flandre-Orientale) ; garnison importante.   6. Ville comtale (Flandre-Orientale) entourée d'une enceinte, Oudenaarde ou Audenarde contrôlait l'Escaut ; disposant d'importants privilèges économiques elle était constamment en lutte contre Gand. En 1383 la ville fut prise par Ackerman ; en 1385, Philippe le Hardi y fit construire le château de Bourgogne en guise de protection contre les Gantois. Pour Jean sans Peur, Audenarde fut le « lieu de séjour des nobles ».

*Comment Jehan Lion ala devers Bruges a ost[1],
et firent ensemble aliances ceulx de Gand et
ceuls de Bruges. .xxij.[e] [chapitre]*

§ 22. Or fu Jehan Lion trop grandement resjoïs quant il vit que le conte de Flandres vouloit ouvrer à certes[2] ; si dist à ceulx de Gand : « Seigneur, ainçois que nous soions plus appressez, je lo[3] que nous sachons lesquelx de Flandres demouront delez nous. Je respon pour ceulx de Gramont[4] qu'ilz seront voulentiers delez nous. Aussi seront ceulx de Courtray[5], nostre chambre[6]. Mais véez là ceulx de Bruges qui sont grans et orguilleux, et par eulx toute ceste félonnie est esmeüe. C'est bon que nous alons devers eulx. » Tantost furent ordonnez qui iroient : si se partirent de Gand à tout .ix.[m] ou .x.[m] hommes, et vindrent ce premier jour gesir à Doulce[7]. À l'endemain approchièrent Bruges[8] à une petite lieue près. Lors se mistrent en ordonnance de bataille, et leur charroy delez eulx. Là dist Jehan Lion à aucuns doiens des mestiers : « Alez vous en à Bruges **[283r]** et leur dictes que je et la bonne ville de Gand venons cy, non pour eulx guerroier, ou cas qu'ilz nous ouvreront débonnairement les portes. Et nous rapportez s'ilz nous vouldront estre amy ou ennemy. » Si se départirent de la grosse route ceulz qui ordonnez y furent, et vindrent aux bailles[9] de Bruges et les trouvèrent fer-

---

1. « Partit à la tête d'une armée pour guerroyer contre Bruges ».
2. « Procéder dans cette affaire, avec sérieux ».   3. « Je propose, recommande ».   4. Au cours du conflit entre le comte de Flandre et les Gantois, Grammont se rangea au côté de ceux-ci ; les troupes du comte l'incendièrent en 1381, réduisant sa population de moitié.
5. Courtrai, Kortrijk (Flandre-Occidentale) ; *oppidum*, donc place forte, depuis 1190.   6. Sens incertain ; peut-être « trésor » ou « chambre des comptes ».   7. Au cours de la révolte contre Louis de Male, Deinze fut tour à tour occupée par les Gantois (1380) puis par les Brugeois et par le comte (1381) avant d'être assiégée à nouveau, mais sans succès, par les Gantois.   8. Avec Ypres, Torhout, Lille et Messines, une des cinq villes de foire flamandes. Des comptoirs commerciaux italiens et allemands sont établis à Bruges à partir du xiiie siècle ; des comptoirs anglais, écossais et espagnols au siècle suivant. À noter que le port de Bruges fut déplacé, à Damme d'abord, à Sluis (l'Écluse) ensuite.   9. « Barrières en bois sous forme d'un ouvrage en palissade élevé en avant d'une porte » (Scheler).

mées et gardées. Ilz firent leur message aux gardes, lesquelx l'alèrent dire aux burguemaistre et jurez de la ville, et assemblèrent sur ce à conseil le burguemaistre et les jurez. Les Gantois qui estoient aux bailles orent responce qu'on aloit à conseil sur leurs requestes, et quant Jehan Lion sçot ce, il dist : « Avant ! avant ! alons de fait à Bruges. Se nous attendons tant qu'il soient conseilliés, nous n'y [entrerons] à paines : si les vault mieulx surprendre. » Lors vindrent les Gantois jusquez aux barrières[1] de Bruges. Quant ceulx qui gardoient le pas[2], qui n'estoit pas si fort adont comme il est à présent, virent venir les Gantois en couvenant pour assaillir, ilz furent tous effraiés, et s'en alèrent les aucuns parmy la grant rue jusques au marchié, criant : « Véez cy les Gantois ! Or, tost aux défences ! » Ceulx de Bruges qui s'assembloient ou marchié pour eulx conseillier furent esbahiz, et n'orent loisir les grans maistres de parler ensemble ne de ordonner nulles de leurs besoingnes, et vouloient la greigneur partie de la commune que tantost[3] on leur alast ouvrir les portes. Il couvint que ainsi fust fait ; autrement la chose eüst mal alé sur les riches hommes de la ville. Et vindrent le burguemaistre, les eschevins et autre menu peuple à la porte parlementer à Jehan Lion. Et accordèrent que la porte fust ouverte ; si entrèrent les Gantois et vindrent en grant ordonnance, armez au cler[4], jusquez au marchié. Là furent aliances jurées qu'ilz devoient demorer tousjours l'un emprès l'autre comme amis et voisins. Et pouoient ceulx de Gand mander et mener avec eulx ceulx de Bruges partout où ilz vouloient aler. Puis se traïrent tous à logis, et y séjournèrent les Gantois deux jours amiablement. Puis s'en partirent et vindrent à la ville du Dam[5], et y furent

---

1. Cf. les *bailles* (les mots sont presque synonymes).
2. « Seuil » ou « entrée » (stratégique).   3. « Aussitôt ».
4. « Étalant tout l'éclat de leurs armures » (prestance du brillant, aspect de l'esthétique militaire, au Moyen Âge).   5. Dans la ville de Damme les droits d'entrepôt, sorte de monopole de la réexportation de certaines marchandises, furent fixés. Entreposage du vin et du hareng. Les échevins de Damme arbitraient les différends relatifs à la navigation maritime.

recuilliz courtoisement ; si y séjournèrent deux jours. Là vint une maladie à Jehan Lion, qu'il fu tout enflez, et dist on qu'il fu empoisonnez. L'endemain que la maladie le prist de nuit, il fu porté en une litière jusques à Ardembourc, et tantost mouru.

Comment après la mort Jehan Lion les Gantois firent cappitaines qui alèrent à Ypre. .xxiij.^e [chapitre]

§ 23. Pour la mort Jehan Lion retourna l'ost de Gand. Si vuidièrent les églises à l'encontre le corps de Jehan Lion, et fu amenez en la ville de Gand aussi solempnelment comme se [1] ce fust le conte de Flandres, et fu enseveliz en l'église Saint Nicolas. Puis ordonnèrent **[283v]** le doyen des mestiers et les cinquanteniers des portes .iiij. capitaines, c'est assavoir Jehan Pruniau, Jehan Foule, Rasse de Harselle et Piètre du Bois. Et jurèrent toutes manières de gens à obéïr à ces .iiij. capitaines, et les capitaines jurèrent à garder l'onneur et les franchises de la ville. Puis se départirent ces capitaines de Gand à bien .xii.^m hommes armez au cler, et vindrent à Courtray où on les laissa entrer sans dangier [2], car Courtray siet en la chastelenie de Gand. Là se refreschirent Gantois .ij. jours, puis s'en partirent et en emmenèrent .xij^c. hommes tous armez au cler, parmy les arbalestiers [3]. Quant les Gantois furent venus à Tho-

---

1. « Comme si ».   2. « Sans encombres, sans résistance ».
3. « Arbalétrier ». « L'arbalète est une arme de trait : un arc en acier est monté sur un fût dont la corde fixée sur une noix à encoche se bandait avec un ressort ou au moyen d'un treuil ; elle lançait des carreaux (trait à fer en losange à quatre pans) » (*Petit Robert*).   4. Avec Bruges et Gand, l'une des trois grandes villes flamandes (industrie du drap). Aux XIIIe et XIVe siècles les tisserands tentèrent de renverser l'oligarchie d'un patriciat devenu très riche. Déclin économique, pourtant, à partir du XIVe siècle.

rout, ilz envoièrent devant pour traitier à ceulx d'Ypre[4] le doyen des blans chaperons à .iiij.^m de leurs gens, et la grosse route les suivoit. Les chevaliers qui à Ypre estoient vindrent à la porte de Thorout où les Gantois estoient arrestez devant les bailles, et requéroient que on les laissast dedens. Ces chevaliers et leurs gens se rengièrent devant la porte, ne jamais les Gantois n'y fussent entrez sans grant dommage, mais les menus mestiers de la ville qui s'estoient armez et assemblez ou marchié vindrent devers celle porte, voulsissent ou non les gros, et distrent aux chevaliers : « Ouvrez à noz amis et voisins de Gand ! » Les chevaliers respondirent qu'ilz avoient à garder la ville de par le conte et qu'ilz s'en acquitteroient. Finablement on escria aux chevaliers : « À la mort ! Vous ne serez pas maistres de nostre ville. » Là furent assaillis et occis .v. chevaliers, et furent les portes ouvertes. Si entrèrent Gantois et séjournèrent .ij. jours, et leur jurèrent ceulx d'Ypre aliances en la manière que ceulx de Bruges, de Courtray, du Dan et de Gramont avoient fait. De ce livrèrent ostages ; aussi avoient fait les autres dictes villes. Puis retournèrent Gantois parmy Courtray à Gand.

Comment le conte de Flandres fist garnir la ville d'Audenarde, et comment les Gantois y mistrent siège. .xxiiij.^e *[chapitre]*

§ 24. Le conte de Flandres, qui se tenoit à Lisle, entendy à pourveoir la ville d'Oudenarde, car se les Gantois eüssent la ville, ilz auroient la bonne rivière d'Escaut et la navie à leur voulenté. Si y envoia foison de chevaliers et escuiers de Flandres, de Haynau et d'Artois qui tous s'i boutèrent et en furent maistres, voulsissent les gens de la ville ou non. Les capitaines de Gand, qui ce sçorent, firent un mandement en Gand et s'en vindrent à grant puissance logier devant Audenarde contreval l'Escaut. Trois jours après vindrent ceulx de Bruges qui furent mandez et se **[284r]** logièrent au lez devers leur ville. Puis vindrent ceulx d'Ipre aussi en grant arroy, ceulx de Popringue[1], ceulx de Meschines[2] et du Franc de Bruges, et aussi ceulx de Gramont. En tout, les Flamens devant Audenarde estoient plus de .c.^{m}, et avoient fait pons de nefs et de cloies sur l'Escaut où ilz aloient de l'un à l'autre[3]. Si se tint le siège longuement et y ot grans assaulx et escarmuches près que tous les jours. Si y ot souvent des Flamens mors et bleciés par leur oultrage. En la ville avoit bien .viij.^{c} lances, chevaliers et escuiers, vaillans hommes, et y avoit .vij. bannerez tel que le seigneur de Guistelle, le seigneur de Villers et de Hullut, le seigneur de Scournay, Flamens et Hénuiers, le seigneur d'Enguien Vatier, le seigneur d'Antoing, le seigneur de Brifueil, le seigneur de Lens et le seigneur de Commynes ; les .iij. frères de Haluin, messire Jehan, messire Daniel et messire Josse, le seigneur de Stainbourc, le seigneur de Strave, messire Girart de Marquelles, le sire de Cohem, le sire de Montigny, messire Rasse de Montigny, messire Jehan de Grées, et tant de chevaliers qu'ilz estoient bien .c. et .v. Et faisoient bon gait, et n'avoient nulle fiance en ceulz de la ville, et avoient fait retraire les femmes et enfans de la ville dedens les moustiers[4] ; et ces seigneurs et leurs gens se tenoient en leurs maisons. Et pour le trait des canons et du feu que les Flamens gettoient soigneusement en la ville pour tout ardoir, on avoit fait couvrir les maisons de terre, parquoy le feu ne s'y peüst prendre.

---

1. Poperinghe (Flandre-Occidentale), ville appartenant à l'abbaye Saint-Bertin de Saint-Omer, a toujours été une « ville ouverte » (elle ne fut jamais entourée d'une enceinte fortifiée). L'industrie du drap y était prospère. Au XIVe siècle la ville est en lutte permanente avec Ypres, sa concurrente. 2. Mesen ou Messines (Flandre-Occidentale) ; industrie du drap. 3. Il s'agit de pontons. 4. « Églises » (cf. l'anglais *minster*).

*Comment Rasse de Harselle à .vj.^m Gantois
laissa le siège d'Audenarde et se party de
ses compaignons, et vint livrer un assault
à Tenremonde pour ce que le conte de Flandres
y estoit. [.xxve chapitre]*

§ 25. Le siège estant devant Audenarde, les Flamens et les capitaines qui là estoient sçorent que le conte leur seigneur estoit partiz de Lisle et venu à Tenremonde, et y estoit le duc des Mons son cousin delez lui, et grant foison de chevaliers et escuiers. Si envoièrent là les Flamens .vj.^m de leurs gens, et orent capitaine Rasse de Harselle. Tant exploitièrent ces Flamens qu'ilz vindrent un jeudy au soir à un village à une petite lieue de Tenremonde, sur la rivière de Tenre ; par celle rivière avoient fait avaler grant plenté de nefs. Un petit après mienuit se levèrent et appareillièrent de tous poins pour tantost assaillir qu'ilz seroient là venus, et surprendre les chevaliers en leurs lis. Mais ceulx de Tenremonde se tenoient sur leur garde, car ilz sçorent par aucunes gens du pays la venue des Flamens, si que au point du jour, quant les Flamens furent venus devant Tenremonde par terre et par eaue, tous appareilliés d'assaillir, ilz **[284v]** trouvèrent le chevalier du guet et plusieurs autres seigneurs prestz de défendre. Aussi y vint tantost le conte de Flandres et d'autre part le duc des Mons, quant ilz sorent l'assaut qui estoit commencié dur et orrible, car les Flamens avoient aportez en leurs nefs canons dont ilz traioient carreaux si grans que qui en estoit ataint, il lui couvenoit mourir. A l'encontre ce[1] estoient les gens du conte fort paveschiés, et avoient bons arbalestiers. Si y ot foison de bleciés d'une part et d'autre, et plusieurs des Flamens que[2] des gentilz hommes, car ilz s'abandonnoient trop folement. Là fu mort de la partie du conte messire Hugue

---

1. « Pour se protéger ».   2. « Ainsi que des... ».

de Régny, bourguignon. Quant vint après nonne[1], le capitaine des Flamens vit bien qu'il avoit en Tenremonde trop de bonnes gens ; si fist sonner la retraite et retourna ce soir au village dont il estoit la nuit devant party, et l'endemain vint à tout ses gens en l'ost devant Audenarde.

Comment le duc Phelippe de Bourgoigne fist paix entre le conte de Flandres et les Flamens. .xvj.ᵉ [chapitre]

§ 26. Les Flamens qui seoient devant Audenarde espéroient bien par long siège avoir la ville, car ilz l'avoient si bien environnée que par la rivière ne par terre riens ne leur pouoit venir. Et le séjourner là ne leur grevoit riens, car ilz estoient en leur pays et avoient vivres aussi bon marchié comme s'ilz feüssent à Bruges ou au Dam. Le conte de Flandres s'en doubtoit bien, et avoit paour de sa bonne chevalerie qui là dedens estoit, et aussi sa dame de mère la contesse Merguerite d'Artois ot en grant desplaisance ceste guerre. Si parla au duc de Bourgoigne qu'il voulsist entendre à mettre y[2] aucun traitié. Et dont le duc vint à Arras devers la contesse d'Artois, et puis vint à Tournay ; si envoia l'abbé de Saint Martin en l'ost devant Audenarde pour savoir comment ces capitaines de Gand vouldroient entendre au traitié. Cel abbé rapporta au duc qu'ilz y entendroient voulentiers pour l'amour de lui. Puis vint le duc au pont à Rosne, et parlementa aux Flamens si que dedens .xv. jours tout fu conclu que le siège se devoit partir d'Audenarde. Et pardonnoit le conte tout ce que les Flamens avoient méfait, et devoit le conte venir demorer à Gand, et, dedens l'an, ceulx

---

1. None (de *nona [hora]* en latin) : neuvième heure du jour (soit l'équivalent de 15 h). **2.** Comprendre : « à y mettre ».

de Gand lui devoient refaire son chastel de Oudregien. Or se desfist le siège devant Audenarde, et retournèrent les Flamens chascun en son lieu, et le conte de Flandres donna congié à ses soudoiers. Puis pria tant le duc de Bourgoingne aux Gantois que Audenarde demoura entière, car par la teneur du traitié les Gantois pouoient **[285r]** abatre, s'ilz vouloient, au lez devers eulx[1] les portes, c'est assavoir deux, et les tours et les murs.

Comment les prélas, barons et bonnes villes de Bretaigne mandèrent leur seigneur le duc, qui se tenoit en Engleterre.
.xxvij.ᵉ chapitre

§ 27. Vous savez comment le duc de Bretaigne se tenoit en Engleterre delez le roy Richart et ses oncles. Et son pays estoit en guerre, car le roy de France y avoit envoié son connestable à grans gens qui se tenoient vers le Mont Saint Michiel, et guérioient le pays. Les cités et bonnes villes de Bretaigne se tenoient tout clos, si avoient mandé leur seigneur par lettres et messages, et qu'ilz le désiroient à ravoir. Le duc en parla au roy et à ses oncles, s'il se oseroit fier ès gens de son pays. Le roy et ses oncles, qui furent informez comment le pays de Bretaigne, excepté Claquin, Cliçon, Rohan, Laval et Rochefort, mandoient leur seigneur, si lui distrent : « Vous en irez par delà et vous acquitterez de vostre pays, et tantost vous envoierons gens pour garder vos frontières contre voz ennemis, et nous lairez vostre femme la duchesse par deçà avec sa mère et ses frères. » Et dont, quant le duc de Bretaigne ot juré que, s'il estoit hastivement conforté des Englois, il demoureroit à tousjours delez eulx, et feroit son pouoir de tourner son pays englois, et les trouve-

---
1. « Du côté de la ville de Gand ».

roient ceulz d'Engleterre ouvers et appareilliés en quelque manière qu'ilz vouldroient venir, il se party d'Engleterre, messire Robert Canolle[1] en sa compaignie, et les .ij. chevaliers qui l'estoient venus querre, et environ .c. hommes d'armes et .ij.ᶜ archiers. Ilz entrèrent en mer à Hantonne et arrivèrent au port de Guerlande. Puis vindrent en la cité de Vennes et après à Nantes, et par tout fu receü à grant joie.

En ce temps, environ la Saint Andry[2], trespassa de ce siècle messire Charles de Boësme, roy d'Alemaigne et empereur de Romme. En son vivant avoit tant fait par or et argent et aliances, que les esliseurs de l'empire d'Alemaigne avoient juré et séëllé à tenir roy son filz après sa mort, et faire leur pouoir de tenir siège devant Ais. Si que, tantost après la mort de l'empereur, messire Charles son filz s'escripsi roy de Behaigne et d'Alemaigne, et roy des Rommains.

En ce temps messire Richart Burlé fu envoiés en grant arroy de par le joenne roy d'Engleterre et son conseil devers le roy d'Alemaigne, pour traittier le mariage du roy Richart d'Engleterre et la suer d'icelui roy d'Alemaigne. En celle saison furent ordonnez par le conseil d'Engleterre d'aler en Bretaigne .ij.ᶜ hommes d'armes et .iiij.ᶜ archiers, desquelx messire Jehan d'Arondel estoit chief. Ilz entrèrent en mer **[285v]** à Hantonne et orent bon vent ce premier jour jusques au vespre que le vent les bouta, voulsissent ou non, sur les bendes de Cornuaille ; et avoient vent si fort qu'ilz ne pouoient ancrer, ne n'osoient. Au lendemain furent boutez en la mer d'Irlande, et hurtèrent aux roches, et là rompirent .iij. vaisseaux, et périrent messire Jehan d'Arondel, chièvetaine de tous, et messire Thomas Bonnestre et messire Gautier Paule, et tant que de .c.

---

1. « Quand au XIVᵉ siècle on apercevait le faîte dénudé de quelque demeure en ruine », fait remarquer Kervyn de Lettenhove, « on avait coutume de dire : "Voyez la mitre de Robert Knolles"» (*Œuvres* de Froissart, t. XXII, p. 20 ; sur les restitutions qu'il fit en 1370, *ibid.*, p. 21). 2. Vers la Saint-André (30 novembre) ; c'est le 29 novembre 1378, en fait, que mourut Charles IV.

hommes d'armes qui estoient ès dis .iij. nefs, en périrent les .iiij.ˣˣ. Et messire Hue Cavrelée et les autres qui se sauvèrent s'aherdirent au cable et aux mas, et le vent les bouta sur le sablon ; mais ilz burent assez. De ce péril eschapèrent messire Thomas Trivés et plusieurs autres. Si furent il[z] moult tormentez sur mer, et retournèrent quant ilz porent à Hantonne, et vindrent devers le roy Richart et ses oncles.

Comment .xxiiij. hommes notables, hommes de Gand, furent esleüs par le conseil de la ville pour aler à Bruges quérir le conte.
[.xxviij.ᵉ chapitre]

§ 28. Vous savez que, quant la paix fu accordée du conte de Flandres à ceulx de Gand par le moien[1] du duc de Bourgoingne, [le conte de Flandres devoit] venir tenir son hostel à Gand, et de ce estoit le conte bien conseilliés de ses prochains, mais il se tenoit encore à Bruges, dont ceulx de Gand estoient dolens, voire les riches et sages qui ne demandoient que paix ; mais la pendaille[2] et les blans chaperons et ceulx qui ne convoitoient que le hustin et l'avantage, n'avoient cure de sa venue, car ilz doubtoient que tout quoiement on les punist des maulx qu'ilz avoient fais. Toutesvoies, la loy et le conseil de la ville envoièrent .xxiiij. notables bourgois devers le conte pour l'aler querre et remoustrer la grant affection qu'ilz avoient de le ravoir emprès eulx. Ces ambassadeurs encontrèrent le conte, qui venoit devers Gand entre Deuse et Bruges ; si se mistrent en sa compaignie devers Gand quant ilz orent fait leur message. Et quant ceulx de Gand sçorent la venue du conte, ilz [alèrent] à l'encontre de lui et lui

---

1. « Grâce à l'intervention de ; par l'entremise de ».   2. « Canaille bonne à pendre ».

firent grant révérence, et le conte ala descendre à son hostel que on dit à la Posterne, et lui furent fais de par la ville maints présens. Et le vindrent veoir les jurez de la ville. Le conte leur requist que les blans chaperons feüssent ruez jus, et que la mort de son bailli feüst amendée. Les jurez respondirent que c'estoit leur entente, et lui prièrent qu'il voulsist l'endemain remoustrer son entente au peuple. Il s'i accorda. Quant Jehan Proinel, Rasse de Harselle, Piètre du Bois, Jehan Boule et les capitaines des blans chaperons sçorent que le conte devoit preschier, ilz se doubtèrent. **[286r]** Si appellèrent aucuns de leurs gens et dirent : « Tenez vous à nuit[1] et demain armez, ne pour chose que on vous die n'ostez point vos chaperons. Et soiés tous ou marchié aux devenres à .viij. heures. Ilz y vindrent le lendemain et s'i tindrent, cy .x., cy .xij. Et le conte vint là à cheval. Si descendy et se mist en une fenestre où il parla moult sagement et remoustra l'amour qu'il avoit à eulx avant qu'ilz l'eüssent courroucié, et plusieurs poins raisonnables, et dist qu'il vouloit demourer leur bon sire comme par avant, et les vouloit tenir en droit, mais il leur prioit que riens ne feïssent de nouvel, et que les blans chaperons feüssent jus. Et quant il ot parlé plus d'une heure, il retourna à son hostel moult mélancolieux de ces blans chaperons, et dist à ses gens que encore pour tout perdre il ne les pourroit soufrir en leur orgueil.

---

1. « Cette nuit ».

Comment le conte se party de Gand par mautalent, et comment [Olivier] d'Auterive envoia deffier ceulx de Gand.
.xxix.ᵉ *[chapitre]*

§ 29. Ainsi fu le conte de Flandres à Gand .iiij. jours, et au .vᵉ., s'en party et onques puis n'y rentra, et s'en vint à Lisle, et là s'ordonna pour yverner. Et se party de Gand par mautalent[1], dont plusieurs Gantois disoient que jamais il ne les ameroit. Et se pourveïrent de blés, d'avoine, de chairs, de sel et d'autres pourvéances. Ne demoura guères puis que messire Olivier d'Auterive, cousin germain à Rogier d'Auterive que ceulx de Gand avoient occis, envoia deffier la ville de Gand pour la mort de son cousin. Aussi firent messire Phelippe de Mamines, le Galois de Mamines et plusieurs autres. Et tantost ces deffiances faites, ilz trouvèrent environ .xl. navieurs de Gand qui amenoient par l'Escaut blefs à Gand. Ilz les décopèrent et crevèrent les yeux, et les renvoièrent ainsi à Gand. Et dont Jehan Prouniaux prist la greigneur partie des blans chaperons et se parti un soir de Gand, et se vint bouter en la ville d'Audenarde où il n'avoit nulle garde. Si fist abatre deux portes, les tours et les murs au lez devers Gand. Le conte manda à ceulx de Gand qu'ilz lui rendissent Audenarde, ou il leur feroit cruelle guerre, si que aucuns preudommes de Gand qui désiroient paix firent tant que le .xij.ᵉ jour de mars, ceulx qui estoient en la ville d'Audenarde s'en partirent, et fu la ville rendue aux gens du conte. Et fu Jehan Prouniaulx banny de Gand et de Flandres, pour ce qu'il estoit alez prendre Audenarde sans le sceü[2] de ceulx de Gand. Et furent bannis de Flandres, à tousjours, tous ceulx qui avoient esté à mehaignier[3] les navieurs bourgois de Gand. Le conte de Flandres fist réparer Audenarde, portes, tours

---

1. « Colère, rancune ».   **2.** « Sans la connaissance (de) ».
3. « Mutiler, estropier ».

et murs **[286v]** plus fort que devant. *Item*, le conte fist tant devers son cousin le duc Aubert, bail de Haynau, qu'il ot Jehan Prouniaux qui s'estoit tenu à Ath en Hénaut, et le fist le conte décoler à Lille. Après vint le conte à Ypre, et là fist décoler aucuns foulons et tisserans qui avoient occis ses chevaliers et ouvert les portes aux Gantois.

Comment les capitaines de Gand ardirent les maisons des gentilz hommes, et comment le conte de Flandres rappella tous les [bans] de Flandres. .xxx.ᵉ [chapitre]

§ 30. De toutes ces choses estoient informez les Gantois. Si se doubtoient, et par espécial les capitaines Piètre du Bois, Rasse de Harselle et Jehan de Launoy, lesquelx avec plusieurs autres se partirent un jour de Gand bien .xv.ᶜ et alèrent tout environ Gand et en la paix de Gand, et abatirent et ardirent toutes les maisons des gentilz hommes. Et tout ce qu'ilz y trouvèrent, partirent entre eulx, car par ces maisons, sicomme ilz disoient, peüssent ilz encore estre destruis s'ilz demourassent entières. Lors donna le conte congié aux chevaliers et escuiers d'eulx contrevengier, et lors s'assemblèrent, et firent capitaine le Hase de Flandres, Aumot, filz du conte, appert chevalier. Ce Hase et les gentilz hommes se tenoient une fois à Audenarde, l'autre à Gauvre, puis à Alost, puis à Tenremonde, et courroient jusques aux barrières de Gand, et abatirent presque tous les moulins à vent qui estoient environ la ville, et dont ceulx de Gand, pour ce que plusieurs gentilz hommes estoient en la compaignie du Hase de Flandres. Ilz mandèrent aux chevaliers et escuiers de Haynau qui tenoient aucuns héritages et rentes à Gand et en la chastellenie de Gand, qu'ilz les voulsissent servir, ou ilz perdroient leurs revenues ; mais nul ne fist compte de ce mandement. Or rappella le conte, pour estre plus fort contre les Gantois, tous les banis de Flandres, pour résister contre les blans chaperons, et leur bailla .ij. gentilz hommes à capitaines, le Gallois de Mamines et Pierre de Strenehus. Ceulx cy portèrent la banière du conte et se tindrent environ .iij. semaines entre Audenarde et Courtray, sur le Lis, et y firent moult de domage. Et dont Rasse de Harselle vuida Gand à tout les blans chaperons, contre ces banis, lesquelx se retraïrent vers Courtray, et s'en alèrent tenir un grant temps entour Orchies. Et n'osoient les marchans aler de Tournay à Douay et à Lisle pour ces banis[1]. Or traittoient les Gantois à ceulx de Bruges et d'Ipre qu'ilz leur aidassent à mettre siège devant Lisle, mais ces deux villes distrent que c'estoit trop loings, et que le conte de Flandres pourroit avoir aliances au roy de France par le pourchas du duc [287r] de Bourgoingne. Pour ce avoient les Gantois envoiés lettres devers le roy, en disant qu'ilz ne vouloient au roy que amour et service, et que ce qu'ilz faisoient n'estoit fors pour soustenir leurs franchises, lesquelles leur sire, qui leur estoit trop cruel, leur vouloit abatre. Le roy moiennement s'enclinoit assez à eulx. Aussi faisoit le duc d'Anjou, car le conte, quoy qu'il fust leur cousin, n'estoit mie bien en leur grace pour la cause du duc de Bretaigne, qu'il avoit tenu en Flandres contre leur voulenté. Pape Clément disoit que Dieu envoioit ceste verge au conte pour tant qu'il lui avoit esté contraire.

---

1. « À cause de... »

Le trespassement de messire Bertram de Claquin. .xxxj.ᵉ [chapitre]

§ 31. En ce temps se tenoit le connestable de France en Auvergne, messires Bertram de Claquin, à grans gens d'armes, et tenoit siège devant Chastelnuef de Randon, à .iij. lieues de la cité de Mède et à .iiij. lieues du Puy ; et avoit enclos en ce chastel Englois et Gascoings, ennemis au royaume de France, qui estoient yssus hors de Limosin. Et y avoit livré plusieurs assaulz, et jura que de là ne se partiroit si auroit[1] le chastel. Là prist une maladie au connestable, de laquelle il acoucha au lit et en mouru. Et ce jour se rendy le chastel, et s'en ralèrent ceulx qui le tenoient en Limosin, en la garnison de Caluisel et de Ventadour. Le corps du connestable fu portez en l'église des Cordeliers au Puy en Auvergne, et là fu une nuit. L'endemain, on l'embausma et fu mis en un sarqueu et apportez à Saint Denis en France, et là fu enseveliz aux piés de la tombe du roy Charles de France. Le roy lui fist faire son obsèque à Saint Denis, et y furent tous ses .iij. frères et les nobles du royaume de France. Lors voult le roy que le sire de Coucy fust garde de toute Picardie, et lui donna la terre de Mortaigne qui est un bel héritage séant entre Tournay et Valenciennes, et vouloit encore le roy qu'il fust connestable, mais il dist que messire Olivier de Cliçon en estoit mieulx tailliés.

---

1. « Avant de s'emparer du château ».

Comment le conte de Bouquinhen mist sus une armée pour chevaucier parmy le royaume de France et venir en Bretaigne. Le .xxxij.ᵉ chapitre

§ 32. Vous avez bien oÿ recorder comment messire Jehan d'Arondel et son armée qui devoient venir en Bretaigne, périrent en mer. Si fu le duc de Bretaigne esmerveilliés qu'il ne lui venoit nul secours d'Engleterre, car il estoit forment guerroié du seigneur de Cliçon, du seigneur de Laval, du seigneur de Rochefort et des François qui se tenoient sur les frontières de son pays. Si envoia le duc en Engleterre le seigneur de Beaumanoir et messire Eustace de la Houssoie, lesquelx vindrent à Londres environ la Penthecouste l'an mil .iiij.ᶜ .iiij.ˣˣ [1]. Lors fu ordonné du roy Richart **[287v]** et de son conseil que messire Thomas, conte de Bouquinghen, maisné filz du roy Edouart d'Engleterre passeroit par Calais le royaume de France, et venroit en Bretaigne. Lors retournèrent les chevaliers du duc de Bretaigne, et prindrent congié au roy Richart, et revindrent en Bretaigne et racomptèrent et moustrèrent par lettres comment le conte de Bouquinghen venroit par Calais en Bretaigne, dont le duc et aucuns du pays furent bien liés. Or furent paiés pour .iij. mois par le roy Richart ceulx qui devoient passer en France, et commençoient leurs gaiges à entrer [2] sitost comme ilz estoient arrivez à Calais, et leur délivroit le roy passage à ses frais. Si arrivèrent à Calais .iij. jours avant la Magdaleine [3]. Là estoient les contes de Bouquinghen, d'Asquesufforch [4] et Devecsière, le sire de Latimers, connestables de l'ost, le sire de Filzwatier, mareschal, les seigneurs de Basset, de Bousies, de Ferrières, de Morlais, d'Arsi et de Sainte Mémoire, [et] messei-

---

1. Avant le 13 mai 1380. 2. « Toucher, entamer ». 3. Le 19 juillet 1380. 4. Robert de Vere, comte d'Oxford, qui épousa Philippa, fille d'Enguerrand de Coucy, comte de Bedford, et d'Isabelle d'Angleterre ; fait successivement marquis de Dublin et duc d'Irlande.

gneurs Guillaume de Windesore, Hue de Cavrelée, Robert Canole, Hue de Hastingues et Huge de la Fonte. Ceulx y furent à banières, et ceulx qui s'ensuivent à pennons : messeigneurs Thomas de Persi, Thomas Trivet, Guillaume Cliçon, Yon le Filz Warin, Hugue Troyel, Eustace de Vertain, Jehan de Harleston, Guillaume de Fernnton, Guillaume de Briane, Guillaume Drayton, Guillaume Fauque, Nicole d'Aubrecicourt, Jehan d'Aubrecicourt, Jehan Masse, Thomas Camois, Raoul filz du (du) seigneur de Miefuille, Henry de Ferrières, Hugues Broe, Joffroy Ourselée et Thomas Vesi ; chevaliers : David Hollegrave, Huguenin de Cavrelée, bastart[1], Bernart de Cédenères et plusieur autres. Quant ilz furent venus à Calais, ilz y séjournèrent .ij. jours. Au troisième jour vindrent jusques à Marquignie. Après passèrent pardevant Ardre, puis prindrent la forte maison de Flolant par grant assault. Puis vindrent à Esprelesque, après vindrent devant Saint Omer, et passèrent oultre sans assaillir. Et ceulx dedens estoient tous appareilliés sur les créniaux pour défendre la ville, se mestier fust. Et estoient les villes et chasteaux en Picardie bien garnies par le seigneur de Coucy, qui en avoit eü commandement du roy de France, et aussi ceulx du plat pays avoient retrait grant partie de leurs biens ès forteresses. Ce jour vindrent les Englois logier à Esquelles. Quant ceulx de la garnison de Boulongne, d'Ardre, de Tournehem, d'Andrehen, de la Montoire, de Hames et plusieurs autres d'Artois et de Guines, virent que les Englois aloient toudis avant sans arrester, ilz s'assemblèrent soubs les pennons du seigneur de [288r] Frausures et du seigneur de Sempy bien .ij.^{c} lances, et costoièrent les Englois, mais les Englois ne se desroutoient point. Touteffois, ces François ruoient jus à la fois[2] les fouragiers englois. L'endemain passèrent les Englois près de Thérouenne, et vindrent logier à Vitrone. Après vindrent logier à Bruay. L'endemain

---

1. Fils illégitime de Sir Hugh Calveley. 2. « De temps en temps, parfois ».

passèrent devant Béthune et vindrent logier à Anthière ; l'endemain passèrent delez Arras, et vindrent logier à Aves, et l'endemain à Miraumont et puis à Clary. Et dont messire Thomas Trivet, messire Guillaume Clinem, messire Yon Filz Warin, par l'esmouvement du seigneur de Vertain qui congnoissoit le pays, se mistrent au matin à environ .xxx. lances avec les fouragiers de l'ost, pour trouver aventure. Ceste matinée se party d'Arras le seigneur de Coucy, à grant route, et prist le chemin de Saint Quentin. Quant ilz furent sur les champs, le sire de Brimeu et ses filz se partirent de la route du seigneur de Coucy à bien .xxx. lances, pour trouver aventure. Si encontrèrent ces dis .xxx. lances englois. Tous mistrent pié à terre, et se combatirent vaillemment d'une partie et d'autre par l'espace d'une heure. Finablement, le sire de Brimeu et ses enfans furent pris par la main messire Thomas Trivés[1], et autres furent pris jusques à .xvj., et le remenant des François eschapa, ou furent mors, et les Englois retournèrent en l'ost. Si séjourna l'ost sur la rivière de Somme un jour et une nuit. Ce jour se boutèrent hors de l'ost le seigneur de Vertain et Fiérabras son frère, messire Yon Filz Watier, avec les fouragiers, et vindrent courir au Mont Saint Quentin, et là se mistrent en embusche et envoièrent courir .x. hommes d'armes devant Péronne. Et dont le séneschal de Haynau, le seigneur de Havères et autres qui là estoient en garnison, yssirent après ces coureurs et les poursuirent, mais quant ilz apparceürent la grosse embusche, ilz retournèrent courant et se sauvèrent en Péronne. Mais les Englois les rataindrent et prindrent des gens du séneschal, messire Girart de Marquillies, messire Loÿs de Vertain, cousin au seigneur de Vertain qui là estoit, Honart de la Honarderie, Boulart de Saint Hilaire et .x. hommes d'armes. Les Englois vindrent logier tout l'ost ensemble à l'abbaye de Vaucelles, et l'endemain che-

---

1. « Furent rendus prisonniers par la force des armes de Sir Thomas Trivet ».

vaucièrent vers Saint Quentin. Ce jour venoient .xxx. lances des gens du duc de Bourgoingne, et d'Arras aloient vers Saint Quentin. Mais ilz furent rencontrez à Farnaques des chevaliers englois dessus nommez, messire Thomas Trivet et les autres, qui faisoient l'avantgarde, et y fu pris messire Jehan de Mornay et .x. hommes d'armes avec lui, lesquelx en sa compaignie se combatirent tant qu'ilz porent durer, et entretant les autres s'en-[288v]fuirent. Celle nuit se loga le conte de Bouquinghen et les Englois à Farvaques. L'endemain passèrent près de Saint Quentin et alèrent aucuns courir jusques aux barrières. Et se logièrent les Englois à Orégny Sainte Benoite, après à Crécy sur Selle. Et passa l'ost à Vaulx desoubs Laon, s'ala l'ost logier à Sisone. L'endemain passa l'ost la rivière d'Aisne au pont à Vaire, et se logièrent à .iiij. lieues de Rains. Par un héraut, mandèrent à ceulx de Rains, espécialment aux bons hommes qui là s'estoient trais à garant, et qui avoient le leur aux villaiges, qu'ilz leur voulsissent envoier une quantité de bestes, de vin et de pain, ou ilz ardroient tout le plat pays. Mais les bons hommes respondirent qu'ilz ne leur envoieroient riens. Lors envoièrent les Englois tous leurs courreurs par les villages, et en ardirent en une sepmaine plus de .xl. en la marche de Rains. Encore sçorent les Englois que ceulx de Rains avoient mis leurs blanches bestes[1] ès fossez de la ville, et là se paissoient. Lors vindrent ceulx de l'avantgarde sur ces fossez, et descendirent et firent entrer leurs gens dedens, et chacer hors toutes ces bestes. Ne nul n'osoit aler au devant ne se moustrer aux créniaux, car les archiers traioient trop ouniement[2]. Là orent les Englois bien .iiij.^m bestes, avec ce mandement à ceulx de Rains qu'ilz ardroient tous leurs blefs environ Rains se ilz ne les rachetoient de pains et de vins. Ceulx de Rains, qui doubtèrent ceste pestilence, sy envoièrent en l'ost .vj. charretées de pain et autant

---

1. Bêtes à viande blanche. 2. « Sans arrêt ».

de vin ; parmy ce les blefs et avoines furent respitez[1] de ardoir. Puis passèrent oultre, et quant ilz vindrent à la bonne ville de Vertus, ilz l'ardirent toute, excepté l'abbaie, et y ot grant escarmuche au chastel. Quant ilz approchoient Troyes, aucuns Englois de l'avantgarde trouvèrent le seigneur de Hangiers, qui aloit devers Troyes. Si le chacièrent jusques à Plansi, où il entra à paine, mais il y ot que mors que pris .xxx. de ceulx de la route. Et livrèrent les Englois grant assault à Plansy qui dura .iiij. heures, et fu la basse court du chastel toute arse, et les moulins de Plansy ars et abatus. Après ce, ceulx de l'avantgarde trouvèrent le sire de Roye, qui à .xx. lances aloi[t] vers Troyes. Si le chacièrent jusques aux barrières de Troyes, et prindrent .iiij. de ses gens.

Comment le conte de Bouquinhen et les Englois vindrent devant Troyes où le duc de Bourgoingne avoit fait son mandement.
Le .xxxiij.ᵉ chapitre

§ 33. En la cité de Troyes estoit le duc de Bourgoingne, et avoit là fait son mandement espécial. Avec lui estoient le duc de Bourbon, **[289r]** le duc de Bar, le conte d'Eu, les seigneurs de Coucy, de Chastillon, de Vienne, de la Trémoïlle, de Vergi, de Rougemont, de Hambue, de Sempi et de Roye, messire Jehan de Vienne amiral de France, le sénéchal de Haynau, le Barrois des Barres, le visconte d'Assi, messire Guillaume le bastart de Langres, et plus de mille chevaliers et escuiers. Ces seigneurs avoient fait faire au dehors de la porte de Troyes, aussi comme le trait d'un arc, une bastide de gros mesrien[2] à manière d'une recueillote[3], où bien pouoit [avoir] mille hommes.

---

1. « Préservés ».   2. *Une bastide de gros mesrien :* « un ouvrage de fortification fait de poutres ».   3. « Abri, lieu de retraite ».

Le conte de Bouquinghen et les Englois avoient passé la rivière de Saine à Vallans, et estoient venus logier à une petite lieue de Troyes. L'endemain à .vij. heures, qu'il faisoit moult bel, se mistrent tous en arroy aussi comme pour tantost combatre, et estoient les seigneurs montez sur chevaux couvers et parez de leurs armes[1], et vindrent tout rengié et serré, les banières ventelans[2], tout le pas, en .iij. batailles devant Troyes, et s'arrestèrent en un beau plain. Là dist le conte Bouquingen à Candos et Acquitaines, deux roys d'armes, qu'ilz alassent à Troyes et demandassent aux seigneurs la bataille[3]. Or vindrent ces héraulx aux portes de Troyes, mais ilz ne pouoient entrer, car il avoit là trop grant presse des François qui yssoient et aloient à la bastide. Et quant les héraulx distrent qu'ilz vouloient parler au duc de Bourgoingne, on leur dist qu'ilz se mettroient en grant péril, car il avoit là trop males communes, si que, au derrenier[4], les héraux retournèrent sans rien faire. Or approchièrent les batailles des Englois à celle bastide qui estoit faite d'uis[5] et de fenestres, et non mie forte assez contre tels gens. Si commanda le duc de Bourgoingne que tous rentrassent en la ville excepté les arbalestiers, qui demouroient pour ensonnier les Englois. Lesquelx vindrent sur la bastide, qui ne dura guères contre eulx ; et vindrent escarmuchier à porte, et y ot de mors et de bleciés. Puis retournèrent les Englois quant ilz virent qu'ilz n'aroient point de bataille, et vindrent l'endemain logier à Maillières le Viconte, près de Sens en Bourgoingne. Là demora l'ost .ij. jours pour refreschier, et raençonner le plat pays aux vivres, dont ilz avoient défaute. Pour ce que en ce voiage les Englois se nommoient soudoiers du duc de Bretaigne et qu'ilz aloient vers lui pour soubsmettre aucuns barons et chevaliers qui lui estoient rebelles, le roy de France envoia lettres

---

1. « Portant caparaçons armoriés ».   2. « Flottant au vent ».
3. C'est l'une des fonctions courantes des hérauts et rois d'armes.   4. « Finalement, en fin de compte ».   5. « Battants de porte en bois ».

closes devers ceulx de Nantes, qui est chief de toutes les villes de Bretaigne, en eulx remoustrant comment les Englois se vantoient qu'ilz les avoient mandez et se tenoient leurs soudoiers. Et ou cas qu'ilz avoient ce fait et y voulsissent persévérer, ilz estoient **[289v]** ataint de foy mentie[1], de obligation brisie, de sentence de pape encourue en .c.^m frans de paine par les traittiés jadis fais et séëllez à leur requeste, dont il avoit les copies, et eulx aussi, et qu'il les avoit tousjours aidié au besoing, et qu'ilz n'avoient nul title d'eulx plaindre de lui pour eulx bouter si avant en une guerre que de recevoir ses ennemis, mais bien s'avisassent que, s'ilz avoient esté mal enorté par foible[2] conseil, ce leur pardonnoit il, ou cas qu'ilz ne se voulsissent ouvrir contre ses ennemis les Englois ; et les vouloit tenir en toutes leurs franchises jurées, et renouveler en tout bien, se il besoingnoit. Ceulx de Nantes considérèrent que le roy ne leur mandoit que raison. Si lui renvoièrent secrètement que ja les Englois à main armée, pour guerroier le royaume de France, ilz ne soustenroient en leur ville, mais ilz vouloient, s'il besoingnoit, estre conforté[3] des gens du roy.

Le conte de Bouquinhen et les Englois passèrent la rivière d'Yonne au pont au dessus la cité de Sens[4], et entrèrent en Gastinois et puis en Beausse. Et par tout estoient les villes et forteresses grandement garnies. À Thory en Beausse livrèrent les Englois escarmuche et assault. Là ot un escuier de Beausse qui requist fais d'armes à l'un des Englois, pour l'amour de sa dame. Si avoit nom Gauvain Micaille, et vouloit jouster trois coups de glaive[5], férir .iiij. coups de haches, .iij. coups d'espée et .iij. coups de dagues. Janequin Cator, un escuier englois, dist qu'il l'en vouloit délivrer[6]. Adont, quant ces .ij. furent appareilliés, le François yssi aux champs entre les Englois, et lui firent les Englois place,

---

1. « Tenus coupables d'un acte de félonie » (déloyauté ou trahison). 2. « Faible », au sens de « pauvre ». 3. « Appuyés ». 4. Entre Sens et Villeneuve-le-Roy. 5. « Lance ». 6. « Lui faire tenir son obligation, son propos ».

et joustèrent ces .ij. escuiers .ij. coups de lances. Et pour ce qu'il estoit trop tart, le conte de Bouquinghen ordonna qu'ilz ne feroient plus pour lors, jusques à une autre fois à plus grant loisir, et dist au François qu'il pouoit chevaucier seürement[1] avec eulx, sicomme il fist. Puis chevaucièrent au lendemain les Englois avant en ordonnance, tousjours comme pour tantost combatre, car ilz savoient bien qu'ilz estoient costoié d'autant ou plus de gens d'armes qu'ilz estoient. Et aussi les François les eüssent voulentiers combatus, mais le roy de France ne le voult soufrir, car il doubtoit moult les fortunes et disoit : « Laissiés les chevaucier. Ilz se dégasteront[2] sans bataille. » Les Englois se hastèrent de passer la Beausse, car ilz n'y avoient point d'eaue, fors en puis parfons où il n'avoit nuls seaulx. Si vindrent en Blois, et s'en vindrent refreschir en la forest de la marche Aunoy. Là firent leur hatie[3] Gauvain Micaille et Janequin Cator, **[290r]** et jousta l'escuier françois à la plaisance du conte de Bouquinghen très bien. Et l'Englois féry le François trop bas en la cuisse, tant que le fer passa oultre. De ce qu'il le prist si bas furent les Englois courrouciez, et disoient que c'estoit mal honnorablement jousté. Depuis férirent les .iij. coups d'espées, chascun les siens. Adont dist le conte de Bouquinhen qu'ilz n'en feïssent plus, car il veoit l'escuier françois trop fort seignier. Lors fu le François désarmez et remuez[4], et lui envoia le conte de Bouquinghen par un héraut en son logis .c. frans, et lui mandoit qu'il s'estoit bien acquittez. Et retourna le François ès garnisons françoises.

---

1. « En toute sécurité ». 2. « Iront à néant ». C'est la célèbre stratégie du sage roi Charles V... 3. « Combat singulier, duel ». 4. « Emporté » (se dit d'un soldat blessé sur un champ de bataille).

Comment le roy de France s'acoucha au lit de la mort, et des ordonnances qu'il fist lors à Paris. Le .xxxiiij.ᵉ chapitre

§ 34. Vous savez comment le roy Charles de France, qui se tenoit à Paris, traitoit quoiement devers les bonnes villes de Bretaigne afin qu'ilz ne se ouvrissent aux Englois, et aussi les bonnes villes vouloient que on leur envoiast des gens d'armes pour eulx aidier à garder ; de ce avoit le roy enchargié ses gens. De tous ces traittiés estoit aussi comme tout souverain messire Jehan de Bueil de par le duc d'Anjou, qui se tenoit à Angiers. Le duc de Bourgoingne se tenoit en la cité du Mans. Par toutes les villes et chasteaux de là environ se tenoient le duc de Bourgoingne, le duc de Lorraine, le duc de Bar, le conte d'Eu, le sire de Coucy et tant de gens d'armes qu'ilz estoient bien .vj.ᵐ, et disoient bien, voulsist le roy ou non, qu'il[s] les combateroient ainçois qu'ilz eüssent passé la rivière de Sartre[1], qui depart le Maine et Anjou.

En ce temps prist une maladie au roy de France, de laquele il vit bien qu'il lui couvenoit mourir en briefs jours, car le roy de Navarre, du temps que ce roy Charles estoit duc de Normandie, le voult empoisonner[2], et reçut le roy Charles le venin, et fu si avant menez que tous les cheveux du chief lui cheürent, et les ongles des piés et des mains, et devint aussi sec que un baston, et n'y trouvoit on point de remède. Son oncle l'empereur de Rome oÿ parler de sa maladie : si lui envoia hastivement un maistre médicin qu'il avoit emprès lui, le meilleur du monde, sicomme on veoit par ses euvres. Quant cil fu venu en France, il dist qu'il[3] estoit empoisonnez et en grant péril de mort. Si

---

1. La Sarthe. **2.** Sur Charles le Mauvais, roi de Navarre, voir *Œuvres* de Froissart, éd. KL, t. XXII, pp. 267-74. **3.** Le roi, évidemment ; les changements de pronom personnel sont fréquents en moyen français.

fist en lui adont la plus belle cure du monde et dont on eüst encore oÿ parler, car il amorty[1] tout ou en partie le venin qu'il avoit pris et receü sur lui, et lui fist recouvrer cheveux et ongles et santé, et le remist en point et force d'omme, parmy tant que ce venin petit à petit lui yssoit **[290v]** parmy une petite pistoule[2] qu'il avoit ou bras. Et ce maistre ne pot estre retenu en France ; si donna à son département une recepte[3] dont on useroit tant comme il vivroit. Et dist (que) : « Si trèstost que ceste petite pistoule laira le couler[4] et seichera, vous mourrez dedens .xv. jours. » Bien avoit le roy de France retenu ces parolles, et porta ceste pistoule .xxiij. ans. Avec tout ce, d'autres maladies dedentrainnes[5] estoit le roy trop durement grevez, et par espécial du mal des dens. Quant ceste pistoule commença à séchier, les doubtes de la mort lui commencièrent à approuchier : si manda ses .iij. frères èsquelx[6] il avoit la greigneur fiance, les ducs de Berry, de Bourgoingne et de Bourbon, et laissa derrière le duc d'Anjou[7], pour tant qu'il le sentoit trop convoiteux ; et dist aux .iij. dessus dis : « Mes beaux frères, par l'ordonnance de nature je sçay bien que je ne puis longuement vivre. Si vous encharge Charles, mon filz. Si vous en acquitez[8] loyaument, et le couronnez à roy au plus tost après ma mort que vous pourrez ; et le conseilliés loyaument, car toute ma fiance en gist en vous. Et l'enfant est joenne et de légier esprit, et le mariez si haultement que le royaulme en vaille mieulx. J'ay eu long temps un maistre astronomien qui disoit que en sa joennesse il

---

1. « Rendre inoffensif » (comme mort). 2. « Pustule » (du latin *pustula*) ; ampoule ou petite tumeur purulente. 3. « Ordonnance ». 4. « Cessera de couler ». 5. « Intérieures, internes ». 6. « En qui ». 7. Sur Louis d'Anjou, voir les *Œuvres* de Froissart, éd. KL, t. XX, pp. 88-92 ; p. 91 : « Le duc d'Anjou inspirait... aussi peu de confiance à ses amis qu'à ses adversaires. Voyez dans dom Vaissette t. IV, p. 326 le serment qu'on exigea de lui le 19 mars 1375 pour qu'il respectât les droits de l'héritier de Charles V. Les précautions mêmes dont on l'entourait, révélaient combien l'on craignait qu'il ne fût pas mieux gardé ». 8. « Remplissez fidèlement votre devoir envers lui ».

aroit moult à faire. Si ay pensé comment ce pourroit estre, se ce ne vient de la partie de Flandres ; car, Dieu mercy, les besoingnes de nostre royaume sont en boin point. Le duc de Bretaigne a tousjours le courage [1] plus englois que françois : pour quoy, tenez les nobles de Bretaigne et les bonnes villes à amour. Je me lo des Bretons. Et faites le seigneur de Cliçon connestable de France. » Plusieurs autres choses dist le roy, mais combien que le duc d'Anjou ne fust adont présent quant le roy trespassa de siècle, il estoit à Paris et assez près de sa chambre.

*Le trespassement du roy de France,
Charles le quint. Le .xxxv.ᵉ chapitre*

§ 35. Quant le conte de Bouquinhen et toutes ses routes se départirent de la forest de Marche Aunoy, en la conté de Blois, ilz cheminèrent vers Vendosme. Si encontrèrent ceulx de l'avantgarde sur les champs le seigneur de Hangiers, à .xxx. lances. Les François, qui n'estoient mie à gieu party [2] et qui estoient près de Vendosme, esperonnèrent celle part, et trouvèrent les barrières ouvertes ; si entrèrent, mais les Englois en retindrent à prisonniers jusques à .xij. Ce jour encontra messire Robert Canole le seigneur de Mauvoisin, et **[291r]** se combatirent, car l'un avoit près autant de gens comme l'autre, mais finablement messire Robert prist le seigneur de Mauvoisin. Les François, qui vouloient enclorre les Englois, firent férir à force [3] grans mesriens en la rivière de Sartre parquoy les Englois ne leur charroy n'y peüssent passer. Quant les Englois vindrent sur celle rivière qui estoit moult parfonde, ilz ne trouvèrent nul passage fors là où les mesriens

---

1. « Cœur, volonté, disposition ». 2. « Gieu party » : partie, chance égale. 3. « Firent enfoncer ».

estoient fichiés. Si entrèrent dedens l'eaue, armez de toutes pièces excepté de bacinet, et les tirèrent hors à moult grant paine, et firent tant qu'ilz furent oultre, charroy et tout, et se logièrent à Noion sur Sartre. Ce jour[1] trespassa de ce siècle le roy Charles de France, à son hostel à Saint Pol sur Saine. Si tost que le duc d'Anjou, qui estoit venus à Paris, sçot qu'il ot les yeux clos, il fu saisis des joyaux du roy son frère, dont il avoit sans nombre, et fist tout mettre en sauf lieu pour lui, et espéroit qu'ilz lui venroient bien à point pour son voiage où il tendoit à aler, car ja s'escripvoit roy de Cécille, de Puille, de Calabre et de Jhérusalem. Le roy Charles, selon l'ordonnance des royaulx, fu apporté tout parmy la cité de Paris à visage descouvert, ses frères et ses deux filz derrière lui, jusques à l'abbaie de Saint Denis, où il fu ensevelis honnorablement, aussi comme lui vivant avoit ordonné. Et vous di que le roy Charles, ou lit de la mort, ot ordonné ses autres frères à avoir le gouvernement du royaume dessus le duc d'Anjou, mais il n'en fu rien fait, car il se mist en possession et en règne par dessus tous, réservé qu'il vouloit que Charles, son beau nepveu, feüst couronnez à roy. Et trespassa le roy Charles environ la Saint Michiel. Tantost les pers et barons de France regardèrent que, à la Toussains après, on couronneroit le roy à Rains, et le signifièrent ès pays loingtains.

Comment le conte de Bouquingen et les Englois entrèrent en la duchié de Bretaigne.
Le .xxxvj.ᵉ chapitre

§ 36. Encore ne savoient riens les Englois qui avoient passé la rivière de Sartre de la mort du roy de France ; et vindrent les Englois à Pruilli, à deux petites

---

1. Un dimanche, le 16 septembre 1380.

lieues de Sablé. Et estoit tout le pouoir de France en la cité du Mans ou environ, mais quant les nouvelles vindrent que le roy de France estoit mort, adont se desconfist le propos des François, c'est assavoir de combatre les Englois, car plusieurs barons retournèrent en France pour oïr des nouvelles. Les Englois passèrent la rivière de Maunée par uns marès où ilz ne pouoient aler que .ij. ou .iij. de front le plus du chemin, qui bien dura deux lieues. Et vindrent logier à Cossé, et espéroient tous les jours à oïr nouvelles du duc de Bretaigne **[291v]** qui se tenoit à Hainbont, et ne savoit encore comment il se cheviroit[1], car quant on lui recorda la mort du roy de France, qu'il ne amoit point, il dist : « La haine que j'avoie au royaume de France, pour la cause de ce roy mort, est bien afoiblie la moitié, et tel a guerroié le père qui aidera au filz. Il me fault acquiter envers ces Englois que j'ay fait venir. » Lors envoia de ses chevaliers à l'encontre d'eulx, lesquelx les trouvèrent à Brout en Bretaigne. Le conte de Bouquinhen dist aux chevaliers du duc que moult s'esmerveilloit de ce que le duc et le pays de Bretaigne n'estoient autrement appareilliés qu'ilz ne moustroient d'eulx recueillir. Les Bretons respondirent : « Sire, le duc est en grant voulenté de tenir les couvenances qu'il a à vous, mais il ne puet faire de ce pays sa voulenté, et par espécial ceulx de Nantes, qui est le chief de Bretaigne, est à présent toute rebelle, et se ordonne à recuillir les François, dont le duc est tout esmerveillié. Si vous mande que vous tenez le chemin de Rennes, car temprement y vendra contre vous[2]. » Atant retournèrent les messages du duc, et les Englois se vindrent logier ès forbours de Rennes et estoient les portes de la cité de Rennes closes, que on n'y laissoit nul homme d'armes entrer, mais le conte de Bouquinghen et .v. ou .vj. barons y estoient logiés. Là attendirent .xv. jours la venue du dit duc, qui point ne venoit, dont les Englois furent tous courroucés. Puis se partirent de

---

1. « Se tirerait d'affaire ».   2. « Vous rencontrer ».

Rennes et vindrent à Saint Supplis où ilz demourèrent
.iij. jours, puis vindrent à Combrouc où ilz séjournèrent
.iiij. jours. Après vindrent à la Heide. Là vint le duc de
Bretaigne, et fu avec les Englois .ij. jours. Au .iiij.ᵉ ala
le duc à Rennes, et le conseil du conte de Bouquinhen
avec lui. Si furent à Rennes .iiij. jours, conseillans
ensemble. Là jura le duc qu'il venroit à Nantes mettre
le siège en la compaignie du conte .xv. jours après ce
que les Englois seroient là venus, et y demourroit tant
que Nantes seroit prise.

*Le couronnement du roy de France.
Le .xxxvij.ᵉ chapitre

§ 37. **[292r]** Vous devez savoir que riens ne fu
espargnié de noblèce et de seignorie à faire au couronnement du joenne roy Charles de France, qui fu couronnez à Rains le jour d'un dimenche, ou .xij.ᵉ an de
son aage, en l'an mil .iij.ᶜ .iiij.ˣˣ [1]. À son couronnement
furent ses .iiij. oncles, Anjou, Berri, Bourgoingne et
Bourbon, et aussi ses grans oncles le duc Wincelin de
Brabant, le duc de Bar, le duc de Lorraine, le conte de
Savoie, le conte de la Marche, le conte d'Eu, messire
Guillaume de Namur. Le conte de Flandres et le conte
Jehan de Blois s'excusèrent. Tant y ot de grans seigneurs que jamais je ne les aroie tous nommez. Et oÿ
le roy le samedy les vespres, en l'église Nostre Dame
de Reins, et veilla en l'église, ainsi qu'il est acoustumé,
la greigneur partie de la nuit, et tous ceulx avec lui qui
chevaliers vouloient estre, c'est assavoir ses cousins,
tous joennes enfans, de Navarre, de Labreth, de Bar et
de Harecourt, et grant foison d'autres joennes escuiers,
filz de hauls barons du royaume de France. Quant vint
le dimenche, dont le jour de la Toussains avoit esté le

---

1. Le dimanche 4 novembre 1380.

venredy devant, l'église de Nostre Dame fu parée si très richement que on ne pourroit mieux deviser, et là fu à haute solempnité de la haulte messe de l'arcevesque de Rains sacré et beneÿ de la sainte ampoule dont monseigneur saint Rémy consacra le roy Clovis, et fu ceste onction envoiée de Dieu par un saint angle, et depuis tousjours les roys de France en ont esté consacrez, et point n'amenrist[1]. Avant la consécration, le roy fist là devant l'autel tous les joennes chevaliers nouveaux. Après fist on l'office de la messe très solempnelment, et la chanta l'arcevesque de Rains. Et là seoit le joenne roy en habit royal en une chaière eslevée moult hault, parée et vestue de draps d'or si riches que on les pouoit avoir, et tous les joennes chevaliers nouveaux dessoubs, sur bas escamniaux[2] couvers de draps d'or, à ses piés. Et là estoit messire Olivier de Cliçon qui avoit esté créé connestable puis un petit, qui bien faisoit ce que à son office appartenoit. Là estoient les hauls barons du royaume de France, vestuz et parez si richement que merveilles, et seoit le roy en magesté royal, la couronne très riche et oultre mesure précieuse, ou chief. Et fu l'église si plaine de nobles que on ne savoit où son pié tourner. Et pour ce que la sale du palais estoit petite, on avoit tendu un grant tref[3] et hault enmy la court, et là fu le disner fait, et sist le joenne roy et ses .v. oncles, Brabant, Anjou, **[292v]** Berry, Bourgoingne et Bourbon à sa table, et bien en sus de lui, et l'arcevesque de Reins et autres prélas seoient à sa destre. Et servoient hauls barons, le sire de Coucy, messire Guy de la Trémoïlle et l'amiral de France, et des autres, sur hauls destriers[4] parez de draps d'or. Ainsi se continua en toutes honneurs la journée. L'endemain vint le roy disner en l'abbaie de Saint Théry, à deux heures de Rains, car ceulx de léans lui doivent ce pas, et ceulx de Reins le sacre du roy. Puis vint le roy à Paris où il fu receü trèsgran-

---

1. Il est question ici du saint chrême des rois de France.
2. « Escabeaux ».   3. « Tente ou pavillon ».   4. « Chevaux de combat », qu'on menait de la main droite (*destre*).

dement, et fu des Parisiens grandement festoiés. Après ces festes ot grant conseil en France sur l'estat du royaume, et fu ordonné que le duc de Berry auroit en gouvernement tout Languedoc, le duc de Bourgoingne toute Picardie et Normandie, et le duc d'Anjou demourroit delez le roy son nepveu, et aroit le gouvernement du royaume. Adont fu le conte de Saint Pol rappellez, qui par avant avoit esté eslongiés[1] de la grace du roy Charles mort, et lui fist à Rains le duc de Brabant sa besoingne, et le duc d'Anjou. Si se parti le conte de Saint Pol de Han sur l'Eure séant en l'éveschié du Liège, où il s'estoit tenus un grant temps ; et s'en revint en France, et amena sa femme ou chastel de Bohain ; et se déportèrent toutes les mains mises de ses terres, et retournèrent toutes en son proufit.

Du conte de Bouquinhen et des Englois qui mistrent siège devant la cité de Nantes en Bretaigne. Le .xxxviij.ᵉ chapitre

§ 38. Vous savez comment les couvenances furent jurées entre le duc de Bretaigne et le conte de Bouquinhen. Si vindrent le conte de Bouquinhen et les Englois de sa chevaucée asseoir la ville de Nantes. Et fu le conte logiés à la porte de Sauvetot, et le sire de Latinier, connestable de l'ost, et le sire du Filwatier et le sire de Basset furent logiés à la porte de Saint Pierre, et messire Robert Canolle et messire Thomas de Persi à la porte de Saint Nicolas sur la rivière, et messire Guillaume de Windesore et messire Hue de Cavrelée à la posterne de Richebourc.

Dedens la ville avoit foison de bons chevaliers et escuiers de Bretaigne, de Beausse, d'Anjou et du

---

1. « Éloigné de ».

Maine, qui là estoient de par le roy de France envoiés pour garder la ville, lesquelx avoient avant le siège réparée et pourvueüe la ville. La veille Saint Martin sur le soir[1], par l'esmouvement du Barrois des Barres, se assemblèrent en la ville bien .vj.^{xx}, tous gens de fait ; si firent ouvrir la porte de Saint Pierre et mistrent bonnes gardes à la porte pour la retraite. Puis vindrent aux **[293r]** Englois qui seoient à souper, et avoient leur cry : « Les Barres ! ». Si entrèrent en ces logis, et commencièrent à férir et mehaignier gens. Tantost furent les Englois pourvueüs de leur afaire, et se rengièrent devant les tentes. Quant les François en virent la manière, ilz se retraïrent et se tindrent ensemble moult sagement, et retournèrent vers leur ville ; et Englois de toutes pars commencièrent à venir à l'escarmuche. Là en y ot de boutez et reboutez. Si en y ot de mors et de bleciez d'une part et d'autre, mais les François rentrèrent en la ville à petit de dommage.

L'endemain de la Saint Martin au point du jour, par l'advis du Barrois des Barres qui estoit en Nantes un des grans capitaines qui là estoient, les François orent pourvueü .vj. ou .vij. gros bateaux. Si y entrèrent .ij.^{c} hommes d'armes et .c. arbalestiers, et sans faire noise ilz yssirent de la ville contreval la rivière, et prindrent terre au dessoubz des logis de messire Jehan de Harleston et de ses gens, qui estoient logiés près de là en un grant hostel, lequel hostel les François environnèrent et assaillirent. Messire Jehan fu tantost armez, et aussi ses gens ; si se mistrent à défence vaillemment, et traïrent archiers contre ces arbalestiers. Là ot grant escarmuche, et eüst l'ostel esté pris, mais messire Robert Canole et ses gens vindrent hastivement celle part. D'autre part, messire Guillaume Windesore et ses gens vindrent là tout le cours, et sourdoient Englois de tous costez. Lors se retraïrent les François vers le rivage. Au rentrer dedens leurs bateaux y ot grant escarmuche,

---

1. Le 10 novembre.

et furent aucuns François pris, mors et noyés, et retournèrent à Nantes.

Huit jours après ce yssi le Barrois de Nantes par nuit à la porte où estoit logié le conte de Bouquinhen, et y ot grant escarmuche entre lui et ses gens et ceulx qui faisoient le guet en l'ost. Là fu trait d'un vireton[1] parmy le bacinet tout oultre, messire Thomas de Rodes, Alemant, qui faisoit le guet avec les Englois, duquel coup il mouru dedens .iiij. jours après. Quant les François virent que l'ost estoit estourmy, ilz se retraïrent en escarmuchant, si rentrèrent en la ville sans dommage, et orent .vj. prisonniers. Le jour Nostre Dame des Avens au soir[2], yssirent les François par la posterne de Richebourc, et prindrent le chevalier qui là faisoit le guet, appellé messire Guillaume de Quisençon, et l'emmenèrent en la ville, et .vj. hommes d'armes avec lui. Et y perdirent les François .iij. des leurs. Le jeudy devant Noël sur le soir[3], s'en vindrent les François férir ès logis du conte de Bouquinhen, mais le conte de **[293v]** (de) Dovescière, qui faisoit le guet, vint sur les François à si grant pouoir qu'il les rebouta en la ville, et en prist .xvj. ; et là fu occis du trait messire Hugue Ticiel, Englois. Et la veille de Noël, au soir, yssirent de Nantes par la porte Saint Pierre le Barrois des Barres, messire Mauny de Cliçon, le sire d'Amboise, le sire de Collet, le chastelain de Cliçon, Jehan de Chastelmorant, Morfovace, et tous les cappitaines de Nantes à bien .vj.ᶜ hommes d'armes. Sy vindrent escarmuchier les Englois, mais ilz receürent bien autant de dommage comme ilz y gaignièrent, et en y ot de mors, pris et bleciés d'une part et d'autre.

---

1. « Trait d'arbalète » (voir le Glossaire).   2. Le 8 décembre.
3. Le 20 décembre.

*Comment le duc de Bretaigne ne pot estre
au siège de Nantes par défaut de ses gens.
Le .xxxix.ᵉ chapitre*

§ 39. Ainsi se tenoient devant Nantes à siège le
conte de Bouquingen et ses gens, et attendoient tousjours le duc de Bretaigne qui point ne venoit, dont ilz
furent esmerveilliés ; et lui mandèrent par aucuns messages et lettres qu'il faisoit mal quant il ne venoit au
siège, sicomme il avoit juré ; mais ces messages ne
retournèrent point, et supposoient les Englois qu'ilz
estoient mors sur le chemin. Voirement aloient en trop
grant péril par le chemin toutes gens s'ilz n'estoient du
pays, entre Nantes et Hainbon, car les chemins estoient
si près tenus des gens du pays que nul ne pouoit passer
qu'il ne feüst pris et que on ne sceüst quel chose il
quéroit ; et, s'il portoit lettres des Englois au duc qui
se tenoit à Hainbon, ou du duc aux Englois, il estoit
mort. Avec ce, les fouragiers de l'ost n'osoient chevaucier fors en grant route, car les chevaliers et escuiers
du pays estoient cuillis ensemble, et ne vouloient laissier courir leur[s] terres, si que, quant ilz trouvoient
.xx. ou .xxx. varlés, ilz les tuoient ou prenoient le leur
et leurs chevaux, et les batoient et navroient. Le duc,
au voir dire, tiroit trop fort à avoir ses gens d'accort
pour venir devant Nantes, mais les gentilz hommes distrent que ja ilz n'aideroient à destruire leur terre. D'autrepart, le sire de Cliçon, connestable de France, le sire
de Dignant, le sire de Laval, le viconte de Rohen, le
sire de Rochefort et les grans barons de Bretaigne se
tenoient ensemble, leurs villes et chasteaux clos et bien
gardez, et faisoient dire au duc par messages qu'il
n'avoit nul confort d'eulx, mais s'il aloit devant
Nantes, ilz lui donroient tant d'empeschement qu'il ne
saroit auquel entendre ; mais se vousist remettre en
l'obéissance du roy de France, ainsi que faire le devoit,
et ilz lui feroient sa paix. Ainsi le duc ne savoit auquel

entendre, **[294r]** et lui couvint dissimuler, voulsist ou non.

Quant le conte de Bouquingen et les Englois orent esté à siège devant Nantes .ij. mois et .iiij. jours, ilz s'en partirent et cheminèrent devers Vennes, pour aler parler au duc pour savoir son entente. Et firent tant par leurs journées qu'ilz vindrent logier à Saint Jehan, un villaige séant à .ij. petites lieues de Vennes, et puis l'endemain, sicomme ilz aloient devers Vennes, le duc de Bretaigne, qui y estoit pour le présent, yssi contre eulx une lieue, puis se mist decosté le conte ; et chevaucièrent tous ensemble devers Vennes. « Sainte Marie ! » dist le conte, « Beau frère de Bretaigne, que vous avons attendu devant Nantes, et si n'y estes point venu ! » Le duc s'excusa qu'il ne se pouoit aidier de ses gens. Après dist Monseigneur, « Il est maintenant au plain de l'iver, qu'il fait mauvais ostoier : vous venrez à Vennes, et vous y tenrez jusques au may, et nous revencherons à l'esté de tous nos rebelles. » Le conte vit bien qu'il n'en aroit autre chose, si respondy : « Dieux y ait part ! » Et l'emmena le duc à Vennes, mais à l'entrer dedens il couvint que le conte et ses barons jurèrent à ceulx de la ville qui pour ce estoient yssus aux champs, que .xv. jours après ce qu'ilz en seroient requis, ilz se partiroient de la ville.

Ainsi fu le conte logiés en la cité de Vennes, et son corps ou chastel de La Motte, qui est l'ostel du duc en la ville. Et tous ceulx de sa bataille furent logiés aval la ville et ès forbours. Et le duc s'en vint tenir à Suseniot, mais aucunefois venoit à Vennes veoir le conte. Ceulx de l'avantgarde devoient estre logiés en la ville de Hainbon, mais on ne leur voult ouvrir les portes, et leur couvint logier aux champs ou ès forbours. Ceulx de l'arrièregarde devoient estre logiés à Quimper Corentin, mais ilz n'y porent entrer, si se logièrent aux champs et ès forbours. Et ce qui ne valoit que .iij. deniers, on leur vendoit .xij. Encore n'en pouoient recouvrer ; si mouroient leurs chevaux, et ne savoient où aler en fourage, fors en grant péril, car ilz estoient souvent ruez jus et occis des gens du connestable et du vicomte de Rohen. Et fu merveille que les Englois n'orent plus grant dommage, car ilz estoient logiés en .iiij. parties, ne l'une partie n'eüst peü secourir l'autre, mais le duc aloit audevant ce qu'il pouoit, et les défendoit à son pouoir d'estre assailli.

De .iiij. fais d'armes qui furent au chastel Josselin, de François et Englois. Le .xle chapitre

§ 40. Avenu estoit pieça que messire Régnault de Touars, sire de Puisance, un baron de Poitou, avoit dit en la Marche Aunoy en la conté de Blois, quant le conte de Bouquingen et les Englois y passèrent, **[294v]** au seigneur de Vertain que voulentiers il feroit fait d'armes à lui de .iij. poins de lance, de .iij. coups d'espée et de .iij. coups de hache. Et le sire de Vertain lui avoit accordé, mais le conte de Bouquinhen n'avoit point voulu que adont ilz en feïssent riens. Et teles paroles orent ce jour un escuier de Savoie qui se appelloit le bastart [de] Clarins, à Edouart de Beauchamp, filz à messire Rogier, et le Galois d'Aulnoy à monseigneur Guillaume [Clinton], et messire Lionniaux d'Arraines à messire Guillaume Franc. Si demourèrent ces armes à faire jusques à tant que le conte de Bouquinghen fu logiés à Vennes. Lors vindrent ces François au Chastel Josselin, et firent leurs armes[1] devant le connestable de France et plusieurs autres barons de France qui là estoient. Après ces armes, là furent requis autres fais d'armes des François aux Englois, et firent armes devant le conte de Bouquingen à Vennes. Premièrement, le sire de Pousances en Poitou et le sire de Vertain en Hénault s'en vindrent l'un sur l'autre et tout à pié, et assirent les glaives l'un sur l'autre en poussant.

---

1. « Leurs passes d'armes ».

Le sire de Vertain fu férus, sans estre blecié en chair. Le sire de Pousances fu féru parmy ses mailles et sa poitrine d'acier, et yssi sang de sa chair. Après firent les autres armes sans dommage. Après vindrent messire Jehan d'Aubrechicourt, de Haynau, et messire Tristan de la Galle, Poitevin, et firent les armes vaillemment sans dommage. Et adont vindrent les autres, Edouart de Beauchamp et le bastart Clarins de Savoie. Ilz assirent les glaives en leurs poitrines en poussant, et tant que Edouart fu bouté jus et reversez. Quant il fu relevez, ilz revindrent l'un sur l'autre, et encore de rechief le bouta le Savoisien à terre. Adont fu prins Edouart par les Englois, qui distrent qu'il n'en feroit plus, et le Savoisien leur dist : « Vous me faites tort, et puis que vous voulez que Edouart n'en face plus, si m'en bailliés un autre [1]. » Adont sailli avant un escuier englois appellé Janequin Setincelée, si se arma en la place et prist son glaive, et le Savoisien la sienne ; et vindrent l'un sur l'autre, et se poussèrent ce premier coup de tel façon que les deux glaives volèrent par pièces par dessus leurs testes. Puis firent le second coup et le tiers, et furent tous les .vj. lances rompues. Adont prindrent ilz les espées, et en .vj. coups ilz en rompirent .iiij., et vouloient férir des haches, mais le conte de Bouquinhen dist qu'il ne les vouloit pas veoir en oultrance, et qu'ilz en avoient assez fait. Lors se traîrent avant Jehan de Chastelmorant, François, **[295r]** et Janequin Cloton, Englois. Cestui Janequin estoit déliez [2] et menus de membres ; si desplaisoit au conte de ce qu'il avoit à faire à un si renommé homme d'armes. Touteffois, ces deux vindrent l'un sur l'autre, asprement ; mais l'Englois fu en poussant getté à terre durement. Si dist le conte : « Ilz ne sont pas pareil ensemble [3]. » Et quant Jehan de Chastelmorant vit qu'il n'en feroit plus, il dist aux Englois : « Seigneurs, s'il

---

1. « D'après la *Chronique du bon duc Loys* (p. 131), Édouard de Beauchamp était ivre, ce qui l'empêcha de fournir sa joute » (Raynaud, SHF, t. X, p. XI).   2. « Mince, svelte ».   3. « Ils sont mal assortis ».

vous semble que vostre escuier soit trop menus contre moy, si m'en bailliés un autre à vostre plaisir. » Adont s'ala armer messire Guillaume de Ferinton, Englois, et vint contre Jehan de Chastelmorant. Et devoient de courses venir de pié l'un contre l'autre et assir les glaives entre les .iiij. membres ; autrement à prendre estoit villeine. Jehan de Chastelmorant asséna le chevalier gentement et lui donna grant horion ensemble emmy la poitrine, tant que messire Guillaume flescha[1], et lui failli le pié .j. petit. Il tenoit son glaive roide devant lui à deux mains ; si le baissa, car amender ne le pot, et courut Jehan de Chastelmorant bas ès cuisses et lui perça la cuisse, que[2] le fer passa tout oultre une poignée. Jehan de Chastelmorant pour le coup cancella, mais point ne cheÿ. Lors distrent les Englois que c'estoit vilainement poussé. Le chevalier dist qu'il lui desplaisoit et, se Dieu lui aidast, il ne l'avoit peü amender, car il clicha[3] du pié pour le grant pous[4] que Jehan de Chastelmorant lui avoit donné. Si demoura la chose ainsi. Les François prindrent congié et remenèrent en une litière Jehan de Chastelmorant jusques au Chastel Josselin, dont il estoit party, et fu en grant péril de mort de ceste navreüre. Ainsi se départirent ces fais d'armes, et se retraÿ chascun en son lieu, les Englois à Vennes, et les François à Chastel Josselin.

Comment le conte de Bouquingen et les Englois se partirent mal content du duc de Bretaigne.
Le .xlj.ᵉ chapitre

§ 41. Après ces fais d'armes et par avant tout l'iver, orent le conte de Bouquingen et les Englois qui se tenoient en Bretaigne moult de dommages, de dangiers

---
1. « Fléchit ».   2. « De sorte que ».   3. « Chancela ».
4. « Du fait d'avoir été si rudement poussé... »

et de malaises de vivre pour euls et leurs chevaux, car les fourageurs ne trouvoient riens sur le pays, car en ce temps les granches[1] estoient vuides, et y avoient les François rendu grant paine, afin que leurs ennemis n'eüssent aise ; et estoient les François si puissemment[2] sur les frontières que les fourageur englois n'osoient chevaucier. [Si] vindrent aux Englois aucuns vivres de mer, des isles de Cornuaille et de Grenesie et de Wisque ; autrement eulx et leurs chevaux **[295v]** feüssent tous mors de famine.

Entrez estoient à Paris, de par le duc de Bretagne, le visconte de Rohan, le sire de Laval, messire Charles de Dignant et messire Guy de Rochefort, qui lui procuroient sa paix envers le roy. Il les laissoit couvenir, tant lui avoient prié, car il veoit bien qu'il ne pouoit tenir sa promesse aux Englois s'il ne vouloit perdre son pays. Ces .iiij. barons firent tant que le duc vint à paix au roy de France, et pouoit sans forfait adrecier les Englois pour raler en Engleterre ; et que, se ceulx de la garnison de Chierbourc, qui estoient venus servir le conte de Bouquinhen, vouloient par terre raler en leur garnison, ilz avoient saufconduit du roy et du connestable de France de y aler sans armeüres. Et les Englois partis de Bretaigne, le duc de Bretaigne devoit venir en France devers le roy et ses oncles, et recongnoistre foy et hommage du roy. Puis vint le duc de Bretaigne à Vennes, et remoustra au conte de Bouquingen la paix devant ditte, laquelle il lui couvenoit tenir, s'il ne vouloit perdre son pays. Là ot grans paroles entre le conte et les barons d'Engleterre d'une part, et le duc d'autre, mais le duc s'excusoit ce qu'il pouoit. Toutesvoies, faire le couvenoit que les Englois se partissent de Bretaigne.

Aucuns chevaliers et escuiers englois de la garnison de Chierbourc se partirent du conte de Bouquinhen et s'en alèrent vers Chierbourc. Sicomme ilz passoient par le Chastel Josselin, où le connestable de France se

---

1. « Granges ».   2. Ici, « en si grand nombre ».

tenoit, un escuier françois qui estoit au conte de la Marche requist à Nicolas Clifort, escuier englois, à faire .iij. coups de lances. L'Englois s'excusa et dist qu'il ne faisoit que passer son chemin, et que s'il vouloit là attendre, si perdroit sa compaignie ; et aussi il n'avoit nulles armes, car le saufconduit que ces Englois avoient ne s'estendoi(en)t fors à aler jusques à Chierbourc dezarmez. Le François respondy qu'il le armeroit souffisemment. Quant l'Englois vit que le François le pressa tant, il se accorda à faire les armes, et joustèrent devant le connestable et plusieurs autres seigneurs. Si fu le François féru parmy le col tout oultre, et mouru. Quant les Englois orent disné avec le connestable, le Barrois des Barres les conduit jusques à Chierbourc.

Comment le conte de Flandres fist décapiter plusieurs de ceulx de Bruges. Le .xlij.ᵉ chapitre

[296r]

§ 42. En ce temps s'esmut contens[1] entre les gros et les menus de Bruges, car les menus vouloient faire à leur entente, et les gros ne le pouoient souffrir, et en y ot de foulons et de tisserans mors une quantité, et le demourant s'apaisièrent. Adont mandèrent ceulx de Bruges le conte, qui estoit à Lisle, que pour Dieu il venist vers eulx, car ilz le tenoient à seigneur et estoient maistres des petis. Le conte oÿ voulentiers ces nouvelles et se party de Lisle, messire Guillaume de Namur en sa compaignie, et vint à Bruges, et furent pris à sa venue tous ceulx principalment qui avoient les cuers gantois, et furent mis en La Pierre en prison plus de .v.ᶜ, lesquels petit à petit on décoloit. Quant ceuls de Franc de Bruges entendirent que le conte estoit paisiblement à Bruges, ilz se doubtèrent et mis-

---

1. « Dispute ».

trent tantost en la mercy du conte, lequel les prist et en fu moult resjoÿ. Quant le conte se vit au dessus de ceulx de Bruges, et qu'il avoit dessoubs lui chevaliers et escuiers de Haynau et d'Artois, il dist qu'il vouloit aler à Ypre, car il les héoit trop durement de ce qu'ilz avoient si légierement ouvert les portes aux Gantois et occis ses chevaliers. Adont fist le conte un mandement parmy le Franc de Bruges pour aler à Ypre. Quant ceulx d'Ypre l'entendirent que le conte les vouloit venir assaillir, ilz envoièrent coiteusement[1] pour secours à Gand. Lors alèrent vers Ypre .ij. cappitaines de Gand, Jehan Boule et Arnoull Clerc, à .iij.^{m} hommes, et quant ceuls furent venus à Ypre, les habitans de la ville en furent moult resjoïs. Le conte de Flandres yssi de Bruges à tout grans gens, et vint à Thorout et l'endemain à Popringue. Là séjourna .iij. jours, tant que toutes ses gens fussent venus, et estoient bien .xx.^{m} hommes. Les Gantois, qui savoient tout le couvenant du conte, regardèrent qu'ilz vouloient aler combatre le conte. Lors se départirent de Gand toutes les cappitaines, Rasse de Harselle, Pietre du Bois, Pietre le Vuitre, Jehan de Launoy et plusieurs autres qui estoient centeniers et cinquanteniers[2] par paroisses, et se trouvèrent sur les champs plus de .ix.^{m}, et cheminèrent tant qu'ilz vindrent à Courtray. Et de là vindrent à Roullers[3], et là s'arrestèrent et envoièrent à ceulx d'Ipre dire qu'ilz estoient là venu, et que s'ilz vouloient yssir hors, ilz se trouveroient gens assez pour aler combatre le conte. De ces nouvelles furent ceulx d'Ipre tous resjoïs, si se partirent tantost à plus de .viij.^{m}, et les conduisoient Jehan Boule et Arnoul [296v] Clerc. Le conte sçot comment ceulx d'Ypre estoient yssus pour eulx venir bouter avec ceulx de Gand. Sy mist deux grans embusches de son filz bastart, le Hase de Flandres, du seigneur d'Engien et des chevaliers et escuiers de Flandres et de Haynau

---

1. « En toute hâte ».   2. Meneurs d'assemblées ou de milices paroissiales (de cent ou cinquante personnes).   3. En 1382, Roulers soutint le parti de Philippe van Artevelde contre Louis de Male.

avec ceulx de Bruges et du Franc ; en chascune embusche avoit bien .x.^m hommes. Si les ordonna sur un passage dont il estoit tout certain par où ceuls d'Ypre passeroient. Quant ceulx d'Ypre, et les Gantois qui premiers orent esté envoiés en Ypre, orent cheminé environ une lieue, ilz trouvèrent deux chemins : l'un aloit à Roullers, et l'autre à Thorout. Si dist Arnoul le clerc : « Alons vers Roullers où sont nos gens. » — « Par ma foy, dist Jehan Boule, je les tenroie mieulx estre logiés sur le Mont d'Or que autre part, car je congnois bien tant Pïètre du Bois et Rasse de Harselle, puis qu'ilz nous ont mandé qu'ilz veulent combatre le conte, ilz approcheront du plus près qu'ilz pourront : si conseille que nous y alons. » Arnoul le Clerc le débatoit, et Jehan Boule le vouloit, et les fist tous (tous) tourner ce chemin.

Quant ilz orent ainsi alé environ .ij. lieues et qu'ilz estoient aussi comme tout las de cheminer à pié, ilz s'embatirent ou milieu de ces .ij. embusches. Quant ilz s'i trouvèrent, si crièrent tous : « Nous sommes trahi ! » Adont se boutoient à sauveté à leur pouoir, et retournoient les aucuns en Ypre, et les autres prenoient les champs et s'enfuioient qui mieulx mieulx, sans ordonnance. Les gens du conte qui en avoient foison enclos, les occioient à voulenté sans nullui prendre à mercy. Toutesvoies Jehan Boule et Arnoul le Clerc eschappèrent. Les fuians qui fuioient vers Courtray trouvèrent la grosse route des Gantois, Pïètre du Bois et les autres, qui estoient party de Roulers. Quant Pïètre du Bois sçot la desconfiture, il demanda : « Quel nombre sont ceulz qui vous ont desconfis ? » Ces fuians respondirent qu'ilz ne savoient, mais tous les champs en estoient couvers. Là ot Pïètre du Bois mainte ymagination du traire avant pour combatre les ennemis, mais finablement il se retraÿ, et tous les autres, à Courtray. Quant les fuitifs sçorent que leurs .ij. cappitaines estoient en la ville, ilz s'assemblèrent plus de mille, et distrent : « Alons au faulx traître Jehan Boule qui nous mist ou chemin où nous entrasmes en l'embusche. Se nous eüssions Arnoul le Clerc, nous n'eüssions eü garde, car il nous vouloit mener droit sur nos gens, mais Jehan Boule, qui nous avoit vendu et **[297r]** trahi, nous mena là où nous avons esté desconfiz. » Or regardez comment ilz l'accusoient de traïson ; je ne cuide mie qu'il y eüst cause, car, s'il les eüst vendus ne trahis au conte, il ne fust mie retournez vers eulx, mais au conte et ses gens[1]. Toutesvoies ce ne le pot excuser, car il fu pris en son hostel et amenez sur la rue, et là fu tout découppé, et emportoit chascun une pièce. À ceste fois, par les deux embusches furent occis bien .xiij.ᶜ Gantois et autant ou plus de ceulx d'Ipre. L'endemain se partirent les Gantois de Courtray et retournèrent à Gand et envoièrent Jehan de Launoy ou chastel de Gauvre, qui est chastel du conte, séant sur la rivière d'Escaut, et le prist Jehan en garde et en garnison.

Comment ceulx d'Ypre et ceulx de Courtray se rendirent au conte de Flandres. Le .xliij.ᵉ chapitre

§ 43. Or parlerons du conte de Flandres. Il vint mettre siège devant Ypre à belle compaignie, mais avant qu'il parvenist à la ville, les riches hommes et les notables d'Ypre orent conseil qu'ilz s'en iroient au devant du conte et se metroient du tout en son ordonnance, car le conte savoit bien que ce qu'ilz avoient esté gantois, ce avoit esté à force et par le commun, foulons, tixerans et telz meschans gens[2] de la ville d'Ipre. Et dont s'en vindrent plus de .iiij.ᶜ, tous d'une compaignie, audehors de la ville d'Ipre, et avoient les

---

1. Les interventions du narrateur à la première personne sont relativement rares dans le manuscrit de New York.
2. « Meschans gens » : gens pauvres, vils et misérables (chez Froissart l'adjectif est péjoratif), par opposition aux « gentils ».

clefs des portes avec eulx[1], et quant ilz trouvèrent le conte, ilz se gettèrent tous en genoulx devant lui et lui crièrent mercy, et se mistrent du tout, eulx personnellment et toute la ville, en sa voulenté. Le conte en ot pitié et les fist lever et les prist à mercy : si entra, et toute sa puissance, en la ville d'Ipre, et y séjourna environ .iij. sepmaines, et renvoia ceulx du Franc et ceulx de Bruges. En ce séjour que le conte fist à Ypre, il y fist décoler plus de .vij.ᶜ foulons et tixerans, et telles manières de gens qui avoient mis premièrement Jehan Lion et les Gantois en la ville, et occis ses chevaliers qu'il avoit là envoiés pour garder la ville. Et afin qu'ilz ne fussent plus rebelles envers lui, il envoia .iij.ᶜ des plus notables tenir prison à Bruges, et il meïsmes retourna à Bruges à grant armée, mais il prist le chemin de Courtray et dist qu'il vouloit la ville mettre en son obéïssance. Ceulx de Courtray, qui se doubtèrent, issirent aux champs bien .iiij.ᶜ des plus notables à pié, et portèrent les clefs de la ville. Si se gettèrent devant le [297v] conte, qui les reçut à mercy. Si entra en la ville joieusement, et tous et toutes lui firent honneur. Il envoia des plus notables bourgois de Courtray environ .ij.ᶜ à Lisle et à Douay en hostages. Quant il ot esté à Courtray .vj. jours, il s'en ala à Deuse et de là à Bruges, où il se refreschi .xv. jours.

Du premier siège que le conte de Flandres fist devant Gand, et comment les Gantois conquistrent .iij. bonnes villes. .xliiij.ᵉ [chapitre]

§ 44. Le conte de Flandres fist un grant mandement[2], car toute Flandres pour ce temps estoit appareillie à son commandement. Si se party de Bruges moult

---

1. Signe que la ville se rend en bonne et due forme et se met ainsi entre les mains de son vainqueur.   2. « Levée de troupes ».

eschaufféement, et vint mettre le siège devant Gand, et se loga en un lieu que on dit à la Biète. Là vint messire Robert de Namur servir le conte à une quantité de gens d'armes, ainsi qu'il estoit escript et mandé, mais messire Guillaume de Namur n'y estoit point lors, car il estoit en France devers le roy et le duc de Bretaigne. Ce fu environ la Saint Jehan Décollase[1] que le siège fu mis devant Gand. Si estoit mareschal de l'ost le sire d'Angien qui s'appelloit Gautier, lequel pour ce temps estoit joenne et hardy, et ne resongoit ne paine ne péril. Combien que le conte fust logiés devant Gand à grant puissance, si ne pouoit il tant contraindre ceulz de la ville qu'ilz n'eüssent .iij. ou .iiij. portes ouvertes, parquoy tous vivres sans dangier leur venoient ; et aussi ceulx de Brabant, et par espécial ceulx de Bruxelles, leur estoient moult favorables. Aussi estoient ceulx du Liège, qui leur mandoient : « Bonnes gens de Gand, nous savons bien que pour le présent vous avez moult à faire, et estes fort traveilliés de vostre seigneur le conte et des gentilz hommes et du demorant du pays, dont nous sommes moult courroucés. Et sachiés que, se nous estions à .iiij. ou à .vij. lieues près marchissans à vous, nous ferions tel confort comme on doit faire à ses bons frères, amis et voisins, et se vous estes maintenant asségiés, ne vous desconfortez point, car Dieu scet, et toutes bonnes villes, que vous avez bon droit. Si en vauldront vos besoingnes mieulx. »

Le conte avoit aségié la ville pardevers Bruges et devers Courtray, car par devers Bruxelles ne devers les Quatre Mestiers ne pouoit il venir ne mettre siège pour les grans rivières qui y sont, le Lis et l'Escaut. Et vous dy, tout considéré, Gand est une des plus fortes villes du monde, et y fauldroit plus de .cc.^{m} hommes, qui bien la vouldroit aségier et enclorre tous les pas et les rivières, et encores fauldroit il que leurs ostes **[298r]** feüssent séparez pour les rivières, ne au besoing ilz ne pourroient conforter l'un l'autre, car il y a trop de

---

1. Aux environs du 29 août.

peuple dedens la ville de Gand, et toutes gens de fait. Ilz se trouvoient en ce temps, quant ilz regardèrent à leurs besoingnes, .iiij.^{xx} mille hommes tous aidables, portans armes dessoubz .lx. ans et dessus .xv. ans.

Quant le conte ot esté au siège environ un mois, et que le sire d'Angien, le Hase de Flandres et le joenne seneschal de Haynau orent fait plusieurs escarmuces à ceulx de Gand, dont .j. jour perdoient et l'autre gaignoient, ceulx de Bruges, d'Ypre et de Popringue furent envoiés escarmucier à un pas appellé Long Pont, car, se on peüst gaingnier ce pas, on entreroit dedens les Quatre Mestiers, et si approcheroient Gand de sy près qu'ilz vouldroient. Et en fu cappitaine messire Josse de Haluin, qui les mena jusques à ce Long Pont qu'ilz trouvèrent bien garny de foison Gantois, et y estoit Piètre du Bois, Piètre le Witre et Rasse de Harselles. Si tost que les gens du conte furent là venus, ilz descliquièrent[1] canons et arbalestes d'une part et d'autre, dont il y ot plusieurs mors et bleciés. A celle escarmuce conquistrent les Gantois la banière des orfèvres de Bruges, et occirent plusieurs de ces orfèvres et foison autres gens, et firent retourner les gens du conte sans riens faire. Et y mouru messire Josse de Haluin.

Après ce yssirent de Gand sans le dangier de l'ost[2] .vj.^{m} compaignons bien aidables, et orent Rasse de Harselle, Arnoul Clerc et Jehan de Launoy à cappitaines ; et vindrent à Alost, où le conte avoit mis messire Loÿs de Marbais, messire Godefroy de la Tour, messire Phelippe le Joenne et plusieurs autres chevaliers et escuiers, mais les Gantois y firent si grant assault qu'ilz conquistrent la ville par force, et y gaingièrent grant pillage et ardirent toute la ville et abatirent portes et tout. Et là vindrent les Gantois devant Tenremonde, qui est forte ville, mais adont par force ilz la conquistrent, et non pas le chastel. Puis vindrent les Gantois à

---

1. « Déchargèrent ». 2. Comprendre : « sans s'exposer au danger représenté par l'armée du comte ».

Gramont, qui nouvellement s'estoit tournée devers le conte. Ilz entrèrent par force en la ville et occirent foison de ceulx dedens, et après retournèrent à Gand à tout grant butin et prouffit.

Comment les Gantois desconfirent ceulx d'Audenarde et ceulx de Deuse qui aloient devers le conte. Le .xlv.ᵉ chapitre

§ 45. Quant le conte de Flandres vit qu'il perdoit son temps à asseoir devant Gand, et qu'il estoit là à grans frais, il s'en party et envoia le seigneur d'Angien et le seigneur de Montegny en Audenarde en garnison, et avoient sans les gens d'armes .ij.ᶜ archiers d'Engleterre[1], dont on faisoit grant compte, et le conte vint à Bruges. Et quant l'iver fu passé, le conte ramassa toutes ses gens, ceulx **[298v]** d'Ypre, de Courtray, de Popringue, du Dam, de l'Escluse et du Franc avec ceulx de Bruges et aussi de Lille, de Douay et d'Audenarde. Si estoient bien .xx.ᵐ, dont le conte fist chief le seigneur d'Angien pour venir devant Gauvre, où Jehan de Launoy se tenoit, qui sçot ces nouvelles : si manda secours à Gand. Rasse de Harselles yssi tantost de Gand à .vj.ᵐ hommes, et se mist aux champs vers Gauvre, et ne trouva point là Jehan de Launoy, mais le trouva à Deuse où il pilloit le pays. Lors cheminèrent ensemble, et trouvèrent ceulx d'Audenarde et de Deuse qui aloient devers le conte et son ost qui estoit à Male. Ilz les assaillirent et en occirent bien .vj.ᶜ. Quant le conte le sçot, il envoia le seigneur d'Angien à .iiij.ᵐ hommes devers Gauvre, là où on espéroit que Jehan de Launoy estoit, mais il estoit retrait à Gand à tout son

---

1. Venant sans doute du Cheshire ou du pays de Galles. Sur les archers anglais et gallois voir Jim Bradbury, *The Medieval Archer*, Boydell Press (Woodbridge/Rochester, 1985).

pillage. L'endemain se départirent Rasse de Harselle et Jehan de Launoy à .vj.^m hommes, et vindrent à Meulle. Si trouvèrent le conte et sa puissance, et se rengièrent sur les champs en .iij. batailles.

*La bataille de Meulle[1]. Comment Rasse de Harselle et les Gantois furent desconfiz par le conte de Flandres.
[Le .xlvj.^e chapitre]*

§ 46. Le conte de Flandres avoit bien .xx.^m hommes où il avoit environ .xv.^c lances, chevaliers et escuiers de Flandres, de Haynault, d'Artois et de Brabant. Si fist le conte .v.j. batailles et fist les .iij. aler contre les Gantois, et mist les deux sur esle[2] pour conforter ceulx qui branleroient[3]. Là ot grant bataille et aspre, et dura longuement et s'i portèrent moult vaillemment les Gantois, mais le conte avoit .iiij. hommes contre ung, si que finablement les Gantois ne les porent endurer : si se retraïrent vers le moustier de Meule. Là se rassemblèrent devant le moustier, et y ot de rechief dure bataille. Jehan de Launoy, l'un des cappitaines de Gand, se bouta tout desconfis en la grosse tour du clochier, et Rasse de Harselles, l'autre cappitaine, gardoit l'uis **[299r]** pardehors et faisoit voie à ses gens qui entroient, et là fist foison d'appertises d'armes, mais en la fin il fu trèspercié[4] d'une longue picque et occis, dont ceulx de Gand furent moult courrouciés, car moult l'amoient pour son sens et prouesse.

Quant le conte de Flandres vit que les Gantois s'estoient amassez ou moustier, il y fist bouter le feu. Ainsi furent ars ceulx qui dedens estoient ; et se ilz issoient

---

1. Nevele, village près de Gand. La bataille eut lieu le lundi 13 mai 1381. 2. « Sur l'aile ». 3. « Fléchiraient ».
4. « Transpercé ».

hors, on les tuoit et regettoit ou feu. Jehan de Launoy, qui estoit ou clochier, crioit aux gens du conte : « Raençon ! Raençon ! » et offroit sa tasse, qui estoit plaine de florins, mais quant il vit que on s'en mocquoit et que le feu montoit jusques à lui, il sailli hors par les fenestres emmy les gens du conte, qui le recueillirent à glaives et à espées, et le gettèrent ou feu. De .vij.^m Gantois qui furent à celle bataille, il n'en eschappèrent point .iij.^c Ce jour estoient yssu de Gand Piètre du Bois et Arnoul le (le) Clerc, à tout .vj.^m hommes, et avoient ars les forsbours de Courtray et abatu les moulins qui estoient aux champs, et puis estoient retournez vers leurs gens. Mais ce fu trop tart, car Piètre du Bois et Rasse de Harselle avoient juré l'un à l'autre celle matinée qu'ilz ne se combatroient point au conte l'un sans l'autre. Mais quand Rasse vit l'ost du conte, il ne se pot abstenir de livrer bataille, tant estoit oultrecuidié. Quant Piètre du Bois sçot la desconfiture de Rasse de Harselle, il se rebouta en la ville de Gand à toute sa route. Et le conte de Flandres retourna à Bruges et donna congié à tous ses gens. Quand ceulx de Gand le sçorent, ilz yssirent bien .xv.^m et vindrent asségier la ville de Courtray par l'esmouvement de Piètre du Bois, qui dist : « Ne nous refroidons point de guerroier, mais moustrons que nous sommes gens de fait. » Si furent devant Courtray par .x. jours, et exillièrent[1] tout le pays d'entour. Quant le conte l'entendy, il fist son mandement et vint devers Courtray à plus de .xxv.^m hommes.

---

1. « Dévastèrent ».

*Comment le seigneur d'Angien et ceulx de
la partie du conte de Flandres occirent Arnoul
le Clerc et .vij.ᶜ blans chaperons.
[Le] .xlvij.ᵉ [chapitre]*

§ 47. Quant Piètre du Bois oÿ dire que le conte de Flandres venoit sur lui à plus de .xxv.ᵐ hommes, il n'ot mie conseil de l'attendre à Courtray où il tenoit siège à .xv.ᵐ Gantois, ains s'en party et ala logier à Deuse, et dist que là il attendroit le conte. Si signifia son estat à ceulx de Gand, lesquelx lui envoièrent tantost encore .xv.ᵐ hommes. Quant le conte fu venu à Harlebèque delez Courtray, il sçot que les Gantois s'estoient retrait à Deuse. Si n'ot mie conseil adont de les poursuivir ; ains donna congié à ses gens, et en laissa une grant quantité à Courtray, et renvoia le seigneur d'Angien [299v] et le Hase de Flandres. Quant Piètre du Bois et les Gantois virent que le conte ne les venoit point combatre, ilz se départirent de Deuse, et prindrent le long chemin pardevers Audenarde pour revenir par là à Gand. Si envoiièrent une quantité de leurs gens devant, desquelx Arnoul le Clerc estoit cappitaine. Ceulx vindrent escarmucier aux bailles d'Audenarde, et puis s'en partirent, et retournèrent avec leurs gens à Gand.

Trois jours après fu ordonné Arnoul le Clerc chastellain de Gauvre, pour faire frontière à ceulx d'Audenarde. Si yssi de Gand à .xij.ᶜ blans chaperons, et vint à Gavre. Là oÿ nouvelles que aucuns chevaliers et escuiers estoient yssus d'Audenarde à l'aventure. Lors se party de Gavre à .xv.ᶜ hommes ; si se mist en embusche. Et quant le seigneur d'Escornay, le sire d'Angien et plusieurs autres qui au matin estoient yssus d'Audenarde, retournèrent, ilz furent assaillliz des Gantois de l'embusche, et ces chevaliers qui estoient à cheval s'en fuirent, mais il en y ot mors et navrez de leur route plus de .lx. Puis demourèrent les Gantois celle nuit en une abbaie[1] en la ville de Ham[2], et

---

1. L'abbaye d'Ename (aujourd'hui Eename) ; édifiée en 1040 par Walbert, moine de Saint-Vaast.   2. Il s'agit bien d'Ename, plutôt que de Ham.

y tuèrent ceulx qui y estoient de par le conte, mais ceulx qui en eschapèrent portèrent les nouvelles en Audenarde. Lors yssirent les seigneurs d'Angien, d'Escornay et autres, et se partirent d'Audenarde plus de .iij.ᶜ lances et mille gros varlés, et vindrent surprendre ces Gantois à la ville du Ham, et occirent Arnoul le Clerc et .xj.ᶜ des siens. Quant Piètre du Bois vit que Gand afoiblissoit de capitaines, il fist tant que on eslut à souverain cappitaine Phelippe d'Artevelle, filz de Jaques d'Artevelle, que la royne Phelippe d'Engleterre[1] leva jadis des fons de baptesme.

Comment le roy d'Engleterre envoia le duc de Lencastre traittier aux Escos. .xlviij.ᵉ chapitre

§ 48. Vous avez bien oÿ que, quant le roy Henry de Castille fu trespassez de ce siècle, et son aisné filz damp Jehan couronné à roy, la guerre se resmut entre le roy Ferrant de Portingal[2] et le roy de Castille, pour le fait des deux filles du roy dam Piètre[3], Constance[4] et Ysabel[5], mariées en Engleterre la première au duc de Lencastre, et la seconde au conte de Cambruge[6]. Et disoit le roy de Portingal que à tort on avoit deshérité ses deux cousines de Castille. Et pour ce deffia le roy Jehan de Castille et lui fist guerre, et le roy Jehan se défendy bien contre lui, car il avoit bonne chevalerie de France avec lui, le Bègue de Vilaines et messire Pierre son filz, messire Jehan de Vergnettes, messire

---

1. Philippa, épouse d'Édouard III et patronne de Froissart, morte en 1369. **2.** Ferdinand de Portugal régna de 1367 à 1383. **3.** Pedro ou Pierre IV le Cruel, roi de Castille, mort en 1368. **4.** Constance de Castille, duchesse de Lancaster ; fille de Pierre le Cruel et de Marie de Padilla. **5.** Isabelle de Castille, duchesse d'York ; fille de Pierre le Cruel. **6.** Edmund de Langley, cinquième fils d'Édouard III ; élevé au rang de comte de Cambridge le 13 novembre 1362 ; élevé au rang de duc d'York le 19 nov. 1385 ; mort le 1ᵉʳ août 1402.

Gautier de Pasac et foison d'autres qui en Espaigne estoient **[300r]** alez depuis que le conte de Bouquinhen[1] estoit venus en Bretaigne, car le roy de France, qui grans confédérations avoit au roy de Castille, lui avoit envoyés. Et pour ce s'avisa le roy de Portigal et envoia en Engleterre un sien chevalier, sage et vaillant homme appellé messire Jehan Ferrando[2], et lui bailla le roy de Portigal lettres de créance et lui dist : « Vous direz au roy d'Engleterre que je me recommande à lui et que je soustien le droit de mes cousines les héritières d'Espaigne et de Castille, ses belles antes[3], et en fay guerre ouverte à celui qui s'est mis par la puissance de France en leur héritage, et je ne suis mie fort pour résister contre eulx, ne conquerre telz héritages comme Castille et Espaigne, Galice et Sébille sont, sans son aide : pourquoy je lui prie qu'il me vueille envoier son bel oncle le duc de Lencastre[4] et une quantité de gens d'armes et d'archiers ; et nous ferons, eulx venus pardeçà, bonne guerre avec nostre puissance, [tant] que nous recouvrerons, au plaisir de Dieu, leur héritage. » Lors se party messire Jehan Ferrando en un bon vaissel et fort, et fist tant qu'il vint à Planmonde[5] en la propre[6] heure et jour que le conte de Bouquinhen et ses gens y arrivèrent, qui venoient de Bretaigne. Si ala ce messire Jehan avec le conte de Bouquingen à Londres, et de là à Westmoustier où le roy et ses .ij. oncles se tenoient, le duc de Lencastre et le conte de Cambruge, lesquelx receürent et festièrent[7] grandement le conte de Bouquingen. Quant le roy et ses oncles orent oÿ le message du roy de Portingal, on ordonna un parlement à estre en la cité de Londres, c'est à entendre au palais

---

1. Thomas de Woodstock, comte de Buckingham, puis duc de Gloucester. **2.** L'ambassade de Juan Fernandez d'Andeiro eut lieu en mai 1381 ; le 14 mai eut lieu à Westminster le renouvellement de l'alliance entre l'Angleterre et le Portugal. **3.** Le latin classique *amita* donne en ancien français *ante*, bientôt concurrencée par la forme enfantine « tante ». **4.** Jean de Gand (« Gaunt », en anglais), duc de Lancaster. **5.** Le port de Plymouth, Devon. **6.** « Même ». **7.** « Firent bon accueil à ».

de Westmoustier, tant pour les besoingnes de Portingal qui estoient freschement venues, comme pour les Escos, car les trèves failloient entr'eulx et les Englois le premier jour de juing. Sy orent là les prélas et les barons d'Engleterre grant conseil ensemble comment ilz se pourroient de ces deux choses ordonner, et estoient en estat de envoier le duc de Lencastre en Portingal, et disoient que c'estoit un trop long voiage pour lui et que s'il y aloit, on s'en pourroit bien repentir, car ilz entendoient que les Escos faisoient grant apparant[1] d'entrer en Engleterre. Si fu conseillié déterminéement pour le meilleur que le duc de Lencastre, qui congnoissoit la marche d'Escoce et les Escos, yroit sur les frontières d'Escoce et saroit comment les Escos se vouldroient maintenir, car mieulx s'en sauroit ensonnier[2] et traittier que nul hault baron d'Engleterre, et feroient les Escos **[300v]** plus pour lui que pour nul autre ; et le conte de Cambruge, à tout .v.ᶜ lances et autant d'archiers, feroit le voiage de Portingal. Et se le duc de Lencastre pouoit tant exploitier aux Escos, que à l'onneur du royaume d'Engleterre unes trèves feüssent prises à durer .iij. ans, il y pourroit bien aler, se le roy le trouvoit en conseil, sur le mois d'aoust ou de septembre en Portingal et renforcier l'armée de son frère. Et encore y avoit un autre point pourquoy le duc de Lencastre besoingnoit à demorer en Engleterre : c'estoit pour ce que le roy d'Engleterre avoit envoié certains messages avec le duc de Tassem d'Alemaigne et l'évesque de Ravenne[3], qui avoient nagaires esté veoir le roy Richart et son royaume, car on estoit en grant traittié et avoit on esté plus d'un an, devers le roy d'Alemaigne, pour avoir sa suer à femme[4] pour le jeusne roy Richart. À ce conseil s'accorda le roy et tout son conseil.

---

1. « Apparence ».   2. Ici au sens de « s'occuper de ».
3. Le duc de Tesschen et Pileo de Prata, archevêque de Ravenne.
4. Anne de Bohême ; elle arriva en Angleterre accompagnée de trois seigneurs allemands, « dux Tesscheren, Here Poto et Bernard de Zedelets » (Issue Roll de 1381, cité par KL, t. XX).

Le duc de Lencastre ordonna ses besoingnes et, au congié prendre au conte de Cambruge son frère, il lui jura sur sa foy que, lui revenu d'Escoce, il ordonneroit telement ses besoingnes [qu']il le suivroit hastivement en Portingal, voire se plus grant empeschement qu'il ne veoit encore n'estoit apparant en Engleterre, ne n'avenoit. Sur cel estat se départy le duc de Lencastre et prist le chemin d'Escoce, et chevauçoit tant seulement lui et son hostel.

Encore en ce parlement derrenièrement fait à Londres fu ordonné messire Henry de Persi[1], conte de Northombrelant, à estre regart de toute la terre de Northombrelant et de l'eveschié de Durem[2] rentrant jusques en Galles et la rivière de Saverne[3]. Si se parti de Londres pour aler celle part, mais ce fu .xv. jours après ce que le duc de Lencastre s'en fu partis. Aussi se départy du roy et du conte de Bouquingen le conte de Cambruge, pour aler en Portigal. Si fist faire ses pourvéances à Pleumonde, un port sur mer en la conté de Barquesière[4], et s'en vint là tout le premier et emmena avec lui sa femme, madame Ysabel, et son filz Jehan. Avec lui estoient des seigneurs, messire Mahieu de Gournay, connestable de l'ost, le chanoine de Robersart, le soudich[5] de l'Estrade, les seigneurs de la Barde et de Charlebon, messeigneurs Guillaume de Beauchamp, mareschal de l'ost, Jehan de Chastelnuef, Guillaume Helmon, Thomas Simon, Mille de Windesore et plusieurs autres, qui tous vindrent à Pleumonde

---

1. Henry de Percy, comte de Northumberland ; à ne pas confondre avec son fils Henry de Percy, surnommé Hotspur († 1403). 2. Durham, comté du nord-est de l'Angleterre et siège des « princes-évêques » ; la cathédrale de Durham est parmi les monuments les plus réputés d'Angleterre. 3. Jusqu'à Bristol. 4. La géographie du scribe est un peu fantaisiste, en ce qui concerne l'Angleterre du moins : le Berkshire, se trouvant à l'ouest de Londres en plein centre du pays et comprenant la ville et le château fort de Windsor, n'a jamais disposé d'un port. Il faut lire, bien sûr, Plymouth, Devon. 5. Du latin *syndicus* ; « syndic » (terme de dignité ; le syndic représentait une ville auprès de son suzerain).

et là se logièrent ès villages d'environ, pour attendre vent et chargier leurs vaisseaux. Et ne devoient mener nulz chevaux, pour le **[301r]** long voiage.

La rébellion qui fu en Engleterre des gens du plat pays qui vouloient estre affranchis et mis hors de servitute, et comment ilz vindrent à ost, à Londres. .xlix.ᵉ [chapitre][1]

§ 49. Un usage est en Engleterre, et aussi est il en pluseurs pays, que les nobles ont grant franchise[2] sur leurs hommes, et les tiennent en servage, c'est à entendre qu'ilz doivent de droit et par coustume labourer les terres des gentilz hommes, cueillir les grains et amener en la granche, batre et venner, les foings fener[3] et amener à l'ostel, et toutes teles corvvées. Et de ce sont les gentilz hommes et les prélas, ou doivent estre, servis, par espécial en conté de Quent, d'Exesses, de Sousexs et de [Beteforde][4]. Les meschans gens de ces contrées se commencièrent à eslever pour ce qu'ilz disoient que on les tenoit en trop grant servitute, et en ce les avoit grandement enortez un fol prestre de la conté de Quent appellé Jehan Balle[5], qui par coustume

---

1. Ici commence le récit de la Grande Révolte en Angleterre (1381). Sur ses origines et pour une analyse pénétrante des différentes perspectives modernes mises en œuvre pour en rendre compte, voir S.H. Rigby, *English Society in the Later Middle Ages. Class, status and gender*, Macmillan (Houndmills et Londres, 1995), pp. 110-24 ; 267-8, etc. La meilleure étude d'ensemble demeure *The Peasants' Revolt of 1381*, éd. R.B. Dobson, Macmillan, "History in Depth" (Londres, 2ᵉ édition, 1983). **2.** Ici, au sens de « droits ». **3.** « Couper les foins ». **4.** Kent, Essex, Sussex et Bedfordshire. **5.** John Ball, chanoine excommunié et partisan des doctrines de Wycliffe ; il prêchait contre la dîme et les distinctions sociales. En décembre 1380, l'archevêque de Canterbury (Sudbury) avait dirigé contre lui un mandement. En juin 1381, Ball était en prison à Maidstone (Kent) quand il fut délivré par les bandes de Wat Tyler.

souloit preschier ès villages après la messe ou cimetière de l'église, et leur disoit : « Bonnes gens, les choses ne peuent aler bien en Engletcrre jusques à tant que les biens iront tout de commun et qu'il ne sera vilain ne gentil homme, que nous ne soions tout ouny. À quoy sont ceulx que nous nommons seigneurs plus grans maistres de nous ? Nous venons tous d'Adam et Eve ! Ilz sont vestuz de velviaux et de camois fourrez de vair et de gris, et nous sommes vestuz de povres draps. Ilz ont les vins, les espices et les bons pains, et nous avons le seigle et l'eaue. Ilz ont les beaux manoirs, et nous avons la pluie et le vent aux champs. Et fault qu'il viengne de nostre labour, ce dont ilz tiennent les estas. Alons au roy, et li dis[ons] qu'il nous pourvoie sur ce, ou autrement y pourverrons nous meïsmes, et y alons tous ensemble[1]. » Pour lesquelles parolles l'arcevesque de Cantorbie tint ce prestre .ij. ou .iij. fois en prison, mais tousjours le délivroit et mettoit hors, et n'avoit point de conscience de le faire mourir. Et quant il estoit hors, il preschoit ces meïsmes paroles[2]. De ce estoient avisez grant foison de menues gens en la cité de Londres, qui avoient envie sur les riches et les nobles, et distrent que le royaume estoit desrobez d'or et d'argent par ceulx qui se nommoient

---

[1]. Après la Grande Peste de 1348-1349, la population anglaise s'était réduite de 50 %. Paysans et ouvriers croyaient, par conséquent, pouvoir s'attendre à voir leurs gages augmenter ; beaucoup d'entre eux essayant en même temps de s'affranchir des contraintes coutumières anciennes de tenure et de servage ; les propriétaires et tenanciers nobles, en revanche, s'apprêtaient à défendre ce qu'ils concevaient comme leurs droits anciens, en recherchant au besoin l'appui du roi et des barons du royaume. Leurs revenus n'avaient guère baissé, d'ailleurs, même dans les années qui suivirent la Grande Peste, et ils tenaient à en maintenir les niveaux – alors que les paysans revendiquaient l'imposition de rentes fort modestes (ne dépassant pas quatre deniers le demi-hectare), ainsi que l'abolition du servage forcé et de l'ensemble des distinctions sociales en cours, hormis les privilèges du roi (Rigby, *op. cit.*, pp. 110-117).
[2]. Les sermons de Ball, prêtre sans bénéfice, constituaient le fondement idéologique de l'insurrection.

nobles[1] ; si commencièrent en Londres à eulx rebeller, et signifièrent à ceulz des contrées dessus dictes[2] qu'ilz venissent radement à Londres et amenassent leur peuple. Ilz trouveroient Londres ouverte, et feroient tant devers le roy qu'il n'y aroit nul serf en Engleterre.

Adont se mistrent en chemin ceulx des contrées dessus nommées, le lundi devant le jour du sacrement, l'an mil .iiij.^{c} .iiij.^{xx} et .j., et estoient bien .lx.^{m}, et s'en vindrent à Cantorbie et avoient **[301v]** un souverain capitaine qui s'appelloit Wautre Tillier[3], et estoit couvreur de tuille, mauvais gars et enveninié. De sa compaignie estoient Jaques Strau et Jehan Bale. Ilz vindrent à Saint Thomas de Cantorbie[4], et estoit toute la ville de leur sorte. Quant ilz orent fusté les abbaies de Saint Thomas et de Saint Vincent, ilz cheminèrent devers Londres et abatoient maisons d'avocas et de procureurs[5], et firent les chevaliers aler avec eulx, voulsissent ou non, et prindrent à [Rocestre] le chevalier qui gardien en estoit[6], appellé Jehan Mouton[7], et en firent leur capitaine, et lui couvint aler avec eulx ; onques ne s'en pot excuser, autrement l'eüssent occis. En venant, coupèrent à plusieurs les testes, et disoient qu'ilz estoient au roy et au noble commun d'Engle-

---

1. En novembre 1380, la couronne avait demandé 160 000 livres pour défrayer l'expédition militaire de Buckingham ; il avait fallu songer aussi à des mesures destinées à protéger la côte du sud contre une invasion française, et au financement d'une nouvelle expédition, celle du comte de Cambridge. L'arrivée de nouveaux impôts (la « poll tax ») en janvier-février 1381 fut peut-être le catalyseur d'une révolte « nationale » dont les causes plus profondes sont commentées au fur et à mesure dans nos notes (Rigby, *op. cit.*, p. 120). **2.** Les *counties* de Kent, Essex, Sussex et Bedfordshire. **3.** Wat Tyler, porte-parole peut-être le plus efficace des rebelles. **4.** C'est la cathédrale de Canterbury, lieu du culte de Saint Thomas Becket, martyr et défenseur des droits de l'Église vis-à-vis de l'autorité du roi (Henry II Plantagenêt). **5.** Réaction à la célèbre « Poll Tax » mais aussi, peut-être, à l'Ordonnance de 1349 et au « Statute of Labourers » de 1351, qui avaient mis un frein à la mobilité des ouvriers. **6.** Château fort anglo-normand (à donjon) de Rochester, Kent. **7.** John Newton, capitaine de la ville et du château de Rochester.

terre, et vindrent à .iiij. lieues de Londres, sur la montaigne de Blaquehade[1]. Lors fist le maire de Londres[2] et plusieurs riches bourgois fermer la porte du pont de la Thamise, mais les menus gens de la ville, plus de .xxx.^m, estoient de leur sexte[3]. Lors envoièrent ces villains messire Jehan Mouton au roy Richart, qui estoit ou chastel de Londres, et retindrent les enfans du chevalier en hostages, pour occire s'il ne faisoit leur message. Quant le chevalier fu venu au roy, il lui dist : « La commune de vostre royaume vous prie que vous vueilliés venir parler à eulx à Blaquehède. » Le roy, quant il se fu conseillié, dist que l'endemain matin, envoiassent leur conseil sur la Tamise, et qu'il y venroit parler à eulx. Ceste responce rapporta le chevalier à ces communes. Le jour du sacrement au matin[4], le roy entra en sa barge pour venir oultre la Thamise sur le rivage, en alant vers la Ridende[5], un manoir du roy où estoient plus de .x.^m hommes qui là estoient venus de la montaigne pour parler au roy. Quant ilz virent la barge du roy, ilz huèrent si hault que c'estoit horrible chose à oïr, et n'ot mie le roy conseil qu'il presist terre. Si dist le roy : « Seigneurs, que voulez vous ? Dictes le moy. » Ilz respondirent : « Venez sur terre, si te dirons plus aiséement ce qu'il nous fault. » Lors dist le conte de Salebry, qui estoit en la barge[6] du roy : « Seigneurs, vous n'estes mie en estat que le roy doie maintenant parler à vous. » Atant retourna le roy dedens le chastel de Londres. Lors retournèrent ces gens à la montaigne, et recordèrent ce qu'il leur estoit avenu. Et dont se avalèrent vers Londres, et vindrent ès forbours de Londres, qui sont grans et bel. Là abatirent

---

1. Lande ou colline de Blackheath (*boroughs* de Greenwich et Lewisham, au sud de Londres). 2. Sir William Walworth. 3. « Parti, secte, faction ou compagnie ». 4. Le jeudi 13 juin. Le récit du manuscrit de Leyde est ici plus détaillé : voir nos Variantes. 5. Rotherhithe, ancienne résidence royale (aujourd'hui, quartier de Londres). 6. « Petit bateau de faible capacité », ici de cérémonie (mot bientôt remplacé par « barque ») ; cf. en français plus moderne : « chaloupe », « embarcation ».

plusieurs maisons, et par espécial la prison du roy que [302r] on dist les Mareschaucées[1]. En la fin, ceulx de Londres ouvrirent leurs portes ; si entrèrent ces villains et vindrent à l'ostel de Savoie[2]. Si l'ardirent et occirent les gardes ; autant firent de la maison de l'Ospitalier de Rodes[3], et occirent tous les Flamens[4] qu'ilz trouvèrent en la ville, et efforcièrent plusieurs maisons de Lombars[5], et prindrent les biens qu'ilz y trouvèrent. Sur le soir vindrent tous logier en la place Sainte Katerine, devant le chastel de Londres[6]. Celle nuit ot le roy conseil, ses frères et ses barons, que sur la mienuit on venroit par les .iiij. rues sur ces villains, et les trouveroit on tout yvres, et ne seroient point, de .xx., .j. armez. Si en tueroit on autant que de mouches, car on eüst bien finé[7] en la ville .x.^m hommes d'armes qui n'estoient mie de leur sexte, mais il n'en fu riens fait, car on doubta trop le menu commun de Londres, et distrent les sages au roy : « Se vous les pouez appaisier par belles paroles, c'est le meilleur. Et leur accordez tout ce qu'ilz demandent, liement, car se nous commençons chose dont nous ne puissons à chief venir, nous et tout le royaume serions désers. »

---

1. La Marshalsea Prison se trouvait dans le quartier de Southwark ; Dickens y situe l'action de son célèbre roman *Little Dorrit*. 2. Le Savoy Palace, résidence des ducs de Lancaster, donc de Jean de Gand ; construit au XIIIe siècle par Pierre de Savoie, oncle de la reine (épouse d'Henry III). 3. St. John, Clerkenwell. Église des Hospitaliers. 4. Le vendredi 14 juin, les rebelles tuèrent ou firent tuer une quarantaine de Flamands. 5. Banquiers de Lombardie. 6. Aujourd'hui tout près du quartier de St. Katherine's Docks (environs de la Tour de Londres). 7. « Payé. »

*Comment le roy Richart apaisa à paine le peuple
qui s'estoit rebellé en Engleterre. .L^e. chapitre*

§ 50. Quant vint le venredi matin, ce peuple qui
estoit logié devant le chastel de Londres commencièrent à crier que, se le roy ne vouloit venir parler à eulx,
ilz prendroient le chastel à force et occiroient tous
ceulx dedens. Le roy leur fist dire que tous se traissent
en une belle place qui est au dehors de Londres, et
qu'il yroit là parler à eulx. Dont se traïrent ces vilains
celle part, mais aucuns demourèrent en la ville, et si
tost que la porte du chastel fu ouverte et que le roy et
ses barons furent yssus, Wautre Tieulier, Jaques Strau
et Jehan Balle et plus de .iiij.^{c} entrèrent ou chastel et y
décolèrent l'arcevesque de Cantorbie, chancelier d'Engleterre, le grant prieur de Saint Jean de l'Ospital, un
frère meneur, maistre en médicine[1], et un sergent
d'armes du roy[2]. Quant le roy fu venu en celle place
où ce peuple estoit assemblé, laquelle place est ditte de
la Millinde[3], le roy se bouta emmy ce peuple et leur
dist : « Bonnes gens, je sui vostre roy. Que voulez vous
dire ? » Ilz respondirent : « Nous voulons que tu nous
afranchises à tousjours ; nous, noz hoirs et noz terres,
et que jamais nous ne soions tenu serf. » Dist le roy :
« Je le vous accorde. Retrayés vous en vos maisons, et
laissiés de par vous de chascun village .ij. ou **[302v]**
.iij. hommes, et je leur bailleray lettres de quanque
vous demandez. Et afin que vous en soiés mieulx
asseüré, je vous feray par séneschaudées et par chastelenies délivrer mes banières. » Lors se apaisa ce
peuple, et se retraït en Londres. Et le roy ordonna plus
de .xxx. clers qui, ce venredy, escripvoient lettres à
pouoir, et séëlloient et délivroient à ces gens. Puis s'en
raloient ceulx qui les lettres avoient, et retournèrent en
leurs nations, mais Wautre Tieulier, Jaques Strau et
Jehan Balle disoient, quoy que ce peuple feüst apais-

---

1. William Appleton. **2.** John Leg. **3.** Mile End.

siés, [qu']ilz ne s'en partiroient point ; et en avoient de leur accort .xxx.^m. Si demourèrent en Londres et s'en vindrent ou marchié à chevaux[1] parlementer ensemble, et furent d'accort qu'ilz courroient la ville de Londres. Avint entretant que le roy vint en celle place, et cuidoit passer oultre et partir de Londres. Quant il fu devant l'abbaie de Saint Berthélemy[2] qui là est, il vit ce peuple et dist qu'il n'iroit plus avant, si saroit pourquoy ce peuple fust là assemblé. Quand Wautre Tuillier vit le roy, il dist à ses gens qu'il vouloit aler parler à lui. « Ne vous bougiés de cy se je ne vous appelle, mais se je vous fais tel signe, si venez avant et occisiés tout, excepté le roy. Il est joenne, et le mènerons par tout où nous vouldrons, et serons seigneurs de tout le royaume. » Lors vint tout près du roy et lui dist : « Sire, tous ces gens là m'ont juré foy et loyauté, et autant en ay à Londres à mon commandement. » Et puis Wautre Tuillier, qui demandoit la riote[3], dist à l'escuier du roy : « Baille moy ta dague. » L'escuier le refusa à faire, mais le roy lui fist baillir. Quant Wautre la tint, il en commença à jouer et tournier en sa main, et reprist la parole à l'escuier, et lui dist : « Baille moy ceste espée. » — « Non feray », dist l'escuier, « car c'est l'espée du roy. » — « Par ma foy », dist Wautre, ja mais ne mangeray si auray ta teste. » À ce coup estoit venus le maire, lui .xij.^e, montez à cheval et tous armez soubz leurs cottes, et le roy estoit à .lx. chevaulx. Si dist à Wautre : « Gars, comment oses tu dire telz paroles en la présence du roy ? » Et dont le roy s'enfélonnia et dist : « Maire, mettez la main à lui. » Le maire le féry d'un badelaire[4] sur la teste, et l'abati à terre. Puis descendi un escuier[5] à terre et le paroccist[6] de s'espée. Ces villains qui là estoient assemblez virent leur cappitaine **[303r]** tuer, si distrent entr'eulx : « Alons, alons, et tuons tout ! » Lors se commencièrent

---

1. À Smithfield ; site de tournois, d'exécutions capitales, et de la foire Saint-Barthélemy. 2. Prieuré de Saint-Barthélemy. 3. « Dispute, rixe ». 4. *Badelaire, baselaire :* épée courte, mais large. 5. John Standish. 6. « L'acheva ».

à rengier en ordonnance de bataille, et dont le roy s'en ala devers ces vilains, et dist à ses gens que nul ne le sivist, puis vint à ces meschans gens et leur dist : « Que vous fault ? Vous n'avez autre capitaine que moy : je sui vostre roy. Tenez vous en paix. » Dont il avint que le plus de ces gens furent vaincus, et se tindrent paisiblement, mais les mauvais ne se départoient mie, ainçois moustroient qu'ilz feroient aucune chose. Adont retourna le roy à ses gens et demanda qu'il estoit bon à faire. Conseillié fu qu'ilz se trairoient sur les champs, car fuir ne leur valoit riens. Entretant couroit voix[1] en Londres : « On tue le roy ! On tue le maire ! » pourquoy toutes gens de la partie du roy qui adez s'estoient tenus armez en leurs hostelz secrètement, se traïrent devers les champs où le roy estoit, et furent tantost environ .viij.^{m} hommes. Lors manda le roy à ces meschans qu'ilz lui renvoiassent les lettres[2] qu'il leur avoit données, et ses banières qu'il leur avoit données pour eulx retourner. Les aucuns lors rebaillèrent leurs lettres, et quant ilz orent rendu les banières du roy, ilz ne tindrent nul arroy, ains gettèrent jus leurs armes et se retraïrent en Londres. Et le roy aussi, en bonne ordonnance, rentra en Londres. Et fu crié par les rues de la ville que tous ceulx qui n'estoient de la nation de Londres, ou qui n'y avoient demouré un an entier, se partissent, car s'ilz y estoient trouvez le lendemain, ilz perdroient la teste. Lors se départirent ces gens tout desbaretez[3], et retournèrent en leurs lieux. Jaques Strau et Jehan Balle orent les testes trenchées[4]. En ce jour et dès avant le jour du sacrement s'estoient mis en ce chemin pour venir à Londres les gens menus des contrées que je vous diray, c'est assavoir d'Estan-

---

1. « Rumeur ». 2. Chartes d'affranchissement. 3. « Désillusionnés ». 4. John Ball fut arrêté à Coventry et jugé à St. Albans vers le 15 juillet par Robert Tresilian ; il fut condamné à être écartelé puis pendu ; son corps, coupé en quatre, fut exposé en différents quartiers de la ville.

fort[1], de Line[2], de Cambruge[3], de Besteforde[4] et de Gernemue[5], et avoient capitaine un garçon appellé Lestier[6], et estoient bien .xl.ᵐ. Quant ilz vindrent à Nordwich, ilz firent venir aux champs le capitaine d'illec, appellé messire Robert Salle[7], pour parler à eulx. Autrement ilz distrent qu'ilz ardroient la cité. Puis lui requistrent qu'il feüst leur capitaine, mais il dist qu'il ne seroit jamais contre son naturel seigneur, et ne se mettroit avec telle merdaille. Et quant il vit qu'ilz le vouloient occire, il traît s'espée et fist place autour de lui, tant que aussi comme nulz ne l'osoient approuchier. Aucuns l'aprochoient, **[303v]** mais il leur coupoit piés ou testes ou jambes, et en occist .xij. sans ceulx qu'il bleça et mehaigna, mais finablement il fu aterrez et tout découpez[8]. Ce fu le jour du sacrement[9]. Après sçorent ces meschans comment ceulx de leur sexte que Tieuller avoit menez à Londres furent esparpilliés et déchaciés. Si orent si grant paour qu'ilz retournèrent tantost en leurs lieux. Si fu Listier exécutez à mort à Stanfort, et Thomas Baquier à Saint Albons, et les .iij. capitaines des premiers vilains qui vindrent à Londres furent à Londres exécutez, comme dit est. Ces .v. capitaines avoient ordonné entr'eulx que dedens les .v. parties d'Engleterre ilz seroient gouverneurs, mais or furent en tel effroy que nul d'eulx n'osoit venir plus avant.

---

1. Stamford, Lincolnshire.   2. King's Lynn, Norfolk. 3. Cambridge.   4. Bedford.   5. Peut-être Yarmouth, Norfolk. 6. Geoffroi Lister.   7. Sir Robert Sall, chevalier qui, à l'époque, représentait au Parlement le comté de Norfolk.   8. Frappé d'abord par Henry Rise, il fut achevé par un petit groupe de personnes comprenant Adam Blak et William Broom.   9. Indication morale autant que chronologique.

Comment le duc de Lencastre fu en Escoce, et des trèves qui furent prises entre Engleterre et Escoce. Le .Lj.ᵉ chapitre

§ 51. Or vous parlerons du duc de Lencastre qui estoit venuz ou temps de celle rébellion en l'abbaie de Myauros[1] sur la Rinde ; c'est sur le departement d'Engleterre et d'Escoce. Et avoit mandé aux Escos qu'il estoit là venus pour traire sur marche, ainsi que de usage avoient eü du temps passé. Le roy Robert d'Escoce estoit à Haindebourch, avec lui les contes de Douglas, de la Mare[2], et de Mouret, et plusieurs autres barons d'Escoce. Et s'estoient là assemblez pour ce qu'ilz avoient pièça entendu que le duc de Lencastre venoit celle part pour traittier. Puis vindrent le conte de Douglas et plusieurs barons à Lamourbane, à .iij. petites lieues près du duc, et dura le parlement plus de .xv. jours. Finablement, unes trèves furent prises à durer .iij. ans entre les Englois et les Escos. Puis retourna le duc à Bervich où il avoit laissié ses pourvéances, mais le capitaine de la cité lui ferma les portes et dist qu'il ne le pouoit laissier entrer, car il lui estoit défendu du conte de Northombrelant, qui estoit souverain regart de toutes les frontières et du pays de Northombrelande. Le duc se dissimula, car il ne le pot amender, et s'en ala à Rosebourc. Là fu receü du chastellain, car il meïsmes au passer l'avoit là establi. Puis envoia le duc prier au conte de Douglas qu'il le voulsist venir quérir, ainsi qu'il lui avoit promis ; et tantost vindrent à l'encontre de lui les .iij. contes dessus nommez, à .v.ᶜ lances, et l'encontrèrent entre l'abbaie de Mauros et Rosebourc. Si le conjoïrent moult, et le menèrent à Haindebourc et le logièrent ou chastel. Et là se tint un temps, jusques à tant que autres nouvelles lui vindrent d'Engleterre. Et en ce temps, les devant

---

1. L'abbaye de Melrose, Écosse ; sur la rive droite de la Tweed, en fait. **2.** Thomas, comte de Mar, était déjà mort, en 1377.

nommez communes avoient semé[1] aval Engleterre que le duc **[304r]** estoit de la partie du roy d'Escoce, et ce recongneürent bien quant ilz furent exécutez à mort, qu'ilz le faisoient par hayne et pour mettre le royaume en plus grant trouble. Or ot conseil le roy d'Engleterre qu'il chevauceroit par tous les villages, mareschaucées, chastellenies et mettes d'Engleterre, et corrigeroit les mauvais. Si se party de Londres à .v.ᶜ lances et autant d'archiers, et chemina devers la conté de Quint, là où ces communes s'estoient premièrement esmeüs. Les gens d'armes du roy ne chevauçoient point en sa compaignie, ains poursuivoient le roy sur costière. En la conté de Quint entra le roy en un village que on dit Compringe[2], et fist le maire et tous les hommes de la ville venir en une place, et leur fist dire comment ilz s'estoient mis en paine de tourner toute Engleterre en perdition, et pour que ceste chose avoit esté faite et commencée par aucuns et non pas par tous, le meilleur estoit que ilz lui moustrassent les coulpables, afin que eulx seulement le comparassent, et non pas tous. Et dont les non coulpables considérèrent qu'ilz se pouoient purger de ce forfait par enseignier[3] les coulpables ; si distrent au roy : « Sire, véez cy par qui ceste ville fu premièrement esmeüe. » Tantost, celui fu pendu, et .vij. autres avec lui, et furent les lettres[4] demandées que le roy leur avoit données à Londres. Elles furent rendues aux gens du roy, qui les descirèrent en la présence du peuple, et leur distrent : « Entre vous, gens qui cy estes assemblez, nous vous commandons de par le roy et sur la teste, que chascun revoist paisiblement en son hostel et ne se eslièvе jamais contre le roy ne ses ministres. Ce meffait cy, par my la correction que on en a prise, vous est pardonnez. » Adont tous dirent : « Dieu le puist mérir[5] au roy et à son noble conseil. » En tele manière fist le roy Richart par toutes les parties d'Engleterre où ces gens s'es-

---

1. « Avaient propagé la rumeur ». 2. Ospringe, Kent. 3. « En indiquant, désignant ». 4. Les chartes d'affranchissement. 5. « Récompenser ».

toient rebellez, et en furent décolez et pendus plus de
.xv.ᶜ. Quant le roy vit que les choses estoient en bon
point, il remanda le duc de Lencastre qui se tenoit à
Haindebourc. Le duc remercia grandement les barons
d'Escoce qui l'avoient soustenu en leur pays, et
retourna en Engleterre et remoustra au roy et à son
conseil comment les trèves estoient prises entre eulx et
les Escos. Et se complaint le duc du conte de Northombrelant, qui lui avoit fait fermer la porte de Bervich,
mais le roy excusa le conte et dist qu'il lui avoit escript
par lettres expresses qu'il tenist clos les frontières
d'Escoce, et qu'il ne laissast nul homme, seigneur ne
[304v] autre, dedens les citez, villes et chasteaux de
Northombrelant, s'ilz n'estoient héritier des lieux. Et
pour le grant trouble qui avoit esté en Engleterre, on
avoit oublié à réserver[1] le duc de Lencastre, qui bien
le deüst avoir esté, car il estoit ambassadeur en Escoce.
Finablement, la paix fu faite du duc et du conte.

Comment le conte de Cambruge vint en Portigal pour guerroier en Castille. .Lij.ᵉ [chapitre]

§ 52. Vous avez bien oÿ cy dessus comment le
conte de Cambruge à .v.ᶜ hommes d'armes et autant
d'archiers geürent bien .iij. sepmaines ou havène de
Plumonde. Et quant ilz orent vent pour eulx, ilz exploitièrent tant qu'ilz vindrent à Lusebonne, où ilz furent
grandement receüs du roy Ferrant de Portingal, et tenus
tout aise. Il est dit par dessus comment Phelippe d'Artevelle fu eslevez à Gand à souverain capitaine[2]. Il n'ot
guerres esté en l'office quant il fist décoler .xij. hommes
lesquelx, sicomme on disoit, avoient esté principalment

---

1. « Faire exception de ». 2. Le 24 janvier 1382, d'après
Raynaud (et Meyer) : éd. de la SHF, t. X, p. XL.

à la mort de son père. Et fu le doyen des tisserans[1] atteint de traïson ; si fu décolez et trainez aval la ville par les espaules. Le conte de Flandres fist son mandement de chevaliers et escuiers et des gens de ses bonnes villes, et envoia à Malines, dont il ot grans gens, et manda ses cousins messire Robert de Namur et messire Guillaume, et lui vint grant chevalerie d'Artois et de Haynau, car il estoit conte d'Artois, et estoit la contesse d'Artois sa mère nouvellement trespassée. Si vint le conte mettre siège devant Gand, devers Bruges, et devers Haynau. Le seigneur d'Angien, qui estoit avec le conte, vint à. iiij.^{m} hommes bien armez, sans ceulx de pié, mettre siège devant la ville de Gramont, car elle estoit gantoise ; et assailli la ville par un dimenche en plus de .xl. lieux, et là bouta premièrement hors sa banière[2]. Et fu l'assault si fort que environ l'eure de nonne la ville fu prise ; et entrèrent par les portes, qui furent ouvertes et abatues, le seigneur d'Angien et ses gens. Lors s'enfuirent ceulx de la ville, mais il en y ot occis plus de .v.^{c} hommes, et ars grant foison de vieilles gens et de femmes gisans en leurs lis, car on bouta le feu en la ville en plus de .ij.^{c} lieux, parquoy elle fu toute arse, tant que riens n'y demoura entier. Puis retourna le sire d'Angien en l'ost devant Gand, et là fist mainte escarmuche, et près que tous les jours, car de Gand yssoient souvent aucuns seigneurs et légiers[3] compaignons qui aloient à l'aventure, dont aucune fois ilz estoient reboutez à leur dommage, et aucunefois aussi [305r] y gaingnoient, et près que tous les jours le seigneur d'Angien, qui ot nom Gautier, et le Hase de Flandres y faisoient armes. Environ un mois après la destruction de Gramont, avint que le seigneur d'Angien, un jeudy matin, estoit yssu de son logiz, avec lui plusieurs de ses gens. Si vint à l'escarmuche devant Gand, comme autreffois avoit fait, et se bouta

---

1. Liévin Walrave, chez qui on avait trouvé de la poudre de mine mouillée... 2. « Assuma pour la première fois le rang de chevalier banneret » (en déployant sa bannière devant son seigneur). 3. « Irréfléchis », « irresponsables ».

trop avant, car ceulx de Gand au dehors de leur ville
avoient mis une embusche de plus de .c. compaignons,
tous piquenaires, et dist on que les plus estoient de
Gramont qui se vouloient vengier du seigneur d'Angien. Et tant firent qu'ilz l'enclostrent, et estoient les
Gantois .x. contre un, et avoient longues piques dont
ilz lançoient grans coups et périlleux. Le sire d'Angien
et ceulx de sa route se combatirent vaillemment, et y
firent d'armes ce qu'ilz porent, et savoient bien qu'il
n'y avoit point de raençon. Là furent occis le seigneur
d'Angien, le bastart d'Angien son frère, Gille du Trisson, le sire de Montigny Saint Christofle. À grant paine
eschappèrent messire Michiel de Lamaide et Hustin du
Lay, durement navrez. Les Gantois portèrent le seigneur d'Angien en la ville de Gand pour resjoïr ceulx
de la ville, et ne le vouldrent onques rendre ; si en
orent .m. frans qu'ilz departirent à butin, et fu le sire
d'Angien rapporté en l'ost. Se on veult savoir comment
ceulx de Gand guerroièrent, ilz estoient si bien d'accord
que tous mettoient main à bourse quant il besoingnoit,
et se tailloient les riches selon leur richesse, et déportoient[1] les povres. Et aussi par celle unité qu'ilz orent,
durèrent ilz en leur puissance, et si est Gand, à tout
considérer, une des plus fortes villes du monde, puis
que Brabant, Hénault, Hollande ne Zéellande ne les
veult point guerroier, mais ou cas que ces .iiij. pays lui
seroient contraires avec Flandres, ilz seroient enclos et
afamé. Or ne leur furent onques ces pays parfaitement
contraires, dequoy leur guerre en estoit plus belle. Le
corps du seigneur d'Angien fu renvoiés à Angien, la
ville dont il avoit esté sire, et là fu enseveliz.

---

1. « Épargnaient ».

Cy dit comment le conte de Flandres laissa le siège de Gand, et du parlement de Harlebèque. Le .Liij.ᵉ chapitre

§ 53. Pour la mort du joenne sire d'Angien se deffist le siège devant Gand ; si s'en party le conte et retourna à Bruges, et donna congié pour celle saison à toutes manières de gens d'armes, et les envoia dedens les garnisons de Flandres, ou chastel de Gauvre, en Audenarde, en Tenremonde, à Courtray et partout sur les frontières de Gand. Le conte de Flandres fist tant devers ses cousins les ducs de Brabant et de Hollande **[305v]** qu'il fu défendu en Haynau et en Brabant que nul ne confortast ceulx de Gand de vivres, si que nul n'osoit aler en Gand fors en larrecin, parquoy ceulx de Gand afoiblissoient durement de vivres, mais les Hollandois et Zéelandois ne se vouldrent onques déporter de conforter les Gantois. En ce temps, par les moyens des consaulx de Haynau, de Brebant et de Liège, fu un parlement accordé à estre à Harlebèque lez Courtray. Et y envoièrent les Gantois .xij. des plus notables de la ville, et moustroient qu'ilz vouloient avoir paix. Là furent les choses si bien tailliées que sur certain article de paix, les Gantois retournèrent en leur ville. Au lendemain à .ix. heures, le maïeur, les eschevins et les riches hommes de la ville vindrent ou marchié aux devenres et entrèrent en la halle. Là vindrent ceulx qui avoient esté à Harlebèque et firent leur rapport deux des plus notables, Guisebrecht Grute et Simon Bette, et dist Guisebrecht : « Nous avons esté au parlement et avons eü moult de paine, et aussi ont [eü] les bonnes gens de Brabant, du Liège et de Haynau, de nous accorder envers Monseigneur. Touteffois, à la prière de Monseigneur et Madame de Brabant qui y envoièrent leur conseil, et Monseigneur le duc Aubert le sien, la bonne ville de Gand est venue à paix par un moyen que .ij.ᶜ hommes qu'il nous envoiera par escript dedens .xv. jours yront en sa prison à Lille. Il est bien si nobles qu'il en ara mercy. » Là estoit Pètre du Bois qui le jour devant avoit signifié à tous les doyens et capitaines dessoubz lui qu'ilz feüssent à ce rapport ; si estoient venus efforciement ou marchié des devenres. Ce Piètre du Bois et Phelippe d'Artevelle qui là estoient (à faire ce rapport), se levèrent, et dist Piètre : « Et Guisebrecht, comment avez vous osé accorder ce traittié qui à très grant vitupération venroit à la ville de Gand ? Vous avez choisi pour vous, car vous savez bien que vous n'en seriés pas de ces .ij.ᶜ, mais les cappitaines de Gand dont la ville se aide et qui maintiennent la guerre en mourroient. » Lors tira sa dague et occist ce Guisebrecht Grute, et Phelippe d'Artevelle occist Simon Bette, et les autres se dissimulèrent et furent tout aise de ce qu'ilz s'en porent partir en vie. Et fist Piètre du Bois crier de rue en rue que les .ij. mors avoient voulu trahir la ville. Ainsi moururent ces deux preudommes pour bien faire, à l'entention de plusieurs gens, et n'y avoit nul en la ville qui en osast parler s'il ne vouloit estre occis ; et fu la guerre plus forte que devant. **[306r]**

Comment les Parisiens et ceulx de Rouen refusèrent à paier les impositions et gabelles au roy de France. .Liiij.ᵉ chapitre

§ 54. En ce temps se révelèrent[1] ceulz de Paris contre le roy et son conseil, car le roy et son conseil vouloient remettre sus génénralment parmy le royaume de France les aides, les fouages[2], les gabelles[3] et les assises qui avoient couru du temps du roy Charles, père au roy qui régnoit pour le présent. Ceulx de Paris disoient que le roy Charles, lui vivant, leur avoit quitté, et le roy son filz à son couronnement l'avoit accordé et confermé. Et couvint le jeusne roy et son conseil

---

1. « Se soulevèrent ». **2.** *Fouage* : redevance qui se payait par foyer. **3.** *Gabelle* : impôt indirect sur le sel.

vuidier Paris ; si vint demourer à Meaulx en Brie. Et dont les communes de Paris s'armèrent et occirent tous ceulx qui avoient consenti ces gabelles et ces debtes, et vindrent rompre les prisons de l'évesque, et délivrèrent Hugue Aubriot, qui avoit esté prévost le roy Charles vivant, lequel estoit par sentence condempnez en prison que on dit l'Oubliette, pour plusieurs mauvais fais. Quant il fu délivré, il se parti de Paris à fin qu'il ne fust reprins, et s'en ala en Bourgoingne, dont il estoit, et compta à ses amis son aventure. Le roy, qui se tenoit à Meaulx, et ses oncles lez lui, Angou, Berry et Bourgoingne, envoièrent à Paris le seigneur de Coucy qui s'appelloit Enguerrant, lequel vint à Paris non mie à main armée, mais seulement avec ceulx de son hostel. Si descendy à son hostel, et là manda ceulx qui de ceste besoingne s'ensonni[oi]ent le plus, et leur remoustra doulcement qu'ilz avoient trop mal fait d'avoir occis les officiers du roy et rompu les maisons et prisons du roy, et que, se le roy et son conseil vouloient, il seroit trop grandement amendé. Mais nennil, car sur toutes riens il amoit Paris pour ce qu'il y fu nez, et que Paris est le chief de son royaume : si ne la vouloit pas destruire, ne les bonnes gens dedens. Ilz respondirent qu'ilz vouloient que les gabelles, les impositions et subsides feüssent nulles à Paris, et ilz aideroient au roy de .x.^{m} frans la sepmaine. Quant le seigneur de Coucy ot raporté ce traitié à Meaulx, le roy ot conseil qu'il prendroit cel offre, et quant on pourroit, on aroit mieulx. Lors retourna le sire de Coucy à Paris et aporta de par le roy la paix aux Parisiens. Par telle incidence se rebellèrent ceulx de Rouen, et occirent le chastellain du roy et tous les impositeurs qui ces aides avoient prises. Lors vint le roy à Rouen, et apaisa le commun et leur pardonna tout ce qu'ilz avoient meffait ; et ilz ordonnèrent de par eulx un receveur auquel ilz paie[306v]roient toutes les sepmaines une somme de florins, et parmy ce ilz demourèrent en paix[1].

---

1. Le récit que nous propose Froissart de l'émeute des Maillotins est plutôt mince : on consultera à ce propos le t. X de l'édition Raynaud pour la SHF, pp. XLIII-XLVII.

Du chanoine de Robersart et des Anglois qui prindrent le chastel de la Figuière en Espaigne. Le cinquante cinquiesme chapitre.

§ 55. Le conte de Cambruge et les Englois qui pour ce temps se tenoient en Portingal delez le roy, ilz s'i refreschirent un grant temps. Si fu .j. mariage fait et accordé de la fille du roy de Portingal, qui estoit en l'aage de dix ans, et du filz du conte de Cambruge, qui pouoit estre de cel aage. Bel enfant estoit, et ot nom Jehan, et la fille du roy, Biétris[1]. Et durèrent les festes de ces nopces .viij. jours ; après fu ordonné que les Englois iroient d'autre part tenir leur frontière. Et fu le conte de Cambruge ordonnez d'aler en une belle ville en Portingal que on dit Estremouse[2], et le chanoine de Robersart et les Gascoings et aucuns Englois alèrent à Ville Vicieuse[3], et commanda le roy de Portugal à ce chanoine qu'il ne chevauçast sur les Espaignols sans son sceü. Quant le chanoine ot esté une pièce à Vicieuse, il envoia requerre au roy de Portingal congié qu'il peüst chevaucier sur les ennemis, mais le roy dist qu'il ne vouloit nullement qu'ilz chevauçassent. Lors distrent le chanoine et les Gascoings que ce n'estoit mie leur estat, ne honnerable chose aux gens d'armes de eulx tenir si longuement en une garnison sans faire aucun exploit d'armes. Si se mistrent aux champs un jour .iiij.ᶜ hommes d'armes et autant d'archiers ; et vindrent devant le chastel de la Figuière[4] et le commencièrent à assaillir environ prime[5], et dura jusques à haulte nonne[6], et s'i portèrent vaillemment le chanoine

---

1. Les fiançailles d'Édouard, et non de Jean, de Cambridge, avec la princesse Béatrice (tous deux âgés de dix ans environ) furent rompues en 1383 par le mariage de celle-ci avec le roi Jean de Castille.   2. Estremoz, Alentejo.   3. Villa Viçiosa, Alentejo.   4. Higuera-la-Real, province de Badajoz.   5. Première heure canoniale (vers 6 h).   6. *None* = 9ᵉ heure canoniale (vers 15 h), « haulte nonne » est immédiatement postérieure, « haut » ayant depuis le XIIIᵉ siècle le sens de « tardif ».

de Robersart, messire Guillaume de Beauchamp[1], messire Mahieu de Gournay, Miles de Windesore, le sire de Taillebot, messire Adam Simon, messire Jehan Sandrée, frère du roy d'Engleterre, bastart[2], le soudich de l'Estrade, le sire de Chastelnuef, le sire de la Barde, Rémonnet de Marsen et autres. L'artillerie du chastel, pierres et barres de fer, commencièrent à faillir, et ceulx dedens à lasser ; si regardèrent que de .xxv. hommes d'armes qu'ilz estoient il n'en y avoit pas .iij. qui ne fussent navrez, et les aucuns en péril de mort. Et ne se pouoient longuement tenir, car ja veoient ilz mort le frère de leur capitaine. Si se rendirent, sauves leurs vies, et s'en partirent. Et les Englois et Gascoings réparèrent le chastel et y laissièrent .xxx. compaignons, et orent conseil qu'il se retrairoient en leurs logis, si comme ilz firent, et **[307r]** revindrent arrière à Vecieuse.

En ce temps se pourvéoit grandement le roy d'Espaigne, et avoit envoié prier au roy de France et à ses oncles qu'ilz le voulsissent secourir selon les aliances qu'ilz avoient ensemble. Le roy de France donna grace et congié à toutes manières de gens d'armes qui avancier se vouloient, et leur fist le roy de France le premier prest. Si se ordonna pour y aler messire Olivier de Claquin, frère au connestable Bertram qui fu ; aussi firent plusieurs chevaliers et escuiers de Bretaigne, de France, de Beausse, de Picardie, d'Anjou, de Berry, de Blois et du Maine, et avoient passage ouvert parmy le royaume d'Arragon, et trouvèrent viandes prestes parmy leurs deniers paians[3] ; mais ilz ne paioient pas bien ou plat pays.

---

1. Maréchal de l'armée. 2. D'après Raynaud (SHF, t. X, p. XLVIII), il s'agirait de John Soustrée, fils bâtard de Sir Thomas Holland et de Jeanne de Kent. 3. « Contre paiement ».

Du mariage du roy Richart d'Engleterre et de la suer du roy des Rommains, et le commencement du voiage que le duc d'Anjou fist pour conquerre le royaume de Naples et de Cécille, et des ordonnances que messire Charles de la Paix avoit faites à l'encontre de sa venue. Le .Lvj.^e chapitre

§ 56. Vous savez comment le roy Richart d'Engleterre avoit eü, un an et plus, traittié devers le roy Charles d'Alemaigne, qui pour ce temps en title s'escripvoit roy des Romains, pour avoir sa suer, madame Anne, en mariage, et comment messire Simon Burlé, Englois, en avoit moult traveillié, et comment le duc de Tassom en Alemaigne en avoit esté en Engleterre pour confermer le mariage. Tant avoient esté démenées ces choses que le roy des Romains envoia sa suer en Engleterre en grant arroy, le duc [de] Tassom en sa compaignie. Quant elle fu venue à Londres, le roy l'espousa en la chappelle du palais à Westmoustier au .xxe jour de Noël[1], et furent les festes grandes et joïeuses à Windesore. Vous savez comment les Parisiens s'estoient composez envers le roy à paier chascune sepmaine une somme de florins à un receveur que ceulx de Paris establirent, mais l'argent ne se bouga de Paris, car il ne devoit point estre tourné au prouffit du roy, fors en paier gens d'armes se on les mettoit en besoingne ; et le roy ne venoit point à Paris, dont les Parisiens furent tous courrouciés, et la plus grant fiance qu'ilz avoient, ce estoit ou duc d'Anjou qui venoit souvent à Paris et les supportoit pour avoir de leur argent à faire son voiage en Puille et en Calabre. Et fist tant par doulces parolles qu'il ot de cel argent que les Parisiens assembloient .c.^m frans. Toutesvoies, le roy ne ses oncles Berry et Bourgoingne n'en pouoient riens avoir, et assembloit le duc d'Anjou tant d'argent de tous cos-

---

1. Le 14 janvier 1382, en fait.

tez que on disoit qu'il **[307v]** avoit à Roquemore lez Avignon[1], l'argent de deux millions de florins. Ce duc s'escripvoit roy de Naples, de Cécille et de Jhérusalem, de Puille et de Calabre, car pape Clément l'en avoit revesti par vertu des lettres que la royne de Naples l'en avoit donné. Le duc, qui estoit de hault courage, veoit bien que ou temps avenir, selon l'estat qu'il avoit commencié, seroit un petit sire en France et que si noble héritage de deux royaumes, Naples et Cécille, et .iij. duchiés, Puille, Calabre et Prouvence, lui venroit bien à point. Il envoia devers le conte de Savoie que, en ce, ne lui voulsist faillir ; car, lui venu en Savoie, il lui feroit paier la somme de florins pour mille lances ou plus, pour un an entier. Et le conte de Savoie remanda au duc qu'il le serviroit voulentiers, et de rechief le duc retint partout gens d'armes, et fist pour lui et ses gens le plus grant et plus bel appareil à Paris que on avoit onques veü faire seigneur. Puis se mist en chemin à l'entrée du printemps, en trèsgrant arroy, et passa parmy le royaume de France et vint en Avignon. Là vindrent les barons et bonnes gens de toutes les bonnes villes de Prouvence, excepté d'Ais en Prouvence, qui lui firent hommage. Là aussi vint au duc le conte de Savoie, bien acompaignié de barons et chevaliers. Puis prist le duc congié du pape et des cardinaulx qui l'avoient festié grandement, et prist le chemin de la Daufiné de Vienne, et le conte amena le duc en Savoie. Après entra le duc en Lombardie[2], et par toutes les citez et bonnes villes fu grandement receü. Par espécial à Milan fu il honnoré oultre mesure de messire Galéas et de messire Barnabo, et lui donnèrent trèsgrans dons, de riches joyaux et de chevaux de pris. Et tenoit le duc par tout tel estat comme roy, et avoit ses ouvriers de monnoie, qui forgoient florins et blanche monnoie dont ilz faisoient leurs paiemens. Et quant le

---

1. Roquemaure, Gard, arr. d'Uzès, sur un bras du Rhône.
2. Il est le 14 juin à Sault et pénètre en Dauphiné, passe par Gap et Briançon et entre en Italie par le col du Mont-Genèvre (éd. Raynaud, SHF, t. X, p. LIII).

duc vint en Toscane, il tint ses gens ensemble plus qu'il n'avoit fait devant, car les Romains s'estoient grandement fortefiez contre lui, et avoient à cappitaine messire Jehan Hactonde, Englois, qui de long temps avoit demouré en Rommenie[1] et congnoissoit toutes les frontières. Si tenoit foison de gens d'armes aux champs, aux gaiges de Romme et de Urbain, que les Romains, Alemans et plusieurs autres nations tenoient à pape. Ce messire Jehan ne se effraia onques de la venue du duc d'Anjou, qui bien avoit .ix.^m **[308r]** lances de bonnes gens d'armes, et ne savoit on encore s'il venroit de fait à Romme. Et quant on en parloit à ce messire Jehan, il respondi en disant : « *Crux Cristi, protege nos*[2]. » Ce estoit tout l'effroy qu'il en avoit, et quanqu'il en respondoit. Et aussi le duc d'Anjou ne vouloit point approchier Rome, car il ne tendoit que à faire son emprise, si costoioit la marche d'Anconne et la terre de Priongue.

En ce temps se tenoit en la cité de Naples son adversaire, messire Charles de la Paix, qui aussi se escripvoit roy de Naples, de Cécile et de Jhérusalem, duc de Puille et de Calabre ; et s'en tenoit droit hoir, puis que la royne de Naples estoit morte sans avoir hoir de sa chair par loyal mariage. Et tenoit ce messire Charles à nul le don que la royne en avoit fait au pape, et y moustroit à son oppinion deux raisons : l'une estoit que il disoit, et les Néapliens et Céliciens lui aidoient à soustenir, que la royne de Naples ne pouoit donner l'éritage d'autrui, et, s'il estoit ainsi que le don fust bon, par le stille de la court de Romme et le droit des papes, si disoient il qu'elle n'avoit pas fait deüement, car ilz tenoient Urbain à pape et non Clément. Ce messire Charles fist pourvoeir le chastel de l'Uef, qui par enchantement siet emmy la mer et ne fait mie à prendre, se non par nigromance ou par art de diable ; et quant il l'ot pourveü pour .iij. ou .iiij. ans, il se bouta dedens, avec lui une quantité de gens d'armes, et laissa

---

1. Romagne.   **2.** « Croix de Notre-Seigneur, protège-nous. »

le pays couvenir, et savoit bien que ceulx de Naples ne recueilleroient point son adversaire, et se Puille et Calabre se perdoit par .ij. ou .iij. ans, il le raroit légièrement, car il ymaginoit que le duc se useroit de finance à tenir grans gens d'armes si longuement où il aroit defaulte de vivres. Si ennuieroit à ses gens, et s'en yroient ou dedens .ij. ans ou .iij. . Quant il seroit tanné[1] et lassé, il le combatroit à son avantage, et vrayement il n'est nul sire crestien, excepté le roy de France et le roy d'Engleterre, qui hors de leur pays peüssent, ne trois ne .iiij. ans, tenir tel peuple sur les champs comme le duc d'Anjou tenoit, bien .xxx.^{m} combatans, qu'il ne fust tout usez et minez de chevance.

Quant le duc d'Anjou entra en Puille et en Calabre, le pays fu tantost sien, et vindrent tous seigneurs, citez et bonnes villes, et se mistrent en son obéïssance. Or dient ceulx qui ont esté en ce pays que, pour la grant plenté de biens qui là sont, les gens y sont oyseux sans labour. Adont s'en vindrent le duc d'Anjou, les contes de Savoie, de Vendosme et de Genève et la [308v] grant chevalerie de France, de Bretaigne et de Savoie, et entrèrent en la marche de Naples. Oncques ceulx de Naples ne daignièrent clorre porte de leur ville, car qui seroit dedens enclos, quelque peuple que ce feüst, il seroit perdu. Ne les maisons ne sont pas à prendre, car il y a planches que on oste, quant on veult, et là desoubz est la mer où nul ne s'oseroit embatre.

Avint que un enchanteur, maistre de nigromance[2], qui longuement avoit conversé en ce pays, vint au duc d'Anjou et lui dist : « Monsigneur, se vous voulez, je vous rendray le chastel de l'Uef, car je feray par enchantement l'air si espés[3] que dessus la mer il semblera à ceulx de dedens qu'il y ait un grant pont pour aler .x. hommes de front ; si doubteront ceulx dedens que, se on les assault, qu'ilz ne soient pris. Si se ven-

---

1. « Ennuyé, fatigué ».   2. Garillo Caracciolo, surnommé *le Chevalier sauvage*. Envoyé par Charles de la Paix pour défier le duc d'Anjou, il fut accusé de pratiques ténébreuses, et brûlé. 3. « Épais ».

ront rendre à vostre voulenté. » Adont lui demanda le duc et dist : « Beau maistre, et sur ce pont, y pourroient noz gens aler seürement pour asaillir ? » L'enchanteur dist : « De ce ne vous oseroie asseürer, car se aucun de ceulx qui y passeroient feïst le signe de la croix, tout yroit à néant, et ceulx qui seroient sus trébucheroient en la mer. » Là furent plusieurs joennes chevaliers qui distrent au duc : « Pour Dieu, laissiés le faire, car plus légièrement ne pouons nous avoir voz ennemis. » Le duc dist : « Je m'en conseilleray. » Quant le duc en ot parlé au conte de Savoie et autres, le conte dist : « Envoiés moy cel enchanteur quant il revenra », car il s'en estoit lors party, « et je l'examineray ; c'est cellui par lequel la royne de Naples et messire Othes de Bresuich, son mary, furent jadis pris dedens ce chastel de l'Uef. Or regardez la mauvaistié des gens de ce pays, que pour avoir vostre bien fait, il veult traïr celui à qui il le livra une fois. » Et dont, quant cel enchanteur revint au duc, il fu envoié en la tente du conte de Savoie, qui lui fist trenchier la teste, et dist : « Je ne vueil pas qu'il nous soit ou temps avenir reprochié que en si hault fait d'armes que nous sommes, (que) nous ouvrons par enchantement. » Et dist à l'enchanteur : « Vous qui dittes que messire Charles de la Paix vous resoingne plus que chose ou monde, sachiés que je l'en asseüreray, ne jamais vous ne ferez enchanchement pour décevoir lui ne autrui. » Atant vint le bourrel, qui le décola au dehors des logiz.

*Cy fait mention des Englois, qui prindrent
en Espaigne la ville de Jaffre et autres villes
et chasteaux. .Lvij.ᵉ chapitre.*

§ 57. Quant vint à l'entrée d'avril, les chevaliers qui estoient en garnison à Ville Viconse, où ilz avoient jà séjourné .ix. mois **[309r]** qu'ilz n'orent onques fait que une seule chevaucée, et pris un chastel en Espaigne, car le roy de Portingal leur défendoit moult fort qu'ilz ne chevauçassent, et aussi le conte de Cambruge, qui se tenoit à Estremouse, attendoit le duc de Lencastre qui lui avoit promis de venir après lui en Portingal s'il peüst, à .iij.ᵐ hommes d'armes et autant d'archiers, toutesvoies le conte de Robersart et bien .iiij.ᶜ lances et autant d'archiers se partirent de leur garnison de Viconse, et prindrent le chemin de Sébille, et vindrent assaillir .j. chastel et bonne ville que on dit Le Bain[1]. Là n'avoit nulles gens d'armes en garnison fors que les hommes de la ville qui estoient moult mal armez, mais ilz estoient à leurs défenses et avoient lances et gavrelos et archigaies[2] dont ilz traioient, lançoient et se défendoient contre les Englois qui vindrent aux murs, car il n'avoit point d'eaue ès fossez. Ceulx dedens doubtoient [à] estre pris à force ; si se rendirent, sauve leurs vies et leurs biens, et promistrent qu'ilz demourroient en l'obéïssance du roy de Portingal. Ainsi furent receüs, si entrèrent en la ville tous les Englois et se refreschirent. L'endemain assaillirent le chastel par grant force, et ceulx dedens se défendirent, mais ceulx dedens se rendirent bien tost, sauf leurs vies. On les reçut, et refreschirent les Englois ce chastel de bonnes gens d'armes et d'archiers. Puis vindrent les Englois au chastel de la Courasse[3], à .vj. lieues de là. Si le prindrent par force, et fu le cappitaine, qui

---

1. Lobon, ville d'Espagne, prov. de Badajoz. 2. « Carreaux lancés par arbalète ». 3. Cortijo, ville d'Espagne, prov. de Badajoz.

Radigos avoit nom, occis aux crénaux d'une flesche, et tantost après fu le chastel conquis, et mors les plus de ceulx dedens ; et fu le chastel refreschi d'Englois. Après vindrent les Englois à .x. lieues près de Sébille, à la ville de Jaffre[1], laquelle est mal fermée. Si fu gaingnée de venue, mais ceulz dedens s'estoient retrait en un grant moustier qui estoit fort assez, lequel en une heure fu pris par assault. Et là ot grant pillaige pour ceulx qui premiers y entrèrent, et moult d'ommes mors. Puis vindrent les Englois en uns marez qui là sont, où il avoit plus de .xx.^{m} bestes : porcs, buefs, vaches et brebiz. Si chacèrent devant eulx celle proie, et retournèrent à Viconse.

Après envoièrent ces Englois au roy de Portingal pour estre paiés de leurs gaiges. Mais le roy leur remanda qu'ilz avoient chevaucié oultre sa défence, de quoy il lui desplaisoit ; si avoient retardé leur paiement, et n'en porent les Englois avoir autre chose. Celle sepmaine se party le conte de Cambruge d'Estremouse, et s'en vint à Ville Viconse logier en une église de Cordeliers au dehors de la ville. Entre les chevaliers englois avoit de petis compaignons **[309v]** qui ne pouoient pas attendre le long paiement ; si disoient : « Nous avons ja esté en ce pays près d'un an, et si n'avons point eü d'argent. Il ne puet estre que noz capitaines n'en aient receü. » Si s'assemblèrent un jour pour ordonner comment ilz s'en cheviroient ; si y furent messire Guillaume de Beauchamp, messire Mahieu de Gournay, le sire de Taillebor, messire Guillaume Helmon, Englois, et les Gascoings, le sire de la Barde, le sire de Chastelnuef, le soudich de l'Estrade et autres. Là dist messire Jehan Soustrée, frère bastart du roy d'Engleterre : « Le conte de Cambruge nous a cy amenez, et si retient noz gaiges, combien que nous aventurons noz viez pour lui. Je conseille que nous eslevons de nous meïsmes le pennon de Saint George, et serons amy à Dieu et ennemi de tout le monde.

---

1. Zafra, ville d'Espagne, prov. de Badajoz.

Autrement, se nous ne nous faisons doubter, nous n'arons riens. » Tous en furent d'accort, et prindrent à chièvetaine le dit Soustrée, et boutèrent hors le pennon de Saint George, et estoient en voulenté de courir Ville Viconse premièrement et de faire guerre au roy de Portingal. Bien avoient messire Mahieu de Gournay et messire Guillaume de Beauchamp dévéé[1] ces paroles de non courir la ville, mais ilz n'en pouoient estre oÿ. En ce point là, le chanoine de Robersart y vint, et quant il entendy leur emprise, il leur dist : « Seigneurs, pensez bien vostre fait avant que vous faciés nulle folie. Nous ne nous pouons mieulx destruire que de nous meïsmes. Se nous guerrions ce pays, noz ennemis en orront nouvelles ; si venront courir ce pays, et si fausserons nostre loyauté envers Monseigneur de Cambruge. Mieulx vauldroit aler devers lui et moustrer nostre entente. » Lors y alèrent en l'estat qu'ilz estoient. Le conte leur dist qu'ilz envoiassent au roy de Portingal .iij. chevaliers ; tantost y furent envoiés, et distrent au roy que se il ne les paioit de leurs gaiges, ilz se paieroient eulx meïsmes, et courroient son pays. Le roy respondi que dedens .xv. jours il les feroit paier jusques à un petit denier. « Mais dittes au conte de Cambruge qu'il viengne parler à moy. » Atant retournèrent les .iij. chevaliers et recordèrent au conte de Cambruge et aux seigneurs comment ilz avoient exploitié. Lors dist Soustrée : « Or regardez comment nostre paiement est avancié par estre un petit rigoreux. »

Le conte de Cambruge s'en ala à Lusebonne et ot parlement au roy de Portingal, et furent d'accort qu'ilz chevauceroient. **[310r]** Si fist le roy un mandement parmy Portingal à estre sur les champs, entre Ville Viconse et Climence, le .vij.ᵉ jour de juing. Sur ce, retourna le conte à Viconse et recorda aux compaignons qu'ilz chevauceroient ; de ce furent tous resjoïs. Assez tost après vint paiement, tant que tous se tindrent

---

1. « Interdit, défendu ».

pour contens, mais toudis se tint le pennon Saint
George.

*Comment [le roy de Castille fu logiés à ost
contre le roy de Portingal à Badelote, et de
la paix que le roy de Portingal fist sans le sceü
et contre la voulenté des Englois. Le .Lviij.ᵉ
chapitre.]*

§ 58. Le roy damp Jehan de Castille, qui toute la
saison avoit fait son amas de gens d'armes qui lui
estoient venus du royaume de France, et tant qu'il en
avoit bien .ij.ᵐ lances, chevaliers et escuiers, et .iiij.ᵐ
gros varlez, sans ceulx de son pays dont il pouoit bien
avoir .x.ᵐ hommes à cheval et autant de genetteurs[1],
sçot ces nouvelles, car il estoit à Sébille, comment le
roy de Portingal devoit chevaucier. Si s'avisa qu'il
manderoit au roy de Portingal la bataille, et qu'il preïst
pièce de terre en Portingal pour combatre, puissance
contre puissance ; et se ce ne vouloit faire, il lui livreroit en Espaigne. Si fu chargié de porter ces nouvelles
le héraut du roy, lequel fist tant qu'il vint à Lusebonne,
et là fist son message au roy qui lui dist qu'il remande-
roit au roy d'Espaigne quelle pareçon[2] il prendroit ;
atant retourna le héraut d'Espaigne. Tot après ot avis
le roy de Portingal qu'il livreroit en son pays place et
terre pour combatre ; et furent ordonnez d'aler visiter,
où ce seroit, messire Thomas Simon et le soudich de
l'Estrade ; et avisèrent la place entre Elvès[3] et Val de
Josse[4], bon lieu ample pour bien combatre. Et vous dy
que ces .ij. chevaliers et leurs routes furent escarmuciés
des genetteurs du roy d'Espaigne, et y ot grant hustin

---

1. « Cavaliers montant des petits chevaux rapides ».
2. « Partage ». 3. Elvas, ville de Portugal, prov. d'Alentejo.
4. Badajoz, Espagne.

de mors et de bleciés d'une part et d'autre. Touteffois, ilz retournèrent devers le roy de Portingal, et recordèrent en quel lieu ilz avoient avisé place. Adont fu ordonné messire Jehan Teste d'Or[1] de faire ce message, avec un héraut, au roy d'Espaigne. Ce chevalier vint à Sébille. Là dist au roy d'Espaigne comment le roy de Portingal accordoit la bataille et livroit place entre Elvès et Val de Josse, et là dedens .v. jours, lui retourné à Lusebonne, il trouverroit le roy de Portingal logié, et ses gens, qui ne désiroient que la bataille. Quant messire Jehan fu retourné, le roy de Portingal vint au lieu ordonné à tout .xv.ᵐ Portingalois. Au tiers jour après y vint le conte de Cambruge et les Englois, qui estoient .vj.ᶜ hommes d'armes et autant d'archiers. Puis vint le **[310v]** roy de Castille à .ij. petites lieues de là, et n'avoit entre les deux ostz que la montaigne de Bandeloce. Et y avoit tousjours escarmuche des uns aux autres par .xv. jours qu'ilz furent là logiés, et ne tenoit mie au roy d'Espaigne que la bataille ne s'adreçast, mais le roy de Portingal ne se sentoit mie assez fort, si savoit bien que, s'il estoit desconfit, il perdroit son royaume. Si fist tant traittier que paix y vint, ne onques les Englois n'y furent appellez, parquoy le conte de Cambruge eüst voulentiers fait guerre au roy de Portingal, mais il n'avoit point la force ; si murmurèrent moult les Englois sur le roy de Portingal, et le roy de Portingal disoit que la défaulte de combatre venoit des Englois, car le duc de Lencastre, sicomme il avoit dit au conte de Cambruge, devoit estre venus à grant armée. Bien est vray que le duc de Lencastre, lui revenu d'Escoce, il ne tendoit à autre chose que de venir en Portingal ; mais le trouble qui estoit venu en Engleterre en celle saison, et aussi aucunes incidences de Flandres qui apparoient, on ne consenty point au duc ce voiage pour celle saison. Ains demourèrent toutes gens d'armes en Engleterre sans partir. En l'ost du roy de Castille avoit un joenne chevalier de France

---

1. Chevalier allemand de l'hôtel du roi de Portugal.

appellé messire Tristram de Roye, qui envoia un hérault en l'ost des Englois en requérant, puis que les armes par bataille de ces roys failloient, que on le voulsist recueillir de .iij. cours de fer de glaives devant la cité de Badaloce. Quant le hérault ot apporté ces nouvelles entre les Englois, tantost .j. escuier d'Engleterre appellé Milles de Windesore, filz à messire Guillaume de Windesore, accepta cest offre et s'en vint l'endemain à Badeloce, acompaignié de environ .c. Englois.

Là estoit venu messire Tristram, acompaignié de François et de Bretons ; là fu Milles fait chevalier par le soudich de l'Estrade. Puis vindrent ces deux l'un contre l'autre, et joustèrent en plattes selles[1], et cassèrent leurs lances contre leurs poitrines et passèrent oultre sans cheoir. À la seconde fois aussi rompirent leurs lances, mais point de mal ne se portèrent. Et tiercement, les fers percièrent les armeüres jusques à la chair, mais point ne se blecièrent, et volèrent les lances par tronchons par dessus les heaumes. Puis prindrent congié l'un à l'autre, et se départirent et retournèrent les osts d'Espaigne et de Portugal chascun en son lieu.

En ce temps estoient venues nouvelles en l'ost du roy de Castille que le roy de Grenade avoit guerre contre le roy de Barbarie et le **[311r]** roy de Tramesaines, pourquoy le roy de Grenade faisoit savoir par ses messages à toutes gens d'armes qui celle part se vouldroient traire, que eulx venus en Grenade, il leur feroit prest pour un quart d'an. Dont aucuns chevaliers de France, comme messire Tristran de Roye, messire Joffroy de Carny[2], messire Pierre de Bélinnes, messire Robert de Clermont et plusieurs autres, alèrent celle part pour trouver les armes. Aussi y alèrent aucuns Englois, mais plenté ne fu ce pas, car le conte de Cambruge les ramena arrière en Engleterre, et son filz aussi ; ne pour chose que le roy de Portingal lui sceüst dire, il ne le voult laissier derrière, et disoit le conte

---

1. Selles sans appui à l'arrière, ce qui a dû rendre l'exploit encore plus difficile que d'habitude.   2. Geoffroi de Charny le jeune.

que son filz estoit encore trop joenne pour demourer en Portingal. Si avint environ un an après la paix faite entre Espaigne et Portingal, et le conte de Cambruge et ses gens retourné en Engleterre, [que] la femme du roy damp Jehan de Castille mouru[1], qui estoit fille du roy d'Arragon. Lors prist à mariage la dame Biétris de Portingal, et desmaria le roy de Portingal sa fille du filz du conte de Cambruge par la dispensation du pape. La première année, celle royne Biétrix ot un bel filz du roy d'Espaigne. Depuis mouru le roy Ferrant de Portingal[2] sans hoir, mais pour ce ne vouldrent pas les Portingalois que le royaume venist au roy d'Espaigne, à cause de sa deuxième femme. Ainçois se bouta en l'éritage de Portingal, et fu roy un frère bastart du roy Ferrant, qui s'appelloit damp Jehan, maistre de Vis[3]. Or dirons des guerres de Flandres, qui furent grandes.

De la famine qui fu en Gand, et comment les Gantois alèrent en Brebant et au Liège querre des vivres. .Lix.ᵉ chapitre.

§ 59. Toute celle saison depuis le département du siège de Gand, estoit tout le pays contre ceulx de Gand et pour le conte de Flandres, excepté les .iiij. Mestiers, dont aucunes douceurs venoient à la ville, et aussi de la conté d'Alost. Mais le conte manda à ceulx de la garnison de Tenremonde que ce plat pays fust tout ars et exilliés. Ainsi fu fait, et couvint les povres gens qui vivoient de leurs bestes et qui souloient[4] porter à Gand burre, lait et fromages, tout perdre et fuir en Brabant et en Haynau, et la greigneur partie mendier. Et fu en

---

1. Éléonore d'Aragon, fille du roi Pierre IV d'Aragon (elle avait épousé Jean de Castille en 1375). 2. Le 22 octobre 1383. 3. Jean, grand maître de l'ordre de l'Avis. Les guerres qui s'ensuivirent seront racontées dans le troisième Livre des *Chroniques*. 4. « Avaient l'habitude de ».

Gand grant défaulte de vivres, et ne pouoit le peuple avoir pain pour argent ; si que, quant les fourniers avoient cuit, il couvenoit garder leurs maisons à force de gens. Autrement le menu peuple, qui mouroient de fain, eüssent efforcié les lieux. Et proprement les notables gens estoient en ce dangier, et tous [311v] les jours en venoient les plaintes à Phelippe d'Artevelle, qui estoit leur souverain capitaine, lequel par pitié fist ouvrir les greniers des abbaies et des riches hommes, et départir le blé parmy un certain pris d'argent qu'il y fist mettre. Ce réconforta et mena moult avant la ville de Gand. Aucunefois leur venoient en larrecin de Hollande et de Zéelande vivres en tonneaux – farines et pains cuis –, et eüssent esté trop desconfis se ce là n'eüst esté. Il estoit défendu en Brabant et en Haynau que, sur la teste, on ne leur menast riens ; mais s'ilz le venoient querre à leur péril, on leur pouoit bien vendre ou donner. Si avint en quaresme qu'ilz n'avoient en Gand nulz vivres de quaresme ; si se partirent de Gand bien .xij.^{m} en une compaignie, soudoiers et gens qui n'avoient de quoy vivre et qui estoient ja tous taint et velu[1] de famine, et s'en vindrent devers la bonne ville de Bruxelles. On leur cloÿ les portes, car on se doubta d'eulx, ne on ne savoit à quoy ilz pensoient. Quant ilz furent en la marche de Bruxelles, ilz envoièrent de leurs gens tous désarmez devant l'amman[2] de Bruxelles et les jurez, en disant, pour Dieu, que on eüst d'eulx pitié et qu'ilz eüssent vivres pour leur argent, car ilz mouroient de fain et ne vouloient que tout bien au pays. Les gens de Bruxelles leur portèrent des vivres assez. Et se refreschirent ou pays environ .xv. jours, mais point n'entroient ès bonnes villes, et furent jusques à Louvain, lesquelz leur firent moult de biens. Et estoit leur souverain François Acreman, qui les conseilloit et faisoit les traittiés aux bonnes villes. Et entretant que ces Gantois séjournèrent en la marche de

---

1. « Las et abattu par la famine ».   2. Représentait le duc et chef des jurés ; responsable de la police et de la juridicion de la cité.

Louvain, François Acreman en amena .xij.ᶜ à Liège, et parla si bellement aux maistres de la ville que les habitans leur orent en couvent, et aussi ot l'évesque, messire Arnoul d'Arche, d'envoier devers le conte de Flandres et tant faire qu'il les mettroit à paix devers lui, et leur dirent : « Se ce pays du Liège vous feüst aussi prochain comme sont Brabant et Haynau, vous feüssiés mieulx confortez de nous que vous n'estes, car nous savons que ce que vous faites, c'est sur vostre bon droit et pour garder voz franchises ; et non obstant tout ce, si vous aiderons ce que nous pourrons, et voulons que présentement vous le véez. Vous estes marchans, et marchandises doivent par raison aler en tous pays. Levez cy jusques à la somme de .v.ᶜ ou .vj.ᶜ chars chargiés de blés et de farines : nous les vous **[312r]** accordons, mais que les bonnes gens dont les pourvéances venront soient satisfais. On laissera bien noz marchandises passer parmy Brabant, et quoy que la ville de Bruxelles vous soit close, c'est plus par contrainte que de voulenté. »

Atant prindrent congié les Gantois aux maistres du Liège, lesquelx ordonnèrent avec eulx certains hommes pour aler sur le pays recueillir chars et harnois ; et en orent en .ij. jours .vj.ᶜ, tous chargiés de blés et de farines. Lors passèrent tous les chars entre Louvain et Bruxelles, et dont François Acreman vint à Bruxelles pour prier à la duchesse de Brabant qu'elle voulsist envoier devers le conte de Flandres, parquoy les Gantois peüssent venir à paix ; et estoit le duc de Brabant à Lucembourc pour le présent. La duchesse respondi qu'elle s'en ensonnieroit[1] voulentiers, et tant que ceulx de Gand s'en apparcevroient. Atant retourna François Acreman au charroy qui le surattendoit, et exploita tant qu'il vint à Gand. Et furent les Gantois moult resjoïs de ces pourvéances, ja soit ce qu'ilz n'estoient pas fortes assez pour soustenir la ville de Gand .xv. jours. Ou marchié des venredis furent ces .vj.ᶜ

---

1. « S'en chargerait » (avec énergie).

chars deschargiés, et furent départis aux plus souffreteux par fuer[1] qui y fu mis. Et furent de eulx .v.^{c} tous armez de la ville de Gand reconvoiés les chars jusques en Brabant et hors du péril. De toutes les choses dessus dictes, le conte de Flandres, qui se tenoit à Bruges, fu informez ; si n'estoit mie courroucié de leur povreté. Aussi n'estoit son conseil, qui la destruction de la ville de Gand veïssent voulentiers, Guisebrecht Mahieu et ses frères et le doyen des menus mestiers de Gand et le prévost de Harlebèque. Si ot le conte conseil que venir asségier la ville de Gand si puissemment que pour entrer de force dedens les .iiij. Mestiers, pour tout ardoir et destruire, car trop avoient esté soustenu les Gantois de ce costé. Si signifia le conte son propos à toutes les bonnes villes de Flandres, qu'ilz fussent tous prestz, car, le jour de la Pourcession de Bruges[2] passée, il se départiroit de Bruges et venroit mettre le siège devant Gand pour eulx destruire. Et escript devers tous chevaliers et escuiers qui de lui tenoient en la conté de Haynau, que, dedens ce jour ou .viij. jours devant, ilz fussent devers lui à Bruges. Et dont vindrent pour ce à Bruges plusieurs chevaliers et escuiers de Flandres, de Haynau, de Brabant, d'Artois et d'autres parties. Non obstant ces semonces se penoit et traveilloit Madame la duchesse [312v] de Brabant, l'évesque du Liège et le duc Aubert, que une assemblée de leur conseil sur traittié de paix fu assigné à Tournay. Le conte de Flandres s'i accorda pour ses raisons tourner en droit, et fu le parlement à la Close Pasque, l'an mil .iij.^{c} .iiij.^{xx} .ij. Ceulx de Gand y envoièrent .xij. hommes des leurs, desquelx Phelippe d'Artevelle estoit chief ; et estoient ceulx de Gand adont bien d'accort pour tenir estable ce que ces .xij. rapporteroient, excepté que nul de Gand ne receüst mort. Mais s'il plaisoit au conte leur seigneur, ceulx qui estoient demourans en la ville oultre sa voulenté feüssent puny par estre banny de Gand et de la conté de Flandres à tousjours, sans rappel ; et

---

1. « Prix ». 2. Le 3 mai 1382.

vouloit bien Phelippe d'Artevelle, s'il avoit courroucié le conte, quoy que moult petit eüst esté encore en l'office de cappitaine, [estre] l'un de ceulx qui perdroient la ville et le pays, pour la grant pitié qu'il avoit du menu peuple de Gand[1].

Quant ceulx de Brabant, de Hénau et du Liège qui à Tournay estoient envoiés en cause d'estre bons moyens[2], orent attendu le conte de Flandres à Tournay par .iiij. jours, et qu'il n'estoit nul apparant de sa venue, ilz envoièrent devers lui à Bruges, mais le conte, qui pensoit qu'il assègeroit et destruiroit la ville de Gand, respondi qu'il n'estoit mie aisié[3] de venir à Tournay, mais .vi. jours après ce que ces messages des .iij. pays devant nommez furent venus devers lui à Bruges, il envoia pour lui au parlement de Tournay le sire de Rengerfliete, le sire de Grutus, messire Jehan de Villains et le prévost de Harlebèque. Ceulx excusèrent le conte envers le conseil des .iij. pays, puis distrent son entention, et que ceulx de Gand ne pouoient venir à paix envers lui, se tous les hommes généralment de Gand, dessus l'aage de .xv. ans jusques à .lx. ans, ne vuidoient tous de la ville et tout nu chief et en pur leurs chemises, les hars ou col[4] ; et ainsi venroient entre Bruges et Gand où le conte les attendroit, et là feroit d'eulx sa pure voulenté de mourir ou de pardonner. Phelippe d'Artevelle dist que ja ne mettroit la ville de Gand en ce party, et atant se départy le parlement, et retourna chascuns en son lieu.

En ce temps se rebellèrent encore ceulx de Paris pour tant que le roy de France ne venoit point à Paris, mais aloit tout à l'environ prendre ses esbatemens, sans entrer à Paris. Si se doubtèrent que de nuit par gens d'armes il ne feïst enforcier Paris et courir la cité et mourir lesquelx qu'il vouldroit ; si firent de nuit, par rues et par carrefours, **[313r]** grant gait ; et levoient et

---

1. Premier signe de respect (sinon de sympathie) de la part du narrateur, à l'égard de Ph. d'Artevelde. 2. « Médiateurs ».
3. « Facile ». 4. En signe de soumission.

tendoient toutes les chaiennes[1] afin que on ne peüst
chevaucier ne aler à pié entre eulx ; et, se aucun estoit
trouvé puis le son de .ix. heures, s'il n'estoit de leur
compaignie ou de leurs gens, il estoit mort. Et estoient
en la cité de Paris des riches et puissans hommes armez
de pié en cap, la somme de .xxx.ᵐ, si bien armé de
toutes pièces comme nul chevalier pouoit estre, et
avoient leurs varlez armez à l'avenant, et portoient
maillés de fer et d'acier[2], périlleux bastons pour effondrer bacinés ; et se trouvoient en Paris par paroisses si
grant nombre et tant que pour combatre d'eulx
meïsmes, sans autre aide, le plus grant seigneur du
monde. Si appelloit on ces gens routiers et maillez de
Paris.

*Comment les Gantois alèrent vers Bruges, et
comment ilz se ordonnèrent et mistrent en estat
pour combatre. .Lx.ᵉ [chapitre]*

§ 60. Quant Phelippe d'Artevelle et ses compaignons rentrèrent en Gand au retour du parlement de
Tournay, il ala ou marchié des venredis, et là vint le
peuple, auquel il fist sa relation comment le parlement
s'estoit porté à Tournay. Adont fu le peuple en grant
effroy, et firent grant dueil et ploururent et tordirent
leurs mains. Lors parla encore Phelippe d'Artevelle et
dist : « Seigneurs de Gand, il nous fault avoir brief
conseil, car il en y a .xxx.ᵐ telz en ceste ville qui ne
mengièrent de pain, passé a[3] .xv. jours : si me semble,
et il est vray, qu'il nous fault faire de .iij. choses l'une.
La première est que nous nous encloöns en ceste ville
et nous confessons à noz loyaux pouoirs, et nous boutons ès églises, et là mourons comme gens martirs de

---

1. « Chaînes » (pour fermer les rues).   2. Les « Maillotins ».
3. « Depuis (quinze jours) ».

qui on ne veult avoir nulle mercy. En telle manière, Dieu ara mercy de noz ames, et dira l'en par tout où les nouvelles seront oÿes, que nous sommes mors comme loyaux[1] gens. Ou nous nous mettons tous en tel party, hommes, femmes et enfans, que nous alons crier mercy, les hars ou col[2], nuz piés et nuz chiefs, à Monseigneur de Flandres : il n'a pas le cuer si dur qu'il ne se doie amodérer et avoir mercy de son povre peuple ; et je tout premier, pour lui oster de sa félonnie, présenteray ma teste ; et vueil bien mourir pour l'amour de ceulz de Gand. Ou nous eslisons en ceste ville .v. ou .vj.^{m} hommes les plus aidables et les mieulx armez, et l'alons combatre hastivement à Bruges. Se nous sommes mors, ce sera honnorablement, et ara Dieu pitié de nous, et le monde aussi ; et dira on que vaillemment nous avons soustenu nostre querelle[3]. Et se en celle bataille Dieu a pitié de nous, qui anciennement mist puissance en la main de Judith[4], sicomme noz pères recordent, qui occist Olifernès qui estoit maistre de la chevalerie Nabugodonosor, [313v] parquoy les Aussiriens furent desconfiz, nous serons le plus honnoré peuple qui ait régné puis les Romains. Or regardez laquelle chose des trois vous voulez tenir, car l'une fault il faire. » Ceulx qui estoient plus près des

---

1. Ici, peut-être, au sens de « honorables ».   2. Une corde de bourreau autour du cou ; ce qui symbolise la soumission. Cf. l'épisode des Bourgeois de Calais, Livre Ier, et la célèbre statue de Rodin. On se présentait « en pure chemise », sans plus de vêtements.   3. À relever : la *gradatio* fort habile du discours de ce démagogue expérimenté, dont la rhétorique introduira aussi, dans quelques instants, l'amorce d'une comparaison du peuple de Gand avec le peuple d'Israël de l'Ancien Testament – ce qui donnera au comte de Flandre le rôle (peu flatteur) de nouveau Nabuchodonosor, et plus tard de nouveau Pharaon. À noter aussi que la façon dont se présentent ici les propos d'Artevelde est déterminée, dans une très large mesure, par le chroniqueur lui-même.   4. Veuve juive qui parvint à tromper et à assassiner un général assyrien à l'époque de Nabuchodonosor II (*c.* 605-652 av. J.-C.), ce qui provoqua le départ fort précipité de l'armée assyrienne de devant sa ville (voir à ce propos le Livre de Judith dans les Apocryphes de la Bible).

fenestres des halles où Phelippe estoit appuié[1] respondirent qu'ilz vouloient ouvrer par son conseil, et il dist que c'estoit le meilleur d'aler requerre la bataille à Bruges[2].

Sur cel estat se départirent les Gantois du marchié des venredis et retournèrent chascun en sa maison ; et tindrent ce jour qu'il fu mercredy les portes de la ville closes, que onques homme ne femme n'y entra ne yssi jusques à jeudy à heure de relevée, que ceulx furent tous prestz qui devoient aler à Bruges. Et furent environ .v.^{m} hommes et non plus, et chargièrent environ .ij.^{c} chars de canons et d'artillerie, et .v. chars chargiés de pain et .ij. tonneaux de vins[3] ; ne riens n'en demouroit en la ville. Ceulx qui demouroient distrent à ceulx qui s'en partoient : « Bonnes gens, vous véez bien à vostre département quelle chose vous laissiés derrière. N'ayés nulle espérance de retourner, se ce n'est à vostre honneur, car vous ne trouverez riens, et se nous avons nouvelles que vous soiés desconfit, nous bouterons le feu en la ville et nous destruirons nous meïsmes, aussi que gens désespérez. » Ceulx qui se départoient distrent : « Priez pour nous à Dieu : nous

---

1. Philippe s'adresse à la foule des Gantois, rassemblés ici sur la place du marché ; ce dispositif de la fenêtre permet souvent à Froissart d'aménager un espace dramatique imaginaire, une mise en scène presque théâtrale, ou de suggérer une focalisation particulière privilégiant tel ou tel individu, telle ou telle perspective sur un événement ou une rencontre dramatique. 2. La version du ms. de Leyde est ici un peu plus détaillée : éd. Raynaud, SHF, t. X, p. 217-18. 3. Froissart devait ce détail, sans doute, à ses sources (orales ou écrites) ; toujours est-il que la mention de cinq chariots chargés de miches de pain et de deux tonneaux de vin lui permet d'aménager en sous-texte un rapprochement assez hardi entre la situation des Gantois et deux moments clés du Nouveau Testament : la Cène et le miracle de la multiplication des (cinq) pains et (sept) poissons en présence de 5 000 personnes : I Corinthiens XI, 17-34 et Luc IX, 10-17. Le récit qui fonde et complète cet enchevêtrement typologique est bien entendu l'histoire de l'Exode – qui préfigure à son tour le salut et la rédemption apportés par le Fils de l'homme à tous ceux qui devaient croire en Lui : Grecs, Juifs, Gentils (... et Gantois).

avons espérance qu'il nous aidera et vous aussi avant nostre retour. » Ainsi se départirent ces .v.^m hommes de Gand, et vindrent ce jour logier à une petite lieue et demie de Gand, et n'amenrirent de riens leurs pourvéances, et se passèrent de ce qu'ilz trouvèrent sur le pays. Le venredy tout le jour ilz cheminèrent, et encore n'atouchièrent ilz de riens à leurs pourvéances[1], et trouvèrent les fouragiers sur les champs aucunes choses dont ilz se passèrent le jour ; et se logièrent à une grant lieue de Bruges, et prindent place pour attendre leurs ennemis, et avoient devant eulx un grant vivier[2] plain d'eaue dormant. Et d'autre costé se fortefièrent de leur charroy, et passèrent ainsi la nuit jusques à l'endemain qu'ilz pensèrent avoir la bataille à ceulx de Bruges, qui lors feroient leur Pourcession[3].

Et quant ce vint le samedy au matin, il fist moult bel et cler ; ce fu le jour Sainte Hélaine, tiers jour de may, que la pourcession fu à Bruges. Si avoit lors plus de peuple à Bruges, estrangiers et autres, pour cause de la solempnité, qu'[314r]il n'ot en toute l'année. Nouvelles avolèrent à Bruges que les Gantois estoient venus à la pourcession. Lors disoient l'un à l'autre : « Que attendons nous que ne les alons combatre ? » Quant le conte sçot que les Gantois estoient venus, il dist : « Véez là folles gens et oultrageux ! Male meschéance les manie bien. Jamais pié n'en eschappera. Or arons fin de nostre guerre. » Adont oÿ le conte sa messe, et toujours venoient chevaliers de Flandres, de Haynau et d'Artois, qui le servoient, devers lui, et ainsi qu'ilz venoient, il les recevoit bellement. Adont fu ordonné que on envoieroit .iij. hommes d'armes

---

1. Au sein d'une lecture typologique, cette abstinence volontaire assumée par les milices gantoises (ou imposée par leurs capitaines) revêt un caractère spirituel : il s'agirait dans ce cas d'un jeûne destiné à les préparer au combat contre l'Empire des ténèbres, notion familière à tout lecteur de l'Ancien Testament. 2. Pièce d'eau servant de réservoir où l'on conservait le poisson ; marais. 3. Le samedi 3 mai 1382 (jour de la fête et procession annuelles du Saint-Sang).

chevauceurs pour aviser le couvenant des Gantois. Sy furent du mareschal de Flandres pour ce envoiés .iij. vaillans escuiers : Lambert de Lambres, Damos de Bussi et Jehan de Béart ; ceulz partirent de Bruges montez sur fleurs de coursiers, et chevaucièrent vers les ennemis. Ce samedy matin, Phelippe d'Artevelle ordonna que toutes gens se mistrent envers Dieu en dévotion, et que messes fussent en plusieurs lieux chantées, car ilz avoient des religieux en leur compaignie, et que aussi chascun se confessast et meïst en estat deü, ainsi comme gens attendans la grace de Dieu. Si furent célébrées en l'ost .vj.^{c} messes, et à chascune ot sermon, lesquelx sermons durèrent plus de heure et demie. Et là leur fu remousté par ces clers, Frères Meneurs et autres, comment ilz se figuroient au peuple d'Israël que le roy Pharaon d'Egipte tint long temps en servitude, et comment depuis, par la grace de Dieu, ilz en furent délivré et mené en la terre de promission par Moÿse et Aaron, et le roy Pharaon et les Egipciens mors et péris[1]. « Ainsi, disoient les Frères à ces Gantois, estes vous tenu en servage par vostre seigneur le conte. Ne vous esbahissiés point, se grant peuple yst[2] de Bruges contre vous ; car la victoire n'est pas ou [grant] peuple, mais là où Dieu l'envoie. Et moult de fois on a veü, par les Machabées[3] et par les Romains, que le petit peuple de bonne voulenté et qui se confioit en Nostre Signeur, desconfisoit le grant peuple. » De teles paroles et autres furent les Gantois preschiés, et se commenia bien la tierce partie[4], et moustrèrent tous grant cremeur à Dieu.

Après les messes, Phelippe d'Artevelle monta sur un char pour mieux estre veü et oÿ, et là remousta quel droit ilz avoient en ceste querelle, et comment par trop de fois ilz avoient requis mercy, mais point n'y avoient peü venir sans trop grant confusion. Or estoient si avant trait que reculer ne pouoient, et aussi au recou-

---

1. Exode, IV-XIV. **2.** « Sort ». **3.** Macchabées, livres I-II (Apocryphes). **4.** « Un bon tiers de l'armée communia ».

vrier, tout considéré, **[314v]** riens ne gaingneroient, car nulle chose derrière, fors que povreté et richesse, laissie ilz n'avoient. Si ne devoit nul penser après Gand, ne à femme ne enfant qu'il eüst, fors que tant faire que l'onneur feüst leur. Pluseurs belles paroles leur dist, car il estoit bien enlangagiés. En la fin, dist : « Seigneurs, vous véez devant vous toutes voz pourvéances ; si les vueilliés bellement departir l'un à l'autre, ainsi que frères, sans nul oultrage, car quant celles seront passées, il vous fault conquérir des nouvelles, se vous voulez vivre. » À ces paroles se ordonnèrent ilz moult humblement, et furent les chars deschargiés et les sacs de pain departiz par connestablies, et les deux tonneaux de vin tourné sur les fons. Là se desjunèrent ilz de pain et de vin raisonnablement, et en orent pour l'eure chascun assez, et se trouvèrent plus fort et plus habile que dont qu'ilz eüssent plus mengié. Puis se mirent en ordonnance et se quatirent en leurs ribaudeaux. Ces ribaudeaux[1] sont brouettes haultes, bendées de fer devant en la pointe, qu'ilz font par usage mener en brouettes avec eulx ; et puis les arroutèrent[2] devant leurs batailles, et là dedens s'encloent. En tel estat les virent les .iij. chevauceurs du conte, qui furent envoiés pour aviser leur couvenant. Et quant ceulz les orent bien avisez, ilz retournèrent à Bruges et firent leur rapport au conte de Flandres, qui dist qu'il les vouloit aler combatre. À ces paroles sonnèrent trompettes parmy Bruges, et se armèrent toutes manières de gens et se assemblèrent sur le marchié. Et se mettoient dessoubz leurs banières, ainsi que par ordonnance et connestablies ilz avoient eü de usage. Pardevant l'ostel du conte s'assemblèrent barons, chevaliers et gens d'armes. Quant tous furent appareilliés, le conte vint ou marchié et commença à traire sur les champs. Si estoit grant

---

1. Sorte de brouettes blindées de fer, garnies de piques et armées de canons. 2. « Rassemblèrent ; disposèrent ».

plaisance du veoir[1] comment ilz yssoient de Bruges, car bien estoient .xl.ᵐ testes armées. Et vindrent bien ordonnéement à pié et à cheval assez près du lieu où les Gantois estoient, et là s'arrestèrent. Si estoit lors haulte remontée[2], et le souleil tout jus. Bien estoit qui disoit au conte : « Sires, noz ennemis ne peuent fuir ; attendez de les combatre jusques à demain que le jour venra sur nous ; si verrons mieulx quel chose nous devons faire, et si seront plus afoibly, car ilz n'ont riens à mengier[3]. »

Le .Lxj.ᵉ chapitre. [315r] La bataille de Bruges[4] du conte de Flandres d'une part, et des Gantois d'autre

§ 61. Le conte de Flandres eüst voulentiers veü que on eüst attendu, mais ceulz de Bruges, par grant orgueil[5], estoient si chaut et sy hastif de eulx combatre qu'ilz ne vouloient nullement attendre, et disoient que tantost les aroient desconfiz, et puis retourneroient en leur ville. Non obstant les ordonnances des gens d'armes, dont le conte avoit là plus de .viij.ᶜ lances, chevaliers et escuiers, ceulx de Bruges commencièrent à traire et getter de canons. Lors ceulx de Gand se mistrent tous en un mont et se recueillirent ensemble,

---

1. La substantivation de l'infinitif se rencontre souvent dans le moyen français ; voir R. Martin et M. Wilmet, *Manuel du français du moyen âge. 2. Syntaxe du moyen français*, SOBODI (Bordeaux, 1980), pp. 213-15. 2. L'heure de remontée doit son nom, d'après Littré, au fait que les ouvriers remontaient à l'ouvrage après le repos de midi. « Haute remontée » est vraisemblablement, par conséquent, une heure fort avancée de l'après-midi. 3. Détail qui rappelle les thèmes traités dans nos notes, et qui prépare un revers de fortune (ou une intervention providentielle ?) assez étonnant. 4. Souvent connue sous le nom de bataille du Beverhoutsveld. 5. Nouveau détail contribuant à une lecture spirituelle de l'épisode (*hubris* des Brugeois et du comte de Flandre).

Bataille de Bruges

et firent tout à une fois descliquier plus de .iij.ᶜ canons ; et se tournèrent autour de ce vivier et mistrent à ceulx de Bruges le souleil en l'ueil, qui moult les greva, et entrèrent en eulz en escriant : « Gand ! » Quant ceulx de Bruges oïrent la voix de ceulx de Gand, et qu'ilz les virent venir vers eulx pour eulx assaillir asprement, ilz se ouvrirent comme lasches et de mauvais courage, et laissièrent les Gantois entrer en eulx sans défense, et tournèrent les dos. Les Gantois, qui estoient fors et serrez, et qui congneürent bien que leurs ennemis estoient desconfis, commencièrent à abatre de deux costez et à tuer gens, et aloient toudiz avant sans eulx desrouter, et le bon pas, et crier : « Gand ! Gand ! Avant ! avant ! Suivons chaudement noz ennemis, ilz sont desconfiz, et entrons en Bruges avec eulx. Dieu nous a ce soir regardé en pitié. » Et aussi firent ilz tous. Ilz poursuivirent ceulx de Bruges asprement, et là où il[z] les raconsuivoient, ilz les abatoient et occioient, ou sur eulx ilz passoient, car point ne se desroutoient ne de leur chemin ne issoient.

Quant le conte de Flandres et les gens d'armes qui estoient sur les champs virent que ceulx de Bruges s'en fuioient qui mieulx mieux, et qu'il n'y avoit point de recouvrer, ilz se commencièrent aussi à desrouter et à sauver, l'un çà, l'autre là, chascun qui mieulx pouoit, vers Bruges. Le filz n'attendoit point le père, ne le (le) père le filz, et estoit la presse grande sur les champs et sur le chemin en venant à Bruges **[315v]** que c'estoit grant hideur du veoir, et de oïr les navrez plaindre et crier, et les Gantois aux talons de ceulx de Bruges et crier : « Gand ! Gand ! » et passer oultre sans arrester. Le conte fu conseillié de retraire vers Bruges et de entrer des premiers en la porte, et de faire garder la porte ou clorre, parquoy les Gantois ne l'enforçassent. Le conte, qui vit qu'il n'y avoit point de recouvrier en ses gens, et qu'il estoit ja noire nuit, chevauça tant qu'il vint à Bruges, et entra en la porte des premiers, espoir[1] lui .xl.ᵉ seulement. Adont ordonna gens pour

---
1. « Peut-être ».

garder la porte et pour clorre, se ceulx de Gand venoient, puis chevauça le conte vers son hostel et envoia commander par toute la ville que chascun, sur la teste [1], se traïst sur le marchié. Entretant, les Gantois vindrent le bon pas et entrèrent en la ville avec ceulx de Bruges, et le premier chemin qu'ilz firent sans tourner ça ne là, ilz alèrent tout droit sur le marchié, et là se rengièrent et arrestèrent. Messire Robert Mareschal avoit esté envoié à la porte pour savoir comment on s'i maintenoit, mais il trouva que la porte estoit volée hors des gons et que les Gantois en estoient maistres ; lors retourna le chevalier devers le conte, qui se partoit de son hostel tout à cheval, à foison de fallos [2] devant lui, et s'en venoit sur le marchié en escriant : « Flandres au lion ! au conte ! » Les Gantois qui le virent naistre [3] par une ruelle s'écrièrent : « Véez cy Monseigneur le conte qui vient entre noz mains ! » Et avoit dit Phelippe d'Artevelle et fait dire de renc en renc : « Se le conte vient entre noz mains, gardez bien que on ne lui face mal, car nous le menrons en Gand, et là arons nous paix à nostre voulenté. » Le conte, qui venoit et qui cuidoit tout recouvrer, encontra assez près de la place qui lui distrent : « Monseigneur, n'alez plus avant, car les Gantois sont seigneurs du marchié et de la ville, et ja vont foison de Gantois de rue en rue, quérant leurs ennemis, et ont meïsmement de ceulx de Bruges qui les mainent d'ostel en hostel quérir ceulx qu'ilz veulent avoir. Vous ne pouez yssir par nulles des portes de la ville, car les Gantois en sont seigneurs, ne à vostre hostel ne pouez retourner, car ilz y vont une grant route de Gantois. »

Lors fist le conte estaindre tous les falos, et dist à ceulx qui delez lui estoient : « Je voy bien qu'il n'y a point de recouvrer. Je donne congié à tout homme : chascun se sauve qui pourra. » Tantost s'espardirent et demucièrent ceulx qui là estoient. **[316r]** Le conte se

---

1. « Sous peine de mort ».   2. « Torches, flambeaux ».
3. « Apparaître ».

tourna en une ruelle et se fist désarmer par un sien varlet, et vesti la houppelande[1] de ce varlet.

Comment le conte de Flandres eschappa des Gantois à Bruges, et comment il vint en grant povreté à Lisle. .Lxij.ᵉ chapitre

§ 62. Ainsi demoura le conte de Flandres tout seul, en grant péril qu'il n'escheïst ès mains des routiers qui aval Bruges aloient, et qui les amis du conte cerchoient et occioient, ou dedens le marchié les amenoient ; et là tantost devant Phelippe d'Artevelle et les cappitaines, il estoient occis. Oultre mienuit couvint au conte de Flandres entrer en une povre maison ; autrement il eüst esté pris et trouvé des routiers. En celle povre maison enfumée de tourbes demouroit une vieille femme[2] à laquelle le conte pria qu'elle le sauvast. Et elle le recongnut assez, car elle avoit plusieurs fois esté à l'aumosne à sa porte : si l'avoit veü passer et rapasser[3]. Si lui dist : « Noble sire, montez amont ce solier[4] et vous boutez dessoubz un lit où mes enfans dorment. » Et il le fist. Entretant, la femme s'ensonnia entour un[5]

---

1. « Long vêtement de dessus, très ample et ouvert par-devant, souvent ouaté et fourré, à col plat, à larges manches flottantes évasées » (*Petit Robert*). **2.** De cet épisode, nous reproduisons dans nos Variantes la version un peu plus détaillée fourni par le manuscrit de Leyde, qui se termine sur les réflexions épouvantées (et, bien sûr, imaginées) du comte de Flandre caché dans le lit de ces enfants. Dans le texte de Leyde, ce détail donne tout son piquant au récit postérieur de la destruction par les Gantois du *repos* ou berceau (d'argent) du comte. Voir ci-dessous, ch. 67. Cf. aussi la version de la *Chronique de Flandre*, le ms. B.N. f. fr. 5004, ff. 105v-108r. Selon Kervyn de Lettenhove, la vieille femme aurait été la veuve Bruynaert (*Histoire de Flandre*, t. III, p. 486). **3.** Allusion ironique mais peut-être « en sourdine », à l'histoire de Dives et Lazare : Luc XVII, 19-31. **4.** « Grenier ». **5.** « Au tour d'un ».

autre enfant et le tint devant le feu. Tantost ces routiers entrèrent en la maison de celle femme, à laquelle demandèrent : « Où est cel homme que nous avons veü entrer céans[1], et puis reclorre[2] ? » — « Par ma foy, dist elle, je ne vy de celle nuit entrer homme céans ; mais j'en yssi, n'a pas granment, et gettay hors un pou d'eaue et puis recloÿ l'uis. Ne je ne le saroie où mucier ; vous véez tous les aisemens de céans ; véez là mon lit, et là sus gisent mes enfans. » Adont prist l'un d'eulx une chandelle, et monta ou solier et ne vit autre chose que le povre litteron des enfans. Si regarda bien hault et bas, puis dist : « Alons ! alons ! il n'a ame céans que les enfans. » Atant s'en partirent et alèrent ro[u]ter autre part. Onques puis n'y entra qui mal y voulsist.

François Acreman estoit l'un des plus grans cappitaines des routiers, et envoié par Phelippe d'Artevelle et Piètre du Bois pour serchier et router la ville de Bruges ; et ilz gardèrent le marchié toute la nuit et l'endemain jusques atant qu'ilz se virent tous seigneurs de la ville. Bien estoit défendu à ces routiers qu'ilz ne feïssent nul dommage aux marchans et bonnes gens estrangiers qui pour ce temps estoient à Bruges, car ilz n'avoient que faire de comparer leur guerre. La busquette estoit gettée sur les couletiers, voirriers, buschiers et poissonniers, à tous occire sans déport[3] [316v] quanque on en trouvoit, pour tant que tousjours avoient esté de la faveur du conte. Celle nuit en ot occis plus de .xij.ᶜ que uns que autres[4], et fait plusieurs autres murtres et larrecins qui point ne vindrent à congnoissance, et moult de maisons robez et destruis, et de coffres effondrés, et tant fait que les plus povres de Gand furent tous riches.

Le dimenche au matin, à .vij. heures, vindrent les nouvelles à Gand de la victoire des Gantois qui estoient

---

1. « Ici dedans ».   2. « Après qui on a refermé (la porte) ».
3. « Sans pardon, sans ménagement ».   4. 17 000 selon d'autres sources contemporaines (mais on doit toujours se méfier des chiffres proposés par les chroniqueurs du Moyen Âge).

à Bruges, dont le peuple de Gand fu moult resjoïz et firent grans pourcessions, et furent si esléesciés de joie qu'ilz ne savoient auquel entendre. Je le dy pour tant que, se le sire de Harcelles, qui estoit demourez à Gand et avoit pièça[1] esté un des cappitaines de la ville, eüst pris, ce dimenche ou le lundi ensuivant, .iij. ou .iiij.ᵐ hommes et s'en fust venus à Audenarde, il eüst eü la ville à sa voulenté, car ceulx d'Audenarde, quant ilz sçorent les nouvelles du conquest de Bruges, furent si esbahi qu'ilz orent si grant paour de ceulx de Gand qu'ilz ne savoient que faire, de fuir à [s]auveté en Haynau ou ailleurs ; et en furent tous appareilliés, mais quant ilz virent que ceulx de Gand ne venoient point, ilz recuillirent courage, et aussi se boutèrent en leur ville messire Jehan Barnages, messire Thierry d'Aubain et messire Florens de Heulle, lesquelx gardèrent et conseillièrent les gens d'Audenarde.

Ceulx de Gand ne firent nul mal à nul homme des menus mestiers s'il n'estoit trop vilainement accusez, ne onques gens qui furent au dessus de leurs ennemis, comme ceulx de Gand furent adont de ceulx de Bruges, ne se passèrent plus bellement de ville que ceulx de Gand firent de ceulx de Bruges[2]. Quant Phelippe d'Artevelle, Piètre du Bois et les cappitaines de Gand se virent au dessus de la ville de Bruges, et que tout estoit en leur obéïssance, on fist un cry de par ces cappitaines et les bonnes gens de Gand, que sur la teste, toutes manières de gens se traïssent bellement à leurs hostelz, et que nul ne pillast ne efforçast maison, ne ne preïst riens de l'autrui s'il ne le paioit, et que nul ne se logast ou logement d'autrui, et que nul n'esmeüst débas sans commandement. Puis envoièrent ces capitaines une quantité de Gantois au Dan et à l'Escluse pour estre seigneurs de ces villes et des pourvéances qui dedens estoient. Quant ceulx qui envoiés y furent vindrent au Dan, on leur ouvry les portes, et fu toute la **[317r]**

---

1. « Depuis longtemps ». **2.** Encore un indice du respect que porte Froissart (fils de marchand ?) aux Gantois.

ville et les pourvéances mises en leur commandement. Adont furent trais hors de ces beaux celiers au Dan plus de .vj.^m tonneaux de vin de Gascoingne, de La Rochelle et des loingtaines marches, et mis en chars et en nefs, et envoiés à Gand. Puis vindrent ces Gantois à l'Escluse ; ceulx de la ville se mistrent en leur obéïssance, et là trouvèrent ilz foison de blefs et de farines en tonneaux, en nefs et en greniers de marchans estrangiers. Tout fu pris et mis à voiture et envoié à Gand, tant par chars comme par eaue. Ainsi fu la ville refreschie et délivrée de misère par la grace Nostre Seigneur[1].

Le dimenche, de nuit, yssi le conte de Flandres de Bruges. La manière, je ne le sçay pas, mais il yssi seul et à pié et vestu d'une povre robe. Quant il fu aux champs, il se mist soubz .j. buisson, et ne savoit quel chemin prendre. Si passa là d'aventure messire Robert Mareschal, qui avoit espousée une sienne fille bastarde. Lequel chevalier, quand le conte se fist congnoistre à lui, dist qu'il avoit eü moult de paine le jour devant de cerchier le conte autour de Bruges. Et dont se prindrent à cheminer vers Lisle toute nuit, et fu l'endemain prime ainçois que le conte peüst recouvrer un cheval. Lors trouva une jument chiés un preudomme au village. Le conte monta sus sans selle et sans painiel[2], et vint ainsi ce lundi au soir, et se bouta par les champs ou chastel de Lisle ; et là retournoient la greigneur partie des chevalier qui estoient eschapez de la bataille de Bruges, les uns à pié et les autres à cheval, et aucuns s'en alèrent par mer en Hollande et en Zéelande, et là se tindrent tant qu'ilz oïrent autres nouvelles.

---

1. On relèvera bien cette conclusion à l'épisode.   2. « Couverture ».

Comment plusieurs gens furent resjoïz de la victoire que ceulx de Gand avoient eüe à Bruges. .Lxiij.ᵉ chapitre

§ 63. De la desconfiture que les Gantois firent adont sur ceulx de Bruges et sur le conte leur seigneur estoient plusieurs gens resjoïs, et, par espécial, communes : ceulz des bonnes villes du Liège en estoient si lié qu'il sembloit proprement que la besoingne feüst leur. Aussi furent ceulx de Rouen et de Paris, se plainement[1] en osassent parler. Pape Clément disoit que ceste desconfiture avoit esté une verge de Dieu sur le conte de Flandres, qui avoit esté rebelles à ses oppinions. Aucuns grans seigneurs disoient en France et ailleurs que le conte ne faisoit que un petit à plaindre, car il estoit si présomptueux qu'il n'amiroit[2] nul seigneur voisin qu'il eüst, ne roy de France ne aultre, se il ne lui venoit trop bien à point. Ceulz de Louvain furent moult resjoÿ **[317v]** de la victoire de ceulx de Gand, car ilz estoient en différent devers le duc Wincelin de Brabant, leur seigneur, qui les vouloit guerroier et abatre leurs portes. « Or se tenra il mieux à sa paix », ce disoient ceulx de Louvain. « Se Gand estoit aussi prochaine de nous comme la ville de Bruxelles, nous serions tout un, eulx et nous. » De toutes ces parolles fu le duc Wincelin de Brabant informez, mais il lui couvenoit clingnier les yeux[3], car il n'estoit pas heure de parler.

---

1. « Franchement, ouvertement ».   2. « Ne faisait aucun cas de ».   3. « Fermer les yeux en attendant le meilleur moment pour les rouvrir », peut-être ? « Dissimuler » ?

*Du grant avoir que les Gantois conquistrent
à Bruges et tindrent en leur seignorie
et subgjection. .Lxiiij.ᵉ chapitre*

§ 64. Ceulx de Gand estans à Bruges, ilz firent moult de nouvelletez[1], car ilz abatirent du costé devers eulx deux portes et les murs, et remplirent les fossez afin que ceulx de Bruges ne feüssent jamais rebelles contre eulx. Entretant que on faisoit ces choses, les Gantois qui estoient à Bruges envoièrent à Ypre, à Courtray, à Bergues, à Cassel, à Popringue, à Bourbourc et par toutes les villes et chastelenies de Flandres sur la marine et du Franc de Bruges, que tous venissent à obéïssance à eulx, et leur envoiassent les clefs des villes et des chasteaux. Tous obéïrent, et n'osa adont nul contrester, ains vindrent tous à obéïssance à Bruges, à Phelippe d'Artevelle et à Piètre du Bois. Ces .ij. s'escrisoient souverains capitaines de tous, et par espécial Phelippe se ensonnioit plus avant des besoingnes de Flandres ; et tant qu'il fu à Bruges, il tint estat à Bruges aussi comme prince, car il faisoit corner par ses ménestrels devant son hostel ses disners et ses soupers, et se faisoit servir en vaisselle couverte d'argent, aussi comme se il fust conte de Flandres[2] ; et il avoit toute la vaisselle du conte, d'or et d'argent, et tous les joyaux, chambres et sommiers qui avoient esté trouvez en l'ostel du conte à Bruges, ne riens on n'en avoit sauvé. Encore furent envoiés une route de Gantois à Male, un trèsbel hostel du conte à demie lieue de Bruges. Ceulx qui y alèrent le despecièrent et abatirent, et les fons où le conte avoit esté baptisiés effondrèrent, puis mistrent à voiture tous les biens, or, argent et joyaux, et envoièrent tout à Gand. Le terme de .xv. jours avoit, alant de Bruges à Gand et de Gand à Bruges, tous les jours charrians, .cc. chars qui

---

1. Au Moyen Âge, innover, c'est aller à l'encontre de l'ordre établi par Dieu.   2. À nouveau, indices d'*hubris* et de *bestournement* (le bourgeois se comportant en prince).

menoient or et argent, vaisselle, joyaux, draps, pennes[1] et toutes richesses qui furent prises à Bruges. Le grant [318r] conquest que les Gantois firent à celle prise de Bruges, à paine le pourroit on prisier, tant y orent grant prouffit. Et quant ilz y orent fait tout leur bon, ilz envoièrent de la ville de Bruges à Gand .v.ᶜ bourgois des plus notables pour là demourer à cause d'ostages, et Piètre le Mutre et François Acreman et mille Gantois les convoièrent. Et demoura Piètre du Bois cappitaine de Bruges, tant que ces murs, ces portes et ces fossez furent tous mis à l'onny[2].

Comment Phelippe d'Artevelle reçut à Ypre et à Courtray les hommages des habitans. .Lxv.ᵉ chapitre

§ 65. Phelippe d'Artevelle se party de Bruges à .iiij.ᵐ Gantois, et vint à Ypre. Si yssirent au devant de lui toutes manières de gens, et le recueillirent aussi honnorablement comme se ce feüst leur seigneur naturel, et se mistrent à genoulx et à obéïssance[3]. Là renouvella maïeur et eschevins. Là vindrent ceulx des chastelenies oultre Ypre, de Cassel, de Bergues, de Furnes, de Bourbourc [et] de Popringue, qui lui promistrent foy et loyauté. Quant il ot de tous l'asseürance, et il ot séjourné à Ypre .viij. jours, il s'en party et vint à Courtray où il fu aussi receüs à grant joie, et se tint là .v. jours. Ses messages envoia à la ville d'Audenarde, en eulx mandant qu'ilz venissent vers lui à obéïssance et que trop y avoient mis, et que, se ce ne faisoient, ilz aroient temprement le siège, et ne s'en partiroit, si aroit toute la ville mise à onny et à l'espée. Quant ces messages furent venus à Audenarde, ilz

---

1. « Fourrures ».   2. « Mettre à l'onny » : dévaster.
3. *Oultrecuidance* et *tyrandise* de Philippe d'Artevelde, encore une fois.

orent responce par messire Jehan Bernages, messire Thierry D'Aubain et messire Florens de Houlle qui se entremettoient de garder la ville, qu'ilz ne faisoient compte des menaces d'un varlet, filz d'un brasseur de miel[1], et que l'éritage du conte leur seigneur ilz deffenderoient jusques au mourir. De ceste responce fu Phelippe moult courrouciés. Il se party de Courtray quant il ot la loy renouvelée, et de tous pris la foy et l'ommage aussi bien comme se il fust conte de Flandres. À Gand retourna, où il fu receü à pourcession moult honnorablement, et l'aouroient les gens comme leur dieu, pour ce qu'il avoit donné le conseil dont leur ville avoit esté recouvrée en estat et en puissance, car on ne vous pourroit dire le grant foison de biens qui leur vint par terre et par eaue de Bruges, du Dam et de l'Escluse. Un pain, n'avoit pas .iij. sepmaines qu'il valoit .j. vieulx gros[2], n'i valoit orendroit que .iiij. mites; le vin, qui valoit .xxiiij. gros, ne valoit apriès que .ij. gros. Toutes choses estoient en Gand **[318v]** à meilleur marchié que à Tournay ou à Valenchiennes.

Phelippe d'Artevelle encharga un grant estat de grans coursiers et destriers qu'il mist en son séjour, aussi comme un grant prince, et estoit aussi estofféement en son hostel comme le conte de Flandres, et avoit parmy Flandres ses officiers, baillis, chastellains, receveurs et sergens, qui toutes les sepmaines rapportoient la mise[3] trèsgrande devers lui à Gand, dont il tenoit son estat. Et se vestoit de sanguines et d'escarlates, et se fourroit de menus vairs. Et avoit sa chambre aux deniers où on paioit aussi comme le conte. Et donnoit aux dames et damoiselles de Gand disners, soupers et banqués, aussi comme le conte avoit fait du temps passé, et n'espargnoit non plus or ne argent que dont qu'il pleüst des nues. Et se nommoit en ses lettres Phelippe d'Artevelle, regart de Flandres.

---

1. Il s'agit, bien sûr, de Philippe d'Artevelde. 2. Le « gros » (grosse pièce de monnaie) est une monnaie de Flandre (voir le Glossaire). 3. Moyens pécuniaires.

Du siège que Phelippe d'Artevelle mist devant la ville d'Audenarde. Le .Lxvj.ᵉ chapitre

§ 66. Or a le conte de Flandres, qui se tient ou chastel de Lisle, assez à penser[1]. Il envoia en Audenarde messire Daniel de Haluin et l'en fist capitaine, à .c. et .L. lances de bonnes gens d'armes et .c. arbalestiers, et .ij.ᶜ gros varlez à lances et à pavais[2]. Le chevalier se vint bouter en Audenarde le .xxvij.ᵉ jour de may, à toute sa charge, dont ceulz de la ville furent moult resjoïs, et le chevalier garny hastivement la ville de blés, d'avoines, de chairs salées et de vins, et fist prendre ces pourvéances à Tournay. Phelippe d'Artevelle, qui se tenoit à Gand, fist un mandement parmy le pays de Flandres que tous feüssent appareilliés de venir le .ix.ᵉ jour de juing devant Audenarde. Nulz n'osa désobéïr : tous s'appareillièrent des bonnes villes de Flandres et du Franc de Bruges, et vindrent mettre siège devant Audenarde. Et se estendirent par champs, par prés et par marez tout à l'environ, et là estoit Phelippe d'Artevelle par qui ilz se ordonnèrent, qui tenoit grant estat devant Audenarde. Adont fist il une taille en Flandres, que chascun[3] feu paioit toutes les sepmaines .iiij. gros : si portoit le riche le povre. De ceste taille assembla il grant argent, car nulz ne nulle n'estoit déportez qu'il ne paiast, car il avoit ses sergens espars parmy Flandres, et disoit on qu'il avoit au siège d'Audenarde .c.ᵐ Flamens. Et firent fichier au dessus d'Audenarde en l'Escaut grans merriens[4], parquoy nulle navie de Tournay ne [319r] peüst venir en Audenarde. Et avoit en l'ost toutes choses à plenté, hales de draps, de pèletrie et de mercerie, et marchié tous les venredis, et leur apportoit on des villages environ toutes choses de doulceur, de fruis, burres, lais, fromages, poulaille et autres

---

1. Emploi (assez rare, dans ce manuscrit) d'un présent dramatique. 2. « Bouclier ». 3. À valeur d'adjectif, en moyen français : « chaque ». 4. Pilotis enfoncés dans la rivière comme obstacle.

choses. Et avoit en l'ost tavernes et cabarés aussi bons et aussi plentureux comme à Bruges ou à Bruxelles, et vins de Poitou, de France, grenates, malevoisies et autres vins estranges, et à bon marchié. Et pouoit on passer parmy leur ost, aler, venir et retourner sans péril, voire ceulx de Haynau, de Brebant, du Liège et d'Alemaigne, et non ceulx de France. Quant le capitaine d'Audenarde entra premièrement en la ville, il fist toutes les pourvéances departir ouniement[1] et donner à chascun, selon sa charge, sa portion ; et renvoia tous les chevaux sur quoy ilz estoient venuz, et fist toutes les maisons près des murs abatre ou couvrir de terre pour le trait du feu des canons, et fist toutes les femmes et les enfans et les autres menuz gens logier dedens les moustiers, et plusieurs vuidier la ville. Et ne demoura onques chien en la ville, que tous ne fussent mort et getté en la rivière. Si vous dy que les compaignons faisoient souvent des belles yssues du soir et du matin, et portoient en l'ost grant dommage. Ce siège dura tout l'esté, et estoit l'entention de Phelippe d'Artevelle et de son conseil qu'il seroit là tant qu'ilz affameroient la ville, car à l'assaillir il leur cousteroit trop de gens. Et firent les Gantois charpenter sur le mont d'Audenarde un engin moult grant, lequel avoit .xx. piés de large et .xx. piés jusques à l'estache[2], et .xl. piés de long, et appelloit on cest engin .j. mouton[3], pour getter pierres de fais en la ville et tout effondrer. Et faisoient faire une bombarde[4] qui avoit .liij. poces[5] de let et gettoit carreaux[6] merveilleusement grans et pesans. Quant celle bombarde descliquoit, on l'ooit par jour bien .v. lieues loing, et par nuit, .x. Encore firent un autre engin qui gettoit .xx. croisseuls[7] de cuivre tout blanc.

---

1. Adverbe de manière : « équitablement à tous ».   2. « Bâton » ou « pieu ».   3. Machine de guerre pour lancer des pierres. 4. Espèce de grand mortier.   5. « Pouces ».   6. Grande flèche dont le fer a quatre pans.   7. Sorte de boulet.

Des Gantois qui exillièrent les maisons des gentilz hommes, et comment le roy de France vouloit aidier au conte de Flandres.
.Lxvij.ᵉ chapitre

§ 67. Entretant que on seoit devant Audenarde, se départirent bien .xij.ᶜ hommes de l'ost, et avisèrent qu'ilz yroient sur le pays abatre les maisons des chevaliers qui yssus estoient de Flandres et venu demourer en Haynau ou en Artois, eulx, leurs femmes et enfans. Si firent ces routes moult de desrois[1] parmy Flandres, **[319v]** et ne laissièrent onques maison ne hostel de gentil homme, que tout ne fust ars et rué par terre. Et vindrent devant la ville de Lille et abatirent aucuns moulins à vent, et boutèrent le feu en aucuns villages devers Flandres. Adont vuidièrent ceulx de Lille à pié et à cheval plus de .iiij.ᵐ, et en y ot ratains[2] de ces Flamens. Si en y ot de mors et de pris que on coupa depuis les testes à Lisle. Après entrèrent ces routiers de Gand en Tournésis, et y firent moult de desrois ; et ardirent la ville de Helchin et des autres villages d'environ qui sont du royaume de France. Aussi ces routiers furent à Male, l'ostel du conte, qu'ilz parabatirent, et trouvèrent le repos où il fu couchié enfant, armoié de ses armes, qui estoit tout d'argent ; si le prindrent, et aussi la cuvelette où on l'avoit baignié d'enfance, qui estoit d'or et d'argent. Si la despecièrent, et en firent leurs galles et leurs ris[3]. Et furent à Bruges, où ilz trouvèrent Piètre du Bois et Piètre le Mutre, qui leur distrent qu'ilz avoient bien exploitié, et puis retournèrent à tout grant proie au siège d'Audenarde. Le conte de Flandres, qui se tenoit à Hédin, s'en départy et vint à Bapaumes au duc de Bourgoingne son filz, qui lui

---

1. « Désordre », « massacre » ou « dégâts ». 2. « Rattrapés ». 3. Cf. plus haut le chapitre 62. Sur l'importance parfois symbolique des métonymies chez Froissart, voir Ainsworth, *Jean Froissart and the Fabric of History*, p. 214-215.

dist : « Monseigneur, foy que je doy à vous et au roy, je n'entendray jamais à autre chose, si serez resjoÿ et remis en vostre terre, ou nous perdrons tout, car ce n'est pas bonne chose de telle ribaudaille comme ilz sont ores en Flandres, laissier gouverner un pays, et gentillesse en pourroit estre destruite, et conséquemment sainte crestienté. » Puis prist le conte congié au duc qui l'avoit moult réconforté, et vint à Arras où il tenoit bien .ij.^{c} Flamens en prison à pain et à l'eaue, hostagiers, qui n'attendoient autre chose que estre décapitez. Le conte les fist en l'onneur de Dieu délivrer, car bien veoit que, à ce qu'il avenoit en Flandres, ilz n'avoient nulle coulpe ; et leur fist jurer à estre loyaux envers lui, et leur donna or et argent pour aler à Lisle ou à Douay ou ailleurs.

Le duc de Bourgoingne se party de Bapaumes, messire Guy de la Trémoïlle en sa compaignie et messire Jehan de Vienne, amiral de France, qui rendoient grant paine à ce que le conte feüst confortez. Si vint le duc à Senlis où le roy estoit, et ses oncles Berry et Bourbon. Si lui fu demandé des nouvelles de Flandres. Le duc de Bourgoingne en respondy sagement au roy et à ses oncles ; et quant ce vint à loisir, il tira à part le duc de Berry et lui **[320r]** remoustra comment ces orgueilleux Gantois se mettoient en paine de destruire toute gentillesse, et ja avoient ars et pillié ou royaume de France, que[1] on ne devoit mie soufrir. « Beau frère, dist le duc de Berry, nous en parlerons au roy. Nous sommes, vous et moy, les plus hauls de son conseil : nuls n'yra audevant de nostre entente ; mais de esmouvoir le royaume à Flandres, qui ont esté en bonne paix ensemble, il couvient qu'il y ait title[2], et que les barons de France y soient conjoint. Autrement nous en serions demandé[3]. Se bien en prenoit, la chose se passeroit en bien ; se mal en venoit, nous en serions trop plus demandé que les autres ; pourquoy nous mettrons

---

1. Il faut comprendre : « ce que ».   2. « Cause, prétexte, raison ».   3. « On nous demanderait de nous expliquer, de rendre compte de l'affaire ».

ensemble la greigneur partie des prélas et barons de France et leur remoustrerons ces incidences. Nous verrons tantost la générale voulenté du royaume. » À ces paroles entra le roy en la chambre, un esprivier sur son poing [1]. Si demanda à ses .ij. oncles dequoy ilz parloient. Tantost le duc de Berry racompta au roy l'estat de Flandres, et lui demanda s'il vouloit aidier à son cousin de Flandres. « Par ma foy, dist le roy, beaux oncles, oÿl. Je ne désire autre chose que moy armer, et encore ne me armay je onques. Si couvient, se je vueil régner en puissance et en honneur, aprendre les armes [2]. » Encore dist le duc de Berry : « Monseigneur, vous avez bien parlé, et à ce faire vous estes tenu par raison. On tient le conté de Flandres du demaine de France, et vous avez juré, et nous pour vous, à tenir en droit voz hommes ; et aussi le conte de Flandres est vostre cousin, et si portez de ses chausses [3], par quoy vous lui devez amour. » Puis vint là le duc de Bourbon, qui fu resjoÿ de ce que le roy vouloit aler abatre l'orgueil des Flamens. Le roy et ses oncles mandèrent à tous les seigneurs du conseil du royaume qu'ilz venissent à un certain jour à parlement, à Compiengne.

---

1. Cet épervier est peut-être signe, dans ce contexte, d'insouciance (politique) de la part du jeune roi ; mais à notre avis il s'agit plutôt, pour Froissart, de faire valoir la *jonesse*, la vigueur de Charles VI, et son aptitude à un apprentissage politique et surtout militaire qui ne tardera pas à venir ; la chasse est en elle-même, bien sûr, l'activité noble par excellence, et n'a en général que des connotations positives. Cf. à ce propos la présentation analogue de Bolingbroke (le futur Henry IV d'Angleterre) après la déposition de Richard II dans le Livre IV des *Chroniques*, éd. de Kervyn de Lettenhove, t. XVI, p. 232.   2. L'importance chez Froissart du thème de *jonesse* est commenté en détail dans notre *Jean Froissart and the Fabric of History*, pp. 176, 180-192, 257 et 277 ; cf. en revanche les pp. 185, 207, 209-210 (*jonèce-fumée de teste* : à connotations négatives, cette fois).   3. Expression dont le sens échappe encore au présent éditeur ; allusion peut-être à une livrée commune (mais au sens figuré ici) portée par les deux cousins ?

De l'avision qui avint au roy de France du cerf volant[1]. .Lxviij.ᵉ [chapitre]

§ 68. Avenu estoit, point n'avoit long terme, au joenne roy Charles de France, entretant qu'il séjournoit en la cité de Senlis, que en dormant, il lui estoit avis qu'il se trouvoit en la cité d'Arras où onques à ce jour n'avoit esté, et là estoit toute la fleur de la chevalerie de son royaume. Là vint à lui le conte de Flandres, qui assist sur son poing .j. faucon pèlerin moult bel, en disant : « Monseigneur, je vous donne ce faucon en bonne estraine, et pour le meilleur que je veïsse onques, et le **[320v]** mieulx volant et mieulx tantant et mieulx abatant oyseaux. » De ce présent avoit le roy grant joie, et dist : « Beau cousin, grant merciz. » Adont estoit avis au roy qu'il regardoit sur le connestable de France, messire Olivier de Cliçon, et lui disoit : « Connestable, alons, vous et moy, aux champs, pour esprouver ce gentil[2] faucon. » Le connestable respondoit : « Sire, alons. » Adont montèrent à cheval, et vindrent aux champs eulx deux seulement, et prenoit le connestable ce faucon de la main du roy, et trouvèrent foison de hérons. Adont dist le roy : « Connestable, gettez l'oysel ; si verrons comment il chacera et volera. » Et le connestable le getta, et ce faucon montoit si hault que à paines le pouoit il choisir[3] en l'air, et prenoit son chemin sur Flandres. Lors dist le roy au connestable : « Connestable, chevauçons après mon oysel ; je ne le vueil pas perdre. » Et le connestable lui accordoit, et chevauçoient au férir d'esperons parmy uns grans marez, et trouvèrent un bois trop durement fort d'espines et de ronces et de mauvais bois à chevaucier. Là disoit le roy : « À pié ! À pié ! Nous ne pouons passer

---

1. Il ne faut pas invoquer, ici, les sens modernes de *cerf-volant* ; ce cerf a des *esles*, et vole par les cieux ; ce qui fait de lui un cerf... volant. 2. « Noble ». 3. « Apercevoir ».

ce bois à cheval. » Et dont, quant ilz furent descenduz, varlez vindrent qui prindrent les chevaux. Le roy et le connestable entrèrent en ce bois à grant paine, et tant alèrent qu'ilz vindrent en une trop ample lande, et là veoient le faucon qui chaçoit hérons et les abatoit, et se combatoit à eulx et eulx à lui ; et sembloit au roy que son faucon y faisoit foison d'apertises et chaçoit oyseaux devant lui, et tant qu'ilz en perdoient la veüe. Or fu le roy courrouciés qu'il ne pouoit suivir son oysel, et dist au connestable : « Je perdray mon oysel, dont j'auray grant ennuy, ne je n'ay riens dont je le puisse réclamer. » En ce soussi que le roy avoit, lui estoit avis que un trop beau cerf à esles apparut à eulx, en yssant hors de ce fort bois, et venoit [en] celle lande et s'enclinoit devers le roy ; et le roy dist au connestable, qui regardoit ce cerf à merveilles et en avoit grant joie : « Connestable, demourez icy ; je monteray sur ce cerf qui se représente à moy, et suivray mon faucon. » Le connestable lui accorda. Là monta le joune roy de grant voulenté sur ce cerf volant, et s'en aloit à l'aventure après son faucon ; et ce cerf, comme bien endoctrinez et avisez à faire le plaisir du roy, le portoit par dessus les grans bois et les hauls arbres. Et veoit que son faucon abatoit oyseaux à si grant plenté qu'il en estoit tout **[321r]** esmerveilliés comment il pouoit ce faire, et sembloit au roy que, quant ce faucon[1] ot assez

---

1. Voir à ce propos *La Chasse au Moyen Âge : actes du Colloque de Nice* (22-24 juin 1979), Publications de la Faculté des lettres et des sciences humaines de Nice (Nice : Les Belles Lettres, 1980) ; Armand Strubel, *La Poétique de la chasse au Moyen Âge : les livres de chasse du XIVe siècle*, 1re éd. (Paris : P.U.F., 1994) ; Baudouin van den Abeele, *La Littérature cynégétique*. Typologie des sources du Moyen Âge, n°. 75 (Turnhout : Brepols, 1996). Cf. *Le Débat du faucon et du lévrier*, publié par Gustaf Holmer, Romanica stockholmiensia, 8 (Stockholm : Almqvist & Wiksell, 1978) ; Gunnar Tilander, éd., *Les Livres du roy Modus et de la royne Ratio* (Paris : S.A.T.F., 1932) ; et Gace de la Buigne, *Le Roman des Deduis*, édition critique d'après tous les manuscrits, éd. Ake Blomquist, Studia Romanica Holmiensia, III (Karlshamn : E.G. Johansson, 1951) ; et enfin, Gaston Fébus, *Le Livre de la chasse*, tr. Robert et André Bossuat (Groz : Akademische Druck, 1976). Le *Livre de la chasse* est disponible aussi sur CD-Rom (boutique de la B.N.).

volé et abatu des hérons et oyseaulx tant qu'il devoit bien souffire, le roy réclama son faucon, lequel comme bien duis s'en vint asseoir sur le poing du roy. Et estoit avis au roy qu'il le reprenoit par les longues et le mettoit à son devoir, et ce cerf ravaloit par dessus ces bois et raportoit le roy en la propre lande là où il l'avoit chargié et où le connestable l'attendoit, qui avoit grant joie de sa venue. Tantost le cerf rala ou bois, et ne le virent [plus]. Et dont vindrent les varlez qui les avoient poursuis, et leur rebaillièrent leurs chevaux ; si montèrent sus, et trouvèrent un chemin bel et ample qui les ramenoit à Arras. Atant s'esveilla le roy, et recorda sa vision[1] à aucuns de sa chambre. Et tant lui plaisoit la figure de ce cerf qu'il encharga en sa devise[2] le cerf volant à porter.

Comment Phelippe d'Artevelle envoia au roy Richart d'Engleterre pour estre paié de .ij.ᶜ mile frans, et pour avoir l'aliance des Englois. .Lxix.ᵉ chapitre

§ 69. Or dirons du siège que Phelippe d'Artevelle et ses gens tenoient devant Audenarde. Ilz regardèrent que les fossez d'Audenarde estoient larges et raemplis d'eaue : si ne les porent approchier pour assaillir, fors à paine. Pour ce alèrent aux bois loingtains et prou-

---

1. Sur le rêve au Moyen Âge, consulter Steven F. Kruger, *Dreaming in the Middle Ages*, Cambridge Studies in Medieval Literature, 14 (Cambridge : Cambridge University Press, 1992) ; Kathryn L. Lynch, *The High Medieval Dream Vision : Poetry, Philosophy, and Literary Form* (Stanford, California : Stanford University Press, 1988) ; et A.C. Spearing, *Medieval Dream-Poetry* (Cambridge (etc.) : Cambridge University Press, 1976). **2.** Sur le bestiaire héraldique au Moyen Âge (devises, « badges », etc.), voir Michel Pastoureau, *Couleurs, images, symboles* (Paris : Le Léopard d'Or, s.d.), pp. 277-80.

chains, et firent grant plenté de fagos qu'ilz acharièrent sur les fossez, et vouloient emplir les fossez pour aler combatre ceulx dedens, main à main. Si en firent grant foison amonceller près des fossez pour plus esbaïr ceulx dedens, mais les compaignons n'en faisoient compte, et disoient que, s'ilz n'estoient trahiz de ceulz de la ville, il n'avoient garde pour siège qu'ilz veïssent. Et pour ce, messire Daniau de Haluyn, qui cappitaine en estoit, fu si au dessus de ceulx de la ville, nuit et jour, qu'ilz n'avoient puissance, ordonnance ne regart sur eulx ; et n'osoit nulz homs de la nation d'Audenarde, nuit ne jour, aler sur les murs de la ville sans la compaignie des soudoiers estrangiers. Et autrement, qui y fust trouvé, il estoit de correction ou point de perdre la teste.

Ce Phelippe d'Artevelle eüst voulentiers veü que les Flamens se feüssent aliez au roy d'Engleterre, par quoy, se le roy de France venoit sur eulx, ilz en feüssent aidiés et confortez. Et ja avoit il en son ost .ij.ᶜ archiers Englois, qui s'estoient emblez de leurs gaiges de Calais et là venuz pour gaingnier, et furent [321v] bien payez toutes les sepmaines. Avec ce, Phelippe d'Artevelle, pour coulourer son fait[1] et pour veoir quel chose on disoit et diroit de lui en France, il escript et fist escripre le pays de Flandres au roy de France et à son conseil, en priant humblement qu'ilz se voulsissent ensonnier de eulx remettre en parfaite paix et à amour devers leur seigneur le conte. Le messagier Phelippe vint à Senlis où il présenta ces lettres au roy, qui les fist lire, présent ses .iij. oncles et son conseil, qui n'en firent que rire. Et pour ce que le massagier estoit venus sans saufconduit[2], il fu mis en prison où il demoura plus de .vj. sepmaines. Et dont Phelippe assembla les capitaines de l'ost et leur dist : « Or, véez vous quel honneur le roy de France nous fait, quant si amiablement lui avons escript, et il a retenu nostre messagier !

---

1. « Pour embellir, faire valoir sa position, la présenter sous de bonnes couleurs ». 2. Forme d'assurance indispensable, au Moyen Âge, au messager-héraut.

Certainement, nous mettons trop longuement à nous fortefier du costé devers Engleterre, car ne pensez ja que le duc de Bourgoingne, qui maine le roy de France ainsi qu'il veult, doie laissier les choses avenues en tel estat ; certes, nennil ! Et si avons bien cause d'envoier en Engleterre, tant pour le commun prouffit de Flandres comme pour nous mettre asseür et donner doubte[1] à noz ennemis. Je vueil bien que nous envoions en Engleterre .x. ou .xij. de noz hommes des plus notables, parquoy le roy de France et son conseil cuident que nous nous voulons alier au roy d'Engleterre ; mais je ne vueil mie que ces aliances soient si tost faites, s'il ne nous besoingne autrement qu'il ne fait encore ; et vueil que noz gens demandent au roy d'Engleterre et à son conseil d'entrée, et de ce avons nous juste cause de demander la somme de .ij.^{c} mille vieulx escuz que Jaques d'Artevelle mon père et le pays de Flandres prestèrent jadis au roy d'Engleterre, lui estant au siège de Tournay, pour aidier à paier ses soudoiers. Et quant le roy d'Engleterre ara rendu ce en quoy il est obligié et tenu à nous, il et les Englois aront belle entrée de venir en Flandres. Et le roy d'Engleterre ne s'eslongera mie d'avoir l'entrée et l'aliance d'un tel pays comme est à présent la conté de Flandres, car encore n'ont les Englois dessus les bendes de la mer mouvant de l'Escluse jusques à Bordeaux, excepté Calais, Chierbourc et Brest, nulle entrée par où ilz puissent passer en France. Si leur venra ce pays de Flandres grandement à point, car Bretaigne, excepté Brest, leur est toute close, et est le duc **[322r]** de Bretaigne juré à estre bon François, et s'il ne l'estoit, si le devroit il l'estre pour l'amour de son cousin germain, nostre seigneur le conte de Flandres. » Ce conseil fu tenu. Sy furent esleüz .vj. bourgois de Gand et de plusieurs autres bonnes villes de Flandres .vj. autres bourgois, c'est assavoir : François Acreman, Rase de la Borde, Loÿs de Vos qui estoit esleü à estre évesque de

---

1. « Peur ».

Gand de par Urbain, car maistre Jehan de Vest, qui avoit esté doyen de l'église Nostre Dame de Courtray, avoit avisé ou temps passé que on feroit un évesque à Gand, qui posséderoit les prouffis que l'évesque de Tournay y devoit avoir, mais en ce procurant, il estoit mort[1]. Or estoit revenu un clerc de la ville de Gand qui ala aussi en Engleterre. Ces .xij. bourgois de Gand se partirent du siège d'Audenarde à l'entrée de juillet, et vindrent à Calais où ilz furent receüs de messire Jehan d'Evreux, le cappitaine, liement, lequel leur fist pourveoir de nefs dont ilz vindrent à Douvres. Là prindrent port, et chevaucièrent tant parmy Engleterre qu'ilz vindrent à Londres. Et par tout estoient bien venus, espécialment du commun d'Engleterre, qui disoient que les Gantois se portoient vaillemment. Là vindrent ces .xij. bourgois, et firent leur message bien et à point, mais le roy n'y estoit mie présent à celle première venue. Si parlèrent ces bourgois à ses oncles et son conseil, lesquelx leur respondirent que leur parole demandoit bien à avoir conseil, et qu'ilz se retraïssent à Londres, et quant le roy seroit conseillié, on leur rendroit responce. Les bourgois de Gand et de Flandres respondirent que Dieux y eüst part, et retournèrent à Londres où ilz se logièrent. Les oncles du roy qui estoient demourez à Westmoustier commencièrent à rire entre eulx, et distrent : « Ces Flamens demandent nostre conseil et confort, et avec ce ilz veulent avoir nostre argent. Ce n'est pas requeste raisonnable que nous aidons et paions. » Et atant se départy le conseil du roy, et assignèrent journée de estre de rechief ensemble. Les Gantois demourèrent longuement à Londres, car ilz ne pouoient avoir responce, car le roy et son conseil sur leurs requestes estoient en grant différent ; et tenoient les Flamens à présumptieux quant ilz demandoient à ravoir .cc.ᵐ vieulx escus, si ancienne debte que de .xl. ans. Onques chose ne cheÿ si bien à

---

1. Sur cette affaire, voir l'éd. de G. Raynaud, SHF, t. X, p. LXXII et n. 2.

point pour le roy de France, qui vouloit venir sur Flandres ; car, se les Flamens n'eüssent point demandé d'argent, fors seulement l'aide des Englois, **[322v]** le roy d'Engleterre fust venu en Flandres ou eüst envoié si puissemment que pour attendre à bataille, avec l'aide des Flamens, la puissance du plus grant seigneur dou monde.

Comment le roy d'Engleterre ahireta messire Perducas de Labreth de la terre de Chaumont en Gascoingne. .Lxx.ᵉ chapitre

§ 70. Le roy d'Engleterre et son conseil se tenoient en ce temps à Westmoustier pour ahireter messire Perducas de Labreth, qui fu en son temps un grant capitaine de gens d'armes et de routes, de toute la terre et baronnie de Chaumont en Gascoingne, laquele terre estoit en la main du roy pour en faire sa voulenté. Je vous diray par quel manière messire Jehan[1] de Chaumont et messire Alixandre son frere estoient, grant temps avoit, mors sans hoir ; si estoit leur héritage selon l'usage de Gascoingne retourné à leur liege seigneur le roy Edouart d'Engleterre, lequel du temps passé l'avoit donné à messire Jehan Chandos, et après sa mort à messire Thomas de Feleton. Or estoit ce messire Thomas nouvellement mort ; si ne pouoit la terre (demourer) sans gouverneur demourer sus, car elle joint à la terre du seigneur de Labreth, qui pour ce temps estoit bon François. Si fu avisé du conseil du roy que messire Perducas de Labreth, qui avoit servi les roys d'Engleterre Edouart et Richart, le prince et le pays de Bourdelois, bien et loyaument plus de .xxx. ans, estoit bien méritez de avoir celle terre. Messire Perducas, quant le roy l'enhiretoit de la terre, dist :

---

1. Ou peut-être Raymond, d'après Raynaud (*loc. cit.*, n. 4).

« Sire, je pren cest héritage pour moy et pour mon hoir, à condition telle que contre tous hommes je vous serviray et feray servir de mon hoir, excepté contre l'ostel de Lebreth, mais contre celui dont je sui yssu ne feray ja guerre, tant que on me vueille laissier mon héritage en paix. » Le roy respondi que Dieux y eüst part, et que ainsi il lui délivroit. Quant messire Perducas en fu mis en possession, le sire de Lebreth en ot grant joie, car bien savoit que son cousin ne lui feroit point de guerre, et demourèrent ces terres de Lebreth et de Chaumont toutes en paix, et tenoit le sire de Lebreth grandement à amour son cousin, car il contendoit que, après son décès, il le voulsist mettre en possession des chasteaux qui sont en la baronnie de Chaumont ; mais il avint autrement, car au lit de la mort, messire Perducas en ahireta un sien cousin joenne escuier appellé Berduc, lequel promist d'estre bon Englois. Mais, sicomme messire Perducas lui encharga, il ne feroit point de guerre à l'ostel de Labreth, se on ne l'en seurquéroit ou efforçoit.

Des ambassadeurs du roy de France qui vindrent à Tournay pour traitier de paix entre le conte de Flandres et les Flamens.
.Lxxj.ᵉ chapitre **[323r]**

§ 71. Nouvelles vindrent en France au conseil du roy que Phelippe d'Artevelle et le pays de Flandres, pour faire aliances, avoient envoié en Engleterre ; et aussi, voix couroit que le roy d'Engleterre, à puissance, venroit en celle saison arriver en (en) Flandres, et se tenroit à Gand. En ce temps avoient ceulx de Bruges emprisonné des bourgois de Tournay. Quant ceullx de Tournay le sçorent, si firent tant qu'ilz atrappèrent et retindrent devers eulx des bourgois de Courtray. Puis envoièrent ceulx de Tournay deux de leurs bourgois à

Phelippe d'Artevelle en l'ost devant Audenarde, lequel Phelippe leur fist rendre et délivrer leurs bourgois qui avoient esté prisonniers à Bruges, mais Phelippe dist bien aux bourgois de Tournay, au départir, qu'ilz ne venissent plus en Flandres pour marchander ne autre chose, car, sicomme il leur dist : « Vostre ville est toute du roy de France, auquel nous ne voulons avoir nul traitié jusques à tant que Audenarde et Tenremonde nous seront ouvertes, et se les nostres viennent en voz juriditions, nous les vous abondonnons, car bien savons que le roy vostre sire nous fera guerre. » Or retournèrent ceulz de Tournay à leur ville, et orent leurs bourgois, et aussi renvoièrent et délivrèrent les bourgois de Courtray. Et depuis, les marchans de Tournay n'osèrent plus marchander à ceulx de Flandres, mais quant il leur couvenoit des marchandises de Flandres, ilz les venoient quérir à Valenciennes, car ceulx de Haynau, de Hollande, de Zéelande, de Brabant et du Liège pouoient seürement aler, demourer et marchander par toute Flandres.

Un petit par avant ces choses avoit le conseil du roy de France renvoié en Flandres le message Phelippe d'Artevelle, que on avoit tenu à Senlis en prison. Car au voir dire, on n'avoit nulle cause du tenir. Or avisèrent les oncles du roy et le conseil de France qu'ilz envoieroient à Tournay aucuns prélas et chevaliers pour traitier à ces Flamens et savoir leur entente. Pour ce furent esleüz messire Mille des Dormans, évesque de Beauvais, l'évesque d'Aucerre, l'évesque de Laon, messire Guy de Honcourt et messire Tristram du Bois. Ces commissaires de par le roy de France, quant ilz furent venus à Tournay, si escripsèrent .iij. lettres, l'une à Bruges, l'autre à Gand et la tierce à Ypre, et contenoient telle forme :

« À Phelippe d'Artevelle et à ses compaignons et aux bonnes gens des trois bonnes villes de Flandres et le Franc de Bruges. Plaise vous assavoir que le roy nostre sire nous a envoié en ces parties en espérance de bien, pour paix et accord faire **[323v]** comme souverain seigneur, entre noble prince son cousin Monseigneur de Flandres et le commun pays de Flandres ; car renommée court que vous voulez faire aliances au roy d'Engleterre et aux Englois, laquelle chose seroit contre raison et ou préjudice du royaume de France et de la couronne, et ne le poroit le roy souffrir aucunement. Pour quoy nous vous requérons de par le roy que vous nous vueilliés donner saufconduit, alant et venant, pour ceste paix faire et amener à conclusion, si que le roy vous en sache gré, et nous rescrivez responce de vostre entention. Nostre Sire vous vueille garder. Escript à Tournay, le .xvj.ᵉ jour d'octobre. »

Ces .iij. lettres contenans une meïsme chose furent baillies à .iij. hommes. Quant celui de Gand vint à Gand, Phelippe d'Artevelle, qui lors y estoit, prist les lettres et les leüt. Puis retourna au siège d'Audenarde, mais le message demoura à Gand en prison. Quant Phelippe d'Artevelle fu venu devant Audenarde, il récript unes lettres [1] ; si avoit sur la récription :

« A trèsnobles et discrez seigneurs, les seigneurs commissaires du roy de France. Trèschiers et puissans seigneurs, à vostre trèsnoble discrétion plaise savoir que nous avons receü amiables lettres à nous envoiées de trèsexellent seigneur Charles, roy de France, faisant mention comment vous estes envoiés de par lui pardeçà pour traittier de paix et d'accort entre nous et hault prince Monsigneur de Flandres et son pays, et parle le roy devant dit, et son plaisir aians plaisance de ce conclure et acomplir, si que ceulx de Tournay, noz chers amis, nous ont tesmoingié par leurs lettres patentes par nous veües. Et, pour ce que le roy escript que à lui moult desplaist que le descort a si longuement esté, nous avons grant merveille comment ce puet estre, quant du temps passé, nous du commun conseil

---

[1]. « Unes lettres » : cette forme de l'article indéfini au pluriel en ancien français est encore en usage aux XIVᵉ et XVᵉ siècles. Elle désigne un tout formé par un ensemble d'unités. Cf. Christiane Marchello-Nizia, *Histoire de la langue française aux XIVᵉ et XVᵉ siècles* (Paris : Bordas, 1979), pp. 115-116.

des .iij. bonnes villes de Flandres lui ayons escript comme à souverain seigneur, qu'il voulsist faire l'accort et la paix, que adont il ne lui en plut autant faire, comme il nous semble que maintenant voulentiers feroit. Et aussi en telle manière nous avons receü unes lettres patentes[1] contenant que deux fois nous avez escript que vous estes venu, de par le roy devant dit chargié, sicomme cy dessus est déclairé, mais il nous semble que, selon nostre responce à vous sur ce **[324r]** envoiée, que nous n'avons voulenté d'entendre au traittié, se ce n'est que les villes et forteresses soient à la voulenté de nous, regart de Flandres, et de la dite ville de Gand, toutes ouvertes. Et, se ce estoit, néantmoins ne pourrions nous traittier à la manière que vous le requérez, car il nous semble que le roy, ou nom de vous, a et puet assembler en l'aide de son cousin, nostre seigneur, grant puissance ; car nous veons que faulseté y a, aussi comme autrefois y a eü. Dont nostre entention est d'estre sur nostre garde, tellement qu'il nous trouvera appareillié de défendre, et pensons avoir victoire comme autrefois avons eü à vous. Oultre, donnant à entendre que vous avez entendu que nous ou aucuns de Flandres traittent aliances au roy d'Engleterre, et que nous errons pour ce que nous sommes subgiet à la couronne de France et que le roy est nostre seigneur souverain, à qui nous sommes tenu de nous acquitter, ce que fait avons, en tant que ou temps passé lui avons escript noz lettres, que aussi comme nostre seigneur souverain, il voulsist faire la paix ; sur quoy il n'a pas respondu, mais nostre message fu pris et détenu, ce que grant blasme nous sembloit de tel seigneur. Et pour tant que adont ne lui plut faire, pensasmes nous à acquérir le prouffit du pays de Flandres, à qui que ce fust, sicomme nous avons fait à présent. Mais quoy qu'il en est encore, pourra le roy bien venir à temps, en manière que toutes les forteresses soient ouvertes. Et pour ce que nous défendismes à ceulx de

---

1. Se disait de certains actes de l'autorité souveraine.

Tournay, quant ilz furent derrenièrement en nostre ost, que nul ne venist plus, chargié de lettres ne de bouche, sans avoir saufconduit, et oultre ce sont venu portans lettres sans le consentement de nous, à Gand et à Bruges, si avons les messages fait détenir prisonniers, et leur aprendrons à porter lettres tellement que autres y prendront exemple. Car nous sentons que traïson acquérez, espécialment pour moy, Phelippe d'Artevelle, dont Dieu me vueille défendre, et ainsi faire et mettre discort ou pays. Pourquoy nous vous laissons savoir que de ce ne vous traveilliés plus, se ce n'est que les villes devant dites soient ouvertes, ce que briefment, à l'aide de Dieu, elles le seront, Lequel vous ait en Sa sainte garde. Escript devant Audenarde, le .xxe jour d'octobre, l'an mil .iij.^c .iiij.^{xx} et .ij.

PHELIPPE D'ARTEVELLE, regard de Flandres, et ses compaignons. »[1]

Quant Phelippe d'Artevelle ot ainsi escript, présent le sire de Harselles et son conseil, si leur sembla **[324v]** que riens n'y avoit à amender, et sééllèrent la lettre. Puis la bailla Phelippe à un varlet d'Artoi[s] qui avoit [esté] pris le jour devant à une escarmuche devant Audenarde, lequel fu tout liez quant il vit qu'il ystroit par tant de prison, car autrement il savoit bien qu'il eüst esté mort. Si les promist porter, et lui bailla Phelippe deux escus. Quant ce varlet les ot apportées à Tournay aux commissaires du roy, ces commissaires se mistrent au retour devers le roy, qu'ilz trouvèrent à Péronne, et ses .iij. oncles, Berry, Bourgoingne et Bourbon.

---

1. « Cette lettre... a été publiée par M.J. Vuylsteke dans les *Rekeningen der Stad Gent* (p. 461-463) d'après un ms. de Gand qui offre quelques variantes avec notre texte et modifie même le sens de toute une phrase » (Raynaud, éd. SHF, t. X, p. LXXV, n. 4).

Du mandement que le roy de France fist pour venir en Flandres, et comment Phelippe d'Artevelle mist gardes sur le Lis. .Lxxij.ᵉ chapitre

§ 72. Le jour devant estoit venu le conte de Flandres à Péronne devers le roy, pour lui remoustrer ses besoingnes et pour relever la conté d'Artois en quoy il estoit tenus, car encore ne l'avoit il point relevée. Si en estoit il conte par la succession de la contesse sa mère, qui estoit morte en l'année. Quant les commissaires du roy, qui avoient esté à Tournay pour traittier aux Flamens, furent retournez à Péronne, le conseil du roy se mist ensemble. Puis fu dit au conte de Flandres qu'il apparoit par les lettres des Flamens qu'ilz estoient orguilleux et présumptieux, et trop forfait quant ilz quéroient aliances au roy d'Engleterre ; [et ce ne seroit point soustenu], ains les yroit le roy hastivement combatre. Puis retourna le conte de Flandres à Hédin, et le roy mist clers en euvre à tous costez, et manda par toutes les parties de son royaume que tantost chascun venist vers Arras, pourveü au mieux qu'il peüst, car au plaisir de Dieu il vouloit aler combatre les Flamens. Nul sire tenant de lui n'osa désobéïr, mais firent leurs mandemens de leurs gens et s'appareillièrent. Et départirent les lointains, d'Auvergne, de Roergue, de Quersi, de Thoulousain, de Gascoingne, de Limosin, de Poitou, de Xantonge, de Bretaigne et d'autre part, de Bourbonnois, de Forès, de Bourgoingne, du Daufiné, de Savoie, de Lorraine, de Bar et de toutes les circuitez et angles du royaume de France et des appendances. Et tous avaloient vers Artois, où l'amas se faisoit si grant et si beau que merveilles.

Lors commanda le conte de Flandres par tout Artois ou plat pays, que nul, sur peine de corps et avoir, ne mist hors de son hostel, en forteresse ne en bonne ville, chose qu'il eüst, car il vouloit que les gens d'armes feüssent aisiés et servis de ce qui estoit ou plat pays.

Puis vint le conte à Arras, si conjoÿ grandement le roy et les seigneurs [325r] qui là estoient venuz, et fist hommage au roy, présent les pers qui là estoient, de la conté d'Artois ; et le roy le reçut à homme et lui dist : « Beau cousin, s'il plaist à Dieu et à saint Denis, nous vous remettrons temprement en l'éritage de Flandres, et abatrons tellement l'orgueil de ce Phelippe et de ces Flamens que jamais n'aront puissance de eulx rebeller. » — « Monseigneur, dist le conte, je y ai fiance, et vous y acquérez tant d'onneur et de grace que à tous les jours du monde vous en serez prisiés, car maintenant, voirement, est l'orgueil moult grant en Flandres. »

Phelippe d'Artevelle, lui estant devant Audenarde, estoit tout avisé du roy de France, comment il vouloit venir sur lui à ost. Si n'en fist compte par semblant. Il se party du siège, et laissa l'ost en la garde du seigneur de Harselles, et chevauça devers Bruges ; et faisoit porter devant lui son pennon desvolepé et armoié de ses armes, et portoit de noir à [.iij.] chapeaux d'argent[1]. À Bruges, trouva Pière du Bois et Pière le Mutre, qui là estoient cappitaines. Lors envoia Pière du Bois au pas à Comines, et Pière le Mutre au pont à Varneston, et dist : « Vous yrez garder ces passages, et ferez tous les autres pons par dessus jusques à la Gorge et à Estolles et à Menreville rompre, et aussi les autres pons qui sont au dessoubz celle rivière jusques à Tournay. Par ainsi ne pourront les François entrer en Flandres, s'ilz ne vont au long de la rivière querre passage vers Saint Omer et Bergues. Et se ilz faisoient ce chemin, ilz trouveroient tant d'empeschemens de crolières et de mauvais pas qu'ilz ne se pourroient tenir ensemble, avec ce qu'il est yver et qu'il fait froid et mauvais chevaucier, qu'ilz seront tous mors et perdus. Et je m'en iray à Ypre pour eulx remoustrer comment nous sommes conjoint par vraie unité, et que nul ne se forvoie ne

---

[1]. On reconnaît ici les blancs chaperons ; le blason bourgeois de Philippe d'Artevelde se dresse contre ceux de Flandre et de France...

ysse de ce que nous avons juré ensemble à tenir. »
Piètre du Bois demanda à Phelippe s'il n'avoit oÿ
nulles nouvelles de leurs gens qui estoient en Engleterre. « Par ma foy ! » respondy Phelippe, « Nennil !
Espoir fait le roy d'Engleterre son mandement, et venront les Englois à l'Escluse bien brief, car ilz ont vent
à voulenté. » Ainsi se devisoient ces .iiij. compaignons,
ausquelz toute Flandres estoit en obéïssance, excepté
Tenremonde et Audenarde.

*D'une chauvaucée que le Hase de Flandres et le
sire de Jeumont firent au pont à Menin. .Lxxiij.ᵉ
chapitre*

§ 73. Endementiers que ces ordonnances se faisoient et que le roy de France séjournoit à Arras, et
que gens d'armes s'amassoient **[325v]** en Artois, en
Tournésis et en la chastelenie de Lisle, se avisèrent
aucuns chevaliers et escuiers qui séjournoient à Lille
et là environ, par l'ennortement du Hase de Flandres,
qu'ilz feroient aucun exploit d'armes. Si vindrent environ .vj.ˣˣ chevaliers et escuiers passer la rivière du Lis
au pont à Menin, qui encore n'estoit point deffait, et
est à deux lieues de Lisle, et estourmirent la ville de
Menin, et tuèrent en la ville et là près grant foison de
gens, et les chacièrent près que tous hors de la ville.
Le harou commença à monter ; les villes voisines
commencièrent à sonner leurs cloches à la volée. Si se
traïrent toutes gens devers Menin, et là se recueillirent.
Quant le Hase de Flandres et messire Jehan de Jeumont, le chastellain de Buillon, messire Henry de
Dufle et les autres gens d'armes orent bien esmeü le
pays, ilz retournèrent et trouvèrent les gens du plat
pays qui ja avoient deffait le pont, voire ilz avoient
osté de deux ais l'un, et puis avoient couvert les

fenestres de fiens, adfin que on ne s'apparceüst que le pont fust deffait. Et dont vindrent ces chevaliers et escuiers, montés sur fleur de chevaux, et trouvèrent en la ville de Menin bien .ij.^m de ces païsans, lesquelx se mettoient en bataille pour venir sur eulx. Quant ces gentilz hommes en virent le couvenant, si dirent : « Il nous fault par force de chevaux rompre ces Flamens, ou nous serons atrappez. » Adont se mistrent tous ensemble, et abaissièrent leurs lances et espées roides de Bourdeaux, et esperonnèrent les chevaux de grant randon, et mistrent devant les plus fors montez, et commencièrent à huer. Ces Flamens se ouvrirent, et distrent les aucuns qu'ilz ne les osèrent attendre, et les autres dient qu'ilz le firent par malice, car ilz savoient bien que le pont ne les pourroit porter ; et disoient entre eulx les Flamens : « Faisons leur voie ; vous verrez ja beau jeu. » Le Hase de Flandres et les autres fièrent chevaux des esperons sur ce pont, qui n'estoit pas fort pour porter si grant fais. Toutesfois le Hase et environ .xxx. chevaux orent l'aventure de passer oultre, mais quant les autres vouloient passer, le pont rompi dessoubz eulx. Là ot de chevaux enrachiés[1], qui ne se porent [r]avoir ; ains y furent mort, et leurs maistres. Quant ceulx qui estoient derrière virent ce meschief, ilz furent esbahis et ne sçorent où fuir **[326r]** pour eulx sauver. Si férirent aucuns en la rivière, qui la cuidoient noer[2], mais ilz ne pouoient, car elle est parfonde et de haultes rives où les chevaux ne se peuent aherdre. Là ot grant meschief, car les Flamens les occioient à voulenté et sans mercy, et les faisoient saillir en l'eaue où ilz se noièrent. Là fu messire Jehan de Jeumont en grant aventure d'estre perduz, car le pont rompi dessoubz lui, mais par grant appertise de corps il se sauva. Toutesfois, il fu durement navré du trait ou chief et ou corps, dont il jut plus de .vj. sepmaines, et ne se pot armer en grant temps. À çe dur rencontre furent mors le chastellain de Buillon et Boulart de Saint Hilaire et

---

1. « Embourbés ». 2. « Nager ».

plusieurs autres, et noyés messire Henry de Dufle ; et en y ot que mors que noyés plus de .Lx., et grant foison navrez et bleciés.

Comment les François furent à conseil pour savoir par quel lieu ilz passeroient la rivière du Lis. .Lxxiiij.ᵉ chapitre

§ 74. Pietre du Bois vint au pont à Commines, où tout le plat pays estoit assemblez. Il fist tous les ais du pont deschevillier pour oster tantost, s'il besoingnoit, mais encore ne voult il mie le pont condempner de tous poins, pour l'avantage de ceulx du plat pays, qui passoient tous les jours leurs bestes à grant foison, et mettoient oultre le Lis à sauveté, et chaçoient dedens les bois et les praeries sur le pays et environ Ypre. Si en estoit le pays si chargié que à grant merveilles. Phelippe d'Artevelle, quant il ot preschié sur un eschafaut à Ypre, et amonesté ceulx de la ville qu'ilz se tenissent en union avec lui et les Gantois comme ilz avoient juré, il retourna au siège d'Audenarde. Le tiers jour de novembre vint le roy de France à Seclin[1]. Là furent les seigneurs, le connestable de France et les mareschaux de France, de Bourgoingne et de Flandres, à conseil, car on disoit que c'estoit impossible d'entrer en Flandres. Et plouvoit tous les jours tant, et faisoit si frès que on ne pouoit aler avant. Le connestable demanda se on ne pouoit passer la rivière du Lis fors que par les certains passages. On lui respondi qu'il n'y avoit nul gué et qu'elle siet sur marès, là où on ne puet chevaucier. Le connestable dist : « Et dont vient celle rivière ? » On lui dist qu'elle

[1]. Le roi ne partit d'Arras que le 12 novembre ; c'est le 15 qu'il passa par Lens, et le 17 qu'il séjourna à Seclin où il avait dû arriver le 16 (éd. Raynaud, SHF, t. XI, p. I).

venoit de devers Aire et Saint Omer. « Puis qu'elle a commencement, dist le connestable, nous la passerons bien. Ordonnons noz gens et leur faisons aler le chemin de Saint Omer, **[326v]** et là passerons la rivière à nostre aise et entrerons en Flandres, et oultre au long du pays, où qu'ilz soient, devant Ypre ou aillieurs. Ilz sont bien si orguilleux et si oultrecuidié que ilz venront contre nous. » À ce se accordèrent tous les mareschaux. Et demourèrent en celle nuit en tel estat jusques à l'endemain que le sire de Lebreth, le sire de Coucy, messire Ammenion de Poumiers, messire Jehan de Vienne, amiral de France, messire Guillaume de Poitiers le bastart de Lengres, le Bègue de Villaines, messire Raoul de Coucy, le conte de Couversant, le viconte d'Aci, messire Raoul de Raineval, le sire de Sempy, messire Guillaume des Bordes, le sire de Sully, messire Clément de Claquin, messire Mennssés Striquesidy, messire Guy le Baveux, messire Nicolle Penniel, les deux mareschaux de France, messire Loÿs de Sancerre et le seigneur de Blanville, et le mareschal de Bourgoingne et de Flandres, et messire Enguerran d'Ordvich, vindrent en la chambre du connestable pour avoir certain arrest et avis comment on se ordonneroit : se on passeroit parmy Lisle pour aler à Commines et à Varneston où les pas estoient gardez, ou se on yroit amont, vers le Gorge, le Ventre et Saint Venant et Estelles, passer là la rivière du Lis.

Là ot entre ces seigneurs plusieurs paroles retournées, et disoient ceulx qui congnoissoient le pays : « Certes, ou temps de présent il ne fait nul [aler] ou pays de Clarembain, ne en la terre de Baillueil, ne en la chastellenie de Cassel, de Furnes et de Bergues. » — « Et quel chemin tenrons nous dont ? » dist le connestable. Le seigneur de Coucy dist : « Je conseilleroie que nous alissions à Tournay, là passer l'Escaut, et cheminer devant Audenarde ; ce chemin là ferons nous bien aise, et là combatre noz ennemis. Si serons tous les jours refreschi de pourvéances qui nous venront du costé de Haynau et qui nous suivront de Tournay par la rivière. » Celle parole fu longuement soutenue, mais le connestable et les mareschaulx s'enclinoient trop plus à aler toudis devant lui et quérir brief passage, que aler à destre ne à senestre, et disoient : « Se nous prenons autre chemin que le droit, nous ne mousterons pas que nous soions drois gens d'armes, et se nous esloingnons nostre chemin, nous resjoïrons noz ennemis et refreschirons de nouveaux consaulx, et diront que nous les fuions. Et si[1] ne savons sur quel estat sont les **[327r]** Flamens qui sont alez en Engleterre, car, se par aucune incidence confort leur venoit de ce costé, il nous donroit grant empeschement. Si est bon que nous nous délivrons de entrer en Flandres le plus brief que nous porons, et emprenons de bon courage le pont de Commines. Dieux nous aidera. Nous avons tant passé de grosses rivières que ceste rivière du Lis ne nous devra pas tenir longuement. »

De l'ordonnance de l'ost (de l'ost) de France, quant le roy de France ala en Flandres la première fois. .Lxxv.ᵉ chapitre

§ 75. Il fu ordonné par les vaillans hommes dessus nommez et par l'office des maistres arbalestiers conjoins avec le connestable et les mareschaux, que messire Josse de Haluin et le sire de Rambures sont chargiés de mener les gens de pié, lesquelx yront[2] devant pour appareillier les chemins, couper les hayes, les buissons, abatre tertres, raemplir valées[3] ; et sont

---

1. « Encore ne savons-nous... »   2. Froissart paraît se servir ici d'une source écrite : on relèvera l'emploi récurrent du présent et du futur, ainsi que les alinéas sous forme d'*Item*.   3. Préparation stratégique du terrain effectuée par les pionniers de l'armée royale ; mais renvoi aussi en sourdine à un verset célèbre de l'Ancien Testament (Isaïe XL, 4) : exercice imminent de la justice divine.

ces ouvriers .xvij.ᶜ et .Lx. Après, en l'avant garde sont les mareschaux de France, de Flandres, de Bourgoingne, et ont en leur gouvernement .xij.ᶜ hommes d'armes et .vij.ᶜ arbalestiers, sans .iiij.ᵐ hommes de pié que le conte de Flandres leur a délivrez aux pavais et autres armeüres. *Item*, est ordonné que le conte de Flandres, à sa bataille où il puet avoir de gens d'armes, chevaliers et escuiers et gens de pié environ .xvj.ᵐ, chemineront sur l'esle de l'avantgarde, pour réconforter, s'il besoingne. *Item*, est ordonné, entre l'avant garde et la bataille du conte de Flandres, la bataille du roy de France, et là doivent estre ses .iij. oncles, Berry, Bourgoingne et Bourbon, le conte de la Marche, messire Jaques de Bourbon, son frère, le conte de Clermont et Daufin d'Auvergne, le conte de Dampmartin, le conte de Sancerre, messire Jehan de Bouloingne et jusques à la somme de .vj.ᵐ hommes d'armes et .ij.ᵐ arbalestiers, Genevois et autres. *Item*, sont ordonnez pour l'arrièregarde .ij.ᵐ hommes d'armes et .ij.ᶜ arbalestiers. Si en doivent estre chiefs messire Jehan d'Artois, conte d'Eu, messire Guy, conte de Blois, messire Waleran, conte de Saint Pol, messire Guillaume, conte de Harcourt, le sire de Chastillon et le sire de Fère. *Item*, doit porter l'oriflambe[1] messire Pierre de Villiers, et doit estre acompaignié de .iiij. chevaliers, lesquelx sont ainsi nommez : messire Robert le Baveux, messire Guy de Sancourt, messire Mennissés de Trisquedy et le Baudrain de la Heuse ; et pour garder les deux banières, le Borgne de Ruet et le Borgne de Mourdoulcet. *Item*, sont ordonnez le sire de Labreth, le sire de Coucy, messire Hugues de Chaalon, pour mettre en [327v] arroy, pas et ordonnance les batailles. *Item*, sont ordonnez mareschaux pour logier le roy et sa bataille, messire Guillaume de Marmines et le seigneur de Campreny. *Item*, est ordonné que, au jour que on se combatra, que le roy sera à cheval et nul autre fors lui, et seront decoste lui le seigneur de Raineval, le Bègue

---

1. La bannière de Saint-Denis (voir notre Glossaire).

de Vilaines, messire Aimenion de Pumiers, messire Engueran d'Oedin, le viconte d'Acy, messire Guy le Baveux, messire Nicolas Pennel et messire Guillaume des Bordes. De ces .viij. vaillans hommes seront les .ij. au frain du roy, et .ij. aux costez et .iiij. derrière lui. *Item*, sont ordonnez pour chevaucier devant et aviser le couvenant des ennemis, le jour de la bataille, messire Olivier de Cliçon, connestable de France, messire Jehan de Vienne, amiral de France, et messire Guillaume de Poitiers, bastart de Lengres.

Comment les François passèrent la rivière du Lis par trois bateaux pour venir au pont de Commines. .Lxxv.[e] *[chapitre]*

§ 76. Après ces ordonnances, se party l'ost de Seclin. Ceulx de l'avantgarde passèrent oultre par ordonnance vers Commines ; et trouvèrent le pont deffait, qu'il n'estoit mie en puissance de le refaire, ou cas que on le défendroit. Et les Flamens estoient bien de l'autre part plus de .ix.[m] . Quant le connestable de France et les autres seigneurs virent l'ordonnance de Piètre du Bois et des Flamens qui estoient rengiés au pié du pont, ilz envoièrent aucuns chevauceurs pour aviser la rivière dessus et dessoubz. Quant ilz orent chevaucié une lieue, ilz retournèrent et distrent qu'ilz n'avoient trouvé nul pas là où on peüst passer à gué. Entretant que le connestable et les mareschaux estoient en grant pensée comment on pourroit passer le Lis, le seigneur de Sempy, qui congnoissoit le pays et aucuns chevaliers de Haynau, d'Artois et de Flandres, avoient eü parlement entre eulx, et avoient dit : « Se nous eüssions .ij. ou .iij. bacqués[1], si les feïssions lancier en

---

1. Le *bac* est un petit bateau plat utilisé pour de courtes traversées (de rivière) ; ces *bacqués* seraient aussi de petits bateaux.

celle rivière du Lis au dessoubz de Commines à la couverte, et eüssions de l'une partie et de l'autre de l'eaue, estaches, et cordes mis aux estaches selon ce que la rivière n'est pas large, nous serions tantost une grant quantité de gens mis oultre, et puis par derrière nous venrions assaillir noz ennemis. » Ce conseil fu tenu pour conquerre le pas, et fist le seigneur de Sempy acharier de Lille sur un char un bacquet, les cordes et toute l'ordonnance. D'autre part, messire Herbaut de Belle Perche et messire Jehan de Roye en faisoient amener un [328r] autre. Messire Henry[1] de Mauny, messire Jehan de Malestrait et messire Jehan Chauderon, Bretons, firent amener le tiers batel sur un char après les autres. Or sçot le connestable ceste chose : si envoia messire Loÿs de Sancerre, mareschal, celle part, à grant foison de chevaliers et escuiers, lequel vint là où le seigneur de Sempi avoit atachée la corde et faite l'ordonnance pour passer. Et dist le seigneur de Sempy au mareschal : « Sire, il vous plaist que nous passons ? » — « Il me plaist bien », dist le mareschal, « mais vous vous mettriés en grant péril se les ennemis qui sont à Commines savoient vostre couvenant. » — « Sire », dist le seigneur de Sempy, « Qui ne s'aventure, il n'a riens. Ou nom de Dieu et de saint George, nous passerons, et ferons, ainçois qu'il soit demain jour, sur noz ennemis bon exploit. » Lors passa le sire de Sempy, lui .ixe, et furent tantost lanchiés oultre par la corde. Si yssirent de l'autre costé et mistrent hors leurs armeüres et, afin qu'ilz ne fussent apparceü, ilz se mistrent en un petit boschet d'un aulnoy, et ceulx qui estoient au rivage du costé devers Lisle retirèrent le bacquet à eulx par une corde qu'ilz tenoient. Secondement le conte de Conversant, sire d'Angien, entra dedens, avec lui le sire de Vertain, et eulx .ix. passèrent ; et non plus n'en pouoit passer à la fois. Et à la tierce fois en passèrent encore .ix. . Et dont vindrent les autres .ij. bateaux ; si furent tantost mis en tele ordon-

---

1. Hervé de Mauni, en fait (éd. Raynaud, SHF, t. XI, p. IV, n. 6).

nance que le premier. Lors passèrent les chevaliers et escuiers, et ne passoit nul fors que droites[1] gens d'armes. Entretant que ces seigneurs sans leurs varlez passoient la rivière du Lis, le connestable fist traire avant les arbalestiers et escarmucier ces Flamens qui estoient oultre le pont de Commines pour les ensonnier, parquoy ilz entendissent à l'escarmuche et ne se apparceüssent des François qui passoient en bateaux. Adont vindrent arbalestiers et gens de pié, et y avoit aucuns qui gettoient de bombardes portatives gros carreaux empennez de fer, jusques à la ville de Commines. Là commença l'escarmuche forte et roide, et moustroient ceulx de l'avantgarde qu'ilz passeroient, s'ilz pourroient. Les Flamens, qui estoient paveschié[2] au costé devers eulx, moustroient aussi [visage] et faisoient grant défence. Ainsi se continua celle journée qui fu par un lundy[3], lançant, traiant et escarmuçant, et fu tantost tart, car les jours **[328v]** estoient moult cours. Et tousjours à ces bacqués passoient gens d'armes, et se mettoient, à fait qu'ilz estoient oultre, en .j. aunoy, et là se quatissoient à la couverte et attendoient l'un l'autre.

Or regardez, tout considéré, en quel péril ilz se mettoient ; car, se ceulx qui estoient à Commines s'en feüssent apparceüz au commencement, ilz en eüssent eü à leur voulenté la greigneur partie, et eüssent conquis cordes et bacqués, et tout mis à leur avantage. Ce lundy passèrent le sire de Rens, cousin du connestable, le viconte de Rohen, le sire de Laval, le sire de la Berlière, le sire de Combot, le Barrois des Barres, le sire de Collet, messire Régnaut de Thouars, sire de Puisances, messire Guillaume de Lignach, messire Gautier de Pasac, le sire d'Artois, messire Loÿs de Goussans, messire Tristram de la Galle, le vicontes de Meaulx, le sire de Mailli ; et tant que Bretons que Poitevins, Berruiers, François, Bourgoingnons, Flamens, Artisiens et Haynuiers, ilz se trouvèrent oultre sur ce

---

1. Au sens de « véritables ».   **2.** « Protégés par des boucliers ».   **3.** Le lundi 17 novembre 1382.

lundy au tart, environ .iiij.ᶜ hommes d'armes, toute fleur de gentillesce, ne onques varlet n'y passa.

Quant messire Loÿs de Sancerre vit que tant de bonnes gens estoient passez que .xvj. banières et .xxx. pennons, il passa aussi, ses chevaliers et escuiers avec lui, et adont passèrent le sire de Hangest, messire Perceval d'Ainneval et pluseurs autres. Quant ilz se virent tous ensemble, ilz distrent : « Or est il est temps que nous alons vers noz ennemis, assavoir se nous pourrions anuit logier en la ville de Commines. » Adont restraingnièrent leurs armeüres, et mistrent leurs bacinés sur les testes et les lacièrent et bouclèrent ainsi comme il appartenoit, et cheminèrent parmy les marès joingnant la rivière, leurs banières devant eulx, et tout ordonné et rengié comme pour tantost combatre. Et vindrent tout le pas en approchant Commines. Pietre du Bois, qui à tout .vij.ᵐ Flamens se tenoit rengié sur la chaucée, getta ses yeulx aval dedens les prés, et vit[1] ces gens d'armes approuchier. Si fu esmerveillié par quel lieu ilz estoient venus.

Le connestable de France, qui estoit d'autrepart la rivière, vit ces gens d'armes, banières et pennons en une belle petite bataille, et comment ilz approchoient Commines. Si lui commença le sang à frémir de grant hideur, et ot grant doubte de ses gens. Les François qui oultre estoient passez en ces bacquez se tindrent tous quois dedens les marès et en l'ordure et boe jusques aux chevilles, et aucuns jusques **[329r]** emmy jambe. Or regardez la paine qu'ilz orent quant en ces longues nuis d'iver, toute nuit en leurs armeüres estans sur leur piés, les bacinés sur leurs testes, ilz furent là sans boire et sans mengier. Ilz ne se veoient que une poignée de gens au regart des Flamens qui en Commines et ou pas estoient. Si ne les osoient aler assaillir, et avoient dit entre eulx, et sur ce s'estoient arresté : « Tenons nous cy tous ensemble et attendons qu'il soit jours et que

---

1. Emploi par Froissart d'un point de vue individuel mettant en valeur cette nouvelle menace pour les Flamands.

nous voions devant nous, et que les Flamens qui sont en leur fort avalent pour nous assaillir. Et quant ilz venront, nous crierons tous d'une voix chascun son cry ou le cry du seigneur à qui chascun est, ja soit ce que les seigneurs ne soient pas tous cy. Par celle voie et ce cry nous les esbaïrons, et puis ferrons en eulx de grant voulenté. Il est bien en Dieu et en nous du desconfire, car ilz sont mal armez, et nous avons noz glaives aux fers longs et acérez de Bordeaux, et noz espées aussi. Ja haubergon ne armeüres qu'ilz portent ne les pourront garantir que nous ne les perçons tout oultre. »

Piètre du Bois, qui veoit ces François delez Commines, dist aux Flamens : « Ces gens d'armes qui sont passez pour nous combatre ne sont pas de fer ne d'acier ; ilz ont toute jour traveillié en ces marès : il ne puet estre que sur le jour sommeil ne les abate. En tel estat irons quoiement sur eulx et les assaudrons ; nous sommes gens assez pour eulx enclorre. Si vous tenez quoy sans faire noise ; je vous signifieray bien quant il sera heure de faire nostre emprise. »

Les François qui estoient d'autrepart ès marez orent moult de paine de la boe et de la pluie. Là estoit le sire de Sempi qui moult loyaument s'aquita d'estre gaite et escoute des Flamens, car il estoit ou premier front et aloit soingneusement tout en atapissant, ymaginer leur couvenant, puis retournoit à ses compaignons et leur disoit tout bas : « Or, paix, paix ; noz ennemis se tiennent tout quoy ; espoir venront il sur le jour. Chascun soit tout pourveü et avisé de ce qu'il doit faire. » Et puis de rechief encore il raloit pour aprendre leur couvine, et après retournoit et disoit tout ce qu'il en oioit, sentoit et veoit. En celle paine fu il, alant et venant, jusques à l'eure que les Flamens avoient dit entre eulz et ordonné de venir combatre les François.

LA BATAILLE DE COMMINES[1]
[329v]
*La bataille du pont de Commines, du mareschal de Sancerre, du seigneur de Sempy et plusieurs François d'une part, et de Piètre du Bois et plusieurs Flamens d'autre part.
[.Lxxvij.ᵉ chapitre]*

§ 77. Sur l'aube du jour droitement, vindrent les Flamens de Commines tous serrez et en un tas, le petit pas sans sonner mot. Adont le sire de Sempy, qui estoit en agait, quant il en vit l'ordonnance, il apparçut bien que c'estoit à certes. Si retourna à ces compaignons et leur dist : « Or avant, seigneurs, il n'y a que du bien faire. Véez les cy qu'ilz viennent le petit pas et nous cuident surprendre. Or moustrons que nous soions droites gens d'armes, car nous aurons la bataille. » Et dont ces chevaliers et escuiers françois, bretons, berruiers, (bretons), bourgoingnons, haynuiers, flamens, artisiens et autres abaissièrent leurs visières, ceulx qui avalez ne les avoient, dont il n'y ot gaires. Et dont ilz baissièrent leurs glaives à bons fers de Bordeaux, et apoingnièrent de grant voulenté, et se mistrent en sy bonne ordonnance que on ne pourroit de gens d'armes mieux deviser ne demander. Et commencièrent à crier hault leurs cris, et aussi les cris des seigneurs soubz qui ilz estoient, ja soit ce que ilz n'y fussent pas ; ce fu pour esbahir les Flamens qui s'en venoient, Piètre du Bois tout devant. Les François les receürent de ces lances à fers trenchans et affilez de Bordeaux, si que les mailles des Flamens en furent percies, et passoient les fers tout oultre parmy ventres, parmy poitrines et parmy testes. Et quant ces Flamens sentirent ces horions getter de si bonne manière, ilz reculoient, et les François pas à pas avant passoient et conquéroient

---
1. C'est le scribe (ou son patron) qui est responsable de ce titre précédant la rubrique proprement dite.

terre sur eulx, car il n'y avoit nul si hardy qui ne resong[n]ast les coups. Et là fu Piètre du Bois auques des premiers navrez, et empalez d'un fer de glaive tout oultre l'espaule et bleciés ou chief, et eüst esté mort sans remède, se [ne fust] ses gens à force, ceulx qu'il avoit ordonné pour son corps, jusques à .xxx. fors gros varlez, qui le prindrent entre leurs bras et le portèrent hors de la presse. La boe de la chaucée aval Commines estoit si grande que toutes gens **[330r]** y entroient jusques emmy jambe. Ces gens d'armes de France qui estoient usez de fais d'armes commencièrent à reculer ces Flamens et abatre sans déport et occire. Là crioit on : « Sempy ! Laval ! Sancerre ! Angien ! Antoing ! Saumes ! Haluin ! » et tous cris dont il y avoit là gens d'armes. Flamens se commencièrent à esbahir et desconfire quant ilz virent que ces gens d'armes les requéroient et assaillioient si vaillemment et les poussoient tout oultre. Si se commencièrent à reculer et à cheoir l'un sur l'autre, et gens d'armes passoient oultre ou parmi eulx ou autour, et se boutoient tousjours ès plus drus, et ne les espargnoient non plus que chiens à occire et abatre, et à bonne cause, car, se les Flamens feüssent venu au dessus d'eulx, ilz eüssent fait pareillement.

Comment les François firent et passèrent le pont de Commines, et comment ilz pillièrent en Flandres. .Lxxviij.ᵉ chapitre

§ 78. Quant ces Flamens à Commines se virent ainsi reculer et assaillir vaillemment, et que ces gens d'armes avoient conquis la chaucée et le pont, si orent avis qu'ilz bouteroient le feu en leur ville, pour deux raisons : l'une si estoit pour faire reculer les François, et l'autre pour recuillir leurs gens. Ainsi comme ilz ordonnèrent, ilz firent, et boutèrent tantost le feu en plusieurs maisons qui furent en l'eure emprises ; mais tout ce, tant que de esbahir leurs ennemis, ne leur valu néant, car François aussi arréement et vaillemment comme devant les poursuivoient et combatoient, et occioient en la boe et dedens les maisons où ilz se retraioient. Et dont se mistrent ces Flamens aux champs et se avisèrent de eulx recueillir, sicomme ilz firent, et mettre ensemble ; et envoièrent des leurs pour esmouvoir le pays à Wertin, à Popringue, à Bergues, à Roullez, à Messines, à Varneston, à Menin et à toutes les villes environ, pour rassembler les gens et venir au pas à Commines. Ceulx qui fuioient et ceulx qui dedens les villages d'environ Commines estoient, sonnoient les cloches moult forment et moustroient bien que le pays avoit à faire. Si s'esbahissoient les uns, et portèrent le leur à Ypre et à Courtray. Là se retraïrent femmes et enfans, et laissoient leurs hostelz et maisons toutes pleines de meubles, de bestes et de grains ; et les autres s'en venoient à effort[1] tout le cours à Commines, pour aidier à recouvrer le pas où leurs gens se combatoient. Entretant que ces ordonnances se portoient en tele manière, et que ces vaillans gens [se combatoient], qui par bacquez la rivière du Lis passé avoient, la grosse route du connes-**[330v]**table de France entendoient à passer le pont, car le connestable, dès le jour devant, avoit abandonné le pont, et que chascun qui peüst, passast. Si avoient mis targes et pavais sur les gistes, et huis et planches ; si passèrent plusieurs en grant péril. Et dont ceulx qui passé estoient se avisèrent de réédifier le pont, car ilz trouvèrent tous les ais devers eulx. Si les remistrent et rajoustèrent sur les gistes du pont et sur les estaches ; et aussi, la nuit, on avoit fait acharier deux charretées de cloies, qui moult aidièrent à la besongne. Tant fu fait, ouvré et charpenté, que le pont de Commines fu refait bon et fort ; et passèrent oultre ce mardy matin tous

---

1. Ici, « en grand nombre ».

ceulx de l'avantgarde, et ainsi qu'ilz venoient, ilz se logoient en la ville.

Le conte de Flandres avoit entendu que ceulx de l'avantgarde se combatoient au pas à Commines. Si envoia celle part .vj.^{m} hommes de pié pour leur aidier, mais quant ilz vindrent, tout fu achevé, et le pont refait. Si les envoia le connestable à Varneston pour refaire le pont et passer ce mardy.

Ce jour, le roy de France et ses oncles qui estoient logiés à Marquette emprès Lisle entendirent que le pas de Commines estoit conquis. Si oïrent messe et beürent un coup, puis montèrent à cheval et cheminèrent devers Commines. Ceulx de l'avantgarde qui estoient à Commines délivrèrent la ville de ces Flamens, et en y ot occis, sur les rues et sur les champs, environ .iiij.^{m}, sans ceulx qui furent mors et chaciés dedens les moulins et ès moustiers où ilz se recueilloient, car si tost que ces Bretons furent oultre, ilz montèrent à cheval et se mistrent en chace pour trouver ces Flamens et pour courir le pays, qui estoit lors gras et riches. Le sire de Rens, le sire de Laval, le sire de Malestrait, le viconte de la Berlière, le sire de Combor et leurs gens chevaucièrent tout devant et vindrent à Wervy, qui est une grosse ville. Si fu prise et arse, et ceulx qui dedens estoient, mors ; là orent les Bretons grant proufit. Aussi orent les autres qui s'espardirent sur le pays, car ilz trouvoient les hostelz tous plains de draps, de pennes, d'or et d'argent, ne nul, sur fiance des fors pas de la rivière du Lis, n'avoient riens vuidié du leur, ne mené ès bonnes villes. Les pillars, Bretons, Normans, Bourgoingnons et autres, qui premièrement entrèrent en Flandres et que le pas de Commines fu conquis, ne faisoient compte des draps entiers, de pennes ne de telz **[331r]** richesses, fors que de l'or et de l'argent qu'ilz trouvèrent, mais ceulz qui vindrent depuis ramonnoient tout au net le pays, ne riens n'y laissièrent, car tout leur venoit bien à point.

Comment Phelippe d'Artevelle se party du siège devant Audenarde et vint à Gand assembler gens pour aler combatre le roy de France.
Le .Lxxix.ᵉ chapitre

§ 79. Vous savez que nouvelles sont tantost sceües. Ce mardy matin vindrent devant Audenarde en l'ost d'Audenarde les nouvelles comment les François avoient conquis le pont de [Commines][1]. Lors Phelippe d'Artevelle demanda au seigneur de Harselles quelle chose il feroit. Le chevalier lui dist : « Vous en yrez à Gand et assemblerez ce que vous pourrez avoir de gens parmy raison, la ville gardée, et les mettrez hors et amenrez cy, et à toute vostre puissance vous en yrez vers Courtray. Quant le roy de France entendra que vous venrez efforcéement contre lui, il s'avisera de venir trop avant sur le pas. Avec tout ce nous devrions temprement oïr nouvelles de noz gens qui sont en Engleterre, et pourroit estre que le roy d'Engleterre ou ses oncles passeront à tout puissance, ou passent, et ce nous venroit grandement à point. » — « Je me merveille, dist Phelippe, de ce qu'ilz séjournent tant, quant les Englois scèvent bien qu'ilz aront entrée en ce pays et ilz ne viennent. Je suis informé que le roy de France a bien .xx.ᵐ hommes d'armes : ce sont .Lx.ᵐ testes armées. Je en mettray autant ensemble devant lui à bataille. Se Dieu donne par sa grace que je le puisse desconfire avec le bon droit que nous avons, je seray le plus honnorez sire du monde ; et se je suis desconfiz, aussi grant fortune vient bien à plus grant seigneur que je ne suis. »

Et dont Phelippe monta à cheval et fist monter environ .xxx. des siens, et prist le chemin de Gand, et encore yssi il hors du chemin pour veoir aucuns hommes mors de la garnison d'Audenarde, qui estoient

---

1. Ms : « Bouvines ».

yssus celle nuit pour escarmucier l'ost, sicomme ilz faisoient souvent. Si en y ot de ratains jusques à .xij. que ceulx de l'ost occirent. Ainsi qu'il arrestoit là en eulx regardant[1], il vit un héraut du roy d'Engleterre qui venoit le chemin de Gand. Phelippe lui demanda : « Et de noz gens savez vous nulles nouvelles ? » — « Sire, dist le héraut, oÿl : ilz viennent .v. de voz bourgois de Gand et .j. chevalier d'Engleterre, lequel par l'accort du roy et du conseil d'Engleterre apportent unes lettres à vous qui estes regart de Flandres. Et quant vous arez séellé ce que les lettres contiennent, et grans aliances qui y sont, et le chevalier et voz gens seront retourné en Engleterre, vous serez grandement conforté **[331v]** du roy et des Englois. » Dist Phelippe : « Vous me comptez trop de devisez : ce sera trop tart. Alez, alez à vostre logiz. » Adont le fist il mener au logis du sire de Harselles, pour lui recorder des nouvelles ; et il prist le chemin de Gand si fort pensif que on ne pouoit de lui extraire nulle parolle[2].

Comment ceulx d'Ypre se rendirent au roy de France, et comment le roy les reçut à mercy parmy une somme de deniers. Le .iiij.$^{xx\,e}$ chapitre

§ 80. Nous parlerons du roy de France et recorderons comment il persévéra. Quant les nouvelles lui vindrent que le pas de Commines estoit délivrez des Flamens et le pont refait, il se départi de l'abbaie de Marquette où il estoit logié, et chevauça devers Commines en grant route, et toutes gens en ordonnance, ainsi qu'ilz devoient aler. Si se vint le roy logier à Commines ce mardy, et la bataille de l'avant garde estoit alez logier sur le mont d'Ipre. Et le mercredy

---

1. Détail frisant le pathétique, ou qui est censé traduire l'angoisse de Philippe d'Artevelde ? **2.** Cf. la note précédente.

matin vint le roy aussi logier sur le mont d'Ipre, et ce jour se loga l'arrièregarde à Commines. Quant vint de nuit que les seigneurs cuidièrent reposer, on cria à l'arme[1], et cuidoient les François pour certain avoir la bataille et que les Flamens de la chastelenie d'Ypre, de Cassel et de Bergues feüssent recueilliz et les venissent là combatre. Adont s'armèrent les seigneurs et mistrent leurs bacinés et boutèrent leurs banières et leurs pennons hors de leurs hostelz, et alumèrent falos et se traïrent tous sur les carreaux, et furent là en celle ordure et boe jusques emmy jambe, toute nuit. Et tout pour néant, car le harou monta par varlez qui s'estoient entrepris ensemble. Toutesfois, les seigneurs en orent celle paine.

Quant vint le jeudy matin, l'arièregarde vint sur le mont d'Ypre[2], là où tout l'ost estoit. Et les fouragiers françois couroient le pays où ilz trouvoient tant de biens, de bestes et autres pourvéances que merveilles, ne depuis qu'ilz furent oultre le pas de Commines, ilz n'orent défaulte de vivres. Le conseil de la ville d'Ipré se mist ensemble ; les plus notables hommes et riches, qui tousjours avoient esté de la plus saine partie, se ilz eüssent osé moustrer, vouloient que on envoiast devers le roy pour crier mercy, et que on lui envoiast les clefs de la ville. Le cappitaine, qui estoit de Gand et là establi de par Phelippe d'Artevelle, ne vouloit nullement que on se rendist, et disoit : « Nostre ville est forte assez, et sommes bien pourveü : nous attenderons le siège, se on nous veult asségier. Entretant fera Phelippe, nostre **[332r]** regart, son amas ; et venra combatre le roy à grant puissance et lèvera le siège. » Les autres distrent que point n'estoient asseür de ceste aventure, et disoient qu'il n'estoit mie en la puissance de Phelippe et de tout le pays de desconfire le roy de France, s'il n'avoit les Englois avec lui, dont il n'estoit nul apparant ; et que pour le meilleur il estoit bon que

---

1. Le cri « À l'arme ! », attesté depuis 1310 en moyen français et emprunté à l'italien *all'arma*, est, bien sûr, à l'origine du vocable moderne « alarme ».   2. La hauteur d'Ypres.

on se rendist au roy de France, et non à autrui. Tant montèrent paroles que riote s'esmut, et furent les seigneurs maistres et le cappitaine occis, qui s'appelloit Pietre Vauselare. Quant ceulx d'Ypre orent ce fait, ilz prindrent .ij. Frères Mineurs et les envoièrent devers le roy et ses oncles sur le mont d'Ipre, et moustrèrent que le roy voulsist entendre à traitiés amiables à ceulz d'Ipre. Le roy fu conseilliés qu'il leur donroit saufconduit pour aler et venir, savoir qu'ilz vouloient dire. Lors vindrent .xij. bourgois d'Ipre, avec un abbé qui se bouta ès traittiés, et vindrent au roy auquel ilz représentèrent la ville d'Ipre à estre en son obéïssance à tousjours, sans moien. Le roy, parmy le bon conseil qu'il ot, comme celui qui contendoit [à] acquérir tout le pays par douceur, ne voult mie là commencier à moustrer son mautalent, mais les reçut doulcement par un moien qu'il y ot, que ceulx d'Ypre paieroient au roy .xl.^{m} frans, pour aidier à paier une partie de ses menus despens qu'il avoit fait à venir jusques là. À ce traittié ne furent onques ceulx d'Ypre rebelles, mais furent tous joyeux quant ilz y porent venir.

Ainsi furent pris à mercy ceulx d'Ypre, et prièrent au roy et à ses oncles qu'il leur pleüst venir refreschir en leur ville, et que les bonnes gens en aroient grant joie. On leur accorda que voirement le roy iroit par là, et dont retournèrent ces bourgois à Ypre. Si furent tantost les .xl.^{m} frans par taille levez, et paiés au roy ou à ses commis ainçois qu'il entrast en Ypre.

Comment nouvelles vindrent au roy de France que les Parisiens vouloient abatre les forteresses entour Paris. .iiij.^{xx} .j.^{e} chapitre

§ 81. Encores se tenoit le roy sur le mont d'Ypre quant nouvelles lui vindrent des Parisiens qu'ilz s'estoient revelé à Paris et avoient en conseil entre'eulx, sicomme on disoit là, d'aler abatre le beau chastel de Beauté, qui siet au bois de Vincennes, et aussi le chastel du Louvre et toutes les fortes maisons d'environ Paris, afin que jamais ilz n'en peüssent estre grevez, quant un de leur route qui cuidoit trop bien dire, mais il parloit trop mal, sicomme il apparut pour lui depuis, [dist] : « Beaux seigneurs, refrénez vous de ce faire, tant que nous verrons comment le roy se portera en Flandres. **[332v]** Se ceulz de Gand viennent à leur entente, ainsi que on espère bien qu'ilz venront, adont sera il heure du faire, et temps assez ; ne commençons pas chose dont nous nous puissons repentir. » Ce fu Nicolas le Flamenc qui dist ceste parolle, et par lequel l'affaire des Parisiens demoura à faire de cest oultrage ; mais ilz se tenoient à Paris pourveü de toutes leurs armeüres, aussi bonnes et aussi riches comme se ce feüssent grans seigneurs[1], et se trouvoient armé de pié en cap comme droites gens d'armes[2], plus de .xx.^{m} et bien .xxx.^{m} maillez, et faisoient ouvrer les Parisiens nuit et jour les heaumiers, et achetoient les harnois de toutes pièces, tout ce que on leur vouloit vendre.

Or regardez la grant déablie que ce eüst esté, se le roy eüst esté desconfis en Flandres, et la noble chevalerie qui estoit avec lui en ce voiage. On puet bien croire et ymaginer que toute gentillesse eüst esté morte en France, et tant bien ès autres pays ; ne la Jaquerie[3] ne fu onques si grant ne si horrible qu'elle eüst esté, car pareillement à Rains, à Chaalons en Champaigne et sur la rivière de Marne, les villains se revelloient et menaçoient ja les gentilz [hommes], femmes et dames et leurs enfans qui estoient demourez derrière ; autretant bien en Orléans, en Blois, à Rouen, en Normandie et en Beauvoisin. Et leur estoit le déable entré en la teste, ainsi que vous orrez recorder ensuivant en l'istoire.

---

1. Encore des signes d'un monde à l'envers (*bestourné*).
2. Cf. la note précédente.   3. Le soulèvement populaire de 1358.

Comment ceulx de Cassel, de Bergues et de plusieurs autres villes se rendirent au roy de France. Le .iiij.^{xx} .ij.^e chapitre

§ 82. Quant ceulx de la chastellenie de Cassel, de Bergues, de Bourbourc, de Gravelingues, de Furnes, de Dunkerke, de Popringue, de Thorout, de Bailleul et de Messines entendirent que ceulx de la ville d'Ipre estoient tourné françois, toutes ces villes, chastellenies, bailliages et mairies prindrent leurs cappitaines et les lièrent bien et fort, qu'ilz ne leur eschappassent, lesquelx Philippe d'Artevelle avoit mis et semez ou pays, et les amenèrent, pour complaire au roy et lui appaisier envers eulx, sur le mont d'Ypre ; et lui distrent, criant mercy à genoulx : « Noble roy, nous mettons noz corps, noz biens et les villes où nous demorons, en vostre obéïssance ; et pour monstrer plus à plain le service et congnoistre que vous estes nostre sire droiturier, véez cy les cappitaines lesquelx Phelippe d'Artevelle nous a baillié ; et puis que par force et non autrement il nous fist obéïr à lui, si en pouez faire à vostre plaisir, car ilz nous ont mené et gouverné à leur **[333r]** entente. » Le roy de France fu conseilliés de prendre(s) toutes les gens des seignories dessus dictes à mercy, parmy un moyen[1] qu'il y ot : qu'ilz paieroient au roy pour ses menuz frais .Lx.^m frans ; et estoient encore réservez tous vivres et autres choses que on trouveroit sur les champs, mais on les asseüroit de non estre ars ne pris. Ce leur souffist, et furent tout aise quant ilz pouoient ainsi eschapper. Et furent tous les cappitaines qu'ilz avoient là amenez, décolez sur le mont d'Ypre. De tous ces traitiés et apaisemens on ne parloit de riens au conte de Flandres, ne il n'estoit point appellé ou conseil du roy, ne nul homme de sa court. Se il en

---

1. Au sens, à nouveau, de « condition ».

anoit, je n'en puis mais[1], car tout le voiage il n'en ot autre chose, ne proprement ses gens, ne ceulx de sa route ne de sa bataille ne s'osoient desrengier ne desrouter de la bataille sus esle où ilz estoient mis par l'ordonnance des maistres arbalestiers, pour tant qu'ilz estoient Flamens, car il estoit ordonné que nul ne portast baston à virole[2].

Quant le roy de France et tout son ost orent esté logié à leur plaisir sur le mont d'Ipre, et que on y avoit tenu plusieurs marchiés et vendu grant plenté de butin à ceulx de Lille, de Douay, d'Artois, de Tournay et à tous ceulx qui acheter les vouloient, et donnèrent un drap de Wervy, de Messines, de Popringue et de Commines pour un franc – on estoit là revestu à trop bon marchié – aucuns Bretons et autres pillars qui vouloient plus gaingnier, s'acompaignoient ensemble et chargièrent sur chars et sur chevaux leurs draps, nappes, toilles, or, argent monnoié ou en vaisselle, puis l'envoièrent en sauf lieu oultre le Lis, ou par leurs varlés en France. Adont vint le roy à Ypre et tous les seigneurs, et s'i logièrent ceulz qui logier se porent, et se refreschirent .iij. ou .iiij. jours. Et les autres se logièrent ès villaiges environ la ville, et trouvèrent des pourvéances grandement et à plenté, dont ilz se tindrent aise. Ceulx de Bruges savoient moult bien comment le roy séjournoit à Ypre, et que tout le pays en derrière lui jusques à Gravelingues s'estoit rendu à lui. Si feüssent voulentiers renduz aussi, mais bien .vij.m de ceulx de Bruges estoient en l'ost Phelippe d'Artevelle devant Audenarde, et aussi en la ville de Gand estoient en ostages des plus notables de Bruges jusques à .v.c. Oultre, Piètre du Bois et Piètre le Mutre estoient là, qui disoient à ceulx de Bruges : « Beaux seigneurs, ne vous esbahissiés point se le roy de France est venus jusques à Ypre. Vous savez comment, [333v] ancien-

---

1. Intervention (assez rare, dans notre texte) d'une voix « éditoriale ». **2.** Bâton se terminant en un petit cercle de fer (ou rouelle). D'autres manuscrits précisent qu'il était interdit à ces hommes de parler flamand.

nement, toute la puissance du royaume de France envoiée du beau roy Phelippe vint jusques à Courtray, et là par noz ancesseurs furent tous mors et desconfis[1]. Pareillement, sachiés qu'il seront desconfis, car Phelippe d'Artevelle, à tout grant puissance, ne laira nullement qu'il ne voïst combatre le roy de France ; et il puet trop bien estre, sur le bon droit que nous avons, et la fortune qui est bonne pour ceulz de Gand, que Phelippe desconfira le roy. Si sera sur heure tout le pays raquis, et aussi demourez comme loyaux gens en la grace de Phelippe et de noz gens de Gand. »

En ce temps arrivèrent à Calais les bourgois de Gand et messire Guillaume de Ferinton, Englois, lesquelx estoient envoiés de par le roy d'Engleterre et tout le pays pour venir remoustrer à ceulx de Flandres les aliances que le roy d'Engleterre et les Anglois vouloient avoir aux Flamens. Le cappitaine de Calais, messire Jehan d'Evreux, leur dist que pour le présent ilz ne pouoient passer en Flandres, car tout le pays dès Calais jusques à Ypres s'estoit tourné au roy de France.

Comment Phelippe d'Artevelle fist son amas parmy Flandres et vint à ost près de Rosebèque. Le .iiij.ˣˣ .iij.ᵉ chapitre

§ 83. Phelippe d'Artevelle vint à Gand et ordonna que tout homme portant armes dont il se pouoit aidier, la ville gardée, le suïssent. Ilz obéirent, car il leur donnoit à entendre que par la grace de Dieu il desconfiroit les François, et seroient Gantois souverains de toutes autres nations[2]. Environ .x.ᵐ hommes amena Phelippe de Gand, et s'en vint devant Courtray ; et avoit envoié

---

1. La bataille de Courtrai (défaite de Philippe le Bel par les tisserands et les milices flamandes, Bruges, 1302). 2. Thème, à nouveau, de la *tyrandise*, du *bestournement* du monde.

à Bruges, au Dam, à Ardembourch, à l'Escluse, ès .iiij. Mestiers, en la chastelenie de Gramont, Tenremonde et Alost, et leva bien de ces gens environ .xxx.^m . Et se loga une nuit devant Audenarde, et l'endemain s'en party et vint devant Courtray. Quant le roy de France entendy que Phelippe d'Artevelle approchoit durement, il se parti d'Ypre et vint logier, et tout son ost, entre Rosers et Rosebecque ; et vous dy que là sur les champs les seigneurs pour ce temps y orent moult de paine, car c'estoit à l'entrée de décembre[1], et plouvoit tousjours ; et gisoient toute nuit en leurs armeüres sur les champs, car ilz cuidoient à toutes heures avoir la bataille. Et disoit on communément en l'ost : « Ilz venront demain », et par les fouragiers venoient telles nouvelles. Si estoit le roy logié ou milieu de ses **[334r]** gens, et de ce que les Flamens detrioient tant estoient les seigneurs tous courrouciés, car pour le dur temps qu'il faisoit, ilz voulsissent bien estre plus tost délivrés et combatu. Vous devez savoir que avec le roy de France estoit toute fleur de vaillance et de chevalerie. Si estoient Phelippe et les Flamens moult oultrecuidié quant ilz se hastoient du combatre, car se ilz se fussent tenu à leur siège devant Audenarde et aucunement fortifié, avec ce qu'il faisoit pluvieux et froit en Flandres, on ne les fust jamais alez querre ; et, se on les y eüst quis, on ne les eüst peü avoir pour combatre, fors à trop grant meschief. Mais Phelippe se glorefioit tant en sa belle victoire qu'il ot devant Bruges, qu'il lui sembloit bien que nul ne lui pourroit meffaire[2], et espéroit bien à estre sire de tout le monde.

Ce mercredy au soir dont la bataille fu le lendemain, s'en vint Phelippe d'Artevelle et sa puissance logier en une place assez forte entre un fossé et un boschet et fortes haies, que on ne peüst aisiement venir à eulx, et fu entre le Mont d'Or et la ville de Rosebèque[3], où le roy estoit logiés. Ce soir, Phelippe donna à souper en

---

1. On est, en fait, le mercredi 26 novembre. 2. *Hubris* de Philippe d'Artevelde... 3. West-Rozebeke, en fait.

son logis à tous les cappitaines, grandement et largement, car il avoit bien dequoy : grant foison de pourvéances les suivoient. Après souper, leur dist : « Beaux seigneurs, vous estes en ce party et en ceste ordonnance d'armes mes compaignons. J'espoire bien que demain nous arons la besongne, car le roy et les François, qui moult nous désirent à combatre, sont logiés à Rosebèque. Si vous pry que vous tenez vostre loyauté, et ne vous esbahissiés de chose que vous véez. C'est pour nostre bon droit que nous combatrons, pour garder les juridicions de Flandres et nous tenir en droit. Amonnestez vos gens de bien faire, et les ordonnez sagement, tellement que on die que par le bon arroy de nous, cappitaines, nous arons eü la journée pour nous ; et nous sera l'onneur .c. fois plus grant que se nous eüssions le confort des Englois, car, se ilz estoient avecques nous, ilz en aroient toute la renommée. Et se Dieu l'ottroie que la journée soit nostre, nous ne trouverons jamais seigneur qui nous combate ne qui s'ose contre nous mettre aux champs, car avec le roy de France est toute la fleur de son royaume, ne il n'a nullui laissié derrière ; et dictes à voz gens que on tue tout, sans nullui prendre à mercy. Par ainsi pourrions demourer en paix, car je vueil et commande, sur la teste, que nul ne prengne prisonnier, se ce n'est le roy que je vueil déporter ; car c'est un enfant. [334v] On lui doit pardonner : il ne scet qu'il fait, il va ainsi que on le maine. Nous l'amenrons à Gand aprendre flamenc ; mais ducs, contes et tous autres hommes d'armes, occisiés tout. Les communes de Flandres ne nous en saront ja pieur gré, car ilz vouldroient, de ce sui je tout certain, que jamais pié n'en retournast en France[1]. » Ces cappitaines respondirent à Phelippe qu'il disoit bien, et que ainsi le feroient. Atant prindrent congié, et retournèrent chascun en son logiz.

---

1. Ce discours conserve bien à Philippe toute sa dignité comme *regard* de Flandre.

Bataille de Rozebeke

Comment il sembloit aux Flamens qu'ilz ooient bataillier sur le Mont d'Or par nuit, mais on ne pot savoir que c'estoit.
[Le] .iiij.ˣˣ .iiij.ᵉ chapitre

§ 84. Quant les Flamens furent logiés entre le Mont d'Or et Rosebèque, la première nuit ilz firent bon gait, car ilz sentoient l'ost de France à moins d'une lieue d'eulx. Et, sicomme l'en dist, Phelippe d'Artevelle avoit à amie une damoiselle de Gand, laquelle en ce voiage estoit venue avec lui. Si que, endementiers que Phelippe dormoit sur une couste pointe delez feu de charbon, ceste femme[1], environ heure de mienuit, issi du pavillon pour veoir le temps et quelle heure il estoit, car elle ne pouoit dormir. Si regarda au costé devers Rosebèque, et voit en plusieurs lieux en l'air du ciel fumières et estincelles de feu voler ; et c'estoit des feux que les François faisoient desoubz hayes et buissons, ainsi qu'ilz estoient logiés. Aussi fu avis à celle femme qu'elle oÿ grant frainte et noise entre les deux osts, et crier « Monjoie ![2] » et plusieurs autres cris ; et lui sembloit que c'estoit sur le Mont d'Or. De celle chose elle fu toute eshidée ; si se retraÿ ou pavillon Phelippe, et l'esveilla et dist : « Levez tost et vous armez, car j'ay oÿ grant noise sur le Mont d'Or, et croy que ce sont les François qui vous viennent combatre. » Phelippe se leva hastivement et afubla une heuque, c'est un mantel[3], et prist une hache. Quant il fu hors de son

---

1. Encore une femme tenant un rôle d'envergure à un moment fort dramatique du récit.   2. Cri de guerre du roi de France et des Français.   3. « *Huque* : vêtement de dessus ; robe courte flottante, ouverte sur les côtés, portée dans le costume militaire et civil ; celle des cavaliers était fendue devant ; souvent bordée de fourrure et brodée ou orfévrée. Portée pendant tout le XVᵉ siècle, elle s'allonge, sous Louis XI, jusqu'à couvrir les pieds » (Fr. Boucher, *Histoire du costume en Occident des origines à nos jours*, nouv. éd. mise à jour, Flammarion, Paris 1965, 1983 et 1996, p. 466).

pavillon pour mettre en voir[1] ce que la damoiselle disoit, tout en telle manière comme elle l'avoit oÿ, Phelippe l'oÿ pareillement. Et lui sembloit qu'il y eüst un grant tournoiement. Tantost il se retraÿ en son pavillon, et fist sonner sa trompette de resveillement. Ceulx de Flandres, qui bien recongneürent la trompette Phelippe, se levèrent et armèrent. Ceulx du gait, qui estoient au devant de l'ost, envoièrent de leurs compaignons devers Phelippe pour savoir qu'il lui failloit, et Phelippe les blasma moult de ce que, quant ilz avoient oÿ noise et frainte devers les ennemis, (et) sy s'estoient tenu tout quoy. À ce respondirent ceulx du guet et distrent : « Sire, nous avons voirement bien oÿ noise sur le Mont d'Or ; si avons envoié **[335r]** savoir que ce pouoit estre. Mais ceulz qui y alèrent nous ont rapporté que ce n'est riens, que nulle chose ilz n'ont veü. Et pour ce que nous ne veïsmes de certain nul apparant d'esmouvement, ne voulions pas resveillier l'ost, que nous n'en feüssions blasmez. » Par ces parolles se apaisa Phelippe, mais en courage[2] il se merveilloit grandement que ce pouoit estre. Or distrent aucuns que c'estoient les déables d'enfer qui là jouoient et tournioient où la bataille devoit estre, pour la grant proie qu'ilz y attendoient.

Comment les Flamens se mistrent en ordonnance de bataille près de Rosebèque, par l'amonnestement de Phelippe d'Artevelle. .iiij.ˣˣ .v.ᵉ chapitre

§ 85. Onques puis ce resveillement de l'ost, Phelippe ne les siens ne furent asseürez, et se doubtèrent adez[3] d'estre trahy et surpris. Si se armèrent bien et

---

1. « Confirmer ». 2. « Dans son for intérieur ». 3. Ici, « d'un moment à l'autre ».

bel de ce qu'ilz avoient, par grant loisir, et firent grant feu en leurs logiz et se desjeunèrent à leur aise, car vins et viandes avoient assez. Environ une heure devant le jour dist Phelippe : « Ce seroit bon que nous retraïssons sur les champs et nous meïssons en ordonnance, parquoy sur le jour, se les François viennent pour nous assaillir, nous soions pourveü et avisé de ce que nous devons faire. » Tous s'acordèrent à ceste parole, et se départirent de leurs logiz, et vindrent au dehors d'un boschet, et avoient au devant d'eulx un fossé large assez et nouvellement renouvellé, et par derrière eulx grant foison de ronces, de genestes et de menu bois. En ce fort lieu se ordonnèrent tous et mistrent en une grosse bataille drue et espesse ; et se trouvèrent par rapport de connestables environ .L.^m tous à eslection, les plus fors, les plus appers et les plus oultrageux, et qui le moins acontoient de[1] leurs vies, et avoient .Lx. archiers englois[2] qui s'estoient emblez de leurs gaiges, de Calais, pour venir prendre greigneur proufit à Phelippe, et avoient laissié en leur logiz ce de harnois qu'ilz avoient, males, lis et toutes autres ordonnances, hors mis leurs armeüres, chevaux, charroy et sommiers, femmes et varlez. Mais Phelippe d'Artevelle avoit son page monté sur un beau coursier delez lui, qui valoit encore pour un seigneur .v.^c florins, et ne le faisoit pas venir avec lui pour chose qu'il se voulsist embler ne defuir des autres, fors que pour estat et par grandeur et pour monter sus, se chasse sur les François se faisoit, pour dire à ses gens : « Tuez tout ! Tuez tout ! » De la ville de Gand avoit Phelippe .ix.^m hommes tous armez, lesquelx il tenoit delez lui, car il y avoit greigneur fiance qu'il n'avoit ès autres ; et se

---

1. « Faisaient cas de ».   2. Un archer du Cheshire ou du pays de Galles pouvait décocher six flèches en trente secondes, alors qu'un arbalétrier genevois devait faire remonter la corde de son arme au moyen d'un treuil, ou bien en la tirant vers lui de toutes ses forces – tout en maintenant un pied dans une espèce d'étrier monté sur le devant de l'engin, avant de pouvoir décocher un seul carreau.

tenoient ceulx de Gand et Phelippe [335v] et leurs banières tout devant, et ceulx de la chastellenie d'Alost et de Gramont ; après, ceulx de la chastellenie de Courtray, puis ceulx de Bruges, du Dam et de l'Escluse, et ceulx du Franc de Bruges. Et estoient armez la greigneur partie de maillés, de huvettes, de chappeaux de fer, d'auquetons[1] et de gans de balaine, et portoit chascun un planchon à picot de fer et à virole, et avoient par villes et chastellenies parures semblables pour congnoistre l'un l'autre ; une compaignie, à cottes parties de jaune et de pers ; les autres, à une bende de noir sur une cotte vermeille ; les autres portoient cheveronné de blanc sur une robe bleue ; les autres, frenges de vert sur une cotte noire ; les autres, décopeüres de blanc sur une cote rouge ; les autres estoient vestuz de vert et de jaune[2] ; les autres, une faisse[3] eschiquetée de blanc et de noir[4] ; les autres, esquartelez de vermeil et de blanc[5] ; les autres, tout de pers[6] à un quartier de rouge ; les autres, couppé de rouge dessus et de blanc desoubz. Et avoient chascune banière de leurs mestiers, et grandes coutilles à leurs costez parmy leurs çaintures. En tel estat se tenoient tout quoy en attendant le jour qui vint tantost.

---

1. Le *hoqueton* est une « casaque brodée que portaient les archers » (Littré). 2. Coïncidence, peut-être, mais au Moyen Âge cet alliage de couleurs signifiait le désordre : voir M. Pastoureau, *Figures et couleurs*, Le Léopard d'Or (Paris, 1986), p. 23. 3. Terme de blason : la *fascé*. Froissart nous fait étalage ici de l'*anti*-blason des communes. À noter que les livrées bigarrées des communes de Flandre se trouvent représentées dans plusieurs enluminures du deuxième Livre, ms. de New York. 4. C'est-à-dire, à damiers noir et blanc ; « échiqueté parce qu'équivoque » (*op. cit.*, p. 27) ; « la structure constituée par des cases égales... de couleurs alternées exprime une forte idée de désordre » (*ibid.*, p. 28). 5. « En quatre quartiers contrastants » (« blason de la folie », *ibid.*, pp. 30-31). 6. « D'un bleu foncé ».

De l'ordonnance de l'ost de France avant la bataille de Rosebèque. Le .iiij.^{xx} .vj.^{e} chapitre

§ 86. Bien savoient le roy de France et les seigneurs qui delez lui estoient et qui sur les champs se tenoient, que les Flamens approchoient et que ce ne pouoit passer que bataille n'y eüst, car nul ne traittoit de paix, et toutes les parties en avoient grant dévotion. Si fu crié ce mercredy matin parmy la ville d'Ypre que toutes manières de gens d'armes se traïssent sur les champs delez le roy, et se meïssent en l'ordonnance aussi comme ilz devoient aler et estre. Tous obéïrent à ce ban fait de par le roy, le connestable et les mareschaux, ce fu raison, et ne demoura nul homme d'armes ne gros varlet en Ypre, que tous ne venissent sur les champs, fors varlez qui gardoient les chevaux et que ilz avoient ramenez en Ypre quant leurs maistres estoient descenduz. Toutesfois, ceulx de l'avant-garde en avoient foison avec eulx, pour les aventures de chacier et pour descouvrir les batailles : à ceulx là besoingnoit il plus que aux autres. Ainsi se tindrent les François ce mercredy sur les champs, assez près de Rosebèque, et entendoient les seigneurs à **[336r]** leurs besoingnes et à leurs ordonnances.

Quant vint au soir, le roy donna à souper ses .iij. oncles, le connestable de France, le seigneur de Coucy et aucuns autres grans seigneurs estrangiers de Brabant, de Haynau, de Hollande d'Alemaigne et de Savoie, qui l'estoient venuz servir ; et les remercia grandement – aussi faisoient ses oncles – du bon service qu'ilz lui faisoient et moustroient à faire. Et fist ce soir le gait pour la bataille du roy le conte de Flandres, et avoit en sa route bien .vj.^{c} lances et .xij.^{c} hommes d'autres gens. Ce mercredy au soir après souper, que les seigneurs qui avoient soupé avec le roy s'estoient retrait, le connestable demoura derrenier au prendre congié, car il estoit ordonné du conseil du roy que le connestable, messire Olivier de Cliçon, se des-

mettroit pour le lendemain, jour de jeudy, de l'office
de la connestablie, et seroit ce jour seulement le sire
de Coucy en son lieu, et messire Olivier demourroit
delez le roy. Mais quant le connestable entendi ces
nouvelles il dist que ceste chose lui tourneroit à grant
blasme, car ceulx de l'avantgarde et les autres diroient
que il fuïst les premiers horions. Et plusieurs autres
paroles raisonnables mist le connestable avant, tant que
le roy ne ses oncles ne y savoient contredire, et que
finablement le roy lui dist qu'il vouloit bien qu'il
demourast connestable et qu'il feüst l'endemain à sa
messe. Quant vint le joedy matin, toutes gens d'armes
s'appareillièrent et armèrent de toutes pièces, hors mis
des bacinés. Et oÿ le roy messe, et les seigneurs, et se
mistrent en prière et dévotion envers Dieu, qu'Il les
voulsist getter du jour à honneur. Celle matinée leva
une bruine, grande et espesse, que à paine veoit on un
arpent de loing. Après la messe du roy, fu ordonné que
le connestable et messire Jehan de Vienne, amiral de
France, et messire Guillaume de Poitiers, bastart de
Lengres, yroient descouvrir et aviser les Flamens ; et
entretant, le sire de Coucy, le sire de Lebreth et messire
Hue de Chalons entendroient à ordonner les batailles.

Des .iiij. chevaliers de France qui vindrent aviser
le couvenant des Flamens près de Rosebèque.
Le .iiij.^{xx} .vij.^{e} chapitre

§ 87. Lors se partirent de l'ost du roy messire Olivier de Cliçon, connestable de France, messire Jehan
de Vienne, amiral de France et messire Guillaume de
Poitiers, et chevaucièrent sur fleur de coursiers celle
part où ilz pensoient trouver les Flamens, pour aviser
leur couvenant. Si devez savoir que les Flamens, qui
dès avant le jour s'estoient trait en un fort **[336v]** lieu,
sicomme dessus est dit, et ilz orent là demouré jusques

à huit heures, et ilz virent qu'ilz n'ooient nulles nouvelles des François, orgueil et oultrecuidance les resveilla ; et commencièrent les cappitaines à parler l'un à l'autre, disant : « Quel chose faisons nous cy en estant sur noz piés et nous refroidant ? Que n'alons nous de bon courage, puis que nous en avons la voulenté, requerre noz ennemis et combatre ? Nous séjournons cy pour néant ; les François ne nous venront point cy querre. Alons à tout le moins jusques sur le Mont d'Or, et prenons l'avantage de la montaigne. » Ces paroles multiplièrent tant que tous s'accordèrent à passer oultre et venir jusques sur le Mont d'Or, qui là estoit entre eulx et les François. Adont pour eschever le fossé qui estoit entre eulx, ilz tournèrent autour du boschet, et prindrent l'avantage des champs. À ce qu'ilz se traïrent ainsi sur les plains et à tourner le boschet, les .iij. chevaliers dessus nommez vindrent si à point que tout par grant loisir les avisèrent, et chevaucièrent les plains en costoiant leur bataille, qui se remist toute ensemble à moins d'un trait d'arc près d'eulx. Et quant ilz orent passé une fois au senestre et ilz furent oultre, ilz reprindent le destre : ainsi virent le long de la bataille, et l'espès. Bien les virent les Flamens, mais onques ne s'en desroutèrent. Là dist Phelippe d'Artevelle aux cappitaines de son costé : « Tout quoy, seigneurs, tout quoy ! Mettons nous maishuy en ordonnance pour combatre, car noz ennemis sont près de cy, j'en ai bien veü les apparans. Ces .iij. chevauceurs qui passent et rapassent nous ont avisé. » Lors s'arrestèrent tous les Flamens, aussi comme ilz devoient venir sur le Mont d'Or, et se mistrent tous en une bataille forte et espesse, et (dist) Phelippe parla et dist : « Seigneurs, quant venra à l'assembler, souviengne vous comment nos ennemis furent tost desconfis et ouvers à la bataille de Bruges, par nous tenir dru et fort ensemble, si que tenez vous à présent en telle manière que on ne vous puist ouvrir. Et chascun porte son baston tout droit devant lui, et vous entrelaciés de voz bras, parquoy on ne puist entrer en vous, et alez tousjours le bon pas et tout par loisir devant vous, sans tourner à destre ne à senestre, et faites tout d'un fais et d'un chemin getter noz bombardes et noz canons, et traire noz arbalestiers. » Puis dist Phelippe à son page, qui estoit sur son coursier : « Va t'en ; si m'atens à ce **[337r]** buisson hors du trait. Et quant tu verras la desconfiture et la chace sur les François, si m'amaine mon cheval et crie mon cry : on te fera voie, car je vueil estre ou premier chief de la chace. » Atant se par[t]y le page, et fist ce que son maistre lui commanda. Quand Phelippe ot mis en ordonnance ses gens, et en arroy de bataille, et moustré comment ilz se gouverneroient, il se mist sus une des esles, et ses gens où il avoit la greigneur fiance delez lui, et devant lui les .Lx. archiers d'Engleterre qu'il tenoit à gaiges et èsquelx il se fioit moult. Or regardez se ce Phelippe ordonnoit bien ses besoingnes. Il m'est avis, et aussi est il à plusieurs qui se congnoissent en armes, que oÿl, fors tant qu'il se forfist quant il se party du fort de la place où au matin s'estoient trait, mais Flamens vouloient moustrer qu'ilz doubtoient petit leurs ennemis.

Comment l'oriflambe fu desploiée, et des miracles qui furent adont veüz. Le .iiij.^{xx}.viij.^{e} chapitre

§ 88. Or revindrent ces trois chevaliers devers le roy de France et les batailles, qui ja estoient toutes mises en pas, arroy et ordonnance, aussi comme ilz devoient aler, car il y avoit tant de vaillans et sages hommes et bien usez d'armes en l'avantgarde, en la bataille du roy et en l'arrièregarde, que tous savoient quelle chose ilz devoient faire, car là estoit la fleur de la bonne chevalerie du monde. On fist voie à ces .iij. chevaliers : le sire de Cliçon parla premiers en enclinant le roy sur son cheval, et dist : « Sire, resjoïssiés vous ; ces gens sont nostres, noz gros varlez les combatront bien. » Dist le roy : « Dieux vous en oÿe ! Or, alons dont avant, en l'onneur de Dieu et de saint Denis ! » Là fist le roy plusieurs chevaliers nouveaux[1] ; aussi firent tous les seigneurs en leurs batailles. Là ot bouté hors et levé plusieurs banières ; là fu ordonné que, quant ce venroit à l'assembler, on mettroit la bataille du roy et l'oriflambe de France ou front premiers, et l'avant-garde passeroit tout oultre sus esle, et l'arrière-garde aussi sur l'autre esle, et assembleroient aux Flamens en poussant de leurs lances aussi tost l'un comme l'autre, et enclorroient en estraingnant ces Flamens, qui venoient aussi joint et serré que nulle chose pouoit estre. Par celle ordonnance aroient ilz grandement l'avantage sur eulx. De tout ce faire fu l'arrière-garde signifiée. Là ot fait ce jour, par le recort des héraulx[2], .iiij.ᶜ .Lxvij. chevaliers. Adont se partirent du roy, quant ilz orent fait leur rapport, le sire **[337v]** de Cliçon, messire Jehan de Vienne et messire Guillaume de Langres, et s'en vindrent en l'avant, car ilz en estoient. Assez tost après fu desploiée l'oriflambe, que messire Pierre de Villers portoit. Et veulent dire plusieurs gens, sicomme on treuve anciennement escript, que on ne la vit onques desploier sur crestiens fors que là, et en fu grant question des seigneurs sur ce voiage, se on la desploieroit ou non. Toutesfois, finablement, plusieurs raisons considérées, il fu déterminé du desploier, pour la cause de ce que les Flamens tenoient celle oppinion contraire du pape Clément, et se nommoient en créance Urbanistre ; dont les François disoient qu'ilz estoient incrédules et hors de foy : ce fu la principal chose parquoy elle fu apportée en Flandres et desvolepée.

---

1. C'est ce qui arrivait fort souvent sur le champ de bataille.
2. Sur Froissart et les hérauts d'armes, voir notre essai « Heralds, Heraldry and the Colour Blue in the *Chronicles* of Jean Froissart », dans E. Kooper (éd.), *The Medieval Chronicle*, Proceedings of the 1st International Conference on the Medieval Chronicle, Driebergen/Utrecht, 13-16 July 1996, Rodopi (Amsterdam-Atlanta, 1999), pp. 40-55.

Ceste oriflambe est une moult digne banière et enseigne, et fu envoiée du ciel par grant mistère, et est à manière d'un gonfanon, et est grant confort pour le jour à ceulx qui la voient. Encore moustra elle là de ses vertuz, car, toute la matinée il avoit fait si grant bruine et si espesse, que à paine pouoit on veoir l'un l'autre ; mais si trèstost que le chevalier la desvolepa qui la portoit, et qu'il leva l'anste contremont, celle bruine à une fois cheÿ et se rompy, et fu le ciel aussi pur et aussi cler, et l'air aussi cler et net, que on l'avoit point veü devant en toute l'année. Dont les seigneurs de France furent moult resjoïs, quant ilz virent ce beau jour venir et le souleil luire. Là estoit grant beauté de veoir ces clers bacinez, ces belles armeüres, ces fers de lance, ces banières, ces pennons et ces armoieries. Et se taisoient tout quoy, ne nul ne sonnoit mot, mais regardoient ceulx qui devant eulx estoient, celle grosse bataille de Flamens tout en une, qui approchoit durement ; et venoient le pas, tout serré et leurs plançons tous drois levez contremont, et sembloit des hantes que ce fust un bois, tant en y avoit grant foison.

Je fui adont informé du seigneur de Scouvenort, qui me dist qu'il vit, et aussi firent plusieurs, quant l'oriflambe fu desploiée et la bruine cheÿ, un blanc coulon[1] voler et faire plusieurs volz par dessus la bataille du roy ; et quant il ot assez volé, et que on se devoit combatre et assembler aux Flamens, il s'ala asseoir sur l'une des banières du roy, dont on tint ce à grant signifiance de bien. **[338r]**

---

1. Symbole ou signe de la présence de l'Esprit saint.

*L'istoire de la bataille de Rosebèque, du roy de France d'une part, et de Phelippe d'Artevelle et des Flamens d'autre part.
.iiij.ˣˣ.ix.ᵉ chapitre

§ 89. Or approchièrent les Flamens et commencièrent à traire et à getter des canons et bombardes gros carreaux anpennez d'arrain. Ainsi se commença la bataille, et en ot le roy de France et ses gens le premier encontre, qui leur fu moult dur, car ces Flamens, qui descendoient orguelleusement et de grant voulenté, venoient roide et dur, et boutoient en venant de l'espaule et de la poitrine, aussi comme senglier tout forsené, et estoient si fort entrelaciés ensemble que on ne les pouoit ouvrir ne desrompre. Là furent du costé des François, et par le trait des bombardes et des canons mors premièrement le sire de Vavrin, bannerez, Morelet de Haluin et Jaques d'Eres, et lors fu la bataille du roy reculée ; mais l'avantgarde et l'arrièregarde aux .ij. esles passèrent oultre et enclostrent ces Flamens et les mistrent à l'estroit, je vous diray comment. Sur ces .ij. esles, gens d'armes les commencièrent à pousser de leurs roides lances et longs fers et durs de Bourdeaux, qui leur passoient ces cottes de mailles tout oultre et les poingnoient en char. Tous ceulx qui estoient ataint et cousu de ces fers[1] se restraingnoient pour eschever les horions, car jamais, où amender le peüssent, ne se meïssent avant pour eulx empaler. Là les mistrent ces gens d'armes en tel destroit qu'ilz ne se pouoient aidier, ne ravoir leurs bras ne leurs planchons pour férir, ne eulx défendre. Là perdoient les plusieurs force et alaine, et trébuschoient l'un sur l'autre, et

---

1. Par un revirement métonymique destiné à rétablir ce monde à l'envers, les « longs fers et durs de Bourdeaux » ont raison ici, et fort cruellement, des « viroles » et « plançons » des communes flamandes. L'emploi de verbes comme « cousu » et « empaler » est à souligner, ces verbes traduisant peut-être la violence des émotions ressenties par le chroniqueur, autant que la brutalité du combat.

s'estaingnoient et mouroient sans coup férir. Là fu Phelippe d'Artevelle enclos et navrez de glaive et abatuz, et plusieurs Gantois qui le gardoient delez lui. Quant le page Phelippe vit la mésaventure venir sur leur costé – il estoit bien monté sur bon coursier – [il] se party de là et laissa son maistre, car il ne lui pouoit aidier, et retourna **[338v]** vers Courtray pour revenir vers Gand.

Dès lors que des .ij. costez les Flamens furent estraint et enclos, ilz ne passèrent plus avant, car ilz ne se pouoient aidier. Adont se remist la bataille du roy ensemble et en vigueur, qui de commencement avoit un petit branlé. Là entendirent gens d'armes à abatre Flamens à pouoir, et avoient les aucuns haches bien acérées, dont ilz rompoient bacinez, abatoient et escerveloient testes, et les aucuns plommées, dont ilz donnoient si grans horions qu'ilz les abattoient à terre. A paine estoient Flamens cheüs, quant pillars venoient qui se boutoient entre les gens d'armes ; et portoient grandes coustilles dont ilz les paroccioient[1], ne nulle pitié n'en avoient. Là estoit le cliquetiz sur ces bacinez si grans et si hauls d'espées et de haches, de plommées et de maillez de fer, que on n'y ooit goute pour la noise ; et oÿ dire que, se tous les heaumiers de Paris et de Bruxelles fussent ensemble, leur mestier faisant, ilz n'eüssent pas fait si grant noise comme les combatans et les frappans sur ces bacinés faisoient.

Là ne s'espargnoient point chevaliers et escuiers, mais mettoient la main à l'euvre de grant voulenté. Sy en y ot aucuns qui se boutèrent trop avant en la presse, car ilz furent enclos et estraint, et par espécial messire Loÿs de Gonsaut, un chevalier de Berry, et messire Fleton de Reviel, filz au seigneur de Reviel. Encore en y ot des autres, dont ce fu dommage, mais si grosse bataille comme ceste la fu, où tant avoit de peuple, [ne se] puet mieulx asouvir, au mieulx venir pour les victorians, que elle ne couste grandement ; car joennes

---

1. « Achevaient », « achevèrent ».

chevaliers et escuiers qui désiroient les armes s'avançoient voulentiers pour leur honneur et pour acquerre grace. Et la presse estoit là si grant, et l'affaire si périlleux pour ceulx qui estoient enclos ou cheüz, que, se on n'avoit trop bonne aide, on ne se pouoit relever. Par cecy y ot des François mors et estains aucuns, mais plenté ne fu ce mie, car, quant il venoit à point, ilz aidoient l'un l'autre. Là fu un mont et un tas de Flamens occis, moult long et moult hault ; mais de tant de foison de gens mors comme il ot là, on ne vit onques si pou de sang yssir[1].

Quant ceulx qui estoient derrière virent que ceulz devant **[339r]** fondoient et cheoient l'un sur l'autre, ilz se commencièrent à esbahir, et gettèrent jus leurs planchons et armeüres, et tournèrent en fuite vers Courtray et ailleurs. Et Bretons et François après, qui les chaçoient en fossez, en aulnois ou en bruières, cy .x., cy .xx., et les recombatoient de rechief et là les occisoient, s'ilz n'estoient plus fors. Ainsi en y ot grant foison mis en chace entre la bataille et Courtray, où ilz se retraioient à sauveté. Ceste bataille fu sur le Mont d'Or, entre Courtray et Rosebèque, en l'an de grace Nostre Seigneur mil .iiij.^{c} .iiij.^{xx} et deux, le jeudy devant le samedy de l'avent, ou mois de novembre le .xxvij.^{e} jour ; et estoit lors le roy Charles de France ou .xiiij.^{e} an de son aage.

---

1. Détail qui enlève aux morts leur humanité. Les pertes des Flamands furent très nombreuses : entre 24 000 et 30 000, selon les chroniqueurs.

Du nombre de ceulx qui moururent à Rosebèque, et la mort de Phelippe d'Artevelle. Le quatrevins dixième chapitre

§ 90. Ainsi furent en ce temps sur le Mont d'Or les Flamens desconfis, et l'orgueil de Flandres abatuz, et Phelippe d'Artevelle mort, et de la ville de Gand ou des tenances de Gand mort avec lui .ix.^m hommes. Il y ot mort ce jour, ce rapportèrent les héraulx, sur la place, sans la chace, jusques à la somme de .xxvj.^m hommes, et plus ; et ne dura point la bataille jusques à la desconfiture, depuis qu'ilz assemblèrent, demie heure. Après celle victoire, qui fu tréshonnorable pour toute chrestienté et pour toute noblesse et gentillesse, car, se les villains fussent là venu à leur entente, onques si grans cruaultez ne orribletez n'avindrent au monde qu'il fust avenu par les communes qui se feüssent par tout rebellez et destruit gentillesse[1]. Or s'avisent ceulx de Paris à tous leurs maillez ! Que dir[o]nt ilz quant ilz sauront ceste desconfiture ? Ilz n'en seront pas plus liez ; aussi ne seront autres bons hommes en plusieurs villes.

Quant ceste bataille fu de tous poins achevée, on laissa couvenir les chasseurs et les fuians ; on sonna les trompettes de retrait, et se retraÿ chascun en son logiz, si comme il devoit estre ; mais l'avantgarde se loga oultre la bataille du roy, où les Flamens avoient esté logiés le mercredy, et se tindrent tout aise en l'ost du roy de France, car ilz avoient assez dequoy, car ilz estoient ravitaillé des pourvéances qui venoient d'Ypre, et firent la nuit ensuivant trop beaux feux en plusieurs lieux aval l'ost des plançons des Flamens qu'ilz trouvèrent, car qui en vouloit avoir, il en avoit tantost recuilly, chargié son col.

Quant le roy de France fu retrait en son logiz, et on

---
1. Anacoluthe (phrase rompue dans laquelle une construction amorcée est abandonnée et remplacée par une autre).

ot tendu son paveillon de **[339v]** vermeil cendal moult noble et riche, et il fu désarmez, ses oncles et plusieurs barons de France le vindrent veoir. Puis fu crié que, qui pourroit trouver le corps Phelippe d'Artevelle, il aroit .x. frans. Lors l'alèrent les varlez serchier entre les mors, qui ja estoient près que tous desvestuz. Ce Phelippe fu trouvé et recongneü d'un varlet qui l'avoit servi ; lors fu trainé devant le pavillon du roy. Le roy et les seigneurs le regardèrent, et fu retournez pour savoir s'il avoit esté mort de plaie. Mais on ne trouva sur lui plaie nulle, ains fu estaint en la presse, et cheÿ en un fossé, et plusieurs Gantois dessus lui : si mouru. Quant on l'ot regardé une espace, il fu osté de là, et fu pendu à un arbre.

Des esperons dorez qui furent à Courtray et comment ceulx de Bruges vindrent à mercy au roy de France. .iiij.^{xx}*.[x]j.*^{e} *chapitre*

§ 91. Messire Daniel de Haluyn qui se tenoit en Audenarde en garnison et estoit tenu tout le temps, quant il vit que le seigneur de Harselles et les autres qui là estoient demourez au siège quant Phelippe d'Artevelle ala contre le roy, furent partis du siège pour ce qu'ilz avoient entendu la desconfiture de leurs gens, et se estoient retrait vers la ville de Gand, qui mieulx mieulx, il yssi d'Audenarde et ramena en la ville les tentes et pourvéances que ceulx de Gand avoient laissié derrière. Quant les nouvelles de la desconfiture vindrent à Bruges, ceulx de Bruges disoient : « Se les Bretons viennent en nostre ville, nous serons tous pilliés et mors. » Lors mistrent leurs meilleurs joyaux en huches, coffres et tonneaux et les menèrent en nefs, en Hollande et Zéelande, à sauveté. Piètre du Bois, qui à Bruges gisoit, deshaitié des navreüres qu'il avoit eües à la bataille de Commines, se fist porter en une litière devers Gand. Et sachiés que ceulx de Gand, quant ilz sçorent la desconfiture, furent si esbahiz que, se les François fussent venus à Gand avant la venue de Piètre du Bois, ilz feüssent bien entrez en la ville, car les Gantois ne les orent point destourbez, tant estoient desbaretez. Le Hase de Flandres et aucuns chevaliers et escuiers de Flandres qui congnoissoient le pays, environ ..ij.ᶜ lances, chevaucièrent vers Courtray tantost après la desconfiture et entrèrent en la ville sans dangier, car ilz trouvèrent que les gens de la ville n'entendoient à autre chose que à eulx demucier et fuir. Si **[340r]** orent ces premiers venuz à Courtray grant pillage, et depuis y vindrent petit à petit François et Bretons, et y entra le roy de France le premier jour de décembre. Là ot grant occision faite des Flamens, et n'en fu nul pris à mercy, car les François héoient durement la ville pour une bataille[1] qui jadis fu devant Courtray où le conte Robert d'Artois et toute la fleur de France fu jadis morte. Si s'en vouloient les successeurs contrevengier. Et vint à la congnoissance du roy qu'il avoit en la grant église de Nostre Dame de Courtray une chappelle en laquelle il avoit bien largement .v.ᶜ paire d'esperons dorez. Et ces esperons avoient jadis esté des seigneurs de France qui furent mort à la bataille de Courtray, l'an mil .iij.ᶜ et deux, et en faisoient ceulx de Courtray tous les ans pour la victoire trèsgrant solempnité.

Les Bretons et ceulx de l'avant-garde moustroient bien qu'ilz avoient grant désir d'aler vers Bruges, mais le conte de Flandres pria au duc de Bourgoingne que, se ceulx de Bruges venissent à mercy, qu'ilz feüssent receüs ; et que elle ne fust mie consentie à ardoir ne estre courue de ces Bretons et autres. Or envoièrent ceulx de Bruges .ij. frères meneurs à Courtray, lesquelx

---

1. Le 11 juillet 1302, Robert II d'Artois, commandant les Français, fut vaincu et tué par les Flamands à la bataille de Courtrai, ainsi qu'un grand nombre de chevaliers dont les éperons furent suspendus comme trophées dans une chapelle de l'église Notre-Dame de Courtrai (Raynaud, SHF, t. XI, p. XIII, n. 3).

empetrèrent au roy un saufconduit pour .xij. bourgois de Bruges, tant qu'ilz eüssent parlé au roy. Et dont ceulx de Bruges, quant ilz orent saufconduit alant et retournant[1], vindrent à Courtray devers le roy et ses oncles. Si se mistrent à genoulx et crièrent mercy au roy, et lui prièrent qu'il les voulsist tenir pour siens, et que tous estoient ses hommes, et la ville en sa voulenté, car ce qu'ilz avoient esté Gantois, ce avoit esté par la puissance de Phelippe d'Artevelle, car loyaument ilz s'estoient acquittez de leur seigneur le conte à la bataille de Bruges. Là fu dit à ces gens de Bruges qu'il couvenoit appaisier ces Bretons et ces gens d'armes qui se tenoient sur les champs entre Thorout et Bruges. Là fu traittié entamé pour avoir de l'argent, et demanda on .ij.^{c} mile frans. Touttefois ilz furent deminué à .vj.^{xx} mile frans, à paier les .Lx.^{m} tantost et le demourant entre le jour de la Chandeleur[2]. Par ainsi les tenoit le roy en ferme estat et seüre paix, mais ilz se rendoient purement et liegement à tousjours mais, liege au roy de France et du demaine, et vouloient estre de foy, d'ommage et d'obéissance. Lors furent courrouciés Bretons que la ville fu respitée de non estre courue. Or cuidièrent les François que ceulx de Gand se deüssent venir rendre **[340v]** au roy de France, et aussi la ville estoit sans arroy ne conseil, ne le sire de Harselles ne pouoit les Gantois appaisier de leur desconfort quant Pietre du Bois vint à Gand et trouva les portes ouvertes et sans garde, dont il fu esmerveilliés. Et ceulx de Gand lui escrièrent « Haa ! Sire ! que ferons nous ? Nous avons tout perdu. » — « Haa ! Foles gens », dist Pietre, « Que vous estes esbahiz ! Encore n'a pas la guerre pris fin, ne Gand ne fu onques tant renommée que elle sera. Se Phelippe est mort, ce a esté par son oultrage. Faites clorre voz portes et entendez à voz défences. Vous n'avez garde que le roy

---

1. « Pour l'aller et le retour ». 2. Chandeleur : « fête catholique, célébrée le 2 février, en l'honneur de la présentation de Jésus au Temple et de la purification de la Vierge » (*Le Robert. Dictionnaire historique de la langue française*, éd. de 1998).

doie cy venir cest yver. Et entretant que le nouveau temps revenra, nous recuillerons gens en Hollande, Zéelande et ailleurs. François Acreman, qui est en Engleterre, revenra. Lui et moy serons voz cappitaines. Ne onques ne fu la guerre si forte ne si bonne que nous la ferons. Nous valons mieux assez entre nous seulz que se nous eüssions les autres ville[s] de nostre accort, ne tant que nous avons eü le pays avec nous, n'avons sceü guerroier. Or entendrons nous maintenant aussi comme pour nous à la guerre, et ferons plus de bons explois que nous n'avons fais. » Ainsi réconforta et remist en ordonnance Pïetre du Bois ceulx de la ville de Gand, et furent puis plus orgueilleux assez que devant.

Comment le traitié d'aliances entamé entre les Englois et les Flamens fu despecié pour la bataille de Rosebèque. .iiij.^{xx} *.xij.*^{e} *ch[apitre]*

§ 92. Vous savez comment à Calais messire Guillaume de Feriniton[1], Englois, séjournoit, qui là estoit envoiés de par le roy d'Engleterre et le conseil du pays. Et apportoit lettres appareillées pour séeler des bonnes villes de Flandres, qui parloient de grans aliances entre les Englois et les Flamens. Et là séjournoient avec lui François Acremen et six bourgois de Gand. Quant la desconfiture de Rosebèque fu là sceüe, ilz furent tout esbahis, et vit bien le chevalier englois qu'il n'avoit que faire plus avant d'entrer en Flandres, car ce traittié estoit rompu[2]. Si prist ces lettres sans séeler et retourna en Engleterre et recorda la besoingne aussi

---

1. Sir William Faringdon, Guillaume de Faringdon. **2.** « Une des causes les plus réelles du retard des Anglais à intervenir dans les affaires de Flandre à cette époque fut la réclamation que faisaient les Gantois d'une somme de 200 000 écus, dont a déjà parlé Froissart » (Raynaud, SHF, t. XI, p. XIV, n. 4).

comme elle(s) avoit alé. Les gentilz hommes d'Engleterre n'en tindrent compte, car ilz avoient tousjours dit que se les communes de Flandres gaingnoient la journée contre le roy de France, et que les nobles du royaume de France feüssent mors, l'orgueil seroit si grant en toutes communes que tous gentilz hommes s'en doleroient, et jà en avoient veü l'apparant en Engleterre. Dont de la perte **[341r]** des Flamens ilz ne firent compte. Quant ceulx de Flandres qui estoient à Londres envoiés de par le pays avec François Acreman entendirent ces nouvelles, si leur furent moult dures. Si montèrent en mer à Douvres, et vindrent arriver à Merdebourc en Zéelande. Ceulx qui estoient de Gand retournèrent à Gand, et ceulx des autres villes retournèrent en leurs villes. Et François Acreman et ses compaignons qui séjournoient à Calais retournèrent à Gand[1] quant ilz porent, mais ce ne fu point tant que le roy de France fust en Flandres. Et retournèrent sicomme il me fu dit par Zéellande.

Comment le roy de France fist exillier la ville de Courtray, et comment il se parti de Flandres et vint à Tournay. Le .iiij.^{xx} .xiij.^{e} et le .iiij.^{xx} .xiiij.^{e} [chapitre]

§§ 93 & 94. Endementiers que le roy de France séjournoit à Courtray, ot là plusieurs consaulx pour savoir comment on parseverroit, et se on venroit mettre le siège devant Gand. Le roy en estoit en trèsgrant voulenté, et aussi estoient les Bretons et Bourgoingnons,

---

1. « François Ackerman retourna, non pas à Gand, comme le dit Froissart, mais en Angleterre où, le 20 janvier 1383, nous voyons l'amiral anglais Jean de la Roche recevoir des instructions "pro certis negociis tangentibus tractatum faciendum cum admirallo fflote Flandrie", c'est-à-dire Fr. Ackerman, qui portait ce titre d'amiral de la flotte flamande » (*ibid.*, p. XV).

mais les seigneurs regardèrent qu'il estoit le mois de décembre, le droit cuer d'iver, et si plouvoit tousjours onniement, pourquoy il ne faisoit nul ostoier jusques à l'esté. Et si estoient les chevaux moult foulez et affoibliz par les froidures, et estoient les rivières grandes et larges environ Gand, parquoy on perdroit son temps et sa paine qui nul siège y mettroit. Et s'estoient les seigneurs foulez et traveilliés de tant gesir par si ort temps, si froit et si pluieux, aux champs. Si que, tout considéré, conseillié fu que le roy se trairoit à Tournay, et là se refreschiroit et tenroit son Noël. Et ceulx des loingtaines marches, d'Auvergne, du Dauphiné, de Savoie et de Bourgoingne s'en retourneroient tout bellement en leurs pays. Mais encore vouloit le roy et son conseil que les Bretons, Normans, et François demourassent delez lui et ses oncles et le connestable, car il les pensoit à ensonnier, et tout en ce voiage, sur les Parisiens qui avoient fait faire et forgier des maillez. Et conteroit on à eulx[1] se ilz ne se régloient par autre ordonnance que ilz n'avoient fait puis le couronnement du roy jusques à maintenant. Quant le roy de France devoit partir de Courtray, il ne mist point en oubli les esperons dorez qui là furent trouvez en une église, lesquelx avoient esté des nobles du royaume de France qui jadis avec le conte Robert d'Artois furent mors à la bataille de Courtray. Si ordonna le roy que la ville seroit arse et destruite. Quant le conte de Flandres l'entendy, si vint au roy et lui pria qu'il lui pleüst respiter la ville d'ardoir. Le roy respondi fellement qu'il n'en feroit riens. Avant que le feu y feüst **[341v]** bouté, le duc de Bourgoingne fist oster un orloge[2] qui sonnoit

---

1. Peut-être au sens de « régler ses affaires avec ».   2. Sur les avances techniques de l'horlogerie au XIVe siècle, voir les notes de Peter Dembowski au poème allégorique de Froissart : « L'Orloge amoureus », dans Peter F. Dembowski, éd., *« Le Paradis d'amour » et « L'Orloge amoureus »* (Genève, 1986). Les habitants actuels de Dijon reconnaîtront ici le célèbre jaquemart de Notre-Dame, rapporté de Flandre par le duc de Bourgogne. Ses automates sonnent encore aujourd'hui les heures.

les heures, l'un des plus beaux que on sceüst de ça la mer, et cel orloge mettre tout par membres et par pièces sur chars, et la cloche aussi. Et fu amenez en la ville de Digon en Bourgoingne, et là fu mis et assiz. Au département du roy de Courtray la ville fu arse et destruite sans déport, et emmenèrent en manière de servage plusieurs chevaliers et escuiers, de beaux enfans, filz et filles. Et chevauça le roy tant qu'il vint à Tournay, et se loga en l'abbaie de Saint Martin. Quant le roy entra en Tournay, on lui fist grant révérence, et furent toutes les gens de la ville vestuz de blanc, à .iij. bastons vers d'un costé. Et fu la cité partie pour logier les seigneurs, le roy à Saint Martin, et comprenoient ses gens un quart de la ville, le duc de Berry à l'ostel de l'évesque, le duc de Bourgoingne à la Teste d'Or, le duc de Bourbon à la Couronne d'Or, le connestable au Chief à Saint Jaques. Et fu crié de par le roy, sur la hart[1], que nulz ne forfist riens à la bonne ville de Tournay et que on ne preïst riens sans paier, et que nulz n'entrast en la conté de Haynau pour mal faire.

Toutes ces choses furent bien tenues. Le roy séjournant à Tournay, le conte de Saint Pol ot une commission de corrigier tous les Urbanistres, dont la ville estoit moult renommée. Si en trouva on plusieurs, et là où ilz estoient trouvez, fust en l'église Nostre Dame ou ailleurs, ilz estoient pris et mis en prison, et raençonné moult avant du leur. Et recuilli bien le dit conte dedens briefs jours par celle commission .vij.^{m} frans, car nul ne partoit de lui qui ne paiast ou donnast bonne seürté de paier. Encore le roy estant à Tournay, orent ceulx de Gand un saufconduit alant et retournant en leur ville, et espéroit on qu'ilz venroient à mercy, mais dedens les parlemens qui là furent ordonnez, on les trouva aussi durs et aussi orguilleux que dont qu'ilz eüssent conquesté et eü à Rosebèque la journée pour eulx. Bien disoient qu'ilz se vouloient trèsvoulentiers

---

1. « Sous peine de mort » : selon Bloch et von Wartburg, le mot « hart » est issu du francique *hard* (« filasse ») ; la hart est la corde avec laquelle on pendait les condamnés.

mettre en l'obéissance du roy de France, afin qu'ilz fussent tenu du demaine de France pour avoir resort à Paris, mais jamais ne vouloient avoir pour leur seigneur le conte Loÿs. Et disoient bien au parclos, s'ilz avoient vescu en dangier et en paine .iij. ou .iiij. ans, pour la ville retourner ce de dessoubz dessus, on n'en aroit autre chose. Si leur fu dit qu'ilz pouoient dont bien partir quant ilz vouloient, et ilz s'en partirent de Tournay et rentrèrent en Gand. **[342r]** Et demoura la chose en tel estat, réconforté qu'ilz avoient la guerre.

Le roy de France et les seigneurs de France rendoient grant paine à ce que toute la conté de Flandres fust Clémentine, mais les bonnes villes et les églises estoient si fort liez en Urbain, avec l'oppinion de leur seigneur le conte, que on ne les en pouoit oster. Le roy de France tint sa feste de kalendes[1] à Tournay, et quant il s'en party il ordonna le grant seigneur de Guistelles à estre regart de Flandres, et messire Jehan de Guistelles son cousin à estre cappitaine de Bruges, et le seigneur de Sempi capitaine d'Ypre, messire Jehan de Jeumont capitaine de Courtray, et environ .ij.^{c} lances de Bretons et d'autres gens à Ardembourc en garnison. En Audenarde envoia messire Gillebert de l'Anvregien et environ .c. lances. Si furent pourveüs pour guerroier l'iver de garnisons et non autrement jusques à l'esté. Ces choses ordonnées, le roy se parti de Tournay et vint à Arras, et ses oncles et le conte de Flandres en sa compaignie.

---

1. Emprunté au latin *calendae* (« premier jour du mois ») ; ici au sens de « Noël ».

Comment le roy de France se party d'Arras et chemina devers Paris. Le .iiij.ˣˣ .xv.ᵉ chap[itre]

§ 95. Le roy séjournant à Arras fu la cité en grant aventure et la ville aussi, de estre toute courue et pillée, car les gens d'armes ausquelx on devoit grant finance, et qui avoient eü moult de traveil en ce voiage, se contentoient mal du roy. À grant paine les en refrenèrent le connestable et les deux mareschaux, mais on leur promist qu'ilz seroient tout net paiés de leurs gaiges à Paris, et de ce demourèrent envers eulx le connestable de France et le mareschal messire Loÿs de Sancerre. Adont se départy le roy et prist le chemin de Perronne, et le conte de Flandres prist là congié au roy et retourna à Lisle, et là se tint tout l'iver. Tant exploita le roy de France qu'il passa Péronne, Noion et Compiengne, et vint à Senlis et là s'arresta, et se logièrent toutes manières de gens dedens les villages d'entre Senlis et Meaulx en Brie, et tout sur la rivière de Marne et sur la rivière de Saine, et entre Senlis et Saint Denis. Et estoit tout le pays raempli de gens d'armes. Adont se départy le roy de Senlis et s'en vint devers Paris, et y envoia devant aucuns de ses officiers pour appareillier l'ostel du Louvre où il vouloit descendre. Et aussi ses oncles y envoièrent de leurs gens pour appareillier leurs hostelz, Berry, Bourgoingne et Bourbon. Et les autres haulx seigneurs de France tout enssi et tout en cautelle, car le roy ne les seigneurs n'estoient point conseillié de y entrer si soudainement en Paris, car ilz se doubtoient des Parisiens. Et pour veoir quelle contenance les Parisiens feroient **[342v]** à la revenue du roy, ilz mettoient tel assay ; et disoient ces varlez du roy et des seigneurs, quant on leur demandoit du roy s'il venoit, « Oÿl, il vient voirement. Il sera tantost cy. » Adont s'avisèrent les Parisiens que ilz se armeroient et moustreroient au roy à l'entrer en Paris quel puissance il y avoit à ce jour en Paris, et de quel quantité de gens, armez de pié en cap, le roy, se il vouloit, pourroit estre servis. Mieulx leur vausist qu'ilz se feüssent tenu quoy en leurs maisons, car celle monstre leur fu convertie depuis en grant servitute. Le roy, qui avoit jeü[1] à Louvres en Parésis, si vint gesir à Bourget. Adont couru voix dedens Paris : « Le roy sera cy tantost ! » Lors se armèrent et jolièrent plus de .xx.^m Parisiens et se mistrent hors sur les champs, et se ordonnèrent en une belle bataille entre Saint Ladre et Paris, au costé devers Montmartre. Et avoient leurs arbalestiers et leurs pavescheurs et leurs maillez tous appareilliés, et estoient ordonnez aussi comme pour tantost combatre. Le roy estoit encore à Bourget, et aussi estoient encore tous les seigneurs quant on leur apporta ces nouvelles. Lors distrent les seigneurs, « Véez là orguilleuse ribaudaille ! À quoy faire moustrent ilz maintenant leur estat ? Ilz fussent venu servir le roy ou point où ilz sont quant il ala en Flandres, mais ilz n'en avoient pas la teste enflée, fors que de prier à Dieu que jamais pié de nous n'en retournast ! » Et disoient aucuns qui vouloient grever les Parisiens, « Se le roy est bien conseilliés, il ne se mettra jamais en cel peuple qui vient contre lui à teste armée. Et deüssent venir humblement en pourcession et sonner les cloches de Paris en loant Dieu de la belle victoire que Dieu lui a donnée en Flandres. »

Là furent les seigneurs tous abus de savoir comment ilz se maintenroient. Finablement, conseillié fu que le connestable de France, le sire de Lebreth, messire Guy de la Trémoïlle et messire Jehan de Vienne venroient parler à eulx, et sur ce qu'ilz respondroient. Ces seigneurs estoient bien si sages que pour ordonner une tele besongne et plus grande .x. fois. Dont se départirent du roy sans armeüre nulle, et pour leur besoingne coulourer et aussi mettre ou plus seür, ilz envoièr[ent] par .ij. héraulx querre un saufconduit pour aler parler à eulx. Les Parisiens distrent aux héraux que lesdis .iiij. seigneurs venissent seürement parler à eulx et qu'ilz

---

1. « Passé la nuit ».

estoient à leur **[343r]** commandement. Et dont les .iiij. barons vindrent jusques aux Parisiens qu'ilz trouvèrent en une belle bataille bien ordonnée, et là avoit plus de .xx.^m maillez. Quant les seigneurs furent aussi comme en milieu d'eulx, ilz s'arrestèrent, et le connestable dist : « Entre vous, gens de Paris, qui vous muet maintenant à estre vuidié de Paris en tele ordonnance ? Il semble, qui vous voit rengier, que vous vueilliés combatre le roy qui est vostre sire, et vous ses subgiez. » — « Monseigneur », respondirent ceulx qui l'entendirent, « sauve vostre grace, nous n'en avons nulle voulenté, mais sommes yssu pour remoustrer au roy nostre seigneur la puissance des Parisiens, car il est joenne : si ne la vit onques, ne ne le puet savoir s'il ne voit comment il en seroit servy, se mestier estoit. » — « Or seigneurs », dist le connestable, « vous parlez bien, mais nous vous disons de par le roy que tant que pour celle fois il n'en veult point veoir, et ce que vous en avez fait, il souffist. Si retournez à Paris paisiblement, et chascun en son hostel, et mettez ces armeüres jus se vous voulez que le roy y descende. » — « Monseigneur », respondirent ilz, « nous le ferons voulentiers, à vostre comandement. » Adont rentrèrent les Parisiens à Paris, et s'en ala chascun en sa maison désarmer. Et les .iiij. barons dessus nommez retournèrent devers le roy et lui recordèrent ce que vous avez oÿ.

Comment il couvint à ceulx de Paris rendre leurs armeüres au roy de France, et furent ostées leurs chaiennes. Le .iiij.^xx .xv[j].^e chapitre

§ 96. Lors fu ordonné que le roy et ses oncles et les seigneurs principalment entreroient à Paris et aucunes gens d'armes, mais les plus grosses routes se tindrent au dehors de Paris tout à l'environ, pour donner crainte aux Parisiens. Et furent le sire de Coucy et le mareschal de Sancerre ordonné que, quant le roy seroit entré à Paris, ilz feroient oster les fueilles[1] des .iiij. principales portes du costé devers Saint Denis et devers Saint Moy, parquoy les portes fussent nuit et jour ouvertes pour entrer et yssir toutes gens d'armes à leur aise, et pour amaistrier ceulx de Paris, se il besoingnoit. Et après, ces deux seigneurs feroient oster les chaiennes[2] des rues de Paris, pour chevaucier par tout plus aisiement. Quant toutes ces ordonnances furent faites et acomplies, les Parisiens furent en grant doubte, et se tindrent en leurs maisons [343v] sans aler aval les rues, et n'osoient ouvrir leurs huis ne fenestres, et furent en tel estat par .iij. jours, en grant doubte de recevoir plus grant dommage qu'ilz ne firent. Si leur cousta il aux plusieurs grant finance, car on les mandoit en la chambre du conseil, un au coup, lesquelx que on vouloit, et là estoient raençonnez, l'un de .vj.^{m}, les autres de .iiij.^{m}, les autres de .viij.^{m} Et ainsi, tant que on leva adont de Paris au prouffit du roy ou de ses oncles ou de leurs menistres, la somme de .cccc.^{m} frans. Et ne demandoit on riens aux moiens ne aux petiz, fors aux grans maistres où il avoit assez à prendre. Et encore ceulx tous eureux qui pouoient eschapper par paier finance. Et leur fist on porter chascun leurs armeüres en face du chastel de Beauté, au bois de Vincennes, et là enclorre les armeüres en la grosse tour, et tous les maillez. Ainsi furent menez en ce temps les Parisiens pour exempler toutes autres villes du royaume de France. Et furent remises sus subsides, gabelles, aides, fouages, douzièmes, treizièmes, et toutes manières de telz choses, et le plat pays avec ce tout riflé.

---

1. « Battants ».   2. Les chaînes qui fermaient les rues.

Le .iiij.ˣˣ.xvij.ᵉ chapitre. La mort de maistre Jehan Desmarez et autres Parisiens qui furent décolez.

§ 97. Encore avec tout ce, le roy et son conseil en firent emprisonner desquelx qu'ilz vouldrent. Si en y ot beaucoup noyez, et pour appaisier le demourant on fist crier de par le roy ès carrefours que nul, sur la hart, ne forfeïst aux Parisiens ne ne pillast riens. Lequel cry apaisa grandement les Parisiens. Toutesfois, on mist un jour hors de Chastellet plusieurs hommes de Paris jugiés à mort pour ce qu'ilz avoient fait esmouvement ou commun, dont on fu esmerveilliés de maistre Jehan Desmarés, qui estoit tenu à sage et notable homme. Et disoient aucuns que on lui faisoit tort, car on l'avoit tousjours veü homme de grant prudence et de bon conseil, et un des greigneurs et autentiques de parlement, et n'avoit onques esté encoulpez de nul forfait, fors adont qu'il fu jugiés à estre décolez, et environ .xiiij. en sa compaignie. Et entretant que on les menoit décoler sur une charrette, séans sur une planche dessus tous les autres, il demandoit « Où sont ceulx qui m'ont jugié ? Viengnent avant, et me moustrent la cause pourquoy ! » Et là preschoit il le peuple en alant à sa fin[1]. Quant il fu **[344r]** amené jusques ès halles de Paris, on décola devant lui ses .xiiij. compaignons, et en y ot un qui s'appelloit Nicolas de Flament[2], drappier, pour qui on offry pour sauver sa vie .Lx.ᵐ frans, mais il mouru. Quant vint pour décoler maistre Jehan Desmarés, on lui dist : « Maistre Jehan, criez mercy au roy qu'il vous pardonne voz forfais. » Et il dist : « J'ay servi au roy Phelippe son besaïeul, au roy Jehan son

---

1. « Arrêté le 11 janvier, Jean des Marès fut réclamé, comme clerc, par l'officialité de l'évêque de Paris. Mais les ducs de Berri et de Bourgogne hâtèrent le jugement (...), qui fut rendu sans que l'inculpé eût pu être "ouy dans ses excusacions" (...). Jean des Marès fut décapité le 28 février 1383 » (Raynaud, SHF, t. XI, p. XIX, n. 4). 2. « C'est le 19 janvier que fut exécuté Nicolas le Flamand » (*ibid.*, n. 5).

aÿeul, et au roy Charles son père, bien et loyaument, ne onques ces trois rois ses prédécesseurs ne me sçorent que demander[1] ; aussi ne feroit cestui s'il avoit aage et sentement d'homme. Et cuide bien que de mon jugement il ne soit en riens coulpable. Si ne lui ay que faire de crier mercy, mais à Dieu vueil je crier mercy, et non à autre. Et lui pry bonnement qu'Il me pardoint mes forfais. » Adont prist il congié au peuple, dont la greigneur partie plouroit pour lui. En tel estat mouru maistre Jehan Desmarez.

Comment le roy de France cueilly grant finance parmy son royaume. Le .iiij.ˣˣ.xviij.ᵉ chap[itre]

§ 98. Pareillement en la cité de Rouen, pour maistrier la ville, en y ot aucuns exécutez, et aussi plusieurs raençonnez. Et à Rains, à Chaalons, à Troyes, à Sens, à Orléans et ailleurs. Et furent les villes tauxées[2] à grant somme de florins, pour tant qu'ilz avoient au commencement désobéÿ au roy. Et tout aloit au prouffit des ducs de Berry et de Bourgoingne, car le joenne roy estoit en leur gouvernement. Au voir dire, le connestable de France et le mareschal en orent leur part, pour paier les gens d'armes qui les avoient serviz en ce voiage de Flandres, et furent les seigneurs, telz que le conte de Blois, le conte de la Marche, le conte d'Eu, le conte de Saint Pol, le conte de Harecourt, le daulphin d'Auvergne, le sire de Coucy et les grans barons de France, assignez sur leurs terres et pays à prendre ce que le roy leur devoit pour les services qu'ilz lui avoient fait en Flandres, et pour eulx acquitter envers leurs subgiez. De telz assignations, ne sçay je pas comment, les seigneurs en furent paiés, car tan-

---

1. Au sens de « reprocher ». 2. Cette forme du verbe « taxer » nous a laissé le substantif « taux ».

tost et freschement, nouvelles tailles revindrent en leurs terres de par le roy et sur leurs gens, et couvenoit avant toute euvre la taille du roy estre paiée, et les seigneurs demourer derrière.

Comment les Gantois prindrent par assault la ville de Ardembourc, et occirent les Bretons qui la gardoient. Le .iiij.^{xx} .xixe chapitre

§ 99. Vous savez que, quant le roy de France se départy de Tournay, que la ville de Gand demoura en guerre[1], aussi comme devant. Si estoient **[344v]** cappitaines de Gand pour celle saison Pietre du Bois, Pietre le Mutre et François Acreman. Si prindrent soudoiers qui leur vindrent de plusieurs pays, et ne furent de néant esbahi de guerroier, mais aussi fraiz que onques mais[2]. Et entendirent qu'il avoit Bretons et Bourgoingnons à Ardembourc en garnison. Pour ce, se partirent de Gand Pietre du Bois et François Acreman, à tout .iij.^{m} hommes, et s'en vindrent à Ardembourc. Là ot grant escarmuche, et de fait les Gantois gaingnièrent la ville, mais il leur cousta moult de leurs gens. Toutesfois y ot bien .ij.^{c} Bretons mors, et fu la ville pillée et courue, et la greigneur partie arse. Et puis s'en retournèrent ilz à Gand, à tout leur conquest. Si furent receü à grant joie. Tantost après, ilz coururent en la terre

---

1. « En janvier 1383, le comte de Flandre, qui hésitait toujours à reconnaître le pape Clément, fit une dernière tentative de rapprochement avec les Gantois, qui ne put aboutir à la paix. Il voulut alors empêcher les Gantois d'agir et leur couper les vivres en occupant les passages de Courtrai, d'Audenarde, de Termonde, de l'Écluse et d'Ardembourg. Les Gantois, secrètement encouragés par le roi d'Angleterre (...), lui répondirent par la prise d'Ardembourg à la fin de janvier » (Raynaud, SHF, t. XI, p. XXI, n. 1).
2. « Que jamais ».

d'Alost, de Tenremonde jusques à Audenarde, et pillièrent tout le pays.

Comment les Gantois prindrent la ville d'Ardembourc par assault et y boutèrent le feu, et occirent ceulx de la garnison. .iiij.ˣˣ.xix.ᵉ [bis] [chapitre]

§ 99 *bis*. Le conte de Flandres, qui se tenoit à Lisle, entendy ces nouvelles. Il fu grandement courroucié, et ne cuidoit mie qu'ilz eüssent le sens ne la puissance de tout ce faire, puis que Phelippe d'Artevelle estoit mort. Mais on lui dist : « Vous savez et avez tousjours oÿ dire que Gantois sont durement soutifs. Ilz vous ont bien moustré le parant de rechief. Ilz ont celle saison esté en Engleterre. Si en y a de revenuz, et par espécial François Acreman, qui pour la ville de Gand a fait grans aliances au roy d'Engleterre, duquel roy il a tous les jours .j. franc de gaiges, et couvertement Jehan Salemon, un pur Englois qui demeure à Bruges et a demouré dessoubz vous plus de .xxiiij. ans, la paie de mois en mois et paiera. Et que ce soit vray, Rasse de Voure, Jehan de Vos et Loÿs Scotelare, lesquelz sont de Gand, et ce clerc qui a esté procuré évesque de Gand, sont encore demouré derrière en Engleterre pour parfurnir les aliances. Et vous en orrez plus vraies nouvelles que nous ne vous disons au may. » Le conte de Flandres glosa bien toutes ces parolles, car elles estoient véritables. Adont envoia il par ses sergens adjourner à Bruges Jehan Salemon et plusieurs autres Englois qui là demouroient, à comparoir devant lui en la ville de Lille. Mais ces Englois, qui sentoient le conte hauster en son yre, se doubtèrent. Si s'en fuirent en Engleterre. Quant le conte le sçot, il envoia tantost saisir à Bruges tout ce que on pot trouver de ces

Englois, et vendre leurs hiretages. Et furent bannis de Flandres à **[345r]** .c. ans et un jour.

Comment pape Urbain .Vj.ᵉ octroia au roy Richart .j. dixième des églises du royaume d'Engleterre. Le centiesme chapitre

§ 100. En ce temps s'en vint celui qui s'escrivoit pape Urbain .Vj.ᵉ de Rome par mer à Jennes[1], où il fu grandement receü, et tint son siège. Vous savez comment toute Engleterre estoit obéïssant à lui. Cest Urbain, pour nuire au roy de France, s'avisa qu'il envoieroit en Engleterre ses bulles aux arcevesques et évesques, lesquelles feroient mention qu'il absoloit tous ceulx de paine et de coulpe qui aideroient à destruire les Clémentins, car il avoit entendu que Clément son adversaire pareillement l'avoit fait en France. Et appelloient les François les Urbanistres, tant qu'en foy, « chiens ». Et avec les bulles qu'il envoieroit, il octroieroit un plain .x.ᵉ sur les églises, au roy et aux nobles, afin qu'ilz guerroiassent sans amendrir le trésor du roy ne la commune du pays. Ainsi le fist, et vouloit que l'évesque de Nordvich fust chief des gens d'armes en ce fait. Avec ce, pour ce qu'il sentoit le royaume d'Espaigne contraire à ses oppinions et aliez à Clément avec le roy de France, il avisa que de cel or et argent qui seroit cueilliz parmy le royaume d'Engleterre, le duc de Lencastre, qui se tenoit roy de Castille de par sa femme, y partiroit pour faire pareillement une autre armée en Castille. Et se le duc de Lencastre emprenoit ce voiage, il accorderoit au roy de Portingal lequel avoit guerre nouvelle au roy Jehan de Castille, car le roy Ferrant estoit mort, un plain .x.ᵉ parmy tout le royaume de Portugal. Et dont les prélas d'Engleterre en

---

1. Gênes.

leurs prélations commencièrent à preschier ce voiage par manière de croiserie, dont le peuple d'Engleterre qui creürent assez légièrement, y orent trop foy. Et ne cuidoit nulz ne nulle yssir de l'an à honneur, ne jamais entrer en paradis, se il n'y donnoit du sien en pures aumosnes. À Londres en la diocèce il y ot plain un tonnel de Gascoingne d'or et d'argent, et qui plus y donnoit selon la bulle du pape, plus avoit de pardons[1]. Et tous ceulx qui mourroient en celle saison qui le leur entièrement renioient et donnoient à ces pardons, estoient absoulz de paine et de coulpe par la teneur de la bulle. Tout eureux, disoient ilz en Engleterre, qui pouoit morir en celle saison pour avoir si noble absolution. On cueilly en cel yver et le quaresme parmy Engleterre tant en aumosnes comme en .x.^{mes} des églises, car tous estoient tailliés. Et d'eulx meïsmes ilz se tailloient trop voulentiers, que on ot la somme de .xxv.^{c} mille frans. **[345v]**

De l'armée qui fu mise sus en Engleterre dont l'évesque de Nordvich estoit capitaine de par le pape Urbain.
Le cent uniesme chapitre

§ 101. Quant le roy d'Engleterre, ses oncles et leur conseil furent conformé de la mise[2], ilz distrent qu'ilz avoient argent assez pour guerroier France et Espaigne, ou nom du pape. Des prélas d'Engleterre avec le duc de Lencastre fu ordonné l'évesque de Londres, et devoient avoir charge de .ij.^{m} lances et de .iiij.^{m} archiers, et leur devoit on la moitié de cel argent departir. Mais ilz ne devoient pas si tost yssir hors d'Engleterre que l'évesque de Nordvich et sa route faisoient, pour tant que celle armée devoit arriver à Calais et entrer en France. Si ne savoit on comment ilz se porte-

---

1. « D'indulgences ». 2. « Se furent assurés (des moyens nécessaires à l'expédition) ».

roient, ne se le roy de France venroit contre eulx à puissance ou non. Encore y avoit un autre point contraire au duc de Lencastre, qui grant joie avoit de ce voiage, que toute la commune généralment d'Engleterre s'enclinoit trop plus avec l'évesque de Nordvich que de aler avec le duc de Lencastre, car le duc, de trop grant temps avoit, n'estoit point bien en la grace du peuple, et si leur estoit le royaume de France plus prochain que cellui d'Espaigne. Et disoient encore les aucuns en derrière que le duc de Lencastre, pour la convoitise de l'or et de l'argent qu'il sentoit ou pays qui venoit d'église et des aumosnes des bonnes gens, pour avoir sa part s'enclinoit, plus que par dévotion qu'il y eüst. Mais se l'évesque de Nordvich représentoit le pape et estoit instituez à ce faire, parquoy la greigneur partie d'Engleterre y adjousta grant foy, et le roy Richart aussi, sy furent ordonnez aux gaiges de l'église et de cel évesque les bons chevaliers et escuiers d'Engleterre et de Gascoingne, telz que le seigneur de Beaumont, Englois, messire Hue Cavrelée, messire Thomas Trivet, messire Guillaume Helmen, messire Jehan de Ferrières, messire Hue le Despensier, cousin à l'évesque de Nordvich, filz de son frère, messire Guillaume de Bervich, le seigneur de Chasteau Nuef, Gascoing, messire Jehan son frère, Raymon de Marsen, Guillonnet de Paux, Garriot Vigier et Jehan de Cauchicen, et autres. Et furent tous comptez environ .vj.^{c} lances et .xv.^{c} d'autres gens, mais grant foison y avoit de prestres, pour la cause de ce que la chose touchoit à l'église et venoit de leur pape.

Comment l'évesque de Nordvich et les Englois prindrent la ville de Gravelingues en Flandres. Le .c. .ij.ᵉ chapitre

§ 102. Ces gens d'armes et ces routes firent leurs pourvéances bien et à point, et leur délivroit le roy passage à Douvres [346r] et à Zandvich. Là firent ilz environ Pasques toutes les pourvéances, et se traïrent là ceulx qui passer vouloient petit à petit, et faisoient ce voiage par manière de croiserie. Avant que l'évesque et les cappitaines se partirent, ilz furent mandé du conseil du roy, et là juroient solempnelment, le roy présent, de traire à chief à leur loyal pouoir leur voiage, et que là ilz ne se combatroient contre homme ou pays qui tenissent Urbain à pape, mais ceulx qui l'oppinion Clément soustendroient. Et leur fu enjoint qu'ilz séjournassent sur les frontières en hériant France .j. mois ou environ, et en ce terme ilz seroient refreschiz de gens d'armes et d'archiers. Sur cel estat se départirent et arrivèrent à Calais le .xxiij.ᵉ jour d'avril l'an mil .iij.ᶜ .iiij.ˣˣ et trois. Et là se logièrent en la ville et environ à bastides[1]. Quant ilz orent là séjourné jusques au .iiij.ᵉ jour de may, l'évesque de Nordvich Henry le Despensier dist qu'il vouloit qu'ilz chevauçassent en Flandres sur le pays que le roy de France avoit conquis, mais messire Hue de Cavrelée dist que l'en ne devoit point chevaucier fors sur les Clémentins, et que les Flamens estoient Urbanistres, et aussi ilz devoient attendre le secours qui d'Engleterre leur devoit venir. Toutesvoies, l'évesque qui estoit chief de ceste armée, vouloit aler en Flandres à toutes fins, si prindrent le chemin de Gravelingues et pouoient estre en compte .iij.ᵐ testes armées. Et arrivèrent sur le port de Gravelines. Pour l'eure la mer estoit basse, si entrèrent ou port et le pillièrent, et assaillirent le moustier que ceulx du pays avoient fortifié et la ville qui estoit fermée de paliz,

---

1. « Petits ouvrages de fortification ».

laquelle ne se pot longuement tenir, car il n'y avoit fors ceulx de la ville, qui n'estoient que bons hommes et gens de mer. Car s'il y eüst eü de gentilz hommes, ilz se fussent plus longuement tenu que ilz ne firent. Et aussi le pays en devant si n'estoit néant signifié de ceste guerre, et ne se doubtoient point des Englois. Si conquirent par assault ces Englois la ville de Gravelingues, et entrèrent dedens. Puis alèrent devers le moustier où les gens estoient retrais, et y avoient mis leurs meubles et leurs femmes et enfans, et orent fait entour le moustier grans fossés. Si ne l'orent mie les Englois d'avantage, ains séjournèrent .ij. jours en la ville avant qu'ilz le peüssent avoir. Finablement ilz le conquistrent, et occirent foison de ceulx qui le gardoient, et du demourant ilz firent leur voulenté. Ainsi furent les Englois seigneurs de Gravelines, où ilz trouvèrent des pourvéances assez. Lors se commença le pays à esmouvoir, et envoièrent leurs femmes et enfans ceulx du pays à Bergues, à Bourbourc et à Saint [346v] Omer. Quant le conte de Flandres, qui se tenoit à Lisle, entendy ces nouvelles, il appella ceulx de son conseil et ceulx qui delez lui estoient, et dist : « Je me merveille de ces Englois qui courent mon pays, qu'ilz me demandent[1], quant sans moy deffier ilz sont entrez en ma terre. » Ilz lui distrent qu'il estoit à supposer que ces Englois tenoient à présent la conté de Flandres pour France, pour ce que le roy y a chevaucié si avant. Et dont le conte appella messire Jehan Villam et messire Jehan du Moulin et leur charga d'aler en Engleterre devers le roy Richart, et qu'ilz alassent tout premièrement à ces Englois qui estoient à Gravelingues. Ces .ij. chevaliers vindrent à Gravelingues et distrent à l'évesque de Nordvich, cappitaine de ces Englois, et aux barons de l'ost, qu'ilz estoient là envoiés de par Monseigneur de Flandres. « Quel seigneur ? » dist l'évesque. « Le conte », respondirent ilz. « Il n'y a autre en Flandres seigneur que lui. » — « En nom

---

1. « Ce qu'ils me demandent ».

Dieu », dist l'évesque, « nous y tenons à seigneur le roy de France ou le duc de Bourgoigne, noz ennemis, car ilz ont en celle saison conquis le pays. » — « Sauve vostre grace », respondirent les chevaliers, « la terre fu à Tournay légièrement rendue et demise en la main messire Loÿs, conte de Flandres qui nous envoie devers vous en priant que nous, qui sommes de foy et de pention au roy vostre seigneur, ayons un saufconduit pour aler en Engleterre pour savoir au roy pourquoy, sans deffier, il fait guerre à Monseigneur le conte de Flandres et à son pays. » L'évesque se conseilla, puis dist à ces .ij. chevaliers : « Beaux seigneurs, vous vous pouez bien retraire se vous voulez devers le conte, ou aler vers Calais à vostre péril et en Engleterre autant bien, mais je ne vous donne nul sauf conduit, car je ne sui pas du roy d'Engleterre chargiés sy avant. Je sui soudoier à pape Urbain, et aussi tous ceulx qui cy sont, et à ses gaiges. Or nous trouvons à présent en la terre de la duchesse de Bar qui est Clémentine. Se ces gens veulent tenir leur oppinion, nous leur ferons guerre. Se ilz veulent venir avec nous ilz partiront à noz absolutions, car Urbain qui est nostre pape et pour qui nous voiagons, absoult tous ceulx de paine et de coulpe qui aident à destruire les Clémentins. » Les .ij. chevaliers distrent : « Sire, tant quant aux papes, je croy que vous n'avez point oÿ parler du contraire que Monseigneur de Flandres ne soit bon Urbanistre ». Toutesvoies, pour chose que les deux chevaliers voulsissent ne peüssent dire, l'évesque leur dist bien que leur conte n'en aroit autre chose, et que par là ne par Calais il ne les laisseroit passer pour aler **[347r]** en Engleterre. Quant les deux chevaliers entendirent que l'évesque ne leur feroit autre responce, ilz se partirent de lui et s'en vindrent logier à Saint Omer.

Comment l'évesque de Nordvich conduit les Englois vers Dunquerque, où les Flamens estoient assemblez. .C. .iij.ᵉ [chapitre]

§ 103. Ce propre jour que les chevaliers de Flandres partirent, nouvelles vindrent à l'évesque de Nordvich et aux Englois qu'il avoit à Dunkerk et là environ plus de .xij.ᵐ hommes du pays tous armez, et avoient à cappitaine le Hase de Flandres et messire Jehan Sporequin, gouverneur et regard de toute la terre madame de Bar, et que le mardy ilz avoient escarmuchié et rebouté leurs gens qu'ilz avoient trouvez chevauçant sur le pays, et y avoient esté occis bien cent Englois. Lors furent d'accort l'évesque et les Englois qu'ilz chevauceroient le lendemain devers Dunquerque. Ce soir leur vindrent .ij. chevaliers, l'un de Calais et l'autre de Guines, qui amenèrent bien .xxx. lances et .Lx. archiers. Les chevaliers estoient nommez messire Jehan Clifton et messire Nicole Dracon. L'endemain se trairent tous sur les champs, et estoient plus de .vj.ᶜ lances et bien .xv.ᶜ archiers. Et faisoit l'évesque porter devant lui les armes de l'Église, la banière de Saint Pierre : de gueules à deux clefs d'argent en sautoirs[1], comme confanonniers de pape Urbain. Et en son pennon estoient ses armes, qui sont : escartelées blans chaperons d'argent et d'asur, à une fature d'or sur l'asur, et un baston de gueules parmy l'argent[2]. Cel évesque et les Englois chevaucièrent devers [?][3], et là se refreschirent et burent un coup. Puis passèrent oultre devers Dunquerque. Les Flamens du plat pays d'ilec environ s'estoient là assemblez, quant ilz sçorent la venue de ces Englois. Ilz se mistrent tous aux champs

---

1. C'est-à-dire, deux clés d'argent disposées en sautoir sur un fond rouge. 2. Le blason de la famille Despenser est, en fait : « Écartelé 1 et 4 d'argent à un bâton de sable ; 2 et 3 de gueules fretté d'or ». Il est rare que Froissart se trompe à ce sujet ; la mention de « blans chaperons » nous fait penser qu'il s'agit d'une erreur du scribe. 3. MS : « Nordvich ».

contre eulx et se ordonnèrent en une bataille au costé
devers Bourbourc en approchant la marine[1]. Quant les
Englois les apparceürent, ilz se arrestèrent. Et s'assemblèrent les seigneurs à conseil, et vouloit l'évesque que
on alast tantost combatre ces Flamens, mais par le
conseil de messire Hue Cavrelée, on envoia devers
eulx un hérault appellé Montfort qui portoit les armes
de Bretaigne[2], pour savoir s'ilz estoient Urbanistres.
Mais quant cel héraut fu venu jusques aux Flamens, ilz
l'occirent, ne oncques les chevaliers qui là estoient
avec les Flamens ne le porent sauver. Quant les
Englois en virent le couvenant, qui avoient l'ueil à lui,
ilz en furent tous forsenez, et aussi furent aucuns bourgois qui là estoient avec les Englois et qui désiroient à
esmouvoir la besoingne, parquoy un nouveau touellement se remist en Flandres. **[347v]**

* *La bataille de Dunquerque, de l'évesque de
Nordvich et des Englois d'une part, et du Haze
de Flandres et plusieurs Flamens d'autre part.
.c. .iiij.*ᵉ *ch[apitre]*

§ 104. Adont distrent l'évesque et les Englois tous
d'une voix : « Alons, alons ! Ceste ribaudaille ont mort
nostre hérault, mais il leur coustera chier, ou nous
mourrons tous sur la place. » Adont firent ilz traire
avant leurs archiers et approchier ces Flamens. Là fu
fait un bourgois de Gand qui s'appelloit Loÿs de Vos,
chevalier. Tantost se commença la bataille, dure et
merveilleuse. Au voir dire ces Flamens se mistrent bien
à défence et grandement, mais ces archiers au trait les
commencièrent à berser et mener malement. Et ces
gens d'armes entrèrent en eulx à lances afilées, qui de
première venue en abatirent grant foison. Finablement,

---

1. « La côte ».   2. C'est-à-dire, d'hermines plein.

les Englois obtindrent la place, et furent les Flamens desconfis. Les Englois, en eulx reculant et chaçant, les menèrent si dur et si roide qu'ilz entrèrent avec eulx en Dunquerque, et là en y ot sur les rues et sur la marine[1] plusieurs occis. Et aussi ilz se vendirent moult bien, car ilz y occirent plus de .iiij.^{c} Englois qui furent trouvé depuis, cy .x., cy .xij., cy .xxx., aussi comme ilz enchaçoient les Flamens. Et quant les Flamens en eulx reculant les trouvèrent à jeu party, ilz les combatoient et occioient. Les chevaliers et escuiers de Flandres qui là estoient, plenté ne fu ce mie, se sauvèrent, ne il n'en y ot que .v. ou .vj. mors ou pris. Ainsi ala de la besoingne qui fu ce jour à Dunquerque, où il y ot bien mort .ix.^{m} Flamens. Ce propre jour de la bataille retournèrent devers le conte de Flandres à Lisle messire Jehan Vilains et messire Jehan des Moulins. Quant le conte oÿ leur relation, et d'autre part la desconfiture de ses gens, il signifia toutes ces nouvelles au duc de Bourgoingne son filz, lequel duc envoia chevaliers et escuiers par tout en garnison sur les frontières de Flandres.

Comment l'évesque de Nordvich et les Englois prindrent plusieurs villes environ Ypre.
.C. .v.^{e} chapitre

§ 105. Après la desconfiture de Dunkerk et la ville prise, les Englois vindrent devers Bourbourc. Quant ceulx de la **[348r]** ville sentirent leur venue, ilz furent si effrayés qu'ilz se rendirent sauf leurs vies et leurs biens. Après prindrent les Englois le chastel de Dircehem et furent .iij. jours devant avant qu'ilz le peüssent avoir. Et l'orent par force, et y ot mors plus de .ij.^{c} hommes qui là se tenoient en garnison. Puis vindrent

---

1. Ici, « plage maritime ».

les Englois devant Cassel et prindrent la ville, et là
orent grant pillage. Quant ilz orent partout establi de
leurs gens, ilz alèrent devers la ville d'Aire, de laquelle
estoit cappitaine le viconte de Meaulx, et estoient de sa
charge messire Jehan de Roye, le sire de Clary, messire
Jehan de Béthune, le sire de Montigny, messire Perducas du Pont Saint, messire Jehan de Quarry, messire
Florens son filz et autres jusques environ .vj.^{xx} . Les
Englois passèrent oultre la ville d'Aire, car elle n'estoit
mie à prendre, et vindrent ce jour à Saint Venant dont
messire Guillaume de Melle estoit chièvetaine, qui
avoit fortifié l'église pour retraire lui et ses compaignons, se mestier estoit, car la ville n'estoit fermée que
de palis. Si ne pot longuement durer contre les Englois
qu'ilz n'y entrassent. Adont se reculèrent les François,
aucuns au chastel et aucuns en l'église, qui estoit assez
forte. Ceulz du chastel ne furent point assailliz, car le
chastel est durement fort, ne on ne le puet approuchier
pour les larges et parfons fossez qui sont entour. Mais
l'église fu assaillie incontinent que les Englois se trouvèrent en la ville, et fu à grant traveil prise par force,
et messire Guillaume de Melle dedens. Après entrèrent
les Englois en la chastellenie de Popringue et de Messines, et prindrent toutes ces villes là et y trouvèrent
trèsgrant pillage et trèsgrant finance. Et toutes les villes
fermées ilz retindrent pour eulx, et mettoient en leur
obéïssance, et là retraioient leur butin, à Bergues et à
Bourbourc.

Comment l'évesque de Nordvich et les Englois
mistrent siège devant Ypre. Le .C. .vj.^{e} chapitre

§ 106. Quant les Englois orent de tout le pays leur
voulenté, et que nul ne leur aloit au devant et qu'ilz
furent tous seigneurs de la marine, de Gravelingues
jusques à l'Escluse, de Dunquerque, de Nuefport, de

Furnes et de Blanquebergue, ilz s'en vindrent mettre le siège devant Ypre, et puis alèrent devers ceulx de Gand François Acreman et aucuns autres, lequel François avoit esté à la bataille et à tous ces conquestz, et avoit mené les Englois de ville en ville et de fort en fort. Quant Piètre du Bois et les cappitaines de Gand sçorent que les Englois les mandoient, et qu'ilz s'estoient arrestez devant Ypre à siège, ilz furent moult resjoïs, et se ordonnèrent le plus tost qu'ilz porent d'aler celle part, et se partirent de Gand **[348v]** un mercredy matin après les octaves de Saint Pierre et de Saint Pol environ, eulx .xx.^{m}, à grant charroy et en bonne ordonnance, et s'en vindrent tout parmy le pays et au dehors de Courtray devant la ville d'Ipre. De leur venue furent les Englois moult resjoïs, et leur firent trèsbonne chière. Si estoit pour le temps capitaine de la ville d'Ypre messire Pierre de la Sièple, avec lui messire Thomas de Bontgrave, chastellain d'Ypre, messire Baudouin de Belledine, le seigneur d'Issegien, le seigneur d'Estades, messire Jehan Blanchart, messire Jehan de Merselède, messire Nicolas Belle, le seigneur de Harlebèque, le seigneur de Rolegem, messire Jehan Ahoutré, messire François Belle, messire Jehan Belle, messire George Belle et plusieurs autres. Le duc de Bourgoigne envoia environ .Lx. lances de Bretons devers Courtray pour réconforter messire Jehan de Jeumont, Haynuier, qui estoit en la ville cappitaine. Quant ces Bretons furent venus à Commines, (où) ilz trouvèrent le sire de Saint Légier et Yvonnet de Taincemarch, cappitaines. Au matin que ces Bretons devoient partir, vindrent bien .ij.^{c} lances d'Englois courir devant Ypre, pour acueillir la proie du plat pays et amener au siège devant Ypre. Ces gens d'armes bretons ne se donnèrent de garde qu'ilz cheïrent en leurs mains. Là ot dure rencontre et fort au pié du pont à Commines, mais finablement il couvint les Bretons fuir. Si en ot la greigneur partie mors ou pris sur la place, et en eulx retournant vers Lisle. Et fu le sire de Saint Légier durement navrez et laissié pour mort sur la place, et dura la chace jusques à demie lieue près de Lisle, à laquelle ville le sire de Saint Légier fu apporté à grant paine, et mouru au chief de .v. jours, et aussi firent .v. de ses escuiers. Puis retournèrent les Englois en l'ost devant Ypre à grant joie. Ainsi ala de ceste aventure.

Comment le roy de France fist son mandement pour venir en Flandres la seconde fois. Le cent .vij.ᵉ chapitre

§ 107. Tousjours se tenoit le siège devant Ypre, grant et fort. Et y faisoient les Englois et les Flamens qui seoient devant plusieurs assauls, et traveilloient moult ceulx de la ville. Si eüssent les Englois eü grant confort s'ilz voulsissent, car plusieurs hauls barons d'Engleterre se tenoient sur les marches de Douvres, d'Exesses, de Zandvich et de la conté de Quint, tout appareilliés de passer mer et venir par Calais aidier à leurs gens, mais qu'ilz en fussent signifiez. Ilz estoient bien mille lances et .ij.ᵐ archiers, desquelx messire Guillaume de Beauchamp et messire Guillaume de **[349r]** Windesore, mareschaulx d'Engleterre, estoient esleüz souverains de par le roy d'Engleterre et son conseil. Le conte de Flandres qui se tenoit à Lisle, savoit bien toutes ces incidences, tant d'Engleterre comme devant Ypre. Bien supposoit que le duc de Bourgoingne esmouvroit le roy de France et les barons du royaume de France à venir bouter hors les Englois de la conté de Flandres et du pays que les François avoient en l'année devant conquis. Et pour ce qu'il savoit bien que les mandemens de France sont si loingtains, et les barons qui le doivent servir de si loingtaines marches, que moult de choses peuent avenir ainçois que soient assemblez, pour ce fist tant le conte devers l'évesque du Liège, messire Arnoul de Horne, qui estoit bon Urbaniste, qu'il vint à lui à Lisle, et que de là il ala en l'ost devant Ypre, pour traitier à l'évesque de Nordvich qui là tenoit siège, avec lui plusieurs Englois et Gantois, lesquelx receürent l'évesque du Liège liement et l'oïrent voulentiers parler. Je fu adont informez que le conte, par la parole de l'évesque, offroit à l'évesque de Nordvich et aux Englois, s'ilz se voulsissent partir du siège d'Ypre et aler ailleurs sur les Clémentins faire guerre raisonnable, il les feroit servir de .v.ᶜ lances par .iij. mois, mais on respondy à l'évesque du Liège que on ne se partiroit du siège d'Ypre devant que la ville seroit conquise. Ainsi rapporta l'évesque la responce au conte de Flandres. Le duc de Bourgoingne sçot bien que les choses yroient mal en Flandres, se le roy de France n'y mettoit remède. Si fist tant que un grant parlement fu assignez à Compiengne de tous les hauls princes du royaume de France. À ce parlement vindrent tous ceulx qui mandez y furent, et personnelment le duc de Bretaigne y fu et plusieurs hauls barons de Bretaigne. Là fu conseillié que le roy de France par l'accort de ses oncles Berry, Bourgoingne et Bourbon venroit en Flandres aussi estofféement ou plus que quant il y fu à Rosebèque, et lièveroit le siège de devant Ypre, et combatroit les Englois et les Flamens s'ilz l'attendoient. Lors fist le roy un mandement général par tout son royaume que chascun se pourveïst aussi comme à lui appartenoit, et fust à Arras ou là environ le .xv.ᵉ jour d'aoust. Et escript le roy aux loingtains, telz que au conte d'Armignach, au conte de Savoie et au duc Fédric de Bavière. Ce duc estoit de la haulte Alemaigne, et filz de l'un des frères du duc, Aubert de Hollande [1], et grandement désiroit à venir en France car il avoit oÿ **[349v]** dire que toutes honneurs du monde estoient en France. Et pour ce que ce duc Fédric estoit de moult loingtain pays, il en fu signifié premièrement. Si dist qu'il venroit veoir l'estat de France, et se ordonna sur ce.

---

1. Aubert de Bavière fut, avec son fils Guillaume d'Ostrevant, l'un des deux derniers protecteurs de Froissart.

Comment les Englois prindrent messire Jehan sans Terre et messire Jehan du Moulin, en la ville de Menin en Flandres.
.C. .viij.ᵉ [chapitre]

§ 108. Le siège estant devant Ypre, le conte de Flandres qui se tenoit à Lisle, envoia messire Jehan du Moulin et un sien filz bastart appellé messire Jehan sans Terre à tout .xl. lances et .Lx. arbalestiers, devers la ville de Menin pour désemparer le moustier qui estoit fort et bien remparez, afin que les Englois n'en feïssent une garnison, car ilz en greveroient moult le pays de là environ. Quant ces gens du conte furent venuz à Menin, ilz trouvèrent la ville toute vuide de gens, fors aucuns compaignons qui de leur gré gardoient le moustier. Tantost mistrent gens en euvre, et commencièrent à désemparer le moustier et à deffaire. Ce jour chevaucièrent environ .ij.ᶜ lances, Englois et Gascoings ; si entendirent qu'il y avoit gens d'armes et arbalestiers en la ville de Menin qui despeçoient l'église. Lors chevaucièrent les Englois hastivement, tant qu'ilz vindrent devant le moustier. Si mistrent pié à terre et coururent sur ces gens d'armes et arbalestiers de Flandres, et y ot de petit de gens grant estour, mais les Englois estoient si grant foison que les Flamens furent desconfiz et les .ij. chevaliers pris, et tous les autres mors ou pris. L'évesque de Nordvich et Piètre du Bois firent assaillir la ville d'Ipre soingneusement, et par espécial il y ot un assault moult fort et aspre qui dura .j. jour entier en .ij. lieux. Si y ot de mors et de bleciés d'une part et d'autre, et recueillirent ce jour ceulx d'Ypre .ij. tonneaux plains de saïettes que les Englois traioient espessément en la ville. L'endemain ceulx de l'ost envoièrent couper tout le bois environ Ypre pour emplir les fossez, et venir jusques aux murs combatre main à main contre ceulx de la ville, mais ce ne pouoit pas estre assez tost acompli, car le roy de France, qui avoit grant désir de venir lever ce siège, avança ses besoingnes et vint jusques à Arras. Jà estoit passé le connestable de France et grant foison de Bretons qui estoient ordonnez pour l'avant-garde et logiés en Artois. Et le duc de Bretaigne venoit à tout .ij.^m lances, qui avoit grant désir de conforter son cousin le conte de Flandres, lequel conte, du temps passé il avoit trouvé très-[350r]appareillié en ses affaires. Tous seigneurs approchoient, loingtains et prochains, et vint le conte de Savoie et le conte de Genèvre à bien .vij.^c lances de purs Savoiens. Le duc Fédric de Bavière s'avalla aval à belles gens d'armes et vint en Haynau, et se tint à Quesnoy delez son oncle le duc Aubert. Le duc de Lorraine et le duc de Bar à tout grant route s'en vindrent logier en Artois. Messire Guillaume de Namur qui point n'avoit esté en ces guerres devant nommées, car le conte l'en avoit déporté, s'en vint servir le roy et le duc de Bourgoingne à .ij.^c lances de trèsbonnes gens d'armes, et passèrent parmy Hénault et s'en vindrent logier en Tournésis. Seigneurs venoient de tous costez si efforciement et de si grant voulenté pour servir le roy de France, que merveilles estoit à considérer. Le conte Guy de Blois avoit en ces mandemens faisans geü malade de hachies en Landrechies, et combien qu'il ne savoit s'il pourroit chevaucier en ceste armée, si fist il ses pourvéances grandes et grosses, et aussi firent les gens de sa conté, et se fist porter en une litière jusques à Beaumont.

Comment les Englois et les Gantois laissièrent le siège de devant Ypre. Le .C. .ixe chapitre

§ 109. Nouvelles vindrent au siège devant Ypre à l'évesque de Nordvich, aux Englois et Gantois qui là tenoient siège, que le roy de France venoit sur eulx à plus de .xx.^m hommes d'armes, chevaliers et escuiers, et bien .Lx.^m autres gens. Lors orent conseil qu'ilz ne se veoient pas fort ne puissant pour attendre le roy de France, et distrent que c'estoit bon que Piètre du Bois et Piètre le Mutre et les Gantois s'en retournassent en leur ville de Gand, et les Englois retourneroient vers Bergues et Bourbourc, et se mettroient en leurs garnisons. Et se puissance leur venoit d'Engleterre que le roy Richart passast la mer, ou ses oncles, ilz aroient avis. Ainsi ceulx de Gand se deslogièrent et rentrèrent en leur ville, et les Englois se retrairent vers Bergues et vers Bourbourc, et se boutèrent dedens les forteresses qu'ilz avoient par avant conquis. Ce propre jour que les Gantois retournèrent à Gand, y descendy messire Henry de Persi, filz au conte de Northombrelant, qui venoit de Prusse[1]. Le roy de France se party d'Arras et s'en vint logier au mont de Saint Éloy. Là attendy .iiij. jours la venue de son oncle le duc de Berry. Et tousjours aplouvoient seigneurs de tous costez, et fu sceü par le connestable et les mareschaulx et messire Guichart Dauphin, maistre des arbalestiers, que le roy avoit plus de .c.^m hommes et bien .iiij.^c mile chevaux. Si puet on grandement esmerveillier **[350v]** où pourvéances pouoient estre prises pour asouvir un tel ost. Si estoit celle fois que on en avoit grant défaulte, et autre heure assez par raison.

Comment le roy de France prist Cassel et Bergues et autres villes plusieurs en Flandres. Le .C. .x.^e chapitre

§ 110. Tant exploita le roy de France qu'il vint à Saint Omer, et l'avantgarde, le connestable et les mareschaulx alèrent vers le mont de Cassel que les Englois tenoient. Si prindrent les François la ville par

---

1. « Qui retournait de la croisade de Prusse ».

assault et tous ceulx de dedens occirent. Et ceulx qui porent eschapper se retrairent vers la ville de Bergues, là où messire Hue de Cavrelée estoit bien à .iij.^m Englois. Mais l'évesque de Nordvich n'y estoit pas, ainçois s'estoit retrait vers Gravelingues pour tantost estre à Calais se mestier faisoit[1]. Adont se départi le roy de France de Saint Omer et vint logier oultre en une abbaie ou chemin de Bergues que on dist Ranombergues. Ce fu un venredy. Le samedy chevaucièrent ceulx de l'avantgarde et vindrent devant le chastel de Tringhen où il avoit environ .iij.^c hommes d'armes englois qui le tenoient et qui toute la saison une garnison faite en avoient. On fist assault au chastel, grant et fort, et fu en la fin pris par force, et tous ceulx dedens mors, car le connestable n'en vouloit nul prendre à mercy. Là fu trouvé en la basse court le plus bel cheval blanc[2] et de plus grant taille que on n'eüst point veü en toute l'année, si fu présentez au connestable qui tantost l'envoia au roy de France. Et le vit le roy moult voulentiers et lui plut grandement bien, et le chevauça le dimenche toute jour.

En la ville de Bergues, qui n'estoit fermée que de palis et de simples fossez, estoient retrais tous les Englois excepté l'évesque de Nordvich, qui s'estoit retrait à Gravelingues tout esbahiz, car bien veoit qu'il avoit mauvaisement exploitié. Quant les Englois entendirent que le roy de France avoit moult grant ost, ilz se partirent de Bergues et vindrent à Bourbourc, et sicomme ilz estoient près de la ville, messire Hue de Cavrelée parla à messire Guillaume Helmen, à messire Thomas Trivés et[3] aux autres et leur dist : « Seigneurs, par ma foy nous avons fait en celle saison une très

---

1. « S'il était nécessaire ».   2. Au Moyen Âge, dans le contexte du roman arthurien surtout, les bêtes blanches venaient de l'Autre Monde et avaient partant un caractère merveilleux. La découverte de ce cheval bien réel est peut-être de bon augure pour le roi Charles VI de France, même dans ce contexte plus historique que romanesque, car c'est aussi un symbole de majesté royale. 3. MS : « et et ».

honteuse chevaucée. Onques si povre ne si blasmeuse n'yssi hors d'Engleterre. Vous avez ouvré de vostre voulenté et creü cel évesque de Nordvich qui cuidoit voler ainçois qu'il eüst esles, et véez vous l'onnorable fin que vous y prenez ! Sur tout ce voiage je ne pos onques estre creü de chose que je deïsse. Sy **[351r]** que je vous dy, véez là Bourbourc : retrayés vous dedens se vous voulez, mais je passeray oultre et iray droit à Gravelingues et à Calais car nous ne sommes pas gens pour combatre le roy de France. » Ces chevaliers qui congneürent assez qu'ilz avoient eü tort en aucunes choses respondirent : « Dieux y ait part, et nous nous retrairons à Bourbourc et là attendrons l'aventure telle que Dieux la nous vouldra envoier. » Ainsi se départy messire Hue de Cavrelée de leur compaignie, et les autres vindrent en Bourbourc. Les François vindrent à Bergues et leur furent les portes ouvertes. Si entra le roy dedens et tous ceulx qui entrer y vouldrent. Les premiers qui y entrèrent y trouvèrent encore assez à prendre et à pillier, car les Englois n'avoient pas peü tout mener. Et furent les dames de la ville sauvées et envoiées à Saint Omer, mais les hommes furent ainsi que tous mors, et fu la ville de Bergues mise en feu et en flambe, et passa le roy oultre pour le grant feu qui y estoit et vint près de Bourbourc.

Comment François Acreman et les Gantois eschiellèrent et prindrent la ville d'Audenarde. .C. .xj.ᵉ chap[itre]

§ 111. Quant vint le samedy matin, l'ost se arma pour venir devant Bourbourc. L'avant-garde, le connestable, le duc de Bretaigne, le conte de Flandres, le conte de Saint Pol et bien .iij.ᵐ lances passèrent au dehors des murs de la ville et se arrestèrent à l'opposite de l'ost du roy, et là fu bel à veoir l'estat des François quant tout l'ost se fu arresté devant Bourbourc. Et là furent fais bien .iiij.ᶜ chevaliers, et furent par les héraulx nombrez les chevaliers que le roy avoit devant Bourbourc à .ix.ᵐ et .vij.ᶜ chevaliers, et en toute somme bien .xxiij.ᵐ hommes d'armes, chevaliers et escuiers. François Acreman, Piètre du Bois et Piètre le Mutre et les cappitaines de Gand soubtilloient nuit et jour comment ilz peüssent porter dommage à leurs ennemis. Si entendy François Acreman que le cappitaine d'Audenarde, messire Gillebert de Lieuréguien, n'estoit point en Audenarde, ne les gens d'armes. Mais estoient en celle chevaucée du roy devant Bergues et Bourbourc. Si entendy François que la ville d'Audenarde estoit demourée en simple garde, et que les fossez devers les praeries estoient tous secs, car on les avoit vuidiés d'eaue pour avoir les poissons. Ces nouvelles avoient apportées les espies de François Acreman qui avoient de nuit et de jour avisé la ville d'Audenarde, car les gardes ne faisoient nul compte des Englois, et les avoient mis en oubli et nonchaloir. Et dont François Acreman, quant il ot parlé à Piètre du Bois, il prist .iiij.ᶜ compaignons de ceulx èsquelx il avoit la plus grant fiance, et se mist sur la nuit en chemin devers Audenarde. **[351v]** C'estoit ou mois de septembre, que les nuis sont longues assez, et si faisoit tant bel et sec que c'estoit un grant deduit[1]. Environ mienuit vindrent ces Gantois ès praeries devant Audenarde, et avoient leurs eschielles toutes prestes. Ainsi qu'ilz passoient parmy ces marés il y avoit une femme[2] qui tailloit

---

1. Quand Froissart se met à parler du beau temps qu'il fait, c'est surtout parce que la nouvelle saison favorise les entreprises militaires après l'hiver (« Quant ce vint à l'entrée du moys de march que le soleil commence à monter et le jour à eslongier et le bel temps à venir, la duchesse de Lancastre eubt son arroy tout prest » [etc.] : SHF, t. XV, p. 226). ; il s'agit bien, ici, d'une escalade au clair de lune, mais l'évocation du beau temps qu'il fait, en septembre, est quand même assez étonnante, et presque gratuite.
2. Encore une femme d'origine sociale modeste tenant un rôle de choix dans le récit de Froissart.

herbes pour sa vache, et estoit là quatie[1], si entendy l'effroy et les oÿ parler, et bien congnut que c'estoient Gantois qui aloient vers Audenarde, et vit les eschielles. Et dont elle s'apensa qu'elle venroit à Audenarde et diroit aux gardes ces nouvelles. Si mist tout jus, et prist son tour par une adresce[2] que bien savoit, et tant fist qu'elle vint sur les fossez avant que les Gantois y peüssent venir, et commença à parler et crier, tant que un bon preudomme qui faisoit le gait pour la nuit et aloit de porte en porte resveillier les compaignons, l'oÿ et demanda : « Qui es tu là ? » — « Haa ! » dist elle, « je sui une povre femme qui demeure en ces marez. Soiés sur vostre garde, car pour certain il y a assez près de cy une grant quantité de Gantois qui embleront et eschielleront la ville s'ilz peuent. Je m'en revois, car se ilz me trouvoient je seroie morte. » Atant se party la femme, et l'omme demoura tout quoy et esbahi, et s'apensa qu'il se tenroit là quoiement pour veoir que c'estoit, et se la femme disoit vray. Les Gantois, qui couvertement vouloient faire leur emprise, avoient bien oÿ parler l'omme et la femme, ainsi que de nuit on oït moult cler[3], mais riens ne savoient qu'ilz avoient dit fors seulement le son de leur langaige. Adont envoia François Acreman .iiij. compaignons devant, et leur dist : « Alez tout secrètement sans sonner mot ne toussir, et regardez hault et bas se vous orrez ne apparcevrez néant. » Ilz firent tout ainsi, et François et les aultres demourèrent ès marés et se tindrent tout quoy, et estoient assez près de celle dicte femme, qui bien les ooit et veoit, mais ilz ne l'apparceürent point. Ces .iiij. varlez François Acreman vin-

---

1. « Cachée ».   2. « Chemin ».   3. Cf. l'extrait suivant du troisième Livre, éd. d'A. Mirot, SHF, t. XIV, p. 213 : « Assez près de là il y avoit une petite maison, en descendant des murs, et celle maison estoit toutte asseulée hors des aultres, et ung povre homme perementier y demouroit dedens, qui avoit veilliet jusques à celle heure et s'en devoit aler couchier. Ainsi comme le vent emporte le son des choses, il avoit oy parler sus les murs, car de nuit on oit moult cler ».

drent jusques aux fossez, et ne virent riens ne n'oïrent. Si retournèrent et distrent à François qu'il n'avoient riens trouvé. « Je le croy bien », dist François, « je pense que c'estoit le gait qui là faisoit son tour. Alons par ce hault chemin vers la porte et puis retournerons tout bas selon les fossez. » Encore oÿ la dicte femme ces parolles, sy vint comme devant sur les fossez et dist à l'omme qui estoit sur les murs tout ce qu'elle avoit oÿ et veü, et que pour Dieu il fust sur sa garde, et alast veoir à la porte de Gand comment les **[352r]** compaignons qui là se tenoient se maintenoient, car briefment il y avoit des Gantois assez près de là. « Je m'en revois », dist la bonne femme. « Je n'ose plus demourer. Je vous ay avisé de ce que j'ay oÿ et veü[1]. Ayés ore sur ce avis. Je ne revenray pour celle nuit plus. » Atant se départy la bonne dame, et l'omme demoura, qui ne mist pas en nonchaloir ces parolles. Ains s'en vint à la porte de Gand où les gardes veilloient et les trouva jeuans aux dez, et leur dist : « Seigneurs, avez vous bien fermées voz portes et voz barrières ? Une femme est venue à moy et m'a ainsi dit. » Ilz respondirent : « Male nuit soit à la femme entrée, quant elle nous traveille à celle heure. Ce sont ces vaches et veaulx qui sont desliez, si cuide maintenant que ce soient Englois qui voïsent par les champs. » Endementiers que ces paroles se faisoient, François Acreman et les Gantois estoient avalez les fossez où il n'avoit point d'eaue, car on les avoit peschiés celle sepmaine, et avoient rompu et coupé un petit de palis qui estoient au devant du mur, et là dreschées leurs eschielles et entré en la ville, et venu tout droit sur le marchié sans sonner mot jusques à tant qu'ilz y furent. Et là trouvèrent un chevalier qui s'appelloit messire Florens de Heulle, lieutenant du cappitaine, lequel faisoit là le gait, et environ .xxx. hommes avec lui. Si tost que les Gantois vindrent sur la place ilz crièrent : « Gand ! Gand ! » et férirent au gait, et là

---

1. Dans le deuxième Livre ce sont les « povres femmes » qui font preuve, à plusieurs reprises, de prescience et d'initiative.

fu mort messire Florens et tous ceulx qui delez lui estoient. Lors furent moult esbahis ceulx qui gisoient en leurs lis quant ilz oïoient ce cry et ilz virent leur ville prise, et si n'y pouoient remédier car on leur brisoit leurs maisons à force, et les occisoit on là dedens, ne nul ne mettoit défense en soy, ne pouoit mettre, car ilz estoient pris soudainement sur un pié, parquoy il n'y avoit point de recouvrer[1]. Si se sauvèrent ceulx qui porent et se partoient les hommes tous nuz et vuidoient leurs maisons et laissoient tout, et se mettoient hors par les murs et par l'Escaut et par les fossez de la ville, et n'emportoient les riches hommes nulle chose du leur, mais ceulx tout eureux qui eschapper porent. Si en y ot celle nuit grant foison de mors et de noyés en l'Escaut.

Quant vint au matin que les Gantois se virent seigneurs de la ville, ilz mistrent tout hors femmes et enfans[2], et les envoièrent hors toutes nues en leurs chemises, ou au plus pouvre et petit habit qu'elles **[352v]** eüssent. Et ainsi s'en vindrent elles après ceulx qui eschappez estoient, à Mons, à Ath, à Condet, à Valenciennes, à Tournay, ou là le mieulx ilz pouoient. Et François Acreman demoura cappitaine d'Audenarde, et y conquist grant avoir et de pourvéances foison : blefs, avoines et vins, tout fu acquis à eulx, et tout l'avoir qui y estoit de Flandres, de France et de Tournay. Mais tout ce qui y estoit de Haynau fu sauve, ne onques ilz n'en prindrent riens que tout ne païassent.

En celle propre sepmaine Amérigot Marcel prist par eschiellement le chastel de Marquel, dont le conte daufin d'Auvergne porte les armes. Et au bout de .xv. jours il le rendy à la contesse daulphine et en ot .v.^{m} frans tous appareilliés. Et tenoient les Englois bien .Lx. forteresses en Roergue, Auvergne et Lymosin, et pouoient aler et venir de fort en fort jusques à Bordeaux.

---

1. La syntaxe de Froissart traduit bien, ici, l'affolement des habitants qui ne savent à quel saint se vouer.   2. MS : « hommes femmes et enfans ».

Comment le roy de France fist assaillir la ville de Bourbourc en Flandres, et comment les Englois se rendirent. .C. .xij.ᵉ [chapitre]

§ 112. Ce samedy, comme cy dessus est dit, que le roy de France vint devant Bourbourc, on ne vit onques plus belles gens d'armes ne si grant foison comme le roy avoit là. Et estoient les seigneurs et leurs gens tous appareilliés d'assaillir, et disoient ceulx qui Bourbourc avoient avisé que la ville ne leur tenroit que un petit, mais il leur cousteroit grandement de leur gens. Et se merveilloient les plusieurs pourquoy on n'aloit tantost assaillir. Or disoient aucuns que le duc de Bretaigne et le conte de Flandres, qui estoient d'une part de la ville, traitoient aux Englois de rendre sans assaillir. Bretons, Bourguignons, Normans, Alemans et autres gens qui sentoient là dedens grant pillaige et grant proufit pour eulx se de force on les prenoit, estoient durement courrouciés de ce que on ne se délivroit pour assaillir. Et escarmuchoient et traioient les aucuns aux bailles, sans commandement ne ordonnance du connestable ne des mareschaulx. Et aussi pour ce que on ne défendoit point à assaillir, les choses se multiplièrent tant que les François traïrent le feu en la ville par viretons et par canons, tant que les maisons qui estoient couvertes de chaume et de fuerre furent embrasées en plus de .xl. lieux aval Bourbourc, que on vit la flambe et fumée de toutes pars de l'ost. Adont commença la huée et l'assault, si ot là faites plusieurs appertises d'armes, et entroient les assaillans **[353r]** de grant voulenté en la bourbe des fossez jusques aux genoulx, et s'en aloient combatre, traire et lancier jusques aux palis, aux Englois. Lesquelx aussi se défendoient si vaillemment que nulles gens mieulx, et bien leur besoignoit car on leur donnoit tant à faire que on ne savoit par dedens auquel costé entendre, car ilz estoient assailliz de toutes pars. Et toudis assailloient sans cesser jusques à la nuit, et vous dy que des gens messire Guillaume de

Namur il en ot mors et bleciés environ .xxxvj. . Et en tout l'ost plus de .v.ᶜ, sicomme les héraulx firent leur rapport. Les François à la nuit se retraïrent en leurs logiz et distrent qu'ilz assaudroient l'endemain matin.

Toute celle nuit entendirent les Englois à réparer la ville, là où mestier faisoit, et à estaindre le feu en la ville. Le dimenche matin après la messe du roy on fist un cry en l'ost que quiconques aporteroit un fagot devant la tente du roy, il aroit .j. blanc de France, et autant que on en apporteroit de fagos de bois, on aroit de blans. Et estoient ordonnez les fagos pour ruer dedens les fossez et passer sus et aler délivréement jusques aux palis, pour assaillir le lundy au matin. Adont toutes manières de menues gens et de varlés entendirent à fagotter et apporter fagos devant la tente du roy. Et veulent dire les aucuns que le duc de Bretaigne qui estoit d'autrepart la ville, ot traittié aux Englois, car ilz veoient bien ou dur party où ilz estoient, si leur conseilloit à rendre la ville, sauve leurs corps et le leur. Et ainsi le désiroient bien à faire, et furent ainsi receü. Et dont se partirent les Englois et emportèrent du leur ce qu'ilz porent et vindrent à Gravelingues, et de là à Calais à tout grant pillage. Puis entra le roy de France en Bourbourc et aussi firent les seigneurs et leurs gens. Si commencièrent ces Bretons à pillier la ville, ne riens n'y laissièrent. En la ville de Bourbourc a une église de Saint Jehan, en laquelle église un pillart entre les autres monta sur un autel et voult à force oster une pierre qui estoit en la couronne de une ymage faite au semblant de Nostre Dame. Mais l'image se tourna – ce fu chose toute vraie – et le pillart reversa devant l'autel, et mouru de male mort. Ce miracle[1] virent plusieurs. De rechief un autre pillart vint qui voult faire à cel image la chose pareille, mais toutes les cloches de l'église sonnèrent à une fois sans ce que nul y meïst la main. Pour ces miracles fu l'église moult

---

1. Intervention, à nouveau, du merveilleux (religieux et spirituel, en l'occurrence).

visitée du peuple, et donna le roy à l'église **[353v]** et à l'ymage de Nostre Dame .j. grant don, et aussi firent tous les seigneurs, et y ot bien de dons ce jour pour .iij.^m frans. Après ce on se commença à deslogier, et donnèrent le roy et le connestable à toutes manières de gens d'armes congié, et retourna chascun en son lieu.

*Comment on traitta de trèves entre lez royaumes de France et d'Engleterre emmy chemin de Calais et de Bouloingne.
.C. .xiij.^e chapitre*

§ 113. Au département de Bourbourc demoura le duc de Bretaigne delez le conte de Flandres son cousin en la ville de Saint Omer, et eüst voulentiers veü que une bonne paix ou unes longues trèves fussent adrecies entre les roys de France et d'Engleterre. Et pour ce envoia .ij. chevaliers sur asseürances en Engleterre, lesquelx exploitièrent si bien que le duc de Lencastre, le conte de Bouquingen son frère, l'évesque de Harfort, messire Jehan de Hollande, messire Thomas de Persi et autres du conseil d'Engleterre ayans le pouoir du roy de faire paix et ordonner trèves à leur voulenté [...]¹. D'autrepart vindrent à Bouloingne les ducs de Berry et de Bourgoingne, l'évesque de Laon et le chancelier de France ayans aussi plaine puissance de par le roy de France et son conseil de faire paix ou donner trèves. On surattendy ung petit à parlementer pour le conseil d'Espaigne qui point n'estoit venuz, car les François ne vouloient faire nul traittié que les Espaignols ne fussent enclos dedens. Finablement ilz vindrent de par le roy d'Espaigne et le pays, un évesque, un dyacre et deux chevaliers. Or fu ordonné que le parlement seroit

---

1. MS : lacune.

tenu en milieu de Calais et de Bouloingne en un village et église que on appelle à Lolinge[1]. Là furent les seigneurs et leur conseil par plusieurs journées et parlèrent ensemble, et là furent le duc de Bretaigne et le conte de Flandres. Là fu sur les champs tendue la grant tente de Bruges[2], et donna le conte de Flandres à disner en tente au duc de Lencastre et aux autres Englois. Et furent là les estas moult grans tenus de l'une partie et de l'autre, mais on n'y pot onques trouver nulle paix, car les François vouloient ravoir Guines et Calais et toutes les forteresses qu'ilz tenoient à ce jour deçà la mer jusques à la rivière de Garonne, tant en Normendie comme en Bretaigne, en Poitou, en Xantonge et en Rocelois, laquelle chose les Englois n'eüssent jamais fait. Si furent ilz sur ces traittiés plus de trois sepmaines. En ce temps trépassa de ce siècle le duc Wincelant de Boësme, duc de Lucembourc et **[354r]** de Brabant[3], et demoura la duchesse Jehanne de Brabant vesve, ne onques puis ne se remaria. Endementiers que on parlementoit entre Calais et Bouloingne, les Gantois qui tenoient la ville d'Audenarde vindrent ardoir Maire et les forbours de Tournay. Et s'en retournèrent sauvement à tout grant pillage et rentrèrent en Audenarde.

En ce parlement dessus dit fu conclu que unes trèves seroient entre les royaumes de France et d'Engleterre et tous leurs aliés, c'est à entendre de la partie de France, toute Espaigne, Galice et Castille estoient enclos dedens, par mer et par terre, et aussi le royaume d'Escoce[4]. Et devoient les François faire savoir au plus tost qu'ilz pourroient celle trève au roy d'Escoce, et

---

1. Lelinghen ou Leulinghem, près de Wissant. 2. On aimerait bien savoir comment était et combien grande fut la « grant tente de Bruge ». 3. « Wenceslas mourut le 7 décembre 1383 et fut enterré près de Luxembourg, dans l'abbaye d'Orval, que Froissart appelle Waucler (KL, t. XXV, p. 150-151) » (SHF, t. XI, p. XXXVIII, n. 2). 4. La trêve de Leulinghem fut signée le 26 janvier 1384 ; elle devait prendre fin le 29 septembre 1384 et fut prolongée jusqu'au 1er mai 1385.

devoient les ambassadeurs qui ce message de par le roy de France feroient en Escoce saufconduit [avoir][1], alant et retournant parmy le royaume d'Engleterre. Et aussi de la partie des Englois estoient compris en la trève tous les aliés en quelque lieu ne pays qu'ilz fussent, c'estoient ceulx de Gand et toutes leurs tenures expressément nommez et enclavez dedens, dont grandement desplaisoit au conte de Flandres. Et duroient ces trèves jusques à la Saint Michiel que on compteroit mil .iij.ᶜ .iiij.ˣˣ et quatre. Et devoient les parties retourner ou [...][2] commis pour eulx qui avoient plaine puissance de traittier entre les deux royaumes.

Du trespassement du conte Loÿs de Flandres et de la solempnité de son obsèque, et de la contesse de Flandres. .C. .xiij.ᵉ chapitre

§ 114. Atant se départy le parlement. Le conte de Flandres vint à Saint Omer et là se tint, si lui prist assez tost après une maladie de laquelle il mouru. Et fu ordonné qu'il gerroit en l'église de Saint Pierre de Lisle. Et trespassa de ce siècle le conte de Flandres l'an mil .iij.ᶜ .iiij.ˣˣ et trois, le .xxviij.ᵉ jour de janvier[3]. Et fu apporté à Loz l'Abbaie delez Lisle. Aussi y fu rapportée la contesse sa femme[4] qui trespassée estoit, .v. ans avoit, en la conté de Rethel, et furent enseveliz ensemble en l'église de Saint Pierre de Lisle. Or vous en vueil je recorder l'ordonnance, comment elle fu.

S'y[5] ensuivent les ordonnances[6] du conte de

---

1. MS : « saufconduit alant et retournant ». 2. Le MS est troué à cet endroit. 3. Ce fut le 30 janvier que mourut le comte de Flandre. 4. Marguerite de Brabant. 5. Caractères gras dans le manuscrit pour les majuscules ; plus loin, « sous-titres » soulignés. 6. Il est possible que Froissart ait eu accès à un document faisant état des préséances lors des obsèques du comte. Le corps du comte resta exposé 19 jours à l'abbaye de Saint-Bertin, puis 7 jours à l'abbaye de Looz.

Flandres et de la duchesse [*sic*] sa femme, dont le corps fu porté à Los l'Abbaie delez Lisle. Et quant ilz deürent entrer en Lisle, grant foison de seigneurs de France, de Flandres, de Haynau et de Brabant y furent la vesprée[1] de l'obsèque, à venir de la porte des malades et apporter les corps parmy la ville jusquez à l'église Saint Pierre, ceulx qui y furent armé pour la guerre et les escuiers qui les menoient. Et premièrement messire Jehan **[354v]** de Haluin le plus prochain du corps, menez de Enguerran de la Valenne, et de Rogier de l'Espière, le seigneur de Marc, devant le seigneur de Haluin de Mamines devant le seigneur de Marque, mené de Jehan de l'Espière et de Sansset de Fretin, messire Jehan de Molin devant le seigneur de Mamines mené de Godefroy de Noïelle et de Henry de la Vacquerie.

<u>*Item* s'ensuivent ceulx qui ordonné [estoient] pour le tournoy.</u> Messire Pierre de Baillueil, prochain du corps, devant messire Jehan du Moulin mené de Jehan de Quingem et de Lanbequin le mareschal, messire Sohier de Gand devant messire Pierre de Baillueil, mené de Guiot de Lompré et de Jehan Loÿs, le seigneur de Bétencourt devant messire Sohier de Gand, mené de Girart de Quingem et de Rollant d'Issemgren, monseigneur l'Aigle de Saint Venant, devant le seigneur de Béthencourt, mené de Huyart de Quingem et de Michiel de la Quarre. *Après s'ensuivent les banières de la bière.* Et premièrement messire François de Hasequerque et puis messire Gossuin le Sauvage devant messire François, messire Lancelot le Personne devant messire Gossuin, messire Jehan de Helle devant messire Lancelot.

<u>*Item* s'ensuivent ceulx qui portèrent les banières de la bière et du tournoy</u> : messire Jehan de Hunnères

---

1. « La soirée ».

devant messire Jehan de Helles, le seigneur des Abeaux devant le dessus dit de Hunnères, messire Tiercel[e]t de la Barre devant le seigneur des Abeaux, messire Jehan de Paux devant messire Tierchelet.

Item cy après s'ensuivent les noms des barons qui aidièrent à porter le corps du conte de la porte des malades mouvant en venant parmy la ville de Lille jusques à l'église Saint Pierre. Et premièrement messire Jehan de Vienne, amiral de France au destre[1], et le seigneur de Guistelle au senestre[2], messire Waleran de Raineval après au destre, le chastellain de Diquemue au senestre, le seigneur d'Escournay après au destre, messire Anseau de Salins à senestre.

Item s'ensuivent les barons qui aidièrent à porter le corps de la contesse de Flandres, mouvant de la porte Saint Ladre[3] en venant jusques à l'église de Saint Pierre. Et premièrement le seigneur de Sully au costé destre, et le seigneur de Chastillon au costé senestre, messire Guy de Pontalié mareschal de Bourgoingne après au costé destre et messire Girart de Guistelles au costé senestre, et puis messire Henry d'Antoing au destre, et [*le MS est troué à cet endroit*] **[355r]** le chastellain de Furnes à senestre.

Item s'ensuivent les ordonnances du jour de l'obsèque, lequel on fist en l'église de Saint Pierre de Lille au lendemain, et comment les corps furent, les seigneurs qui y furent et les escus, et aussi les noms des escuiers qui tindrent les escus toute la messe durant jusques à l'ofertoire :

Le duc de Bourgoingne tout seul ; et le premier escu fist porter devant lui de messire Raoul de Raineval et du seigneur de la Grutuse, et soustenu l'escu de l'Aubequin de la Coustre, et de Jehan de Pontaliers, frère

---

1. « À la droite ».   2. « À la gauche ».   3. « Saint Lazare ».

au mareschal de Bourgoingne. Après, le second escu devant monseigneur Jehan d'Artois, conte d'Eu et messire Phelippe de Bar : l'escu fu tenu de Waleran de la Salle, et de Claus Danequin. Après, le conte de la Marche et messire Phelippe d'Artois ; et fu l'escu soustenu de Gillon de Lebrest, et de Rolin de Florigny. Après, messire Robert de Namur, delez lui messire Guillaume de Namur son nepveu ; l'escu fu tenu de Champ Bernart et de Girart d'Estrevale. ~ <u>Après pour les escus de tournoy :</u> [1]

Le seigneur d'Angien, delez lui messire Jehan de Namur ; l'escu fu tenu de Aillart de Pontées et de Henry de Moncy. Après, messire Jehan Hue de Chaalon et le seigneur de Fère ; l'escu fu tenu de Jehan de Haluin et de Oudart de Castron. Après, le seigneur d'Antoing et le seigneur de Guistelles ; l'escu fu tenu de Tristran de Lambres et de Jehan du Béart. Après, le seigneur de Moriaumez et le seigneur de Sully ; l'escu fu tenu de Jehan de Fresingue et de Damas de Bussy.

<u>*Item* ceulx qui offrirent les destriers de la guerre</u>, et premièrement le seigneur de Chastillon et messire Simon de Lalaing, bailli de Haynault ; et estoient les seigneurs à pié et les chevaulx armez et couvers [2]. Pour le second, messire Waleran de Raineval et le chastellain de Diquemue. Pour le tiers, messire Hue du Moulin et le seigneur d'Aussi. Pour le quart, le sire de Brifueil et le seigneur de Brimeu.

<u>*Item* s'ensuivent ceulx qui offrirent les destriers de tournoy</u>, et premièrement messire Henry d'Antoing et messire Girart de Guistelles. Pour le second, le seigneur de Montigny et le seigneur de Rasenguien. Pour le tiers, le seigneur de Lamaide et le chastellain de

---

1. Ces mots sont soulignés dans le MS.   2. « Recouverts d'armures et de caparaçons armoriés ».

Furnes. Pour le quart, le seigneur de Faguinelles et messire Rollant de la Clique.

Item s'ensuivent ceulx qui offrirent les glaives de la guerre, et premièrement monseigneur l'amiral **[355v]** de France ; le seigneur de [?]Rary le second, le mareschal de Bourgoingne le tiers, et le seigneur de Sempy le quart.

Item s'ensuivent les noms de ceulx qui offrirent les espées du tournoy, et premièrement messire Guillaume de Pontieu ; la seconde, messire Guillaume de la Trémoïlle ; la tierce, le chastellain d'Ypre ; et la quarte, messire Guy de Haucourt.

Item ceulx qui offrirent les heaumes de la guerre, et pour le premier, le seigneur d[...] et delez lui le sire de Mailly. Pour le second, messire Guillaume de Harvez et messire Ansel de Salins. Pour le tiers, messire Jehan de Opem et le chastelain de Saint Omer. Pour le quart, messire Guy de Guistelle et le Galois d'Aunoy.

Item les heaumes du tournoy, et premièrement messire Josse de Haluin et messire Olivier de Guiffy. Pour le second, le seigneur de Diclebèque et le seigneur de Lalaing. [...] Pour le quart, messire Tristran du Bois et messire Jehan de Jeumont.

Item s'ensuivent ceulx qui offrirent les banières de la guerre, et pour la première, le seigneur de Listrevale. Pour la seconde, messire Lionnel d'Arraines. Pour la tierce, messire Gille de Grutuse ; et pour la quarte, messire Jehan de Linsolon.

Item s'ensuivent ceulx qui offrirent les banières du tournoy, et pour la première, messire Orrengois de Reilly ; et pour la seconde, messire Jehan de Diquemue ; et pour la tierce, messire Guillaume de la Clique ; et pour la quarte, un aultre chevalier.

Item s'ensuivent les noms des seigneurs qui, après l'obsèque fait, mistrent le corps du conte de Flandres en terre : messire Jehan de Vienne, amiral de France ; le seigneur de Guistelle ; messire Waleran de Raineval ; le chastellain de Diquemude ; le seigneur de Rais, et messire Anceau de Salins.

Item s'ensuivent les noms de ceulx qui enterrèrent le corps de la contesse, femme qui fu au conte : monseigneur Guy de la Trémoïlle ; le seigneur de Sully ; le seigneur de Chastillon ; le mareschal de Bourgoingne ; monseigneur Girart de Guistelle ; messire Henry d'Antoing, et le chastellain de Furnes.

Et est assavoir que tous ceulx qui furent en office à l'enterrer en l'église de Saint Pierre de Lisle, quant les corps y furent apportez la vesprée, ilz y demourèrent à l'office au lendemain à la messe tant de chevaliers armez comme **[356r]** de ceulx qui portoient banières, et aussi les escuiers qui amenèrent les chevaux.

Item y ot à apporter les corps du conte de Flandres et de la contesse sa femme parmy la ville de Lisle venant jusques à l'église de Saint Pierre, .iiij.^{c} hommes ou environ, tous noirs vestuz ; et portoit chascun des hommes une torche pour convoier les corps jusques à l'église de Saint Pierre. Et ces .iiij.^{c} hommes dessus dis tindrent les torches au lendemain en l'église durant la messe. Et tous ceulx qui les tenoient estoient eschevins de bonnes villes ou officiers de l'ostel du conte. Et dist la messe l'arcévesque de Rains ; et estoit acompaignié de l'évesque de Paris, de l'évesque de Tournay, de l'évesque de Cambray et de l'évesque d'Arras. Et si furent avec eulx .v. abbez.

Item est assavoir qu'il y ot en l'église obsèque un traviel[1], auquel il avoit .vij.^{c} chandelles ou environ,

---

1. Ou *traveil* : catafalque.

chascune d'une livre pesant. Et sur le traveil avoit .v. banières : celle du milieu estoit de Flandres, et la destre d'Artois ; et la senestre au desoubz de la conté de Bourgoingne, et la .iiij.ᵉ de la conté de Nevers, et la .v.ᵉ de la conté de Rethel. Et estoit le traveil armoyés[1] d'un costé d'escuçons de Flandres, et au costé senestre – de Madame – de escuçons de Flandres et de Brabant. Et aval le moustier estoient .xij.ᵉ chandelles et .xxvj, ou environ pareilles à celles du traveil. Et n'y avoit dame ne damoiselle de par Monseigneur le duc de Bourgoingne ne de par Madame sa femme, fors la gouverneresse de Lisle, femme au gouverneur.

Et y fist on un moult trèsbel disner ; et furent délivrez de tous coustages et frais, tant de bouche comme aux hostelz, tous chevaliers et escuiers qui la nuit et le jour de l'obsèque y furent ensonniez, et leur furent envoiés tous les noirs draps dequoy ilz furent lors vestuz.

Après toutes ces choses faites, chascun retourna en son lieu, et laissa le duc de Bourgoingne dedens les garnisons de Flandres et par toutes les villes, chevaliers et escuiers, quoy que les trèves feüssent jurées, accordées et seëllées entre France et Engleterre et de tous les pays conjoins et ahers[2] avec eulx. Et se tenoit chascun sur sa garde. Et puis retourna le duc de Bourgoigne en France, et Madame sa femme demoura un terme en Artois.

---

1. « Orné d'écus armoriés ».   2. *Conjoins et ahers* : « associés et alliés ».

D'une chevaucée que le conte de Northombrelant et les Englois firent en Escoce ou temps que les trèves furent accordées entre France et Engleterre et leurs aliez. Le cent quinzième chapitre *[356v]*

§ 115. Vous avez bien cy dessus oÿ recorder comment les seigneurs de France qui au parlement avoient esté à celle ville que on dist à Lolinguen, qui siet entre Calais et Bouloingne, se chargièrent à leur département qu'ilz signifieroient les trèves qui prises estoient de toutes les parties entre France et Engleterre, aux Escos, parquoy nul mautalent ne se meüst[1] de pays à autre. Toutesfois au voir dire, les Anglois[2] n'en firent pas si bonne diligence comme ilz deüssent. Et dont tantost après la Pasque le conte de Northombrelant, le conte de Northinguen et les barons de Northombrelant mistrent sus une armée où il pouoit avoir environ .ij.^{m} lances et .vj.^{m} archiers, et passèrent Bervich et Rosebourc et entrèrent en Escoce. Et commencièrent [à] ardoir la terre du conte de Douglas, et celle au seigneur de Lindesée, et ne déportèrent riens à ardoir jusques en Haindebourc. Les Escos n'estoient de néant signifié de ceste avenue, mais tantost qu'ilz le sçorent, le roy Robert d'Escoce et les barons firent leur mandement pour venir combatre les Englois. Et vindrent ces nouvelles en Flandres à l'Escluse par marchans, et tantost après en France. Sy distrent les oncles du roy que on avoit mal exploitié quant on n'avoit encore signifié les trèves en Escoce. Lors y furent pour ce envoiés .ij. chevaliers de France et .j. sergent d'armes du roy qui estoit de la nation d'Escoce. Endementiers que ces ambassadeurs s'appareilloient d'aler par Engleterre en Escoce, il avoit gens d'armes du royaume de France à l'Escluse, qui là séjournoient comme ceulx qui dési-

---

1. « Ne se prépare, n'éclate (subjonctif) ».   2. MS : « François ».

Expédition française en Écosse

roient les armes ; mais ilz ne se sçorent en quel lieu emploier, car trèves entre France, Engleterre et Flandres se tenoient. Si entendirent ces François que temprement les Englois et Escos devoient combatre ensemble. Sy orent colation ensemble, telz que messire Joffroy de Charny, messire Jehan de Plessy, messire Hue de Boulon, messire Sauvage de Villers, messire Garnier de Cussangin, messire Oudille de Moutin, messire Robert de Tampigem, le Borgne de Montaillier, Jaques de Montfort, Jehan de Haluin, Jehan de Melles, Michiel de la Barre, Guillaume Gambart et autres ; si se mistrent en une nef pour venir en Escoce.

En ce temps vindrent les ambassadeurs de France en Engleterre devers le roy et ses oncles, qui se dissimulèrent à ce premier envers eulx un petit, pour cause de leurs gens qui faisoient guerre aux Escos. Et quant ilz entendirent que leurs gens avoient fait leur fait et qu'ilz se retraioient en Engleterre, ilz firent partir ces ambassadeurs du roy de France, et leur bailllièrent .ij. sergens d'armes du [357r] roy d'Engleterre pour eulx mener sauvement parmy Engleterre jusques en Escoce. Tant exploitièrent les chevaliers et gens d'armes françois dessus nommez qu'ilz arrivèrent en Escoce au port de Moustres. Puis firent tant qu'ilz vindrent à Saint Jehanston, une bonne ville d'Escoce. Là entendirent que les Englois qui avoient chevaucié en Escoce s'estoient retrais en Engleterre, et que le roy et les barons d'Escoce estoient à parlement ensemble à Haindebourc. Là envoièrent les François messire Garnier de Cuissanguien et Michiel de la Barre, et demourèrent messire Joffroy de Charny et les autres à Saint Jehanston. Or vindrent messire Garnier et Michiel de la Barre.

Cy parle d'une chevaucée que le conte de Douglas et les Escos firent en Engleterre. Le .C. .xvj.ᵉ chapitre

§ 116. Or vindrent messire Garnier de Cuissanguien et Michiel de la Barre à Haindebourc, et là remoustrèrent comment ilz et leurs compaignons estoient venuz en Escoce pour trouver les armes, et quelle chose ilz pourroient faire. Là estoit le roy Robert d'Escoce, le conte de Douglas le Joenne qui s'appelloit James, car le conte son père messire Guillaume estoit nouvellement mort, le conte de Moret, le conte de la Mare, le conte de Surlant[1], le conte d'Orquenay, le sire de Versy, le sire de Lindesée – qui estoient .vj. frères, et tous chevaliers. Là estoient freschement venus les ambassadeurs de France qui avoient apportées les trèves dessus dittes, mais les Escos disoient que trop tart on leur avoit signifié, et que nulles ne tenroient, car les Englois leur avoient celle saison porté trop grant contraire. Le roy Robert abaissoit le propos de ses gens ce qu'il pouoit, et disoit que voirement, puis qu'ilz en estoient signifiez, ilz ne se pouoient dissimuler que les trèves n'y fussent. Ainsi estoient en différent le roy d'Escoce et ses chevaliers. Si avint que le conte de Douglas, le conte de Mouret, les enfans de Lindesée et aucuns chevaliers et escuiers d'Escoce qui désiroient les armes firent un secret mandement, et appellèrent messire Gieufroy de Charny et les autres gens d'armes de France, et firent tant qu'ilz assemblèrent en un certain lieu plus de .xv.ᵐ hommes à cheval, tous armez selon l'usage d'Escoce. Lors passèrent les bois et les forestz d'Escoce, et entrèrent en Northombrelande en la terre du seigneur de Persi. Et là commencièrent à pillier et ardoir, et chevaucièrent moult avant. Puis

---

1. Dans son poème, *Le Joli Buisson de jonèce*, Froissart rappelle comment : « Bel me reçurent en leur marce/ Cils de Mare et cils de la Marce,/ Cils de Surlant et cils de Fi ».

retournèrent parmy la terre du conte de Northinguem et du seigneur de Montbray et y firent moult de desrois. Et passèrent à leur retour devant Rosebourc, mais point n'y arrestèrent. Et avoient grant pillage avec eulx, de hommes et de bestail. Et rentrèrent en leur pays sans dom-[357v]mage car les Englois estoient jà retrait : si ne fussent jamais si tost remis ensemble que pour combatre les Escos, et leur couvint soufrir celle buffe, car ilz en avoient donné une aux Escos.

Comment les trèves prises entre les royaumes de France et d'Engleterre et leurs aliez furent acordées entre les Englois et Escos.
[Le] .C. .xvij.ᵉ [chapitre]

§ 117. De ceste chevaucée se pouoit bonnement excuser le roy d'Escoce, car de l'assemblée ne du département il n'avoit riens sceü, et aussi puisque le pays avoit esté d'accord de chevaucier. On ne s'en feüst jà abstenuz pour lui. Il se tenoit en Haindebourc, avec lui les ambassadeurs du roy de France qui là estoient venuz signifier les trèves dessus dictes, lesquelx ambassadeurs envoièrent un hérault du roy d'Escoce en Engleterre chargié quel chose il devoit dire. Quant le hérault fu venu en Engeterre devers le roy et ses oncles, il trouva tout le pays esmeü, et vouloient chevaliers et escuiers de rechief mettre leur armes sus et retourner sur Escoce, mais le duc de Lencastre et le conte de Cambruge, qui tiroient à aler en Portingal et en Espaigne, se dissimuloient ce qu'ilz pouoient et faisoient dissimuler leurs amis, afin que nulle emblaveüre de guerre ne se remist en Escoce. Le hérault d'Escoce se mist à genoulx devant le roy et ses oncles et dist que le roy d'Escoce avoit bénignement receü les ambassadeurs du roy de France et avoit accepté les trèves, mais plusieurs de ses gens ne s'i estoient voulu accorder, et disoient ceulx qui marchissent à la terre du seigneur de Persi et du conte de Notinghem que on leur avoit fait grant dommage et qu'ilz s'en contrevengeroient, et dist on en Escoce que la première incidence de ceste guerre meüt d'Engleterre. « Car bien savez », dist le hérault, « que la trêve estoit prise delà la mer, et le deviés tantost signifier. Et oultre, dient que les ambassadeurs de France qui par cy passèrent furent detriez à non venir devers nous en Escoce, et trop longuement les tenistes en séjour et en soulas, pourquoy le meschief est avenu entre Escoce et Engleterre. Mais mon trèsredoubté seigneur le roy d'Escoce, et ceulx de sa chambre et les ambassadeurs du roy de France qui à présent séjournent delez lui, ne sçorent riens de l'armée que aucuns Escos ont nagaires fait. Si vueilliés confermer les trêves faites delà la mer, et mon dit seigneur le roy et les Escos les conferemeront et jureront. »

Que vous feroie long compte ?[1] Tout ce fu accordé du roy et du conseil d'Engleterre, et retourna le héraut en Escoce. Et les ambassadeurs du roy de France, quant les trêves furent publiées en Engleterre et Escoce, retournèrent en France. Et dont messire Joffroy de Chargny **[358r]** et les autres François qui avoient esté en la chevaucée des Escos retournèrent aussi en France, et distrent au conseil du roy que par Escoce on pourroit le mieulx du monde grever les Englois. Si arrestèrent les ducs de Berry et de Bourgoingne que la trêve passée, on mettroit tant de gens d'armes en Escoce que pour honnir Engleterre. Mais on tint toutes les choses en secret.

---

1. Formule romanesque de prétérition (employée pour abréger), assez courante chez Froissart.

Comment le seigneur d'Escournay prist la ville d'Audenarde par embuschement. Le cent dixhuitième chapitre

§ 118. Vous avez bien cy dessus oÿ recorder comment François Acreman avoit pris et emblé la ville d'Audenarde, dont ceulx de Tournay et des villes voisines furent moult esbahis. Les Gantois qui estoient en garnison en Audenarde, avant que les trèves venissent, avoient couru tout le pays, et fait moult de dommages en Tournésis, et par espécial toute la terre du sire d'Escournay estoit en leur obéïssance, et avoient au Noël recueilli ses rentes et ses chappons en ses villes. Dont moult desplaisoit au seigneur et à ses amis, et bien disoit que, quelque trève qu'il eüst entre le roy de France et le roy d'Engleterre et les Flamens, il n'en tenroit nulle. Si avint que le sire d'Escournay getta son avis à reprendre Audenarde, et si ot de son accort aucuns gentilz hommes de France, de Flandres et de Haynau. Il sçot par ses espies que François Acreman estoit à Gand et point ne se tenoit en Audenarde, car il se fioit sur la trève que les François et les Flamens avoient ensemble. Le sire de Scournay fist une embusche de .iiij.^{c} hommes d'armes, chevaliers et escuiers que tous avoit priez, et s'en vint bouter ou bois[1] qui est devers la porte de Gramont près d'Audenarde. Là furent messire Jehan du Moulin, messire Jaques de la Trémoïlle, messire Gilebert Caquelan, messire Rolant d'Espière, messire Blanchart de Calonne et le seigneur de Astripouille qui y fu fait chevalier. On prist deux charrettes chargies de pourvéances à tout .iiij. charretiers vestuz de grises cottes et armez dessoubz, lesquelx s'en vindrent chariant vers Audenarde, et signifièrent aux gardes de la porte d'Audenarde qu'ilz amenoient vivres de Haynau. Les gardes qui n'y pensoient que tout bien ouvrirent la porte cou-

---

1. Le bois d'Edelaere.

lice[1], et vindrent les charretiers sur le pont leviz, et là s'arrestèrent. Et s'ensonnioient autour de leurs charrettes, et ostèrent les marteaux à quoy les chevaux estoient atelez[2] et les gettèrent ès fossez. Lors distrent les gardes aux charretiers : « Pourquoy n'alez vous avant ? » Et dont les gardes prindrent les chevaux et les chacièrent avant. Si passèrent les chevaux tout oultre en la ville, car ilz estoient deshatel[e]z[3], mais les charrettes s'y **[358v]** demourèrent en la porte et sur le pont leviz. Lors apparceürent les gardes qu'ilz estoient trahiz. Si commencièrent à férir après ces charretons, et les charretiers à eulx défendre, car ilz estoient bien armez desoubz leurs cottes et trèsbonnes gens d'armes, si occirent .ij. des gardes. Et le seigneur d'Escournay et sa route vindrent tantost, et entrèrent en la ville et occirent tous ceulx aval les rues qui se mettoient contre eulx à défence. Ainsi fu la ville d'Audenarde reprise, et y furent de Gantois occis ou noyés bien .iij.^{c}. Et y fu trouvé grant avoir qui estoit à François Acreman, et me fu dit qu'il y avoit bien .xv.^{m} frans[4].

Quant ceulx de Gand entendirent ces nouvelles, ilz orent conseil qu'ilz envoieroient remoustrer à Monseigneur de Bourgoingne comment en bon respit[5] Audenarde estoit prise, et qu'il leur feïst ravoir la ville. Autrement la trève estoit enfrainte. Ilz y envoièrent, mais le duc s'excusoit et dist qu'il ne s'en mesloit. Toutesfois il escript au seigneur de Scournay qu'il voulsist rendre la ville, car ce n'estoit pas chose honnorable ne acceptable de prendre ville ne chastel en trèves. Le seigneur de Scournay respondi que ceulx de la garnison lui avoient fait guerre en trève et hors trève, et tolu son héritage, et que à eulx il n'avoit accordé nulle trève, et qu'il avoit pris Audenarde en bonne

---

1. « Herse de forteresse » (en anglais, *portcullis*).   2. On se servait alors de gros marteaux pour atteler les chevaux. Rien de plus attachant, pour Froissart, que le récit de la prise d'une ville grâce à une ruse de guerre bien conçue.   3. « Dételés ».   4. La prise d'Audenarde eut lieu le 25 mai 1384.   5. « Suspension d'armes ».

guerre. Si la tenroit jusques à tant que Flandres et Gand seroient tout un, comme son bon héritage, car point n'en avoit ailleurs qui ne fust perdue par la guerre. La chose demoura en tel estat, on n'en pot avoir autre chose[1]. François Acreman fu moult repris de ce qu'il avoit la ville si mal gardée, et par espécial du seigneur de Harselles, tant qu'ilz s'entreprindrent ensemble de paroles, et dist François que en tous cas il s'estoit trop mieulx acquitez pour la ville de Gand que le seigneur de Harselles n'estoit. Tant multiplièrent les paroles qu'ilz se desmentirent. Assez tost après fu occis le seigneur de Harselles, et veulent aucuns dire que François Acreman et Piètre du Bois le firent occire par envie.

En ce temps avoient requis les Gantois au roy d'Engleterre à avoir un gouverneur, vaillant homme du sang du roy. Le roy y envoia messire Jehan le Boursier, lequel ot le gouvernement de la ville de Gand plus d'un an et demy[2].

Le trespassement du duc d'Anjou qui s'escripvoit roy de Jhérusalem et de Cécille. Le cent dixnuefième chapitre

[359r] § 119. Vous avez bien cy dessus oÿ comment le duc d'Anjou qui s'escrivoit roy de Cécille et de Jhérusalem ala en Puille et Calabre et conquist tout le pays jusques à Naples, mais les Naplitains ne se vouldrent onques tourner de sa partie, ainçois tenoient et avoient soustenu la querelle messire Charles de la Paix. Le duc d'Anjou demoura sur ce voiage .iij. ans entiers, si lui coustèrent tant ses gens d'armes que on ne le pourroit

---

1. Formule de prétérition, à nouveau. **2.** Sir John Bourchier, chevalier, fut nommé par le roi d'Angleterre capitaine et *rewaerd* de Gand le 1er janvier 1385.

extimer, et ceulx qui le plus lui effondroient[1] son trésor, c'estoient le conte de Savoie et les Savoiens. Toutesfois le conte de Savoie et moult de sa chevalerie moururent sur ce voiage[2], et affoibli le duc d'Anjou grandement de gens et de finance. Si renvoia pour ces .ij. choses au secours en France. Et dont le roy de France et les ducs de Berry et de Bourgoingne, qui ne lui vouldrent point faillir, prièrent au seigneur de Coucy et au seigneur d'Angien qu'ilz voulsissent aler en ce voiage. Et dont ces .ij. barons se mistrent en chemin à tout belles gens d'armes, mais quant ilz furent venus jusques en Avignon, nouvelles certaines vindrent que le duc d'Anjou estoit mort en un chastel delez Naples[3]. Le sire de Coucy n'ala plus avant, car il vit bien que son voiage estoit rompu, mais le seigneur d'Angien, conte de Couversant, laquelle conté gist en Puille[4], ala oultre car il avoit à faire grandement en son pays.

Les mariages du filz et fille du duc Phelippe de Bourgoingne et du filz et fille du duc Aubert de Hollande et bail de Haynau.
[Le] .vj.ˣˣ[ᵉ] ch[apitre]

§ 120. La duchesse Jehanne de Brebant, qui estoit vesve de son mary le duc Wincelin de Boësme, avoit grant douleur au cuer du trouble qu'elle veoit en Flandres ; si fist tant au duc de Bourgoingne et au duc Aubert, bail de Haynau, qu'ilz vindrent à Cambray

---

1. « Brisaient en enfonçant », ici peut-être au sens de « démolissaient », « vidaient », « ruinaient ».   **2.** Le comte de Savoie mourut le 2 mars 1383.   **3.** Le duc d'Anjou mourut en octobre 1384.   **4.** « Louis d'Enghien, comte de Brienne et de Conversano, partait en Pouille pour réclamer les droits qui lui venaient de sa mère, Isabelle de Brienne, héritière des ducs d'Athènes » (éd. Raynaud, SHF, t. XI, pp. XLIV-XLV, n. 5).

environ la Typhaine[1]. Là fu la duchesse de Brabant, qui remoustra premièrement au duc de Bourgoingne comment il estoit en ce monde un grant seigneur et avoit de beaux enfans. Si louoit[2] que au moins l'un fust assenez à .j. des enfans du duc Aubert pour reconfermer tous les pays ensemble, car : « Beau nepveu », dist elle au duc de Bourgoingne, « Je sçay bien que le duc de Lencastre procure fort que sa fille fust assenée à mon nepveu Guillaume de Haynau, et je ameroie mieulx un prouffit pour vous ou voz enfans que pour les Englois. » Finablement la duchesse fist tant que les mariages furent acouvenanciés du filz et de la fille du duc de Bourgoingne, Jehan et Marguerite, au filz et à la **[359v]** fille du duc Aubert, Guillaume et Merguerite. Et dont à la Pasque l'an mil .iiij.^{c} .iiij.^{xx} .v., le roy de France, le duc de Bourgoingne, le duc de Bourbon, le duc Aubert, la duchesse sa femme, la duchesse de Brabant, la duchesse de Bourgoingne, messire Guillaume et messire Jehan de Namur vindrent à Cambray. Là furent, présent le roy et les barons, renouvellez les couvenances des mariages. Et devoit Guillaume d'Ostrevant avoir la conté d'Ostrevant, et fu madame Marguerite sa femme douée de toute la terre et chastellenie d'Ath que on dist en Brabant. Et donnoit le duc de Bourgoingne à sa fille[3] .c.^{m} frans, et Jehan de Bourgoingne devoit estre conte de Nevers, et en estoit madame Marguerite de Haynau douée. Et donnoit le duc Aubert à sa fille .c.^{m} frans. Le mardy de Pasques[4] furent espousez en l'église cathédrale de Nostre Dame

---

1. Fête des Rois ou Épiphanie ; le duc et la duchesse de Bourgogne vinrent séjourner à Cambrai du 16 au 26 janvier 1385, avec leur fille Marguerite. 2. « Recommandait, conseillait ». 3. « En dot ». 4. « Pâques tombait le 2 avril 1385. Les deux mariages avaient primitivement été fixés à la mi-carême ; à la date du 19 février 1385, ils furent reportés au mercredi d'après la Quasimodo (...). Les obstacles qui pouvaient s'opposer à leur célébration du fait de la parenté existant entre les conjoints furent levés par deux bulles du pape Urbain VI, datées de Gênes, 5 avril 1385 » (Raynaud, éd. de la SHF, t. XI, p. XLVI, n. 5).

de Cambray par l'évesque de Cambray[1]. Au palais au disner ot trèsgrant noblesse, et sist le roy de France à table les deux mariez et les deux mariées, et tous les autres seigneurs servoient sur les hauls destriers. Et asseoit à table le connestable de France, l'amiral de France ; et messire Guy de la Trémoïlle et messire Guillaume de Namur servoient, et plusieurs hauls barons de France. Oncques en Cambray n'ot puis .v.^{c} ans sy noble solempnité. Après ce grant disner joustèrent sur le marchié, et y jousta le joenne roy Charles de France, et ot le pris des joustes messire Jehan, sire de d'Oustrenne delez Beaumont en Haynault, et ot pour le pris un fermail[2] d'or à pierres précieuses que Madame de Bourgoingne prist devant sa poitrine. Et lui présentèrent l'amiral de France et messire Guy de la Trémoïlle. Si se continua toute la sepmaine en grant revel.

Comment l'amiral de Vienne fu envoiés en Escoce pour guerroier en Engleterre. Le .vj.^{xx} .j.^{e} chapitre

§ 121. En ce temps le duc de Berry chemina devers Auvergne et Languedoc et pour venir en Avignon le Pape Clément[3], et estoit ordonné en devant [que][4] le duc de Bourbon et le conte de la Marche à tout[5] .ij.^{m} hommes s'en yroient en Limosin pour délivrer le pays des Englois et des larrons qui pilloient le pays, car en Poitou avoient encore aucuns fors, et en Xantonge, qui y faisoient moult de dommages. En celle saison vindrent à l'Escluse en Flandres toutes gens d'armes qui

---

1. Le mercredi 12 avril 1385, en fait.   2. « Fermoir » (broche faite d'une épingle et d'un fermoir).   3. « Pour venir à l'Avignon du pape Clément ».   4. MS : lacune.   5. « Accompagnés de ».

estoient passez et moustrez[1] pour aler en Escoce avec messire Jehan de Vienne, amiral de France, et là estoit leur navie toute appareillée et les pourvéances toutes faites, belles et grandes. Et faisoient emporter les seigneurs la gar-[360r]nison pour armer .xij.^{c} hommes d'armes de pié en cap, et avoit on pris ces harnois d'armes ou chastel de Beauté delez Paris, et avoient esté les armeüres des Parisiens. Et estoit l'entention de ceulx qui aloient en ce voiage pource que ceulx qui en l'année devant avoient esté en Escoce, messire Joffroy de Charny et les autres, avoient dit au roy et à son conseil que en Escoce on estoit petitement armez de bons harnois. Ces armeüres qu'ilz en faisoient porter, délivreroient aux chevaliers et escuiers d'Escoce pour mieulx faire la besoingne. Or vous nommeray une partie des seigneurs de France qui en celle saison alèrent en Escoce ; et premièrement, messire Jehan de Vienne, amiral de France, le conte de Grantpré, le seigneur de Vodenay [le seigneur de] Sainte Croix, le seigneur de Montbury, messire Joffroy de Charny, messire Guillaume de Vienne, messire Jaques de Vienne, seigneur d'Esparnay, messire Girart de Bourbonne, le seigneur de Héez, messire Fromont de Quissi, le sire de Morueil, messire Waleran de Raineval, le seigneur de Beausaut, le seigneur de Wauvrin, le sire de la Rivière, le baron d'Ivry, le seigneur de Toursi, messire Perceval d'Aineval, le seigneur de Ferrières, le seigneur de Fontaines, messire Braquet de Braquemont, le seigneur de Grantcourt, le seigneur de Landon, Breton, messire Guy la Personne, messire Guillaume de Croÿ, le sire de Hangiers, messire Charles et messire [Aubert] Angiers, messire Verry de Vincelin, cousin du hault maistre de Prusse[2], et plusieurs autres jusques à mille lances de fleur de gens d'armes sans les arbalestiers et les gros varlez. Et orent bon vent et beau voiage de mer, car le

---

1. « Qui s'étaient présentés pour une revue et pour une montre » en anglais, *muster and review*). **2.** Le Grand Maître de Prusse.

temps estoit moult beaux, sicomme ou mois de may. Et estoient les trèves faillies entre France et Engleterre[1].

Cy parle des routiers qui furent en Flandres, que on appelloit Pourceaulx de la Raspaille.
[Le] .vj.^{xx}.ij.^{e} ch[apitre]

§ 122. Messire Jehan le Boursier qui avoit en gouvernement de par le roy Richart d'Engleterre la ville de Gand, et les cappitaines et la communauté de Gand, Piètre du Bois, François Acreman et Piètre le Mutre, se tenoient tout pourveü d'avoir la guerre, si avoient les trèves durant grandement ravitaillié leur ville de Gand de toutes choses appartenans à guerre, et aussi chastel de Gauvre et tout ce qui se tenoit pour eulx. En ce temps avoit une manière de gens routiers dedens le bois de la Rapaille que on appelloit les Pourceaulx de la Raspaille[2]. Et avoient en ce bois fortefié une maison, tellement que on ne la pouoit prendre ne avoir. Et estoient gens eschaciés de Gramont et d'Alost et des [360v] autres terres de Flandres, lesquelx avoient tout perdu le leur et ne savoient de quoy vivre se ilz ne le roboient par tout où ilz le pouoient prendre. Et ne parloit on adont fors des Pourceaulx de la Raspaille. Et siet ce bois entre Renais et Gramont, et faisoient moult de maulx en la chastellenie d'Ath et en la terre de Flobergue et de Lessines et en la terre d'Angien. Et estoient ceulx advouez des[3] Gantois, car soubz umbre d'eulx ilz faisoient moult de murtres, de larrecins et

---

1. « Du 23 mars au 30 avril 1385, l'évêque de Hereford vint à Calais pour entamer de nouvelles négociations de paix (...) qui n'aboutirent, d'après Walsingham, qu'à une courte trêve » (Raynaud, SHF, t. XI, p. LI, n. 5). 2. Les Porcelets de la Raspaille, bande de routiers pillards, réfugiés dans un bois qui porte ce nom, situé entre Renaix, Grammont, Enghien et Lessines. 3. « Aux gages de ».

pilleries, et venoient en Haynau prendre les hommes en leurs lis, et les emmenoient en leur fort de la Raspaille et les raençonnoient, et avoient guerre à tout homme puis qu'ilz[1] les trouvoient. Et les resongoit on tant en la frontière de Haynau et de Brabant que nul n'osoit aler ce chemin ne dedens ou pays.

Comment les Gantois desconfirent le mareschal de Bourgoingne et la garnison d'Ardembourc. [Le] .C. .xxiij.ᵉ [chapitre]

§ 123. Le duc de Bourgoingne d'autre part avoit garny et repourveü parmy Flandres pour la guerre qu'il attendoit, ses villes et ses chasteaulx. Et estoit cappitaine de Bruges le sire de Guistelles, et de l'Escluse messire Guillaume de Namur, car pour ce temps il en estoit seigneur. Et du Dam, messire Guy de Guistelles, et de Courtray messire Jehan de Jeumont, et d'Ypre messire Pierre de l'Ésièpe. Et ainsi par toutes les villes et frontières de France y avoit gens d'armes de par le duc de Bourgoingne. En la ville d'Ardembourc se tenoient en garnison messire Guy de Pontalié, mareschal de Bourgoingne, et messire Rifflart de Flandres, messire Henry d'Antoing, le sire de Montigny en Ostrevant, le sire de Longueval, messire Pierre de Berlette, messire Pierre de Baillueil, Phelippot Gaucy, Raoulin de la Folie et plusieurs autres gens d'armes jusques à .ij.ᶜ lances. Si s'avisèrent de chevaucier ès .iiij. Mestiers et destruire ce pays, car moult de doulceurs en venoient à ceulx de Gand. Si se départirent un jour tout armé et appareillié pour faire leur entreprise. Ce propre jour estoient yssuz environ .ij.ᵐ hommes de Gand, desquelx François Acreman estoit conduiseur. Et se trouvèrent d'aventure ces Gantois et

---

1. « Dès qu'ils ».

ces gens d'armes de France en un village. Là mistrent les François pié à terre et apoinnièrent[1] leurs lances vaillemment et approchièrent leurs ennemis, et les Gantois eulx. Là commencièrent à traire et à lancier l'un contre l'autre, et estoient sur un pas où les Gantois ne pouoient passer à leur avantage. Et là ot dur rencontre et faites [361r] moult grandes appertises d'armes, et ruez jus des uns et des autres. Et là fu messire Rifflart de Flandres trèsbon chevalier, et y fist plusieurs grans appartises et prouesces, et se combatoient trèsvaillemment chevaliers et escuiers à ces Gantois, et faire le couvenoit, car il là n'avoit nulle raençon. Finablement les Gantois estoient si grant foison qu'ilz obtindrent la place, et couvint les François partir et monter à cheval, autrement ilz eüssent esté perduz, car les Gantois s'efforcièrent ; et y furent mors messire Jehan de Berlette, messire Pierre de Baillueil et Belle Fourière, Phelippe de Gaucy, Raoulin de la Folie et plusieurs autres. Et couvint le demourant fuir et rentrer en Ardembourc, autrement ilz eüssent esté mors et perdus sans recouvrer. Et puis celle avenue fu envoié le viconte de Meaux en garnison en Ardembourc, et toute sa charge de gens d'armes. Si aida à réparer et fortifier la ville, et si tenoient avec lui plusieurs chevaliers et escuiers, et estoient bien .c. lances de bonnes gens. Et pour ce temps estoit messire Jehan de Jeumont grant bailli de Flandres, et avoit esté bien d'eux ant devant. Et quant il pouoit atrapper des Gantois il n'en prist nulle raençon, et tant que on ne parloit en Flandres d'autrui que de lui[2].

---

1. « Empoignèrent ». 2. Raynaud nous apprend (SHF, t. XI, p. LI, n. 9) que le chroniqueur anglais Walsingham fait allusion lui aussi à l'intransigeance du grand bailli de Flandre, Jean de Jeumont, à l'égard des Flamands.

Comment plusieurs villes de Prouvence se rendirent à la duchesse d'Anjou, royne de Cécille. [Le] .vj.^{xx} .iiij.^{e} chapitre

§ 124. Ainsi par toutes terres estoit en ce temps le monde entriboulez, tant entre le roy de France et le roy d'Engleterre comme le roy Jehan de Castille et cellui de Portingal[1], car là estoit la guerre renouvelée. Et estoit madame d'Anjou, qui se escripvoit royne de Naples et de Jhérusalem, venue en Avignon delez le pape, et tenoit son hostel et son filz le roy Phelippe avec lui, et qui s'appelloit roy de Cécille, que son père avoit conquis. Et avoit entention la royne de faire guerre en Prouvence, se les Prouvenceaux ne se mettoient en son obéïssance. Et jà estoit messire Bernard de la Sale entrez en Prouvence, et y faisoit guerre pour elle[2]. Et attendoit la royne le duc de Berry qui venoit vers Avignon[3], et envoioit le roy de France messire Loÿs de Sancerre, mareschal de France, à tout .v.^{c} hommes d'armes pour aidier à la royne en Prouvence. Et se rendy la cité de Marseille et la plus grant partie de Prouvence, mais la cité d'Ais en Prouvence et Tarascon et autres chevaliers du pays ne se vouloient rendre, car ilz disoient que la royne n'y avoit nul droit, jusques à tant qu'elle seroit paisiblement receüe à dame, et son filz receü à roy en Puille, Calabre, Naples et Cécille. En ce pays de par delà faisoit guerre pour elle contre ceulx qui se tenoient **[361v]** de la partie de messire Charles de la Paix, le conte de Couversant et messire Jehan de Lucembourc son filz. Et delez la

---

1. Le récit de ces guerres est donné par Froissart dans son troisième Livre. **2.** Au célèbre capitaine de routiers Bernardon de la Salle, la duchesse doit déjà la somme de 50 000 florins ; une nouvelle somme de 20 000 florins est d'ores et déjà demandée « pour parer aux événements ». Le pape en fournira 36 000, la duchesse paiera le reste (SHF, t. XI, p. LII, n. 4). La duchesse d'Anjou arrive à Avignon le 25 avril 1385. **3.** Il y arrive le 13 juin.

royne en Avignon de son conseil espécial se tenoit messire Jehan de Bueil.

Comment messire Galéas, seigneur de Milan, prist son oncle messire Barnabo, et puis saisi sa terre. [Le] .vj.^{xx} .v.^{e} chapitre

§ 125. En celle saison le conte de Vertus qui s'appeloit messire Galéas et son oncle, les plus grans de tous en Lombardie, [messire Galéas et messire Barnabo][1] qui avoient esté frères et régné ensemble assez paisiblement et gouverné toute Lombardie, l'un y tenoit de seignorie .ix. citez, et l'autre .x. ; et Milan aloit un an ou gouvernement de l'un, et puis retournoit à l'autre an ou gouvernement de l'autre[2]. Quant messire Galéas, père au conte de Vertus, fu mort, si se eslongèrent les amours de l'oncle au nepveu. Et se doubta messire Galéas le joenne de son oncle messire Barnabo qu'il ne le voulsist soubzmettre et tolir les seignories, aussi comme son père et ses oncles avoient, ou temps passé, tolu sa seignorie à son frère messire Maitfé ; et l'avoient fait mourir. Si vous diray comment ce conte de Vertus ouvra. Messire Barnabo avoit d'usage que toute la terre de Lombardie dont il estoit sire, il raençonnoit trop durement, et tailloit les hommes dessoubz lui .ij. ou .iij. fois l'an du demy ou du tiers de leur chevance, et si n'en osoit nul parler. Messire Galéas le conte de Vertus, pour grace acquerre et loenge en toute la terre, ne prenoit nulle aide ne taille, ainçois vivoit par .v. ans après la mort de son père seulement de ses rentes. Si acquist moult la grace de ses gens. Et quant

---

1. MS : « messire Barnabo, messire Galéas, et messire Barnabo ».   2. Exemple assez caractéristique, chez Froissart, d'anacoluthe (du grec *anacoluthon*, « absence de suite ») : « rupture ou discontinuité dans la construction d'une phrase » (*Petit Robert*).

il ot ainsi vescu par .v. ans, il fist un mandement secret de tous ceulx où il se confioit le plus, et dist à aucuns son entente, et sot une journée que messire Barnabo son oncle devoit chevaucier en ses deduis de chastel en autre. Sur cel estat il mist .iiij. embusches, et couvenoit que messire Barnabo passast au moins parmy l'une. Et ordonna que messire Barnabo feüst pris vif et non occis, s'il ne se mettoit à défence trop grandement. Ainsi que messire Barnabo chevauçoit de ville à autre, il s'embaty sur l'une des embusches, laquelle se ouvry sur lui en brochant des esperons, les lances baissées. Là ot un chevalier d'Alemaigne qui portoit l'espée messire Barnabo, si tira l'espée nue et la mist en la main messire Barnabo, et puis traïst le chevalier la sienne et se mist à défence, mais ce chevalier fu enclos et **[362r]** occis, et messire Barnabo pris. Et fu menez en un chastel où son nepveu estoit, qui ot grant joie de sa prise. En ce jour aussi furent pris sa femme et ses enfans, ceulx qui à marier estoient, et les tint le sire de Milan en prison et prist toutes les seignories, villes, chasteaux et citez que messire Barnabo tenoit en Ytalie. Et tost après mouru son oncle, si croy bien qu'il fu seigniés ou haterel[1], ainsi qu'ilz ont acoustumé de faire en Lombardie les seignées quant ilz veulent faire approchier un homme de sa fin.

---

1. « Saigné au cou » : euphémisme rencontré à plusieurs reprises chez Froissart quand il s'agit de couper la gorge à quelqu'un. « D'après le journal de Jean le Fèvre [t. I, p. 218], Barnabo Visconti mourut le 17 décembre 1385 » (SHF, t. XI, p. LIII, n. 1).

Cy devise des forteresses que le duc de Bourbon prist en Poitou et en Limosin sur les pillars englois et autres.
[Le] .C. .xxvj.ᵉ [chapitre]

§ 126. Or dirons de l'armée que le duc de Bourbon et le conte de la Marche firent en Poitou et en Limosin. Le duc avoit fait son mandement de ceulx d'Auvergne, de Roergue, de Poitou, de Berry et de Limozin, à estre à Niorch à .iiij. lieues de Poitiers. Entretant que ces gens s'assembloient, se tenoit messire Guillaume de Lignach, un vaillant chevalier, seneschal de Xantonge de par le roy de France et gouverneur de Millau ; si vint en Angoulesme et toute sa route où bien avoit .ij.ᶜ combatans. Et s'arresta devant le chastel de l'Angle, que Englois tenoient, et toute l'armée avoient moult hérié le pays. Si fist tant que le chastel fu pris, et furent mors et pris ceulx qui dedens estoient. Quant le duc de Bourbon vint à Niorch, il y trouva ses gens qu'il avoit mandez jusques à .vij.ᶜ lances, sans les Genevois et les gros varlez, et estoient en somme .ij.ᵐ combatans. Si vindrent devant Montleu, un chastel qui siet sur les landes de Bordeaux. Là mistrent siège, et estoient conduiseurs de ces gens d'armes messire Jaques Poussart et Jehan Bonnelance. Tant firent les François qu'ilz conquistrent ce chastel, et furent ceulx dedens mors, petit en y ot de sauvez. Après vindrent les François devant le chastel de Taillebourch, et prindrent en leur chemin .ij. petis fors et occirent tous ceulx dedens, et livrèrent ces fors aux gens du pays qui tantost les abatirent. À Taillebourch avoit un pont sur la rivière de Tarente[1] que les Englois et Gascoings avoient durement fortefiez, mais les François le prindrent par bel assault et occirent tous ceulx qui dedens furent trouvez.

---

1. « Charente ».

Comment l'amiral de Sancerre trouva les Escos moult contraires à son oppinion quant il vint à armes en Escoce.
[Le] .C. .xxvij.ᵉ [chapitre]

§ 127. Nous lairons à parler du duc de Bourbon qui tint siège devant Taillebourc par .ix. sepmaines, et dirons de l'amiral de France qui à mille lances de[1] **[362v]** gens d'eslite aloit comme dit est par dessus en Escoce. Il arriva à Haindebourc, et sa charge, et là se logièrent, et en la ville et ès villages environ[2]. Or furent bien courroucés ceulx du pays de la venue des François, et disoient qu'ilz ne feroient jà bonne guerre avec eulx, et qu'ilz ne vouloient point leur compaignie : « Ilz aront tantost mengié tout ce qu'il y a en ce pays. Ilz nous porteront autant de dommage que les Englois, sans ardoir ! » Les François mistrent paine à eulx acointier des Escos, mais ce sont gens mal acointables[3], et la greigneur visitation que les François avoient, c'estoit du conte de Douglas et du conte de Moret. Et trouvèrent les François les chevaux moult chiers en Escoce, et quant leurs varlez aloient en fourage ilz estoient souvent des gens du pays destroussez et occis. Avec ce le roy d'Escoce, qui se tenoit en la sauvage Escoce, faisoit dangier de[4] traire avant, aussi firent les chevaliers et escuiers d'Escoce, et disoient qu'ilz ne vouloient celle saison faire guerre afin qu'ilz fussent priez et achetez bien et chier. Et couvint, avant que le roy voulsist venir en Haindebourc, qu'il eüst une grant somme de florins pour lui et pour ses gens.

---

1. MS : « de de ». **2.** L'expédition française arriva en Écosse au début du mois de juin. **3.** « D'un abord difficile ». Décidément, nous n'en sommes pas encore à l'ère de l'*Auld Alliance* entre France et Écosse. **4.** « Se montrait peu enclin à ».

Comment François Acreman et plusieurs Gantois vindrent à Ardembourc[1] *pour eschieller la ville.*
[Le] .C. .xxviij.*e* *chapitre*

§ 128. Après ce que les Gantois orent rué jus le mareschal de Bourgoingne et plusieurs autres seigneurs qui estoient yssuz d'Ardembourc et entrez ès .iiij. Mestiers oultre Gand, messire Robert de Béthune, viconte de Meaulx, à tout .xl. lances, fu envoiés en garnison à Ardembourc où il trouva messire Jehan de Jeumont et ses gens. Si entendy à remparer la ville où il besoingnoit. Or avint que François Acreman yssi de Gand à .vij.^m hommes tous armez, sur l'entente d'embler et eschieller Ardembourc pour la convoitise de prendre les chevaliers qui là estoient en garnison, et par espécial messire Jehan de Jeumont, qu'ilz convoitoient plus à tenir que nul autre, car il avoit occis et mehaingnié plusieurs Gantois quant il les avoit peü trouver. Si vindrent ceulx de Gand devant Ardembourc un mercredy, droit au point du jour. En ce point dormoient en leurs lis sur la fiance de leur gait[2] le viconte de Meaulx et les autres seigneurs, et estoit le gait de la nuit presques tout retrait, et la gaite montoit en sa garde, quant ces Gantois, les eschielles à leurs cols, entrèrent en ces fossés et passèrent oultre jusques aux murs, où ilz drecièrent les eschielles et commencièrent à monter amont. [363r] À celle heure aloient d'aventure jouant[3] près des murs messire Gonsiaux de Saint Martin et aucuns autres, si vindrent là où les Gantois vouloient entrer et leur dévéèrent, et la gaite sonna en sa trompette : « Trahy ! trahy ! » Si s'esmeürent chevaliers et escuiers, puis vindrent aux murs hastivement. Quant François Acreman et les Gantois virent qu'ilz avoient

---

1. Ce fut le 31 mai 1385 qu'Ackerman tenta de prendre Ardembourg. 2. « En faisant confiance à leurs sentinelles ». 3. « S'ébattant ».

failli à leur entente, ilz se retraïrent bellement dedens les .iiij. Mestiers.

Vous avez oÿ comment le duc d'Anjou, en guerroiant en Puille et Calabre, mouru, et aussi fist messire Charles de la Paix ; et veulent aucuns dire qu'il fu murtry ou royaume de Hongrie par le consentement de la royne, car après la mort du roy de Hongrie, pour tant qu'il avoit esté filz de son frère, il vouloit maintenir que le royaume lui devoit retourner, car de son oncle le roy de Hongrie, qui Loÿs avoit nom, n'estoient demourez que filles. Si s'en doubta la royne qu'il ne voulsist déshériter ses filles, et pour ce le fist occire. Le roy de Hongrie vivant[1], les hauls barons et les prélas de Hongrie avoient getté leur avis que Marguerite, l'aisnée fille, on donroit à messire Loÿs de France, conte de Valois, filz et frère de roys de France, par si qu'il demourast entre eulx en Hongrie. Quant le roy de Hongrie fu mort, on envoia pour ce grans messages en France, et sembla au roy et à ses oncles et aux barons de France ceste requeste moult haulte et noble, excepté une chose : que le conte de Valois esloingoit trop sa nation[2]. Néantmoins, tout considéré, c'estoit haulte chose et grant prouffit pour le conte de Valois d'estre roy de Hongrie. Si alèrent en Hongrie avec les messages de Hongrie, l'évesque de Masserez et messire Jehan la Personne, lequel par procuration, quant il fu venu en Hongrie, espousa ou nom du conte de Valois la dame, et jut sur un lit delez elle une nuit, courtoisement. Puis retournèrent en France l'évesque et ce messire Jehan, et moustroient par instrumens publiques comment ilz avoient exploitié. Si s'escripsi un long temps le conte de Valois : « Loÿs de [Hongrie][3] ».

---

1. Louis le Grand, roi de Hongrie, mourut le 12 septembre 1382.
2. « Se trouverait bien loin de son pays ».   3. MS : « France ».

Comment Madame Ysabel, fille du duc Estienne de Bavière, vint à Amiens en pèlerinage. Le cent vintnuefième et derrain chapitre

§ 129. Encore avez vous oÿ comment le duc de Bourgoingne et le duc Aubert de Bavière, bail de Haynault, avoient mariez leurs enfans l'un à l'autre, en la cité de Cambray. Là meïsmes fu traitié secrètement du mariage du joenne roy Charles de France et de madame Ysabel, fille au duc Estienne de Bavière. Et dist la duchesse de Brabant que grans aliances s'en feroient en Alemaigne et que ce duc Estienne estoit **[363v]** aussi grant ou plus que le roy d'Alemaigne, duquel roy le roy Richart d'Engleterre avoit la suer espousée. Aussi, quant le duc Fédric de Bavière avoit esté avec le roy de France ou voiage de Flandres, on lui avoit parlé de ce mariage, afin qu'il en parlast au duc Estienne son ainsné frère. Si respondirent les oncles du roy à la duchesse de Brabant qu'elle feïst la dame traire avant, et la duchesse au département de Cambray promist que aussi feroit elle. Et aussi elle fist tant que le duc Fédric amena devers France la dame, fille du duc Estienne de Bavière, et disoient en chemin qu'ilz aloient en pèlerinage à Saint Jehan d'Amiens. Toutes gens le supposoient bien, aussi que Alemans vont voulentiers en pèlerinage. Et l'ont eü et le tiennent de usage.

Cy fine le second livre maistre Jehan Frossart
Iste liber pertinet [...]

VARIANTES DU DEUXIÈME LIVRE

1. La grande rébellion d'Angleterre (1381).
Version du MS de Leyde éditée par Peter Ainsworth
(cf. l'édition de la SHF, t. X, pp. 94-132).

En ces tretiés durans et parlemens faissans, avinrent en Engletière très grans meschiés de rébellions et de esmouvement de menu peuple, par lequel fait Engletière en fu sus le point que de estre toute perdue sans recouvrier, ne onques roiaulmes ne pais n'en fu [en si] grant péril ne aventure comme il le fu en celle saisson ; et, pour la grant aisse et craisse où li menus peuples d'Engletière gratoit et vivoit, s'esmut et esleva ceste rébellion, enssi que jadis s'esmurent et eslevèrent en France li Jaque Bonhomme[1], qui i fissent moult de maulx, et par quels incidensses li nobles roiaulmes de France a esté moult grevés.

§ 212[2]. Che fu une mervilleuse cose et de povre fondacion dont ceste pestilensse commencha en Engletière ; et, pour donner exemple à toutes manières de bonnes gens, j'en parlerai et le remonstrerai selonc ce que dou fait et de le incidensse j'en fui adont infour-/95/més. Uns usages est en Engletière, et ossi est il en pluiseurs païs, que li noble ont grant francisse sus leurs hommes et les tiennent en servage, c'est à entendre que il doivent de droit et par coustume labourer les terres

---

1. La Jacquerie de 1358. **2.** Les paragraphes et numéros de la page en cours (§ 212, /95/) renvoient à l'édition de la SHF, tome X, mais la transcription du texte est bien la nôtre.

des gentils hommes, quellier les grains et amener à l'ostel, mettre en la grange, batre et vaner, et par servage les fains fener et amener à l'ostel, la busce copper et amener à l'ostel, et toutes telles oevres ; et doient cil homme tout ce faire par servage as signeurs ; et trop plus grant fuisson de tels gens a en Engletière que ailleurs, et en sont li gentil homme et li prélat, ou doient, estre servi, et par espécial en la conté de Kemt, d'Exsexs, de Sousexs et de [Beteforde] en i a plus que ens ou demorant de toute Engletière.

Ches meschans gens ens ès contrées que j'ai nommées se commenchièrent à eslever, pour che que il dissoient que on les tenoit en trop grande servitude, et que au commenchement dou monde il n'avoit esté nuls sers ne nuls n'en pooit estre, se il ne faissoit traïson envers son signeur, enssi comme Lucifer fist envers Dieu ; mais il n'avoient pas celle taille, car il ne estoient ne engle ne esperit, mais homme fourmet à la samblance de leurs signeurs, et on les tenoit comme bestes, laquel cose il ne voloient ne pooient plus souffrir, mais voloient estre tout un, et, se il labouroient ou faissoient aucuns labourages pour leurs signeurs, il en voloient avoir leur salaire.

En ces esrederies les avoit dou tamps passet grandement mis et boutés uns fols prestres d'Engletière, de la conté de Kemt, qui s'appelloit Jehans Balle, et, pour ses folles parolles, il en avoit jeüt en prison devers l'arcevesque de Cantorbie par trop de fois, car /96/ cils Jehans Balle avoit eüt d'usage que, les jours dou diemence après messe, quant toutes les gens issoient hors dou moustier, il s'en venoit en [l'aitre] et là praiechoit et faissoit le peuple assambler autour de li, et leur dissoit : « Bonnes gens, les coses ne poent bien aler en Engletière ne iront jusques à tant que li bien iront tout de commun et que il ne sera ne villains ne gentils homs, que nous ne soions tout ouni. À quoi faire sont cil, que nous nommons signeur, plus grant maistre de nous ? À quoi l'ont il deservi ? Pour quoi nous tiennent il en servitude ? Et, se venons tout d'un père et d'une mère, Adam et Eve, en quoi poent il dire ne monstrer que il sont mieux signeur que nous, fors parce que il nous font gaaignier et labourer ce que il despendent ? Il sont vestu de velours et de camocas fourés de vair et de gris, et nous sommes vesti de povres draps. Il ont les vins, les espisses et les bons pains, et nous avons le soille, le retrait [et] le paille, et [buvons] l'aige. Ils ont le séjour et les biaux manoirs, et nous avons le paine et le travail, et le pleue et le vent as camps, et faut que de nous viengne, et de nostre labour, ce dont il tiennent les estas. Nous sommes appelé serf et batu, se nous ne faissons présentement leur service ; et [si] n'avons souverain à qui nous nos puissons plaindre, ne qui nous en vosist oïr ne droit faire. Alons au roi, il est jovènes, et li remonstrons nostre servitude, et li dissons que nous vollons qu'il soit autrement, ou nous i pourverrons de remède. Se nous i alons de fait et tout ensamble, toutes manières de gens qui sont nonmé serf et tenu en servitude, pour estre afranchi, nous sieuront. Et, quant li rois nous vera ou [orra], ou bellement ou aultrement, de remède il i pourvera. » /97/ Enssi dissoit cils Jeans Balle, et parolles semblables, les diemences par usage, à l'issir hors des messes as vilages, de quoi trop de menues gens l'ooient. Li aucun, qui ne tendoient à nul bien, disoient : « Il dist voir ! » et murmuroient et recordoient l'un à l'autre as camps, ou alans leurs chemins ensamble de village à autre ou en leurs maisons : « Tels coses dist Jehans Balle, et [si] dist tout voir. » Li archevesques de Cantorbie, qui en estoit enfourmés, faissoit prendre che Jehan et le mettre en prisson, et l'i tenoit deus ou trois mois pour li castiier ; et mieux vausist que très la première fois il l'eüst condempné à tousjours en prison, ou fait morir, que che que il en faissoit, car il le délivroit et n'avoit point consience de li faire morir ; et, quant Jehans estoit hors de le prisson de l'arcevesque, il rentroit en sa russe comme en devant.

De sa parolle, de sa vie et de ses oevres furent aviset et enfourmet trop grant fuisson de menues gens en la citté de Londres, qui avoient envie sur les rices et sour les nobles, et commenchièrent à dire entre euls que li roiaulmes d'Engletière estoit trop mal gouvrenés, et que il estoit d'or et d'argent desroeubés par ceulx qui se nommoient nobles : si commenchièrent ces meschéans gens en Londres à faire le mauvais et à iaulx reveller, et segnefiier à ceulx des contrées dessus dites que il venissent hardiement à Londres et amenaissent leur peuple, il trouveroient Londres ouverte et le commun de leur acord, et feroient tant devers le roi que il n'i aroit nul serf en Engletière.

§ 213. À ces proumesses s'esmurent chil de la conté de Kemt, cil d'Exsexs, de Sousexses, de Beteforde et /98/ des païs d'environ, et se missent au chemin et vinrent vers Londres ; [et se assemblèrent de pluseurs contrées et de pluseurs villages au retour de Londres], et estoient bien soissante mille, et avoient un souverain cappitain qui s'appelloit Wautre Tillier ; avoecques li estoient, et de sa compaignie, Jaque Strau et Jehan Balle. Cil troi estoient li souverain cappitainne de tous, et le grigneur entre eulx, c'estoit Wautre Tillier ; et cils Wautres estoit uns couvrères de maisons de tieulle : mauvais gars et envenimés estoit. Quant ces meschéans gens se commenchièrent à eslever, sachiés [que] li Londriien, excepté cil de leur sexte, en furent tout effraé, et eurent conseil li maires de Londres et li rice homme de la ville, quant il les sentirent enssi venir de tous costés, que il leur fremeroient les portes et n'en lairoient nul entrer en la ville, enssi qu'il fissent. Mais, quant il [eürent] tout l'afaire bien imaginet, [il dissent] que non feroient, et que il se metteroient en grant péril de tous leurs fourbours ardoir. Si leur ouvrirent leur ville, et il i entrèrent ens par [fous] d'un village cent ou deus cens, ou vint ou trente, enssi que les villes estoient peuplées ; et, enssi que il venoient en Londres, il se logoient. Et sachiés en vérité que bien les troi pars de ces gens ne savoient que il se demandoient, ne qu'il quéroient, mais sieuoient l'un l'autre, enssi que bestes et enssi que li Pastouriel fissent jadis, qui dissoient que il aloient conquerre la Sainte Terre [1], et puis tout ala à noient. Enssi venoient ces povres gens et cil villain à Londres, de cent lieues, de soissante lieues, de quarante lieues, de vint lieues et de toutes les contrées environ Londres ; mais la grigneur plenté en vint des terres dessus dittes de la conté Kemt et d'Exsexs, et deman-/99/doient en venant le roi. Li gentil homme dou païs, chevalier et escuier, se commenchièrent à doubter, quant il sentirent tel peuple reveler, et, se il furent en doubte, il i ot bien raison, car pour mains s'effrée on bien. Si se commenchièrent à mettre ensamble au mieux et au plus bel qu'il peürent.

En che jour que ces meschans gens de la conté de Kemt venoient à Londres, retournoit de Cantorbie la mère dou roy d'Engletière, la princesse de Galles, et venoit de pèlerignage. Si en fu en trop grant aventure de estre perdue par eux, car ces mescans gens saloient [2] sur son char en venant, et li faissoient moult de desrois, de quoi la bonne dame fu en grant esmai de li meïsmes que par [aucune] cose il ne li fesissent violensse, ou à ses damoiselles. Toutesfois, Dieux l'en garda, et vint en un jour de Cantorbie à Londres, ne onques ne s'osa anuitier sour le chemin.

À ce jour estoit li rois Richars, ses fils, ens ou castiel de Londres ; si vint là le princesse et trouva le roi, dalés li le conte de Sasleberi, l'arcevesque de Cantorbie, messire Robert de Namur, le signeur de Gommegnies et pluiseurs autres, qui se tenoient tout dalés li pour le doutance de ces gens qui se reveloient enssi, et ne savoient que il demandoient. Et cheste rebellion estoit bien sceüe en l'osteil dou roi avant que il le monstraissent, ne que cils peuples isist hors de leurs lieux ; et [si] n'i metoit point li rois remède ne conseil, dont on se poeut moult esmervillier ; et, afin que tout signeur et bonnes gens qui ne voellent que bien i prendent exemple pour corigier les mauvais et les rebelles,

---

1. Référence à la croisade des Pauvres.   2. « Sautaient ».

je vous esclarcirai che fait tout plainement, enssi qu'il fu demenés. /100/

§ 214. Le lundi, le premier jour de la sepmainne, à bonne estrine, devant le jour dou Sacrement, en l'an mille trois cens quatre vins et un, se départirent ces gens et issirent hors de leurs lieux pour venir vers Londres et pour parler au roi et pour estre tout franc[1], car il voloient que il n'i eüst nul serf en Engletière. Et s'en vinrent à Saint Thomas de Cantorbie, et là estoient Jehans Balle, qui quidoit trouver l'arcevesque dou dit leu — mais il estoit à Londres avoecques le roi — Wautre Tieullier et Jaques Strau. Quant il entrèrent en Cantorbie, toutes gens leur firent feste, car toute li ville estoit de leur sexte, et là eürent conseil et parlement ensamble que il venroient à Londres deviers le roi ; et envoièrent de leurs gens et de leurs compaignons oultre le Tamisse en Exsexs, en Sousexsexs, en la conté de Stafort et de Betefort parler au peuple, que tout venissent de l'autre costé à Londres : si encloroient Londres. Enssi ne leur poroit li rois escaper, et estoit leur intention que, le jour dou Sacrement ou l'endemain, il se trouveroient tout ensamble.

Cil qui estoient en Cantorbie entrèrent en l'abbeïe de Saint Thumas, et i firent moult de desrois, et pillèrent et fustèrent le cambre de l'arcevesque, et dissoient en pillant et en portant hors : « Cils canceliers d'Engletière a eü bon marchié de ce meuble : il nous rendera conte temprement des revenues d'Engletière et des grans pourfis que il a levés puis le couronnement dou roi. » Quant il eürent che lundi fusté l'abbeïe de Saint Thomas et l'abeïe de Saint Vinchant, il se partirent [l'endemain] au matin, et tous li peuples de Cantorbie avoecq eulx, et prissent le chemin de Roceste. Et enmenoient toutes gens des villages à destre et à /101/ senestre, et, en cheminant et allant, il fondefloient

---

1. « Libres, affranchis ».

et abatoient, enssi que uns tempestes, maisons d'avocas et de procureurs de le court dou roi et de l'arcevesque, et n'en avoient nulle merci.

Quant il furent venu à Rocestre, on leur fist grant chière, car les gens de la ville les attendoient, qui estoient de leur sexte, et alèrent ou castiel et prissent le chevalier qui gardiiens en estoit et cappitainne de la ville, et se nommoit messires Jehans Meuton. [Si] li dissent : « Il faut que vous en venés avec nous et que vous soiés nos souverains menères et cappitains, pour faire che que nous voldrons. » Li chevaliers s'excusa moult bellement, et remonstra pluiseurs raisons d'escusances, se elles peüssent riens valloir, mais nenil, car on li dist : « Messire Jehan, messire Jehan, se vous ne faites ce que nous vollons, vous estes mors ! » Li chevaliers veoit che peuple tout foursené et aparilliet de li ochire ; si doubta le mort, et obéi à eux, et se mist oultre son gré en leur route.

Tout en tel manière avoient fait cil des autres contrées d'Engletière, d'Exsexes, de Sousexses, de Kemt, de Stafort, de Betefort, de l'evesquiet de [Norduich], jusques à [Gernemue] et jusques à [Line], et mis les chevaliers et les gentils hommes en leur obéissance, et tels que le signeur de [Morlais], un grant baron, messire Estièvene de Halles et messire [Estienne] de [Cosington], et les faissoient venir avoec eux.

Or, regardés le grant derverie ! Se il fuissent venu à leur entente, il eüssent destruit tous les nobles en Engletière ; et après en autres nations, tous menus peuples se fust revelés, et prendoient piet et exemple sour cheux de Gaind et de Flandres, qui se rebelloient /102/ contre leur signeur. Et en celle propre anée li Parisiien le fissent ossi, et trouvèrent à faire les maillès de fier, dont il fissent plus de vint mille, sicom je vous recorderai quant je serai venus jusques à là, mais nous poursieurons à parler premièrement de ceulx d'Engletière.

§ 215. Quant cils peuples, qui estoit logiés à Rocestre, eürent fait che pour quoi il estoient là venu, il se départirent et passèrent la rivière et vinrent à Brainforde, et toudis tenant leur oppinion d'abatre à destre et à senestre devant eux hostels et mansions d'avocas et de procureurs. Ne nul n'en déportoient, et copèrent en venant à pluiseurs hommes les testes, et cheminèrent tant qu'il vinrent à quatre lieues de Londres, et se logièrent sour une montaigne que on appelle ou païs Blaquehède, c'est à dire en françois la Noire Bruière, et dissoient en venant que il estoient au roi et au noble commun d'Engletière.

Quant cil de Londres seürent que il estoient si priès d'eux logiés, il fremèrent le porte dou pont de la Tamise et i missent gardes ; et ceste ordonnance fist faire li maires de Londres, sire Jehans Walourde, et pluiseurs rices bourgois de Londres qui n'estoient pas de leur sexte, mais il en i avoit en Londres de menues gens plus de trente mille.

Adont eürent avis chils peuples qui estoit logiés sour la montaigne de Blaquehède, que il envoieroient leur chevalier devers le roi, parler à li qui estoit en la Tour, et li manderoient que il venist parler à eux, et que tout ce que il faisoient, c'estoit pour li, car li roiaulmes d'Engletière un[e] grant fuison d'ennées avoit esté mal /103/ gouvrenés à l'honneur dou roiaulme et au pourfit du menu peuple, et par ses oncles et par son clergiet, et princhipaument par l'arcevesque de Cantorbie, son cancelier, dont il voloient ravoir compte.

Li chevaliers n'osa dire ne faire dou contraire, que il ne venist sus le Tamisse à l'encontre de la Tour, et se fist naviier oultre l'aighe. Li rois et cil qui estoient ou castiel de Londres, qui désiroient à oïr des nouvelles, quant il veïrent le batelet venir fendant la Tamisse, si dissent : « Vechi aucune ame qui nous aporte nouvelles ! » Et estoient, je vous di, en grant doubtance là dedens. Evous venir au rivage le chevalier : on li fist voie ; on le mena devant le roi qui estoit en une cambre, le princesse sa mère dallés li et ses deus frères, messire Thumas le conte de Kemt, messire Jehans de Hollandes, le conte de Sasebry, le conte de Warvich, le conte d'Asquesuffort, l'archevesque de Cantorbie, le grant prieux d'Engletière dou Temple, messire Robert de Namur[1], le signeur de Vertaing, le signeur de Gommegnies, messire Henri de Senselles, le maire de Londres et aucuns bourgois notables de Londres, qui tout se tenoient dalés le roi. Li chevaliers messires Jehans Meuton, qui bien fu cogneüs entre iaulx, car il estoit officiers dou roi, se mist en genous devant le roi, et li dist : « Mon très redoubté signeur, ne voelliés mies prendre en desplaissance le mesage que il me convient faire, car, chiers sires, c'est de force que je sui venus si avant. » — « Nenil, dist li rois, messire Jehan, dites che dont vous estes cargiés : je vous tieng pour excusé. » — « Très redoubtés sires, li communs de vostre roiaulme m'envoie devers vous pour traitiier, et vous prient que vous /104/ voelliés venir parler à eux sus la montaigne de la Blaquehède, car il ne désirent nullui à avoir que vous ; et n'aiés nulle doubtance de vostre personne, car il ne vous feront ja mal, et vous tiennent et tenront tousjours à roi ; mais il vous monsteront, che dient, pluiseurs coses qui vous sont nécessaires à oïr, quant il parleront à vous, desquels coses je ne sui pas cargiés de vous dire. Mais, très chiers sires, voelliés moi donner response telle qui les apaise, et que il sachent de vérité que j'aie esté [devers] vous, car il ont mes enffans en ostages pour moi vers euls, et les feroient morir se je ne retournoie. » Respondi li rois : « Vous arés response, et tantos. »

Adont se consilla li rois, et demanda quel cose estoit bonne à faire de ceste requeste. Li rois fu adont consilliés que le matin, le joedi, il venissent aval sus la rivière de Tamisse, et que sans faute il iroit parler à eulx. Quant messires Jehans Meuton eut celle response, il ne demanda plus : il prist congiet au roi et as barons,

---

1. L'un des patrons du chroniqueur.

et rentra en son batiel et rapassa la Tamisse, et retourna sus la montaigne où il avoit plus de soissante mille hommes, et leur donna response que, à l'endemain au matin, il envoiaissent leur conseil sus la Tamisse ; que li rois venroit là parler à eux. Ceste responsse leur plaissi grandement, et s'en contentèrent tout, et passèrent le nuit au mieux qu'il peürent. Et sachiés que les quatre pars d'eus junèrent par défaute de vivres, car il n'en avoient nuls, dont il estoient tout courouchiet, et c'estoit raisons.

§ 216. En che tamps estoit li contes de Bouquighem en Galles, car il i tient bel hiretage et grant de par sa /105/ femme, qui fu fille au conte de Norhantonne et de Herffort ; mais la vois estoit tout commune aval Londres que il estoit avoeques che peuple, et dissoient li aucun pour certain que il l'i avoient veü, pour un Thomas qui trop bien le resambloit, de la conté de Kemt, qui estoit entre eulx.

Li contes de Cambruge et li baron d'Engletière qui gissoient à Pleumonde et qui apparilloient leurs vaissaulx pour aler en Portingal, estoient tout enfourmé de ceste rebellion et dou peuple qui se commenchoit à eslever : si se doubtèrent que leurs voiages n'en fust rompus, ou que li communs d'Engletièrre, de Hantonne, de Wincestre et de le conté d'Arondiel ne les venist courir sus. Si désancrèrent leurs nefs et issirent hors dou havène à grant painne et à vent contraire, et se boutèrent en le mer, et là ancrèrent, atendant vent.

Li dus de Lancastre, qui estoit sus marce entre le Mourlane, Rosebourc et [Miauros], et qui là parlementoit as Escos, estoit ossi tous enfourmés de ceste rebellion, et de sa personne en grant doubte, car bien savoit que il estoit petitement en le grace dou commun d'Engletière ; mais nonobstant toutes ces coses, [si] demenoit il moult sagement ses traitiés envers les Escochois. Li contes [de] Douglas, li contes de Mouret, li contes de Surlant, messires Thumas de Verssi et chil Escot, qui pour le roi et le païs d'Escoche faissoient et menoient ces tretiés, savoient bien toute la rebellion d'Engletière, et comment li peuples se commenchoit de toutes pars à rebeller contre les nobles ; si dissoient : « Engletière gist en grant branle et péril que de estre toute destruite. » Et vous di que ens leurs traitiés il s'en tenoient plus fort enviers le duc de Lancastre et son conseil. /106/

Or parl[er]ons dou commun d'Engletière, comment il persévérèrent.

§ 217. Quant che vint le jour du Saint Sacrement au matin, li rois Richars d'Engletière oï messe en la Tour de Londres, et tout li signeur. Apriès messe, il entra en sa barge, li contes de Sasleberi, li contes de Warvich, li contes d'A[cque]sufort et aucun chevalier en sa compaignie, et naviièrent à rimes pour venir oultre la Tamisse sour le rivage, en alant vers le Rideride, un manoir dou roi, où plus avoit[1] de dis mille bons hommes qui là estoient descendu de la montaigne, pour veoir le roi et pour parler à lui. Quant il veïrent la barge dou roi venir, il commenchièrent tout à huer et à donner un si grant cri que che sambloit proprement que tout li diable d'infer fussent venu en leur compaignie. Et vous di que il avoient amené messire Jehan Meuton, leur chevalier, avoecques euls, à le fin que, se li rois ne fust venus et que il l'eüssent trouvé en bourde, il l'eüssent dévoret et detrenchiet pièce à pièce. Tout che li avoient il proumis.

Quant li rois et li signeur veïrent che peuple qui enssi se demenoit, il n'i ot si hardi que tout ne fuissent effraé, et n'eut mies li rois conseil des barons qui là estoient que il presist terre, mais commenchièrent à wauler la barge amont et aval sus le rivière, et dont dist li rois : « Signeur, que vollés vous ? Dites le moi. Je sui chi venus pour parler à vous. » Il li dirent de une vois, chil qui l'entendirent : « Nous volons que tu viegnes sus terre, et nous te monsterons et dirons plus aissiement che qu'il nous fault. » Adont respondi li contes de Sasleberi pour le roi, et dist : « Signeur,

---

1. MS : « ou plus avoit plus ».

/107/ vous n'iestes mies en estat ne en arroi que li rois doie maintenant parler à vous. » À ces mos, il n'i ot plus riens dit. Li rois fu consilliés dou retourner, et retourna ens ou castiel de Londres, dont il estoit partis.

Quant ces gens veïrent que il n'en aroient autre cose, si furent tout enflamé d'aïr, et retournèrent en la montaigne où li grans peuples estoit, et recordèrent comment on leur avoit respondu, et que li rois estoit rallés en la Tour à Londres. Adont criièrent il tout de une vois : « Alons tos à Londres ! » Lors se missent il au chemin, et s'avalèrent sus Londres en fondeflant et abatant manoirs d'abés, d'avocas et de gens de court, et vinrent en ès fourbou[r]s de Londres, qui sont grant et bel. Si i abatirent pluiseurs biaulx hostels, et par espécial il abatirent les prisons dou roi que on dist les Maréschauchies, et furent délivret tout li prisonnier qui dedens estoient ; et fissent en ces fourbou[r]s moult de desrois, et manechoient à l'entrée dou pont ceulx de Londres, pour tant que il avoient clos les portes dou pont, et dissoient que il arderoient tous leurs fourbours et conquéroient Londres par force, et l'arderoient et destruiroient toute.

Li communs de Londres — moult en i avoit, qui estoient de leur acord — se missent ensamble et demandèrent : « Pour quoi ne laist on ces bonnes gens entrer en la ville ? Ce sont nos gens, et tout ce qu'il font, c'est pour nous. » Adont de force il convint que les portes fuissent ouvertes. Si entrèrent ens ces gens tous afamés, et se boutèrent tantos par ces maisons bien pourveües de pourvéances, et s'ataquièrent au boire et au mengier. On ne leur véoit[1] riens, mais estoit on /108/ tout rebrachiet de faire bonne chière et de mettre avant vivres et boires, pour iaulx apaissier.

Adont s'en alèrent les cappitainnes, Jehan Balle, Jaque Strau et Vautre Tieullier tout droit parmi Londres, en leur compaignie plus de trente mille hommes, à l'ostel de Savoie, ou chemin de Wesmous-

---

1. « Interdisait ».

tier, le palais dou roi, un très bel ostel séant sus le Tamisse et hostel au duc de Lancastre. Tantos il entrèrent ens et tuèrent les gardes, et l'ardirent en feu et en flame. Quant il eürent fait cel outrage, il ne se cessèrent mies atant, mais s'en alèrent à le maison de l'Oppitalier de Rodes, que on dist Saint Jehan de [Calerwille], et ardirent maison, hospital, moustier et tout. Avoec tout ce, il allèrent de rue en rue, et tuèrent che jour tous les Flamens que il trouvèrent en églises, en moustiers et en maisons, partout, ne nuls n'estoit dépor[t]és. Et efforchièrent pluiseurs maisons de Lombars, et prissent des biens qui dedens estoient à leur vollenté, car nuls ne leur ossoit aler au devant. Et tuèrent un rice homme en la ville que on appelloit Richart Lion, auquel dou tamps passé, en France, Wautre Tieullier, ens ès guerres, avoit esté varlés ; mais Richart Lion avoit une fois batu son varlet. Si l'en souvint, et i mena ses gens et li fist coper la teste devant li, et mettre sus une glave et porter parmi les rues de Londres. Enssi se demenoit cils meschéans peuples comme gens foursenés et esragiés, et fissent ce joedi moult de desrois parmi Londres.

§ 218. Quant che vint sus le soir, il s'en vinrent tout logier et amaignagier en le place que on dist Sainte Katerine, devant le Tour et le castiel de Londres, /109/ et dissent que jamais de là ne partiroient, si aroient eü le roi à leur vollenté, et leur aroit acordé tout che que il demandoient ; et dissoient oultre que il voloient conter au cancelier d'Engletière, et savoir que li grans avoirs que on avoit levé parmi le roiaulme d'Engletière puis cinc ans estoit devenus, et, se il n'en rendoit boin compte et souffissant à leur plaissance, mal pour lui. Sus cel estat, quant il eürent tout le jour fait parmi Londres as estraingniers des mauls assés, se logièrent il devant la Tour.

Si poés bien croire et savoir que ce estoit grans hideurs pour le roi et pour ceuls qui là dedens avoec lui estoient, car à le fois chils meschéans peuples huoit si hault que il sambloit que tout li diable d'infer fuissent entre iaulx. Sus le soir avoient eü en conseil li rois d'Engletière, si frère et si baron qui en la Tour estoient, parmi l'avis de sire Jehan Walourde, maieur de Londres, et de aucuns bourgois notables de Londres, que sus le mienuit on venroit tout armet par quatre rues de Londres courir sus ces meschéans gens, qui bien estoient soissante mille, entrues que il dormiroient, car il seroient tout enivré, et en tueroit on otant que de mousches, car, de vint [et] un il n'en i aroit nul armet, et vous di que ces bonnes gens et rices gens de Londres estoient bien aissiet de tout che faire, car il avoient en leurs maisons repus secrètement leurs amis et leurs varlés, qui estoient tout armet. Et ossi messires Robers Canolles estoit en son hostel, et gardoit son trésor à plus de sis vint compaignons tous aprestés, qui tantos fuissent sailli avant, se il en eüissent esté mauchevi ; ossi fust messire Perducas de Labret, qui pour che tamps estoit à Londres. Et se /110/ fuissent bien trouvet entre set et uit mille hommes tous armés ; mais il n'en fu riens fait, car on doubta trop le demorant dou commun de Londres, et dissent li sage au roi, li contes de Sasleberi et li autre : « Sire, se vous les poés apaissier par belles parolles, c'est le milleur et le plus pourfitable, et leur acordés tout ce que il demandent liément, car, se nous commenchiens cose que nous ne peüissiens achiever, il n'i aroit jamais nul recouvrier que nous et nos hoirs ne fuissons désert, et Engletière toute déserte. » Cils consaulx fu tenus, et contremandés li maires que il se tenist tous quois et ne fesist nul samblant de esmeutin. Il obéi : che fu raissons. En la ville de Londres avoecques le maieur a douse eschevins ; li noef estoient pour li et pour le roi, sicom il le monstrèrent, et li troi de la sexte [de] ce meschéant peuple, sicom il fu puisedi sceü et cogneü, dont il [le] comparèrent moult chièr[em]ent.

§ 219. Quant che vint le venredi au matin, chils peuples qui estoit logiés en la place de Sainte Cateline devant le Tour se commenchièrent à aparillier et à criier moult hault et à dire que, se li rois ne venoit parler à eux, il assauroient le castiel et le prenderoient de force, et ociroient tous ceuls qui dedens estoient. On doubta ces manaces et ces parolles, et eut li rois conseil que il isteroit parler à euls, et leur envoia dire que il se traïssissent tout au dehors de Londres en une place que on dist le [Milinde], une moult belle prée, [où] les gens vont esbattre en esté, et là leur acorderoit li rois et [otroieroit] tout che que il demanderoient. Li maires de Londres leur noncha tout cela et fist le crit de par le roi que, qui voloit parler au roi, /111/ il alast en le place dessus dite, car li rois iroit sans faute.

Adont se commenchièrent à départir ces gens les communs des villages et iaus à traire et à aler celle part, mais tout n'i alèrent mies, et n'estoient mies tout de une condition, car il en i avoit pluiseurs qui ne demandoient que le rihote et le destrution des nobles, et Londres estre toute courue et pillie. Che estoit le principaulx matère pour quoi il avoient commenchiet, et bien le monstroient, car, sitrestos que la porte dou castiel fu ouverte et que li rois en fu issus et si doi frère, li contes de Sasleberi, li contes de Warvich, li contes d'Aquesufort, messires Robers de Namur, li sires de Vertaing, li sires de Goumegnies et pluiseur autre, Wautre Tieullier, Jaques Strau et Jehan Balle et plus de quatre cent entrèrent ens ou castiel et l'efforchièrent, et sallirent de cambre en cambre et trouvèrent l'arcevesque de Cantorbie, que on appeloit Simon, vaillant homme et preudomme durement, cancelier d'Engletière, liquelx avoit tantos fait le divin office et célébré messe devant le roi ; il fu pris de ces gloutons et là tantos décollés. Ossi fu li grans prieus de Saint Jehan de l'Ospital et uns frères meneurs, maistres en médechine, liquels estoit au duc de Lancastre ; et pour che fu il mors ou despit de son maistre, et uns sergans d'armes dou roi que on appelloit Jehan Laige ; et ces quatre testes missent il sus longes glaves et les faissoient porter devant iaulx parmi les rues de Londres ; et, quant il eürent assés [joué], il les missent sus le pont de Londres, comme il euissent esté traîteur au roi et au roiaulme.

Encores entrèrent cil glouton en la cambre le prin-
/112/cesse et despécièrent tout son lit, dont elle fu si
eshidée que elle s'en pasma, et fu de ses varlés et [cam-
berières] prise entre leurs bras et aportée bas en une
posterne sour le rivage, et misse en un batiel, et de là
acouverte et amenée [par la rivière en la Riole, et puis
menée] en un hostel que on dist la Garde Robe la Roïne ; et là se tint tout le jour et toute la nuit, enssi que
une femme demi morte, tant que elle fu réconfortée
dou roi son fil, sicom je vous dirai ensieuant.

§ 220. En venant le roi en celle place que on dist la
Millinde au dehors de Londres, s'emblèrent de li, pour
le doutance de la mort, et se boutèrent hors de sa route
si doi frère, li contes de Kemt et messires Jehans de
Hollandes. Ossi fist li sires de Goumegnies, et s'en ala
avoec eulx, et ne s'osèrent amonstrer au peuple en
celle place de la Milinde.

Quant li rois fu venus, et li baron dessus nommé en
sa compaignie en la place de la Milinde, il trouva plus
de soissante mille homme[s] de divers lieux et de
divers villages des contrées d'Engletière. Il se mist tout
enmi eux et leur dist moult doucement : « Bonnes gens,
je sui vostres rois et vostres sires. Que vous fault ? Que
vollés vous dire ? » Adont respondirent cil qui l'entendirent et dissent : « Nous volons que tu nous afran-
chisses à tous les jours dou monde, nous, nos hoirs et
nos terres, et que jamais nous ne soions tenu ne nommé
serf. » Dist li rois : « Je le vous acorde. Retraiiés vous
bellement en vos lieux et en vos maisons, enssi que
vous estes chi venu par villages, et laissiés de par vous
de cascun village deus ou trois hommes, et je leur ferai
escripre à pooir lettres et /113/ séeler de mon séél, que
il en reporteront avoec euls quitement, liègement et
francment, tout ce que vous demandés. Et, afin que
vous en soiés mieux conforté et aseüré, je vous ferai
par sénescaudies, par casteleries et par mairies délivrer
mes banières. »

Ces parolles apaissièrent grandement ce menu
peuple, voire les simples et les novisses et les boines

gens qui là estoient venu, et ne savoient que il se demandoient, et dissent tout hault : « C'est bien dit ! C'est bien dit ! Nous ne demandons mieux. » Velà che peuple apaisiet, et se commenchièrent à retraire en Londres.

Encores leur dist li rois une parolle qui grandement les comptenta : « Entre vous, boines gens de la conté de Kemt, vous arés une de mes banières, et vous, cil d'Exsexes, une, et cil de Sousexses, une autre, et cil de Beteforde, une otant bien, et cil de Cambruge, une, cil de Gernemue, une, cil de Stafort, une, cil de Line, une ; et vous pardonne tout ce que vous avés fait jusques à ores, mais que vous sieuwés mes banières et en rallés en vos lieux sour l'estat que j'ai dit. » Il respondirent tout : « Oïl. »

Enssi se départi chils peuples et rentra en Londres, et li rois ordonna plus de trente clers che venredi qui escripsoient lettres à pooir, et séëloient, et délivroient à ces gens. Et puis se départoient cil qui ces lettres avoient, et s'en ralloient en leurs nations, mais li grans venins demoroit derière — Wautre Tieullier, Jaque Strau et Jehan Balle — et disoient, quoique cils peuples fust apaissiés, que il ne se partiroient pas enssi ; et en avoient de leur [acort] plus de trente mille. Si demorèrent en Londres et ne pressoient point /114/ trop fort à avoir lettres ne séaulx dou roi, mais metoient toute leur entente à bouter tel tourble en le ville que li riche homme et li signeur fuissent mort, et leurs maisons fustées et pillies. Et bien s'en doubtoient li Londriien : pour ce se tenoient il pourveü dedens leurs hostels tout quoiement de leurs varlés et de leurs amis, cascuns selonc sa poissance. Quant cils peuples fu ce venredi apaissiés et retrais en Londres, et que on leur délivroit lettres séëllées à tous lés, et que il se départoient sitretos que il les avoient et en ralloient vers leurs villes, li rois Richars s'en vint en le Riolle en la Garde Robe la Roïne, dist on, où la princesse sa mère estoit retraite, toute effraée. Si la réconforta, enssi que bien le seüt faire, et demora avoecques li toute celle nuit.

Encores vous voel jou recorder de une aventure qui avint par ces maleoites gens devant la chitté de Nordvich, et par un cappitaine que il avoient que on appelloit Willaume Listier, liquels estoit de Stafort.

§ 221. Che propre jour dou Sacrement, que ces meschéans gens entrèrent en Londres et que il ardirent l'ostel de Savoie et le moustier et le maison de l'Ospital de Saint Jehan dou Temple, et que le prison dou roi que on dist [Nieugate] fu par euls rompue et brisie, et tout li prisonnier délivret, et que il fissent tous ces desrois que vous avés oï recorder, estoient cil des contrées que je dirai, premièrement de Stafort, de Line, de Cambruge, de Beteforde et de Gernemue, tout eslevé et assamblé, et s'en venoient à Londres devers leurs compaignons, car enssi l'avoient il ordonné, et estoit leurs cappitains uns garnemens qui s'appelloit /115/ Listier. En leur chemin, il s'arestèrent devant Nordvich, et en venant il en faissoient aler avoecq eux toutes gens, ne nuls villains ne demoroit derière. La cause pour quoi il s'arestèrent devant Norduich, je le vous dirai.

Il i avoit un chevalier cappitaine de la ville, qui s'appelloit messires Robers Salle. Point gentils homs n'estoit, mais il avoit la grace, le fait et le renommée de estre sages et vaillans homs as armes, et l'avoit fait pour sa vaillance li rois Edouwars chevalier, et estoit de membres li mieux tournés et li plus fors homs de toute Engletière. Listiers et ses routes s'avissèrent que il enmenroient che chevalier avoec eux et en feroient leur souverain cappitainne : si en seroient plus cremu et miex amé. [Si] li envoiièrent dire que il venist as camps parler à euls, ou il asauroient la citté et l'arderoient. Li chevaliers regarda que il valoit mieux que il alast parler à eulx, que il fesissent cel outrage ; si monta sus son cheval et issi tous seuls hors de la ville, et vint parler à euls. Quant il le virent, il li fissent très grant chière et l'onnourèrent moult, et lui prièrent que il vosist deschendre de son cheval et parler à eulx. Il descendi, dont il fist folie. Quant il fu descendus, il l'environnèrent, et puis commenchièrent à traitier moult bellement, et li dissent : « Robers, vous estes chevaliers et uns homs de grant créance en ce païs, et de renommée moult vaillans homs, et, quoique vous soiiés tels, nous vous connissons bien. Vous n'estes mies gentils homs, mais fils d'un villain et d'un machon, sicom nous sommes. Venés ent avoecques nous, vous serés nos maistres, et nous vous ferons si grant signeur que li quars d'Engletière sera /116/ en vostre obéïssance. » Quant li chevaliers les oï parler, [si] li vint à grant contraire, car jamais n'eüist fait ce marchiet ; et respondi en iaulx regardant moult fellement : « Arière, mescans gens, faus et mauvais traïteur que vous estes ! Volés [vous] que je relenquisse mon naturel signeur pour telle merdaille que vous estes, et que je me deshonneure ? J'aroie plus chier que vous fuissiés tout pendut, enssi que vous serés, car vous n'arés autre fin. » À ces cops il quida remonter sur son cheval, mais il fali de l'estrier, et li chevaulx s'effréa. Adont huèrent il à lui et criièrent : « À le mort ! » Quant il oï ces mos, il laissa aler son cheval et traïst une belle longhe espée de Bourdiaux que il portoit, et vous commenche à estoriier et à faire place autour de li, que ce estoit grans biautés dou veoir, ne nuls ne l'ossoit aprochier. Aucun l'aprochoient, mais, de cascun cop qu'il jettoit sur euls, il leur coppoit ou piet ou teste ou brach ou gambe, ne il n'i avoit si hardit qui ne le resongnast ; et fist là cils messires Robers tant d'armes que merveilles. Mais ces mescans gens estoient plus de quarante mille : si jettoient, traioient et lanchoient sur li, et il estoit tous désarmés, et, au voir dire, se il eüst esté de fier ou d'achier, [si] convenist il que il fust demorés ; mais il en tua tous mors douse, sans ceuls que il méhaigna et afolla. Finablement il fu aterrés, et li décoppèrent les jambes et les bras, et le détrenchièrent pièce à pièce. Enssi fina messires Robers Salle, dont che fu damages, et en furent depuis en Engletière courouchiet tout li chevalier et escuier, quant il en seürent les nouvelles.

§ 222. Le samedi au matin, se départi li rois d'En-
/117/ gletière de la Garde Robe le Roïne, qui siet en la
Riolle, et s'en vint à Westmoustier, et oï messe en
l'église, et tout li signeur avoecques lui. En celle église
a une image de Nostre Dame à une petite cappelle, qui
fait grans miracles et grans vertus, et en lequelle li
[roi] d'Engletière ont tousjours eü grant confidence de
créance. Li rois fist là ses orissons devant cel image,
et se offri à lui, et puis monta à cheval, et tout li baron
ossi qui estoient dallés li, et pooit estre environ heure
de tierce. Li rois et sa route chevauchièrent toute la
cauchie pour entrer en Londres ; et, quant il eut che-
vauchiet une espasse, il tourna sus senestre pour passer
au dehors, et ne savoit nuls de vérité où il voloit aler,
car il prendoit le chemin pour passer au dehors de
Londres.

Che propre jour au matin, s'estoient asamblé et quel-
liet tous les mauvais, desquels Wautre Tieullier, Jake
Strau et Jehan Balle estoient cappitainne, et venu parlementer en une grande place que on dist Semitefille [1],
où li marchiés des chevaulx est le venredi, et là estoient
plus de vint mille, tout de une aliance ; et encores en i
avoit biaucop en la ville qui se desjunoient et buvoient
par les taverns, à le grenace, à le malevissie, chiés les
Lombars, et riens ne paioient : encores tout ewireus
qui leur pooit faire bonne chière. Et avoient ces gens
qui là estoient asamblés, les banières dou roi que on
leur avoit bailliet le jour devant, et estoient sus un propos cil glouton que de courir Londres et reuber et pillier ce meïsmes jour, et dissoient les cappitainnes :
« Nous n'avons riens fait : ces franchisses que li rois
nous a donnet nous portent trop petit de pourfit, mais
soions tout d'un acord. /118/ Courons ceste grosse ville
et riche et poissans de Londres, avant que cil d'Exsexs
et de Sousexsexs, de Cambruge, de Beteforde et les
autres contrées estrangnes — d'Arondiel, de Warvich,
de Redinghes, de Barkesière, d'Asquesufort, de Gille-

---

1. Smithfield.

vorde, de Conventré, de Line, de Staffort, de Gernemue, de Lincolle, de Iorc et de Durames — vie[n]gnent ; car tout venront, et sai bien que Bakier et Listier les amenront, et, se nous sommes au dessus de Londres, de l'or et de l'argent et des ricoisses que nous i trouverons et qui i sont, nous arons pris premier, ne ja nous ne nous en repentirons, car, se nous les laissons, cil qui vienent, che vous di, le nous torront. » A ce conseil estoient il tout d'accord, quant... Evous le roi qui vient en chelle place ! acompaigniés de soissante chevaulx, et ne pensoit point à eulx, et quidoit passer oultre et aler son chemin et laissier Londres. Enssi que il estoit devant l'abbeïe de Saint Betremieu[1] qui là est, il regarde et voit che peuple. Li rois s'arreste et dist que il n'iroit plus avant, si saroit de ce peuple quel cose il leur falloit, et, se il estoient tourblé, il les rapaisseroit. Li signeur qui dalés li estoient s'arrestèrent, che fu raisons, quant il s'arresta.

Quant Wautre Thieullier veï le roi qui estoit arestés, il dist à ses gens : « Velà le roi, je voel ale[r] parler à lui. Ne vous mouvés de chi, se je ne vous acène, et, se je vous fach che signe — [si] leur fist un signe — si venés avant, et ochiiés tout, horsmis le roi. Mais au roi ne faites nul mal : il est jones, nous en ferons nostre volenté, et le menrons partout où nous vorrons en Engletière, et serons signeur de tout le royaulme, il n'est nulle doubte. » /119/

Là avoit un juponnier de Londres que on appeloit Jehan Ticle, qui avoit aporté et fait aporter bien soissante jupons, dont aucun de ces gloutons estoient revesti, et Thieullier en avoit un vesti. [Si] li demandoit Jehans : « Hé sire ! qui me paiera de mes jupons ? Il me faut bien trente mars. » — « Apaisse toi, respondi Tieulliers, tu seras bien paiiés encores anuit. Tient t'ent à moi : tu as crant assés. »

À ces mos, il esperonne un cheval sur quoi il estoit montés, et se part de ses compaignons et s'en vient

---

1. Saint Barthélemy.

droitement au roi et si priès de li que la queue de son cheval estoit sus la teste dou cheval dou roi. Et la première parolle qu'il dist, il parla au roi et dist enssi : « Rois, vois tu toutes ces gens qui sont là ? » — « Oïl, dist li rois, pourquoi le dis tu ? » — « Je le di pour ce que il sont tout à men commandement, et m'ont tout juré foi et loiauté à faire che que je vaurai. » — « À la bonne heure, dist li rois, je voel bien qu'il soit enssi. » Adont dist Tieulliers, qui ne demandoit que le rihotte : « Et quides tu, di, rois, que cils peuples qui là est, et otant à Londres, et tous en men commandement, se doie partir de toi enssi sans porter ent vos lettres ? Nenil, nous les emporterons toutes devant nous. » Dist li rois : « Il en est ordonné, et il le faut faire et délivrer l'un apriès l'autre. Compains, retraiiés vous tout bellement deviers vos gens et les faites retraire à Londres, et soiés paisieule, et pensés de vous, car c'est nostre entente que cascuns de vous par villages et maries ara se lettre, enssi comme dit est. » À ces mos, Wautre Tieullier jette ses ieus sus un escuier dou roi qui estoit derière le roi et portoit l'espée dou roi, et haoit cils Tieulliers grandement cel /120/ escuier, car autrefois il s'estoient pris de parolles, et l'avoit li escuiers vilonné : « Voires, dist Tieulliers, es tu là ? Baille moi ta daghe. » — « Non ferai, dist li escuiers, pour quoi le te bailleroie je ? » Li rois regarde sus son vallet et li dist : « Bailles li. » Chils li bailla moult envis. Quant Tieulliers le tint, il en commencha à juer et à tourner en sa main, et reprist la parolle à l'escuier, et li dist : « Baille moi celle espée. » — « Non ferai, dist li escuiers, c'est li espée dou roi ; tu ne vaulx mies que tu l'aies, car tu n'iès que uns garchons, et, se moi et toi estièmes touts seul en celle place, tu ne diroies ces parolles, ne eüsses dit, pour ossi grant d'or que cils moustiers de Saint Pol est grans. » — « Par ma foi, dist Tieulliers, je ne mengerai jamais, si arai ta teste. » À ces cops estoit venus li maires de Londres, li dousimes, montés as chevauls et tous armés desous leurs cottes ; et rompi la presse, et veï comment cils Tieulliers se démenoit ; si dist en son langage : « Gars, comment es tu si ossés de dire tels parolles en la présence dou roi ? C'est trop pour toi. » Adont li rois se félenia et dist au maieur : « Maires, mettés le main à li. » Entrues que li rois parloit, cils Tieulliers avoit parlé au maieur et dit : « Et, de ce que je di et fach, à toi qu'en monte ? » — « Voire », dist li maires, qui ja estoit avoés dou roi, « gars puans, parle[s] tu enssi en la présence de mon naturel signeur ? Je ne voel jamais vivre, se tu ne le compères. » À ces mos il traïst un grant baselaire[1] que il portoit, et lasque et fiert che Tieullier un tel horion parmi la teste que il l'abat as piés de son cheval. Sitos comme il fu cheüs entre piés, on l'environna de toutes pars, par quoi il ne fust veüs des assamblés qui là estoient, /121/ et qui se dissoient ses gens. Adont descendi uns escuiers dou roi que on appelloit Jehan Standvich, et traïst une belle espée que il portoit, et le bouta, ce Tieullier, ou ventre, et là fu mors. Adont se perchurent ces folles gens là asamblés que leur cappitains estoit ochis. Si commenchièrent à murmurer ensamble et à dire : « Il ont mort nostre cappitaine ! Alons ! alons ! Ochions tout ! » À ces mos, il se rengièrent sus le place par manière de une bataille, cascun son arc devant li, qui l'avoit. Là fist li rois un grant outrage, mais il fu convertis en bien, car, tantos comme Tieulliers fu atérés, il se parti de ses gens tous seuls, et dist : « Demorés chi. Nuls ne me sieue. » Lors vint il au devant de ces folles gens, qui s'ordonnoient pour vengier leur cappitainne, et leur dist : « Signeur, que vous fault ? Vous n'avés autre cappitainne que moi : je sui vostres rois ; tenés vous en pais. » Dont il avint que li plus de ces gens, sitos comme il veïrent le roi et oïrent parler, il furent tout vaincu et se commenchièrent à defuir, et che estoient li paisiule ; mais li mauvais ne se départoient mies, anchois se ordonnoient et monstroient que il feroient quel[que] cose. Adont

---

1. Épée sarrasine.

retourna li rois à ses gens et demanda que il estoit bon à faire. Il fu consilliet que il se trairoient sus les camps, car [li] fuirs ne eslongiers ne leur valloit riens, et dist li maires : « Il est bon que nous fachons enssi, car je suppose que nous arons tantos grant confort de ceuls de Londres des bonnes gens de nostre lés, qui sont pourveüs et armés, eux et leurs amis, en leurs maissons. »

Entrues que ces coses se démenoient enssi, couroit une voix et uns effrois parmi Londres en dissant /122/ enssi : « On tue le roi ! On tue le maire ! » pour lequel effroi toutes manières de bonnes gens de la partie du roi sallirent hors de leurs hostels, armés et pourveüx, et se traïssent tout devers Semitefille et sus les camps, là où li rois estoit trais, et furent tantos environ set mille ou uit mille hommes, tous armés. Là vinrent tout des premerains messires Robers Canolles et messires Perducas de Labreth, bien acompaigniés de bonnes gens, et noef des eschevins de Londres ossi, à plus de cent hommes d'armes, et uns poissans homs de la ville qui estoit des draps dou roi[1], que on appelloit Nicolas [Brambre], et cils amena une grant route de bonnes gens ; et, enssi comme il venoient, il se rengeoient et se metoient tout à piet et en bataille dallés le roi. D'autre part estoient ces mescans gens tous rengiés, et monstroient que il se voloient combatre, et avoient les banières dou roi avoec euls. Là fist li rois trois chevaliers : l'un fu le maieur de Londres, messire Jehan Walourde[2], l'autre fu messire Jehan Standvich, et le tierch fu messire Nicolles [Brambre]. Adont parlementèrent ensamble li signeur qui là estoient, et dissoient : « Que ferons nous ? Nous véons nos ennemis qui nous eüïssent volentiers ochis, se il veïssent que il en eüssent le milleur. » Messires Robers Canolles consilloit tout oultre que on les alast combatre et tous ochire, mais li rois ne s'i asentoit nullement, et dissoit que il

---

1. C'est-à-dire qu'il portait sa livrée. 2. [Sir] *William* Walworth, en fait.

ne voloit pas que on fesist enssi : « Mais voel, dist li rois, que on voïst requerre mes banières, et nous verons, en demandant nos banières, comment il se maintenront. Toutesfois, ou bellement ou autrement, je les voel ravoir. » — « C'est bon », dist li contes de Sasleberi. Adont furent envoiiet cil troi /123/ nouvel chevalier devers eux. Chil chevalier en venant leur fissent signe que il ne traïssissent point, car il venoient là pour traitier. Quant il furent venu si priès que pour parler et estre oï, il dissent : « Escoutés. Li rois vous mande que vous li renvoiiés ses banières, et nous espérons que il ara merchi de vous. » Tantos ces banières furent baillies et rapportées au roi. Encore leur fu là commandé de par le roi et sus le teste que, qui avoit lettre dou roi empetrée, il le remesist avant. Li aucun, et ne mies tout, les aportèrent. Li rois les faissoit prendre et deschirer en leur présence.

Vous devés et poés savoir que, sitos que les banières dou roi furent rapportées, ces meschéans gens ne tinrent nul arroi, mais jettèrent la grignour partie de leurs ars jus, et se démuchièrent et se retraïssent en Londres. Trop estoit messires Robers Canolles courouchiés de che que on ne les couroit sus et que on ne ochioit tout ; mais li rois ne le voloit point consentir, et dissoit que il en prenderoit bien venganche, enssi qu'il fist depuis. Enssi se départirent et démuchièrent ces folles gens, li uns chà et li autre là, et li rois et li signeur et leurs routes rentrèrent ordonnéement en Londres à grant joie. Et le premier cemin que li rois fist, il vint devers sa dame de mère, la princesse, qui estoit en un hosteil en la Riolle, que on dist la Garde Robe, et là s'estoit tenue deus jours et deus nuis moult esbahie. Il i avoit bien raison. Quant elle veï le roi son fil, si fu toute resjoïe : « Ha ! biaux fils, com jou ai hui eü en coer grant paine et grant angousse pour vous ! » Dont respondi li rois, et dist : « Certes, ma dame, je le sai bien. Or vous resjoïssiés, /124/ car il est heure, et loés Dieu, car je ai hui recouvré mon hiretage et le roiaulme d'Engletière que je avoie perdu. »

Enssi se tint li rois ce jour dallés sa mère, et li signeur en allèrent cascuns paisiulement en leurs hostelx. Là fu fais uns cris et uns bans de par le [roi], de rue en rue, et tantos que toutes manières de gens qui n'estoient de la nation de Londres ou qui n'i avoient demoret un an entier, partesissent, et, se il i estoient sceü ne trouvé le diemence à soleil levant, il estoient tenu comme traïteur envers le roi, et perderoient les testes. Che ban fait et oï, nuls ne l'ossa enfraindre, et se départirent incontinent che samedi toutes gens, et s'en rallèrent tout desbareté en leurs lieux. Jehan Balle et Jaque Strau furent trouvé en une viesse maison repus, qui se quidoient embler, mais il ne peürent, car de leurs gens meïsmes il furent racuset. De leur prisse eürent li rois et li signeur grant joie, car on leur trença les testes, et de Tieullier ossi ; et furent misses sus le pont à Londres, et ostées celles des vaillans hommes que le joedi il avoient décollet. Ces nouvelles s'espardirent tantos environ Londres pour ceux des estragnes contrées qui là venoient, et qui mandé de ces mescéans gens estoient. Si se retraïssent tantos en leurs lieux, ne il ne vinrent ne ossèrent venir plus avant.

§ 223. Or vous parlerons dou duch de Lancastre, qui estoit sus les marches d'Escoce en ces jours que ces avenues avinrent, et chils revèlemens de peuple en Engletière, et traitoit as Escos, au conte de Douglas et as barons d'Escoce. Bien savoient li Escot tout le convenant d'Engletière, et ossi faissoit li dus, mais /125/ nul samblant n'en faissoit as Escos, anchois se tenoit ossi fors en ses traitiés que dont que Engletière fust toute en bonne pais. Tant fu parlementé et alé de l'un à l'autre, que unes trieuwes furent prisses à durer trois ans entre les Escos et les Englès et les roiaulmes de l'un et de l'autre. Quant ces trieuwes furent acordées, li signeur vinrent devant l'un l'autre, en iaulx honnourant, et là dist li contes [de] Douglas au duc de Lanclastre : « Sire, nous savons bien le rebellion et le revèlement dou menu peuple d'Engletière, et le péril où li roiaulmes d'Engletière par telle incidense est, et puet venir : si vous tenons à moult vaillant et à très sage, quant si francement en vos traitiés vous vous estes toudis tenus, car nul samblant n'en avés fait ne monstré. Si vous dissons et offrons que, se il vous besongne confort de cinc cens ou de sis cens lances de nostre costé, vous les trouverés toutes prestes en vostre service. » — « Par ma foi, respondi li dus, Biau signeur, grant mercis. Je n'i renonche pas, mais je ne quide point que mon signeur n'ait si boin conseil que les coses venront à bien, et toutesfois je voel de vous avoir un seür sauf conduit de moi et des miens, pour moi retourner et tenir en vostre païs, se il me besongne, tant que les coses soient apaissies. » Li contes [de] Douglas et li contes de Mouret, qui avoient là la poissance dou roi, li acordèrent légièrement. Adont prissent il congiet et se départirent li un de l'autre ; li Escot s'en rallèrent à Haindebourc, et li dus et li sien retournèrent vers Bervich, et quidoit li dus tout proprement rentrer en la cité de Bervich, car au passer il avoit là laiiet ses pourvéances ; mais li cappitains de le cité, qui s'appelloit messire Mahieux /126/ [Rademan], li dévéa et li cloï la porte audevant de li et de ses gens, et li dist que il li estoit deffendu dou conte de Northombrelande, regart et souverain pour le tamps de toute la marce, le frontière et les païs de Northombrelant. Quant li dus entendi ces parolles, [si] li vinrent moult à contraire et à desplaissance. Si respondi : « Comment, Mahieu [Rademan], i a en Northombrelant autre souverain de moi mis et establi, depuis que je passai et que je vous laiiai mes pourvéances ? Dont vient ceste nouvelleté ? » — « Par ma foi, respondi li chevaliers, Monsigneur, oïl, et de par le roi, et che que je vous en fach, je le fach envis, mais faire le me convient. Si vous prie, pour Dieu, que vous me tenés pour excusé, car il m'est enjoint et commandé, sus men honneur et sus ma vie, que point n'i entrés, ne li vostre. »

Vous devés savoir que li dus de Lanclastre fu moult esmervilliés et courouchiés de tels paroles, et non pas

sus le chevalier singullèrement, mais sus ceulx dont
li ordenance venoit, quant il avoit traveliet pour les
besongnes d'Engletière, et on le soupechonnoit tel que
on li clooit et véoit la première ville d'Engletière au
devers Escoche, et imaginoit que on li faisoit grant
blasme, et ne descouvri mies là tout son corage, ne ce
que il penssoit, et ne pressa plus avant le chevalier, car
bien veoit que il n'avoit nulle cause dou faire, et que
li chevaliers, sans trop destroit commandement, ne se
fust jamais avanchiés de dire et faire ce que il disoit et
faissoit. Si issi de che pourpos et prist un aultre, et li
demanda : « Messire Mahieu, des nouvelles d'Engletière savés vous nulles ? » — « Monsigneur, respondi
li chevaliers, je ne sai autres fors telles, /127/ que li
païs est trop fort esmeüz, et a li rois nos sires escript
as barons et as chevaliers de ce païs que il soient tout
prest de venir vers li, quant il les mandera ; et as gardiiens et castelains des cittés, villes et castiaulx de Northombrelande mande, destroitement et sus la teste, que
il ne laissent nullui entrer en leurs lieux et soient bien
seür de ce qu'il ont en garde. Mais dou menu peuple
qui se révelle devers Londres, je ne sai nulle certaine
nouvelle que je peüisse recorder pour vérité, fors tant
que li officiier de là jus, de l'évesqué de Lincolle et de
la conté de Cambruge, de Stafort, de Beteforde et de
l'évesquiet de Nordvich m'ont escript que les menues
gens desoulx eulx sont en grant désir que les cosses
voïssent mal, et que il i ait tourble en Engletière. » —
« Et de nostre païs, dist li dus de Lanclastre, [de] Derbi
et de Lincestre i a nulle rebellion ? » — « Monsigneur,
respondi li chevaliers, je n'ai point oï dire que il aient
passé [Line], Lincole ne Saint Jehan de [Bruvelé][1]. »
Adont s'apenssa li dus, et prist congiet au chevalier, et
tourna le chemin de Rosebourc, et là fu il requelliés
dou castelain, car il meïsmes au passer l'i avoit mis et
establi.

§ 224. Or eut li dus de Lancastre conseil et avis,

---

1. Beverley.

pour ce que il ne savoit, ne savoir justement ne pooit, comment les coses se portoient en Engletière, ne porteroient encores, ne de qui il i estoit amés ne haïs, que il signifieroit son estat as barons d'Escoce et leur pri[er]oit que il le venissent querre à une quantité de gens d'armes sus le sauf conduit que il li avoient bailliet. Tantos che conseil et avis eü, il envoia devers le conte de Douglas, qui se tenoit à Dalquest. Quant li /128/ contes veï les lettres dou duc, si en eut grant joie, et conjoï grandement le message, et segnefia en l'eure cel afaire au conte de Mouret et au conte de le Mare, son frère, et leur manda que tantost et sans délai, sus trois jours, eux et leurs gens montés et aprestés, fussent venu à le Morlane. Sitretos que cil signeur en furent segnefiet, il mandèrent leurs gens et leurs amis les plus prochains, et s'en vinrent à la Morlane, et là trouvèrent le conte [de] Douglas. Si chevauchièrent tout ensamble, et estoient bien cinc cens lances, et vinrent en l'abaie de Mauros, à noef petites lieues de Rosebourc, et segnefiièrent leur venue au duc de Lanclastre. Li dus tantos, lui et ses gens, furent apparilliet ; si montèrent et se partirent de Rosebourc, et encontrèrent sur leur chemin les barons d'Escoche. Si s'entrecontrèrent et fissent grant chière, et puis chevauchièrent ensamble tout en parlant et en devissant, et exploitièrent tant que il vinrent en Haindebourc, où li rois d'Escoce par usage se tient le plus, car il i a biau castel et bon, et grosse ville et biau havène. Mais, pour ches jours li rois n'i estoit point, anchois se tenoit en la Sauvage Escoche, et là cachoit[1]. Si fu dou conte de Douglas et des barons d'Escoce, pour plus honnourer le duc de Lanclastre, li castiaulx de Haindebourc délivrés au duc, dont il leur sceüt grant gret ; et là se tint li dus un tempore, tant que autres nouvelles lui vinrent d'Engletière, mais che ne fu mies sitretos, et que che soit voirs.

Or regardés des malles gens, comment haineus et losengier s'avancent de parler outrageusement et sans

---

[1]. « Chassait ».

cause. Vois et fame coururent un tamps en Engletière, ens ès jours de ces rebellions, que li dus de Lanclastre /129/ estoit traïtres envers le roi son signeur, et que il s'estoit tournés Escos. Et il fu tantos sceü tous li contraires, mais ces maleoites gens, pour mieux tourbler le roiaulme et esmouvoir le peuple, avoient mis avant et semet ces paroles ; et che congnurent à le mort, quant il furent exécuté de mort, Listier, Tieullier, Strau, Baquier et Jehan Balle. Chil cinc par tout Engletière estoient li meneur et li souverain cappitainne, et avoient ordonné et tailliet entre eux que ens ès cinc parties d'Engletière il seroient maistre et gouvreneur, et par espécial il avoient en trop grant haine le duc de Lanclastre, et bien li monstrèrent, car, sitretos de commenchement que il furent entré en Londres, il li alèrent ardoir sa maison, le bel hostel de Savoie, que onques n'i demora esciel ne mairien, que tout ne fust ars, et encores avoec tout che meschief avoient il semet et fait semer par leur malvaisté, parolles aval Engletière que il estoit de la partie dou roi d'Escoce : dont on li tourna en aucuns lieux en Engletière ses armes au desous, comme il fust traïtres[1] ; et depuis fu si chièrement comparet que chil qui che fissent en orent les tiestes trenchies.

Or vous voel jou recorder la vengance, et comment li rois d'Engletière le prist de ces mescans gens, entrues que li dus de Lanclastre estoit en Escoce.

§ 225. Quant ces coses furent rapaissies et que Thome Baquier ot esté exécutés à mort à Saint Albens, et Listier à Stafort, et Tieullier et Jehan Bale et Jake Strau et pluiseurs autres à Londres, li rois ot conseil que il visiteroit son roiaulme, et chevauceroit et iroit par tout les bailliages et mairies et sénescaudies et caste- /130/ leries et mettes d'Engletière, pour pugnir les mauvais et reprendre les lettres que de force il avoit ja en pluiseurs lieus données et accordées, et remeteroit

---

1. C'est-à-dire qu'on tourna son écu blasonné sens dessus dessous en signe de déshonneur.

le roiaulme en son droit point. Si fist li rois un secret mandement de gens d'armes à estre tout ensamble un certain jour, liquel i furent, et se trouvèrent bien cinc cens lanches et otant d'archiers. Quant il furent venu tout ensamble, enssi que devissé estoit, li rois parti de Londres o chiaulx de son hostel seullement, et prist le chemin pour venir en le conté de Kemt, de là où premièrement ces maleoites gens estoient esmeü et venu. Ches gens d'armes dessus nommé poursieuoient le roi sus costière[1], et ne chevauchoient point avoecques lui. Li rois entra en la conté de Kemt, et vint en [un] village que on dist [Espringhe], et fist appeler le maieur et tous les hommes de la ville. Quant il furent venu en une place, li rois leur fist dire et monstrer ensi par un homme de sen conseil comment il avoient esret à l'encontre de lui, et s'estoient mis en painne de tourner toute Engletière en tribulation et en perte ; et, pour ce que il savoit bien que il convenoit que ceste cose eüst esté faite et commenchie par aucuns, et non mie par tous, dont mieux valloit que cil qui che avoient fait le comparaissent que tout, il requéroit que on li monstrast les coupables, sus à estre à tousjours mais en se indignation, et [tenu] et renommé traîteur envers lui. Quant cil qui là asamblé estoient, ooient ceste requeste, et veoient li non coupable que il se pooient bien purgier et excuser de ce fourfait par enseignier les coupables, si regardoient entre euls et dissoient : « Sire, vechi celli par qui ceste ville fu de premiers tourblée et esmeüte. » Tan-/131/tos cils fu pris et pendus. Et en i ot à [Espringhe] pendus set, et furent les lettres demandées que on leur avoit données et acordées ; elles furent là aportées et rendues as gens dou roi, liquel, en la présence de tout le peuple, les deschirèrent et jettèrent en val, et puis dissent enssi : « Entre vous, gens qui chi estes asamblé, nous vous commandons de par le roi et sur le teste, que cascuns s'en revoïst en son hosteil paisiulement et ne s'en

---

1. Le suivaient à distance, parallèlement.

mueve ne esliève jamais contre le roi ne ses menistres. Chils meffais chi, parmi la corection que on en a pris, vous est pardonnés. » Adont disoient il tout d'une vois : « Dieux le puist mérir le roi et son noble conseil ! » En tel manière que li rois fist à [Espringhe], et à Saint Thomas de Cantorbie, à Zandvich, à Gernemue, à Orvelle et ailleurs, fist il par toutes les parties d'Engletière où ces gens s'estoient rebellé et revelé, et en furent décollet et pendut et mis à fin plus de quinse cens.

Adont eut li rois d'Engletière conseil de remander en Escoce son oncle, le duc de Lanclastre, car les coses estoient apaisies. Si le remanda par un sien chevalier et de son hostel, qui s'appelloit messires Nicolles Carneffelle. Li chevaliers esploita tant au commandement dou roi que il vint en Haindebourc en Escoce, et là trouva le duc de Lanclastre et ses gens qui li fissent grant chière, et là monstra ses lettres de créance de par le roi. Li dus obéï, che fu raisons ; et ossi, volentiers il retournoit en Engletière et en son hiretage. Si prist son chemin pour venir à Rosebourc ; et à son département il remerchia grandement les barons d'Escoche, qui celle honneur et confort li avoient fait que de lui avoir soustenu en leur païs le terme que il li /132/ avoit pleüt à demorer. Si le raconvoièrent li contes de Douglas et li contes de Mouret et aucun chevalier d'Escoce jusques à l'abeïe de Miauros, et point ne passèrent la rivière de Tuide. Li dus de Lanclastre vint à Rosebourc, et de là au Noef Castiel sus Thin, et puis à Durem et à Iorch ; et partout trouvoit les villes et les cittés apparillies : c'estoit raison.

2. La bataille de Bruges (3 mai 1382)
Version éditée par Peter Ainsworth d'après le texte du ms. de Leyde (cf. l'édition de la SHF, t. X, pp. 214-233).

§ 270[1]. Vous devés savoir et croire véritablement que, quant chils jours désirés fu venus que Pheplippes d'Artevelles deüt grénallement recorder les nouvelles, telles que raportées avoit dou parlement de Tournai, toutes gens de la ville de Gaind se traïssent ou marchiet des devenres ; et fu par un merquedi au /215/ matin. Dou peuple qui là estoit asamblés fu li marchiés tous plains. Droit à noef heures, Pheplippes d'Artevelle, Piètres dou Bos, Piètres le Vintre, François Acreman et les cappitaines vinrent : si entrèrent en la halle et montèrent amont. Adont se amonstra Pheplippes as phenestres, qui commencha à parler et dist : « Bonne gent de Gent, il est bien voirs que, à la priière et traitié de très honnourée, haute et noble dame Madame de Braibant, et de nos chiers et nobles signeurs Monsigneur le duc Aubert, bail de Hainnau, de Hollande et de Zellande, et de Monsigneur l'évesque de Liège, uns parlemens fut assignés et acordés à estre à Tournai les jours passés ; et là devoit estre personnellement nos sires, Monsigneur de Flandres, et l'avoit acertefiiet as dessus dis, liquel s'en sont grandement aquité, car il ont là envoiiet notablement de leur plus especiaulx consaulx, chevaliers et bourgois des bonnes villes, eux, et nous de par la ville de Gaind. Nous et eux fumes là, et avons esté tous les jours, atendans Monsigneur de Flandres, qui point n'i est apparus ne venus. Et quant on veï que point n'i apparoit ne venoit, ne n'envoioit, troi chevalier des trois païs et sis bourgois des bonnes villes se travillèrent tant pour l'amour de nous que il allèrent à Bruges, et là trouvèrent Monsigneur qui leur fist bonne chière, sicom il dient, et les oï volentiers parler. Il respondi à leur parolle, et dist que, pour l'on-

---

1. Les paragraphes et numéros de la page en cours (§ 270, /214/) renvoient à l'édition de la SHF, tome X, mais la transcription du texte est bien la nôtre.

neur de leurs signeurs et de sa belle suer, Madame de Braibant, il envoieroit de son conseil à Tournai, dedens cinc jours ou sis, si bien fondé de par lui que cil diroient et remonsteroient plainement se intention, et ce que arestéement il en feroit. Il ne peürent avoir autre response : bien leur /216/ souffi, il retournèrent. Ou jour que messires i assigna, vinrent à Tournai de par lui li sires de Ramseflies, li sires de Grutus, messires Jehans Villains et li prévos de Harlebècque. Chil remonstrèrent moult bellement la volenté [de Monsigneur][1] et le certain arrest de ceste guerre, comment pais i puet estre entre Monsigneur et la ville de Gand. Il voelt, et déterminéement il dist, que autre cose il n'en fera ; que tout homme de la ville de Gand, excepté les prélas d'église et les religieux, dessus l'eage de quinse ans et desouls l'eage de soissante ans, soient tout nu en leur lingnes draps, nus chiefs et [nus] piés, et, les hars ou col, partent et vuident de la ville de Gand et voïssent jusque à Donze, et oultre ens ès plains de Burlesquans ; et là sera mesires de Flandres et ceuls que il li plaira à amener. Et, quant il nous vera en ce parti, tout en genoulx et mains jointes crians merchi, il ara pité et compasion de nous, se il li plaist ; mais je ne puis pas veoir ne entendre par le relation de son conseil que il n'en conviengne morir honteussement, par pugnition de justice et de prisons, la grigneur partie dou peuple qui là sera venu en ce jour. Or regardés se vous vollés venir à pais par ce parti. »

Quant Phelippes ot parlé, ce fut grans pités de veoir hommes, femmes et enffants plorer et tordre leurs poins pour l'amour de leurs maris, de leurs pères, de leurs voisins, de leurs frères. Après ce tourment de noisse, Philippes reprist la parolle et dist : « Or, paix ! paix ! » Et on se teüt tout, sitretos comme il recommencha à parler, et dist : « Bonnes gens de Gand, vous estes en ceste place la grigneur partie dou peuple de Gand chi assamblé. [Si] avés oï che que jou ai dit : [si]

---

1. Les mots entre crochets manquent dans le ms.

n'i voi autre remède ne pourvéance nulle que brief /217/ conseil, car vous savés comment nous sommes menet et astraint de vivres ; et il i a tels trente mille testes en ceste ville qui ne mengièrent de pain, passet a quinse jours : [si] nous faut faire des trois coses l'une. La première si est que nous nos encloons en ceste ville et entièrons toutes nos portes, et nous confessons à nos loiaux pooirs et nous boutons en églises et en moustiers, et là morons confês et repentans, comme gens martirs de qui on ne voelt avoir nulle pité. En cel estat, Dieux ara merchi de nous et de nos ames, et dira on, partout où les nouvelles en seront oïes et sceües, que nous sommes mort vaillanment et comme loial gent. Ou nous nos mettons tout en tel parti que hommes, femmes et enffans alons criier merchi, les hars ou col, nus piés et [nus] chiefs, à Monsigneur de Flandres : il n'a pas le coer si dur ne si oscur que, quant il nous vera en cel estat, que il ne se doie humelier et amoliier, et de son povre peuple il ne doie avoir merchi ; et je tous premiers, pour li oster de sa félonnie, présenterai ma teste et voel bien morir pour l'amour de ceulx de Gand. Ou nous nos eslissons en ceste ville cinc ou sis mille hommes les plus aidables et les mieux armés, et l'alons quérir hastéement à Bruges et l'i combatre. Se nous sommes mort en che voiage, che sera honnerablement, et ara Dieux pité de nous, et li mondes ossi ; et dira on que loiaument et vaillanment nous avons soustenu et parmaintenu nostre querelle. Et, se en celle bataille Dieux a pité de nous, qui anchiennement mist poissance en le main de Judith, ensi [que] nos pères le nous recordent, qui ochist Olifernès qui estoit, desous Nabugodonosor, dus et maistres de sa chevalerie, par quoi li Asseriien /218/ furent desconfit, nous serons li plus honnourés peuples qui ait resgné puis les Roumains. Or regardés laquelle des trois coses vous vollés tenir, car l'une faut il. »

Adont respondirent cil qui plus prochain de lui estoient et qui le mieux sa parolle oï avoient : « Ha ! chiers sires, nous avons tout en Gant grant fiance en vous que vous nous consilleres : si nous dites lequel nous ferons. » — « Par ma foi ! respondi Phelippes, je conseille que nous alons tout à main armée devers Monsigneur. Nous le trouverons à Bruges, et, lorsque il sara nostre venue, il istera contre nous et nous combatera, car li orgoes de ceux de Bruges, qui nous het, est avoec lui ; et cil qui nuit et jour l'enfourment sur nous li conseilleront de nous combatre. Se Dieux ordonne par sa grace que la place nous demeure et que nous desconfissons nos ennemis, nous serons recouvré à tousjours mais, et les plus honnerées gens dou monde ; et, se nous sommes desconfi, nous morons honnerablement, et ara Dieux pité de nous. Et parmi tant li demorans de Gand se passera, et en ara merchi li contes nos sires. » À ces parolles respondirent il tout de une vois : « Et nous le volons, ne autrement nous ne finerons. » Lors respondi Phelippes : « Or, [beaulx] signeur, puisque vous estes en celle volenté, or retournés en vos maisons, et apparilliés vos armeüres, car demain dou jour je voel que nous partons de Gand, et en alons vers Bruges, car li séjourners ichi ne nous est point pourfitables. Dedens cinc jours, nous sarons se nous viverons à honneur ou nous morons à dangier, et je envoiierai les connestables des parosces de maison en /219/ [maison] pour prendre et eslire à [ceus][1] les plus aidables et les mieux armés. »

§ 271. Sus cel estat se départirent en la ville de Gand toutes gens qui à ce parlement avoit estet dou marchiet des devenres, et retournèrent en leurs maisons ; et se apparillièrent, cascuns endroit de li, de ce que à lui appertenoit, et tinrent che merquedi leur ville si close que onques homs ne femme n'i entra ne n'en issi jusques au joedi à heure de relevée, que cil furent tout prest qui partir devoient. Et furent environ cinc mille hommes et non plus, et cargièrent environ deus cens chars de canons et d'artellerie, et set chars seullement de pourvéances, cinc chars chergiés de pain quit et deus chars de vins ; et tout partout n'en i avoit que deus tonniaulx, ne riens n'en demoroit en la ville. Or

---

1. MS : « cues ».

regardés comment il estoient astraint et menet. Au département et au prendre congiet, che estoit une pités de veoir ceulx qui demoroient et ceuls qui s'en aloient, et dissoient li demorant : « Bonnes gens, vous véés bien à vostre département que vous laissiés derrière. N'aiiés nulle espérance de retourner, se ce n'est à vostre honneur, car vous ne trouveriés riens, et, sitos que nous orons nouvelles se vous estes mort et desconfi, nous bouterons le feu en la ville, et nous destruirons nous meïsmes, ensi que gens désespérés. » Chil qui s'en aloient dissoient, en iaulx réconfortant : « De tout che que vous dites, vous parlés bien. Priiés pour nous à Dieu : nous avons espoir que Il nous aidera et vous ossi avant nostre retour. » Enssi se départirent cil cinc mille hommes de Gand et leurs petites pourvéances ; et s'en vinrent ce /220/ joedi logier et jesir à une heure et demie de Gand, et n'amenrirent de riens leurs pourvéances, mais se passèrent de ce que il trouvèrent sus le païs. Le venredi tout le jour il ch[e]minèrent, et encores n'atouchièrent il de riens à leurs pourvéances, et trouvèrent li fourageur sus le païs aucunes coses, dont il passèrent le jour ; et vinrent che venredi logier à une grande lieue de Bruges, et là s'arestèrent, et prisent place à leur avis et pour atendre leurs ennemis, et avoient au devant d'eus un grant plachiet plain d'aighe dormant. De che lés là se fortefiièrent il à l'une des pars, et à l'autre lés de leur charroi, et passèrent enssi la nuit.

§ 272. Quant che vint le samedi au matin, il fist moult bel et moult cler, car che fu le jour Sainte Élaine et le tierch jour dou mois de mai. Et che propre jour siet la feste et le pourcession de Bruges, et à che jour avoit plus de peuple en Bruges estragniers et autres, pour la cause de la solempnité de la feste et pourcession, que il n'eüst en toute l'anée. Nouvelles avolèrent à Bruges en dissant : « Vous ne savés quoi ? Li Gantois sont venu à nostre pourcession. » Dont veïssiés en Bruges grant murmure et gens resvillier et aler de rue [en rue] et dire l'un à l'autre : « Et quel cose atendons nous, que ne les alons nous combatre ? » Quant li contes de Flandres, qui se tenoit en son hostel, en fu enfourmés, [si] li vint à grant mervelle, et dist : « Velà folle gent et outrageus ! La male mescance les cache bien. De toute le compaignie, jamais piés n'en retournera. Or arons nous maintenant fin de guerre. » Adont oï li contes sa messe ; et toudis venoient chevalier de Flandres, de Hainnau et d'Artois, qui le servoient, /221/ devers li, pour savoir quel cose il voroit faire. Enssi comme il venoient, il les requelloit bellement, et leur dissoit : « Nous irons combatre ces mescéans gens ; encores sont il vaillant, disoit li contes : il ont plus chier à morir par espée que par famine. » Adont fu consilliet que on envoiieroit trois hommes d'armes chevaucheurs sour les camps, pour aviser le convenant de ceux de Gand et comment il se tenoient, ne quelle ordonnance il avoient. Si furent dou mareschal de Flandres ordonné troi vaillant homme d'armes escuier, pour les aler aviser : Lambert de Lambres, Damas de Bussi [et] Jehans du [Béart] ; et partirent tout troi de Bruges et prissent les camps, montés sus fleurs de coursiers, et chevauchièrent vers les ennemis. Entrues que chil troi fissent che dont il estoient cargiet, [s'ordonnèrent] en Bruges toutes manières de gens en très grant volenté que pour issir et venir combatre les Gantois, desquels je parlerai un petit et de leur ordenance. Che samedi au matin, Phelippes d'Artevelle ordonna que toutes gens se meïssent envers Dieu en dévotion, et que messes fuissent en pluiseurs lieux cantées, car il avoient là en leur compaignie des Frères Religieux, et que ossi cascuns se confessast et adrechast à son loïal pooir et [mesist] en estat deü, enssi que gens qui atendoient la grace et la mesericorde de Dieu. Tout che fu fait : on célébra en l'ost en set lieux messes, et à cascune messe ot sermon, liquel sermon durèrent plus de heure et demie. Et là leur fu remonstré par ces clers, Frères Menours et autres, comment il se figuroient au peuple d'Israël que li rois Faraon d'Égipte tint lonc tamps en servitude, et comment depuis, par la /222/

grace de Dieu, il en furent délivret et menet en tère de promision par Moïse et Aaron, et li rois Pharaon et li Égiptiien mort et péri. « Enssi, bonnes gens, dissoient chil Frère Preceur en leurs sermons, estes vous tenu en servitude par vostre signeur le conte et vos voisins de Bruges, devant laquelle ville vous estes venu et arresté, et serés combatu, il n'est mie doubte, car vostre ennemi en sont en grant volenté, qui petit amirent vostre poissance. Mais ne regardés pas à cela, car Dieux, qui tout puet, tout set et tout congnoist, ara merchi de vous ; et ne penssés point à cose que vous aiiés laissiet derière, car vous savés bien que il n'i a nul recouvrier ne restorier, se vous estes desconfi. Vendés vous vaillanment, et morés, se morir convient, honnerablement, et ne vous esbahissiés point, se grans peuples ist de Bruges contre vous ; car la victoire n'est pas ou [grant] peuple, mais là où Dieux l'envoie et maint par sa grace ; et trop de fois on a veü, par les Macabiiens ou par les Roumains, que li petis peuples de boine volenté et qui se confioit en la grace de Nostre Signeur, desconfissoit le grant peuple. Et en ceste querelle vous avés bon droit et juste cause par trop de raisons : si en devés estre plus hardi et mieux conforté. » De telles parolles et de pluiseurs autres furent [par] les Frères Preceurs che samedi au matin li Gantois prechiet et remonstré, dont moult il se contentèrent ; et se acumeniièrent les troi pars des gens de l'oost, et se missent tout en grant dévotion, et monstrèrent tout grant cremeur avoir à Dieu.

§ 273. Appriès ces messes, tout se missent ensamble /223/ en un mont, et là monta Phelippes d'Artevelle sur un char pour li monstrer à tous et pour estre mieus oïs. Et là parla de grant sentement, et leur remonstra de point en point le droit que il penssoient à avoir en ceste querelle, et comment par trop de fois la ville de Gand avoient requis et priiet merci envers leur signeur le conte, et point n'i avoient peüt venir sans trop grant confusion et damage de ceulx de Gand. Or estoient il si avant trait et venut que reculler il ne pooient, et aussi au retourner, tout consideré, riens il ne gaigneroient, car nulle cose derière fors que povreté et tristrèce laissiet il n'avoient. [Si] ne devoit nuls penssser après Gand ne à femme ne [enfans] que il eusist, fors que tant faire que li honneurs fust leur. Pluseurs belles parolles leur remonstra Phelippes, car bien fut enlangaigiés et mout bien sçavoit parler, et bien lui avenoit ; et, sur la fin de sa parole, il leur dist : « Biaulx seigneurs, vous véés devant vous toutes vos pourvéances ; si les vuelliés bellement departir l'un à l'autre, ensi que frères, sans faire nuls outraiges, car, quant elles seront passées, il vous fault conquérir des nouvelles, se vous voulés vivre. »

À ces paroles se ordonnèrent il mout humblement, et furent les chars deschargiés et les sachiées de pain données et departies par connestablies, et li tonnel de vin tourné sus le fons. Là desjeunèrent il de pain et de vin raisonnablement, et en heurent pour l'eure chascuns assés, et se trouvèrent après le desjunner fors et en bon point et plus aidables et mieux aidant de leurs membres que se il eüssent plus mengié. Quant [ce] disner fu passés, il se misent en ordonnance de bataille et se catirent entre leurs ribaudiaux. /224/ Ces ribaudiaux sont brouettes haultes, bendées de fer, à longs picos de fer devant en la pointe, [qu'il] font par usage mener et brouetter avoec eulx ; et puis les arroutèrent devant leurs batailles, et là dedens s'[encloïrent]. En cel estat les veïrent et trouvèrent les trois chevaucheurs dou conte, qui i furent envoiié pour aviser leur couvenant, car il les approchièrent de si près que jusques à l'entrer en leurs ribaudiaux, ne oncques les Gantois ne s'en esmeürent, et monstrèrent par samblant que il feüssent tout resjouï de leur venue.

§ 274. Or retournèrent chil coureux à Bruges devers le conte, et le trouvèrent en son hostel, à grant fuison de chevaliers qui là estoient, qui attendoient leur revenue pour oïr nouvelles. Il rompirent la presse et vinrent jusques au conte, et puis parlèrent tout hault, car li contes volt que il fussent oï des circonstans[1] qui là estoient, et remonstrèrent comment il avoient chevauchié si avant que jusques ou trait des Gantois, se traire(nt) volsissent, mais tout paisiblement il les avoient laissié approuchier ; et comment il avoient veü leurs banières et comment il s'estoient repeüs et quatis entre leurs ribaudiaux. « Et quel quantité de gens, dist li contes, puent il estre par advis ? » Ceulx respondirent, selon leur advis au plus justement qu'il peürent, que il estoient de cinc à sis mille. Adont dist li contes : « Or tost, faittes apparillier toutes gens ; je les vueil aller combatre, ne jamais dou jour ne partiront sans estre combatu. » À ces parolles sonnèrent trompettes parmi Bruges, et s'armèrent toutes gens et se assemblèrent sur le marchié. Et ensi comme il /225/ venoient, il se traioient tous et mettoient dessoubs les banières, ensi que par ordonnance et connestablies il avoient eü de usaige. Pardevant l'ostel dou conte se assembloient barons, chevaliers et gens d'armes. Quant tous furent apparilliés, li contes vint ou marché et veï grant fuisson de peuple rengié et ordonné, dont il se resjoï : adont commenda il à traire sus les champs. [À son commandement nuls ne désobéï, mais se départirent tous de la place et se mistrent au chemin par ordonnance, et se traïrent sus les champs], et gens d'armes après.

Au vuider de la ville de Bruges, ce estoit grant plaisance dou veoir, car bien estoient quarante mil testes armées. Et ensi tout ordonnéement à cheval et à piés il s'en vinrent assés près dou lieu où li Gantois estoient, et là se arrestèrent. À celle heure, quant li contes de Flandres et ses gens vinrent, il estoit haulte remontée, et le souleil s'en alloit tous jus. Bien estoit qui disoit au conte : « Sires, vous voiés vos ennemis ; il ne sont au regard de nous que une pungnée de gens. Il ne puent fuir ; ne les combatons meshui. Attendés jusques à demain que le jour venra sur nous ; si verrons mieux quel chose nous devrons faire et se seront plus affoi-

---

1. « Ceux qui l'entouraient ».

blis, car il n'ont riens que mangier. » Li contes s'acordoit assés à ce conseil, et eüst voulentiers veü que on eüst ensi fait, mais chil de Bruges par grant orgueil estoient si chaulx et si hastifs de eulx combatre que il ne vouloient nullement attendre, et disoient que tantost les aroient desconfis, et puis retourneroient en leur ville. Nonobstant ordonnance de gens d'armes, car li contes en avoit là grant fuison, plus de uit cens lances, chevaliers et escuiers, ceulx /226/ de Bruges approchèrent et commencèrent à traire et à jetter de canons. Adont ceulx de Gand se misent tous en ung mont et se recueillirent ensamble et fisent tous à une fois desclicquer plus de trois cens canons, et tournèrent autour de ce plasquier, et misent ceulx de Bruges le souleil en l'ueil, qui mout les greva, et entrèrent dens eulx en escriant : « Gand ! » Sitost que ceulx de Bruges oïrent la voix de ceulx de Gand et les canons desclicquer, et que il les veïrent venir de front sur eulx et assaillir aspremment, comme lasches gens et plains de mauvais convenant, il se ouvrirent tous et laissièrent les Gantois entrer dens eulx sans deffence, et jettèrent leurs bastons jus, et tournèrent le dos.

Les Ganthois, qui estoient fors et serrés et qui congneürent bien que leurs ennemis estoient desconfis, commencèrent à abatre devant eulx à deux costés et à tuer gens, et tousjours aller devant eulx sans point desrouter, le bom pas, et crier : « Gand ! Gand ! » et à dire entr'eux : « Avant ! avant ! suivons chaudement nos ennemis, il sont desconfis ; et entrons en Bruges avoecq eulx. Dieu nous a ce soir regardés en pitié. » Et ensi fisent il tous. Il poursuivirent ceulx de Bruges aspremment, et, là où il les raconsuivoient, il les abatoient et occisoient, ou sus eulx il passoient, car point il n'arrestoient, ne de leur chemin il n'issoient ; et ceulx de Bruges, ensi que gens mors et desconfits, fuioient. Si vous di que en celle chace il en i ot mout de mors et de desconfits, et d'abatus, car entr'eux point de deffence il n'avoient, ne onques si meschans gens que ceulx de Bruges ne furent, ne qui plus recréanment ne laschement se maintinrent scelon le grant bobant que, /227/ au venir sus les champs, fait il avoient. Et veulent li aucun dire et supposer par imagination que il i avoit traïson, et les autres disent que non heüt, fors povre deffence et infortunité qui cheï sus eulx.

§ 275. Quant li contes de Flandres et les gens d'armes qui estoient sus les champs veïrent le povre arroi de ceulx de Bruges et comment d'eulx meïsmes il estoient desconfi, ne point de recouvrer il n'i veoient, car chascuns qui mieux mieux fuioient devant les Gantois, si furent esbahis et eshidé de eulx meïsmes, et se commencèrent ossi à desrouter et à saulver, et à fuir l'un sà et l'autre là. Il est bien vrai que, se il eüssent point veü de bon convenant ne d'arrest de retour à ceulx de Bruges sur ceulx de Gand, il eüssent bien fait aucun fait d'armes et ensonniet les Gantois, par quoi, espoir, il se fussent recouvrés ; mais nennil, il n'en i veoient point, mais s'enfuioient chascuns qui mieux mieux vers Bruges, ne le fils n'attendoit mie le père, ne le père le fils. Adont se desroutèrent ossi ces gens d'armes et ne tinrent point d'arroi, et n'eürent li pluseurs talant de traire vers Bruges, car la foule et la presse estoit si très grande sus les champs et sur le chemin en venant à Bruges que c'estoit grant hideur à veoir et de oïr les navrés et les blechiés plaindre et crier, et les Gantois aux talons de ceulx de Bruges crier : « Gand ! Gand ! » et abatre gens et passer oultre sans arrester. Ces gens d'armes le plus ne se fussent jamais boutés en ce peril. Meïsmement li contes fu consilliés de retraire vers Bruges et de entrer premiers en la porte, et de faire garder la porte ou clorre, par quoi les Gantois ne l'esforchassent et feüs-/228/sent seigneurs de Bruges. Li contes de Flandres, qui ne veoit point de recouvrer de ses gens sus les champs, et que chascuns fuioit et que ja estoit toute noire nuit, creï ce conseil et tint ce chemin, et fist sa banière chevaucher devant lui, et chevaucha tant qu'il vint dedans Bruges, et entra en la porte auques des premiers, espoir lui quarantime, ne plus ne se trouva il. Adont ordonna

il ses gens pour garder la porte et pour clorre, se les
Gantois venoient, et puis chevaucha li contes vers son
hostel et envoia par toute la ville gens, et [fist]
commandement que chascuns, sus la teste perdre, se
traisist vers le marché. L'intention dou conte estoit
telle de recouvrer la ville par ce parti, mais non fist,
sicomme je vous recorderai.

§ 276. Entretemps que li contes estoit en son hostel
et que il envoioit les clers des doiens des mestiers de
rue en rue, pour traire sur le marché et [recouvrer] la
ville, li Gantois qui entrèrent en la ville de Bruges en
poursuivant asprement leurs ennemis, le premier chemin qu'i fisent sans tourner chà ne là, il s'en allèrent
tout droit sus le marchié, et là se rengièrent et arrestèrent. Messires Robert Mareschaux, ung chevalier dou
conte, avoit esté envoié à la porte pour sçavoir
comment on s'i maintenoit, entretemps que li contes
faisoit son commandement qui cuidoit recouvrer la
ville, mais il trouva que la porte estoit volée hors des
gons, et que li Gantois en estoient maistre ; et proprement il trouva de ceulx de Bruges qui lui disent : « Robert, Robert, retournés et vous sauvés, car la ville est
conquise de ceux de Gand. » Adont retourna li chevaliers au plus tost qu'il peüt devers le conte, qui se partoit /229/ de son hostel tout à cheval, et grant fuison
de falots devant lui, et s'en venoit sus le marchié. Si
lui dist ce chevalier ces nouvelles. Nonobstant, li
contes, qui vouloit tout recouvrer, s'en vint vers le
marchié ; et, ensi comme il i entroit à grant fuison de
falots, en escriant : « Flandres au lion au conte ! »,
ceulx qui estoient à son frain et devant lui regardèrent
et veïrent que [la] place estoit toute chargée de Gantois ; si lui disent : « Monsigneur, pour Dieu, retournés.
Se vous alés plus avant, vous estes mors, ou pris de
vos ennemis au mieux venir, car il sont tous rengiés
sus le marchié et vous attendent. » Et ceulx lui disoient
vérité, car li Gantois disoient ja, si trestost comme il le
veïrent naistre d'une ruelle : « Veci Monsigneur, veci
le conte ! Il vient entre nos mains ! » Et avoit dit Phe-

lipes d'Artevelle, et fait dire de renc en renc : « Se li contes vient sus nous, gardés bien que nuls ne lui face mal, car nous l'enmenrons vif et en sancté à Gand, et là arons nous paix à nostre voulenté. » Li contes, qui venoit et qui cuidoit tout recouvrer, encontra, assés près de la place où li Gantois estoient tous rengiés, de ses gens qui lui disent : « Ha ! Monsigneur, pour Dieu, n'alés plus avant, car li Gantois sont seigneurs dou marchié et de la ville ; et, se vous entrés ou marchié, vous estes mort ; et encores en estes vous en aventure, car ja vont grant fuison de Gantois de rue en rue, quérant leurs ennemis, et ont mesmement assés de ceulx de Bruges, qui les mènent quérir d'ostel en hostel ceulx qu'i veullent avoir ; et estes [tous] ensonniés de vous sauver, ne par nulles des portes de Bruges ne vous poués [issir ne partir que vous ne soiés ou mors ou pris, car] li Gan-/230/tois en sont seigneur, ne à vostre hostel ne poués vous retourner, car il i vont une grant route de Gantois. »

Quant le conte entendi ces nouvelles, si lui furent très dures, et bien i ot raison, et se commença grandement à eshider et à imaginer le péril où il se veoit, et creüt conseil de non aler plus avant et de lui saulver, se il pouoit. Et fu tantost de lui meïsmes conseilliés : il fist estaindre tous les falots qui là estoient, et dist à ceulx qui dalés lui estoient : « Je voi bien qu'il n'i a point de recouvrer. Je donne congiet à tout homme, et chascuns se saulve qui puet ou scet. » Ensi comme il ordonna, il fu fait ; les falots furent estaints et gettés dedans le[s] russiaux, et tantost s'espardirent et demuchièrent ceulx qui là estoient. Si se tourna li contes en une ruelle, et là se fist désarmer par ung sien varlet, et jetter toutes ses armeüres aval ; et vesti la hoppelande son varlet[1], et puis li dist : « Va t'an ton chemin, et te saulve, se tu pues. Aiés bonne bouche : se tu eschiés ès mains de mes ennemis et on te demande de moi, garde bien que tu n'en dies riens. » — « Monsigneur,

---

1. « La houppelande de son valet ».

respondi chil, pour mourir ossi ne ferai je. » Ensi demora li contes de Flandres tout seul, et pouoit bien adont dire que il se trouvoit en grant aventure, car, à celle heure, [se] par aucune infortunité il fust escheüs ens ès mains des routes qui aval Bruges estoient et alloient, et qui les maisons serchoient et les amis dou conte occisoient ou ens marchié les amenoient, et là tantost devant Phelippe d'Artevelle et les cappitaines il estoient mort et esservelé, sans nul moien ou remède il eüst esté mort. Si fu Dieu proprement pour lui, quant de ce péril il le délivra et saulva, car /231/ onques en si grant péril en devant n'avoit esté, ne ne fu depuis, sicomme je vous recorderai présentement.

§ 277. Tant se demucha à icelle heure, environ mie-nuit ou ung peu oultre, li contes de Flandres, par rues et par ruelles, que il le convint entrer de nécessité — autrement il eüst esté trouvé et pris des routiers de Gand, et de Bruges ossi, qui parmi la ville aloient — en l'ostel d'une povre femme. Ce n'estoit pas hostel de seigneur, de sales, de cambres ne de manandries, mais une povre maisonnette enfumée, ossi noire que arremens de fumière de tourbes, et n'i avoit en celle maison fors le bouge devant et une povre tente de vièle toille enfumée pour esconser le feu, et pardessus un povre solier ouquel on montoit à une eschelle de set eschellons. En ce solier avoit un povre litteron où li povre enfant de la femmelette gisoient. Quant li contes fut, tout seul et tout esbahi, entré en celle maison, il dist à la femme, qui estoit toute effreé[e] : « Femme, sauve moi ! Je suis tes sires le conte de Flandres, mais maintenant il me fault repourre et mussier, car mes ennemis me chassent, et dou bien que tu me feras, je t'en donrai bon guerdon. » La povre femme le recongneüt assés, car elle avoit esté plusieurs fois à l'aumosne à sa porte : si l'avoit veü aller et venir, ensi que ungs sires va en ses déduis, et fu tantost avisée de respondre, dont Dieu aida au conte, car elle n'eüst peü si petit détrier que on eüst trouvé le conte devant le feu parlant à elle : « Sire, montés amont en mon solier, et vous bout[és] dessoubs un lit où mes enfans dorment. » Il le fist, et entretemps la femme se essonia en son hostel entour le feu et à ung /232/ autre petit enfant qui gisoit en ung repos. Li contes de Flandres entra en ce solier et se bouta, au plus bellement et souef que il pot, entre la coute et l'estrain de ce povre literon ; et là se quati et fist le petit : faire li convenoit.

Evous ces routiers de Gand qui routoient, qui entrent en la maison celle povre femme[1], et avoient, ce disoient aucuns de leur route, veü un homme entrer ens. Il trouvèrent celle povre femme séant à son feu, qui tenoit son enfant. Tantost il lui demandèrent : « Femme, où est uns homs que nous avons veü entrer séans et puis reclorre l'uis ? » — « Et, par ma foi, dist elle, je n'i veï de celle nuit entrer homme céans ; mais j'en issi, n'a pas granment, et jettai hors un pou d'eaue, et puis recloï mon huis. Ne je ne le sçaroie où mussier ; vous véés toutes les aisemences de céans ; velà mon lit, là sus gisent mes enfans. » Adont prist li uns une chandelle, et monta amont sus l'eschellette et bouta sa teste ou solier, et n'i veï autre chose que le povre literon des enfans qui dormoient. Si regarda il bien partout hault et bas. Adont dist il à ses compaignons : « Alons ! alons ! nous perdons le plus pour le mains. La povre [femme si] dist voir : il n'i a ame céans fors elle et ses enfans. » À ces parolles issirent il hors de l'hostel de la femme, et s'en allèrent router autre part. Onques puis nuls n'i rentra qui mal i voulsist.

Toutesfois ces paroles avoit oïes li contes de Flandres, qui estoit couchés et catis en ce povre litteron. Si poués bien imaginer que il fu adont en grant effroi de sa vie. Quel chose pouoit il là, Dieux, penser ne imaginer ? Quant au matin il pouoit dire : « Je /233/ suis li uns des grans princes dou monde des crestiens », et la nuit ensuivant il se trouvoit en telle petitesse, il pouoit bien dire et imaginer que les fortunes de ce monde ne sont pas trop estables. Encores grant heur

---

1. « La maison de cette pauvre femme ».

pour lui, quant il s'en pouoit issir saulve sa vie. Toutesfois, ceste périlleuse et dure aventure lui devoit bien estre ung grant mirouer, et doit estre toute sa vie.

Nous lairrons le conte de Flandres en ce parti, et parlerons de ceulx de Bruges, et comment les Gantois persévérèrent.

ANNEXES

ANNEXES

CARTES

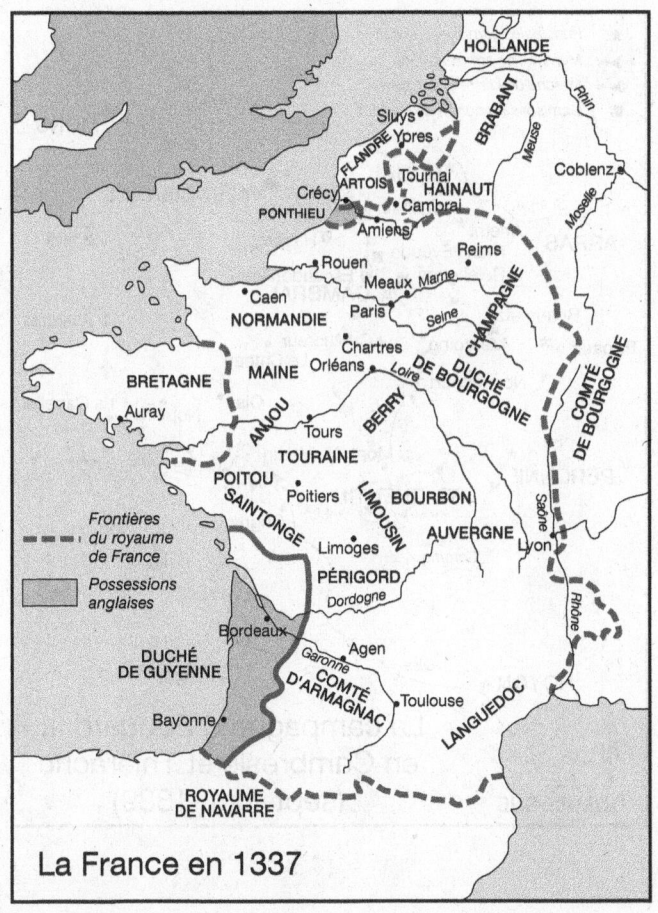

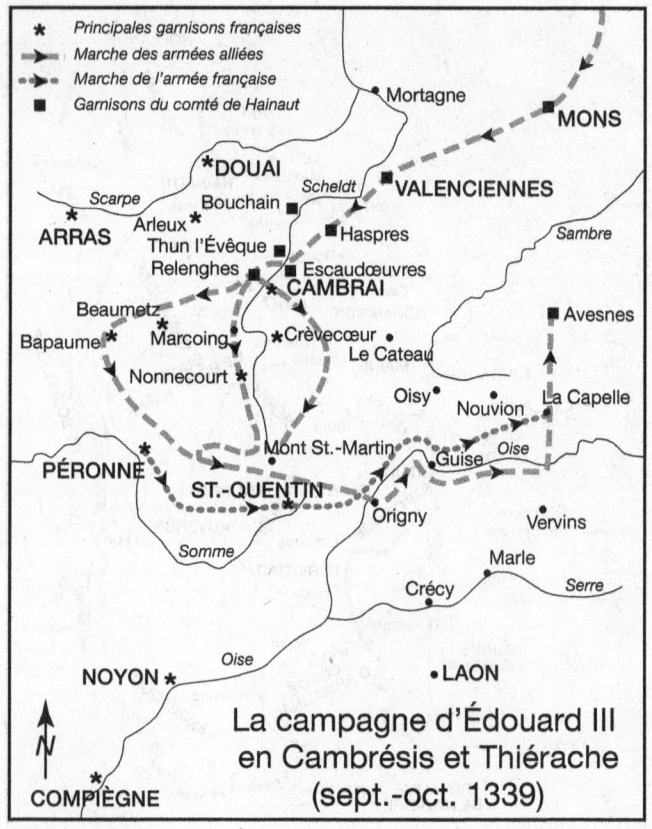

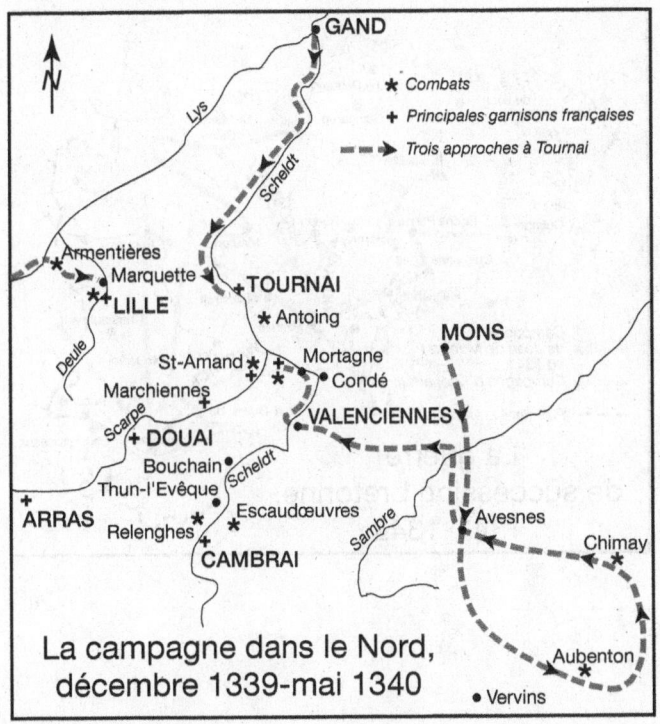

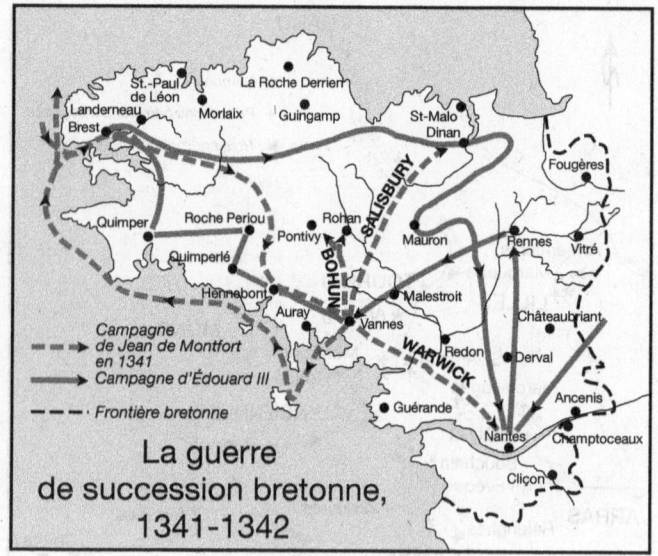

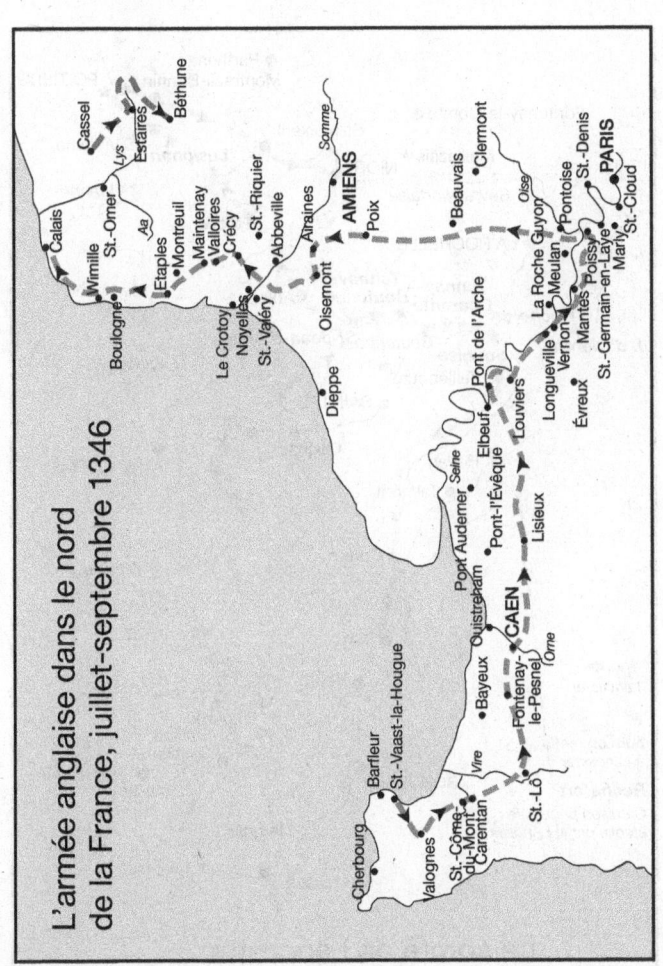

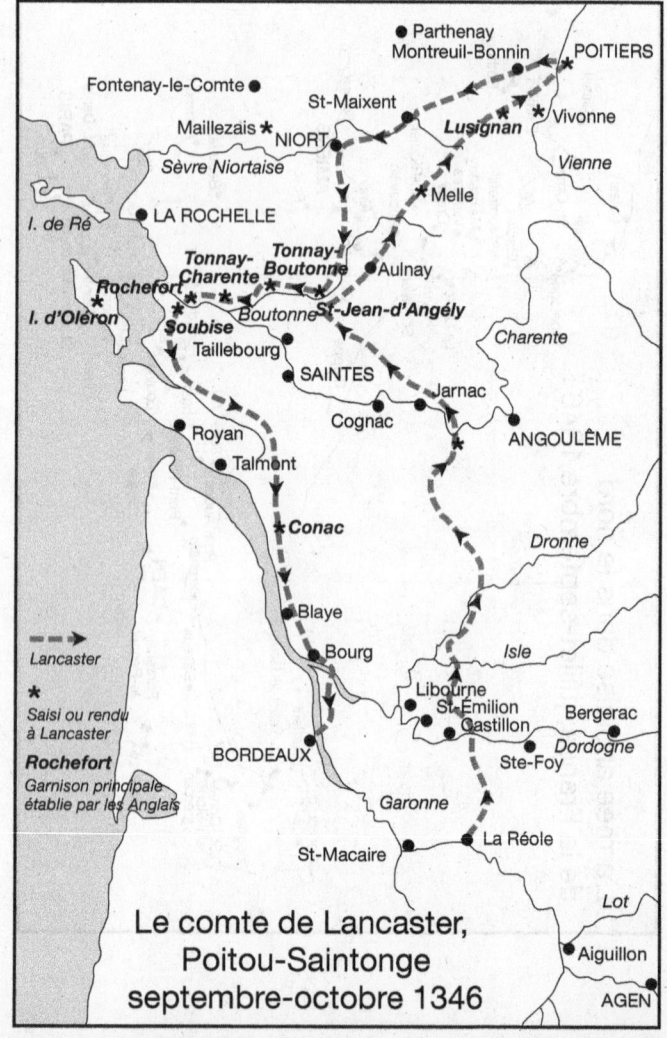

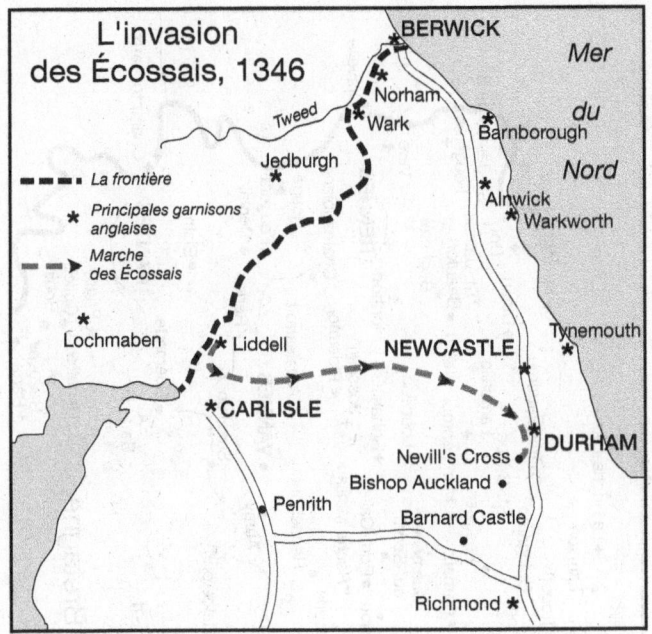

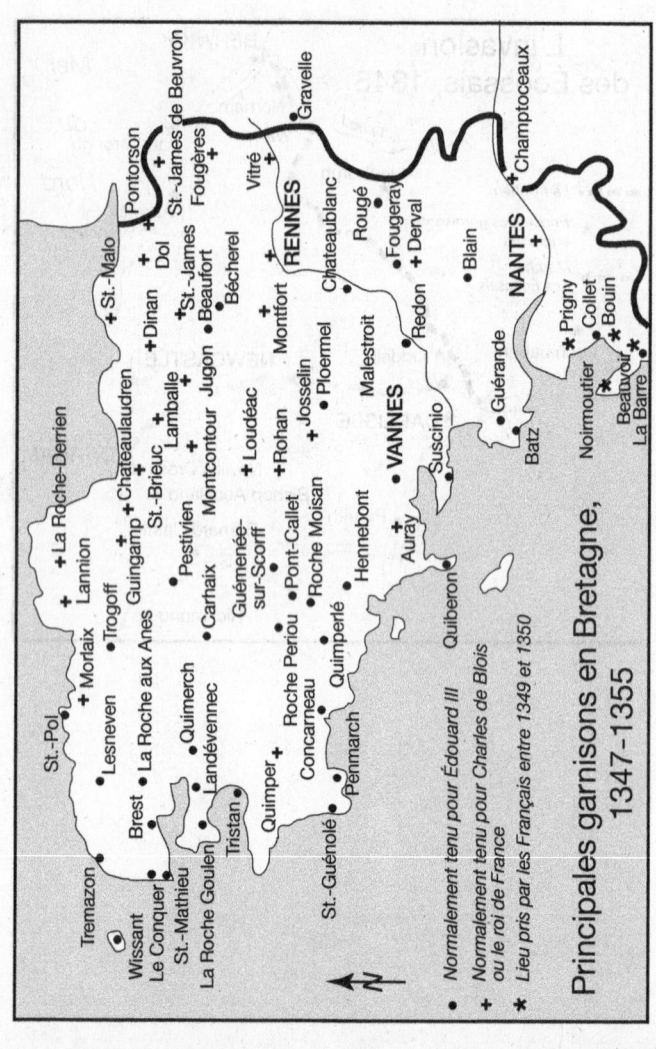

Cartes

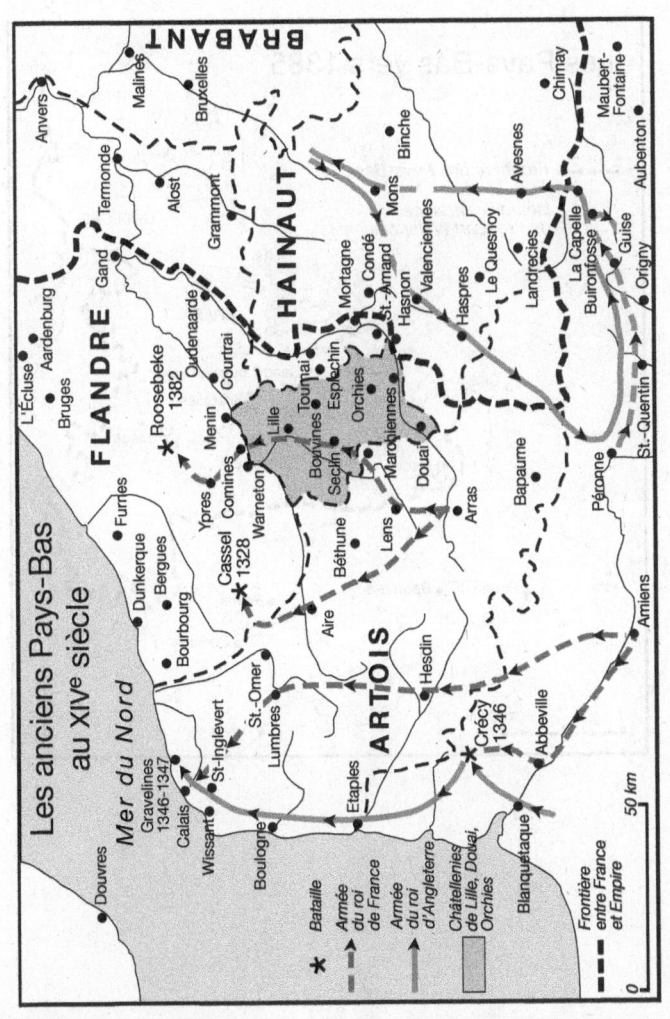

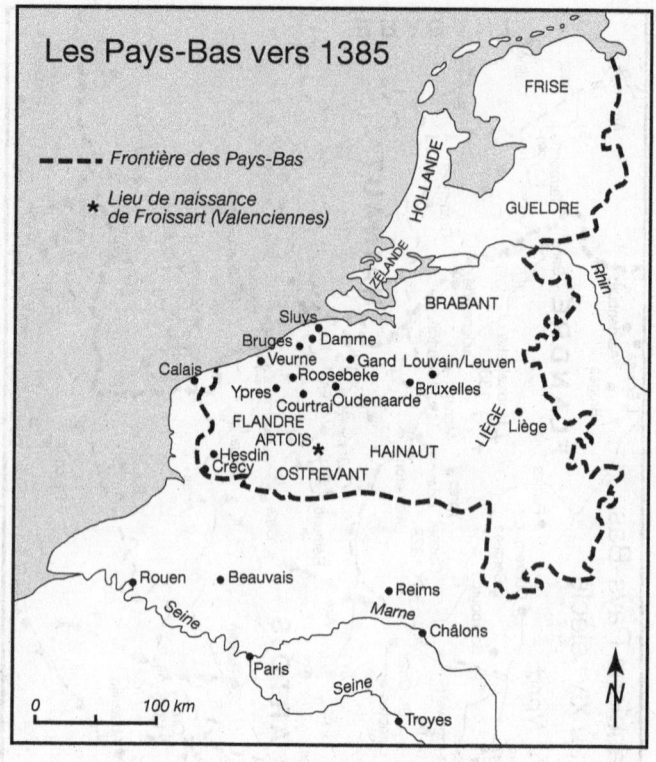

TABLEAUX GÉNÉALOGIQUES

LES ROIS DE FRANCE ET LES ROIS D'ANGLETERRE AU XIVe SIÈCLE

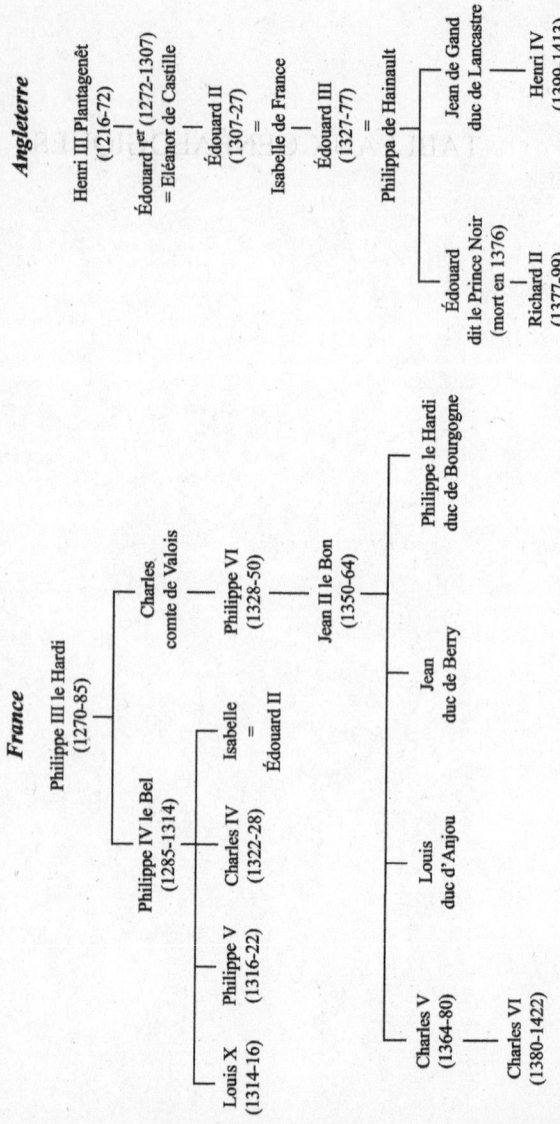

Tableaux généalogiques

LA SUCCESSION DE BLOIS

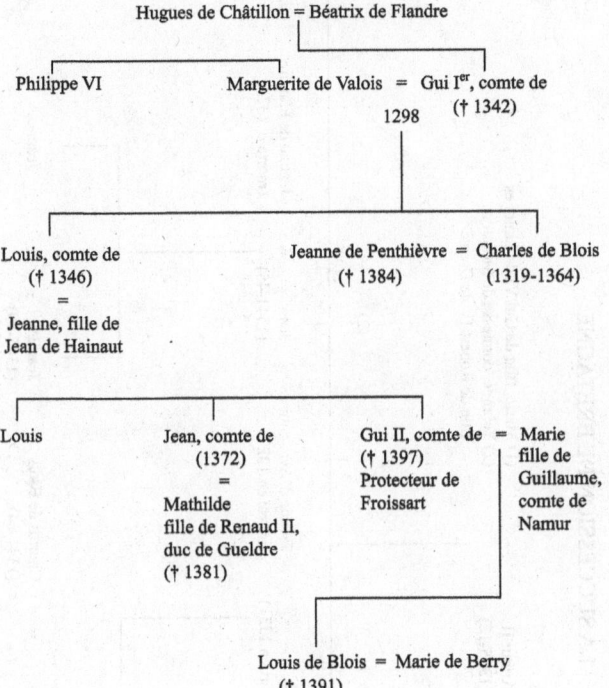

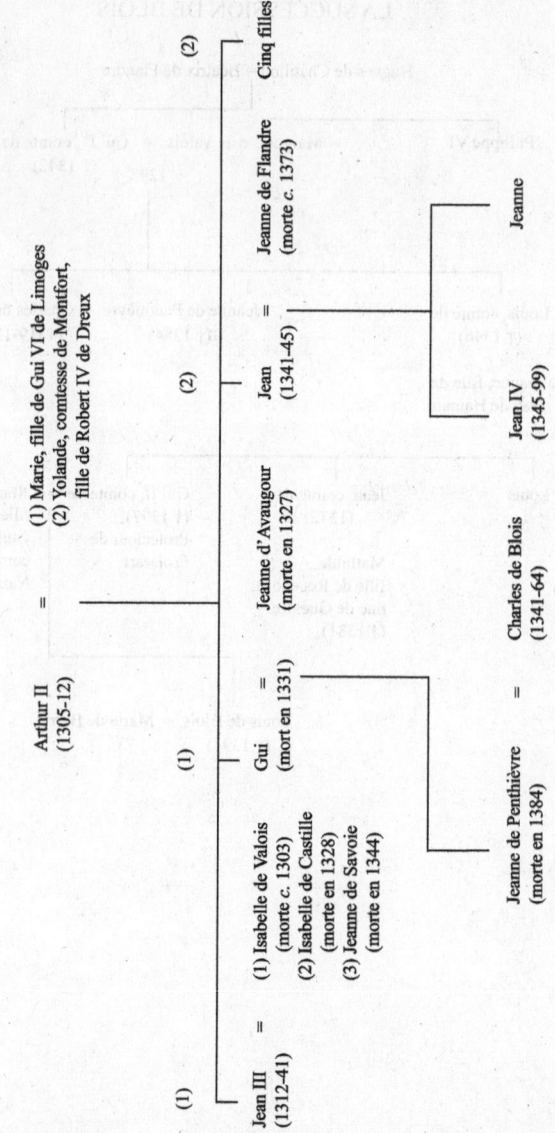

Tableaux généalogiques

LES MAISONS DE FLANDRE, DE HAINAUT ET DE BRABANT AU XIVᵉ SIÈCLE

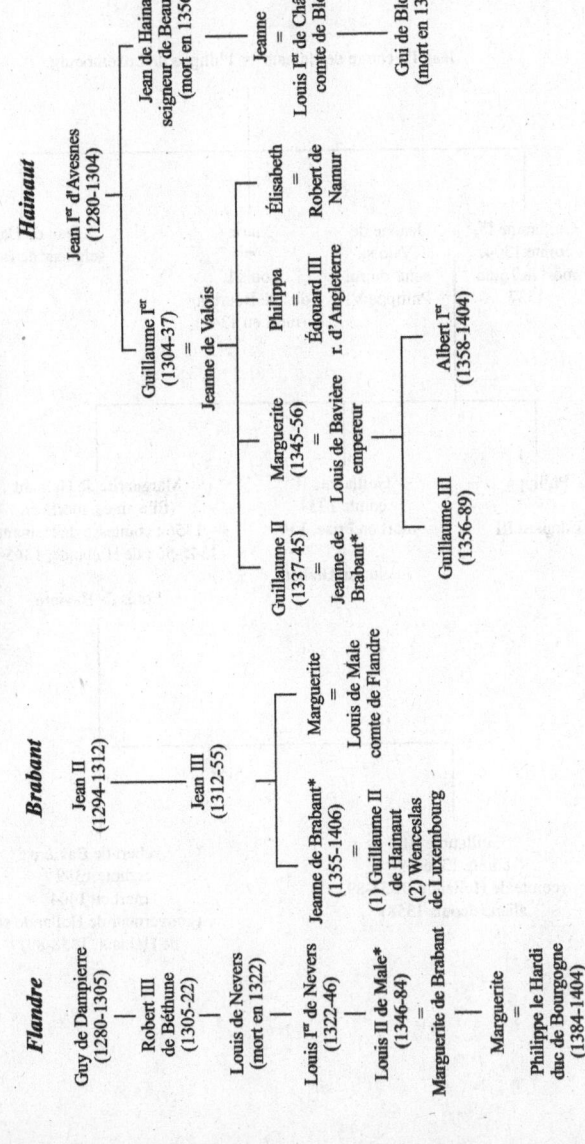

LA SUCCESSION DES COMTES DE HAINAUT

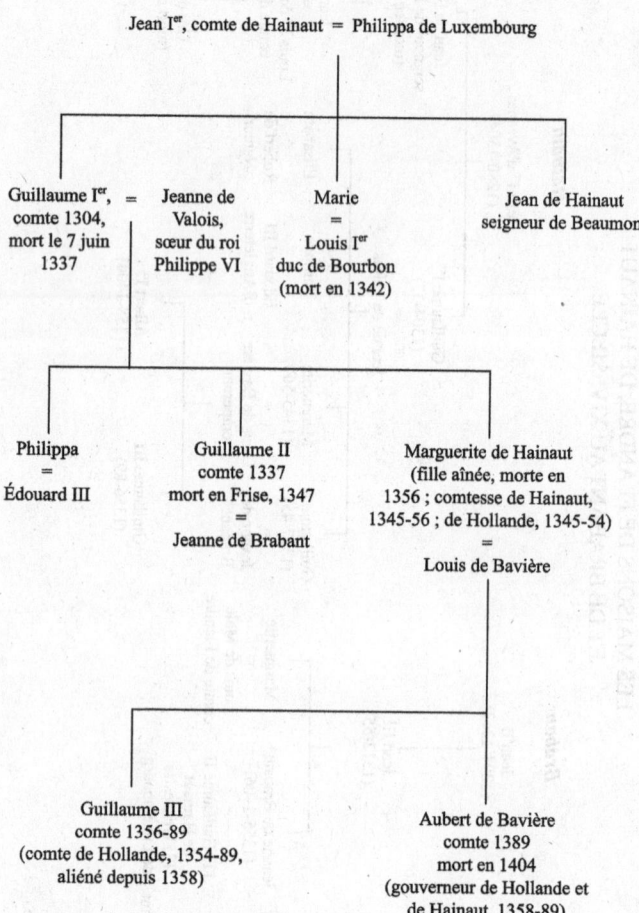

Tableaux généalogiques 1069

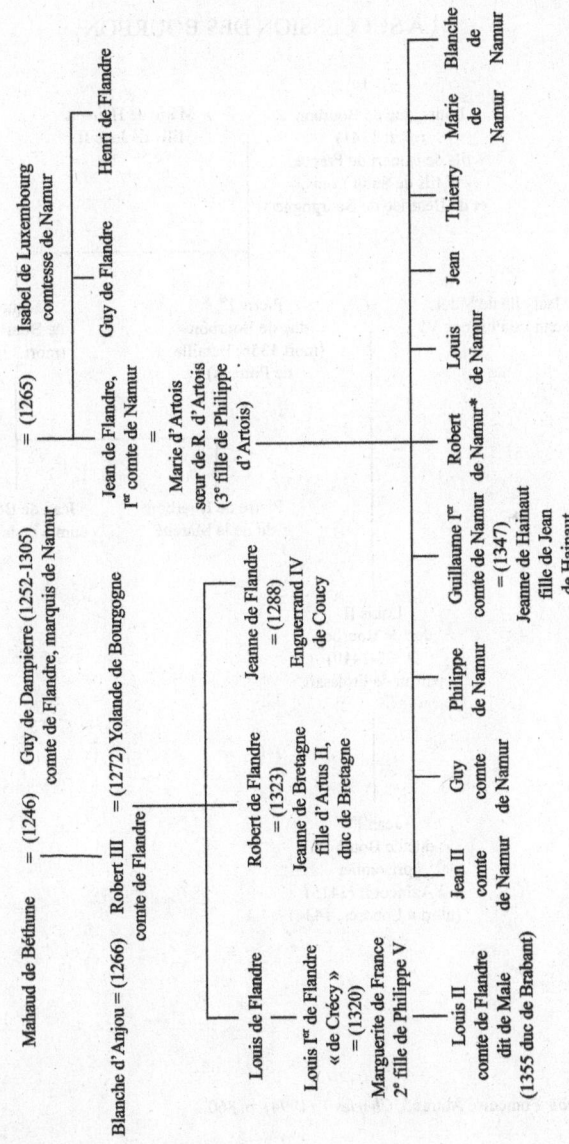

LA SUCCESSION DES BOURBON[1]

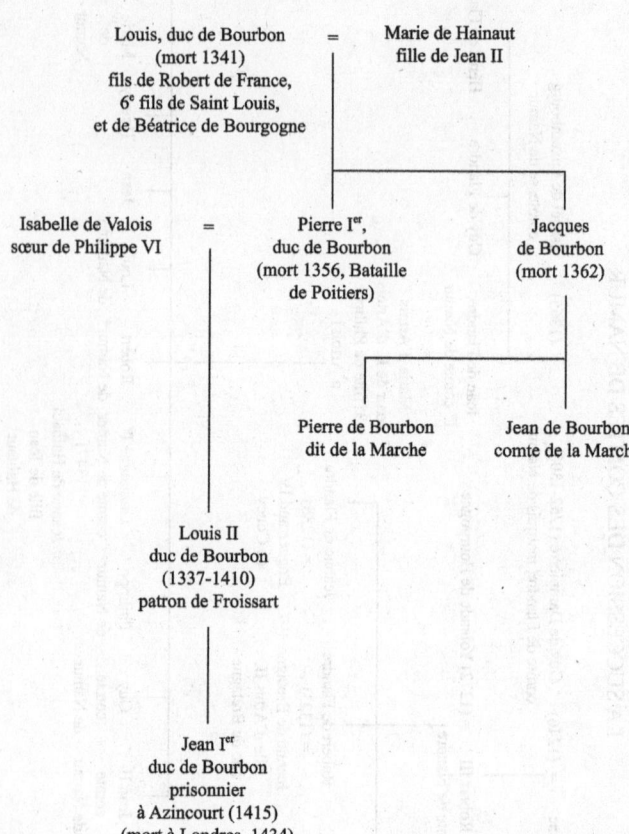

[1]. *Voir* Françoise Autrand, *Charles V* (1994), p. 860.

CHRONOLOGIE

Événements racontés dans le Premier Livre (1302-1350), texte du manuscrit de Paris

1259 Traité de Paris entre Louis IX et Henri III
1272 *7 juillet 1307* Règne d'Édouard Ier, fils d'Henri III
1290 (environ) Naissance de Jean le Bel (†1370)
1292 Naissance de Philippe VI de Valois
1301 Naissance d'Edmond de Woodstock, depuis comte de Kent, fils d'Édouard Ier et de Marguerite de France
1302 Bataille de Courtrai
1305 Mariage de Guillaume Ier de Hainaut et de Jeanne de Valois (sœur de Philippe VI)
2 avril Mort de Jeanne de Navarre, reine de France. Louis X devient roi de Navarre
25 mars-7 juin 1329 Robert Bruce roi d'Écosse
1306 Philippe de Poitiers, le futur Philippe V, épouse Jeanne de Bourgogne, fille de Mahaut d'Artois
1307 Édouard II épouse Isabelle, fille de Philippe IV le Bel (voir : 25 janvier 1308)
7 juillet Mort d'Édouard Ier, roi d'Angleterre. Avènement d'Édouard II
1308 Mariage (I) de Charles IV le Bel et de Blanche de Bourgogne, fille de Mahaut d'Artois
25 janvier Mariage célébré d'Édouard II et d'Isabelle, fille de Philippe le Bel
1310 Jean de Luxembourg, dit l'Aveugle, fils de l'empereur Henri VII, devient roi de Bohême
1312 *13 novembre* Naissance d'Édouard III
1313 Jeanne, fille de Guillaume Ier de Hainaut, épouse Guillaume V, comte de Juliers
1314 Adultère de Blanche de Bourgogne reconnu
24 juin Victoire de Sterling ou de Bannockburn remportée par Robert Bruce sur les Anglais

20 octobre   Louis V de Bavière élu, à Francfort, empereur d'Occident
29 novembre   Mort de Philippe IV
1316   *5 juin* Mort de Louis X
1319   *26 avril* Naissance du futur Jean II le Bon
1320   *27 avril-9 mai*   Futur Philippe VI à Avignon
1322   *3 janvier* Mort de Philippe V
22 mars   Thomas de Lancastre décapité (petit-fils d'Henri III)
21 septembre   Charles IV épouse (II) Marie de Luxembourg
1324   23 mars Jean XXII excommunie Louis de Bavière
mars   Mort de Marie de Luxembourg
juillet/août   Charles IV épouse (III) Jeanne d'Évreux
1325   *mars* Isabelle part pour la France (après le 8 mars), pour négocier la paix ; arrive en France vers le 14 mars
31 mai   Traité de paix avec Charles le Bel signé : obtenu par Isabelle (stipulant la prestation de l'hommage par le roi d'Angleterre en personne)
12 septembre   Édouard, prince de Galles, part pour la France pour rendre hommage au roi de France
8 octobre   Édouard [III] arrive en France
16 décembre   Mort de Charles de Valois
1326   *Après le 11 mai* Isabelle part de France avec Édouard
27 août   À Mons, Édouard [III] promet d'épouser Philippa de Hainaut
fin août/début septembre   Isabelle atteint Dordrecht
28 septembre   Isabelle débarque en Angleterre
16 novembre   Édouard II pris à Berkeley
17 novembre   Mise à mort du comte d'Arundel
Mort de Blanche de Bourgogne
1327   *en ou avant 1327* Guillaume de Montagu épouse Katharine de Montagu
13 janvier   Édouard II déposé
24 janvier   Commence le règne d'Édouard III
25 janvier   Couronnement d'Édouard III
avril   Guerre d'Écosse.
5 avril   Édouard II conduit à Berkeley Castle
31 mai   Louis de Bavière couronné à Milan
mai-juillet   Jean de Hainaut et ses troupes participent aux manœuvres militaires sur les frontières d'Écosse
juin   Jean de Hainaut à York
20 août (ou peu après)   Retour de Jean de Hainaut à Wissant

Chronologie, Livre I (1302-1350) 1073

30 août Dépenses pour le mariage d'Édouard III
21 septembre Édouard II assassiné
1328 Naissance de Jeanne de Kent qui épouse : (1) Thomas Holland : (2) G. Montagu, 2ᵉ comte de Salisbury ; (3) Édouard de Woodstock, prince (Noir) de Galles
7 janvier Louis de Bavière arrive à Rome
24 janvier Mariage d'Édouard III et de Philippa de Hainaut
30 janvier Trêve conclue entre l'Angleterre et l'Écosse
31 janvier Mort de Charles IV le Bel
1ᵉʳ avril Naissance de la deuxième fille de Jeanne d'Évreux, veuve de Charles IV
4 mai Traité de Paix perpétuelle entre Robert Bruce et Édouard III
Conventions de mariage entre David Bruce et Jeanne, sœur d'Édouard III
29 mai Sacre de Philippe VI de Valois à Reims
7 juin Contrat de mariage entre Jeanne de la Tour et David Bruce
18 juin Philippe VI reçu en gloire à Paris
25 juin Naissance de Guillaume Montagu, fils du Iᵉʳ comte de Salisbury
12 juillet Mariage célébré de David Bruce et de Jeanne, sœur d'Édouard III
4 août Louis de Bavière quitte Rome
22 août Renaud de Cobham chargé par Édouard III de négocier avec Jean III de Brabant un traité d'alliance offensive et défensive
23 août La bataille de Cassel
1329 Jean de Montfort épouse Jeanne, sœur de Louis Iᵉʳ, comte de Flandre
6 juin À Amiens, hommage, serment de vassalité d'Édouard III à Philippe VI
7 juin Mort de Robert Bruce
septembre *[ou printemps 1330 ?]* Jacques Douglas part pour la Terre sainte
26-29 novembre Mort de Mahaut d'Artois
1330 *21 janvier* Mort de Jeanne, héritière de Mahaut d'Artois, veuve de Philippe V
25 février Couronnement de Philippa de Hainaut
mars (2ᵉ semaine) Edmond de Kent arrêté
19 mars Edmond, comte de Kent, exécuté
15 juin Naissance d'Édouard de Woodstock, prince de

Galles (dit plus tard le Prince Noir), fils aîné d'Édouard III

4 juillet   Philippe VI à Avignon, reçu par le pape Jean XXII

17 septembre   Louis de Nevers, comte de Flandre, accepte de faire hommage au roi Édouard III, moyennant une rente annuelle de 1 000 marcs sterling

1er octobre   Édouard III envoie des émissaires au duc de Brabant

20 octobre   Rogier de Mortimer pris

29 novembre   Rogier de Mortimer, seigneur de Wigmore, exécuté

Prise du pouvoir réel par Édouard III

Isabelle enfermée dans un château fort

décembre   Procès civil contre Robert d'Artois : il est débouté pour une troisième fois de son action

1331   *30 mars*   À Eltham, Édouard III reconnaît que son hommage à Philippe est lige

12-16 avril   Édouard III vient déguisé et secrètement en France, avec le comte de Salisbury, renouveler auprès de Philippe VI la déclaration du 30 mars, à Saint-Christophe-en-Halette

septembre (?)   Robert d'Artois sort du royaume de France

6 octobre   Jeanne Divion brûlée

octobre   Contrat de mariage du comte de Gueldre, Renaud II, avec Léonore, sœur d'Édouard III

Jeanne de Hainaut, fille unique de Jean de Beaumont, épouse Louis de Châtillon, comte de Blois (mort à Crécy), frère de Charles de Blois

1332-1333   Guerre d'Écosse

1332   Naissance de Charles de Navarre, fils de Jeanne, reine de Navarre, et de Philippe d'Évreux

12 février   Mariage entre Éléanor (soit « Aliénor », soit « Léonor »), sœur d'Édouard III, et Réginauld II comte de Gueldre (secondes noces de Réginauld)

6 avril   Robert d'Artois banni du royaume, ses biens confisqués

mai   Traité d'alliance entre Philippe VI, l'archevêque de Cologne et les comtes de Gueldre et de Juliers, contre le duc de Brabant et Robert d'Artois

Philippe VI donne à son fils Jean, duc de Normandie, comte d'Anjou et du Maine, « ... la maison [de] Robert d'Artoys et toutes les appertenances d'icelle assise à Paris en la rue de Saint-Germain des Prés devant l'ostel de

Chronologie, Livre I (1302-1350)

Navarre », confisquées ainsi que tous les biens dudit Robert par arrêt du Parlement
16 juin   Naissance d'Isabelle, fille d'Édouard III, future dame de Coucy
8 juillet   Marie, fille de Philippe VI, épouserait Jean, fils aîné du duc Jean III de Brabant et de Limbourg selon une convention d'alliance
20 juillet   Mort de Randolf Thomas, comte de Moray
28 juillet   Bonne de Luxembourg, fille de Jean l'Aveugle, épouse le futur Jean II le Bon, roi de France
8 août   Jeanne, fille aînée de Jean III de Brabant, épouse Guillaume II de Hainaut
29 septembre   Philippe VI arme chevalier son fils Jean
2 octobre   Philippe VI annonce son intention de partir en croisade
23 octobre   Philippe VI déclare renoncer à toute prétention sur les bijoux de Robert d'Artois restés entre les mains du duc Jean III de Brabant
1333   *avril-mai* Édouard III assiège Berwick
15-20 juillet   Trêve conclue à Berwick
19 juillet   L'armée de secours écossaise est vaincue à Halidon Hill, et la ville se rend
20 juillet   Berwick se rend à Édouard III et à Édouard Balliol
1334   *mi-mai* David Bruce et Jeanne quittent l'Écosse, et se réfugient en France
vers Pâques   Passage de Robert d'Artois en Angleterre, déguisé en marchand
printemps   Philippe VI prend l'engagement pour une croisade
août   Traité d'Amiens
30 août   Jean III de Brabant conclut une double alliance matrimoniale avec Guillaume Ier de Hainaut
Jeanne de Valois, fille de Charles de Valois, femme de Robert d'Artois, emprisonnée par Philippe de Valois, son demi-frère
octobre (fin) ?   Jean d'Eltham, 2e fils d'Édouard II et d'Isabelle, meurt en Écosse (Jean le Bel, *Chronique*, I, 102 nl : mais voir aussi octobre 1336)
14 novembre   Édouard III part de Newcastle vers Roxburgh, le fait reconstruire, y reste jusqu'au 2 février 1335
4 décembre   Mort de Jean XXII, pape
20 décembre   Benoît XII élu pape

décembre Philippe VI serait parti pour visiter le nouveau Benoît XII, sans aller pourtant très loin

1335 Cette année, Olivier Ingham devient sénéchal de Gascogne

8 janvier Novelli dit Fournier, Benoît XII, intronisé à Avignon

2 février Édouard III part de Roxburgh

16 avril-24 juin Trêves franco-écossaises-anglaises

23 juin Rassemblement anglais à Newcastle

7 juillet Édouard III à Carlisle

Guy, comte de Namur, momentanément prisonnier des Écossais

30 septembre Édouard III entre à Berwick

Reconstruction du château d'Édimbourg

1336 Le comté de Juliers érigé en marquisat et principauté par Louis de Bavière, en faveur de Guillaume V

Mariage de Guillaume II de Hainaut avec Jeanne (14 ans), fille du duc de Brabant

Commencent les courses maritimes des Français contre les Anglais

janvier-avril Philippe VI visite les villes du midi de la France

mars Benoît XII ajourne la croisade

1er-16 mars Philippe VI à Avignon, où il visite Benoît XII

7 mars Philippe VI déclare Robert d'Artois ennemi du royaume. Il se plaint de l'amitié d'Édouard III pour le fugitif

17 mars Guillaume de Bohun créé comte de Northhampton

juin L'exportation de laine d'Angleterre interdite

fin octobre Jean d'Eltham, comte de Cornouailles, frère d'Édouard III, mort en Écosse (*Grandes Chroniques de France*, t. IX (1937), SHF, p. 150, n. 4 : mais voir aussi octobre 1334)

novembre Benoît XII demande à Édouard III de chasser Robert d'Artois d'Angleterre

26 décembre Philippe VI demande à Édouard III, par l'entremise du sénéchal anglais de Gascogne, de lui livrer Robert d'Artois, son « ennemi mortel »

1337 *janvier* Ambassade anglaise envoyée en Hollande, Gueldre, Hainaut, Brabant et Flandre

12 mars Parlement à Westminster. Exhortations de Robert d'Artois

Chronologie, Livre I (1302-1350)

16 mars À Londres, Guillaume III de Montagu créé marquis de Salisbury
avril Une autre ambassade de l'évêque de Lincoln
mai Alliances conclues entre Édouard III et Jean de Brabant
23 mai-2 novembre Raoul, comte d'Eu et de Guines, devient lieutenant du roi en Langue d'Oc et en Gascogne
24 mai Alliances entre Édouard III, Guillaume de Hainaut et les comtes de Gueldre et de Juliers
Commission donnée par Philippe VI au sénéchal de Périgord : elle allègue de nombreux actes de rébellion de la part du roi d'Angleterre et notamment l'asile qu'il avait donné à Robert d'Artois, son ennemi capital
26 mai Le roi envoie le comte de Foix en Gascogne
4 juin Contrat de mariage de Charles de Blois, neveu de Philippe VI, avec Jeanne de Penthièvre, fille unique de Jean III, duc de Bretagne
7 juin Mort de Guillaume, comte de Hainaut, fils de Jean de Hainaut et de Philippa de Luxembourg
6 juillet Sohier de Courtrai arrêté à Bruges
17 juillet Pommerel [Puymirol, Lot-et-Garonne, ar. d'Agen], pris d'assaut par les Français
Le sénéchal de Gascogne écrit de Bordeaux que la plupart des griefs du roi de France sont sans fondement et que le comte d'Artois ne se trouve pas en Guyenne
29 juillet Alliance entre Philippe VI et Adolphe de la Marck, évêque de Liège
6 août Jean, roi de Bohême, promet d'aider Philippe VI
26 août Alliance conclue entre Louis de Bavière et Édouard III
8 sept (vers la Nativité, un dimanche) Hue Quiéret et ses Normands surprennent le port de Southampton
7 octobre Édouard III revendique le royaume de France
Édouard III nomme Jean de Brabant vicaire général de « son royaume de France »
3 octobre-25 décembre Philippe VI, à la demande de Benoît XII, suspend la confiscation de la Guyenne
novembre Défis portés par l'évêque de Lincoln à Philippe VI
9 novembre Bataille de Cadsand
1338 *2 janvier* Naissance de Jean d'Outremeuse (†1400), auteur de *Ly Myreur des histors*
22-30 juillet Réunions entre Édouard III et ses alliés, à Anvers

1er-10 août Édouard III est encore à Anvers
15 août Réunion fixée pour être à Hal ou à Diest
5 septembre Édouard III est proclamé vicaire de l'Empire, à Coblentz
début octobre Défis portés par l'évêque de Lincoln à Philippe VI
1339 *15 février* Sac de Southampton
19 mars Le comte Réginaud de Gueldres nommé duc
1er septembre Parlement à Bruxelles [Robert d'Artois absent]
Parlement à Malines
20 septembre Édouard III quitte Vilvorde pour attaquer Philippe VI
20-27 septembre Le Cambrésis ravagé
21 septembre Gautier de Manny prend Thun-l'Évêque
25 septembre-8 octobre Siège de Cambrai
30 septembre Jean de Brabant arrive devant Cambrai
Les alliés, sauf le duc de Brabant, défient Philippe VI
octobre Naissance de Lionel de Clarence à l'abbaye de Saint-Michel à Anvers
5 octobre Louis de Flandre de retour en Flandre à Gand, mais captif
14 octobre Honnecourt est attaqué ; les Anglais se délogent du Mont-Saint-Martin
23-27 octobre Édouard III décampe de Buironfosse
28 octobre Dispersion de l'host de Buironfosse
28 octobre-6 novembre Édouard III à Bruxelles
28 novembre Édouard III concède par lettres datées d'Anvers à ce jour, au marquis de Juliers, le titre de comte d'un comté en Angleterre
Noël Le pays de Chimay attaqué
28 décembre Jean, duc de Brabant, fait hommage et féauté à Édouard III
1340 *hiver* Offensive marine française
janvier Édouard III à Anvers
26 janvier À Gand, Édouard III, reconnu roi de France, en prend les armes et le titre
20 février Édouard III part de Flandre
21 février Édouard III débarque à Orwell
1er mars Édouard III de retour en Angleterre
mars Sac d'Aubenton
Philippa de Hainaut donne naissance à Jean de Gaunt (Gand)

6 mars Guillaume de Montague, comte de Salisbury, nommé maréchal d'Angleterre
12 mars Prise du comte de Salisbury
29 mars Alliance conclue entre Édouard III et les villes de Gand, Bruges et Ypres
1er avril Destruction française de Haspres
2 avril Guillaume II de Hainaut défie Philippe VI
5 avril La Flandre sous l'interdit pontifical à la demande de Philippe VI
début mai Les Français se mettent en marche pour attaquer Valenciennes
mai Bavai brûlé
Boucicaut pris
3-7 mai Le comte de Hainaut assiste à une conférence défensive à Bruxelles
12 mai Édouard III crée Guillaume, marquis de Juliers, comte de Cambridge
20 mai Guillaume de Hainaut est à Gand, pendant l'invasion du duc de Normandie (son « voyage » en Angleterre semble de pure invention)
21 mai Les troupes françaises commencent à ravager le Hainaut
23 mai Jean de Normandie devant Valenciennes, un jour seulement
27 mai Jean de Normandie assiège Escaudœuvres
3-4 juin Escaudœuvres pris
14-23 juin Siège français, suivi de la prise de Thun l'Évêque
22 juin Édouard III repart vers la Flandre
24 juin Bataille de l'Écluse
juillet La chevauchée de Bavai
Édouard III à l'Écluse, à Bruges, à Gand
Philippe VI à Arras : il convoque ses gens d'armes à Arras
26 juillet Panique des Flamands à Saint-Omer
30 juillet Philippe VI est près du prieuré de Saint-André (Nord), d'où il répond à une provocation qui lui avait été adressée le 27 juillet par Édouard III, de Chin-lez-Tournai (auj. hameau de Romegnies-Chin, Belgique, à 6 km de Tournai)
août Philippe VI paraît avoir passé une partie du mois à Douai
1er août-27 septembre Siège de Tournai
Guillaume II de Hainaut détruit Saint-Amant

4 août Guillaume II de Hainaut détruit Orchies
10 août Guillaume II de Hainaut détruit Seclin
11 août Le duc de Brabant arrive le dernier à Tournai
12-13 août Guillaume II de Hainaut détruit Marchiennes et Saint-Martin de Tournai
7 septembre Philippe VI à Bouvines
25 septembre Trêves d'Esplechin
27 septembre Philippe VI congédie ses gens d'armes : dispersion de l'host de Bouvines
30 novembre Édouard III de retour furtif à Londres avec la reine
1341 *24 janvier* Louis de Bavière jure fidélité à Philippe VI
30 avril Mort de Jean III, duc de Brabant, à Caen
4 mai Retour en Écosse de David Bruce et de Jeannne d'Angleterre
22 juin Édouard III envoie en Bretagne Gauvain Corder et Richard Swasham pour examiner les propositions du rival de Charles de Blois, Jean de Montfort
25 juin Le vicariat d'Édouard III révoqué par Louis de Bavière
juillet Montfort voit Édouard III à Windsor
juillet-août Édouard III en guerre avec l'Écosse
7 septembre Jugement de la Cour de Paris contre Montfort Arrêt de Conflans
26 septembre-6 mai 1342 Expédition du duc de Normandie en Bretagne
24 septembre Édouard III donne la jouissance du comté de Richmond à Jean de Montfort
septembre Jean de Normandie à la tête de ses troupes
après le 1ᵉʳ novembre Jean de Normandie prend Chantoceaux
18 novembre Prise de Nantes, et du comte de Montfort
décembre (vers Noël) Réunion d'hommes d'armes anglais à Newcastle
1342 *hiver 1342* L'Écosse ravagée
février-mars Amaury de Clisson auprès d'Édouard III pour la comtesse de Montfort
1ᵉʳ mars Trêves en Bretagne (la suite des événements est confuse)
avril Reprise des hostilités en Bretagne
25 avril Benoît XII meurt
début mai Charles de Blois prend Rennes

7 mai Pierre Roger, évêque de Rouen, nommé pape sous le nom de Clément VI
mai Prise de Vannes par Charles de Blois
mai Hervé de Lyon prisonnier de Gautier de Masny
mai Édouard III prépare une expédition en Bretagne
juin Le comte de Salisbury libéré
Charles de Blois devant Hennebont
Fête d'Édouard III à Londres
24 juin Louis de Bavière informe Édouard III qu'il n'est plus vicaire de l'Empire
été 1342 Secours envoyé à la comtesse de Montfort par Édouard III
août Robert d'Artois (et la comtesse de Montfort) rentrent en Bretagne, avec une armée
14 août Leur départ d'Angleterre
5 octobre Édouard s'embarque à Sandwich
Édouard III en Bretagne
Siège de Hennebont levé
30 octobre Édouard III débarque en Bretagne avec les comtes de Warwick et de Northampton
Mort de Robert d'Artois en Bretagne
novembre Assemblée à Angers de l'armée du duc de Normandie
21 novembre Capitulation de Nantes : Jean de Montfort prisonnier
1343 Mort de Philippe d'Évreux, mari de Jeanne, reine de Navarre
19 janvier Trêves à Malestroit (pour trois ans et demi)
Renaud III de Gueldre succède à son père
2 mars Édouard III débarque à Weymouth
19 juillet Philippe VI bannit Godefroi de Harcourt et confisque ses biens
2 août Olivier III de Cliçon exécuté
1er septembre Jean de Montfort élargi du Louvre à Paris
12 octobre Mort de Réginald [II], duc de Gueldre
29 novembre Dix Bretons exécutés à Paris
Trêves de Malestroit rompues
1344 *janvier* Travaux sur le château de Windsor
19 janvier Fête donnée à Windsor
26 mars Algésiras, Espagne, prise par les chrétiens après 20 mois de siège
avril À Windsor, mort de Guillaume de Montagu
3 avril Exécution royale de 3 chevaliers normands

1er mai Quimper prise par Charles de Blois
18 août Charles de Blois assiège Guérande
3 novembre Adolphe de la Mark, évêque de Liège, meurt
1345 *Début de l'année* Godefroi de Harcourt s'enfuit en Angleterre
5 juin Édouard III arrive à l'Écluse
6 juillet Départ de Derby en Guyenne ; départ de T. de Dagworth *et al.* en Bretagne
6-7 juillet Édouard III avec les délégués de Bruges
11 juillet Édouard III présente ses demandes aux délégués de Bruges et de Gand (qu'ils ne laissent pas rentrer Louis de Male à moins qu'il ne reconnaisse Édouard III comme roi de France)
7-17 juillet Édouard III avec Jacques d'Artevelde
15 juillet Négociations pour le mariage de Marguerite de Brabant et Louis de Male
19 juillet Édouard III à l'Écluse : conférence avec d'Artevelde
24 juillet Mort (assassinat) de Jacques d'Artevelde
26 juillet Édouard III de retour
Guillaume II de Hainaut assiège Utrecht
août Siège de Quimper par Jean de Montfort
24 août Prise de Bergerac par Derby
17 septembre Entente entre Philippe VI et Jean III, duc de Brabant
26 septembre Bataille de Staveren (Frise)
Mort de Guillaume II de Hainaut
Mort de Jean de Montfort à Hennebont
3 décembre Reddition de La Roche-Derrien, blésiste, aux partisans de Montfort
28 décembre Philippe VI accorde sa permission pour le mariage de Louis de Male et Marguerite de Brabant
Fin d'année Prise de La Roche-Derrien par les Anglais
1345-1346 Campagne de Derby en Guyenne
1346 *janvier* Rassemblement de l'armée de Jean de Normandie pour la Guyenne
Naissance d'Eustache Deschamps, dit Morel
avril Jean de Normandie part d'Agen en direction d'Aiguillon
Le pape Clément VI dépose Louis de Bavière
10-15 avril Jean de Normandie devant Aiguillon
29 juin Dispense papale pour le mariage de Louis de Male et de Marguerite de Brabant

12 juillet   Édouard III débarque à Saint-Vaast-la-Hougue
21 juillet   Actes d'alliance entre Philippe VI et Jean de Beaumont (Hainaut)
26 juillet   Prise de Caen par Édouard III
28-29 juillet   Édouard III à Caen
10 août   Mort de Philippe de Bourgogne
12 août   Commence la campagne de Derby
13-16 août   Édouard III à Poissy
24 août   Passage du gué de la Blanquetaque
26 août   Bataille de Crécy
  Mort de Jean l'Aveugle de Luxembourg, roi de Bohême : patron pendant 30 ans de Guillaume de Machaut ; père de Wenceslas de Luxembourg et de Brabant
4 septembre   Édouard III devant Calais
10 septembre   Philippa de Hainaut à Ypres
fin septembre   Prise de Gautier de Manny
4 octobre   Prise de Poitiers par Derby
17 octobre   Bataille de Nevill's Cross : prise de David Bruce
novembre   Louis de Male de retour en Flandre
  Charles de Luxembourg couronné roi des Romains
21 décembre   Geoffroy d'Harcourt pardonné par Philippe VI
1347   *10 janvier*   Thomas de Dagworth, Lieutenant et Gouverneur en Bretagne pour Édouard III
14 janvier   Derby de retour à Londres
13 mars   Louis de Male fiancé à Isabelle d'Angleterre
28 mars   Louis de Male s'enfuit auprès de Philippe VI
mai   Renaud, duc de Gueldre, abandonne Édouard III
fin mai   Charles de Blois assiège La Roche-Derrien
26 juin   Louis de Male épouse Marguerite, 2ᵉ fille de Jean III, duc de Brabant
  Mariage entre Henri, fils aîné du duc de Brabant, et Jeanne, fille du duc de Normandie
  Mariage entre Godefroi, fils du duc de Brabant, et Bonne, fille du duc de Bourbon
20 juin   Bataille de La Roche-Derrien : Charles de Blois prisonnier
12 juillet   Édouard III débarque à Saint-Vaast-la-Hougue
19 juillet   Charles IV de Bohême élu roi des Romains
27 juillet   Philippe VI arrive devant Calais
28-29 juillet   Édouard III à Caen
2 août   Philippe VI décampe de devant Calais
3-4 août   Reddition de Calais

fin août Le sire de Craon reprend La Roche-Derrien aux Anglais/Montfortois
10 août Mort de Philippe de Bourgogne
11 octobre Mort de Louis de Bavière
14 octobre Édouard III à Londres
1347 Marie, 3e fille de Jean III de Brabant, épouse Renaud, duc de Gueldre
Alliance entre Jean III, duc de Brabant, et Philippe VI
1348-1349 La peste noire
1349 Mort de Jeanne, reine de Navarre, fille de Louis X
23 avril Mort de Katherine de Grandison, comtesse de Salisbury
11 septembre Mort de Bonne de Luxembourg, femme de Jean de Normandie
12 décembre Mort de Jeanne de Bourgogne, femme de Philippe VI
1350 *11 janvier* Mariage de Blanche de Navarre avec Philippe VI
9 février Jean de Normandie épouse Jeanne, comtesse de Bourgogne
22-23 août Mort de Philippe VI de Valois

Événements racontés dans le Premier Livre des *Chroniques* à la suite du texte publié dans le présent volume (1350-1378)

1351[1] Victoire des Anglais près de Taillebourg. Siège et prise par les Français de Saint-Jean-d'Angély (Charente-Maritime). Combat des Trente : trente gens d'armes, bretons et français, partisans de Charles de Blois, se battent en vertu d'une convention contre trente partisans de la comtesse de Montfort.
Escarmouche d'Ardres (Pas-de-Calais), et mort d'Édouard de Beaujeu, maréchal de France.
1352 Mort du pape Clément VI (Pierre Roger, qui acheta Avignon). Avènement d'Innocent VI (Étienne Aubert).
1350 Exécution de Raoul de Brienne, comte d'Eu et de Guines, connétable de France, sur l'ordre du roi Jean II.

---

1. Les dates dans la marge gauche sont celles de l'« histoire » selon Froissart.

1352 Vente aux Anglais du château de Guines (Pas-de-Calais). Le roi Jean II fonde l'ordre de l'Étoile, un ordre de chevalerie, à l'imitation de la Table Ronde du roi Arthur, et sans doute de l'ordre de la Jarretière créé par Édouard III d'Angleterre.

1354 Assassinat de Charles d'Espagne, connétable de France et cousin du roi ; rupture entre le roi de Navarre, Charles II, et ses frères, instigateurs de cet attentat, et le roi de France.

1355 Expiration des trêves et ouverture des hostilités entre la France et l'Angleterre. Mort de Jean, duc de Brabant, et avènement de Jeanne, mariée à Wenceslas de Luxembourg.

1356 Guerre entre Flandre et Brabant, conséquence de cet avènement.

1355 Traité d'alliance entre les rois de France et de Navarre. Chevauchée du roi d'Angleterre en Boulonnais et en Artois ; concentration à Amiens et marche des Français contre l'envahisseur. Prise du château de Berwick par les Écossais qui profitent de l'absence du roi anglais ; retour d'Édouard à Calais. Mort de Jean de Hainaut.

1356 Expédition d'Édouard III en Écosse. Les Anglais reprennent Berwick, mais doivent abandonner le siège du château d'Édimbourg.

1355 Expédition dévastatrice du prince de Galles en Languedoc.

1356 Troubles à Arras et en Normandie à l'occasion de la gabelle ou impôt sur le sel ; Jean II arrête le roi de Navarre à Rouen, et fait exécuter le comte de Harcourt, deux seigneurs qui se sont opposés à cet impôt. Guerre entre le roi de France et les frères de Navarre, qui font alliance avec le roi d'Angleterre ; chevauchée du duc de Lancastre et des Navarrais en Normandie. Siège et prise d'Évreux, de Rhotes et de Breteuil par le roi de France.

1356 Chevauchée du prince de Galles à travers le Périgord, le Limousin, le Berry, la Touraine et le Poitou. Prise de Jean II de France à la bataille de Poitiers. Retour du prince de Galles à Bordeaux.

1356 *Octobre - 1357, novembre.* Lieutenance du duc de Normandie et gouvernement des états généraux. Défaite et mort de Godefroi de Harcourt. Trêve entre la France et l'Angleterre ; arrivée du roi de France captif à Londres. Lors d'un traité de paix entre l'Angleterre et l'Écosse,

David Bruce, captif depuis la bataille de Nevill's Cross, recouvre la liberté. Le duc de Lancastre assiège la cité de Rennes. Les Navarrais reprennent Évreux. Ravages des compagnies en Provence, dans l'Ile-de-France et en Normandie.

1357 *8 novembre - 1358, 31 juillet.* Domination de la commune de Paris et d'Étienne Marcel, prévôt des marchands. Délivrance du roi de Navarre et popularité de ce roi à Paris. Assassinat des maréchaux de Champagne et de Normandie par les Parisiens. Le dauphin, Charles, lieutenant du roi, prend le titre de régent et s'échappe de Paris. Jacquerie. Attaque du marché de Meaux par les Jacques aidés des Parisiens. Le régent vient camper au pont de Charenton et assiège Paris ; il traite avec Charles, roi de Navarre, établi à Saint-Denis. Rixes entre les Parisiens et les Anglo-Navarrais ; défaite des bourgeois par la garnison anglaise de Saint-Cloud. Mort d'Étienne Marcel et entrée du régent à Paris.

1358 *31 juillet - 1359, 21 août.* Guerre ouverte entre le régent et le roi de Navarre. Occupation par les Navarrais d'un grand nombre de forteresses en Normandie, dans l'Ile de France et en Picardie. Tentative de Jean de Picquigny contre Amiens. Prise du château de Clermont par le captal de Buch ; siège de Saint-Valery par les Français. Ravages des compagnies anglo-navarraises dans l'Orléanais, l'Auxerrois, la Champagne, la Bourgogne, le Perche, le comté de Roucy et la seigneurie de Coucy. Reddition de Saint-Valery aux Français ; chevauchée de Robert, sire de Fiennes et du comte de Saint-Pol à la poursuite de Philippe de Navarre. Attaque de Châlons-sur-Marne par Pierre Audley. Défaite du comte de Roucy par la garnison de Sissonne. Exploits d'Eustache d'Auberchicourt en Champagne. Siège de Melun par les Français. Traité de paix conclu à Pontoise entre le régent et le roi de Navarre.

1359 *Avril-octobre.* Expiration de la trêve de Bordeaux ; reprise des hostilités et de la guerre ouverte entre la France et l'Angleterre. Prise du château de Hans et défaite d'Eustache d'Auberchicourt près de Nogent-sur-Seine. Achat et arasement du fort de Mauconseil par les bourgeois de Noyon. Émeute à Troyes et massacre de Jean de Ségur. Rupture des négociations entre la France et l'Angleterre. Reddition de Roucy à l'archevêque de Reims. Occupation d'Attigny par Eustache d'Auberchicourt.

Prise et pillage de Bar-sur-Seine par Brocard de Fénétrange. Chevauchée de Robert Knolles en Auvergne. Octobre. Chevauchée du duc de Lancastre en Artois et en Picardie. *Novembre - 1360, avril.* Expédition d'Édouard III en Champagne, en Bourgogne et dans l'Ile-de-France.

1360 Traité de Brétigny (des accords de paix entre le régent, Charles de Normandie et Édouard III).

1361 Formation de la Grande Compagnie, composée de bandes de gens de guerre que la paix laisse sans moyen de vivre sauf par pillage et rançon.

1362 *6 avril.* Bataille de Brignais : Les compagnies mettent en déroute l'armée royale commandée par Jacques de Bourbon.

1360 *28 décembre.* Les compagnies prennent par escalade le Pont-Saint-Esprit, à 30 km en amont d'Avignon.

1361 Mort de Henri de Derby, duc de Lancastre. Mort de Philippe, dit de Rouvre, duc de Bourgogne, et partage de sa succession.

1362 Mort du pape Innocent VI et élection d'Urbain V (Guillaume Grimoard). Voyage et séjour du roi Jean à la cour d'Avignon. Création de la principauté d'Aquitaine en faveur du prince de Galles, et arrivée de celui-ci dans sa nouvelle principauté.

1363 Arrivée et séjour de Pierre Ier, roi de Chypre, à Avignon. Projet de croisade. Traité conclu entre Édouard III et les quatre otages des Fleurs de Lis. Voyages du roi de Chypre à Paris, en Normandie et en Angleterre.

1364 Retour de Jean II à Londres. Voyage de Pierre Ier en Aquitaine. Mort du roi de France à Londres et avènement de Charles V. Du Guesclin reprend au roi de Navarre Mantes et Meulan (*7 et 11 avril*). Victoire de Du Guesclin sur Jean de Grailly, captal de Buch, à la bataille de Cocherel (*16 mai*). Couronnement de Charles V à Reims (*19 mai*). Campagne de Philippe, duc de Bourgogne en Beauce (*juin*). Siège des Français et reddition de la Charité-sur-Loire (Nièvre). *29 septembre,* Charles de Blois est tué à la bataille d'Auray contre Jean de Montfort et les Anglo-Bretons.

1365 *12 avril.* Le traité de Guérande fixe des conditions de paix entre Charles VI et Jean de Montfort. *9 octobre - 1366, mai.* Expédition de Du Guesclin et des compagnies en Espagne.

1366 *5 avril.* Pierre le Cruel est détrôné et Henri, comte de Transtamare, est proclamé roi de Castille. *14 août.* Victoire remportée par les compagnies anglo-gasconnes près de Montauban. *23 septembre.* Traité d'alliance entre le prince d'Aquitaine et de Galles, Pierre le Cruel et le roi de Navarre ; préparatifs militaires du prince de Galles et démêlés avec le sire d'Albret, neveu du comte Bernard VI d'Armagnac.

1367 Entrée du prince de Galles en Espagne. *6 janvier.* Naissance à Bordeaux du prince Richard, depuis Richard II (Froissart prend soin dans son quatrième Livre de nous dire qu'il était à Bordeaux au moment de la naissance de Richard II : « Assavoir est que je estoie en la cité de Bourdeaulx et séant à table, quant le roy Richart fut nés, lequel vint au monde par ung mercredi sus le point de dix heures » (KL, XVI, 234). *Du 10 au 29 janvier.* Concentration de l'armée anglaise à Dax ; arrivée du duc de Lancaster ; occupation de Miranda et de Puente-la-Reina ; entrevue de Pierre le Cruel, du prince de Galles et du roi de Navarre, à Peyrehorade. *Du 14 au 20 février.* Passage des Pyrénées et du défilé de Roncevaux par les trois corps de l'armée anglaise. *13 mars.* Arrestation concertée du roi de Navarre par Olivier de Mauny. Reddition de Salvatierra à Pierre le Cruel et arrivée des Anglais devant Vitoria ; défaite de Thomas Felton ; mort de Guillaume Felton. Mouvement rétrograde de l'armée anglaise ; passage à Laguardia, à Viana ; occupation de Logroflo et de Navarrete. *1er avril.* Le prince de Galles fait savoir par lettre à Henri de Transtamare qu'il entre à main armée en Castille pour rétablir le roi légitime, Pierre le Cruel, à moins que le comte ne veuille se désister de ses prétentions sur la couronne de Castille. *2 avril.* Henri de Transtamare campé à Najera répond qu'il ne désire rien tant que d'en venir aux mains.

1367 Restauration de Pierre le Cruel. *3 avril.* Défaite de Henri de Transtamare à la bataille de Najera ; Bertrand Du Guesclin et le maréchal d'Audrehem prisonniers des Anglais. *Fin avril et mai.* Pierre le Cruel et le prince de Galles à Burgos. *Mai.* Arrivée de Henri de Transtamare en Languedoc. *Juin.* Séjour du prince de Galles à Valladolid et départ de Pierre le Cruel pour Séville ; dissentiments entre le prince et le roi de Castille. *13 août.* Traité d'alliance entre Henri de Transtamare et le duc d'Anjou. *Août et septembre.* Retour du prince de Galles et de l'armée anglaise en Guyenne. *27 décembre*. Mise en liberté de Bertrand Du Guesclin.

1368 *Du 4 mars au 22 mai*. Siège et prise de Tarascon par Du Guesclin et le duc d'Anjou. *Le 5 juin*, Lionel, duc de Clarence, fils d'Édouard III, avec Froissart dans sa suite, après avoir traversé la France, la Bourgogne et la Savoie, se marie (à Milan) à la fille de Galéas Visconti. Ravages des compagnies anglaises en Bourgogne, en Champagne, dans l'Auxerrois, la Sologne, la Beauce et le Gâtinais. *4 mai*. Mariage du seigneur d'Albret, Arnaud Amanieu, avec Marguerite de Bourbon, sœur cadette de la reine de France. *Fin mai*. Arrivée de Jean Chandos en basse Normandie.

1367 Restauration de Henri de Transtamare. *Fin septembre*. Son entrée en Castille. *Fin octobre*. Il occupe Burgos.

1368 *Fin janvier*. Transtamare se rend maître du León. *D'avril à fin mars*. Siège de Tolède. *20 novembre*. Traité d'alliance avec le roi de France. Retour de Bertrand Du Guesclin en Espagne.

1369 *14 mars*. Pierre le Cruel vaincu à la bataille de Montiel. *23 mars*. Mort de Pierre le Cruel. *4 mai*. Bertrand Du Guesclin créé duc de Molina. *17 octobre*. Lionel, duc de Clarence meurt, peut-être empoisonné.

1368 *26 janvier*. Rupture du traité de Brétigny. Les seigneurs de Gascogne s'insurgent contre un fouage que le prince de Galles lève en Aquitaine. *Mai et juin*. Appel porté devant le roi par les barons de Gascogne. *3 décembre*. Naissance du dauphin Charles, depuis Charles VI. *Fin décembre et 1369, janvier*. Réception de l'appel des barons de Gascogne et citation adressée au prince de Galles.

1369 Premiers mois. Défaite de Thomas de Wetenhale, sénéchal anglais de Rouergue, près de Montauban. Retour de Jean Chandos en Guyenne ; son arrivée à Montauban. Rupture des négociations et déclaration de guerre. *29 avril*. Reddition d'Abbeville et du Ponthieu au roi de France.

1368 Préparatifs militaires et ouverture des hostilités sur toutes les frontières du royaume. *2 et 17 août*. Prise de Vire et de Château-Gontier par les compagnies.

1369 *Avril et mai*. Les comtes de Cambridge (Edmond, cinquième fils d'Édouard III) et de Pembroke (Jean de Hastings) envoyés en Périgord, assiègent Bourdeilles (Dordogne). Jean Chandos à Montauban s'empare de Roqueserrière (Haute-Garonne). Siège de Réalville (Tarn-et-Garonne) par les gens du duc d'Anjou ; reddition de soixante places fortes de Guyenne aux Français. *7 avril.* Mariage du duc Philippe de Bourgogne avec Marguerite de Flandre. *Août.* Arrivée du roi de Navarre en basse Normandie et négociations entre ce prince et le roi d'Angleterre. Exploits des Français en Poitou ; prise de La Roche-Posay par les Français sous les ordres du Breton Jean de Kerlouet. *Avril et mai.* Campagne de Robert Knolles et de Jean Chandos en Quercy qui assiègent Duravel et Domme ; prise par les Anglais de Moissac, de Gramat, de Fons, de Rocamadour et Villefranche. Reddition de Réalville aux Français et de Bourdeilles aux Anglais.

1369 *Août.* Des compagnies anglaises enlèvent le château de Belleperche, en Bourbonnais, où il font prisonnière Isabelle de Valois, mère du duc Louis II de Bourbon, et de la reine de France, Jeanne de Bourbon. Projet et préparatifs d'une invasion française en Angleterre. Reddition de La Roche-sur-Yon aux Anglais. Mort de Jacques d'Audeley, « le premier assaillant à la bataille de Poitiers ». Jean Chandos créé sénéchal du Poitou. Descente du duc de Lancaster à Calais ; chevauchée de Tournehem. Affaire de Purnon, village où le comte de Pembroke est surpris et assiégé par Louis de Sancerre, maréchal de France. Mort, *le 15 août*, de Philippa de Hainaut, reine d'Angleterre, au château de Windsor. Prise des Ponts-de-Cé et de l'abbaye de Saint-Maur-sur-Loire par les Anglais ; de l'abbaye de Saint-Savin par les Français.

1370 *1er janvier.* Combat du Pont de Lussac : Jean Chandos est mortellement blessé par un écuyer nommé Jacques de Saint-Martin. *Premiers jours de juillet.* Prise de Châtellerault par Jean de Kerlouet.

1369 *Derniers mois - 1370, premiers mois.* Siège et reprise de Belleperche par Louis, duc de Bourbon.

1370 Les compagnies anglaises emmènent avec eux la duchesse de Bourbon.

Mai. Le duc d'Anjou à Paris ; préparatifs de guerre des rois de France et d'Angleterre.

1372 *Du 15 au 22 août.* Isabelle de Valois, duchesse douairière de Bourbon, prise à Belleperche, et échangée contre Simon Burleigh.

1371 *Du 25 au 29 mars.* À la faveur de négociations à Vernon, un traité de paix est conclu entre les rois de France et de Navarre.

1370 *Vers le 15 juillet.* Arrivée de Bertrand Du Guesclin, rappelé d'Espagne, en Languedoc. *Du 15 juillet au 15 août.* Campagne du duc d'Anjou et de Du Guesclin en Guyenne ; occupation de Moissac, d'Agen, de Tonneins, du Port-Sainte-Marie, de Montpazier et d'Aiguillon ; siège de Bergerac et de Lalinde par les Français. *De la fin juillet à la mi-septembre.* Chevauchée de Robert Knolles à travers l'Artois, la Picardie et l'Ile de France. *Du 16 au 24 août.* Le duc de Berry et Du Guesclin en Limousin ; reddition de Limoges au duc de Berry. *Du 14 au 19 septembre.* Siège, reprise et sac de Limoges par le prince de Galles. *24 septembre.* Robert Knolles devant Paris. *2 octobre.* Du Guesclin à Paris ; il est investi, malgré ses objections, de l'office de connétable de France.

1370 *4 décembre.* Victoire de Bertrand Du Guesclin et d'Olivier de Clisson à Pontvallain. *19 décembre.* Mort du pape Urbain V à Avignon. *30 décembre.* Élection de Grégoire XI (cardinal de Beaufort. Pape 1370-1378)

1371 *Avant le 15 janvier.* Atteint d'une maladie très grave, Édouard, prince d'Aquitaine et de Galles, rentre en Angleterre..

1370 *Premiers jours de décembre - 1371, fin février.* Siège et prise de Montpont, en Périgord, par Jean, duc de Lancaster. *Août et septembre.* Siège et prise de Moncontour, en Poitou, par Jean, duc de Lancaster, et Thomas de Percy, sénéchal de Poitou. *Fin janvier et février.* Expédition de Bertrand Du Guesclin en vue de la levée du siège de Montpont, et siège d'Ussel. *1er août.* Combat naval dans la baie de Bourgneuf. *22 août.* Bataille de Bastweiler livrée entre Wenceslas de Luxembourg, duc de Brabant, d'une part, Édouard III, duc de Gueldre, et le duc de Juliers, d'autre part. Défaite des Brabançons. Wenceslas prisonnier.

1372 *Premiers mois.* Retour en Angleterre de Jean de Gand, duc de Lancaster, et mariage de ce prince avec Constance de Castille, fille aînée de Pierre le Cruel ; d'Edmond, comte de Cambridge, frère de Jean, avec Isabelle, sœur de Constance. *13 janvier.* Mort de Gautier de Masny, valeureux compatriote de Froissart.

1372 *23 juin.* Défaite de la flotte anglaise devant la Rochelle. *Juillet.* Siège de Moncontour et de Saint-Sévère ; reddition de ces deux places aux Français. *7 août.* Reddition de Poitiers. *Du 22 au 23 août.* Défaite et capture de Jean de Grailly, captal de Buch, connétable d'Aquitaine, et de Thomas de Percy, sénéchal de Poitou, devant Soubise ; reddition de cette place. Reddition d'Angoulême (*vers le 8 septembre*) et de Saint-Jean-d'Angély (*20 septembre*), de Saintes (*24 septembre*), de Taillebourg et de Pons. Reddition des châteaux de Saint-Maixent (*4 septembre*), de Melle et de Civray. *8 septembre.* Reddition de la Rochelle. *15 septembre.* Prise du château de Benon et reddition de Marans. *19 septembre.* Reddition de Surgères. *9 et 10 octobre.* Reddition de la ville et prise du château de Fontenay-le-Comte. *1ᵉʳ décembre.* Reddition de Thouars et soumission des principaux seigneurs du Poitou et de la Saintonge. Siège de Mortagne.

1373 *21 mars.* Défaite des Anglais à Chizé (Deux-Sèvres). *27 mars.* Occupation de Niort. Reddition des châteaux de Mortemer et de Dienné. *Fin d'avril, mai et juin.* Expédition de Louis, duc de Bourbon, et de Bertrand Du Guesclin en Bretagne ; départ de Jean de Montfort pour l'Angleterre ; occupation de Rennes, de Dinan, de Saint-Malo, de Vannes et d'un certain nombre de places de moindre importance ; prise d'Hennebont ; sièges de La Roche-sur-Yon, de Derval et de Brest ; occupation de Nantes ; grands préparatifs en Angleterre des ducs de Lancaster et de Bretagne pour envahir la France à la tête d'une armée considérable ; prise de Conq par l'armée franco-bretonne. *6 juillet.* Traité de capitulation de Brest et levée du siège de cette place par les Franco-Bretons qui vont renforcer les gens d'armes campés devant Derval. *Fin juillet.* Débarquement à Calais de l'armée rassemblée par les ducs de Lancaster et de Bretagne. *Du 4 août au 8 septembre.* Marche et opérations de cette armée à travers l'Artois, la Picardie, le Vermandois et le Soissonnais ; combat de Ribemont. *9 septembre.* Combat d'Oulchy. *29 septembre.* Exécution devant Derval par le duc d'Anjou des otages livrés naguère aux Franco-Bretons en vertu du traité de capitulation de cette place, auquel Robert Knolles a refusé de souscrire. *10 septembre.* Arrivée à Paris du duc d'Anjou, de Du Guesclin et de Clisson, qui assistent à un grand conseil de guerre tenu par Charles V, et y donnent leur avis.

1375 *16 avril.* Mort du comte de Pembroke, prisonnier du roi de Castille, livré par ledit roi à Du Guesclin en paiement d'une somme de 120 000 francs due pour le comté de Soria, racheté par Henri de Transtamare ; rachat par ce même roi du comté d'Agreda, moyennant la cession d'un autre de ses prisonniers, Guichard d'Angle, à Olivier de Mauny.

1373 *Du 11 au 26 septembre.* Les Anglais en Champagne ; arrivée des légats du pape à Troyes ; échec subi sous les murs de cette ville par les envahisseurs. *Du 26 septembre au 25 décembre.* Marche pénible et meurtrière de l'armée du duc de Lancaster à travers la Bourgogne, le Nivernais, le Bourbonnais, l'Auvergne, le Limousin et le Périgord ; arrivée à Bordeaux.

28 octobre - 1374, 8 janvier. Retour du duc d'Anjou à Toulouse par Avignon. *Juin et juillet.* Traité de capitulation de Bécherel. Expédition du duc d'Anjou en Bigorre ; reddition de Saint-Sever ; prise de Lourdes.

1374 *Commencement d'avril.* Journée de bataille assignée près de Moissac entre les ducs d'Anjou et de Lancaster ; défaut à ce rendez-vous de Lancaster, qui part de Bordeaux et retourne en Angleterre. *21 mai.* Expiration de la trêve conclue par Du Guesclin avec le duc de Lancaster. *Juin et juillet.* Soumission du vicomte de Castelbon. Expédition de Du Guesclin et du duc d'Anjou, d'abord dans le bas Languedoc contre les compagnies, ensuite sur les confins de l'Agenais et du Bordelais contre les Anglais ; siège et prise de La Réole, de Langon, de Saint-Macaire, de Sainte-Bazeille et des places avoisinantes. *2 octobre.* Retour de Du Guesclin à Paris et du duc d'Anjou à Toulouse. *Août et septembre.* Siège de Saint-Sauveur-le-Vicomte. Reddition de Bécherel, dont la garnison va renforcer celle de Saint-Sauveur.

1375 *Premiers mois.* Défaite des Français dans une rencontre entre Licques et Tournehem ; capture du comte de Saint-Pol, Waleran de Luxembourg, emmené en Angleterre. Ouverture des négociations à Bruges entre les ambassadeurs de France et d'Angleterre. Retour en France du duc de Bretagne et du comte de Cambridge avec un corps d'armée considérable ; débarquement à Saint-Mathieu ; prise de Saint-Pol-de-Léon ; siège de Saint-Brieuc. *21 mai.* Traité de capitulation de Saint-Sauveur. Levée du siège de Saint-Brieuc par les Anglais, et du siège du Nouveau Fort par les Français, que les Anglais accourus de Saint-Brieuc poursuivent jusqu'à Quimperlé où ils les assiègent. *27 juin.* Trêve d'un an entre les rois de France et d'Angleterre conclue à Bruges ; levée du siège de Quimperlé. *3 juillet*. Reddition de Saint-Sauveur au roi de France.

1375 *Août et septembre*. Guerre entre Enguerrand VII, seigneur de Coucy, et Léopold II, duc d'Autriche, au sujet de seigneuries situées en Alsace, dans le Brisgau, l'Argovie et le comté de Nydau ; marche des compagnies rassemblées par le dit Enguerrand à travers la Champagne orientale, le Barrois, le pays Messin, la Lorraine et l'Alsace.

Décembre - 1376, 12 mars. Conférences de Bruges. Prorogation jusqu'au 1er avril 1377 des trêves qui devaient expirer le dernier jour de juin, 1376. *Octobre, novembre, décembre*. Ravages exercés par les compagnies sur la rive gauche du Rhin, en Alsace et en Suisse.

1376 *13 juin*. Conclusion d'un traité de paix avec les ducs d'Autriche et retour furtif en France du seigneur de Coucy. *8 juin*. Mort d'Édouard, Prince de Galles, surnommé plus tard (au XVIe siècle) le Prince Noir. *Septembre*. Mort de Jean de Grailly, captal de Buch. *20 septembre - 1377, 17 janvier*. Départ d'Avignon du pape Grégoire XI et arrivée à Rome.

1377 *Mars, avril et mai*. Nouvelles conférences pour la paix à Montreuil-sur-Mer et à Boulogne, entre les plénipotentiaires du roi de France et ceux du roi d'Angleterre, établis à Calais. Préparatifs maritimes des Français pour faire des descentes sur les côtes d'Angleterre, et des Anglais pour s'opposer à ces descentes. *21 juin*. Mort d'Édouard III. *28 juin*. Descente des Français à Rye ; prise et pillage de cette ville. *16 juillet*. Couronnement de Richard II. *Fin de juin et juillet*. Combat de Lewes ; prise et pillage de cette ville, de Folkestone, de Portsmouth, de Dartmouth et de Plymouth. *15 août - septembre*. Nouvelle campagne maritime des Français ; occupation de l'île de Wight ; descentes à Southampton et à Winchelsea ; incendie de Poole. Expédition du duc de Bourgogne sur les confins du Boulonnais et du Calaisis ; prise d'Ardres et d'Audruicq.

1378 *6 février*. Mort de Jeanne de Bourbon, reine de France. *28 mars*. Mort du pape Grégoire XI. *8 avril*. Élection du pape Urbain VI (Barthélemy Prignano, archevêque de Bari). *17 (18, en fait) avril*. Intronisation du nouveau pape. *Début de l'année* : alliance des rois d'Angleterre et de Navarre. *27 juillet*. Remise de Cherbourg aux Anglais par Charles le Mauvais. *Avril-juin*. Soumission au roi de France des villes et châteaux navarrais en Normandie. *Août*. Le duc d'Anjou menace Bordeaux. Le duc de Lancaster vient assiéger Saint-Malo. Meurtre d'Owen de Galles pendant le siège de Mortagne. *Fin 1378-janvier 1379*. Chevauchées de Sir Thomas Trivet en Gascogne, Navarre et Castille.

Événements racontés dans le Deuxième Livre (1379-1385), texte du manuscrit de New York

1379

Au terme d'une année passée à Paris dans l'entourage du roi, Raymond de Montaut, seigneur de Mussidan (Gascon), désenchanté, regagne Bordeaux pour se dévouer à son « naturel seigneur », le roi d'Angleterre. Il avait juré fidélité au roi de France le 12 septembre 1377. Charles V lui avait donné deux douzaines d'écuelles d'argent.

Le seigneur de Lagoirant, lui, demeure français, et passe son temps à « porter contraire » aux Anglo-Gascons des seigneuries avoisinantes (Mussidan et Duras). Il perd la vie au cours d'une escarmouche qu'il provoque à Cavaillac contre Bernard Conrart, « pour l'amour de sa dame ».

Fait d'armes près de La Rochelle entre Héliot de Plassac, capitaine de Bouteville (fort Anglo-Gascon), et quelques seigneurs poitevins et saintongeais de sympathie française, ceux-ci l'attirant au-dehors de La Rochelle par le leurre d'un troupeau de bétail. Combat à pied à coups de glaive ; H. de Plassac est fait prisonnier. Prise du château fort de Bouteville par les Français.

Inquiétudes du duc de Lancaster et du comte de Cambridge (qui s'attendent à hériter un jour de l'ensemble de l'Espagne) à l'égard de la politique matrimoniale des Navarrais et Espagnols. Enrico de Transtamare étant mort le jour de la Pentecôte après une chasse au sanglier aux côtés de Charles de Navarre, son fils Jean est couronné roi le 25 juillet à Burgos. Le roi de Portugal refuse d'assister à ce couronnement « du fils d'un bâtard », ce qui ne déplaît pas à Lancaster – qui jure, avec Cambridge, de reprendre son héritage de Castille au successeur d'Enrico.

Subtilité du sage roi Charles V de France. Il commence à reprendre aux Anglais par une stratégie défensive intelligente tout ce qu'avaient perdu, sur le champ de bataille, ses prédécesseurs Jean le Bon et Philippe VI de Valois. Son exploitation intelligente de la rivalité sempiternelle entre les Anglais et Écossais, et son envoi de Pierre Conrart, seigneur de Bournesel auprès du roi d'Écosse pour savoir si les Français pourraient avoir une entrée en Angleterre de par les Écossais. Bournesel, attendant vent favorable à l'Écluse en Flandre, obéit aux ordres de Charles V et se comporte en public comme l'envoyé plénipotentiaire de celui-ci. Il attire sur lui l'intérêt mal intentionné du bailli de Sluis, qui en parle à son maître le comte de Flandre. Celui-ci convoque Bournesel à Bruges, qui croit bon de « se rendre » au comte, en la présence du duc de Bretagne. Ce comportement ne plaît ni au comte de Flandre, ni à son hôte ; tous deux le taxent d'impolitesse. Apprenant qu'il est guetté aussi par des agents anglais, Bournesel retourne en France et se plaint au roi de son mauvais traitement par le comte de Flandre. Il se trouve interpellé, cette fois, par un cousin de celui-ci, le chevalier hainuyer Jean de Ghistelles, irrité par son récit. Au grand plaisir du roi, Bournesel refuse de déchanter. Ghistelles reconnaît bientôt qu'il ne dispose plus de la faveur du roi, et doit chercher refuge auprès du duc Wenceslas de Brabant.

Charles V écrit au comte de Flandre, le censurant d'avoir empêché l'ambassade en Écosse de Bournesel, et d'avoir accueilli en Flandre son ennemi le duc de Bretagne. Excuses mielleuses de Louis de Male, et lettres encore plus désobligeantes de la part de Charles V. Le comte Louis les fait lire en public aux citoyens de sa ville de Gand, plaidant ainsi son innocence. Il ne soutient pas le duc militairement ; il ne lui offre que l'hospitalité due à un cousin germain. Les citoyens de Gand se déclarent prêts à affronter tout ennemi de la Flandre.

Colère du roi de France ; son vœu que l'orgueil et la jactance de Louis de Male trouvent quelque punisseur. Annonce de la part de Froissart des « tribulations » qui devaient bientôt s'abattre sur le comté de Flandre, et détruire sa prospérité et sa paix. Départ du duc de Bretagne, après un intervalle décent, pour l'Angleterre, où l'accueillent chaleureusement Lancaster et Richard II.

Amor vincit omnia, ou peu s'en faut. Le jeune comte de Saint-Pol, en prison courtoise à Windsor, tombe amoureux de Mahaut ou Mathilde de Holland, fille de Thomas de Holland et de Jeanne de Kent, princesse de Galles. Négociation d'une rançon en vue d'un mariage ; le jeune comte perd à jamais la faveur du roi Charles V de France.

En Bretagne, les villes fortifiées ferment leurs portes à tout étranger (français). Le duc, demeuré en Angleterre, apprend comment le connétable Du Guesclin, sur la frontière orientale, et le duc d'Anjou, depuis la cité d'Angers, maintiennent une pression française sur le duché. Craignant la trahison, et ne recevant aucun encouragement de la part des Anglais, il rechigne à venir lui-même en Bretagne.

« Joute amoureuse » en Cotentin entre le bien-nommé Lancelot de Lorris et Sir John Copeland ; mort de celui-là, suivie d'une mêlée entre Sir John Harleston, capitaine anglais de Cherbourg, et Guillaume des Bordes et ses compagnons français, au terme de laquelle la plupart de ceux-ci se trouvent prisonniers des Anglais.

Théâtre de guerre d'Auvergne : prise par Geoffroi Tête-Noire, routier breton, du château fort de Ventadour ; prise par Aimerigot Marchés ou Marcel du château de Chalusset. Sa prise d'Alleuze et de Vallon par des actes savamment calculés et fort cruels. Constitution d'un réseau de forteresses « anglaises » mais relevant de plusieurs capitaines de routiers.

27 mars Mort du pape Grégoire XI
8 avril Élection du pape Urbain VI (Bartolomeo Prignano)
mai-juin Les cardinaux français réunis à Anagni déclarent nulle l'élection d'Urbain
21 septembre Élection à Fondi par les cardinaux français de Clément VII (Robert de Genève, évêque de Cambrai)

Ceux du parti de Clément VII recrutent à leur service le capitaine breton Silvestre Bude et sa troupe ; les partisans d'Urbain VI enrôlent à leur tour des mercenaires lombards et allemands.

En France, le roi et son conseil, ainsi que l'université de Paris, débattent la question de savoir s'il faut soutenir Clément ou Urbain. Les prélats français et les frères du roi optent finalement pour celui-là. Charles V le reconnaît alors, suivi bientôt par le roi de Castille, le comte de Savoie, le seigneur de Milan, la reine de Naples et le roi d'Écosse. Les diocèses de l'Empire, en revanche (en dépit de l'empereur Charles), ainsi que le roi d'Angleterre et le comte de Flandre, se déclarent partisans d'Urbain. Aubert de Bavière, seigneur de Hainaut, essaie de maintenir une neutralité discrète.

Clément envoie le cardinal de Poitiers auprès des seigneurs de Hainaut, Brabant et Flandre, pour les convaincre de la non-validité de la première élection d'Urbain. Clément prépare son départ pour Avignon. À Rome, les mercenaires bretons de Silvestre Bude ont été chassés de leur garnison dans le château Saint-Ange par les Romains ; le routier s'en venge en tuant bon nombre des citoyens-conseillers romains réunis sur le Campidoglio. S'ensuit un massacre de tout clerc de sympathie clémentiste, surtout s'il s'agit d'un Breton.

Venue le trouver à Fondi, la reine de Naples investit le pape Clément de toutes ses terres en Italie et en Provence ; celui-ci les donne en son nom au duc d'Anjou, pour qu'il défende les intérêts de la reine contre les ambitions territoriales de Charles de la Paix, de Sicile.

Emploi par Charles de la Paix de nécromancie contre la reine de Naples.

Clément VII s'installe dans son palais à Avignon, et investit le duc d'Anjou des terres de la reine de Naples.

Le traité de Brétigny (1360) ayant mis une fin temporaire au conflit franco-anglais, Sir John Hawkwood se crée une bande de routiers qu'on appelle les « Tard-venus ». Après un premier succès à Brignais (1362), contre une armée royale française, Hawkwood soutient le marquis de Montferrat contre les Milanais. Les Romains du parti d'Urbain VI le retiennent comme mercenaire, et il parvient à vaincre Silvestre Bude et ses Bretons.

1379

Au printemps, début du conflit en Flandre entre Louis de Male (« sage et soubtil ») et ses citoyens de Gand. Grande prospérité, jusque-là, du comté et de ses villes drapières. Le comte fait assassiner Jan Doncker par un certain Jan Yoens ; celui-ci se réfugie à Douai, où il vit confortablement pendant trois ans aux frais du comte. La ville de Gand le bannit pour cinquante ans, le privant aussi de toutes ses possessions.

Mais le comte parvient à faire pardonner ce méfait à Yoens, qui regagne la ville de Gand au grand étonnement de ses habitants, d'autant plus que Louis le crée doyen des bateliers (office rapportant cinquante livre par an).

Guisebrecht Mathieu, l'un des sept frères d'une grande dynastie bourgeoise de Gand, traditionnellement à la tête des « navieurs », cherche un moyen lui permettant de détruire Yoens. Froissart nous raconte l'histoire d'une inimitié tenace et amère opposant les Pier de Dourdan (dont descendent les Mathieu), et les Barde de la même ville (dont descend Jan Yoens).

Guisebrecht Mathieu persuade Louis de Male qu'il a trouvé un moyen sûr d'augmenter les revenus payés aux *navieurs* et partant au comte : on demandera désormais aux *navieurs* étrangers de payer une taxe supplémentaire. Le seul obstacle à ce développement, c'est Jan Yoens. Convoquant celui-ci, Louis le somme d'introduire le changement souhaité ; Yoens, tout en sachant que tout n'est pas aussi simple (on risque d'aliéner les marchands étrangers), répond qu'il fera tout son possible.

Lors d'une assemblée convoquée pour débattre la nouvelle proposition, Yoens est ravi d'entendre les frères Mathieu s'y opposer. Il se croit autorisé d'annoncer au comte que la chose ne peut pas être faite ; Louis, fort mécontent, le prive de son office, et le donne à Guisebrecht Mathieu, qui a promis au comte de lui faire parvenir l'usufruit du nouvel impôt, à perpétuité.

Mathieu fait obtenir au comte cette redevance ; fort libéral de ses dons d'argent (pris aux *navieurs*, qui n'osent pas trop protester), il gagne peu à peu la sympathie des chambellans et autres officiers du comte, cependant que Yoens se voit privé d'un bon tiers des profits auxquels il avait eu droit comme doyen. Il attend pourtant le moment le plus propice pour agir, et, pour l'instant préfère ne rien dire.

mai 1379

Un autre Mathieu, Étienne, propose à ses frères d'assassiner lui-même Yoens, pour l'empêcher de revenir, tôt ou tard, à la charge. Ses frères n'approuvant pas cet homicide, les choses en restent là, jusqu'au moment où intervient le diable (nous dit le chroniqueur). L'astuce du démon consiste à encourager les citoyens de Bruges, forts de l'appui du comte Louis (à qui ils ont versé beaucoup d'argent), de creuser un canal entre la Lys et la Reye, afin d'avoir accès à l'eau douce qui leur fait défaut. Il s'agit, en somme, de détourner la Lys (et par conséquent l'étape des blés), au profit des Brugeois. Les Gantois, et en particulier les *naviers*, y voient une menace à leur prospérité, et demandent à leur ancien doyen, Yoens, d'intervenir. Se faisant longtemps et beaucoup prier, Yoens finit par recommander la remise en vigueur de l'ancienne milice bourgeoise de Gand, les *blancs chaperons*. L'approche de ceux-ci, dirigés par leur nouveau doyen et par Yoens, fait reculer les fossoyeurs brugeois...

Nouvelle atteinte aux franchises de Gand : le bailli du comte, Roger d'Atrive, refuse de céder aux autorités municipales un meunier gantois tenu en prison comtale à Eeklo. Refusant de le céder aux Gantois, le bailli répond aux émissaires de la ville qu'il a bien le pouvoir d'arrêter un homme, mais non pas de le livrer à qui que ce soit.

Yoens se sert de toute occasion, comme de celle-ci d'ailleurs, de brouiller le comte avec ses citoyens de Gand. Persuadé qu'il est que la nouvelle redevance découragera le commerce avec les villes de Valenciennes, Douai, Lille et Béthune, il attend son moment pour jeter le discrédit sur les Mathieu. Il ne sort dans la ville qu'entouré de deux ou trois cents *blancs chaperons*, éblouissant la foule par sa rhéthorique de démagogue. Il se garde bien, entre-temps, de prêcher la sédition ou de prôner un soulèvement contre le comte, pour le moment du moins.

Yoens envoie des émissaires au comte, parmi lesquels il a soin d'inclure Guisebrecht Mathieu (pour l'avoir sous surveillance). Louis les reçoit et promet de leur rendre le meunier, de tenir en respect leurs franchises, et d'interdire aux Brugeois de pousser plus loin leur projet de faire dévier la Lys. Une seule condition : les *blancs chaperons* doivent disparaître des rues de Gand.

Yoens persuade sans peine la foule que la milice demeure encore la meilleure ressource pour sauvegarder les droits et franchises de la ville. Voici que, quelques jours plus tard, arrive sur la grand-place Roger d'Atrive, la bannière du comte à la main et accompagné de deux cents hommes d'armes montés. Guisebrecht Mathieu et le doyen des petits métiers viennent à sa rencontre. Sa mission est de faire une perquisition de maison en maison, jusqu'à ce qu'il ait trouvé Jan Yoens et le doyen des *blancs chaperons*. En quelques minutes les *blancs chaperons*, au nombre de quatre cents, viennent à l'appui de Yoens. Les Mathieu prennent la fuite, alors que les *blancs chaperons* assassinent le bailli du comte, ennemi des franchises de Gand.

Envoyés en délégation à Male, près de Bruges, douze bourgeois choisis par Yoens et ses pairs réussissent à apaiser la colère du comte, mais Yoens lui-même, reconnaissant que sa vie politique touche à sa fin, se résout à jouer le tout pour le tout. Le lendemain matin, sept mille hommes armés sont assemblés sur les champs à l'extérieur de la ville. Yoens les emmène à Wondelgem, où ils mettent à sac la résidence de prédilection du comte de Flandre.

Ayant appris ce qui vient de se passer à Wondelgem, le comte renvoie les émissaires de Gand, menaçant de mort les fauteurs. Il part pour Lille où il commence à rassembler une armée.

Yoens va rechercher le soutien des villes de Flandre, y compris celle de Bruges. Ayant envoyé des négociateurs auprès des autorités municipales brugeoises, il brûle les étapes en lançant un premier assaut contre la ville. Des alliances sont bientôt conclues, et deux jours plus tard les Gantois s'en vont à la ville de Damme, où Yoens tombe malade d'un *enflement* ; il meurt à Ardembourg, peut-être empoisonné.

Obsèques solennelles de Yoens à Gand, *comme se ce fust le conte de Flandres*. Quatre nouveaux capitaines sont nommés pour le remplacer, et ils quittent la ville accompagnés de douze mille hommes d'armes, pour Courtrai, et plus tard Torhout et Ypres. On y prend des otages, tout en concluant des alliances de solidarité. Louis de Male prépare la ville d'Audenarde contre le siège qu'il y attend de la part des Gantois. Ceux-ci y viennent nombreux, en effet, jusqu'à cent mille selon Froissart, et entourent la ville.

Sachant que le comte lui-même est à Dendermonde, Rasse de Herzeele emmène avec lui six mille hommes pour surprendre la ville, mais sans succès.

Intervention du duc de Bourgogne et conclusion d'une trêve. Le comte pardonne aux Flamands leurs méfaits et aux

Gantois la destruction de sa résidence. Il doit venir s'installer à Gand, et au bout d'un an les Gantois auront reconstruit Wondelgem.

Affaires de Bretagne : le duché étant sujet à des attaques de la part de Du Guesclin, les cités bretonnes envoient des lettres au duc en Angleterre, lui demandant de venir à leur secours. Les Anglais estiment que le duc peut très bien faire confiance à la plupart de ses sujets, et l'encouragent à partir ; mais ils retiennent auprès d'eux sa femme la duchesse, sa mère et ses frères. Jurant de faire tourner son duché anglais, et recevant des promesses de secours armé, il embarque à Southampton et arrive enfin à Guérande.

29 novembre 1378 : mort de l'empereur Charles de Bohême, roi des Allemands. Lui succède son fils Charles de Bohême et d'Allemagne, roi des Romains.

Ambassade de Richard Burley auprès du roi d'Allemagne à propos du mariage de Richard II avec la sœur de celui-ci.

Une armée anglaise de deux cents hommes d'armes et quatre cents archers embarque à Southampton, sous le commandement de John d'Arundel. Poussés par un vent contraire vers la côte cornouaillaise, ils se trouvent le lendemain au large de l'Irlande. Naufrage de trois vaisseaux, et noyade d'Arundel et de la majorité de l'équipage de chaque *nef*.

Affaires de Flandre, à nouveau. En dépit des Gantois, Louis de Flandre semble peu enclin à quitter Bruges pour aller s'installer à Gand. Vingt-quatre bourgeois notables sont envoyés auprès de lui en délégation, pour l'assurer de la grande affection des Gantois. Arrivé enfin dans la ville de Gand, Louis réclame la suppression définitive des *blancs chaperons* et des réparations pour le dédommager de la mort de son bailli. Le lendemain matin le comte s'adresse à une foule sur la place du marché qui compte au moins quelques douzaines de *blancs chaperons* expédiés par leurs capitaines. Louis parle de son amour de Gand et de ses citoyens, et les prie de l'accepter à nouveau comme leur seigneur – mais qu'ils cessent de porter le blanc chaperon.

Cinq jours plus tard, le comte de Flandre quitte la ville de Gand en colère, pour passer l'hiver à Lille. Les Gantois s'approvisionnent en blé et en viande...

Olivier d'Atrive, cousin du bailli assassiné, vient défier la ville de Gand, accompagné de plusieurs seigneurs flamands. Trouvant sur leur chemin quarante *naviers* de Gand charriant du blé vers la ville, ils les mettent en morceaux et leur crèvent les yeux. Rassemblement à Gand sous Jean Pruneel (« Pruniau ») des blancs chaperons, qui vont à l'assaut d'Audenarde, laissée sans défense. Destruction des portes, tours et murs du côté de Gand. Louis somme la municipalité de Gand de lui rendre la ville d'Audenarde ; sinon, la guerre sera renouvelée.

12 mars 1380 : départ des Gantois d'Audenarde ; sont bannis de Flandre et Jean Pruneel et tous ceux qui avaient participé à l'attentat contre les quarante *naviers* de Gand.

Louis fait réparer et fortifier la ville d'Audenarde. Son cousin Aubert de Bavière lui livre Jean Pruneel, et le comte le fait décapiter à Lille. Exécution à Ypres de quelques foulons et tisserands coupables d'avoir tué des chevaliers du comte et d'avoir laissé entrer les Gantois sans avoir essayé de les en empêcher. La réaction des Gantois ne se fait pas attendre : les trois capitaines partent avec quinze mille hommes pour incendier toute maison de gentilhomme aux alentours de Gand. Louis de Male autorise désormais tout acte de vengeance légitime contre les Gantois de la part de ses chevaliers. Sous les ordres d'Aumot, *Hase* de Flandre, une armée vient à Gand pour abattre tous les moulins à vent. Une deuxième armée fait des ravages entre Audenarde et Courtrai. Rasse de Herzeele quitte donc la ville de Gand avec l'ensemble des *blancs chaperons* pour aller à la rencontre de celle-ci. Il essaie de conclure des alliances avec les villes d'Ypres et de Bruges, pour préparer un siège contre Lille, mais en vain.

Le roi de France estime que les Gantois ont un mauvais seigneur ; le duc d'Anjou aussi. Quant au pape Clément, celui-ci est de l'avis que tout ce que souffre le comte de Flandre lui est infligé par Dieu, pour le corriger de ses fautes.

13 mai 1380 : mort du connétable de France, Bertrand Du Guesclin, en Auvergne. Le corps embaumé est emporté et transporté à Saint Denis, où il sera inhumé. Le seigneur de Coucy refuse courtoisement d'accepter l'office de connétable, estimant qu'il devrait échoir à Olivier de Clisson.

Affaires de Bretagne. Le duc de Bretagne attend toujours du secours de la part de ses alliés anglais. Le naufrage de la flotte d'Arundel n'a guère arrangé les choses. À la Pentecôte 1380, les émissaires du duc arrivent à Londres. Richard II propose d'envoyer Thomas, comte de Buckingham, dernier fils du roi Édouard III, au secours du duc de Bretagne. L'armée de Buckingham arrive à Calais le 19 juillet 1380. Dénombrement de ses effectifs. Quittant Calais, ils traversant l'Artois ; les forteresses d'Artois et de Picardie ont été bien préparées contre leur passage par le seigneur de Coucy. Escarmouches entre les Français et les fourragers anglais, et rencontres entre groupes d'aventuriers des deux côtés. Itinéraire des Anglais (Fervaques, Saint-Quentin, Laon, Reims, où les Anglais incendient une quarantaine de villages, leurs habitants ayant refusé de les pourvoir en bêtes, en vin et en pain). Escarmouches près de Troyes, où se trouvent les ducs de Bourgogne, de Bourbon et de Bar, avec le comte d'Eu et d'autres seigneurs de France. Ceux-ci ont fait construire une bastide devant la ville, pour s'abriter en cas de nécessité.

Splendeur armoriée de l'*ost* de Buckingham, au lever du jour. Deux hérauts d'armes, Chandos et Aquitaine, sont expédiés aux Français pour demander le combat devant la ville de Troyes, mais ne parviennent pas à accomplir leur tâche. Après quelques escarmouches, les Anglais décampent, poussant jusqu'à Mâlay-le-Vicomte, près de Sens. Cependant, le roi de France déconseille aux habitants de Nantes d'accueillir les Anglais venus pour secourir son ennemi le duc de Bretagne.

Passant l'Yonne au-dessus de Sens, les Anglais entrent en Gâtinais et en Beauce. Escarmouche à Toury, et fait d'armes « pour l'amour de sa dame » demandé aux Anglais par un jeune écuyer du pays nommé Gauvain (!) Micaille, qui ne veut pas laisser passer cette occasion de combattre contre les Anglais. Joute entre Micaille et un écuyer anglais, Janequin Cator. Le jour tombant, Buckingham ordonne qu'elle soit reportée à une date ultérieure. Le Français reçoit la permission du comte de chevaucher avec les Anglais jusqu'au jour pris pour la reprise de la joute.

Le roi français, de par Jean de Bueil, chevalier enrôlé sous les ordres du duc d'Anjou, ordonne à ses chevaliers de ne pas s'engager avec l'armée de Buckingham, qui s'épuisera d'elle-même, d'autant plus qu'elle ne trouve pas d'eau potable en Beauce.

Les deux écuyers trouvent enfin l'occasion de reprendre leur joute, près de Blois. L'Anglais blesse Micaille dans la cuisse, coup qui est très mal vu par ses compagnons. Après les trois coups d'épée, on désarme Micaille ; Buckingham le renvoie entre les rangs des Français, accompagné d'un héraut. Il lui envoie par la suite la somme de cent francs pour avoir bien combattu.

Dernière maladie du roi Charles V de France, à Paris. Froissart parle d'un empoisonnement que lui aurait infligé, il y a longtemps, Charles de Navarre. Dernières consignes données par Charles V aux oncles royaux de son jeune successeur.

Les Anglais poursuivent leur route vers Vendôme. Prise de quelques prisonniers français. Les Anglais réussissent à enlever les pilotis laissés dans la Sarthe par les Français pour empêcher leur passage ; ils traversent la rivière près de Noyen.

Dimanche 16 septembre 1380 : mort de Charles V de France, et accession de Charles VI (1380-1422), à l'âge de 11 ans. Le duc d'Anjou s'empare des joyaux du défunt. Obsèques du roi, inhumé à l'abbaye de Saint-Denis.

Les Anglais rencontrent enfin quelques chevaliers bretons, mais se déclarent étonnés par l'absence d'activité militaire exhibée par leurs alliés de Bretagne. Seul Buckingham et quelques barons anglais sont admis dans la cité de Rennes. Ils y attendent pendant quinze jours l'arrivée du duc. Trois jours passés ensuite à *Saint Supplice* (Saint-Sulpice, en fait !), puis trois autres à Combourg – et toujours aucune nouvelle du duc de Bretagne. Il paraît enfin à Hédé, et reçoit les Anglais à Rennes, leur promettant qu'il viendra assister au siège qu'on fera devant Nantes, quinze jours après l'arrivée de ses alliés.

Dimanche 4 novembre 1380 : couronnement à Reims du roi Charles VI de France. Évocation fort détaillée de la cérémonie. Entrée du nouveau roi à Paris. Le duc de Berry chargé du gouvernement en Languedoc, le duc de Bourgogne de celui de Picardie et de Normandie, le duc d'Anjou de celui du royaume, « delez le roy son nepveu ». Restauration du comte de Saint-Pol. Siège de Nantes ; disposition des lieutenants de Buckingham autour de la cité.

10 novembre : le Barrois des Barres fait une sortie de Nantes, pour surprendre les Anglais pendant leur souper. Le lendemain il emmène avec lui deux cents hommes dans des bateaux pour attaquer Sir John Harleston dans son logis. Harleston est sauvé par l'arrivée de Sir Robert Knolles. Huit jours plus tard, le Barrois s'en prend aux soldats de Buckingham lui-même. Escarmouches renouvelées, du 8 au 20 décembre, sans grand avantage pour les Français ou Anglais. Ceux-ci attendent toujours l'arrivée du duc de Bretagne, mais en vain. Lui veut bien venir au siège, mais ses nobles rechignent à dévaster leur propres terres...

Après deux mois et quatre jours de siège, les Anglais quittent Nantes pour Vannes. À une lieue de la ville, ils rencontrent enfin le duc de Bretagne, qui propose d'y accueillir Buckingham pendant l'hiver, en attendant que revienne la belle saison (des combats). L'avant-garde et l'arrière-garde de l'armée anglaise se voient obligées de bivouaquer sur les champs, les habitants de Hennebont et de Quimper-Corentin refusant de les laisser entrer dans leurs villes. Défaut de vivres et de fourrage.

Faits d'armes (compétition sportive) au château fort de Josselin, sous la présidence du connétable de France et du comte de Buckingham.

Les Anglais ont beaucoup de mal à s'approvisionner en Bretagne, et doivent chercher fourrage et vivres en Cornouailles, et dans les îles de Guernesey et de Wight.

Cependant, les envoyés du duc de Bretagne sont arrivés à Paris. Ils parviennent à négocier une paix durable avec le roi de France. Buckingham, tout furieux qu'il est, se voit obligé de rentrer en Angleterre.

Fait d'armes « sportif » mais mortel près de Cherbourg entre un écuyer anglais, Nicholas Clifford, et un écuyer français, qui a la gentillesse d'armer son adversaire. Le Français est tué au combat ; l'Anglais et ses compagnons dînent chez le connétable, et le Barrois des Barres les reconduit à Cherbourg.

Affaires de Flandre. Disputes et rixes entre les petits et grands métiers à Bruges. Invité dans cette ville par les plus grands de la municipalité, le comte Louis y vient en justicier ; il fait emprisonner jusqu'à cinq cents personnes soupçonnées de sympathiser avec les Gantois. Il se prépare ensuite à punir la déloyauté des habitants d'Ypres, qui, à leur tour, demandent promptement secours aux Gantois. Les milices des deux villes prennent rendez-vous pour combattre l'armée du comte, mais celui-ci prépare un guet-apens. L'affaire finit en débandade, le blâme tombant sur l'infortuné Jean Boele, qu'on met en pièces.

Louis de Flandre propose de mettre le siège devant Ypres, mais les échevins venant à sa rencontre afin de soumettre la ville à sa volonté, Louis accepte bien courtoisement la soumission, et leur montre sa clémence ; il fait décapiter plus de sept cents foulons et tisserands ayant fait preuve de sympathie envers les Gantois. Il envoie quatre cents notables de la ville d'Ypres à Bruges, où ils sont emprisonnés comme otages. Soumission analogue de la ville de Courtrai, et envoi de deux cents habitants de cette ville en prison à Lille et à Douai.

Louis met le siège devant la ville de Gand, mais ne peut empêcher qu'au moins trois ou quatre des portes demeurent ouvertes à leurs alliés de Brabant et Bruxelles. Topographie de la ville, très dure à entourer à cause de ses rivières, etc. Escarmouches entre les milices brugeoises et les Gantois. Les Gantois font des sorties, et parviennent à conquérir Alost, Dendermonde et Grammont.

Louis de Flandre lève le siège de Gand. Quelques semaines plus tard il rassemble à nouveau ses hommes d'armes pour venir contre Gauvre, dont le capitaine, Jean de Launnoit, envoie à Gand chercher secours. Combat près de Deynse entre Jean de Launnoit (Jan van der Elst) et Rasse de Herzeele, et les hommes d'Audenarde et de Deynse.

Lundi, 13 mai 1381 : bataille de Nevele, près de Gand. Défaite des Gantois et mort atroce de Jean de Launnoit et de Rasse de Herzeele.

N'ayant pas pu rejoindre à temps Rasse de Herzeele, Pieter van den Bossche met le siège devant Courtrai, mais en décampe quand il apprend que Louis de Flandre vient le chercher. Il se retire à Deynse, puis revient peu à peu à Gand.

Les Gantois nomment Arnould de Clerck (Arent de Cleerc) châtelain de Gavre, pour faire frontière contre Audenarde. Ses hommes surprennent et tuent quelques chevaliers flamands qui viennent de sortir d'Audenarde. Arnould à son tour est surpris dans la ville d'Eenaeme, et tué avec onze cents Gantois.

Voyant la destruction progressive des capitaines de Gand, Pieter van den Bossche fait élire Philippe d'Artevelde (fils de Jacques du même nom), souverain capitaine de Gand.

Mai 1381 : affaires espagnoles. Guerre entre les rois de Portugal et d'Espagne à propos des filles de Pierre le Cruel de Castille, Constance, duchesse de Lancaster, et Isabelle, comtesse de Cambridge (duchesse d'York après 1385), déshéritées du trône de Castille par suite du soutien accordé par les Français au successeur d'Enrico, Jean. Le roi Ferdinand de Portugal envoie en Angleterre des émissaires pour annoncer son soutien de la cause lancastrienne et partant son hostilité aux Français. Que les Anglais lui envoient Jean de Lancaster, et on recouvrera ensemble l'héritage qu'on lui a volé.

Les Anglais préfèrent envoyer le duc de Lancaster en Écosse, car les trêves anglo-écossaises vont expirer en juin. Au comte de Cambridge l'honneur de conduire une armée au Portugal ; si le duc de Lancaster réussit à fair prolonger les trêves avec l'Écosse, il pourra y aller aussi.

Les Anglais nomment Henry de Percy gouverneur de Northumberland et de Durham. Jean de Lancaster part pour l'Écosse, et le comte de Cambridge embarque pour le Portugal.

À partir de février 1381 : début de la grande rébellion des paysans en Angleterre (*Peasants' Revolt*), et surtout des serfs des comtés de Kent, Essex, Sussex et Bedfordshire. Explication par Froissart du *servage* en Angleterre. Sermons égalitaires de John Ball. Premières rébellions à Londres.

Lundi 10 juin : Wat Tyler, capitaine des rebelles, à Cantorbéry, accompagné de John Ball et de Jack Straw. Les révoltés marchent sur Londres, détruisant les maisons d'avocats et de procureurs. À Rochester ils contraignent un chevalier rencontré sur le chemin (Sir John Newton) de les accompagner. Les révoltés arrivent sur la colline de Blackheath, près de Greenwich, qui domine du sud la ville de Londres. Le maire, Sir William Walworth leur ferme au nez les portes de la cité.

Jeudi 13 juin : première entrevue des révoltés avec leur roi, Richard II, à Rotherhithe, lui dans sa *barge*, eux sur la rive gauche de la Tamise.

Destruction par les insurgés de la Marshalsea Prison, faubourg de Londres. On leur ouvre enfin les portes de la cité ; ils incendient le Savoy Palace, demeure du duc de Lancaster, ainsi que la maison des Hospitaliers, et massacrent tous les Flamands qu'ils peuvent trouver. Pillage aussi des maisons des banquiers de Lombardie. Ils passent la nuit dans les environs de la Tour de Londres.

Assassinat de l'archevêque de Cantorbéry, Simon Sudbury.

Deuxième entrevue des insurgés avec le jeune roi Richard, à Mile End. Il leur accorde tout, leur promettant ses lettres abolissant le servage, et des bannières. Qu'ils rentrent maintenant chez eux.

Wat Tyler veut mettre la main sur le roi ; Walworth l'assomme ; le sang-froid du jeune roi lui permet d'apaiser la foule des insurgés. Peu de temps après, il leur demande de rendre à ses officiers ses lettres et bannières.

15 juillet 1381 : exécution de Jack Straw et de John Ball. Débandade des révoltés. Résistance héroïque de Sir Robert Sall. Exécutions d'autres capitaines des rebelles.

Le duc de Lancaster en Écosse. Des négociations de quinze jours aboutissent à une trêve de trois ans.

Richard II punit les rebelles du Kent, reprenant aux habitants de chaque village les lettres qu'il leur avait données abolissant le servage.

Arrivée à Lisbonne du comte de Cambridge.

Vengeance de Philippe d'Artevelde, qui fait exécuter ceux à Gand qu'il tient pour responsables de la mort de son père, Jacques. Louis de Male vient mettre le siège devant Gand. Prise de Grammont par le seigneur d'Enghien, tué un mois plus tard par les Gantois.

Louis de Flandre lève le siège de Gand et rentre à Bruges. Blocus de la ville de Gand. Négociations de paix à Haerlebeke, près de Courtrai, où se trouvent douze bourgeois de Gand ainsi que le duc et la duchesse de Brabant. Le prix en est l'envoi de deux cents Gantois en prison à Lille. Simon Bette et Guisebrecht Grute reviennent à Gand faire un compte rendu public des négociations. Les accusant de lâcheté et de trahison, Pieter van den Bossche et Philippe d'Artevelde les assassinent à coups de couteau. La guerre reprend de plus belle.

1382

17 janvier : publication à Paris du rétablissement général des aides.

24 février : soulèvement à Rouen (puis à Paris) à propos de la réimposition des aides et fouages, et de la gabelle.

Juin : répression d'émeutes à Rouen ; *1er-2 août*, second soulèvement à Rouen.

Négociations d'Enguerrand de Coucy avec les insurgés de Paris, le roi Charles VI s'étant réfugié à Meaux.

Le roi lui-même parvient à apaiser les insurgés de Rouen.

Affaires d'Espagne et de Portugal. Fiançailles de Béatrice, fille de Ferdinand de Portugal (10 ans), et d'Édouard, fils du comte de Cambridge (10 ans). Ce projet de mariage sera rompu en 1383 par celui de Béatrice de Portugal avec Jean de Castille.

Cambridge s'établit à Estremoz (Alentejo), alors que les Anglo-Gascons, sous le commandement du chanoine de Robersart, tiennent garnison à Villa Viçosa. Sans la permission du roi de Portugal, le chanoine livre l'assaut au château fort de Higuera-la-Real, en Espagne.

Le roi de Castille cherche appui auprès de ses alliés de France. Une armée est rassemblée sous les ordres d'Olivier Du Guesclin.

14 janvier 1382 : mariage de Richard II d'Angleterre et d'Anne de Bohême.

Le duc d'Anjou nommé par le pape Clément roi de Naples, de Sicile, de Jérusalem, et duc de Pouille et de Calabre, comte de Provence.

14 juin 1382 : il prend congé du pape et part avec le comte de Savoie pour la Lombardie. Son adversaire, Charles de la Paix, en garnison à Naples, revendique les mêmes titres que lui. Il fortifie son château fort de l'Œuf, content d'attendre patiemment que le duc d'Anjou s'épuise de lui-même.

Conquête facile par Anjou de la Pouille et de la Calabre. À Naples, un magicien (Garillo Caracciolo ?) propose de lui livrer le château de l'Œuf par nécromancie. On lui fait couper la tête, Anjou refusant de faire le métier des armes *par enchantement*.

Avril 1382, affaires d'Espagne : le chanoine de Robersart, toujours mécontent de ne rien faire, quitte à nouveau Villa Viçosa et prend d'assaut trois châteaux espagnols (Lobon, Cortijo et Zafra). Le roi de Portugal, contrarié à nouveau par ces activités non sanctionnées, refuse de payer les gages de tous les Anglais. Cambridge arrive à Villa Viçosa pour entendre les plaintes des *petis compaignons* qui ne peuvent vivre longtemps sans leurs gages. Seul, le chanoine de Robersart est capable de les dissuader de courir le pays pour leur propre compte.

Un héraut castillan apporte au roi de Portugal le défi du roi de Castille, qui demande la bataille. Celui-là choisit un terrain propice entre Elvas et Badajoz, et quelques jours plus tard les deux armées (les Portugais renforcés par les chevaliers du comte de Cambridge) se trouvent face à face. Craignant de perdre son royaume, Ferdinand, sans rien dire au comte de Cambridge, obtient un traité de paix. Jean de Lancaster étant retenu en Angleterre, l'armée portugaise manquait après tout d'effectifs.

Faits d'armes entre Tristan de Roye et Miles de Windsor, *à plates selles*.

Le roi de Grenade cherche des mercenaires pour sa guerre contre les rois de Barbarie et de Tramesaines. Des chevaliers anglais et surtout français y vont pour *trouver les armes*. Le comte de Cambridge regagne l'Angleterre. La femme du roi de Castille (Éléonore d'Aragon) étant morte, celui-ci épouse Béatrice de Portugal, car le roi de Portugal a fait annuler, par dispense exceptionnelle du pape, le mariage de sa fille au fils du comte de Cambridge.

Mort du roi de Portugal, sans héritier. Les Portugais, craignant de voir leur pays échoir aux Castillans, lui font succéder son frère bâtard, Jean.

Isolement politique croissant de Gand, alors que toutes les autres villes de Flandre, à l'exception des Quatre-Métiers, soutiennent le parti de leur comte. Dévastation du plat pays autour de Gand ; disette dans la ville même. On y meurt de faim. Philippe d'Artevelde confisque alors les granges et greniers des abbayes et riches échevins, ce qui mitige la souffrance. Sous la direction de François Ackerman, on envoie des convois à Bruxelles et à Liège pour demander des vivres qui permettront aux Gantois de survivre pendant quinze jours. Ackerman sollicite l'intervention du duc et de la duchesse de Brabant auprès du comte de Flandre. Celui-ci n'est pas du tout mécontent d'apprendre la souffrance des Gantois. Il en est de même de ses conseillers, Guisebrecht Mathieu et ses frères.

Louis propose de mettre le siège à Gand, du côté des Quatre-Métiers (direction d'où vient aux Gantois l'essentiel de leur ravitaillement). Il choisit un jour de fête, le 3 mai 1382, jour de la procession annuelle, à Bruges, du Saint-Sang.

Cependant, les efforts du duc et de la duchesse de Brabant pour avoir la paix semblent près d'aboutir. Des négociations ont lieu à Tournai, après Pâques. Philippe d'Artevelde est l'un des premiers des douze émissaires gantois à se déclarer prêt à souffrir le bannissement perpétuel de sa ville, si cette punition contente le comte de Flandre.

Le comte ne vient pas en personne aux négociations de paix, mais fait connaître ses conditions : tous les hommes entre quinze et soixante ans devront se soumettre à lui à l'extérieur de leur ville. De la ville de Gand, il en fera son bon plaisir, selon son gré du moment. Philippe d'Artevelde ne peut se résoudre à accepter de telles conditions.

Affaires de Paris (soulèvements populaires).
1er mars : insurrection des « Maillotins » à Paris.
13 et 25 mars : amnistie, puis grâce de ceux-ci.

Affaires de Gand. Dans un habile discours (voir notre § 60, ainsi que nos Variantes pour le texte du ms. de Leyde) prononcé devant l'ensemble des Gantois rassemblés sur la place du marché, Philippe d'Artevelde conseille qu'on se prépare à affronter l'armée du comte de Flandre. Que Dieu, plutôt que Louis de Male, décide de leur sort. Une armée de seulement cinq mille Gantois entend un sermon les comparant au peuple d'Israël. Après confesse, et après un deuxième « sermon » (de la part, cette fois, de Philippe d'Artevelde), ils font un dernier repas de ce qui leur reste de vivres, et quittent la ville au milieu de scènes d'émotion et de détresse.

3 mai 1382, jour de la Sainte-Hélène et de la procession du Saint-Sang à Bruges : remarquable victoire des cinq mille Gantois contre les quarante mille chevaliers du comte de Flandre.

Réfugié à Bruges investie par les Gantois, le comte de Flandre se trouve obligé de changer ses vêtements princiers contre la houppelande de son page, et cherche asile auprès d'une pauvre femme de Bruges (§ 62, et Variantes).

Grandes réjouissances à Gand, à la nouvelle de la victoire. Les Gantois agissent, à Bruges, avec la plus grande probité. Ravitaillement de la ville de Gand.

Louis de Male trouve un cheval et se sauve à Lille, où viendront aussi les autres rescapés de la défaite.

Réaction à la défaite de Louis de Male, des communes de Paris, Rouen et Liège, du pape Clément et des grands seigneurs de France.

Les autres villes de Flandre se soumettent aux Gantois. Philippe d'Artevelde se comporte à Gand comme s'il était lui-même le comte. Destruction par les Gantois de la résidence comtale de Male, y compris les fonts baptismaux sur lesquels on avoit tenu, naguère, le comte Louis.

Philippe reçoit l'hommage des habitants d'Ypres et des châtellenies environnantes. On le reçoit aussi à Courtrai. La garnison d'Audenarde, en revanche, ne lui transmet que des injures quand il les menace d'un nouveau siège.

Train de vie « comtal » de Philippe d'Artevelde, *regart de Flandre*.

Ravitaillement de la ville d'Audenarde, par Louis de Flandre. Le *9 juin*, Philippe y met le siège – qui dure tout l'été. Description des engins de siège fort puissants employés par les Gantois. Des contingents de l'armée gantoise partent sur le plat pays pour détruire les résidences de seigneurs flamands ayant cherché refuge en Hainaut ou en Artois.

Destruction par les routiers gantois, à Male (ou ce qui en reste), du berceau du comte de Flandre, fait en argent et armorié de ses armes, ainsi que de la cuve en or et argent dans laquelle on le baignait dans son enfance.

Le duc de Bourgogne réconforte Louis de Flandre, venu le voir à Bapaume, lui promettant de le restaurer dans ses terres et possessions. À Arras le comte fait preuve de générosité de cœur en libérant deux cents otages flamands, *en l'honneur de Dieu*. Bourgogne retrouve le roi et les oncles royaux à Senlis. Il fait connaître au duc de Berry son avis que les communes de Gand représentent une menace pour l'ensemble de la noblesse. Bien que ce soit en principe une affaire délicate que celle de trouver un prétexte légitime pour leur permettre d'attaquer les villes d'un vassal direct du roi, celui-ci vient lui-même tout à propos leur en fournir le meilleur qui soit : âgé qu'il est de quatorze ans, seulement, il a envie de se faire armer comme chevalier et de s'éprouver au combat. On convoque de suite un parlement qui aura lieu à Compiègne.

Charles VI et sa vision du cerf volant.

Siège d'Audenarde (suite). Craignant une initiative contre lui de la part du roi de France, ou plutôt de celle du duc de Bourgogne, Philippe d'Artevelde envoie son messager à Charles VI, lui demandant de faire en sorte que le comte de Flandre reconnaisse la nécessité d'une réconciliation. Le roi et ses oncles n'en font que rire, mettant en prison le pauvre messager. C'est ce qui provoque Philippe d'Artevelde à expédier en Angleterre une ambassade de douze hommes, pour faire croire aux Français qu'il recherche une alliance avec Richard II. Un peu naïvement, il les charge de demander au roi anglais la restitution d'un prêt de deux cent mille écus, vieux de quarante ans et fait au prédécesseur de celui-ci par Jacques d'Artevelde, pour aider Édouard III à payer les gages de ses soldats. La dette réglée, les Anglais seront les bienvenus en Flandre, où ils ne manqueront pas de venir, vu qu'ils n'ont que Calais, Brest et Cherbourg pour faire un débarquement en France !

Les oncles du roi trouvent la diplomatie de Philippe tout aussi risible que l'avaient trouvée les Français. Froissart estime que si Philippe n'avoit pas demandé la restitution de cet argent, les Anglais auraient peut-être envahi la France aux côtés des Flamands.

Affaires de Gascogne : Perducas d'Albret, seigneur anglo-gascon, acquiert l'héritage de Chaumont en Gascogne.

Les Français, au courant de l'ambassade de Philippe d'Artevelde auprès de Richard II, envoient de leurs propres chevaliers et prélats à Tournai, pour obtenir des intelligences. Ils y écrivent une lettre, tranmise par messagers à trois des villes où ils estiment trouver Philippe d'Artevelde. La lettre le prévient que ce serait folie de sa part de s'allier au roi d'Angleterre, et lui rappelle que la Flandre est bien un fief du roi de France. Recevant l'une des trois lettres à Gand, Philippe prend soin, d'abord, d'emprisonner le messager français, puis reprend le siège d'Audenarde. Sa réponse écrite, datée du *20 octobre 1382*, fort polie, est en même temps fort ironique. Le roi de France veut donc rétablir la paix en Flandre ? Pourquoi donc n'a-t-il jamais répondu aux lettres de Philippe lui demandant d'intervenir auprès du comte ? Il ajoute qu'il est peu enclin à leur faire confiance, et que la ville de Gand est prête à se défendre.

À Péronne, le roi de France annonce au comte de Flandre son intention d'abattre l'orgueil et la présomption de la ville de Gand. Il convoque une armée féodale de grande envergure, de tous les coins de la France.

Philippe d'Artevelde fait garder tous les passages et détruire les ponts sur la Lys. Lui et ses compagnons attendent toujours en vain une réponse quelconque de la part des Anglais.

Chevauchée et faits d'armes du *Hase* de Flandre et du seigneur de Jeumont et de leurs compagnons, à Menin. Ils livrent l'assaut à la ville, tuant et terrorisant beaucoup de ses habitants, mais tombent victimes d'une astuce paysanne : un pont sur lequel ils doivent passer pour regagner leur garnison s'effondre sous le poids de leurs chevaux et armures ; les paysans massacrent tous ceux qui ne succombent pas à la noyade.

3 novembre 1382 : arrivée du roi de France à Seclin. Temps fort mauvais, et pluvieux. Les Français cherchent le meilleur endroit pour passer la Lys. Enguerrand de Coucy leur recommande le chemin qui passe à travers Tournai, vers Audenarde. De cette façon ils maintiendront leur contact avec le Hainaut, source de ravitaillement. Les maréchaux préfèrent aller tout droit, et choississent donc de passer la Lys au pont de Comines.

Disposition de l'armée française (description des effectifs et des tâches assignées à chaque corps d'armée).

Lundi 17 novembre : trouvant le pont de Comines détruit, et neuf mille Flamands sur la rive droite, en face, les Français recherchent un autre endroit où ils puissent passer la rivière. Voici que le seigneur de Sempy et quelques chevaliers de la région leur proposent d'employer de petits bateaux qui feront la navette d'une rive à l'autre. Le projet étant agréé par le connétable et le maréchal, neuf chevaliers passent ainsi la rivière à chaque fois. Les arbalétriers créent une diversion du côté de Comines.

Le spectacle de l'arrivée sur le bord opposé des premiers chevaliers français surprend Pieter van den Bossche, capitaine d'un contingent de sept mille Flamands. Évocation par Froissart des conditions fort désagréables que doivent subir les Français (boue, pluie, marais, froid, etc.). Sempy l'éclaireur...

Combat au pont de Comines. À l'aube, les Flamands tentent de surprendre les Français, mais on les attend. Après le silence précautionneux des Flamands, voici les cris de guerre stridents des chevaliers de France. Évocation fort désagréable des blessures infligées aux Flamands. Pieter van den Bossche empalé d'un fer de lance, mais secouru par les siens. La boue jusqu'aux genoux et le sang sous les pieds...

Fuite des Flamands affolés. Reconstruction par les Français du pont de Comines. Pillage des premières villes rencontrées.

Apprenant au siège d'Audenarde que les Français ont réussi leur passage de la Lys, Philippe d'Artevelde demande conseil. On lui recommande d'assembler la plus grande armée que possible à Gand, pour la lancer ensuite contre le roi de France, vers Courtrai. Peut-être aura-t-on bientôt des nouvelles de renforts anglais... Philippe se prépare, stoïquement, au combat. L'annonce par un héraut anglais d'une alliance imminente ne fait rien pour le tirer d'un profond abattement.

Charles VI arrive à son tour à Comines, le mardi. Le lendemain matin il s'approche d'Ypres. Fausse alerte pendant la nuit. Rixe dans la ville d'Ypres ; assassinat par ses habitants de leur capitaine, trop confiant, à leur avis, à l'égard de Philippe d'Artevelde. Ils se rendent au roi de France, qui ne leur impose autre tribut que le paiement de la somme de quarante mille francs, pour le dédommager de ses menus frais.

Le roi de France apprend que les Parisiens se sont à nouveau soulevés ; ils songent à abattre les châteaux et demeures aristocratiques tout autour de Paris, à commencer par le Louvre et le château de Beauté – mais qu'on sache, préalablement, si le roi de France a été battu ou non par les Flamands !

Soumission au roi de France de plusieurs villes flamandes ; ils livrent au bon plaisir de Charles VI les capitaines laissés par d'Artevelde. Il les fait décapiter. Le comte de Flandre tenu à l'écart des conseils royaux.

Les Français tiennent une grande foire au butin sur le mont d'Ypres.

Arrivent enfin les émissaires anglais, de Calais. Les Anglais veulent bien confirmer une alliance anglo-flamande ; mais toutes les entrées en Flandre sont coupées par les Français.

De la ville de Gand et des bourgs environnants, Philippe d'Artevelde rassemble une grande armée, s'approchant peu à peu de Courtrai ; Charles VI, cependant, part d'Ypres pour venir au-devant de son ennemi. Il pleut toujours ; on est le mercredi *26 novembre 1382*. *Hubris* de Philippe d'Artevelde, qui se sent invincible et envisage pour lui-même un règne universel. Il choisit un emplacement avantageux près du village de West-Rozebeke, et donne à souper à ses hommes. Si les Anglais ne sont pas venus, leur dit-il, au moins les Flamands n'auront-ils pas à partager la gloire et l'honneur d'une belle victoire avec eux.

Une demoiselle de Gand, compagne de Philippe d'Artevelde, croit entendre vers minuit le bruit d'une grande bataille sur le Mont d'Or. Réveillé par la demoiselle, Philippe entend lui aussi la clameur. Le lendemain matin, les Flamands se mettent en ordonnance de bataille. D'Artevelde et son beau cheval de guerre, mené par un page. L'armement fruste des Flamands, les livrées bariolées des milices, et les bannières des métiers.

L'ordonnance des Français la veille de la bataille. Des coureurs français partis en reconnaissance découvrent les emplacements flamands. Création de quatre cent soixante sept chevaliers français nouveaux, et déploiement de l'oriflamme (pour la première fois contre des chrétiens, tout urbanistes qu'ils soient). Une colombe blanche descend sur l'une des bannières du roi...

Récit de la bataille de Rozebeke, le jeudi *27 novembre 1382*. Victoire du roi de France ; mort de plusieurs milliers de Flamands, et de Philippe d'Artevelde, asphyxié sous un monceau de corps. Le roi et les seigneurs français regardent de près le corps de Philippe d'Artevelde, avant de le pendre à un arbre.

Le siège d'Audenarde levé ; crainte des habitants de Bruges que les Bretons ne viennent leur enlever leurs joyaux, qu'ils envoient promptement en Hollande ou en Zélande. Pieter van den Bossche retourne à Gand, blessé et porté sur une litière. La ville de Courtrai pillée par le *Hase de Flandre* et ses compagnons. Charles VI y entre le *1ᵉʳ décembre* ; massacre de ses habitants en souvenir de la défaite française et des éperons d'or (juillet 1302). Soumission des Brugeois, et ressentiment des Bretons empêchés de courir la ville et de la piller. Pieter van den Bossche apaise les craintes des Gantois, et leur ordonne de fermer toutes les portes de la ville.

À Calais, Sir William Faringdon apprend la nouvelle de la défaite des Flamands, et, abandonnant toute négociation avec François Ackerman, s'en retourne en Angleterre.

Malgré les supplices du comte de Flandre, Charles VI confirme son ordre que la ville de Courtrai soit incendiée et dévastée. Son séjour à Tournai, où le comte de Saint-Pol reçoit la commission d'extirper toute sympathie urbaniste. L'affaire rapporte au roi de France la somme de sept mille francs.

Les Gantois se montrent toujours intraitables. Ils veulent bien relever de la couronne française, mais n'accepteront jamais comme leur seigneur immédiat le comte de Flandre.

Le comte de Flandre retourne à Lille pour y passer l'hiver. Le roi, ayant échoué dans sa tentative de convertir au pape Clément l'ensemble du clergé de Flandre, s'en va en Artois, passant par Arras et Péronne ; il regagne, enfin, Paris, par Noyon et Senlis, mais lui et ses oncles retrouvent les Parisiens sous les armes, et arborant vingt mille maillets de plomb. Quatre grands seigneurs vont sous sauf-conduit à leur rencontre pour essayer de les apaiser. Le tact et la diplomatie du connétable a finalement raison de l'orgueil et de l'ironie cinglante des Parisiens.

Rétablissement de l'ordre dans Paris, et punition (financière) des rebelles. Les maillets sont enfermés dans le château fort de Beauté, à Vincennes. Rétablissement des aides.

Emprisonnement et noyade de plusieurs Parisiens, et exécution de plusieurs hommes présumés responsables d'avoir fomenté le soulèvement.

1383

19 janvier : exécution à Paris de Nicolas le Flamand.
28 janvier : exécution à Paris du clerc Jean des Marès ; son courage, sa dignité et sa foi en la justice de Dieu.

Exécutions et « rançons » à Rouen, et à Reims, Châlons, Troyes, Sens, Orléans et ailleurs. On trouve, partant, le moyen de payer les combattants de Flandre.

En Flandre, les Gantois s'emparent d'Ardembourg et la mettent à sac. Ils pillent l'ensemble du plat pays autour d'Alost, Dendermonde et Audenarde.

Urbain VI accorde à Richard II une dîme à prélever sur les églises en Angleterre, pour appuyer de nouvelles campagnes militaires (*croisades*) contre les clémentistes, en Castille et en France. Indulgences plénières à Londres... Le duc de Lancaster partira en Espagne, alors que l'évêque de Norwich entrera en France par la Flandre.

23 avril : Henry Despenser, évêque de Norwich débarque à Calais avec une puissante armée.

4 mai : début de sa campagne, en Flandre (en dépit des protestations de Sir Hugh Calveley, qui rappelle à l'évêque que les Flamands sont *urbanistes*). Sac de Gravelines, et panique des Flamands qui envoient femmes et enfants dans des villes éloignées. Protestations de la part du comte, seigneur de Flandre. L'évêque de Norwich rétorque qu'il ne reconnaît comme seigneur de Flandre que le roi de France et le duc de Bourgogne, ses ennemis. Il ne veut pas non plus qu'on lui rappelle que le comte de Flandre est urbaniste, et fait remarquer que la terre où il combat relève bien en tout cas d'une clémentiste, la duchesse de Bar.

Mort d'un héraut breton, Montfort, devant Dunquerque. Bataille de Dunquerque, et défaite des Flamands. Alerté par Louis de Male, le duc de Bourgogne raffermit les frontières de Flandre. Soumission aux Anglais de Bourbourg ; prise de Saint-Venant, Poperinghe et Messines. Ayant conquis le littoral, ils mettent le siège devant Ypres, où viennent les trouver les Gantois et leur capitaine Pieter van den Bossche.

Une tentative de la part du comte de Flandre d'employer l'évêque (urbaniste) de Liège comme intermédiaire auprès de Despenser n'aboutit pas. Le duc de Bourgogne comprend qu'il est temps d'intervenir. Un parlement a lieu à Compiègne, le roi de France déclarant son intention de venir en Flandre contre l'envahisseur, et pour lever le siège d'Ypres.

Prise à Menin de deux chevaliers flamands, Jean du Moulin et Jean sans Terre.

Rassemblement sur les frontières de Flandre et Hainaut des alliés du roi de France. Les Anglais et Gantois lèvent le siège d'Ypres. Prise par les Français de Cassel et de Bergues. Les Anglais se retirent sur Bourbourg, où arrivent bientôt aussi les Français.

François Ackerman profite de l'absence de la ville d'Audenarde de son capitaine, pour la prendre par escalade.

Affaires d'Auvergne : prise par escalade du château fort de Mercœur par le routier Aimerigot Marcel.

Siège de Bourbourg ; les Anglais en décampent, laissant la ville aux Français et aux Bretons. Une image de Notre-Dame fait des miracles. Négociations à Leulinghem, pendant trois semaines. Signature, le *26 janvier* 1384, d'une trêve qui doit durer jusqu'au 29 septembre 1384 [elle fut prolongée, en fait, jusqu'au 1er mai 1385].

7 décembre 1383 : mort de Wenceslas de Bohême, duc de Luxembourg et de Brabant.

1384

30 janvier : mort à Saint Omer de Louis de Male, comte de Flandre. Description fort circonstanciée des cérémonies et préséances lors des obsèques. [Philippe le Hardi, duc de Bourgogne sera désormais comte de Flandre.]

Chevauchée en Écosse du comte de Northumberland, en dépit de la trêve. Des chevaliers français désœuvrés embarquent de Flandre pour combattre les Anglais en Écosse. Le roi Robert veut respecter la trêve, tandis que ses barons fixent un rendez-vous clandestin avec les chevaliers français. Pillage par ceux-ci des terres des comtes de Northumberland et de Nottingham.

Confirmation définitive de la trêve ; les chevaliers français regagnent sagement leur pays.

25 mai : reprise par ruse et embuscade de la ville d'Audenarde, par un seigneur du Tournésis (le seigneur d'Escornai) peu enclin à respecter la trêve. Dispute entre François Ackerman et le seigneur de Herzeele à propos de la perte d'Audenarde. Mort mystérieuse du seigneur de Herzeele.

1385

1er janvier : Sir John Bourchier, chevalier anglais, nommé *rewaert* et capitaine de Gand de par les Anglais, sur invitation des Gantois.

Affaires d'Italie. *2 mars* : mort du comte de Savoie. *Octobre 1384* : mort du duc d'Anjou.

Mercredi 12 avril 1385 : célébration des mariages de Jean de Bourgogne avec Marguerite de Hainaut, et de Guillaume d'Ostrevant avec Marguerite de Bourgogne.

Expiration de la trêve de Leulinghem. Expédition en Écosse de Jean de Vienne, amiral de France. Les capitaines de Gand prévoient une reprise de la guerre dans un délai très bref. Les *Pourceaulx de la Raspaille* (routiers).

Le duc de Bourgogne établit dans toutes ses villes de Flandre des capitaines et des hommes d'armes fiables.

25 avril : la reine de Naples à Avignon. Au nom de son fils elle revendique comme partie de son héritage le comté de Provence.

Affaires de Lombardie. Giangaléazzo Visconti prend en embuscade son oncle Bernabó, et le fait emprisonner afin de régner tout seul à Milan. La mort de l'oncle survient peu de temps après.

Conquête de plusieurs forteresses en Bordelais par l'armée du duc de Bourbon et du comte de la Marche.

Début juin : affaires d'Écosse. Le pauvre accueil réservé par les Écossais d'Édimbourg et des environs à Jean de Vienne, amiral de France et ses hommes. Qui plus est, les chevaux coûtent fort cher en Écosse.

Affaires de Flandre : tentative, le *31 mai*, d'Ackerman et de ses Gantois pour reprendre la ville d'Ardembourg par escalade.

18 décembre : Paix de Tournai ; rétablissement du calme en Flandre.

Mort de Charles de la Paix, empoisonné (peut-être) par la reine de Hongrie, pour empêcher que celui-ci accède au trône hongrois et déshérite partant ses filles. Projet, en revanche, de marier Louis de France, comte de Valois, à la fille aînée du roi de Hongrie, Louis le Grand.

Arrivée à Amiens, *en pèlerinage*, d'Ysabeau, fille d'Étienne, duc de Bavière. Il s'agit en fait de la promotion, en secret, par la duchesse de Brabant, du mariage de Charles VI de France avec Ysabeau, en partie pour contrebalancer celui du roi Richard II d'Angleterre avec Anne de Bohême, sœur du roi d'Allemagne. Le mariage aura lieu le *17 juillet 1385*.

BIBLIOGRAPHIE [1]

---

[1]. Peter Ainsworth et Godfried Croenen préparent une bibliographie qui paraîtra dans la série éditée par Claudio Galderisi et Enrico Rufi : *Bibliographies des écrivains français,* Éditions Memini, Rome et Paris.

Manuscrits

Les *Chroniques* ont connu une large diffusion au XVe siècle sous forme manuscrite ; on lira avec profit l'Introduction à l'édition de S. Luce qui seul est parvenu à un classement satisfaisant des manuscrits. On en conserve encore une centaine, dont beaucoup sont des ouvrages de luxe rehaussés par de très belles enluminures. Ces manuscrits se trouvent à Paris (Bibliothèque Nationale et Bibliothèque de l'Arsenal) ; à Londres, Anvers, Berlin, Bruxelles, Breslau, Besançon, Chicago, Darmstadt, Glasgow, La Haye, Leyde, Malibu, New York, Rouen, Stonyhurst (Lancashire), Toulouse, Turin, etc. Quelques reproductions dans : G. G. COULTON, *The Chronicler of European Chivalry*, Londres, Studio, 1930 ; F.-L. GANSHOF, « Jean Froissart », *Annales de la Société archéologique de Bruxelles*, t. XLII, 1938, pp. 256-272. Nous ne connaissons que deux manuscrits des poésies (Mss. B.N.Fr. 830 et 831), et le *Meliador* nous est parvenu dans un seul (Fr. 12557 de la B.N.), plus quelques fragments. Sur l'illustration des *Chroniques*, voir Peter AINSWORTH, « The Image of the City in Peace and War in a Burgundian manuscript of Jean Froissart's *Chronicles* », in P.E. BENNETT (éd.), *At the Crossroads of History : Urban Culture in Valois Burgundy*, numéro spécial de la *Revue belge de philologie et d'histoire,* 2000, pp. 1-20 ; *id.*, « A Passion for Townscape : Depictions of the City in a Burgundian Manuscript of Froissart's *Chroniques* », dans Peter AINSWORTH and Tom SCOTT (éd.), *Regions and Landscapes. Reality and Imagination in Late Medieval and Early Modern Europe*, Peter Lang (Bern, 2000), pp. 69-111 ; L. HARF-LANCNER et M.-L. LE GUAY, « L'illustration du livre IV des *Chroniques* de Froissart : les rapports entre texte et image », *Le Moyen Âge* XCVI (1990), pp. 93-112 ; L. HARF-LANCNER, « La merveille donnée à voir : la chasse fantastique et son illustration dans le livre III des *Chroniques* de Froissart », *Revue des Langues Romanes* C (1996), pp. 91-110 ; M.-L. LE GUAY, *Les Princes de Bourgogne. Lecteurs de Froissart.*

Les rapports entre le texte et l'image dans les manuscrits enluminés du Livre IV des Chroniques. « CNRS éditions », Brépols, 1998 ; A. VARVARO, « Il libro I delle *Chroniques* di Jean Froissart. Per una filologia integrata dei testi e delle immagini », *Medioevo Romanzo* XIX (1994), pp. 3-36. Pour une introduction à la « lecture » de l'image dans les manuscrits médiévaux, voir Chr. RAYNAUD, *Le Commentaire de document figuré en histoire médiévale*, A. Colin, coll. « Cursus » (Paris, 1997).

INCUNABLES

Froissart est l'un des premiers auteurs français à bénéficier de l'invention de l'imprimerie : éditions d'A. Vérard, Paris, 1495 (4 vol.), de G. du Pré, Paris, 1530 (4 tomes en 3 vol.) J. de Tournes-D. Sauvage, Lyon, 1559-1561 (4 tomes en 2 vol.), etc. Mentionnons enfin la très belle traduction en anglais commandée par Henry VIII : *Froissart's Chronicles*, trad. par John Bourchier, Lord Berners, Londres, 1523-1525 (2 tomes en 1 vol.), rééd. en 1812 et 1901-1902 avec une introduction de W. P. Ker. Consulter l'article de L.D. Benson, *infra*.

ÉDITIONS MODERNES

Citons d'abord deux éditions de J.A.C. BUCHON, *Les chroniques de sire Jean Froissart qui traitent des merveilleuses emprises, nobles aventures et faits d'armes advenus en son temps en France, Angleterre, Bretaigne, Bourgogne, Escosse, Espaigne, Portingal et ès autres parties*, nouvellement revues et augmentées d'après les manuscrits, éd. J.A.C. BUCHON, Collection des Chroniques nationales françaises, 11-24 (Paris, 1824-1826) ; édition ultérieure : *Les chroniques de sire Jean Froissart : nouvellement revues et augmentées d'après les manuscrits*, éd. J.A.C. BUCHON, Panthéon littéraire, Littérature française, Histoire (Paris, 1842). La seule édition complète demeure celle du baron Kervyn DE LETTENHOVE, *Œuvres de Froissart*, Bruxelles, V. Devaux, 1867-1877 (29 tomes en 28 vol.) ; réimpression : Biblio Verlag Osnabrück, 1967. Le texte le plus sûr est fourni par l'édition de la Société de l'Histoire de France, *Chroniques de Froissart*, éd. S. Luce, G. Raynaud et L. et A. Mirot, Paris, 1869-1975 (15 vol. parus, dont les deux derniers sont encore en vente chez Klincksieck ; on attend toujours la publication du quatrième livre). Édition du premier Livre, rédaction du ms. d'Amiens : J. Froissart, éd. G. Diller, *Chroniques : livre 1, le Manuscrit d'Amiens, tomes I-V*, (T.L.F.), Droz, Genève, 1991-1998. Édition du premier Livre, dernière rédaction : *Chroniques de Froissart. Dernière rédaction du premier livre. Édition du manuscrit de Rome, Reg. lat. 869*, par G.T. Diller, Genève, Droz et Paris, Minard (T.L.F.), 1972. Édition très utile d'un fragment du troisième livre : *Voyage en Béarn*, par A.H. Diverres, Manchester, 1953. Choix de textes assez généreux et intéressant dans : *Historiens et chroniqueurs du Moyen Âge*, éd. Pauphilet et Pognon, Paris, Bibl. de la Pléiade, Gallimard, 1952 ; A. Duby (éd.), *La Guerre de Cent Ans par Jean Froissart*, U.G.E., 10/18, Paris, 1964 ; Froissart, *Chroniques*, extraits ; textes choisis, annotés et commentés par Marie-Thérèse de Medeiros, préface de Jacqueline Cerquiglini, Le Livre de Poche, LGF, Paris, 1988.

L'Œuvre en vers

Le *Meliador,* perdu pendant très longtemps, fut redécouvert et édité par A. Longnon, Paris, S.A.T.F., 1895-1899 (3 vol.), édition reproduite en 1965 par la Johnson Reprint Corporation. L'édition des *Poésies* procurée par les soins d'Auguste Schéler occupe les trois derniers volumes de l'édition intégrale des *Œuvres*, de Kervyn de Lettenhove (1870-1872), mais on préférera à celle-ci, pour les œuvres correspondantes, les éditions plus récentes que voici : l'*Espinette amoureuse*, éd. A. Fourrier, Klincksieck, 2ᵉ éd. entièrement revue, Paris, 1972 ; la *Prison amoureuse*, éd. A. Fourrier, Klincksieck, Paris, 1974 ; le *Joli Buisson de jonece*, éd. A. Fourrier, Genève, Droz (T.L.F.), 1975 ; *Ballades et rondeaux*, éd. R.S. Baudouin, Droz (T.L.F.), Genève, 1978 ; « Dits » et « débats », éd. A. Fourrier, Droz (T.L.F.), Genève, 1979 ; *Le Paradis d'amour, L'Orloge amoureus*, éd. P.F. Dembowski, Droz (T.L.F.), 1986 — toutes pourvues d'un très solide appareil critique. À consulter aussi : *The Lyric Poems of Jehan Froissart. Critical Edi-*

tion, éd. Rob Roy MCGREGOR Jr., North Carolina Studies in the Romance Languages and Literatures 143, Chapel Hill, NC, 1975.

ÉTUDES CRITIQUES

La dernière étude d'ensemble reste celle de F.S. SHEARS, *Froissart, Chronicler and Poet*, Routledge, Londres, 1930. Pour une approche plus précise de certains aspects particuliers des *Chroniques* on consultera P.F. AINSWORTH, « Style direct et peinture des personnages chez Froissart », *Romania*, XCIII, 1972, pp. 498-522 ; *id.*, « Du berceau à la bière : Louis de Male dans le deuxième livre des *Chroniques* de Froissart », dans *DIES ILLA : Death in the Middle Ages*, éd. Jane H.M. TAYLOR, Vinaver Studies in French, 1, Francis Cairns, Liverpool, 1984, pp. 125-152 ; *id.*, « The Art of Hesitation : Chrétien, Froissart and the Inheritance of Chivalry », dans N. J. LACY, D. KELLY et K. BUSBY (éd.), *The Legacy of Chrétien de Troyes*, vol. II, Rodopi (Amsterdam, 1988), pp. 187-206 ; *id.*, « Knife, Key, Bear and Book : poisoned metonymies and the problem of *translatio* in Froissart's later *Chroniques* », *Medium Aevum* LIX (1990), pp. 91-113 ; *id.*, « "Ceci n'est pas un conte" : The Story of Mérigot Marchès in the Fourth Book of Froissart's *Chroniques* », *Fifteenth-Century Studies* XVI (1990), pp. 1-22 ; *id.*, *Jean Froissart and the Fabric of History*, Clarendon Press (Oxford, 1990) ; *id.*, « Asneton, Chandos et "X" : Jean Froissart et l'éclosion des mythes », dans « Et c'est la fin pour quoi sommes ensemble » : *Hommage à Jean Dufournet. Littérature, histoire et langue du Moyen Âge*, 3 vol., H. Champion (Paris, 1993), t. I, pp. 55-73 ; *id.*, « Collationnement, montage et *jeu parti* : le début de la campagne espagnole du Prince Noir (1366-67) dans les *Chroniques* de Jean Froissart », *Le Moyen Âge* C, 3-4 (1994), pp. 369-411 ; *id.*, « Froissart the Writer and Walter Scott : Chivalry and its Inheritance in the *Chroniques* and *Old Mortality* », dans R. WAKELY et P.E. BENNETT (éd.), *France and Germany in Scotland : Studies in Language and Culture* (Edinburgh, 1996), pp. 65-80 ; *id.*, « Configurations of Transience in Jean Froissart's *Chroniques* : Intimations of *(Old) Mortality* », dans D. MADDOX et S. STURM-MADDOX (éd.), *Froissart Across the Genres*, U. Press of Florida (Gainesville, etc.,

1998), pp. 15-39 ; *id.*, « Heralds, Heraldry and the Colour Blue in the *Chronicles* of Jean Froissart », dans E. KOOPER (éd.), *The Medieval Chronicle*, Costerus New Series 120, Rodopi (Amsterdam/Atlanta, 1999), pp. 40-55 ; *id.*, « "Le vaillant homme, li peuples [...] et auquns clers" : Froissardian Perspectives on Late Fourteenth-Century Society », dans J.H. DENTON (éd.), *Orders and Hierarchies in Late Medieval and Renaissance Europe*, Macmillan, « Problems in Focus : Manchester » (London, 1999), pp. 56-73 ; *id.*, « A Parisian in New York : Pierpont Morgan Library MS M.804 Revisited », dans David J. ADAMS and Adrian ARMSTRONG (éd.), *Text and Image : Studies in the French Illustrated Book from the Middle Ages to the Present Day*, numéro spécial du Bulletin of the John Rylands University Library of Manchester, vol. 81, n°3 (Manchester, 1999), pp. 127-151 ; *id.*, « Froissart and His Second Book », dans Christopher ALLMAND (éd.), *War, Government and Power in Later Medieval France*, Liverpool University Press (Liverpool, 2000), pp. 21-36 ; C.T. ALLMAND, « Historians Reconsidered : Froissart », *History Today* XVI (1966), pp. 841-848 ; A. ARTONNE, « Froissart historien. Le siège et la prise de la Roche-Vendeix », *Bibliothèque de l'École des Chartes*, 110, 1952, pp. 89-107 ; J. BASTIN, *Froissart, chroniqueur, romancier et poète*, Bruxelles, 1942 ; L.D. BENSON, « The Use of a Physical Viewpoint in Berners' Froissart », *Modern Languages Quarterly*, 20, 1959, pp. 333-338 ; W. CALIN, *French Tradition and the Literature of Medieval England*, Toronto, 1994, chapitre 6 : « Froissart », pp. 229-249 ; L. CHALON, « La Scène des bourgeois de Calais chez Froissart et Jean le Bel », *Cahiers d'analyse textuelle* X (1968), pp. 68-84 ; G. CHARLIER et J. HANSE, 1885-éd., *Histoire illustrée des lettres françaises de Belgique*, Bruxelles, Renaissance du livre [1958] : (1) Maurice Delbouille, « Jean Froissart romancier », pp. 40-1 ; (2) « Jean Froissart poète », pp. 42-4 ; (3) Paul Remy, « Froissart [Chroniques] », pp. 61-65 ; A.M.F. DARMESTETER, *Froissart,* Hachette, Paris, 1894 ; George T. DILLER, « La dernière rédaction du premier livre des *Chroniques* de Froissart », *Le Moyen Âge* LXXVI (1970), pp. 91-125 ; *id.*, « Robert d'Artois et l'historicité des *Chroniques* de Froissart », *Le Moyen Âge* LXXXVI (1980), pp. 217-231 ; *id.*, « Froissart : Patrons and Texts », dans J.J.N. PALMER, éd., *Froissart : Historian*, pp. 145-160 et 182-183 ; *id.*, *Attitudes chevaleresques et réalités politiques chez Froissart*, Droz, Genève, 1984 ; *id.*, « Froissart's *Chroniques*. Knightly Adventures and Warrior Forays : Que chascun se retire en sa chascunière », *Fifteenth-Century Studies* XII (1987), pp. 17-26 ; R. DOUMIC, « Les *Chroniques* de Froissart et les débuts de l'histoire de France », *Revue des Deux Mondes* V (15 oct. 1894), pp. 923-935 ; L. FOULET, « Jean Froissart » dans J. BÉDIER et P. HAZARD, *La Littérature française*, nouv. éd. sous la dir. de P. MARTINO, Larousse, 1948, pp. 125-128 ; *Froissart Across the Genres*, éd. D. MADDOX et S. STURM-MADDOX, U.P. of Florida, Gainesville, etc., 1998 ; L. HARF-LANCNER, « Une légende mélusinienne dans les *Chroniques* de Froissart : l'histoire du seigneur de Coarraze et de son serviteur Horton », dans *Actes du colloque international tenu les 27 et 28 mars 1997 à l'Université Paris XII et au Collège des Irlandais*, Champion (Paris, 1999), pp. 205-221 ; *ead.*, « Froissart et la fable du *Geai paré des plumes du paon* », Reinardus, 13 (2000), pp. 107-122 ; Georg JÄGER, *Aspekte des Krieges und der Chevalerie im XIV. Jahrhundert. Untersuchungen zu Jean Froissarts* Chroniques, Peter Lang (Berne, 1981) ; C. MARCHELLO-NIZIA, « L'historien et son prologue : forme littéraire et stratégies discursives », dans D. POIRION (éd.), *La Chronique et l'Histoire au Moyen Âge* (Paris, 1984), pp. 13-25 ; J.J.N. PALMER, éd., *Froissart : Historian*, Woodbridge, Suffolk, et Totowa N.J., 1981 ; P. PHILIPPEAU, « Froissart et Jean le Bel », *Revue du Nord* XII (1936), pp. 81-111 ; P. TUCOO-CHALA, « Froissart, le grand reporter du Moyen Âge », *L'Histoire* n° 44 (avril 1982), pp. 52-63 ; M. ZINK, « Froissart et la nuit du chasseur », *Poétique,* 41, 1980, pp. 60-77 ; *id.*, *Froissart et le temps*, P.U.F. (Paris, 1998).

SUR LA GUERRE DE CENT ANS

C.T. ALLMAND, *La Guerre de Cent Ans*, Payot (Paris, 1988) ; F. AUTRAND, *Charles V : le Sage*, Paris, Fayard, 1994 ; *id.*, *Charles VI : la folie du roi*, Paris, Fayard, 1986 ; Ph. CONTAMINE, *La Guerre de Cent Ans*, P.U.F., coll. « Que sais-je ? » n° 1309 (Paris, 1968) ; *id.*, *La guerre au Moyen Âge*, P.U.F. (Paris, 1980) ; A. CURRY, *The Hundred Years War*, Macmillan (Houndmills and London, 1993) ; H.J. HEWITT, *The Organization of War under Edward III*, Manchester U. P. (Manchester, 1966) ; J. FAVIER, *La Guerre de*

Cent Ans, Fayard (Paris, 1980) ; K. Fowler, *Le Siècle des Plantagenêts et des Valois, la lutte pour la suprématie, 1328-1498*. Traduction de Jane Fillion. Photographies de Wim Swaan, Edwin Smith et autres, Albin Michel (Paris, 1968) ; *id.*, éd., *The Hundred Years War*, Macmillan (London, 1971) ; M. Mollat du Jourdin, *La guerre de Cent Ans vue par ceux qui l'ont vécue*, Seuil, coll. Points « Histoire » (Paris, 1992) ; É. Perroy, *La Guerre de Cent Ans*, Paris, Gallimard, 1945 ; J. Sumption, *The Hundred Years War, I. Trial by Battle*, Faber (London, 1990) ; *II. Trial by Fire*, Faber (London, 1999). Enfin, excellent survol dans Antoine Rego, Michel Renaud et Laurence Stefanon (éd.), *Brève Histoire de la Guerre de Cent Ans 1337-1453*, Guide aide-mémoire, Collection « Brève Histoire », Éditions Fragile, Tiralet, 1998.

P.F.A.-G.T.D.

GLOSSAIRE

Ce Glossaire est destiné à éclaircir le sens de tous les mots utilisés par Froissart dans ses premier et deuxième Livres qui ne sont plus d'usage en français moderne, ou dont le sens a complètement changé depuis la fin du XIVe siècle. Les entrées relevant du premier Livre ont été glosées par George Diller ; elles sont suivies dans chaque cas d'un renvoi à la page où se trouve le mot indiqué (il ne s'agit en général que de la première occurrence de chaque acception de celui-ci), et d'une traduction en français moderne. Un astérisque signale la présence, à la page indiquée, d'une note en bas de page du texte commentant avec plus de détails un usage particulier ou restreint.

Les entrées relevant du deuxième Livre ont été préparées par Peter Ainsworth et sont en caractères gras. Comme elles sont moins nombreuses, nous avons ajouté pour chacune d'entre elles une indication de statut grammatical. Quand un mot a plus d'une acception, ce fait est signalé dans l'entrée.

Les deux glossaires ayant été réunis, il est inévitable qu'on y trouve quelques redites. Nous ne les avons pas éliminées pour autant, car il s'agissait de rendre compte de deux systèmes d'orthographe et de deux manuscrits distincts, sinon de deux lexiques. L'usage du chroniqueur varie aussi, parfois, d'un manuscrit à l'autre.

En préparant nos glossaires nous avons consulté les grands dictionnaires d'ancien français familiers à tout médiéviste français : F. GODEFROY, *Dictionnaire de l'ancienne langue française*, 10 vol., Paris, Vieweg, 1881-1902 ; A. TOBLER et E. LOMMATZSCH, *Altfranzösisches Wörterbuch*, Wiesbaden, Steiner, 1955-1976 (lettres A-T). Nous avons eu recours aussi parfois au *Dictionnaire du moyen français* d'A.J. GREIMAS et T.M. KEANE, Larousse (Paris, 1992).

La source la plus utile, pourtant, demeure bien le Glossaire qui occupe le tome XIX de l'édition des Œvres de Froissart préparée par Kervyn DE LETTENHOVE, et que nous devons aux soins d'Auguste Schéler. Paru en 1874, il conserve encore aujourd'hui toute son utilité. Nous avons consulté aussi, bien sûr, les glossaires de George DILLER préparés pour ses éditions des manuscrits d'Amiens et du Vatican, ainsi que ceux préparés en vue des éditions suivantes : Jean Froissart, *Ballades et rondeaux*, éd. Rae S. BAUDOUIN, Genève, Droz, 1978, 248 p. ; *id.*, « *Dits* » *et* « *débats* », éd. Anthime FOURRIER, Genève, Librairie Droz, 1979, 340 p. ; *id.*, *Le Paradis d'amour. L'Orloge amoureus*, éd. Peter F. DEMBOWSKI, Genève, Droz, 1986, 160 p.

De nombreuses études sémantiques et lexicologiques sont venues enrichir nos connaissances du vocabulaire de Froissart ; citons en particulier L. FOULET, « Étude sur le vocabulaire abstrait de Froissart : ordonnance », *Romania*, 67 (1943), pp. 145-216 et 331-359 ; id., « Sire, messire », *Romania*, 72 (1951), pp. 333-367 et 479-513 ; PICOCHE, J., *Le vocabulaire psychologique dans les* « *Chroniques* » *de Froissart*, t. 1, Paris, Klincksieck, 1976, 240 p. ; t. 2, Amiens, Université de Picardie, 1984 ; *ead.*, « Humilité et modestie : histoire lexicale et histoire des mentalités », dans *Mélanges de littérature du moyen âge au XX*^{e} *siècle offerts à Mademoiselle Jeanne Lods, professeur honoraire de littérature médiévale à l'École normale supérieure de jeunes filles, par ses collègues, ses élèves et ses amis*, Paris, École normale supérieure de jeunes filles, 1978, pp. 485-494 ; *ead.*, « "Grevé", "constraint", "abstraint" et "apressé" dans les "Chroniques" de Froissart : recherches des critères de la Subjectivité », *Du mot au texte. Actes du III*^{e} *colloque international sur le moyen français*, par P. WUNDERLI, livraison spéciale, Tübinger Beiträge zur Linguistik, 175, 1982, pp. 115-123 ; *ead.*, « Le verbe *aimer* et sa famille dans les *Chroniques* de Froissart », *Mélanges de langue et de littérature mediévales offerts à Alice Planche, par Maurice Accarie et Ambroise Queffelec*, livraison spéciale, Annales de la Faculté des lettres et sciences humaines de Nice, 48, 1984, pp. 371-378.

Parmi les autres sources consultées, mentionnons le *Petit Robert*, le *Littré* (dans l'édition de 1882), le *Dictionnaire historique de la langue française* préparé sous la direction d'Alain REY, Le Robert (Paris, prem. éd., 1992 ; édition en petit format et en 3 volumes, 1998) et D. LALANDE, *Lexique de chroniqueurs français (XIV*^{e} *s., début du XV*^{e} *s.)*, Klincksieck (Paris, 1995).

P.F.A.-G.T.D.

Glossaire

A

À mont, 375 *là-haut*
Aaisier, 364 *se mettre à l'aise*
Abandon de, sus l', 538 *en mettant ma propre tête en gage*
Abandonneement, 322 *librement*
Abaubie, 87, 380 *déconcertée*; Abaubis, 382 *ébahi, déconcerté*; Abaubit, 342 *désagréablement surpris*
Abillie, 318 *préparée*
Abillièrent, s', 231 *s'apprêtèrent*
Ables, 73 *capables*
Accueilliet, 312, *recueilli*
Acentenés, 159*
Acertes, 87*, 381, 598 *sérieusement*
Achariier, 522 *charrier*
Achemées, 112* *ornées*
Acointance, 188 *bonnes grâces*
Acointier, 107*, 204 *faire rencontrer*
Acola, 412 *serra dans ses bras*
Acomplirent, 621 *accordèrent*
Acontoient, 414*
Aconvenencièrent, 242 *s'engagèrent*
Aconvenenciet, 198* *engagé*
Aconvoiiet, 138 *convoyés*
Acqueilla, 162 *nourrit*
Acrokie, 675 *accrochée*
Acrokiés, 679 *accrochez !*
Actères, 77 *auteur*
Acueillir, 717 v. tr., *ramasser*
Acuellièrent, 244 *ramassèrent*
Acumeniier, 129 *faire prendre la communion à*
Adez, 759 adv., *toujours, sans cesse, continuellement*
Adestrés de, 572* *ayant à ses côtés*
Adevancièrent, 312 *rattrapèrent*
Adommagier, 732 v. tr., *endommager*

Adonc, 313, 352 *alors, à ce moment-là*
Adont, 733 adv., *alors*
Adreça, 129*, *se prépara (spirituellement)*
Adrèce, 89, 124 *ressource, moyen*; Adrèce, 595 *chemin*
Adrèces, 263 *chemins de traverse*
Adrecie, 239, 334 *livrée*
Adrecier, 803 v. tr., *aider, aller droit à qqun, s'en remettre à qqun; guider; réussir; (se) diriger*
Advis, 726 n.m., *conseil; opinion; raison*
Affectuel, 624 *ardent*
Afficièrent à, s', 319 *s'obstinèrent*
Affiert, 180*, *convient*
Affier, s', 420, 513 *avoir confiance*
Affier[s'], 732 *assurer*; **s'affier**, *avoir confiance en soi-même*
Affrener, 551 *refréner*
Affrenet, 231 *bridé*
Affreoit, 139, 380, 385 *convenait*
Afiné, 339 *conclu*
Afolet, 137 *excédés de fatigue*
Afuie, 90 *enfuie*
Afuiois, 372 *réfugié*
Agais, 262 *embuscades*
Agar, 271 *Regarde !*
Aguillons, 678* *dards*
Aherde, 73 *saisisses*
Aherdre, 292 *attaquer*
Aherdre, s'; 891 v. pron., *se lier, s'attacher (à)*
Ahireter, 514 *rendre héritier*
Aidable, 810 adj., *valide*
Aidables, 393, 522 *aptes au service*
Aidier, (= « aider ») 132*, *faire usage* 180* *se faire aider*
Aidier, s', 346* *se faire aider*
Aigres, 323 *ardent*
Aigue, 118 *eau*

Glossaire

Ainçois que, 752 conj., prép., *avant que* ; *bien au contraire*

Ains que, 96 *avant que*

Ains, 356 *au contraire*

Ains, 762 conj., prép., *au contraire* ; *mais* ; après un énoncé négatif, *mais, plutôt*

Ainsné, 719 adj., *aîné*

Aïr, 162*, 507, 591 *colère, fureur*

Aïrés, 250 ; Aïret, 255 *courroucé*

Aisemens, 864 n.m., *commodités*

Aisement, 571* *besoin*

Aisiement, *sans difficulté*, 115* *à leur aise*

Aisièrent, se, 570 *se mirent à l'aise*

Aisieule, 127 *commode*

Ajournée, une, 313 adv. *une matinée, au point du jour*

Ajournement, 211* *point du jour*

Ajournés, 354 *assigné en justice à jour fixe*

Alaissent, 559 *allassent*

Alenoient, 398 *s'essoufflaient*

Aleuer, 370 *employer*

Aleuoit, 510 *dépensait*

Alewer, 556 *dépenser*

Alissions 474 *allassions* (aller)

Alloièrent, s', 579 *s'attachèrent*

Alloiièrent, 481 *attachèrent*

Alloiiés, 580 ; Alloiiet, 235 *alliés ; liés*

Alosés, 79, 193 *loués*

Amanagoit, 594 *logeait*

Amblant, 235 *allant l'amble*

Amende, 510 *gains*

Amender, 131, 209, 406, 410 *réparer ; changer en bien*

Amenderoit, s', 83 *s'améliorerait*

Amendet, 426 *réparé*

Amenrissoient, 170 *diminuaient*

Amettre, 127 *imputer*

Aministrer, 155 *imputer*

Amis, 453 *accusé* (amettre)

Amise, 150, 507 *accusation calomnieuse*

Amisent, 492 *accusèrent* (amettre)

Amit, 569 ; Amit, si 508 *ses amis*

Amolia, 641*, 646 *radoucit*

Amonneste, 216 *exhorte*

Amonnestement, 375 *encouragement*

Amonnestés, 350 *exhorté*

Amonnestoit, 194 *exhortait*

Amonstrast, s', 152 *se laissât voir*

Amontèrent, 513 *élevèrent en dignité*

Amortir, 789 v. tr., *rendre comme mort, inoffensif*

Anchois, 124 ; Anchois que, 319 ; Ançois, 81, 200, 237 ; Ançois que, 72 *avant ; mais bien au contraire ; avant que*

Angousse, (= angoisse) 115* *détresse*

Anoi, 397, 436 *désagrément*

Anoieus, 368, 383, 560 *contrariés*

Anoioit, 131 *contrariait*

Anois, 370 *tourments*

Ante, 276, 377 *tante*

Anuis, 648 *peine*

Anuit, 899 adv., *cette nuit*

Aourer, 870 v. tr., *adorer, faire le culte de*

Aourer de pité, 643* *payer ses respects*

Aournemens, 448 *affaires, équipement de guerre*

Apaisenter, 297 *concilier*

Aparilliés, 318 *apprêté, préparé*

Aparlés, 596 *amadoué*

Apas, 319 *pas*

Apassoient, 208 *passaient, traversaient*

Apenser, 391 *concevoir*

Apensèrent, se, 188 *imaginèrent*

Apentis, 554 *construction ajoutée aux bâtiments et empiétant sur la voie publique*

Apert, 194 *entreprenants ; vaillants*

Glossaire 1139

Apertement, 91, 198, 530 *prestement*

Apertenans, à çou, 209 *chargés de cela*

Apertenoit, 89 *convenait*

Apertient, s', 158*

Apertise d'armes, 247 *exploit guerrier*

Apertise, 196 *vaillance*

Apesandesist, 674 *prît du poids*

Apointie, 319 *dirigée*

Apooient, s', 633 *s'appuyaient*

Aportoit, li temps l', 429*

Apparamment, 117, 208 *visiblement*

Apparant, 817 n.m., *apparence, indice*

Appareillié, 722 adj., *préparé*

Appareillier, 87* *faire ses préparatifs*

Appareilliés, 213*, 552 *préparé, arrangé*

Apparel, 177 *préparatifs*

Apparilliet, 89 *à leur disposition*

Apparoient, 425 *apparaissaient, se manifestaient* (apparoir)

Appers, 119* *entreprenant* ; 253 *vaillants*

Appert, 714 adj., *habile, doué*

Appertise, 718 n.f., *prouesse, habileté*

Appressez, 765 adj., *oppressés, tourmentés*

Appressés, 439 *bousculé*

Apressés, 630 *accablés*

Apresset, 403 *oppressés*

Aprouvenda, 454 *dota de prébendes*

Apuigna, 224 *empoigna*

Aquintés, 203* *en bons termes*

Aquoisa, s', 432 *se calma*

Arbalestier, 736 n.m., *arbalétrier*

Archigaie, 843 n.f., *grand carreau lancé par l'arbalète*

Archigaies, 430 *grand carreau lancé par l'arbalète*

Ardant, 226 *brûlant*

Ardirent, 217 *brûlèrent* (ardoir)

Ardissent, 434 *brûlassent*

Ardoir, 72 *brûler*

Argent, 322, 658 *blanc* (blason)

Arguoit, 533 *tourmentait*

Arifflant, 674 *rasant*

Armerés, 317* *qui avait le goût des armes*

Armeurs de fier, 86 *chevaliers armés*

Armoieries, 924 n.f. (pl.) *blasons des chevaliers*

Armoiies, 428 *armoriées*

Aroie, 447 *aurais* (avoir)

Arouter, 488 *mettre en route*

Arramie, 223 *arrangement, serment*

Arrée, 216* *arrangée*

Arreement, 275, 413 *en bon ordre*

Arréement, 903 adv., *en bon ordre*

Arrenta, 454 *dota de rentes*

Arrest, 594 *délai*

Arroi, 83, 354, 423 *équipement ; atours*

Arrouta, s', 447 *se mit en route*

Arroutèrent, 194, 232 *rassemblèrent*

Arroy, 217 *ordre de bataille*

Arroy, 735 n.m., *appareil, train*

Ars à tour, 631 *arc équipé d'une manivelle servant à le bander*

Ars, 81 *brûlé* ; Arse, 226 *brûlée* ; Arses, 102 *brûlées*

Arsin, 250 *incendie*

Art, 545* *méthode*

Artellerie, 735 n.f., *ensemble des engins de guerre*

Artetikes, 180 *arthritiques*

Artillerie, 299 *ensemble des engins de guerre, y compris les chariots de transport*

As, 312 *avec* (= à + les)

Aspre, 716 adj., *dur, rude, cruel*

Asprement, 801 adv., *rudement, avec violence*

Assaieroient, 496 *essaieraient* (essayer)

Assaiier, 407 *essayer*

Assambler, 145 *engager le combat*

Assaurroient, 466 ; Assaurroit, 531 ; Assausissent, 533 *assaillir*

Assavoir, 118 *c'est-à-dire*

Asségier, 809 v. tr., *mettre à siège*

Assegurance, 395 *garantie*

Assegurèrent, 567 *rassurèrent*

Asseguret, 499, 598 *rassuré(s)*

Assena, 129 *assigna*

Assent, 120 *odeur*

Assés, 88, 109 *beaucoup*

Asseürer, 727 v. tr., *assurer, rassurer*

Assigna, 221 *(un revenu)*

Assir, 223* *dresser*

Assir, 800 v. tr., *diriger*

Astenir, 480 *s'abstenir* ; Astenir, s', 423 *s'abstenir*

Astraint, 485 *accablé, tourmenté*

Astronomiens, 297 ; Astronomiiens, 238 *astrologue*

Ataindre, 786 v. tr., *frapper d'une peine, punir ; toucher, mentionner, traiter (de)*

Atant, 721 *alors ; aussitôt*

Atant, *alors*, 351, 598 *à ce point, aussitôt*

Atapir, 900 v. intr., *s'emploie au réflexif avec le sens de « se cacher (en se ramassant) »*

Atierèrent, 511 *atterrèrent, renversèrent*

Atieret, 312 *abattus*

Atour, 424 *parures de femmes*

Atournast, 258* *de atorner, ici arrangeât (sens ironique)*

Atournée, 379 *parée*

Atournemens, 302 *préparatifs*

Atournet, 86* *gagné les bonnes grâces de*

Atourroit, 426, 439 *arrangerait* (ironique)

Atout, 144 ; Atoute, 168 *avec* ; Atoutes, 349

Atriewer, 383, 426 *terminer une guerre par une trêve*

Attains, 207 *puni* ; Attaint, 190* *grevé*

Attempra, 319 *régla*

Attemprée, 423 *modeste, mesurée*

Attente, 198* *délais*

Attrait, 360 *attirail*

Attret, 86* *captivé*

Aucune, 340 *une certaine* ; Aucuns, 128 *quelque*

Auketons, 126 *hoqueton (veste de grosse toile que les homme d'armes portaient sous le haubert)* ; voir auqueton

Aulnoy, 897 n.m., *lieu planté d'aulnes*

Auques, 95* ; Auques de, 293* *presque à*

Auques, 902 adv., *à peu près*

Auqueton, 280 *sorte de casaque, de tunique rembourrée, couvrant le torse et le haut des cuisses*

Auqueton, 908 n.m., *hoqueton*

Autre part où, d', 449 *en face de l'endroit où*

Avainne, 116 *avoine*

Aval, 757 adv., *dans, partout dans, parmi*

Avala, s', 587 *descendit* ; Avalèrent, s', 214 *descendirent* ; Avalet, 444 *descendus*

Avaler, s', 74 v. pr., *descendre (vers)* ; 716, *avaler, abaisser*

Avant, *donc en* 105 *dorénavant*

Avantage, l'avoir d', 673 *avoir le dessus* ; voir Davantage

Avenant, à l', 356 *en juste proportion*

Avenant, faire à l', 193 *agir en conséquence*

Glossaire

Avenoit, 650 *arrivait*
Aventure, d', 231 *par hasard*
Aventure, 719 n.f., *action hasardeuse ; chance ; risque ; événement heureux ou fâcheux*
Aventure, par 108* *peut-être*
Aventures, 326* *dangers, périls*
Avenu, 71, 80 *arrivé*
Avenue, 250, 316, 485 *rencontre* ; Avenues, 108, 238 *aventures, événements*
Avenue, 714 n.f., *aventure ; ce qui est arrivé à qqun*
A'vesprée, sus une, 656 *au crépuscule*
Aveules, 578 *aveugle*
Avironnèrent, 472 *entourèrent*
Avis, 329 *résolution, décision*
Avis, par grant, 531 *par grande sagesse*
Aviser, 115, 573 *reconnaître ; informer*
Aviser, 722 v. tr., *reconnaître* (par ex. un pays)
Avoiier*, 334 *amener à*
Avoiièrent, 312 *guidèrent*
Avolèrent, 610 *s'envolèrent jusque*
Avollés, 187 *envolés, fugitifs*
Aye, 582 *aide*

B

Bacelereus, 218 *vaillant*
Baceleries, 75 *prouesses* ; 195 *actes de prouesse* (par de jeunes gentilhommes)
Bacelers, 173* ; Bachelers, 373 *aspirant chevalier ; jeune gentilhomme qui tient le rang entre le chevalier et l'écuyer*
Bacheler, 748 n.m., *jeune gentilhomme qui tient le rang entre le chevalier et l'écuyer ; chevalier non encore marié ou établi*

Bachinès, 321 ; Bacinès, 237, 331, 434, 572 ; Bacinet, 672 *tantôt calotte de fer qui se mettait sous le casque, tantôt soldats armés de casque et de cuirasse*
Bacinet, 716 n.m., *heaume léger en acier à visière*
Bacquet, 897 ; **Bacqués**, n.m., *petite barque*
Badelaire, 825 ; **Baselaire**, n.m., *épée courte mais large*
Bahut, 102 *coffre bombé que l'on transportait à dos d'âne*
Baille, 218 ; Bailles, 223, 321, 374 *ouvrage en palissade élevé en avant d'une porte ; une double palissade*
Bailles, 765 n.f., *barrières en bois formant un ouvrage en palissade élevé, généralement devant une porte fortifiée. On y faisait souvent des combats*
Bailli, 723 n.m., *gouverneur, officier royal*
Baillier, 715 v. tr., *tendre qqch à qqun*
Baillieu, 252, 348 *baillis* (officiers qui rendent la justice du roi)
Bancloche, le, 389 ; Bancloke, 410 *cloche dans le beffroi de la commune qu'on faisait sonner lors des grandes occasions*
Banerés, 507 *seigneurs ayant droit de lever bannière*
Banière, 328 ; Banières, 129*, 235, 331, 633 *compagnies rangées sous une bannière*
Bannerez, 743 n.m., *chevalier(s) banneret(s), chevalier qui a assez de vassaux pour en composer une compagnie et lever bannière*
Barge, 822 n.f., *embarcation ou barque* ; du latin *barga*
Barges, 467 *embarcations plates*

Baronnie, 635* *assemblée de barons*

Barrières, 218 *enceinte fermée où se déroulaient des combats*

Barrières, 715 n.f., *ouvrage défensif sous forme de clôture en bois aménagée devant la porte principale d'une forteresse*

Baselaires, 125 *coutelas*

Basse court, 784 n.f., *la cour où se trouvent les dépendances d'un château fort*

Bastides, 492 *ouvrage de fortification*

Bataille, 785 n.f., *bataillon, corps de troupe ; combat entre deux armées*

Batailles, 540 *corps de troupe*

Batiches, 491 ; Batices, 538 *villes, ne jouissant pas de franchises communales, placées sous l'autorité d'un seigneur*

Batilliés, 344 *armés* ; Batilliet, 559 *fortifié de créneaux ; garni d'armes*

Bauch, 223* *poteau*

Baudement, 313, 371, 627 *hardiment*

Baulèvres, 577 *les deux lèvres, le tour de la bouche*

Baulioient, 670 *ballottaient*

Bauloiier, 548 *ballotter, flotter dans les airs*

Bauls, 257 *administrateur*

Baus, 223, 254, 322 *poutres*

Beghine, 119* *en forme de galette*

Behourder, 140 *faire des tournois (des combats par équipes)*

Bellement, 127 *lentement, doucement ; d'une manière prudente*

Bende, 773 n.f., *côte maritime ; frontière*

Bendes, 539 *côtes maritimes*

Beneficiiet, 679*

Beoient, 187 *attendaient très attentivement*

Berefrois ; Berefroit, 493 *tour sur roues, remplie de guerriers que l'on approchait, pendant l'attaque, des remparts d'une ville ou d'un château ; beffroi*

Bersail, estoient au, 398 *étaient pris pour cible*

Berser sur, 303 *transpercer de flèches*

Bersoient, 483 *transperçaient de flèches*

Besoing, 88* *situation pressante*

Besoingne, 73 n.f., *besogne, affaire*

Besoingnier, 725 v. intr., *falloir ; faire besoin ; faire la besogne*

Besongne, 203 *besoin, affaire*

Besongneroit, 87* *lui en faudrait* ; Besongnoit, 204, 231, 232 *était nécessaire*

Beubant, 342, 587 *pompe, festin*

Bevènes, 671 *castor*

Bidau, 361 ; Bidaus, 265, 312, 463 *sorte de fantassins ; troupes légères*

Bienfaisans, 412 *vaillants*

Bierfrois, 302* voir Berefrois

Bisses, 123 *biches*

Blanches bestes, 261 *moutons*

Blans monnes, 110 *moines cisterciens*

Blasmes, 575 *reproche*

Boins, 418 *bons*

Bombarde, 872 n.f., *pièce d'artillerie ressemblant à un mortier et qui lançait de gros boulets de pierre*

Bonhommes, 312 *habitants du plat pays, campagnards*

Bonnement, 364 *facilement*

Bonnement, 727 adv., *vraiment*

Bonnier, 130, 313, 327* *mesure agraire flamande qui fait un peu plus d'un hectare*

Glossaire

Bont, 760 n.m., *bénéfice, plaisir*
Bort, mettoient à, 244 *jettaient par-dessus bord*. Voir : mettre
Bos, 291 *bois, forêt*
Bouceries, 593 *boucheries*
Boulit, 493 *bouilli*
Bourc, 735 n.m., *capitaine*
Bourc, 739 n.m, *faubourg*
Bourch, 438 *gros village*
Bourder, 723 v. intr., *dire des plaisanteries ; mentir*
Bourdoient, 659 *disaient des plaisanteries*
Bourdons, 678 *clous à grosse tête*
Bourlès, 312, 406 *massues*
Bouta, 329 *poussa*
Bouteis, 444 *choc*
Boutent, s'i, 73 *s'y engagent*
Bouter (se), 718 v. pron., *se jeter sur, contre ; heurter, se heurter à*
Braies, 643 *ample culotte serrée aux jambes par des lanières*
Brakenier, 122* *valet qui conduit les chiens* (brakes)
Branler, 812 v. intr., *s'ébranler, fléchir*
Breteskiés, 670 *fortifiés*
Brigans, 276, 488 ; Brigant, 650*, 652, 670 *soldats à pied*
Brisier, 759 v. tr., *démolir ; 724 mettre un terme à, faire cesser (un voyage, etc.) ; remettre à plus tard*
Brisoit, 329* *résistait à*
Brocièrent, 312 *éperonnèrent*
Bues, 543 *bœufs*
Buisine, 211 *trompette*
Burguemaistre, 766 n.m., *du moyen néerl. « borgermeester », premier magistrat d'une ville dont les fonctions sont analogues à celles du maire*
Busce, 488 *tronçons de bois*
Buschoit, 584 *frappait à la porte*

Busia, 491 *fut pensif* ; Busioit, 631 *était préoccupé*
Buskoient, 480 *frappaient*
Busquette, 864 n.f., *buchette* ; cf. « tirer à la buchette, à la courte paille »

C

Cable, 774 n.m., *cordage, ou câble de l'ancre d'un vaisseau*
Cace, la, 78 *la chasse*
Cacent, 312 *chassent*
Cachent, 524 *chassent*
Caciers, 135 *la chasse*
Caciet, 585 *poursuivi* (l'ennemi)
Calenge, 80 *prétention à*
Calengier, 559 *contester la possession de*
Calengoit, 179 *revendiquait*
Caleur, 463 *chaleur*
Camois (camocas, kamoukas), 820 n.m., *étoffe fine de poil de chameau ou de chèvre sauvage*
Camps, à plains, 237* *sur le pied de guerre*
Cancela, 184 *annula*
Candeilles, 126 *flambeau de suif*
Canga, 663 *changea*
Cange, se mettre en, 623* *substituer, remplacer*
Canonnes, 71, 454 *chanoines*
Caperon, bouter trois tiestes en un, 510 *se mettre d'accord*
Capiaus, 306 *chapeaux*
Carge, 425, 460 *charge*
Carlier, 113 *charron*
Caroler, 140 *danser en rond*
Carrakes, 177 *grands bateaux méditerranéens*
Carrel, 736 n.m., *carreau (d'arbalète)*
Cauch, 223, 254, 345 ; Cauch vive, 390 (la *chaux vive* fut

employée par les assiégés pour brûler et aveugler l'ennemi)
Caucie, 303 ; Caucies, 390 *chemin entretenu, chaussées*
Cause que, en, 582 *afin de*
Cautèle, 161 *manœuvre, rouerie*
Cautelle, 760 n.f., *manœuvre, rouerie, ruse, stratagème*
Ce, cest, celle, etc., 714 adj. et pron. dém., *ce*
Céans, 864 adv., *ici dedans*
Ceens, 380 *ici dedans*
Celer, 87 *cacher*
Celi, 546 *celle*
Cercier, 589 *chercher*
Certain jour, au, 250 *au jour fixé*
Certainne, 198 *vraie* ; certains, 73* *sûrs*
Certes, à, 759, *sérieux*, 726 *sérieusement*
Ceste, 458, 576 *celle*
Cesti, 73, 168 *celui*
Cevaucie, 73 *expédition, sortie à cheval*
Chà, 422 *ci*
Chace, 720 n.f., *chasse*, 904, *poursuite*
Chaienne, 854 n.f., *chaîne* (utilisée comme barrière)
Chaingles, 211, 499 *remparts*
Chalans, 533 *chaland* (bateau à fond plat)
Chambrelans, 725 n.m., *grand chambellan*
Chanonnes, 373 *chanoine*
Chapelet, 412 *couronne, prix d'honneur*
Char, 118 *viande*
Charètes, 543 *voiture à deux roues*
Charoi, 359 ; Charoy, 118 *train de voitures suivant une armée*
Charroy, 764 n.m., *train de voitures suivant une armée*
Chars, 543 *voiture d'usage quotidien à la campagne*

Chas, 360* *machine de guerre*
Chastellain, 736 n.m., *préposé à la garde d'un château fort*
Chavance, 73 *fortune*
Cheent (cheoir), 578 *tombent* ; Chei, 231, 515 *tomba* ; Cheoit, 248 *tombait* ; Cheu, 125 *tombé* ; Cheue, 334 *tombée*
Chemin, il a alé par le, 625 *il a voyagé*
Cheoir, 848 v. intr., *tomber*
Chevalés, 125, 306 *petit cheval*
Chevance, 742 n.f., *moyens pécuniaires, richesse, fortune*
Chevaucée, 743 n.f., *expédition* (de troupes montées)
Chevestres, 646 *licou, corde*
Chevir, 189, 499* *se tirer d'affaire* ; Chevir, se, 250 *venir à bout de*
Chevir, se, 792 v. pron., *se tirer d'affaire, venir à bout de qqch*
Chiaus, 169 *ceux-là*
Chief, 716 n.m., *tête*, 748 *chef*, 786 *capitale*
Chief, ou 225 *en haut de* ; 349 *à la tête* ; chief de, au, 171 *au bout de*
Chier, avoir plus, 602 *préférer*
Chière, à grant, 398 *le visage réjoui*
Chière lie, à, 380 *joyeusement*
Chiés, 210, 222 *chef*
Chiés de fois, à, 414 *souvent*
Chil, 488 *celui, ceux*
Chilz, 340 *celui-ci*
Choisir, 786 v. tr., *apercevoir*
Chou, 313 *ce*
Chuesi, 95 *choisi*
Cief en cor, de, 90 *d'un bout à l'autre*
Cière, 223, 615 *visage* ; 93, 615 *accueil*
Cilz, 593 *celui*

Glossaire

Cité, 438 *par opposition à la ville, partie de l'agglomération généralement plus ancienne et souvent dépendante d'un autre seigneur ou de l'évêque*

Clamet, 207* *plaidé*

Cler, 727 adj., *clair*

Cler, 738 n.m., *clerc, prêtre*

Cler, armés au, 766 *étalant tout l'éclat de leurs armures*

Cler, tout armé au, 633 *étalant tout l'éclat de leurs armures*

Clerch, 75 *savants, lettrés*

Cloie, 769 n.f., *claie*

Clooient, 113 *fermaient* ; Cloons, 490 *fermons*

Clos, close, 772 adj., *fortifiée, en état d'alerte*

Clos, ou, 498 *à l'intérieur*

Clos, se tenir, 772 *se fermer (contre)*

Cloy, 501 *termina*

Coeilloite, 487 *rassemblement*

Coens, 354 *comte*

Coer, être en, 406 *aimer profondément*

Coffres, 625 *caisses*

Cogneu, 71 *connus*

Coiement, quoiement 762 adv., *silencieusement, discrètement*

Cois, 122*

Coiteusement, 805 adv., *en toute hâte*

Combatesist, 671 *combattît*

Combiner, se, 311*

Comble d'argent (blason), 383 *un chef blanc diminué*

Comment que, 92 *bien que*

Comment qu'il fust, 228, 317 ; Comment que fust, 336 *de quelque façon que ce fût*

Commis, 718 adj., *chargés d'une mission*

Commugnes, 236 *bourgeois*

Communauté, peuple de, 575 *habitants des communes*

Communes, 785 n.f., *habitants d'une ville, milice*

Communs, 93 *gens appartenant aux communes*

Compagnier, 109 *tenir compagnie*

Compagnons, 187 *monnaie de Flandre.* Voir : gros

Compaignes, 748 n.m., *associés (armés)*

Compaignons, 717 n.m., *compagnons, associés (en armes)*

Comparée, 513 *payée* ; Comparer, 192, 250 *payer* ; Comparet, 85, 591, 663 *payé* ; Comparoient, 626 *payaient*

Comparer, 864 v., *payer, expier*

Composèrent, se, 505 *capitulèrent*

Composition, 242, 490* *négociation, accord*

Condition, 623 *caractère*

Confermé, 176 *confirmé*

Confondut, 631 *détruit*

Confort de, sus le, 598 *sur la garantie de*

Conforter, 727 v. tr., *renforcer, appuyer ; rassurer, consoler*

Confortés, 405 *rassuré*

Confremés, 203 *confirmés*

Confroissier, 130 *blesser*

Confroissiés, 534, 595 *brisés, démolis*

Conjoïr, 730 v. intr., *faire bon accueil ; se réjouir avec qqun*

Conjoy, 203 *fit accueil*

Connestablie, 529 ; Connestablies, 115*, 220, 253 *compagnies de gens d'armes ; corps d'armée*

Conquest, 865 n.m., *conquête (parfois de biens, de butin)*

Conquester, 741 v. tr., *prendre par la force des armes ; obtenir en luttant ; gagner, profiter*

Conroi, 74 ; Conrois, 228, 580 ; Conroy, 332, 359, 565 *ordre, ligne de bataille*

Consaulx, 894 n.m., *conseil(s)*

Consaulz, 71 *conseillers*

Conscience, avoir, 431 *avoir envie*

Conseil, à, 348* *pour délibérer*

Conservé, 77* = erreur pour conversé (« *séjourner librement* »)

Consievi, 672 *heurta, frappa*

Consievirent, se, 246 *se heurtèrent*

Consievis, 254 *frappé*

Consillier, 88* *porter conseil*

Consillières, 362*

Constrains, 630 *serrés de près*

Contenans, 602 *contrôle de soi*

Contens, 804 n.m., *dispute, discorde*

Contraire, 714 n.m., *dommage, contrariété*

Contre lui, 477 *en son honneur*

Contreçaingles, 126 *contre-sanglon : courroie fixée sur l'arçon de la selle et servant à fixer la sangle*

Contredit, sans, 322 *sans résistance*

Contremander, 427* *répondre par lettre ou par message*

Contremender, 396 *révoquer*

Contrester, 330 *tenir contre*

Contrester, 868 v. intr., *s'opposer à ; lutter, combattre contre*

Contreval, 211, 300, 609* *en aval de*

Contreval, 769 loc. adv., *en aval, en bas (par opp. à « contremont »)*

Convenant, 130 *état, situation ; disposition des troupes*

Convenant, en bon, 196, 559 *en bonne disposition*

Convenant, 735 n.m., *promesse, engagement*

Convenences, 192 *engagements*

Convent, 104, 292, 490 *engagement, promesse*

Convent, avoir en, 611 *promettre*

Copenée, 225 *componée*

Coper, 120*

Copoient, 445 *coupaient*

Cops, à ces, 479 *sur-le-champ*

Corage, 467 *courage*, 641 *cœur* ; Corage, vostre 456 *dispositions de votre âme*

Coraille, 102, 151 *les entrailles*

Corbaus, 577 *corbeaux*

Cornée, 482 *extrémité*

Coron, venir à, 631 *venir à bout* ; Corons, 186, 403, 546 *bouts*

Corps, 102*, 142*, 429, 545 *service de garde d'un seigneur* ; 546 *la partie principale*

Correction, 679* *menace de punition* ; Correction de, par le, 574*

Coste, de, 103 *en particulier*

Costiant, 231 *longeant*

Costierons, 482 *longerons*

Costoier, 781 v. tr., *côtoyer ; border, longer*

Couletier, 864 n.m., *courtier*

Coulon, 924 n.m., *colombe*

Coulourées, 620 *embellies*

Coulourer, 71* *embellir*

Coulourer, 879 v. tr., *faire valoir, embellir*

Coulpe, 743 n.f., *faute, responsabilité*

Coupe, 177* *culpabilité*

Courechiers, 201 *colère*

Coureis, 327 *course*

Coureur, 442 *détachements légers envoyés au-devant des troupes*

Coureur, 782 n.m., *éclaireur*

Courir, 735 v. tr., *parcourir (un pays) impunément*

Courir seure, 527 *attaquer*

Couronnés, heaumes, timbres, 185*

Glossaire 1147

Courroucié(s), 743 adj., *chagriné, attristé, contrarié*

Cours de, à, 374 *en courant*

Coursable, 298 *ayant cours*

Coursier, 715 n.m., *cheval apte à la course*

Coursiers, 327 *chevaux aptes à la course*

Courtilz, 113 *jardins*

Courute, 520 *saccagée, ravagée (courir)*

Couste pointe, 915 n.f., *couverture piquée*

Coustumiers, 647 *experts*

Coutilles, 586 *épée courte et large, à pointe aiguë, que portaient les gens de pied*

Couvenances, 730 n.f., *promesses, engagements ; ordre, disposition d'une armée*

Couvenant, 716 n.m, *disposition, posture, ordre ; promesse, engagement*

Couvenir, 748 v. imp., *être nécessaire, falloir*

Couvent, 745 n.m., *promesse, engagement ; situation, état*

Couvers, 360 *protégé par ses armes*

Couvers, chevaux, 236*

Couverte, à la, 732 expr. adv., *de manière dissimulée*

Couverte, à le, 231 *à la dérobée*

Couvertement, 146* *secrètement et allusivement*

Couvertes, par voies, 524 *par des chemins indirects, détournés*

Couvine, 900 n.f., *disposition, état*

Crant, en nom de, 473 *à titre d'ôtage*

Creable, 115 *dignes de confiance*

Créance, 184* *serment*

Créance, 740 n. f., *croyance, foi*

Creanch, 417 *(je) promets*

Creanta à prisonnier, 329, *il le prit prisonnier sur parole*, 335 *s'engagea à*

Creanter, 197 *engager sa parole*

Creantèrent, 207 *promirent*

Creantés, 143 *promettez*

Creantés prisons, 264 *[se fut] rendu prisonnier*

Crei (croire, 1 passé simple), 624 *crus* ; Creoit, 80 *croyait* ; Creoit, 188* *faisait crédit* ; Creroie, 452 *croirais* ; Creroit, 621 *croirait*

Cremeur, 858 n.m., *crainte*

Crestiaus, 414, 421 *créneaux*

Creue, 575 *crue*

Creus, 420*

Crey, 192 *crut*

Crois, 183 *croisade*

Croisète, 315 *petite croix* (blason)

Croisseul, 872 n.m., *sorte de boulet*

Croissoient, 217* *augmentaient en nombre* ; Croissoit, 86 *grandissait*

Crokie, 672 *craquée*

Croleis, 634 voir Crolières

Crolière, 889 n.f., *fondrière, terrain mouvant*

Crolières, 122 *terrain mouvant, marécageux, fondrières*

Cronisa, 71 *écrivit une chronique*

Cros, 673 *crampons*

Crues, 223* *creux, espace vide*

Cruist, 199 *crût*

Crupes, 129 *sommets arrondis*

Cueilla, 457 *saisit*

Cueilliet, 114 *rassemblés*

Cueilloite, 222 *rassemblement*

Cui, 90, 166* *dont*

Cuida, 349 *présuma*

Cuidier (cuida, etc.), 713 v. intr., *penser, considérer*

Cuidier (subst.) *projet, intention que les événements vont démentir*, 560

Glossaire

Cuidièrent, 211 *présumèrent*; Cuidoie, 349 *(je) présumais*; Cuidoient, 123, 437 *présumaient*; Cuidoit, 90 *croyait*

Cuignies, 123 *cognées*

Cure, 774 n.f., *soin*

Curer, 413 *soigner*

Cuvriet, 229 *tourmenté*

D

Daarrain, 79, *dernier*, 349*; Daarrain, au, 144 *finalement*; Darrain, au, 189 *en dernier lieu*; Darrains, 142*

Dalés, 152 *auprès de, à côté de*

Dangier, 88*, 451, 586*; Dangiers, 206 *difficultés*

Dangier, 724 n.m., *puissance, pouvoir ; domination*

Dans, 224 *dom*

Darrainnier, 574 *derniers*

Davantage, ne l'avoient mies, 617 *ils n'avaient pas l'avantage*; voir Avantage

Débas, 865 n.m., *dispute ; combat*

Debatant, 237 *disputant*

Débonnairement, 735 adv., *de manière bienveillante*

Debrisié, 394; Debrisiés, 534 *rompu*

Debrisoient, 531 *mettaient en pièces*

Deça, de, 519* *de ce côté de*

Decaciés, 102, 166, 173 *chassé*

Deceu, 315; Deceus, 418 *trompé, trahi*

Décevance, 761 n.f., *duperie, tromperie*

Decevement, 135 *tromperie*

Dechiés, 111 *décès*

Décoler, 737 v. tr., *décapiter*

Decoste, 895 adv., *aux côtés de*

Dedens, 95 *pendant*

Dedentrain, -nne, 789 adj., *intérieur, interne*

Dedentrainnement, 623 *dans son for intérieur*

Deduis, 621 *plaisirs*

Déduis, 721 n.m., *divertissement(s), délectation(s), plaisirs*

Defaute, 73 *manque*

Deffalloient, 200 *manquaient à leur parole*

Definement, 713 n.m., *fin, issue*

Deforainnement, 623 *extérieurement*

Defroissié, 394 *fracassé*

Dégaster, se, 786 v. pron., *aller à néant, se ruiner*

Dehait ait qui fuira, mal, 659 *malheur à qui fuira*

Dehaitiés, 713 adj., *malade, souffrant*

Dehetiés, 356 *malade, affligé*

Delaiier, se, 228 *renoncer*

Delez, 719 prép., *aux côtés de, auprès de, à côté de*

Déliez, 801 adj., *mince, svelte*

Deliuve, 75 *déluge*

Delivrance, 155, 231 (de se) *à son service*

Delivrer, 107*, 198* *se dépêcher*

Délivrer, 786 v. tr., *défrayer, entretenir ; remettre, livrer*

Demenant, feste, 342, 354 *en faisant de grandes fêtes*

Demenée, 574 *menée avec force*; Demenés, 596

Demener, 4*, 638 *se plaindre*

Demi-quartier, 430* *huitième*

Demora, pour, 232 *se porta caution*

Demorers, 371 *séjour*

Demoret, 648 *habité*

Demoroit, 259*; Demorroient, 667 *demeurerait*

Demucier, 862 v. tr., et intr., *cacher, se cacher*

Glossaire 1149

Denier, 760 n.m., *monnaie de Paris valant le douzième d'un sou* ; *argent en général*

Deniers appareilliés, 104 *argent comptant* ; 215*

Denoncier, 455 *annoncer*

Departement, 425 *départ*

Departi, 460 *divisa*

Departie, 138 *dispersée*

Départir (se), 715 v. réfl., *s'en aller*

Départir, 832 v. tr., *partager, distribuer, répartir*

Departir, 190, 342 *distribuer*

Déport, 864 n.m., *pardon, ménagement*

Deport, sans 186, 228 *sans pitié*

Deporter, 228 *se désister* ; 355 *y renoncer*

Déporter, se, 833 v. pron., *se désister, renoncer ; s'abstenir*

Deporterons nous à, nous, 339 *nous cesserons de*

Depuis enchà, 159 *depuis ce temps-là*

Derrière, en, 146* *secrètement*

Des or en avant, 160 *dorénavant*

Desbareté, 638* ; **Desbaretés,** 516 *mis en déroute, déconcerté*

Desbareté, -ez, 826 adj. part., *détrompé(s), désillusionné(s)*

Deschaus, 641 *déchaussés*

Deschirée, 307 *délabrée*

Desclichier, 534 *décharger* ; **Descliquièrent,** 271 *déclenchèrent*

Descliquier, 810 v. tr., *décharger*

Desconfi, 114 *(être) mis en déroute* ; **Desconfire,** 400 *mettre en déroute* ; **Desconfisoit,** 237 *mettait en déroute*

Desconfire, 718 v. tr., *défaire, mettre en déroute*

Desconfiture, 806 n.f., *déroute, défaite*

Descongneüs, 714 adj., *déguisé, incognito*

Desconnuement, 404 *incognito*

Descors, 92*, 160 ; **Descort,** 82 *désaccord*

Descoupa, 678 *déclara non passible de*

Descouvrir, 738 v. tr., *révéler*

Descouvrir à, se, 526 *confier qqch à qqun*

Desdain, 250 *colère*

Desdist, 384 *contredit, s'opposa (à)*

Deservi, 104 *mérité*

Deseure, 93* à leurs, par, 127 *plus haut*

Desghisés, 112 *extraordinaires*

Desiers, 116 *lieux peu habités*

Desirier, 423 *désir*

Desist, 122, 574 *dît*

Deslogier, 400 *lever le siège de*

Desparsement, 122 *en ordre dispersé*

Despendus, 337 *dépensé*

Despersement, 113, *cruellement*

Despertement, 464, 472 *vivement*

Despis, 320 *affronts* ; **Despit, en mon,** 456, 457 *pour me provoquer*

Desplaisance, 713 n.f., *dépit*

Desroi, n.m., *désordre* ; *au sens moral, abus de pouvoir*

Desrois, 86 *désordre*

Desrompre, se, 551 *se briser*

Desrouter, 120 *se disperser*

Desrouter, 716 v. intr., *se disperser*

Dessert, 73 *mérité*

Destort, 179 *détournement, frustration*

Destourberoit, 346 *surprendrait*

Destourbier, 610 ; **Destourbiers,** 163 *embarras,* 212, 246, *troubles, dégâts*

Destourbier, 742 n.m., *trouble, dégât*

Destourna, 550 *empêcha*

Destournet, 181* *frustré de*

Glossaire

Destraindoient, 394 *contraignaient*
Destre, 97 ; Destre, à, 540 *à droite*
Destrier, 794 n.m., *cheval de guerre, de combat*
Destrois, 406 *affligé, accablé*
Destroit, au, 97* *dans leur détresse*
Destroitement, 423 *d'une manière pressante*
Desvoiié, 511 *soustrait, détourné*
Desvolepèrent, 483 *déployèrent*
Detaillièrent, 397 *découpèrent*
Detenrés, 376 *conserverez*
Detenroit, 88 *retiendrait*
Déterminément, 817 adv., *décidément, avec détermination*
Determiner, 354 *préciser*
Detria, 184* *retarda*
Detriemens, 201, 287, 310 *atermoiement, retardement*
Detrier, 913 v. intr., *ajourner, retarder ; faire un très long délai*
Detriier, 417 *tourmenter*
Detriiés, 238 *qui a traîné en longueur*
Detrioient, 209 *s'attardaient, traînaient*, 238 *faisaient hésiter*
Detrioient, se, 577 *s'attardaient*
Detris, 236, 251 *perte de temps*
Deurent, 557 *durent*
Deut, 230 *dut*
Devaler, le 129 *la pente*
Devant, aler au, 504 *s'opposer à*
Devantriés, 166 *ancêtres*
Devantrainne, 205 *précédente*
Devea, 308 *interdit*
Deveast, 541 *contestât le chemin*
Devéer, 845 *interdire*
Devenres, 759 n.m., marchié aux devenres : *vendredi* (intervension de « dies Veneris »)
Deveoit, 179* *contestait,* 274 *interdisait*

Devers, 224 *du côté de*
Devers, 719 prép., *auprès de ; devant ; du côté de ; vers*
Devisant, 283*
Devise, 139 *arrangements ; trousseau de mariée ;* 668 *dessein*
Deviser, 112, 360 *décrire*
Deviser, 794 v. intr., *concevoir ; déclarer, exposer ; stipuler ; causer, s'entretenir*
Deviseray, 117 *raconterai*
Deviseroit, 387 *stipulerait*
Devises, 637 *propos*
Diffame, 277 *déshonneur*
Dilation, 151 *délai*
Dissimule, 75 *prend des aspects divers*
Dissimuler [se], 724 v. intr., *feindre, faire semblant*
Divers, 426 *mauvais, dur*
Diversement, 80 *mal, méchamment ;* 292 *cruellement*
Diverses, 118 *dangereuses ;* 354 *hostiles*
Diverseté dou temps, 431 *le mauvais temps* ; Diversetés, 86 *méchancetés* ; Diversité, 99 *méchanceté*
Doaire, 187 *biens du mariage réservés à la femme et aux enfants*
Doée, 190 *dotée*
Doi, 348 *deux*
Doie, 655 *doive*
Doien, 751 n.m., *doyen, chef d'une association commerciale ; titre ecclésiastique*
Doinst, 98*, 182, 587 *donne* (subj.)
Doions 480 *devons*
Dolens, 762 adj., particip., *affligé*
Dolouser, 638 *s'affliger ; déplorer, regretter*
Donc en avant, de, 200 *dorénavant, à partir de ce moment-là*

Glossaire

Donc, à ce, 320, 348 *à ce moment-là*
Dongnon, 499 *donjon, c'est-à-dire, la pièce principale qui dominait le château fort et formait le dernier retranchement de la garnison*
Dont, 99*
Dont, 752 *donc, alors*
Dont, 713 pron. rel., *de qui, de quoi* ; 717 *en raison de quoi*
Dou, 655 *du*
Doubta, se, 81 *il craignit*
Doubtance, 102*, 135, 173 *crainte* ; Doubtances, 181 *craintes*
Doubtance, avoit, 388 *avait peur*
Doubte des, pour le, 191 *par crainte des*
Doubte, 717 n.f., *crainte, appréhension*
Doubtés, 186, 380 *craint* ; Doubtet, 341 *redouté*
Douzime, 215* *douze*
Drois, 132 *véritable* ; Droit, 95, 207* *vrai* ; Droit siege fait, 97 *par un siège en règle*
Droitures, 167 *un impôt payé par le vassal à son seigneur*
Droiturièrement, 751 adv., *légitimement*
Duel, 217 *douleur*
Duis, 878 adj., *élevé, formé*
Dur, à trop grant, 126, 451 *à très grande peine*
Durement, 92 *sévèrement, très*, 401 *vraiment*
Durement, 719 adv. *d'intensité, vraiment, fortement*

E

Effondut, 137 *abattus*
Efforcéement, 754 adv., *de toutes leurs / ses forces*
Efforcer, 747, v. tr., *contraindre, forcer* ; *redoubler d'énergie*
Efforciement, 214 *en force* ; 219 *puissamment armés*
Efforcier, 355, 637 *renforcer*
Effort, 203 *puissance* ; 229 *armée*
Effort, 903 n.m., *grand nombre* ; *force, énergie* ; *vaillance*
Effoudres, 480 *foudre*
Effroi, 311 *frayeur*
Effroy, 827 n.m., *frayeur* ; 964 *panique, vacarme, fracas*
El, 376 *dans*
Èle, 120 ; Èles, 329 *aile*
Embarer, 716 v. tr., **embara**, *enfoncer*
Embatirent, s', 314 *tombèrent à l'improviste*
Embatu, 125 *arrivés à l'improviste*
Emblaver, 336 *s'embarrasser*
Embler (s'), 713 v. intr., *se dérober à*
Embler, 663 *enlever* ; Emblés, 621 *enlevé* ; Emblet, 281 *ravi*
Embler, 736 v. tr., *prendre* (p. ex. par surprise ou par escalade)
Embuschierent, se, 656 *s'embusquer*
Empeechier, 75 *mettre obstacle à, arrêter*
Empensé, 455* *en tête*
Empenset, 95 *projeté*, 281 *(avait) en tête*
Emplie, 323 *remplie* ; Emplir, 376 *remplir*
Emploiiet, 332* *bien fait*
Emploites, 668 *achats*
Emprès, 766 adv., *près* (l'un emprès de l'autre)
Empris, 87* *entrepris*
Emprise, 390 *prouesse, action* ; Emprises, 76 *prouesses*
Emprise, 743 n.f., *entreprise, prouesse*
Emprisent à, 318 *se mirent à*

Emprist, 161-162* *prit*
Emprunt, par, 201 *de manière factice*
Empunaisier, 282 *empuantir*
Enamé, 422 *pris en affection*
Enbridé, fort, 653 *difficilement tenu en bride*
Encargié, 667 *pris à cœur*; Encargier, 176 *prendre à cœur*
Encauch, 548 *poursuite*
Encauciet, 312, 323 *poursuivi*; Encauçoient, 255 *poursuivaient*
Enchà, 159 *voir* : depuis
Enchanté, 260 *charmé, ensorcelé*
Enchargier, 241 *prendre (des armoiries)*
Enchargier, 745 v. intr., *prendre, prendre sur soi ; prendre la responsabilité de*
Enchauch, 444 *poursuite*
Enclina, 358 *salua en s'inclinant* ; Encliner, 355 *s'incliner devant*
Encliner, s', 778 v. pron. ; *consentir* ; 922 *incliner la tête, saluer*
Encloirent, 231 *encerclèrent* ; Encloirent, s', 429 *se firent entourer*
Enclorre, 790 v. tr., *encercler, enfermer*
Enclostre, 112, 550 *enclos de monastère, cloître*
Encombriers, 609 *situation fâcheuse*
Encontre de, à l', 531, 669 *en face de, à l'opposé*
Encontre, 313* *rencontre*
Enconvenença, 421 *prit l'engagement*
Encoragiés de, 367 *résolu*
Encoste, d', 128, 543 *près de*
Encoupées, 146 *accusées* ; Encoupet, 277, 453 *inculpé* ; Encoupoit, 150 *accusait* ; Encouppés, 453 *accusés*
Encourtinée, 206 *garnie de tentures*
Encousi, 224 *enfonça*
Encousirent, 479 *enfoncèrent*
Encrolés, 122 *envasé, enlisé*
Endementiers que, 890 *pendant que*
Endementrues que, 286, 422 *pendant que*
Endoctrinez, 877 adj., *instruit*
Endont que, 641 *alors que*
Enfantosmet, 333 *ensorcelés*
Enfelonnier (s'), 715 v. intr., *s'emporter*
Enflambez, 716 adj., *enflammé (par ex. de colère)*
Enforçast, 341 *fit violence à*
Enforcier, 491 *transgresser*
Enfumée, 280 *durcie au feu*
Engenoullier, s', 91 *s'agenouiller*
Engien, 318, 349 *stratagème* ; *machine de guerre* ; Engien, san mal, 335 *sans artifice*
Englesces, 431 *anglais*
Engorger, 725 v. tr., *avaler, dévorer, engloutir* ; *recevoir, avaler des nouvelles avec désagrément*
Engrigni, 510 *irrita*
Engroisser, 715 v. intr., *devenir gros*
Enhay, 668 *pris en haine*
Enhidé, 548 *saisis de frayeur*
Enhort, 80, 102* *à l'instigation de*
Enjoindoient, 595 *ordonnaient expressément*
Enlangagiés, 640 *qui parle bien* ; *éloquent*
Enlangaigié (bien), 859 adj., *éloquent, qui parle bien*
Enmi, 266 *au milieu de*
Enmy, 716 expr. adv., *parmi, au milieu de*

Glossaire

Ennortement, 890 n.m., *instigation*

Enort, 538 voir : enhort

Enorter, 746 v. tr., *exhorter* (qqun à faire qqch)

Enquerir, 719 v. intr., *s'enquérir, interroger, faire des recherches*

Enquerre, 421* *interroger*

Enquisent, 412 *firent des recherches*

Enrachiés, 891 adj., *embourbés*

Ens ès, 95 *dans les*

Enseignier, 829 v. tr., *désigner, indiquer*

Ensengne, 587 *étendard, drapeau*

Ensepelis, 142, 496 *enseveli*

Ensi que, 371 *pour ainsi dire*

Ensierast, s', 585 *s'enfermât*

Ensievant, 72, 486 *par la suite*

Ensongnes, 595 *préoccupations, soucis*

Ensonnier, 749 v. tr., *encombrer, empêcher, entraver ; molester, donner de l'embarras* ; 750 *mettre en besogne, charger d'un travail* ; 835 *occuper* ; *s'occuper activement*

Ensonniier, 71 *s'occuper activement de*, 204 *empêcher* ; Ensonnieront, 73* ; Ensonniie, 250 *occupée* ; Ensonniièrent, s', 427 *s'entremirent* ; Ensonniiet, 195*, 547 *gênés* ; Ensonnioient, 418 *occupaient* ; Ensonnioient, s', 331 *s'efforçaient*

Ensus, 121, 163 *bien à l'écart* ; Ensus de, 432 *loin de*

Ent, 284, 340, 477 (pron.) *en*

Entendirent à, 485 *s'occupèrent de* ; Entendirent, 331 *étaient occupés à*

Entente, 118 *intention*

Entente, 724 n.f., *intention* ; *manière de voir, opinion*

Ententieu, 408 *empressés*

Entientievement, 412 *attentivement*

Entirement, 666 *sincèrement*

Entoueillier, 757 v. tr., *empêtrer, embrouiller*

Entoueilliés, 578 ; Entouelliet, 435 *empêtrés*

Entours, 97 *autour*

Entre lui, 369 *avec lui*

Entredeus, 110*, 322 *espace*

Entrepresure, 92, 192, 419 *initiative, entreprise*

Entrepris, 142* *frappé (d'une maladie)*

Entreprise, 734 n.f., *initiative, projet*

Entretant, 718 adv., *cependant*

Entretant que, 720 adv. et conj., *pendant que*

Entrevoies, 361 *dans l'intervalle*

Entroes, 92 *dans l'intervalle*

Entrues, 135 *entre-temps* ; Entrues que, 219, 257, 420 *pendant que*

Envay, 558 *attaqué*

Envaye, 248 *incursion, attaques*

Enveninié, 821 adj., *plein de malveillance, envenimé*

Enventurer, 522, 565, 617 *s'aventurer*

Enventureus, 173 *aventureux*

Enventuroient, 218 *s'aventureraient* ; Enventurroient, 610 *aventureraient* ; Enventurroient, s', 90* ; Enventurrons, 629 *s'aventureraient*

Environné, 77 *parcouru*

Envie, par, 612 *par rivalité*

Envis, à, 106, 163 *contre leur gré, contre son gré*

Envoyes, 398* *erreur pour « envayes » (attaques)* ?

Epistles, 238* *lettres*

Erramment, 449 *rapidement*

Errer, 109 *voyager*

Ès, 737 contraction de « en les, dans les » ; souvent renforcé : ens ès

Esbahir, 466 *prendre peur ; s'étonner*

Esbahir, s', 725 v. pron., *s'étonner*

Esbaniant, 199 *se divertissant*

Esbas, 152* *divertissements*

Esbatemens, 730 n.m., *divertissements, jeux*

Esbatre, s', 730 v. intr., *s'amuser*

Escaciés, 179 *expulsé*

Escamniau, 794 n.m., *escabeau*

Escarcement, 325* *privation*

Escargetie, 170 *environnée de sentinelles*

Escarlate, 870 n.f., *nom d'une étoffe de couleurs diverses (p. ex., « vermeille escarlate »)*

Escarmuche, 742 n.f., *escarmouche, petit engagement entre des détachements de deux armées*

Escarmucier, 130 *attaquer par des combattants individuels ou par de petits détachements de l'armée*

Escarsement, 148 *rarement*

Eschauffèement, 809 adv., *fiévreusement* (cf. fr. mod. « échauffourée ») ?

Eschei, 507 *tomba* ; Eschei (à), 246 *arriva* ; Escheirent, 427 *tombèrent* ; Escheissent, 549 *tombassent* ; Escheu, 95 *tombés* ; Escheue, 352 *tombée* ; Escheus, 146* *tombés*

Eschever, 921 v. tr., *éviter*

Eschevin, 762 n.m., *membre élu du conseil municipal de Gand*

Eschiellement, 736 n.m., *escalade*

Eschiellèrent, 651 *prirent par escalade*

Eschiewer, 82, 192 *éviter*

Esclarcie, 679 *démontré*

Esclistres, 577 *éclair*

Escondire, 188, 192, 208, 382 *refuser ; refus, excuse*

Escondis, 381 *refus*

Esconser, 72 *cacher*, 123 *se coucher*

Esconsèrent, 550 *empêchèrent*

Escorcies, 118 *écorchées*

Escorgies, 678* *fouets*

Escot, 755 n.m., *somme à payer, addition*

Escoutes, 115 *éclaireurs*

Escrièrent, 312 *défièrent*

Escripsions, 238 *lettres*

Escrisoient, 425 *écrivaient*

Escuçons (blason), 658 *écu armorié*

Escueilla, s', 595, 675 *s'emballa* ; Escueilloient, s', 322 *se lançaient* ; Escuella s', 231 *prit son élan*

Escuierie, 630 *gens appartenant à l'ordre des écuyers*

Escut, chevaliers d'un, 589*

Esjoï, 748 adj., *réjoui*

Eskievins, 348 *magistrats municipaux*

Eslais, de plains, 327, 564 *au grand galop*

Esléescié, 865 adj., *réjoui*

Eslongast, 88 *s'éloignât*

Eslongiet, 193 *éloigné*

Esmaiier, s', 394 *s'effrayer*

Esmarie, 87 *égarée*

Esmèrent, 487 *estimèrent, comptèrent*

Esmerveillier, s', 792 *s'étonner*

Esmeü, 829 esmeüte, adj. (de esmouvoir), *excité, soulevé*

Esmeut, s', 310 *se mit en mouvement*

Esmouvement, 607 *soulèvement*

Esmouvoir, 371 *provoquer, ébranler*

Esmouvoir, 752 v. tr., *ébranler, mettre en route, sur pied, inci-*

Glossaire

ter ; *susciter, soulever* ; au réfl., *prendre naissance*

Esmurent, s', 366, 439 *s'irritèrent, se ressentirent*

Espardirent, 532 *se dispersèrent* ; Espardirent, s', 541 *dispersèrent*

Espars, 477, 524 *dispersé*

Esparsin, 596 *grande destruction, carnage*

Espasse, 448 *durée*

Espécial, par, 725 expr. adv., *en particulier*

Espés, 841 adj., *épais*

Espie, 345 *espion* ; Espies, 561 *espions*

Espie, 717 n.f., *espion*

Espisses, 664 *épices*

Esploit de, à l', 214 *sous l'effet de*

Esploit, eurent assés bon, 538 *réussirent bien*

Esploita, 84 *avança*

Esploitier de, avant 388 *tirer avantage de ses affaires pour*

Espoentez, 746 adj., *terrifié*

Espoir, 72 *peut-être* ; 641*

Espoir, 861 adv., *peut-être*

Espoir, selonch leur, 219 *à leur avis*

Espringalles, 631, 634 *grosse arbalète à treuil, montée sur un chariot*

Esprivier, 875 n.m., *épervier*

Esquarteler, 241* *diviser un écu en quatre*

Esracher, esracha, 716 v. tr., *arracher*

Essillant, 441, 491 *dévastant* ; Essillie, 551 *dévastée* ; Essillier, 252 *dévaster* ; Essilliés, 280 *dévasté*

Estache, 872 n.f., *bâton, pieu*

Estaches, 554, *pilots, pilotis*

Estal, rendre, 398 *tenir bon*

Estançons, 500 *grosse pièce de bois servant d'appui*

Estant, se dreça en, 91 *se mit debout*

Estas, 75 *condition* ; Estas, en tous, 196 *dans toutes les conditions*

Estat, 722 n.m., *condition, rang*

Estatus, 207 *ordonnance*

Estatut, 752 n.m., *ordonnance, statut*

Estechier, 374 *lutter à l'estoc*

Estechiet, 444 *lutte à l'estoc*

Ester, 722 v. intr., *demeurer, rester* ; *se tenir debout*

Estoch, 648 *souche de famille, race*

Estofer, 439 *fournir*

Estoffé, 722 adj., *équipé, garni, fourni*

Estoffe, de bonne, 233, 234, 252 *de qualité*

Estoffe, en grant, 233 *bien garnis*

Estoffeement, 217, 262, 530, *richement, abondamment*

Estoffés, 215 *renforcés*

Estok, 341 *souche*

Estonnée, 672 *brisée par le choc*

Estorée, 454 *fondée*

Estour, 661 *combat*

Estourmie, *soulevée* ; Estourmir, 390 *se soulever* ; Estourmirent, 558 *combattirent* ; Estourmirent, s', 249 *se levèrent, s'agitèrent* ; Estourmis, 371 *soulevés* ; Estourmissoit, s', 417 *se soulevait*

Estourmir, 797 v. tr., *mettre en mouvement, alarmer* ; **s'estourmir**, *se mettre en mouvement*

Estoutement, 113 *hardiment*

Estragnes, 93, 492 *étranger*

Estragnes, 496 *étonnants*

Estrain, 411, 593 *paille*

Estraindoit, 200 *contraignait*

Estraine (bonne ou mauvaise), 876 n.f., *chance, fortune*
Estramières, 428, 670 *drapeaux, pavillons*
Estrangeté, 727 n.f., *bizarrerie*
Estration, 648 *origine*
Estrelin, 106*, 221 *monnaie anglaise en argent (« livre sterling »)*
Estri, 573, 638 *débat* ; Estris, 237, 251 *débats, querelles* ; Estrit, 237, 376 *querelle, rivalité*
Estrine, male, 587* *malheur* ; 588 pauvre estrine *mauvaise chance*
Estrivant, 237 *en se querellant*
Estrois, 219 *intime*
Estroit, à l', 608 *au détroit*
Estroitement, 490 *rigoureusement*
Estrumens, 345, 372, 375 *engins, machines de guerre*
Eveschié, 735 n.m., *évêché*
Evous, 314, 659 *vous voilà*
Ewe (en), 132 *bouilli*
Ewireus, 105*, 435 *heureux*
Excusance, 725 n.f., *excuse*
Exillier, 168, 367 *ravager* ; Exillièrent, 226 *ravagèrent*
Exillier, 813 v. tr., *ravager, dévaster, détruire*
Expedition, 240*
Exploitter, 714 v. intr., *exploitta, agir avec ardeur, énergie* ; *s'évertuer*
Exquis, 479 *fouillé*

F

Face, 91* *fasse*
Fains, 116 *foin*
Faint, se fuissent 611* *se seraient abstenus*
Faire fait, 71* *sans prendre fait*
Faire, avoir à, 184* *en avoir à faire*
Fais, 282, 347, 376 *poids, charge, faix* ; Fais, pierres 345 *de grosses pierres très lourdes*
Fais, tout à un, 575 *tous ensemble*
Fait brigant, si, 652 *de tels brigands*
Fait d'armes, 717 n.m., *engagement, rencontre armée (sens fort positif)*
Fait, gens de, 739 n.m., pl., *hommes d'action*
Fait, gent de, 293 *gens résolus*
Fait, son, 657 *plan, stratégie*
Fait, tout de, 672 *de pleine force*
Faites, si, aultres si faites *choses d'autres choses pareilles* ; 361* *telles*
Faiticement, 73, 232, 253, *convenablement, proprement*
Faitis, 670 *bien faits*
Falissiens, 416*
Fallant, jour, 248 *après le crépuscule* ; Fallant, à jour, 584 *à la tombée du jour*
Fallent, 576 *font défaut*
Fallir, 425 *expirer*
Falloit, 88* *faisait défaut*
Fallos, 587 *flambeaux*
Fallos, 862 n.m., *flambeau ou torche ou peut-être lanterne*
Fame, 150*, 151, 202, 297, 452, 453 *rumeur* ; *renommée* ; *réputation*
Fasse, 225 *fasce (terme de blason), bande horizontale occupant le tiers d'un écu par le milieu*
Fauls d'or, 330* (terme de blason)
Fault, 332* *manque*
Faurrai, 181, 357 *manquerai*
Faurrés, 142* *manquerez*
Faurroit, il li, 181 *il lui faudrait*
Faurront, 90* *erreur du scribe pour faurroit (« faudrait »)*
Fautes, 570 *pénuries*

Glossaire

Feaulté, 341, 348 *hommage*

Feissiens, subj. 478 *fassions*

Feissiés, 573 *fassiez*

Feissons, 159 *fîmes*

Felenesse, 293, 581 *impitoyable, cruel, féroce*

Fendures, 224 *fentes, interstices*

Feri, 133, 379 *frappa*

Ferir des esporons, au, 347 *en piquant des éperons*

Férir, 718 v. tr., **fiert**, *frapper*

Ferirent, se, 113 *se lancèrent*

Fesist, 166, 671 *fît*

Festier, 817 v. tr., *fêter, accueillir, faire bon accueil à*

Feussent, 665 *fussent*

Fiablement, 88, 599 *en toute confiance*

Fiança prison, 274 *se rendit sur parole*

Fiance de, sus le 222 *par confiance en*

Fiance, 838 n.f., *confiance*

Fichié, 791 adj., *enfoncé*

Fie, tout à une, 131 *tous ensemble*

Fier, 247 ; fer, 255 *sauvage, cruel* ; 365, 552, *grand, extraordinaire*

Fier, armeures de, 86, 349 *chevaliers armés*

Fierement, 123 *outils en fer* ; 255, 292 *farouchement ; sauvagement*

Fieret, 127 *ferrés*

Fiés, 517 *foi, parole donnée*

Fin de, le, 652 *fortune*

Finance, mettre à, 730 *rançonner*

Fine, 381 *parfaite*

Fine amour, 379*

Finer, 190, 430 *s'en acquitter ; venir à bout* ; Fineront, 182 *trouveront* ; Finet, 316*, 407 ; 597 *en sortir*

Finer, 721 v. intr., **finèrent, fina**, *finir, se terminer, prendre fin ; payer ; s'en acquitter*

Flahutes, 101 *flûtes*

Flaiaus, 679 *fouets*

Flèche, 319 *la tige principale d'un lance-pierre*

Flescher, 802 v. intr., *fléchir*

Fleur de renommée, 178*

Fleur de, 715 expr. adj., *le meilleur d'une chose, d'une catégorie*

Fleurs de, 327 *le meilleur d'une chose ou d'une catégorie*

Flos, 214, 432 *marée*

Flun, 348 ; Fluns, 401, 563 *eaux sujettes aux marées ; flux*

Foellies, 391, 481 *abri de feuillage ; branches*

Fois, à le, 671 *de temps à autre*

Fois, une autre, 190*

Foison, 731 n.m., *quantité*

Fonde, 479* *fronde*

Fondut, 136 *amaigris*

Fons, 815 n.m, *fonts baptismaux*

Forbour, 822 n.m., *partie d'une ville située hors de l'enceinte*

Foriès, 368 *forêts*

Fors, 85, 495 *excepté, sauf*

Fors de, 343 *à l'exception de(s)*

Fors de, se fist, 421 *prétendit*

Fors, 717 adv., *excepté ; si ce n'est*

Fors, de ce se faisoit il, 666 *il s'en portait garant*

Fort, faire, 317* *était bien difficile (de)*

Fort, forte 635 *difficile ; pénible*

Fortune, 114 *malheur ; événement malheureux*

Fortunés, 105* *favorisé et bien fortuné*

Foucie, 248 *remplie*

Fouleis, 255 *presse, foule*

Foulèrent, 217 *oppressèrent*

Fourage, 799 n.m., *fourrage*

Fourbours, 442 *faubourg*

Fourclos, 344 *fermés dehors*

Fourer, 220, 617 *aller aux vivres, fourrager*

Fourfaire, 321, 334, 363 *faire du mal*

Fourfais, 151* *crimes*, 654 *coupable* ; Fourfait, 596 *infraction aux serments*

Fourfaites (se forfaire), 216 *vous agissez contre votre honneur*

Fourfaitures, 284 *crimes* ; 510 *confiscations*

Fourfesist, 219* *fit du mal à*

Fourfist, 146 *agit contre son honneur*

Fourhaster, 336 *se hâter à l'excès*

Fourma, 176 *formula*

Fourmesaisiet, 124 *mal en point*

Fourpasser, 575 *dépasser* ; Fourpasset, 357 *transgressé*

Fourrez, 820 adj., *garni ou doublé de fourrure*

Foursenerie, 373 *folie*

Foursenés, 372 ; Foursenet, 437 *forcené*

Foy, mentir sa, 714 v. intr., *se parjurer, se rendre parjure envers*

Frain, tourner sus, 327 *faire changer de direction à son cheval*

Frainte, 916 n.f., *bruit*

Francement, 212 *directement*

Franchise, 750 n.f., *franchise, liberté ; droit, privilège*

Francises, 260, 667 *lieux d'asile, libertés*

Frans, 437 *libres*

Fremaus, 225* *agrafe* (ici, terme de blason)

Fremeté, 394 *enceinte fortifiée*

Fremir, 375 *s'agiter*

Frémir, 899 v. intr., *s'agiter*

Freté, 460, 672 ; Fretés, 428 *équipés, gréés*

Freteloient, 670 *tremblaient*

Fretiiet, 353 *fait des dépenses*

Frice, 375, 423 ; Friche, 77, 379 *gracieux, pimpant*

Fricement, 662 *gentiment*

Friente, 211, 677 *vacarme*

Friente, être en, 524 *être alerte et disposé aux combats*

Friente, faire, 524* *lancer son cri de guerre* (faire un vacarme)

Fries, 119*

Froiiet, 328 *frayé*

Fuer, 852 n.m., *prix, taxe*

Fuerre, 450 *fourrage*

Fuison, 103 *grande quantité*

Fuites, tournèrent en, 435 *prirent la fuite*

Fuitif, 806 n.m., *qui prend la fuite*

Fumeux, 738 adj., *têtu, querelleur, violent*

Furnirai (je), 457 *j'accomplirai* ; Furniroit, 94*

Fuster, 762 v. tr., *piller*

G

Gabois, en, 480 *par raillerie*

Gaige, 725 n.m., *caution ; garantie ; gage ; engagement*

Gait, 769 n.m., *guet*

Gaitoient, 135 *guettaient*

Galée, 748 n.f., *grand navire de guerre ; bâtiment de guerre ponté, à faible tirant d'eau et ordinairement à rames*

Galées, 429 *grand navire de guerre*

Galle, 873 n.f., *plaisanterie, propos joyeux*

Galon, 126, *une petite mesure de capacité, de valeur variable*

Garandir, 415 *protéger*

Garandissoit, 362 *mettaient en sûreté*

Glossaire

Garde de, se donner, 477 *se tenir sur ses gardes*

Garderobe, 764 n.f., *tout ce qui regarde les habits, le linge, etc., d'un prince*

Garites, 223, 255, 432 ; Garittes, 434 *guérite*

Garitet, 414, 531 *pourvus de guérites*

Garnisons, 364 *troupes armées qui défendent des places*

Gaster, 755 v. tr., *ravager, dévaster*

Gastèrent, 442 *ravagèrent, dévastèrent*

Gavrelos, 843 n.m., *javelots*

Generations, 76 *descendance*

Genestres, 593 *genêts*

Genetteur, 846 n.m., *cavalier monté sur un genet* (en esp., « cavallo ginete » : *petit cheval rapide*)

Gengler, 723 v. intr., *bavarder, plaisanter, médire*

Gengloient, 659 *bavardaient*

Gens, a toutes, 349 *avec toutes les troupes*

Gentement, 802 adv., *noblement ; avec élégance*

Gentillesse, 874 n.f., *gentilshommes, noblesse*

Gentils, 90 *noble, preux*

Gès, 134 *guets*

Gette, 211, 421, 671 ; Gettes, 194 *guet*

Gettier, 115* *guetter*

Gettièrent, 547 *guettèrent*

Gettiés, 136 *guettiez*

Geules, 225 *rouge* (terme de blason)

Ghet, 629 *guet*

Gibet, n.m., **gibés**, 724 *gibet*

Gisoit, 180 *se trouvait*

Giste, 903 n.f., *fondement* (d'un pont)

Gistes, 554 *fondements*

Glaive, 718 n.m., *lance*

Glave, 74, 224, 317 *lance*

Glore, 647 *pompe, magnificence*

Glorefiiet, 320 *rengorgé*

Goïr, 166 *jouir*

Gonfanon, 924 n.m., *écharpe ou bandelette terminée en pointe et dont les chevaliers ornaient leurs lances*

Goudale, 321, *bière* (anglais : « good ale »)

Goudendars, 276 *bâton ferré, hallebarde* (arme célèbre des Flamands)

Gouttes, 92* *goutte* (inflammatoire)

Gouvrenement, 187 *entretien*

Gouvrener, 151 *entretenir*

Goy, 667* *joui*

Grace(s), 726 n.f., *protection, faveur, bienveillance*

Gragnes, 543* *grange*

Gramment, 94 *beaucoup*

Granche, 803 n.f., *grange*

Grant, être en, 195 *désirer vivement*

Grawès, 434* *crochet, crampon*

Gré à quelqu'un, en savoir, 91*

Greigneur, 739 adj., comparatif de « grand »

Grenate, 872 n.m., *vin de grenades*

Grever, 190 *faire du mal*

Grever, 737 v. tr., *peser lourdement sur, accabler, tourmenter, opprimer, tyranniser, causer du tort à, endommager*

Grevés, 224 *accablé*

Grigna, se, 645 *plissa les lèvres en montrant les dents*

Grigneur, 640 ; Grignour, 350, 649, 670 *plus grand*

Grigneus, 290 *grimaçant, en colère*

Gris, 820 n.m., *fourrure de petit-gris*

Gros, 187 *monnaie de Flandre.* Voir : compagnons

Gros, 870 n.m., *nom d'une monnaie de Flandre* (d'une valeur de 4 deniers d'Angleterre ; la 10ᵉ partie d'un écu de Flandre)

Guerpir, 648 *abandonner*

Guerredon, 208, 414 *récompense*

Guicet, 211 *guichet* (petite porte pratiquée dans une grande)

Guiement, 262 *conduite*

H

Hagenées, 83, 370 *haquenée* (cheval pour dames qui va l'amble)

Hahai, 112 *bagarre*

Hahais, 346 ; Hahay, 347 *tumulte guerrier, cri d'alarme*

Haitoient, se, 673* *se hâtaient*

Hameder, 511 *barrer, verrouiller*

Happez, 724 adj. part., *saisi* (avec violence)

Happes, 123 *haches*

Harnas, 93 *attirail de guerre*

Harnois, 220 *armures*

Harou, 890 n.m., *clameur, bruit*

Hars, 641* *hart* ; Hart, sus le, 219, 225 *sous peine de pendaison*

Haschière, 82 *supplice*

Haster, 524 *presser*

Hastiers, 135 *broches*

Hastieu, 82 *impétueux*

Hastieveté, 456 *emportement*

Hastifs, 734 adj., *impétueux*

Hatie, ahatie (d'armes), 787 n.f., *combat singulier, duel*

Haubergon, 900 n.m., *petit haubert (à mailles)*

Haubregon, 318 *petit haubert sans coiffe porté par les écuyers, les archers*

Hault de, plus, 406*, 421 *au-delà de*

Havène, 830 n.m., *havre, port*

Havet, 318 *croc*

Haviaus, 488, 634 *pioches*

Havoient, 488 *piochaient*

Heoïr, v. tr., *haïr, détester*

Herbergier, 91 *se loger*

Hérier, 727 v. tr., *harceler, tourmenter*

Heriier, 476 *harceler* ; Heriiet, se, 165 *tourmentés, harcelés* ; Herioient, 193 *harcelaient*

Heure, de haute, 226 *à une heure avancée*

Hide, 374 *effroi*

Hideur, 861 n.m., *épouvante, frayeur*

Hideurs, 549 *frayeurs, épouvante*

Hiretablement, 421 *transmissible par héritage*

Hiretage, à, 127 *héréditairement*

Hodé, 506 *épuisés, fatigués*

Hoir, 146, 354 *héritier*

Hoirs, 719 n.m., *héritier(s)*

Hokebos, 291 *bateaux de petites marchandises*

Honnir, 754 v. tr., *déshonorer, endommager ; maltraiter, dévaster (un pays)*

Honnissoient, 394 *dévastaient*

Horion, 802 n.m., *coup*

Horions, 223 *coups violents*

Hors mist, 115 *sauf*

Hos, 311 *armée*

Host, à, 226 *avec son armée*

Host, en, 144 *en campagne*

Hostel, 393 *gens de maison*

Hostel, 723 n.m., *demeure (de prince, etc.)*

Hostes, 121* *armée*, erreur du scribe pour bestes ?

Hosteulz, 92 *gens de maison*

Hostilz, 116 *ustensiles*

Hostoiier, 364, 384 *tenir la campagne*

Glossaire 1161

Houppelande, 863 n.f., *vêtement long ouaté, garni de « houppes » ou « flocons de laine »* (cf. « houppelé » en moyen fr.)

Huée, 319, 398 *clameur ; cris d'approbation*

Huer, 891 v. intr., *jeter des cris*

Huers, 163 *hors*

Huge, 319 *caisse renfermant les munitions d'une machine de guerre*

Hui, 587 *aujourd'hui*

Huitime, 568 *huitième*

Hurter, 321 *heurter*

Hus, 123, 362, 374 *clameur, cris de guerre*

Hustin, 126 *querelles*

Hustin, 774 n.m., *tumulte ; mêlée, bataille*

Hustiner, 331* *faire des incursions, batailler*

Hustins, 112, 389 *mêlée, lutte*

Huvette, 918 n.f., *armet, cabasset*

Hystoriiet, 71 *mis sous forme de récit*

I

Imagination, 75*, 654 *idée, pensée*

Impeterés, 597* ; Impetrer, 139, 597, 642 *obtenir après demande*

Incidence, 728 n. f., *circonstance, événement*

Incontinent, 293 *sur-le-champ*

Incourutes, 80 *encourues, arrivées*

Infiers, 132 *enfer*

Informez, 714 adj. part., *averti*

Infourmés, 507* *prévenu*

Inhibition, 679 *défense*

Insinuet, 338 *inscrit*

Instance de ce que, en, 422 *avec l'intention (de)*

Instrument, 747 n.m., *acte, document ; moyen, engin*

Irour, 455 *fureur*

Issir, 225, 251, 382 *sortir* ; Issons, 503 *sortons* ; Issut, 84 *sortis*

Istance de ce que, en, 558 *avec l'intention de*

Istera, 417 *sortira* ; Isteroit, 442 *sortirait* ; Isterons, 417 *sortirons* ; Isteront, 502 *sortiront*

J

Jà, 538 *jamais (précédé de « ne » et suivi d'un futur ou d'un subjonctif)*

Jà ne, 484 *jamais*

Jakes, 185 *habit de combattant, court, serré, rembourré*

Jesir, 560 *passer la nuit ; être couché ; se trouver dans*

Jetta son avis, 329 *proposa*

Jeu, 430, 588 ; Jeut, 378 p.p. de *gésir*

Jeuiaulz, 374 ; Jeuiaus, 320 *joyaux*

Jeurent, 538 p. simple de *gésir*

Jewoit, 477 *jouait*

Joenne, 729 adj., *jeune*

Jolis, 733 adj., *brave, hardi*

Jolier, se, 938 v. intr., *se faire beau, se pavaner*

Jolis, 382 *amoureux*

Jouer, 730, v. intr., *se divertir*

Journées, 75 *la distance que l'on fait à cheval dans une journée*

Jouster, 140 *jouter (faire des combats deux à deux)*

Joustes, 715 n.f., *combat à deux personnes, à cheval ou démonté (joute)*

Juper, 132, 577 *pousser des cris*

Juré, jurez, 766 n.m., *membre du conseil d'une commune ou d'une corporation professionnelle*

Jurés, 338, *élus d'une corporation chargée de veiller aux règlements*

Jus à terre, 576 *à même la terre*

Jus, 325 *bas*

Justicier, 102*, 381 *punir*

Jut, 215, 368 p.p. de *gésir, se reposa*

K

Kainne, 673 *chaînes*

Kanons, 367 *toutes sortes d'engins de guerre ; artillerie*

Kas, 534 voir : *chas*

Keurt, 212*, 550 *court*

Kewe, 638 *queue*

Kievirons, 315, 322 *chevrons* (terme de blason)

Kros, 533 voir : *cros*

L

Là endroit, 220 *à cet endroit-là*

Laiast, 570 *laissât*

Laiens, 374, 646 *là-dedans*

Laigne, 126 *bois à brûler*

Laiier, 346* ; Laioit, 84 *laissait* ; Lairoient, 470 *laisserait* ; Lairoit, 83, 441, 499 *laisserait* ; Lairons, 426, 433 *laisserons*

Laissast, 423 *manquât*

Lançant, de glaves, 195, *en combattant avec la lance*

Lance, 214 n.f., *lance ; unité de combat comprenant un chevalier avec sa lance, le coutelier, le page, le valet et les archers*

Lances, 210, 312 *unités de combat, chacune comprenant un chevalier avec sa lance, le coutelier, le page, le valet et les archers*

Lanciet, 361 *action rapide ou répétée de lancer*

Langages, 572 *paroles*

Large, sus le, 483* *sur un vaste espace*

Larrecin, en, 717 expr. adv., *clandestinement*

Lasque, 659, *lâche*

Lava, 662* *se lava les mains*

Laver, 381* *se laver les mains*

Léans, 794 *là-dedans, à l'intérieur*

Legier, 317 *prompt, rapide*

Légier, 718 adj., *facile (par ex. à prendre),* 831 *irréfléchi*

Legier, de, 242, 328 *facilement*

Legierement, 472, 607 *facilement*

Lés, 230 *côté*

Leu, 595 ; Leute, 479 ; Leutes, 207 p.p. de *lire*

Lez, 768 n.m., *côté*

Li, pronom personel indirect, 438 *lui*

Lie chière, 229* *bonne mine*

Lieges, 395 *lige*

Liement, 83, 204 *avec joie*

Liement, 719 adv., *avec joie, allégresse*

Liés, 752 adj., *content, joyeux*

Lieue, 718 n.f., *mesure de distance approximativement égale à quatre kilomètres (2,28 toises)*

Liewes, 332, 349, 462 *lieue* (ancienne mesure itinéraire : env. 4,5 km)

Linage, 73 *ascendance*

Lique, 406*

Litteron, 864 n.m., *petit lit*

Livrées, 107*, 127* *quantité de terre rapportant des revenus annuels*

Livret, 127

Glossaire

Loer, looit, 754 v. *conseiller, recommander* ; *faire l'éloge de*
Logis, 766 n.m., *camp, campement* ; *abri, tente, bivouac*
Loiie, 672 *assemblée*
Loiier, 101, 189 *lier* ; *salaire*
Loiies, 119 *attachées*
Loist à savoir, 537 *c'est-à-dire*
Lonch de, au 218* *sur la longueur de* ; *de si lonch que*, 545 *dès que*
Longues, 878 n.f., *attaches*
Lontains, 545 *lointain*
Lorier, 623 *attirer*
Los, 398 *gloire, renommée*
Loyal, 752 adj., *fidèle, légitime*
Loyaument, 730 adv., *fidèlement*
Lui, 448, pron. réflexif *se*
Lui, par, 127, *de son côté*

M

Mach, 350 *je mets*
Maillés, 854 n.m., *marteaux*
Main mise, arrester qqu'un de, 723 *mettre la main sur, arrêter qqun*
Main, de sa, 283 *par la force de son épée*
Mainbours, 147 *administrateur*
Mainer, maine, 723 v. tr., *mener*
Mains net, 341 *puîné*
Mains, 356, 452, 484, 495 *moins*
Maintien, 381 ; Maintiens, 104 *conduite* ; *agissements*
Mairiens, 254, 345 *bois de charpente*
Mais, ne..., 586 *ne... plus*
Maisné, mainsné, 779 adj., *puîné, cadet*
Mal de, estre, 82 *être mal vu par*
Malefaçons, 668 *méfaits*
Malement, 545, 655 *terriblement*
Maleoit, 114 *maudits*
Malètes, 482 *bagages*

Maletotes, 188 *impôts extraordinaires devenus ordinaires, et souvent considérés comme injustes*
Malevoisie, n.m., *vin obtenu avec le cépage malvoisie*
Malinvolence, 114, *malveillance*
Malivolence, 726 n.f., *malveillance*
Manandies, 531 ; Manandries, 489 *résidences, habitations*
Manans, 546 *habitants*
Manda, 87 *convoqua*
Mandement, 219, 607 *ordre, appel*
Mandement, 768 n.m., *ban, levée de troupes*
Mandèrent, 199 *firent savoir*
Maneçant, 513 *menaçant* ; Maneciet, 668 *menacé*
Mangonniaus, 282 *machine de guerre (espèce de grande catapulte)* ; *les gros dards lancés par elle* ?
Manière de, à, 321*
Manière, 78, 545* *conduite*
Maniiés, 497 *malmené*
Manoit, 346 *demeurait*
Mansions, 489 *résidences*
Marces, 422 *marches, pays*
Marchandises, 668 *négoces*
Marches, 737 n.f., *pays frontalier, limitrophe, voisin*
Marchié, 734 n.m., *accord*
Marchiet, 263* *comptes*
Marchir, marchier, v. intr., *être frontalier avec, jouxter*
Marcissans sus, 239 *confinant à*
Marcissent, 168* *confinent*
Marès, 792 n.m., *marais*
Mareschaucée, 829 n.f., *juridiction exercée par les maréchaux en collaboration avec les prévôts, en Angleterre, selon le copiste*

Mareschaus, 71 *maréchal (grand officier commandant une armée)*
Mari, 588 *désorientés*
Marine, 609* *la mer*
Marle, 563 *marne*
Marle, 146 *mâle*
Maronnier, 95, 369, 432 *marins*
Mars, 106 *quantité d'or, d'argent, pesant huit onces*
Martinés, 534 *engins à contrepoids, propres à lancer de grosses pierres*
Maschier, 725 v. tr., *mâcher*
Matère, 80 *sujet*
Maugret yaus, 129 *contre leur gré*
Mautalent, 260, 578, 580 *colère, ressentiment*
Mautalent, 776 n.m., *mauvaise disposition du cœur, animosité, rancune*
Mautalentis, 419 *mécontent, irrité*
Mayeur, 606 *maire*
Mehagna, 322 ; Mehagnièrent, 261 ; Mehagniés, 195 *mutiler, blesser grièvement*
Mehaignier, 776 v. tr., *blesser, estropier*
Meismement, 358, 359 *surtout, en particulier*
Mélancolier, se, 713 v. intr., *s'affliger*
Mélancolieux, 738 adj., *triste, sombre*
Membres, 73*
Mendre, 649 *moindre* ; Mendres, 501 *moindre*
Menestraudies, 294, 647 *joueurs d'instruments de musique*
Ménestrel, 868 n.m., *ménestrel, chanteur et musicien ambulant*
Menroit, 313 *mènerait*
Merancolia, se, 517 *s'affliger* ; Merancoliier, 560 *s'inquiéter*
Merancolieus, 231, 363, *ombrageux, affligé, irrité*

Meri, 376 *récompensé* ; Merir, 457 *récompenser*
Mérir, 829 v. tr., *récompenser*
Mérite, 738 adj., *digne*
Merrien, 871 n.m., *bois de charpente* ; *pilotis qu'on enfonce dans une rivière pour créer une obstruction*
Merveilles, 71 *ce qui provoque l'étonnement, l'admiration* ; 80 *choses surprenantes, bizarres*
Merveilleus, -es, 728 adj., *remarquable* ; *étrange*
Mès que, 352 *pourvu que*
Mès, 479 *plus*
Més, *mets, plats*
Mesavenir à qqu'un, v. imp., *arriver malheur à qqu'un*
Meschans, 807 adj., *misérable*
Meschéance, 764 n.f., *infortune, malheur*
Meschei, 174 *arriva un malheur* ; Mescheist, 348 *arrivât malheur*
Meschief, 80, 254 ; Meschiés, 388 *malheur, calamité*
Meschief, 716 n.m., *malheur, calamité*
Meshui, 540 *aujourd'hui*
Mesissent, 475 *missent* ; Mesist, 425 *mît*
Mesnie, 83 ; Mesnies, 125, 408 *serviteurs, gens de maison*
Mespresure, 250 *faute, tort*
Message, 368 *messager*
Message, 721 n.m., *messager*
Mestier, 88 *besoin* ; Mestier de, avoir, 396 *avoir besoin de*
Mestier, faire / avoir m., 716 v. imp., *si besoin est / avoir besoin*
Mestre, 344 ; Mestres, 232* *maître*
Mestriier, 80, 172, 675 *gouverner* ; *maîtriser*
Mesvint, il leur, 320 *il leur arriva malheur*

Glossaire 1165

Mètes, 178, 259, 563 *frontières, limites*

Metre, 718 v. tr., **meïst** (3ᵉ pers. de l'imparf. du subj.), *mettre*

Mette, 829 n.f., *limite, borne*

Mettre au desous, 179 *maîtriser*

Mettre avant, 494 *faire connaître, proposer*

Meuist, se, 88 *se mît en mouvement*

Meurement, 574 *mûrement*

Meus (mouvoir), 507* ; Meut, elle se, 339 *elle part*

Mi, 523 *mes* (possessif)

Mies, ne..., 72, *ne... pas*

Miesenaires, 326*

Mieus mieus, qui, 374 *à qui mieux mieux*

Milleurs, 567 *meilleurs*

Mis à volenté, 533 *soumis à sa volonté*

Mise, 73 *biens*

Mise, 870 n.f., *argent* ; *moyens pécuniaires*

Misent à bort, 432 *jetèrent pardessus bord*

Mises jus, 425 ; 595 *écartées*

Mite, 870 n.f., *petite monnaie de cuivre de Flandre*

Mix, 112 *mieux*

Moien, 908 n.m., *intermédiaire, médiateur* ; *intercession, médiation* ; *sans nul moien : sans hésitation, réserve, difficulté* ; *sans délai*

Moiennement, 778 adv., *dans l'intervalle, en attendant, pour le moment* ; *avec modération*

Moiien, 642 *médiateur* ; Moiiens, 138 *médiateur* ; (sans nul moiien) 335 *immédiatement*

Moiïène, en le, 307, 427, 545 *au milieu* ; moiienné, 529

Moilon, 319* *milieu*

Mokier, 381 *tromper, leurrer*

Monciaus, 331 *monceaux*

Mondes, 81*

Monne, Monnes, 320 *moine(s)*

Monnoiiers, 603 *monnayeurs*

Mont, en un, 534 *tout d'un coup*

Mont, tout en un, 479*

Montoient, 137* *valaient*

Mors, 717 part. passé de *morir*, v. intr., *tué(s), mort*

Mote, 582 *tertre*

Moullier, 517 *épouse*

Moult (de), 718 adv. de quantité, *beaucoup, force*

Mourdris, 498 *assassiné*

Moustier, 249, 322, 499 *église*

Moustier, 769 n.m., *église* ; *monastère*

Moustrer, 721 v. tr., **moustra**, *montrer*

Mouteplia, 82 *se répandit*

Mouton, n.m., *engin de guerre*, 872

Moutons, 550*

Mouvoir, 439 *guerroyer*

Mouvoit en fief, 165 *relevait*

Moyenne, 666*

Mucier, 125 *abriter*

Mucier, 864 v. tr., *cacher*

Muet, 332*, 511 *incite*

Muir, je, 642 *je meurs*

Murdris, 586 *assassinés, tués*

Murtrir, 721 v. tr., **murtry**, *assassiner*

Muser, 560 *réfléchir*

Musoit, 380 *était absorbé par ses pensées*

N

Nacelles, 286, 401 *petit bateau pour le transport fluvial* (appelé aussi *bac*) ; Nacielle, 533

Naga, 352, *navigua*

Nagant, 671 *naviguant*

Nagier, 100 *conduire sur l'eau*

Nagièrent, 194 *naviguèrent*

Naisis, 368 *lassés*
Naistre, 727 v. intr., *naître* ; ici, *être la conséquence* (au sens figuré, peut avoir le sens de « *paraître* »)
Nakaires, 144, 172, 294, 392 *petits tambours*
Navieur(s), 750 n.m., *batelier(s), commerçant(s) par eau, à Gand*
Naviier, 317 *naviguer*
Navrèrent, 112 *blessèrent*
Navrés, 228, 256 *blessés*
Nef, 671 ; Nefs, 83, 137 *bateau(x)*
Nef, 769 n.f., *bateau*
Neis, 602 *même*
Nennil, 615 *nenni, non*
Nennil, 727 nég., « *Mais non !* »
Nequedent, 159 *néanmoins*
Nes tant seulement, 531 *même pas*
Nestre, 671 *naître, poindre*
Net, 77 *né*
Nient, 183, 212, 337 *aucunement*
Niés, 84, 357 *neveu*
Nobles, 552, 646* *monnaie d'or anglaise d'une valeur de 8 shillings et 8 pence*
Noer, 891 v. tr. et intr., *nager*
Noient, 322, 628 *néant, rien*
Nompourquant, 428 *néanmoins, pourtant*
Non plus, 482 *pas plus*
Noncaloir, mettre en 631, 677 *négliger*
Noncissions, 135 *annoncions*
Nonne, 121*, 389, *neuvième heure canoniale* (trois heures de l'après-midi)
Nonne, 771 *neuvième heure canoniale* (trois heures de l'après-midi)
Nonpourquant, 227 *néanmoins*
Notable, 743 adj., *digne, mémorable* ; (lettres) *exprès, en due forme* ; *de bonne réputation*

Notorement, 544 *notoirement*
Notter, 725 v. tr., **nottoit**, *prendre en considération*
Nouris, 80 *élevé*
Nouvel, 572 *reposés*
Nouviaus, 574 *sans avoir combattu*
Nues, 205 *du ciel*
Nuis, 78 *nuits*
Nuisant, nuisans, 748 n.m., *ennemi(s)*
Nuitie, 466, 469, 587 « *nuitée* » (forme analogue à journée)
Nul, 750 *aucun* (sens souvent positif)
Nullui, 249 *personne*
Nullui, 718 pron., *personne*
Nulz, ne, 85 *personne*

O

O, 229, 390 *avec*
Oant, 572 *entendant* (oïr)
Obligier, 197* *s'assujettir à*
Obligiet, 190 *engagés*
Obstant, non, 732 *malgré, en dépit de*
Obtint, 242* *retint*
Occioient, 549 *tuaient* ; Occire, 114 *tuer* ; Occis, 145 *tués* ; Occisent, 397 *tuèrent* ; Occist, 322* *tua*
Occire, 714 v. tr., *tuer, massacrer*
Occision, 750 n.f., *assassinat, meurtre*
Occoison, 200 *pour votre cause* ; Ocquison de, en l', 112, 192, 416 *à cause de*
Oevrent (subj.), 468 *ouvrent*
Oïrent, 311 *entendirent*
Oirre, 92 *voyage*
Ombre de, sus l', 86*
Onny, mettre à l', 869 *dévaster*
Onques, + ne, 722 adv., *jamais* ; **onques mais**, *jamais depuis*

Glossaire

Onques, 74, 185 *jamais*

Ooient, 428 *entendaient*

Oppinion, 423 *opinion obstinée*

Oppression, 478 *violence*

Or tos ! 578 *Vite alors !*

Oratore, 570 *oratoire (petite salle destinée à la prière)*

Ordenance de, à l', 538 *sous le gouvernement de*

Ordenance, 77*, 235 *disposition*

Ordenances, 540 *organisation*

Ordeneement, 354 *très bien disposé*

Ordés, 124 *sali*

Ordonnance, 716 n.f., *ordre, disposition (p. ex. d'une armée)*

Ordonné, 576 *préparés*

Ordonner (s'), 716 v. tr., *(se) disposer, arranger, aménager*

Ordonner, 71* *organiser*

Orendroit, 456 *en ce moment même*

Orendroit, 870 adv., *en ce moment même, maintenant*

Orent, 362 *eurent*

Orés, 320 *entendrez*

Ores, 90*, 356 *en ce temps-là* ; 600 *maintenant*

Oriflambe, 895 n.f., *l'oriflamme ou bannière de Saint-Denis ; elle ressemblait à une flamme avec sa soie rouge orangé et sa partie flottante coupée en pointe*

Orilliers (de geules), 371 *coussins (sur un écu armorié)*

Orison, 83 ; Orisons, 570 *prières*

Os, 174 *armée*

Ost, 765 n.m., *armée (en campagne)* ; **aler à ost**, *guerroyer, aller en campagne*

Ostagerie, 491 *en état d'otages*

Ostel, 763 n.m., *résidence (souvent prestigieuse)*

Ostoier, 799 v. intr., *faire la guerre, se mettre en campagne*

Ot, 507 *eut*

Otant, 72 *autant* ; 235 *aussi*

Otel, 237 *autant*

Otretant, 250 *autant*

Otriast le voie de, 354*

Ottria, 386 *accorda*

Ou, 71 *au*

Ou, conjonction contrastive, 713

Ou, combinaison de la prép. « en » avec l'art. « le » : *en le*, 713

Oublie, 119* *galette ou biscuit*

Oultrage, 660 *bravoure excessive*

Oultrage, 762 n.m., *démesure, excès, témérité ; coup hardi*

Oultre, 715 adv., *plus loin ; davantage ; au-delà (de)*

Oultrecuidié, 813 adj., *arrogant, présomptueux, outrecuidant*

Oultrecuidier, s', 738 v. pr., *faire preuve d'arrogance, de confiance excessive en soi-même*

Ouniement, 124 *continuellement*

Outrageus, 390 *terrible, formidable*

Ouvrer, 764 v. intr., *procéder (dans une affaire)*

Ouvret, 665 *opéré*

Ouvroit, 548 *procédait dans ses affaires*

Oye, 320 *entendue* ; Oye, 575 *entendue*

Oÿl, 725 affirm., *oui*

Oÿr ; oÿ, oÿes, etc., 715 *entendre*

Oyseux, 755 adj., *oisif, s'emploie pour des personnes qui ont quitté leur occupation ; désœuvré, inactif, futile*

P

Paians, parmi ses denierz, 536 *moyennant son argent comptant*

Painiel, 866 n.m., *couverture*

Painne, milleur, 183* *meilleur effort*

Pais, 204, 678 *cessations, suspensions de guerre* ; Pais, la, 600*

Paisieulement (orthographe flottante, tantôt « paisievlement » tantôt « paisieulement »...), 117, 346, 598 *sans faire de bruit*

Paissons, 327 *piquets*

Palefroi, 235* *cheval de marche ou de parade*

Paleter, 286, 361, 389 *escarmoucher, combattre*

Paletis, 217 *combats*

Palis, 252 *palissades*

Par tant que, 81 *parce que*

Pararderons, 290 *brûlerons complètement* ; Parardirent, 323 *brûlèrent complètement* ; Pararse, 276 *tout incendié*

Parch, 570* *enclose*

Pardaarrain, au, 351, 530 *en dernier lieu*

Pardesconfi, 638*

Pardirent, 531 *perdirent*

Pardoinst, 151*

Pareçon, à, 407 *à partie égale*

Pareçon, 846 n.f., *partage, distribution* ; *part ou lot résultant d'un partage*

Pareçons, 133, 480, 637 *propositions, marché*

Paremens, parées d'uns, 455 *toutes portant un même riche vêtement*

Parement, 224 *ostentation*

Parés, 574 *honoré, distingué*

Paresis, 126 *denier parisis* (monnaie frappée à Paris)

Parfait, 467 *le reste*

Parfont, prisent le 194 *gagnèrent le large*

Parfurnir, 142, 342 *accomplir, réaliser pleinement*

Parlement, 244*

Parmesist, 550 *livrât, mît*

Parmi, 185 *par le moyen de* ; Parmi, 536 *au moyen de* ; Parmi tant que, 164, 457 *à condition que*

Parordonnèrent, se, 614 *se disposèrent avec soin*

Part (« celle part »), 716 expr. adv., *par là, vers eux*, etc.

Parti as, il n'estoient mies bien, 532, *ils n'étaient pas en situation bien égale vis-à-vis de*

Parties, 668 *partisans*

Partir, 272* *faire partir*

Partir, se partir de, 722 *quitter, partir (de)*

Partir, 749 v. tr., *partager* ; *avoir part* ; au réfl., 735 *se diviser*

Partiroient, 530 *partageraient*

Partuèrent, 406 *achevèrent*

Pas, 121, *position stratégique* ; 262, 634, *passage, détroit*

Pas, aler tout le, 572 *aller lentement*

Pas, 766 n.m., *seuil*, en tant que *position stratégique* ; *entrée, passage*

Passent de, se 118 *ils s'accommodent de*

Passer, 728 v. tr., *accepter*

Passèrent route, 74 *se distinguèrent*

Paterons, 547 *patron*

Patron, 432 *maître d'un navire*

Pau, 557 *peu*

Paufis, 113 *palissade*

Paumiant, 224* *tenant à pleines mains*

Pavais, 504 *bouclier*

Pavais, 871 n.m., *bouclier*

Paveschié, 770 adj., *muni d'un bouclier*

Paveschiet, 254, 414 *munis de boucliers*

Pavillons, 284*

Pena, se, 548 *s'efforça*

Glossaire 1169

Penèrent, se, 612 *se mirent en peine*
Penés, (vous), 357 *appliquez-vous à*
Peniel, 118 *« coussinet »* (placé sous la selle)
Pennes, 605 *fourrures*
Pennes, 869 n.f., *fourrures*
Pennon, 211 *porte-enseigne*
Pennon, 781 n.m., *drapeau triangulaire à longue pointe, que les chevaliers non-bannerets portaient au bout de leur lance*
Pennons, 235*, 633 *bannière taillée en pointe*
Penonciel, 135 *petit pennon*
Penser de, 95*
Penser, 380 *réfléchir*
Pensèrent, de, 219 *s'employèrent à*
Pensieus, 448 *soucieux, préoccupé*
Pers, 74 *pairs*
Perdant, 87*
Perdesissent, 579 *perdissent*
Pertruisie, 674 *percée*
Pertruisoit, 360 *perçait* ; Pertuisera, 321 *percera* ; Pertuisièrent, 322 *percèrent* ; Pertuisiet, 323 *percé*
Pestilence, 549 *carnage*
Peuissent, 559 *pussent*
Peut, 477 *pu*
Pièça, 800 adv., *depuis longtemps*
Pieçà, de, 511 *depuis longtemps*
Pièce, grant, 359 *longtemps* ; Pièce, en grant, 645 *pendant longtemps* ; en pièce, 391 *avant longtemps*
Pierdi, 173 *perdit*
Pietaille, 300 *gens de pied, infanterie*
Pieur, 163, 532, 655, *pire* ; j'en sçai pieur gré, 655 *j'en veux davantage à*
Pillemens, 552 *action de piller*
Pilos, 317 *grands pieux*

Piloter, 317 *enfoncer des pilots*
Pilz, 494 *pics*
Piquenaire, 832 n.m., *soldat armé d'une pique*
Pistoule, 789 n.f., *ampoule, petite tumeur purulente*
Place, 91 *plaise*
Places, 73 *places publiques*
Plain, 763 n.m., *plat pays*
Plain, tout, 112 *de toute force* ; combattre au, 130 *combattre en pleine campagne*
Plainement, 867 adv., *ouvertement, franchement*
Planchon, 918 n.m., *bâton ou pieu*
Plançons, 125, 312 *troncs d'arbres, branches* ; *bâton, pieu*
Plates, 280, 318 *par opposition à la cotte de mailles, une armure faite de plaques d'acier*
Plèges, 491 *ceux qui servent de garant, de caution*
Planté, 437 *beaucoup, longtemps*
Plentiveus, 116 *abondant*
Plueve, 577 *pluie*
Pluseur, 714 pronom ou adj. indéf., *plusieurs* ; 739 indéf. pl., *la plupart*
Poeent, 440 *peuvent*
Poi, 143 *pus* (pouvoir)
Poindi, 280 *perça*
Poins, 107* *le bon moment*
Point de, à, 512 *sans aucun*
Point que, à ce, 412 *au moment où*
Point, fors tout à, 615 *sauf votre honneur*
Poise, 141 *pèse* (subj.)
Poissans, 187 *puissants*
Pooir, 230 *puissance* ; 642 *le pouvoir*
Pooit, 423 *pouvait*
Porta s'en, 229 *en prit son parti*
Porter partie, 71* *favoriser*
Portoient, se, 164 *se déroulaient*

Glossaire

Possessé, 667 *possédé*
Posterne, 435, 438 *porte dérobée* ; Posterne de l'arce, 302*
Poullalle, 116 *poulet*
Pourcach, 81*, 150, *instigation*
Pourcacier, 201 *poursuite assidue*
Pourchas, 778 n.m., *poursuite d'une affaire, diligence ; démarches actives, instigation*
Pourpensa, il se, 108 *il décida après réflexion*
Pourpos, 72, 342* *dessein, intention*
Pourpris, 101 *enclos*
Poursongnie, 619 *surveillée*
Poursuir, 726 v. tr., *poursuivre*
Pourveance, 91* *soins matériels*
Pourvéances, 724 n.f., *provisions*
Pourvei, se 208 *se prépara*
Pourveir, 167* *faire ses provisions*
Pourveu, 198 *prêts*
Pourveuement, 540 *résolument*
Pourveus, 317, 511 *préparé*
Pout, 340, 480 *pu*
Preecie, 176 *prédication* (de la croisade)
Preecier, 510 *exhorter* ; Preeciés, 350 *exhorté* ; Preeciet, 419 *exhortés* ; Preeçoit, 508 *exhortait*
Prélation, 740 n.f., *prélature, dignité de prélat*
Premiers, à ces, 195 *de prime abord*
Prendant, 318 *prenant*
Prendoient bien près d'yaus combatre, se, 565*
Preschier, 741 v.i., *prêcher*
Present, 153 *en la présence de*
Presissent, 559 *prissent*
Presist (impers.), 299, 525 *arriver ; survenir* ; Presist, 525 *prît* ; Presist près de, se, 611 *s'efforçât de*
Presse, 573 *foule*

Preudomme, 416* *homme probe et sage*
Preudomme, 776 n.m., *homme probe et sage*
Prevos, 338 ; Prevost, 348 *officiers d'ordre civil ou judiciaire*
Prevosté, 249 *juridiction religieuse*
Priès prendre de, se, 335 *s'efforcer de*
Prime, 226, *première heure canoniale* ; Prime, entours heure de, 133 *vers six heures du matin*
Prime, 836 *première heure canoniale* (six heures)
Pris, 721 n.m., *prix*
Prisent, 540 *prirent* ; Prisent à, 142 *se mirent à*
Prisiés, 295 *apprécié*
Prison, 730 n.f., *captivité*
Prison, 128, 329, 344 *prisonnier ; captivité*
Privilèges, 159 *conseillers privés*
Proèces, 598 *prouesses*
Proie, 312 *butin de guerre ; bétail*
Proisme, 72* *prologue* ; 341 *proche*, 355*
Proismeté, 341, 355 *parenté*
Prommech, 538 ; Prommeth, 563 *je promets*
Propisses, 73 *aptes*
Propre, 164* *personnelle*
Prouffitable, 738 adj., *avantageux*
Prouvende, à plainne, 546 *jouissant d'une prébende*
Puasine, 336 *puanteur*
Publiier, 455* *divulguer*
Puigneis, 173 *combats*
Puignie, 589, 614 *poignée*
Puis, 184* *depuis*
Puissedi, 90, 137 *depuis, depuis ce jour*
Purainne, 291*

Pure, 98 *absolue*
Purement, 422 *sans aucune obligation ni réserve*
Purs les chiés, en, 641 *nu-tête*

Q

Quanque, 123 ; Quanqu'il, 138 ; Quanques, 204 *tout ce que ; ce que*
Quanque, 824 *tout ce que*
Quariaus, 272 ; Quariel, 286 *carreau, projectile*
Quartier, de, 292*
Quatir (se), 859 v. pron., *se blottir, se cacher*
Quatrime de, lui, 230 *lui avec trois autres*
Queilliet, 223 *rassemblés*
Quel part que, 527 *où que*
Quèles de vos nouvelles ?, 573 *quelles sont vos nouvelles ?*
Querelle, 510 *dispute, cause*
Queriés, 128 *cherchiez*
Quérir, 729 v. tr., *chercher, rechercher*
Querre, 311, 378 *chercher*
Querre, 773 v. tr., *chercher, rechercher*
Quiconques le soit, 240 *qui qu'il soit*
Quidier, quida, 741 v. tr., voir **cuidier**
Quis, 323 *cherchés*
Quisençon, 391 *peine, inquiétude*
Quisent, 146, 324 *cherchèrent*
Quist, 322 *chercha*
Quittance, 241* *écrits confirmant qqch.*
Quittement, 422* *sans aucune obligation*
Quittes, 363 *libres*
Quoi, 208 *tranquillement* ; 342 *tranquille et silencieux* ; Quoie, 434 ; Quois, 179, 199

Quoi, par, 437 *afin que*
Quoiement, 89 *silencieusement, discrètement*
Quoiement, 736 adv., *silencieusement*
Quoissiet, 127 *meurtris (à l'endroit des sangles)*
Quoiteusement, 303 *précipitamment*
Quoitiés, 314 ; Quoitiet, 483 *pressés*
Quoy, 716 adj., *tranquille, recueilli, silencieux* (se tenir tout quoy)

R

Rabillier, 469 *remettre en état*
Raboinirent, 514 *apaisèrent*
Racaciet, 399 *refoulés*
Raconsievir, 255, 391, 406 ; Raconsiewir, 120 *ratteindre* ; Raconsievirent, 361, 374 *parvinrent à rattraper*
Rade, 595 ; Rades, 497, *impétueux, intrépide*
Radement, 403 *fortement*
Radement, 821 adv., *promptement, vivement*
Radrecier, se, 580 *se diriger de nouveau*
Raempli, 486*
Raemplir, 724 v. tr., *remplir*
Raison, Raison garder, 180* ; Raison, de, 592* *discours*
Raison, mettre à, 728 *convaincre, ramener à la raison*
Raler, 336 *retour*
Ralloiance, 445 *ralliement*
Ralloiier, se, 313 *se rallier*
Ramenteus, 74 *rappelé*
Ramentevoir, 75 *rappeler*
Ramonner (au net), 904 v. tr., *balayer, piller*
Ramper, 129 *grimper*

Rampronnet, 363 *raillé, insulté*
Randon, à grant, 429 *avec grande force* ; Randon, de, 397 *à vive allure* ; Randon, de grant, 312, 322, 672 *avec impétuosité, violence, avec grande force* ; Randon, tout d'un, 270 *avec force*
Randon, de grant, 891 expression adverbiale de manière : *à grande vitesse*
Rapareillier, 742 v. tr., *remettre en état*
Raplega, 232* ; Raplegeroit, 232 *cautionnerait* ; Raplegiet, 232* *porté garant*
Rapoiier, 375 *remettre sur pied (un blessé) en le soutenant*
Raroient, 363, 667 *ravoir*
Rastinrent, se, 610 *se retinrent*
Rataindre, 782 v. tr., **ratains**, etc. ; *rattraper*
Rate, 120 *part incombant à chacun*
Ratendrir, se, 737 v. pr., *s'attendrir*
Ravestiroit, 508 *investirait d'un fief*
Ravine, 611, 672 *rapidité*
Ravisèrent, 587 *reconnurent*
Ravoient, 419 *avaient de nouveau*
Ravoir se 264, 581 *se rallier ; se relever*
Rebombe, 672 *contrechoc*
Rebraciés, 178* *manches retroussées (« tout prêt »)*
Recarga, 452 *recommanda*
Receute, 391 *reçue*
Receveur, 835 n.m., *officier fiscal d'un comte ou d'un prince*
Rechief, de, 754 *encore une fois, de nouveau*
Recief, 281 *de nouveau*
Recommender à, 329
Recommendèrent, 589 *louèrent, estimèrent*
Recorde, 242 ; Recorder, 361 ; Recordèrent, 193 *raconter*
Recors, 73* *récit*
Recort, 725 n.m., *récit*
Recouvrances, 582, 586 *reprises, attaques*
Recouvrer de, 137 *se procurer*
Recouvret, 258, 427, 439 *récupéré, remis en bon état*
Recouvrier, 648 *réparation*
Recreant, 531, 659 *las, épuisé ; s'avouant vaincu*
Recrerai, 597*, 646*
Recreüs, 730 adj. part., *mis en liberté* (sus sa foy : *sur parole*)
Recrurent, 485* *mirent en liberté*
Recueillier, 461, 532 *recevoir* ; Recueilliet, 463 *reçus en adversaires*, Recueilloit, 223 *absorbait* ; Recueilloient, 417 *recevaient* ; Recueilloient, se, 577 ; *se rassemblaient*
Recueilloite, 93*, 589 *lieu de rassemblement*
Recueillote, 784 n.f. (sens militaire) *endroit pour abriter des soldats*
Refiert, se, 212* *se jette*
Refourbir, 569 *réparer*
Refréner, 763 v. tr., *réfréner, modérer*
Refuites, 372 *refuges*
Regard de, ens ou, 115 *en comparaison avec ; par rapport à*
Regardé, 226 *considéré* ; Regarder, 72 *examiner*
Regars, 282 ; Regart, 551* *gouverneur* ; 82*
Regart, 818 n.m., *gouverneur*
Regimen, 510 *administration*
Registré, 71 *enregistrés d'une façon manifeste*
Regratia, 83, 396 *remercia*
Relaia, se, 87* ; relaiast, *renonça*
Relevée, l'heure de, 428 *l'après-midi*

Glossaire 1173

Remanans, 241* ; Remanant, 114, 380* *reste*

Remanda, 450 *fit venir* ; Remandoient, 595 *envoyaient de nouveau à*

Remède, 83*

Remenant, 782 n.m., *restant*

Rementevoir, 233* *faire une mention de qqch.*

Remirer, 379 *regarder avec attention*

Remonstra, 176 *persuada* ; Remonstroient, se, 429 *se distinguaient*

Remontière, 482, 556 *début de l'après-midi*

Remoustrer, remonstrer, 726 v. tr. ou intr., *démontrer ; faire savoir ; montrer clairement*

Remuer, v. tr., 787 *emporter (morts ou blessés) d'un champ de bataille*

Renc, 862 n.m., *rang*

Rencontré, 191 *combattus* ; Rencontret, 325 *atteints*

Rendesissent, 475 *rendissent*

Rengiés, 120, 237 *en ordre de bataille*

Renluminés, 173 *illustré*

Renommer, 586 *réclamer*

Rensegnier, 647 *assigner*

Repairoient, 97 *séjournait* ; Repairoit, se, 347 *s'en retournait*

Reparoient, 494 *apparaissaient, se présentaient*

Reprendoit, 382 *blâmait*

Representa, se, 229 *se présenta* ; Representèrent, se, 518 *se présentèrent*

Reprisent, se, 583 *se reprochèrent* ; Reprist, 455 *blâma*

Reprouchier, 715 v. tr., *reprocher*

Repus, 133, 315 *cachés*

Reputoient, 444 *estimaient*

Requerre, 165, 182, 345, 347, 660 *demander ; rechercher* ; Requis, 93 *demandés* ; Requisent, 195 *attaquèrent*

Rés à rés, 480, 556, *à ras de terre ; à même*

Resbaudir, 130* *ranimer le courage de*

Rescoui, 394 *délivré* ; Rescouoit, 344 *sauvait, délivrait* ; Rescourre, 224, 362 *secourir* ; Rescous, 224, 532* *secouru* ; Rescousse, 280 *reprise par force*

Rescousse, à la, 658 *au secours* ; Rescousses, 383, 398 *secours, aides*

Rescripsions, 214 *réponses par lettre*

Respiter, 784 v. tr., *épargner*

Respondoit, 434 *se répandait* ; Respondut, 207*

Ressachièrent sus, 345* *firent remonter*

Ressongna, 626 *redouta* ; Ressongnast, 480 *craignît* ; Ressongnièrent, 275 *redoutèrent* ; Ressongnoient, 244 *craignaient*

Ressors, 73*, 298 *juge auprès de qui on appelle*

Restel, 465 ; Restiaus, 345* *herse d'une porte de ville*

Restorier, 648 *dédommagement* ; Restoriers, 365 *vengeur*

Restraindirent, 211 *rajustèrent*

Retet, 498 *accusés*

Retour, 242 *lieu de retraite*

Retournées, 242 *échangées* ; Retournèrent, 558 *firent rebrousser chemin* ; Retourons, 482 *retournerons* ; Retourrai, 497 *retournerai* ; Retourroient, 321, *retourneraient* ; Retourroit, 378 *retournerait* ; Retourrons, 192 *retournerons*

Retoursèrent, 572 *remballèrent, rechargèrent*

Retraire (se), 720 v. intr., **retrait, (se) retirer**

Retraire, 228 *se retirer* ; Retraisent, 50, 225 *se retirèrent*

Retret, 222 *retirés*

Retté, 176 *considéré*

Reubée, 541 *pillée* ; Reubèrent, 559 *pillèrent, saccagèrent* ; Reuboient, 541 *pillaient*

Reuist, 448 *re + eût*

Reveleroient, 174 *se révolteraient*

Reviel, 606 *réjouissances*

Revisoient, 531 *examinaient, étudiaient*

Revoist, s'en, 288 *s'en retourne* (subj.)

Ribaudaille, 118, 576 *bande de soldats pillards*

Ribaudaille, 757 n.f., *bande de soldats pillards*

Ribaudeau, 859 n.m., *espèce de grande brouette armée de bandes et de piques de fer, utilisée par les milices gantoises comme moyen de défense*

Ribaus, 586 *sorte de fantassin, brigand*

Ribaut, 723 n.m., *brigand, soldat pillard ; débauché*

Rieuleement, 444 *en bon ordre*

Rihote, 530 *dispute, rixe*

Rikèces, 543 *richesses*

Riote, 825 n.f., *dispute ; rixe* (cf. anglais « riot » = *émeute*)

Rivière, aler en, 621 *chasser au gibier d'eau*

Robet, 291, 406 *pillé, volé*

Rois d'armes, 71 *officier de grade supérieur au héraut et au poursuivant d'armes et dont les fonctions étaient la transmission des messages, les proclamations solennelles, l'ordonnance des cérémonies*

Roit, 195 *durement*

Roit, à le, 264 *dans un filet*

Roncins, 118, 327 *chevaux de service, de charge* ; Roncins, doubles, 652* *chevaux de deux ans*

Rost, 132 *rôti*

Roste, 305, 307 *abrupte, raide*

Roulleis, 466 *« fascinage » (fagots serrés de branchages, employés dans les travaux de fortification)*

Roullies, 228 *ouvrage de fascines*

Route, 188, 323 ; Routes, 217 *compagnie ; bandes ; troupes*

Route, 719 n.f., *bande, troupe, compagnie*

Rouvet, 645 *demandé*

Ruer, ruez, 718 v. tr., *abattre, jeter à terre*

Ruet jus, 316, 524 *abattu, jeté à terre*

Ruire, 548 *rugir, faire grand bruit*

S

Sablon, 774 n.m., *sablon ; sable, grève, plage*

Sachier, 318 *tirer* ; Sachièrent, 575 *tirèrent* ; Sachiet ens, 224 *tiré à l'intérieur*

Sages, 89*

Saielée, 335 ; Saiellés, 203 *scellée*

Saieleroit, 260 *confirmerait par document scellé*

Saiellet, par, 259 *par un engagement scellé*

Saiettes, 113 *flèches*

Sains, 174 *reliques*

Sains, 468 *cloches*

Saisine, 350*, 356 *droit dû au seigneur pour la prise de possession d'un héritage relevant de lui*

Glossaire 1175

Salirent, 675 *s'élancèrent*
Salle, 224 *grande pièce de réception dans un château ou un hôtel princier*
Sallent, 263 *fassent une sortie*
Salli, 75 (a), (est) *sortie* ; 584 *s'élança*
Sallir, 274 *sauter*
Sallirent, 314, 524 *sortirent*
Salve, 97*
Sambloient, 291 *ressemblaient*
Sancmeuçonnés, 513 *troublé, bouleversé*
Sanés, 254 *rétabli*
Sanguine, 870 n.f, *étoffe de couleur de sang*
Sans, 540 *sang*
Sarcu, 247, 499 *cercueil*
Sariés, 312 *sauriez*
Sarqueu, 779 n.m., *cercueil*
Saudées, 370 *soldes, gages*
Saudoiier, 171 *soldats mercenaires*
Saudures, 496 *soudures, assemblages*
Sauf alant et sauf revenant, 423 *sauf-conduit*
Saut de, 254 *du premier coup* ; Saut, de, 525 *tout d'un trait*
Sauvage, 361 *étrange*
Sauvement, 309 *en sécurité*
Sçavoir, sçot, 720 v. intr., *savoir*
Sceuist, 87 *sût*
Sciet, 420 *est situé*
Se, 568 *son*
Seant, 458 *situé (sur)*
Sech, 125* *comptant*
Seelé, 153 *confirmation par document scellé*
Seelèrent, 454 *confirmèrent par document scellé*
Sééller, 748 v. tr., *sceller, confirmer par document scellé*
Segur, 496 *sûr*
Segur, à, 372 *en sûreté*

Selonc ce, 98 *pareillement*
Selonch, 541 *le long de*
Semondre, 281 *convoquer*
Semonse, 207*, 425 *mandement, convocation*
Seneschal, 714 n.m., *chef d'une juridiction seigneuriale*
Senestre, 97 *à gauche*, 199 *défavorable* ; Senestre, à, 540 *à gauche*
Sens, 86*
Sentense, escheir en, 241*
Seoir, 74 *s'asseoir* ; 455 *avoir lieu*
Seoir, 736 v. intr., **seant, seoit, seoient**, etc., *se trouver, être situé* ; *être assis, faire asseoir* ; Seoit, 91, 672* *était assise*
Sergans, 348 *officiers de justice*
Serourge, 83, 426 ; Serourges, 584 *beau-frère*
Seuch, 575 *(je) sus*
Seuissent, 486 *sussent*
Seule gent, à moult, 591 *avec peu de monde*
Seulement, 289* *eux (deux, etc.) seuls*
Seur, 352 *sûr*
Seure, 374 *dessus*
Seurquérir, 883 v. tr., *contraindre, presser qqun*
Sevret, 496 *séparés*
Sexte, 882 n.m., *parti, secte, faction* ; *bande, compagnie*
Si, 187 *jusqu'à ce qu'il* ; Si, 575 *pourtant* ; Si qu'il, 359 *de sorte qu'il*
Siège fait, à, 366* *siège robuste*
Sieret, 211, 548 *serré*
Sieute, par plainne, 99, 357* *unanimement* ; Sieute, par droite, 663 *par droit jugement*
Sievir, 73 *suivre* ; Sievissent, 145 *suivissent* ; Sievoit, 474 *suivait* ; Siewir, 109 *suivre*

Sigler, singler, 724 v. intr., *naviguer, faire voile*
Signourie, 515* *seigneurie*
Simplement, 586 *imprudemment*
Simples, 463 *faciles à décevoir*
Singlant, 291, 671 *venant à pleine voile*; **Singlèrent**, 94 *firent voile*
Single, 675; **Singles**, 430* *voiles*
Siques, 79 *de sorte que*
Sis, 277 *tenu le siège*
Sisent, 386 *tinrent le siège*
Sobriétés, 118 *style de vie simple, sans excès*
Soi, 526 *se*
Soingneusement, 753 adv., *de façon préoccupée, avec insistance*
Solas, 105 *réjouissances*
Solennisier, 454 *fêter avec cérémonie*
Solers, 136 *souliers*
Solier, 863 n.m., *étage le plus élevé d'une maison*; *grenier*
Soliers, 550 *les plus hauts étages d'une maison*
Soloient, 511 *avoir l'habitude*
Somme, faire, 137* *calculer ses frais*
Sommes, 137 *bagages*
Sommier, 749 n.m., *cheval utilisé pour le transport*
Sommiers, 503 *bête de somme, cheval de charge*
Songne, petit, 485 *pauvre garde, incurie*; **Songne**, 380 *préoccupation*
Songneus de, être, 259 *prendre soin de*
Songneus, 258, 433 *soucieux*
Songneusement, 207, 311 *avec sollicitude, attentivement*
Songnier de, 299 *s'occuper de*
Songnièrent, 333, 449 *prirent soin*
Sons, 600 *(nous) sommes*
Sors, 679 *prédications*; **Sors, jeter des**, 238 *lancer des prophéties*
Sorti, 679 *prédit*
Soubtil, 721 adj., *fin, adroit, habile*
Soudées, 749 n.f., *gages*
Soudoier, 739 n.m., *homme d'armes à la solde d'un chef*
Souef, 270, 572 *tout doucement, silencieusement*
Soufferrai, je me, 456 *j'en userai avec indulgence*
Souffissans, 139*, 389 *habilités, capables*
Souffrance de, en, 498*; **Souffrance**, 334*, 426 *suspension d'armes*
Souffrant, 250 *tolérant*
Souffrés vous, 527 *attendez*
Souffresions, 485 *souffrions*
Souffreteux, 852 adj., *qui est dans la « souffrete », (la disette)*
Soufrir (se), v. intr., 726 *supporter*; 715 *patienter*
Souhet, 428 *souhait*
Souloir, souloit, souloient, 820 v. intr., *avoir coutume*
Soupeçon, 388* *inquiétude*
Sourattendant, 485* *attendant en vain*
Sourattendre, 572 *attendre encore*
Sourdi, 453* *prit son origine*
Sourdre, sourdoient, 796 v. intr., *surgir*; *prendre son origine*; *se produire*
Sourmonté, 191*, 197 *emporté sur*; *passé par-dessus*
Sourplus, (au) 83*, 431 *(pour) le reste*
Sous ses frès, 209 *à ses frais*
Souscourre, 114 *secourir*
Sousprendre, 637 *surprendre*
Soutif, soutive, 736 adj., *rusé, habile, ingénieux*

Glossaire

Soutiller, soutilloient, 732 v. intr., *imaginer des subtilités*

Soutilleté, 366 *habileté, intelligence*

Soutilloient, 531 *s'ingéniaient*

Souverain, 192 *principal*

Sus à, 90 *sous peine de*

Sus, mettre, 525 *exécuter, organiser*

T

Tabar, 101 *cotte armoriée normalement portée par des hérauts d'armes*

Tabours, 647 *tambours*

Tailler 732, v. tr., *couper*

Taillier, 140 *remplir les fonctions d'écuyer tranchant*

Taillier, se, 832 v. pron., *payer (volontairement) un impôt*

Tailliés, 779 adj., *apte, préparé*

Tailliet, 142*, 320, 353 *capable*

Taions, 168, 173 *grand-père*

Talent, 103, 417 *désir*

Talent, avoir, 417 *désirer*

Tamaint, 244, Tamainte, 255 *beaucoup de*

Tané, 288 ; Tanet, 325 *fatigués*

Tanèrent, 76 *se lassèrent*

Tanné, 841 adj., *ennuyé, fatigué*

Tans de, quatre, 610 *quatre fois plus nombreux*

Tant c'à ceste fois, 551 *quant à cette fois-ci* ; Tant c'à, 432 *jusqu'à* ; Tant que, 242 *jusqu'à ce que*

Tantos, 432 *aussitôt, immédiatement*

Tantost, 715 adv., *aussitôt*

Targe, 246, 411 *bouclier*

Targe, 715 n.f., *espèce de bouclier*

Targiet, 400 *couverts de boucliers*

Targoient, 209 *tardaient*

Tas de, à main, 329 *à coups répétés*

Tayon, 108 *grand-père*

Teliers, 512 *tisserand*

Tempès, 577 *tempête*

Tempre et tart, 179 *incessamment*

Temprement, 95, *sous peu, bientôt*

Temprement, 755 adv., *sous peu, promptement, bientôt*

Temps, fort, 376*

Temps, grant, 316 *depuis longtemps*

Tendoit à, 538 *avait pour but de* ; Tendre à, 514

Tenrai, 657 *(je) tiendrai*

Termine, 738 n.m., forme savante de *« temps »*

Terrien(s), 741 n.m., *prince, seigneur qui possède de grandes étendues de terre*

Teste, 714 n.f., *tête*

Teste, 738 n.f., *caprice*

Thois, 489, 531 *toits*

Tieng tant de, je, 142* *je respecte tant*

Tierce, 354 *le début de la troisième heure canoniale de l'Église, c'est-à-dire, vers 9 heures du matin*

Tiestes, 519 *têtes*

Tiestes, sur leur, 621 *sous peine de mort*

Tinel, tenir son, 110, 112, 508 *loger et nourrir la suite d'un prince*

Tinrent, 587 *estimèrent*

Tireis, 224 *tiraillements*

Tiroient à, 512 *cherchaient*

Title, 511 *fond, base*

Tollir, 72 *enlever* ; Tolloit, 126 *enlevait* ; Tolut, 668 *enleva*

Tollir, 745 v. tr., *enlever*

Tonnieus, 187 *tonlieux* (impôt ou taxe que l'on percevait sur les marchandises transportées)
Torroit, 122 *enlèverait*
Torses voies, 263 *voies détournées*
Tortis, 124 *torches*
Touchier, 668 *mentionner*
Touchoit, se il, 608 *si le cas était urgent*
Toudis, 742 adv., *toujours*
Toueillement, 164 *agitation, confusion*
Toueillier, 336 *s'agiter* ; Toueilloient, se, 586 *s'embrouillaient*
Touel, 464 *mêlée, confusion*
Touellement, 444 *mêlée*
Tourblet, 85*
Tourmens, 95 *orage*
Tourmentés, 457 *éprouvé*
Tourna en droit sus, 98 *s'adressa, pour la cause, à*
Tourné, 525 ; Tourner, 98 *changer de parti, de camp*
Tourniièrent, 107*, 292*
Tournikiaus d'armes, 126 *sorte de cotte d'armes* ; Tournikiaus, à, 562 *portant cotte d'armes*
Tournoiement, 916 n.m., *tournoi*
Tourra, 597 *tournera* ; Tourroit, 551 *tournerait*
Tourse, se 118, *met en paquet*
Tourser, 220, 238 *empaqueter, emballer* ; Toursèrent, 332 ; Toursés, 563
Tourtiel, 119 *sorte de pain bis*
Tousjours mès, 349 *à tout jamais*
Toutdis, 86, 397 *toujours*
Toute jour, 128* *la journée tout entière*
Touteffois que, 732 adv., *toutes les fois que*
Toutesvoies, 335 *toutefois*
Trahin, 374 *suite de personnes cheminant, train*

Traiant, 397 *tirant des flèches*
Trairoit de, se, 215 *irait*
Trais, 275 *atteint*
Traisent, se, 86*, 184 *se dirigèrent*
Traittement, 334 *négociation*
Traittié, 719 n.m., *traité* ; *négociation(s)*
Trau, 400 *trou*
Traveil, 977 n.m., *catafalque*
Traveiller, 189 v. intr., *peiner*
Traveillier, 809 v., *accabler de charges*
Travel, 599 *fatigues*
Travillant, 117 *dur à la peine*
Travillié, 576 *fatigués*
Travillier, 127 *peiner, faire de grands efforts*
Travilliet, 121, 366, 409 *fatigués*
Travilloit, 318 *faisait souffrir*
Travilloit, se, 250 *se fatiguait*
Trawée, 674 *trouée* ; Trawés, 411 *troués*
Tref, 794 n.m., *tente* ou *pavillon*
Trenceis, 317 *tranchée* ; Trencheis, 263
Très le vivant, 78* *du vivant de*
Trés, 220, 327 *tentes, pavillons*
Trespasser, 720 v. intr., *trespassa, mourir, trépasser, disparaître*
Tresperça, 581 *traversa*
Trèspercier, 812 v. tr., *transpercer*
Trestous, 311 *tout*
Tretost, 441 *vite*
Trettai, 224* *composai*
Trettiement, 335 *négociations*
Triboulement, 375 *agitation*
Trompeur, 135 *joueurs de trompe*
Tronce, 736 n.f., *tronc*
Tronchon, 848 n.m., *tronçon*
Trop, 585 *beaucoup*
Trop, 714 adv., *très, beaucoup, fort* ; *trop*

Glossaire

Tropiaus, 331, 421 *troupeaux, foules*

Tueil, 578 *mêlée, confusion*

Tuit, 347 *tous*

U

U, 491 *ou*

Uis, 785 n.m., *porte, battant de porte en bois*

Unes, 118 *une paire de*

Uns c'autres, 586 *tout compris*

Usèrent, 107*

V

Vaca, 516 fut *sans titulaire*

Vacations, 738 n.f. (**en ces vacations**, *« pendant que ces choses s'accomplissaient ; sur ces entrefaites »*)

Vage, 605, *vide, désert* ; Vaghe 602

Vaille, de, 679* *d'aucune valeur*

Vair, 541 *fourrure marquetée (gris, blanc) de petit-gris*

Vair, 820 n.m., *fourrure de couleurs alternées gris-blanc* ; **menu vair**, *vair à motifs très petits*

Vairiet, 315* *vairé* (terme de blason)

Vaisselemence, 552 ; Vaisselement, 144 *vaiselle*

Valli (valoir), 531 ; *valut*

Valoir, 408 *être utile à*

Variation, 738 n.f., *perplexité, dissidence, incertitude*

Variier, 288, 493 *tergiverser*

Varlet, 715 n.m., *jeune garçon ; écuyer ; adolescent* ; 753 *serviteur*

Vassaument, 74 *vaillamment*

Vasselage, 652 *bravoure*

Vaulsist, 575 *valût*

Vauront, 539* *vaudront* ; Vaurroient, 662 *vaudraient*

Veant, 99 *en vue de*

Veast, 304 *interdît* ; Veast leur, 418 *le leur interdît*

Vèches, 136 *vesce* (fourrage vert)

Veer, 169, 291 *contrecarrer, interdire*

Veés ci, 90 *voici* (« voyez ici »)

Veissiés, 578 *vous auriez vu*

Velourdes, 360, 470 *fagots, falourdes*

Velviaux, 820 n.m, *étoffe de velours*

Veneurs, 720 n.m., *veneur(s), chasseurs*

Venins, 198 *vînmes*

Venteler, 548 *flotter au vent* ; Venteloient, 670

Venue, de plaine, 718 expr. adv., *vigoureusement*

Venue, de, 321 *de prime abord*

Veoir, 720 v. tr., **veés, veoit, veoient**, etc., *voir*

Verge, 778 n.f., (au sens figuré) *châtiment*

Veriel, 658 *verrou*

Vertueusement, 322 *vigoureusement*

Ves nous chi, 644 *nous voici*

Vespre, 773 n.m., (**bas vespre**) *commencement de la soirée*

Vesprée, 430 *soir*

Veu, 424 *vu*

Veurent, 180 *voulurent*

Veus, 568, *vus* (exemple de l'accord du p.p. avec le complément qui suit)

Viespre, 121* *vêpres* (six heures du soir) ; Viespres, 569

Viespres, basses, 120 *tombée de la nuit*

Vigiers, 470*

Vigne, 84 *vienne* (subj. venir)

Villains, 437 *roturiers, paysans*

Ville, voir : cité

Villein(e), 802 adj., *ignoble, laid*
Villiaus, 301 *villages*
Villonnie, 250 *affront*
Vint sa voie, s'en, 663* *continua son tour*
Violèrent, 303 *prirent de force*
Vireton, 797 n.m., *trait d'arbalète empenné en hélice avec des lamelles qui le faisoient tourner (« virer ») en l'air sur lui-même*
Virgongne, 325 *honte*
Vis, 137* ; 618 *avis*
Vistement, 113 *promptement*
Vistes, 329 *agile*
Vitupération, 834 n.f., *honte, blâme ; affront, outrage*
Voé, 211* *vouer*
Voel, 457 *veux (voloir)*
Voiant, 531 *sous les regards de*
Voie, 86*, 286* *faire ouvrir le passage* ; 318 *moyen* ; Voie tenir, sans, 332 *sans suivre les chemins* ; Voie, se mirent à la, 410 *firent du chemin* ; Voie, en, 507 *en chemin* ; Voie, en raloient leur, 121 *faisaient leur chemin de retour* ; Voies, en, 406 *au loin* ; Voies, cacièrent leurs chevaus en, 659 *chasser au loin leurs chevaux* ; Voies, fuir en, 397* *fuir loin*
Voir considerer, au, 456 *à considérer la vérité*
Voir, 581 *vrai*
Voire, 511 *du moins*
Voire, 736 adv. (sens restrictif), *du moins*
Voirement, 72 *véritablement*
Voirrier, 864 n.m., *verrier*
Voirs, 71, 363 *vrai*
Vois, 658 *vais* ; Voist, 154, 491 *aille*
Volenté, 97 *plaisir* ; Volenté, en vostre pure, 645 *à votre bon plaisir*
Volentrieu, 87, 317* *résolu*

Voler (des oyseaux), 730 v. tr., *chasser avec des oiseaux de proie*
Voloient, 315* *chassaient*
Vorrent, 363 *voulurent* ; Vorrés, 142 *voudrez* ; Vorriés, 456 *voudriez* ; Vorroie, 500 *voudrais (je)* ; Vorroient, 626 *voudraient* ; Vosissent, s'il, 145 *s'ils avaient voulu* ; Vosissent, 475 *voulussent* ; Vosist, 165, 197* *voulût*
Votées, 478 *voûtées*
Voulenté, à, 716 expr. adv., *à souhait*
Vuidaissent, 594 *sortissent* ; Vuidièrent, 192 *quittèrent*, 211 *sortirent*
Vuidier, 767 v. tr., *vider*
Vuidier, 748 v., *quitter, partir*
Vuis, 521 *vide* ; 607, *dépourvu*

W

Wape, 118 *sans force*
Wardemaner, 231 *examiner, espionner*
Wason, 125* *gazon*
Waucroient, 428 *erraient*
Widier, 320 *enlever*

Y

Yaus, 322* *eux*
Yawe, 294, 401 *eau, mer*
Yex, 381 *yeux*
Ymaginatif, 726 adj., *habile, qui a une fine imagination*
Ymagination, 722 n.f., *supposition, appréhension, préoccupation* ; 806 *projet, dessein*

Glossaire

Ymaginer, 738 v. tr., *supposer* ; 747 *concevoir dans son esprit l'image d'un être ou d'une chose*
Yssir, 717 v. intr., *sortir, faire une sortie*
Ystance que de, en, 243 *avec l'intention de*

Ystore, 436 *histoire, récit*
Ystroit, 568 *sortirait* (issir)
Yverner, 776 v. intr., *prendre ses quartiers d'hiver*
Yvrenés, 487 *prendre ses quartiers d'hiver*

G.T.D.-P.F.A.

INDEX DES NOMS DE PERSONNES ET DE LIEUX

Tout éditeur des *Chroniques* est conscient de sa dette envers ses prédécesseurs. Notre Index des noms de personnes et de lieux contenus dans les deux premiers Livres des *Chroniques* doit beaucoup, évidemment, aux volumes XX-XXIII (Table des noms historiques) et XXIV-XXV (Tables des noms géographiques) de l'édition de Kervyn de Lettenhove. Ont été consultés aussi les notes de celle-ci, ainsi que les sommaires et notes de l'édition de la SHF. Nous en faisons un emploi fréquent, aussi, dans les notes en bas de page.

Les entrées renvoyant au premier Livre sont imprimées en caractères normaux. Un astérisque signale la présence à la page indiquée d'un commentaire plus détaillé, sous forme de note en bas de page.

Les entrées renvoyant au deuxième Livre sont imprimées en gras ; elles ont été enrichies, souvent, par notre consultation des *Communes de Belgique. Dictionnaire d'histoire et de géographie administrative*, Crédit communal de Belgique, dir. scientifique Hervé Hasquin, avec le concours de Raymond van Uytven et de Jean-Marie Duvosquel, 4 tomes : tome 1. Wallonie, A-Lie ; tome 2. Wallonie, Lig-Z ; tome 3. Flandre, A-Mic ; tome 4. Flandre, Mid-Z. La Renaissance du Livre, s.l., 1983.

Les Index des premier et deuxième Livres ayant été fondus ensemble, il est inévitable que s'y trouvent quelques redites. Nous ne les avons pas éliminées pour autant ; il s'agissait de rendre compte de deux manuscrits, donc de deux systèmes d'orthographe distincts. Au moins nos lecteurs auront-ils ainsi la possibilité de voir très rapidement les entrées relevant de l'un et de l'autre Livre.

G.T.D.-P.F.A.

A

Abbeville (80100), 457, 560, 561, 562, 563, 565, 566, 567, 568, 569, 572, 573, 575, 587, 618

Abredane (Aberdeen, port sur la mer du Nord, Écosse), 168

Abredane, li evesques d', 168, 613*

Aci, le conte d' (Jean la Personne, vicomte d'Acy ou d'Assi et d'Aunay), 893

Acilles, 76*

Acquitaines (roi d'armes anglais), 785

Acquitainne, le pays d', 303

Acreman, François (François Ackerman, *rewaert* de Gand en 1381 et amiral de Flandre), 850-52, 864, 869, 880, 932-33, 943-44, 955, 962-66, 983-85, 990, 998, 1001

Adultilles, Jehans des, 607*

Aelis, « comtesse de Salisbury », 423*, 424

Agace, Gobin, un varlet, 562, 563

Aginois, (Penne d'Agenais [47140]), 469, 533

Agourne, messires Thumas d', 627, 628

Aguillon (Aiguillon 47190), 488, 492, 527, 532, 665 ; le chastiel d', 492* ; Aghillon, le fort chastiel d', 521, 528, 529, 535, 536, 538, 539, 594, 596, 597, 598, 599, 600

Aiguemortes (Aigues-Mortes 30220), 177

Aimeri de Nerbonne, le comte, 299*

Ainneval, messire Perceval d' (Perceval d'Esneval, chevalier normand), 732, 899

Aire (Aire-sur-la-Lys 62120) 296, 331, 660 ; la bonne ville de, 632, 680

Aire, Pas-de-Calais, 893, 954

Aire, sire Jehan d', 643

Akesufforch, conte d', (Jean de Vere, comte d'Oxford. † 24 janvier 1359), 659

Alassellée, li sires, 571

Albrest, 280

Alekine (Alquines 62850), le pays que on dist l', 633*

Alemagne, 76 ; Alemaigne, 189, 284

Alemagne, le roy d' (Charles, fils de Jean, roi de Bohême), 578

Alemans, 231 ; Alemant, 225, 226, 228, 233, 301, 312 ; passim., 325, 353

Alemans, messires li, bastars de Haynau, (Fils naturel de Guillaume, comte de Hainaut. Grand bailli de Hainaut de 1368 à 1372. †1389), 326*

Alençon, le comte Charles, frère de Philippe VI ; monsigneur Charles, 236*, 310, 334, 338, 358, 384, 447, 569, 572, 579, 580, 581, 583, 591

Aloise, delés Saint Flour (Alleuze, Cantal, arr. de Saint-Flour, forteresse en Auvergne), 735-37

Alost (Alost ou Aalst, cté Flandre, pays d'Alost ; dép. Escaut ; prov. Flandre-Orientale, ch.-l.), 764, 777, 810, 849, 913, 918, 944, 990

Alphons d'Espagne, 144*

Alues, en Pailluel (Arleux 59151) ; le château de, 201, 212

Amboise, le sire d' (Pierre II, seigneur d'Amboise), 797

Amiens (80000), 84, 157 ; la cité d', 560, 561, 562, 585, 591, 592, 630, 649

Amiens, le cardinal de, 749

Index des noms de personnes et de lieux 1187

Amiens, Saint-Jehan d' (Picardie), 1000
Ancheni (Ancenis 44150), 359
Anchenis (Tonneins 47400), 523*
Andrehen, messires Ernoul d', Arnaud d'Audrehem, 205*
Andrehen (Audrehem, Pas-de-Calais, arr. de Saint-Omer), 781
Anfroipret, 269*
Angien, le seigneur d' (Gauthier, sire d'Enghien ; les sires d'Enghien étaient au nombre des plus illustres barons du Hainaut), 809-11, 814-15, 831-33, 897, 902, 974, 986, 990
Angiers (49000) ; la cité de, 359*, 442, 447, 458
Angiers (Angers), 732, 788
Angle, le fort chastel d' (le château Saint-Ange à Rome), 739, 742-43, 996
Angles, messires Guiçars d' ; monseigneur Guichart d', 505, 523, 603
Angles, Berthelmy (Barthélemy Prignano, archevêque de Bari, Urbain VI), 738
Angouloime (Villefranche-du-Queyran 47160), 505, 506, 520, 522, 525, 526, 527
Anich (Aniche 59580), 278*
Anjou, 447
Anjou, duché d', 788, 795, 837
Anjou, le duc d' (Louis de France, second fils du roi Jean et de Bonne de Luxembourg ; né le 23 juillet 1339 ; comte d'Anjou ; créé duc d'Anjou en oct. 1360 ; couronné roi de Sicile le 30 mai 1382 ; mort en Italie le 20 sept. 1384), 714, 744, 748, 778-96, 838-41, 985-86, 999
Anjou, la duchesse d', 993
Ansenis, le baron de, 449*

Ansiel, messire Alixandre, 476
Anthière, lieu dit, Pas-de-Calais, arr. de Béthune, 782
Antoing, le seigneur de (Hugues de Melun, dit d'Antoing ; † en 1405), 769, 902
Antoing, Henri d', 973, 974, 976, 991 ; Antoing, le sire d', 257, 284 ; Antoing, messire Henri d', 110, 218, 274 ; monseigneur Henri d', 249
Anwiers (Anvers, Belgique), 197, 198, 667
Anzaing (Anzin 59410), le porte d', 273*
Aquitainnes, Aquitaine, 158
Arainnes (Airaines 80270), 558, 560, 561, 562, 566
Arche, messire Arnoul d' (Arnould de Hornes, évêque de Liège de 1378 jusqu'à sa mort en 1390), 851
Archier (Apchier, Jean de), 737
Arde (Ardres, Pas-de-Calais), 729
Ardembourc (Aardenburg, Pays-Bas ; prov. de Zélande), 767, 913, 936, 943-44, 991-92, 998
Argentoel, 163*
Argesille (Algésiras, Espagne). Voir : Navare, Louis de
Argies (Dargies 60210), 557
Arkes (Arques 62510), 331
Arondel, le conte de, 441
Arondel, messire Jean d' (Jean d'Arundel, second fils de Richard, comte d'Arundel et d'Éléonore de Lancastre ; connétable et gardien du château de Cherbourg), 773, 780
Arondiel, li contes d', 96*, 424, 443, 537, 540, 571, 576, 582, 620, 669
Arragon, le roi de (Alphonse IV), 175* ; Arragon, le roi d' (Pierre IV), 176

1188 Index des noms de personnes et de lieux

Arraines, Lionniaux d' (Lionel d'Airainnes), 800, 975

Arras (62000), 299, 302, 309, 310, 335, 337, 338, 425, 632, 667

Arras, Pas-de-Calais, France, 771, 782-83, 874, 876, 878, 888-90, 936-37, 957, 959-60, 976

Arsi, le seigneur d' (Philippe Darcy, amiral de la flotte d'Angleterre ; † en 1398), 780

Artevelle, 284, 514 ; Arteveille, 281 ; Jakemon d' (Jakemon) 191, 261, 294, 513, 514 ; Jakemart d' 187, 188, 240 ; Jakes d' (Jakemars) 189, 191, 264, 511, (Jakemes) 287, 297, 300, 508, 509, 510 ; « grant ami » d'Édouard III) 425 ; Artevelles, 262, 512 (sa mort)

Artevelle, Jaques d' (Jacques ou Jakob van Artevelde, élu capitaine ou *hooftman* de Gand, 4 janvier 1338 ; allié d'Édouard III d'Angleterre ; † en 1345), 815, 880

Artevelle, Phelippe d' (Philippe van Artevelde, fils de Jacques ; capitaine de Gand à partir de 1381 ; *rewaert* [souverain gouverneur] de Gand à partir du 24 janvier 1382), 815, 830, 834, 850, 852-54, 858-59, 862-65, 868-72, 878-80, 883-85, 887-89, 892, 905, 907, 910-13, 915-17, 921, 925-26, 928-29, 931, 944

Artois, Artois (l'), 338, 564, 592, 617, 623, 632 ; Artois, la conté d', 162, 281

Artois (le comté d'), 768, 781, 805, 812, 831, 852, 857, 873, 888-90, 896, 911, 959, 977

Artois, chevalier d', 592

Artois, la comtesse Blanche d', 146*

Artois, le comte de Bourgongne, messire Phelippe de, comte d'Artois et de Boulogne, fils d'Eudes duc de Bourgogne. Voir Bourgongne

Artois, le sire d' (Jean d'Artois, comte d'Eu), 895, 898, 974

Artois, Merguerite contesse de (Marguerite d'Artois, mère de Louis de Male, comte de Flandre), 771, 831

Artois, Phelippe d', 974

Artois, messire Robert d', 161*, 162, 163, 166, 171, 178, 179, 210, 215, 219, 230, 297 ; Robert qui s'appelloit contes de Ricemont 234* ; monseigneur Robert d', 294, 330, 332, 333, 338, 352, 424, 425, 427, 428, 429, 431, 432, 433, 434, 436, 437, 438, 567, 624, 625

Artois, Robert d' (comte d'Eu, fils de Jean sans Terre ; mourut le 20 juillet 1387), 746, 930, 934

Artre (59269), 272*

Artriee, 272*

Artus, 117*, 129, 454, le roi (roi légendaire qui bâtit le château de Windsor) ; Artus, le roi (construisit le château d'Auroy), 392

Ascons (Abscon 59215), 278

Askesufforc, le comte d'. Voir : Akesufforch, 537*

Asko, le sire d', 233*, 325* ; messire Conrar d' ; monsigneur Conrart d', 311

Asquesufforch, le conte de (Robert de Vere, comte d'Oxford), 780

Asserus, 76*

Astices, li sires d', 268*

Index des noms de personnes et de lieux

Astrederne, le comte d', 612*

Ath, cté Hainaut (châtellenie Ath) ; dép. Jemappes ; prov. Hainaut, ch.-l. arr., 777, 966, 987, 990

Athènes, le duc d', 236*, 265*, 274

Aubain, messire Thierry d' (Thierry de la Hamayde, seigneur d'Anvaing et de Presle), 867, 870

Aubegni, le signeur d', 573 ; le sire d', 152*, 523, 584

Aubencuel (Aubencheul-aux-Bois 02420), 256*

Aubenton (02500), 258 ; en Tierasse, 245, 252, 254, 255-6

Auberoce (Auberoche 24640), 469, 475, 477, 478, 481, 482, 485 ; le château de, 486

Aubert de Bavière, le duc, 516*

Aubert, le duc (Aubert ou Albrecht de Bavière, seigneur de Hainaut et protecteur de Froissart), 741-42, 777, 833, 852, 957, 959, 986-87, 1000

Aubmale, le comte d' (le comte d'Aumale), 236*, 579, 583

Aubrecicourt (59165), 278*

Aubrecicourt, Jehan d' (Jean d'Aubrecicourt, neveu d'Eustache ; accompagna Buckingham en France en 1380), 781

Aubrecicourt, Nicole d' (Nicolas ou Colard d'Aubrecicourt), 781

Aubriot, Hugue (Hugues Aubriot, ancien prévôt du Châtelet), 835

Aucerre, l'évesque d' (Ferri Cassinel, évêque d'Auxerre à partir du 22 octobre 1382 ; son prédécesseur fut Guillaume d'Estouteville), 884

Auçoirre, le comte d', 236*, 265, 402, 569, 579, 584

Auçoirre, l'évêque d', 338*

Audelée, messires Pières et messires James d' (Peter et James d'Audley), 538*

Audenarde, 262*, 300, 513*

Audenarde (Audenarde ou Oudenaarde, cté Flandre ; prov. Flandre-Orientale, ch.-l. arr.), 764, 768-72, 776-78, 811-12, 814-15, 833, 865, 869, 871-73, 878, 881, 884-85, 887, 889-90, 892-93, 905, 911, 913, 929, 936, 944, 962-64, 966, 970, 983-85

Audregien (Wondelgem, cté Flandre, châtellenie Vieuxbourg de Gand ; dép. Escaut ; prov. Flandre-Orientale ; arr. Gand ; château se trouvant fort près de Gand), 763

Audrehen, messires Ernoulz d', 592* ; monsigneur Ernoul d', 647

Aufemont, li sires de, 523*

Aufons, neveu de Louis d'Espagne, 405, 414*

Augimont, messire Louis d', 334*

Augourne, messires Thumas d', 625*, 629 ; monsigneur Thumas d', 460

Aulnoy, Aunoy, le Galois de (Robert d'Aunoi, dit le Galois), 800, 975

Aumarle, la contesse d', 567*

Aunoy, forest de la marche (forêt de Marchenoir, Loir-et-Cher, arr. de Blois), 787, 790, 800

Auroy (56400), chastiel que on clamoit chastiel d', 351* ; le château d', 392*, 393, 399, 402

Ausnay (Aulnay 17470), 601

Ausnay (Aulnay 86330), 506

Ausnoy (Aulnoy-lez-Valenciennes 59300), 272*

Index des noms de personnes et de lieux

Ausonne, messire Guillaume d', évêque de Cambrai, 216, 248. Voir aussi Cambrai, l'évêque de
Aussay (Alsace), 116
Austrehem (Ouistreham 14150), 547, 552
Auvergne, 177, 331, 447, 519, 598
Auvergne, le dauphin d', 236*, 330*, 518 ; li dauffins d', 523
Avaugor, le signeur d', 456* ; le sire d', 453
Aves (Avesnes-le-Comte, Pas-de-Calais, arr. de Saint-Pol), 782
Avesnes (Avesnes-sur-Helpe 59440), 238*, 258
Avignon (84000), 139, 297, 679, 680
Avoir, li sires d', 272
Aymeri de Pavie, 655, 678. Voir : Pavie ; KL XXII, 337
Aymes, 78* Voir : Kent

B

Bacon, messire Guillaume, 453
Bacons, brigans, 652
Badaloce (Badajoz, Espagne), 848
Bahucés, messires Pières, 209*, 243*, 290, 293
Bailleul (Nord), 910
Bailluel, li sires de, 267*
Bailluel, messire Édouard de, 172*, 371 ; gouvrenères de Bervich, 611 ; monsigneur Edoward de, capitaine de Bervich, 425
Bailluel, messire Guillaume de, 110* (Bailloel), 284*, 315 ; monseigneur Gauillaume de, 313*
Bailluel, messire Robert, 110, 325 ; frère germain à Guillaume, 313*, 314 ; monsigneur Robert de, 314, 316
Bailluel, messires Hectors et messires Gauvains de, 661
Bain, Le (Lobon, ville d'Espagne, prov. de Badajoz), 843
Baisieu (59780), 313*
Baissi, Jehans de, 274*, 286
Baivière, l'empereour Loeis de, 281 ; empereur de Rome, 202* ; empereur de Rome et roi d'Allemagne, 516
Bakehen, li sires de, 301 ; messire Ernoul de, 182*, 210, 214, 217, 222, 226, 228, 233, 285, 301, 325
Bale, Balle, Jehan (John Ball, prêtre sans bénéfice, porte-parole idéologique et spirituel, en 1381, des révoltés anglais), 819, 821, 824, 826
Bapaumes (62450), 222
Baquier, Thomas (Thomas Baker, l'un des dirigeants, dans le Norfolk, de la Grande Révolte), 827
Bar, le comte de, 163, 213*, 236, 309
Bar, le duc de (Robert, fils de Henri IV, comte de Bar, et de Yolande de Flandre ; ce fut en sa faveur que le roi Jean érigea le comté en duché ; †1411), 784, 788, 793, 959
Bar, comté et duché, 793, 888
Bar, duchesse de, 950-51
Bar, Phelippe de, 974
Barbarie, le roy de (Abou'l-Abbas-Ahmed, roi de Tunis [1370-1394]), 848
Barbençon, li sires de, 284*
Barbevaire (KL, XX, 255), 209, 243, 259, 290, 293
Barde, Jehan (Jan ou Jean Bard, riche batelier à Damme), 751

Index des noms de personnes et de lieux

Barde, le seigneur de la (Jean, vicomte de la Barthe et seigneur d'Auré ; au service du duc d'Anjou entre 1370 et 1377 ; † en 1398), 818, 837, 844

Barde, le signeur de la, 304* ; le sire de la, 461, 484

Barflues (Barfleur 50760), 541, 542

Barnages, messire Jehan (Jean de Baronaige ; présent à la bataille de Baesweiler ; figure dans le recueil de blasons du héraut Gelre), 865

Barquesière, la conté de (comté de Berkshire, erreur pour le Devon), 818

Barres, Jehan, dit le Barrois des Barres (chevalier présent dans l'armée du duc de Bourgogne à Troyes en 1380), 784, 796-97, 804, 898

Barsies, messire Bastiien de (KL, XX, 261), 325, 329

Basèle, le Monne de, 573*, 574, 579

Basset, le seigneur de (Raoul Basset de Drayton), 780, 795

Basset, le signeur de, 639* ; le sire de, 234, 538, 557, 571, 640

Bastart, monseigneur Jehan le, fils bâtard de Jean de Hainaut, 245

Batefol, messire Hughe de, 489*, 490, 493

Baucestre, Thomas de, 502

Baudresen, le sire de, 222*, 233*

Baume, le Galois de la (Étienne, dit), 213*, 248, 268, 271, 277 (Bausmes), 359

Baus, messire Agot des, 493, 494, 501 ; chevalier de Provence, 499, 500

Bavai (Bavay 59570), 269

Bayone (64100), 425, 427, 458, 460, 461 ; Bayonois, 432

Béart, Jehan de (d'après KL, il faudrait lire *Jean de Briarde* ; selon Raynaud il faut lire : *Jehan Leombiart, Le Ombearde* ou *Lombard*), 858, 974

Beauchamp, Edouart de (fils de Roger de Beauchamp, seigneur de Bletsho), 800, 801

Beauchamp, Guillaume de (seigneur d'Abergavenny ; le plus jeune fils de Thomas, comte de Warwick ; † 1411), 818, 837, 844-45, 956

Beaulieu, Guillaume de, chevalier du Hainaut, 734

Beaumanoir, le seigneur de (Jean IV de Beaumanoir), 780

Beaumont, Jehan de, signeur de Vrevins, 244* ; Beaumont, messire Jehan de, 254 ; Beaumont, monseigneur Jean de, 252

Beauté, château royal près de Vincennes, 909, 940, 989

Beauvais, l'évêque de (voir Biauvais), 519*

Behagne, ... jà rois d'Alemagne, messires Charles li roys de, 334, 579* ; Jean de Bohême (appelé par erreur Charles), dit l'Aveugle, 155* ; Charles, roi de (erreur pour Jean), 176 ; le gentil roy de, 544 ; Behagne, le roi de, 106*, 175, 185, 230, 236, 314, 554, 565, 569, 572, 573, 578, 579 ; le roy Charlon de, 309* ; li vaillans et gentilz rois de, messires Charles de Lussembourg, 578* ; Behagne, monsigneur Charle, le roy de, 574 ; Behagne, monsigneur Charle de, fils du roi, 544, cousin du duc de Brabant, 163 ; serourge (de Philippe VI), le bon roi de, 591 ; Behagne, vaillant roy de, 589

Behagnons, 544

Behories (Vadencourt 02120), 227*

Bélinnes, messire Pierre de (Pierre de Vilainnes, fils du Bègue de Villaines ; reçut de fortes sommes d'argent de Charles V au mois de juillet 1377 ; en 1392 fut enfermé par l'ordre de Charles VI au château de Crèvecœur), 848

Belle Perche, messire Herbaut de (Herbaut de Belleperche, chevalier), 897

Belleborne, messires Bauduins de, 592* ; Bellebourne, monsigneur Bauduin de, 647*

Benedic, pape (Benoît XII), 175*

Benon (17230), 601*

Bercler li sires de, 196*, 235, 538, 669 ; le signeur de, 659

Bercler, le château de (Berkeley), 101*

Berghes (Bergues-Saint-Winoe 59380), 622 ; l'abbeye de, 665 ; le chastelerie de, 301, 330

Berghes, le sire de, 222* ; Berges, 223, 233*

Bergues ; Berck ?, Pas-de-Calais, 868, 869, 889, 893, 903, 907, 910, 949, 954, 960-61, 962-63

Berlière, le sire de la, 898, 904

Bermerain (59213), 269

Bernard, l'abbaye de saint, à Anvers, 199

Berri, 177, 447

Berry, duché de, 837

Berry, le duc de (Jean de France, troisième fils du roi Jean et de Bonne de Luxembourg ; comte de Poitiers ; duc de Berry en déc. 1360 ; né le 30 nov. 1340 ; † le 15 juin 1416), 789, 794, 835, 838, 986

Bertran, le maréchal, 229* ; monsigneur Robert, 265*, 299 ; messire Robert, maréchal de France, 268, 392

Bervich (Berwick), 78*, 145, 165, 166, 167, 169, 170, 171, 172, 179, 305*, 366, 370, 382, 425, 609, 611, 616 ; le bonne cité de, 81 ; Bervic (York), 167

Bervich (Berwick-upon-Tweed, sur la frontière du Northumberland et de l'Écosse), 828, 830, 978

Bervich, Guillaume de, 947

Besteforde (Bedford), 827

Béthune, Jehan de, 954

Béthune, Pas-de-Calais, ch.-l. d'arr., 757, 782

Béthune, Robert de (vicomte de Meaux), 998

Bette, Simon ; émissaire des Gantois auprès du comte de Flandre, 833-34

Beu, 497 Buch (SHF, III, xxii, N1)

Biaucamp, le signeur de (Beauchamp), 659 ; messire Louis de, 196* ; messire Louis et Jean de, 234* ; messires Jehans de, 294*, 537* ; messires Loeis de, 537 ; messires Rogiers de, 537*

Biaufort, Bauduin de (Beaufort), 254, 267

Biaugeu, le seigneur de, 296, 312, 573, 634 ; Biaugeu, le sire de, 247, 519, 523, 584, 635 ; capitaine de Mortagne, 317 ; monseigneur Édouard de, 239*

Biaukaire (Beaucaire 30300), 533

Index des noms de personnes et de lieux 1193

Biaukaire, le sénéchal de, 522* ; Biaukaire, li seneschaus de, 525

Biaumanoir, messire Robert de (Beaumanoir), maréchal de Bretagne, 437*, 449 ; maréchal de Charles de Blois, 420*

Biaurieu, messire Floren de, 289*, 326* ; signeur de, 270* ; li sires de, 285

Biausaut, le sire de, 152

Biausse (la Beauce), 177, 528

Biauvais (Beauvais 60000), 587 ; Biauvais, l'évêque de, 158*, 338 ; le cité de, 556

Biauvers, monsigneur Phelippe de, 521

Biauvoisis, pays de (Beauvaisis), 555, 556

Bierne, Pierre de (Pierre de Béarn), 735

Biète, la (*Ter Boete*, plateau situé au nord de Gand, au-delà de Longport ou Langerbrugge), 809

Bietremieu, le jour saint, 149*

Bietune (Béthune 62400), 240, 242, 618, 619, 621

Binch (Belgique), 190* ; terre de, 516*

Biset, monsigneur Thumas (Bisset), 521*

Blaives (Blaye 33390), 505

Blance Lande, 129*

Blanche Take, le, 564 ; Blanke Take le pas de le, 564, 565, 591 ; le passage de, 561*, 563, 566, 568

Blanche, fille au roy Loeis de Navare, 665*

Blangis (Blangy-sur-Ternoise 62770), 590*, 633

Blankeberghe (Blanckenberghe, Belgique), 290

Blankebourch, le marquis de (Brandebourg), 214, 217, 230, 232, 240, 283*, 285, 297, 301 ; Blankebourc, le marquis de, 210

Blans, le cardinal, 176*

Blanville, le seigneur de (Jean, dit Mouton de Mauquenchy, sire de Blainville ; créé maréchal de France le 20 juin 1368 ; commanda l'avant-garde à la bataille de Rozebeke), 893

Blaquehade (Blackheath, lande ou colline au sud de Londres), 822

Blaton, le bois de, 211*

Blaves (Blaye 33390), 506, 601. Voir aussi : Blaives

Bleu Gartier, les chevaliers dou, 454

Bleze, messires Daniaus, 315

Blois, Gui de, troisième fils du comte Louis de Blois, 516* ; le comte de, 236, 310, 338*, 384, 517, 554, 572, 579, 591 ; frère de Charles de Blois, 358, 392* ; le comte Loeis de, 227, 279, 581*, 584 ; fils du comte Louis de Blois, 517 ; messire Charles de, 225, 310, 339, 352, 387, 388, 389, 392, 393, 396, 399, 412, 414, 421, 436, 442, 448 ; monsigneur Charle de, 353, 385, 395, 402, 410, 447, 649, 415, 419, 420, 422, 427, 625 ; monsigneur Charlon de, 355, 356, 357, 360, 433, 440, 452, 626, 629 ; Blois, neveu (de Philippe VI), le comte de, 569 ; Guy, comte de (Gui Ier), 341, 517 ; contesse de 79*

Blois, le comté de, 787, 790, 800, 837, 909

Blois, messire Guy, conte de (Gui II, comte de Blois ; l'un des grands protecteurs de

Froissart ; † en 1397), 895, 942, 959

Blois, le comte Jehan de, 517, 793

Blondiaus, messires Guillaumes, 273*, 274 (Blondiel)

Boësme, Charles de (Charles IV, empereur et roi de Bohême ; † le 29 nov. 1378), 740, 773

Boësme, Wincelin de (Wenceslas de Bohême, duc de Brabant), 970, 986 Voir aussi Brabant

Bohain Bohain-en-Vermandois 02110), 266*, 280 ; ville, 222

Bohain, le chastel de (Bohain, Aisne, arr. de Saint-Quentin), 730, 795

Boileaue, Guillaume ; écuyer breton, 749

Bois, messire Tristram du (Tristan du Bos, chevalier), 884, 975

Bois, Piètre du (Pieter van den Bossche, capitaine de Gand et associé de Jan Yoens), 753, 767, 775, 777, 805-06, 810, 813-15, 833-34, 864-65, 868-69, 873, 889-90, 892, 896, 899, 900-02, 911, 929-32, 943, 955, 958, 960, 963, 985, 990

Bois, Poncet du, valet du conte de Ventadour et de Montpensé, 734

Bonival (Bonneval 24210), 473*

Bonne (de Luxembourg), 186*

Bonnestre, messire Thomas (Sir Thomas Banastre ou Bannister), 773

Borde, Rase de la (Rasse van de Voorde, de Gand), 880

Bordeaux, Aquitaine, 714, 880, 966, 996 ; (fers de) 900, 901

Bordes, messire Guillaume des (chevalier français, chambellan et conseiller de Charles VI), 732-34, 893, 896

Borgneval, le sire de, 233*

Bos, messires Henris dou (Bois), 661 ; monsigneur Henri dou, 655

Boskem (Buchan), le comte de, 612*

Boskentin (Bouquentin), le viscomte de, 465*, 475*

Bouçain (Bouchain, 59111), 258, 278, en Ostrevant, 247 ; Bouchain, 212, 311

Bouchicau (Jean Ier, dit Le Meingre,), monsigneur, 273* ; messire, 273, 506*

Boukehort, le sire de, 233*

Boule, Jehan (Jehan Boele, échevin de Gand), 775, 805-07

Boulenois (Boulonnais), le pays de, 590

Bouloingne, Pas-de-Calais, 969-70, 978

Bouloingne, messire Jehan de (Jean II, comte d'Auvergne et de Boulogne), 895

Boulongne (62200), 83, 156, 236*, 580, 593, 618 ; Boulongne, la comtesse de, 665* ; le comte de, 236*, 518, 402*, 447 ; le porte de (à Calais), 658

Boulongne dalés Paris, 554 ; bos de, 590 ; comté de, 617

Boulongne, li cardinaulz Guis de, 649

Bouquinhen, le conte de (Thomas d'Angleterre ou de Woodstock, septième fils d'Édouard III, comte de Buckingham puis duc de Gloucester ; né en janvier 1355 ; épousa en 1374 Éléonore de Bohun et devint par ce mariage connétable héréditaire d'Angleterre), 729, 780, 784, 786-87, 790, 792-93, 795, 797, 800-01, 803, 816

Index des noms de personnes et de lieux   1195

Bourbon, le duc de, 155*, 236, 310*, 338, 358, 384, 392, 447*, 523, 525, 630*, 637 ; li doi frère de, 525 ; messire Jakemes de, 384, 518 ; monsigneur Jakeme de, 358 ; monsigneur Loeis de Clermont, duch de, 158

Bourbon, le duc de (Louis II, fils aîné de Pierre Ier, duc de Bourbon et d'Isabeau de Valois ; né le 4 août 1337, † le 19 août 1410), 784, 789, 793-94, 874-75, 887, 895, 936-37, 957, 987-88, 996-97

Bourbon, Jaques de, 895

Bourbourc (Bourbourg, Nord), 868-69, 910, 949, 952-54, 960-63, 967-69

Bourch le Royne, le (92340), 554

Bourdelois, 259, 425 ; Bourdelois, li, 486

Bourdiaus (Bordeaux 33000), 259, 303, 458, 461, 462, 466, 471, 473, 476, 478, 485, 486, 487, 491, 504, 505, 520, 521, 528, 536, 600, 601, 606 ; la cité de, 466 ; le maire de, 470 ; le sénéchal de, 470

Bourdille (Bourdeille 24310), 473*

Bourgegnon, 394 ; Bourgignon, 393

Bourges (18000), 518

Bourgoingne, Jehan de, comte de Nevers, 987

Bourgoigne, **Bourgoingne**, le duc Phelippe (Philippe de France, dit le Hardi, duc de Bourgogne ; quatrième fils du roi Jean et de Bonne de Luxembourg ; né le 15 janvier 1341, mort à Halle le 27 avril 1404), 772, 774, 778, 783-85, 788-89, 793-95, 835, 838, 873, 874, 880, 887, 895, 930, 935, 937, 942, 953, 956-57, 959, 969, 973, 977, 982, 984, 986-87, 991, 1000

Bourgoingne, la conté de, 977

Bourgoingne, le duché de, 731, 749, 785, 835, 888, 934-35

Bourgoingne, le mareschal de, 892-95, 973-74, 975-76, 991, 998

Bourgongne, 335 ; le duc de, 155*, 236, 310*, 358, 384, 637 ; duch Oede de (Robert II), 630, 665 ; le duc Oedes de, oncle germain du duc de Normandie, 518 ; messire Phelippe de, comte d'Artois et de Boulogne, fils d'Eudes duc de Bourgogne, 518* ; pour ce temps conte d'Artois et de Boulongne, et cousins germains au dit duch de Normendie, 594 ; monsigneur Phelippe de (mort devant Aiguillon), 595, 665

Bournissel, le seigneur de (Pierre de Bournesel, chevalier de France, émissaire de Charles VI), 721, 724-26

Boursier, le seigneur de, 426 ; Boursier, li sires de, 571

Bousies, li sires de, 280*

Bousies, le seigneur de (Baudouin de Bousies ?), 780

Boussoit, Sausses de, 110

Bouteville, forteresse, 717-18

Boutillier, messire Jehan le, 408 ; monsigneur Jehan le, 414, 418

Bouvines (59830), le pont de, 311

Bove, monseigneur Jean de la, 244, 252, 254

Brabant, Jehane, fille aînée de Jean III de Brabant, 190*

Brabant, la duchesse de (Jeanne), 741, 833, 851-52, 970, 987, 1000

1196 *Index des noms de personnes et de lieux*

Brabant, le duché de, 726, 741, 809, 812, 832-33, 849-51, 852-53, 884, 919, 972, 977, 987, 991

Brabant, Wincelin de (Wenceslas, duc de Brabant), 726, 730, 741, 793, 794-95, 833, 851, 867, 970

Braibant, 281, 295, 297, 325, 423, 507 ; Braibant, le duc Jean de, 190, 300, 516, 666 ; le duc de, 182, 192, 194, 210, 214, 215, 217, 230, 233, 281, 284, 285, 287, 295, 297, 300, 309, 334, 507, 619, 667 ; cousin de Godefroy de Harcourt ; le Lièvre de, 459 ; messire Jehan, li Haze de, 387*

Braibençon, 300, 336, 353

Brainne, le comte de, 265*

Brait (Brest 29200), 343*, 345 ; le château de, 391*, 392

Branikiel, le comte de, 477*

Braques de Braquemont, messire, 732-33

Brasseton, li sires de, 294*, 537

Brebant (Brabant), le duc de 226

Bredas, le sire de, 233*

Bregerach (Bergerac 24100), 461, 462, 463, 464, 465, 466, 467, 468, 469, 470, 471, 476, 481, 485, 487

Bresvic, Oste de (Othon de Brunswick), 746-47

Bretagne, 335, 355, 356, 395, 410, passim. ; bretonnant, 404 ; la ducé de, 353, 385 ; le basse, 155* ; le duc de, 236, 310*, 340*, 353*

Bretaigne, duché de, 727, 731-2, 739, 772-3, 780, 786, 788, 790-1, 792, 795, 798, 802-3, 816, 837, 841, 880, 888, 952 (armes de), 970

Bretaigne, le duc de (Jean V, fils de Jean IV et de Jeanne de Flandre ; † en 1399), 723, 725-9, 772, 778, 780, 785, 790, 792-3, 795, 798-9, 802-3, 809, 880, 957, 959, 962, 967-8, 969-70

Brétigni (Brétigny, commune entre Sours et Gellainville, au sud-ouest de Chartres, Eure-et-Loir ; célèbre par le traité qui y fut conclu le 8 mai 1360), 748

Bretons, 209, 401

Briane, Guillaume de (William Bryan, fils de Gui de Bryan et d'Élisabeth de Montagu ; capitaine du château de Merck, † vers 1397), 781

Briauté, li sires de, 267*

Briffuel, li sires de (Alans de Fastnés de), 110*, 285*

Brifueil, le seigneur de (peut-être Rasse de Briffueil), 769, 974

Brifuel, 318* ; (Briffœuil), le bois de, 211*

Brimeu, le sire de (David de Brimeu, chevalier banneret, seigneur d'Humbercourt, bailli d'Hesdin), 782, 974

Brinay (Brignais, comm., arr. de Lyon, site d'une bataille), 749

Briquet (nom d'un célèbre capitaine de routiers), 749

Bristo (Bristol, Angleterre), 96*, 460

Bristo, Jehan de, 505 ; écuyer anglais, capitaine de Miramont, 520*

Broe, Hugues (Hugues Broé, Broec ou Broke, chevalier anglais), 781

Broie, chastiel de la, 584 ; Broie, la (La Broye 62140), 567, 578, 581, 591

Bronikiel, le comte de, 484. Voir aussi : Branikiel ; Brunikiel

Index des noms de personnes et de lieux

Broues, messires Bietremieus de, 571* ; Brues, messires Bietremieus de, 538, 669 ; monsigneur Bietremieu de, 648

Brousselles (Bruxelles), 214, 215, 240 ; Brouxelles, 199, 240, 288, 325

Brout en Bretaigne (Châteaubourg, Ille-et-Villaine, arr. de Vitré), 792

Bruay, Pas-de-Calais, arr. de Béthune, 781

Bruges, 188, 294, 457, 510, 513, 625

Bruille, Colebiers de, 267

Brukedent, les deux frères, 196* ; messires Simon et Jean de, 195

Brunikiel, li viscontes de, 304*. Voir Bronikiel

Bude, Sevestre (Silvestre Bude, écuyer breton ; présent à la bataille de Cocherel ; au service d'Enrico de Transtamare et plus tard du roi de Majorque ; décapité à Mâcon), 739, 743, 748-49

Bueil, Jehan de (Jean III, sire de Bueil, conseiller et chambellan du duc d'Anjou ; chargé de la garde de la personne du roi en 1375 ; † vers 1390), 788, 994

Bues, le captal de (Jean de Grailly, captal de Buch), 715

Buignicourt, 89*

Buillon, Godefroi de, 177*

Buillon, le chastellain de (le châtelain de Bouillon), 890-91

Buironfosse (02620), 229*

Burgés, Bourgés (Burgos en Espagne), 720-21

Burlé, messire Richart (il s'agit, en fait, de *Simon* Burley, chevalier de l'ordre de la Jarretière, et principal chambellan de Richard II), 773, 838

Burlé, messire Thomas, 733

Bussi, Damos de (Dams de Buxeuil, chambellan de Philippe le Hardi ; seigneur depuis 1374 de la terre de Courtevaix) 858

Byaumont en Lillois (Beaumont 24440), 250, 469*, 471* ; Byaumont Henri viscomte de, 101, 443* ; Jehan, aîné fils de monsigneur Henri viscomte d'Engleterre, 99, 424 ; le seigneur de, 90, 92, 93, 232, 283* ; le sire de, 218 ; ville, 250 (KL, XXIV, 75) ; frère de Jean de Hainaut, 164 ; oncle du comte de Hainau, li sires de, 91, 104, 109, 138, 148, 164, 228, 232, 233, 289, 321

C

Calais (62100) 551, 590, 592*, 593, 594, 597, 598, 599, 600, 605, 606, 614, 615, 617, 618, 619, 621, 622, 623, 624, 625, 629, 631, 632, 633, 634, 636, 637, 638, 639, 640, 641, 644, 645, 646, 647, 648, 649, 653, 655, 656, 658, 660, 661, 670, 671, 680

Calais, Pas-de-Calais, 713, 729, 780-1, 879-81, 912, 917, 932-3, 946, 948, 950-1, 956, 961-2, 968-9, 970, 978

Calaumes, 269*

Caldée, 75

Calençon, le sire de, 330*

Calonge, Perceval de, 717

Calusel (Chalusset, château fort en Auvergne), 735

Cambrai (59400), 236, 277 ; Cambray, 214, 215, 216 (cité), 217, 218, 229, 245, 246, 248, 276, 279, 281, 497 ; Cambrai, l'évêque de, Guillaume d'Ausonne, 190

Cambresis, 201, 213, 219, 244, 248, 497 ; le pays de, 287 ; le Chastiel en, 280 ; un évêque en, 497

Cambruge, le conte de (Edmund de Langley, cinquième fils d'Édouard III ; comte de Cambridge le 13 nov. 1362 ; duc d'York le 19 nov. 1385 ; † le 1er août 1402), 719, 815-18, 830, 836, 843-45, 847-49, 981

Cambruge (ville de Cambridge), 827

Camburge, le conte de (Cambridge, comte de), 729

Camois, Thomas (Thomas Camoys, fils de John), 781

Campdole, Campodolo (Piazza del Campidoglio, à Rome), 742-43

Camperli, 404*, 414, 429

Campreny, le seigneur de (le seigneur de Campremi, chevalier tranchant, puis conseiller de Charles VI), 895

Candeler (la Chandeleur), 526

Candos (le héraut Chandos, ou Chandos Herald, roi d'armes anglais), 785

Canmper Corentin (Quimper), 404*

Canolle, messire Robert (Robert Knolles, capitaine et chevalier anglais ; mort au mois d'août 1407), 773, 795

Cantorbie, l'arcevesque de, 537*, 609, 611

Capelle en Tierasse, le, La Capelle (Aisne) 230,

Capelle, Godefrois de le, 111

Carcassés, 719

Carcassonne (11000), 533 ; le sénéchal de, 320*, 322, 323 ; le sénéchal de, capitaine de Saint Amand, 320

Cardueil, en Galles, 141 ; Carduel en Galles, 117*, 373, 374

Carlat, le bourc (routier et compagnon d'armes d'Aimerigot Marcel), 735

Carlat, ville fortifiée, Cantal, arr. d'Aurillac, 737

Carmaing, le comte de, 304* ; le visconte de, 461

Carny, messire Joffroy de (Geoffroi de Charny, fils de Geoffroi de Charny et de Jeanne de Vergy ; bailli de Caux en 1375 ; † le 22 mai 1398), 848

Carsuelle (John Cresway, célèbre capitaine de routiers), 749

Cartesée (Chertsey, « à quatorze liewes de le cité de Londres, sus le rivière de le Tamise »), 536

Casebèke, le sire de, 233* ; messire Jean de, 111*, 233*

Cassel (Kassel, Flandre, Belgique), 868-69, 893, 907, 910, 954, 960

Cassiel, 300, 330

Cassiel, le val de, 148, 300

Castille, 720, 815, 830, 947, 970

Castille, damp Jehan de (Jean, roi de Castille à partir de 1379), 720, 815, 846-48, 945, 993

Castille, damp Pière, roy de (Pedro ou Pierre IV, dit le Cruel, roi de Castille ; fils d'Alphonse XI et de Marie de Portugal ; né le 30 août 1334, † en 1368), 815

Castille, Henry de ; roi de Castille jusqu'en 1379, 815

Castille, Ysabel de (Isabelle, duchesse d'York ; † en 1394), 815

Castres, le mont de, 274, 275

Index des noms de personnes et de lieux

Cator, Janequin ; écuyer anglais dans l'armée de Th. de Buckingham (1380), 786-87

Caudreliers, frère de Bastiien de Barsies, 325, 329

Cavillac, forteresse de, 714-15

Cavrelée, Hue de (Sir Hugh Calveley, chevalier du Cheshire), 729, 774, 781, 795, 947-48, 952, 961-62

Cavrelée, Huguenin, bastart de (fils bâtard de Sir Hugh Calveley), 781

Cécile (Sicile), 744, 840

Cecille, le roy de (Sicile), 178

Cédenères, Bernart de (Bernard de Céderières, chevalier anglais qui a accompagné Buckingham en France en 1380), 781

Celle, 302 ; Celle (Lecelles), 323*

Cepsée (port de Cornouailles), 352*

Chaalon, messire Hugues de (Hugues de Châlon, sire d'Arlay ; † en 1390), 895, (Jean Hugues) 974

Chaalons, le vidame de, 244, 252, 253, 255

Chaalons en Champaigne, Châlons/Marne, 909, 942

Chalon, messire Jehan de, 310* ; sire de Biaugeu, 519

Champaigne, comté de, 909

Champaigne, le bourc de (routier et compagnon d'armes d'Aimerigot Marcel), 735

Chandos, Jean, 218* ; Chandos, messires Jehans, 294, 538, 557, 571, 582, 671 ; Chandos, monseigneur Jean, 234

Chaours (Cahors 46000), 533

Charcassonne, le sénéchal de, 248

Charente, le rivière de, 601

Chargni, messire Joffroi de, 449, 635, 653, 655, 656, 658, 661, 677 ; monsigneur Joffroy de, 299, 619, 663. Voir Joffrois

Charle (Charlemagne), 76

Charle le conte de Valois, 80

Charles (Charles IV, roi de France), 79 ; Charlon, Charles IV roi de France, 146, 171

Charles, messire (de Blois) ; 429*. Voir Grimau, 413

Charles, messire, comte de Valois, frère au roi Philippe IV le Bel, 497

Charles, messires (fils du roi de Bohême), 578

Charles, roy de France (Charles V de France), 721, 731, 740, 746, 779, 788, 790-91, 795, 834-35, 942

Charles de France, le joenne roy (Charles VI, fils aîné de Charles V et de Jeanne de Bourbon ; né le 3 déc. 1368 ; † le 22 oct. 1422), 789, 791, 793, 876, 885, 927, 988, 1000

Charles de la Paix. Voir Paix

Charlon, roi de Behagne, 106*

Chartesée, 372

Chartres, l'evesque de, 158*

Chartrois, les, 275*

Charuiel, Yewain, 449*

Chastel Josselin (Château-Josselin, Vannes, Bretagne), 800, 802, 803

Chastelet à Paris (Le Châtelet), 373, 452, 598

Chastelet, messires Jehan dou, 267*

Chastellon, li sires de, 274

Chastelmorant, Jehan de (Jean de Châteaumorand), 797, 801, 802

Chastelnuef de Randon (Châteauneuf-Randon, Lozère, arr. de Mende), 779

1200 *Index des noms de personnes et de lieux*

Chastelnuef, Jehan de (frère de Raymond-Bernard de Châteauneuf, seigneur de Castelnau ; vers 1374, au service de Gaston Phébus de Foix-Béarn), 818, 837, 844

Chastiaus l'Abbeye, 317*

Chastiel, en Cambrésis, 248, 280

Chastiel, messires Tangis dou, 628 ; Tanguis dou, 626*

Chastielbon, le signeur de, 462, 465 ; Chastielbon, le vicomte de, 475

Chastiel Cambrisien, 279*

Chastiel en Chambresis, 248*, 265-6

Chastiel Gaillard (Château-Gaillard), 146*

Chastielnuef, le seigneur de, 475 ; Chastielnuef, le signeur de, 462, 465

Chastillon, le seigneur de (Gautier de Châtillon), 784, 895, 973-74, 976

Chastillon, le signeur de, 299 ; Chastillon, li sires de, 275

Chastillon, le sire de (Hugues de Châtillon, maître des arbalétriers de France), 895

Chastouseal (un très fort chastiel), 359* ; Chastouseaulz, 360 ; Chastouseaus, le fort chastiel de, 384

Chastres priès de Valenchiènes, le mont de, 272*

Chauderon, messire Jehan (Jean Caudron, Cauderon ou Chauderon, chevalier breton), 897

Chaumont, Anthone, frère d'Alexandre, 504

Chaumont, le sire de, 458

Chaumont, messire Alexandre de, 502 ; Alixandre de, 486, 501

Chaumont en Gascoingne (Caumont), 882

Chevaldam (Gévaudan), 735

Chierbourc en Constantin (Cherbourg, Côtentin), 732, 734, 803, 804, 880

Chierebourch (50100), 541, 542

Chimay, 245, 253 (Voir aussi Chymay)

Chrestiens, 380

Christofle, grant vaissiel anglais, 291 ; Christofles, cilz grans vaissiaus, 293 ; Christophe, le grant vaissiel, 292

Chymay (Chimai), 244 ; Chimay, 245 ; Chymay (ville), 250 ; Cimay, 245, 254

Claikin, Bertran de (Bertrand Du Guesclin), 449*

Claquin, Bertrand de (Bertrand Du Guesclin, connétable de France, † le 13 juillet 1380), 731, 779

Claquin, messire Clément de (Clément Du Guesclin), 893

Claquin, messire Olivier de (Olivier Du Guesclin, frère du connétable), 837

Clarins, le bastart de (le bâtard de Clarens, de la maison de Bourbon), 800, 801

Clary (Cléry-sur-Somme, Somme, arr. de Péronne), 782

Clary, le sire de, 954

Clemens VIe, le pape, 450, 665 ; (erreur pour Benoît XII), 338, 260, 297, 637

Clément, le pape Clément VII (le cardinal Robert de Genève, élu pape à Fondi, le 21 sept. 1378, † le 16 septembre 1394), 737, 739-42, 744, 747-49, 778, 839-40, 867, 923, 945, 948, 988

Clement qui s'appelloit Raymons, pape Raymons, 264

Clerc, Arnoull (Arnould de Clerk ou Arent de Cleerc, citoyen de Gand), 805, 807, 810, 813-15

Index des noms de personnes et de lieux

Clermont (Clermont-Ferrand, Auvergne), 735-36

Clermont, le cardinal de, 338*, 450*

Clermont, messire Robert de (Robert de Clermont, quatrième fils de Raoul de Clermont et de Jeanne de Chambly; seigneur de Faye-aux-Loges), 848, 895

Clichon, monsigneur Garnier de, 343 ; Cliçon, messire Garnier de, 345 ; Cliçon, monsigneur Garnier de, 343

Cliçon, Guillaume (William Clinton, comte d'Huntingdon), 781

Cliçon, le chastellain de, 797

Cliçon, le seigneur de, 446, 453, 455, 456 ; Cliçon, le sire de, 433, 435, 437, 443, 444, 451, 452

Cliçon, Mauny de (Amauri de Clisson, fils d'Amauri de Clisson, capitaine de Jugon), 797

Cliçon, messire Amauri de, 385, 395, 404, 417 ; Cliçon, monsigneur Amauri de, 386, 388, 408, 416

Cliçon, messire Olivier de, 432, 440 ; Cliçon, monseigneur Olivier de, 507 ; Cliçon, monsigneur Olivier de (cousins germains au signeur de Cliçon), 350 ; Cliçon, monsigneur Olivier, « un des plus haus barons de Bretagne », 343*

Cliçon, messire Olivier de (Olivier de Clisson, connétable de France le 28 nov. 1380 ; commandait l'avant-garde à Rozebeke), 731, 734, 779-80, 790, 794, 798, 876, 896, 919-20, 922-23

Clifford, li sires de, 669 ; Cliffors, messires Thumas, 571

Clifort, Nicolas (Nicholas Clifford, écuyer anglais), 804

Climence (Olivenza), 845

Clocestre. Voir : Norhantonne

Cloton, Janequin (Walter Clopton), 801

Cohem, le sire de, 769

Colebruch, 153*

Collège (le Collège des Cardinaux à Avignon), 297

Collet, le sire de (Yvon de Cholet), 797, 898

Combot, le sire de, 898

Combourne, le visconte de, 651

Combourne, qui siet en Limozin, le fort chastiel de, 651*

Combrouc (Combourg, Ille-et-Vilaine, arr. de Saint-Malo), 793

Comignes, le comte de, 469 ; Commignes, le comte de, 304*, 461, 464, 477, 483

Commines (Comines), 892-94, 896-904, 906, 907, 911, 929, 955

Commynes, le seigneur de, 769

Compiègne, 217, 221

Compringe (Ospringe, village du comté de Kent), 829

Condet (Condé-sur-l'Escaut, Nord), 106, 212, 311

Conquest, 399* ; Conquest, le château de, 400

Conrat, Bernart, 714-16

Constentin (Cotentin), 508, 543 ; le pays de, 545 ; l'ille de, 539

Conte daulphin, le (Béraud II, dauphin d'Auvergne), 737, 942

Comtesse de Blois, 79

Copegni l'Esquissiet (Nampty-Coppegueule, 80160), 558

Copeland, escuier de Northombreland, qui s'appelloit Jehans de, 613, 615, d'Engleterre, Copelant, 614

1202 *Index des noms de personnes et de lieux*

Coppelant, Jehan de, écuyer anglais, 733
Corbie (80800), 557
Cordeliers (à Valenciennes), 190, 247
Cordeliers, église des ; l'église des Jacobins (auj. Saint-Laurent) du Puy, 779
Cordouen (Cordoue), 720
Cornillois, 586
Cornuaille, 352*, 412, 424, 460, 538
Cornuaille, le comte de, 436, 537
Cossé (Cossé-le-Vivien, Mayenne, arr. de Château-Gontier), 792
Coterebbe, messire Gille de, 111, 233*
Couci, le seigneur de, 218*, 221, 227 (le terre)* ; le sire de, 84, 265, 310, 447, 519, 523
Coucy, Enguerrand V, sire de ; épousa en 1365 Isabelle, fille d'Édouard III ; créé comte de Bedford en 1366 ; rend au roi d'Angleterre, en 1377, ses domaines d'Angleterre ainsi que l'ordre de la Jarretière, 749, 779, 781-2, 784, 788, 794, 835, 893, 895, 919-20, 940, 942, 986
Coucy, messire Raoul de (frère d'Enguerrand VI), 893
Coulongne, Albrest de, 279*
Coulongne, l'archevêque de (Cologne), 163*, 182, 193, 210 ; Coulongne, l'évêque de (Walenant), 185
Courasse, chastel de la (Cortijo de Cantaelgallo, ville d'Espagne, prov. Badajoz), 843
Courton, le seigneur de, 458 ; Courton, li sires de, 601
Courtrai, 77, 261 ; Courtray, 513
Courtray (Courtrai ou Kortrijk, cté Flandre ; dép. Lys ; prov. Flandre-Occidentale, ch.-l. arr.), 727, 764, 767-8, 778, 805-09, 811, 813-14, 833, 868-70, 881, 883-4, 903, 905, 912-13, 918, 926-31, 933-6, 955, 991
Courtrisien, monseigneur le, 189 ; le sire, 189
Coustances, 545
Couvars, Régnaut de, 717
Couversant, le conte de (Louis d'Enghien, comte de Brienne et de Conversan), 893, 986, 993
Craais (Carhaix), 351, 404, 410, 412, 413, 420
Crain, le sire de, 447
Cramelles, li sires de, 268*
Cran, le sire de, 519
Cranahen, monsigneur Loeis de, 192 ; Cranehen, messire Louis de, 217
Craon, li sires de, 272*
Creci en Pontieu (Crécy-en-Pontieu), 567, 569, 575, 578, 581, 585, 590, 595, 596, 618 ; Creci (bataille de), 622
Crécy sus Selle (Crécy-sur-Serre), 783
Crécy sur Selle (Crécy-sur-Serre, Aisne, arr. de Laon), 227*
Creki, li sires de (Créquy), 661
Cresekes, le sire de, 659. Voir Kresekes, li sires de
Crespin, l'abbé de (Thiebaut), 251*
Crestiiens, 621
Crète, l'île de, 178
Crievecuer, le château de (Crèvecœur), en Cambrésis, 201
Cristofle (navire anglais), 244
Crois, messires Wauflars de le, 315 ; monsigneur Wafflart de le, 262* ; monsigneur Wauflart de le, 313
Crokart (brigand), 652, 653
Crotoi (80550), 457, 567 ; Crotoi, le, 561

Index des noms de personnes et de lieux 1203

Crousage, le, 312*
Curgies, 272
Cymai, la terre de, 251, 252. Voir aussi Chymay
Cyrus, 76

D

Dalquest (Dalkeith, Écosse), 170
Dam, la ville du (Damme, cté Flandre ; dép. Lys ; prov. Flandre-Occidentale, arr. Bruges), 766, 771, 811, 870, 913, 918, 991
Damasen, château fort, Damazan (47160), 505 ; Damassen, le chastiel de, 528*
Dammartin, le comte de, 84, 236*, 310, 447, 518
Dampmartin, le conte de (Charles de Trie, comte de Dammartin, l'un des parrains de Charles VI), 895
Danekin, monsignor Bauduin, 619*
Danemarce, 370
Danois, 77
Dauffinet, le, 570
David, 76 (biblique)
David Bruce, 165, 169, 171 ; d'Escoce, 78 ; le roi, 371, 373, 376 ; fils de Robert, roi d'Écosse, 141, 145* ; roi d'Écosse, 368, 369, 379, 383, 384, 426
Delue, le, 590*
Denain, 91 ; Denaing, 212, 278 ; (Denain, Nord), 274
Denis, le jour saint, 99
Denis, Thumas, 512*
Dennekins, Colins (Nicolas Zannequin), 148
Derbi (créé) duch de Lancastre, Henri, cousin d'Édouard III, 669 ; Derbi, le comte, 193*,

196, 439, 455, 456, 457, 458, 459, 460, 461, 462, 465, 466, 468, 469, 471, 473, 475, 476, 478-483, 485, 486, 489, 490, 491, 492, 493, 494, 495, 496, 499, 502, 503, 504, 505, 506, 507, 512, 518, 520, 521, 525, 536, 602, 603, 604, 605, 621, 634, 635, 637, 640 ; Derbi, le comte, fils de Henri de Lancastre, 156*, 234, 293, 424, 600
Despensier, le seigneur, 426
Despensiers d'Engleterre, le sire, fils à monsigneur Huon le Despensier de jadis, 80, 81, 82, 83, 85, 86, 87, 88, 96, 97, 98, 99, 100, 101, 108, 113, 151, 438
Destre (Diest, Brabant), 200
Devecsière, le conte de (Édouard de Courtney ; en 1383, amiral d'Angleterre ; Earl Marshal en 1384, †1419), 780
Dièpe, 214
Dieppe, le pays de, 669
Dieu, 291 ; Diex, 622
Dignant (22100), Dignant en Bretagne, le bonne ville de, 393*, 394, 410, 433, 443 ; Dinant, 401, 407, 409, 411, 445*, 446 ; le bonne ville de, 399, 400, 447
Dignant, le sire de (Charles de Dinan, seigneur de Montafilant), 798, 803
Dondieu (Dundee, Écosse), 169
Donfremelin (Dunfermline, Écosse), 143, 169, 370, 608
Donsonak (19270), 651
Doriie, messire Othon, 427, 429* ; Doriie, messires Othes, 359 ; Doriie, monsigneur Othon, 402*, 446

1204   *Index des noms de personnes et de lieux*

Dormans, Mille des (Milon de Dormans, évêque de Beauvais en 1382), 884

Douay (Douai), 239, 240, 242, 248, 260, 277, 278, 281, 324, 618, 621 ; chemin de, 300

Douglas, filz dou frère à monsigneur Guillaume de Douglas qui demora en Espagne, messires Guillaumes de, 304 ; Douglas, Guillaume de, neveu de Jacques (mort en Espagne en 1329), 169 ; Douglas, messire Guillaume, 133, 306, 307, 308, 383, 650 ; Guillaume de, 366, 374

Douglas, le conte de (Jacques, comte de Douglas, fils de Guillaume ; épousa une fille de Robert Stewart, roi d'Écosse ; tué à la bataille d'Otterburn le 19 août 1388), 828, 978, 980, 997

Douglas, messires Jehans de, 612

Doulce (Deinze, cté Flandre, châtellenie Courtrai ; dép. Escaut ; prov. Flandre-Orientale, arr. Gand.), 765

Dourdan (Damme, Belgique ; prov. de Flandre-Occidentale, au nord de Bruges), 751

Dourdresch en Hollandes (Dordrecht), 192, 257, 515 ; Dourdresk, 93

Douvres, port du comté de Kent, 729, 881, 933, 948, 956

Douvres, 137, 140, 153, 244, 369, 615, 617, 656, 669, 670

Drayton, Guillaume (Sir William Drayton, chevalier qui en 1380 a accompagné Buckingham en France), 781

Dreus, le comte de, 236*, 553

Dubretan (Écosse), 169

Duffle, le sire de, 111*, 233*

Dufle, messire Henry de (Henri de Duffle, fils de Gauthier et d'Élisabeth d'Oosterhout), 890, 892

Duglas (= Douglas), messires Archebaus de, 613*

Duglas, messires Guillaumes de, 613*

Duglas, messires Thumas de, 612

Dulnestre, la ville de, 460

Dulnestre, le conté de, 460

Dunkerke, 180

Duras, le seigneur de, 714

Duras, le signeur de, 461*, le sire de, 465, 473, 479, 483

Durem (= Durham, ville des princes-évêques de, Angleterre), 116 ; Durem cité de, 373, 616 ; Duremme, 305, 367, 373 ; Duremmes, 136, 372, 374, 378

Durem, le pays autour de, 374

Durem, l'évêque de, 234, 537*, 609, 611 ; Duremmes, l'évêque de, 338

Durem, l'evesquiet de, 372

Duvort, messire Guillaume de ; Duvort, messires Guillaumes de, 222, 233, 297*

Dynant, 394. Voir Dignant

Dyon, Ernaud de, 469, 472

Dyon, messire Philippe de, 469, 472

E

Eclo, Eeklo, cté Flandre (métier d'Eeklo, fiscalement dépendant de la châtellenie du Franc de Bruges ; dép. Escaut ; prov. Flandre-Orientale, ch-l. arr.), 756, 759-60

Edouart, le roy (Édouard III d'Angleterre, † 1377), 729, 780, 882

Edouwart, (III) roi d'Angleterre, 77 *passim*

Index des noms de personnes et de lieux 1205

Edouwart (Édouard II d'Angleterre), 77, 80

Edowart (Édouard de Woodstock, fils aîné du roi Édouard III), 537

Eltem, monsigneur Robert d'(Eltham), 459 ; Jehan d', 150

Elvès (Elvas, ville de Portugal, prov. d'Alentejo), 846-47

Empire, l', 183, 191, 219, 220, 239, 353, 544, 565

Enghien, le sire d', 110, 215 ; Enghien, li sires d', 284

Englemoustier, Pierre de (Ingelmunster : KL, XXI, 576), 195

Englès, 77 passim

Engleterre, 76 passim

Engleterre, le royaume de, 719, 722, 724, 729-31, 740, 772-3, 780, 803, 811, 815-22, 824, 827-30, 838, 847-9, 880-1, 883, 890, 894, 905-6, 922, 932-3, 944-50, 956-7, 960, 962, 969-71, 977-82, 988, 990

Engleterre, Madame d' (Philippa de Hainaut), 616

Englois, le bourc (routier et compagnon d'armes d'Aimerigot Marcel), 735

Enguien, le seigneur de (Gautier d'Enghien, duc d'Athènes, fils unique de Sohier d'Enghien et de Jeanne de Condé), 769

Ercle en Hollandes, signeur d', 652*

Eres, Jaques d' (Jacques de Heere, chevalier tué en 1382 à Rozebeke), 925

Ermignac, le comte d', 236*, 310, 334, 630

Escaudain, 278

Escauduevre, 258

Escauduevre, le chastiel d', 277

Escaupons, deseure Valencièness, 311*

Escaut, la rivière d', 212, 220, 272, 273, 274, 277, 281, 285, 286, 300, 301, 302, 311, 316, 317 ; Eschaut, le rivière d', 284

Escaut (l'Escaut, rivière qui prend sa source en France près du Mont-Saint-Martin et qui reçoit successivement la Sensée, la Selle, la Rhonelle, la Haine et la Scarpe avant d'entrer en Belgique où elle arrose Tournai, Gand et Anvers), 752, 768-9, 776, 807, 809, 871, 893, 966

Escluse, 137 ; Escluse, l', 144, 290*, 291, 294, 508, 509, 513, 668, 670

Escluse, l' (l'Écluse, Sluis ou Sluys, port aujourd'hui disparu parce qu'ensablé, mais dont le nom fut associé au XIVe siècle à la victoire navale de l'Angleterre en 1340), 722-5, 811, 865-6, 870, 880, 890, 913, 918, 954, 978, 988, 991

Escoce, 78 passim

Escoce, royaume d', 726, 740, 817-18, 828-9, 830, 847, 970-1, 978-9, 980-1, 982, 988-9, 997

Escoce, le roy David d', 306, 310, 606, 615, 650

Escoce, le roi de, 230, 236

Escoce, le roy d', 721

Escoce, le roy Robert de (Robert Stewart, fils de Walter Stewart ou Stuart et de Marie Bruce, fille de Robert, roi d'Écosse ; succéda à David Bruce en 1371 ; † le 19 avril 1390), 722, 828-9, 970, 978, 980-1, 997

Escoce, li rois Robers d', 141

Escoçois, 367, 425, 650

Escornay, le seigneur d' (Arnould de Gavre, seigneur

Index des noms de personnes et de lieux

d'Escornay, fils d'Arnould d'Escornay et de Catherine de Rodes ; † le 1er mai 1418), 814-15

Escos, Escot, (Écossais) 77 *passim*

Escot, Robert l', 489

Eskierchin, 278*

Esne, messires Mansars d', 599*

Espagne, 520

Espagne, le roi d' (Alphonse XI), 413*

Espagne, messire, monseigneur Loeis d', 358, 384, 391, 392, 394, 396, 398, 399, 401, 404, 405, 407, 413, 414, 415, 418, 427, 428, 429, 430, 432, 436, 446, 451, 520

Espagne, monsieur Charle d', connétable, 632

Espagnol, Espagnols ; Espagnolz, 145 *passim*

Espaigne (Espagne), 719-20, 740, 816, 836-7, 843, 846-9, 945-7, 969-70, 981

Esprelesque (Éperlecques, Pas-de-Calais), 781

Esquarmain, 269*

Esquarmain, Sandrars d', 267*

Esquelles (Esquerdes, Pas-de-Calais, arr. de Saint-Omer), 781

Estampes, le comte d', 236*

Estaples (Étaples 62630), 590

Estelles (Estaires 59940), 632

Estolles (Estaires, Nord, arr. d'Hazebrouck, sur la Lys), 889

Estrade, le soudich de l' (le soudic de Latrau ou Latroue, canton d'Uzeste, Gironde ; en 1369 reçoit du Prince Noir la seigneurie de Talmont), 818, 837, 844, 846, 848

Estremouse (Estremoz, prov. d'Alentejo, Portugal), 836, 843-44

Estruen, 272*

Eu et de Ghines, le comte de, connétable de France, 518, 547 ; Raoul d', 299, 358 ; Eu, le comte d', connétable de France, 164, 221 ; d'Eu, le comte Raoulz d', connétable de France, 265*

Eu, le comte d' (Jean d'Artois, comte d'Eu, fils de Robert d'Artois et de Jeanne de Valois ; † le 6 avril 1386), 784, 788, 793, 895, 942, 974

Eu, le seneschal de, 733

Évreux, Jehan d' (Jean d'Évreux, capitaine de Calais en 1382), 881, 912

Evrues (Évreux 27000), 553 ; Evrues, Loeis, le conte d', 146*

Evruic (York), 608 ; Evruich (York), 366, 372, 373, 376, 377, 378, 426, 427, 616 ; Evruich, les marches de, 608 ; Evruich, ville, 108

Exesses, le conté d'(Essex), 669

F

Fagnoelles, le sire de, 231 ; Fagnuelles, le seigneur de, 231, 517*, 544 ; Fagnuelles, le sire de, 215, 232 ; Fagnuelles, li sires de, 110*, 289

Farnaques (Fervaques, où se trouvait un couvent de femmes de l'ordre de Cîteaux ; à deux lieues au nord-est de Saint-Quentin), 783

Farvakes, 228*

Fastrés dou Rues, 94, 110

Faucille, Jehan de la (citoyen de Gand, réputé pour sa sagesse), 727, 762

Fauet, 408*, 409, 411, 414

Index des noms de personnes et de lieux

Fauet, le châtelain de, 415
Faukemberghe, le conté de, 633
Faukemont, le seigneur de, 193, 324 ; Faukemont, le sire de, 163*, 182, 185, 210, 214, 217, 218, 222, 223, 233, 240 ; Faukemont, li sires de, 217, 226, 228, 253, 258, 269, 270, 285, 297, 301 ; Messires Walerans, sires de, 270
Faumars, 272*
Fauque, Guillaume (William Fouque ?, chevalier ayant accompagné Buckingham en France en 1380), 781
Fay, messire Godemar de, 338, 561 ; capitaine de Tournai, 247 ; Monseigneur Godemar du, 239, 261, 296*, 299, 564, 566, 591
Feleton, Thomas de (Sir Thomas Felton, sénéchal d'Aquitaine à partir de 1371 et jusqu'en 1380), 882
Felleton, li sires de, 294, 537
Femi, l'abbaye de, 228*
Fenain, 278*
Fère, le sire de (Gaucher de Châtillon, seigneur de Fère-en-Tardenois), 895, 974
Fère, le, 227*
Ferinton, messire Guillaume de (Sir William Faringdon ?), 912
Fernnton, Guillaume de (William Frinton), 802
Ferrando, Jehan (Juan Fernandez d'Andeiro, ambassadeur de Portugal), 816
Ferrières, Henry de (Henry, bâtard de Ferrers), 780-81
Ferrières, Jehan de, 947, 989
Ferrières, le seigneur de, 459 ; Ferrières, le sire de, 465, 481
Fi, le comte de, 612*
Fielainnes, 272*
Fiennes, le sire de, 447*, 519 ; messires Moriaus de, 659, 660 ; monsigneur de, 655
Fier, Pont de, 264. Voir Pont
Figuière, chastel de la (Higuera-la-Real, bourg d'Espagne, prov. Badajoz), 836
Filwatier, le sire de, 234*
Filz Warin, Yon, le (Ivon, Fitz-Warin), 781-82
Filz Warine, messire Guillaume, 196, 538
Filz Watier, le sire de (Walter Fitz-Walter, maréchal de l'armée de Thomas de Buckingham), 782
Finefrode, messires Normans de, 521 ; monsigneur Normant de, 459
Finefroide, messire Alain de (erreur pour « Sinefroide » ?), 478, 484 ; monsigneur Alain de, 476
Flamenc, Nicolas le (Nicolas le Flamand, marchand drapier à Paris, fournisseur du roi Charles VI et du duc de Bourgogne), 909
Flamench, 225, 302 ; Flamens, 191, 296, 300, 309 et *passim*
Flamench, monsigneur Richart le, maronnier (marin), 369
Flamengrie, le, 227, 228, 229, 240
Flandres, 77, 186, 194, 259, 281, 284, 290, 295, 297, 423 *passim* ; les communautés de, 618 ; li dis communs de, 619
Flandres, 722, 725, 727, 729, 741, 750, 756, 764-5, 768, 776-7, 778, 790, 806, 808, 812, 832-3, 848-9, 852-93, 857, 862, 868, 870-1, 873-6, 879-82, 883-90, 892-93, 902, 904, 909, 912-16, 924, 928, 930, 932-3, 936, 938, 942,

945, 948-9, 951-3, 956-60, 966-7, 972, 976-9, 983-93

Flandres, Gui bâtard de, 196

Flandres, Henri de, 221*, 222, 223, 330, 332, 333, 338

Flandres, le comte de (Louis de Crécy), 148, 186, 265, 340, 513, 569, 579, 583, 591

Flandres, le comte de, 191, 236, 310, 338, 554, 570, 622, 668

Flandres, le comté de, 243, 295, 510, 514, 620

Flandres, le Hase de (Louis Aumot, aîné des bâtards du comte de Flandre), 777, 805, 810, 814, 831, 890-1, 930; 951

Flandres, li jones contes de, 191*, 619, 623, 667 ; Loeis de, 665

Flandres, Loÿs de (Louis de Male, comte de Flandre), 723-30, 740, 750-1, 753-4, 756-8, 764-5, 767-8, 770-2, 774-8, 793, 804-8, 811-14, 831, 833, 849, 851-3, 855, 859-67, 870-76, 880, 883, 885, 888, 895, 904, 910, 919, 930, 934, 936-7, 944, 949-50, 953, 956-7, 959, 962, 967, 969-77

Flandres, messire Gui de (frère du comte Louis de Flandre), 194

Flandres, messire Henri de, 221, 222, 223, 224, 233, 294, 295, 330, 333, 338 ; monsigneur Henri de, 332

Floion, le seigneur de, 249 ; Floion, li sires de, 110*, 280

Flolant (Vrolant, maison fortifiée près de Marquise), 781

Floreberg (pour « Nuremberg » ?), 202

Flourent (Florimont, homme d'armes du pape Clément), 748

Fois, le comte de, 236*, 299*, 630

Fondes (Fondi, au sud de Rome), 742-44

Fontainnes (sires de), 94. Voir Bailluel, Robert

Fontainnes sus Somme (80510), 559

Fonte, Huge de la (chevalier ayant accompagné Buckingham en France en 1380), 781

Fontenelles, l'abbeye de, 250*

Fonteniellés (sus Escaut), 190, 276*

Fontenoit, li sires de, 267

Forès, ville, 266* ; Forès, à l'issue de Haynau, 266

Forès, le comte de, 236*, 310, 518, 523, 630

Forest, 269. Voir Forès

Forsach (La Force 24130), 471

Forsvie, Jakemes de, écuyer de Robert de Bailluel, 314*

Fort, monsigneur Aymon dou, 459

Foule, Jehan (l'un des capitaines de Gand), 767

Fourbours, 556

Franc, Guillaume (John ou William Frank, Anglais), 800

Franc de Bruges, le (châtellenie s'étendant sur le territoire des environs de Bruges, et dont l'administration, bien que distincte de celle de Bruges, était fixée dans la ville même), 769, 804, 868, 871, 884, 918

France, royaume de, 713, 721, 724, 727, 730-1, 740-1, 744, 746, 748, 779-80, 786, 788-89, 792-5, 800, 803, 809, 815, 834, 837, 839, 841, 846-8, 867, 872-5, 879-80, 883, 885, 888, 909, 911-12, 914, 930, 933-4, 936, 940, 942, 945-9, 956-7, 966, 968-70, 977-83, 986, 990-2, 999

France, 71 *passim*

Index des noms de personnes et de lieux

France, le grant prieus de, 178, 588*

France, le roy Phelippe de, 77 *passim*

France, le royaume de, 154, 219, 239, 305, 386, 507, 598

Franch de Bruges, 262*, 508

François, les, 77 *passim*

Frasne, 311*

Frausures, le seigneur de (Jean de Fransures, chevalier français), 781

Frelais, messire Jehan de, un chevalier de Bourgogne, 312

Frenai, monsigneur Hubert de, 418 ; Frenay, messire Hubert de, 387

Frenai, messire Mahieus de, 408 ; Frenai, monsigneur Mahieu de, 414

Frères Meneurs (l'Église des, à Valenciennes), 499

Fresel, messires Symons, 304* ; Fresiel, messires Symons, 307, 612* ; Fresiel, monsigneur Symon, 306, 368

Fretin, 677 ; Fretin, un petit chastiel en le marce de Calais, 677

Frise, 367, 515

Frisons, 516

Froissart (un moine de l'abbaye de Saint-Amand), 322*

Froissart, Jehan (auteur des *Chroniques*), 77

Furnes (Veurnes, cté Flandre ; dép. Lys ; prov. Flandre-Occidentale, ch.-l. arr.), 869, 893, 910, 955, 973, 975-76

G

Gagant (Cadsand), 192, 193, 194 ; Gagant, l'île de, 191, 196 (havre de)

Galerans, messire, frère de l'archevêque de Cologne, 210

Galle, Tristan de la (Tristan de la Jaille [Anjou]), 801, 898

Galles, 373 (prince de, Édouard de Woodstock, fils aîné d'Édouard III), 16, 508 ; Galles, li jones princes de, 674 ; Galles, li princes de, 537, 545, 565, 570, 662, 669

Galles, prince de (Édouard de Woodstock, fils aîné d'Édouard III), 746

Galles, pays de, 609, 615

Galles, pays de, 818

Galles, Yvain de (Owein of Wales), 722

Gallois, 117, 584, 586 ; Galois (Gallois), 537 ; Galois, les (brigands), 571

Gand, 186, 188, 242, 262, 264, 291, 295, 300, 337, 509, 510, 513

Gand (Gand ou Gent, cté Flandre ; dép. Escaut ; ch.-l. prov. Flandre-Orientale, arr. Gand. situé au confluent de la Lys et de l'Escaut), 727, 750-69, 771-2, 774-8, 805-15, 830-4, 849-55, 860-74, 880-1, 883-7, 905-7, 909, 911-18, 926, 928-36, 943-4, 952, 955, 960, 963, 965, 971, 983-5, 990-1, 998

Garanes, la comtesse de, 107*

Garensières, le sire de, 205

Garlande, 404, 432 ; Garlande, ville au bord de la mer, 401

Garone, la rivière de, 462, 505, 528, 601

Gart, l'abbeye dou, 591

Gascogne, Gascongne, 236, 303*, 335, 384, 422, 425, 470, *passim*

Gascon, les, 467 ; Gascons, 474

Gastinois (le Gâtinais), 177

Gauvre (Gavere, cté Flandre,

châtellenie Pays d'Alost ; dép. Escaut ; prov. Flandre-Orientale, arr. Gand), 764, 777, 807, 811, 814, 833, 990

Gedours (forêt de Jedburgh, Écosse), 169, 304*, 367, 378, 383, 650

Genève, le comte de, 236*, 277, 310

Genève, le comte de (Pierre III, comte de Genève ; frère du pape Clément VII), 841

Genevois, 178, 209, 276*, 291, 303, 359, 361, 386, 389, 392, 398, 401, 405, 414, 428, 430, 436, 528, 546, 565, 576, 577, 578, 586, 617

Genevois, le mestre des, 398

Gennes, le rivière de, 178

Genneves, 359*

Genville, le comte de, 236*

Gerles, le duch de (Gueldre), 283*. Voir Guerles

Gernemue (Yarmouth, Norfolk), 827

Geronde (la Gironde), 466, 506

Ghines (Guines), 680

Ghines, le comté de, 592, 593, 617 ; connétable de France, 449, 547 ; fils du comte d'Eu, 358 ; le conte de, 236*, 265, 523, 535, 539, 552 ; le comte d'Eu et de, 632 ; Eu, 650 ; fils du connétable de France, 384 ; fils de Raoul d'Eu, 299*

Ghines, Thassart de, 626

Ghingant, le châtelain de, 385

Ghistelle, messire Wauflar de, 110*, 234

Ghistelles, messires Oliphars de, 267* ; Ghistelles, messires Oulphars de, 327, 538

Ghoy, monsigneur Gui de, 410

Ghoy le Forest, chastiel, 410* ; Ghoy le Forest, 433*

Giane, dux de, 159

Gingant, le chastellain de, 393, 395, 405 ; Gingant, messires Renaut de, 394 ; Ginghant, le châtelain de, 389*, 419 ; Ginghant, monsigneur Renault de, capitaine de Dinant, tué, 401

Gironde, Bourdiaus sur, 486

Gistelles, messires Oulphars de, 326

Glennes, messire Robert de, 330, 515 ; de le comté de Los, escuier et au corps monsigneur Jehan de Haynnau, 326*

Gobehem, messires Renaulz de (Cobham), 192, 582, 637, 661 ; monsigneur Renault de, 156*, 443, 542, 568 ; le signeur de, 620, 647 ; Renault de, 192, 196, 225, 234, 294, 537, 543, 558, 571, 589

Godefroy, monsigneur (fils aîné du duc de Brabant), 667

Godefroy de Harcourt, monsigneur, 538. Voir Hancourt

Gogue, 275*

Gombri, messire Jehan de, 492

Gommegnies, 269* ; li sires de, 94, 110, 257

Gommegnies, le seigneur de, 729

Gorge !, saint (« Saint Georges ! » cri de guerre des Anglais), 463, 564

Gorge, la (La Gorgue, Nord, arr. d'Hazebrouck, au confluent de la Lys et de la Lawe), 889, 893

Gorge, le (La Gorgue 59253), 632

Gourdinet (Gourdinot, écuyer de Bourbonnais ou d'Auvergne ; capitaine de Tracros pour le roi d'Angleterre), 737

Gournay, Mahieu de (Matthieu de Gournay, chevalier du Somerset ; sénéchal des Landes en 1378-9 ; † en 1406), 818, 837, 844-45

Index des noms de personnes et de lieux

Goussans, messire Loÿs de (Louis de Cousan), 898

Goy le Foriest, 351*

Graili le seigneur de, 458

Gramont (Grammont, Geraardsbergen ; cté Flandre, Pays d'Alost ; dép. Escaut ; prov. Flandre-Orientale, arr. Alost), 765, 768-69, 811, 831-32, 913, 918, 983, 990

Grantpret, le comte de, 265*

Grantviller (60210), 557

Grastoch, li sires de, 669

Gravelines, 622*, 630

Gravelingues (Gravelines, Nord), 729, 910-11, 948-49, 954, 961-62, 968

Gravesaindes, (Gravesend), 194

Grea, monsigneur Jehan de, 459

Gredo, 352*, 353, 407*

Grées, Jehan sire de, 769

Grégoire, le pape (Grégoire XI ; Pierre Roger, neveu de Clément VI, élu pape le 30 décembre 1370, † le 27 mars 1378), 739, 749

Grenade, 549

Grenade, le roy de (Mohammed V, roi de Grenade depuis 1354 ; après un interrègne entre 1359 et 1360, il resta sur le trône jusqu'en 1391), 848

Grenate, le roi de, 413*

Grenate, 351*

Grenesie, 427 ; Grenesie, l'île de, 428

Grenesie (île de Guernesey), 803

Grés, messire Rasse de, 111*, 233*

Gresce (Grèce), 76

Grignart, monseigneur Gillon, frère de Gautier de Manni, 246

Grimau, messire Charles, 429*, 446 ; Grimaus, messire Charles, 359, 427

Grute, Guisebrecht (Gilbert de Grutere, émissaire des Gantois auprès de Louis de Male), 833-34

Grutus, le sire de, 234

Grutus, le sire de (Jan van der Aa, seigneur de la Gruthuse et de Grimbergen, etc. ; fit hommage au roi de France en 1380 pour une pension annuelle de trois cents francs d'or), 853, 973

Grutuse, Gille de, 975

Guerlande (Guérande, port en Bretagne), 773

Guerles (le duché de Gueldre), 729

Guerles, le duc de, 79*, 163, 182, 185, 193, 202, 203*, 210, 214, 217, 230, 232, 240, 285, 297, 301, 334

Guerles, le duché de, 284, 325

Guillaume de Douglas. Voir Douglas

Guise, 226, 227 ; ville, 222

Guistelle, le seigneur de (Jean de Ghistelles), 769, 936, 973-74, 976, 991

Guistelles en Haynau, Jehan de (Jean de Ghistelles), 725

Guistelles, Girart de, 973-74

Guistelles, Guy de, 975, 991

H

Hactonde, Jehan (Sir John Hawkwood, routier anglais connu par ses excès), 748-49, 840

Haie, messires Baras de le, marescal de l'host, 326*

Haimbon (Hennebont), 348, 391, 394 ; Haimbon, la ville de, 626 ; voir Hembon

Hainbont (Hennebont, Bretagne), 792

1212 *Index des noms de personnes et de lieux*

Haindebourch (Édimbourg, Écosse), 168, 305, 366, 370, 608 ; Haindebourch, fort chastiel de, 306, 308

Haindebourch, Haindebourc (Édimbourg, Écosse), 828, 830, 978-79, 981, 997

Haine, rivière de la (Nord), 212

Halle (Hainaut), 200

Halle, messire Franke de, 462, 465, 470, 480, 484, 521, 532 ; monsigneur Franke de, 459, 476

Halluin, le Ducres de, 191* ; Halluin, messire Ducre de, 195*, 196

Halluin, le sire de, 233*

Haluin, les frères (Jean, Daniel et Josse, fils de Gautier III d'Halewyn), 769, 810, 871, 894, 902, 925, 972, 974-75, 979

Ham (Hamme, cté Flandre, Pays de Termonde ; dép. Escaut ; prov. Flandre-Orientale, arr. Termonde), 814-15

Hamans, messire, un chevalier de Hollande, 225

Hâmbue, le seigneur de, 784

Hamède, li sires de le, 284*

Hames (Pas-de-Calais), 781

Han sur l'Eure (Ham-sur-Heure, pri. Liège, quartier Entre-Sambre-et-Meuse ; dép. Jemappes ; prov. Hainaut, arr. Thuin), 795

Hanekin, uns varlés de monsigneur Robert (de Namur), 675

Hangès, li sires de, 268*

Hangiers, le seigneur de (Matthieu de Hangest ; vivait encore en 1397), 784, 790, 989

Hanon, 302*, 323 ; Hanon, l'abbaye de, 319*

Hantonne (Southampton, Hampshire, Angleterre), 773-74

Hantonne (Southampton), 214, 291, 457, 460, 669 ; sus mer, 425 ; la ville de, 243 ; Hantonne, le havene de, 536

Hanut, 164*

Harcelles, le sire de ; voir Harselle (Herzele ou Herzeele), 865

Harcourt, frères à monsigneur Godefroi, le comte de, 553 ; le comte de (frère aîné de Godefroy), 158*, 236*, 310, 569, 579, 583 ; messire Godefrois de, 507, 536, 537, 548, 550, 571, 583* ; monsigneur Godefroi de, 540, 559, 568 ; Godefroy de, 539, 542

Harcourt, messire Guillaume, conte de (il s'agit en fait de Jean VI, fils de Jean V, comte d'Harcourt), 895

Hardelo, le forest de, 590

Harflues, 457

Harfort, 101*

Harlebèke, les trois frères de, 111, 233*

Harlebéque, le prévost de (Sohier van der Beke, ancien chanoine de Tournai ; conseiller et chancelier du comte de Flandre), 852-53, 955

Harlebèque (Harelbeke, cté Flandre, châtellenie Courtrai, ch.-l. verge de Harelbeke ; dép. Lys ; prov. Flandre-Occidentale, arr. Courtrai), 814, 833

Harleston, Jehan de (chevalier anglais ayant servi comme capitaine de Guines et de Cherbourg), 732, 781, 796

Harselle, Rasse de (Rasse d'Herzeele, l'un des capitaines de Gand ; Herzele ou Herzeele : cté Flandre, pays d'Alost ; dép. Escaut ; prov. Flandre-Orientale), 767, 770, 775, 777-78, 805-06, 810-13, 887, 889, 905-06, 929, 931, 985

Index des noms de personnes et de lieux

Hartecelle, messires Jehans de, 626*, 628 ; monsigneur Jehan de, 427

Hasbaing, 92*

Haspre, 216, 248, 249, 251

Hastinges (Hastings), messire Hughes de, 234 ; messires Hues de, 465, 532 ; Hugues de, 459, 481

Hastinges, messires Raoulz de, 521

Hastingues, Hue de (Sir Hugh Hastings), 781

Haussi, 269

Haverech, le sire de, 110*, 216, 284

Havères, le seigneur de (Gérard de Havré, fils de Gérard), 782

Haynau, comté de, 725, 730, 734, 741, 768, 777, 801, 805-6, 812, 831, 833, 850-2, 857, 865, 872, 873, 884, 893, 896, 919, 935, 959, 966, 972, 983, 986, 988, 991

Haynau (Hainaut), 77, 190, 248, 269, 271, 285, 295, 297, 301, 339, 423, 599

Haynau, Guillaume de (G. d'Ostrevant), 987

Haynau, Guillaume Ier, comte de, 89*, 164, 190, 213, 229

Haynau, Guillaume II, le comte, 300, 333, 424, 514, 515, 538

Haynau, Jean de ; Haynau, li gentilz sires de Byaumont, messires Jehans de, 89, 138, 140, 182, 193, 210, 215, 217, 222, 223, 226, 227, 230, 233, 240, 254, 281, 282, 284, 288, 289, 316, 321, 326, 334, 336, 338, 424, 514, 515, 517, 544, 554, 566, 569, 573, 575, 580, 584, 586, 591, 630, 637

Haynau, la ditte damoiselle Phelippe de ; la royne d'Engleterre, Phelippe de, 296

Haynau, le comte de, 182, 185, 232, 236, 265, 287, 290, 297, 316 ; li gentilz contes de, 282 ; li jones contes de, 217, 301, 336

Haynau, madame Margherite comtesse de, 202, 516

Haynau, Marguerite de, 987

Haynau, sénéchal de, 782, 784, 810

Haynau, madame Yzabiel de, 275*

Haynault, bail de (Albrecht de Bavière), 741, 777, 833, 852, 957, 959, 986-87, 1000

Haynault, comté de, 812, 988

Haynaus, 181

Haynaut, comté de, 741

Haynuier, 225, 268 ; Haynuiers, 112, 113, 114, 248, 252, 270, 296, 313, 316, 317, 322, 325

Haze de Braibant, li, 397

Hebedon, messires Richars de, 521 ; monsigneur Richart de, 459

Hector, 76

Hedin (Vieil-Hesdin 62770), 590*, 632

Hedin, le rivière de, 590*

Heide, la (Hédé, Ille-et-Villaine, arr. de Rennes), 793

Helchin (Helkijn ou Helchin, Tournaisis ; dép. Lys ; prov. Flandre-Occidentale, arr. Courtrai ; le seigneur temporel en fut l'évêque de Tournai), 873

Helmen, Guillaume (voir Helmon), 719, 947, 961

Helmon, Guillaume (Guillaume Elmham, Helmen ou Helmham, gouverneur de Bayonne en 1375 ; amiral de la flotte anglaise *versus partes boreales* en 1379 ; sénéchal des Landes), 818, 844

Hembon (Hennebont 56700), 365,

387, 388, 389, 393, 395, 398, 399, 401, 403, 404, 405, 407, 410, 411, 412, 413, 414, 417, 418, 419, 428, 436, 438, 440, 446, 451, 452, 626 ; (ville), 431 ; (chastiel), 453, 629

Hembon, l'évêque de, Gui de Lyon, 396

Hen (Ham, ville), 221*

Hen sur Esne, 731

Henris d'Antoing, 94*

Henris de Byaumont, 100

Henris de Lancastre au Tors Col, 96*

Henry, le roy damp (Enrico de Transtamare), 719-20, 815

Hercules, 76

Here, 278*

Herfort, le comte de, 117, 156*, 293, 424, 537, 669

Herkes, 206*

Hers, Gillebers de, 111

Hervi, messire, 395, 396, 452, 456, 457. Voir Lyon.

Hesbaing, 164

Hesbegnons, 111

Heulle, messire Florens de (d'après KL = Josse de Heule), 865, 965

Hodebourch, messire Jehan de, 325*

Hoge, la (Saint-Vaast-la-Hougue 50550), 539*, 540 ; Hoghe, 542

Hollandes, 190, 251 (l'ostel de), 92*, 367

Hollandes, messires Thumas de, 543, 558, 571 ; monsigneur Thumas de, 427, 549, 550, 552

Hollandois, 300

Hollegrave, David (de Northumberland ; chef de compagnie ayant accompagné Buckingham en France en 1380), 781

Honarderie, Honart de la (dans d'autres manuscrits Houard de la Houarderie), 782

Honcourt, messire Guy de (Gui de Honcourt, chevalier, au service du duc d'Anjou en 1379 ; gouverneur du bailliage d'Amiens en 1385), 884

Hongerie, le roi de, 178

Honnecourt, 222*, 223, 224

Honniel, la rivière de, 269*

Hostidonne, le conte de, 293*, 537, 540, 547, 552

Hoteberge, messire Gautier de, 111, 233*

Houssoie, Eustache de la (Eustache de la Houssaye), 780

Hues (Hughes le Dispensier, fils ; Sir Hugh Despenser), 80 ; Hues ses pères (le Dispensier), 86*

Hullut, le seigneur de (Eustache de Hulluc ou Hulluch, chevalier), 769

Husfalise, messire Henri de, 249, 267*, 274 (Husphalize), 258

I

Iorch (York) que on dist Evruich, le cité d', 608

Iorch, l'arcevesque de, 537*, 611

Ippre (Ypres, Belgique), 149, 188, 243, 262, 263, 300, 330, 510, 513

Irlande, 460

Irois (les Irlandais), 460, 537

Ivry, le Besgue d', 732

Ivry, le baron d', 989

J

Jaffre (Zafra, ville d'Espagne, prov. de Badajoz), 843-44

Jazon, 76

Jehan, (Jean IV de Montfort, duc de Bretagne 1364-1399), 365. Voir Montfort

Jehan de Blois. Voir Blois

Jehan de Castille, le roy damp, 719-20, 815-16, 846-49, 945, 993

Jehan de Haynau, 88*. Voir Haynau

Jehan et Charle, fils de Robert d'Artois, neveux de Philippe VI, roi de France, 162 voir Artois

Jehan et Thieri (frères de Grignart de Manni), 247 ; Jehans et Thieris, frères au signeur de Manni, 282. Voir Manni

Jehan II compte de Namur, neveu de Robert III d'Artois, 162*. Voir Namur

Jehane, femme (veuve) de Guillaume II de Hainaut, 190*, 516. Voir Hainaut

Jehane, la fille de Jean de Hainaut, 227*. Voir Hainaut

Jehane la contesse (Jeanne de Valois), 93. Voir Valois

Jehans, fils de Gérard de Wercin, 337

Jehans, fils de Philippa de Hainaut, 296*

Jehans de Eltem (John of Eltham), 78*

Jehans II, roi de France (duc de Normandie). Voir Normandie

Jehans li Biaus, 71

Jehenne (de Navarre, reine de France), 147*

Jennes, Gênes, 945

Jeumont, messire Jehan de (Jean de Jeumont, chevalier), 890-91, 936, 955, 975, 991-92, 998

Jherusalem, 75, 144

Jhesu Cris, 678

Joenne, messire Phelippe de (Philippe de Jonghe, chevalier, mentionné dans les comptes de la ville de Gand), 810

Joffrois, messire, 677. Voir Chargni.

Joni, le comte de, 402*

Jorge, saint, 194, 291, 482, 659

Josué, 75*

Judée, 75

Jugon (Jugon-les-Lacs 22270), 420*, 422

Juis, 679 (juifs)

Julers, le duc de (Juliers), 334 ; le comte de, 193, 230, 232, 240, 283, 285, 297, 301 ; le duc de, beau-fils de Jeanne de Valois, 334 ; le marquis de, 163*, 182*, 185, 201, 202*, 203, 210, 214, 217 ; Jullers, le duché de, 325, 334 ; la duchese de, 79* ; Jullers, 111*, 284

Julius Cesar, 76

Jupeleu, messires Loeis de, 315*

K

Kaieus, le signeur de, 299*

Katherine (navire du roi d'Angleterre), 509

Kem (Caen 14000), 540, 546, 548, 550, 551, 552, 555 ; Ken en Normendie, 539

Kenfort, le comte de, 234, 424, 426, 435, 442, 459, 466, 468, 474, 475, 481, 503, 571, 582, 621 ; le comte de Kenforth 474 (Jean de Vere, comte d'Oxford, † 24 janvier 1359)

Kent, 78*, 83 ; Kent, le comte de, 137, 138, 149, 293*

Kesnes, li viscontes de, 271*

Kesnoi, le (Le Quesnoy 59530), 221, 229, 238, 258, 268, 269, 271

Keukeren, messire de, 329 ; Keukeren, messire Henri de, chevalier miesenaire, 326*

Kierés, Hue, 209*, 214 ; messires Hues, 243*, 290, 293 ; Kieret, monsigneur Hue, 259

Kodun, messires Antones de, 271

Kok, messires Thomas, 520 ; monseigneur Thumas de, 459*, 504, 521

Kreki, signeur de (Créquy), 655

Kresekes, li sires de Cresekes, 660

Kuc, le sire de, 222* ; Kuk, 233*

L

La Broie (62140), 567. Voir Broie

La Heuse, le Baudrain de la (Jacques de la Heuse, dit le petit Baudran ; † vers 1394), 895

La Rochelle, 717-18, 866

Labret, li sires de, 601 ; Labreth, le seigneur de, 458

Labreth, Perducas de (Perducat d'Albret, créé baron de Caumont le 5 sept. 1381 par Richard II), 793, 882, 895

Lach, le (peut-être Les Lèches 24400), 471

Lagurant, le seigneur de, 714-17

Laille, le comte de, 461*

Lalain, le sire de, 285*

Lalaing, Simon de, bailli de Haynault, 974

Laliene, le chastiel de (Lalinde 24150), 471*

Laloe, 632*

Lamaide, messire Michiel de (Michel de la Hamaide, cousin de Gautier d'Enghien), 832, 974

Lambres, Lambert de ; écuyer d'Arras (Lambres est sur la Scarpe, arr. de Douai), 858

Lambres, Tristan de, 974

Lamongis (Lamonzie-Montastruc 24520), 469, 471

Lamourbane (peut-être la chaîne de collines appelée Lammoorlaw qui sépare le Lauderdale du Lothian, en Écosse), 928

Lancastre au Tors Col, fil monsigneur Thumas de, 156 ; conte Henri de, 137 ; le comte de, messire Henri au Tors Col, 424 ; li contes Henris de, 138

Lancastre, Jean, duc de (futur), 296

Lancastre, li dus de, 676

Landa, messires Jehans de, 268* ; 661 ; monsigneur Jehan de, 299*, 619, 655, 659

Landas (59310), 302, 323

Landrechies, Landrecies, 258*, 279, 280

Landreniaulz, messire Galleran de, 395 ; le seigneur de, 405, 419 ; le sire de, 385, 389*, 397 ; messire Galeran de, 395

Landuras, le seigneur de, 458

Lango (peut-être Lanquais 24150), 470 ; Lango, le chastiel de, 471

Langres, Guillaume le bastart de (Guillaume de Poitiers, dit le bâtard de Langres ; Guillaume, fils de Guillaume de Poitiers, alors religieux de Cluny et depuis évêque de Langres), 784, 923

Languedoch, 236

Lantonne, le sire de (Langtown), 234

Laon, 783

Laon, l'évesque de (Pierre Aycelin de Montaigu), 884, 969

Laonnois (région de Laon 26490), 227

Index des noms de personnes et de lieux

Latimers, le sire de (Guillaume Latimer), 780
Latimiers, li sires, 571
Lattes, 177*
Launoy, Jehan de (Jean de Launnoit ou de Launnoy, Jan van der Elst ; capitaine de Courtrai), 777, 805, 807, 810-13
Laval, le seigneur / sire de (Gui de Laval), 731, 772, 780, 798, 803, 898, 902, 904
Lay, Hustin du (Hustin du Lai, chevalier du Hainaut), 832
Le Baveux, messire Guy (Gui le Baveux, seigneur de Longueville ; figure parmi les chevaliers chargés de garder le corps du roi Charles VI à Rozebeke), 893, 896
Le Baveux, messire Robert (peut-être Renaud Le Baveux), 895
Le Frasnoit (Frasnoy 59530), 269
Le Rocelle (17000), 401. Voir Rocelle
Le Sorgés (abbaye espagnole près de Burgos), 721
Le Ventie (Laventie 62840), 632
Leindehale, les deux frères de, 397*
Lencastre, le duc de (Jean de Gand ou de Gaunt, comte de Richmond [1343] et duc de Lancaster [1366] ; né à Gand en 1340 ; après son mariage avec Constance, prit le titre de roi de Castille ; duc d'Aquitaine [1390]), 719-21, 729, 732, 815-18, 828, 830, 843, 847, 945-47, 969-70, 981, 987
Lens, le seigneur de (Arnould de Gavre, seigneur de Lens), 769
Lens en Artois (62300), 301
Lens, li sires de, 284*
Leschielle en Tierasse (Leschelles 02170), 227*

Lescun, le signeur de, 462, 465, 475
Lespare, le sire de, 458, 601
Lestier (William, ou plutôt Geoffroy Lister), 827
Lestines, Moriaus de, 267*
Leusennich, messire Conrar de, 325 ; messire Conrart de, 311
Libines, Jehans de, 111
Liebrone (Libourne 33500), 476, 481
Liège, l'évêque de, 162*, 163, 182, 309, 313, 314, 334 ; Liège, l'évêque monseigneur Aoul, 185
Liegois, 314 ; Liegois, li, 313, 325
Lignach, messire Guillaume de (Guillaume de Neilhac, conseiller et chambellan de Charles VI, sénéchal de Saintonge, de Beaucaire et de Nîmes), 898, 996
Ligne, li sires de (Mikieus de), 110*, 284*
Lille (59000), 239, 240, 242, 243, 260, 262, 263, 264, 277, 301, 338, 316, 618, 621 ; en Flandres, 373 ; chemin de, 300 ; le comte de, 258, 303 (voir Gascongne), 461, 462, 464, 466, 468, 469, 471, 477, 483, 486, 489
Lille, messire Jehan de, 234 ; monseigneur Jehan de, 443, 459, 521
Lille en Gascongne (Lisle 24350), 472, 473
Limoges (87000), 342
Limoges, frères germains à monsigneur Richart de Limosin, messires Gautiers de, 306, 308
Limosin, 306 ; Limozin, 331, 447, 519, 651 ; Limozin, messires Richars de, 282, 286 ; Limozin, Gautier de, 308

Limosin (le Limousin), 734-38, 779, 888, 988, 996

Lincolle (Lincoln), l'évêque de, 156*, 180, 182, 183, 188, 192, 210, 215, 216, 227, 234, 334, 338, 426, 537*, 609, 611

Lincolle, l'evesquié de, 137

Lindehalle, les deux frères de, 459

Lindehalle, messire Jehan de, 478, 484 ; monsigneur Jehan de, 476

Lindesée, le seigneur de (Lindsay, Écosse), 978, 980

Line (King's Lynn, Norfolk), 827

Lion, Jehan (Jan Yoens, doyen à Gand des *naviers*, commerçants par eau ou bateliers ; † en 1379), 750-67, 808

Lis, le rivière dou, 261

Lis (la Lys, rivière qui prend sa source dans le département du Pas-de-Calais près de Lisbourg et entre en Flandre où, après avoir arrosé Wervik, Menin, Courtrai, Harelbeke et Deintze, elle se jette à Gand dans l'Escaut), 752-5, 759, 778, 809, 888, 890, 892-4, 896-8, 903-4, 911

Lisle, L'Isle (Lille, chef-lieu, dép. du Nord, France), 764, 768, 770, 776, 778, 804, 808, 863, 866, 871, 873-4, 890, 893, 897, 904, 937, 944, 949, 953, 955-7, 958, 971-3, 977

Loeis (de Male, comte de Flandre), 508

Loeis (le roi Hutin ; Louis X de France, dit le Hutin), 79*

Loeis, fils du comte de Flandre, 191

Loeis, le comte (de Flandre), 149, 508. Voir Flandres

Loeis, messire (d'Espagne). Voir Espagne

Loeis de Blois, le comte, fils de Jean de Hainnau, 544

Loeraingne (Lorraine), 359 ; le duc de, 213*, 236, 309*, 544, 554, 569, 572, 581, 584, 591

Lohiac, le sire de, 432, 435* ; messire Gui de, 440

Loire, le rivière de, 605

Lombars, Messires Aymeris li, 657

Lombart, 654, 658

Lonch en Pontieu (Long 80510), 559

Loncpret (Longpré-les-Corps-Saints 80510), 559

Loncvillers, li sires de, 660

Londres, 78, 156* (evesques de), 171, 182, 193, 386, 423, 426, 536, 608, 616, 617, 648, 654, 656, 669, 677

Longerem, le seigneur de, 458 ; li sires de Longuerem, 601

Long Pont (Langerbrugge, près de Gand), 810

Lore, 252 le seigneur de ; monseigneur Gerart de, 244

Lorraigne, li dus de, 579

Lorraine, le duc de (Jean, duc de Lorraine, fils de Raoul et de Marie de Blois ; mort vers la fin de 1390), 788, 794, 888, 959

Lorris, messire Lancelot de, 732-33

Los, le comte de, Thieris de Heinsberge, 111, 163, 206, 326, 667

Loth (Le Lot, rivière), 489

Louvain (Leuven ou Louvain ; dép. Dyle ; prov. Brabant, ch.-l. arr.), 850-51, 867

Louvaing, 288, 325 ; Louvaing, le château de, 202

Louviers (Eure 27400), 553

Louvion en Tierasse (Le Nouvion-en-Thiérache 02170), 228

Index des noms de personnes et de lieux 1219

Louvre à Paris, le, 454 ; dalés Paris, la tour dou, 364, 384

Lucembourc, Jehan de (fils du comte de Couversan), 993

Lucembourc, Waleran de (comte de Saint-Pol), 729

Lucembourc (Luxembourg), 851

Lucembour, Wincelin de Boësme, duc de (voir **Brabant**, Wincelin)

Lusebonne (Lisbonne, Portugal), 830, 845-47

Lusi, le sire de, 168*

Lussembourc, le conté de, 579 ; Lussembourch, Henri de, 146* ; l'empereour Henri de, 578 ; messires Charles de, 578*. Voir aussi Behagne ; Lussemboursins, 314, 544

Lussi, li sires de, 537 ; messires Estievenes de, 524

Luzegnon (Lusignan 86600), 601 ; Luzegnon, monsigneur Huge du, 178

Luzi, li sires de, 571

Lyon, Aymon, écuyer, 471

Lyon, l'évêque de, 385, 398, 402 ; l'évêque de, en Bretagne, oncle de Hervi de Léon, 388 ; Gui de, 396 ; oncle de Hervi de Lyon, 394 ; Lyon, messire Hervé de, 362, 392, 431, 433, 435*, 437, 440, 444* ; Hervis de, 457 ; monsigneur Hervi de, 342*, 351, 363, 385, 394, 398, 410, 438, 446, 460

Lyon, neveu de l'évêque, 388*

M

Machabiens, 76

Magdelainne, la (le 22 juillet), 208, 298

Mahaut, madame (Mathilde, princesse anglaise, sœur d'Édouard de Woodstock), 730

Mahieu, Estiévenart (Étienne, frère de Ghisebrecht), 754, 759

Mahieu, Ghisebrecht (Gilbert Mahieu, Mayhu ou Mayhuu, échevin à Gand en 1377 ; son frère Gilles l'ayant été en 1376), 751-53, 757, 759-62, 852

Mailli, le sire de (Gilles VI de Mailly ; † vers 1393), 898

Maillières le Viconte (Mâlay-le-Vicomte, Yonne, arr. de Sens), 785

Maing (59233), 272, 276

Mainne, 447

Maiogres (Majorque), le roi de, 177

Maisières, Maître Pierre de, clerc en droit, et maître en Parlement à Paris, 152

Malain, Gérard de, châtelain, 401, 408, 409 ; écuyer, 393*, 411 ; Renier de, frère de Gérard, 409, 411

Malatrait, le signeur de, 456 ; le sire de et son fils, 453 ; Malatrait, messire Henri de, 453 ; messire Jean de, 449 ; messire Joffroi de, 385, 403, 440 ; messire Joffroi de, capitaine de Vannes pour la comtesse, 393 ; monsigneur Joffroi de, 351 ; Malatret, monsigneur Joffroi de, 404

Male (château fort, résidence de prédilection de Louis de Flandre ; voir aussi Malle), 763-64, 811, 868, 873

Malemaison, le, 248*, 279, 280

Malemort, Robert de, 469

Malestrait, messire Jehan de (Jean de Malestroit, sire ou vicomte de Combourg), 897, 904

1220 *Index des noms de personnes et de lieux*

Malignes (Malines, Belgique), 209, 214 ; la bonne ville de, 667

Malines (Mechelen ou Malines, dép. Deux-Nèthes ; prov. Anvers, arr. Malines, Belgique), 831

Malle (château fort près de Bruges ; résidence préférée du comte de Flandre, Louis de Male), 727, 760. Voir aussi Male

Mamines, le Galois de (peut-être Jean de Masmines, frère de Philippe), 776, 778

Mamines, messire Phelippes de (Ph. de Masmines, bailli de Termonde), 776, 972

Manne, le seigneur de, 459 ; li sires de, 538, 571

Manni (59176), 278 ; li gentilz sires de, 641 ; messire Gautier de, 172, 173, 210, 218, 225, 234, 246, 294, 396, 397, 398, 400, 404, 407, 410, 412, 418, 428, 433, 436, 465, 476, 490, 491, 494, 496, 497, 498, 500, 503, 530, 531, 597, 598, 599, 637, 640, 645, 658, 661 ; monseigneur Gautier de, 193, 386*, 408, 416, 419, 440, 441, 443, 459, 462, 463, 464, 478, 480, 482, 486, 521, 532, 594, 596, 639, 644, 646, 656, 660, 662 ; Gilles de, dit « Grignart », frère de Gautier, 212 ; le Borgne de (père de Gautier), 497 ; le seigneur de, 473, 506, 647, 659 ; les deux frères de (Jean et Thierri), 247 ; Manni (lieu), 204 ; messire Grignart de (voir Grignart), 246 ; un damoisiel, que on clamoit Watelet de, 140*

Mansart. Voir Esne ; cousin monsigneur Gautier de Manny, 600

Mansion, messire, chevalier de Lombardie, 399 ; monsigneur, chevalier, 400

Mantes (Yvelines, 78200), 553

Marant, chastiel de (Marans 17230), 601

Marant, 618 (marin)

Marbais, li sires de, 284*

Marbais, Loÿs de (Louis de Marbais, chassé d'Alost par les Gantois en 1381), 810

Marce, l'évêque de Liège, Aoul de le, 213 ; Marce, le comte de le, 613*, 614

Marcel, messire Guillaumes, 732-33

Marcez, Hémerigot (Aimerigot Marcel ou Marchés, routier), 735-37, 966

Marchant, Guillaume, un jeune chanoine et gascon de Cambrai, 246

Marche, le conte de la (Jean de Bourbon, fils de Jacques Ier ; † le 11 juin 1393), 793, 804, 895, 942, 974, 988, 996

Marchiennes (59870), 324* ; Marciènes, 324

Marchiet (à Gand), 509

Mare, le comte de, 612*

Mare, le comte de la (Thomas, comte de Mar ; décédé, en fait, en 1377), 828, 980

Marech (Maresches 59990), 269

Mareschal, messire Robert (Robert Tincke, dit Le Marescal ; présent à la bataille de Baesweiler ; vivait encore en 1402), 862, 866

Mareschaucées, les (prison de Marshalsea, Southwark), 823

Mareschaus, li contes, 78

Margherite (4e fille d'Édouard III), 647

Index des noms de personnes et de lieux

Marie, sainte, 645
Mariniaus, Robers, écuyer, 277
Marle (02250, à six lieues de Laon), 227*
Marlis, les (Marly 59770), 275*
Marmines, messire Guillaume de (Walrave ? de Masmines), 895
Marquelles, le seigneur de (Gérard de Marquillies, seigneur d'Herbaumez, chevalier d'Artois), 769
Marquette, près de Lille, Nord, 904, 906
Marquignie (Marquise, Pas-de-Calais, arr. de Boulogne), 781
Marselle (Marseille 13000), 177
Marsen, Rémonnet de (Raymonnet de Marsan), 837, 947
Maruel, le sire de, 248*
Mascon (Mâcon), 749
Masse, Jehan (John Massy, chevalier anglais), 781
Mastain, Gerars de, 280* ; Jehans de, 280 ; li sires de, 285*
Matefelon, li sires de, 272
Mauberfontainnes (Maubert-Fontaine 08260), 256
Maubuege (Maubeuge 59600), 258, 270
Maubuisson, sire de, 289
Maude (Maulde 59158), 317*
Maudurant (Madurant), 469*, 471
Maulevrier, li sires de, 272
Mauné, le signeur de, 156*
Maunée, la rivière de (la Mayenne), 792
Maunier, li sires de, 660
Mauny, messire Henry de (Hervé de Mauni, chevalier, seigneur de Torigni), 897
Mauron, ville de (Castelmoron-sur-Lot 47260), 502, 503, 504
Mauvoisin, le seigneur de (Gui de Mauvoisin, seigneur de Saint-André, chevalier normand), 790
Mayogres, le roy de, 157*
Meaulx, le vicomte de (Robert de Béthune, vicomte de Meaux), 898, 954, 998
Meaulx en Brie (Meaux, Champagne), 835, 937
Mède, 76 (médie)
Mellans, le sire de (Milan, Italie), 740
Menin (Menen ou Menin, cté Flandre, châtellenie Courtrai, ch.-l. de la verge de Menin ; dép. Lys ; prov. Flandre-Occidentale, arr. Courtrai), 890-91, 903, 958
Menreville (Merville 59660), 632
Menreville (Merville, Nord, arr. d'Hazebrouck, sur la Lys), 889
Mergate (Margate, Angleterre), 194*
Merquel, le sire de, 330*
Més, l'évêque de, 213*
Meschines (Mesen, Messines, cté Flandre ; dép. Lys ; prov. Flandre-Occidentale, arr. Ypres), 769
Messines (Belgique), 330*
Mestriel, 618 (marin)
Meulent (Meulan 78250), 553
Meulle (Nevele, cté Flandre, châtellenie Vieuxbourg de Gand ; dép. Escaut ; prov. Flandre-Orientale, arr. Gand ; site de la défaite des Gantois aux mains de Louis de Male), 812
Micaille, Gauvain (Gauvain Michaille, écuyer de l'hôtel du duc de Bourbon), 786
Miefuille, Raoul (fils du seigneur de M.), 781
Miés, l'evesque de, 309
Mikieus de Ligne, 94
Milles (capitaine de Champtoceaux), 359

Milli, le Borgne de, 528*
Milli en Biauvoisis (Milly-sur-Thérain 60112), 556,
Millinde, la (Mile End, quartier de l'est de Londres), 824
Mirabiel (86110) (Mirebeau-en-Poitou, Vienne, arr. Poitiers), 506, 605* ; Mirambeau (17150)
Miraumont (Somme, arr. de Péronne), 782
Miremont (Miramont de Guyenne 47800), 504 ; le château de, 519, 520
Mirepois, Mirepoix (SHF, III, xxci, N1), 497
Mirepois, le maréchal de, 248*, 271 ; sire de, 268*, 464
Misse et d'Eurient, le marquis de, 210, 214, 217, 285, 297, 301 ; Misse, le marquis de, 233
Monchiaus, messires Rasses de, 315 ; Monciaus, 276* ; messires Rasses de, 313
Moncident, sire de (le seigneur de Mussidan), 713-14
Mondorp, Jehan de, escuyer, 327
Monferant, le seigneur de, 458
Monfort, la comtesse de, 400, 420
Monjoie, le, 554
Monnes. Voir Basèle, le Monne de
Mons (Belgique) en Haynau, 215, 245, 251, 252, 253, 257, 277, 283 ; une fête à, 337
Mons, le châtelain de. Voir Haverech ; Mons, le comte de, 214, 233, 240 ; le comte des, 217, 230, 285, 297, 301, 667
Mons, le duc des (Thierri, comte de Berg, ou des Monts), 770
Mons en Haynau, château fort, 730
Monstruel (Rue 80120), 228*, 565

Monstruel Bonin (Montreuil-Bonnin 86470), 603
Monstruel sus Mer (Montreuil 62170), 157, 590
Mont de Saint Quentin, le, 225, 226
Mont Sainte Gertrud en Hollande, 516*
Mont Saint Martin, l'abbaye de, le (02220), 220*, 221, 222, 225
Montagrée (Montagrier 24350), 469, 472
Montagut, le sire de, 330* ; messire Guillaume de, ensuite comte de Salisberry (Salisbury), 172, 173, 264, 460, 609 ; Voir Sallebrin ; messire Guillaume, fils de la sœur du comte de Sallebrin, 374, 376, 377, 378 ; monsigneur Jehan de, 659
Montais (Montay 59360), 266, 267
Montalben (Montauban 82000), 469
Montbliar, le conte de, 309*
Montbrai, le seigneur de, 443 ; Montbrai, le sire de, 117, 156, 168, 234, 537, 608, 609, 611
Montbrandon, le sire de, 469, 471
Montebourch (Montebourg 50310), 541
Montegni (Montigny-en-Gohelle 62640 ?), 278* ; li sires de, 94, 284 ; Montegni, signeur de (Jehans de) 110*, 270
Montenai, 590*
Montfaucon, monsigneur Gerart de, 299
Montferrant, le marquis de, 749
Montfort, Jehan de, fils de la comtesse, 386, 454 ; la comtesse de, 365, 385, 387, 388, 394, 412, 422, 423, 425, 427, 428, 429, 433, 436, 438, 440,

Index des noms de personnes et de lieux 1223

451, 452, 454, 460, 625, 626, 629 ; le comte de, 339, 340-343, 348, 352, 353, 354, 355, 356, 357, 360, 363, 364, 384, 454* ; Montfort, li Breton de, 450

Montigny, le sire de (Eustache, sire de Montigny-Saint-Christophe), 769, 832, 954, 974

Montigny, Rasse de (conseiller du comte d'Ostrevant), 769, 991

Montkuk (Montcuq), château, 462*

Montmorensi, le seigneur de, 519 ; le sire de, 84, 327*, 328, 584 ; maréchal de France, 447 ; messire Charles de, 532 ; monsigneur Charle de, 330, 569

Montmorillon, messire Thiebaut de, 456

Montoire, la (Pas-de-Calais), 781

Montpellier (34000), 176, 177, 680

Montpensé, le conte de (et de Ventadour), 734

Montpensier delés Eaue Perse, Auvergne, 735

Montpesas (Montpezat 47360), 502

Montsach (Monsac 24440), 470

Montsaut, li sires de, 584

Montsegur (Monségur 47150), 489, 490, 491, 493

Moret, 119*, 143 ; Moret, le comte de, 169, 371*

Morfovace (Guillaume Picard, dit Morfouace, capitaine de Saint-Malo), 797

Moriaumés ! (cri de Robert de Bailluel), 314*, 315

Moriaumez, le seigneur de, 731, 974

Morillon, messire Thiebaud de, 453

Morlais, le seigneur de (Thomas de Morley, maréchal d'Irlande), 780

Mornay, Jehan de (Jean de Mornay, fils aîné de J. de Mornay et d'Isabeau de l'Isle ; chambellan du duc de Bourgogne ; vivait encore en 1385), 783

Morois en Escoce, le port de, 369 ; Morois, en Escoce, 143*

Mortagne en Poito (Mortagne-sur-Gironde 17120), 506 ; sus mer en Poito, 601

Mortagne sus Escaut (Mortagne-du-Nord 59158), 211, 239*, 247, 296, 312, 316, 317, 320, 321

Mortaigne (Mortagne-sur-l'Escaut, Nord, arr. de Valenciennes), 779

Mortemer, messires Jehans de, qui puis fu contes de le Marce, 537 ; messires Rogiers de, 138, 149, 151*

Moruel, messires Thiebaus de, 268, 271 ; monseigneur Thibaut de, 213

Motte, monsigneur Joffroi de le, 592

Moucident, li sires de (Mussidan), 601

Mourdoulcet, le Borgne de (le Borgne de Montdoucet, écuyer d'écurie et porte-bannière de Charles VI en 1382), 895

Mouret, le conte de (Jean, comte de Moray, Écosse), 828, 980

Mouret d'Escoce, le comte, 384 ; li jones contes de, 304 ; le comte de, 371, 372, 383, 613, 614, 616, 650

Mourmail, le forest de, 270*

Moutbrai, li sires de, 669

Mouton, Jehan (John Newton, capitaine de la ville de Rochester et gardien du château fort), 821-22

Muchident, le sire de (Mussidan), 458

Muelle, messire Gossuin de (de le Muele), 110, 234

Muleton, li sires de, 294, 538 ; Mulleton, le sire de, 235

Multon, li sires de, 538

Multonne, li sires de, 571

Murendon, le comte de, 461

Mutre, Piètre le (Pierre de Wintere, de Vintre, ou de Wittre, l'un des capitaines de Gand), 869, 873, 889, 911, 943, 960, 963, 990. Voir aussi Vuitre

Myauros (l'abbaye de Melrose, en Écosse), 828

N

Namur, 162*

Namur, le comte de, 221, 290, 297, 579 ; le comte Guillaume de, 219, 544 ; li jones contes Guillaumes de, 285* ; le conté de, 624 ; messires Robers de, 624, 625, 669, 675 ; monsigneur Robert de, 275, 671

Namur, messire Jehan de, 974, 987

Namur, messire Guillaume de (Guillaume, comte de Namur ; † oct. 1391), 793, 804, 809, 831, 959, 967-68, 974, 988, 991

Namur, Robert de (Robert de Namur, seigneur de Beaufort, sixième fils de Jean, comte de Namur et de Marie d'Artois ; patron de Froissart ; † en 1392), 809, 831, 974

Nante (Nantes 44000), Nantes, 341, 342, 343, 356, 360, 363, 384, 385, 395, 436, 440, 441, 442, 446, 447, 448, 449 ; la cité de, 353, 451, 627

Nantes, Bretagne, 773, 786, 792-93, 795-96

Naples, royaume de, cité de, 743-49, 838-40, 841, 985-86, 993

Naples, la reine Jeanne de, 740, 744-48, 839-40, 841, 993

Naples, le cardinal de, 176, 338

Navare, le roi de, 175, 176, 236, 310 ; le royaume de, 432 ; messire Charles, roi de, 230 ; Navare, Philippe de (appelé « Louis »), 155, 665*

Navarre, le roy de (Charles II, roi de Navarre, dit le Mauvais ; par sa mère, petit-fils de Louis X de France ; « son règne [1350-1386] n'offrit qu'une longue suite d'intrigues, de complots et de trahisons » [KL]), 719-20, 788

Navarre, Loÿs de, 746

Nave (Naves 59161), 216, 284*, 285

Neelle, messires Guis de, 635*

Nerbonne (Narbonne 11100), 177. Voir Aimeri

Neynendale, les deux frères de, messires Loeis et messires Jehans, 387

Nielle à Paris, l'ostel de, 599*

Ninivée, 75

Ninus, 75

Niorth (Niort 79000), 603

Nivelle (Nivelles, Belgique), 215

Noef Chastiel (Newcastle-upon-Tyne, Northumberland, Angleterre), 117 ; sur Thin, 167, 367*, 609, 614 ; Noef Chastiel, le, 372, 610, 616 ; qui siet sus le rivière de Thin, 371 ; le ville dou, 611 ; sus Thin, 613

Noefville, 168* ; monsigneur Jehan de, 371*, 372

Index des noms de personnes et de lieux

Noel, la fête de, 519 ; Noel, le, 452

Noés (Noé), 75

Noielle (Noyelles-sur-Mer 80860), 567

Noiiers, le signeur de, 573 ; li sires de, 271*

Noion (Noyon), 937

Noion sur Sartre (Noyen, Sarthe, arr. de la Flèche), 791

Nordvich, messires Thumas de (Norwich), 582

Nordvich, l'évêque de (Henry Despenser), 945-62

Nordwich (Norwich, Norfolk), 827

Norenton et de Clocestre, le comte de Closestre (Gloucester), le comte de, 424, 537

Norhantonne, le comte de, 571, 576, 582, 620, 637, 640, 669 ; Norhantonne (Northampton) et de Clocestre (Gloucester) le comte de, 220, 234, 424 ; ly contes de et de Clocestre, 293*

Normans, 209, 291, 295, 617 ; Normant, li, 243, 292

Normendie, 335, 422, 518 *passim*

Normendie, Jehans li dus de, 186, 236, 258, 265, 268, 269, 271, 274, 277, 285, 287, 289, 357, 358, 359, 360, 384, 449, 451, 491, 493, 500, 518, 522, 526, 527, 535, 536, 595, 597, 665 ; le duc de, 441, 442, 447, 448, 450, 507, 594, 598, 600, 630, 679 ; madame Bonne, duçoise de, 665

North (le pays du nord, Angleterre), 608*, 609*

Northantonne, le conte de (Northampton), 225

Northombrelande (Northumberland, Angleterre), 116, 170, 608 ; le marce de, 615 ; le pays de, 426 ; Northombreland, pays de, 305, 616 ; le contrée de, 609 ; le royaume de, 371 ; Northombrelant, pays de, 609

Norvèghe (Norvège), 370

Norvich, Jehan de (Norwich), 506, 525 ; capitaine d'« Angoulême », 520, 526 ; monsigneur Jehan de, 459

Nostre Dame, le jour. Voir : Purification Nostre Dame, la

Nostre Dame d'Ardenbourch, 295*

Nostre Dame de Boulongne, 83*, 138

Nostre Dame en septembre (la Nativité), 208

Nostre Dame ou Bois, 312*

Nostre Signeur, 74, 527, 587, 642, 678, 679

Nuef Chastel sur Thin, le, 608

Nuef Chastiel, le (Neufchatel), Neufchatel-Hardelot (62152), 590

Nuef Port, 622*

Nuefville (Neuville-sur-Escaut 59293), 278 ; Jehan de, 272, 372 ; le signeur de, 537, 610, 616 ; li sires de, 608, 609, 611, 669 ; messires Robers de, 532, 571 ; monsigneur Robert de, 521

Nuefville, Jehan de, sénéchal de Bordeaux, 714

Nulais, le pont de, 593*, 634*, 635, 636, 657 ; le pont et le rivière de, 659

O

Obies (59570), 269

Obies, Girart d', 730

Oedin, messire Enguerran d' (Enguerrand d'Eudin, d'Uedin ou d'Oedin, chevalier, conseiller et chambellan de Charles VI, sénéchal de Beaucaire), 896

Ohay, Hues d', 111

Oise, la rivière d', 182, 227

Oisemont (80140), 562, 564 ; Oizemont, 560

Oisi (Oisy-le-Verger 62860), le château d', 217*

Oliviers (fils d'Olivier de Cliçon), 453

Oppey, Lambers d', 111

Orchies (59310), 323* ; Orcies, 302*

Orchies, Nord, arr. de Douai, 778

Ordvich, messire Enguerran d', 893

Oregni Sainte Benoite (Origny-Sainte-Benoîte 02390), 226*

Orégny Sainte Benoite (Origny-Sainte-Benoîte, abbaye de femmes), 783

Orghilleus, Chastiel, 613*

Orkenay, le comte d' (Orkney), beau-frère de David Bruce, 370

Orliens (Orléans 45000), 519, 598 ; la cité de, 518

Orliens, li dus d' (fils puîné de Philippe VI), 630

Orliens, maître Symon d', clerc en droit et maître en Parlement à Paris, 152

Ostie, le cardinal d', 176*

Ostrevan, 217* ; pays d', 278 ; Ostrevant, 89, 281 ; le pays d', 287

Othes, messire (Dori), 429*. Voir Doriie

Ourch, l', 278*

Ourne, le rivière de, 577

Ourselée, Joffroy (chevalier anglais dans l'armée de Buckingham), 781

Oursineval, 269*

P

Pailluel, 201. Voir Alues

Paix, Charles de la (Carlo di Durazzo ou Charles de Sicile, dit de la Paix, roi de Naples), 744, 746-47, 838, 840, 842, 985, 993, 999

Paris, 265, 338, 356, 518, 539, 554, 592, 597, 598, 600

Parlement à Paris, 152

Partenai, li sires de, 523

Pasac, Gautier de (Gautier de Passac, sénéchal de Limousin en 1376, conseiller du roi en 1381 ; fait la campagne de Flandre en 1382 ; chambellan du roi de France en 1386), 816, 898

Paske, le jour de le (Pâques), 425* ; Paskes, 147, 265, 426, 427, 487 ; closes, 259, 427, 528 ; les, 412 ; Pasques, 108

Patris, le comte, 304, 306, 612

Paule, messire Gautier (Sir Walter Pavely, fils de Gautier Paveley et de Mathilde de Burghersh, héritier de Henri de Burghersh, évêque de Lincoln ; chevalier dans l'ordre de la Jarretière), 773

Pavie, Aymeris de, 649, 654, 657, 676, 678

Pécourde, messire Phelippe, chevalier anglais, 733

Pellagrue (33790), 469 ; le château de, 474

Penestre, le cardinal de, 450*

Pennebruch, le comte de (Pembroke), 235, 293, 424, 436, 450, 459, 465, 466, 468, 476, 481, 485, 487, 621 ; Pennebruc, le comte de, 425, 428, 439, 521, 532

Pennebruge, messires Richars de, 538*

Index des noms de personnes et de lieux 1227

Pennefort, les deux frères de, 405, 433, 441, 452 ; messire Henri de, 346*, 347, 348, 393, 403 ; messire Henri et messire Olivier, 385 ; messire Olivier, frère d'Henri, 348, 393, 403

Pennes en Aginois (Penne-d'Agenais 47140), 469

Pennevort, Richart de, 502

Penniel, messire Nicolle (Nicolas Paynel, chevalier français, conseiller et émissaire de Charles VI), 893

Pentecouste (la Pentecôte), 420 ; la feste de le, 630

Penthecouste, la (la Pentecôte), 720, 780

Pepin, 76 (Pépin le Bref)

Pères glorieus, li, 382

Perigueux (24000), 469, 470, 473

Péronne (Somme, ch.-l. d'arr.), 782, 887-88, 937

Peronne en Vermendois (80200), 285 ; Perronne, 219, 222 ; en Vermendois, 222, 227

Perse, 76

Persi, 609

Persi, Henry de (Henry de Percy, comte de Northumberland ; fils de Henry de Percy et de Marie de Lancaster ; mort en 1407), 818, 960, 980, 982

Persi, le seigneur de, 156*, 168*, 425, 443*, 537, 616 ; le sire de, 234, 294, 608, 609, 611, 669 ; Persi, messire Richard de, 453

Persi, Thomas de (Thomas de Percy, grand sénéchal d'Angleterre ; capitaine de Brest en 1381 ; Richard II lui donne le titre de comte de Worcester ; le 16 janvier 1398 il devient amiral d'Irlande), 781, 795, 969

Pestor, bois en Normandie, près de Cherbourg ?, 773

Pheleppe d'Engleterre (Philippa de Hainaut), madame la royne, 140, 608 ; la gentilz royne d'Engleterre, madame, 552

Phelippe, femme au roy, 665*

Phelippe VI, roi de France, 80, 191, 210, 230, 248, 330, 354, 366, 369 passim

Phelippes (Philippe IV le Beau, roi de France), 77 ; li Biaus, 79 (Philippe IV et V)

Pier, Jean (Jean ou Jan Pied, échevin batelier à Damme), 751

Pieregort (le Périgord), 470

Pieregorth, le comté de, 473

Pieregorth, le cardinal de, 176*

Pieregorth, le comte de, 304*, 465, 469, 473, 475, 477, 479, 483 ; Pieregorth, messire Rogier de, 473, 479

Pierre Ferrade, la, 720

Pikardie, 335, 422, 507, 564, 660 ; chevalier de (Picardie), 653 ; le marche de, 373 ; Pikars, 209, 291 ; Pikart, li, 243

Pikegni (Picquigny 80310), 559

Pikegni, li sires de, 271*

Pilisrre, messire Jehan, 111* (Pili[s]re), 233*

Pinac (aujourd'hui disparu), 471*

Pincornet, le signeur de, 461

Pipempois, messires Guillaumes de, 315*

Pire, le, (Belgique) 300*

Piregorch, le comte de, 461. Voir Pieregorth

Planmonde (Plymouth, port du Devon, Angleterre), 816

Plansi (Plancy, Aube, arr. d'Arcis), 784

Plaremiel (Ploërmel 56800), 403

Plasac ou **Plaisac**, Héliot de, 717-18
Pois (Poix-du-Nord 59218), 269 ; Pois, le signeur de, et ses deux filles, 557*
Poissi (78300), 554 ; Poissi les Dames, l'abbeye de, 555*
Poitiers (86000), 603, 604, 605 ; Poitiers (bataille de, 1356), 585
Poitiers, messire Aymar de, 277, 483 ; Aymer de, 248 ; monsigneur Aymart de, 299
Poitiers, messire Charles de, 469, 479
Poitiers (Poitou), 996
Poitiers, le cardinal de (Gui de Maillesec), 741
Poitiers, messire Guillaume de (G. de Poitiers, dit le bâtard de Langres ; fils de l'évêque ; vivait encore en 1391), 893, 896, 920
Poitiers, monsigneur Louis de, comte de Valence, 402*
Poito (le Poitou), 335, 384, 401, 413, 422, 425, 447, 505, 519, 567, 600, 607, 650, 680
Poito, le senescal de, 299*
Poitou, 717, 800, 872, 888, 970, 988, 996
Poix-de-Picardie (80290), 557, 558
Pol, la conversion saint (saint Paul), 105
Pons, li sires de, 523
Pont, le signeur dou, 449*
Pont à Remi (Pont-Remy 80580), 559
Pont de Fier, 262*
Pont de l'Arce, le (Eure, 27340), 553
Pontelarce, messire Gontiers de, 315*
Pontieu, 175, 591 ; le comté de, 213* ; le pays de, 562, 669 ; le comté de, 339, 523, 630 ; messires Jakemes, duc de Bourbon, 518
Pontorson, 731
Popringe (Belgique), 149* ; Popringhe, 300, 330
Popringue (Poperinghe, cté Flandre ; dép. Lys ; prov. Flandre-Occidentale, arr. Ypres), 769, 805, 810-11, 868-69, 903, 910-11, 954
Porsiien, le comte de, 265*
Port Sainte Marie, le (47130), 528*
Portebuef, messire Pierre, 443, 445 ; monsigneur Pière, chevalier, 394*, 401, 409
Portiien, le comte de, 402*
Portingal (Portugal), 817-18, 836, 843, 845, 846-49, 981, 993
Portingal, Ferrant de (Ferdinand, roi de Portugal de 1367 à 1383), 815, 830, 836, 843-45, 846-49, 943
Posterne, à la (nom d'une des résidences du comte de Flandre), 775. Voir aussi Poterne, La
Potelles, le sire de, 94, 279 ; Potielles, le seigneur de, 249, 258, 280
Poterne, La (palais du comte de Flandre à Gand), 727
Poumiers, messire Ammenion de (Aimenion ou Amanieu de Pommiers, chevalier français qui, à Rozebeke, fut l'un des chevaliers chargés de garder le frein de Charles VI), 893
Pourcelet, 303*
Prés, messire Bertrand des, 469 ; capitaine de Pellagrue, 475
Presiel (Préseau 59990), 269
Preus, 269*
Priant, 76

Index des noms de personnes et de lieux 1229

Prouvence, 493, 501, 519
Prouvi (Prouvy 59121), 273, 276
Pruilli (Poillé, Sarthe, arr. de la Flèche), 791
Pruniau, Jehan (Jean Pruneel, capitaine de Gand), 767
Prusce (Prusse), 351* ; voiage de, 624 ; Prusse, 549
Puille (Pouille, Italie), 744-45, 747, 791, 838-41, 985-86, 993, 999
Puissances, le sire de (Puisances), 898
Pumiers, le seigneur de, 458 ; li sires de, 601
Purification, le jour de la, 527 ; Purification Nostre Dame, la, 526

Q

Quadudal, Garnier, sires de, 628 ; Quadudal, messire Guillaume de, 385, 387 ; monsigneur Guillaume de, 405, 433, 452
Quantonne, monsigneur Robert de, 459
Quarentin (Carentan 50500), 542
Quarmaing, le comte de, 464, 469, 477, 483 ; le vicomte de, 479, 483. Voir Carmaing
Quarquefoure (Carquefou 44470), 361*
Quatre Mestiers, les (les Quatre-Métiers, région située au nord de Gand et comprenant les métiers d'Assenede, de Bouchaute, de Hulst et d'Axel), 809-10, 849, 852, 913, 991, 998-999
Quersin (Le Quercy), 519*
Quersin (Le Quercy), 735
Quimper Corentin (Quimper-Corentin, Quimper, Finistère, ch.-l. d'arr.), 799

Quint (le comté de Kent, Angleterre), 829
Quirich, les deux frères de, 385, 389
Quisençon, Guillaume de (Stephen de Cosyngton, chevalier anglais), 797

R

Raimes (Raismes, Belgique), 303
Raineval, messire Raoul de (Raoul de Raineval, chevalier français, conseiller et chambellan panetier de Charles VI, fils de Guillaume de Raineval), 893, 895, 973
Raineval, Waleran de, 973-4, 976, 989
Rainneval, li sires de, 268*
Rains (Reims 51100), l'eglise de Nostre Dame de, 147, 679
Rains (Reims), 783, 791, 793-4, 795, 909, 942
Rains (Reims), l'arcevesque de, 794, 976
Rambures, le sire de (André de Rambures, conseiller et chambellan de Charles VI ; † en 1405), 894
Ramesai, Alixandre de, 306 ; Ramesay, Alixandres de, 304 ; messires Alixandres de, 612
Randerodène et Ernouls ses filz, 325*, 326 ; Randerodène, le signeur de, 328 ; le sire de, 327 ; messire Ernoul de, 329
Rasse, royaume de, 175*
Régny, Hugues de (Hugues de Rigni ou Rigny, chevalier bourguignon tué à Termonde), 771
Relenges, 245 (KL, XXV, 223) ; Relenghes, 245

1230 *Index des noms de personnes et de lieux*

Renault et Edowart, 79* (de Guerle)

Renault, monsigneur, fils du chastelain de Guingamp. Voir Gingant, le chastellain de

Rennes (35000), 346, 347, 348, 365, 385, 387, 388, 392, 407, 412, 413, 433, 436*, 438, 439, 441, 446, 448, 450

Renti, monsigneur Oudart de, 657* ; messire Oudars de, 618*

Ribeumont (Ribemont-sur-Ancre 80113), 222, 227

Ribeumont, messires Eustasses de, 635 ; Ustasses de, 636, 664* ; monsigneur Ustasse de, 619, 655, 659, 660, 661, 663

Ricement, Jehans, contes de, 669 ; Ricemont (Voir Artois, Robert d'), 294 ; Ricemont, le comté de, 167, 676

Richart, le roy (Richard II d'Angleterre, † 1399), 729-30, 772-4, 780, 817, 822, 824, 829, 838, 878, 882, 945, 947-9, 960, 990, 1000

Rie (Rye, Angleterre), 244, 676

Riès, le Pont à (Pont-à-Rieux, Belgique), 300*

Riolle, la (La Réole 33190), 467 ; la ville de la, 469, 473, 487, 492 ; le, 493, 494, 487, 495, 496, 499 ; le chastiel de le, 501

Rion, sire Guillaume de (maire de Saint-Jean-d'Angély), 602

Robers. Voir Robers, roi de Sesille, 297*

Robers Bruce, 166 ; Robers de Brus, 78, 143 ; Robert d'Escoce, 165

Robers d'Artois, 84*. Voir Artois

Robers de Bailluel, 94

Robersart, Jehans de, 267

Robersart, le chanoine de (Thierri, dit le chanoine de Robersart, seigneur d'Escaillon ; capitaine d'Ardres en 1371 ; chevalier au service de Richard II d'Angleterre), 730, 818, 836-37, 843-45

Robert, la porte (porte à Cambrai), 218

Roce Bernart (La Roche-Bernard 56130), 433

Roce Deurien, la (Roche-Derrien 22450), 626 ; Deurient, 627, 629, 649

Roce Millon, le, chastiel (Meihan-sur-Garonne 47180), 488, 489

Roce Periot, le, 350*, 394, 407, 408 ; Rocheperiot, 394, 433

Roce Tison, le signeur de, 456 ; le sire de, 453

Rocefort, le sire de, 331* ; monseigneur Gerard de, 420, 422

Rocelle (La Rochelle 17000), 425, 432, 519, 567, 601

Rocestre (Rochester, comté de Kent, au sud-est de Londres), 821

Rochefort, le seigneur de (Gui de Rochefort, seigneur de Henleix), 731, 772, 780, 798, 803

Rochewart, monseigneur Guillaume de, 505*

Roclève, monsigneur Richart de, 459, 521

Rodais (Rodez 12000), le cité de, 519

Rodemach, le sire de, 314*

Rodes, l'île de, 178

Rodes, messire Jean de, 110, 191, 195, 196, 234

Rodes, maison de l'Ospitalier de (St. John, Clerkenwell. Église des Hospitaliers à Londres), 823

Rodes, Thomas de (Thomas de Rhodes ?, chevalier allemand tué au siège de Nantes), 797

Index des noms de personnes et de lieux 1231

Roem (Rouen 76000), 546, 553, 587 ; li arcevesques de, 588

Roem, le vicomte de, 358* ; Rohem, le vicomte de, 398, 402

Roerge (Rouergue), 519, 533

Roergue (Rouergue), 735, 888, 966, 996

Rogier de Mortemer, 83. Voir Mortemer

Rogiers, messires, oncle du comte de Pieregorth, 483

Rohem, le vicomte de ; Rohen, le vicomte de (Jean Ier, vicomte de Rohan), 393, 398

Rohen, le vicomte de (Jean Ier, vicomte de Rohan ; mort en 1395), 731, 798, 800, 898

Roie, le seigneur de, 213 ; li sires de, 447, 519 ; messires Mahieus de, 260*

Roisin, li sires de, 285*

Roleboise (Rolleboise 78270), 553

Rommain (Romains), 76

Romme (Rome), 76

Roos, le sire de, 609

Roquebertin d'Arragon, le vicomte de, 721, 748

Ros, le sire de, 168, 234, 425, 443, 537, 571, 608, 669

Rosebecque, **Rosebèque** (Rozebeke, ou plus proprement Westrozebeke, cté Flandre ; dép. Lys ; prov. Flandre-Occidentale, arr. Roulers), 912-16, 919-20, 925, 927-28, 932, 935, 957

Rosebourc (Roxburgh, Écosse), 173, 366 ; Rosebourch, 305, 370, 607*, 609 ; le chastiel de, 616

Rosebourc (Roxburgh, Écosse), 828, 978, 981

Roselar, le sire de Rotselaer, 233*

Rosem, le seigneur de, 714

Rosem, li sires de, 601*

Rosers (Roeselare ou Roulers, cté Flandre ; dép. Lys ; prov. Flandre-Occidentale, ch.-l. arr.), 913

Rosne (cté Flandre ; Flandre-Orientale), 771

Rougemont, le seigneur de (Thibaut de Rougemont, fils d'Humbert ; mort en 1406), 784

Roullers (Roulers ou Roeselare), 805-806. Voir aussi Rosers

Roussi, le comte de, 236*, 265*

Rouvegni, 276*

Rouvroi, li Borgnes de, 271

Roye, le sire de (Jean de Roye, seigneur d'Aunoy et du Plessier ; mort en 1396 à Nicopolis), 784, 897, 954

Roye, messire Tristram de (Matthieu, dit Tristan de Roye, troisième fils de Matthieu, dit Flament de Roye et de Jeanne de Chérisy ; † en 1386), 848

Royne d'Engleterre, la bonne, 611. Voir Phelippa

Rue (80120), 565. Voir Monstruel

Ruet (Rœulx 59172), 278

Ruet, le Borgne de (le Borgne de Ruet ou Roët ?), 895

Ruplemonde (Rupelmonde, cté Flandre, vicomté Gand, châtellenie Pays de Waas ; dép. Escaut ; prov. Flandre-Orientale, arr. Saint-Nicolas), 764

S

Saine (la Seine), 785, 791, 937

Sainne, le rivière de, 554

Saint Albons (St. Albans, Hertfordshire, Angleterre), 827

1232 *Index des noms de personnes et de lieux*

Saint Amand (Saint-Amand-les-Eaux 59230), 248, 302, 303, 317*, 320, 321, 323* ; la ville de Le Lieu, 278

Saint Andrieu, l'abbeye de, 461 ; Saint Andrieu, li evesques de, 613*

Saint Andrieu, la fête, 367

Saint Aubin, li sires de, 571

Saint Aymon, l'abbaye (abbaye de Bury St. Edmunds), 95*

Saint Clo (Saint-Cloud 92210), 554

Saint Denis (97400), 554, 558 ; l'abbeye de, 679

Saint Digier, Jean de, écuyer, 218*

Saint Dimenche, 720

Saint Esperit de Rue (Rue 80120), 567

Saint Estievene, abbaye à Caen (abbaye de Saint-Étienne), 546

Saint Flour (Saint-Flour, Auvergne), 735-36

Saint Germain en Laie (Saint-Germain-en-Laye 78100), 554

Saint Gille, 209

Saint Gorge, le jour, 454, 455, 463

Saint Goubain (Saint-Gobain 02410), 227*

Saint Hilaire, Boulart de (Bouchard de Saint-Hilaire, chevalier du Hainaut, appellé ailleurs Vital de S.-H.), 782, 891

Saint Jakeme de Galisse (Saint-Jacques-de-Compostelle), 496, 497

Saint Jehan (l'ordre de), 178

Saint Jehan (Saint-Jean-Breveley, Morbihan, arr. de Ploërmel), 799

Saint Jehan Baptiste, le (24 juin), 383, 508 ; le vegille, 290, 294 ; le Saint Jehan decolasse, 646 ; Saint Jehan, la, 208 ; Saint Jehan, le jour, 295

Saint Jehan en Escoce (St. Johnstone, Perthshire, Écosse), 305, 369 ; la cité de, 370 (en Scoce), 168 ; Saint Jehanston, 608

Saint Jehan sus Taye en Escoce (Perth), 607*

Saint Jehan l'Angelier, 717

Saint Jehan l'Angelier (Saint-Jean-d'Angély 17400), 602, 603, 605, 680 ; le ville de, 602

Saint Jehanston (St. Johnstone, Écosse), 979

Saint Jorge, 428

Saint Jorge, le jour, 458

Saint Jorge ou dit chastiel de Windesore, une chapelle, 454

Saint Josse, le ville de (62170), 590

Saint Lambert de Liège, 71

Saint Laurens (la fête, le 10 août), 484

Saint Leu en Constentin (Saint-Lô 50000), 543, 545, 546

Saint Lusiien (Voir SHF, III, xli, n2), 556

Saint Mahieu de Fine Poterne, 404*

Saint Malo de l'Isle, 731

Saint Martin, l'abbé de (Jean Galet, abbé de Saint-Martin de Tournai de 1367 à 1387), 771

Saint Martin, abbaye de, 935

Saint Martin, messire Gonsiaux de, 998

Saint Martin (porte de Tournai), 300*

Saint Martin en hyvier, 194* ; la fête de, 206*

Saint Maximiien, le bourch de, 603

Saint Michiel, la (29 septembre), Saint Mikiel, 366 ; le, 513

Saint Nicolay, l'abbeye, 300

Saint Omer (62500), 187, 296, 330,

Index des noms de personnes et de lieux

593, 632, 638, 649, 653, 654, 656, 660, 677, 678, 680

Saint Omer (Pas-de-Calais), 781, 889, 893, 950, 960-62, 969, 971

Saint Omer, le chastelain de, 975

Saint Pères, li (le pape), 139

Saint Pi, li sires de, 268

Saint Pière, l'abbeye (à Abbeville), 572

Saint Pière, sire Ustasse de, 642, 643

Saint Pol, à Londres (église), 439

Saint Pol, le comte de, 236*, 579, 584

Saint Pol, le conte de (Waleran de Luxembourg, comte de Saint-Pol, fils de Gui, comte de Ligny et de Saint-Pol ; devint en 1411 connétable de France ; mourut en 1415), 729-30, 795, 895, 935, 942, 962

Saint Pol, hostel du roy Charles de France (hôtel Saint-Pol, Paris), 791

Saint Quentin (02100), 221, 222, 227, 229, 239, 265, 266

Saint Quentin, la porte de, à Cambray, 218

Saint Quentin (Aisne, ch.-l. d'arr.), 782-83

Saint Remi, la (le 1er octobre), 420, 515, 529

Saint Rikier (80135) en Pontieu, 561, 565, 567, 572, 587

Saint Salveur le Vicomte (50390), 507, 540

Saint Saufliu, le signeur de, 328 ; le sire de, 327*

Saint Sepulcre, 624

Saint Silvier, l'abbet de, 462*

Saint Supplis (Saint-Sulpice-la-Forêt, Ille-et-Villaine, arr. de Rennes), 793

Saint Théry, abbaye de (Saint-Thierri, Marne, arr. de Reims), 794

Saint Vaast, 273* ; d'Arras, 249*

Saint Venant (62350), 296, 330, 569, 632

Saint Venant, le signeur de, 635 ; le sire de, maréchal de France, 315*, 447, 519

Saint Waleri (Saint-Valery-sur-Somme 80230), 562

Sainte Basille (Sainte-Bazeille 47180), chastiel, 487

Sainte Église, 139

Sainte Fontainne, le porte (à Tournai), 301*

Sainte Marie, le port (47130), 504

Sainte Mémoire, le seigneur de (le seigneur de Sainte-More), 780

Saintonge, 335, 384, 422, 425, 447, 519, 567, 601, 650, 680

Saintpi, li sires de (Saint Py), 660

Saintré, messires, 523*

Salbrin (Salisbury), le comte de (Guillaume de Montagut ou Montagu), 173, 423 ; Salebrin, le comte de, 156*, 234*, 243, 261*, 264, 316, 373*, 383, 384, 386, 424, 425, 428, 434, 436, 439 ; Montagut, messire Guillaume de, 450, 460

Sale, Bernart de la (Bernardon de la Salle), 748, 993

Sale dou Roy d'Engleterre, la nef de La, 675, 690 ; une nef, que on appelloit, 671

Salebrin, fort chastiel de, 373, 379 ; Salebrin, la comtesse de, madame Aelis, 424 ; Sallebrin, la comtesse de, 373, 375, 379, 382. Voir Aelis, « comtesse de Salisbury » ; Salebrin, le comté de, 373

Salebruce, le comte de, 579 ; Salebruges, li contes de, 544

Salebry, le conte de (William Montague, comte de Salisbury, chevalier de la Jarretière ;

armé chevalier en 1346, a commandé l'arrière-garde à la bataille de Poitiers (1356) ; amiral de la flotte en 1376, gouverneur de Calais en 1379 ; † le 3 juin 1397), 789, 822

Salehadin, 74

Salemon, Jehan (agent anglais demeurant à Bruges), 944

Salle la, 216, 250 ; Salle dou conte, 92* ; Salle, le (hôtel de Guillaume de Hainaut à Valenciennes), 249

Salle, messire Robert (Sir Robert Sall, chevalier de Norfolk), 827

Salle, Waleran de la, 974

Sancerre, messire Loÿs de (Louis de Sancerre, maréchal de France en 1369 ; l'un des frères d'armes de Bertrand Du Guesclin ; † en 1402 ; protecteur de Froissart), 893, 895, 897, 899, 901, 902, 937, 940, 993, 997

Sancourt, messire Guy de (Gui de Saucourt), 895

Sandrée, Soustrée, messire Jehan (John Soustrée ou Sounder, bâtard de Thomas Holland ?), 837

Sangate (Sangatte 62231), le mont de, 633* ; Sangates, le mont de, 634, 635, 636, 637, 638

Sanses de Biauriu, 94

Sansi, messire Thieleman de, 326, 329

Sansoire, le comte de (Sancerre), 236*, 265*, 569, 579

Sansses de Boussoit, 94

Santonge (Saintonge), 717

Sarrasins, 413, 496

Sars, li sires de, 285 ; Sart, messires Jakemes dou, 267

Sart, messire Jaques du, 730

Sassegnies, messires Gerars de, 258, 277

Sauch (Saulx 70240), 278

Saumes en Saumois, le comte de, 214, 217, 233, 301*, 544

Sausoir (Saulzoir 59227), 269

Sautain (Saultain 59990), 272

Sauvages Escos (les Highlands et autres régions inhabitées d'Écosse), 607*

Savoie, 501 ; Savoie, le comte de, 310*, 570 ; Savoie, messires Loeis de, 277, 630, 637 ; Savoie, monsigneur Loeis de, 310 ; frère du comte, 570

Savoiien, 213 ; Savoiiens, 570

Savoie, l'ostel de (le Savoy Palace, résidence des ducs de Lancaster à Londres), 823

Savoie, le conte de (Amédée VI, comte de ; fils d'Aymon de Savoie et de Yolande de Monteferrat ; † le 2 mars 1383), 740, 793, 839-41, 842, 957, 959, 986

Savoie, un escuier de (le bastart de Clarins), 800, 801

Scarp, la rivière de (Scarpe), 316, 317, 323 ; le pont de, 321

Sconnevort, le sire de, 233 ; messire Renaul de, 325, 329 ; monsigneur Renault de, 328

Scotelare, Loÿs (bourgeois de Gand), 944

Scournay, le seigneur de (Arnould de Gavre, seigneur d'Escornay ; † en 1418), 769, 973, 983-84

Scouvenort, le seigneur de (Renaud de Schoonvorst, chevalier banneret, sire de Schoonvorst et de Sichen ; Froissart lui doit une partie du récit de Rozebeke ; vivait encore en 1398), 925

Index des noms de personnes et de lieux

Sébille (Séville, Espagne), 720, 816, 843-47

Seclin (59113), 301*

Segni le Grant (Signy-l'Abbaye 08460), 256

Segni le Petit (08380), 256

Selles, le rivière de, 266*, 269, 271

Semeries (Sepmeries 59269), 272

Semeries, Perchevaus de, 110

Semiramis, 75

Sempy, le seigneur de (Jean de Sempy ou Saint-Pi, chambellan du duc de Bourgogne), 781, 893, 896-97, 901, 902, 975

Senlèces (Salesches 59218), 269*

Sens, l'archevêque de, 338*

Senselles, monsigneur Thieri de, 581

Serain, 590

Sesille (Sicile), 297. Voir Robers

Setincelée, Janequin (Janekin Stonckel, écuyer), 801

Sezille, le roi Robert de (Sicile), 238 (cousin de Philippe VI)

Simon, Adam (chevalier anglais, peut-être frère de Thomas Simond), 837

Simon, Thomas (Sir Thomas Simond, chevalier anglais), 818, 846

Sirehonde, messire Alain de, 387

Sisone (Sissonne, arr. de Laon), 783

Sograt (Castelsagrat 82400), 492

Soliers, le seigneur de (Solleriel, et le bâtard de S., son frère), 737

Sommaing, escuiers, Gilles et Thieris de, 267 ; Ostelart de, 283

Somme, la rivière de, 226, 227, 558, 559, 560, 561, 562, 566 ; Somme, le, 568

Sorges, Bernart de (chef de routiers), 749

Sorre, messire Jehan de, 315 ; messires Jehans de, 313

Sors, Remon de, Gascoing (routier et compagnon d'armes d'Aimerigot Marcel), 735

Souce, messire Jehan de la, 470 ; monsigneur Jehan de la, 459, 521

Souède (Suède), 370

Souseniot (Suscini), 433*

Spontin, li sires de, 624*

Stafort, le comte de (Stafford), 659

Stanfort (Stamford, Lincolnshire), 827

Stanfort, messire Richard de, 294, 426, 438*, 441, 444, 445, 465, 476, 502, 571, 589 ; monseigneur Richard de, 156*, 481, 500 ; le baron de, 424, 451, 452, 459, 473, 494, 506, 646, 647, 669

Strates, messire Guillaumes de, 110*, 234

Strau, Jaques (Jack Straw, l'un des dirigeants des révoltés anglais de 1381), 821, 824, 826

Strave, le seigneur de, 769

Strenehus, Pierre de (Steenhuyse, p.-ê. Pierre de, fils puîné de Gérard de Steenhuyse), 778

Striquesidy, messire Mennssés (Maurice de Tréséguidi, capitaine d'Hennebont en 1378, et de Paris en 1380), 893

Struvelin (Sterling, Écosse), 78, 168, 305, 366, 370, 608

Sufforch (Suffolk), le comte de, 196, 225, 234, 243, 261*, 264, 316, 373, 424, 425, 436, 537, 543, 669 ; Sufforc, 220

Sulli, le sire de, 447*, 519, 538

Sully, le sire de (Louis, sire de

1236 *Index des noms de personnes et de lieux*

Sully ; mort vers la fin de 1381), 893, 973-74, 976
Surgières, 601
Surgières, li sires de, 273*
Surgières, Jacques de, 717
Surie, messires Jehans de, 592 ; monsigneur Jehan de, 647
Surlant (Sutherland, Écosse), le comte de, 304*, 612*
Suseniot (Sucinio, château situé à Sarzeau, Morbihan, arr. de Vannes), 799

T

Table Reonde, la noble (la Table Ronde légendaire du roi Arthur), 454
Taillebot, le sire de (Richard, fils de Richard Talbot et d'Élisabeth Comyn ; † le 24 avril 1387), 837
Taillebourch (17350), 601
Tamise, havene de, 290 ; Tamise, le, 193 ; le rivière de le, 83, 536
Tankarville, le comte de, 158*, 518, 523, 535, 539, 547*, 548, 549, 552
Taride, le signeur de, 461*, 465 ; le sire de, 484*
Tarste, messires Aymeris de, 601
Tart-Venus, les (nom donné à certaines compagnies de routiers, dont celle de Sir John Hawkwood), 748
Tassars, Ghines, Thassart de, 626. Voir Ghines
Tassem d'Alemaigne, le duc de (le duc de Tesschen), 817
Tenremonde (Termonde ou Dendermonde, cté Flandre ; dép. Escaut ; prov. Flandre-Orientale, ch.-l. arr.), 764, 770-71, 777, 810, 833, 849, 884, 890, 913, 944
Tenremonde (Termonde, Belgique), 513*
Teste d'Or (auberge à Tournai), 935
Teste d'Or, messire Jean (Jean Tête-d'or, chevalier allemand de l'hôtel du roi de Portugal), 847
Teste Noire, messire Joffroy (Geoffroi Tête-Noire, capitaine-routier célèbre), 734-735
Tezeus (Thésée), 76*
Thérouenne (Thérouanne, Pas-de-Calais, arr. de Saint-Omer), 739, 781
Thians, 276* ; Bridoulz de, 267* ; Jakelos de, 326 ; écuyer, 327
Thin, rivière de (La Tyne, Angleterre), 117, 141, 305, 371, 373
Thonins (Tonneins 47400), 505, 528
Thorout (Torhout, cté Flandre ; dép. Lys ; prov. Flandre-Occidentale, arr. Bruges), 768, 805, 806, 910, 931
Thory en Beausse (Toury, Eure-et-Loir, arr. Chartres), 786
Thouars, le sire de, 717
Thouars, messire Régnaut de (Renaud de Thouars, seigneur de Pouzauges), 898. Voir aussi Touars
Thoulouse (Toulouse 31000), 259, 469, 478, 492, 519, 531, 533 ; l'archévêché de, 475 ; la cité de, 501 ; le sénéchal de, 469
Thumas de La[n]castre, 81, 82*
Thun l'Evesque, 212* (le château de), 246, 247, 277, 281, 284 (le fort chastiel de), 281, 283, 286, 294, 295, 306
Ticiel, Hugues (Hugues Tyrrel,

Index des noms de personnes et de lieux 1237

capitaine, en 1374, du château d'Auray en Bretagne, et garde du château fort de Carisbrooke, île de Wight, en 1377), 797

Tierasse (la Thiérache), 226, 227*, 228, 244, 245 ; (le bois qu'on dist de), 253, 258 (pays de)

Tierenois (Le Ternois), 593*

Tieruane (Thérouanne 62129), 632, 680

Tieule (Tivoli, près de Rome), 738

Tigri, messire Yewain de, 385

Tigri, messire Yves de, 389 ; monsigneur Yvon de, 351*, 405, 433, 436, 441 ; Tigueri, 395, 396, 397

Tillier, Wat (Wat ou Walter Tyler, porte-parole des révoltés anglais en 1381), 821

Tombi, messires Estievenes de, 521 ; monseigneur Estievene de, 481. Voir aussi Tonrbi

Tonrbi, messire Estievene de, 459, 476

Touars, Régnault de (Renaud de Thouars, seigneur de Pouzauges (« sire de Puissance » ou de « Poussances ») en Vendée, 800

Toudou, 402

Tour, messire Godefroy de la (Godefroi van den Torre ou de la Tour, dit des Prés, grand rentier de Brabant en 1372), 810

Tourielle, à le (pont), 273

Tourielle à Gogue, le, 275*

Tournay (Tournai) 239, 242, 247, 260, 287, 288, 296, 298, 299, 300, 301, 302, 304, 305, 309, 310, 311, 313, 316, 321, 324, 330, 333, 336, 338, 365, 366, 425, 497, 634 ; le cité de, 340

Tournay (Tournai, Wallonie ; dép. Jémappes ; prov. Hainaut, ch.-l. arr. ; dioc. Tournai), 893, 911, 933-36, 943, 950, 966, 970, 983

Tournay, l'evesque de, 976

Tournehem, Pas-de-Calais, 781

Tournemine, le sire de, 432, 435*, 440

Tournesis (pays qui environne Tournai), 247 ; pays de, 261

Toussains, la (1er novembre), 364*, 420, 617

Touwars, le viscomte de, 331*

Tramesaines, le roy de (Abou-Hammou Mouça II, roi de Tlemcen [1359-1386]), 848

Trasegnies, li sires de, 285*

Trémoïlle, le seigneur de (Gui de la Trémoille), 784, 794, 874, 938, 976, 988

Trémoïlle, messire Guillaume de, 975

Trémoïlle, messire Jaques de, 983

Trente, le bataille des, 652*

Tressin (59152), le pont à, 311, 313 ; le pont de, 325, 326

Tret (Utrecht), 206

Trie, le maréchal de (Mahieu de), 229* ; messires Mahieus de, 261*, 268 ; monsigneur Mahieu de, 265, 299

Trief, li enfant de Le, 191* ; Trief, messire Gille de le, 195

Trinité (abbaye à Caen), 546

Trisson, Gilles du (Gilles du Trisson), 832

Trit (Trith-Saint-Léger 59125), 272, 273 ; le pont à, 274 ; li ville de, 274, 276 ; Tritt, 272

Trivés, messire Thomas (Sir Thomas Trivet, chevalier anglais), 719, 774, 782, 961

Troies (Troyes 10000), 76 ; en Campagne, 570

Trois Rois, le jour des, 106*

Troncy, le sire de, 732

Troyel, Hugues (seigneur ayant accompagné Buckingham en France en 1380), 781

Troyes, Champagne, 784-85, 942

Tueton, messires Loeis, 571

Tupegni, le sire de, 231, 232

U

Uef, le chastel de l' (le château de l'Œuf ou Castel dell'Ovo à Naples ; château fort qui depuis le temps de Virgile est censé reposer sur un œuf), 746, 840-42

Uintiel, le rivière d' (La Rhonelle), 269*. Voir Wintiel

Urbain (Barthélemy Prignano, archevêque de Bari, élu pape sous le nom d'Urbain VI), 737-42, 747-9, 840, 881, 936, 945-6, 948, 850-1

Urcol (Rothbury, Northumberland, Angleterre : KL, XXV, 250-1), 609

Uttrec (Utrecht), 515

V

Val de Josse (Badajoz, Espagne), 846-47

Valencenoise, le porte, 300*

Valenchiènes (59300), 138, 139, 190, 192, 212, 267, 271, 272, 273, 274, 276, 278, 295, 303, 316, 320, 515 ; Valencièenes, 180, 183, 184, 283, 285, 339, 599 ; Valenchiennes, 268 ; Valenciennes, 77, 188 ; en Haynau, 499

Valenchiènes, Jehan Bernir de, 272*

Valenciennes (Valenciennes, Nord ; Hainaut ; lieu de naissance de Froissart), 741, 870

Valentinois, le comte de, 236*, 461, 630 ; frère d'Aymar de Poitiers, 483

Vallans (Vallant-Saint-Georges, Aube, arr. d'Arcis), 785

Vallois, madame Jehane de, 190, 335 ; Jehane de, 276 ; sœur au roy de France et mère au comte Guillaume de Hainau, 333 ; Valois, Philippe de, roi, 80 *passim*

Valoigne (Valognes 50700), 541*

Valon (Vallon Allier, arr. de Montluçon), 736-37

Valongne (Valognes, Normandie), 732

Varneston (Warneton, dép. du Nord), 889, 893, 903, 904

Vaucelles, l'abbeye de, 221*

Vaucelles, abbaye de (Vaucelles-sur-l'Escaut, près de Crèvecœur, à deux lieues de Cambrai ; importante abbaye cistercienne), 782

Vaus desous Laon, 227*

Vauselare, le sire de, 233*

Vauselare, Piètre (Pieter Wanselaere, capitaine d'Ypres), 908

Vavrin, le sire de (Pierre de Wavrin, chevalier banneret ; tué en 1382 à Rozebeke), 925

Vendegies ou Bos (Vendegies-au-Bois 59218), 269*

Vendegies sus Escallon (Vendegies-sur-Écaillon 59213), 269*

Vendome, le comte de, 236*, 447, 518

Vendosme, 790

Vendosme, le conte de (Bouchard VII, comte de Vendôme, fils de Jean VI et de Jeanne de Ponthieu ; lieutenant du roi de France en Languedoc ; † en 1400 ?), 841

Venissiiens (les Vénitiens), 178

Index des noms de personnes et de lieux 1239

Vennes (Vannes 56000), 350, 393, 394, 403, 412, 431, 433, 434, 436, 437, 439*, 440, 441, 443, 445, 446, 448, 449, 451 ; la cité de, 625

Vennes (Vannes, Bretagne), 773, 799-803

Venoue, messire Stramen de, 325

Ventadour, château fort (Corrèze, commune de Moustier-Ventadour), 734-45, 779

Ventie, le (Laventie, 62840), 632

Vergi, le seigneur de (Jean de Vergy, † en 1418), 784

Vergnettes, Jehan de (Jean de Bergeuettes, capitaine du château de Watteville en 1368 et 1377), 815

Vermans, l'abbaye de, 226*

Vermendois, 89, 218, 219, 225, 281 ; Vermendois, le grand bailli de, 252

Versi, messires Robers de, 304*, 613 ; monsigneur Robert de, 368

Vertain, 269* ; Vertain, li sires de, 267*

Vertain, Eustache de (seigneur ayant accompagné Buckingham en France en 1380), 730, 781-82, 800, 801, 897

Vertain, Fiérabras de (Gautier, bâtard de Vertaing, † en 1410), 782

Vertain, messire Loÿs de, 782

Vertigneul, 269*

Vertus, le comte de (titre accordé par le roi Charles V à Galéas Visconti, devenu époux d'une princesse française), 749, 994

Vertus (Vertus, Marne, arr. de Châlons), 784

Vesi, Thomas (Thomas de Versy ?), 781

Vexin, le pays de, 566*

Viane, le dauphinet de, 501

Viane, messires Jehans de, 592*, 593, 638, 639, 641, 642, 648 ; monsigneur Jehan de, 632, 640, 641, 643, 644, 647

Vicogne, l'abbeye de (Vicoigne), 303* ; 320 (Vicongne)*

Vienne, daufiné de, 839

Vienne, Guillaume de, 989

Vienne, Jaques de, 989

Vienne, messire Jehan de (Jean de Vienne, maréchal de Bourgogne et amiral de France), 784-5, 874, 893, 896, 920-1, 923, 938, 973, 976, 988-9

Vilaines, le Bègue de (le Bègue de Villaines, capitaine de Meaux en 1360, sénéchal de Carcassonne en 1361 ; chambellan du duc de Normandie en 1362 ; créé comte de Ribadeo en 1374 par Enrico de Transtamare ; chambellan de Charles VI de 1380 à 1391), 815, 895-96

Vilaines, Pierre de (fils du Bègue de Villaines), 815

Villains, messire Hector, 110, 234

Villains, messire Jehan de (Jean Vilain, fils aîné de Jean Vilain, seigneur de Bouchoute et de Marie de Malstede ; seigneur de Saint-Jean-Steene et avoué de Tamise ; recevait une pension du roi d'Angleterre en 1379 et en 1382), 853

Villars, le sire de, 248, 277

Ville Nove dehors Avignon (Villeneuve-lès-Avignon 30400), 175

Ville Vicieuse (Villa Viçosa, prov. d'Alentejo, Portugal, près de la frontière d'Espagne), 836

Villefrance en Aginois (Villefranche-du-Queyran 47160), 504, 520, 521, 522

Villemur, le comte de, 477, 483 ; li viscontes de, 304*, 461, 465, 469

1240 *Index des noms de personnes et de lieux*

Villers, Anthones de, 527
Villers en le Cauchie (Villers-en-Cauchies 59188), 269
Villers, monsigneur Polle, 272*
Villers, le seigneur de (Villers, proche du Quesnoy ?), 769
Villers, messire Pierre de, 923. Voir aussi Villiers
Villers, messire Sauvage de, 979
Villevort (Vilvorde, Belgique), 296 ; Vilvort (Villevort), 208, 296, 297, 298
Villiers, messire Pierre de (Pierre de Villiers, premier maître d'hôtel de Charles VI ; porta l'oriflamme à Rozebeke), 895
Visconti, messire Barnabo (Barnabo ou Bernabó Visconti, seigneur de Milan, oncle de Giangaleazzo), 839, 994-95
Visconti, messire Galéas de (Giangaleazzo Visconti, comte de Vertus, puis duc de Milan ; fils de Galéas II, seigneur de Milan, et de Blanche de Savoie ; succéda à Bernabó ; † le 3 septembre 1402), 839, 994
Vismeu (le Vimeu), le pays de, 560*, 562, 566*
Vitrone (Wizernes, Pas-de-Calais, arr. de Saint-Omer), 781
Vivonne, Hue de (Hugues de Vivonne), 717
Vos, Jehan de, 944
Vos, Loÿs de (Louis de Vos, bourgeois de Gand et chevalier), 880, 944, 952
Vredun (Verdun 55100), l'evesque de, 309*
Vrenon (Vernon 27200), 553
Vrenuel (Verneuil 27130), 553
Vrevins, le seigneur de, 252. Voir Beaumont, 244 ; le sire de, 255
Vuitre, Piètre le (Pierre ou Pieter de Wint ou Winter, citoyen de Gand), 805. Voir aussi Mutre

W

Wafflars, messires, 263
Wage, messire Thomas, 98 ; monsigneur Thumas, 156
Walecourt, messires Thieris de, maréchal de Hainaut, 271* ; monseigneur Thierri de, 258 ; Wallecant, messire Thieri de, 111*, 233 ; monseigneur Thieri de, 249, 284
Walerans (capitaine de Champtoceaux), 359
Ware, le seigneur de le, 443, 571 ; le sire de le, 234, 294, 538, 659
Wargni, li sires de, 94, 257, 267, 285 ; messire Jehan de, 313, 315 ; messires Robers de, 546, 549
Wargni le Grant (59144), 272* ; Wargni le Petit, 272*
Warlain (Warlaing 59870), 278
Warnans, messires Amés de, capitaine de Marchiennes, 324*
Warneston, le (Warneton 59560), 261
Warvich, l'amiral le comte de, 156*, 235, 338, 424, 441*, 443, 537, 539, 540, 542, 543, 559, 571, 582, 669 ; connétable d'Engleterre, 220, 568 ; mareschaus le comte de, 646
Wasiers, le signeur de, 278*
Waubain (Waben 62180), 590
Waufflart, monsigneur. Voir Crois
Wavrain, le seigneur de, 278*
Werchin, chastiel de, 269*, 274
Werchin, messires Gerars de, sénéchal de Hainaut, 258, 266, 316 ; Wercin, monseigneur Gérard, sénéchal de Guillaume de Hainaut, 249 ; seneschaus de Haynau, li sires de, 216, 284 ; messire Gérard de, 218 ; messire Gerard de, sénéchal de Hainaut, 337
Were, messires Pepins de, 658,

Index des noms de personnes et de lieux

661 ; monsigneur Pepin de, 592*, 655
Wertin (Wervik, cté de Flandre ; dép. Lys ; prov. Flandre-Occidentale, arr. Ypres), 903
Wervy (Wervik), 904, 911. Voir Wertin
Weseby, Symons de, 308
Wesmoustier, 153 (Westminster, Angleterre, à l'ouest de Londres, siège du parlement), 514
Wettevale, messires Rogiers de, 538
Wière, messire Bacho de le, 324
Wille, Richard, 489
Willebi, li sires de (Willoughby), 538*, 571
Wincenesée (Winchelsea, Angleterre), 676 ; Wincesée, 244
Windesore (Windsor, comté de Berkshire), 153, 352, 412, 427 ; le château de, 454, 455, 458
Windesore (château fort de Windsor, Berkshire), 730, 838
Windesore, Guillaume de (lieutenant d'Édouard III en Irlande [1368] ; capitaine de Cherbourg [1379] ; † en 1385), 781, 795-96, 848, 956
Windesore, Mille de (Miles de Windsor, fils de Guillaume), 818, 837, 848
Wintiel, le rivière de, 275*. Voir Vintiel
Wisan (Wissant 62179), 109, 153 ; le grosse ville de, 590 ; Wissant, 138, 140, 633
Wisque (l'île de Wight), 803
Wissant, sire Jakemes de, 643 ; sire Pières de (frère de Jacques), 643
Witem, le sire de, 233*
Witephale (Westphalie, Allemagne), 285

X

Xantonge (Saintonge), 718, 888, 970, 988
Xantonge (Saintonge), le seneschal de, 996. Voir aussi Lignach
Xersès, 76 (roi de Perse)

Y

Ymet en Gascogne, 713
Yorch, li archevesques d' (York), 609*
York, Jean de (Jan Doncker, ancien échevin de Gand), 750
Ypre (Ypres ou Ieper, cté Flandre ; dép. Lys ; prov. Flandre-Occidentale, ch.-l. arr.), 727, 767-8, 777, 805-11, 868-9, 884, 889-93, 903, 906-13, 919, 928, 936, 953-9, 975, 991
Ysabel, 79 (fille de Philippe IV)
Ysabiel (de Hainaut), 181*
Ysabiel d'Engleterre, fille au roy Edouwart, 619, 622, 665
Ysabiel, mère d'Édouard III, 339
Ysabiel, reine d'Ecoce (erreur pour Jeanne), 78*, 369
Yvuis (Iwuy 59141), 216, 285

Z

Zandvic (Sandwich, Angleterre), 244
Zelandes (Zélande, Pays-Bas), 190, 251 ; Zellandois, 300

G.T.D.-P.F.A.

Table

Avant-propos	7
Introduction générale	9
Au seuil des *Chroniques* : lire Jean Froissart	37
Principes d'édition : généralités	53

LIVRE Ier (1325-1350)

Introduction au Premier Livre	61
Premier Livre	71
Variantes du Premier Livre	681

LIVRE II (1379-1385)

Introduction au Deuxième Livre	691
Deuxième Livre	713
Variantes du Deuxième Livre	1001

ANNEXES

Cartes
— Possessions anglaises en France avant 1327 1052
— La France en 1337 1053
— La campagne d'Édouard III en Cambrésis et Thiérache (septembre-octobre 1339) 1054
— La campagne dans le Nord, décembre 1339-mai 1340 1055
— La guerre de succession bretonne, 1341-1342 1056
— L'armée anglaise dans le nord de la France (juillet-septembre 1346) 1057
— Le comte de Lancaster, Poitou-Saintonge, septembre-octobre 1346 1058
— L'invasion des Écossais, 1346 1059

— Principales garnisons en Bretagne, 1347-1355.. 1060
— Les anciens Pays-Bas au XIVe siècle.................. 1061
— Les Pays-Bas vers 1385... 1062

Tableaux généalogiques
— Les rois de France et d'Angleterre au XIVe siècle 1064
— La succession de Blois 1065
— La succession de Bretagne 1066
— Les maisons de Flandre, de Hainaut et de Brabant au XIVe siècle.. 1067
— La succession des comtes de Hainaut................. 1068
— La succession des comtes de Namur 1069
— La succession des Bourbon 1070

Chronologie 1071
— Événements racontés dans le Premier Livre (1302-1350).. 1071
— Événements racontés dans le Premier Livre à la suite du texte publié dans le présent volume (1350-1378).. 1084
— Événements racontés dans le Deuxième Livre (1379-1385).. 1095

Bibliographie 1123
Glossaire 1133
Index des noms de personnes et de lieux 1183

Achevé d'imprimer en France par
CPI BUSSIÈRE (18200 Saint-Amand-Montrond)
en mai 2024
N° d'impression : 2077870
Dépôt légal 1re publication : septembre 2001
Édition 04 - mai 2024
LIBRAIRIE GÉNÉRALE FRANÇAISE
21, rue du Montparnasse – 75298 Paris Cedex 06